本書出版得到國家古籍整理出版專項經費資助

楊鐮主編

全元詞

上册

中華書局

六、增加徵引書目、詞人索引、詞牌索引。

七、需要特別指出的是，按照楊鐮先生《全元詞・凡例》的標準，無名氏詞和斷句、文學作品人物所作詞、宗教教理詞、竹枝詞和宫詞不予收入。因此唐圭璋先生《全金元詞》中所録的鄭禧、吴氏女（以上見於《春夢録》）、張玉娘（見於《蘭雪集》）、高氏（見於《堯山堂外紀》）、釋梵琦、高道寬、宋德方、王志謹、姬翼、李道純、苗善時、馮尊師、三于真人、劉鐵冠、牛真人、吴真人、皇圃真人、李真人、楊真人、范真人、潛真子、紙舟先生、雲陽子、牧常晁、王惟一、林轅、王玠、陳益之、無名氏（若干），以及今人補輯的張秉彝、何道全、白雲法師之作，均未編入本編中。宗教人士丘處機原只收録六首不同於宗教教理的詞，今不作删汰。宋濂（一三一〇—一三八一）、劉基（一三一一—一三七五）、朱元璋（一三二八—一三九八）等雖在元朝出生，但歷來都被算做「明人」，《全元詞》未予收入。

八、關於詞調、曲調的區分，《全金元詞》認爲「天淨沙」、「憑闌人」、「小桃紅」、「乾荷葉」、「水仙子」、「折桂令」等均爲曲調（《全金元詞・凡例》），俱未收録。吴藕汀先生《詞名索引》則不同，將以上牌調悉數收録。本編對詞曲牌調的收録亦偶有矛盾，謹依照作者交稿原貌，不予變動。

九、有關《全元詞》編纂的相關情況及對《全金元詞》的補正，楊鐮先生撰有《元詞輯佚補正示例》（《中國文學研究集刊》，二〇一〇年；後收入楊鐮《元代文學及文獻研究》，中華書局，二〇一五年版），今置於卷首，作爲本書代序。

唐圭璋先生編撰的《全金元詞》爲金元詞研究的開創性成果。在這部典籍出版四十年之際，集中反映元代詞學文獻整理水平的新編《全元詞》終於出版。楊鐮先生多次强調，《全金元詞》是《全元詞》工作的起點。在此基礎上，亦吸收了今人元詞輯佚與研究的成果，未能一一注出，在此一併表示感謝！對於《全元詞》編纂中可能存在的缺點和不足，敬請方家不吝賜教。

中華書局編輯部

二〇一九年二月

總目

上册

中册

下册

元詞輯佚補正示例(代序)

楊鐮

中國文學史,歷來以唐詩、宋詞、元曲並稱。繼《全宋詞》成書,一九七九年唐圭璋先生所編《全金元詞》問世,是金元詞學的重要成果。筆者爲編撰《全元詩》,在文獻普查期間凡遇金元人詞,隨時與《全金元詞》對照比勘,可資輯佚補正者,便予以著録。初步輯出金元人佚詞(《全金元詞》與《全宋詞》均未編入者)約六百首,增補詞人百人以上,其中有元好問、商挺等名家佚詞,也有從不見於以往金元文學史的詞人之作。通過這一漫長繁瑣的研究過程,足以證明元詞與元曲(散曲),同屬元代文學重要組成部分。元詞,是元代文學與文獻研究的新的增長點。

目前,新的《全元詞》與《元詞史》正同步進行。本文暫以《全金元詞》未收的近四十首元人佚詞,考證、校勘、補正文字數十條,作爲元詞輯佚補正研究的示例。

上篇 輯佚

自《全金元詞》問世,先後有輯佚文章發表〔一〕。《全金元詞》(二〇〇〇年十月中華書局第四

〔一〕筆者所見《全金元詞》輯佚文章,有張紹靖《全金元詞補輯》,寧希元、寧恢《補全金元詞二十九首》、謝創志《補全金元詞二十九首商榷》,羅忼烈《全金元詞補輯》。共補輯《全金元詞》佚詞約五十首。

次印刷），增加了《訂補附記》，對上述輯佚訂補作了分類編録。本文輯佚部分，均在以上成果之外，是筆者從近年所録的數百首佚詞選出。

甲，書畫題跋與石刻

書畫題跋與摩崖石刻，常見元人詩文詞賦題咏。以下六人存佚詞六首。

一，郭章《烏衣怨》

據清人胡聘之《山右石刻叢編》卷三十，元人郭章有《烏衣怨》詞。

樂府烏衣怨　敬謁天聖宮

翠柏丹崖，碧雲深鎖神仙府。□盤龍虎，樓觀雄中土。　我欲停車，又恐斜陽暮。黄塵路，客懷良苦，滿目西山雨。

右《樂府烏衣怨》，大德丙午仲秋月上旬有九日，敬謁天聖宮繆作，爲吾弟故縣令介卿，縣尉李公安之威儀，因公書於寓居之官舍前。翰林修撰同知制誥兼國史院編修官、奉訓大夫、監察御史爐齋郭章謹識。

郭章，山西人，號爐齋。生平見《元史》卷一百五十《何伯祥傳附何瑋》。「□盤龍虎」，（同治）《浮山縣志》卷三十七作「嶺盤龍虎」。

二，王立中《蘭陵王》

據張珩《木雁齋書畫鑒賞筆記》（書法一下，九三五頁）輯出王立中詞一首。

蘭陵王

早春承佳章，一唱三嘆，雖欲效顰，未遑也。偶因登高望遠，有感于懷，漫依來韻填《蘭陵王》一解以寄，並呈季野隱君、立禮學士同發笑粲乃幸。吴庚弟王立中頓拜復孺翰學久契兄。

草烟碧。愁滿春波未極。銷凝久，無限感懷，别後高陽定誰憶。鱗鴻斷信息。空望天涯異國。關情處，還念舊游，孤客飄零傍江驛。當時漫曾歷。向水畔吟軒，花下行屐。論文相與陪尊席。同竹逕微步，市橋閑眺，匆匆猶是恨晚識。早催整行色。重惜。野梅白。甚欲寄離情，難訪陳迹。東風不到秦樓側。任月榭幽靜，雨窗蕭瑟。垂楊依舊，似夢裏，暗繡陌。至正改元四月廿六日。

王立中，字彦强，號仲齋。遂寧（今屬四川）人。少年恃才傲物，後折節讀書，工詩善畫，至正二十六年爲劉性初繪《破窗風雨圖》，一時名人題跋盡卷。

三，顧巖壽《清平樂》

據張珩《木雁齋書畫鑒賞筆記》（書法二，三七〇頁），輯出顧巖壽詞一首。

清平樂　解嘲

延祐庚申良月廿四日，偶會順中中郎、文質從事於□氏園亭。僕以小故去而復至，賦此解嘲。京口顧巖壽頓首。

一臺二妙，恨不相知早。況是離多歡會少，何惜花前一笑。　出門自覺匆匆，坐間如失車公。急手勒回俗駕，琵琶曲未曾終。

顧巖壽，京口（江蘇鎮江）人。元文宗延祐、英宗至治年間在世。《全元散曲》、《全元文》與《全元詩》，均未見其人。

四，商挺《浪淘沙》

元史名臣商挺，《全元散曲》有其小令《潘妃曲》十九首。其詞目前僅見石刻拓片〔一〕。

浪淘沙　夢中作

春色嘆蕭蕭。客思無憀。畫圖閑話笑漁樵。幸有自家無個事，不會逍遥。　歲月不相饒。人枉閑焦，一枝無分似鷦鷯。且只今朝無事了，管甚明朝。右《浪淘沙》，夢中所作，偶然不忘，奉寄和甫真人，且代恭煩□問。

五，莫昌詞一首

清宮所藏錢選《紅白蓮花圖》（《秘殿珠林石渠寶笈合編》六册三二〇五頁），畫幅之後有元人所題詩詞，包括莫昌、郗經詞各一首。莫昌詞云：

〔一〕中國國家圖書館金石目。編號：各地二六二二。

隔浦蓮近拍〔一〕 題錢舜舉紅白蓮花圖

水雲深處晝永，解語華相並。標格天然好，濃粧淡粧都稱。雨過陂塘浄，風初定，微弄金波影。醉魂醒，嬌姿雅態，西湖同占清景。芳心無奈，粉褪脂殘香冷，翠蓋斜欹羞對鏡。人靜，緑房空鎖烟暝。南屏莫昌。

莫昌（一三〇二—？），初名莫維賢，字景行，號南屏隱者。錢塘（浙江杭州）人。早年從學于仇遠，能詩善書畫，不求仕進。入明，曾任杭州府學訓導，因受人詆毁，以疾辭官。

六，郗經題《齊天樂》詞

齊天樂 題錢舜舉紅白蓮花圖

填《齊天樂》譜，賦吴興錢舜舉所畫紅白荷華，録呈詞社諸名勝指教。維揚朱誼上〔二〕。

水精宫裏秋如畫。荷華粲然紅白。僊隊齊分，宫粧閒列，疑是内家秦虢。盈盈脉脉，甚同瞰菱波，鬬呈雲額。不道湖軒，王孫一見重憐惜。 丹鉛等閒染就。雙葩堪玩處，香露凝色。肯比嘉蓮，並頭猶是，兒女雨魂風魄。語應解得，忘便學當年，牡丹傾國。回首苕溪，數峰天

〔一〕底本原未注詞牌。《隔浦蓮近拍》是宋詞人周邦彦自度曲。本文有關詞律部分，均經劉揚忠先生指教。

〔二〕在這首詞之後，據《秘殿珠林石渠寶笈》著録：「鈐印三：巢民、郗仲義、龜溪漁者。」「維揚朱誼」當是郗經別署，或是朱仲誼之誤。

外碧。洪武丙辰八月六日，錢塘東城寫。

邾經，字仲誼，一作仲義，號觀夢道人、西清居士、龜溪漁者。西夏人〔一〕，以隴右爲籍貫。上世居海陵（江蘇泰州）。詩文書法均有時名。

乙，地方文獻

地方文獻，歷來是詩文輯佚淵藪，但相應問題較多。據地方史志文獻，編録未收入《全金元詞》的元人佚詞九首。

一，《類編長安志》

元駱天驤《類編長安志》（明鈔本）卷九，有王利用詞，《全金元詞》未收。

木蘭花慢 題李氏牡丹園

擅花王尊號，許獨步，蕊珠宫。更露葉烟苞，天香國艷，占斷春風。青州越州名品，借風流不與洛京同。千字示與賦雅，五言白傅詩工。誰移仙種到秦中。青帝瑞雲紅，似天寶繁華，沉香檻北，興慶池東。年年至人高宴，恐無情風雨又成空。回謝姚黄魏紫，汙顔脱落芳蘂。

王利用，字國賓，號山木老人。通州潞縣（北京通州）人。

二，《臨潼縣誌》元佚詞

〔一〕邾經，又作朱經。其籍貫一般作隴右，曾自署「西夏邾經」，並鈐「西夏朱仲義隸古」印章，應是入居中原的西夏人。

〔萬曆〕《臨潼縣志》卷三，有元人史從賁《題温泉》的《水調歌頭》。其人其詞，《全金元詞》未收，史從賁生平待考。

水調歌頭　題温泉詞

華清記全盛，繡嶺倚崇墉。鬱蔥龍虎佳氣，都在五雲中。曉日珠簾畫棟，暮雨桐闌桂檻，複道引長虹。春醉紫微閣，夜宴廣寒宫。　玉肌香，春水暖，浴芙蓉。海棠睡起無力，漿椀荔枝紅。打徹梨園羯鼓，唤起漁陽烽火，一炬總成空。今日都新構，死草起華風。

三，殷奎詞《憶江南》

清徐崧、張大純《百城煙水》（清康熙刻本）卷八，在江蘇太倉的景點「春水船」之下，注明是「殷奎先生讀書處」，並録出其詞一首。殷奎，《全金元詞》未見其人其詞。

憶江南

江南憶，何處憶當先？先憶吾家春水船。有酒有花重慶日，無風無雨太平年。朝夕侍賓筵。

四，陵濟國咏宋丞相崔清獻詞

永樂年間，明人崔子璲將有關宋丞相崔與之詩文，編成《宋丞相崔清獻公全録》十卷〔一〕，卷

〔一〕《宋丞相崔清獻公全録》十卷，有明嘉靖十三年刻本。

十收録了「元詩」，包括「唐律」、「古律」與「樂府」，「樂府」僅一首，即歷陽人陵濟國的《木蘭花慢》詞。

木蘭花慢　詠宋丞相崔清獻

犧羊城晚棹，仰千載，一人彊〔一〕。甚霜簡能嚴，白麻莫起，風節堂堂。開張。武侯膽略，是丁年曾作國金湯。黯黯秦雲帶恨，依依淮月吹凉。　故鄉歸去老汾陽，汗竹識行藏。到如今凛凛，忠精義氣，斗牛争光。可常得，知身復，正塵飛滄海粤天長。蒲澗舊盟休問，菊坡秋圃還香。

陵濟國其人其詞，均不見於《全金元詞》、《全宋詞》，生平待考。

五，衛培佚詞二首

俞允文《崑山雜咏》（明隆慶四年刻本）有衛培詞二首。衛培，其人其詞不見於《全金元詞》、《全宋詞》。

《崑山雜咏》卷五存衛培詞《滿江紅》：

滿江紅　崑山報國寺度雲海還報慈

雲海茫茫，度多少、明師瞎漢。彈指頃，言前新領，天台禪觀。報國幾年横拂子，報慈重舉新公案。想龍天，擁出不由人，真難算。　塵中事，如棋换，座下衲，如雲滿。看彼迎此送去留

〔一〕「一人彊」，底本原作「一人疆」。

相半。談妙九旬猶未了，靈山一會何曾散。聽丹書，催召演真乘，龍墀畔。

《崑山雜詠》卷二十二存衛培詞《江城子》：

江城子 過楊莊

西風吹雨過楊莊。小舟横，又新凉。記少年時，曾向此中行。溪上石橋橋外山，山杏靄〔一〕，水微茫。人生何事苦思鄉。□□□〔二〕，謾悲傷。百歲能堪，幾度得倘徉。輸與磯頭漁父樂，歌欸乃，濯滄浪。

衛培，字寧深，號月山。崑山（江蘇太倉）人。延祐七年充鄉貢。知州王安聘爲州學訓導。著有《過耳集》，未見傳本。

六，《郭公敏行録》的四首詞

《編類運使復齋郭公敏行録》（簡稱《郭公敏行録》）有四首詞，其中姚堅、朱友聞、方希願三篇，不見於《全金元詞》與《全宋詞》。其一，是元人姚堅作。

水調歌頭 大梁郭公七十壽詞

菊耐九秋晚，梅接小春回。乾坤好景如此，初度笑顔開。須信人生七十，那更公家萬石，有

〔一〕「山杏靄」，底本原作「杳靄」。

〔二〕據詞律原文缺三字。

子亦奇哉。盛世寫圖畫，和氣藹樽罍。　汴梁客，東滄海，北燕臺。雙溪人士，多幸鳩杖日徘徊。重見汾陽富貴，更作渭川勳業，白髮未相催。起舞爲公壽，瑤鶴下蓬萊。

朱友聞詞如下：

百字令　番陽錢章

芝山如畫，五年間，多費黄堂心力。南國重來棠蔽芾，壓盡江東春色。畎畝堯民，水雲楚澤，鶴去遥天碧。書船歸後，思公惟對周易。　月下濯足滄浪，笑他漁父，只識磯頭石。豈不與懷攀轄處，馬首髮蒼鬚白。人意綢繆，君恩深重，夜看星朝比。茫茫煙海，浮梁能幾千尺。

方希願詞云〔一〕：

沁園春　番陽錢章

畫戟清香，緑鬢朱顔，當代偉人。任宦情淡泊，歸舟空載。滿腔惻隱，噓律生温。襦袴歌謡，佩衿絃誦，留得甘棠千樹春。昌江上，把它年政績，寫入堅珉。　曳裾曾客公門，只冰雪相看意自真。更研朱點易，幾回清夜，對梅索句，長記芳辰。風雨情深，江湖興遠，咫尺清光立要津。長亭路，但相期汗漫，上下龍雲。

〔一〕《宛委别藏》叢書所收清鈔本《編類運使復齋郭公敏行録》，本詞未署作者。據元刻本《編類運使復齋郭公敏行録》補詞作者之名。清鈔本是據元刻本鈔録。

姚堅，字里不詳。朱友聞，鄱陽（今屬江西）人，延祐年間在世。方希願，字里不詳。皇慶三年（即延祐元年）正月，知州郭郁（復齋）出示侯克中（艮齋）所作《寄贈復齋郡侯》詩，方希願曾以七律和之。以上其人其詞，均不見《全金元詞》與《全宋詞》。

《郭公敏行録》（元刊本與清鈔本）共收入四首詞，除以上三人三首，還有劉忠詞《太常引》。這首詞，《全金元詞》（下册一一二七頁）據《詞綜》卷三十三收入，題爲《送郭復齋》，作者署「劉忠之」，「劉忠之」應作「劉忠」，《全金元詞》也因之致誤。

丙，詩文總集與元人别集

元人别集，是編録元詞的主要來源。總集與别集保存的元人詞作，未收入《全金元詞》者不少於三百首。暫擇要作例證。

一，《文翰類選大成》元人詞

《文翰類選大成》卷一五九、一六〇選收元詞。《全金元詞》據明嘉靖刻本《石門集》卷上，録梁寅詞三十九首。明刊本〔一〕《文翰類選大成》卷一六〇，有梁寅詞四首，其中一首《石門集》未收，也不見於《全金元詞》。

〔一〕《文翰類選大成》初刻於明成化年間，經弘治、嘉靖遞修。傳世僅有此本。

西江月　臨終作

八十七年住世，二三千卷文章，有些古怪有些狂。自許中人以上。　常樂即同貴宦，多書也當田莊。遥瞻聖主謝恩光，歸路風清月朗。

二，方逢辰《蛟峰先生文集》附録壽詞

方逢辰《蛟峰先生文集》（明刊活字本）卷十三，附録邵清溪、方逢振壽詞各一首。邵清溪壽詞云：

賀新郎　壽蛟峰先生七旬九月二十九日。

元祐人無幾，對西風，從頭僂指，寥寥誰是。劫火灰中真鐵漢，老子一人而已。那勳業、掀天揭地。司馬不留諸老去，奈乾坤、顛倒成兒戲。天下事，竟如此。　小春明日浮梅蕊，到如今，平頭七十，依然弧矢。且把六經書盡註，更占峽山深處。又管甚、世間風雨。稱壽一觴公須飲，道此心千載斯文寄。康濟外，總餘事。

方逢振壽詞云：

念奴嬌　壽蛟峰先生七旬（九月二十九日）

峽山秋晚，峭蒼寒、萸菊拒霜時候。眼底氛埃千萬態，看盡雲輪白首。宇宙骰盆，天公兒戲，人事猶芻狗。此翁七十，精神只麽如舊。　須信待足何時，不如人意事〔一〕，十常居九。到得聖賢無奈處，天亦不能管勾。司馬自傷，伯寮自愬，於我乎何有。喚莊生起，借椿千歲爲壽。

方逢辰（一二一三—一二九一），號蛟峰。有《蛟峰先生文集》十四卷。方逢辰七十壽辰，時在元世祖至元二十七年（一二九〇）。邵清溪，生平不詳，應是方逢辰門下士。元明之際人邵亨貞（一三〇九—一四〇一），號清溪，但年輩遠晚於方逢辰。方逢振，方逢辰之弟。南宋景定三年進士，歷太府寺簿，宋亡，隱居講學於石峽書院，學者稱山房先生。邵清溪、方逢振，《全金元詞》與《全宋詞》均無其人其詞。

三，馬祖常《石田集》佚詞一首

馬祖常《石田集》卷五有《萬年歡》詞，其人其詞不見於《全金元詞》。

萬年歡　元日應制

瑞氣祥雲，擁龍光五色。絳闕春回析木，天街秀潤，日月重輝。聖主垂衣，坐治萬國。盡衣冠，朝會鵷行底。濟濟鏘鏘，喜瞻仙仗旌旗。　和風動，洽九垓。聽椒花獻頌，白獸尊開。采勝辛盤，民物一時康泰。樂府新裁曲譜，鳳笙起，彤庭雲叆。青霄外，隱隱嵩呼：延祐與天

〔一〕「不如人意事」，底本原作「不如人意時事」。

同大。

馬祖常（一二七九—一三三八），字伯庸。色目雍古部，也里可温（家族有基督教背景）。定居光州（信陽潢川）。所著《石田文集》十五卷，是流傳較廣的元人别集。

四，唐桂芳《白雲集》佚詞七首

唐桂芳，《全金元詞》（下册一一三六頁）存詞二首：據《武夷山志》卷十九録其《水調歌頭》（《游武夷和羅慶》），據《詞綜》卷三十六録其《南鄉子》（《送李仲先還集慶》）。唐桂芳《白雲集》（《唐氏三先生集》卷十七）存詞八首，《南鄉子》（《送李仲先遷集慶》）〔一〕已見《全金元詞》。《水調歌頭》（《游武夷和羅慶》）則是集外佚詞。以下七首《全金元詞》未收。

玉樓春　送宣差

春風桃李河陽縣，訟簡苔紋生印篆。晝長簾捲隔溪山，吟就新詩花點硯。　三年政滿真堪羨，一舸扁舟摇素練。柳梢鶯囀報喬遷，天上玉堂飛剡薦。

水調歌頭　送李經歷

白頭閒父老，都説幕中賓。杜門鶴立風雨，不遣客來頻。果是清心苦節，能障狂瀾砥柱，砣

〔一〕《白雲集》的《南鄉子》題目是《送李仲先遷集慶》，《全金元詞》從《詞綜》卷三十六，作《送李仲先還集慶》，并且有異文。

立勢千鈞。吹散浮雲了，依舊月如輪。憶公餘，攜印綬，出城闉。酒船醉舞，江月還似謫仙人。好理木天文字，便許玉堂標致，筆下信通神。離恨正無賴，楊柳不勝春。

南鄉子　代送羅季端

詩酒謝宣城，官舍槐花夜雨晴。石壁烟嵐青入座，談經。浩浩源頭活水生。休用嘆雲萍，三載同寅總弟兄。借問滄州亭上月，分明。不爲行人照别情。

念奴嬌

陽關圖裏，小郵亭、掩映幾株楊柳。翻憶横經，重席處、文焰蕩磨南斗。幾格雲香，硯池波暖，敖兀寒氈久。居然秩滿，紫陽山色依舊。　因念海水桑田，前朝甲第，還似名園否。開遍薔薇春事老，榕樹鶯啼芳晝。好製青衫，未添華髮，起舞先生壽。别離千里，一尊倒浣烟岫。

滿江紅

薄宦驅馳，衣尚帶，燕臺飛雨。心自喜，謫仙人物，襟懷如水。瀟灑笑譚霏玉屑，鏗鏘文韻諧鍾吕。看紅蓮，開遍透簾，香熏風裏。　摇畫鷁，烟波語，斟緑醑，蓴鱸美。正月明、秋好抱琴歸去。梅菊交承敦世好，江山迎送關情緒。願繡衣、霄漢立青春，聲名起。

木蘭花慢　送沈洞雲

芝山何處是，呼白鶴，與君騎。恁富貴功名，黄粱夢熟，也是兒嬉。休拘束，且孟浪，向新豐

沽酒浣詩脾。光徹胸中星斗，氣騰筆下虹霓。相逢邂逅吐珠璣，聲價籛南箕。恐素髮慈親，青燈兒子，應怪歸遲。鄱陽半帆秋色，正蘆花瀟瑟膾魚肥。舒卷洞雲無際，長江烟雨離離。

念奴嬌　送治中

急流勇退，笑紛紛、誰似新安別駕。門掩青山，無客到、晝卧桃花鬃馬。報國丹心，流年白髮，洗盡功名想。道旁惆悵，賢哉又見疏廣。況有九帙慈親，瓊花開處，日暖扶鳩杖。燁燁謝庭蘭玉茁，都是清朝卿相。富貴歸休，政如飲酒，不醉仍留量。揚州騎鶴，月明恍在天上。

五，郭鈺《靜思集》版本差異與佚詞

郭鈺《靜思集》（康熙五十三年覆嘉靖本）卷十，存詞二首：《摸魚兒》《長相思》。《全金元詞》無其人其詞。張紹靖《全金元詞補輯》〔一〕據《四庫全書》本《靜思集》輯出《摸魚兒》。因《四庫全書》本《靜思集》卷十僅有《摸魚兒》詞，《長相思》付諸闕如。底本版本差異對輯佚的影響，《靜思集》可作例證。

郭鈺佚詞《長相思》如下：

〔一〕《蘇州大學學報》一九九二年二期。《全金元詞》書後《訂補附記》未據以補出《摸魚兒》。

長相思

宋竹坡與余有延桂看菊之約，竟不及赴。賦《長相思》以寄之。

桂花開，菊花開，祇爲花開自合來。何須問酒杯。　掃蒼苔，惜蒼苔，風月應憐小宋才。佳句待早梅。

郭鈺（一三一六—一三七六以後），字彦章，號靜思。吉水（今屬江西）人。

六，王禮佚詞八首

《全金元詞》（下册一一二九頁）據《麟原文集》後集卷十二，收王禮詞二首（《喜鶯遷》與《百字令》）。《麟原文集》後集卷三《西溪八咏序》，文末有《法駕導引曲》八首，《全金元詞》失收。據中國國家圖書館藏清鈔本《麟原文集》補録〔一〕。

法駕導引曲　西溪八咏

銀蟾好，銀蟾好，爛爛出東山。混沌分時明已有，堪輿盡處照初還。良友樂餘閒。東山明月。

〔一〕王禮的卒年，《全金元詞》（下册一一二九頁）所注是延祐元年（一三一四）生，洪武二十二年（一三八九）卒，享年七十六歲。而《元人傳記資料索引》（一册一四三頁）王禮小傳，則注卒於洪武十九年（一三八六），年七十三。這兩種標注，都出於王禮《麟原文集》附録的孔公恂撰王禮墓誌銘。墓誌銘開篇即雲「麟原先生歿於洪武丙寅四月二十六日」，洪武丙寅，是洪武十九年。但是，墓誌銘文末又説「（王禮）生元延祐甲寅正月四日，壽七十六」。「壽七十六」應是「壽七十三」之誤。

雲如彩，雲如彩，瑞氣北塘邊。一片靈芝浮寶蓋，昔人逢此慶臚傳。平步上青天。北塘彩雲。

琅玕碧，琅玕碧，千挺匝荆岡。掣釣影懸雙鐵鯉，裁簫聲引九苞凰。勁節老風霜。荆岡修竹。

蒼松古，蒼松古，硃嶺秀嚴冬。風動潮迴疑舞鶴，電飛厓壁化神龍。不肯受秦封。硃嶺古鬆。

垂綸罷，垂綸罷，沽酒蔦槎頭。浦外杜蘅時自採，橋南風月付誰收。疏散傲公侯。橋南晚釣。

東皋去，東皋去，洞口及春時。緑野莽平苗似浪，黄雲高下稼如坻。擊鼓御農師。洞口春耕。

巖花滿，巖花滿，恰似錦屏風。覓句詩翁頻指點，偷閒年少更從容。山色淡還濃。花巖錦屏。

平床墅，平床墅，滴翠染人衣。芳草如茵共醉卧，繁陰似幄澹忘歸。禽鳥樂幽棲。平床翠黛。

下篇　補正

筆者閲讀《全金元詞》時注意到一些問題，涉及詞人生平、底本選擇、出處著録、文字表述、校勘方式、使用文獻等方面，本節將針對上述情況略作探討。

一，許謙生平

作爲總集，詞人小傳起到提綱挈領作用。《全金元詞》詞人傳略顯隨意，比如有些詞人生平未著一字，可並不都因爲事迹無考。同時，差錯頗多。

《全金元詞》（下册六〇五頁）據《白雲文集》卷四，録元人許謙詞二首。許謙是元代金華文脈關鍵人物。《全金元詞》許謙小傳云：

謙字益之，金華（今浙江省金華縣）人。生於慶元五年（一一九九），受業於金履祥，累薦不起。至元三年（一二六六）卒，年六十八，賜謚文懿。有白雲集。

上述内容，出自《詞綜》卷三十三。《詞綜》云：

謙字益之，金華人。受業於金履祥之門，累薦不起。至元三年卒，賜謚文懿。學者稱白雲先生。有白雲集。

《全金元詞》附録《訂補附記》，就許謙小傳作了如下增補：「嘗以白雲山人自號，世稱白雲先生。」

《全金元詞》許謙小傳内容有文獻依據，另按體例爲紀年注出相應的公元年代。可問題正出在這一點上。與《詞綜》僅有卒年不同，是《全金元詞》明言許謙「生於慶元五年」。然而若按《全金元詞》歸納，許謙生於慶元五年，去世於至元三年（一二六六），享年六十八歲，死在南宋亡國之前十三年。如是，無論以什麽標準斷限，他都不能算元人，一天也没有在元朝生活過。而且，金履祥生於宋理宗紹定五年（一二三二），如許謙生於慶元五年（一一九九），那麽金履祥就比許謙小三十多歲，許謙絶不可能受業於晚輩金履祥門下。其實這裏的錯誤出得很隨意，元代特例，有兩個至元年號，習慣上也稱後一個爲「後至元」，許謙去世於後至元三年（一三三七），出生於宋度宗咸淳六年（一二七〇）。《詞綜》説，許謙去世於至元三年，並無問題。《全金元詞》卻在至元三年（後至元三年）之下，注出前至元三年的公元年代，并且據其享年六十八歲，進一步推道出許謙生於慶元五年(一一九九),許謙行年就前移了七十一年,整個小傳被置於無歸屬位置〔一〕。又如詩人王逢,小傳説「生在延祐六年(一三一九)」,「洪武二十一年(一三一八)卒,年七十」。居然出生在去世一年之後。

另外,一些金人或由金入元的人,《全金元詞》注生年,往往是南宋紀年,比如李庭,小傳(下册六〇六頁)注明「生於慶元五年(一一九九)」,李庭生於金章宗承安四年(一一九九),同是公元一一九九年,但宋金是兩個國家。反之,由宋入元者,如楊載小傳云「生於至元八年」,虞集「生於至元九年」,同屬不妥。這類問題頗多。

二,王沂小傳

《全金元詞》詞人小傳有幾種情況,一種據前人文獻概括,如許謙。一種因文獻缺失,基本上空置。另一種是依有關資料整理,如王沂。《全金元詞》録王沂詞七首,王沂小傳(下册八三三頁)云:

沂字思魯,先世雲中人,後徙真定(今河北省正定縣),延祐元年(一三一四)進士,嘗爲臨淮縣尹。至順三年(一三三二),爲國史院編修官。元統三年(一三三五),爲國子學博士。

〔一〕《全金元詞》小傳注公元年代,時見差錯,白樸小傳卒年是「卒於至元二十二年(一三〇七)」,白樸卒年無確切年代,而且一三〇七年,不是至元二十二年(是大德十一年)。以上所舉,都是元代著名文人。許衡小傳的生卒年是:嘉定二年(一二〇九)生,至元二年(一二八一)卒(《訂補附記》僅對許衡卒年作了更正)。

至元六年（一三四六），爲翰林待制。至正二年尚轉側兵戈間，計其年當過七十。有伊濱集。

王沂是元代首科——延祐二年（一三一五）進士，小傳提前了一年[一]，而且至元六年（後至元六年）對應的公元年代是一三四〇年，小傳標注爲一三四六年，一三四六年，則相當於至正六年。下文馬上說：「（王沂）至正二年尚轉側兵戈間。」與一三四六年相比，時序倒流了四年。再說，至正二年（一三四二），王沂正在朝爲官，不可能「尚轉側兵戈間」，元至正間使天下長期擾動、直至改朝换代的戰亂，發生在近十年之後。小傳不足百字，除將恢復科舉、至正戰亂等元代重要事件的年代移位，基本内容的時序也出現了倒錯。特别是，王沂仕履關鍵段落缺失：元順帝至正初，出任禮部尚書，是編訂遼、金、宋三朝史的七位總裁官之一。

與王沂小傳類似尚多，暫以柯九思（下册一一八二頁）[二]、燕公楠（下册七四四頁）爲例。柯九思生於至元二十七年（一二九〇），卒於至正三年（一三四三），從無異説，小傳則云「生於皇慶元年（一三一二）」，卒於「至正二十五年（一三六五）」。整體後移二二年。而燕公楠小傳説燕公楠「生於涼祐元年（一二四一）」，「賜名賽因囊加」。「涼祐」是「淳祐」之誤，據《元史》卷一七三本

〔一〕延祐元年是元代開科（鄉試）的時間，首科進士，則在次年。同是《全金元詞》，又將首科時間注爲「延祐三年（一三一五）」（許有壬小傳）。

〔二〕歐陽玄小傳（下册八六八頁）説歐陽玄「生於至元二十年（一二七三）」，「至正十七年（一三五七）卒，年七十五」。至元二十年相應的公元紀年是一二八三年，這一點《訂補附記》作了更正，但畢竟增加了讀者閱讀困難。

傳，燕公楠賜名「賽因囊加帶」。柯九思、燕公楠等元史名人尚且如此，其小傳差錯率可以想見。

三，岳瑜與岳榆

《全金元詞》（下册一一二六頁）收入岳瑜《水調歌頭》詞一首。這首詞，《全金元詞》未注出處，實際是爲玉山草堂景點之一金粟影所題，出自顧瑛《玉山名勝集》。「岳瑜」，《全金元詞》無傳，或是因爲元代文獻中不見「岳瑜」其人，然而「岳瑜」實是「岳榆」之誤〔一〕。爲崑山顧瑛題《水調歌頭》詞，是岳榆。

岳榆，字季堅，號計籌山人。義興（浙江宜興）人。至正間，曾預玉山草堂雅集之會。《玉山名勝集》中，除詞一首，尚有岳榆多篇詩文。

《玉山名勝集》不同版本的編次與卷帙也不相同，有二卷本、六卷本、八卷本、二十六卷本等，《玉山名勝集》明鈔二卷本，岳榆題「金粟影」《水調歌頭》詞在卷下。除岳榆（岳瑜），同出玉山雅集的詞，如袁華、于立、陸仁、張遜、石巖、郯韶等人之作，均僅注出自《玉山名勝集》，不注具體卷帙，似亦不妥。

四，何守謙詠武夷山《臨江仙》詞

《武夷山志》卷十五與《武夷九曲志》卷十四，均有何守謙《臨江仙》詞二首。《全金元詞》（一

〔一〕岳榆，《全金元詞》正文、目録、索引，均誤作「岳瑜」。

一三七頁）據《武夷山志》卷十五，録何守謙詞二首。

《詩淵》（六册四〇七六頁）有三首《臨江仙》詞，題爲《樂府三章》，作者署「元何守謙」。與《武夷山志》卷十五（「元何守謙」）、《武夷九曲志》卷十四（「明何守謙」）校勘，何守謙《臨江仙》詞二首，則是《樂府三章》的其二、其三。其一是僅見《詩淵》的佚詞，何守謙佚詞（《武夷山》其一）云：

臨江仙　武夷山

憶昔漢家留祀事，石壇幾度秋風。倚天三十六高峰。昇真人已去，誰復繼仙蹤。　前日武夷山下過，不堪行色匆匆。而今却喜駐青驄。隔溪呼小艇，載我入琳宫。

《全金元詞》何守謙名下無傳，應補何守謙傳略：

何守謙，字里不詳。元成宗大德元年任秘書監校書郎，大德十年，進秘書監著作佐郎。元武宗至大二年，改秘書郎。元文宗延祐五年，累遷南臺御史，後入爲監察御史。元英宗至治二年，坐贜杖免。生平見《元秘書監志》卷十、《至正金陵新志》卷六、《元史》卷二十八《英宗本紀》。

五，出處標注

準確著録出處，是編撰總集的基本要求。《全金元詞》（下册一〇四七頁）有王容溪詞《如夢令》，所注出處爲「朱存理《鐵網珊瑚》卷四」。隔不遠（下册一一三〇頁），有王逢詞《如夢令》，出處也是「朱存理《鐵網珊瑚》卷四」。《鐵網珊瑚》的作者是不是朱存理，有不同説法〔一〕。其次，王容溪詞與王逢詞，全出自《鐵網珊瑚》卷十四（不是卷四）。類似這樣的出處，如果讀者需要覆檢，則從何著手〔二〕？

涉及王容溪詞《如夢令》，確實需要覆檢。據《全金元詞》，王容溪詞首二句是「林下一溪春水，林上數峰翠嵐」，而《鐵網珊瑚》卷十四則是「林上一溪春水，林下數峰翠嵐」。從表面看《全金元詞》文字更順，可那不是原文。

書畫題録是《全金元詞》文獻來源之一。《全金元詞》（下册一一三八頁），録有徐遜詞一首，出處是「式古堂書畫題跋卷二十」，實際應該作「《式古堂書畫彙考》卷二十」。《全金元詞》注錯書名或卷次，與卷帙頗多的書不注具體卷次，同樣不妥。後者可以以盧摯爲例。《全金元詞》編入盧摯詞二十多首，出處主要是《天下同文》與《永樂大典》。涉及《永樂大典》，引據出處頗詳盡，可是，出自《天下同文》的，《全金元詞》一律未注卷次。《天下同文》多達五十卷，不同版

〔一〕《鐵網珊瑚》，歷來有朱存理、趙琦美的不同署名，《四庫全書總目》《鐵網珊瑚》提要，對此結論是「題朱存理撰爲誤矣」。《鐵網珊瑚》又名《趙氏鐵網珊瑚》。

〔二〕《全金元詞·訂補附記》，據《詩淵》補録元人趙叔英詞八首，其五「録自詩淵第五册頁三一八四」，但這首詞在《詩淵》五册三一四八頁。羅忼烈先生《全金元詞補輯》所注該詞出處，已將「《詩淵》五册三一四八頁」誤成「五册、頁三一八四」。上述情況或表明，作《訂補附記》時未能覆核原書。

本内容差異較大。不注版本，或是體例所限，卷次則應該一一注明。《全宋詞》凡引自《天下同文》（卷四十八至五十）的詞，也是只注書名，略去具體卷帙。

元人吳景奎，《全金元詞》（下册一〇四八頁）存其詞十一首，所注出處是「彊村叢書用大典藥房樵唱本」。吳景奎《藥房樵唱》三卷較常見，曾刊入《續金華叢書》，原本俱在，不必轉據結集晚近的《彊村叢書》。《四庫全書》中的元人别集，約二十種輯自《永樂大典》，並無《藥房樵唱》，所謂「用大典藥房樵唱本」，亦不妥。

六，考證的結論可再推敲（以廉希憲爲例）

廉希憲是元史名臣，《全金元詞》（下册七二一頁）有廉希憲詞《水調歌頭·讀書巖》，出處是《永樂大典》卷九七六五。在詞後，有案語：

> 案大典巖字韻引此詞作廉文靖公集。又引元明善清河集讀書巖記，謂讀書巖爲故相廉文正公之别業，在京兆樊川少陵原之陽，可證大典作廉文靖公，當爲廉文正公之誤。

據此，《全金元詞》便將「廉文靖公」（廉惇）之詞轉歸「廉文正公」（廉希憲）名下。爲此，筆者曾撰文略作解析〔一〕，證明《永樂大典》作出自《廉文靖公集》不誤，「文靖」是廉希憲之子廉惇謚號。《水調歌頭·讀書巖》詞是廉惇作。

〔一〕楊鐮《〈水調歌頭·讀書巖〉作者質疑》（《中華文史論叢》一九八四年第二輯）。

今存《永樂大典》殘帙，有廉惇《廉文靖公集》詩、詞、文共二十四篇，除《水調歌頭·讀書巖》，尚有《讀書巖曉坐效陶體》（二首）、《讀書巖月夜》等，如果《水調歌頭·讀書巖》可以歸於廉希憲（廉文靖公確實是廉文正公之誤），那上述作品都應是廉希憲所作。其實，只要將元明善《讀書巖記》往下再讀幾句，問題就不存在了。説完《全金元詞》案語引證的話，元明善緊接著説：廉文正公將别業名爲「讀書堂」，廉公邁（公邁爲廉惇表字）更名「讀書巖」。「讀書巖」是廉惇室名。爲此，廉惇特請劉岳申寫出另一篇《讀書巖記》〔一〕。《詩淵》（四一四一頁）有廉惇《夜久聞餘慶讀書》詩，詩云：「恒陽創此讀書堂，眇我名巖志靡忘。十五年來曠論習，兹各每聽誦琅琅。」所謂「恒陽」，指廉希憲〔二〕，這首詩將「讀書巖」來歷交代清楚了。將廉惇《水調歌頭·讀書巖》歸於廉希憲，是解讀文獻偶誤所致。

七、文獻引證問題——以李旹、姜彧爲例

總集的學術含量，主要在於對文獻的引證。《全金元詞》（下册一一四三頁）有「李時」其人，存《木蘭花慢》詞一首，出處是《金石萃編補正》卷四。但在清人方履籛《金石萃編補正》卷四，作《木蘭花慢》者名「李旹」，時間是至正五年（一三四五）上巳。《全金元詞》在「李時」《木蘭花慢》詞

〔一〕見劉岳申《申齋集》（中國國家圖書館藏清鈔本）卷六。

〔二〕據《元史》卷一二六《廉希憲傳》，在其去世後，加贈恒陽王。

牌後則云「春日游晋祠（石刻。至元壬午穀雨前一日刊）」。

據此，「李時」《木蘭花慢》寫於至元十九年壬午（一二八二），穀雨前一日刊刻上石。然而這句話，在《木蘭花慢》詞出處《金石萃編補正》卷四，根本就不存在。《金石萃編補正》卷四所録，主要是至正年間的石刻文獻，包括李胄《木蘭花慢》在内的一組詩詞，是至正五年隨河東憲僉偰玉立「春日游晋祠」之作，有偰玉立序，由高昌偰玉立、天來李胄（即李時）、燕南張執中分題。在《金石萃編補正》卷四，根本就没有「至元壬午穀雨前一日」這九個字。然而，《金石萃編補正》卷三録有「元姜太中晋祠詩詞碑」，碑刻最後一句卻是「至元壬午穀雨前一日，平晋達魯花赤買住、縣尹魏章、簿尉史彦英建，安君章刊」。

顯然，《全金元詞》將時間隔一個花甲的、分處《金石萃編補正》兩個卷帙（卷四、卷三）、跨越數十頁的偰玉立與姜彧（偰玉立在至正五年，姜彧出遊留題則分屬至元十八年、十九年）春日游晋祠的事件與作品，拼接在了一起，均歸「李時」，《全金元詞》收録李時詞，便出現了底本原文不曾有的、純屬自擬的文字「至元壬午穀雨前一日刊」。「姜太中」，即姜彧。《全金元詞》（下册六二一頁）編入姜彧詞四首，出處正是「《金石萃編補正》卷三」〔一一〕。

〔一一〕儘管出處注明是《金石萃編補正》卷三，《全金元詞》引録的内容，行款、次序、文字均有異同。

在《金石萃編補正》卷四，李峕自署「天來李峕」〔一〕。峕與時，是異體字，作爲人名似不應通假。《全金元詞》李時小傳説：「時，字居中，北京人。」《元人傳記資料索引》（一册四七八頁）有李時，並云：「字居中，大都人。至正二年畫清寧宫壁畫，帝欲官之，不受。」出處是《新元史》卷二四二。《新元史》卷二四二《方技傳·李時傳》，詳述李時生平：至正二年到至正五年間，李時奉詔爲元順帝畫大都繁盛圖，是受君主寵遇的宫廷畫師。而偰玉立，是色目的回鶻顯族，祖籍高昌（新疆吐魯番）。延祐五年進士，至正五年時任河東憲僉。與李峕同游同題的張執中，燕南人，泰定四年，任南臺管勾，歷廉訪司經歷。〔萬曆〕《岐山縣志》卷六有「廉訪司經歷、燕南張執中」《游實相寺》詩。與時在河東憲司任職的偰玉立、張執中並列同游，李峕身份無疑不是皇家畫師。

與之相關聯，《全金元詞》的姜彧（「姜太中」）詞，也有必要作校勘。

據《金石萃編補正》卷三，姜彧《鷓鴣天》其二下闋「平生適能如此」，按詞律缺一字，《全金元詞》在「適」字之後加注「脱一字」。然而清人胡聘之《山右石刻叢編》卷二十六録出的姜彧《鷓鴣天》詞，並不缺字，是「平生適意能如此」。《浣溪沙》詞，《全金元詞》據《金石萃編補正》卷三録出一則跋語，起首云「至元十八年三月中澣〔二〕，太史大夫河東山西道提刑按察使姜彧文卿」，最後

〔一〕「天來」一詞，地名詞典未見著録，但「高昌」、「燕南」，均是地望，所以與之並列的「天來」也應指籍貫，似不是李峕表字。

〔二〕「中澣」，《山右石刻叢編》卷二十六作「中澣日」。

則云：同游者有「書吏王中千，中權秉中伯庸，簿尉史彦英」。這則跋語，文字與標點均頗費解。姜彧被稱爲「姜太中」，官稱無疑是「太中大夫、河東山西道提刑按察使」，而且元朝也没有「太史大夫」〔一〕一職。《山右石刻叢編》正作「太中大夫」。文末的列名，《山右石刻叢編》卷二十六按原碑行款所録，卻是「書吏王中子中、權秉中伯庸，簿尉史彦英」。而姜彧《鷓鴣天》詞跋語，《全金元詞》據《金石萃編補正》卷三録作「是歲九日陪御史中丞來游」，《山右石刻叢編》卷二十六則作「是歲九月陪御史中丞來游」。上述異文，均應以《山右石刻叢編》爲準。

此外，《全金元詞》所録姜彧《鷓鴣天》其一下闋，有「黄華使」，《金石萃編補正》卷三、《山右石刻叢編》卷二十六原均作「皇華使」。

八、「靖傳翁」佚詞歸屬

羅忼烈先生《全金元詞補輯》〔二〕補《全金元詞》佚詞十八首，包括《詩淵》所録「靖傳翁」《花心動》詞，注釋説「靖傳翁其人不詳」。「靖傳翁」，是宋元之際人董嗣杲。《全宋詞》有董嗣杲，但没有收入《花心動》詞。《全金元詞》附録《訂補附記》，據羅忼烈補佚，録出「靖傳翁」《花心動》，但未能考出「靖傳翁」即《全宋詞》已經收入的詞人董嗣杲。

〔一〕其實，《金石萃編補正》卷三的這部分内容題名，就是《姜太中晋溪留題》。

〔二〕羅忼烈《詞學雜俎》（巴蜀書社，一九九〇年六月第一版）二七八—二八七頁。

九，文獻來源的選擇與著録

《全金元詞》下册，從九〇三頁到九〇七頁，共引録陸行直等十五人每人一首《清平樂》，全部是《題碧梧蒼石圖》。這些人，除陸行直、徐再思，大多聲名不顯，所以其中八人無生平文字。但是，根據題署可以對其字號或里貫做出著録。又如，其中有「元卿」，又有「青社元卿郝貞」，這兩人似可歸併。題《清平樂》詞的十五人，《全金元詞》僅陸承孫一人的詞没有列出題目（《題碧梧蒼石圖》）。上述種種，均可略作補正。

此外，以《清平樂》詞題《碧梧蒼石圖》的十五人，《全金元詞》所注出處均是「珊瑚網名畫題跋卷八」。而明人汪砢玉《珊瑚網》的不同版本有較大差異，以《適園叢書》本與《四庫全書》本爲例，《四庫全書》本《珊瑚網》著録《題碧梧蒼石圖》時，僅存八人《清平樂》題詞，與《適園叢書》本相比，少了七人與七首《清平樂》，其中包括陸行直自己。出處，作爲特例加注「《適園叢書》本《珊瑚網》名畫題跋卷八」更便覆檢。

總集編撰的基本要求，一是文獻是否相對完備，二是引録是否規範。與之相比，《全金元詞》普遍問題是，引録元詞文本，原始文獻具在，卻主要借助《彊村叢書》等清人編録的元詞總集、輯本，捨本求末，同時加大了差錯比例。

對文獻捨本求末，增加了《全金元詞》工作量，但並没有提高學術含量。如《全金元詞》下册八一〇—八一三頁，編録滕賓詞十首。最後一首《奪錦標》有編者按語：「此首見劉輯滕賓涵虚詞，不知據何本。周泳先輯滕賓玉霄集無此首。檢花草萃編卷十有此首，但作者注應滕賓（疑當作滕應賓）。」「涵虛詞」「玉霄集」「花草萃編」都是後人輯本、選本。《奪錦標》原始出處是元時安南人黎崱所編《安南志略》卷十七，所謂「應滕賓」，不是「滕應賓」（如是，就不該編在滕賓名下）而是「翰林應奉滕賓」，因輯録時文字缺失，成了難於索解的「應滕賓」。離開原始出處的校勘，反而增加了（不是解決了）疑難。

最後附帶一提，《全金元詞》的《作者索引》差錯亦多。如王結，《全金元詞》有其詞（下册八七三至八七六頁）十四首，但《作者索引》卻無其人。《作者索引》的錯別字也較多，如八畫，「金絅」「岳瑜」均誤，十一畫的「張玉孃」寫作「張玉穰」。詞人所在，也有偶誤，比如「湯彌昌」，注明在「一〇四六」頁，實際在「一〇七六」頁。

前言

詞，是詩歌之一體。興起於唐，盛行於南北宋。元詞，處在銜接唐宋與明清的結合部位。元朝文學，是中華文學史一個全新時期的起點：詩歌、散文、戲曲、小説，四種文體齊聚文學界。元代的散曲，是元曲組成部分，元曲成爲二十世紀中國古代文學研究的重點。詞，源於民間「詠唱」，而散曲與其類似。詞、曲分立文壇，是元代文學的特點之一。重視散曲，不能忽略元詞。

中國社會科學院文學研究所建所以來成就突出的學科，有元代文學與文獻，鄭振鐸、孫楷第、吴曉鈴、鄧紹基、吕薇芬等先生，先後學術傳承，成果輩出。《古本小説叢刊》與《古本戲曲叢刊》，以及《中華文學通史·元代文學》，成爲文學研究所標誌性建樹。《元詩文獻集成研究》結項，《全元詩》六十八册由中華書局出版。《元詞文獻集成研究》則立項爲中國社會科學院重點課題。《元詞文獻集成研究》的最終成果即《全元詞》。而有關延伸性課題，將貫通詞史路徑、銜接唐宋與明清的詞學研究，爲進一步編著《元代筆記叢刊》與《元代文學家著述家彙傳》打下基礎，爲元代文學領域提供了新的成果。就詞學而言，文學研究所俞平伯、陳祖美、劉揚忠等先生的著述，受到學界普遍稱引。

近二十年來，我們在編撰《全元詩》的前期，在做元代文獻普查的同時，把元詞、元代筆記等相關學術領域也納入了文獻普查序列。元代文學文獻的普查，雖説艱難繁巨，佔用了大量時間與經費，但受益匪淺。

明王世貞《藝苑卮言》有「元有曲而無詞，如虞趙諸公輩，不免以才情屬曲，而以氣概屬詞，詞所以亡也」之論。通過文獻普查，我們認爲，元詞並非如此前所謂，是宋詞餘波，或是元曲附庸。元詞不但是元代文學諸體之一，也是中國詞學的重要段落。有了元詞，元代文學的南北融合、貫通東西的特點，才更加鮮明。元詞與唐宋詞、金詞以及明清詞，都是文人披露情懷的載體，一脈相承，各具特點。

《全元文》與《全元詩》先後編成並出版，《全元詞》有助於提升古代文學特別是元代文學與文獻的整體學科水準與關注度，爲中國古典詞學打通了學術路徑。

《全元詞》通過張翥、薩都剌、張埜、劉敏中、仇遠、王惲、許有壬兄弟父子等元詞名家作品，充分展示出元詞特點。例如張翥與薩都剌，都是足跡遍佈南北不同地域的詞人，在其詞作之中，人文情懷是貫穿行跡的內容。色目雙語文學家、散曲家貫雲石、薛昂夫，都有詞作流傳至今。詞作選入《詞綜補遺》卷十七的詞人拜住，則以「國書」（蒙古文）作詞（《詞話叢編》三册二三七八頁）。「元曲四大家」之一的白樸，詞曲兼工，詞作結爲《天籟集》二卷。汪元量《鶯啼序》詞，以「爲爾翻成，太平樂府」作結句，表達出對以詞曲連接中原南北的嚮往。

元初，早期編刊出版的元代分體文學總集（詞總集），流傳至今者是《精選名儒草堂詩餘》，全書由「廬陵鳳林書院輯」，刻有版銘：「方今車書混一，名筆不少。」並且表示，再有詞人的佳作，將「陸續梓行」。成爲詞學與宋、金接軌的標志。

《詩淵》是元代詩詞輯佚淵藪。《詩淵》卷帙之中，有元代詞人周權的詞五十四首。周權是元代詩詞大家，《元四家集》有《此山集》十卷傳世，存詞三十四首。《詩淵》的五十四首周權詞，全不見載於《此山集》，是佚詞，數量幾乎超過《此山集》存詞一倍。但通過一首首比勘，最終確認，這五十四首佚詞除一首《失調名》之外，全部是金朝道士譚處端所作，並編入其《水雲集》之中，不在《全元詞》收録範圍。

元人孔齊《至正直記》卷一「古陽關」，記載中亞鐵門地方「其門石壁凌雲，上有鐫字曰古陽關」，並有一首元人抵達當地的題詞〔青門引〕。鐵門，即鐵門關，是西域古地，故址在今烏兹別克斯坦共和國捷爾賓特城以西十餘公里處。玄奘西行取經曾經此前往印度。成吉思汗經略西域，爲征討花剌子模國，也曾路過。

《至正直記》的出處是《和林志》。〔青門引〕詞云：

憑雁書遲，化蝶夢速。家遥夜永，番然已到。稚子歡呼，細君迎迓，拭去故袍塵帽。問我假使萬里封侯，何如歸早？　時運且宜斟酌，富貴功名，造求非道。靖節田園，子真巖谷，好記古人真樂。此言良可取，被驢嘶恍然驚覺。起來時，欲話無人，賦與黄沙衰草。

這是中國古典詞曲之最，是寫作地點距中原最遠的漢語紀游紀夢之作。孔齊大概也爲這首〔青門引〕詞感到振奮，説「不知何人所作也」。它無疑是蒙元路經者的題詞。也許就是元世祖之孫（晉王甘麻剌）軍中的漢人或用漢語寫作的蒙古色目人信手所寫，銘壁志感。這首〔青門引〕的境界，非元人不能道。

唐圭璋先生《全金元詞》編撰在數十年前，其中金詞、元詞各一册，與《全宋詞》並稱，首創之功不可没。爲體現出二十一世紀以來元代文學與文獻的學術進展，始有編撰《全元詞》之議。在宋、金、元的分期方面，《全元詞》以體現元詞全貌與發展脈絡爲主旨。詞人傳記撰寫、生平考證方面，則充分利用了《全元文》《全元詩》與《元人傳記資料索引》的文獻積累，力求行文準確嚴謹，出處清楚，有助理解詞作背景與恢復元詞發展過程。在底本選擇、文本校勘方面，《全元詞》則以目前文獻學公認的通則爲依據，《全金元詞》改動原文不出校記、不説明依據，則不可取。有别集傳世的詞人之作，不能舍本求末，僅以總集或彙抄本爲唯一出處，儘可能追溯文獻來源，選擇善本作底本，精確校勘。

《全元詞》的詞學顧問爲劉揚忠先生。

「元詞文獻集成研究」課題組負責人楊鐮，擔任《全元詞》主編。編撰者是：楊鐮、張頤青、張建偉、韓璐、劉倩、黄雲生。

凡例

一、《全元詞》編入三四〇位元代詞人的四六三九首詞作。

二、元代建國不足一個世紀，便爲朱元璋的明朝取代。對詞人歸屬的朝代，没有遵從「亡國時已二十歲，即歸屬本朝」的成見，具體參考了有關總集與地方志、選本等的判定，以其作品——詞——主要寫於哪個朝代爲依據。

三、文獻之中的無名氏作品以及斷句，未編入集中。小説戲曲等的詞人與詞作，例如《春夢録》《林下詞選》《蘭雪集》等所録，均未編入集中。以闡述宗教理論爲宗旨的成卷或零篇詞作，以及竹枝詞（《西湖竹枝詞》等）、宫詞，暫未編入集中。

四、編録作品時，儘可能一一追溯文獻來源。出處不同者，則作出校勘，例如張翥。未見到原始文獻者，則通過分析比較，參照總集、方志等出處，予以收録。無别本參考（如僅見於《詩淵》者），對明顯錯誤作出校勘，均有相應校記。

五、同一作者的某個詞牌之下，收入不止一首詞作，均照底本標注次序編排。

六、作者小傳與編入的詞，凡屬整理者所作的按語、校記，均附在小傳或詞作之後。底本原有的校注與附録文字，均從底本編録。元代文獻之中，凡詞人生平的有關内容有不同記載，暫列入小傳。

七、所編入詞作，標點時主要依據吴藕汀先生著《詞名索引》（修訂本），參考了唐圭璋先生《全宋詞》《全金元詞》、胡雲翼先生編著《宋詞選》、劉揚忠先生、蘇利海先生《絶妙好詞注評》、吴則虞先生校輯《山中白雲詞》等詞總集與選注本。

八、爲便於讀者閲讀、檢索，《目録》中注明每一位詞人在《全元詞》之中編入了多少首詞，並在卷末附以詞人索引、詞牌索引。

目録

丘處機 存詞一五四首

尹志平　存詞一六九首

白樸　存詞一〇五首

胡祗遹 存詞二十三首

方逢振 存詞一首

張弘範　存詞三十四首

汪元量　存詞六十四首

姚　雲　存詞九首

趙　文　存詞三十一首

黄公紹　存詞三十首

張伯淳　存詞二十二首

張之翰　存詞七十首

趙必瑑　存詞三十一首

鮮于樞　存詞四首

劉因 存詞三十四首

程鉅夫　存詞五十五首

吴　澄　存詞十一首

王　奕　存詞二十七首

盧摯 存詞二十四首

劉將孫　存詞二十一首

王　旭　存詞二十八首

滕　賓　存詞十一首

詹玉　存詞十五首

廉　惇　存詞一首

釋善住　存詞十三首

馬祖常　存詞一首

吴　鎮　存詞三十九首

張可久　存詞六十六首

喬　吉　存詞四首

洪希文　存詞三十三首

王國器　存詞十三首

李孝光　存詞二十七首

偰玉立　存詞一首

楊維楨　存詞九首

謝應芳　存詞六十五首

舒頔　存詞二十一首

袁士元　存詞七首

貝　瓊　存詞十五首

劉　夏　存詞五首

陶　安　存詞二十四首

郭鈺　存詞二首

吴　會　存詞八首

袁　華　存詞一首

陶宗儀　存詞六首

許　楨　存詞十首

黄　樞　存詞四首

林　弼　存詞三首

楊　基　存詞七十一首

高啓　存詞三十三首

華悰韡　存詞二首

丘處機　存詞一五四首

丘處機（一一四八—一二二七），字通密，道號長春子。登州棲霞（今屬山東）人，全真道教七真之一。元太祖十五年，率門徒應召西行，十七年，拜見太祖成吉思汗于西域雪山，所言爲太祖嘉許。十九年還歸燕山之長春宫。享年八十歲。著有《磻溪集》六卷、《青天歌》一卷、《攝生消息論》一卷。陶樑《詞綜補遺》卷二十存其詞三首。

無俗念　居磻溪

孤身蹭蹬，泛秦川、西入磻溪鄉域。曠谷巖前幽澗畔，高鑿雲龕棲跡。煙火俱無，簞瓢不置，日用何曾積。飢餐渴飲，逐時村巷求覓。　選甚冷熱殘餘，填腸塞肚，不假珍羞力。好弱將來餬口過，免得庖廚勞役。壯貫皮囊，熏蒸關竅，圖使添津液。色身輕健，法身容易將息。

校：詞牌下原注：「十二首，亦名酹江月。」「曠谷」，《道藏》本《磻溪集》作「曠峪」。

無俗念　歲寒守志

同雲瑞雪，正三冬、鬱閉嚴凝時節。寂寞山家孤悄悄，終日無人談説。敗衲重披，寒埪獨坐，夜永愁難徹。長更無寐，朔風穿户淒冽。　求飯朝入西村，臨泉夾道，玉葉淩花結。陝西有一種草，長二尺許，不知名，秋冬則上莖死下莖活，曉寒則於半莖之間結冰二稜，如箭羽狀。凍手頻呵仍自恨，濁骨凡胎爲劣。晝夜參差，飢寒逼迫，早晚超生滅。須憑一志，撞開千古心月。

無俗念 枰棊

前程路遠，未昭彰、金玉仙姿靈質。寂寞無功天賜我，棊局開顏銷日。古柏巖前，清風臺上，宛轉晨餐畢。幽人來訪，雅懷閑鬬機密。初似海上江邊，三三五五，亂鶴羣鴉出。打節衝關成陣勢，錯雜蛟龍蟠屈。妙筭嘉謀，斜飛正跳，萬變皆歸一。含弘神用，不關方外經術。

校：「衝關」，底本作「衝聞」，據《道藏》本《磻溪集》、《彊村叢書》本《磻溪詞》改。

無俗念 讚師

漫漫苦海，似東溟、深闊無邊無底。逯逯羣生顛倒競，還若遊魚争戲。巨浪浮沉，洪波出没，嗜欲如癡醉。漂淪無限，化鵬超度能幾。唯有當日重陽，惺惺了了，獨有衝天志。學易年高心大悟，掣斷浮華韁繫。十載丹成，一時功就，脱殼成蟬蜕。從師别後，更誰風範相繼。

無俗念 蓑衣

深溪古岸，到秋來、莎密茸茸無極。揀擇修纖歸洞府，虚落晴天吹炙。兩束絲乾，千條繩就，不假良工織。閑軒親自，結成漁父裝飾。時伴樵牧嬉遊，青山緑水，帶雨和煙適。妙絶堪珍幽徑晚，披雪衝開蘆荻。我本忘名，人皆易號，唤作蓑衣客。磻溪皆呼蓑衣先生。佗年功滿，化雲天上無跡。亦作化雲巖上留跡。

校：「深溪」之「深」，底本闕，據《道藏》本《磻溪集》、《彊村叢書》本《磻溪詞》補。

無俗念　竹

虛心翠竹，禀天然、一氣生來清獨。月下風前堪賞翫，嘲謔令人無俗。嫩葉蕭騷，隆冬掩映，秀出千林木。英姿光潤，狀同玄圃寒玉。　好事東里田侯，乃東鄰庵主也。南溪新種，使我開青目。盡日高吟窗外看，風颭筠梢摇緑。冉冉幽香，蕭蕭踈影，坐卧清肌肉。雲龕閑伴，雅懷惟稱仙福。

校：「田侯」，底本作「曰侯」，據《道藏》本《磻溪集》、《彊村叢書》本《磻溪詞》改。

無俗念　月

偎巇傍隴，搤音隘。長更、蕭索昏魔非一。皓月澄澄山上顯，天角輝輝初出。露結霜凝，金華玉潤，淡蕩何飄逸。清臨寰宇，發揚神秀姿質。　懮愴六合羣情，淹沉幽昧，慘怛劬勞疾。大闡良因弘濟度，皆得逍遥寧謐。浩氣騰騰，餘光藹藹，至性那虧失。圓明法界，法輪常自充實。

校：「充實」之「實」，底本闕，據《道藏》本《磻溪集》、《彊村叢書》本《磻溪詞》補。

無俗念　暮秋

霜風蕩颺，舞飄零、木葉斜飛阡陌。極目長郊凝望處，衰菊斕斒猶坼。點點蒼苔，漫漫朝露，漸結清霜白。山川高下，盡成一片秋色。　蕭灑萬物摧殘，淒涼天氣，愁損征途客。水谷雲根無可翫，獨有蒼蒼松柏。悟道真仙，忘機逸士，亘古同標格。欺寒壓衆，自來天地饒得。

無俗念　述懷

羣山四瀆，暮天晴、揮斥陰魔潛伏。太一巘前風道快，千尺波飜蟾足。怒雪驚濤，衝堤拍岸，雷輥雲飜逐。青鷗白鷺，月明江上飛速。　高下萬疊千羣，相呼相召，會合清江曲。寶月神珠時逗引，輥出都忘鈴束。踴躍飄飄，玲瓏燦燦，價忽連城玉。含弘光大，上天入地飜覆。

無俗念　仙景

十洲三島，運長春、不夜風光無極。寶閣瓊樓山上聳，突兀巍峨千尺。緑檜喬松，丹霞密霧，簇擁神仙宅。漫漫雲海，奈何無處尋覓。　遥想徐福當時，樓船東下，一去無消息。萬里滄波空浩渺，遠接天涯愁碧。痛念人生，難逃物化，怎得遊仙域。超凡入聖，在乎身外身易。

校：「無極」、「瓊樓」，底本漫漶，據《道藏》本《磻溪集》、《彊村叢書》本《磻溪詞》補。「遥想」，《道藏》本《磻溪集》作「遥思」。「愁碧」，《道藏》本《磻溪集》作「秋碧」。

無俗念　樂道

迎今送古，歎春花秋月，年年如約。物换星移人事改，多少飜騰淪落。家給千兵，官封一品，得也無依託。光陰如電，百年隨手偷却。　有幸悟入玄門，擘開疑網，撞透真歡樂。白玉壺中祥瑞罩，一粒神丹揮霍。月下風前，天長地久，自在乘鸞鶴。人間虛夢，不堪回首重作。

校：「揮霍」，底本作「輝霍」，據《彊村叢書》本《磻溪詞》改。

無俗念　性通

法輪初轉，慧風生、陡覺清涼無極。皓色凝空嘉氣會，豁蕩塵凡胸臆。五賊奔亡，三尸逃遁，表裏無蹤跡。神思安泰，湛然不動戈戟。　信步紫陌紅塵，飢餐渴飲，度日隨緣覓。物外閑中天地寶，時復玎鐺敲擊。後約參師，前程歸路，自有真消息。鶴書來召，坐升雲漢遊歷。

校：「塵凡」，《道藏》本《磻溪集》作「塵煩」。

沁園春　示衆

世事紛紛，似水東傾，甚時了期。歎利名千古，争馳虎豹，丘原一旦，總伴狐狸。枳棘叢中，桑榆影裏，亂塚堆堆誰是誰。君知否，謾徒勞百載，空皺雙眉。　争如歸去來兮。放四大、優遊無所爲。向碧巘古洞，完全性命，臨風對月，笑傲希夷。一曲玄歌，千鍾美酒，日月循環不老伊。童顔在，鎮龜齡鶴壽，罷唱黄雞。

校：詞牌下原注：「六首。」「罷唱」，《彊村叢書》本《磻溪詞》作「唱罷」。

沁園春　示衆

列鼎雄豪，兔走烏飛，轉頭悄然。似電光開夜，雲中乍閃，晨霜迎日，草上難堅。立馬文章，題橋名譽，恍惚皆如作夢傳。争如我，徹忘機息慮，返樸歸原。　壺中異景堪憐。是別有風花雪月天。翫四時時見，祥雲瑞氣，三光光罩，玉洞瓊筵。滿泛流霞，高吟古調，骨健神清丹自圓。真堪愛，待功成一舉，永鎮飛仙。

沁園春　示衆

智慧男兒，速悟塵勞，勿將性疲。但此身彼物，皆名幻化，多虚少實，不可追隨。萬種纏綿，千般汩没，荏苒光陰老却伊。争如向，大玄真教法，討論希夷。　乾坤蕩蕩無依。似一片、閑雲出世奇。悟性宗合道，恩山易挫，神舟得岸，苦海難迷。行滿功成，仙游羽化，物外何如土底歸。無佗事，要昇天入地，俱在心爲。

校：「智慧」，《彊村叢書》本《磻溪詞》作「智勇」。

沁園春　心通

大智閑閑，放蕩無拘，任其自然。寄雅懷幽興，松間石上，高歌沉醉，月下風前。玉女吹簫，金童舞袖，送我醺醺入太玄。玄中理，盡浮沉浩浩，來去綿綿。　奇哉妙景難言。算别是、人間一洞天。傲立身敦厚，山磨歲月，從佗輕薄，海變桑田。神氣沖和，陰陽昇降，已占逍遥陸地仙。無煩惱，任開懷縱筆，狂寫詩篇。

校：「傲立」，《彊村叢書》本《磻溪詞》作「要立」。「狂寫詩篇」，底本作「狂寫篇」，據《道藏》本《磻溪集》補，《彊村叢書》本《磻溪詞》作「端寫靈篇」。

沁園春　讚佛

浄梵王宫，太子殷勤，雪山六期。把世情我態，絲毫斷念，雲根水谷，麻麥充飢。芥納須彌，毛吞大海，自古男兒了悟時。超生滅，任循環宇宙，不管東西。　圓成無得無知。信法界、空空寂滅機。又勿勞習定，安禪作用，偷閒終日，打坐行治平音。。大理無時，真功非相，動静昏昏合聖規。無高下，但能通般若，總證牟尼。

校：「殷勤」之「勤」，底本漫漶，據《道藏》本《磻溪集》、《彊村叢書》本《磻溪詞》補。

沁園春 九日號縣傅宅作 朝真醮

曄曄重陽，秀氣飄飄，廓周大千。正故庵交會，賓朋浩浩，每年重九日，道友集祖庵燒香。青霄依約，鴻雁翩翩。是處登高，銜杯逸興，放曠猶如陸地仙。朝真會，讚金風淡蕩，玉露新鮮。黄花嫩蕊堪憐。散臬臬、清香滿坐傳。使衆人得味，皆明至道，羣鶯無語，獨王去音。秋天。豔杏妖桃，繁華春景，莫與迎霜敢鬭堅。乘佳趣，對芳叢爛飲，一醉三年。

校：「三年」，《彊村叢書》本《磻溪詞》作「千年」。

水龍吟 西號

鳳鳴南邑清嘉，大仙降跡行鸞地。琳宫寳閣，星壇月館，槐陰竹翠。煙蓋雲幢，影摇寒殿，往來呈瑞。向虚亭東望，平川似錦，洪河泛。渺天際。山秀水甜人義。遍坊村、各生和氣。我來不忍，輕歸劉蔣，乃故庵村名。天心地肺。須待他時，暗淘真秀，育成丹桂。去長安路上，眠冰卧日，作終身異。

校：詞牌下原注：「六首。」詞題，陶樑《詞綜補遺》卷二十作「題虚亭」。「山秀」，作「水秀」。「乃故庵村名」，作「今祖庵大重阳宫地名劉蔣村」。

水龍吟　警世

算來浮世忙忙，競争嗜欲閑煩惱。六朝五霸，三分七國，東征西討。武略今何在，空悽愴，野花芳草。歎深謀遠慮，雄心壯氣，無光彩，盡灰槁。　歷遍長安古道。問郊墟、百年遺老。唐朝漢市，秦宮周苑，明明見告。故址留連，故人消散，莫通音耗。念朝生暮死，天長地久，是誰能保。

水龍吟　夜晴

夜晴寥廓初寒，淡天瑩徹瑠璃翠。無陰樹下，長安樓上，月明風細。百禍潛銷，萬家同賞，一般清味。見金星朗朗，銀河耿耿，交光燦，滿天地。　流轉碧空如水。任縱横、略無凝滯。衡山拍海，傾光騰秀，綿綿吐瑞。達了從兹，寶餅堅固，玉漿時泥去音。把衷情欲訴，何人會得，且陶陶醉。

校：「淡天」，《彊村叢書》本《皤溪詞》作「碧天」。「瑩徹」，作「瑩澈」。

水龍吟　春興

昊天空闊初晴，氣迴萬物欣欣茂。亭臺俯仰，山川高下，莊成錦繡。碧洞清泉，響聞迢遞，一聲長溜。更時時注目，悠悠遠看，青峰上，白雲湊。　無限靈禽異獸。慰閑心、不辭柴瘦。含風翠柏，雙崖争長，千株競秀。耀日丹臺，四時爲伴，百年隨壽。任寒來暑往，星移物换，得高眠晝。

水龍吟

洞天春色盈盈，亂山秀出千堆錦。雲收雨斂，曉晴煙淡，碧空横枕。高卧怡怡，頓開懷抱，釋迷忘寢。看仙花瑞草，迎風照日，騰光彩，異凡品。　歡慶時豐歲稔。萬邦寧、百邪俱禁。太平國裏，長安陌上，縱横有甚。大道無疑，傍門斜徑，不須詳審。是從來浩劫，神仙過路，但曾經恁。

水龍吟 道運

混元南嶽初開，瑞雲透出昆侖表。星移電轉，陰昇陽降，紅光縹渺。鶴舞鸞翔，看烏龜共，赤龍蟠遶。盡鴻濛一氣，烹成造化，神仙道，片時了。　雲散十方三島，洞天深、月明風裊。此時占得，長生門户，遐齡體調。吟詠從佗，海移山變，石枯松老。伴煙霞獨向，非非境外，恨知音少。

校：「赤龍」，《道藏》本《磻溪集》作「赤蛇」。「三島」，底本作「三界」，據《道藏》本《磻溪集》改。

滿庭芳 述懷

漂泊形骸，顛狂蹤跡，狀同不繫之舟。逍遥終日，食飽恣遨遊。任使高官重禄，金魚袋、肥馬輕裘。争知道，莊周夢蝶，蝴蝶夢莊周。　休休。吾省也，貪財戀色，多病多憂。且麻袍葛屨，閑度春秋。逐疃巡村過處，兒童盡、呼飯相留。深知我，南柯夢斷，心上别無求。

校：詞牌下原注：「四首。」

滿庭芳 警世

百尺危樓，千間峻宇，豔歌出入從容。幻身無賴，何異燭當風。舊日掀天富貴，當時耀、絶代英雄。百年後，都歸甚處，一旦盡成空。　諸公。聞早悟，抽身退跡，躍出樊籠。念本初一點，牢落無窮。幸遇時平歲稔，偷閑好，消息圓融。忘機處，靈波湛湛，獨鎮水晶宫。

校：「躍出樊籠」，《彊村叢書》本《磻溪詞》作「跳出樊籠」。

滿庭芳

余自東離海上，西入關中，十五餘年，捨身求道，聖賢是則，墳塋罷修，考妣枯骸，孰加憐憫。邇聞鄉中信士，戮力葬之，懷抱不勝感激，無以爲報，遂成小詞，慇懃寄謝云。

幼稚抛家，孤貧樂道，縱心物外飄蓬。故山墳壟，時節罷修崇。幸謝鄉豪併力，穿新壙、起塔重重。遺骸並，同區改葬，遷入大塋中。　人從。關外至，皆傳盛德，悉報微躬。耳聞言，心下感念無窮。自恨無由報德，彌加志、篤進玄功。深迴向，虔誠道友，各各少災凶。

滿庭芳　九日

寒雁聲迴，園林色變，暮秋別是風光。練波横地，錦樹應天長。過雨雲山磊落，迎霜茂、金菊芬芳。佳辰會，千門萬户，歡笑慶重陽。　嘉祥。誰得遇，吾門四友，極味先嘗。乃頻霑清露，時倒霞漿。飲罷醍醐灌頂，歸來後、月滿虚堂。無愁思，陶陶快樂，酩酊入仙鄉。

校：「應天長」，《道藏》本《磻溪集》作「映天長」。

神光燦

悲歡絶念，視聽忘懷，從初號曰希夷。不曉根源，剛强説是談非。百般拈花摘葉，謾徒勞、使盡心機。這些事，筭人人易悟，個個難依。　不在唇槍舌劍，人前鬬、惺惺廣學多知。上士無争，只要返樸除疑。冥冥放開四大，把塵勞、一旦紛飛。認得後，管教賢、拍手笑歸。

校：詞牌下原注：「三首，本名聲聲慢。」

神光燦

推窮三教，誘化羣生，皆令上合天爲。慕道修真，行住坐卧歸依。先須保身潔浄，内常懷、愍物慈悲。挫剛鋭，乃初心作用，下手根基。款款磨礱情性，除貪愛、時時剪拂愚迷。福慧雙全，開悟自入希夷。靈臺内思不疚，任縱横、出處何疑。徹頭了，儘虚空、裁斷是非。

神光燦

修真門户，大道家風，長春境界無邊。秀氣盈盈，閑裏別有壺天。天中自然快樂，運三光、日月周旋。忘伎巧，任淳風坦坦，聖道平平鼻駢切。一念還鄉寂處，三宫罩、清靈萬派歸源。浩浩神光，來去透骨綿綿。行人頓除造作，待功成、指日登仙。未行者，向詞中、明取一言。

校：「寂處」，《彊村叢書》本《磻溪詞》作「宿處」。

上丹霄　迷惑

洞天清，神山秀，少人行。盡貪戀、世夢峥嶸。仙風瑞景，眼前雖頓却如盲。愛河終日，競浮沉、來往縱横。東方出，西方没，南方死，北方生。四方轉、異類飜騰。區區甚日，道眸開闡欲心更。願將靈質，悟空華、彼岸高登。

校：詞牌下原注：「三首，本名上平西。」

上丹霄　贈京兆府統軍夾谷龍虎

感皇恩，承天詔，控西南。大門敞、高對煙嵐。雙權再任，過期無代復登三。晏然軍國，事和平，災害封緘。年將暮，心歸道，搜玄路，訪清談。降尊寵、謙下無慚。山人放曠，本來無得有何參。但能慈忍，戒荒淫、名掛仙銜。

上丹霄　答隴州防禦裴滿鎮國

厭塵勞，拋家計，慕清閑。向物外、觀照人間。須臾變滅，蜃樓欹側海濤飜。暫時光景，轉身休、百歲如彈。掀天富，傾城麗，過人勇，徹心姦。盡逐境、顛倒循環。紛紛醉夢，往來争奪苦摧殘。不如聞早，伴煙霞、高卧雲山。

月中仙　賞月

日色西沉，上高臺迴觀，天地寥廓。疎星隱現，空去音。一輪明月，昭昭無著。皓然三界外，似百煉、青銅鑑躍。處處恩光被，家家照臨，庭户啓溟漠。長生萬里清風，助乾坤蕩摇，雲霧難作。仙宫寶殿，正爛霞金碧，相輝參錯。大哉銷夜景，鎮千古、含弘磊落。有志攀青桂，蟾宫兔邊看擣藥。

校：詞牌下原注：「三首。」「迴觀」，《彊村叢書》本《磻溪詞》作「迥觀」。

月中仙　山居

側磬懸鐘，慕巢由隱淪，活計蕭索。天然耿介，愛一身孤僻，逍遥雲壑。利名千種事，我心上、何曾挂著。幸遇清平世，諸軍宴安，刀劍罷揮霍。民歌兩穗之豐，教門興我忘，三島之約。來賓去友，遞日常幽谷，驂鸞騎鶴。洞前無限景，異花秀、香風噴薄。更謝汧源衆，衣餐助余長嘯樂。

校：「衣餐」，《彊村叢書》本《磻溪詞》作「友餐」。

月中仙　對松

落落長松，倚浮雲大山、高占幽僻。亭亭隱士，愛洞天巘穴，深藏虚極。對門開是景，掛猿狖、離羅峭壁。盡日無佗事，唯調虎龍，交媾坐磐石。　時時鶴聽嘉音，動笙篁轉流，空外飄激。人明至道，惡管絃幽噎，花間沉溺。出羣常羡此，歲寒重、孤凝黛色。煉性超於彼，身閑永同居壽域。

瑶臺月　自詠

平生懶墮。只贏得、無憂一枕高卧。蓬頭垢面，不管形骸摧挫。任三光、日夜奔馳，放四大、林泉擔荷。深溪畔，幽巘左。青山擁，白雲鎖。災禍。雷轟電掣，無由近我。　日午起行了還坐。把舊習般般打破。清閑處，唯有這些兒箇。倦貪心、樂受貧窮，愛恣意、慵興煙火。糧無貯，丹無貨。蕭然唱，灑然和。堪可。神仙未了，優遊且過。

校：詞牌下原注：「二首。」「垢面」，底本作「構面」，據《道藏》本《磻溪集》、《彊村叢書》本《磻溪詞》改。

瑶臺月　勸酒

浮名浮利。歎今古、悠悠顛倒人泥去音。。茫茫宇宙，多少含靈愚智。盡勞生、終日貪圖，競抵死、奔波沉滯。觀烏兔，嗟身世。百年壽，一春寐。虚費。争如滿酌，流霞送醉。　助四大聊壯神氣。辨萬化休論富貴。時時訪，山谷道人游戲。㕲猖狂、物外高吟。慶滑辣、杯中美味。開懷抱，忘愁繫。解其忿，挫其鋭。遥致。青松皓鶴，綿綿度歲。

木蘭花慢　轉輪

歎靈源曠代，本無極，信優游。自樸散形生，銷磨混沌，落入行囚。竛竮四方宛轉，向迷津、大海苦淹留。法界羣情擾擾，夢魂千古悠悠。　淪流。販骨如山，知何日，是程頭。好鍛煉真空，三光慧照，萬劫雲收。終須捨身拚命，更惜頭護面幾時休。裂碎中間一點，便超得岸神舟。

校：詞牌下原注：「二首。」

木蘭花慢　西號作善者多而感應屢至

佇登臨曠望，湧雲氣，北山興。旋恍惚陰陽，虚無變化，寥廓充盈。奇峰狀如太華，矗稜層、峻極染空青。急雨飜盆潑墨，迅雷激電飛聲。　威靈。大騁神通，三伏暑，結凝冰。歎是處飄風，良田遇害，廈屋遭傾。唯斯道鄉幸感，屢涔涔至也忽然輕。深信皇天輔德，善因惡果分明。

望海潮　學道

神仙風範，長生門户，從來道德爲基。餘外萬般，留心一念，顛狂造作皆非。真教示開迷。自上古軒轅，龍駕騰飛。代代相傳授，至今日，盡歸依。　虚無千聖同規。蓋摧殘嗜欲，剖判天機。貪利喻讎，觀身似夢，婪耽不整容儀。恬素返希夷，任垢面蓬頭，紙襖麻衣。行滿都拋却，泛寥廓，步雲霓。

校：詞牌下原注：「二首。」「騰飛」，《彊村叢書》本《磻溪詞》作「齊飛」。「垢面」，底本作「構面」，據《道藏》本《磻溪集》、《彊村叢書》本《磻溪詞》改。

望海潮 脱俗

堅牢基址，清閑門户，生涯不比塵緣。幽曠大山，通明上士，逶迤仿傚神仙。勤動向巖前。緩植桂栽松，藥圃芝田。萬仞高峰下，伴龜鶴，度流年。吾常志僻心顛。愛簞瓢淡薄，詞翰嘲掀。幽洞小溪，開懷取興，時成短句長篇。馳馬勝花牋。任奮筆狂吟，走霧飛煙。放蕩如如性，混終日，恣乾乾。

醉蓬萊 九月十八日西虢劉氏醮

乍三清鶴降，萬里雲收，昊天空翠。玉磬琅琅，動乾坤聲鋭。盡日修齋，虚堂設醮，慶大仙恩惠。滿獻霞觴，長歌妙曲，留連師意。二九良辰，菊花開遍，正是重陽，素秋佳氣。爛漫香風，健飄飄丹桂。秀景稀逢，上真難遇，幸一時相際。雁影沉沙，蟾光照夜，醺醺同醉。

校：詞牌下原注：「一首。」

齊天樂 憶法眷

自東離海上，元本三州，四人同契。異域殊鄉，同行並坐，終日相將遊戲。談玄論妙，究方外清虚，道家真味。唱和從容，一時法眷情何義。如今分頭迥然，苦志勤心，磨煉各逃傾逝。既是飄零，難爲會合，幽僻關山迢遞。乾坤間隔，望落落猶如，曉星之勢。再遇何年，駕雲朝王帝。

校：詞牌下原注：「一首。」

漢宮春　苦志

□十年間，大魔交正陣，約度千重。狂弓迸箭暗窗，零落無窮。因心睡覺，透歷年、無礙真宗。興慧劍，羣魔自然消散，獨騁威雄。　出入鋭光八表，算神機莫測，天網難籠。驅雲掃霧蕩摇，法界無蹤。飛騰變化，任太虚、蕭瑟鳴風。巡四海，峥嶸往來，幾個人同。

校：詞牌下原注：「一首。」

留客住　修道

四元遇。過華山、共臨秦地，詠歌談笑，暗闡重陽嘉趣。無爲自令人化，有幸天使，官磨相間阻。東連海上，奮三公高義，大開門户。　教行普。歎我離羣，忘形慵舉。内省無愆，外患何憂何懼。三光盛衰，交變萬化，恩害相生天地數。留身且住。待青霄得志，坦然行步。

校：詞牌下原注：「一首。」

梅花引　磻溪舊隱

無名客。無牽迫。無桑無梓無田宅。古巖前。老松邊。長歌隱几，徐徐考太玄。玄中默論無生死。實際何曾分彼此。貫千經。協三靈。包含萬化，都歸一念冥。　行不勞，坐不倦。任行任坐隨吾便。晚風輕。暮天晴。逍遥大道，南溪上下平。溪東幸獲忘形友。月下時斟消夜酒。酒杯停。月華清。披襟散髮，欣欣唱道情。

校：詞牌下原注：「一首。」

六么令　法性

渾淪樸散，天地始玄黄。烏飛兔走漸生，羣物類開張。一點如如至性，撲入殞皮囊。遊魂失道，隨波逐浪，萬年千載不還鄉。　錯了鴻濛體段，憎愛日相望。却認父母形骸，做我好容光。劫劫輪回販骨，受盡苦和殃。何人聞早，尋他歸路，瑩然恢廓舊嘉祥。

校：詞牌下原注：「一首。」

芰荷香　乞食

日奚爲。信騰騰遶村，覓飯充飢。攔門餓犬，撑突走跳如飛。張牙怒目，待操心、活齦人皮。是則是教你看家，寧分善惡，不辨高低。　可歎猖猖此物，蓋多生乖劣，一性昏迷。談科演教，叮嚀掐耳難知。雖然太上，駕親臨、無處慈悲。爲人早早修持。還到恁時，發忿應遲。

校：「猖猖此物」、「蓋多生」、「掐耳難知」、「雖然」，底本漫漶，據《道藏》本《磻溪集》、《彊村叢書》本《磻溪詞》補。「發忿」，《道藏》本《磻溪集》作「發憤」。

喜遷鶯　鍊心

要離生滅。把舊習般般，從頭磨徹。愛欲千重，身心百煉，煉出寸心如鐵。放教六神和暢，不動三尸顛蹶。事猛烈。仗虛空一片，無情分別。　關結。除縲絏。方遇至人，金口傳微訣。頓覺靈風，吹開魔陣，形似木雕泥捏。既得性珠天寶，勘破春花秋月。恁時節。鬼難呼，唯有神仙提挈。

校：詞牌下原注：「一首。」「要離」、「身心」、「動三尸顛蹶」、「猛」、「關結」、「綫」、「勘」，底本漫漶，據《道藏》本《磻溪集》、《彊村叢書》本《磻溪詞》補。「魔陣」，《彊村叢書》本《磻溪詞》「魔障」。

雙雙燕　春山

春煙淡蕩，青山媚，行雲亂飄空界。花光石潤，秀出洞天奇恠。户牖平高萬丈，盡耳目、臨風一快。多生浩劫塵情，曠朗渾無纖芥。　堪愛。逍遥自在。踈枷鎖，抛離業根寃債。風鄰月伴，道合水晶天籟。無限峥嶸勝景，盡賜與、山堂教賣。千聖寶珠，酬價問君誰解。

校：詞牌下原注：「一首。」

鳳棲梧　寄東方學道者

天下風光何處好。八水三川，自古長安道。錦樹屏山方曲遶。天涯海角誰能到。　既是抛家須早早。雲水登程，莫戀閑花草。直至潼關西嶽廟。教君廓爾清懷抱。

校：詞牌下原注：「四首。」「三川」，《彊村叢書》本《磻溪詞》作「三州」。

鳳棲梧　道友見訪于磻溪

孤僻嵁巖清浄界。鑿土安身，抱道忘知解。道友相看唯莫恠。貧閑守拙無相待。　富貴功名堪倚賴。多是多非，尖嶮多成敗。玉食馨香終不耐。簞瓢寂淡常安泰。

校：「尖嶮」，《彊村叢書》本《磻溪詞》作「尖險」。

鳳棲梧　道友見訪于磻溪

今日思量當日故。知我前程，迢遞時難度。福祐不弘天不助。匆匆欲去無門去。　走骨行屍心已悟。魂夢悠悠，且向磻溪住。幸謝街坊豪傑户。時時驀謂來相顧。

校：「驀」、「顧」，底本漫漶，據《道藏》本《磻溪集》、《彊村叢書》本《磻溪詞》補。

鳳棲梧　述懷

西轉金烏朝白帝。東望銀蟾，皓色籠青桂。漸扣南華排菊會。滿斟北海醺醺醉。　醉卧終南山色裏。山色清高，夜色無雲蔽。一鳥不鳴風又細。月明如晝天如水。

校：「漸扣」之「漸」，底本漫漶，據《道藏》本《磻溪集》補。「山色裏」，《彊村叢書》本《磻溪詞》作「山色翠」。

萬年春　土埪

土穴秋來，温温漸覺陽和勝。幽棲興。道家偏稱。踈懶多貧病。　凜冽天寒，葉落山川浄。窗前競。雪飄風勁。熱焙閑吟詠。陝西呼炕爲焙。

校：詞牌下原注：「四首，本名點絳唇。」

萬年春　衲衣

衲襖秋來，著身漸覺時相稱。霜天浄。暢懷遊興。不怕西風勁。　百片千條，上下穿聯定。寬還正。外踈狂性。内放明珠瑩。

校：「遊輿」，《彊村叢書》本《磻溪詞》作「道輿」。「寬還正」之「寬」，底本漫漶，據《道藏》本《磻溪集》補。

萬年春　杜鵑

春暖煙晴，杜鵑永日啼芳樹。聲聲苦。勸人歸去。不道歸何處。　我欲東歸，歸去無門路。君提舉。有何憑據。空設閑言語。

萬年春　驚睡

秋夜沉沉，漏長睡酷多思想。須依仗。道情和暢。不縱魔軍王。　打疊神情，物物離心上。虛空帳。慧燈明放。坐待金雞唱。

校：詞題「驚」，《彊村叢書》本《磻溪詞》作「警」。

忍辱仙人　號縣元押司求

物外天機唯不審。人間世事無過恁。縱你英雄官極品。身如賃。貪饕逼迫應圖甚。　我自飢餐并渴飲。布裘不羨披綾錦。飽暖之餘邪僻禁。虛堂任。曲肱展脚和衣寢。

校：詞牌下原注：「七首，本名漁家傲。」「邪僻」之「僻」，底本漫漶，據《道藏》本《磻溪集》、《彊村叢書》本《磻溪詞》補。

忍辱仙人　春澤

數載田苗長亢旱。今春雨雪何滋漫。嘉兆分明知過半。將來看。掀天大熟歌謳滿。　二月花開成片段。千株柳發排堤岸。又待教人裝好漢。相呼喚。提壺挈榼争跳竄。

忍辱仙人　春澤

一澤天恩齊慶賀。羣生地著無饑餓。愁態眉間都蹴破。還真箇。盈街堆畝收田課。醞酒邀賓時唱和。排筵看食重堆種。醉飽腥膻心不挫。驕矜過。却憂福裏潛生禍。

忍辱仙人　春興

春日春風春景媚。春山春谷流春水。春草春花開滿地。乘春勢。百禽弄舌争春意。澤又如膏田又美。禁煙時節堪游戲。正好花間連夜醉。無愁繫。玉山任倒和衣睡。

校：「春花」之「春」，底本漫漶，據《道藏》本《磻溪集》、《彊村叢書》本《磻溪詞》補。

忍辱仙人　聲色

豪氣衝天居列鼎。笙歌聒地排淫境。玉鐙飛龍衫帽整。風流騁。不知撲入瑠璃井。滑壁千尋光似鏡。交加出路無門徑。饒你玲瓏機巧性。難逃命。與他送却頭皮影。

忍辱仙人　妙用

千古聖賢皆一軌。亘初得得從心起。除此逍遥安穩地。無餘理。自然消息恬然美。不在勞神并苦己。般般放下頭頭是。選甚花街并柳市。虚空體。本來一物無凝滯。

忍辱仙人　妙用

天下周游身不動。人間照了心無用。閑把虚空頻趯弄。行雲從。八方上下輕收縱。　兔角錐兒鑽骨痛。龜毛拂子敲山重。掃蕩邪魔靈物空。清風送。太平國裏乘鸞鳳。

黄鶴洞中仙　贈同道

都要奔波走。誰肯堅心守。南北東西總一般，此外無佗有。　踏盡鐵鞋迷，不出庵門透。水到渠成本自然，行滿功還就。

校：詞牌下原注：「三首，本名卜算子。」「功還就」之「還」，《彊村叢書》本《磻溪詞》作「成」。

黄鶴洞中仙　號縣渭南灤裏

此地風光勝。人物俱相應。水竹深藏數十家，户户知天命。　我愛清虚景，策杖尋幽徑。每日巡村轉一遭，信步閑吟詠。

黄鶴洞中仙　自述

故里在天涯，海上無名士。因遇終南陸地仙，挈我來遊此。　素愛斷蓬飛，野鶴孤雲志。頂笠披蓑人不知，便是風狂子。

望蓬萊

王喬二生架屋于渭水之南，頗遂幽曠，因以望蓬萊詞贈之。

王喬地，一曲甚清嘉。古道彎環連水石，垂楊褭㩳帶煙霞。桃李間桑麻。　其中有，崇道兩三家。知命固窮皆淡薄，樂天清儉不奢華。隨分保生涯。

校：詞牌下原注：「四首，本名望江南。」

望蓬萊　秦川

秦川好，一片錦紋華。日出雨晴山色秀，月明風急水聲嘉。千里浄無涯。　余到此，喜慶復難加。天祐時豐堪養道，地靈人傑不生邪。時復伴煙霞。

望蓬萊　南溪竹

南溪竹，騰秀入青冥。直節虛心功未顯，深根固蒂道先明。霜雪豈凋零。　休悵恨，大器晚圓成。自有孤高棲鳳質，能教倜儻化龍形。佗日看超昇。

校：題下原注：「磻溪舊隱也。」

望蓬萊　遊興

飄蓬客，天賜水雲閑。自在行時無日月，相隨到處有蓑䉶。風雨亦開顔。　修煉事，地軸鎖天關。出有入無三尺劍，長生不死一丸丹。名列上仙班。

青蓮池上客　入關

重陽羽化登仙路。兄弟如何措。各各勤修生覺悟。通無入有，静思忘念，密考丹經祖。　一時浩劫真容露。放蕩情懷任詩句。直待人間功行具。雲朋霞友，爽邀風月，笑指蓬瀛去。

校：詞牌下原注：「二首，本名青玉案。」

青蓮池上客　幽棲

一從東别長安道。西住磻溪廟。漸扣南山名跡杳。洪溝冷淡，土龕蕭洒，北府何曾到。　夜深陌上行人悄。獨聽巇前子規叫。切切松梢啼到曉。聲聲相勸，不如歸去，争奈功夫少。

校：「西住」，《道藏》本《磻溪集》作「西往」。

報師恩　削髪留髭

不僧不道不温柔。九伯人前不害羞。覺性一時超法界，知身億劫是吾因。　改頭换面人難悟，走骨行屍我不憂。得意忘形還樸去，從教人笑不風流。

校：詞牌下原注：「五首，本名瑞鷓鴣。」詞題，《道藏》本《磻溪集》作「嘲有髭僧」。

報師恩　號縣渭南濼裹

一方勝景滿川稀。水竹彎環四面圍。簇檻名花紅冉冉，當門幽檜緑依依。　争歌稚子春風舞，鬬巧靈禽曉樹啼。社内人家三十户，崇真修道壓磻溪。

校：「滿川」，《彊村叢書》本《磻溪詞》作「滿天」。

報師恩 虢縣渭南灤裏

一橫嘉景日常新。古柏森森四季春。福地清高稀俗事，名壇時復會仙賓。　人人盡喜生中國，户户虔心敬上真。唯願諸公皆省悟，同登無漏出紅塵。

校：「一横」之「横」、「名壇」之「壇」，底本漫漶，據《道藏》本《磻溪集》、《彊村叢書》本《磻溪詞》補。

報師恩 贈衆道友

神仙縹緲太虚私。世俗無由得見之。幸遇門庭開教化，臨逢齋醮莫推辭。　擔家造孽常終日，作福治平音。心只暫時。更到時來心不謹，終身何以報恩慈。

報師恩 踈慵

懶看經教懶燒香。兀兀騰騰似醉狂。日月但知生與落，是非寧辨短和長。　客來坐上心慵問，飯到唇邊口倦張。不是故將形體縱，養成貧病療無方。

校：「懶看經教」之「懶」「教」、「騰騰」，底本漫漶，據《道藏》本《磻溪集》、《彊村叢書》本《磻溪詞》補。

金蓮出玉花 得遇行化

重陽師父，昔日甘河曾得遇。大道心開，設教東游海上來。　天涯迴首，挈得吾鄉三四友。魏國昇遐，驚動秦川百萬家。

校：詞牌下原注漫漶，當爲「七首，本名減字木蘭花。」

金蓮出玉花　自述

蓬頭垢面，不管形骸貧與賤。抱樸頤神，恬淡無憂樂本真。　冰姿玉體，到了難趓沉土底。子羽潘安，泉下骷髏總一般。

校：「垢面」，底本作「構面」，據《道藏》本《磻溪集》、《彊村叢書》本《磻溪詞》改。「難趓」，《道藏》本《磻溪集》作「難逃」。

金蓮出玉花　法門寺李生求

一團殞肉，千古迷人看不足。萬種狂心，六道奔波浮更沉。　天真佛性，昧了如何重顯證。寶範仙宗，覺後憑君豁蔽蒙。

金蓮出玉花　夏旱

時當正熱，正值天高時雨闕。萬里晴暉，雲欲生來風旋吹。　如鑪天地，盡日炎炎鎔暑氣。物困人疲，憶得前春嫌雨時。

金蓮出玉花　西虢南村

南村地勝，曲水横斜穿柳徑。是處池塘，拍塞荷花映粉墻。　高堂大廈，户户如幈堪入畫。峻嶺崇岡，日日生雲遥降祥。

金蓮出玉花　青峰

雲收雨霽，露出青峰寒骨勢。野静天空，岌岌高横碧落中。南溪無景，與爾炎天銷日永。永日題詩，不賦閑愁只賦伊。

金蓮出玉花　至虢州與丹陽致魔作外界人被囚

登萊濰密，四海皆聞頭插筆。愛爭多詞，不肯饒人些子兒。余今向道，非似從前生計較。好弱都休，腦後如今没筆頭。

悟南柯　西虢劉氏作下元醮時喬生簪菊滿頭

白露三秋盡，清霜十月初。羣花零落共蕭踈。唯有重陽，嘉景獨魁梧。爛漫真堪愛，馨香不可辜。人人皆插滿頭敷。試問喬公，簪著一枝無。

校：詞牌下原注：「三首，本名南柯子。」

悟南柯　西虢劉氏作下元醮時喬生簪菊滿頭

爛漫黄金蘂，輕盈白玉枝。重陽留得下元時。醮謝星官，特地獻真師。牒奏三天主，聲聞九地司。存亡福慶已潛資。大道洪恩。兼付出家兒。

悟南柯

隴州防禦裴滿鎮國因病召余下山，將還，乃子覓言，遂書此以贈。

浩浩塵埃境，翩翩幻化軀。中情不解了須臾。任意奔波，顛倒走崎嶇。　逗引中丹壞，銷磨内藏虚。悲愁災患共縈紆。百便千方，醫療不能除。

鍊丹砂　贈西虢周道全

守分莫强圖。遣日閑居。樂天知命忍蕭踈。萬事休論成與敗，兀兀前途。　失也本來虚。得也何如。百年返覆乃須臾。不似中心存道念，賢聖相扶。

校：詞牌下原注：「一首，本名浪淘沙。」「失也」，《彊村叢書》本《皤溪詞》作「失去」。

清心鏡　警殺生

萬靈中，人最貴。超羣化，數屬三才品位。愚夫甚、却騁兇頑，便將爲容易。　殺害生靈圖作戲。全不念地獄，重重暗記。一朝若、大限臨頭，與佗家愷氣。

校：詞牌下原注：「三首，本名紅窗迥。」

清心鏡　警殺生

鬼神擒，鞭撻跪。愁開眼，强欲思量巧計。當頭把、業鏡高懸，那冤家怎諱。　拔舌剜心酬快意。全不似舊日，馨香美味。三塗任、百毒陵遲，再生人卒未。

清心鏡　贈西虢醮泉時强公病噎疾

建齋筵，須省可。休羅列，看食重重堆堶。本來要、薦福求恩，却招殃惹禍。　强老先生還見麽。莫不是受用，於身太過。如今縱、百味珍羞，眼相看嚥唾。

玉爐三澗雪　勸同道楊公不遊海

最苦三冬冰雪，難當萬里風塵。天涯海角不離身。何處參同心印。況是中丹宛轉，徒勞外景因循。爭如作伴到青春。看我行藏遠近。

校：詞牌下原注：「六首，本名西江月。」

玉爐三澗雪　勤勞

物外雖明端的，天心未放玲瓏。區區陌上走西東。也學浮生作夢。夢寐更勞數載，巉龕復度三冬。待佗消息顯真功。放出淩雲蝃蝀。

玉爐三澗雪　自詠

夜宿磻溪古廟，曉登竹徑荒村。日中無事餒巡門。淡飯求佗一頓。不會深窮造化，隨緣且度朝昏。是非人我絶談論。復返生前混沌。

玉爐三澗雪　自詠

一性昭彰乍顯，二儀混合初融。飄飄法界任西東。到處神光覆擁。萬籟寒泉湊頂，八方瑞靄騰空。怡然獨向九霄中。坐看浮生作夢。

玉爐三澗雪　暮景

杲日西沉遠隴，輕飆南起洪崖。飄飄逸興爽情懷。吹斷愁思俗態。漸漸放開心月，微微射透靈臺。澄澄湛湛絶塵埃。瑩徹青霄物外。

玉爐三澗雪　暮景

日落風生古洞，夜深月照寒潭。澄澄秋色浄煙嵐。獨弄圓明寶鑑。　認得心田要妙，咄迴世俗貪婪。自欣山谷卧松巖。情願披蠡食淡。

訴衷情　九日後作

紛紛霜葉亂飄颻。時令過重陽。黄花爛漫依檻，猶自吐清香。　秋漸老，夜彌長。道情昌。雲庵入定，法界游仙，不動淒涼。

校：詞牌下原注：「三首。」

訴衷情　九日後作

孤城寒角韻悠颺。風送入斜陽。池塘菡萏無色，蘭畹有餘香。　秋日短，暮天長。月華昌。空寂照，蕩蕩虚心，一片清涼。

校：「月華昌」，《道藏》本《磻溪集》作「月華長」。

訴衷情　風景

長安風景古今奇。吾道少人知。天心地肺時正，生殺按樞機。　靈物秀，玉芝肥。射虹霓。山頭凝望，目下三川，壓盡華夷。

解冤結　贈醮衆

山河已定，干戈不起，太平時、八方和義。齋醮頻修，盛答報、虚空天地。謝洪恩、暗中慈惠。千年一遇，神仙出世。幸遭逢、莫生輕易。供養精嚴，但一歲、勝如一歲。遇良辰、大家沉醉。

校：詞牌下原注：「三首，本名解佩令。」

解冤結　自詠

當初學道，憑空煉己，志衝天、人間無比。放曠山林，次後復、逍遥雲水。過夷門、又臨秦地。飄蓬十載，游程萬里。度關津、崎嶇迢遰。事事諳來，但悟了、般般總棄。只隨緣、布裘芒履。

校：「雲水」，《彊村叢書》本《磻溪詞》作「雲外」。「諳來」，《道藏》本《磻溪集》作「請來」。

解冤結　覓飯

北方一日，南方一日，共東西、四方交日。夢寐沉沉，且往來、遊行銷日。待佗年、道心開日。百年短景，都來幾日。暗推排、今朝明日。不覺推排，到聖賢、嘉音來日。洞天開、是吾歸日。

㲉丹砂　遊歷

雲水飄飄物外吟。醍醐默默醉中斟。神仙活計道人心。　容易肯争三寸氣，尋常不貯一文金。清貧柔弱禍難侵。

校：詞牌下原注：「三首，本名浣溪沙。」

䂖丹砂　土埪避暑

仙院深沉古柏青。森森寒影拂苔輕。蕭條終日爽人情。　洞冷不知門外暑，心閑唯覺腹中清。遶身渾似積冰淩。

䂖丹砂　退道

劍樹刀山雪刃横。千磨百栲死還生。哀聲流血苦難登。　針刺著身猶害痛，鋼鋌剉性莫非疼。如何淫放不修行。

無漏子　樂道

去年禾，今歲麥。陸地如雲充塞。豐稔世，太平年。黎民各坦然。　衆心安，閑客易。到處逍遥無事。昏告宿，餒求餐。坊村没阻顔。

校：詞牌下原注：「三首，本名更漏子。」

無漏子　秋霽

夕陽紅，秋水澹。雨過碧天如鑑。籬菊綻，塞鴻歸。長郊葉亂飛。　上西山，斟北海。酩酊神游仙界。霜夜冷，月華清。醺醺醉未醒。

校：「神游」之「游」，底本漫漶，據《道藏》本《磻溪集》、《彊村叢書》本《磻溪詞》補。

無漏子　假軀

一團膿，三寸氣。使作還同傀儡。誇體段，騁風流。人人不肯休。　白玉肌，紅粉臉。盡是浮華妝點。皮肉爛，血津乾。荒郊你試看。

恣逍遥　贈衆道友號縣渭南也

昔種良因，今生福地。虚空感、上真加衛。開壇闡化，垂恩普濟。凡一月、於中建成三會。三七齋也。　至日相呼，臨時莫避。乘齋且、散心游戲。家中不足，眉頭長繫。也則是、浮生過了一世。

校：詞牌下原注：「二首，本名殢人嬌。」「凡一月」，《道藏》本《磻溪集》作「凡半月」。

恣逍遥　贈衆道友號縣渭南也

忙裹偷閑，師前取意。勝如那、苦求庸昧。連朝抵暮，貪生不已。也道我、爲人過了一世。　假使狂圖，兼能巧智。多方便、蘊成家計。兒孫有靠，金珠没底。終比倣、精神較些憔悴。

校：「没底」，《彊村叢書》本《磻溪詞》作「無底」。

桃源憶故人　丹陽屢傳教誨寄答

虚空照耀明如鏡。好弱頭頭皆應。隨逐狀同形影。稍錯還提正。　佗人讒報渾虚佞。遠道狂言無證。切告後來休聽。默默依賢聖。

校：詞牌下原注：「二首。」

桃源憶故人　丹陽屢傳教誨寄答

故人別後閑吟罷。寂寞雲溪蕭灑。百尺孤松影下。獨弄周天卦。　清風皓月雖無價。妙手奇工難畫。欲向世間詩詫。誰是分真假。

好離鄉　述懷

獨坐向南溪。一事無能百不知。所愛冥冥煙雨後，東西。雲綻峨峨列翠微。　蒼骨太虛齊。冉冉寒光映日飛。何事中心看不足，忘歸。似有膏肓病著肌。

校：詞牌下原注：「二首，本名南鄉子。」

好離鄉　述懷

亂草獨彎跧。鼓腹高歌自在閑。一枕游仙清夢斷，怡顏。笑傲聲喧碧嶂間。　日午啓柴關。雀躍徘徊望遠山。山下有人來問道，知難。雀躍無言笑却還。

蓬萊閣　仙山

蓬萊闕。漫漫巨海深難越。深難越。洪波激吹，怒濤飜雪。　玉霄東畔曾聞説。虛無一境天然別。天然別。鼇山不動，蜃樓長結。

校：詞牌下原注：「二首，本名秦樓月。」

蓬萊閣　述懷

棲霞客。西遊棲在南溪側。南溪側。千尋赤岸，萬株蒼柏。　無心只有輕雲白。舉頭不見繁華色。繁華色。空華雜亂，世人貪得。

爇心香　學道

大道無形。方寸何憑。在人人、智見高明。能降衆欲，解斷羣情。作鬧中閑，忙中静，濁中清。　情態如嬰。懷抱如冰。自蒙籠、覺破前程。吾言至囑，君耳深聽。下十分功，十分志，十分誠。

校：詞牌下原注：「二首，本名行香子。」「十分誠」，底本作「十分成」，據彭致中《鳴鶴餘音》卷四改。

爇心香　學道

征雁迴時，野菊斒斕。向深溪、古洞彎跧。孤吟静境，獨煉還丹。被夜蕭條，埪局促，坐艱難。　一性參差，數載留連。到如今、方露因緣。瓊珠達地，寶月通天。便出玲瓏，忘機構，没孜煎。

校：「忘機構」，《彊村叢書》本《璠溪詞》作「忘機彀」。

下手遲　自詠

落魄閑人本姓丘。住山東、東路登州。自少年、割斷攀緣綱，從師父西遊。　兀兀騰騰不繫留。似長江、一葉孤舟。任紅塵、白日忙如火，但雲漾無憂。

校：詞牌下原注：「二首，本名恨歡遲。」

下手遲　自詠

物外優遊散誕身。似青霄、一片閑雲。任虛空、來往呈嘉瑞，但不惹纖塵。　八方天遊何所親。會三光、日月星辰。向閑中、別没生涯事，且作伴爲隣。

校：「八方」，《道藏》本《磻溪集》、《彊村叢書》本《磻溪詞》作「八表」。

心月照雲溪　喬生喪偶

陰陽變化，萬古同於此。得失暫時間，又何必、欣生惡死。存亡壽夭，都在百年中，迴頭看，北邙山，累累皆相似。　身如賃舍，性假權居止。何處是家鄉，任六道、循環驅使。覺來放下，不受苦孜煎，非眷屬，莫憂佗，且要隄防自。

校：詞牌下原注：「一首，本名驀山溪。」

離苦海　贈西虢周道全

知君好事從來慕。争奈染浮華難去。雖然欲意學飄蓬，被繫脚繩兒縛住。　匆匆頂上旋烏兔。切莫把光陰虛度。神仙咫尺道非遥，但只恐人心不悟。

校：詞牌下原注：「一首，本名離別難。」

武陵春　渭南楊五生朝

新歲才交生萬物，時令近元宵。瑞氣濛濛降碧霄。方誕謫仙苗。　貌態堂堂殊勝敏，歸道厭凡囂。石爛松枯壽更遥，龜鶴筭都饒。

校：詞牌下原注：「一首。」「歸道厭凡囂」之「厭」，底本漫漶，據《道藏》本《磻溪集》、《彊村叢書》本《磻溪詞》補。

水雲遊　自詠

且住且住。且向碧巘，忘機絶慮。自知得分薄緣輕，卒難爲顯露。支離幻化藏名譽。搯年光時序。共磻溪一帶豪民，結良因妙趣。

校：詞牌下原注：「一首，本名黄鶯兒。」「薄緣輕」，《道藏》本《磻溪集》作「滿緣輕」。

望遠行　因旱贈渭南王坦公醮上諸道友

九夏疲天旱，萬物傷時熱。算都爲人心，分外生枝節。鬬衣鮮馬，壯社火班行引拽。小兄弟虛耗村村結。關西風俗，結年甲相次者爲社，春秋殺牲，釀酒賽神取樂。下士無邪正所好者從，上帝分優劣。儆咱心不同，彼志胡漂撇。音飄瞥，輕薄兒。啓虔誠修齋念善，因循歲月。望賢聖、空裏相提挈。

校：詞牌下原注：「一首。」

烏夜啼　戒洗麵

嗚呼俗態，行樂恣胸襟。蓋論人情，華世度光陰。陰陽返覆，天地有浮沉。福謝殃來，悲痛怎生禁。統年才過，腸胃飽初侵。洗麵淘筋，還是競貪淫。人無遠慮，必有禍胎深。禍未萌時，誰解預防心。

校：詞牌下原注：「一首。」

賀聖朝　静夜

夕陽沉後，隴收殘照，柏鎖寒煙。向南溪獨坐，順風長聽，一派鳴泉。迢迢永夜，事忘閑性，琴弄無絃。待雲中、青鳥降祥時，證陸地神仙。

校：詞牌下原注：「一首。」

無夢令　誡奢

陝右人人聽我。福地好修因果。天下不如斯，貧富一般行坐。輕可。輕可。輕可驕矜太過。

校：詞牌下原注：「二首。」「驕矜」，《彊村叢書》本《磻溪詞》作「驕奢」。

無夢令　誡奢

皇統年時飢餓。萬户愁生眉鎖。有口却無餐，滴淚謾成珠顆。栽禍。栽禍。栽禍臨頭怎趓。以上《續修四庫全書》影印北圖藏金刻本《棲霞長春子丘神仙磻溪集》卷三

望蓬萊

聽咨告，小事要君知。萬事苦求終害己，得便宜處落便宜。伶俐不如癡。真修煉，心外莫行持。只具眼前爲見在，自然煩惱不相隨。步步入無爲。《四庫全書存目叢書》影印黄丕烈鈔補明鈔本元彭致中輯《鳴鶴餘音》卷一

按：《鳴鶴餘音》卷一收《黑漆弩》（儂家鸚鵡洲邊住）爲白賁詞，亦名《鸚鵡曲》。

望江南

春

山中好，最好是春時。紅白野花千種様，間關幽鳥百般啼。空翠濕人衣。　茶自采，筍蕨更同薇。百結布衫忘世慮，幾壺村酒適天機。一醉任東西。

夏

山中好，長夏正相宜。修竹萬竿金鎖碎，飛流千尺玉簾垂。何處有炎曦。　松影下，散誕更無拘。沉李浮瓜供枕簟，蒼松白石伴琴碁。一醉任風吹。

秋

山中好，秋景不淒涼。白酒黄雞新稻熟，紫茱金菊有清香。橘緑滿林霜。　涼月白，松檜鬱蒼蒼。但見村翁歌賀社，不聞丁壯在門傍。一醉又何妨。

冬

山中好，末後稱三冬。紙帳蒲團香淡碧，竹爐茶灶火深紅。交袖坐和沖。　人如夢，百歲等閑中。梅蕊綻時泉脉動，雪花飛處雁書空。一醉待春風。以上《鳴鶴餘音》卷二

校：詞牌，底本闕，據詞律補。

拾菜娘

一片頑心要似飛。引入千古不思歸。幸遇明師因曉了，肯教熟境再相隨。你待東時我却西。

我今省悟即從伊。萬劫輪迴皆爲汝，百般魔障更因誰。

點絳唇

昨夜醺醺，醉中似覺乘丹鳳。笙歌共。四天飛縱。悟入桃源洞。　正向深溪，閑把明珠弄。晨動。一聲風送。驚斷遊仙夢。以上《鳴鶴餘音》卷四

梅花引

行不勞，坐不倦，任行任坐隨吾便。曉風輕，暮天晴。逍遥大道，南溪上下平。　溪東幸獲忘形，皎月時斟消夜，酒盃停，月華清。披襟散髪，欣欣唱道情。

雙雙燕

春煙蕩淡，青山媚，行雲亂飄空界。光石澗，秀出洞天奇恠。户牖平高萬丈，盡耳目，臨風一快。多生浩劫塵情，曠朗渾無仙界。　堪愛。逍遥自在。踈枷鎖，抛離業根冤債。風鄰月伴，道合水晶天籟。無限峥嶸勝景，盡賜與、山堂教賣。千乘寳珠，酬價問君誰解。

校：「耳目」，原作「耳日」，據《道藏》本《鳴鶴餘音》改。

夢遊仙

夢遊仙。分明曾過九重天。浩氣清英，素雲縹渺貫無邊。森然。似朝元。金童玉女下傳宣。當時萬聖齊會，大光明罩紫金蓮。　羣仙謡唱，諸天歡樂，盡皆得意忘言。流霞泛飲，蟠桃賜宴，次第留連。皆秉道德威權。神通自在，劫劫未能遷。沖虚妙，昊天網極，象地之先。透重玄。命駕

恍惚神遊，擲火萬里迴旋。四維上下，八表縱横，鸞鶴不用揮鞭。感念隨時到，了無障礙，自有根源。看盡清都絳闕，邁瀛洲、紫府筆難傳。瑶臺閬苑花前。瑞雲映掩，百和香風散。四時不夜長春煖。處處覺閑。想因緣，是一點功圓。混太虚，浩劫永綿綿。任閻浮地，山摧洞府，海變桑田。以上《鳴鶴餘音》卷五

賀聖朝

斷雲歸岫，長空凝翠，寶鑑初圓。大光明宏照，亘流沙外，直過西天。人間是處，夢魂沈醉，歌舞華筵。道家門、别是一般清，暗開悟心田。

賀聖朝

洞天深處，良朋高會，逸興無邊。上丹霄飛至，廣寒宫悄，擲下金錢。靈虚晃耀，睡魔奔迸，玉兔嬋娟。坐忘機、觀透本來真，任法界周旋。

按：以上二首《賀聖朝》，本編又收録李志常名下，暫兩存之。

鳳棲梧

一點靈明潛啓悟。天上人間，不見行藏處。四海八荒唯獨步。不空不有誰能覩。瞬目揚眉全體露。混混茫茫，法界超然去。萬劫輪迴遭一遇。九元齊上三清路。

鳳棲梧

日月循環無定止。春去秋來，多少榮枯事。五帝三王千百禩。一興一廢長如此。死去生來生

復死。生死輪回，變化何時已。不到無心休歇地。不能清淨超於彼。以上《宛委别藏》本李志常《長春真人游記》卷上

恨歡遲

一種靈苗體性殊。待秋風、冷透根株。散花開、百億黄金嫩，照天地清虚。　九日持來滿座隅。坐中觀、眼界如如。類長生、久視無凋謝，稱作伴閑居。

鳳棲梧

得好休來休便是。贏取逍遥，免把身心使。多少聰明英烈士。忙忙虚負平生志。　造物推移無定止。昨日歡歌，今日愁煩至。今日不知明日事。區區著甚勞神思。以上李志常《長春真人游記》卷下

瑶臺第一層

寶運龍飛。當四海、羣仙降跡時。萬機多暇，三靈協贊，不動槍旗。玉樓金殿廣，間月臺風榭臨池。静無爲，泛彩舟鳴棹，凉簟枰碁。　深惟。前王創業，太平難遇道難期。會逢天祐，遐荒入貢，玄教開迷。坐朝垂聽暇，伴赤松、談論希夷。勝驅馳。向人間一度，天外空歸。《道藏》本《金蓮正宗記》卷四（第三册，第三五九頁）

西江月

屈指追思前世，低頭省悟今生。今生若不做修行，又與輪迴作争。　幸遇真常要妙，點頭暮故昏盲。便揮寶劍殺三彭，誆得龜蛇火迸。丘仙翁事實詳具陶南村《輟耕録》中。所書《西江月》蓋出仙翁手筆，詞語有指迷深

意，尤可寶也。後學張丑敬觀恭題（真蹟） 文淵閣《四庫全書》本明張丑《清河書畫舫》卷六下

無俗念　長春真人讚武官梨花詞

春遊浩蕩，是年年、寒食梨花時節。白錦無紋香爛漫，玉樹瓊苞堆雪。靜夜沈沈，浮光靄靄，冷浸溶溶月。人間天上，爛銀霞照通徹。渾似姑射真人，天姿靈秀，意氣舒高潔。萬化參差，誰信道、不與羣芳同列。浩氣清英，仙材卓犖，下土難分別。瑤臺歸去，洞天方看清絕。 清嘉慶二年（一七九七）阮氏小琅嬛仙館刻本（《續修四庫全書》本）《山左金石志》卷二十一

校：詞題，陶樑《詞綜補遺》卷二十、《彊村叢書》本《磻溪詞》補遺均作《靈虛宮梨花詞》。「瓊苞」，陶樑《詞綜補遺》卷二十、《彊村叢書》本《磻溪詞》補遺作「瓊葩」。

漁家傲

夜來又見銀河綻。碎翦鵝毛交加亂。染畫素山如粉面。路難辨，迢迢萬里如鋪練。密灑高樓風似箭。江邊聽得漁翁喚。玉作棹竿銀索纜。船行慢。水流冰結梨花綻。 碑末署：大朝癸卯歲重九日，長春園主龐德通立石。 《續修四庫全書》影印清道光十四年（一八三四）陶氏紅豆樹館刻本陶樑編《詞綜補遺》卷二十

尹志平　存詞一六九首

尹志平（一一六九—一二五一），字太和，或作大和，道號清和子。東萊（山東掖縣）人。十四歲，從馬鈺入道。金章宗明昌初，住盤山棲霞觀，師事全真丘處機，受丘處機賞識。又從郝大通學《易經》。金末，主濰陽玉清觀二十年。興定四年，隨丘處機應元太祖成吉思汗之召，遠赴西域。丘處機去世，嗣主長春宫，繼掌全真教事。能詩詞，所作結爲《葆光集》三卷，今存。主要生活在金代，詩詞大多是入蒙元後所作，特别是與丘處機相同，在西行途中寫有紀行詩。明正統編刊本《道藏》（文物出版社等影印）編入《葆光集》三卷，卷中、卷下存詞一六九首，所作記述見聞，影響頗大。生平見王惲撰道行碑銘（《秋澗集》卷五十六）、弋彀撰碑銘（《甘水仙源録》卷三）、《元史》卷二〇二。

西江月　秋陽觀作

我愛秋陽地僻，松巖來往人稀。不勞打坐自忘機。兀兀陶陶似醉。　坐上有山有水，心間無是無非。朝朝常見白雲飛。可以留連適意。

西江月

我愛西巖氣勢，連山帶土豐肥。青松緑柳嫩依依。更有名花異卉。　春水涓涓聲細，秋陽燁燁光輝。此中不用上天梯。便是仙家景致。

西江月

我愛秋陽道衆，人人謙讓温和。終朝豁暢恣高歌。日用不分彼我。福地安居自在，松間閑步煙蘿。先人後己行功多。永没非災横禍。

西江月

我愛西巖秀麗，仙園地發三陽。山形曲屈卧龍岡。只此人間天上。雲舍茆庵掩映，仙花異果馨香。市朝客到見清涼。舉手應須瞻仰。

西江月

我愛秋陽天氣，一指雲路無迷。何勞身外覓曹溪。了見三身四智。莫問天機深遠，休尋大道無爲。目前認得這些兒。便是全真苗裔。

西江月　龍陽觀冬至作

月魄光通四海，龍陽氣滿三田。一聲雷動振山川。迸出飛光閃電。法雨常加有道，慈雲廣布無邊。此時方顯太平年。遂我一生本願。

西江月

天上仙無懵懂，人間性有頑愚。門中有幸看經書。法性堂堂開悟。達理真明妙有，觀空體合虛無。慧通靈寶證元初。誰解無文不度。

西江月

進道須憑篤志，收心慎勿狂遊。聽予苦口勸同流。莫待因循皓首。緑髮朱顏易改，青春白晝難留。爭如速悟便回頭。認取忠言善誘。

西江月

山後重興道院，燕南仍自干戈。道人功行累來多。免却非災橫禍。每日誦經報國，終朝念道降魔。福生禍滅養沖和。真静真清證果。

西江月

時在天長，正當大暑，歸山後，恰值三秋，因事而作。

九夏天長暑熱，三秋山後清涼。一川禾黍正蒼蒼。了見西成有望。論甚天涯海角，儘他關外山荒。目前無事即仙鄉。且恁隨緣豁暢。

西江月

莫羨喧譁京市，休辭淡薄山家。猿啼鶴唳興還加。心地清涼無價。夜伴清風皓月，曉觀緑檜雲霞。蓬頭丫髻做生涯。堪向幽巘圖畫。

西江月

窗外横山入畫，門前流水堪聽。洞天幽處少人行。不是塵寰路徑。　占得静中風月，却迴鬧裏人情。湛然六識自安寧。一任閑歌閑詠。

西江月

月裏金烏報曉，日中玉兔方眠。誰知萬法倒顛顛。此理非深非淺。　認得元初這箇，須明無事真禪。人人有分性周圓。只爲使他不轉。

西江月

淺見有知有識，深通無悟無迷。了然頓覺入希夷。此是男兒正智。　達道豈離方寸，明心何在天西。終朝閑坐細尋思。裂轉機關便是。

西江月

有欲難超老病，無情易變童顔。虚心實腹六神安。步步清涼彼岸。　九載能除四相，十年決到三山。蓬壺閬苑恣遊閑。免却人間流轉。

西江月　贈田道人

動處休將性動，静中莫使心疑。目前端正没關機。真静真清便是。　氣滿三田自實，神通八脈方知。了然頓覺入無爲。到處安心穩地。

西江月　贈萬蓮會衆

事事諳來心足，般般捨去身輕。本初一點要圓成。妙語玄言堪聽。　縱意不知有我，收心自覺無明。無明滅盡絶塵情。便是識心見性。

西江月　入西山路

石徑雲梯路險，攀蘿攬葛難行。洞天深處水山明。遠却塵寰視聽。　土洞安眠穩坐，松巖耳静心清。不須更羨許由名。便是超凡入聖。

西江月

非愛青山緑水，惟圖隱跡埋名。麤衣糲食絶人情。養就元初本柄。　氣結神凝久視，虛心實腹長生。一朝功滿現三清。此是男兒正性。

西江月　勸衆減睡

夏日勤修寶殿，冬天好鍊頑心。三更不縱睡魔侵。便是先生戒禁。　學道休迷妄想，修真莫失叢林。無爲功滿恣歌吟。自在高眠穩枕。

西江月　常足暢懷

盡日觀山翫水，終朝常足心休。老來佚樂更何求。保我陽生九九。　幸得爲人通道，道中別有歸投。功成雲步看瀛洲。萬古名傳不朽。

西江月　贈張先生

日用竈頭然火，時教突裏亡煙。始終如一志精專。也勝往來打轉。放下紛紛塵事，明通朗朗玄言。一朝功到性靈圓。便是蓬萊中選。

西江月　寄京師道友

只爲功虧行闕，故教不免東西。自從別後二年期。路轉風塵萬里。詞寄燕山道衆，聽予至囑休疑。外緣雖幹内忘機。免却前頭懊悔。

西江月

人事雖然久厭，道家争忍空歸。不因勤苦到關西。焉得重陽慶會。説與門中志士，祖庭已見根基。終南山色古今奇。老者堪爲久計。

西江月　贈儒士王子正

本性元虚不二，奈何情慾交加。人能頓悟道生涯。世態分明是假。更要深通玄奥，須當拂去矜誇。含光默默養靈芽。便是無爲造化。

巫山一段雲　秋陽觀作

十九遊仙子，隨師歷八荒。西臨回紇大城隍。到處見農桑。一種靈瓜甚美。赤縣幾人知味。大千沙界有多般。鶴駕復東還。

巫山一段雲

塞北三年轉，天西萬里迴。飄飄雲駕漸東來。無不笑顔開。　道德峥嶸功大。行滿決超三界。十方仙子行功圓。得見太平年。

巫山一段雲

太上臨關日，吾宗受道時。七雄戈戟鬬相持。何處起慈悲。　直至西天行化。大教普聞天下。古今今古類皆同。方顯道家風。

巫山一段雲

北海修真士，西巖放曠人。別師迢遞過關津。物外不沾塵。　學道須憑決烈。一片真心如鐵。九年功滿步雲霞。三島是吾家。

巫山一段雲

性燭通天眼，心燈放慧光。湛然靈物自真常。無處不圓方。　住世榮華不戀。舉措常行方便。一朝功滿化雲歸。獨步赴瑶池。

巫山一段雲　寄天長道衆

山後春將暮，龍陽景漸佳。東園芭欖正開花。隨分有生涯。　道友堅心長久。相見時時稽首。自然恬淡日和平。物外有餘清。

巫山一段雲　攜杖上禪房山

自在三山客，逍遥四海賓。孤身到處自全真。風月永爲鄰。　識破浮華虚假。誰羡望雲星馬。一條柱杖勝龍驂。穩步上高岑。

巫山一段雲　先天觀作

涿鹿今朝到，蚩尤往日休。坂泉冬夏水長流。今古幾春秋。　因此强兵戰勝。直到而今無定。一生一殺做冤讎。早晚是程頭。

巫山一段雲

道友堅留住冬聖地，西北有缺，可費千功，未暇修補，待春暖，可以完備因緣，故述之。

我有林泉興，君無補缺心。一方聖境理幽深。物外結知音。　還到春時圓備。合是全真一會。功成行滿待他年。攜手上雲天。

巫山一段雲　龍陽觀九日

白酒寬懷抱，黄花噴鼻香。此般真味慶重陽。性月自圓方。　山後三秋無别。幽檻幾叢開徹。兩軒各各鬪芳鮮。雅勝洞中天。

巫山一段雲　勸世

道顯清虚妙，釋明智慧深。仲尼仁義古通今。三聖一般心。　不認忘名默悟。只解分門别户。

一朝合眼見前程。悔恨不圓成。

巫山一段雲

卜居西關，好山萬疊，河在其中，曲迴上下，不啻二三十里。渾水波濤，兩岸桑麻映日，人善地僻，可爲終焉之計，自號曰養老庵，以小詞寄之耳。

萬疊山横翠，千盤河曲長。居民安土樂農桑。流水落花香。　卜此安居養老。一任形枯心槁。不摇不動寄殘年。何處覓神仙。

巫山一段雲　題通仙觀

列翠峰巒秀，仙都氣象清。三陽端正玉鰲形。一氣自天成。　萬疊雲山深處。别是洞天幽圃。何人能得久閑居。清静樂無餘。

巫山一段雲　催衲襖

昨夜西風緊，今朝秋意深。道人雖則是降心。寒暑亦難禁。　衲襖宜教寬大。且要晝披夜蓋。一衣猶恐不銷任。此外更何尋。

巫山一段雲

龍門川溪水，同翟老賞月。

溪水迎霜冷，山花帶露鮮。良朋共賞玉蟾圓。高會興無邊。　長記西湖萬里。素魄澄澄一體。今宵相隔正三年。渾似夢遊仙。

巫山一段雲　贈龍虎夫人

北海功還未，赤城行已周。一身清静永忘憂。何處得閑愁。四十正當不惑。事事諳來明白。樂天知命保安和。真理本無多。

巫山一段雲　清水作

應運開正教，隨時見寶壇。衆真降跡在人間。却要列仙班。化度群生無數。箇箇盡教開悟。一朝功滿到蓬萊。劫運免三災。

巫山一段雲　自詠

濕熱燕南地，清涼山後天。陰陽難曉倒顛顛。宿業自牽纏。二載登程酷暑。終日無言無語。閑中功行未能圓。使我志心堅。

巫山一段雲　戒無明

一點光明大，三千業障深。勸君聞早細搜尋。莫待禍來侵。觸處將身迴轉。慧性能生方便。這些消息汝還知。便是上天梯。

鳳棲梧　秋陽觀作

正教流通千載遇。浮世忙忙，幾個心開悟。猛省輪迴尋出路。回頭便是真仙度。　行滿功成蓬島去。好伴長春，自在無思慮。更有奇葩千萬樹。塵凡未脱誰能覩。

鳳棲梧

世事無涯何日了。爭似忘機，學我歸山早。山下林間常獨笑。人心未悟誰能到。　終日忘言人悄悄。暮去朝來，更没閑煩惱。惜取真陽身内寶。不須服餌容顔好。

鳳棲梧

問道參禪都不會。境上閑遊，只要心無昧。踏碎虚空離六對。松巖一覺和衣睡。　何用人前誇口快。一點靈明，不許纖塵蓋。法性堂堂觀自在。歸根復命超三界。

鳳棲梧

宣德州見請，以此詞答之。

山後三陽都歷遍。宣德朝元，不晚須相見。數載師前人事倦。區區獨自隨風轉。　幾度天長曾發願。糲食麤衣，隔斷人情面。富貴榮華無意戀。不如巖下成修鍊。

鳳棲梧

巖上春光將欲暮。可惜春光，無計留連住。春去秋來分四序。一來一去成寒暑。　歲計謾人人不悟。得喪悲歡，盡是輪迴趣。我欲留言叮囑付。人心未解無生路。

鳳棲梧

先天觀作

山後風光何處好。上谷靈蹤，自古軒轅廟。湧出清流方曲繞。森森緑檜知多少。　雲水閑遊今日到。信筆狂吟，自在開懷笑。萬景難侵心合道。全真妙體圓明了。

鳳棲梧　和碧虛壇詞

至道幽微何處究。妄想邪思，便是魔人獸。欲要三田苗長秀。真常真静真無朽。五氣朝元真一湊。萬語千言，須候陰消六。今古迷人觀不透。神奇枉化爲膿殠。

鳳棲梧

一點靈明當内究。散盡群魔，趕退西山獸。萬樹瓊花如錦繡。長春永占無根朽。四海雲朋來往湊。上下沖和，漸覺陽生六。一道靈光通骨透。清香换了胞囊殠。

鳳棲梧　述懷

天下周遊將欲遍。十載區區，恐負先師願。老也休休人事遠。遊山翫水隨緣轉。報與知音聽我勸。刧運刀兵，箇箇都親見。仍自貪求生愛戀。前頭路險如何免。

鳳棲梧　太平興國觀作

古跡琳宫堪作計。檜柏青青，宛有長春氣。直待功圓方濟會。無心默默符天意。幸得安然清静地。終日逍遥，方寸無縈繫。老大不堪心自退。紛紛世事何時已。

鳳棲梧

先師昔日屢言，燕山天下最勝之地，當是時，果葬於斯，以小詞記其意耳。

天下風光何處好。山海潛通，無比燕中道。四海雲朋來往繞。先師默悟知還到。　既入玄門須悟早。誰解修真，此事非草草。天意分明容起廟。燕山千里來懷抱。

臨江仙

朝元觀請以詞，許之。

自别都門人事少，心頭不掛微塵。閑歌閑詠默頤神。有中皆妄想，無内却全真。　取性逍遥雲水客，無情淡泊閑人。隨緣安樂絶踈親。三陽將欲遍，五氣自朝元。

臨江仙

袁夫人住沙漠，十年後出家，回都，作詞以贈之。

十載飽諳沙漠景，一朝復到都門。如今一想一傷魂。休看蘇武傳，莫説漢昭君。　過去未來都撥置，真師幸遇長春。知君道念日添新。皇天寧負德，后土豈虧人。

臨江仙　西山静坐

静坐西山深有益，等閑人事稀逢。終朝飯飽恣踈慵。養成清静體，化出主人公。　三十年來都亂覓，如今認證真容。狂情滅盡法皆空。本來無一事，剛恁費千功。

臨江仙

本是一般孤另物，被他染著難知。迷雲消散慧風吹。何勞身外覓，端坐是天西。　萬語千言終未悟，悟來一字成非。竿頭進步勿生疑。般般都撒手，種種自皆離。

臨江仙

參透全真清静法，何勞相上經求。好於此處覓蹤由。莫生迷執見，休要不迴頭。　真性如何能寂滅，真空空外閑搜。其中無慾認真修。隨機常寂定，應物自圓周。

臨江仙　示衆

目對千差無可取，心閑一境堪憑。真常不昧谷神清。群魔從此滅，一點自圓成。　物外清吟唯獨樂，人間寵辱何驚。勸君速悟問前程。要求真實相，休論假聰明。

臨江仙

李行省請予往山東葬三師，燕京道衆並士庶皆不許，感懷。

一别濰陽過十載，天涯歷遍西戎。歸來燕國住仙宫。立言明祖教，演法繼師蹤。　天意如何非易測，人情到了難窮。予心本自愛踈慵。却教居海北，未許過山東。

臨江仙　偶得

談妙談玄人易悟，真清真静難依。人間世事不堪爲。十方明眼漢，學我没操持。　既悟淳風須返朴，終朝朴實相隨。含光默默外如癡。心明如朗月，性静合刀圭。

臨江仙

有相有中容易覓，無爲無處難爲。終朝作伴影相隨。愚人尋不見，達者已先知。　此理勤參搜獲正，一條大路無迷。勸君速悟莫遲疑。常常忘視聽，步步入希夷。

臨江仙

五華山住夏，時有道衆見，以詞贈之。

數載崎嶇天下遍，而今幸遇林泉。飢來喫飯困來眠。離城幾一舍，別是小壺天。　坐上水山俱秀發，池中開滿青蓮。老來功行卒難全。未能三島去，先作五華仙。

無俗念

龍陽觀道衆索

了心一法，越三乘、妙體果離生滅。萬事知空非可取，慧性輝輝通徹。静裹乾坤，閑中日月，堪付知音説。家山還到，自有無限風月。　一點無相真如，澄澄湛湛，内外難分別。要會玄元端的處，無縱迷情乖劣。勤論幽微，頻修祕密，參透天機訣。此時不了，更待何日休歇。

無俗念

參差萬有，盡鴻蒙、一氣生成無極。擾擾群情皆有我，寂寂真空非得。有内尋無，無中覓有，誰是知消息。高真方便，唱出玄妙端的。　此箇隱奧門風，須憑智慧，清静開胸臆。了見元初真面目，豈羨浮華顔色。身寄人間，名收仙籍，不許纖塵惑。神思不動，自來天地難測。

無俗念

冬寒夏暑，共春花、秋月年年無別。唯有形容朝暮改，不覺催生促滅。萬劫昏迷，一時開悟，好把心休歇。纖塵不罣，本來一點明徹。　閑對龜鶴松峰，林泉幽圃，自在開懷悦。行滿功圓朝上會，方顯男兒英傑。此理非深，玄機不遠，未悟難分説。人間誰解，暗中虚度年月。

無俗念

天涯海角，任縱横、到處一身閑拓。世事知空風過耳，別有些兒歡樂。玉鼎烹煎，金爐滚沸，鍊就丹砂藥。服之歸去，化身空外飛躍。是則仙道玄微，凡塵脱去，便得同期約。達理通真功德備，豈在幽居巖壑。四相消磨，三彭遁匿，自是人情薄。全真正教，正大心地無錯。

無俗念　繼人韻

同塵混跡，悟玄元、奥旨深窮莊列。會集雲朋扶正教，相繼先師無別。外貌悠悠，内容整整，果是如愚拙。門清户静，自然顯出高潔。長春境界無邊，清凉永占，處處堪休歇。物外壺天清絶處，遊戲白雲金闕。身寄塵寰，性通天外，萬事難縈惹。六根不動，便是無生無滅。

校：「悠悠」，原作「悠憨」，蓋形訛。

無俗念　大安山棲雲觀中秋賞月

大安高絶，風露清、氣爽中秋時節。霞友雲朋方聚會，共賞山頭明月。照徹千峰，明通萬壑，坐覺心歡悦。神清骨冷，永超人世生滅。看盡此夕風光，空勞筆舌，妙景如何説。普照千門皆可翫，不似棲雲高潔。小院巖前，大寒嶺畔，髣髴天相接。坐中默想，此間堪可棲跡。

無俗念　通仙觀作

通仙地僻，向西山深處，倚雲棲跡。俯視峰巒千萬疊，隔斷紅塵消息。閑步煙蘿，静吟風月，此事何人識。修真上士，更於何處尋覓。一帶無盡山川，洞天幽圃，自有神仙域。名利相纏誰得到，難伴清虛閑客。碧洞高眠，清巖穩坐，豈羨王侯宅。我來幾度，此中留意多日。

無俗念　論性

騰今跨古，這靈明覺性，本無虧少。箇箇圓成誰肯認，逐境迷迷顛倒。萬種施爲，千般做造，都向心頭了。些兒玄妙，問君何日知道。不入無相玄門，浮名難捨，貪看閑花草。口解清談心未悟，不覺輪迴來到。好契真機，驚迴幻夢，自在遊三島。長生有分，永超人世衰老。以上明正統編刊本《道藏》（文物出版社等影印）《葆光集》卷中

江城子　和蒼蓋郭秀才韻

乘車坐馬走東西。論玄規。入幽微。天下崢嶸，隨分立階梯。吾教流通天地祐，無不喜，盡歸依。其中消息與誰期。解忘機。識無爲。霞友雲朋，心地要平夷。抱樸全真明日用，神燦燦，性輝輝。

江城子　龍陽觀冬至作

六陰消盡一陽生。暗藏萌。雪花輕。九九嚴凝，河海結層冰。二氣周流無所住，陽數足，化龍昇。歸根復命性靈明。過天庭。入無形。返復天機，昇降月華清。奪得乾坤真造化，功行滿，赴蓬瀛。

江城子

道人活計日開顔。性多寬。六神安。晦跡韜光，無事到心間。養就亘初靈底物，名利客，不如閑。　人生能有幾多歡。老摧殘。死生關。六道輪迴，來往苦艱難。好認吾門親至道，情慾斷，出塵寰。

江城子

法光普照道門昌。出天長。入龍陽。寶殿圓成，朝暮爇心香。霞友雲朋休外覓，心地穩，是天堂。　燕南河北好悲傷。正窮荒。受風霜。劫運推移，何日到仙鄉。誰解閑居山後意，瀟瀟秀，小蓬莊。

江城子　詠臘雪

瓊花繚亂玉塵飛。滿長堤。擁柴扉。暖焙窗明，安用繡簾幃。夜静雲收銀鑑滿，看雪月，鬬光輝。　季冬真瑞古今奇。助寒威。顯豐期。感動詩人，魂魄入希夷。謝女多才吟不盡，留與俺，道人知。

江城子

西山之通仙觀，卜以重陽作醮。前數日，北風嚴惡，天氣昏瞑，小雪微作，衆意憂惶。八日發牒之後，俄爾開霽，兩晝夜畢。十日陰雪復作，萬口一辭，讚歎希有勝緣。因作一詞，以記其實。

重陽佳節醮西山。暮天寒。葉斑斕。和氣滿川，無箇不開顏。滯魄孤魂皆受度，功德備，出幽關。河清谷静氣閑閑。寸心寬。保全安。白酒黄花，高會列仙壇。共慶吾門祖師祐，衆真喜，萬人歡。

江城子

庚寅年，通仙觀醮罷復迴，不遂本願，以詞别道友衆醮信。

玉河别後出西山。曉霜寒。過重關。書疏相邀，須索赴清壇。度死超生雖好事，年已暮，鬢成斑。修真未就積功難。鍊心寬。悟真閑。造化功夫，都在片時間。斡轉玄機全至德，無可欲，列仙班。

江城子　别樊山先天觀道友

先天欲别意沉吟。就清陰。散幽襟。酷暑全無，蚊蚋不相侵。清静安居堪久計，住一日，勝千金。此方道友果堅心。日相尋。演清音。訪道崇真，通古更明今。九夏待予無以報，臨去也，贈荒吟。

江城子　仲冬

龍祥蹤跡古仙壇。水連山。徑彎環。玉殿朱門，高聳白雲間。疑是蓬宫臨白潡，真福地，可開顏。仲冬遊歷苦無寒。道人攢。子文歡。看盡三峰，别後兩閑閑。何日復來林下笑，散後易，聚時難。

江城子　方壺過冬

嚴冬共喜小方壺。稱幽居。論元初。話到三更，皆似覺清虚。萬事有心求不得，憑象罔，獲玄珠。　一言了了性如如。樂無爲。駕雲車。朝拜高真，功滿赴仙都。速悟人人俱有分，聽予勸，莫癡愚。

江城子　義州作

紛紛世夢暫無安。蟻循環。少開顔。悟道修真，要脱死生關。認得元初無一物，除妄想，斷高攀。　老來佚樂正宜閑。罷輪竿。釣舟還。物外清遊，歷遍古仙壇。更待東君傳信息，度遼水，看閭山。

江城子

修行還悟宿根深。得知音。便明心。十二時中，外境不能侵。保命全真無别用，好容易，不難尋。　一時勘破古通今。信閑吟。玩遥岑。海角天涯，都是好叢林。繼祖承宗行教化，享天爵，受人欽。

江城子　榆次縣真常觀作

真常應物要方圓。且隨緣。行功全。眼正心明，認得化工權。日用無私當直養，浩氣滿，現胎仙。　一時慶會興無邊。透重玄。永綿綿。照徹人間，幻境豈能堅。便約故園堪久計，觀八水，翫三川。

江城子　沁州神霄宫賞月

素光皎潔暮天晴。十分明。稱幽情。賞翫隨時，高會盡雲朋。今夜澄澄垂普照，無此夕，得和平。　碧空如水月盈盈。性珠停。保長生。四海清通，何處不圓成。更謝高明恩德重，臨萬國，教門興。

無夢令　龍陽觀春分其間作

道友三冬鍊睡。鍊做陳摶苗裔。咫尺過新春，晝夜須當加瑞。加瑞。加瑞。點點直教着地。

無夢令

春日龍陽春睡。悟得春光真意。紅日正三竿，却被春風驚起。驚起。驚起。萬事一場春寐。

無夢令

閑把心香暗爇。三界十方通徹。四海遍天涯，都是全真枝葉。枝葉。枝葉。撞透清宵明月。

無夢令

我向幽窗守拙。勘破春花秋月。得意便歸來，好把身心休歇。休歇。休歇。鍛就一爐春雪。

無夢令

説破勞生如夢。個個昏迷虚夢。默地悟心開，達了真通清夢。清夢。清夢。誰信真人無夢。

道無情

時在龍陽觀，東川秋陽來請，丙戌元宵後，臨行，以詞别之。

每夜三更問話。説破人情虚假。箇箇悟真宗。道心通。要望秋陽迴意。莫縱高眠春睡。指日復歸來。笑顏開。

道無情

不避春風迢遞。來往默通真意。那箇是吾家。信天涯。本性玄通無托。到處一身安樂。了了没西東。住雲峰。

道無情

身逐東川道友。有客西山專候。真意是如何。囉唆囉。七十古來稀少。今我六旬還到。浮世不堅牢。醉陶陶。

道無情

秋陽觀作，答宣德州道友請。

深謝將書來請。纔到西巖春令。百鳥正喧呼。樂無餘。道衆滿川和氣。醮罷更看天意。緣契合虚空。任西東。

道無情

但願身安心靜。誰羨往來迎請。正教滿天涯。過流沙。　師意真慈普度。應係群生開悟。積行要無邊。性方圓。

道無情　別西山道友

行遍天涯海角。未似西山心樂。興盡復東還。鬢多斑。　彼此年過耳順。別後有何憑准。唯願各心休。永無憂。

道無情

三老共全清福。終日遊山不足。坐卧白雲中。看青峰。　飯罷東坡石上。談笑開懷豁暢。妙景可忘憂。對清流。

道無情　別蔚州道衆

十月蔚羅行化。去送來迎車馬。和氣滿山川。教風傳。　別後何時再遇。唯願各心開悟。功積要三千。化靈仙。

道無情

九九嚴凝冰結。山後朔風凜冽。西去意如何。囉唆囉。　道友一聲珍重。慎勿使他心動。志氣要平和。道無魔。

道無情

隨處道人道友。勿使人情濃厚。凡百在平常。少災殃。　別後應當西邁。接待往來寧耐。他日要相參。望終南。

道無情　懷仁縣作

我愛懷仁冬月。炕暖窗明堪歇。天意不教閑。過南山。　東去西來非願。海角天涯將遍。道果尚難成。又登程。

道無情

老年退居沁郡，奉詔還燕京大長春宮。

十月小春時令。萬物歸根安静。獨我水雲間。過東山。　直指古燕無定。老也敢違天命。迴首望終南。再來參。

道無情　依韻別沁州長官杜帥

未達難通天令。誰解動中生静。道在有無間。隔千山。　去住絶疑心定。任運逍遥隨命。終日不迷南。更何參。

減字木蘭花　秋陽觀作勸世

堆金積玉。日日慳貪心未足。足上何求。直待荒郊卧土丘。　迴頭有路。争奈愚人迷不悟。

若悟迴頭。免了前程無限愁。

校：詞牌「減字木蘭花」，原作「減字木欄花」。

減字木蘭花

勞生喪命。誰解衣餐皆分定。恣欲貪癡。積業如山猶不知。一朝有報。鐵膽銅心人也懊。受罪無休。恨不當時聞早修。

減字木蘭花

頑愚不息。禍福還如身逐影。劫運天災。都是人人心上來。若明此理。視物應當同自己。了見天真。善惡臨時全在人。

減字木蘭花

損人利己。貪愛欺瞞何日已。害衆成家。富貴人前仍自誇。陰公暗記。死上頭來誰肯替。天道無私。報應分明各有時。

減字木蘭花

天堂豈遠。舉世迷人尋不見。地獄非親。無限衆生塞斷門。聰明上士。幸得爲人勤發志。志在心平。片善無遺道自成。

減字木蘭花

縉山川有三觀，皆有陽字，此間往來，故云三陽道士。

三陽道士。坐對雲峰談不二。萬法如通。盡在忘機冷笑中。無明實性。此理難詮如何證。要證元初。認取高空秋月孤。

減字木蘭花　秋陽道友見過

金波玉液。除却嫣川無處覓。玉液金波。一飲能教五氣和。還丹大藥。服了令人常快樂。大藥還丹。福薄衆生要見難。

減字木蘭花　一道士出示杜甫游春詩卷

遊春暢飲。萬物熙熙花似錦。暢飲遊春。迷了從來多少人。儒流道士。幾箇能通天外志。道士儒流。誰肯忘情言下休。

減字木蘭花　示衆

年深學道。雖未通靈神氣好。學道年深。萬景叢中無物侵。同流聽勸。薄利虚名深可遠。聽勸同流。放下諸緣宜速修。

減字木蘭花

身心裂轉。便是元初真目面。裂轉身心。一志如山超古今。些兒若悟。免却波波來與去。

若悟些兒。萬劫希逢此一時。

減字木蘭花

同塵混世。誰解忘言無酒醉。混世同塵。落魄逍遥甘分貧。靈源不昧。勝積無涯真寶貝。不昧靈源。一氣清成要上天。

減字木蘭花　贈龍虎夫人

昏昏默默。世智聰明孰可測。默默昏昏。無欲能開衆妙門。全真抱樸。無慮無思無做作。抱樸全真。入聖超凡只在人。

減字木蘭花　西山作

修真近俗。初地難當心境熟。近俗修真。誰是居塵不染塵。林泉恣興。便是修真無可證。恣興林泉。且作逍遥陸地仙。

減字木蘭花

安禪聚落。難免區區閑把捉。聚落安禪。佛祖常憂恐落緣。山林縱卧。無慮無思真快活。縱卧山林。一點靈光無物侵。

減字木蘭花　贈燕京萬蓮會衆

迴頭返照。世事無窮堪失笑。返照迴頭。得意歸來便好休。休休省也。莫縱貪癡狂野馬。

省也休休。一任年光春復秋。

減字木蘭花　懷仁縣

懷仁抱義。五帝三皇因此治。抱義懷仁。天下生靈一體親。　勤參道德。建國成家爲法則。道德勤參。更與修身作指南。

減字木蘭花

西路請張道人，於處順堂畫西遊記。

清河畫士。處順存心堪發志。畫士清河。早早來時意若何。　全真宗祖。畫向白雲傳萬古。宗祖全真。永鎮燕山日日新。

悟南柯　勸世

着假求仙果，迷真覓佛心。爇香禮拜恐徒尋。不斷無明，空惹業根深。　苦口如良藥，忠言似美金。人逢善者作知音。正教依憑，萬禍不能侵。

悟南柯

生日無明重，死時地獄深。寸陰可惜勝黄金。速悟無生，上士做知音。　轉眼迷他趣，迴頭認本心。功成自是出陽陰。物外真閑，坦蕩賦清吟。

悟南柯

莫要欺人重，須妨報應深。群真降世布清吟。勸化愚迷，災禍免相侵。　更悟真常性，勤修吉善心。長生路上聽仙音。正道無疑，穩步赴瑶岑。

悟南柯

莫覓他人短，唯思自己長。處身謙讓性和光。與物無私，心地得清涼。　會滅無明火，能生智慧香。何勞遠去覓天堂。任運安閑，處處是仙鄉。

青玉案　自遣

揚眉瞬目分明露。認得元來處。清静無爲香滿炷。十方通徹，遍聞三界，一任年將暮。　些兒妙處堪人顧。關外棲真忘來去。更有雲霞三四侶。清吟野興，固窮樂道，此外非他取。

青玉案

心頭遠惡常修善。自得真方便。至道夷然容易見。目前端正，是非休論，堪作長生伴。　玄言悟徹無分辯。默默頤真内光現。保養神丹成九轉。化身空外，六銖天賜，換了如今面。

青玉案

浮華莫戀心歸道。漸得通玄妙。清静功圓心地了。高登彼岸，清涼永占，更沒閑煩惱。　長春真境仙無老。咫尺洞天誰能到。心上塵情都一掃。琳宫仙院，乘風清興，遊宴蓬萊島。

青玉案

群魔散盡真何亂。萬事無縈絆。一點光同青玉案。纖塵不掛，永無障礙，得見虛空面。　勸君早把塵情捹。下手速修轉頭晚。前有風波深不淺。神舟穩駕，雲朋相伴，笑指蘆花岸。

瑞鷓鴣　與延真觀小賈師

道人起念不尋常。宿業牽纏惹禍殃。樸實修真方得久，浮虛學道豈能長。　旋生旋滅心難定，不動不摇意易防。早悟知常功累足，恁時許爾志堅剛。

瑞鷓鴣　詠西山

西山深處道人家。養道修真何處加。九夏高眠無暑氣，三秋結實有新瓜。　亂山坡下宜禾黍，渾水河邊長麥麻。四季平和人事少，三餐終日是生涯。

瑞鷓鴣　過龍泉峪

西山一帶好人煙。曲水環山若洞天。無是無非無寵辱，有花有果有林泉。　家家奉道邀閑客，户户欽壇禮大仙。如此勤心行吉善，太平快樂遇豐年。

瑞鷓鴣　示衆

論道談禪鬭捷機。朦朧合眼便昏迷。貪名競利心猶在，損己安人行豈知。　益友不侵賢聖遠，良朋難近虎狼隨。一朝數滿無由悔，聞早收心莫縱欺。

瑞鷓鴣

爲人幸遇教門興。折莫因循著世榮。節食減眠神自爽，忘情去慾氣偏清。　暫時戒慎離災苦，久遠行持出死生。奉勸高明宜省悟，聞身强健早修行。

瑞鷓鴣　勸世

長春教法付清和。普勸高明出愛河。道德勤修天賜樂，塵情苦戀世生魔。　目前放下遊真境，身後功深赴大羅。我有忠言親説破，看君聽了意如何。

瑞鷓鴣

六年動作小功成。固蒂深根漸次榮。東院西宮閑客坐，南來北往道人行。　十方和氣精神爽，四海同心道眼明。天運玄風來此地，燕山路上好前程。

南鄉子　寶玄堂偶得

本性愛疏慵。不厭無名不厭窮。落魄隨緣無所礙，心通。觀透人間事事空。　得失本來同。動静何勞問吉凶。兀兀前途真自得，成功。都在忘言冷笑中。

南鄉子　贈西路道人

幸遇好良因。枉惹浮名受苦辛。只爲目前些子事，因循。趓過中間换了身。　默坐守靈根。空外閑搜空外真。認得亘初微妙物，堪親。唤作神仙不唤人。

虞美人　勸世

迴來似覺精神湧。識破人間夢。皆因恬淡樂清和。與物無私，光照遍山河。　如今普勸修真衆。莫待空無用。一朝歸去恨身卑。悔不當時，勤苦做修持。

月上海棠　示衆

先師歸去功無量。日赴千壇顯聖象。化身千百，暗中度人來往。休輕謗。恐災禍臨頭怎向。　一時開化通無上。廣集門生普供養。但持齋戒，志心各懷歸仰。虛空裏，管有神明賜賞。

踏雲行　贈長春宫道衆

智慧男兒，聰明上士。修真幸遇先師指。葆光殿閣對青山，白雲堪伴長春子。　樂道明心，勝看經史。神仙籍上書名字。大家勤苦守靈蹤，皇天肯負清高志。

踏雲行　自詠

薄利虛名，誰人能戒。前頭路險猶貪愛。惟予不敢着浮華，中心有願超三界。　廣布慈風，休生懈怠。心懷忍辱常寧耐。豁開心地若虛空，分明見箇真難壞。

踏雲行

暗地高真，明加保祐。白雲仙跡當成就。吾門七祖鎮燕山，金蓮萬朵芬芬秀。　衆會寧心，道人長久。同修清德過星斗。他年功滿去朝元，先師應賜長生酒。

踏雲行

静裏喧喧，鬧中寂寂。靈源妙用誰能識。兩般顛倒入虚無，自然顯箇真消息。　氣過三關，神遊八極。綿綿來往無蹤跡。此時休歇罷參尋，前程路上忘疑惑。

踏雲行　讚師父仙體不朽

玉骨元清，金丹已就。長春不老何年朽。圓成一性遍河沙，遺骸全體仍依舊。　萬代稀逢，一時罕有。天涯門弟來奔湊。安居處順慶真容，焚香十萬連三晝。

點絳唇　重九後五日作

體入虚空，猶然未可爲憑據。真空路。氣神相聚。現出陽神去。　若遇知音，此事堪分付。君聽取。莫生疑悞。行滿天將護。

點絳唇

聞説修行，千差萬别難依據。真空路。何人得趣。撒手堪歸去。　行積無邊，功要三千數。心開悟。逍遥雲步。應過天仙舉。

點絳唇

學道尋真，寧心耐意搜求正。刀圭柄。群真相慶。一顆明珠瑩。　照見元初，認得頭和影。神通聖。内容清興。物外閑吟詠。

點絳脣

學道難成，無明觸處生煙火。招殃禍。時光虛過。生死如何趓。　早悟前愆，更不生人我。還真箇。時時明破。下手修仙果。

點絳脣

曄曄重陽，素秋氣爽添清興。仙歌詠。黄華相稱。朵朵如如性。　小檻芬芳，滿座人欽敬。真清静。香風純正。萬户千門慶。

點絳脣　暮春遊五華山繼先師韻

昨日春遊，一行恰似乘鸞鳳。知音共。適懷心縱。直入桃源洞。　好向清溪，閑聽琴三弄。真歡動。任地迎送。管甚莊周夢。

卜算子

玉虛觀夜境中，師父令和「都要奔波走」《卜算子》，仍易其名曰《北地樂》。

真性休空走。二物長相守。這些消息阿誰知，便是無中有。　寶鼎瓊花放，玉户金光透。作箇清涼彼岸人，清静工夫就。

賀聖朝

義州醮罷，命郭志全講道德二篇。

古宜緣重，善根深種，志士心堅。感吾門洪教廣開緣。共談論功圓。中宵不寐，雲朋高會，參透玄玄。向五千文内契忘筌。見自己神仙。

賀聖朝

夜深人静，披衣閑坐，琴聽無絃。罷高談逸論默通玄。任龜息綿綿。陰陽昇降，沖和四大，骨壯神全。抱元初一點行功圓。看歌舞胎仙。

賀聖朝　太平興國觀中秋賞月

海清山静，素秋光滿，涼夜人圓。恣開懷賞翫過三更。更談論幽玄。圓明頓悟，無私普照，善行周全。向今宵覺徹性皆通，證陸地神仙。

一剪梅　依先師真人和移剌仲澤韻，義州永和庵作。

九九方終暖日陽。春和崇義，無夢天長。十方三界恣遊行，炎夏還逢，不覺秋霜。悟得真閑萬事忘。自然佚樂，心地清涼。本來一點縱寬舒，散盡群魔，獨現威光。

一剪梅　示衆復用前韻

外積陰功内固陽。長春示衆，此語偏長。還能頓悟入無爲，宿業猶如，赫日消霜。不假澄心六慾忘。功成行滿，越過炎涼。騰騰兀兀任西東，覺徹人間，且恁韜光。

一剪梅　太平興國觀示衆

天賜平遥好歇心。琳宫寂寂，古柏森森。清陰密鎖洞天幽，聚落相鄰，静勝山林。　清静無爲孰得尋。太平興國，覓箇知音。勸君速悟莫遲疑，言下承當，賢聖加臨。

一剪梅　寄蔚州道友

越過靈仙壺水傍。西河餞送，誠厚難忘。未能欵話便登程，度嶺嚴寒，來意匆忙。　幸得和平達道鄉。渾源豐足，諸事安康。有人東去寄新詞，報與知音，表我行藏。

一剪梅　詠前高山

新得前高一簇山。清虚洞府，亘古仙壇。皇天憐我苦奔馳，佚我年高，教我開顔。　暗謝高穹賜我閑。松間石上，斷了追攀。忻然自得樂無窮，行也堪觀。坐也堪觀。

一剪梅

新得前高自發揚。峰巒峭拔，松檜成行。道人歸計出紅塵，碧洞高眠，無事牽腸。　白髮垂垂兩鬢霜。青松影裏，描邈難粧。往來遊戲日當斜，行也清涼。坐也清涼。

一剪梅

新得前高孰可知。世間清絶，詩筆難題。朝元峰上試閑窺，未赴蓬萊，先到瑶池。　一派松風入耳吹。仙音縹緲，洞達幽微。興來策杖步雲溪，行也相宜。坐也相宜。

一剪梅　述懷贈程老先生

學道無成天不慳。虛名濫占，實得應難。從今志氣更重加，東望都休，不下西山。　深謝知交忻（此字存疑）

（續）

嶂間。四時不闕，助我衣餐。有時慶會上朝元，功行雙全。日赴千壇。

一剪梅　述懷贈柳先生

一點靈明本寂然。隨通隨感，應赴諸緣。頭頭認得這些兒，動也方圓。靜也方圓。　日用無私不着邊。清虛消息，此法堪傳。指人頓悟入無爲，行也忘言。坐也忘言。

一剪梅　下山

爲愛前高自覺過。天生阻隔，不放沖和。前頭何處道緣深，無福清閑，有分奔波。　老也功虧一任魔。長春教語，慎勿蹉跎。自來達道學仙人，功也無多。行也無多。

下手遲　義州醮罷勸衆

諸緣種種怎生休，萬慮紛紛何日息。情忘處、諸緣頓了，意滅時、萬慮俱畢。　問君能有幾多時，猶向人間弄智識。還知恁麼便迴光，免使臨頭愁戚戚。

昭君怨　泉州洞真觀書于東壁

節令重陽閑步。直至武清南渡。極目看嘉祥。水茫茫。　連日陰沉微雨。正在蘆花深處。遊樂水雲間。望西山。

鳳棲梧　勸世

大教普聞天下轉。返樸全真，日用垂方便。方便真慈清静願。心通漸覺人情遠。　上士高明容易勸。既悟玄風，早早忘知見。世事安能長久戀。不如認證元初面。以上明正統編刊本《道藏》（文物出版社等影印）《葆光集》卷下

楊弘道 存詞九首

楊弘道（一一八九—一二七二以後），字叔能，號素庵。淄川（今屬山東）人。年十一，父母相繼去世。金末，補父蔭，未赴職。金宣宗定興末赴京師，正大元年，出監麟游酒税。蒙古攻滅金朝，曾避走南宋治下的襄陽，並于宋理宗端平元年，任襄陽府學教諭，次年攝唐州司户。但任職數月，唐州爲蒙古軍所占，楊弘道又自唐州北還，潛歸故里。至元初年，賜號「處士先生」，已八十三歲。延祐三年，追謚文節。楊弘道親歷蒙古攻滅金朝的戰亂，其詩以唐詩爲指歸，有《小亭集》十五卷行世，久無傳本。清乾隆修《四庫全書》，從《永樂大典》中輯出《小亭集》六卷，卷五存詞七首。生平見元好問《楊叔能小亭集引》（《遺山集》卷三十六）、王惲《儒士楊弘道賜號狀》（《秋澗集》卷八十七）、鮮于樞《困學齋雜録》。

按：楊弘道生年，據《小亭集》卷五《己酉年門帖子》「己酉再逢鬢未皤」推知。楊弘道，清人爲避諱，又作楊宏道。

鷓鴣天 避酒

玉帳人閒綺席開。便將紅粉作金臺。詩情先自無多子，更着繁絃急管催。　香穗裊，燭花摧。

老來辜負即時杯。白眉已任蛾眉笑，一夜惺惺騎馬回。

望江南　詠桃源

桃源好，雞黍競相邀。鸞鳳有期朝絳闕，風霾無計上青霄。萬點落英飄。茅屋底，何以永今朝。一念不從癡處起，萬緣都向静中消。知命也逍遥。

沁園春　佳人

揩汗殘粧，咀梅顰黛，楚腰如束。爲蔗漿頻飲，全踈緑蟻，繡床慵傍，閒倚青奴。解愠風來，忘憂花發，庭樹扶踈如畫圖。凌波襪，步蘭堂欲下，猶自踟躕。星娥月姊相呼。趁清樾桃笙特地鋪。悵紫簫聲遠，青鸞夢斷，逸居無事，長日何如。玉子圓磨，文楸方界，多算須防一著輸。閒情遠，漸西山翠重，飛下陽烏。

梅梢月　歌女

春到人間，嫩黄染長條，暖煙晴晝。未按舞腰，學畫粧眉，二八女兒纖瘦。絳桃穠李攜佳伴，陳步障、青紅如繡。過微雨，年年好在，禁煙時候。嬌困如酣卯酒。應惱殺、翩翻燕朋鶯友。緑水灞橋，斜日章臺，雪絮亂飄襟袖。勸伊休管别離事，但贏取、青青依舊。再相見，清陰漸成數畝。

酹江月　寄贈

漢家都邑，歷綿綿延祚，增崇榮富。千古繁華猶眼見，看取班張詞賦。太液鴛鸞，昭陽鳷鵲，蘭麝熏香霧。君恩如日，照臨知在何處。窗下軋軋鳴機，杼霜抽雪，裂下齊紈素。團扇裁成明月樣，摇動涼風披拂。玉宇塵清，金莖露重，黄葉飄宮樹。紫毫斑管，定書當日佳句。

滿江紅　有感

尚寐無聰，幽夢斷、蘧然難續。隱隱聽、鼓聲如呼，角聲如哭。簷短茅堂窗已白，灰殘爐火樽無緑。稱有無，隨分具晨餐，唯饘粥。　有義命，何思慮。在坎陷，彌謙牧。但客來嘗媿，小坊深曲。不及屠沽餘酒肉，不及駔儈多僮僕。下葦簾，相對話移時，清歡足。

六國朝

繁花煙暖，落葉風高。歲月去如流，身漸老。歎三十年虚度，月墮雞號。痛離散人何在，雲沉雁杳。浮萍斷梗，任風水、東泛西漂。萬事總無成，憂患繞。　虚名何益，薄宦徒勞。得預俊游中，觀望好。謾能出驚人語，瑞錦秋濤。莫誇有如神句，鳴禽春草。干戈滿地，甚處用、儒雅風騷。援筆賦歸田，宜去早。以上文淵閣《四庫全書》輯本《小亨集》卷五

三奠子　遠遊

歎五材並用，水德靈長。初泛濫，漸汪洋。轉雷經灩澦，濺雪下瞿唐。纔出險，吞漢沔，略沅湘。　發源湔道，東過維揚。由有本，自無疆。遠遊還故國，待渡立斜陽。山煙紫，津樹緑，客心傷。《永樂大典》卷八八四五引楊弘道詞

鷓鴣天　留贈元遺山

邂逅梁園對榻眠。舊遊回首一淒然。當時好客誰爲最，李趙風流兩謫仙。　居接棟，稼鄰田。與君詩酒度殘年。飄零南北如相避，開歲還分隴上泉。元好問《遺山樂府》《定風波》詞序

耶律楚材　存詞一首

耶律楚材（一一九〇—一二四四），字晋卿，號湛然居士。契丹族。祖籍遼東醫巫閭山西麓宜州弘政（遼寧義縣），生長於中都燕京（今北京）。是遼國（契丹）王族後裔。公元一二一五年，蒙古圍攻金中都燕京。中都陷落，耶律楚材成爲蒙古治下的子民。一二一八年，成吉思汗徵召耶律楚材赴行在，雅重其言，留于行在備諮詢。成吉思汗呼耶律楚材「吾圖撒合里」（長髯人），成吉思汗在西域征戰六年，耶律楚材隨侍左右。曾久駐中亞河中府。成吉思汗去世，一直受重用。元太宗曾任命爲主管漢地文書「必闍赤」，漢人將其尊稱爲中書令、中書相公。著有《湛然居士集》十四卷，今存，主要是詩。另著《西遊録》二卷，今亦存。生平見宋子貞撰《耶律楚材神道碑》（《元文類》卷五十七）、《元史》卷一四六、《元朝名臣事略》卷五。王國維著有《耶律文正公年譜》與《耶律文正公年譜餘記》（均見《海寧王静安遺書》）。

鷓鴣天　題七真洞

花界傾頽事已遷。浩歌遥望意茫然。江山王氣空千劫，桃李春風又一年。　横翠嶂，架寒煙。野花平碧怨啼鵑。不知何限人間夢，並觸沉思到酒邊。中華書局據康熙三十年裘抒樓刊本影印朱彝尊、汪森《詞綜》卷三十三

元好問 存詞三四八首

元好問（一一九〇—一二五七），字裕之，號遺山。太原秀容（山西忻州）人。早年隨叔父宦游各地，曾受教于古文家路鐸、學者郝天挺。金宣宗興定五年進士，但未赴吏部選，往來箕潁間。金哀宗正大元年中博學鴻詞科，授儒林郎、權國史院編修。正大三年任鎮平令，歷内鄉令、南陽令，又調尚書省左司都事。金亡之際，崔立兵變，挾汴京投敵，爲其立碑歌功頌德時，元好問被動與其事，因之受到責難。金亡不仕，在家中構野史亭，以著述存史自任。晚年在藩邸的元世祖忽必烈聞其名，擬「以館閣處之」，但「未用而卒」。在金元之際的北方文壇，元好問的地位與影響無人能及。「河汾諸老」與「封龍山三老」等均以其爲依歸。詩詞文章是北方公認的泰斗。有《遺山先生文集》四十卷、《遺山樂府》三卷（别本五卷）傳世。著筆記《續夷堅志》四卷（别本二卷），編纂金詩總集《中州集》十卷、金詞總集《中州樂府》一卷，附《中州集》以行。生平見郝經撰《遺山先生墓志銘》（《陵川集》卷三十五）、《金史》卷一二六本傳。

據臺灣「國家圖書館」藏高麗舊刊本《遺山樂府》三卷編録元好問詞。以《宛委别藏》本《遺山先生新樂府》五卷、國家圖書館藏瞿鏞校跋本《遺山先生新樂府》五卷補三卷本未備之詞。以朝鮮中宗時晋州刊本《遺山樂府》三卷、中國人民大學藏康熙間華希閔劍光閣刻《元遺山先生新樂府》四卷、石蓮庵匯刻九金人集本《遺山先生新樂府》、瞿鏞校跋本《遺山先生新樂府》校勘。

按：五卷本卷五《江城子》（梅梅柳柳鬧新晴）以下存詞八十二首，任德魁《詞文獻研究》（南開大學出版社，二〇一〇）認爲系整體羼入，並確認其中四十九首爲宋人作，今據其説，重新核對，並删去不録。暫存其餘三十三首。又，臺灣「國家圖書館」藏高麗舊刊本《遺山樂府》三卷本有《後庭花破子》二首；《石蓮庵匯刻九金人集》本《遺山先生新樂府補遺》有《小聖樂》（緑葉陰濃）一首，《全金元詞》俱以爲曲調不録，今從之。

水調歌頭

少室玉華谷月夕，與希顔、欽叔飲，醉中賦此。玉華詩老，宋洛陽耆英劉几伯壽也。劉有二侍妾，名萱草、芳草，吹鐵笛騎牛山間，玉華亭榭遺址在焉。金堂玉室，嵩山事；石城瓊壁，少室山三十六峰之名也。

山家釀初熟，取醉不論錢。清溪留飲三日，魚鳥亦欣然。見説玉華詩老，袖有忘憂萱草，牛背穩於船。鐵笛久埋没，雅曲竟誰傳。　坐蒼苔，敧亂石，耿不眠。長松夜半悲嘯，笙鶴下遥天。天上金堂玉室，地下石城瓊壁，别有一山川。把酒問明月，今夕是何年。

水調歌頭　與李長源游龍門

灘聲蕩高壁，秋氣静雲林。回頭洛陽城闕，塵土一何深。前日神光牛背，今日春風馬耳，因見古人心。一笑青山底，未受二毛侵。　問龍門，何所似，似山陰。平生夢想佳處，留眼更登臨。我有一卮芳酒，唤取山花山鳥，伴我醉時吟。何必絲與竹，山水有清音。

水調歌頭　緱山夜飲

石壇洗秋露，喬木擁蒼煙。緱山七月笙鶴，曾此上賓天。爲問雲間嵩少，老眼無窮今古，夜樂幾人傳。宇宙一丘土，城郭又千年。　一襟風，一片月，酒尊前。王喬爲汝轟飲，留看醉時顛。杳杳白雲青嶂，蕩蕩銀河碧落，長袖得迴旋。舉手謝浮世，我是飲中仙。

水調歌頭

庚辰六月，游玉華谷，回過少姨廟，壁間得古仙詞，同希顔、欽叔譜詞中語，爲之賦。仙人詞今載於此：「夢入雲山宮闕幽。鸞鷟同侶鴛鳳流。掛月竟夜光不收。世俗擾擾成囂湫。醉飛星馭鞭金虬。八仙浪跡追真遊。龜玉笙蹄四十秋。摩霄注壑須人求。覓劍如或笑刳舟。陽燧非無鹿里儔。元鼎以來虚崑丘。東井徒勞冠帶修。松飱竹飲度蜃樓。崧頂坐嘯垂直鉤。只應慚愧劉幽州。」又題知音者無惜留跡。

雲山有宫闕，浩蕩玉華秋。何年鸞鷟同侶，清夢入真遊。細看詩中元鼎，似道區區東井，冠帶事崑丘。壞壁涴風雨，醉墨失蛟虬。　問詩仙，緣底事，愧幽州。知音定在何許，此語爲誰留。世外青天明月，世上紅塵白日，我亦厭囂湫。一笑拂衣去，崧頂坐垂鉤。

按：詞序後原有雷淵題識：「興定庚辰六月望，予與河南元好問、趙郡李獻能同游玉華谷，又將歷崧前諸刹，因過少姨祠，元周行廊廡，得古仙人詞於壁間。然其首章，直屋漏雨，爲所漫剥，殆不能辨。磴木石而上，拂拭滓滌，迫視者久之，始可完讀。觀其體則柏梁，事則終始二漢，字畫在鍾王之間。東井又元鼎所都，幽州必賢子虞也。夫眷眷不忘幽州者，非吾田疇尚誰歟？田復所事之讎，却曹瞞之賞，衰俗波蕩中，挺挺有烈丈夫語氣，其死而不忘，蓋無疑，其能道此語亦無疑。觀者不當以文體古今之變而疑仙語也。噫，仙山靈嶽，宜有閎衍博大真人，往來乎其間，而世人莫之識也。予三人者，乃今見之，夫豈偶然哉？再拜留跡，以附知音者之末云。渾源雷淵題。」「幽州必賢子虞也」，朝鮮中宗時晋州刊本作「幽州必賢予虞也」。

校：「今載於此：夢入雲山宫闕幽」，原闕「此夢」二字，據朝鮮中宗時晋州刊本補。「劉幽州」，原作「劉幽州縣」，據朝鮮中宗時晋州刊本删。

水調歌頭

與欽叔飲。時予以同州録事判官入館，故有判司之語。

長安夏秋雨，泥潦滿街衢。先生閉户轟飲，隣屋厭歌呼。慚愧君家兄弟，半世相親相愛。知我是狂夫。禮法略苛細，言語任乖疎。　判司官，一囊米，五車書。騎驢冠蓋蘩裏，鞍馬避僮奴。只有平生親舊，歡笑窮年竟日，未必古人如。酒賤可頻置，時爲過吾廬。

校：「平生」，原作「平空」，據朝鮮中宗時晋州刊本改。

水調歌頭

賦德新王丈玉溪。溪在嵩前費莊兩山絶勝處也。

空濛玉華曉，瀟灑石淙秋。嵩高大有佳處，元在玉溪頭。翠壁丹崖千丈，古木寒藤兩岸，村落□林丘。今日好風色，可以放吾舟。　百來年，算惟有，此翁遊。山川邂逅佳客，猿鳥亦相留。父老雞豚鄉社，兒女籃輿竹几，來往亦風流。萬事已華髮，吾道付滄洲。

校：「村落□林丘」，此處空字，原文漫漶不清。

水調歌頭　賦三門津

黄河九天上，人鬼瞰重關。長風怒捲高浪，飛灑日光寒。峻似吕梁千仞，壯似錢塘八月，直下洗塵寰。萬象入横潰，依舊一峰閑。　仰危巢，雙鵠過，杳難攀。人間此險何用，萬古秘神奸。不用燃犀下照，未必佽飛强射，有力障狂瀾。唤取騎鯨客，撾鼓過銀山。

校：「峻似」，原作「峻以」，據朝鮮中宗時晋州刊本改。

水調歌頭

長源被放，西歸長安，過余内鄉，置酒半山亭，有詩見及，因爲賦此。

相思一尊酒，今日盡君歡。長歌一寫孤憤，西北望長安。鬱鬱閶門軒蓋，浩浩龍津車馬，風雪一家寒。鐘鼓催人老，天地爲誰寬。　丈夫兒，倚天劍，切雲冠。可能封塞包晨，驅去復來還。清廟千金康瓠，短褐連城雙璧，行路古來難。松柏在南澗，留待百年看。

校：「孤憤」，原作「孤墳」，據朝鮮中宗時晋州刊本改。

水調歌頭　史館夜直

形神自相語，咄諾汝來前。天公生汝何意，寧獨有畸偏。萬事粗疏潦倒，半世棲遲零落，甘受衆人憐。許汜卧床下，趙一倚門邊。五車書，都不博，一囊錢。長安自古歧路，難似上青天。雞黍年年鄉社，桃李家家春酒，平地有神仙。歸去不歸去，鼻孔欲誰穿。

校：「長安」，原作「卧安」，據朝鮮中宗時晋州刊本改。

水調歌頭　長壽新齋

蒼煙百年木，春雨一溪花。移居白鹿東崦，家具滿樵車。舊有黄牛十角，分得山田一曲，涼薄了生涯。一笑顧兒女，今日是山家。簿書叢，鈴夜掣，鼓晨撾。人生一枕春夢，辛苦趁蜂衙。竹裏藍田山下，草閣百花潭上，千古占煙霞。更看商於路，别有故侯瓜。

水調歌頭　汜水故城登眺

牛羊散平楚，落日漢家營。龍拏虎擲何處，野蔓罥荒城。遥想朱旗回指，萬里風雲奔走，慘澹五年兵。天地入鞭箠，毛髮凛威靈。一千年，城皇路，幾人經。長河浩浩東注，不盡古今情。誰謂麻池小豎，偶解東門長嘯，取次論韓彭。慷慨一尊酒，胸次若爲平。

校：詞題，《宛委别藏》本作「西京汜水故城登眺」，「汜」，朝鮮中宗時晋州刊本作「氾」。

摸魚兒

正月二十七日，予與希顔陪馮内翰丈游龍母潭。韓吏部釣於龍潭，遇雷，事見《天封題名》，即此地也。既歸，宿於近潭田舍翁家。是夜，雷雨大作，望潭中火光燭天。明日，旁近言龍起大槐中。父老云：「正月龍起，前此未見也。」龍潭寺南窪尊，馮丈所名。

笑青山、不解留客，林丘夜半掀舉。蕭蕭暮景千山雪，銀箭忽傳飛雨。還記否。又恐似、龍潭垂釣風雷怒。山人良苦。料只爲三年，長安道上，來與浣塵土。清陰渡。渺渺風煙杖屨。名山元有佳處。山僧乞我溪南地，十里瘦藤高樹。私自語。更須問、窪尊此日誰賓主。朝來暮去。要山鳥山花，前歌後舞，從我醉鄉路。

摸魚兒

乙丑歲赴試并州，道逢捕雁者云，今旦獲一雁，殺之矣。其脱網者悲鳴不能去，竟自投於地而死。予因買得之，葬之汾水之上，累石爲識，號曰「雁丘」。同行者多爲賦詩，予亦有《雁丘辭》，舊所作無宫商，今改定之。

恨人間、情是何物，直教生死相許。天南地北雙飛客，老翅幾回寒暑。歡樂趣。離別苦。是中更有癡兒女。君應有語。渺萬里層雲，千山暮景，隻影爲誰去。横汾路。寂寞當年簫鼓。荒煙依舊平楚。招魂楚些何嗟及，山鬼自啼風雨。天也妒。未信與、鶯兒燕子俱黄土。千秋萬古。爲留待騷人，狂歌痛飲，來訪雁丘處。

摸魚兒

泰和中，大名民家小兒女，有以私情不如意赴水者，官爲蹤跡之，無見也。其後踏藕者得二屍水中，衣物仍可驗，其事乃白。是歲，此陂荷花開無不並蒂者。沁水梁國用時爲録事判官，爲李明章内翰言如此。此曲以樂府《雙蕖怨》命篇，「咀五色之靈芝，香生九竅，咽三清之瑞露，春動七情」，韓偓《香奩集》中自叙語。

問蓮根、有絲多少，蓮心知爲誰苦。雙花脈脈嬌相向，只是舊家兒女。天已許。甚不教、白頭生死鴛鴦浦。夕陽無語。算謝客煙中，湘妃江上，未是斷腸處。　香奩夢，好在靈芝瑞露。人間俯仰今古。海枯石爛情緣在，幽恨不埋黄土。相思樹。流年度、無端又被西風誤。蘭舟少住。怕載酒重來，紅衣半落，狼藉卧風雨。

木蘭花慢

孟津官舍，寄欽若、欽用昆弟，並長安故人。

流年春夢過，記書劍，入西州。對得意江山，十千沽酒，著處歡遊。興亡事，天也老，儘消沉、不盡古今愁。落日霸陵原上，野煙凝碧池頭。　風聲習氣想風流。終擬覓菟裘。待射虎南山，短衣匹馬，騰踏清秋。黄塵道，何時了，料故人、應也怪遲留。只問寒沙過雁，幾番王粲登樓。

木蘭花慢

擁都門冠蓋，瑶圃秀，轉春暉。悵華屋生存，丘山零落，事往人非。追隨。舊家誰在，但千年、遼鶴去還歸。繫馬鳳凰樓柱，倚弓玉女窗扉。江頭花落亂鶯飛。南望重依依。渺天際歸舟，雲間汀樹，水繞山圍。相期。更當何處，算古來、相接眼中稀。寄與蘭成新賦，也應爲我沾衣。

木蘭花慢

賦招魂九辯，一尊酒，與誰同。對零落棲遲，興亡離合，此意何窮。匆匆。百年世事，意功名、多在黑頭公。喬木蕭蕭故國，孤鴻澹澹長空。　門前花柳又春風。醉眼眩青紅。問造物何心，村簫社鼓，奔走兒童。天東。故人好在，莫生平、豪氣減元龍。夢到琅邪臺上，依然湖海沈雄。

木蘭花慢

對西山摇落，又匹馬，過并州。恨秋雁年年，長空澹澹，事往情留。白頭。幾回南北，竟何人、談笑得封侯。愁裏狂歌濁酒，夢中錦帶吴鉤。　嚴城笳鼓動高秋。萬竈擁貔貅。覺全晉山河，風聲習氣，未減風流。風流。故家人物，慨中宵、拊枕憶同遊。不用聞雞起舞，且須乘月登樓。

木蘭花慢　遊三臺二首

擁岧岧雙闕，龍虎氣，鬱峥嶸。想暮雨珠簾，秋香桂樹，指顧臺城。臺城。爲誰西望，但哀弦、淒斷似平生。只道江山如畫，争教天地無情。　風雲奔走十年兵。慘澹入經營。問對酒當歌，曹侯墓上，何用虚名。青青。故都喬木，悵西陵、遺恨幾時平。安得參軍健筆，爲君重賦蕪城。

木蘭花慢

渺漲流東下，流不盡，古今情。記海上三山，雲間雙闕，當日南城。黄星。幾年飛去，淡春陰、平野草青青。冰井猶殘石甃，露盤已失金莖。風流千古短歌行。慷慨缺壺聲。想釃酒臨江，賦詩鞍馬，詞氣縱横。飄零。舊家王粲，似南飛、烏鵲月三更。笑殺西園賦客，壯懷無復平生。

水龍吟

從商帥國器獵於南陽，同仲澤鼎玉賦此。

少年射虎名豪，等閒赤羽千夫膳。金鈴錦領，平原千騎，星流電轉。路斷飛潛，霧隨騰沸，長圍高掩。看川空谷静，旌旗動色，得意似，平生戰。城月迢迢鼓角，夜如何、軍中高宴。江淮草木，中原狐兔，先聲自遠。蓋世韓彭，可能只辦，尋常鷹犬。問元戎早晚，鳴鞭徑去，解天山箭。

校：「長圍高掩」，朝鮮中宗時晋州刊本作「長圍高捲」。

水龍吟　中秋

舊家八月池臺，露華涼冷金波漲。寧王玉笛，霓裳仙譜，涼州新釀。一枕開元，夢恍猶記，華清天上。對昆明火冷，蓬萊水淺，新亭淚，空相向。爛漫東原此夕，夜如何、高秋空曠。一杯徑醉，憑君莫問，今來古往。萬里孤光，五湖高興，百年清賞。倩何人唤取，飛瓊佐酒，作穿雲唱。

校：詞題，據《宛委别藏》本卷四補。

水龍吟　中秋

素丸何處飛來，照人只是承平舊。兵塵萬里，家書三月，無言搔首。幾許光陰，幾回歡聚，長教分手。料婆娑桂樹，多應笑我，憔悴似，金城柳。不愛竹西歌吹，愛空山、玉壺清晝。尋常夢裏，膏車盤谷，拏舟方口。不負人生，古來惟有，中秋重九。願年年此夕，團欒兒女，醉山中酒。

校：詞題，據《宛委别藏》本卷四補。

水龍吟　同德秀游盤谷

接雲千丈層崖，古來此地風煙好。青山得意，十分濃秀，都將傾倒。可恨孤峰，幾回空見，松筠枯槁。自都門送别，膏車秣馬，誰更問，盤中道。　我愛陂塘南畔，小川平、横岡回抱。野麋山鹿，平生心在，長林豐草。婢織奴耕，歲時供我，酒船茶竈。把人間萬事，從頭放下，只山間老。

水龍吟

陳希夷睡歌有契予心，因衍之。

百年同是行人，酒鄉獨有歸休地。此心安處，良辰美景，般般稱遂。力士鐺頭，舒州杓畔，不妨遊戲。算爲狂爲隱，非狂非隱，人誰解，先生意。　莫笑糊塗老眼，幾回看、紅輪西墜。一杯到手，人間萬事，俱然少味。范蠡張良，儘他驚怪，陳摶貪睡。且陶陶兀兀，今朝醉了，更明朝醉。

沁園春　除夕二首

腐朽神奇，夢幻吞侵，朝昏變遷。悵殘燈舊歲，雞聲競早，春風歸興，雁影相先。南渡崩奔，東屯留滯，世事悠悠白髮邊。虚名誤，遍人間浪走，恰到求田。　青紅花柳争妍。意醉眼、天公也放顛。更雲雷怒捲，頹波一注，冰霜冷看，老檜千年。園令家居，陶潛官罷，無酒令人意缺然。從教去，付青山枕上，明月尊前。

校：詞題，「二首」據《宛委别藏》本補。

沁園春

再見新正，去歲逐貧，今年送窮。算公田二頃，誰如元亮，吴牛十角，未比龜蒙。面目堪憎，語言無味，五鬼行來此病同。齏鹽裏，似楊雄寂寞，韓愈龍鐘。　何人炮鳳烹龍。且莫笑、先生飯甑空。便看來朝鏡，都無勳業，拈將詩筆，猶有神通。花柳横陳，江山呈露，盡入經營慘澹中。閑身在，看薄批明月，細切清風。

賀新郎　箜篌曲爲良佐所親賦

起節金釵促。愛弦間、泠泠細語，非琴非築。别鶴離鸞雲千里，風雨孤猿夜哭。只雌蝶、雄蜂同宿。汀樹詩成歸舟遠，認宫眉、隱隱春山緑。歌宛轉，淚盈匊。　吴兒越女皆冰玉。恨不及、徘徊星漢，流光相屬。破鏡何年清輝滿，寂寞佳人空谷。人世事、尋常翻覆。入塞新聲愁未了，更傷心、聽得江南曲。呼羯鼓，醉紅燭。

最高樓

商於，魯縣北山。

商於路，山遠客來稀。雞犬静柴扉。東家歡飲薑芽脆，西家留宿芋魁肥。覺重來，猿與鶴，總忘機。　問華屋、高貲誰不戀，問美食、大官誰不羡。風浪裏，竟安歸。雲山既不求吾是，林泉又不責吾非。任年年，藜藿飯，芰荷衣。

玉漏遲

壬辰圍城，有懷淅江别業。

淅江歸路杳。西南仰羡，投林高鳥。升斗微官，世累苦相縈繞。不入麒麟畫裏，又不與、巢由同調。時自笑。虚名負我，平生吟嘯。　擾擾馬足車塵，被歲月無情，暗銷年少。鐘鼎山林，一事幾時曾了。四壁秋蟲夜語，更一點、殘燈斜照。清鏡曉。白髮又添多少。

滿江紅

崧山中作

天上飛烏，問誰遣、東生西没。明鏡裏、朝爲青鬢，暮爲華髮。弱水蓬萊三萬里，夢魂不到金銀闕。更幾人、能有謝家山，飛仙骨。　山鳥哢，林花發。玉杯冷，秋雲滑。彭殤共一醉，不争豪末。鞭石何年滄海過，三山只是尊中物。暫放教、老子據胡床，邀明月。

滿江紅

内鄉作

老樹荒臺，秋興動、悠然獨酌。秋也老、江山憔悴，鬢華先覺。人到中年元易感，眼看華屋歸零落。算古來、唯有醉鄉民，平生樂。　淩浩蕩，觀寥廓。月爲燭，雲爲幄。儘百川都釀，不供杯杓。身外虚名將底用，古來已錯今尤錯。唤野猿、山鳥一時歌，休休莫。

滿江紅

内鄉半山亭，浮休居士張芸叟窪尊石刻在焉。

江上窪尊，人道有、浮休遺跡。尊俎地、江山如畫，百年岑寂。白鶴重來城郭在，山花山鳥渾相識。便與君、載酒半山亭，追疇昔。　人易老，時難得。歡未減，悲還及。身前與身後，杳無終極。一笑何須留故事，千年誰復知今日。判醉來、橫卧隴頭雲，林間石。

滿江紅

方城商帥國器軍中寄同年李欽用。時欽用爲西臺掾，在長安。

漢水方城，今古道、幾回投跡。留滯久、浩歌狂醉，此心誰識。渭北清光摇草樹，故人對酒應相憶。記雨窗、相對話離憂，秋風夕。　風月笛，煙霞屐。身易老，時難得。鳥飛天不盡，野春平碧。我夢秦東亭上飲，舉頭但見長安日。便與君、重結入關期，明年必。

滿江紅　送希顔之官徐州

元鼎詩仙，知音少、喜君留跡。還有恨、故山飛去，石城瓊壁。萬里征西天有意，四方問舍今何日。便金虬、飛馭解移文，知無及。　淮海地，雲雷夕。自不負，髯如戟。望幕中談笑，隱然勍敵。此老何堪丞掾事，佳時但要江山筆。向楚王、臺上酒酣時，須相憶。

滿江紅

郝仲純使君守坊州，枉道過予於登封，同宿縣西峻極寺。會予以事當往山中，仲純留兵騎見候，且約别於洛陽。明日大雨，三日，轅轍不可行，作此寄之。使君以貴冑起家，風流有文詞，仕至鳳翔治中南山安撫使，先保陝州有功，故篇中及之。

畫戟清香，誰得似、韋郎詩筆。還又見、從容車騎，待州西北。竹馬兒童應有語，使君姓字人人識。是往時、曾護國西門，金湯壁。千日醉，三更席。事已去，尋無跡。對暮涼燈火，悵然如失。萬里功名知未免，中年離别尤堪惜。恨洛陽、風雨暗旌旗，空相憶。

滿江紅

枕上吴山，隱隱見、宫眉修碧。人好在、斷腸渾似，畫圖相識。羅襪塵香來有信，玉簫聲遠尋無跡。恨不將、春色醉仙桃，迷芳席。嬋娟月，韶華日。夢已盡，愁仍積。江花共江草，幾時終極。錦樹吹殘蝴蝶老，冰綃剪破鴛鴦隻。判楚雲、湘雨一生休，休相憶。

滿江紅

一枕餘酲，厭厭共、相思無力。人語定、小窗風雨，暮寒岑寂。繡被留歡香未減，錦書封淚紅猶濕。問寸腸、能著幾多愁，朝還夕。春草遠，春江碧。雲暗澹，花狼藉。更柳綿閑颺，柳絲誰織。入夢終疑神女賦，寫情除有文星筆。恨伯勞、東去燕西歸，空相憶。

念奴嬌

欽叔、欽用避兵太華絶頂，以書見招，因爲賦此。

雲間太華，笑蒼然塵世，真成何物。玉井蓮開花十丈，獨立蒼龍絶壁。九點齊州，一杯滄海，半落天山雪。中原逐鹿，定知誰是雄傑。我夢黄鶴移書，洪崖招隱，逸興尊中發。箭筈天門飛不到，落日旌旗明滅。華屋生存，丘山零落，幾换青青髮。人間休問，浩歌且醉明月。

校：「玉井蓮開花十丈」，原闕「井」字，據朝鮮中宗時晉州刊本補；晉州本此句作「玉井蓮開拔千丈」。「一杯滄海」，「滄」字漫漶，據朝鮮中宗時晉州刊本補。

永遇樂

夢中有以王正之樂府相示者。予但記其末云：「莫嫌滿鏡，星星白髮，中有利名千丈。待明朝有酒如川，自歌自放。」然正之未嘗有此作也。明日以示友人希顔、欽叔，謂可作《永遇樂》補成之。因爲賦此，二公亦曾同作。

絶壁孤雲，冷泉高竹，茅舍相忘。留滯三年，相思千里，歸夢風煙上。天公老大，依然兒戲，困我世間羈鞅。此身似、扁舟一葉，浩浩拍天風浪。　中臺黄放，官倉紅腐，換得塵容俗狀。枕上哦詩，夢中得句，笑了還惆悵。可憐滿鏡，星星白髮，中有利名千丈。問何時、有酒如川，自歌自放。

聲聲慢　内鄉淅江上作

林間雞犬，江上村墟，扁舟處處經過。袖裏新詩，買斷古木蒼波。山中一花一草，也留教、老子婆娑。任人笑，風雲氣少，兒女情多。　不待求田問舍。被朝吟暮醉，慣得蹉跎。百尺高樓，更問平地如何。朝來斜風細雨，喜紅塵、不到漁蓑。一尊酒，唤元龍、來聽浩歌。以上臺灣「國家圖書館」藏高麗舊刊本《遺山樂府》三卷卷上

石州慢

赴召史館，與德新丈别於嶽祠西新店，明日以此寄之。

擊筑行歌，鞍馬賦詩，年少豪舉。從渠里社浮沉，枉笑人間兒女。生平王粲，而今憔悴登樓，江山

信美非吾土。天地一飛鴻，渺翩翩何許。羈旅。山中父老相逢，應念此行良苦。幾許虚名，誤却東家雞黍。漫漫長路，蕭蕭兩鬢黄塵，騎驢漫與行人語。詩句欲成時，滿西山風雨。

石州慢

兒女籃輿，田舍老盆，隨意林壑。三重屋上黄茅，賴是秋風留著。舊家年少，也曾東抹西塗，鬢毛争信星星却。歲暮日斜時，儘棲遲零落。如昨。青雲飛蓋追隨，傾動故都城郭。疊鼓凝笳，幾處銀屏珠箔。夢中身世，只知雞犬新豐，西園勝賞驚還覺。霜葉晚蕭蕭，滿疏林寒雀。

洞仙歌

超化蘸碧軒得欽叔書，有相調之語，因代書以寄。寺有長明燈龕，即所見而言。

青錢白璧，自買愁腸繞。更恨歡狂負年少。記陽關圖上，尊酒流連，兒女淚，輸與閒人坐釣。茂陵多病後，懶盡琴心，無復求凰與同調。似清風古殿，風動幡摇晴晝永，惟有龕燈静照。雙蝴蝶飛來澹無情，問墻角茙葵，爲誰凝笑。

校：「雙蝴蝶」，華刻本、《殷禮在斯》本、石蓮庵本卷一作「看蝴蝶」。

洞仙歌

黄塵鬢髪，六月長安道。羞向清溪照枯槁。似山中遠志，謾出山來，成個甚，只是人間小草。升平十二策，丞相封侯，説與高人應笑倒。對清風明月，展放眉頭長恁地，大醉高歌也好。待都把功名付時流，只求個天公，放教空老。

滿庭芳

遇仙樓酒家楊廣道、趙君瑞皆山後人，其鄉僧號李菩薩者，人頗以爲狂。常就二人借宿，每夜客散乃從外來，卧具有閑剩則就之。不然，赤地亦寢。一日天寒，楊生與之酒，僧若愧無以報主人者。晨起持酒盌出，同宿者聞噀酒聲。少之，僧來説云，增明亭前花開矣，公等往觀之。人熟其狂，不信也。已而視庭中牡丹，果開兩花，是後僧不復至。京師來觀者，車馬闐咽，醉客相枕藉，酒壚爲之一空。趙禮部爲雷御史希顔所請，即席同予賦之，時正大四年之十月也。

妝鏡韶華，牙籤名品，慣看培養經年。何年曾見，槁葉散芳妍。知是毗耶坐客，三生夢、猶有情緣。薰香手，融霞暈雪，來占百花前。　嫣然。誰爲笑，珠圍翠繞，且共留連。待詩中偷寫，畫裏真傳。繡帽擁霜凝紫塞，瓊肌瑩，春滿温泉。新聲在，梁園異事，並記玉堂仙。

八聲甘州

同張古人觀許由塚。古人名濳，字仲升，燕人。

許君祠，層崖上峥嶸，幽林入清深。坐嵩丘少，風煙濃澹，百態變晴陰。山下一溪流水，不受是非侵。寂寞懸瓢地，黄屋無心。　木杪巑岏石塚，見人間幾度，夕鼎朝鍖。問五丘誰作，天地更生金。百年來、神州萬里，望浮雲、西北淚沾襟。青山好、一尊未盡，且共登臨。

校：「坐嵩丘少，風煙濃澹，百態變晴陰」，石蓮庵本作「坐嵩少風煙，濃澹百態，立變晴陰」。

八聲甘州

玉京巖、龍香海南來，霓裳月中傳。有六朝圖畫，朝朝瓊樹，步步金蓮。明滅重簾畫燭，幾處鎖嬋娟。塵暗秦王女，秋扇年年。　一枕繁華夢覺，問故家桃李，何許争妍。便牛羊丘隴，百草動荒煙。更誰知、昭陽舊事，似天教、通德見伶玄。春風老、擁鬟顰黛，寂寞燈前。

江城子　效花間體詠海棠

蜀禽啼血染冰蕤。趁花期。占芳菲。翠袖盈盈，凝笑弄晴暉。比盡世間誰似得，飛燕瘦，玉環肥。　一番風雨未應稀。怨春遲。怕春歸。恨不高張，紅錦百重圍。多載酒來連夜看，嫌化作，彩雲飛。

江城子　賦牡丹

姚家池館魏家鄰。上番春。姓名新。傾國傾城，爲雨復爲雲。水北水南無別物，金屑粉，麝香塵。　折枝圖上看精神。見來頻。畫來真。辨作黄徐，無負百年身。也待不來花下醉，嫌笑語，洛陽人。

校：詞題，據《宛委别藏》本卷三補。

江城子

醉來長袖舞雞鳴。短歌行。壯心驚。西北神州，依舊一新亭。三十六峰長劍在，星斗氣，鬱峥嶸。　古來豪俠數幽并。鬢星星。竟何成。他日封侯，編簡爲誰青。一掬釣魚壇上淚，風浩浩，雨冥冥。釣壇，見《嚴光傳》。

江城子　寄德新丈

春風花柳日相催。淅江梅。臘前開。開遍山桃，恰到野酴醾。商嶺東來三百里，紅作陣，緑成堆。半山亭下釣魚臺。拂層崖。坐蒼苔。林影湖光，佳處兩三杯。寄語玉溪王老子，因個甚，不同來。

江城子　送人歸舊居

草堂瀟灑淅江頭。傍林丘。買扁舟。隔岸紅塵，無路近沙鷗。枕上有書尊有酒，身外事，更何求。暮雲歸鳥仲宣樓。弊貂裘。爲誰留。千古書生，那得盡封侯。好在半山亭下路，聞未老，去來休。

校：詞題，據《宛委別藏》本卷三補。

江城子　賦芍藥楊州紅

司花著意壓春魁。緑雲堆。擁香來。冉冉紅鸞，十步一徘徊。花到揚州佳麗種，金作屋，玉爲階。門前腰鼓揭春雷。倚妝臺。儘人催。鶯語丁寧，空繞百千回。不道惜花人欲去，看直待，幾時開。

江城子

内鄉縣廨芳菊堂前，大酴醾架芳香絶異。當年開時，人有見素衣美婦，迫視之無有也。或者以爲花神，故並記之。

纖條嫋嫋雪葱蘢。翠陰重。暖香融。想是春工，滿意與薰醲。百畹種蘭千畝蕙，都辦作，一簾風。花間人似玉芙蓉。月明中。下瑶宫。只恐行雲，歸去捲花空。剩著瓊杯斟曉露，留少住，莫匆匆。

江城子　崧山中作

衆人皆醉屈原醒。笑劉伶。酒爲名。不道劉伶，久矣笑螟蛉。死葬糟丘殊不惡，緣底事，赴清泠。醉鄉千古一升平。物忘情。我忘形。相去羲皇，不到一牛鳴。若見三閭憑寄語，尊有酒，可同傾。

江城子

二更轟飲四更回。宴繁臺。盡鄒枚。誰念梁園，回首便成灰。今古廢興渾一夢，憑底物，寄悲哀。青天蕩蕩鏡奩開。月光來。且徘徊。何用東生，西没苦相催。世事悠悠吾老矣，歌一曲，盡餘杯。

江城子

夢德新丈，因及欽叔舊游河山亭。

河山亭上酒如川。玉堂仙。重留連。猶恨春風，桃李負芳年。長記鶯啼花落處，歌扇後，舞衫前。舊遊風月夢相牽。路三千。去無緣。滅没飛鴻，一線入秋煙。白髮故人今健否，西北望，一瀟然。亭在孟準。

校：詞序，「河山亭」三字，據《宛委别藏》本卷三補。

江城子

劉濟川來别，同宿康庵，夢與予過田家飲。行及太原，作此爲寄。

來鴻去燕十年間。鏡中看。各衰顔。恰待蒙泉，東畔買青山。夢裏鄰村新釀熟，携竹杖，款柴關。人生誰得老來閑。記清歡。見君難。長路悠悠，回首暮雲還。斷嶺不遮南望眼，時爲我，一憑闌。濟川阜昌諸孫，在滬上時，及與伯玉知幾遊從。

校：「劉濟川」，朝鮮中宗時晋州刊本作「劉清川」。

江城子　觀别

旗亭誰唱渭城詩。酒盈巵。兩相思。萬古垂楊，都是折殘枝。舊見青山青似染，緣底事，淡無姿。情緣不到木腸兒。鬢成絲。更須辭。只恨芙蓉，秋露洗胭脂。爲問世間離别淚，何日是，滴休時。

江城子

河堤煙樹渺雲沙。七香車。更天涯。萬古千秋，幽恨入琵琶。想到都門南下望，金縷暗，玉釵斜。津橋春水浸紅霞。上陽花。落誰家。獨恨經年，培養牡丹芽。寒雁歸時憑寄語，莫容易，損容華。

江城子

行雲冉冉度關山。別時難。見時難。悵望南風，早晚送雲還。心事情緣千萬劫，無計解，玉連環。　夕陽人影小樓間。曲欄干。晚風寒。料得而今，前後望歸鞍。寂寞梨花枝上雨，人不見，與誰彈。

三奠子　同國器帥良佐仲澤置酒南陽故城

上高城置酒，遥望春陵。興與廢，兩虛名。江山埋王氣，草木動威靈。中原鹿，千年後，儘人爭。　風雲寤寐，鞍馬生平。鍾鼎上，幾書生。軍門高密策，田畝卧龍耕。南陽道，西山色，古今情。

三奠子　離南陽後作

悵韶華流轉，無計留連。行樂地，一凄然。笙歌寒食後，桃李惡風前。連環玉，回文錦，兩纏綿。　芳塵未遠，幽意誰傳。千古恨，再生緣。閑衾香易冷，孤枕夢難圓。西窗雨，南樓月，夜如年。

行香子

漫漫晴波。澹澹雲羅。傍春江、是處經過。桃花解笑，楊柳能歌。儘百年身，千古意，兩蹉跎。　酒惡無聊，詩苦成魔。只閒情、不易消磨。幾人樵徑，何處山阿。恨夕陽遲，芳草遠，落紅多。時在淅江。

感皇恩　洛西爲劉景玄賦秋蓮曲

金粉拂霓裳，淩波微步。瘦玉亭亭倚秋渚。澹香高韻，費盡一天清露。惱人容易被、西風誤。微雨岸華，斜陽汀樹。自惜風流怨遲暮。珠簾青竹，應有阿溪新句。斷魂誰解與，煙中語。

感皇恩

夢寐見并州，今朝身到。未怕清汾照枯槁。百年狂興，盡與家山傾倒。黑頭誰辦得、歸來早。梁苑綠波，長安春草。惆悵行人暗中老。故人相送，記得臨行曾道。故園行樂地、依然好。末後，鄉人王懷玉樂府語也。

促拍醜奴兒　學閑閑公體

朝鏡惜蹉跎。一年年、來日無多。無情六合乾坤裏，顛鸞倒鳳，撐霆裂月，直被消磨。　世事飽經過。算都輸、暢飲高歌。天公不禁人間酒，良辰美景，賞心樂事，不醉如何。

促拍醜奴兒

皇甫季真湯餅局。「二女則牙牙學語，五男則雁雁成行」，見司空表聖《一鳴集·障車文》。

朱麝掌中香。可憐兒、初浴蘭湯。靈椿未老丹枝秀，東鄰西舍，排家助喜，沽酒牽羊。　天與讀書郎。便安排、富貴文章。高門自有容車日，明年且看，青衫竹馬，雁雁成行。

校：詞序，華刻本、《宛委別藏》本、石蓮庵本、瞿鏞校跋本作「賀人生子」。「湯餅局」，朝鮮中宗時晉州刊本作「愓餅局」。

促拍醜奴兒

鄉鄰會飲，有請予增損舊曲者，因爲賦此。

無物慰蹉跎。占一丘、一壑婆娑。閑來點檢平生事，天南地北，幾多塵土，何限風波。　花塢與松坡。盡先生、少小經過。老來詩酒猶堪在，家山在眼，親朋滿座，不醉如何。

青玉案

落紅吹滿沙頭路。似總被、春將去。花落花開春幾度。多情惟有，畫梁雙燕，知道春歸處。　鏡中冉冉韶華暮。欲寫幽懷恨無句。九十花期能幾許。一巵芳酒，一襟清淚，寂寞西窗雨。

青玉案

代贈欽叔所親樂府鄆生

苧蘿坊裏青驄駐。愛鸚鵡、垂簾語。一捻嬌春能幾許。寒梅欲動，小桃初放，恰是關心處。　西城流水東城雨。綠葉成陰慣相誤。只恐韶華容易去。一聲金縷，一巵芳酒，且爲花枝住。

婆羅門引

望月

素蟾散彩，九秋風露發清妍。常娥儘有情緣。留著三五盈盈，永夜照憑肩。看晚妝臨鏡，若個嬋娟。　尋常月圓。恨都向、別時偏。幾度郵亭枕上，野店尊前。珠明玉秀，算一日、相看一日仙。人共月、長似今年。

江梅引

泰和中，西州士人家女阿金，姿色絶妙。其家欲得佳婿，使女自擇。同郡某郎獨華腴，且以文采風流自名。女欲得之，嘗見郎墻頭數語而去。他日又約於城南，郎以事不果來，其後從兄官陝右，女家不能待，乃許他姓。女鬱鬱不自聊，竟用是得疾，去大歸二三日而死。又數年，郎仕馳驛過家，先通殷勤者持冥錢告女墓云：「郎今來歸，女知之耶？」聞者悲之。此州有元魏離宫，在河中潬，士人月夜踏歌和云：「魏拔來，野花開。」故予作《金娘怨》，用楊白花故事。詞云：「含情出户嬌無力，拾得楊花淚沾臆。春去秋來雙燕子，願銜楊花入窠裏。」郎中朝貴游，不欲斥其名，借古語道之。讀者當以意曉云。「骨化形銷，丹誠不泯，因風委露，猶託清塵」，是崔娘書詞，事見《元相國傳奇》。

墻頭紅杏粉光勻。宋東鄰。見郎頻。腸斷城南，消息未全真。拾得楊花雙淚落，江水闊，年年燕語新。　見説金娘埋恨處，蒺藜沙，草不盡，離魂一隻鴛鴦去，寂寞誰親。唯有因風，委露托清塵。月下哀歌宫殿古，暮雲合，遥山入翠顰。

校：詞牌，五卷本卷五作「梅花引」。

玉樓春

吹臺蕭瑟行雲暮。一帶雨聲連禁樹。正當潘岳感秋時，又到杜陵懷古處。　百年同是紅塵路。行近醉鄉差有趣。坐中誰是獨醒人，我醉欲眠卿可去。

定風波

白水青田萬頃秋。風煙平楚散羊牛。莫放相公黄閣去。留取。笑談尊俎也風流。　華表仙人人不識。今夕。鹿車也到百花洲。好把襄江都釀酒。爲壽。壽星光彩動南州。鄧帥漆水公壽筵，遼東大使君在焉，大有道術，時年九十三矣。

校：尾注，據《宛委別藏》本卷三補。

定風波

楊叔能歸淄川，予别於山陽，作《鷓鴣》詞留贈云：「邂逅梁園對榻眠。舊遊回首一凄然。當時好客誰爲最，李趙風流兩謫仙。居接棟，稼鄰田，與君詩酒度殘年。飄零南北如相避，開歲還分隴上泉。」因用其意答之。李、趙，謂閑閑公與屏山也。

白髮相看老兄弟。恨無一語送君行。至竟交情何處好。向道。不如行路本無情。　少日龍門星斗近。争信。凄涼湖海寄餘生。耆舊風流誰復似。從此。休將文字占時名。

蝶戀花　戊辰歲長安作

一片花飛春意減。雨雨風風，常恨尋芳晚。若個花枝偏入眼。尊前細問春風揀。　醉裏看花雲錦爛。只記鶯聲，不記紅牙板。留著佳人鸎鵡盞。明朝剩把長條挽。

蝶戀花　甲申歲南都作

牢落羈懷愁有信。流水浮生，幾見中秋閏。千古詩壇將酒陣。一輪明月消磨盡。　八月人間秋滿鬢。桂樹扶疏，更與秋風近。天上姮娥應有恨。騎鯨人去無人問。

蝶戀花　白鹿原新齋作

負郭桑麻秋課重。十角黄牛，分得山田種。鄉社雞豚人與共。春風漸入浮蛆甕。　繞屋清溪醒午夢。一榻翛然，坐受雲山供。四海虚名將底用。一聲啼鳥巖花動。

臨江仙　自洛陽往孟津道中作

今古北邙山下路，黄塵老盡英雄。人生長恨水長東。幽懷誰共語，遠目送歸鴻。　蓋世功名將底用，從前錯怨天公。浩歌一曲酒千鍾。男兒行處是，未要論窮通。

臨江仙　飲昆陽官舍有懷

世故迫人無好況，酒杯今日初拈。昆陽城下酹蒼蟾。乾坤悲夜永，笳鼓覺秋嚴。　夢寐玉溪溪上路，竹枝斜出青簾。故人白髮未應添。浩歌風露下，相望一掀髯。

臨江仙　寄德新丈

自笑此身無定在，北州又復南州。買田何日遂歸休。向來元落落，此去亦悠悠。　赤日黄塵三百里，嵩丘幾度登樓。故人多在玉溪頭。清泉明月曉，高樹亂蟬秋。

臨江仙　與欽叔飲二首

邂逅一尊文字飲，春風爲洗愁顔。花枝入鬢笑詩班。登臨千古意，天澹夕陽閒。　南去北來行老矣，人生茅屋三間。何人得似謝東山。紫簫明月底，高竹倚風鬟。

臨江仙

明月清風無盡藏，平生老子南樓。閤閭談笑説封侯。誰能知許事，一笑去來休。舊見輞川圖畫裏，十年孤負歡遊。百金早晚得菟裘。與君成二老，來往亦風流。

臨江仙

相下與王以道飲，席間走筆爲賦。王，予東曹掾時同舍郎也。

一段江山英秀氣，風流天上星郎。煙花故國五雲鄉。只知心事在，争問鬢毛蒼。千古西陵歌舞地，興來忘却悲涼。相逢一醉莫停觴。東山看老去，湖海永相忘。

臨江仙

西山同欽叔送溪南詩老辛敬之歸女几，兼簡劉景玄。敬之留別詞並録於此：「誰識虎頭峰下客，少時有意功名。清朝無路到公卿。蕭蕭茅屋下，白髮老書生。邂逅對床逢二妙，揮毫落紙堪驚。他年聯袂上蓬瀛。春風蓮燭影，莫忘此時情。」

自笑此身無定在，風蓬易轉孤根。羡君歸意滿離尊。眼中茅屋興，稚子已迎門。回首對床燈火處，萬山深裏孤村。故人天末賦招魂。新詩憑寄取，憔悴不須論。

臨江仙

世事悠悠天不管，春風花柳争妍。人家寒食盡藏煙。不知何處火，來就客心燃。千里故鄉千里夢，高城淚眼遥天。時光流轉雁飛邊。今春看又過，何日是歸年。

臨江仙

醉眼紛紛桃李過，雄蜂雌蝶同時。一生心事杏花詩。小橋春寂寞，風雨鬢成絲。　天上鸞膠尋不得，直教吹散胭脂。月明千里少姨祠。山中開較晚，應有背陰枝。「小橋南北夢幽尋。殘醉薨騰不易禁。一樹杏花春寂寞，惡風吹折五更心。」此予二十年前崧山中詩也。

臨江仙

李輔之在齊州，予客濟源，輔之有和。

荷葉荷花何處好，大明湖上新秋。紅妝翠蓋木蘭舟。江山如畫裏，人物更風流。　千里故人千里月，三年孤負歡遊。一尊白酒寄離愁。殷勤橋下水，幾日到東州。

臨江仙　對花懷洛陽舊遊

紫玉雙華相照映，錦兒仍是瓊兒。天邊誰與慰相思。洗妝無别物，只有斷腸詩。　水北水南渾一夢，眼中紅袖烏絲。春風同是可憐枝。争教歌酒興，不似洛陽時。

臨江仙　贈仲經女子楚楚

阿楚新來都六歲，掌中一捻嬌春。詩中有筆畫難真。芝香雲作朵，魚細錦爲鱗。　舊説張門多静女，更和靈照情親。外家姓産氏。詩談休遺孔兄瞋。異時看小妹，林下謝夫人。

臨江仙　內鄉寄嵩前故人

昨日半山亭下醉，窪尊今日留題。放船直到浙江西。冰壺天上下，雲錦樹高低。　世上紅塵爭白日，山中太古熙熙。外人初到故應迷。桃花三百里，渾是武陵溪。

臨江仙　內鄉北山

夏館秋林山水窟，家家林影湖光。三年閑爲一官忙。簿書愁裏過，筍蕨夢中香。　父老書來招我隱，臨流已蓋茅堂。白頭兄弟共論量。山田尋二頃，他日作桐鄉。

臨江仙

孟津河山亭同欽叔賦，因寄希顏兄。

試上古城城上望，水光天影相涵。都作形勝入高談。河山君與我，獨恨少髯參。　造物戲人兒女劇，狙公暮四朝三。百年都合付薰酣。人家誰有酒，吾與典春衫。

江月晃重山　初到嵩山時作

塞上秋風鼓角，城頭落日旌旗。少年鞍馬適相宜。從軍樂，莫問所從誰。　候騎纔通薊北，先聲已動遼西。歸期猶及柳依依。春閨月，紅袖不須啼。

虞美人

秘書監觀美人圖，戲書所見。蘇小髻後插金鳳釵，鳳啣萱草一枝。

桐陰別院宜清晝。入坐春山秀。美人圖子阿誰留。都是宣和名筆内家收。　鶯鶯燕燕分飛後。粉淡梨花瘦。只除蘇小不風流。倒插一枝萱草鳳釵頭。

校：《宛委别藏》本卷三僅題做「題蘇小小圖」，無詞序。

虞美人

緗桃元是仙郎種。次第芳菲動。開殘山杏没多紅。一樹梨花如雪月明中。　三生蝶化南華夢。只有情緣重。曲欄幽徑小簾櫳。好共掃眉才子管春風。

小重山

醉盡春風意未闌。纏頭雙鳳錦、覓端端。多情蝴蝶送歸鞍。揚州夢，芍藥薦金盤。　羅幌酒醒寒。燈前朱麝淺、翠螺殘。一春心事紵衣寬。青鸞客，樓外日三竿。

小重山

酒冷燈青夜不眠。寸腸千萬縷、兩相牽。鴛鴦秋雨半池蓮。分飛苦，紅淚曉風前。　天遠雁翮。雁來人北去、遠如天。安排心事待明年。無情月，看待幾時圓。

鵲橋仙　同欽叔欽用賦梅

孤根漸暖。芳魂乍返。待吐檀心又懶。未先拈出一枝香，算只是、司花會揀。　情緣未斷。韶華易減。早去尋芳已晚。東風容易莫吹殘，暫留與、何郎慰眼。

鵲橋仙

梨花春暮，垂楊秋晚。歸袖無人重挽。浮雲流水十年間，算只有、青山在眼。　風臺月榭，朱唇檀板。多病全疏酒盞。劉郎争得似當時，比前度、心情又减。

鵲橋仙

乙未三月，冠氏紫微觀桃符上，開花一枝。予與楊煥然共歎，以爲此亦當却一春耶？因取此意，作此以自喻云。

槐根夢覺，瓜田歲暮。白髮新來無數。長安遷客望朱崖，未喚得、煙霄失路。　西州芍藥，南州瓊樹。香滿雲窗月户。蒺藜沙上野花開，也算却、春風一度。

一落索　戲王鼎玉同年

人見何郎新來瘦。不見天寒翠袖。繡被薰香透。幾時却似鴛鴦舊。　九十日春花在手。可惜歡緣未久。去去休回首。柔條去作誰家柳。

南鄉子

一雨浣年芳。燕燕鶯鶯滿洛陽。梨雪漸空桃李過，風光。恰到風流睡海棠。　何處最難忘。楊柳高樓近苑墻。喚取分司狂御史，何妨。暫醉佳人錦瑟傍。

南鄉子

煙草入西州。暮雨千山獨倚樓。不似秦東亭上飲，風流。翠袖春風兩玉舟。　事去重回頭。却是多情不自由。爲向河陽桃李道，休休。青鬢能堪幾度愁。

南鄉子

風雨送春忙。爛醉花時得幾場。枝上桃花吹盡也，殘芳。一片春風一片香。　少日爲花狂。老去逢春只自傷。回首十年歡笑處，難忘。一曲悲歌淚數行。

校：「送春忙」，「忙」字漫漶，據朝鮮中宗時晋州刊本補。

南鄉子

少日負虚名。問舍求田意未平。南去北來今老矣，何成。一線微官誤半生。　孤影伴殘燈。萬里燈前骨肉情。短髮抓來看欲盡，天明。能是青青得幾莖。

南鄉子

幽意曲中傳。總是才情得處偏。唱到斷腸聲欲斷，還連。一串驪珠個個圓。　畫扇綺羅筵。韓馬風流在眼前。坐上有人持酒聽，淒然。夢裏梁園又一年。

踏莎行

微步生塵，殘妝暈酒。朱門如海空回首。東風正有去年華，柔條去作誰家柳。　細雨春寒，青燈夜久。孤衾未暖還分手。夢中見也不多時，怎生望得長相守。

桃源憶故人　代贈良佐所親

楚雲不似陽臺舊。只是無心出岫。竹外天寒翠袖。寂寞啼妝瘦。　弦聲宛轉春風手。殢得行人病酒。明日西城回首。腸斷江南柳。以上臺灣「國家圖書館」藏高麗舊刊本《遺山樂府》三卷卷中

鷓鴣天

隆德故宮，同希顔、欽叔、知幾諸人賦。

臨錦堂前春水波。蘭皋亭下落梅多。三山宫闕空瀛海，萬里風埃暗綺羅。　雲子酒，雪兒歌。留連風月共婆娑。人間更有傷心處，柰得劉伶醉後何。

鷓鴣天　木犀

桂子紛翻浥露黄。桂華高韻静年芳。薔薇水潤宫衣軟，婆律膏清月殿凉。　雲岫句，海仙方。情緣心事兩難忘。衰蓮枉誤秋風客，可是無塵袖裏香。

鷓鴣天

零落棲遲感興多。酒杯直欲捲銀河。人間清鏡悲華髮，世外仙棋爛斧柯。　長袖舞，抗音歌。月明人影兩婆娑。醉來知被旁人笑，無柰風情未減何。

鷓鴣天　蓮

瘦緑愁紅倚暮煙。露華涼冷洗嬋娟。含情脈脈知誰怨，顧影依依定自憐。　風送雨，水連天。凌波無夢夜如年。何時北渚亭邊月，狼藉秋香拂畫船。

鷓鴣天　孟津作

總道忘憂有杜康。酒逢歡處更難忘。桃紅李白春千樹，古是今非笑一場。　歌浩蕩，墨淋浪。銀釵縞袂滿鄰墻。百年得意都能幾，乞與兒曹説醉狂。

鷓鴣天　與欽叔京甫市飲

樓上歌呼倒接䍦。樓前分手却相携。雨前雨後花枝減，州北州南酒價低。　憐木雁，笑醯雞。鶴長鳧短幾時齊。醒來門外三竿日，卧聽春泥過馬蹄。

鷓鴣天

中秋夜飲倪文仲家蓮花白，醉中賦此。

月窟秋清桂葉丹。仙家釀熟水芝殘。香來寶地三千界，露入金莖十二盤。　天澹澹，夜漫漫。五湖豪客酒腸寬。醉來獨跨蒼鸞去，太華峰高玉井寒。蓮爲水芝，見崔豹《古今注》。

鷓鴣天　效朱希真體

十步宫香出繡簾。惱人簾底月纖纖。五花驕馬垂楊渡，孤負仙郎側帽簷。　秋澹澹，酒厭厭。

新詩和恨入香奩。相思恰似鴛鴦錦，一夜新涼一夜添。

鷓鴣天 效東坡體

煮酒青梅入座新。姚家池館宋家鄰。樓中燕子能留客，陌上楊花也笑人。梁苑月，洛陽塵。少年難得是閑身。殷勤昨夜三更雨，剩醉東城一日春。

鷓鴣天

讀李崖州詩有感。「何處新生黄雀兒，飛來直上最高枝。側頭撼腦南園裏，將謂春光總屬伊。」

姚宋光明到此家。争教老作賈長沙。碧山也要崖州住，百匝千遭繞郡衙。南苑月，曲江花。青雲軒蓋滿京華。新生黄雀君休笑，占了春光却被他。

鷓鴣天 宫體八首

候館燈昏雨送涼。小樓人静月侵床。多情却被無情惱，今夜還如昨夜長。金屋暖，玉爐香。春風都屬富家郎。西園何限相思樹，辛苦梅華候海棠。

鷓鴣天

憔悴鴛鴦不自由。鏡中鸞舞只堪愁。庭前花是同心樹，山下泉分兩玉流。金絡馬，木蘭舟。誰家紅袖水西樓。春風殢殺官橋柳，吹盡香綿不放休。

校：「憔悴」，原作「□卒」，據朝鮮中宗時晋州刊本改。

鷓鴣天

天上腰肢說館娃。眼中金翠有芳華。行雲著意留歌扇，遠柳無情隔鈿車。　周昉畫，洛陽花。一枝濃豔落誰家。春寒恨殺如年夜，庭樹陰陰欲暮鴉。

鷓鴣天

小字繚綾寫欲成。印來眉黛綠分明。水流刻漏何曾住，玉作彈棋儘未平。　愁易積，夢頻驚。閑衾攲卧覺霜清。月明不放寒枝穩，夜夜烏啼徹五更。

鷓鴣天

自在晴雲覆苑墻。徘徊明月駐清光。已看紅袖霑芳酒，猶認宮螺映綺窗。　金翡翠，繡鴛鴦。春風花暖柳綿香。殷勤未數閒情賦，不願將身作枕囊。

鷓鴣天

複幕重簾錦作天。金荷銀燭夜如年。漢皇解佩終疑夢，緱嶺吹笙恰是仙。　花一夢，柳三眠。春風無意惜芳妍。羅裙細看輕盈態，元在腰肢婀娜邊。

鷓鴣天

八蠒吴蠶剩欲眠。東西荷葉兩相憐。一江春水何年盡，萬古清光此夜圓。　花爛錦，柳烘煙。韶華滿意與歡緣。不應寂寞求凰意，長對秋風泣斷弦。

鷓鴣天

好夢初驚百感新。誰家歌管隔墻聞。殘燈收罷空明月，臘雪消融更暮雲。　鶯有伴，雁離羣。西窗寂寞酒微醺。春寒留得梅華在，剩爲何郎瘦幾分。

鷓鴣天

少日驪駒白玉珂。靈砂犀角費頻磨。西城燈火長安夢，滿意春風似兩坡。　流素月，淡秋河。百年狂興一聲歌。醉歸扶路人應笑，頭上花枝柰老何。

鷓鴣天

拍塞車箱滿載書。梁鴻元與世相疏。只緣携手成歸計，不恨埋頭屈壯圖。　蒼玉研，古銅壺。坐看兒輩了耕鋤。年年此日如川酒，千尺青松儘未枯。

鷓鴣天

長恨簫聲隔粉墻。争教移住五雲鄉。一溪春水關何事，流水桃花賺阮郎。　風攪夢，月侵床。情緣消得海生桑。鴛鴦不鎖黄金殿，雌蝶雄蜂枉斷腸。

鷓鴣天

酒興濃於琥珀濃。争教相望水西東。人家寒食清明後，天氣輕煙細雨中。　花不盡，柳無窮。賞心難是此時同。阿連近日歌喉穩，唱得春宵燭影紅。

鷓鴣天

短髮如霜久已拚。無冠可掛更須彈。初聞古寺多悵鬼，又説層兵有熱官。　閑處坐，静中看。時情天意酒杯乾。籬邊老却陶潛菊，一夜西風一夜寒。

校：「籬邊」，原作「籬過」，據朝鮮中宗時晉州刊本改。

鷓鴣天

華表歸來老令威。頭皮留在姓名非。舊時逆旅黄粱飯，今日田家白板扉。　沽酒市，釣魚磯。愛閑真與世相違。墓頭未要征西字，元是中原一布衣。

鷓鴣天

抛却浮名恰到閑。却因猥懶得瞞肝。從教道士誇懸解，未信禪和會熱謾。　山院静，草堂寬。一壺濁酒兩蒲團。題詩寄與王夫子，乘興時來看藥欄。

鷓鴣天

只近浮名不近情。且看不飲更何成。三杯漸覺紛華遠，一斗都澆塊磊平。　醒復醉，醉還醒。靈均憔悴可憐生。離騷讀殺渾無味，好個詩家阮步兵。

鷓鴣天

枕上清風午夢殘。華胥東望海漫漫。湖山似要閑身管，花柳難將病眼看。　三徑在，一枝安。

小齋容膝有餘寬。鹿裘孤坐千峰雪，耐與青松老歲寒。

鷓鴣天

總道狙公不易量。朝三暮四儘無妨。舊時鄴下劉公幹，今日家中白侍郎。歌浩蕩，酒淋浪。浮雲身世兩相忘。孤峰頂上青天闊，獨對春風舞一場。「村裏黄番綽，家中白侍郎」，石曼卿詩。

鷓鴣天

白白紅紅小樹花。春風滿意與鉛華。煙霄自屬千金馬，月旦真成兩部蛙。諸葛菜，邵平瓜。白頭孤影一長嗟。南園睡足松陰轉，無數蜂兒趁晚衙。

鷓鴣天

偃蹇蒼山卧北崗。鄭莊場圃入微茫。即看花樹三春滿，舊數松風六月涼。蔬近井，蜜分房。茅齋堅坐有梨床。傍人錯比揚雄宅，笑殺韓家畫錦堂。

鷓鴣天　薄命妾辭三首

複幕重簾十二樓。而今塵土是西州。香雲已失金鈿翠，小景猶殘畫扇秋。天也老，水空流。春山供得幾多愁。桃花一簇開無主，儘著風吹雨打休。

鷓鴣天

顔色如花畫不成。命如葉薄可憐生。浮萍自合無根蒂，楊柳誰教管送迎。雲聚散，月虧盈。

海枯石爛古今情。鴛鴦隻影江南岸，腸斷枯荷夜雨聲。

鷓鴣天

一日春光一日深。眼看芳樹緑成陰。娉婷盧女嬌無柰，流落秋娘瘦不禁。　霜塞闊，海煙沉。燕鴻何地更相尋。早教會得琴心了，醉盡長門買賦金。

鷓鴣天

玉立芙蓉鏡裏看。鉛紅無地著邊鸞。半衾幽夢香初散，滿紙春心墨未乾。　深院落，曲欄干。舊歡新恨苧衣寬。幾時忘得分携手，黄葉疏雲渭水寒。

鷓鴣天

百囀嬌鶯出畫籠。一雙蝴蝶殢芳叢。葱蘢花透纖纖月，暗淡香摇細細風。　情不盡，夢還空。歡緣心事淚痕中。長安西望堪腸斷，霧閣雲窗又幾重。

鷓鴣天

淡淡青燈細細香。四更人語在幽窗。西風數點迎秋雨，六尺芙蓉滿意涼。　秦樹遠，楚天長。緑嬌紅小負年芳。鴛鴦莫道無離恨，鎖向金籠恰是雙。

鷓鴣天

著意尋春苦未遲。無情風雨妒芳期。青樓天遠無書到，繡被寒多祇夢知。　雲淡泞，月低迷。

洛陽山色見愁眉。何時重解香羅帶，細看春風玉一圍。

品令

清明夜，夢酒間唱田不伐映竹園啼鳥樂府，因記之。

西齋向曉。窗影動、人聲悄。夢中行處，數枝臨水，幽花相照。把酒長歌，猶記竹間啼鳥。風流易老。更常被、閒愁惱。年年春事，大都探得，歡遊多少。一夜狂風，又是海棠過了。

浪淘沙

詩句入冥搜。欲寫還休。人間情是阿誰留。千丈遊絲不落地，風外悠悠。煙雨晚山稠。人倚西樓。衡陽歸雁滿沙頭。一種江城寒夜客，一種春愁。

浪淘沙

雲外鳳凰簫。天上星橋。相思魂斷欲誰招。瘦殺三山亭畔柳，不似宮腰。長日篆煙銷。睡過花朝。紅薔薇架碧芭蕉。雌蝶雄蜂天不管，各自無聊。

浪淘沙

春瘦怯春衣。春思低迷。雨聲偏與睡相宜。懊惱離愁尋殢酒，已被愁知。煙樹望中低。水繞山圍。下寧雙燕話心期。昨夜狂風花在否，明日郎歸。

浪淘沙

金翠畫屏山。萬髻千鬟。桃源樓閣五雲間。恨殺芙蓉城下客，不借青鸞。　風雨杏花殘。芳意都闌。一燈孤影小窗閑。繡被薰來香欲盡，只是春寒。

校：「一燈」，底本「一」字漫漶，據朝鮮中宗時晉州刊本補。

浪淘沙　爲煙中樹作二首

楊柳日三眠。桃李爭妍。千金誰許占芳年。買得閒愁無處著，却恨春偏。　流水武陵源。夢引愁牽。東風歸興雁翩翩。試問西窗前夜月，幾度先圓。

浪淘沙

芳樹翠煙重。殘角疏鍾。落花飛絮一簾風。可惜河陽桃李月，彈指春空。　翡翠合歡籠。相望西東。瑣窗幽夢幾回同。料得朱門歌舞罷，滿袖啼紅。

南柯子

畫扇香微遠，宮螺意自濃。杏園憔悴五更風。不道六朝瓊樹捲春空。　蜾近花疑笑，犀靈月易通。襄王雲雨夢魂中。曾見芙蓉裙衩幾多紅。

南柯子

粉淡梨花瘦，香寒桂葉顰。畫簾雙燕舊家春。曾是玉簫聲裏斷腸人。　澹澹催詩雨，遲遲入夢雲。武陵流水隔紅塵。只怕翠鸞消息未全真。

南柯子　濟川壽席

閥閲真王後，衣冠上客中。路人遥識紫髯翁。争信舊來文賦動南宫。　得婿攀龍貴，生男射虎雄。壽筵休放酒尊空。且道幾人□福與君同。

校：「□福」，瞿鏞校跋本作「全福」。

西江月

懸玉微風度曲，薰爐熟水留香。相思夜夜鬱金堂。兩點春山枕上。　楊柳宜春别院，杏花宋玉鄰墻。天涯春色斷人腸。更是高城晚望。

人月圓　卜居外家東園

重岡已隔紅塵斷，村落更年豐。移居要就，窗中遠岫，舍後長松。　十年種木，一年種穀，都付兒童。老夫惟有，醒來明月，醉後清風。

人月圓

玄都觀裏桃千樹，花落水空流。憑君莫問，清涇濁渭，去馬來牛。　謝公扶病，羊曇揮涕，一醉都休。古今幾度，生存華屋，零落山丘。

太常引

五雲樓觀日華東。看天上、建章宮。人海混魚龍。比自古、中原更雄。　紫垣星月，禁街燈火，朝馬鬧晨鐘。一夢轉頭空。恍猶在、邯鄲道中。

太常引

予年廿許，時自秦州侍下，還太原，路出絳陽。適郡人爲觀察判官祖道。道傍，少年有與紅袖泣別者。少焉，車馬相及，知其爲觀察之孫振之也。所別即琴姬阿蓮。予嘗以詩道其事。今二十五年，歲辛巳，振之因過予，語及舊遊，恍如隔世。感念今昔，殆無以爲懷，因爲賦此。

渚蓮寂寞倚秋煙。發幽思、入哀弦。高樹記離筵。似昨日、郵亭道邊。　白頭青鬢，舊遊新夢，相對兩淒然。驕馬弄金鞭。也曾是、長安少年。

太常引

官街楊柳絮飛忙。鞍馬送年芳。詩興更教狂。算能醉、花前幾場。　滿城桃李，一枝香雪，不屬富家郎。風雨没商量。快來與、梨花洗妝。

太常引

東原上清宮，同楊飛卿夜話汝梁舊遊，追懷欽叔内翰。飛卿名鴻，有詩名。東州。

十年流水共行雲。相見重情親。滄海坐揚塵。便疑是、前身後身。　風臺月榭，舞裙歌扇，樂事幾回新。莫話洛陽春。更誰似、金鑾故人。

太常引

爲東原范尊師壽。范新得曹夫人所畫《松上幽人圖》，上有曹道沖題詩。

衣冠人物渺翩翩。天地一臞仙。來自范公泉。管家在、三山洞天。一簪華髮，一篇秋水，得意已忘言。圖畫看他年。與松上、幽人並傳。

眼兒媚

阿儀醜筆學雷家。繞口墨糊塗。今年解道，疏籬凍雀，遠樹昏鴉。乃公行坐文書裏，面皺鬢生華。兒郎又待，吟詩寫字，甚是生涯。

朝中措

永寧時作

連延村落並陽厓。川路到山回。竹樹攢成風月，溪堂隔斷塵埃。小亭幽圃，酴醿未過，芍藥初開。驢上一壺春酒，主人莫厭重來。

朝中措

春閨寂寂掩蒼苔。風雨捲春回。擬寫碧雲心事，筆頭無句安排。燈昏酒冷，愁牽夢引，直事秋懷。料得酴醿知我，枕邊時有香來。

朝中措

蘆溝河上度旃車。行路看宫娃。古殿吴時花草，奚琴塞外風沙。天荒地老，池臺何處，羅綺誰家。夢裏梳行燈火，皇州依舊繁華。

校：「梳行燈火」，「梳」字，《殷禮在斯》本下有小注「梳字疑誤」，華刻本、石蓮庵本均闕。

朝中措

時情天意枉論量。樂事苦相忘。白酒家家新釀，黄華日日重陽。城高望遠，煙濃草淡，一片秋光。故國江山如畫，醉來忘却興亡。

朝中措

醉來長鋏爲誰彈。憔悴入函關。一帶秦川如畫，夕陽仙掌空閒。門邊骯髒，胸中磈磊，何苦人間。匹馬明年西去，看君射虎南山。

朝中措

櫻桃花下玉亭亭。隨步覺春生。處處綺羅叢裏，偏他特地分明。韶華似水，棠梨葉吐，楊柳新成。不是低鬟一笑，十分只是無情。

朝中措

夾衣晨起怯新霜。歸路楚山長。只道佳期相誤，夢魂夜夜誰行。鏡中鸞舞，花間鵲轉，未抵歡狂。都把而今煩惱，見時别與論量。

朝中措　效俳體

瑞雲浮動酒波紅。一醉捲愁空。昨日海棠窠下，今朝芍藥香中。　蜂迎蝶送，珠圍翠繞，儘謝春風。管甚碧油堂印，且教臨老花叢。

朝中措

良宵一刻抵千金。孤負百年心。好個一江春水，深來不似情深。　一天好事，還教容易，著甚消任。煩惱直須寧耐，不成長似如今。

朝中措　瑞香

御香新拆紫囊封。苒苒緑雲叢。開晚只嗔寒勒，妝成又怕晴烘。　化工也爲，花中第一，薰染偏濃。誰有石家紅錦，重重圍住春風。

校：詞題，據《宛委别藏》本卷二補。

阮郎歸

漫郎活計拙於鳩。閑中又過秋。枕書眠了却登樓。貧來頗自由。　書咄咄，賦休休。西窗晚更幽。詩家貧殺也風流。家人不用愁。

阮郎歸　爲李長源賦

帝城西下望西山。城居歲又殘。萬家風雪一家寒。青燈語夜闌。　人鮓甕，鬼門關。無窮人往還。求官莫要近長安。長安行路難。

阮郎歸　獨木橋體

別郎容易見郎難。千山復萬山。楊花簾幕晚風閑。愁眉淡淡山。　光禄塞，雁門關。望夫元有山。當時只合鎖雕鞍。山頭不放山。

清平樂　杏花

香團嬌小。拍拍春多少。一樹鉛華春事了。鎖甚珠圍翠繞。　生紅鬧簇枯枝。只愁吹破胭脂。説與東風知道，杏花不看閑時。

校：詞題，據《宛委别藏》本卷四補。

清平樂　遊少室清微宫雪溪

溪頭來去。坐卧松溪樹。管甚人間無著處。已被白雲留住。　生平不置肝腸。只今物我都忘。説與山中魚鳥，相親相近何妨。

校：詞題，據《宛委别藏》本卷四補。

清平樂　太山上作

江山殘照。落落舒清眺。澗壑風來號萬竅。盡入長松悲嘯。　井蛙瀚海雲濤。醯雞日遠天高。醉眼千峰頂上，世間多少秋毫。

清平樂　罷鎮平歸西山草堂

垂楊小雨。處處歸鞍駐。八十田翁良愧汝。把酒千言萬語。　細侯竹馬相從。笑渠奔走兒童。十里村簫社鼓，依然傀儡棚中。

清平樂

離腸宛轉。瘦覺妝痕淺。飛去飛來雙語燕。消息知郎近遠。　樓前小雨珊珊。海棠簾幕輕寒。杜宇一聲春去，樹頭無數青山。

清平樂

蘭膏香聚。醉枕聞低語。一刻春宵流水去。訴得離情幾許。　桃花紅淺紅深。五年煙草歸心。留得一枝春在，争教緑葉成陰。

清平樂

香凝嬌聚。玉立臨春樹。細看司花留意處。都在輕匀淺注。　相逢南陌東城。有情只似無情。説與新來憔悴，鶯兒不解丁寧。

清平樂　憶鎮陽

悲歡聚散。世事天誰管。梳去梳來雙鬢短。鏡裏看看雪滿。　燕南十月霜寒。孤身去住都難。何日西窗燈火，眼前兒女團欒。

清平樂

夜宿奉先，與宗人明道談天壇勝遊，因賦此詞。司馬子微開元十七年中元日，藏《金華丹經》於天壇石室。中興亂後，人得之，字畫如《洛神賦》，縑素亦不爛壞。予於山陽一相識家嘗見之。

丹書碧字。細説金華事。試問誰邊堪舉似。除却青蓮居士。　胎仙八表冷風。争教低首樊籠。夢裏雲裝煙駕，倚天壇影西東。

清平樂　嘲兒子阿寧

嬌鶯婭姹。解説三生話。試看青衫騎竹馬。若個張萱許畫。　西家撞透煙樓。東家談笑封侯。莫道元郎小小，明年部曲黄牛。

清平樂

贈句龍英孺家小女子阿金。張仲經二女，名蘭蘭、楚楚。

瓊枝瑶草。來自三山島。莫道生男堪慰老。掌上金兒更好。　胭脂杏蕾生紅。繡襦學弄春風。好共蘭蘭楚楚，畫教乞巧圖中。

浣溪沙

方城仙翁山北水莊成，而良伏以事繫獄，以此寄之。

百折清泉繞舍鳴。隔年楊柳緑陰成。藕花多處一舟輕。　行處自由皆樂事，得來無用是虚名。

等閒榮辱不須驚。

浣溪沙　宿孟津官舍

一夜春寒滿下廳。獨眠人起候明星。娟娟山月入疏欞。　萬古風雲雙短鬢，百年身世幾長亭。浩歌聊且慰飄零。

浣溪沙　外家種德堂

墻外桑麻雨露深。堂前桃李有新陰。高門因見古人心。　三世讀書無白屋，一經教子勝黄金。小雛先與喚瓊林。

浣溪沙　史院得告歸西山

萬頃風煙入酒壺。西山歸去一狂夫。皇家結網未曾疏。　情性本宜閑處著，文章自忖用時無。醉來聊爲鼓嚨胡。

浣溪沙　集句

芍藥初開百步香。小欄幽徑隔長廊。好花都屬當家郎。　此樂莫教兒輩覺，老夫聊發少年狂。高燒銀燭照紅妝。

校：詞序，據華刻本、《宛委别藏》本、石蓮庵本、瞿鏞校跋本補。「當家郎」，朝鮮中宗時晋州刊本作「富家郎」。

浣溪沙

日射雲間五色芝。鴛鴦宫瓦碧參差。西山晴雪入新詩。　焦土已經三月火，殘花猶發萬年枝。他年江令獨來時。往年宏辭御題有「西山晴雪詩」。

浣溪沙

相州西南善應，洹水所從出，風物絶似吾崧山玉溪，但寒藤老屋，差不及耳。

湖上春風散客愁。芳洲煙景記曾遊。人家渾似玉溪頭。　楊柳青旗酪酒市，桃花流水釣魚舟。紅塵鞍馬幾時休。

浣溪沙

三臺送客，作離合體。

錦帶吴鉤萬里行。青雲人物舊知名。百壺春酒過清明。　渺渺荒陂冰井路，青青楊柳玉關情。斜陽無語下西陵。

校：「錦帶吴鉤」，原闕，據《宛委别藏》本卷二補。

浣溪沙

芳草重陽長樂坡。兩行紅淚一聲歌。淋漓襟袖酒痕多。　夢裏翠翹驚墮枕，愁邊羅襪見淩波。春寒春瘦夜如何。

浣溪沙　記定齋記

夢繞桃源寂寞回。春殘滋味似秋懷。多情翻恨酒爲媒。　數點雨聲風約住，一簾花影月移來。小欄幽徑獨徘徊。

校：詞題，華刻本作「定齋□」，據《宛委别藏》本、瞿鏞校跋本補。

浣溪沙

懷李彦深。李，濟南人。繡江，在長白山下。

緑綺塵埃試拂弦。今人誰與子争先。相逢尊酒合留連。　金馬玉堂梁苑客，岸花汀草繡江船。舊遊回首又三年。

按：此下原有《後庭花破子》二首，《全金元詞》以其爲曲調不録，今從之。

古烏夜啼　玉簪

花中閑遠風流。一枝秋。只枉十分清瘦不禁愁。　人欲去。花無語。更遲留。記得玉人遺下玉搔頭。

點絳唇　長安中作

沙際春歸，緑窗猶唱留春住。問春何處。花落鶯無語。　渺渺吟懷，漠漠煙中樹。西樓暮。一簾疏雨。夢裏尋春去。

校：「沙際」，瞿鏞校跋本作「醉裏」。

點絳脣 宜男

緑淡香濃，舊曾百子池邊種。碧筵孤聳。鶯墮釵頭鳳。　檀粉輕拈，苦怕蜂腰重。天花供。一枝誰送。寂寞南華夢。

點絳脣 青梅永寧時作

玉葉璁瓏，素妝不趁宫黄媚。謝家風致。最得春風意。　手把青枝，憶得斜横髻。西州淚。玉觴無味。强爲清香醉。

點絳脣

痛負花期，半春猶在長安道。故園春早。紅雨深芳草。　愁裏花開，愁裏花空老。西歸好。一尊傾倒。乞與花枝惱。

點絳脣

夢裏梁園，暖風遲日熏羅綺。滿城桃李。車馬紅塵起。　客枕三年，故國雲千里。更殘未。夜寒如水。茅屋清霜底。

點絳脣

國豔天香，一叢百朵開來半。燕忙鶯亂。要結尋芳伴。　買斷春風，醉倒應須判。清尊滿。謝家池館。歲歲年年看。

點絳脣　寄李輔之

生死論交，有情何似無情好。滿前花草。更覺今年老。　塞上春遲，湖上春風早。東州道。幾時飛到。爛醉紅雲島。

校：「今年老」之「老」字原闕，據朝鮮中宗時晉州刊本補。

點絳脣

十六芳年，錦兒嬌小瓊兒秀。海棠紅縐。恰到愁時候。　天上歌聲，未省人間有。休回首。渭城煙柳。腸斷離亭酒。

訴衷情

萬人如海一身藏。隨例大家忙。東華軟紅塵土，培損謝三郎。　蘭若寺，玉溪莊。兩茅堂。雞豚鄉社，鵝鴨比鄰，好個崧陽。

訴衷情

升平責望富民侯。愁損抱官囚。自家本無煩惱，鬧處要鑽頭。　山崦寺，水心樓。去來休。醉扶歸路，鼓吹鳴蛙，部曲黃牛。

訴衷情

仲經舉兒，小字高閭，所居名高齋。

行齋活計五車書。真欲釜生魚。天公也相料理，新得掌中珠。　看驥子，弄鵷雛。最憐渠。青衫竹馬，後日迎門，好個高閭。

採桑子

兒家門户重重掩，郎住墻東。枉破春工。萬紫千紅一夜風。　伯勞分背西飛燕，何日相逢。縱得相逢。海闊天高處處同。

謁金門　漕司西齋

羅衾薄。簾外五更風惡。醉後題詩渾忘却。烏啼殘月落。　憔悴何郎東閣。病酒不禁重酌。袖裏梅花春一握。幽懷無處託。

好事近　冬夜有懷

夢裏十年心，情味夢回猶惡。枕上數行清淚，被驚烏啼落。　西窗瓶水夜深寒，梅花瘦如削。只有一枝春在，問東君留著。以上臺灣「國家圖書館」藏高麗舊刊本《遺山樂府》三卷卷下

滿江紅　再過水南

問柳尋花，津橋路、年年寒節。佳麗地、梁園池館，洛陽城闕。白鶴重來人換世，淒涼一樹梅花發。記水南、昨暮賞春回，今華髮。　金縷唱，龍香撥。雲液暖，瓊杯滑。料羈愁千種，不禁掀豁。老眼只供他日淚，春風竟是誰家物。恨馬頭、明月更多情，尋常缺。

滿江紅　三泉醉飲

桃李漫山，風日暖、朝來開徹。東溪上、落花流水，暮春三月。一片花飛春意減，有花堪折君須折。恨百年、春事短長亭，匆匆别。　金縷唱，金蕉拍。休直待，芳華歇。到緑陰青子，只供愁絶。坐上常看尊有酒，鏡中莫管頭如雪。料醉來、人説次公狂，從渠説。

校：「金蕉拍」，「拍」字原闕，據石蓮庵本補；《殷禮在斯》本作「棋」，瞿本作「葉」。「坐上常看」，「看」字原闕，據石蓮庵本補。

念奴嬌　飲渾源岳神仙會

小山招隱，恨還丹、不到人間豪傑。南渡衣冠多盛集，蕭灑蘭亭三月。陶冶襟靈，留連光景，觴詠今無復。　黄壚雖近，老懷空感存没。誰辨八表神遊，古來登覽，此地俱湮滅。天景雲光摇醉眼，興在珠宫瑶闕。布席崧臺，脱巾石壁，散我蕭蕭髮。短歌悲慨，海濤響振林樾。

校：「小山招隱」，石蓮庵本、華刻本作「小山招飲」。「此地俱湮滅」，石蓮庵本作「此日俱湮没」，《殷禮在斯》本作「此日俱湮滅」。「海濤」，「濤」字原闕，據石蓮庵本、《殷禮在斯》本補。

摸魚兒

憶元龍、舊家湖海，不應年鬢衰槁。翩翩竹馬兒童喜，驚見漢江歸報。歸計早。黄金印、征西已付諸郎了。紅雲仙島。渺千里移春，濃薰細染，春意已傾倒。　西溪上，玉鏡修眉翠掃。題詩曾許誰到。溪亭未入奚奴錦，望斷緑波春草。君且道。人間世、虚名得似歡遊好。風流未老。約款段隨車，鴟夷載酒，迎我霜陵道。

摸魚兒 樓桑呼漢昭烈廟

問樓桑、故居無處。青林留在祠宇。荒壇社散烏聲喧，寂寞漢家簫鼓。春已暮。君不見、錦城花重驚風雨。劉郎良苦。儘玉壘青雲，錦江秀色，辦作一丘土。西山好，滿意龍盤虎踞。登臨感愴千古。當時諸葛成何事，伯仲果誰伊吕。還自語。緣底事、十年來往燕南路。征鞍且駐。就老瓦盆邊，田翁共飲，携手醉鄉去。

校：詞題，據石蓮庵本補。「烏聲喧」，「喧」字原闕，石蓮庵本作「烏聲喧」，據補。

按：五卷本有《滿庭芳》（天上殷韓）一首，據三卷本爲趙秉文詞，附于元好問《滿庭芳》（妝鏡韶華）後，今删。

八聲甘州

半仙亭籃輿雪中回，黄紬日高眠。兒婚女嫁，奴耕婢織，共有住山緣。夢裏松腴釀熟，竹港咽冰泉。萬古霜空月，此夜清妍。不愛朝臺暮省，愛渼陂漁艇，杜曲山田。更昭陽遺稿，有意續伶玄。定誰共、舊家研削，要徘徊、顧影燭花前。西歸好、春風未老，留待明年。

蝶戀花

春到桃源人不到。白髮劉郎，誤入紅雲島。著意酬春還草草。東風一夜花如掃。　過眼風花人自惱。已坐尋芳，更約明年早。天若有情天亦老。世間元只無情好。

蝶戀花　同樂舜咨郎中夢梅

梅信初傳金點小。翠羽多情，儘耐風枝裊。乞與吟鞋共百繞。小窗月暗人聲悄。　枕上詩成還自笑。萬斛清愁，換得春多少。臨水幽姿空自照。羅浮山下孤村曉。

醉花陰

候館清燈淡相對。夜迢迢無奈。掩淚惜分飛，好夢空回，留得閒愁在。　同心易綰雙羅帶。只連環難解。且莫望歸鞍，儘眼西山，人更西山外。

校：「清燈」，石蓮庵本作「青燈」。

鳳凰臺上憶吹簫

寶靨留香，錦書封淚，要教惱亂愁腸。恨鏡鸞雙舞，辜負歡狂。日日東城望眼，俱夢雲、煙樹微茫。人何處，濃陰静院，耕月幽窗。　東風萬紅千紫，算只有寒梅，瘦得何郎。想淡妝無語，孤影昏黄。好在藍橋舊路，也便水□□□□□□□□□□□。以上《宛委別藏》本《遺山先生新樂府》卷一

臨江仙　張光甫家兒子咬驢

膝下添丁郎小小，鵷雛彩鶴初匀。書堂合與孟家鄰。誦詩琴解□，論學墨沾唇。　頭玉嶢嶢眉刷翠，更將秋水爲神。看花留待百年春。金鞍南陌上，驚動洛陽人。

校：「膝下」，華刻本、石蓮庵本作「膝上」。「彩鶴初匀」，原作「彩鶴艷初匀」，《殷禮在斯》本作「彩艷初匀」，據華刻本、石蓮庵本删「艷」。

臨江仙

連日湖亭風色好，今朝賞遍東城。主人留客過清明。小桃如欲語，楊柳更多情。　爲愛暮雲芳草句，一杯聊聽新聲。水流花落歎浮生。故園春更晚，時節已啼鶯。

臨江仙　贈答飛卿弟

壯歲論交今晚歲，只君知我平生。六年相望若爲情。吕安思叔夜，殘月配長庚。　濟上買田堪共隱，嵩丘朝暮陰晴。紫雲仙季白雲兄。風流成二老，林下看昇平。

臨江仙

唐子西酒名「齊物論」，又曰「養生主」。

誰喚提壺沽美酒，浮生多負歡遊。窗明窗暗百年休。涼風吹雁過，春水帶花流。　仰視浮雲空自誑，往還歲月悠悠。三山那有鳳麟洲。一杯齊物論，千古醉鄉侯。

校：「涼風吹雁過」，華刻本、石蓮庵本作「催雁過」。

感皇恩　壽韓侯恬然

水上覓紅雲，雲藏仙島。雲外晴峰翠於掃。東園行樂，一洗山林枯槁。萬金誰辦得、安閒早。石上玉芝，松間瑤草。容易休教使君老。壽杯宫袖，醉眼風荷翻倒。錦堂花與月、年年好。

感皇恩

張侯壽席。此州樂府垂楊一曲方盛。

天外想春來，春來天上。樂府垂楊新動唱。扁舟西子，並與雲帆無恙。五湖將底用、黄金像。水閣清深，晴樓蕭爽。絲竹留教助清賞。松腴仙酎，萬斛雞泉供釀。壽杯先領取、山中相。

校：「水閣清深」，原作「水閣靖深」，據華刻本、石蓮庵本、《殷禮在斯》本補。

浣溪沙　别緯文張兄

欹枕寒鴉處處新。花前雁後數歸程。小紅燈影鬧春城。兩地相望今夜月，一尊不盡故人情。老懷牢落向誰傾。

浣溪沙

畫出清明二月天。山城三月只蕭然。閉門日日枕書眠。川下杏花渾欲雪，山中楊柳不成煙。春風回首又明年。

南鄉子　九日同燕中諸名勝登瓊華故基

樓觀鬱嵯峨。瓊島煙光太一波。真見銅駝荊棘裏，摩挲。前度青衫淚更多。　勝日小婆娑。欲賦蕪城柰老何。千古廢興渾一夢，從他。且放雲山入浩歌。

校：「太一」，華刻本、石蓮庵本作「太乙」。

南鄉子　飲東原王若章郎中家

促坐燭華紅。春到梅邊蠟蔕融。南去北來何限客，誰同。酒令歌籌醉不供。　聚散落花風。恨煞陵臺望眼中。人世只除開口笑，難逢。莫惜金杯到手空。

南鄉子

花譜得新名。一尺紅雲賽洛京。舊説採蓮張靜婉，難憑。楚潤元來更有情。　枕上豔歌聲。虧煞司空自教成。前日緑窗今夜夢，分明。宿酒殘妝未五更。

校：「洛京」，原作「落京」，據華刻本、石蓮庵本、《殷禮在斯》本改。

朝中措

綦君美，東海名家。大父内翰，海陵朝以文章顯，出刺吾州。君美以蔭補，嘗令湖城，晚得兒子石桂，因爲賦此。

添盆新喜萬家傳。滿意擲金錢。仙果休嗔生晚，靈椿最得春偏。　隆顱犀角，丹砂一拂，玉潤松堅。看取翰林枝葉，却如東海當年。

朝中措　周帥華堂紫牡丹

芳苞初破紫霞杯。香動緑雲堆。只道人間花盡，争知天上春回。　朝吟暮繞，使君情重，不厭頻來。好把韶華留住，莫教百朵齊開。

朝中措　寄楊澧

秋鴻社燕偶相逢。鞍馬又西東。辜負水南三月，安排萬紫千紅。　舊遊新夢，緑波南浦，黄葉西風。任是麒麟閣上，争如鸚鵡杯中。

朝中措

小兒子生，適有遺羽陽宫瓦者，因以羽陽字之。

添丁名字入新收。一長看過頭。拾得羽陽宫瓦，不愁撞透煙樓。　遺山野客，求田問舍，夢想南州。説甚河東三鳳，安排老□班彪。

按：末句，趙永源據《遺山先生文集》卷二《戲題新居二十韻》詩認爲，當作「安排老虎般彪」。

攤破浣溪沙　代贈仲經所親

錦瑟年華燕子樓。楚雲湘雨等閒休。留在貞元供奉曲，儘風流。　約略睡痕妝鏡晚，留連香韻瑣窗秋。總道竹西歌吹好，去來休。

秋色横空

松夜香凝。滄幽姿一洗，若下宜城。甘腴小苦中山賦，千古齒頰春生。燈花喜，缸面清。愛竹港、冰泉落枕聲。恰值劉綱夫婦、此日丹成。　雲峰翠展畫屏。更晴樓水閣，樹擁煙横。留連光景中年，要歌管陶寫襟靈。人間世，身外名。笑朝馬晨鐘夢易驚。且留看神仙，白晝地行。

校：「松夜」，石蓮庵本作「松液」。

思仙會　效楊吏部體

人無百年人，枉作千年計。傀儡棚頭，看過幾場興廢。朱顔易改，可惜歡娱地。勸君酒，唱君歌，爲君醉。　滄溟一葉，正在横流際。阮籍途窮，啼得血流何濟。天公老大，不管人間世。莫莫休休，莫問甚底。

校：「朱顔易改」，原作「朱顔容易改」，據華刻本、石蓮庵本删。

漁家傲

午醉醒來春欲去。鶯兒燕子都無語。好個一春行樂處。花無數。寶釵貰酒花前舞。　十里驛亭楊柳樹。多情折斷青青縷。春到去時留不住。留不住。西城日日風和雨。

校：第二處「留不住」，原闕，據華刻本、石蓮庵本、《殷禮在斯》本補。

喜遷鶯

雲雷天造。快嫖姚玉節，生平豪妙。野宿貔貅，江横組練，畫角一聲霜曉。魚鳥簡書知畏，草木威名先到。更誰似，並虎頭飛將，封侯差早。　談笑。尊俎地，兵衛畫戟，燕寢凝香好。伏櫪雄心，缺壺高唱，意氣不妨傾倒。父子一門忠力，唯有君恩須報。濟時了。看郎山長對，元勳難老。

以上《宛委別藏》本《遺山先生新樂府》卷二

鷓鴣天　山陽七賢堂

沙岸縈回入草泥。霜餘煙景自淒迷。樹嫌川近重重掩，雲要村深故故低。　茅蓋屋，稻分畦。何人今日此幽棲。十年來往山陽道，只道清溪過馬蹄。

定風波

三鄉光武廟，懷故人劉公景玄。

熊耳東原漢故宮。登臨猶記往年同。底事愛君詩句好。解道。河山浮動酒杯中。　存沒悠悠三十載。誰會。白頭孤客坐書空。黃土英雄何處在。須待。醉尋蕭寺哭春風。

定風波

離合悲歡酒一壺。白頭紅頰醉相扶。見說德星今又聚。何處。范家亭上會周吳。　造物有情留此老。人道。洛西清燕百年無。六客不爭前與後。好□。龍眠老筆畫新圖。永寧范使君園亭，會汝南周國器、汾陽任亨父、北燕吳子英、趙郡蘇君顯、淄川李德之，用東坡體，擬六客詞。

定風波　兒子中中百晬日作

五色蓮盆玉雪肌。青搽紅抹總相宜。且道生男何足愛。爭奈。隆顱犀角眼中稀。　六十平頭年運好。投老。大兒都解把鋤犁。醉眼看花驢背上。豪放。阿齡扶路阿中隨。

定風波

何處如今更有詩。争教風鬢見横枝。詩到梅邊誰最似。除是。玉顔寂寞酒清時。　爲向雲間公子道。聞早。安排歡賞惜幽姿。十日留花花未過。容我。醉圍紅袖寫烏絲。

婆羅門引　過孟津河山亭故基

短衣匹馬，白頭重過洛陽城。百年一夢初驚。寂寞高秋雲物，殘照半林明。濬横舟古渡，落雁寒汀。　河山故亭。人與境、兩峥嶸。争信黄壚此日，深谷高陵。一時朋輩，謾留在、窮途阮步兵。尊俎地、誰慰飄零。

婆羅門引　兖州龍興閣感寓

嶧山霽雪，九層飛觀鬱峥嶸。風煙畫出新亭。老眼來今往古，天地兩無情。但浮雲平野，短日蕪城。　酒狂步兵。書與劍、此飄零。爲問雲間雞犬，幾度丹成。停杯不語，竟何用、千秋身後名。休自倚、湖海平生。

校：「爲問」，原作「□爲」，據華刻本、石蓮庵本改。

婆羅門引

商於六里，野潭千古□煙霞。靈苗鬱鬱無涯。浩蕩青冥風露，金素發清華。散霜叢彌岸，月影明沙。　仙經浪誇。種瑶草、養鉛砂。争信瓊杯芳薦，藥鏡黄芽。秋香晚節，也分到、山中宰相家。

休更羨、劉阮桃花。

校：詞牌下原注：「亦名菊潭秋。」

梅花引　同張仲經楊飛卿賦青梅

緑華仙蕚彩雲間。雪消殘。擁香□。隨意輕匀淺注儘高閑。向道是梅剛不信，更誰占、東風最上番。　韻絶秀絶香又絶，□恨千山復千山。才情似記何郎句，清淚班班。寂寞孤村籬落小溪灣。修竹蕭蕭霜月苦，好留與、青綾護曉寒。

惜奴嬌

畫扇高秋，恨塵暗秦王女。渺東城、春煙緑樹。燕子來時，應解説、征鞍處。記取。未忘得、蘭膏香聚。　枕上新聲，斷腸是、江南句。更行雲、無心也住。未了情緣，算惟有、相將去。□去。枉輕負、梨花暮雨。

校：「□」，原缺，據詞律補。

樂府烏衣怨

香冷雲兜，後期紅線知何許。謝家兒女。解得辭巢語。　畫棟珠簾，恨不經年住。匆匆去。岸花汀樹。寂寞瀟湘雨。

校：詞牌下原注：「舊名點絳唇。」

樂府烏衣怨

繡佛長齋，半生枉伴蒲團過。酒壚横卧。一蹴虚空破。　頗笑張顛，自謂無人和。還知麼。醉鄉天大。酒裏神仙我。

江城子

杏花開過雪成團。惜朱顔。負清歡。只道今年，春意已闌珊。却是地偏芳信晚，紅數點，小溪灣。碧壺香供挽春還。一枝閑。淡相看。月落山空，誰與護朝寒。傳語春風留客好，莫容易，便吹殘。

江城子

東原幕府諸公，送予西湖，行及陽穀，作此爲寄。

江山詩筆仲宣樓。弊貂裘。儘風流。獨恨煙花，三月出東州。愛煞津亭亭□□，無一語，只相留。　來鴻去雁兩悠悠。別離愁。幾時休。得似孤城，春水一沙鷗。寄謝西湖追送客，分手地，莫回頭。以上《宛委别藏》本《遺山先生新樂府》卷三

清平樂

光甫副使壽席。鵷雛，指渠兒子阿咬。

春風傾倒。京洛春回早。走馬章臺人未老。金翠鵷雛更好。　安排美景良辰。放教花柳攙新。誰似君家池館，又添丹桂靈椿。

清平樂

己亥春，濟源奉先觀賦杏花。

小橋流水。一逕修篁裏。走馬章臺人老矣。只愛明窗浄几。　杏花白白紅紅。花時日日狂風。不是碧壺香供，真成惱破春工。

校：詞序，「濟源」，華刻本、石蓮庵本作「濟原」。

太常引

寄酒泉帥張奥子明。子明鄠陽鬬，去酒泉百里而遠，故云。

田園松菊自由身。鞍馬老紅塵。鵜鴨惱比鄰。算未羨、淩煙寫真。　花時風雨，長年哀樂，白髪爲誰新。休唱渭城春。怕憶著、西州故人。

太常引

水光林影入憑闌。花柳占春寛。三月錦成團。爲洗盡、山陰暮寒。　玉峰詩老，爲君吟嘯，不醉有餘歡。人物後來看。□畫作、臨流幼安。

太常引

東園歌管日相娱。佳釀出兵厨。陶寫在桑榆。便鶴到、揚州未如。　欹紅濃露，緑陰清吹，長下□樓居。高枕即吾廬。更何待、將軍報書。

水龍吟 東園醉後

兩年金鳳城邊，等閒又見東風菜。侯門慣客，東園高宴，青雲飛蓋。水上幽亭，恍然真似，蘭舟同載。望紅樓翠壁，青田白鷺，誰信是，山陰塞。　鬱鬱林梢紫動，便安排、春來天外。醉魂摇盪，尊前何恨，狂香浩態。高枕吾廬，倒衣命駕，心期長在。爲使君料理，潘郎老鬢，儘花枝戴。

水龍吟

漢家金粟堆空，玉花驚見天池種。并州畫角，回腸淒斷，清霜曉弄。世事浮雲，白衣蒼狗，知誰搏控。恨北平老守，南山夜獵，風雨暗，貂裘重。　總道煙霄失路，意平生、依然飛動。高城置酒，汾流澮澮，無言目送。寶劍千金，儘堪傾倒，玻璃春甕。問波神賸借，横江組練，挽青絲夢。

校：「回腸」，華刻本、石蓮庵本、《殷禮在斯》本作「危腸」。

木蘭花慢 送親家丈問夢綱

又東門送客，側身西望一長嗟。算萬里功名，幾番風雨，何限雲沙。相看已過半百，甚年年、各在一天涯。秋氣偏催過雁，疏煙細點歸鴉。　旌旗未卷鬢先華。清淚落悲笳。問蜀道登天，錦城雖好，得似還家。關心老來婚嫁，要與君鄰屋共煙霞。到□征西車馬，輪他杜曲桑麻。

校：「要與君鄰屋共煙霞」，原作「要與鄰屋共煙霞」，華刻本、石蓮庵本作「要與余鄰屋共煙霞」，據瞿鏞校跋本改。

木蘭花慢 送取新歸隱山陽兼簡玉川同社

淡西園暮景，對别酒，惜臨分。愛樸被中臺，挂冠神武，誰得如君。紛紛道途鞍馬，甚當時、王粲也從軍。處處驚烏夜月，年年落雁横汾。　菟裘老計在耕耘。風被出塵氛。記沁北丹東，松枯石潤，菊秀蘭薰。林泉竟輸先手，漫回頭、慚愧玉山雲。寄謝雞豚社客，草堂未要移文。

木蘭花慢

贈吹觱篥者張嘴兒暨乃婦田氏合曲，賦此。

要新聲陶寫，奈聲外有聲何。愴銀字安清，珠繩瑩滑，怨感相和。風流故家人物，記諸郎、吹管念奴歌。落日邯鄲老樹，秋風太液蒼波。　十年燕市重經過。鞍馬宴鳴珂。趁飢鳳微吟，嬌鶯巧囀，紅卷鈿螺。纏頭斷腸詩句，似鄰舟、一聽惜蹉跎。休唱貞元舊曲，向來朝士無多。以上《宛委别藏》本《遺山先生新樂府》卷四

臨江仙 留别郝和之

昨日故人留我醉，今朝送客西歸。古來相接眼中稀。青衿同舍樂，白首故山違。　九萬里風安稅駕，雲鵬悔不卑飛。回頭四十七年非。何因松竹底，茅屋老相依。

鷓鴣天 宿趙州

宿酒消來睡思輕。夢中身世可憐生。緑衿紅燭櫻桃宴，畫角黄雲細柳營。　秋歷□，月朧明。步檐倚杖候晨星。無窮宇宙無窮事，一笑山城打六更。

鷓鴣天

鞸袖垂肩士女圖。黯歌還似囀鶯雛。一春楊柳吹綿後，五月榴花照眼初。　明畫燭，倒金壺。使君曉夙宴西湖。老來忘却行雲夢，猶要春風醉後扶。

校：「鞸袖」，石蓮庵本作「緑袖」。「老來忘却」，原作「老來忘來」，據石蓮庵本改。

阮郎歸

峥嶸秋氣動一作静千崖。川平晚照回。小橋流水送吟鞋。無人覺往來。　攲亂石，坐蒼苔。一杯復一杯一作哦詩不置才。田家次第有新醅。黄花細細開。

玉樓春

秋燈連夜寒生暈。書研朝來龍尾潤。朧朧窗影暗移時，械械檐聲還一陣。　黄花白酒登高近。意外陰晴誰處問。青山只管戀行雲，忙煞晚風吹不盡。

校：詞牌，原作「蝶戀花」，據石蓮庵本改。下六首同。

玉樓春

流光不受長繩繫。樂事且須論早計。丹成雞犬亦登仙，運去英雄空掩涕。　花迎酒笑寧無意。酒藉花香尤有味。由來夷跖不多争，唤向花間同一醉。

玉樓春

秋風茅屋浮雲巘。汗漫招來嵇與阮。儘從鶴背更腰金，獨恨騎曹餘手板。酒中最好藏疏懶。深注紅螺容細卷。世間只□没閒人，舉步有閑渠自遠。

校：「只□没閒人」，石蓮庵本作「只没□閒人」。

玉樓春

人間鬢髮隨秋换。天上月明秋又半。月邊仍有女乘鸞，萬古與誰期汗漫。天翁苦被閒人管。月好却嫌秋夜短。如何能得夜年長，月也長如今夜滿。

玉樓春

驚沙獵獵風成陣。白雁一聲霜有信。琵琶腸斷塞門秋，却望紫臺知遠近。深宫桃李無人問。舊愛玉顔今自恨。明妃留在兩眉愁，萬古春山顰不盡。

玉樓春

惜花長被花枝惱。一夜落紅紛不掃。緑雲爲幄繡爲裀，不惜春衫還藉草。尊前莫恨春歸早。來歲花開應更好。丁寧雙燕促春還，向道惜花人未老。

玉樓春

楚娘最瘦腰圍小。會看新聲歌水調。已看天上駐行雲，更向花間留晚照。傾城不博嫣然笑。

剩破千金猶恨少。少年恰是惜春時，第一莫教容易了。

江城子　繡香奩曲

吐尖絨縷濕胭脂。淡紅滋。豔金絲。畫出春風，人面小桃枝。看做香奩元未盡，揮一首，斷腸詩。仙家説有瑞雲芝。瑞雲芝。似瓊兒。向道相思，無路莫相思。枉繡合歡花樣子，何日是，合歡時。

定風波

小□香來醉夢中。夢回幽賞惜匆匆。只道南枝開未半。誰喚。等閑都逐晚雲空。瀟灑小溪新雪後。唯有。蕭蕭霜葉卧殘紅。幾欲問花應有恨。休問。争教不肯嫁春風。

清平樂

村墟蕭灑。似是朱陳畫。神武衣冠須早掛。可待兒婚女嫁。山深水木清華。漁樵好個生涯。夢想平橋南畔，竹籬茅舍人家。

浣溪沙

秋氣興寒酒易消。秋懷無酒更無聊。夕陽人影卧平橋。菊就雨前都爛熳，柳從霜罷便蕭條。夜來風色似今朝。

浣溪沙

一片青天舉棹過。小舟無地受風波。漁歌渾是太平歌。　鄉社年豐尋酒易，陂塘春暖得魚多。百年閑過又如何。

浣溪沙

夢裏還驚歲月遒。戰魚風退不勝秋。人生雖異水同流。　酒力有神工駐景，丹房無藥可燒愁。陶陶兀兀老時休。

校：「戰魚」，石蓮庵本作「鯉魚」。

浣溪沙

一片煙蓑一葉舟。夢中身世是滄洲。戰魚風退不勝秋。　秋月春花行處有，蒼苔濁酒醉時休。人生雖異水同流。

校：「戰魚」，石蓮庵本作「鯉魚」。「春花」，石蓮庵本作「春風」。

浣溪沙

爲愛劉翁駐玉華。暗將心事許煙霞。石田茅屋老生涯。　鐵笛不須從二草，頭巾長擬掛三花。他年人説漫郎家。

虞美人

花心苦被春搖盪。粉豔嬌相向。隔簾微雨送幽香。未羨寒梅，疏影月昏黄。　芳温一念何時忘。笑了還惆悵。無端開近宋東墻。真個曉人，情思斷人腸。

鷓鴣天

八月蘆溝風露清。短衣孤劍此飄零。蒼龍雙闕平生恨，只有西山滿意青。　塵擾擾，雁冥冥。因君南望湧金亭。還家剩買宜城酒，醉盡梅花不要醒。

鷓鴣天

飲量平常發興偏。留連光景惜歡緣。悲歌慷慨人争和，醉墨淋漓自笑顛。　麟閣畫，祖生鞭。拍浮多負酒家船。老來事事消磨盡，只有尊前似少年。

校：「酒家船」，石蓮庵本作「酒家錢」。

鷓鴣天

身外虛名一羽輕。封侯何必勝躬耕。田園活計渾閑在，詩酒風流屬老成。　三會水，半山亭。村村花柳自升平。錦城未比還家好，何處而今有錦城。

南鄉子

衰思怯登樓。百感中來不自由。天意時情誰解得，悠悠。一片黄雲畫角秋。　汾水繞城流。流盡朱顔到白頭。萬事且休論一醉，都休。前日黄花蝶也愁。

校：「蝶也愁」，石蓮庵本作「蝶已愁」。

點絳唇

連夜春寒，夜來好夢孤衾暖。寺樓鐘斷。却恨更籌短。　一點閒情，苦被離愁管。西城晚。雁飛天遠。草色歸心滿。

浪淘沙　劉公子家園秋日海棠

何處挽春還。華屋金盤。一枝紅雪入鶯看。總爲西園風露早，特地高閑。　寂寞曲闌干。高髻雲鬟。緑羅衫子瘦來寛。好個沉香亭畔月，只枉秋寒。

朝中措　與石子璋别求作樂府得麻字

鶯弦裂石筆生華。清興入悲笳。爲愛南山夜獵，笑人杜曲桑麻。　高歌醉眼，千金駿馬，八月仙槎。都把平生湖海，看君咫尺龍沙。

點絳唇

紅袖憑闌，畫圖曾見崔徽半。吹簫誰伴。白地肝腸斷。　未了塵緣，可道歡緣短。雲山亂。武陵溪岸。幾誤鶯聲唤。

點絳脣

把酒留春，醉扶紅袖花前倒。落花風掃。紅雨深芳草。　又恨春遲，又恨春歸早。花應笑。惜春人老。枉被春風惱。

點絳脣

玉蕊輕明，洗妝偏費春風手。韻香襟袖。別是閨房秀。　錦瑟華年，醉□東園酒。西歸後。舊家花柳。誰得何郎瘦。

校：詞牌，原作「秋色横空」，據石蓮庵本改。「醉□東園酒」，石蓮庵本作「□醉東園酒」。

鷓鴣天

中秋雨夕，同欽叔飲樂府宋宜家。

著意朝雲復暮雲。良宵留在宋東鄰。玄霜玉杵期無定，高燭明妝賞更新。　團扇曲，畫梁塵。萬家秋氣一家春。月光不照金尊裏，只爲妖嬈醉得人。

江城子

梅梅柳柳鬧新晴。趁清明。鳳山行。畫出靈泉，三月晉蘭亭。細馬金鞍紅袖客，能從我，出重城。　賞心樂事古難並。玉雙瓶。爲冠傾。一曲清歌，休作斷腸聲。頭上花枝如解語，應笑我，未忘情。

按：本詞以下，五卷本存詞八十二首，其中四十九首已考訂爲宋人作。其餘三十三首存之。

朝中措

香輕紅淺露梅腮。江上早春來。玉佩聲朝丹闕，霓旌影下瑶階。朱門向曉，三千珠履，十二金釵。碧海金鸞來報，蟠桃一夜花開。

西江月

骨相匿犀秀發，精神聳鶴孤高。少年事業富伊皋。便向中書書考。肘後不傳丹訣，眉間新長修毛。一壺春色宴蟠桃。作介歸榮忠孝。

朝中措

簾旌烘日繡波翻。霜曉試輕寒。高宴黄堂初啓，雲外列仙班。晝明麗錦，香浮寶鴨，身在蓬山。三見揚塵滄海，春風一笑人間。

千秋歲

玳筵晨啓。家慶堪圖繪。新楊弄暖簾櫳邃。捧觴羅袖窄，疊板歌喉脆。香雲裏。輕裘小帽仙翁喜。　簪玉親賓至。服彩兒孫戲。開口笑，扶頭醉。□□金穴富，豈在貂蟬貴。只恁地。團欒共樂千秋歲。

校：「簪玉親賓至。服彩兒孫戲」，石蓮庵本作「簪玉賓親至。舞彩兒孫戲」。「豈在」，二字原闕，據石蓮庵本補。

念奴嬌

嚴陵臺畔，枕清江、仙府□重金碧。玉軸牙籤三萬卷，環列人間東壁。名世高風，□遵遺訓，繼踵皆豪逸。聯翩簪組，滿門輝映金璧。談笑穩步青霄，扶摇九萬里，垂天横翼。大纛高牙三授鉞，凛凛威行南國。月滿三山，春回八部，宴寢凝香席。祈公難老，鳳池長醉春色。

校：「仙府□重金碧」，原作「仙府重金碧」，據石蓮庵本增。「金璧」，原作「金壁」，據石蓮庵本改。

驀山溪　夏景集曲名

梁州夏早，南浦荷花媚。人月欲圓時，賀聖朝、生申名世。桂枝香滿，早奪錦標回，春光好，少年游，爛醉蓬萊裏。謁金門貴。小鎮西南地。品令貫三臺，□雄望、江南江北。歸朝歡樂，好事近佳辰，風流子，玉團兒，爲唱千秋歲。

校：「江南江北」，原作「江南北」，據石蓮庵本補。

浣溪沙

修竹移陰未出墻。好風斜綽露荷香。壺中六月也清涼。不放靈椿仙客□，要看丹桂滿林芳。天教光景爲人長。

瑞鶴仙

薰風弦上奏。正蛙鳴池沼，鶯吟槐柳。龍涎噴金獸。□一番疏雨、梅黄時候。神仙舊友。愛五亭、山明水秀。向□時慶旦，高明富貴，始由天授。　知否。風流儒雅，利達叢中，似公稀有。芝蘭挺秀。看早晚，定成就。況雪兒佳麗，歌清舞妙，管取天長地久。願年年預借菖蒲，勸君壽酒。

校：「□一番疏雨」，原作「一番疏雨」，據石蓮庵本增。「始由天授」，石蓮庵本作「殆由天授」。

千秋歲

雙紋彩袖。乍舞霓裳後。□□香霧暖瓊甃。緑鬟蟬影動，小褶湘裙皺。歌聲斷，彤雲盡日□晴晝。　冰絲輕雪藕。細酌鵝兒酒。任醉擁，佳人手。彩衣行樂事，莫惜杯如斗。千萬壽，願如明月天邊久。

校：「乍舞霓裳後」，「乍」字原闕，據石蓮庵本補。「□□香霧暖瓊甃」，石蓮庵本作「香霧暖□瓊甃」。

瑞鶴仙

薰風□院宇。藹清香、凝户曉涼如雨。開簾望蓮渚。擁輕紅嫩緑、三千宮女。□商泛羽。命雙成、嬋娟妙舞。記當時，初下瑶池閬苑，翠軿來處。　幾許。玉簪珠履，玳筵綺席，壽觴初舉。從容笑語。吹簫伴，驂鸞女。算靈椿難老，蟠桃頻見，兩□蓬瀛便住。看家庭葉葉金貂，鳳池穩步。

校：「薰風□院宇」，原作「薰風院宇」，據石蓮庵本增。「兩□」，原作「□□」，據石蓮庵本改。

西江月

物外神仙風骨，人間富貴功名。眉長新有秀毫生。蕩座酒光花影。　清暑玉壺晝永，少年金印身輕。他年旌節看歸榮。笑傲五湖煙景。

浣溪沙

借得陪京尺五天。碧油旆裏地行仙。政成多暇且同歡。　梅雨□江銷繙潤，薰風高閣水晶寒。長鯨飲罷玉壺乾。

浣溪沙

瓊壓爲漿玉作巵。使君真是吏民師。碧桃仙酎飲鄉期。　五馬旌□浮喜色，南溪風月要新詩。緩趨□□及瑶池。

念奴嬌

一年好處，是西風、繡出東籬寒菊。蝶舞蜂狂誰便道，今夕清香不足。令尹風流，年年春事，小雨一犁新緑。園扉人静，抱琴時弄幽獨。　聞道野老相呼，幽尋仙洞，乞與長生籙。鶴髮童顔須待得，王母蟠桃初熟。只恐將相，日邊催去，鳳沼鳴環玉。娉婷一笑，爲渠且盡醽醁。

校：「蝶舞蜂狂」，原作「蝶舞□狂」，據石蓮庵本改。「園扉」，原作「圜扉」，據石蓮庵本改。「將相」，石蓮庵本作「相將」。

蝶戀花

最是一年秋好處。橘緑橙黄，半帶金莖露。翠幕珠簾開紫府。五雲深處台星聚。　昨夜玉皇傳詔語。聞道君家，勳業高前古。賜與金丹並玉醑。壺中日月留長住。

朝中措

金風飄拂瑩蟾光。依約桂華香。紫府雲軿遊冶，朱門錦繡高張。　笙歌叢裏，霞杯瀲灩，玉樹芬芳。共祝壽齡何似，今松柏長堅。

校：「霞杯瀲灩」，原作「霞瀲灩」，據石蓮庵本補。

虞美人

一杯薄酒休辭醉。願一千二百歲。白雲長伴此身閑，桂月蘋風，分取□壺天。　鵲爐香□黄金尾。庭院生秋意。倒傾銀漢作流霞。賸看蟠桃，碧海記年華。

卜算子

壽酒不論杯，樂奏呈歌舞。先□中元七日生，風露涼如許。　好待月嬋娟，好與姮娥語。分付諸郎桂一枝，更覓月中兔。

點絳脣

玉宇沉沉，緑窗朱户還相□。碧池回繞。全似蓬萊島。　今夕笙歌，兩兩雲鬟小。爐煙裊。壽觴傾倒。長願朱顏好。

瑞鶴仙

四山秋氣爽。正雲淡、銀河露零仙掌。輕煙瑞屏障。有文星一點，□從天上。襟懷倜儻。笑談間、光焰萬丈。向玉皇案底，秋毫□紙，屢承天奬。　何況雲龍風虎，萬乘故人，兩朝耆望。油幢玉帳。聽環佩，丁東響。看彈弦吹竹，年年高會，增壯中秋氣象。有月中玉兔長生，借公醉賞。

校：「瑞屏障」，石蓮庵本作「瑞屏嶂」。「看彈弦」，石蓮庵本作「有彈弦」。

金菊對芙蓉

銀燭揺紅，獸煙噴翠，正小春時候，愛日和融。玉天當日生英傑，天付與、道骨仙風。文章冠世，詞傾峽水，筆掃秋虹。　更有福壽無窮。喜克家有子，孫又英雄。算人間何物，可以形容。除非後夜團圓月，年年共、皎潔相同。捧巵爲壽，殷勤□□，滿泛金鍾。

校：「殷勤□□」，原作「殷勤□」，據石蓮庵本補。

滿江紅

寒日春温，照庭院、瑞煙芬馥。人盡道、衢山當日，謫仙新毓。子舍榮華孫□茂，詩書萬卷生涯足。但放懷、壽酒十分斟，添香祝。　竹太瘦，松偏獨。鶴易怨，龜何俗。算人間無物，共供新曲。但願長如天上月，年年此夕光如玉。伴長庚、百歲永團圓，蟠桃熟。

滿庭芳

絳闕淩風，瑶池玩月，衆仙侍立清班。就中仙伯，乘興到人間。灑落襟懷萬頃，詞源壯、三峽波瀾。偏惟有，清遊自適，不肯餌金丹。　清閒。誰得似，軒名佚老，名利都關。但夢中時到，方丈蓬山。滿泛杯中玉液，應知是、生長堯年。憑誰勸，雲璈度曲，醉□朱顔。

玉樓春

風穿繡幕紅波皺。月照寶簾花影透。酒凝嫩臉醉紅桃，喜入蛾眉舒翠柳。　瓊英檀暈花裁就。煙噴獸爐香滿袖。金枝元是玉皇孫，遐算願同王母壽。

校：「獸爐」，原作「壽爐」，據石蓮庵本改。

滿庭芳

十里輕陰，一川新緑，不應春事來遲。試探消息，猶未減羅衣。誰信閨房秀色，倚風試、桃李先枝。呈纖巧，吹香滴粉，慢放鏡奩移。　芳時。常在眼，歌清舞軟，煙縷霏霏。向金徽促柱，玉局彈棋。儘待功成九轉，蓬萊近、未肯昇棲。還應是，梁鴻舉案，同作百年期。

南歌子

人日過三日，元宵便五宵。共言今日好生朝。皓月光輝，香動玉梅梢。　謝女工飛絮，周郎待小喬。年年燈下醉金蕉。鬢影蒼毬，金縷細鵝毛。

校：詞牌，原作「南鄉子」，據律改。「金縷」，原作「全縷」，據石蓮庵本改。

滿江紅

臘後春前，高樓外、梅飄香馥。正□□、雲軿初下，瑶池西曲。羅幕笙歌圍粉黛，階前青紫團蘭玉。更如賓、相待衮衣新，尊浮醁。　柔懿範，康寧福。榮耀事，都齊足。向寶薰煙裏，壽祺同祝。非雪仙姿元不老，丹臺已注長生籙。更從今、歡宴幾何年，蟠桃熟。

校：「臘後春前」，原作「春前臘後」，據石蓮庵本改。「正□□、雲軿初下，瑶池西曲」，原作「正雲軿初下，瑶池西□曲」，據石蓮庵本、《殷禮在斯》本改，「□□」，據詞律補。「更從今」，石蓮庵本作「問從今」。

燭影摇紅

紅葉翻階，曉風微扇回輕暖。羣仙高跨紫雲車，來赴蓬萊宴。繡幕圍香遮遠。颭簾花、時時影轉。彩衣嬉戲，玉女回環，綠嬌紅軟。　戛玉調絲，喜音繚繞笙歌院。蟠桃花發正當春，煙媚明霞臉。休□飛瓊女伴。捧瑶觴、何妨屢勸。百年偕老，五福齊眉，人間稀見。

校：「曉風」，石蓮庵本作「晚風」。

天仙子

水曲橋平雙燕語。密密層陰圍繡幕。梅枝不受暑光侵，携玉斧。迎仙女。爲問乘鸞何處所。　杯酒流行無盡處。繞膝花□前後舞。笙歌移□下蓬萊，天付與。淩雲侶。京兆近來眉更嫵。

校：「笙歌移□下蓬萊」，原作「笙歌移下蓬萊」，據石蓮庵本補。「蓬萊」，石蓮庵本作「蓬壺」。

點絳唇

簾捲荷香，綺羅人在薰風裏。謝庭家世。來作閨門瑞。　象服魚軒，占盡人間貴。應難比。蟠桃花底。一醉三千歲。

感皇恩

濃露湛秋容，涼生□曉。斗帳蔥蔥瑞煙裊。佩霞符夢，初誕雲妃娟妙。冰姿和玉骨、天然好。　菊韻蓮敷，翠眉年少。消得相如共偕老。壽酒深斟，惟願早封新號。更期先插上、宜男草。

校：「涼生□曉」，原作「涼生曉」，據石蓮庵本補。「雲妃」，石蓮庵本作「靈妃」。「壽酒深斟」，石蓮庵本作「深斟壽酒」。

念奴嬌

金神按節，先下弦、一夕分明秋色。銀漢光浮天紺滑，星彩遥瞻南極。阿母分桃，桂蛾饋藥，稱慶於今夕。解顏微笑，捲簾初識姑射。　儵儵沆瀣横空，待高承仙掌，□精調液。金鼎還丹光十丈，一咽龜齡千億。緑髪堂中，彩衣庭下，瑞繞仙□宅。機雲歡舞，雅歌聲動瑶席。

校：「□精調液」，石蓮庵本作「□調精液」。「還丹」，石蓮庵本作「丸丹」。

柳梢青

玉嫩紅嬌。□花如月，斜裊金翹。楚女腰肢，小喬風韻，難比妖嬈。　當年約住藍橋。便回首仙凡路遥。一曲清歌，千鍾美酒，同慶生朝。以上《宛委别藏》本《遺山先生新樂府》卷五校：「□花如月」，原作「花如月」，據石蓮庵本補。「仙凡路遥」，「凡」字原闕，據石蓮庵本補。

點絳唇　賦濟源成受之蓮花白

雲錦撑舟，寶華傾倒川妃供。露涼香重。春入浮蛆甕。　楚客秋懷，儘耐瓊杯送。纖纖捧。醉魂飛動。滿意凌波夢。

點絳唇

寄新軒張聖子。張有愽山，名晴雲島。洞天瑶草，渠樂府中也。

琴語泠泠，一尊曾醉晴雲島。與誰傾倒。得似新軒好。　天上詩仙，苦被閒情惱。丁寧道。洞天瑶草。莫放春光老。

點絳唇

水北尋梅，舊時華在今誰主。襪塵微步。照影蒼煙渚。　白玉堂前，何似盧家住。花無語。月斜人去。寂寞春寒樹。

點絳唇

宿雨厭厭，落紅寂寞殘春雨。寸腸千縷。情在無言處。　滿意青山，恨不相將去。西城路。欲行還住。望斷煙中樹。

點絳唇

對酒當歌，古來多被虛名誤。道途良苦。彈指青春暮。　九萬扶摇，三尺征西墓。邙山路。斷碑無數。笑煞閒居賦。以上瞿鏞校本《遺山先生新樂府》卷四，系瞿鏞據舊抄本抄補

秋色橫空

瀟灑清溪。澹西園暮景，林影披離。溪梅欲動顛風解，邀勒故著寒欺。孤根暖，香意回。料柳麥、榆椒初未知。一點芳心寂寞，也恨春遲。　回首舊遊盡非。記松窗缺月，茅舍疏離。燕南千里相逢嘆，遲暮痛負花期。金蕉葉，金縷衣。算不待、全開已自宜。要却似蘇門，月下醉歸。

木蘭花慢

屼華峰孤秀，起平地、鬱晴嵐。恨玉簡金書，蛟龍洞穴，無力窮探。風流舊家歷下，似吴兒、洲渚隔仙凡。柳絮平湖緑滿，荷花落日紅酣。　東州豪客駐歸驂。醉袖挽青衫。悵同是行人，明朝還又，趙北燕南。蒼煙。故都喬木，問樹猶如此我何堪。愛煞稽山賀老，酒船誰借風颿。

浣溪沙

鄭重聊城送客行。天山曾爲望歸程。人生何地不郵亭。　燕去來鴻南北夢，緑波春草古今情。一壺芳酒且同傾。

浣溪沙

醉裏蕭森蝶翅輕。步簷倚仗候明星。四山風露覺秋生。樹外螢光時隱見，草根蟲語各清泠。嫩涼衾枕爲誰清。

朝中措

充閭佳慶上春頭。雙字入新收。家世西園詩在，不愁文采風流。金錢利市班衣，獻春滿東州。袖裏一枝丹桂，直須萱草忘憂。

校：「金錢利市班衣，獻春滿東州」，此句按律闕一字。

朝中措

賀張伯寧家兒子犀郎晬日

驪珠光彩照燕南。喜氣溢街談。未到靈椿丹桂，一枝先看宜男。明年人日，探官帖子，已具新銜。管甚犀郎小小，安排竹馬青衫。以上瞿鏞校本《遺山先生新樂府》卷五，系瞿鏞據舊抄本抄補

校：詞題，據趙萬里《校輯宋金元人詞·補遺》補。

望江南

維揚好，靈宇看瓊花。千點真珠擎素蕊，一環明玉破香葩。芳豔信難加。如雪貌，綽約最堪誇。疑是八仙乘皎月，羽衣搖曳上雲車。來會此仙家。成化二十三年刻本《揚州瓊華集·瓊華詞》

李治 存詞五首

李治（一一九二—一二七九），字仁卿，號敬齋。一名李冶。真定欒城（今屬河北）人。金正大七年登進士第，授鈞州知州。天興元年，蒙古大軍壓境，鈞州城潰，李治微服出逃，元世祖在潛邸，召見詢政。李治據實對答，受元世祖賞識。晚年還居元氏縣，買田封龍山下，從學者益衆，與元好問、張德輝並稱「封龍山三老」。元世祖即位，以老病懇求還山。至元二年又授以學士之職，就職期月辭還故山。卒，謚文正。李治在北方士人中與元好問聲名相當，兩人又多有唱和之作，世人以「元李」並稱。有《敬齋文集》四十卷，已不存。另著《測圓海鏡》十二卷、《益古演段》三卷，均存。《敬齋古今黈》四十卷，原書久佚，清乾隆年間修《四庫全書》，從《永樂大典》輯成八卷。另著《壁書叢削》十二卷、《泛説》四十卷等。生平見《元史》卷一六〇、《元朝名臣事略》卷十三。

按：李治，或作李冶。《元人傳記資料索引》（一册四六四頁）提出，其兄李澈、其弟李滋，原名應是李治。

摸魚兒 和元遺山雁丘

雁雙雙、正飛汾水，迴頭生死殊路。天長地久相思債，何似眼前俱去。摧勁羽。倘萬一幽冥，却有重逢處。詩翁感遇。把江北江南，風嘹月唳，並付一丘土。　仍爲汝。小草幽蘭麗句。聲聲字字酸楚。拍江秋影今何在，宰木欲迷堤樹。霜魂苦。算猶勝、王嬙青塚真娘墓。憑誰説與。歎鳥道長空，龍艘古渡。馬耳淚如雨。

校：「歎鳥道」，弘治高麗刊本《遺山樂府》、《四庫全書》本《花草粹編》作「對鳥道」。「凴誰説與」，弘治高麗刊本《遺山樂府》作「無誰説與」。

摸魚兒

大名有男女，以私情不遂赴水者。後三日，二尸相攜出水濱。是歲，陂荷俱並蒂。

爲多情、和天也老，不應情遽如許。請君試聽雙蕖怨，方見此情真處。誰點注。香瀲灩銀塘，對抹胭脂露。藕絲幾縷。絆玉骨春心，金沙曉淚，漠漠瑞紅吐。連理樹。一樣驪山懷古。古今朝暮雲雨。六郎夫婦三生夢，腸斷目成眉語。須喚取。共鴛鴦翡翠、照影長相聚。西風不住。恨寂寞芳魂，輕煙北渚。涼月又南浦。以上朱孝藏校本元好問《遺山樂府》卷上附

校：《四庫全書》本《花草粹編》題作《雙連》。「腸斷目成眉語」，《四庫全書》本《花草粹編》作「斷幽恨從前沮」，《詞綜》作「幽恨從來艱沮」。「須喚取」，《四庫全書》本《花草粹編》作「須會取」，《詞綜》作「須念取」。

江梅引

陌頭楊柳恨春遲。被寒欺。淡依依。瘦損王孫，青瑣小腰圍。墻外瓊枝空照影，翠蛾斂，遊絲百

丈飛。燕歸雁歸書問寂。月細風尖供怨笛。玉骨成灰聖得迴。夢裏音容，良是覺來非。多少江州司馬淚，斷腸曲，河聲送落暉。朱孝藏校本元好問《遺山樂府》卷中附

鷓鴣天

中秋同遺山飲倪文仲家，蓮花白，醉中賦此。

太一滄波下酒星。露醽秘訣出仙扃。情知天上蓮花白，壓盡人間竹葉青。迷晚色，散秋馨。兵廚曉溜玉泠泠。楚江雲錦三千頃，笑殺靈均話獨醒。

鷓鴣天

十丈冰花太一峰。拍浮來赴酒船中。碧筩象鼻秋泉滑，澤國幽香笑捲空。雲淡泞，月朦朧。醉鄉千里鯉魚風。馮夷擊鼓休驚客，羅襪生塵恐惱公。以上朱孝藏校本元好問《遺山樂府》卷下附

李志常 存詞二首

李志常（一一九三—一二五六），字浩然，號真常子。觀城（山東曹州）人。全真道士丘處機弟子。曾隨丘處機西遊，並記丘處機西遊經過，編成《長春真人西遊記》二卷。元太宗五年（一二三三），命其創建國子學。太宗十年，嗣掌全真教。生平見《甘水仙源録》卷三王鶚撰《真常真人道行碑》。

按：《長春真人西遊記》卷上，所録《賀聖朝》二首，《全金元詞》作丘處機詞。

賀聖朝 其一

斷雲歸岫，長空凝翠，寶鑑初圓。大光明宏照，亘流沙外，直過西天。　人間是處，夢魂沈醉，歌舞華筵。道家門、别是一般清，暗開悟心田。

賀聖朝 其二

洞天深處，良朋高會，逸興無邊。上丹霄飛至，廣寒宫悄，擲下金錢。　靈虚晃耀，睡魔奔迸，玉兔嬋娟。坐忘機、觀透本來真，任法界周旋。以上正統《道藏》本《長春真人西遊記》卷上

楊果 存詞三首

楊果（一一九七—一二七一），字正卿，號西庵。祁州蒲陰（河北安國）人。早年授徒，流寓十餘年。金正大元年進士，參政李蹊薦爲偃師令，歷任蒲城、陜縣縣令。金亡，起爲經歷。史天澤經略河南，以楊果爲參議。元世祖中統元年，命楊果爲北京宣撫使，次年拜參知政事。至元六年出爲懷孟路總管。以年老致仕，卒於家。謚文獻。工文章，尤長樂府。善諧謔。有《西庵集》行世，已不傳。《録鬼簿》列名于「前輩名公」節，《太和正音譜》評其詞「如花柳芳妍」。今存小令十一首，套曲五套（據《全元散曲》）。其詩猶是金源遺風，《名儒草堂詩餘》卷上存詞二首。生平見《元朝名臣事略》卷十、《元史》卷一六四、《大明一統志》卷二、《元詩選》二集《西庵集》。

太常引 送商參政西行

一盃聊爲送征鞍。落葉滿長安。誰料一儒冠。直推上、淮陰將壇。西風旌旆，斜陽草樹，雁影入高寒。且放酒腸寬。道蜀道、而今更難。

太常引

長淵西去接連昌。無日不花香。雲雨楚山娘。自見了、教人斷腸。絃中幽恨，曲中私語，孤鳳

怨離凰。剛待不思量。兀誰管、今宵夜長。以上元鳳林書院輯刊《名儒草堂詩餘》卷上

摸魚兒　同遺山賦雁丘

悵年年、雁飛汾水，秋風依舊蘭渚。綱羅驚破雙棲夢，孤影亂翻波素。還碎羽。算古往今來，只有相思苦。朝朝暮暮。想塞北風沙，江南煙月，争忍自來去。　埋恨處。依約并門舊路。一丘寂寞寒雨。世間多少風流事，天也有心相妒。休説與。還却怕、有情多被無情誤。一杯會舉。待細讀悲歌，滿傾清淚，爲爾酹黄土。朱彝尊、汪森《詞綜》卷二十七

杜仁傑　存詞二首

杜仁傑（一一九八—約一二七七），字仲梁，號止軒。原名杜之元，字善夫。濟南長清（今屬山東）人。金末曾與麻革等人隱居河南内鄉山中，以詩唱和酬答。元好問與之相交頗深，送杜善夫出山詩説「青眼高歌望君久」。入元，屢徵不起，隱逸以終。杜仁傑去世，王旭、王惲、胡祗遹等皆有吊唁之作，其子杜元素仕元任福建閩海道廉訪使，杜仁傑以子貴，追謚文穆。《元詩選》三集據《元風雅》録入杜仁傑詩二十四首，題爲《善夫先生集》。《太和正音譜》評其散曲「如鳳池春色」，作品僅存數首，套曲《喻情》與《莊家不識勾欄》是元曲名篇。存詞二首，均見《名儒草堂詩餘》卷上。《全元文》（第二册）輯存其文十七篇。生平見《元詩選》三集《善夫先生集》小傳、《元詩紀事》卷三。

太常引

碧嶠冰簟午風涼。都是好風光。獨自守空床。淚滴了、千行萬行。　别時情意，去時言約，剛道不思量。不是不思量。説着後、教人語長。

校：「碧嶠」，原訛作「碧㮊」。

朝中措

汴梁三月正繁華。行路見雙娃。遍體一身明錦，遮塵滿面烏紗。車鞍似水，留伊無故，去落誰家。争奈無人説與，新來憔悴因他。以上元鳳林書院輯刊《名儒草堂詩餘》卷上

李庭 存詞五首

李庭（一一九九——一二八二），字顯卿，號寓庵。華州奉先（陝西蒲城）人。幼罹兵亂，十六歲應詞賦進士舉，成年則兩預鄉薦。金末，避兵商鄧山中。金亡，徙居平陽。後辟爲陝右議事官，不久辭官還鄉。中統元年署陝西宣撫司講議。至元七年，授京兆教授。至元十年，爲安西王府諮議。有《寓庵大全集》（即《寓庵集》）以及《材群玉山集》三十卷等。罕見傳本。清人繆荃孫于宣統年間將所見《寓庵集》八卷（孔葒谷微波榭鈔本），經校閲編入《藕香零拾》叢書，始復行於世。生平見王博文撰《李公墓碣銘》（《寓庵集》附録）、《元詩選癸集》乙集小傳、《元詩紀事》卷四。

按：李庭生卒年，《元人傳記資料索引》（一册四七七頁）作公元一一九四——一二七七年，依據是王博文撰《李公墓碣銘》，但墓碣銘開篇即云：「至元壬午夏四月二十日，諮議李公卒於安西學官之西館，享年八十有四。」

水調歌頭　史侯生朝

轅門奏歸凱，旭日上初筵。東風萬家香火，春信到梅邊。側聽稱觴新語，一滴願增一歲，門外酒如川。詔領八州督，聲動九重天。　茁蘭芽，輝花萼，樹堂萱。一門餘慶如此，今古幾人全。多少山東父老，久望太平勳業，畢竟在何年。整頓乾坤了，拭目認淩煙。

滿庭芳　冀德修生朝

燕寢凝香，金貂貰酒，挽將天上春迴。踵門爲壽，盡道謫仙才。誰識元龍豪氣，沈雄自、湖海中來。十年夢，新亭風景，惟有歲寒梅。　老來。須共約，鳳皇山太谷山名。下，竹杖芒鞋。要從今澆下，胸次崔嵬。釀取周郎醇酎，更休用、桃李傳杯。衡門外，枯荊尚在，千歲看花開。

水調歌頭　張耀卿壽日

傷心庾開府，書劍憶遊梁。十年流落冰雪，如履柏臺霜。昨日螳螂當轍，今日豺狼當路，牛背置神光。竟訪赤松去，不顧紫微忙。　漢貂蟬，萬人傑，八州王。有君如是何事，高卧北窗涼。傳得黄州密印，有病安心是藥，此外更無方。莫袖經綸手，遺愛在甘棠。

水龍吟　蕭公弼生朝

喜逢天上仙人，一尊共醉梅花底。朝元已了，讀書未偏，復來人世。憩鶴臺邊，景龍門外，十年遊戲。自歸來，却過趙州橋上，閱橋下，東流水。　盡道翺翔物外，解牛刀、刃遊餘地。誰知别有，香山遠韻、謫仙豪氣。應笑蹉跎，半生書劍，今猶如此。待西風，拂貂裘塵土，進黄公履。

望月婆羅門引　史尚書生朝

太平有象，老人星、喜照滹陽。前銜曾近文昌。壽樂堂名。今年餘慶，新到五花堂。看雞鳴問寢，鱗次稱觴。白眉最良。八州督，漢侯王。院院瓊林玉樹，晝戟清香。一椿五桂，更休説、燕山竇十郎。談塵上，白石羲皇。以上《藕香零拾》本《寓庵集》卷三

許衡　存詞五首

許衡（一二〇九—一二八一），字仲平，號魯齋。懷州河内（河南沁陽）人。家世務農，早年研習程朱理學，與姚樞、竇默互相講習，獲益頗多。元世祖忽必烈即位前，在秦中爲王，以姚樞爲勸農使，許衡爲京兆提學。中統元年，任國子祭酒，以有病辭去。至元二年再召入京師，議事中書省。至元七年，任中書左丞。次年拜集賢大學士，兼國子祭酒。至元十年辭歸。後又召至京師，修成《授時曆》。至元十七年，因病還鄉，元世祖特命其子許師可爲懷孟路總管，就近奉養。至元十八年去世，享年七十三歲。追封魏國公，追謚文正。有《魯齋全書》，卷七有詞。其詞五首也編在《中州名賢文表》卷五。許衡是元代開國大儒，不借文章名世。古詩自成一家。著有《讀易私言》一卷，今存。生平見歐陽玄撰神道碑（《圭齋文集》卷九）、《元朝名臣事略》卷八、《元史》卷一五八、《元詩選》初集《魯齋集》。

沁園春　東館路中

自笑平生。一事無成。險阻備經。記丁年去國，干戈擾攘，□□□□，蹤跡飄零。魯道塵埃，齊封景物，旅況悠悠百恨增。斜陽裏，對西風洒淚，魂斷青冥。　家園未得躬耕。又十載羈棲古魏城。念拙謀難遂，丹心耿耿，韶華易失，兩鬢星星。五畝桑田，一區茅舍，快與溪山理舊盟。橋邊柳，安排青眼，待我歸程。

校：題「東館路中」，底本無，據《四庫全書》本《魯齋遺書》卷十一補。據詞律，「干戈擾攘」之後，缺四字句，底本以墨釘標示，《四庫全書》本《中州名賢文表》作「舊遊回首」。

鷓鴣天　夜寒

土榻侵尋半夜風。眼羞無睡强朦朧。新詩暗琢拳攣裏，往事都思輾轉中。膚起粟，脊彎弓。須知玉汝是天衷。墦間也去隨人乞，怎立當年濟世功。一作怎得心胸浩氣沖。

校：題「夜寒」，底本無，據《四庫全書》本《魯齋遺書》卷十一補。

滿江紅　書懷

親友留連，都盡道、歸程匆逼。還可慮、干戈摇蕩，路途蹇厄。萬事豈容忙裏做，一安惟自閑中得。便相將、妻子抱琴書，青山側。行與止，吾能識。成與敗，誰能測。但糲飡糊口，小窗容膝。桑梓安排投老地，詩書準備傳家策。使蘇張從此論縱橫，心難易。

校：題「書懷」，底本無，據《四庫全書》本《魯齋遺書》卷十一補。「但糲飡糊口」，元鳳林書院輯刊《名儒草堂詩餘》卷上作「但粗衣淡飯」；「傳家策」，作「傳家計」。

沁園春　墾田東城

月下簷西，日出籬東，曉枕睡餘。唤老妻忙起，晨飡供具，新炊藜糝，舊醃藍蔬。飽後安排，城邊墾斸，要占蒼煙十畝居。閑談裏，把從前荒穢，一旦驅除。爲農换却爲儒。任人笑、謀身拙更迂。念老來生業，無他長技，欲期安穩，敢避崎嶇。達士聲名，貴家驕蹇，此好胸中一點無。歡然處，有膝前兒女，几上詩書。

校：「月下」，元鳳林書院輯刊《名儒草堂詩餘》卷上作「月落」。「十畝居」，作「千畝居」。「藍蔬」，《四庫全書》本《魯齋遺書》作「鹽蔬」。

按：《御選歷代詩餘》卷九一誤作劉秉忠詞。

滿江紅　别大名親舊

河上徘徊，未分袂、孤懷先怯。中年後、此般憔悴，怎禁離别。淚苦滴成襟畔濕，愁多擁就心頭結。倚東風、搔首謾無聊，情難説。　黄卷内，消白日。青鏡裏，增華髮。念歲寒交友，故山煙月。虚道人生歸去好，誰知美事難雙得。計從今、佳會幾何時，長相憶。以上明成化刻本《中州名賢文表》卷五

校：「誰知美事」，底本原作「誰知養事」，據《四庫全書》本《魯齋遺書》卷十一改。

商　挺　存詞一首

商挺（一二〇九—一二八八），字孟卿（一作夢卿），號左山。曹州濟陰（山東菏澤）人。中統元年，僉陝西行省事，進參政。中統四年，行四川樞密院事。至元元年入爲中書參政，累遷樞密副使。至元九年，除安西王相。七年後，坐事罷職。卒于至元二十五年，享年八十歲。追封魯國公，謚文定。具文才武略，工詩文詞曲，《全元散曲》編入小令十九首，其詞僅見石刻拓片。生平見《元朝名臣事略》卷十一、《元史》卷一五九。

浪淘沙　夢中作

春色嘆蕭蕭。客思無憀。畫圖閑話笑漁樵。幸有自家無個事，不會逍遥。　歲月不相饒。人枉閑焦，一枝無分似鷦鷯。且只今朝無事了，管甚明朝。右《浪淘沙》，夢中所作，偶然不忘，奉寄和甫真人，且代恭煩□問。

《北京圖書館藏中國歷代石刻拓本彙編》第四十八册，編號：各地二六二二

校：尾注「且代恭煩□問」，三秦出版社一九九八年劉北鶴、王西平《重陽宫道教碑石》作「且代恭煩筆問左山商挺」。

劉秉忠

存詞八十二首

劉秉忠(一二一六—一二七四),字仲晦,號藏春散人,初名劉侃,出家爲僧時,法名子聰。祖籍瑞州(河北秦皇島),遷居邢州(河北邢臺)。八歲入學,十七歲任邢臺節度使府令史。後出家爲僧。元世祖忽必烈在潛邸,以「聰書記」相稱。忽必烈繼位,至元元年拜光禄大夫、太保,參領中書省事。至元八年,取《易經》「大哉乾元」之意,建議蒙古以「大元」作國號,并改金中都爲大都(北京)。至元十一年秋八月,無疾端坐,卒於上都,贈太傅,封趙國公,謚文貞。元成宗時贈太師,謚文正。有《藏春詩集》六卷、《劉文貞公全集》三十二卷。《藏春詩集》今存,卷一至卷四是詩,卷五爲詞(樂府),卷六是附録。劉秉忠是元初曲家,《録鬼簿》列名于「前輩名公」節。清人輯有劉秉忠詞集《藏春樂府》。生平見張文謙撰行狀、王磐撰神道碑銘、徒單公履撰墓志銘(均見《藏春詩集》卷六)、《元史》卷一五七本傳。

木蘭花慢

到閑人閑處,更何必,問窮通。但遣興哦詩,洗心觀易,散步攜筇。浮雲不堪攀慕,看長空、澹澹没孤鴻。今古漁樵話裏,江山水墨圖中。千年事業一朝空。春夢曉聞鐘。得史筆標名,雲臺畫像，多少成功。歸來富春山下，笑狂奴、何事傲三公。塵事休隨夜雨，扁舟好待秋風。

木蘭花慢

既天生萬物，自隨分，有安排。看鷟鷟雲霄，驊騮道路，斥鷃蒿萊。東君更相料理，着春風、吹處百花開。戰馬頻投北望，賓鴻又自南來。紫垣星月隔塵埃。千載拆中台。歎麟出非時，鳳歸何日，草滿金臺。江山閱人多矣，計古來、英物總沉埋。鏡裏不堪看鬢，樽前且好開懷。

木蘭花慢

笑平生活計，渺浮海，一虚舟。任紫塞風沙，烏蠻瘴霧，即處林丘。天地幾番朝暮，問夕陽、無語水東流。白首王家少年，夢魂正繞揚州。鳳城歌舞酒家樓。肯管世間愁。奈麋鹿疎情，烟霞痼疾，難與同遊。桃花爲春憔悴，念劉郎、雙鬢也成秋。舊事十年夜雨，不堪重到心頭。

風流子

書帙省淹留，人間事，一笑不須愁。紅日半窻，夢隨胡蝶，碧雲千里，歸驟驊騮。酒杯裏、功名渾瑣瑣，今古兩悠悠。漢代典刑蕭曹畫一，晉朝人物，王謝風流。冠蓋照神州。春風弄絲竹，勝處追遊。詩興筆摇牙管，字字銀鈎。遇美景良辰，尋芳上苑，賞心樂事，取醉南樓。好在五湖烟浪，誰識歸舟。

永遇樂

山谷家風，蕭閑情味，只君能識。會友論文，哦詩遣興，此樂誰消得。室中天地，目前今古，今日還明日。似南華蝶夢醒來，秋雨數聲殘滴。　詩書有味，功名應小，雲散碧空幽寂。北海洪鐏，南山佳氣，清賞今猶惜。一天明月，幾行征鴈，樓上有人横笛。想醉中、八表神遊，不勞鳳翼。

校：「今猶惜」，臺北圖書館藏舊鈔本《藏春詩集》卷五作「今猶昔」。

望月婆羅門引

午眠正美，覺來風雨滿紅樓。捲簾情思悠悠。望斷碧波烟渚，蘋蓼不勝秋。但冥冥天際，難識歸舟。　大夫骨朽。算空把，汨羅投。誰辨濁涇清渭，一任東流。而今不醉，苦一日醒醒一日愁。薄薄酒、且放眉頭。

望月婆羅門引

年來懶看，古今文字紙千張。酒中悟得天常。閑殺堦前好月，不肯照西廂。任昏昏一醉，石枕藤牀。　名途利場。物與我，兩相忘。目斷霜天鴻鴈，沙漠牛羊。一庭秋草，教粉蝶黄蜂自任忙。花老也、尚有餘香。

洞仙歌

倉陳五斗，價重珠千斛。陶令家貧苦無畜。倦折腰閭里，棄印歸來，門外柳、春至無言緑。　山明水秀，清勝宜茅屋。二頃田園一生足。樂琴書雅意，無箇事，卧看北窻松竹。忽清風、吹夢破鴻荒，愛滿院秋香，數叢黄菊。

江城子

平生行止懶編排。佳蒿萊。走塵埃。社燕秋鴻，年去復年來。看盡好花春睡穩，紅與紫，任他開。紫微天上列三台。問英才。幾沉埋。滄海遺珠，常着在鸞臺。與世浮沉惟酒可，如有酒，且開懷。

江城子 遊瓊華島

瓊華昔日賀新成。與蒼生。樂昇平。西望長山，東顧限滄溟。翠輦不來人換世，天上月，自虚盈。樹分殘照水邊明。雨初晴。氣還清。醉却興亡，惟有酒多情。收取晋人腮上淚，千載後，幾新亭。

江城子

松蒼竹翠歲寒天。鴈山前。鳳城邊。回首燕南，一别又三年。長愛故人心似月，人不見，月還圓。小窗寂寂鎖凝煙。一燈然。一詩聯。詩苦燈青，孤影伴無眠。明日酒中餘思在，揮醉墨，洒雲牋。

三奠子

念我行藏有命，烟水無涯。嗟去鴈，羨歸鴉。半生人累影，一事鬢生華。東山客，西蜀道，且還家。壺中日月，洞裏烟霞。春不老，景長嘉。功名眉上鎖，富貴眼前花。三杯酒，一覺睡，一甌茶。

校：「人累影」，《四庫全書》本《庶齋老學筆談》卷中下、《詞苑叢談》卷八作「身累影」。

玉樓春

閑雲不肯狂馳騁。向晚自來棲峰頂。野人無事也關門，一炷古香焚小鼎。　驚烏有恨無人省。飛去飛來明月影。夜闌萬籟寂中聞，破牖透風微覺冷。

校：「棲峰頂」，臺北圖書館藏舊鈔本作「棲岳頂」。

玉樓春

翠微掩映農家住。水滿玉溪花滿樹。青山隨我入門來，黄鳥背人穿竹去。　烟霞隔斷紅塵路。試問功名知此趣。一壺春酒醉春風，便是太平無事處。

校：「無事處」，原作「無處事」，據《四庫全書》本《藏春集》改。

臨江仙

同是天涯流落客，君還先到襄城。雲南關險夢猶驚。曾記明月底，高枕遠江聲。　年去年來人漸老，不堪苦思功名。傾開懷抱酒多情。幾時同一醉，揮手謝公卿。

臨江仙

滿路紅塵飛不去，春風弄我華顛。故園桃李酒樽前。賞心逢美景，此事古難全。　若智若癡人總笑，夕陽空裊吟鞭。馬頭山色翠相連。不知山下客，何日是歸年。

臨江仙

堂上簫韶人不奏，鳳凰何處飛鳴。黄塵擾擾馬縱横。誰能知樂毅，志不在齊城。　後輩謾搜前輩錯，到頭義重功輕。海隅四面盡蒼生。東風吹緑草，布谷勸春耕。

臨江仙　梨花

冰雪肌膚香韻細，月明獨倚闌干。遊絲縈惹宿烟環。東風吹不散，應爲護輕寒。　素質不宜添彩色，定知造物非慳。杏花才思入凋殘。玉容春寂寞，休向雨中看。

臨江仙　桃花

一别仙源無覓處，劉郎鬢欲成絲。蘭昌千樹碧參差。芳心應好在，時復問蜂兒。　報到洞門長閉着，只今未有開時。杏花容冶没人司。東家深院宇，墻外有横枝。

校：「報到」，《四庫全書》本作「報道」。

臨江仙　海棠

十日狂風才是定，滿園桃李紛紛。黄蜂粉蝶莫生嗔。海棠貪睡着，留得一枝春。　便是徐熙相對染，丹青不到天真。雨餘紅色愈精神。夜眠清早起，應有惜花人。

小重山

詩酒休驚誤一生。黄塵南北路、幾功名。枝頭烏鵲夢頻驚。西州月，夜夜照人明。　枕上數寒更。西風殘漏滴、雨三聲。客中新感故園情。音書斷，天曉鴈孤鳴。

小重山

雲去風來雨乍晴。斷烟分遠樹、夕陽明。夕陽無處鴈斜横。山重疊，山外更人行。　千古短長亭。別離渾是苦、奈西征。欲憑雙鯉寄幽情。東風水，幾日到襄城。

小重山

曉起清愁酒盎空。清愁緣底事、別離中。登臨無地與君同。青山色，山外更重重。　落盡海棠紅。薔薇新破蕚、露華濃。牡丹方信一簾風。尋幽夢，曾到小園東。

校：「酒盎空」，臺北圖書館藏舊鈔本作「酒盞空」。

小重山

漠北雲南路九千。舊年鞍上馬、又新年。玉梅寂寞老江邊。東風輭，楊柳得春先。　斜月照吟鞭。可人難似月、缺還圓。桃花流水杏花天。歡娛地，誰鬬酒樽前。

小重山

一片殘陽樹上明。百禽争啅噪、雨初晴。西風鴻鴈落沙汀。歸舟遠，漁笛兩三聲。　烟草逐人行。前山青未了、後山横。山川人物鬬峥嶸。黄塵路，鞍馬笑平生。

江月晃重山

芳草洲前道路，夕陽樓上欄干。碧雲何處望歸鞍。從軍客，眈樂不思還。　洞裏仙人種玉，江邊楚客滋蘭。鴛鴦沙煖鶺鴒寒。菱花鏡，不奈鬢毛班。

江月晃重山

杜宇聲中去住，蝸牛角上輸贏。金甌名字儘人爭。秋鴻影，湖水鏡般明。　楊柳烟凝露重，蓮花月冷風清。萬年枝隱鵲休驚。隣家笛，夜夜故園情。

江月晃重山

太白詩成對酒，仲宣賦就登樓。思鄉懷古兩悠悠。黄塵路，風雨鬢驚秋。　三島雲隨鶴馭，五湖月載歸舟。青山西塞水東流。功名好，歡伯笑人愁。

江月晃重山

紅雨斜斜作陣，緑雲碎碎成堆。武陵溪口幾人迷。桃花水，流入不流迴。　夏日薰風殿閣，秋宵寶月樓臺。仙凡境界隔塵埃。青鸞客，歸去又歸來。

校：「桃花水，流入不流迴」，原作「桃花流，水入不流迴」，據《四庫全書》本改。

南鄉子

南北短長亭。行路無情客有情。年去年來鞍上馬，何成。短鬢垂垂雪幾莖。　孤舍一檠燈。夜夜看書夜夜明。窻外幾竿君子竹，凄清。時作西風散雨聲。

南鄉子

翠袖捧離觴。濟楚兒郎窈窕娘。別曲一聲雙淚落，悲凉。縱不關情也斷腸。　今古利名忙。誰信長安道路長。昔日去家年正少，還鄉。故國驚嗟兩鬢霜。

南鄉子　秋日有懷故人

憔悴寄西州。賦得登樓懶上樓。魂夢不知關塞遠，悠悠。疎雨梧桐客裏秋。　往事起新愁。九曲回腸不自由。見説世間離別苦，休休。一夜相思白了頭。

校：底本原無題目，據《永樂大典》卷三〇〇五引《劉文貞公集》補。「賦得」，《永樂大典》作「賦就」。

南鄉子

遊子繞天涯。才離巒烟烟塞沙。歲歲年年寒食裏，無家。尚惜飄零看落花。　閑客卧烟霞。應笑勞生鬢早華。驚破石泉槐火夢，啼鴉。掃地焚香自煮茶。

南鄉子

李杜放詩豪。萬丈晴虹吸海濤。六義不傳風雅變，離騷。金玉無言價自高。　春日對春醪。短詠長歌慰寂寥。幽鳥落來花裏語，從教。彩鳳飄飄上九霄。

南鄉子

季子解縱横。六印纍纍拜上卿。鳳鳥不來人漸老，謀生。二頃田園也易成。　樽酒醉淵明。菊有幽香竹有聲。吹破北窻千古夢，風清。小鳥喧啾噪曉晴。

南鄉子

夜户喜涼飇。秋入關山暑氣消。勾引客情緣底物，鷓鴣。落日凄清叫樹梢。　古寺漏長宵。一點青燈照寂寥。暮雨夜深猶未住，芭蕉。殘葉蕭疎不奈敲。

南鄉子

檀板稱歌喉。唱到消魂韻轉幽。便覺絲簧難比似，風流。一串驪珠不斷頭。　惟酒可忘憂。況復盧家有莫愁。醉倒不知天早晚，雲收。花影侵窻月滿樓。

鷓鴣天

垂柳風邊拂萬絲。春光照眼惜花枝。鳳城好景誰來賞，忙殺悠悠世上兒。　歌近耳，酒盈巵。十分勸飲却推辭。人生休聽漁家曲，一日風波十二時。

鷓鴣天

酒酌花開對月明。醒中醉了醉中醒。無花無酒仍無月，愁殺耽詩杜少陵。　三品貴，一時名。衆人争處不須争。流行坎止何憂喜，笑泣窮途阮步兵。

鷓鴣天

花滿樽前酒滿巵。不開笑口是癡兒。山林鍾鼎都休問，且聽雙蛾合一詞。　春爛處，夜晴時。玉壺春雪冷胭脂。海棠影轉梧桐月，吟到梨花第一枝。

校：「春雪」，《四庫全書》本作「香雪」。

鷓鴣天

清夜哦詩對月明。詩魂偏向月邊清。欲成小夢還驚破，無奈洋河聒枕聲。　紅日曉，碧天晴。風沙撲面過雞鳴。漯陽川裏魚龍混，四海青山拱一城。

鷓鴣天

水滿清溪月滿樓。客懷須賴酒消愁。風迴玉宇三更夜，露滴金莖八月秋。　情脉脉，思悠悠。星河織女隔牽牛。乘槎欲把仙郎問，也似浮生有白頭。

鷓鴣天

柳映清溪漾玉流。火榴開罷芰荷秋。一聲漁笛烟波上，宜着蓑翁泛小舟。　紅蓼岸，白蘋洲。閑鷗閑鷺更優游。斜陽影裏山偏好，獨倚闌干懶下樓。

鷓鴣天

殘月低簷挂玉鈎。東風簾幙思如秋。夢魂不被楊花攪，池面還添翠靨稠。　紅叱撥，翠驊騮。

青山隱隱水悠悠。行人更在青山外，不許朝朝不上樓。

校：「翠靨」，原作「翠壓」，據《四庫全書》本改。

太常引

長安三唱曉雞聲。誰不被，利名驚。攬鏡照星星。都老却、當年後生。山林蒼翠，江湖烟景，歸去没人争。休望濯塵纓。幾時得、滄浪水清。

太常引

衲衣藤杖是吾緣。好歸去，舊林泉。富貴任争先。總不較、諸公着鞭。鴈飛汾陽，鶴歸華表，人事又千年。滄海變桑田。誰知有、壺中洞天。

太常引

青山憔悴瑣寒雲。站路上，最傷神。破帽鬢沾塵。更誰是、陽關故人。頽波世道，浮雲交態，一日一番新。無地覓松筠。看草青、紅鬬芳春。

校：「看草青、紅鬬芳春」，《四庫全書》本作「看花草、青紅鬭春」。

太常引

桃花流水鱖魚肥。青篛笠，緑簑衣。風雨不須歸。管甚做、人間是非。兩肩雲衲，一枝笻杖，盡日忘機。之子欲何爲。快去來、山猿怪遲。

校：「盡日忘機」，《四庫全書》本作「盡日總忘機」。「管甚做」，《四庫全書》本作「著甚做」。

「快去來」，《四庫全書》本作「快來去」。

太常引　魯仲連

當時六國怯强秦。使群策，日紛紛。談笑却三軍。算自古、誰如此君。　一心忠義，滿懷冰雪，功就便抽身。富貴若浮雲。本是箇、江湖散人。

太常引　武侯

至人視有一如無。見義處，便相扶。三顧出茅廬。莫不是、先生有圖。　拯危當世，覺民斯道，佩玉已心枯。遺恨失吞吴。真箇是、男兒丈夫。

秦樓月

杯休側。爲君送別城南陌。城南陌。萋萋芳草，萬家春色。　陽關一曲愁腸結。吟鞭斜裊黄昏月。黄昏月。長安古道，洛陽遊客。

校：詞牌原作「秦樓」，據《四庫全書》本改。第二處「黄昏月」，據《四庫全書》本補。

秦樓月

斜陽暮。西風落葉關山路。關山路。歸鴻巢燕，笑人來去。　我歌一曲君聽取。人生聚散如今古。如今古。湘江秋水，渭川春樹。

校：第二處「關山路」，據《四庫全書》本補。

秦樓月

調羹手。殘枝莫折離亭柳。離亭柳。年年春盡，爲誰消瘦。　海棠過雨愁紅皺。行人駐馬空搔首。空搔首。秦樓花月，鳳城歌酒。

校：第二處「離亭柳」，據《四庫全書》本補。

踏莎行

白日無停，青山有暮。功名兩字將人悮。褊懷先着酒澆開，放心又被書收住。　一味閑情，十分幽趣。夢哦芳草池塘句。東風吹徹滿城花，無人曾見春來處。

踏莎行

碧水東流，白雲西去。旌旗捲盡西山雨。淡烟寒露月黄昏，傷懷又似别來處。　雙眼增明，青山如故。故人怪我來何暮。征鼙聲震五更風，夢魂驚散無蹤緒。

訴衷情

山河縈帶九州横。深谷幾爲陵。千年萬年興廢，花月洛陽城。　圖富貴，論功名。我無能。一壺春酒，數首新詩，實訴衷情。

謁金門　憶故人

春寒薄。睡起宿酲生惡。枕上家山都夢却。東風吹月落。　留客定知西閣。有酒與誰同酌。

別手臨岐曾記握。君心真可託。

校：底本原無題目，據《永樂大典》卷三〇〇五引《劉文貞公集》補。

謁金門

醪雖薄。再四勸君無惡。杯到面前須飲却。鶯啼花未落。　束置功名高閣。兩日三朝留酌。绿柳來年無可握。春情憑底託。

好事近

桃李盡飄零，風雨更休懷惡。細把牡丹遮護，怕因循吹落。　平蕪望斷更青山，樓外數峰削。野鳥不知歸處，把行雲隨着。

好事近

酒醒夢回時，小鼎串烟初滅。留得瘦梅踈竹，弄窻間風月。　起來幽緒轉清幽，幽處更難説。一曲竹枝歌罷，滿胸懷冰雪。

清平樂

月明風勁。花弄牕間影。一夜玉壺秋水冷。梧葉乍凋金井。　世間日月如梭。人生會少離多。籬畔黄花開盡，相逢不醉如何。

清平樂

夜來霜重。簾外寒風動。横笛樓頭才一弄。驚破緑窻幽夢。　起來情緒如何。開門月色猶多。照我如常如舊，更誰能似姮娥。

清平樂

漁舟横渡。雲淡西山暮。岸草汀花誰作主。狼籍一江秋雨。　隨身篛笠簑衣。斜風細雨休歸。自任飛來飛去，伴他鷗鷺忘機。

清平樂

彩雲盤結。何處歌聲咽。歌罷彩雲歸絳闕。棹下堦前明月。　月華千古分明。照人一似無情。不道天涯離客，夢回愁對三更。

卜算子

曉角纔初弄。驚覺幽人夢。珠壓花梢的的圓，春露昨宵重。　小鼎香浮動。閑把新詩誦。坐客同嘗碧月團，擘破雙飛鳳。

浣溪沙

桃李無言一徑深。客愁春恨莫相尋。看花酌酒且開襟。　白雪浩歌真快意，朱絃未絶有知音。月明千里故人心。

朝中措　贈章仲一

衣冠零落暮春花。飄捲滿天涯。好把中原麟鳳，網來祥瑞皇家。白雲丹嶂，清泉緑樹，幾換年華。認取隨時達節，莫教繫定匏瓜。

桃花曲

一川芳景，一壺春酒，一襟幽緒。今朝好春色，又無風無雨。水滿清溪花滿樹。有閑鷗、伴人來去。行雲望逾遠，更青山無數。

校：「春色」，《四庫全書》本作「天色」。

桃花曲

青山千里，滄波千里，白雲千里。行程問行客，更無窮山水。青史功名都半紙。念劉郎、鬢先如此。桃源覓無路，對溪花紅紫。

桃花曲

茸茸芳草，漫漫長路，怱怱行李。佳人在何許，眇雲山千里。莫惜千金沽一醉。道劉郎、不宜憔悴。春歸寂寞語，恨桃花流水。

點絳唇

十載風霜，玉關紫塞都遊遍。驛途方遠。夜雨留孤館。燈火青熒，莫把吴鉤看。歌聲輭。酒斟宜淺。三盞清愁散。

點絳脣

古寺蕭條，十年再到經行路。舊題新句。總是關心處。睡起西軒，轉覺添幽趣。斜陽暮。淡烟疎雨。濕遍山前樹。

點絳脣

客夢初驚，雪晴風冷千山曉。塞烟沙草。又上郵亭道。石室蘿龕，爲我君應掃。何時到。放懷吟嘯。相伴山間老。

點絳脣

寂寂朱簾，鳳樓人去簫聲住。斷腸詩句。彩筆無題處。花褪殘紅，緑滿西城樹。衡臯暮。客愁何許。梅子黄時雨。

點絳脣

天上春來，滿前芳草迷歸路。楚山湘浦。朝暮誰雲雨。風吹初聽，認是吹簫侶。劉郎去。碧桃千樹。世外無尋處。

點絳脣　梨花

立盡黄昏，襪塵不到凌波處。雪香凝樹。懶作陽臺雨。一水相懸，脉脉難爲語。情何許。向人如訴。寂寞臨江渚。

點絳唇　梅

策杖尋芳，小溪深雪前村路。暗香時度。更在清幽處。　一見冰容，便有西湖趣。題新句。句成梅許。折得南枝去。

點絳唇

恰破黄昏，一彎新月稍稍共。玉溪流水。時有香浮動。　别後清風，馥郁添多種。如相送。未忘珍重。已入幽人夢。

校：「稍稍共」，臺北圖書館藏舊鈔本作「梅稍共」。

桃源憶故人

桃花亂落如紅雨。閃下西城碧樹。寂寞瑣窻朱户。最是春深處。　一樽酒盡青山暮。樓外輕雲猶度。遠水悠悠不住。流得年光去。以上中國國家圖書館藏明弘治刻本《藏春詩集》卷五

秦樓月　蘆溝橋

瓊花隖，蘆溝殘月西山曉。西山曉，龍蟠虎踞，水圍山繞。　昭王一去音塵杳，遥憐弓劍行人老。行人老。黄金臺上，幾番秋草。北京古籍出版社一九八三年版《析津志輯佚》河閘橋梁節

校：第二處「行人老」，原無，據格律補。

木蘭花慢　混一後賦

望乾坤浩蕩，曾際會，好風雲。想漢鼎初成，唐基始建，生物如春。東風吹徧原野，但無言、紅緑自紛紛。花月流連醉客，江山憔悴醒人。　龍蛇一屈一還伸。未信喪斯文。復上古淳風，先王大典，不費經綸。天君幾時揮手，倒銀河、直下洗囂塵。鼓舞五華鸑鷟，謳歌一角麒麟。

朝中措　書懷

布衣藍縷曳無裾。十載苦看書。別有照人光彩，驪龍吐出明珠。　天人學業，風雲氣象，可困泥塗。隨著傅巖霖雨，大家濟潤焦枯。以上四印齋本《藏春樂府》

按：《雍熙樂府》卷二十及《詞綜》卷二十七共收録劉秉忠《乾荷葉》八首，均爲曲調，不録。

董嗣杲

存詞三首

董嗣杲，字明德，號靖傳翁。杭州（今屬浙江）人。宋景定年間，榷茶富池，宋末任武康縣令。宋亡，入道，改名董思學，字無益，以老君山人爲别號。所著《百花集》《西湖百詠》均散佚。詞存《絶妙好詞》與《詩淵》等。

花心動　詠荼蘼

翠霧前驅，舞青蛟、飛動一簷晴色。銀鳳翻空，毬雪生香，風韻天然奇特。素艷連娟清露曉，搜香處、蝶棲難覓。這天與水沉富貴，詩翁消得。　好是神仙姑射，擁翠被香寒，甚般標格。特立春深，清閟闌幽，孤注慣諳寥寂。惜芳但恐東風老，怕香屑碎瓊堪惜。又不道，流年催人暗擲。書目文獻出版社一九八五年影印本《詩淵》二册一一四九頁　按：又見於元刊本周權《此山集》，今亦收入周權名下，題作《次韻詠荼蘼》。

湘月

蓮幽竹邃，舊池亭幾處，多愛君子。醉玉吹香還認取，忙裏得閒標緻。心逐雲帆，情隨煙笛，高會知誰繼。宵筵會啓，驀然身外浮世。　因見杜牧疏狂，前緣夢裏，謾蹙雙眉翠。香滿屏山春滿几，爐擁麝焦禽睡。月落梅空，霜濃窗掩，兩耳風聲起。豔歌終散，輸他鶴帳清寐。《四庫全書》本《絶妙

齊天樂　題温日觀墨葡萄圖卷

玉山曾醉涼州夢，圖芳夐無今古。露顆虯藤，風枝蠹葉，遺墨何人收取。當時贈與。記輕別西湖，笑離南浦。萬里奚囊，豈知隨處助吟苦。　歸來情寄謾遠，舊尋猶在望，荒亭荒圃。紺蕾攢冰，蒼陰弄月，休説堆盤馬乳。雲梯尚阻。袖一幅秋煙，掃空塵土。静想山窗，半乘寒架雨。民國九年鉛印本《大觀録》卷十五

按：題目爲編者代擬。

趙若秀　存詞一首

趙若秀，生卒年不詳。德祐二年，宋亡，趙若秀爲奉表押璽官，赴闕請命。入元，出任嘉興路總管。至元十七年陳思濟訪道教聖地洞霄故宫，作樂府《木蘭花慢》以記其行，趙若秀以《木蘭花慢》作和。

木蘭花慢　和陳思濟

看洞天福地，秋氣爽，溼衣寒。對九鎖峰高，擎天一柱，壯觀杭山。巖前。舊遺仙跡，幻雲根、直作畫圖看。多少喬松古木，真如舞鳳飛鸞。　西風匹馬夕陽殘。行路肯辭難。便乘此清游，欲尋仙去，心與身安。班超侯封萬里，笑虚名、牢落滿人間。試問潺潺流水，無心争似雲閒。《宛委别藏》本《洞霄詩集》卷九

按：題爲今擬。署名作「西湖子趙若秀和」。

劉　元　存詞一首

劉元，字仲元。吉水（今屬江西）人。早年從劉辰翁學，至元年間攝吉水縣尹，其縣境大治。至元十七年陳思濟訪道教聖地洞霄故宫，作樂府《木蘭花慢》以記其行，劉元以《木蘭花慢》相和。

木蘭花慢　和陳思濟

問神仙何處，尋溪路，水聲寒。此福地靈巖，西南天柱，洞府名山。翠蛟對誰或舞，更巖飛、龍鳳駭人看。見説丹成仙去，當年跨鶴乘鸞。　浮生貪勝似棋殘。一著省時難。便採藥眠雲，吟風對月，醉酒長安。一任流行坎止，又何須、汩汩利名間。試與林泉相約，幾時容我投閒。《宛委別藏》本《洞霄詩集》卷九

按：題下原有「會稽中山劉元和」。

李德基　存詞一首

李德基，平水（山西臨汾）人。至元十七年陳思濟訪道教聖地洞霄故宫，作樂府《木蘭花慢》以記其行，李德基以《木蘭花慢》相和。

木蘭花慢　和陳思濟

訪仙家洞府，仰天柱，徹高寒。對百尺飛湍，四圍喬木，九鎖青山。危亭晚來極目，勝王維、三昧畫中看。何處朝元會宴，時聞命駕迴鸞。桃花臨水已凋殘。别後見應難。歎昨日秦宫，今朝漢苑，一夢槐安。征鞍欲留無計，恐仙棋、一局换人間。羨殺知還倦鳥，白雲相對空閒。《宛委别藏》本《洞霄詩集》卷九

按：題爲今擬，原作「次韻秋崗陳同知木蘭花慢」。署名作「平水李德基」。

李　震　存詞一首

李震，廬陵（江西吉安）人。咸淳四年進士。高克恭爲李公略畫《夜山圖》，一時題跋成卷，李震題《賀新郎》詞一首。

賀新郎　題高尚書夜山圖

樓據吴山背。倚高寒、塵飛不到，越山相對。老月騰輝群動息，獨坐清分沆瀣。更滿聽、潮聲澎湃。醉裏詩成神鬼泣，景蒼涼、又在新詩外。疎籟引、浩歌快。　憑誰妙筆能圖繪。羨中郎、前身摩詰，宛然心會。拈出清宵無限意，半幅溪藤光快。方信有、人間仙界。雲淡天低奇絶處，笑僧殊、未識丹青在。留此軸，誇千載。廬陵李震敬題。《四庫全書》本《趙氏鐵網珊瑚》卷十三

按：原失詞牌，據調補。《全宋詞》以李震爲宋人而收録此詞，題作「題高克恭夜山圖」，文字有出入。

耶律鑄　存詞九首

耶律鑄（一二二一—一二八五），字成仲，號雙溪。宜州弘政（遼寧義縣）人。契丹族，耶律楚材之子，出生於西域。耶律楚材死後，嗣領中書省事。元憲宗、元世祖時，長期受重用。中統二年，爲中書左丞相。至元四年改平章政事，次年又再任中書左丞相。十年遷平章軍國重事。十九年再任中書左丞相。次年被罷免官職，並抄没家産的一半，死後追封懿寧王，謚文忠。耶律鑄所作詩文長期隱而不傳，僅明人錢溥《内閣書目》有「耶律丞相《雙溪集》十九册」。清人修《四庫全書》，從《永樂大典》輯出耶律鑄集數種，統編爲《雙溪醉隱集》六卷。生平見《雙溪醉隱集》卷首吕鯤、趙著、麻革諸序，以及《元史》卷一四六（《耶律楚材傳》）、《新元史》卷一二七、《蒙兀兒史記》卷四十八。

鵲橋仙

閬州得稼軒樂府全集，有《西江月》「而今何事最相宜，宜醉宜閒宜睡」。或曰，不若道：宜笑宜狂宜醉。請足成之。

皇都門外，玄都觀裏。露井樹旁歌意。先生憑甚作生涯，只嘲柳嘲桃嘲李。　酒龍歌鳳，莫相迴避。就取逢場戲。且聽人勸要推移，更宜笑宜狂宜醉。古歌詞：桃生露井上，李生桃樹傍。蟲來嚙桃根，李樹代桃僵。

太常引　題李隱君文集

扣聲寂寞播陽春。看流水、混行雲。大雅擬扶輪。忍欲繼、齊梁後塵。　清風明月，四時長在，光景自長新。不見謫仙人。更何處、乘槎問津。

眼兒媚　醴泉和高齋遇煬帝故宫

隔江誰唱後庭花。煙淡月籠沙。水雲凝恨，錦帆何事，也到天涯。　寄聲衰柳將煙草，且莫怨年華。東君也是，世間行客，知遇誰家。

木蘭花慢

丙戌歲，重游永安故宫，偏覽太液池、蓬瀛桂窟殿、天香閣，同坐中諸客，感而賦此。

花枝臨太液，解語、入温柔。銜桂窟低迷，天香飄蕩，倒影遲留。須知畫圖難足，更青山環抱帝王州。幻出三千花界，春風吹上木蘭舟。　鳳吹繞瀛洲。記水淺蓬萊，塵揚滄海，一醉都休。華胥夢，雖無跡，甚鼎湖、龍去水空流。青鳥不來難問，玉妃幾度仙遊。以上文淵閣《四庫全書》輯本《雙溪醉隱集》

校：據詞律，文有殘缺。

鵲橋仙　崇霞臺

崇霞臺外，明霞館裏，著處蟠桃栽遍。花開動是一千年，知閲了春風幾面。　丁寧休把，玉鸞金

鳳，也比雲間雞犬。且傾靈液莫留殘，恨説道蓬萊路遠。《永樂大典》卷二六〇四引耶律鑄詞

憶秦娥　贈前朝宫人琵琶色蘭蘭

恨凝積。佳人薄命尤堪惜。尤堪惜。事如春夢，了無遺跡。　人生適意無南北，相逢何必曾相識。曾相識。怳疑猶覽，内家圖籍。《永樂大典》卷三〇〇四引耶律鑄樂府

南鄉子　送人北行（入燕作）

四馬赴嚴宸。將謂青雲上致身。不是男兒容易事，風塵。水遠山長愁殺人。　離别若爲情。雪暗西山淚滿巾。還憶夜來分手處，天津。桃李無言各自春。《永樂大典》卷八六二八引耶律鑄《雙溪醉隱集》

滿庭芳　西園席間用人韻

酒陣詩壇，徵兵命將，得無傾動華筵。擬勤春事，還自要相先。天地元如逆旅，應自愧、不駐流年。憑誰問，姮娥心事，何惜月長圓。　西園張樂地，獻歌呈舞，燕擾鶯喧。盡未妨頹玉，錦瑟旁邊。脱落塵凡健筆，終不負、與染芳煙。歡緣在，判家視草，仍是玉堂仙。

六國朝令　家園席間作

鳴珂繡轂，錦帶吴鉤。曾雅稱、量金結勝遊。信人間無點事、可掛心頭。須知，不待把閒情釀做閒愁。只恐落高人第二籌。　歌雲容裔，夢雨遲留。殢慣振芳塵，不夜樓。光飾仙春盛跡，點化温柔。索教頹縱惜花人，標榜風流。快入醉鄉來，劉醉侯。以上《永樂大典》卷二〇三五三引耶律鑄詞

白樸

存詞一〇五首

白樸（一二二六—一三〇八以後），本名白恒，字仁甫，又字太素，别號蘭谷。祖籍河曲隩州（山西曲沃），徙居真定（河北正定）。金元换代之際，七歲在兵亂之中，白樸「倉皇失母」。與元好問爲通家之好，自幼寄養于元好問家。曾流寓江南十多年。博學，工詩詞，是「元曲四大家」之一。作雜劇十六種，現存三種。白樸詞曲集《天籟集》二卷、摭遺一卷（散曲），存詞一百多首，有清康熙楊友敬刻本。元成宗大德十年曾前往揚州，時年已八十三歲。生平見王博文《天籟集序》、《録鬼簿》卷上。

春從天上來

至元四年，恭遇聖節，真定總府請作壽詞。

樞電光旋。應九五飛龍，大造登乾。萬國冠帶，一氣陶甄，天眷自古雄燕。喜光臨彌月，香浮動、太液秋蓮。鳳樓前，看金盤承露，玉鼎霏烟。　梨園。太平妙選，贊虎拜貎觴，鷺序鵷聯。九奏虞韶，三呼嵩嶽，何用海上求仙。但巖廊高拱，瓜瓞衍、皇祚綿綿。萬斯年。快康衢擊壤，同戴堯天。

校：「貎觴」，《四庫全書》本作「猊觴」。

奪錦標

《奪錦標》曲，不知始自何時。世所傳者，惟僧仲殊一篇而已。予每浩歌，尋繹音節，因欲效顰，恨未得佳趣耳。庚辰卜居建康，暇日訪古，采陳後主張貴妃事，以成素志。按後主既脱景陽井之厄，隋元帥府長史高熲竟就戮麗華於青溪，後人哀之，其地立小祠，祠中塑二女郎，次則孔貴嬪也。今遺構荒凉，廟貌亦不存矣。感慨之餘，作樂府《青溪怨》。

霜水明秋，霞天送晚，畫出江南江北。滿目山圍故國，三閣餘香，六朝陳迹。有庭花遺譜，慘哀音、令人嗟惜。想當時、天子無愁，自古佳人難得。惆悵龍沉宮井，石上啼痕，猶點臙脂紅濕。去去天荒地老，流水無情，落花狼藉。恨青溪留在，渺重城、烟波空碧。對西風、誰與招魂，夢裏行雲消息。

校：詞序，「成素志」之「成」，文淵閣《四庫全書》本《天籟集》作「陳」；「亦不存」，作「不存」。「慘哀音」之「慘」，底本漫漶，據《四庫全書》本補。「留在」，《四庫全書》本作「猶在」。

奪錦標

得友人王仲常李文蔚書。仲常名思廉，仕元至翰林學士承旨。

孤影長嗟，憑高眺遠，落日新亭西北。幸有山河在眼，風景留人，楚囚何泣。儘紛爭蝸角，算都輸、林泉閒適。澹悠悠、流水行雲，任我平生蹤跡。誰念江州司馬，淪落天涯，青衫未免沾濕。夢裏封龍舊隱，經卷琴囊，酒樽詩筆。對中天凉月，且高歌、徘徊今夕。隴頭人、應也相思，萬里梅花消息。

校：底本無詞序，據《四庫全書》本補。

水調歌頭　詠月

銀蟾吸清露，白兔搗玄霜。青天萬古明月，中有物蒼蒼。想是臨風丹桂，費盡斫雲玉斧，秋蘂自芬芳。印透一輪影，吹下九天香。　怪霜娥，才二八，减容光。蛾眉幾畫新樣，晚鏡爲誰妝。見説開元天子，曾到清虚仙府，一曲聽霓裳。何事便歸去，空斷舞鸞腸。

校：「印透」，《四庫全書》本作「直透」。

水調歌頭　用前韻

明月復明月，天宇浄新霜。霜中養就白兔，未覺玉容蒼。照影來今往古，圓缺陰晴幾度，丹桂儼然芳。遐想廣寒露，誰得一枝香。　恍瑶臺，飛寶鏡，散重光。嫦娥久餌靈藥，點出淡雲妝。閒與風姨相聚，不似天孫獨苦，終日織仙裳。脉脉望河鼓，縈損幾柔腸。

水調歌頭

初至金陵，諸公會飲，因用北州集咸陽懷古韻。

蒼烟擁喬木，粉雉倚寒空。行人日暮回首，指點舊離宫。好在龍蟠虎踞，試問石城鍾阜，形勢爲誰雄。慷慨一尊酒，南北幾衰翁。　賦朝雲，歌夜月，醉春風。新亭何苦流涕，興廢古今同。朱雀橋邊野草，白鷺洲邊江水，遺恨幾時終。唤起六朝夢，山色有無中。

校：「白鷺洲邊」，《四庫全書》本作「白鷺洲頭」。

水調歌頭

諸公見賡前韻，復自和數章，戲呈施雪谷景悦。

樓舩萬艘下，鍾阜一龍空。臙脂石井猶在，移出景陽宫。花草吴時幽徑，禾黍陳家古殿，無復戍樓雄。更道子山賦，愁殺白頭翁。　記當年，南北恨，馬牛風。降旛一片飛出，難與向來同。璧月瓊枝新恨，結綺臨春好夢，畢竟有時終。莫唱後庭曲，聲在淚痕中。

校：詞序，「戲呈施雪谷景悦」，《四庫全書》本作「戲呈」。

水調歌頭

感南唐故宫，就櫽括後主詞。

南郊舊壇在，北渡昔人空。殘陽澹澹無語，零落故王宫。前日雕欄玉砌，今日遺臺老樹，尚想霸圖雄。誰爲埋金地，都屬賣柴翁。　慨悲歌，懷故國，又東風。不堪往事多少，回首夢魂同。借問春花秋月，幾换朱顔緑鬢，荏苒歲華終。莫上小樓上，愁滿月明中。

校：詞序「就櫽括後主詞」，《四庫全書》本作「櫽括後主詞」。「誰爲埋金地」，《四庫全書》本注：「一作誰謂埋蛇地」。「小樓上」，《四庫全書》本作「小樓望」。

水調歌頭

朝花幾回謝，春草幾回空。人生何苦奔競，勘破大槐宫。不入麒麟畫裹，却喜鱸魚江上，一宅了揚雄。且飲建業水，莫羨富家翁。玩青山，歌赤壁，想高風。兩翁今在何許，喚起一樽同。繫住天邊白日，抱得山間明月，我亦遂長終。何必騎鸞鳳，游戲太虛中。

水調歌頭

咸陽懷古，復用前韻。

鞭石下滄海，海内漸成空。君王日夜爲樂，高枕望夷宫。方嘆東門逐兔，又慨中原失鹿，草昧起英雄。不待素靈哭，已識斬蛇翁。笑重瞳，徒叱咤，凛生風。阿房三月焦土，有罪與秦同。秦固亡人六國，楚復絶秦三世，萬世果誰終。我欲問天道，政在不言中。

校：「英雄」，《四庫全書》本作「群雄」。

水調歌頭

擬游茅山，贈心遠提點。

三峰足雲氣，萬壑散秋聲。茅君曾此成道，山與地俱靈。遥望蒼松紫檜，疑是烟幢霧蓋，冉冉下青冥。鸞鶴故山夢，香火歲時情。洞天開，丹竈冷，有遺經。華陽自古招隱，飛煉得長生。慚愧山中宰相，便許綸巾鶴氅，相對聽吹笙。何處滄浪水，吾亦濯塵纓。

水調歌頭

冬至，同行臺王子勉中丞、韓君美侍御、霍清夫治書登周處讀書臺，過古鹿苑寺。

踈雲黯霧樹，秋潦浄寒潭。徘徊子隱臺下，不見舊書龕。鹿苑空餘蕭寺，蟒穴誰傳郗氏，聊此問瞿曇。千古得欺罔，一笑莫窮探。　俯秦淮，山倒影，浴層嵐。六朝城郭如故，江北到江南。三十六陂春水，二十四橋明月，好景入清談。未醉更呼酒，欲去且停驂。

校：「霧樹」，《四庫全書》本作「遥樹」。「欺罔」，作「欺妄」。

水調歌頭

丙戌夏四月八日，夜夢有人以「三元秘秋水」五言謂予，請三元之義，曰：「上中下也。」恍惚玩味，可作《水調歌頭》首句，恨秘字之義未詳。後從相國史公歡遊如平生，俾賦樂章，因道此句，但不知秘字何意。公曰：「秘即封也。」甫一韻而寤。後三日成之，以識其異。

三元秘秋水，秋水□無涯。天人點破消息，夢裏悟南華。河伯徒誇浩瀚，千里總歸毫末，一笑井中蛙。試問漆園老，誰是大方家。　按黄鐘，推甲子，定無差。悠悠天理人事，風外萬飛沙。且弄空山明月，自薦寒泉秋菊，睡起漱朝霞。更欲辨齊物，銀海眩生花。

校：詞序「五言謂」，《四庫全書》本作「語」；「請」，作「予詢」；「何意」，《四庫全書》本作「何義」；「其異」，作「其義」。「秋水□無涯」，底本原闕，據《四庫全書》本補。「按黄鐘」之「誇浩瀚，千里總」，底本闕，據《四庫全書》本補。「按黄鍾」之「按」，底本闕，據《四庫全書》本補。

水調歌頭

予既賦前篇，一日舉似京口郭義山，義山曰：「此詞固佳，且詳夢中所得之句，元者應謂水府，今止詠甲子及《秋水篇》事，恐未盡也。」因請再賦。

三元秘秋水，秋水一何多。江流滚滚無盡，淮漢入包羅。遥想靈官神府，坐閲潮頭風怒，萬里瞰滄波。浩蕩没鷗鷺，噴薄出蛟鼉。　馬當山，牛渚渡，幾人過。金鼇下瞰京口，舟楫避盤渦。始信林生禱雨，一濯黄泥盡許。無奈旱苗何。我欲洗兵馬，誰解挽天河。

校：「林生禱」，《四庫全書》本作「寒濤飛」。「盡許」，作「萬里」。

水調歌頭

予兒時在遺山家，阿姊嘗教誦先叔「放言古今忽白首」，感念之餘，賦此詞云。

韓非死孤憤，虞叟坐窮愁。懷沙千古遺恨，郊島兩詩囚。堪笑井蛙禪虱，不道人生能幾，肝肺自相讎。政有一朝樂，不抵百年憂。　嘆悠悠，江上水，自東流。紅顔不暇一惜，白髮忽盈頭。我欲拂衣遠引，直上崧山絶頂，把酒勸浮丘。藉此兩黄鵠，浩蕩看齊州。

校：「禪虱」，《四庫全書》本作「裙虱」。「嘆悠悠」，《四庫全書》本作「笑悠悠」。

水調歌頭

北風下庭緑，容鬢入霜華。回首北望鄉國，雙淚落清笳。天地悠悠逆旅，歲月匆匆過客，吾也豈匏瓜。四海有知己，何地不爲家。　五溪魚，千里菜，九江茶。從他造物留住，辦作老生涯。不願酒中有聖，但願心頭無事，高枕卧烟霞。晚節憶吹帽，籬菊漸開花。

水調歌頭　至元戊寅爲江西吕道山參政壽

香風萬家曉，和氣九江春。朝回冠蓋得意，玉季和金昆。屈指登高舊節，側耳稱觴新語，採菊舊芳樽。南土愛王粲，東閣壽平津。　節龍香，符虎重，印龜新。弓刀千騎如水，曾爲下南閩。墻外陰陰桃李，庭下輝輝蘭玉，一笑指莊椿。更看濟時了，高卧道山雲。

校：「墻外」，《四庫全書》本作「墻下」。

水調歌頭　十月海棠

金盤薦華屋，銀燭照紅妝。歡遊曾得多少，風雨送春忙。只道神仙漸遠，争信情緣未斷，自有返魂香。萬木盡摇落，穠豔又芬芳。　憶真妃，春睡足，按霓裳。馬嵬西下回首，野日淡無光。不避山茶小雪，似愛江梅新月，踈影伴昏黄。誰唤河吕起，呵手染臙霜。

校：「河吕」，底本闕，據《四庫全書》本補。「誰唤河吕」，《四庫全書》本注：「一云疑是阿嬌」。詞末《四庫全書》本注：「與胭同。《中州集》王予可詞自注：謂脂粉也。」

水調歌頭　夜醉西樓爲楚英作

雙眸剪秋水，十指露春葱。僊姿不受塵污，縹緲玉芙蓉。舞徧柘枝遺譜，歌盡桃花團扇，無語到東風。此意復誰解，我輩正情鍾。　喜相從，詩卷裏，酒杯中。纏頭安用百萬，自有海犀通。日日東山高興，夜夜西樓好夢，斜月小簾櫳。何物寫幽思，醉墨錦箋紅。

水龍吟

丙午秋，到維揚，途中值雨，甚快然。

短亭休唱陽關，柳絲惹盡行人怨。鴛鴦隻影，荷枯葦淡，沙寒水淺。紅綬雙銜，玉簪中斷，苦難留戀。更黄花細雨，征鞍催上，青衫淚、一時濺。　回首孤城不見，黯秋空、去鴻一線。情緣未了，誰教重賦，春風人面。鬬草閒庭，採香幽徑，舊曾行遍。謾今宵酒醒，無言有恨，恨天涯遠。

校：詞序，《四庫全書》本作「丙午秋，到維揚，途中值雨」。「情緣」，《四庫全書》本作「餘情」。

水龍吟

么前三字用仄者，見田不伐《洋嘔集》，《水龍吟》二首皆如此。曲妙於音，蓋可無疑，或用平字，恐不堪協。雲和署樂工宋奴伯婦王氏，以洞簫合曲，宛然有承平之意，乞詞於予，故作以贈。會好事者爲王氏寫真，末章及之。

綵雲簫史臺空，洞天誰是驂鸞伴。傷心記得，開元遊幸，連昌別館。力士傳呼，念奴供唱，阿郎吹管。悵無情一枕，繁華夢覺，流年又、暗中换。　邂逅京都兒女，歡遊遍、畫樓東畔。樽前一曲，餘音嫋嫋，驪珠相貫。日落邯鄲，月明燕市，儘堪腸斷。倩丹青細染，風流圖畫，寫雀徽半。

校：詞序，「洋嘔」，《四庫全書》本作「洋鷗」；「可無疑」之「可」，底本闕，據《四庫全書》本補。

水龍吟

送史總帥鎮西川，時未混一。

壯懷千載風雲，玉龍無計三冬卧。天教唤起，峥嶸才器，人稱王佐。豹略深藏，虎符榮佩，君恩重荷。看旌旗動色，軍容一變，鵬翼展、先聲播。　我望金陵王氣，儘消磨、區區江左。樓船萬艫，瞿塘東瞰，徒横鐵鎖。八陣名成，七擒功就，南夷膽破。待他年畫像，麒麟閣上，爲將軍賀。

校：詞序，「未」，底本闕，據《四庫全書》本補。

水龍吟

九月四日，爲江州總管楊文卿壽。

鴈門天下英雄，策勳宜在平吴後。金符佩虎，青雲飄蓋，名藩坐守。千里江皋，一時淮甸，掃清殘寇。看人歸厚德，天垂餘慶，階庭畔、芝蘭秀。　我望戟門如畫，氣佳哉、危亭新搆。年年此席，風流長占，中秋重九。丹桂留香，緑橙供味，碧萸催酒。有廬山絶頂，蒼蒼五老，賛君侯壽。

校：「如畫」，《四庫全書》本作「晴晝」。「新搆」，作「新構」。「此席」，作「此夕」。

水龍吟

登岳陽樓，感鄭生龍女事，譜大曲薄媚。

洞庭春水如天，岳陽樓上誰開晏。飄零鄭子，危欄倚遍，山長恨遠。何處蘭舟，彩霞浮漾，笙簫一片。有蛾眉起舞，含嚬凝睇，分明是、舊僊媛。　風起魚龍浪捲，望行雲、飄然不見。人生幾許，悲歡離聚，情鍾難遣。問道當時，汜人能誦，招魂九辯。又何如乞我，輕綃數尺，寫湘中怨。

校：「問道」，《四庫全書》本作「聞道」。

水龍吟

九日同諸公會飲鍾山，望草堂有感。

倚天鍾阜龍蟠，四時青壁雲烟潤。陂陀十里，蒼髯夾路，清風緩引。蘭若西邊，草堂别崦，遺基猶認。自猿驚鶴怨，山人去後，誰更向、此中隱。　獨愛丹崖碧嶺，枕平川、人家相近。登臨對酒，茱萸香細，莓苔坐穩。老計菟裘，故應來就，林泉佳遯。怕烟霞笑我，塵容俗狀，把山英問。

校：「十里」，《四庫全書》本作「千里」。「來就」，作「來領」。

水龍吟

送張大經御史，就用公九日韻，兼簡盧處道副使，使寧國署按察司時。

繡衣攬轡西行，慨然有志人知否。江山好處，留連光景，一杯別酒。世事無端，惱人方寸，十常八九。對霜松露菊，荒寒三徑，等閒又、登高後。　問訊宣城太守，幾裁詩、畫堂清晝。山長水濶，思君不見，踟躕搔首。却羨行雲，暫留還去，無心出岫。笑窮途歲晚，江頭送客，唱青青柳。

校：詞序，「署」，底本原作「買」，據《四庫全書》本改。《四庫全書》本序下注：「盧，號疎齋」。「水濶」，《四庫全書》本作「水潤」。

水龍吟

遺山先生有醉鄉一詞，僕飲量素慳，不知其趣，獨閑居嗜睡有味，因爲賦此。

醉鄉千古人行，看來直到亡何地。如何物外，華胥境界，昇平夢寐。鸞馭翩翩，蝶魂栩栩，俯觀群蟻。恨周公不見，莊生一去，誰真解、黑甜味。　聞道希夷高卧，占三峰、華山重翠。尋常羨殺，清風嶺上，白雲堆裏。不負平生，算來惟有，日高春睡。有林間剥啄，忘機幽鳥，唤先生起。

校：「亡何地」，《四庫全書》本作「無何地」。「昇平」，《四庫全書》本作「生平」。「三峰」，作「群峰」。

水龍吟

用前韻，贈答光輔。

倚欄千里風烟，下臨吴楚知無地。有人高枕，樓居長夏，晝眠夕寐。驚覺游仙，紫毫吐鳳，玉觴吞蟻。更誰人似得，淵明太白，詩中趣、酒中味。　慚愧東溪處士，待他年、好山分翠。人生何苦，紅塵陌上，白頭浪裏。四壁窗明，兩盂粥罷，暫時打睡。儘聞雞祖逖，中宵狂舞，蹴劉琨起。

水龍吟

予始賦睡詞，諸公賡和三十餘首，一日友人王文卿攜肴來訪，話及梁園舊遊，因感其事，復用前韻。

萬金不買青春，老來可惜歡娱地。有時記得，江樓深夜，解鞍留寐。蘭焰噴虹，寶香薰麝，玉醅篘蟻。更誰能細説，當年風韻，江瑶柱、荔枝味。　漂泊江湖萬里，渺難尋、採菱拾翠。何心更到，折枝圖上，賣花聲裏。蓬鬢刁騷，角巾欹墮，枕書聊睡。恨悤悤未辦，蓴鱸歸棹，又秋風起。

校：「噴虹」，《四庫全書》本作「噴紅」。「採菱」，作「探梅」。

念奴嬌

題鎮江多景樓，用坡仙韻。

江山信美，快平生、一覽南州風物。落日金焦，浮紺宇、鐵甕猶殘城壁。雲擁潮來，水隨天去，幾點沙鷗雪，消磨不盡，古今天寶人傑。　遥望石塚巉然，參軍此葬，萬刼誰能發。　桑梓龍荒，驚嘆後、幾度生靈埋滅。　往事休論，酒杯纔近，照見星星髮。　一聲長嘯，海門飛上明月。

念奴嬌

中秋效李敬齋體，每句用月字。

一輪月好，正人間、八月凉生襟袖。　萬古山河，歸月影、表裏月明光透。　月桂婆娑，月香飄蕩，修月香人手。　深沈月殿，月蛾誰念消瘦。　今夕乘月登樓，天低月近，對月能無酒。　把酒長歌邀月飲，明月正堪爲友。　月向人圓，月和人醉，月是承平舊。　年年賞月，願人如月長久。

校：「香人手」，《四庫全書》本作「僊人手」。「向人圓」，作「白人圓」。

念奴嬌　題闕

江湖落魄，鬢成絲、遥憶揚州風物。　十里樓臺，簾半捲、玉女香車鈿璧。　后土祠寒，唐昌花盡，誰弄瓊枝雪。　山川良是，古來銷盡雄傑。　落日烟水茫茫，孤城殘角，怨入清笳發。　岸檥扁舟人不寐，柳外漁燈明滅。　半夜潮來，一帆風送，凛凛森毛髮。　乘流東下，玉簫吹落殘月。

校：「十里」，《四庫全書》本作「千里」。「鈿璧」，作「鈿壁」。「瓊枝雪」，作「璚枝雪」。

念奴嬌

壬戌秋泊漢江鴛鴦灘，寄贈。

露團漸冷，又今年、孤負中秋明月。　誰念江干、憔悴我，夢斷芙蓉城闕。　燕子東歸，鴻賓南下，滿眼蘆花雪。行人何處，也應珠淚凝睫。常記樓上歌聲，一尊酒盡，默默無言別。恨殺鴛鴦灘下水，不寄題詩紅葉。聚淚鮫綃，畫眉螺黛，總在歸時節。百年心事，等閒休向人說。

校：「江干」，《四庫全書》本作「江中」。

滿江紅

題吕仙祠飛吟亭壁，用馮經歷韻。

雲外孤亭，空悵望、烟霞仙客。還試問、飛吟詩句，爲誰留别。三入岳陽人不識，浮生擾擾蒼蠅血。道老精、知向樹陰中，曾來歇。　松穉在，虬枝結。皮溜雨，根盤月。恨還丹不到，後來豪傑。塵世千年翻甲子，秋空一劍横霜雪。待他時、攜酒赤城遊，相逢説。

滿江紅

用前韻留别巴陵諸公，時至元十四年冬。

行遍江南，算只有、青山留客。親友間、中年哀樂，幾回離别。棋罷不知人换世，兵餘猶見川留血。嘆昔時、歌舞岳陽樓，繁華歇。　寒日短，愁雲結。幽故壘，空殘月。聽閭閻談笑，果誰雄傑。破枕纔移孤館雨，扁舟又泛長江雪。要烟花、三月到揚州，逢人説。

校：詞序，「用前韻留别巴陵諸公」，《四庫全書》本作「留别巴陵諸公」。「留血」，《四庫全書》本作「流血」。「幽故壘」，作「尋故壘」。「破枕」，作「欹枕」。

滿江紅　庚戌春别燕城

雲鬟犀梳，誰似得、錢塘人物。還又喜、小窗虚幌，伴人幽獨。薦枕恰疑巫峽夢，舉杯忽聽陽關曲。問涙痕、幾度浥羅巾，長相續。　南浦遠，歸心促。春草碧，春波緑。黯銷魂無際，後歡難卜。試手窗前機織錦，斷腸石上簪磨玉。恨馬頭、斜月減清光，何時復。

校：詞題，「燕城」，《四庫全書》本作「杭城」。

滿江紅

重陽後二日王彦文并利用、秦山甫相過小飲。

過了重陽，寒慘慘、秋陰連日。尚何事、滿城風雨，漏天如泣。點染一林紅葉暗，飄蕭三逕黄花濕。聽敲門、忽有客三人，來相覓。　時節好，誇橙橘。兒女喜，分梨栗。罄一樽聊慰，老懷岑寂。想像曾來神女賦，傷心似失文通筆。破殘年、催釀酒如川，長鯨吸。

校：詞序，《四庫全書》本注：「利用亦姓王，字國賓，贈柱國中書平章政事。」

滿江紅

同鄭都事復用前韻，退訖所租學田。

費盡長繩，繫不住、西飛白日。客窗外、滿庭秋草，露蛩寒泣。酒後看花空眼亂，花前把酒從衣濕。要一廛、歸老作菟裘，何難覓。　仙客老，巴園橘。封萬户，燕山栗。且栽培松竹，伴人孤寂。豈有梁鴻高世志，也無司馬題橋筆。便與君、同訪洞庭春，和雲吸。

校：詞序，「同」，底本闕，據《四庫全書》本補。「巴園」，《四庫全書》本作「巴山」。「松竹」，作「孤竹」。

瑞鶴仙　登金陵烏衣園來燕臺

夕陽王謝宅。對草樹荒寒，亭臺欹側。烏衣舊時客。渺雙飛萬里，水雲寬窄。東風羽翅，也迷却、當時巷陌。向尋常百姓人家，孤負幾回春色。　悽惻。人空不見，畫棟棲香，繡簾窺額。雲兜霧隔。錦書至付誰拆。劉郎只見慣，金陵興廢，賺得行人鬢白。又争如復到玄都，兔葵燕麥。

校：「羽翅」，《四庫全書》本作「翠羽」。「劉郎只見慣」，作「怕劉郎只見」。

沁園春　金陵鳳凰臺眺望

獨上遺臺，目斷清秋，鳳兮不還。悵吴宮幽徑，埋深花草，晋時高塚，銷盡衣冠。横吹聲沉，騎鯨人去，月滿空江鴈影寒。登臨處，且摩挲石刻，徙倚闌干。　青天半落三山，更白鷺洲横二水間。問誰能心比，秋來水静，漸教身似，嶺上雲閒。擾擾人生，紛紛世事，就裏何常不强顔。重回首、怕浮雲蔽日，不見長安。保寧佛殿即鳳凰臺，太白留題在焉。宋高宗南渡，嘗駐蹕寺中，有石刻御書王荆公贈僧詩云：「紛紛擾擾十年間，世事何常不强顔。亦欲心如秋水静，應須身似嶺雲閒。」意者當時南北擾攘，國家蕩析，磨盾鞍馬間，有經營之志，百未一遂，此詩若有深契於心者以自況。予暇日來遊，因演太白、荆公詩意，亦猶稼軒《水龍吟》用李延年、淳于髡語也。

校：「就裏」，底本闕，據《四庫全書》本補。

沁園春

我望山形，虎踞龍盤，壯哉建康。憶黄旗紫蓋，中興東晋，雕欄玉砌，下逮南唐。步步金蓮，朝朝瓊樹，宮殿吴時花草香。今何日，尚寺留蕭姓，人做梅妝。長江。不管興亡，謾流盡、英雄淚萬行。問烏衣舊宅，誰家作主，白頭老子，今日還鄉。弔古愁濃，題詩人去，寂寞高樓無鳳凰。斜陽外，正漁舟唱晚，一片鳴榔。

校：「瓊樹」，《四庫全書》本作「璚樹」。

沁園春

夜夢，就樹摘桃啖之，於中一枚甘苦，覺而異之，因爲之賦。

渺渺吟懷，望佳人兮，在天一方。問鵾鵬九萬，扶摇何力，蝸牛兩角，蠻觸誰强。華表鶴來，銅盤人去，白日青天夢一場。俄然覺，正醯雞舞甕，野馬飛窗。徜徉。玩世何妨。更誰道、狂時不得狂。羡東方臣朔，從容帝所，西真阿母，唤作兒郎。一笑人間，三遊海上，畢竟仙家日月長。相隨去，想蟠桃熟後，也許偷嘗。

校：詞序，「甘苦」，《四庫全書》本作「甘甚」。

沁園春

監察師巨源時辟予爲政。因讀嵇康與山濤書。有契於予心者。就譜中辭書謝。

自古賢能，壯哉飛騰，老來退閒。念一身九患，天教寂寞，百年孤憤，日就衰殘。麋鹿難馴，金鑣縱好，志在長林豐草間。唐虞世，也曾聞巢許，遁跡箕山。越人無用殷冠，怕機事纓頭不耐煩。對詩書滿架，子孫可教，琴樽一室，親舊相歡。况屬清時，得延殘喘，魚鳥溪山任往還。還知否，有絶交書在，細與君看。

校：詞序，「中辭書」，底本闕，據《四庫全書》本補。

沁園春　送按察司合道公赴浙東任

玉節星軺，十道監司，治稱最優。甚惠風纔到，豚魚亦信，清霜未降，狐兔先愁。鎮静洪都，澄清白下，又過東南第一州。雲烟底，看千巖競秀，萬壑争流。　離筵無計相留。謾慷慨中年白髮稠。記瓊花照眼，忙催詩筆，松燈促座，笑遞觥籌。放浪形骸，欣於所遇，負我蘭亭共一遊。心期在，想山陰興盡，和月回舟。

校：「瓊花」，《四庫全書》本作「璚花」。

沁園春　十二月十四日爲平章吕公壽

蓋世名豪，壯歲鷹揚，擁兵上流。把金湯固守，精誠貫日，衣冠不改，意氣横秋。北闕絲綸，南朝家世，好在雲間建節樓。平章事，便急流勇退，黄閣難留。　菟裘喜逐歸休。著宫錦、何妨萬里遊。似謝安笑傲，東山别墅，鴟夷放浪，西子扁舟。醉眼乾坤，歌鬟風霧，笑折梅花插滿頭。千秋歲，望壽星光彩，長照南州。

沁園春

吕道山左丞覲回，過金陵别業。至元丙子，予識道山於九江，今十年矣。

流水高山，獨許鍾期，最知伯牙。愧我投木李，得酬瓊玖，人驚玉樹，肯倚蒹葭。風雨十年，江湖千里，望美人兮天一涯。重攜手，似仲宣去國，江令還家。　門前柳拂堤沙。便好繫、天津泛斗槎。看金鞍鬧簇，花邊置酒，玉盃旋洗，竹裏供茶。　朱雀橋荒，烏衣巷古，莫笑斜陽野草花。寒食近，算人生行樂，少住爲佳。

校：「肯倚」，《四庫全書》本作「有倚」。

沁園春

夜枕無夢，感子陵、太白事，明日賦此。

千載尋盟，李白扁舟，嚴陵釣車。□故人偃蹇，足加帝腹，將軍權幸，手脱公靴。　星斗名高，江湖跡在，爛熳雲山幾處遮。山光裏，有紅鱗旋斫，白酒須賒。　龍蛇。起陸曾嗟。且放我狂歌醉飲些。甚人生貧賤，剛求富貴，天教富貴，却騁驕奢。　乘興而來，造門即返，何必親逢安道耶。兒童笑道，先生醉矣，風帽攲斜。

校：「須賒」，《四庫全書》本作「從賒」。

風入松

詠紅梅將橙子皮作酒杯

使君高晏出紅梅。腰鼓揭春雷。更將紅酒澆濃艷，風流夢、不負花魁。千里江山吴楚，一時人物鄒枚。　軟金杯襯硬金杯。香挽洞庭回。西溪不減東山興，歡摇動、北海樽罍。老我天涯倦客，一杯醉玉先頹。以上康熙楊友敬刻本《天籟集》卷上

校：《四庫全書》本題下有注：「紅梅恐是姬妾名」。「洞庭」，《四庫全書》本作「洞邊」。

風流子

丁亥秋，復得仲常書，有楚星燕月，千里相望，何時會合，以副舊遊之語。就譜此曲以寄之。

花月少年場。嬉遊伴，底事不能忘。楊柳送歌，暗分春色，夭桃凝笑，爛賞天香。綺筵上，酒杯金瀲灩，詩卷墨淋浪。閒裊玉鞭，管絃珂里，醉攜紅袖，燈火微行。回首事堪傷。温柔竟處，流落江鄉。惆悵鬢絲禪榻，眉黛吟窗。甚社燕秋鴻，十年無定，楚星燕月，千里相望。何日故園行樂，重會風光。

校：「爛賞」，《四庫全書》本作「同賞」。「淋浪」，《四庫全書》本作「淋瑯」。「玉鞭」，作「金鞭」。「管絃」之「絃」，底本闕，據《四庫全書》本補。「微行」之「微」，底本闕，據《四庫全書》本補。

燭影摇紅　前事用吕東窗韻

三尺枯桐，古來長恨知音少。玉簫吹斷鳳樓雲，此恨何時了。落日飛鴻聲悄。眄長江、離魂浩渺。贈環留佩，宿粉棲香，此情誰表。　風雨紅稀，夢回别院鶯啼曉。一生孤負看花心，惆悵人空老。待訪還丹瑞草。鴛颷輪、蓬萊去好。又愁滄海，恍惚塵揚，難尋仙島。

校：「眄長江」之「眄」，底本闕，據《四庫全書》本補。「贈環留佩，宿粉棲香，此情」，底本闕，據《四庫全書》本補。

摸魚子　七夕用嚴柔濟韻

問雙星、有情幾許。消磨不盡今古。年年此夕風流會，香暖月窗雲戶。聽笑語。知幾處。彩樓瓜果祈牛女。蛛絲暗度，似拋擲金梭，縈回錦字，織就舊時句。愁雲暮。漠漠蒼烟掛樹。人間心更誰訴。擘釵分鈿蓬山遠，一樣絳河銀浦。烏鵲渡。離別苦。啼妝洒盡新秋雨。雲屏且駐。算猶勝姮娥，倉皇奔月，只有去時路。

校：「舊時句」之「時」，底本闕，據《四庫全書》本補。「掛樹」，《四庫全書》本作「桂樹」。「姮娥」，作「嫦娥」。

摸魚子　真定城南異塵堂同諸公晚眺

敞青紅、水邊窗外，登臨元有佳趣。薰風蕩漾昆明錦，一片藕花無數。纔欲語。香暗度。紅塵不到蒼烟渚。多情鷗鷺。儘翠蓋摇殘，紅衣落盡，相與伴風雨。　横塘路，好在吴兒越女。扁舟幾度來去。採菱歌斷三湘遠，寂寞岸花汀樹。天已暮。更留看飄然月下淩波步。風流自許，待載酒重來，淋漓醉墨，爲寫洛神賦。

摸魚子

秋仲一日，李具瞻侍御偕予過天慶觀，訪蒲敬之都事。既而登冶城，藉草於蒼蒼萬玉中，觴咏樂甚。道官王默隨者在焉，且盟其兩柏森立間構亭，爲遊日騁懷之所。翌日賦此，記一時之槩耳。

望參差、冶城烟樹。故人知在琳宇。繡衣來就論文飲，隨意割雞炊黍。歡樂處。忘爾汝。清談况有神仙侶。一杯緩舉。放遠目增明，遥岑出翠，俯仰幾今古。　紅塵夢，不到丹臺紫府。尋真偶得佳趣。兩株翠柏參天起，千畝渭川烟雨。君已許。向此地結亭，爲我開窗户。朝來暮去，待細攬烟霞，平分風月，揮洒錦囊句。

校：詞序，「盟其」，《四庫全書》本作「訂於」。

摸魚子

用前韻送敬之蒲君卜居淮上，敬之自翰苑出爲蘄黄道宣慰幕官。

聽西風、細吟亭樹。秋聲先到衡宇。季鷹千里蓴鱸興，更喜范張雞黍。傾蓋處。慚愧汝。高樓不減烟霞侶。匏樽笑舉。對得意江山，忘懷風月，醉眼玩今古。　鑾坡客，又向紅蓮幕府。田園何日成趣。九重聞道思賢佐，恐要濟時霖雨。天若許。從所好結廬，相就開蓬户。山人休去，怕蕙帳空懸，猿驚鶴怨，貽笑草堂句。

校：詞序，「用前韻送敬之蒲君卜居淮上」，《四庫全書》本作「送敬之蒲君卜居淮上」。「出爲」，底本闕，據《四庫全書》本補。「鑾坡客」，底本作「鸞坡客」，據《四庫全書》本改。

摸魚子　復用前韻

問誰歌、六朝瓊樹。當年春滿庭宇。歌殘夜月西風起，吹動一川禾黍。愁絶處。誰念汝。姑蘇麋鹿成群侶。清樽謾舉。對淡淡長空，蕭蕭喬木，慷慨弔今古。　生平苦，走遍南州北府，年來頗得幽趣。緑蓑青笠渾無事，醉卧一天風雨。秋幾許。沙渚上，漁樵小隱隨編户。扁舟脱去。望綺散餘霞，江澄浄練，還愛謝公句。

校：「誰念」，底本闕，據《四庫全書》本補。「謾舉」，《四庫全書》本作「漫舉」。「扁舟」之「扁」，底本闕，據《四庫全書》本補。「脱去」，《四庫全書》本作「晚去」。

木蘭花慢　燈夕到維揚

壯東南形勝，淮吐浪、海吞潮。記此日江都，錦帆巡幸，汴水迢遥。迷樓故應不見，見瓊花、底事也香消。興廢幾更王霸，是非總付漁樵。　誰能十萬更纏腰。鶴馭儘飄飄。正繡陌珠簾，紅燈鬧影，三五良宵。春風竹西亭上，拌淋漓、一醉解金貂。二十四橋明月，玉人何處吹簫。

校：「見瓊花」之「見」，底本闕，據《四庫全書》本補。「香消」，《四庫全書》本作「香銷」。「拌淋漓」，作「拚淋漓」。

木蘭花慢　題闕

聽鳴騶入谷，怕驚動、北山猿。且放浪形骸，支持歲月，點檢田園。先生結廬人境，竟不知、門外市塵喧。醉後清風到枕，醒來明月當軒。　伏波勳業照青編。薏苡又何冤。笑蕞爾倭奴，抗衡上國，挑禍中原。分明一盤棋勢，謾教人、著眼看師言。爲問鵾鵬瀚海，何如雞犬桃源。

校：「笑蕞爾倭奴」，《四庫全書》本作「蕞爾倭奴」。「瀚海」，作「碧海」。

木蘭花慢

覃懷北賞梅，同參政西庵楊丈，和奥敦周卿府判韻。

記羅浮仙子，儼微步、過山村。正日暮天寒，明裝淡抹，來伴清樽。行雲黯然飛去，悵參横月落夢無痕。翠羽嘈嘈樹杪，玉鈿隱隱墻根。　山陽一氣變冬温。真實不須論。滿竹外幽香，水邊踈影，直徹蘇門。彷彿對花終日，拌淋漓、襟袖醉昏昏。折得一枝在手，天涯幾度銷魂。

校：詞題，「楊丈」，《四庫全書》本作「楊文」；「奥敦周卿府判」，作「府判敦卿周奥」。「明裝」，《四庫全書》本作「明粧」。「清樽」之「清」，底本闕，據《四庫全書》本補。「蘇門」，《四庫全書》本作「籬門」。「拌淋漓」，作「拚淋漓」。

木蘭花慢

復用前韻，代友人宋子治賦。

望丹東沁北，淡流水、繞孤村。對幾樹踈梅，十分素艷，一曲芳樽。誰堪歲寒爲友，伴仙姿、孤瘦雪霜痕。翠竹森森抱節，蒼松落落盤根。　銅瓶水滿玉肌温。此意與誰論。漸月冷芸窗，燈殘紙帳，夜悄衡門。傷心杜陵老眼，細看來、只似霧中昏。賴有清風破鼻，少眠浮動吟魂。

校：「仙姿」，《四庫全書》本作「山姿」。「抱節」，作「抱節」。「少眠」，作「暗香」。

木蘭花慢

王彦立所居南齋，榜真隱，庭中新作盤池，同諸公賦。

渺高情公子，得真隱，信悠哉。占上下壺天，中間隙地，鑿破莓苔。移將鑑湖寒影，放微風、灩灩翠奩開。便有一番荷芰，都無半點塵埃。　夜深明月晃閒階。不負小亭臺。儘羅袖盛香，碧筒吸露，一洗胸懷。紅蓮故家幕府，看新詩、題詠滿南齋。好聽蕭蕭風雨，老夫從此須來。

校：詞序，「南齋」，《四庫全書》本作「南口」；「榜真隱」，作「傍真隱」；「盤池」，作「盆池」。

木蘭花慢

丙子冬，寄隆興吕道山左丞。

憶元龍湖海，樽俎地、笑談間。儘畫燭寒燒，紅螺細捲，沈醉更闌。西風數聲笳鼓，悵匡廬、山下送征鞍。秋水蘋花漸老，曉霜楓葉初丹。　滕王高閣倚江干。極目楚天閒。想畫棟珠簾，朝雲南浦，暮雨西山。天涯倦遊司馬，更幾時、攜手一凭欄。别後相思何處，月明千里鄉關。

校：「楚天閒」，《四庫全書》本作「楚天寬」。

木蘭花慢

戊子秋，送合道監司赴任秦中，兼簡程介甫按察。

倦區區遊宦，便回棹、謝山陰。算誰似君侯，蓴鱸有味，富貴無心。匆匆又移玉節，恨相思、何處更相尋。渭北春天樹遠，江東日暮雲深。　岸花檣燕動悲吟。把酒惜分襟。問玉井蓮開，三峰絶頂，誰共登臨。長安故人好在，憶元龍、名重古猶今。説與英雄湖海，應憐枯槁山林。

木蘭花慢

己丑送胡紹開、王仲謀兩按察赴浙右閩中任。時浙憲置司於平江，故有「向吴亭」句。

擁煌煌雙節，九萬里、入鵬程。愛人物鄒枚，文章李杜，海内聲名。相逢廣陵陌上，恨一樽、不盡故人情。歲月奔馳飛鳥，交遊聚散浮萍。　出門一笑大江横。馬首向吴亭。看分路揚鑣，七閩兩浙，得意澄清。江山謄供詩否，想徘徊、南斗避文星。留著調元老手，却來同佐昇平。

校：「看分路」之「看」，底本闕，據《四庫全書》本補。「供詩否」之「否」，底本闕，據《四庫全書》本補。

木蘭花慢　歌者樊娃索賦

愛人間尤物，信花月、與精神。聽歌串驪珠，聲勻象板，咽水縈雲。風流舊家樊素，記櫻桃、名動洛陽春。千古東山高興，一時北海清樽。　天公不禁自由身。放我醉紅裙。想故國邯鄲，荒臺老樹，儘賦招魂。青山幾年無恙，但淚痕、差比向來新。莫要琵琶寫恨，與君同是行人。

木蘭花慢

爲樂府宋生賦。宋子壽香，燕城好事者爲渠寫真，手撚荼蘼一枝。

展春風圖畫，恍人世、有神仙。愛手撚荼蘼，香間韻遠，皹袖垂肩。東鄰幾番親見，意丹青、無地著嬋娟。杏臉紅生曉暈，柳眉翠點春妍。　舞衫歌扇綺羅筵。還我舊因緣。儘金縷新聲，烏絲醉墨，共惜流年。年來茂陵多病，更玉琴、凄斷鳳鸞弦時方喪偶。留得一枝春在，不妨絕倒尊前。

校：「幾番」，《四庫全書》本作「幾回」。「鳳鸞」，作「鳳凰」。

木蘭花慢　題闕

快人生行樂，捲江海、入瑤觴。對滿眼韶華，東城南陌，日日尋芳。吟鞭緩隨驕馬，殢春風、指點杏花墻。時聽鶯啼宛轉，幾回蝶夢悠揚。　行雲早晚上巫陽。驀地惱愁腸。待玉鏡臺邊，銀燈影裏，細看濃妝。風情自憐韓壽，恨無緣、得佩賈充香。說與殷勤青鳥，暫時相見何妨。

校：「驀地」，《四庫全書》本作「白地」。

木蘭花慢　感香囊悼雙文

覽香囊無語，謾流淚、濕紅紗。記戀戀成歡，匆匆解佩，不忍忘他。消殘半襟蘭麝，向繡茸、詩句映梅花。踈影橫斜何處，暗香浮動誰家。　春霜底事掃濃華。埋玉向泥沙。嗟物是人非，虛迎桃葉，誰偶匏瓜。西風楚詞歌罷，料芳魂、飛作碧天霞。鏡裏舞鸞空在，人間後會無涯。

校：「不忍」，《四庫全書》本作「怎忍」。

玉漏遲　題闕

故園風物好。芳樽日日，花前傾倒。南浦傷心，望斷緑波春草。多少相思淚點，筭只有、青衫知道。殘夢覺。無人解我，厭厭懷抱。　懊惱。楚峽行雲，便賦盡高唐，後期誰報。玉杵玄霜，著意且須重擣。轉眼梅花過也，又屈指、春殘燈鬧。妝鏡曉。應念畫眉人老。

校：「玄霜」，《四庫全書》本作「含霜」。

玉漏遲

段伯堅同予留滯九江，其歸也，別侍兒睡香，予亦有感。

睡香花正吐。誰交付與，東君爲主。夢覺廬山，一片綵雲何所。惆悵留題在壁，麝墨染、無窮愁緒。常記取。徘徊顧影，燈前低語。　幾許。欵密留情，繫絆煞世間，□□兒女。淪落天涯，夜夜月明湓浦。連我青衫淚滿，料不忍、孤帆東去。離思苦。休唱渭城朝雨。

校：「世間」，《四庫全書》本作「年時」。「□□」，作「世間」。「朝雨」，作「風雨」。

玉漏遲　題闕

碧梧深院悄。清明過也，鞦韆閒了。楊柳陰中，又是一番啼鳥。人去瑶臺路遠，孤負却、花前歡笑。音信杳。西樓盡日，凭欄凝眺。　縹緲。霧閣雲窗，恨夢斷青鸞，夜深寒悄。簷玉敲殘，睚得五更風小。麝注金猊燼冷，畫燭短、銀屏空照。芳徑曉。惆悵落紅多少。

校：「閒了」，《四庫全書》本作「闌了」。「睚得」，作「挨得」。「麝注」，《四庫全書》本作「麝炷」。

江梅引　題闕

一溪流水隔天台。小桃栽。爲誰開。應念劉郎，早晚得重來。翠袖天寒憔悴損，倚修竹，舞殘紅，墮緑苔。　怨極恨極愁更哀。甚連環，無計解。百勞分背燕飛去，雲樹蒼崖。千里相思，何處托幽懷。温嶠風流還自許，後期杳，暗塵生，玉鏡臺。

校：「舞殘紅」之「舞」，底本闕，據《四庫全書》本補。「百勞」，《四庫全書》本作「伯勞」。「千里相思」，底本作「□□千里」，據《四庫全書》本改。「暗塵生」之「暗」，底本闕，據《四庫全書》本補。

秋色横空

贈虞美人草。

兒女情多。甚千秋萬古，不易消磨。拔山力盡英雄困，垓下尚擁兵戈。含紅淚，顰翠蛾，拌血污遊魂逐太阿。草也風流猶弄，舞態婆娑。　當時夜聞楚歌。嘆烏騅不逝，恨滿山河。匆匆玉帳人東去，耿耿素志無他。黄陵廟，湘水波。記染竹成斑泣舜娥。又豈止虞兮，無可奈何。

校：「拌血污」，《四庫全書》本作「拚血污」。「泣舜娥」之「泣」，底本闕，據《四庫全書》本補。

秋色横空

詠梅，順天張侯毛氏以太母命題索賦。

摇落初冬。愛南枝迥絶，暖氣潛通。含章睡起宫妝褪，新妝淡淡丰容。冰蕤瘦，蠟蔕融，便自有倐然林下風。肯羡蜂喧蝶鬧，艷紫妖紅。　何處對花興濃。向藏春池館，透月簾櫳。一枝鄭重天涯信，腸斷驛使相逢。關山路，幾萬重。記昨夜筠筒和淚封。料馬首幽香，先到夢中。

校：詞題，《四庫全書》本作「順天張侯毛氏以早梅命題索賦，時壬子冬」。「含章」，《四庫全書》本作「金章」。

石州慢

丙寅九日，期楊翔卿不至，書懷用少陵詩語。

千古神州，一旦陸沉，高岸深谷。夢中雞犬新豐，眼底姑蘇麋鹿。少陵野老，杖藜潛步江頭，幾回飲恨吞聲哭。歲暮意何如，怯秋風茅屋。　幽獨。療飢賴有商芝，暖老尚須燕玉。白璧微瑕，誰把閒情拘束。草深門巷，故人車馬蕭條，等閒瓢棄樽無緑。風雨近重陽，滿東籬黄菊。

鳳凰臺上憶吹簫　題闕

笳鼓秋風，旌旗落日，使君威震雄邊。羡指麾貔虎，斗印腰懸。盡道多多益辦，仗玉節、亳邑新遷。江淮地、三軍耀武，萬竈屯田。　戎軒。幾回開宴，有晝戟門庭，珠履賓筵。慣雅歌堂上，起舞樽前。况是稱觴令節，望醉鄉、有酒如川。明年看，平吴事了，圖像凌烟。

校：「戎軒」，《四庫全書》本作「歡然」。「開宴」，底本闕，據《四庫全書》本補。「有晝戟」之「有」，底本闕，據《四庫全書》本補。

滿庭芳

屢欲作茶詞，未暇也。近選宋名公樂府，黄、賀、陳三集中，凡載《滿庭芳》四首，大槩相類，互有得失。復雜用元寒删先韻，而語意若不倫。僕不揆狂斐，合三家奇句，試爲一首，必有能辨之者。

雅燕飛觴，清談揮麈，主人終夜留歡。密雲雙鳳，碾破縷金團。□品香泉味好，須臾看、蟹眼湯翻。銀瓶注，花浮兔椀，雪點鷓鴣斑。　雙鬟。微步穩，春纖擎露，翠袖生寒。覺清風扶我，醉玉頽山。照眼紅紗畫燭，吟鞭送、月滿銀鞍。歸來晚、芸牕未寢，相伴小妝殘。

校：詞序，「元寒删先」，底本作「無寒删先」，據《四庫全書》本改；「狂斐」，《四庫全書》本作「狂妄」。「頽山」，作「頽顔」。「畫燭」，作「絳蠟」。「吟鞭」，作「金鞭」。「銀鞍」，作「吟鞍」。「小妝」，作「卸妝」。

緑頭鴨　洞庭懷古

黯銷凝，楚天風物凄清。過黄陵，山長水遠，古今遷客傷情。渺澄波、聚魚曲港，浣紗人去掩柴荆。洞庭晚、荻花風細，秋月照茅亭。一壺酒，澆平磊磈，問甚功名。　買扁舟，安排歸去，五湖烟景誰争。等閒攜、弄瓢西子，恍惚遇、鼓瑟湘靈。看盡嬌顰，聽殘雅奏，暮雲江上數峰青。　舵樓底，香芹鮮鯽，還似越中行。閒身好、浮家泛宅，聊寄平生。

校：《四庫全書》本詞牌下注：「一名多麗」。「誰爭」，《四庫全書》本作「難爭」。「弄瓢」，作「弄笛」。

永遇樂

至元辛卯春二月三日，同李景安提舉遊杭州西湖。

一片西湖，四時烟景，誰暇遊遍。紅袖津樓，青旗柳市，幾處簾争捲。六橋相望，蘭橈不斷，十里水晶宫殿。夕陽下、笙歌人散，唱徹采菱新怨。　金明老眼，華胥春夢，腸斷故都池苑。和靖祠前，蘇公堤上，謾把梅花撚。青衫儘耐，濛濛雨濕，更著小蠻針線。覺平生、扁舟歸興，此中不淺。

校：「老眼」，《四庫全書》本作「老假」。「祠前」，作「亭前」。「蘇公堤」，作「蘇公提」。「儘耐」，作「儘奈」。

賀新郎

題闕

喜氣軒眉宇。看盧郎、風流年少，玉堂平步。車騎雍容光華遠，不似黄糧逆旅。抖擻盡、貂裘塵土。便就莫愁雙槳去，待經過、蘇小錢塘渡。畫圖裏，看烟雨。　一樽邂逅歌金縷。望晴川、鑪峰瀑布，浪花溢浦。老我三年江湖客，幾度登臨弔古。悵日暮、家山何處。別後江頭虹貫日，想君還東觀圖書府。天咫尺，聽新語。

校：「看盧郎」之「看」，底本闕，據《四庫全書》本補。

讌瑶池

《讌瑶池》本名《八聲甘州》，樂府《八聲甘州》名頗鄙俚，予愛其法雅健，因採東坡《戚氏》一篇，稍加櫽括，使就新翻，仍改其名。

玉龜山、阿母統群仙。幽閒志蕭然。有金城千里，瓊樓十二，紫翠霏烟。穆滿當時西狩，八駿戲芝田。駐蹕瑶池上，命賜華筵。　天樂雲璈鼎沸，看飛瓊舞態，醉飲留連。漸月斜河漢，霞綺布晴天。望神州、東回玉輦，杏花風、數里響鳴鞭。長安近、依稀柳色，翠點秦川。

校：詞序，「鄙俚」，《四庫全書》本作「俚鄙」。「駐蹕」，作「駐驛」。

垂楊

壬子冬，薄遊順天，張侯毛氏之兄正卿，邀予往拜夫人。既而留飲，撰詞一詠梅，以玉耳墜金環歌之。一送春，以垂楊歌之。詞成，惠以羅綺四端。夫人大名路人，能道古今，雅好客。自言幼時，有老尼，年幾八十，嘗教以舊曲垂楊，音調至今了然，事與東坡補洞僊歌詞相類。中統建元，壽春榷場中，得南方詞，編有垂楊三首，其一乃向所傳者，然後知夫人真承平家世之舊也。

闌山杜宇。甚年年唤得，韶光歸去。怕上高城望遠，烟水迷南浦。賣花聲動天街曉，總吹入、東風庭户。正紗窗、濃睡覺來，鶯翠蛾愁聚。　一夜狂風横雨，恨西園、媚景匆匆難駐。試把芳菲點檢，鶯燕渾無語。玉纖空折梨花撚，對寒食、厭厭心緒。問東君，落花誰是主。

校：詞序，「雅好客」，《四庫全書》本作「雅好」；「自言幼時」，《四庫全書》本作「因自言幼時」。「甚年年」之「甚」，底本闕，據《四庫全書》本補。「總吹入」之「入」，底本闕，據《四庫全書》本補。

按：據《全金元詞·訂補附記》，此詞末「問東君，落花誰是主」，當作「問東君，此別經年，落花誰是主」。

西江月　題闕

白石空銷戰骨，清泉不洗飛埃。五雲多處望蓬萊。鞭石誰能過海。一夕神遊八表，衆星光拱三台。天公元不棄非才，坐我金銀世界。

西江月

郭祐之得雄渠，即賈治中婿。

天上靈椿未老，月中丹桂初花。充閭佳慶儘堪誇。聖善元來姓賈。廣座平分玉果，絳顱剩拂丹砂。從今人説細侯家。自有青衫竹馬。

西江月　題闕

過隙光陰流轉，還丹歲月綿延。幾人青鬢對長年。且鬬時間康健。四海率歸英主，三山免化飛仙。大家有分占桑田，近日蓬萊水淺。

校：「且鬬」，《四庫全書》本作「且慶」。「時間」，作「一時」。

西江月　九江送劉牧之同知之杭

我自紉蘭爲佩，君方剖竹分符。才情風調有誰如。彷彿三生小杜。置酒昔登峴首，題詩今對匡廬。青衫恨不到西湖，共濕黄梅細雨。

西江月　李元讓赴廣東帥幕

皎皎風前玉樹，煌煌腰下金符。陳琳檄草右軍書。香滿紅蓮幕府。　政自雄心撫劍，不妨雅唱投壺。長纓繫越在須臾。看掃蠻煙瘴雨。

西江月　漁父

世故重重厄網，生涯小小漁船。白鷗波底五湖天。別是秋光一片。　竹葉醅浮綠釀，桃花浪漬紅鮮。醉鄉日月武陵邊，管甚陵遷谷變。

浪淘沙　題闕

今古海山情。月牖雲扃。潛教小玉報雙成。整頓羅衣斜斂出，門外嬌迎。　燈暗酒微醒。鬢亂釵橫。一春心事語叮嚀。明夜閒衾容易冷，誰復卿卿。

浪淘沙　題闕

青鎖幾窺容。帶結心同。臨鸞誰與畫眉峰。自恨尋芳來較晚，孤負春紅。　無物比情濃。無計相從。殷勤心事若爲通。留得青衫前日淚，彈滿西風。

浪淘沙　題闕

行路古來難。似得還山。山間終是勝人間。風月琴樽應不羨，塵土征鞍。　何處老來閒。白下長干。一番春事又闌珊。流水桃花天地外，老我漁竿。

校：「流水桃花天地外，老我漁竿」，底本闕，據《四庫全書》本補。

朝中措　題闕

燕忙鶯亂鬬尋芳，誰得一枝香。自是玉心皎潔，不隨花柳飄揚。　明朝去也，燕南趙北，水遠山長。都把而今歡愛，留教後日思量。

朝中措　題闕

娃兒十五得人憐。金雀髻垂肩。已愛盈盈翠袖，更堪小小花鈿。　江山在眼，賓朋滿座，有酒如川。未便芙蓉帳底，且教玳瑁筵前。

朝中措　題闕

田家秋熟辦千倉，造物恨難量。可惜一川禾黍，不禁滿地螟蝗。　委填溝壑，流離道路，老幼堪傷。安得長安毒手，變教四海金穰。

朝中措　題闕

蒼松隱映竹交加。千樹玉梨花。好箇歲寒三友，更堪紅白山茶。　一時折得，銅瓶插看，相映烏紗。明日扁舟東去，夢魂江上人家。

校：「銅瓶」，《四庫全書》本作「銀瓶」。

朝中措　題闕

東華門外軟紅塵。不到水邊村。任是和羹傅鼎，争如漉酒陶巾。　三年浪走，有心遯世，無地棲身。何日團欒兒女，小窗燈火相親。

清平樂　詠木樨花

碧雲葉底。萬點黄金蘂。更看薔薇清露洗。澤國秋光如水。　餘生牢落江南。幽香鼻觀曾參。見説小山招隱，夢魂夜夜雲嵐。

校：「雲嵐」，《四庫全書》本作「雲巖」。

清平樂　詠水仙花

玉肌消瘦。徹骨熏香透。不是銀臺金盞酒。愁殺天寒翠袖。　遺珠悵望江皋。飲漿夢到藍橋。露下風清月慘，相思魂斷誰招。

清平樂　李仁山檻中蟠桃梅

前村瀟洒。雪徑人回駕。一檻誰移春造化。鬱鬱香浮月下。　青綾半護冰姿。宛然臨水開時。説與緑毛么鳳，不妨倒掛虬枝。

校：「虬枝」，《四庫全書》本作「枝枝」。

清平樂 題闕

笠篌朱字。夢覺參差是。不種仙家白玉子。著甚消魂好事。　桃花門外重重。一言半語相通。縈損題詩崔護，幾回南陌春風。

校：「朱字」，《四庫全書》本作「小字」。「消魂」之「魂」，底本闕，據《四庫全書》本補。

清平樂 題闕

朱顏漸老，白髮添多少，桃李春風渾過了。留得桑榆殘照。　江南地迥無塵。老天一片閒雲。戀殺青山不去，青山未必留人。

清平樂

同施景悦賭雙陸不勝，戲作。

閒尋博奕。飽飯消長日。自笑家儲無甔石。百萬都教一擲。　平生酒聖詩豪。韋娘局上相嘲。今日風流磨折，翠裘輸與絁袍。

校：「絁袍」，《四庫全書》本作「青袍」。

點絳唇 題闕

翠水瑶池，舊遊曾記飛瓊伴。玉笙吹斷。總作空花觀。　夢裏關山，淚挹羅襟滿。離魂亂。一燈幽幔。展轉秋宵半。

校：「幽幔」，《四庫全書》本作「幽慢」。

小桃紅

歌姬趙氏常爲友人賈子正所親，攜之江上，有數月，留後。予過鄧，徑來侑觴，感而賦此，俾即席歌之。

雲鬟風鬢淺梳粧。取次樽前唱。比著當時楚江上。減容光。故人别後應無恙。傷心留得，軟金羅袖，猶帶賈充香。

校：詞序，「徑來」，《四庫全書》本作「往來」。「楚江上」之「楚」，底本闕，據《四庫全書》本補。

踏莎行　詠雪

凍結南雲，寒風朔吹。紛紛六出飛花墜。海仙剪水看施工，仙人種玉來呈瑞。　梅蕚清香，竹梢點地。畫欄倚濕湖山翠。先生方喜就烹茶，銷金帳裏何人醉。

校：「何人」，《四庫全書》本作「人何」。

浣溪沙

酒間贈金禪師，時近六旬，頭白如雪。

世事方艱便猛回。叢筠佳處得栽培。花光别有一枝梅。　頭似雪盔那復漆，心如風篆也無灰。生前相遇且啣杯。以上康熙楊友敬刻本《天籟集》卷下

校：「叢筠」，《四庫全書》本作「竹叢」。「頭似雪盔」，作「頭似雲盔」。「那復漆」，作「都復漆」。

曹光輔　存詞一首

曹光輔，生平不詳。張之翰《西巖集》有《寄曹光輔揚州教授》詩。《録鬼簿》「前輩名公樂章傳於世者」有「曹光輔學士，名元用」，或是一人。

水龍吟

世間清苦禪和，了心才到安閒地。藜牀兀兀，經年打坐，頹然假寐。卻甚牀邊，偶聞牛鬥，不知喧蟻。怪藤條臨濟，饑餐困卧，方會得、個中味。　争似横江樓上，入簾櫳、好山供翠。悠悠萬事，從今都付，黄糧炊裹。朝暮陰晴，定應不廢，平生甘睡。笑傍人問我，何當夢覺，爲蒼生起。清康熙楊友敬刻本《天籟集》卷上

按：詞前原有「曹光輔教授凡和三十首，不能盡録，姑記其一云」。此詞爲和白樸《水龍吟》（醉鄉千古人行）詞。

僧仲璋

存詞一首

仲璋，俗姓閻，法諱志璉，號山泉道人。落魄嗜酒，滑稽玩世，頗爲時人所愛。

念奴嬌

消磨九日，算年年、惟有黄花白酒。把酒簪花能有幾，七十光陰回首。人壽難期，酒杯有限，花色應如舊。花穠酒釅，問君著甚消受。　彭澤千古英魂，有花能折，有酒能傾否。萬事悠悠輸一醉，花酒休教離手。明日西風，闌珊酒盡，憔悴花枝瘦。酒腸花眼，正宜年少時候。清康熙楊友敬刻本《天籟集》卷上

按：詞前原有白僕序云「中秋重九，人間佳節也。古今賦詠固多，予早年嘗記僧仲璋《九日述懷》一篇，與此篇格相同，恐歲久無傳，就附於此。仲璋俗姓閻，法諱志璉，號山泉道人。落魄嗜酒，滑稽玩世，頗爲時人所愛。」序中「此篇」，指白樸《念奴嬌·中秋效李敬齋體每句用月字》。

李仁山 存詞一首

李仁山，生平不詳。曾次韻白樸詞作，《名儒草堂詩餘》有王夢應《壽李仁山》一首。

清平樂

瑶英輕灑。姑射飄仙駕。巧奪孤山能變化。夭嬌飛來白下。　絶憐玉骨清姿。不隨紅紫芳時。要識天然標格，竹籬茅舍横枝。清康熙楊友敬刻本《天籟集》卷下

按：原題作「李仁山次韻。自注：蟠桃來自杭。和靖詩句，得於孤山也」。此詞爲次韻白樸《清平樂·李仁山檻中蟠桃梅》詞。

王惲 存詞二四四首

王惲（一二二七—一三〇四），字仲謀，號秋澗。衛州汲縣（今屬河南）人。祖上仕金。王惲好學善屬文，受知於元好問，與東魯王博文、渤海王旭齊名，并稱「三王」。史天澤將兵攻宋，待以賓禮。元世祖中統元年，左丞姚樞辟王惲爲詳議官。中統二年春，轉翰林修撰，至元五年首拜監察御史，至元十四年任翰林待制。至元十八年拜行臺治書侍御史，未赴職。次年春，改山東東西道提刑按察副使，一年後以病還鄉。至元二十六年，授福建閩海道提刑按察使。至元二十八年，召至京師，次年春，見元世祖于柳林行宫，授翰林學士，元貞元年，奉旨修世祖實録，集《聖訓》六卷。大德六年致仕，大德八年六月卒。追封太原郡公，謚文定。王惲以才幹見稱，尤好著述。所著《秋澗先生大全文集》一百卷，今存。包括《承華事略》、《守成事鑑》共二卷，《中堂事記》三卷，《烏臺筆補》十卷，《玉堂嘉話》八卷。《四部叢刊初編》所收明弘治刊本，以及《元人文集珍本叢刊》所收明刊修補本《秋澗先生大全文集》，均存詞四卷（卷七十四至卷七十七），是作品流傳至今最多的元代詞家。清人朱祖謀將王惲詞編入《彊村叢書》，題爲《秋澗樂府》，共四卷。所著《相鑒》五十卷，《汲郡志》十五卷，今均不傳。生平見王公孺撰神道碑銘（《秋澗先生大全文集》附録）、《元史》卷一六七、《元詩選》初集《秋澗集》。

望海潮

乙卯歲端午，賦北郊騎鞠，呈節使史侯。

龍沙王氣，恒山秀色，德星光動南州。使君高宴，北城佳處，薰風紅閃旗旒。兩翼擁貔貅。駭鼉鳴疊鼓，杖奮驚虬。一點星飛，畫柱得意過邊籌。　貂蟬元自兜鍪。笑閭閻小子，談笑封侯。萬騎平原，千艘漢水，堂堂小試青油。賓從儘風流。喜武同張肆，書漫韓投。樂事更疇。醉魂還夢菊花秋。

望海潮　爲故相雲叟公壽

炬明珂馬，戟森兵衛，日長鈴閣春凝。舜朝儀鳳，傅巖霖雨，世傳昴宿儲精，天地入經綸。見東山高卧，一念蒼生。談笑金華，故事六合海波平。　一杯福壽川增。請丈人静聽，賤子微誠。蘇嶺雲霞，西溪梅竹，風煙畫出共城。羽翼漢功成。儘山中名在，天外鴻冥。一點台星。清光長射老人明。

望海潮　爲子初總管壽

桐鄉遺愛，于門陰積，充閭氣自葱葱。霜華封菊，橙金泛醁，秋香吹滿簾櫳。人物漢元龍。喜升堂一拜，今歲相同。洗盡金貂，貴氣黄卷貯深功。　見君雅量雍容。信男兒到此，方是豪雄。林下夫人，膝前文度，摩挲湖玉雙峰。福壽儘無窮。看一家樂事，五縣提封。彩袖歌鐘。年年長醉玳筵紅。

校：「湖玉」，《四庫全書》本作「湖上」。

水調歌頭　送王子初之太康

將軍報書切，高卧起蟠蟠。悲歡離合長事，知己古爲難。憶昔草廬人去，鬱鬱風雲英氣，千載到君還。歌吹展江底，長鋏不須彈。　路漫漫，天渺渺，興翩翩。西風鴻鵠，一舉横絶碧雲端。自笑鶺鴒孤影，落日野煙原上，沙晚不勝寒。後夜一相憶，明月滿江干。

校：「長鋏」，《四庫全書》本作「常鋏」。

水調歌頭　爲仲方東園賦

野飲不稱意，歸促紫游繮。誰知草堂深處，清賞興尤長。夢裏佳人錦瑟，眼底瓦盆濁酒，衣袖醉淋浪。歌罷竹軒晚，風細月波凉。　爲東園，梅與竹，足清香。不須更栽桃李，花底駐春光。人道漆園家世，王謝風流未遠，培取桂枝芳。讀書貧亦好，此語試平章。

校：詞題，《四庫全書》本作「爲莊仲方東園賦」；「園」，底本作「源」，據《四庫全書》本改。

水調歌頭　送王脩甫東還

樊川吾所愛，老我莫能儔。二年鞍馬淇上，來往更風流。夢裏池塘春草，却被鳴禽呼覺，柳暗水邊樓。浩蕩故園思，汶水日悠悠。　洛陽花，梁苑月，苦遲留。半生許與詞伯，不負壯年游。我亦布衣游子，久欲觀光齊魯，羇紲在鷹韝。早晚西湖上，同醉木蘭舟。

水調歌頭　和趙明叔韻

西山捲殘雨，天宇翠眉脩。餘霞漸成綺散，樓外月如舟。漾漾銀河垂地，浩浩天風拂枕，吹滿一簾秋。覺我清興遠，歸夢到嵩幽。　野猿驚，山鳥笑，欲何求。十年一官黄散，了不到封侯。自有竹林佳處，滿酌窪樽貯酒，一醉共浮休。夔契在廊廟，畎畝不須憂。

水調歌頭　次前韻

紉蘭綴芳佩，遠駕振靈脩。王成事海無際，泛若一輕舟。誰著朱衣白簡，老坐癡床十日，霜鶻漫横秋。落日壯心在，不負鬼神幽。　笑咿嚘，驚骯髒，竟何求。丈夫出處義在，不用計行留。萬事味來嚼蠟，只有濟時一念，未肯死前休。驅馬出東郭，聊以散吾憂。

校：「王成」，《四庫全書》本作「玉成」，珍本叢刊本作「王城」。「誰著」，《四庫全書》本作「誰作」。「十日」，《四庫全書》本作「斜日」。「嚼蠟」，《四庫全書》本作「嚙蠟」。

水調歌頭　和姚雪齋韻

書史有真味，誰遣博微官。丈夫出處道在，義命正須安。浩浩都門冠蓋，眼冷雞蟲得失，矯首入遐觀。時對雪齋老，清議豁襟顔。　閲名書，探理窟，警銘盤。自嘆空然鼠腹，過飲不知繁。萬古乾坤清氣，散入詩仙脾膈，揮洒有餘歡。早晚付心訣，風雨滿堂寒。

水調歌頭　壽雪齋

高齋際晴雪，萬象入遐觀。文章在公餘事，聞望到歐韓。千古微茫洙泗，浩浩發源伊洛，百折障狂瀾。歌詠武公志，傲抑過銘盤。　濟時心，調鼎手，未容閑。重看印窠，垂錦花底壓千官。見説梅梢春信，一夜蠟痕香滿，光動壽杯寬。勳業鼎鐘上，留待百年看。

水調歌頭　壽王子壽時年八十三

汾流浥餘潤，霜菊滿秋香。釀成一堂和氣，來薦老人觴。七十人生稀有，況復年踰八十，飲啖日康强。骯髒欲誰與，趙壹倚門傍。　頰浮丹，瞳點漆，鬢如霜。平生陰有神相，特爲表剛腸。世事語來無味，只有讀書一念，老矣不能忘。九老更添一，圖畫見高堂。

水調歌頭　壽時相

佩蘭近佳節，高第照神州。西山致有爽氣，天際翠眉脩。釀作碧霄清露，暗滿庭前細菊，香淡一簾秋。春酒未容瀉，壽席已風流。　鏘鳴玉，看獨步，鳳池頭。薦賢真宰事業，藥籠到兼收。總道生平襟量，一片丹衷爲國，不負幙中籌。齊漭救時語，持用壽君侯。

校：「真宰」，底本作「貢宰」，據珍本叢刊本改。

水調歌頭

文卿提刑自陝西按察改授河東，其子東還，寄聲不肖，且徵鄙作，因贈樂府《水調歌頭》，以答雅意。

一峰華不注，東望雨冥冥。黄雲畫角，回首客舍又幽并。喜接西來佳耗，聞道東山未老，雙鬢爲誰青。經濟有公論，且莫嘆飄零。　杏花吟，山色句，儘稱停。平生風味不淺，聊爾寫襟靈。步冷東垣秋水，坐對汾亭夜月，兩地若爲情。合作碧簫曲，留待醉時聽。

水調歌頭 宴張右丞遂初園

園林足佳勝，鐘鼓樂時康。去天尺五韋杜，此日漢金張。誰似主人好客，暫趂金華少暇，罇俎共徜徉。三館儘英雋，簪履玉生光。　眺東臺，登北榭，讌南堂。露涼玉簪零亂，竹静有深香。醉聽新聲金縷，愛仰東山雅量，清賞興何長。高詠遂初賦，松柏鬱蒼蒼。

水龍吟

壽都督史侯，時爲東平總管。

漢壇千古風流，笑談自是詩書將。兩淮草木，一門忠孝，先聲遠暢。奕世金貂，雄邊韜略，三軍獨張。道十年漢水，旌旗動色，春都在，投壺唱。　一點德星迴照，光浮動、太山千丈。戟門春静，人安事簡，提封保障。漢相規隨，蓋公安靖，平生心賞。見壽毫不遠，鳳池消息，醉仙家釀。

水龍吟 賦蓮花海棠

兩株雲錦翻空，換根元有丹砂秘。繡幃重繞，銀缸高照，故家風味。翠羽生紅，霧紗肌玉，風流誰比。記沉香亭暖，真妃半醉，雲鬟亂，耽春睡。　夢裏昆明灰冷，悵留在、紅幢翠袂。金盤華屋，無心與並，朱門桃李。一醆傷春，臨軒便恐，綵鸞交墜。倩紫簫喚起，霓裳舊曲，拚花前醉。

校：「真妃」，《四庫全書》本作「貴妃」。

水龍吟　送焦和之赴西夏行省

當年紫禁煙花，相逢恨不知音早。秋風倦客，一杯情話，爲君傾倒。回首燕山，月明庭樹，兩枝烏繞。正情馳魏闕，空書怪事，心膽墮，傷殷浩。　禍福無端倚伏，問古今、幾人明了。滄浪漁父，歸來驚笑，靈均枯槁。邂逅淇南，歲寒獨在，故人襟袍。恨黄塵障盡，西山遠目，送斜陽鳥。

校：「襟袍」，珍本叢刊本作「襟抱」。

水龍吟　賦春雪

空齋寂寞春寒，坐來庭竹風聲悄。天低雲暖，冰花誰剪，須臾雲擾。好是東君，與時呈瑞，春迴枯槁。快黄塵壓盡，千林膏沐，休更問，青山老。　我愛春來起早。恍芸窗、光摇瓊島。玉華城郭，炊煙巷陌，酒旗風裊。高興悠然，沽壚思與，文園傾倒。爲使君預報，春城燈火，比年時好。

水龍吟　壽陳節齋

倚天望漢臺高，公趙人，有鄧將軍望漢臺。騫騰便到煙霄上。一時殊遇，風雲儷景，元龍豪爽。剛斷冰清，風流却有，東山雅量。道十年京洛，棠陰遺愛，人如醉，春風釀。　一點德星回照，光浮動、太行千丈。戟門春靜，人安事簡，功餘保障。燕寢香凝，不妨時在，騷壇吟賞。爲使君預泛，鳳池春浪，壽金華相。

校：「煙霄」，《四庫全書》本作「青霄」。

水龍吟

日邊儷景同翻，千年高際風雲會。堂堂大節，中流砥柱，狂瀾横制。黄閤歸來，英姿颯爽，故家房魏。甚是中却有，東山雅量，經綸盡，金華事。　總道丹心爲國，要春滿、人間桃李。詩壇風月，清時鐘鼓，不妨遊戲。一點台星，五雲縈繞，鳳池佳氣。爲相君滿泛，金盤仙露，枕秋蟾醉。

水龍吟

己未春三月，同柔克濟河，中流風雨大作，幾覆者再。感念疇昔，爲賦此詞，且以經事之後，重有所惜云。

春流兩岸桃花，驚濤極目吞天去。孤舟纜解，棹歌聲沸，漁舠掀舞。雲影西來，片帆吹飽，滿空風雨。悵淋漓元氣，江南圖畫，煙霏盡，汀洲樹。　天地此身逆旅，笑歸來、滿衣塵土。功名些子，就中多少，艱危辛苦。北去南來，風波依舊，行人争渡。聽滄浪一曲，漁人歌罷，對夕陽暮。

校：「就中」，《四庫全書》本作「枕中」。

水龍吟

舜泉在濟南城中，自壬子年水去來不常。今歲秋八月，余到官兩日，泉流復出，其深可厲，回風瀟瀟，翠荇盈沼，邦人以爲神來之兆。近陪憲使，展敬祠下，因索鄙作，謹繼丞相雙溪公懷古嚴韻，用紀其異。

窈然碧玉池方，緑波不見還凝佇。翠荇痕在，金支光澹，湘妃無語。瑶瑟聲沉，畫欄愁絶，幾回如許。甚風煙依約，魚龍黯慘，空回首，珠簾暮。　一夕翠華臨幸，也悲涼、故宫塵土。石根碧漲，天瓢翻出，黑灣雷雨。思舜亭高。風漪吹散。滿空秋暑，欲蒼梧回叫，鳳簫淒斷，聽躬耕處。

校：詞序，「瀟瀟」，《四庫全書》本作「蕭蕭」。

水龍吟　登邯鄲叢臺

春風趙國臺荒，月明幾照苕華夢。從亡横破，西山留在，翠鬟煙擁。劍履三千，平原池館，誰家耕壟。甚千年事往，野花雙塔，依然是，騷人詠。　還憶張陳繼起，信侯王、本來無種。乾坤萬里，中原自古，幾多麟鳳。一寸囊錐，初無銛穎，也沾時用。對殘缸影澹，黄糧飯了，聽征車動。

校：「也沾」，《四庫全書》本作「也占」。

按：《秋澗先生大全文集》卷七十四以下詞，《四部叢刊》本、珍本叢刊本有，文淵閣《四庫全書》本未收。

水龍吟

至元十七年三月廿二日，予按部東行梁門，劉君仲祥自高林來餞。臨歧把酒，長歌不休，既而壺傾，猶不忍别，復聯鑣幾三十里，踰大尹而去。不知劉君得於余者何，乃爾相愛，因以水龍吟歌之，且酬雅意，仍答見徵之意云。

緑楊一道飛花，繡衣亂點如晴雪。玉瓶酒盡，陽關歌徹，未容輕發。緑綺論心，幾人得似，劉君風節。記山堂轟醉，已成塵跡，今又作，東城别。　世事悠悠誰料，淡長空、孤鴻明滅。老懷耿耿，正須自信，堅彌百折。白髮灰心，平生留在，情馳丹闕。悵孤雲細草，東州回望，悵高城隔。

水龍吟　賦秋日紅梨花

纖苞淡貯幽香，玲瓏軒瑣秋陽麗。仙根借暖，定應不待，荆王翠被。瀟洒輕盈，玉容渾是，金莖露氣。甚西風宛勝，東闌暮雨，空點綴，真妃淚。　誰遣司花妙手，又一番、争奇呈異。使君高卧，竹亭閒寂，故來相慰。燕几螺屏，一枝披拂，繡簾風細。約洗粧快瀉，玉瓶芳酒，枕秋蟾醉。

校：「玉容」，底本作「玉客」，據珍本叢刊本改。

水龍吟

至元二十三年丙戌孟冬廿八日小雪，十月中，是日雪作，連明霑地，而釋潤於春澤，其應時顯瑞，數年已來，未之見也，實可爲明時慶，因作樂府《水龍吟》以紀其和。予平昔屢嘗賦此，未免掇拾故事，張惶景氣而已。兹篇之作，頗體白戰，抑老懷略見樸忠之至，畎畝不忘之意也。

畫樓十日春陰，晚風吹作冰花轉。初冬中候，應時呈瑞，幾年未見。沽酒尋梅，就中此興，撩人不淺。更露堂添得，虚窗夜白，清於水，光如練。　我老久諳世味，最忻然、人安米賤。蝗蝝入地，麥旗掉龍，翠翻平甸。大獵清邊，爲民祈穀，睿思何遠。在詞臣合取，元和賀例，拜明光殿。

校：「冰花」，底本作「水花」，據珍本叢刊本改。

水龍吟

郭宣徽善甫開宴娱賓，命樂工郭仲禮鳴笳佐酒，思甚清暢。酒闌人散，餘音嫋嫋，宛猶在耳，且有衰年情嚮之感。明日，喦甫修撰爲求樂府，賦越調以歌之。

春風緑綺堂深，樽前初識龜年面。煙花紫禁，幾年供奉，香飄合殿。悲壯淒清，九天飛下，鳳吟鶯轉。待近前細看，品題銀字，知還是，紅牙管。　儘著金簧玉磬，泛宫聲、五音初遍。朋簪四合，回頭聽處，少陵情惋。緑酒抛春，何心傾倒，汾陽金盌。爲斯人少漏，玉堂消息，瀉清商怨。

水龍吟

丙戌八月十二日宴李氏宅，郡侯扎忽觧酒酣，爲予親彈琵琶勸酒，明日賦此曲以謝。

相逢一醉金荷，氣豪長恨歡娱少。貂蟬貴待，内家聲伎，琵琶最好。鐵撥鵾絃，劃然中有，繁音急調。笑黄雲出塞，青衫拭淚，恩怨事，君休道。　且聽新聲硬抹，更銀箏、與相繚繞。空堂雪幌，玉盤珠迸，清雄縹緲。漢殿承恩，侯藩作牧，此心未老。付曲中細瀉，他年事業，拜紅雲島。

水龍吟

去歲秋至今年春，凡七月不雨，有終風徒曀而已，生意殊悴然也。逮二月九日雨，雖以小言隨妥而釋，三日方霽。向來焦枯，一洗而潤，且又在清明節前。嘗念一旱所繫甚重，詩云：「哿矣富人，哀此惸獨。」然衆安，我乃能安，不然，雖屋潤者其可能獨安乎？此施既光，誠可賀也，作越調以歌之，秋澗老人序。

喜看春雨如膏，東風吹作冰花轉。海棠紅瘦，梨花香濇，似嫌春晚。縱使寒生，猶勝空際，陌塵黄捲。道佳人拾翠，王孫憶草，都不負，尋芳眼。　欲見太平有象，除豐年、更何可羨。田家作苦，老臣憂國，眉頭俱展。最好知時，清明前後，一犁非淺。笑樂天空抱，元和詩律，夢金鑾殿。一作典春衫爲問，鄰家新釀，撥春江面。

水龍吟　賦箏

故家張樂娛賓，樂中無似秦箏大。華筵聽處，一揮銀甲，笙竽幽籟。四座雄聲，滿空秋雨，來從天外。甚脩然思變，白翎清調，驚飛下，金蓮塞。　長憶桓伊手語，撫哀絃、醉歌悲慨。使君元有，不凡風調，平生豪邁。緑酒飥堂，爲余翻作，八鸞□海。道更張正賴，新聲陶寫，繼中書拜。

校：「脩然」，《四庫全書》本作「倏然」。

水龍吟　送崔中丞赴上都

緑楊一道飛花，繡花亂點如晴雪。都門幾日，翠鸞回軫，情馳魏闕。頃不忘君，時雖多暇，遠猶辰説。道六條儘備，諸人多樣，卒難應，和鸞節。　物勝自餘芽枿，恐都輸、豸霜摧折。人無定志，事隨雲變，莫捫渠舌。百步穿楊，空拳搏虎，豈容重發。望君侯早晚，去登黄閣，作調元客。

水龍吟

飛卿系出將種，余官燕趙時相識。讀書尚義，若不碌碌者，然流離頓挫，迄於今十年，其窮極矣。既爲哀之，且求其所以然，遂有斯作。以越調《水龍吟》歌之，庶幾伯奇履霜自傷，窮思返義，俾采詩者聞之，不無當笞逐兒之感。

彫零萬木叢中，秋霜不隕蒼筠節。十年相見，燕南趙北，無根行客。妻病兒殤，歸來空在，蒯緱彈鋏。分躬耕壟□，□山鵲起，誰喚與，將軍獵。　腰下鐵絲有箭，柰荒煙、冷霾虎穴。見哀漂母，猶勝低首，看人顏色。百折彌堅，一窮終泰，不容終結。望伯奇細瀉，履霜幽怨，洒西風血。

酹江月　東原寒食

天涯寒食，問東風、底事留連行客。千樹芳菲春不管，吹盡枝頭紅雪。湖水春波，佳人錦瑟，腸斷非離索。西來一劍，不堪塵滿霜鍔。　憑仗誰話春愁，一罇濁酒，醉了還重酌。盡日西歸歸未得，怨殺山中猿鶴。六印雙旌，兩都無分，此去從吾樂。太行佳處，布衣高卧雲壑。

酹江月

平陽府倅第，有來禽兩株，以托根官舍，有空谷幽居之歎。逮亞尹明卿來培植顧護，始知重惜。今年清明前，花盛開，芳姿綽約，頻增容色。侯置酒高會，遂極歡賞。余因念草木之微，豈輕重顯晦，亦有數存其間邪，乃以《酹江月》歌之。同飲者忽治中英甫、劉提舉老哥，時至元甲戌春二月十有三日也。

遺臺樹老，獨畫闌、春事猶未消歇。好在來禽花盛發，滿意清明時節。翠袖翻香，朱顏暈酒，綽約冰肌潔。幾年空谷，等閑飄墜香雪。　回首綺閣東風，使君情重，一顧傾城色。只恐花飛春減却，來約樽前歡伯。起舞山香，醉歌金縷，細按紅牙拍。青鸞高興，恍然歸夢瑶闕。

酹江月　賦玉瀫鵜薰爐贈數學劉文卿

客窗涼夕，問故家、何物能慰岑寂。都把龍涎二萬斛，滿貯宫池瀫鵜。玉立瓊洲，雪翻花臆，夢繞春江碧。看雲失水，淋漓元氣猶濕。　我昨拄杖敲門，主人情重，預報春消息。相對掀髯談笑間，一縷飛雲摇曳。暖透天心，冷穿月窟，好個行窩客。金盤瀉露，約君同醉秋月。

酹江月　爲友人壽中丞子初

棲遲林壑，甚雍容、雅量氣横寥廓。人道魁然真宰輔，心在朝家黄閣。幾卷閑書，一門清樂，不羡千金橐。諸郎楚楚，鳳毛輝映麟閣。　今歲錦席雲涼，菊香添麝，竹樹煙霏薄。風愛堂前秋氣好，歌裏甘棠如昨。十二金釵，百壺清酒，細把紅螺酌。年年此日，醉看清獻龜鶴。

酹江月　賦雞頭

紫荷盤若，向波心、濈濈鴻頭高啄。滿喙明珠三百顆，一夕秋風吹落。沙盎圓磋，麝湯旋煮，香噴佳人嚼。杯盤涼夜，楚江風味依約。　今歲冷淡中秋，空階雨濕，坐久寒生幕。草草時新聊應候，兒女燈前歡噱。趁暖争拈，分朋鬬噉，翠屑紛如削。老夫傍看，苦吟思與韓較。韓昌黎聯句云：「烏頭刺劍石」。

按：「烏頭刺劍石」，韓愈《城南聯句一百五十韻》有「劍石猶竦檻」、「鴻頭排刺芡」，無此句。

酹江月　福建官舍言懷

散材無用，空擁腫、豈是入時花樣。白髮蒼顏官舍底，日把早衙來放。主治官書，隱憂民瘼，擬澄清望。簡華霜在，顧余關甚得喪。□□□□□□，藕絲能繫，況忝爲司長。後擁前呵非不欲，夢寐山林長往。不憶蓴鱸，不懷松桂，祗爲身多恙。諸公垂顧，免教憔悴煙瘴。

滿江紅　爲大丞相史公壽

柱石中朝，還不減、汾陽勳考。人盡道、今年相府，南衙春早。肘後不知金印大，書中漸覺群疑少。問南枝、消息幾多春，調羹了。寶竇暖，香雲裊。晴雲霽，西山曉。見一星朝出，五雲縈繞。漢日舒長鈴閣靜，雅歌聲入江淮渺。願神尖、長對壽眉青，應難老。

滿江紅

至元十七年十一月十四日，夜夢丞相忠武史公坐甲第西閣中，余侍立其傍。欻急報至云，有敵犯府城西面，公佩櫜鞬，集將領將出，余握玉魚一雙，跽請從行。公曰不遲不遲，因朗誦一樂府，意甚欣暇，曰：「此徒單侍講詞也。」既覺，但記其「日月風雲瀟灑」六字，五夜枕上，因足成之，覺思來甚易，録之，以驗他日之祥云。

雷動雲橫，驚飆鶩、北城西下。人共駭、赤丸夜語，電光飛射。將領未承諸葛令，櫜鞬已在汾陽胯。笑書生、思握玉鱗符，從公駕。鈴索静，雲麾亞。追往事，何多暇。道一篇樂府，翰林情話。日月低回黃閣夢，風雲慘淡凌煙畫。儘花邊、高塚臥麒麟，終瀟灑。

滿江紅

德元來辭，求贈言爲榮，且及河防利害。又聞介甫提刑捍禦衛災有功，用殷卿嚴韻，聊助行色，兼簡德裕、彦隆二良直。

冠劍梁園，又去作、龐眉書客。休自歎、功名幾許，一家風雪。春色似嫌鶯燕老，秋霜歷試松筠節。愛趙生、遊刃簿書間，昆刀鐵。都會地，繁華歇。形勝在，猶堪説。更諸君表裏，玉輝冰潔。水陸若論都漕計，夷門忍使黄流拆。好相須、着力障狂瀾，休傷別。

滿江紅　復用前韻有懷西溪梁園之游

書劍梁園，憶曾是、青驄游客。宮苑廢、三山依約，緑雲紅雪。好在西溪王老子，留連醉盡花時節。記樽前、金縷唱新聲，忘筝鐵。襟韻合，曾衰歇。消客氣，歆情説。儘暮年心事，風霜孤潔。一片黄流翻晚照，回驚吴楚東南拆。偶追思、往事歎餘生，長年別。

滿江紅

不肖目疾，中丞都運趙侯天章漕副相過。自惟衰朽，何以得此。昨晚又以樂府見示，疾讀數過，不覺有起予之歎。復尋前盟，略酬二公雅意。

風月溪堂，也曾是、東州行客。長記得、相逢一笑，羈愁都雪。又對青山談世事，老懷未減元龍節。恨霜蹄、蹴踏短轅間，論鹽鐵。官裏事，何曾歇。公等志，吾能説。儘縱横鞭算，玉壺冰潔。爛醉春風能幾度，桃花未了楊花拆。甚一城、相望半年過，長如別。

滿江紅

廿一年二月初四日，午夜枕上，復繼前韻，書夢中所見。

秣馬膏車，又去作、天涯羈客。明見得、水雲深處，萬花如雪。綠暗江城多洞府，紅燒燭影翻雙節。被曉風、吹散枕中春，簷間鐵。　塵世事，無窮歇。吾最愛，滄浪説。恐靈均澤畔，祗成孤潔。心事比量無少惡，前途何必論龜坼。倘祥金、陶鑄遇良工，從區別。

滿江紅

至元廿一年歲次甲申，二月廿八日灤口離筵，送殷卿同僚西還鎮陽。

一柱華峰，綠翠似、芙蓉金削。辜負却、畫船春水，一尊同酌。寒食清明都幾日，征鞍遽作西歸客。漫春風、檣燕語留人，高城隔。　春草碧，楊花白。粧點就，行軒色。道不應霜翮，能舒長策。三尺青萍風義在，看君冠蓋長安陌。對夕陽、淡處最關情，河梁別。

滿江紅　壽康平章用臣

柱石中朝，人道是、漢家真相。試看取、鳳池高步，珮聲清響。世祖功臣三十六，策勳合在雲臺上。欲暫分、霖雨霈秦川，從時望。　睿思遠，誰能亮。空健倒，驪駒唱。撫一方何似，際天寅亮。肘後不知金印重，玉堂正要吾軍張。向五雲、深處望三台，光千丈。

鳳凰臺上憶吹簫

爲張孝先紫簫賦，係亡金宮中物。

宮樹春空，御屏香冷，誰遺金盌人間。愛一枝紫玉，雙鳳聲蟠。秋月春花客思，把幽情、都付伊傳。驚吹處，籟翻天吹，鶴怨空山。風流貴家公子，記夢裏瓊樓，穩跨蒼鸞。恍露凝銀浦，霜裂琅玕。不見雲間弄玉，餘音散、赤壁江寒。秦臺曉，碧雲零亂瑶天。

校：詞牌「上」，底本闕，據珍本叢刊本補。

鳳凰臺上憶吹簫　贈喬媪張氏

碧鳳翹寒，玉宵宮晚，雲窗誤讀黃庭。恨凌波羅襪，洛浦塵生。往事風流雲散，但翠衾、冷落餘馨。人何在，澹粧縞袂，幽樹柴荊。相逢一尊芳酒，對夜色疎星，歌裊雲停。記水南佳麗，姚魏池亭。夢繞芙蓉城闕，歸馭穩、緱嶺風清。桃花晚，等閑休負瑶英。以上《四部叢刊》本影印明弘治刊本《秋澗先生大全文集》卷七十四

木蘭花慢

憲陵臺畔客，笑幾度，送人行。對一道青山，兩行宮柳，去住人情。蒼生望初不繫，問此身、何用絆虛名。宦味真成畫餅，隱居却伴侯鯖。十年慚愧草堂靈。自分苦飄零。甚一片閑雲，幾迴歸夢，野釣林耕。浮沈待從里社，覺儻來、軒冕總堪驚。寄謝竹林舊友，且休筆削寒盟。

木蘭花慢

送史誠明總管還洛陽，春日飲餞任氏園亭，時紅梅爛開。

愛春光淡沱，歌吹暖，竹西亭。正花簇金鞍，香翻雪樹，碧酒同傾。誰將翠帷雙捲，擁紅粧，臨水

照娉婷。縹緲凌波仙子，依稀羅襪塵生。使君高興動青冥。心事怯流鶯。對如畫江山，一時豪傑，湖海交情。自憐人華如此，且相逢、一笑惜飄零。明日河陽客舍，春風柳色青青。

校：「香翻」之「翻」，底本闕，據珍本叢刊本補，《四庫全書》本作「生」。「人華」，珍本叢刊本作「鬢華」，《四庫全書》本作「年華」。

木蘭花慢

嘆西山歸客，又愁裏，過清明。記幕燕巢傾，朝堂人去，往事堪驚。行藏固非人力，頓塵纓、終愧草堂靈。潘岳無閑可賦，淵明何地堪耕。漢家一論到書生。六合望澄清。甚樓上元龍，山中宰相，何止虚名。當年卧龍心事，儘羽毛、千古見青冥。憔悴中堂故吏，醉來老淚縱横。

木蘭花慢

河内人焦其氏者作樂器，僅容一握，張以二絃，隱彈袖間，因雙鳴起舞，周旋跕躧，曲盡音節，昔人未之見也。座間承待制翰學命不肖以樂府《木蘭花慢》歌之，因狀其名，曰《鳴鳳雙棲曲》。

愛雙鳴棲鳳，趂舞袖，共婆娑。恨疊鼓凝笳，繁絃急管，悲壯何多。金泥小檀花面，儘淒清、翻盡雪兒歌。幄殿悄聞私語，銅龍冷簌秋波。明粧高燭洗金荷，心賞重經過。聽一曲留連，珠簾畫棟，幾度斜河。紅雲島，仙音部，説新聲、得意掩雲和。看取長安日近，春風摇蕩鳴珂。

木蘭花慢

至元七年京師除夜，燈下與兒子孺讀文正范公行己，且憶馬賓王來事，可爲之語，因感而賦此，以見其志云。

淡中庭暝色，初遣奠，夜寒凄。對草草杯盤，昏昏燈火，客裏京師。比量舊年心事，笑蹉跎、書劍向來非。誰著朱衣白簡，春風三拜龍墀。　山妻稚子竟何爲。温飽汝嘻嘻。悵故國丘山，蒼煙喬木，鄉月空輝。葵心要須傾日，道等閑、休遣鏡鸞知。自信蒼顔如鐵，不堪雙鬢如絲。

木蘭花慢

奉送節使賢侯分帥譙軍，兼簡仲季諸卿，爲一噱也。且寄聲子初知府。

壯東南一柱，分閫寄，事非輕。見雨露恩綸，河山帶礪，勳府元盟。依依汴堤楊柳，甚一朝、光彩動旗旌。曉日千梁浮蝀，春風百雉嚴城。　臨軒鼙鼓正凝情。忠孝舊家聲。看奕世功名，麒麟高閣，宛轉丹青。緑波北潭花影，又一年、春好是清明。彩袖一杯壽了，望中三楚雲平。

木蘭花慢

十三年平陽秩滿，清明日賦。

老西山倦客，喜今歲，是歸年。笑鏡裏衰容，吟邊華髮，薄宦留連。功名事元有分，且著鞭、休羡祖生先。望重芙蓉大府，夢餘禪榻茶煙。　恨無明略卧林泉。平子太拘牽。儘俛首轅駒，寸心能了，猶勝歸田。前塗事，如抹漆，又向誰、重理伯牙絃。自是一生心苦，非關六印腰懸。

校：「大府」，《四庫全書》本作「天府」。

木蘭花慢　望郝奉使墓

灑西風老淚，又馬上，望郎山。對紅露秋香，芙蓉城闕，依舊雄藩。碧雲故人何在，憶扶摇、九萬看鵬摶。賦就鳳凰樓晚，星沉鸚鵡洲寒。一丘宿草鎖蒼煙。零落復何言。似燕許才名，風雲際會，自古天慳。皇皇使華南下，愛丹衷、擬締兩朝歡。恨殺姦回秋壑，月明愁滿江干。

木蘭花慢

憲臺諸公九日登高□□遠風臺□□□□首唱樂府，諸公賡和，以紀雅集之盛。余時移病在告，既而君美御史以嚴韻見徵，勉爲續貂云。

遠風臺上客，説雅集，玉生光。縱樽俎無情，登臨佳節，此興能忘。龍山會君莫羡，愛緑蘿、影裏到山莊。驄馬長安清貴，留連春草池塘。淵明骯髒倚門傍。多病對秋香。悵歲晚田荒，幾多稂莠，薿薿登場。人間事，如意少，且同來、一笑共匡牀。寄謝牛山公子，何須揮涕殘陽。

木蘭花慢　壽史中丞

相門佳公子，都忘却，貴人驕。有萬石忠勤，伯魚詩禮，才氣飄飄。風流謝家玉樹，説妙齡、英譽冠東朝。桂殿親承弓研，豸冠高映金貂。兩臺清議聳風標，睿眷見恩饒。要寶瑟朱絃，羹梅伊鼎，試手更調。鳳凰池，還浴鳳，看羽毛、奕世動雲霄。鄭重歲寒貞節，青松千尺難凋。

校：「睿眷」，《四庫全書》本作「幾眷」。

木蘭花慢

再和何侍御前府韻，前章所謂變風，終章止乎禮義而已。

六合一家統，依日月，到重光。道太岱封書，雲龍接踵，此意難忘。西園萬花繡錯，好枕中、蝶化似蒙莊。斂翅深棲金粉，貪芳更度銀塘。　一生白眼貴人傍。贏得姓名香。幾戲影棚邊，隨人鼓笛，賀老當場。雖可笑，猶有用，似也勝、陳許怒爭牀。靜想行藏有命，且休眼熱王陽。

木蘭花慢　爲史總帥尊夫人之壽

靄長筵拜慶，似眉壽，幾人同。更緑髮垂肩，方瞳炯漆，五福尊崇。風流大家儀範，甚能移、子孝作臣忠。玁玁征東漢旆，堂堂南下殊功。　一江春浪醉醒中。都捲入歌鐘。看和氣怡聲，承顔起舞，袖錦翻紅。雲間婺光分彩，儘瀟然、林下謝家風。笑擁滿庭蘭玉，年年樂事無窮。

校：「方瞳」，《四庫全書》本作「方瞳」。「儘瀟然」，《四庫全書》本作「儘蕭然」。

木蘭花慢　賦芙蓉杏花

聽夜來微雨，甚一霎，過東墻。愛活色生香，芙蓉標格，暖貯春光。瓏鬆寶團瓊綴，笑海棠、能睡更無香。爛漫宋郎心眼，風流時世新粧。　少年走馬杏花崗。勾惹興偏長。記誇酒青旗，樹頭招颭，喚客初嘗。别來吴姬粉面，比舊年、風韻轉芬芳。似覺生紅鬧意，未容説與東皇。

校：「微雨」，《四庫全書》本作「風雨」。

木蘭花慢

至元十七年上巳日，同西溪公飲鎮陽城南高氏勝遊園，歸賦此詞。

問城南花柳，最好處，勝遊鄉。對湖水微茫，瑶翻碧瀲，修禊浮觴。比量今春樂事，憶去年、書劍共遊梁。曉日繁臺古寺，春風碧草宫墻。　人生離別是尋常。兩歲喜徜徉。更金縷新聲，佳人錦瑟，踏遍春陽。多君歲寒心在，似西溪、松柏鬱蒼蒼。記得醉時笑語，夢回枕上猶香。

校：「問城南」，《四庫全書》本作「聞城南」。「瑶翻」，《四庫全書》本作「摇翻」。

木蘭花慢

愛一枝香雪，幾暮雨，洗粧殘。儘空谷幽居，佳人寂寞，淚粉闌干。芳姿似嫌雅淡，問誰將、大藥駐朱顔。塞上燕支夜紫，雪邊蝴蝶朝寒。　風流韻遠更清閑。醉眼入驚看。甚底事坡仙，被花熱惱，惆悵東闌。細傾玉瓶春酒，待月中、横笛倩雲鬟。吹散碧桃千樹，盡隨流水人間。

校：「春酒」，《四庫全書》本作「春釀」。

木蘭花慢

穀雨日，王君德昂約牡丹之會，某以事奪，北來祁陽道中，偶得此詞以寄。

問城東春色，正穀雨，牡丹期。想前日芳苞，近來絳艷，紅爛燈枝。劉郎爲花情重，約柳邊、娃館醉吴姬。羅襪凌波微步，玉盤承露低垂。　春風百匝繡羅圍。看慣彩雲飛。甚着意追歡，留連光景，回首差池。半春坐長亭畔，漫一杯、藉草對斜暉。歸縱酴醿雪在，不堪姚魏離披。

校：詞序，「丹」字殘缺，據《四庫全書》本補。「看慣」之「慣」字、「坐長亭畔」之「坐」字，底本殘缺，據《四庫全書》本補。

木蘭花慢　和國範郎中見贈嚴韻

卧孤松雲壑，愛青貫，四時心。自絶澗幽蟠，蒼煙高擁，氣壓千林。冰霜幾年凌傲，甚九天、一日露恩深。白璧無雙國士，朱絃三歎遺音。春風草木變蕭森。又復見雄襟。想直犯龍顔，片言曾霽，萬里重陰。相逢莫驚白首，更明時、幾世似于今。只恐南陽壠底，空懷梁甫長吟。

校：「蕭森」，《四庫全書》本作「蕭林」。

木蘭花慢　賦白蓮和王西溪

愛玉華仙供，偶移影，下瑶池。悵野渚蒼煙，結根非所，繁艷争欺。風清月寒半墜，道無情、有恨欲誰知。羅襪凌波微步，淡香高韻幽姿。風煙回首夢共溪。采采畫舩歸。趁粉露和香，秋光細釀，瓊液淋漓。招呼謫仙共飲，記兩舷、腳踏醉吴姬。一曲清吟未了，翠盤狼藉珠璣。

木蘭花慢

武邑縣王楫善居室，母俎氏出隆平富家，今年八十有九，慈祥康健，精彩如五六十人。教授馬君向余説如此，因介紹拜求余文，將爲母氏百世之光。予方以善俗任責，楫之孝養致樂，實有關於風化者，故作是辭以付，俾來者庶有所勸焉。

爛雲衢彩婺，和曉月，滿庭闈。正梅粉香飄，林梢紫動，淑景初遲。觀津盛傳王氏，道孝心、重見老萊衣。和氣一家瑞靄，慈顔九十柔儀。香燒静院趁朝暉。未省杖扶持。縱德厚流長，遐齡能健，此事應稀。婆娑緑萱堂背，愛一竿、蒼竹六孫枝。照映西山秀色，年年翠點修眉。

校：「和曉月」，《四庫全書》本作「如曉月」。

木蘭花慢　賦酴醾

愛雪團嬌小，開較晚，儘春融。似麝染沈熏，檀輕粉薄，費盡春工。緑陰小庭晴晝，放繡簾、輕度竹梢風。待着一天香韻，醉吟留伴詩翁。洗粧不用露華濃。玉樹溼青葱。欲細挽柔條，重圍錦幄，不放春空。春殘未應多恨，道典刑、猶在酒杯中。何似留芳翠枕，夜深歸夢瑶宫。

校：「晴晝」，《四庫全書》本作「晴晝」。

木蘭花慢　壽崔子交

際河山兩界，道此地，正交衝。纔北渚離筵，南亭奔迓，終歲倥偬。風流故家從事，暫淹留、蓮幕簿書叢。更辦錦箋詩句，筆端暈碧裁紅。今朝壽席且從容。賓客喜相同。就雪蟻浮香，眉毫舒彩，莫放杯空。人生正須適意，儘冰梢、蠟蔕未沖融。海曲尚存遺愛，稼齋自有春風。

校：「交衝」，《四庫全書》本作「臨衝」。「從事」，《四庫全書》本作「從教」。

木蘭花慢　寄王宣慰立夫

浩魚龍灤海，曾同醉，鳳凰樓。記獵較河南，並持英蕩，千里長游。風流故家人物，愛賦詩、鞍馬氣横秋。落日隆中懷古，薰風洛水浮舟。重逢春色入東州。小試統清流。看坐嘯江淮，風連臺閣，名動金甌。經綸半生心事，細推量、合在百花頭。此日清香畫戟，不應談笑封侯。

校：「浩魚龍濼海」，《四庫全書》本作「飄泊龍濼海」。「千里」，《四庫全書》本作「萬里」。「長游」，作「長流」。

木蘭花慢 爲張詹事壽

愛承華詹尹，儘明略，更雄襟。甚瀟灑清吟，半生夢寐，銅輦秋爲。爲論量，歸計早，恐未容、亭扁遂初心。共道東山絲竹，何時雲雨商霖。春坊桃李滿清陰。氣幹鬱千尋。看它日明堂，圓杈偃植，棟宇雄沉。家近上林春早，覺桂香、浮酒動華簪。滿酌一杯爲壽，魯連不用千金。

校：「華詹尹」，底本模糊不清，據珍本叢刊本補，《四庫全書》本作「平宿彥」。「儘明略」，底本模糊不清，據珍本叢刊本補，《四庫全書》本作「傳絶學」。「秋爲」，珍本叢刊本作「秋衾」，《四庫全書》本作「深」。「爲論」，模糊不清，據珍本叢刊本補，珍本叢刊本作「莫論」。「絲竹」之「竹」，底本闕，據珍本叢刊本補。「何時雲雨」，珍本叢刊本作「風雲兩袖」。「它日」之「它」，底本闕，據珍本叢刊本補，《四庫全書》本作「旭」。「桂香」，底本闕，據珍本叢刊本補，《四庫全書》本作「花香」。

木蘭花慢 居庸懷古

望巉巉鐵峽，誰設險，劈蒼岑。擁萬里風煙，一栓横鎖，形勝雄沉。漢王陽，憶當年、叱馭走駸駸。半夜郵亭索酒，平明燕市長吟。追思往事不堪尋。山色古猶今。甚三十年來，青雲垂翅，素髮髗簪。投閑却交應聘，笑委身、從事老難任。立遍西風殘照，山光翠滿踈林。

校：底本闕詞題，據珍本叢刊本補。「望巉巉」，珍本叢刊本作「壯巉巉」。「却交」，《四庫全書》本作「却教」。

木蘭花慢

伏聞鑾輅近在山北，以疾不能前迓，愚衷有不能已者，作樂府《木蘭花慢》，以見葵藿傾嚮之萬一云。

帳居庸北口，愛蒼靄，擁千岑。澹秋滿陪京，翠華南狩，萬騎駸駸。從千官，瞻天伏，望清塵、齊拜聽車音。日月中天統在，風雲龍虎臺深。　馬遷留滯卧周南。戀闕破丹心。恨伏枕悠悠，情關藥裹，夢共秋衾。豈知金鑣野鹿，恐暮年、分薄是長林。却爲有恩未報，許身愧比南金。

校：「瞻天伏」，底本闕，據《四庫全書》本補。

望月婆羅門引

舜舉宋子由幕官也，與予一見，有忘年之歡。既而告别東遊，賦此篇。

星屯落落，當年旌旆擁雍丘。西風騰踏清秋。回首寒雲畫角，吹斷夕陽樓。且杯傾竹葉，歌戛吴鈎。　功名浪求。枉弊盡、黑貂裘。重恨人生無定，長負歡遊。行蹤南去，悵秋水、秋煙總是愁。江浦晚、穩宿汀洲。

校：詞序，「宋子由」之「子」，底本闕，據《四庫全書》本補。「寒雲」之「寒」，底本闕，據《四庫全書》本補。「歡遊」之「遊」，底本闕，據《四庫全書》本補。「行蹤」，底本闕，據《四庫全書》本補。

望月婆羅門引

小牕人静，梅枝香細月華明。博山一縷雲蒸，好個臞仙風骨，詩思苦憑陵。有閑書遮眼，欹枕松聲。素無宦情。較得失、一毫輕。自歎高歌白雪，寡和誰聽。瀟然巾卷，見芝宇、光浮壽頰生。春酒緑，何礙頻傾。

望月婆羅門引

燕城元夕有感，且憶去歲汴梁行樂。

去年元夕，飄零書劍大粱城。春風九市花燈。尚憶東樓行樂，談笑故人情。對一樽芳酒，滿意歌聲。今年可能。人與境，兩竛竮。寂寞黄昏陌巷，戍鼓斷人行。梅花歸夢，正一笑、柴門稚子迎。庭樹鵲、何苦頻驚。

校：「芳酒」，《四庫全書》本作「苦酒」。

望月婆羅門引

太行晴霽，孤墉高處挹清寒。雲間萬髻千鬟。底事春風面目，一變玉巑岏。淡夕陽平遠，野鳥飛還。青雲莫攀。吾高興、在東山。偃蹇孤松丘壑，不礙春慳。背陰桃李，正藉得、春光亦强顔。長劍鋏、且莫輕彈。

望月婆羅門引

柳邊層榭，倚闌人共月孤高。亂雲脱壞崩濤。一片廣寒宫殿，桂影數秋毫。儘掀髯老子，露濕宫袍。人生此朝。能幾度、可憐宵。況對清樽皓齒，舞袖纖腰。碧天如洗，拚一醉、河傾轉斗杓。今夕樂，歸路逍遥。

校：「碧天」之「天」，底本闕，據《四庫全書》本補。「路逍遥」，底本闕，據《四庫全書》本補。

望月婆羅門引

昨者觀唐津舟車之盛，通湊南北，誠爲燕南一咽會也。第吾輩居此，有抱瑟竽門之嘆，以《婆羅門》歌之。

河山清眺，風煙兩戒見殷都。唐津浩浩舟車。一水東浮滄海，寶帶束燕吴。更中州雄跨，奇貨堪居。平生壯圖。笑到此、反區區。正似齊門抱瑟，不解吹竽。視吾耿耿，道玉佩、或能利走趨。如不爾，歸老樵漁。

校：詞序，「北誠爲」，底本闕，據《四庫全書》本補。

望月婆羅門引　爲吹頭管張解愁賦

愁懷索寞，悠悠心事野鷗邊。幾回崔九堂前。照眼故家風調，人物尚依然。按清商一曲，傾動華筵。新聲巧翻。道且莫、詫真元。愛煞珠繩銀管，滿意清圓。風花無夢，待回施、春光與少年。杜陵老、凄斷隣船。

校：「回施」，《四庫全書》本作「回放」。

望月婆羅門引

小牕人静，梅枝香細月華明。博山一縷雲蒸，好個臞仙風骨，詩思苦憑陵。有閑書遮眼，欹枕松聲。素無宦情。較得失、一毫輕。自歎高歌白雪，寡和誰聽。瀟然巾卷，見芝宇、光浮壽頰生。春酒緑，何礙頻傾。

望月婆羅門引

燕城元夕有感，且憶去歲汴梁行樂。

去年元夕，飄零書劍大梁城。春風九市花燈。尚憶東樓行樂，談笑故人情。對一樽芳酒，滿意歌聲。今年可能。人與境，兩竛竮。寂寞黄昏陌巷，戍鼓斷人行。梅花歸夢，正一笑、柴門稚子迎。庭樹鵲、何苦頻驚。

校：「芳酒」，《四庫全書》本作「苦酒」。

望月婆羅門引

太行晴霽，孤墉高處揖清寒。雲間萬髻千鬟。底事春風面目，一變玉巑岏。淡夕陽平遠，野鳥飛還。青雲莫攀。吾高興、在東山。偃蹇孤松丘壑，不礙春慳。背陰桃李，正藉得、春光亦强顔。長劍鋏、且莫輕彈。

望月婆羅門引

柳邊層榭，倚闌人共月孤高。亂雲脱壞崩濤。一片廣寒宮殿，桂影數秋毫。儘掀髯老子，露濕宮袍。人生此朝。能幾度、可憐宵。況對清樽皓齒，舞袖纖腰。碧天如洗，拚一醉、河傾轉斗杓。今夕樂，歸路逍遥。

校：「碧天」之「天」，底本闕，據《四庫全書》本補。「路逍遥」，底本闕，據《四庫全書》本補。

望月婆羅門引

昨者觀唐津舟車之盛，通湊南北，誠爲燕南一咽會也。第吾輩居此，有抱瑟竽門之嘆，以《婆羅門》歌之。

河山清眺，風煙兩戒見殷都。唐津浩浩舟車。一水東浮滄海，賨帶束燕吴。更中州雄跨，奇貨堪居。平生壯圖。笑到此、反區區。正似齊門抱瑟，不解吹竽。視吾耿耿，道玉佩、或能利走趨。如不爾，歸老樵漁。

校：詞序，「北誠爲」，底本闕，據《四庫全書》本補。

望月婆羅門引　爲吹頭管張解愁賦

愁懷索寞，悠悠心事野鷗邊。幾回崔九堂前。照眼故家風調，人物尚依然。按清商一曲，傾動華筵。新聲巧翻。道且莫、詫真元。愛煞珠繩銀管，滿意清圓。風花無夢，待回施、春光與少年。杜陵老，凄斷隣船。

校：「回施」，《四庫全書》本作「回放」。

春從天上來

承御韓氏者，□祖母之姊也，姿淑婉，善書。年十一選入宮，既笄，爲承御。事金宣宗、天興二帝，歷十有九年，正大末以放出宮。明年壬辰，鑾輅東巡。又明年國亡於蔡，韓遂適石抹子昭，相與流寓許昌者餘十年。大元至元三年，弟澍爲汲令，自許迎致淇上者累月。一日酒間，談及宮掖故事，感念疇昔，如隔一世而夢鈞天也，不覺泣下，予亦爲之欷歔也。今將南歸贅兒子醜於許。既老且貧，靡所休息，而抱秋娘長歸金陵之感，迺爲賦此，庶幾攄瀉哀怨，洗亡國之愁顔也。且使好事者倚其聲而歌之，不必覩遺臺而興嗟，過故都而動黍離之歎也。歲丙寅秋九月重陽後二日，翰林修撰王惲引。

羅綺深宮。記紫袖雙垂，當日昭容。錦封香重，彤管春融。帝座一點雲紅。正臺門事簡，更捷奏、清晝相同。聽鈞天，侍瀛池內宴，長樂歌鐘。回頭五雲雙闕，恍天上繁華，玉殿珠櫳。白髮歸來，昆明灰冷，十年一夢無蹤。瀉杜娘哀怨，和淚把、彈與孤鴻。淡長空。看五陵何似，無樹秋風。

校：詞序，「二帝」，《四庫全書》本作「二年」，誤；「石抹」，《四庫全書》本作「石林」，誤。

摸魚子

賦白蓮。至元廿二年乙酉九月重九後三日雨中作。

澹亭亭、影搖溪水，芳心知爲誰吐。正華賓供年年事，消得一天清露。私自語。君不見仙家，王井無今古。淡粧誰妬。儘千頃昆明，紅幢翠蓋，雲錦爛秋浦。　瓊綃襪、自有凌波故步。賞心莫遣遲暮。風清月冷無人見，零亂碧煙脩渚。　聞好去。待醉浥秋香，不羨風標鷺。遠遊重賦。擬太一真仙，共浮滄海，一葉任掀舉。

校：「正華寶」，珍本叢刊本作「王華寶」。「王井」，珍本叢刊本作「玉井」。

摸魚子

送雷彥正西還，時授恩州倅。

望都門、滿山晴雪，怱怱君又西去。當時漢將征西幕，氣壓瘴江煙雨。還自許。儘虎穴椎探，萬里班超舉。燕臺再遇。甚牢落高情，霜風偃薄，似厭貂裘土。　絃歌事、正爾邯鄲故步。功名從此軒翥。一麾回首甘陵樹，千室正歌來暮。須記取。拊摩外催科，未礙陽城古。征鞍莫駐。趁渭北春天，升堂拜慰，捧檄爲親舞。

校：「椎探」，《四庫全書》本作「雄探」。

奪錦標

君卿宣慰來別，索鄙作贐行，賦樂府《奪錦標》爲贈，庶酒酣相憶，倚聲歌之，六朝老樹不無動色也。

六郡雄藩，會稽旁帶，兩浙風煙如昔。碧草莫傷春浦，冠蓋東南，幾多行客。正新亭父老，望雲霓、苦思休息。道朝家、雨露同春，問甚江南江北。　賀監歸舟逸興，何似雙旌，儘慰元郎行色。

鏡水緑通朱閣，威暢恩宣，海波春寂。笑東山老去。此心初，非□泉石。約海樓、翡翠同遊，醉裏山陰陳迹。

喜遷鶯

祁陽官舍，早春聞鶯。

五更殘夢。聽緑牕鶯語，羅衾香擁。百囀多情，嬌啼無淚，枕上一聲時送。真成翠髮雙笄，當户玉琴初弄。欲誰共。趁風和求友，喬林煙蓊。　　春動。花氣重。暗度垂楊，暖入酴醿洞。倦客芳悰。佳人幽思，愁滿彩牋金鳳。自憐比來心事，兩翅果誰搏控。聽指縱。望高城落日，黄塵飛鞚。

校：「翠髮」，《四庫全書》本作「翠娥」。「芳悰」，《四庫全書》本作「芳蹤」。

喜遷鶯

題聖姑廟

仙姓郝氏，博陵縣會渦里人。里去滱水甚邇，水多蘋蘩蘭茝。仙年方笄，姿態殊麗，嘗同女郎輩採蘋溪中，樂而忘返。一日，欻蒼煙盛起，白晝異色，龍淵鮫室，金支光爛，飄飄然有波神泝流而上，衆姝驚散。仙獨留不去，遥見與神顧語，乘碧茵同逝。俄煙開日晶，遂失所在。其母哀求水濵，願言一見。良久，覺異香襲人，仙霧鬟風馭，隱約於波渚間，若有以謝曰：「兒以靈契，託跡綃宫，陰主是水。塵緣已斷，毋庸悲悒。今而後，使鄉梓田疇歲宜，有感而通，乃爲吾驗。」時魏青龍二年也。後人相與館仙於博陵城，臺制甚宏麗。縣教諭李曜告余如此。今燕趙間冷竈日，香火趨祀者，所至風動，以孝感聖姑稱云。至元庚辰夏四月，按部至縣，喜其事甚異，爲民禱蠶祠下，以仙呂命曲，庶爲迎送神辭，俾邦人歲時歌以祀焉。

汀洲蘋滿。記翠籠采采，相將隣媛。蒼渚煙生，金支光爛，人在霧綃鮫館。小鬟頓成雲散，羅襪凌波不見。翠鸞遠。但清溪如鏡，野花留靨。情睠。驚變現。身後神功，緑滿吴蠶繭。漢女菱歌，湘妃瑶瑟，春動倚雲層殿。彤車載花一色，醉盡碧桃清燕。故山晚。嘆流年一笑，人間飛電。

校：詞序，「冷竈」，《四庫全書》本作「合竈」。

喜遷鶯

己丑秋八月廿六日，雨中飲賈方叔家。樂籍劉氏歌以侑觴，衆賓欣然，爲之賞音。劉因求樂府於予，遂賦此，且道坐客醉語。

秋懷誰寫，聽一聲金縷，同傾芳酒。嬌囀林鶯，圓纍珠串，春在碧羅雲袖。宫中磬簧齊發，字外五音何瀏。坐間友。道江南風月，此聲無有。回首。傷離久。三疊陽關，不到青青柳。得意石州，片帆雲影，翻動海山明秀。風流故家未減，自笑杜陵衰叟。再相遘。卷中人正好，崔徽消瘦。

感皇恩

贈李士觀。諱儀，霸州人。予廿時，鹿庵先生門同舍郎也。性端方。嘗爲刑司經歷官。好學不倦，與人交有終始。

回首竹林遊，山陰陳跡。灑落襟期記疇昔。論文把酒，醉盡清泉白石。幾年江海上、空相憶。

邂逅淇南，羈愁都釋。兩鬢憐君更如漆。幽懷重叙，不待小槽紅滴。新詩隨咳唾、驪珠濕。

校：「竹林」，《四庫全書》本作「山林」。

感皇恩

贈元舜舉。嘗爲宋文卿屯田官，以善歌聞天下。祁州人，與參政楊西庵爲通家。

今夕是何年，故人相遇。快著銀杯瀉春露。高陽舊友，要聽一聲金縷。行雲留不去、驚如許。

鳳喙微吟，珠繩低度。夜半銀屏恍私語。庭花零亂，掩盡六朝瓊樹，明朝南浦道、傷平楚。

感皇恩

題沙河南封鎮壁，留别元舜舉。

濃緑漲千林，征鞍東去。十日祁陽爲君住。幾回清唱，飛盡海棠紅雨。人生當適意、何良苦。

簿領閒堂，風沙長路。贏得佳人怨遲暮。沙頭酒盡，猶惜玉鞭輕舉。一聲聲不斷、歌金縷。

校：「清唱」，《四庫全書》本作「清溜」。「閒堂」之「閒」，底本闕，據《四庫全書》本補。「酒盡」，《四庫全書》本作「滔盡」。

感皇恩

⿸疒帶下晋州卧病中，謝故人相訪。

暴下晋州城，茫然心曲。卧對風軒數竿竹。暑光不受，似我腰圍束。病機還自恃、非寒燠。力仕難任，居閑不足。風雨憂愁更相促。星星鬢影，中有利名千斛。省來都外物、真蠻觸。

校：「自恃」，珍本叢刊本作「自忖」。

感皇恩

史公總帥子明命題其弟柔明所寫《平江捕魚圖》，乃以樂府《感皇恩》歌之。古人稱文章與畫同一關紐，所媿辭意恐不稱於畫也。

疊嶂際清江，楓林輝映。潮落波平鏡光静。六朝興廢，都付漁郎煙艇。蓴鱸香正美、秋風冷。　笳鼓歸來，風雲增勝。夢裏無煩想幽景。風流公子，寫出五湖高興。畫中還領取、江山影。

感皇恩

至元十七年八月八日，爲通議西溪兄壽。三十年前，西溪授館蘇門趙侯南衙，予始相識。時初夏，桐陰滿庭，故有南衙清晝之句。

少日竹林遊，鳳麟飛走。一段江山最英秀。南衙傾蓋，滿院桐陰清晝。鬢絲清鏡裏、渾依舊。　雲夢心胸，文章山斗。好個經綸玉堂手。婆娑桂影，涼入露槃仙酎。一杯先領取、喬松壽。

校：「鬢絲清鏡裏」，底本、珍本叢刊本俱作「鬢□□□際」，此從《四庫全書》本。

感皇恩

昔向長年老敕斷家事，無令子孫關白，時人高之。今總帥公以鴻名茂績，照映一世，未老得請於朝，亦慕子平爲人，盡以内務付之諸郎。其賢於人遠甚，某喜聞而樂道之，爲賦此，以歌其盛德云。

節序四時間，功成還退。此事君侯與心會。幽亭高卧，眼冷畫堂金翠。越粧都付與、諸郎輩。
虎帳籌邊，錦韉歌凱。慘淡風雲夢江海。大沼掛壁，小隱一枝松蓋。清閑人道勝、中書拜。

感皇恩

送子初中丞赴燕。時予在真定憲司，坐間作，勸子初酒。

燈火夜闌珊，故人相對。忘盡南牕引書睡。情談亹亹，時帶少年風味。門前霜月炯、停吟轡。
湖海相望，金蘭交契。白髮中年能幾會。明朝趙北，又是摇摇風旆。一杯還到手、休辭醉。

感皇恩

夏日同延陵君過簽事順之心遠堂，以《感皇恩》歌之。

書葉散芸香，牙籤無數。案上藜羹當膏乳。地偏心遠，日與聖賢晤語。市聲飛不到、横披處。
一炷龍涎，滿甌春露。旋掃幽軒約賓住。清談有味，總是故家風度。子雲亭户好、龍津路。

感皇恩　廣平道中寄總管甯端甫

風雨暗公堂，故人晤對。邂逅燕城又三載。偶因官事，喜向廣平重會。照人光彩好、心期在。
萬里功名，半生湖海。十五年間鬢顔改。笑談尊俎，比老幾回傾蓋。秋風横潔上、期相待。

感皇恩

癸未重午日，治頭回轡，得《感皇恩》一闋，他時倚聲歌之，不能無相憶之情也。示秀才鄭彦通。

流水小橋橫，冶頭沙路。一道清陰轉林塢。滿襟涼潤，猶是夜來新雨。幽禽忺客至，如晤語。
坐蔭辛夷，閑揮吟麈。澤畔行歌恐良苦。人生適意，正要時情容與。却憐身處世、初無補。

校：「冶頭」，珍本叢刊本、《四庫全書》本作「治頭」。

感皇恩

乙酉歲八月九日晚，積雨開霽，碧空如洗，月色入户，似與幽人約者。遂披衣步月於庭中，久之，覺風露凜然，怳疑去青冥無幾也。因以《感皇恩》歌之，且寓幽懷之梗槩云。

佳節近中秋，秋霖晴快。飛浄殘雲碧空大。金波穆穆，掩盡玉繩光彩。坐來風露冷、青冥外。
世運難前，儒冠何賴。四壁相如到沽賣。紛紛過眼，多少時情物態。杳然清夢去、桴滄海。

感皇恩　與客讀辛殿撰樂府全集

幽思耿秋堂，芸香風度。客至忘言孰賓主。一篇雅唱，似與朱絃細語。怳疑南澗坐、揮談麈。
霽月光風，竹君梅侶。中有新亭淚如雨。力扶王略，志在中原一舉。丈夫心事了、驚千古。

校：「談塵」，底本原作「談麈」，據《四庫全書》本改。

感皇恩　贈提刑曹仲明

把酒愛髯卿，故家風度。不爲臨江老能賦。飽諳世事，成敗見來無數。歲月如流，睽離良苦。
春事躝珊，飛花落絮。更著佳人怨遲暮。羈愁頓解，一笑團圓兒女。慇懃君記取、周郎語。

校：「春事躝珊，飛花落絮」，底本闕，據《四庫全書》本補。

感皇恩　登樓即事

斜日倚高樓，亂峰圍繞。山色湖光翠如掃。天涯倦客，目斷野煙高鳥。老境駸駸，憂心悄悄。拂袖歸來，菟裘草草。也待癡頑事須了。故園三徑，已是菊荒松老。諸君應有語、歸來好。

校：「拂袖歸來，菟裘草草」，底本闕，據《四庫全書》本補。

感皇恩

辛卯年秋八月，與周宰遊王氏祠堂。

日日午餐餘，即須幽討。拄杖長行覓周老。三杯兩琖，不致玉山傾倒。與君何處去、乾岡好。松影閑庭，長吟籍草。白髮多來故人少。春山何在，兩樹寒梅枯槁。一聲鄰笛起、催歸早。

校：「籍草」，珍本叢刊本、《四庫全書》本作「藉草」。

感皇恩

史總管誠明伯還汶川，老懷凄然，有不能已者，賦《感皇恩》，歌以送之。

十里走徵車，笑余遊宦。老馬爲駒望英盼。客懷相慰，時對淩煙生面。浩歌雖慷慨、南山粲。公子翩翩，沉酣經傳。不是當年閉門衍。揚花歸路，肯逐東風流轉。且遮西日去、長安遠。

校：詞序，「汶川」，《四庫全書》本作「汶州」。

感皇恩　壽表弟韓雲卿

臨事羨君材，笑余拙宦。待詔雲龍更英盼。夢回孤枕，依舊新豐旅爨。明時無寸補、空留戀。

綠泛蓮波，望高霄漢。灑灑元康濟時彦。諸公延譽，莫爲驥淹臺院。百年安健裏、千千算。

感皇恩　壽左司吴君章母夫人

曉色静簾櫳，婺光千丈。香滿含真泛春釀。洛花呈瑞，照眼一枝先放。要將金屑粉、粧仙仗。月榭焚香，松陰扶杖。好箇人間壽星様。斕斑舞袖，輝映鳳池春浪。年年稱慶日、長無恙。三月十二日，時庭下有牡丹，兩闌内一花獨先開。

感皇恩　壽董野莊

健羨玉堂仙，中朝元老。過眼浮華任紛擾。百年心事，愛煞野莊春好。南枝誰道是、調羹了。風月吟懷，冰霜節操。千尺青松儘難槁。春宫調護，好箇當年商皓。日邊消息近、中書考。以上四部叢刊影印明弘治刊本《秋澗先生大全文集》卷七十五

玉漏遲　答南樂令周幹臣來篇

竹林幽思杳。栖遲自嘆，離群孤鳥。萬里雲翔，海樹去相依遶。隣笛一聲唤起，憶共聽、朱絲雅調。還自笑。當年已愧，孫登清嘯。　情擾。回首分飛，悵落落相期，望高崧少。會鮮離多，經世又誰曾了。二子況成陳迹，落月滿、屋梁空照，庭户曉，得意眼中人少。二子謂西溪、春山。

校：「屋梁」之「屋」，據《全金元詞》補。

玉漏遲

越山征路杳。東南澹澹，長空飛鳥。儷影同翻，明月一枝烏遶。共道有心避事，甚未若、從渠相

調。君莫笑。南樓苦要，胡牀舒嘯。　空擾，畫裏江山，總輸與風流，眼中年少。也學癡兒，官事幾時能了。一曲驪歌未動，還夢到、三山晴照。江月曉。莫爲賞音稀少。

前一篇懷舊有感，曰鄰吹者，爲見寄樂府也。朱絲雅調者，爲鹿庵先生也。孫登者，爲足下與諸君也。二子者，爲西溪、春山兩忘年友也。後一闋將行即事，曰三山者，福城中山也。幾夢者，爲不肖拜命前後，凡夢三至其處。曰賞音不少者，爲彼中宋吏部陳菊圃者甚衆，故云。二篇自覺語硬意凡，固非樂府正體，望吾子取其直書可也。

玉漏遲　留别淇上諸君

浙江江路杳。蒼茫自嘆，南飛烏鳥。故國回頭，夢裏青山吟遶。手把一麾南去，道不比、八州常調。君莫笑。南樓苦要，胡床舒嘯。　休擾。歸去扁舟，若比似陶朱，尚猶年少。飛泳雖殊，友義固應明了。擬覽九江秀色，誰凄斷、關河殘照。霜月曉。去去眼中人少。

風入松　觀燈下半開杏花

一枝穠豔照華堂。暖蘂貯春光。寫生莫羨徐熙筆，風流在、百子池傍。點綴紅粧玉頰，簾苫粉淡宮粧。　静憐疎影伴昏黄。添麝入爐香。惜花人老情緣在，雲孵晚，銀燭高張。細瀉一杯春露，浩歌微雨東墻。

三奠子　都城七夕

渺新秋節物，客思天涯。巖桂重，碧雲賒。煙華縈紫禁，心事夢長沙。青銅裏，人未老，鬢先華。

鈎簾望月，得巧誰家。兒女輩，語空譁。露翻梧葉重，河映綺樓斜。傾雲液，歌金縷，岸烏紗。

三奠子

登河中迎煦樓，樓故址即唐崔徽白樓也。

壯河山表裏，百二喉襟。形勝地，古猶今。風雲全晋在，草木故都深。淡長空，孤鳥没，總消沈。東山高卧，梁甫長吟。人未老，鬢毛侵。平生多古意，落日更登臨。倚危闌，窮遠目，恐傷心。

三奠子

辛卯七夕，時久雨未霽，中以感寓爲嘆。

湛新秋風露，曖曖微霄。梧葉下，桂香飄。鵲翻銀漢水，人渡玉闌橋。歡能幾，虹影斷，渚宫遥。人間多巧，天上無憀。今古恨，苦相撩。菓瓜絲曲綴，兒女思空饒。層軒晚，香露濕，可憐宵。

校：詞序，「嘆」，底本闕，據珍本叢刊本補，「爲嘆」，《四庫全書》本作「焉」。

三奠子

悵神光奕奕，天上良宵。花露濕，翠釵翹。風回鸞扇影，愁滿紫雲軺。恨相望，雖一水，隔三橋。朱絃寂寂，心思迢迢。人未老，鬢先凋。翻騰驚世故，機巧到鮫綃。凉夜永，簫聲咽，篆煙飄。

三奠子

隔盈盈一水，歡會今宵。梧葉上，雨蕭蕭。星沉開帳燭，雲黯渡河橋。渚宫深，離思苦，兩無憀。金針縷細，彩舫花嬌。兒女輩，漫情饒。巧來心愈拙，絃促韻難調。西樓月，銀漢影，碧天遥。

江城子　爲張同知壽

灤江晴漾首山前。玉爲淵，秀相連。總把華英，都付使君賢。梅竹堂深歌吹動，香似霧，酒如川。列城千里聽鳴絃。頌聲喧。覺春偏。争遣翺翔，猶是貳車權。滿泛一杯添壽酒，懸斗印，看他年。

江城子　賦拜月圖

一枝繁杏宋墻東。翠帷重。捲春風。留得殘粧，簾月拜玲瓏。雲作鬟蟬霞作袂，香霧溼，玉鬟鬆。閑情都付燭華紅。瑣牕中。照芳容。細逐行雲，零亂紫金峰。天外翠鸞仙侶在，城闕晚，夢芙蓉。

南鄉子

近聞吾子有茂陵側室之舉，順命故也。且在昔，賢女雖有小星惠下之行，不無鬱悒自傷之意。故首章託以自怨自責，忌嫉傷善略不見也。然怨不已，則夫婦道乖，故釋以人子之孝，嗣續爲重。嗚呼，商陵穆子之悲，衛莊姜傷己之嘆，匪歌詩莫能宣其志，此樂府之所以作也。庶幾言之者無罪，聞之者少有慰焉。

人物舊温郎。心事珠簾月半床。笑裏玉臺重藉手，誰量。折得楊枝惱孟光。得鯉豈思魴。老境其如伯道傷。但願維羆應汝夢，稱觴。趂取春風慰北堂。

校：詞序，「在昔」，底本作「在音」，據珍本叢刊本改。

南鄉子

癸丑三月廿一日祭龍祠回，飲張氏草堂。

喬木色蒼蒼。山頂難留落日光。燈影碧流深幾許，浮觴。來醉張家第四場。世事莫論量。相對尊前兩鬢霜。富貴幾時當適意，杯長。問甚春星帶草堂。

南鄉子

夏日同王子勉、雷彦正、王子初納涼西園亭。

簾影静碁枰。平野風來分外清。一帶好山供望眼，雲屏。落日煙霏翠滿亭。世事不須驚。底用相逢話獨醒。常使玉瓶沙上酒，如澠。杖履時來月下傾。

校：「獨醒」之「獨」，底本闕，據珍本叢刊本補，《四庫全書》本作「醉」。

南鄉子

春日遊李氏園亭

溪水浄灘沙。紫動林梢半是花。長日馬蹄閑信步，誰家。曉入南園到晚霞。時事鬧蜂衙。一片閑心逐去鴉。爛醉玉瓶沙上酒，生涯。過眼浮雲不足誇。

南鄉子

承旨董公壽登七秩，康寧好德，誠可慶也。取坡例，以玉案香歌之。

青瑣漢中郎。滿袖長攜玉案香。記得賦詩横槊日，臨江。氣壓風濤一葦航。　蓮炬晚分光。諫疏回天豸有霜。七十平頭從此數，稱觴。滹水淵源慶未央。

校：「臨江」，底本作「臨二」，據珍本叢刊本改。

南鄉子

一雪静林皋。冷壓浮陽氣不驕。菜甲榆椒渾不動，寂寥。賺得輕黄上柳條。　詩思苦相撩。酒盞新來頓絶交。連夜客窗寒似水，無聊。誰約春風鎖綺寮。

南鄉子

和幹臣樂府《南鄉子》，南樂言懷，中間更易兩韻，蓋前人用音意之例也。

萬彙帝城春。況是明時選用人。愛殺曲山周老子，依仁。任運無心不自論。　六任謾逢辰。甚是榮華盡苦辛。贏得歸來兒女笑，蘇秦。白馬紅纓衫色新。一作潦倒客居雖有甑，生塵。日有詩來發興新。

校：「無心」，底本闕，據《四庫全書》本補。「衫色新」，《四庫全書》本作「彩色新」。

卜算子

辛卯九月二十三日夜，夢上層欄北望，黑雲截空，二龍尾足連卷下垂，殊分明也。覺而賦此，秋澗老人識。

一抹截頭雲，𩃬𩃏從龍發。尾足連卷見半空，霽色翻蒼鬣。　舉手欲攀鱗，散我麒麟髮。天外雄風祕化機，吹落蒼煙峽。

校：「祕化機」，《四庫全書》本作「見化機」。

青玉案　賦紫金沙

緑陰暗盡西城樹。人總道、春歸去。裊裊柔條高幾許。絳燈閃爍，翠雲縈護。元有留春處。　金罇未厭傾芳醑，醉墨題詩要香露。胡蝶飛來何栩栩。向人有意，繞欄翻舞。似約花間住。

校：「芳醑」，《四庫全書》本作「苦醑」。「似約」，底本作「以約」，據珍本叢刊本改。

臨江仙　壽李節使

柱石中朝黄閣相，河山千古南州。多君談笑覓封侯。朱輪繙皂蓋，錦帶佩吴鈎。　滿府治聲歌五袴，稍稍俊氣横秋。今年壽席更風流。青雲新甲第，一笑醉金甌。

臨江仙

八月一日，同高仁甫、李靖伯、史潤之餞伯昌東行，韓明日至滑，得陰疾，後三日舟載西還，夕次其門東劉家渡而殁，得年五十有九。韓，予出就外傳時同舍生也。哀哉。

昨日舉盃親餞别，六人吟嘯呵呵。今朝丹旐颺城阿。一棺零落恨，都付逝川波。　萬事轉頭真是夢，兩輪來往如梭。人生百歲合如何。放開眉上鎖，得酒且高歌。

校：「吟嘯」，《四庫全書》本作「吟笑」。

臨江仙　送治中李公

天上雲衣無定態，眼中時事休驚。年來鐘鼎到書生。一麾仍出守，五馬看專城。　千古金陵佳麗地，中郎素有先聲。一江春浪暮烟平。此身眠食外，萬事總虚名。

臨江仙　爲曲山作

别墅寒梅方入夢，多君來報花期。野塘流水小橋西。南枝香爛熳，却恨賞音稀。　正有玉堂人最愛，垂垂兩鬢如絲。和羹心事未應遲。金樽重醉倒，且莫晚風吹。

蝶戀花　賦來禽歇枝

今歲尋芳春已誤。一粒丹砂，不到來禽樹。滿意紅芳春也妬。長條簇滿珍禽羽。　花道無情應有素。似惜金樽，一醉珠簾暮。春自還來花自故。人生最恨離筵苦。

校：「花道」，《四庫全書》本作「道化」。

蝶戀花

昔鹿庵、顒軒欒育淇上，一時秀造，號稱多士。逮中元已來，例宦游四方。僕二十年間，纔三至鄉里，慨然有離索之歎。今歲投紱自濟南來歸，而諸公頗集，所欠者唯王尚書子勉、傅漕使士開耳。因賦樂府以見歡會之不恒，聚散之有數也。至於義安分定，辭兼六客，倚聲者當自知之。恐酒酣耳熱後，不無倒冠落佩之適也。

淇水當年麟鳳渚。回首飛翔，落落風雲舉。三疊陽關回首處。渭城柳色朝來雨。　今夕何年天所與。白髮歸來，一笑同歌舞。醉裏相將尋杖屨。苕溪風月無今古。

校：詞序，「傅漕使」，底本、珍本叢刊本作「傳漕使」，據《四庫全書》本改。

蝶戀花

緑暗蘭皋春雨暮。露浥風吹，馥馥香如霧。一曲清歌花解語。落紅羞滿沙頭路。　錦瑟華年誰與度。夜月珠簾，腸斷春風句。我自興來聊一顧。醉魂不到凌波步。

蝶戀花　和曲山韻因爲贈之

經世此心誰盡了。欲畫麒麟，功業何由到。白髮滿頭青鏡曉。花開花落人空老。　適意杯盤從草草。甘坐清貧，方駕郊和島。最愛新詩情致好。篇篇直壓元郎倒。

太常引　送王嘉父

去年鞍馬客南鄘。奈告别，苦怱怱。今歲又相逢。喜客舍、清樽屢同。　仲宣樓上，杜陵幕下，着處話途窮。好去漢元龍，道休着、青春負公。

太常引　壽龐咨議

髯郎風度幕中蓮。已師範，使君賢。驥足快騰騫。道好箇、龎家士元。　滄浪高興，寒花晚節，秋色滿淇園。一盞願遐年。要都釀、君家百泉。

校：「龐家」，底本作「龍家」，據珍本叢刊本、《四庫全書》本改。

太常引　壽劉同知

太行晴色泛簾鈎。對書史，日優游。賓從儘風流。誰健似、東陵故侯。人間萬事，塵埃野馬，一笑付松楸。眉宇壽光浮。拚醉過、黄花暮秋。

校：「拚醉過」，《四庫全書》本作「拌醉過」。

太常引　周都運生朝時添壽王村

量蟠英偉氣和愉。道滄海，得遺珠。忠義與心俱。見漕府、歸來轉輸。山呈霽色，林添野水，春滿野人廬。鄭重萬金軀。要羽翼、當年漢儲。

太常引　爲王同知壽

雍容詩禮冠時髦。都忘却、貴人驕。横槊見英標。道勇似、當年嫖姚。默含萬動，德尊一府，歌壽聽民謡。緑髮映金貂。儘千尺、青松後凋。

校：「萬動」，《四庫全書》本作「萬物」。

太常引　爲萬奴總管

重於山岳藹如蘭。喜一旦，得同官。裁鑑笑談間。道不似、當年將壇。一年好處，中秋節近，涼露洗金盤。丹桂月中看。儘耐得、人間歲寒。

校：詞題，珍本叢刊本作「爲萬奴總管壽」。

太常引

奉寄參政李侯仲實，自北京行省改授安西王相，人來徵詩於予，因作此奉寄，時屯田涇陽，規畫財賦。

北平移鎮入咸秦。説睿眷，更情親。下手見經綸。道好箇、中原老臣。　萬屯曉月，一鞭農事，涇水畫中春。陸海儘藏珍。似只欠、侯封富民。

太常引

春風碧水静林丘。對書史，日優游。來往更風流。問誰似、東陵故侯。　黄陂襟度，曲江譽望，山立看揚休。春釀儘禁篘。拚醉盡、蟠桃上秋。

校：「拚醉盡」，《四庫全書》本作「拌醉盡」。

太常引　送段信卿赴河東憲司經歷

北來孤劍鬱蒼顔。聽時事，立談間。秋隼正騰翻。莫便倚、霜空陡寒。　太行秋色，汾川鴈影，極目送歸鞍。簿領憲司閑。道好箇、河東幕官。

太常引　壽陶珉溪

南枝梅信點冰妍。覺初度，得春偏。人物鱣堂仙。看才思，渾如湧泉。　悠悠往古，紛紛俗學，鞶帨繡空鮮。青鬢莫蒼然。要折衷、陶家講筵。

鷓鴣引　爲王太夫人壽

簪纓瀟然自謝林。一家柔範到周南。以賢論母書彤管，有子能官盡孝心。　香霧碧，壽樽深。歲時春輦醉花陰。從今叢慶堂前月，翠竹高梧聽鳳吟。

鷓鴣引

和周幹臣韻。中統五年三月十二日夜，陪徒單文與雷彦正夜語。

門外東風駐馬蹄。月明庭樹緑陰稀。眼中時事驚天運，醉裏游談似□機。　思遠走，擬高飛。此心安得與時違。遺書浩蕩三千卷，未分窮愁老布衣。

校：「似□機」，《四庫全書》本作「似ロ機」。

鷓鴣引　韓氏别墅

竹映方臺翠滿湖。煙霏荷露浄郊居。棣花輝映春風被，雲錦香翻碧玉壺。　吟倚杖，卧看書。一家風景輞川圖。酒盃儘泛床頭瓮，未礙門多長者車。

鷓鴣引　謁太一官贈王季祥

來謁齋宫又五年。道人邀我坐前軒。只驚前度劉郎老，不見庭松偃蓋圓。　人與鏡，兩翛然。呼童茶罷炷爐煙。壁間一軸煙蘿子，依約風流墮眼前。

鷓鴣引　爲樂籍張惠英賦

秋水芙蓉鏡裏仙。一枝明玉濯煙鬟。鶯初解語調柔舌，柳不勝嬌拂畫欄。　催疊鼓，按弓彎。樓心低月怯清寒。人生莫惜纏頭錦，能得春風幾度看。

鷓鴣引

野粉宮墻暮雨邊。洛京依舊鎖嬋娟。一聲金縷關情處，滿串驪珠訝許圓。　金谷月，石樓煙。留連光景待他年。襪塵休放凌波去，更聽新翻倒玉船。

鷓鴣引

浴鳳池邊養相材。朝端先肅漢儀開。九秋灝爽臨初度，千丈恩光動憲臺。　鏘劍佩，望蓬萊。翠華南扈拂天來。一枝好在霜前菊，留待清香薦壽盃。

鷓鴣引　爲耶律總管太夫人壽

遼海千年將相家。婺星光動赤城霞。回看畫戟清香地，滿意春風玉樹花。　金椅背，紫雲車。謝林風度見來賒。壽波瀲灩宮壺暖，滿泛秋光醉緑華。

校：「瀲灩」，《四庫全書》本作「灩瀲」。

鷓鴣引

何處人間淑景新。韶光都付牡丹春。後庭花老空瓊樹，曲水江深見麗人。　金屑粉，麝香裙。

近前細看倒芳樽。惜教赤壁磯頭月，吹散春風陌上塵。

校：「麝香裙」之「麝」，底本闕，據珍本叢刊本補。

鷓鴣引

何處人間淑景新。劉家池館鮑家春。後庭花唱空瓊樹，曲水宮粧見麗人。　金作粉，麝爲塵。一枝千葉擁黃雲。花工可是多情思，夢逐凌波問洛神。

鷓鴣引

丁亥上巳日，與諸君宴林氏花圃，李氏以歌曲侑觴，醉中懇求樂府，賦《鷓鴣天》以歌之。李氏字蘭英，樂籍之名香者也。

花草離騷試品量。猗猗香色紫蘭芳。樂棚擢秀名何麗，楚澤含秋思更長。　金縷曲，紫霞觴。留連光景醉銀塘。竹西歌吹歸時晚，也勝揚鞭問葛強。

鷓鴣引

拾翠仙洲野興長。樽前一曲杜韋娘。人憐暖日明歌扇，我愛蘭英媚國香。　供楚佩，笑梅粧。春風着意泛崇光。老懷不到凌波夢，要遣琵琶送一觴。

鷓鴣引

香静堂萱燕處温。一家柔範被鄉鄰。三牲奉養真純孝，八十康寧是福人。　巖菊晚，嶺梅春。丰容林下舊精神。婺光不動雲衢爛，供佛床頭景氣新。

鷓鴣引　贈馭説高秀英

短短羅袿淡淡粧。拂開紅袖便當場。掩翻歌扇珠成串，吹落談霏玉有香。　由漢魏，到隋唐。誰教若輩管興亡。百年總是逢場戲，拍板門鎚未易當。

校：「羅袿」，《四庫全書》本作「羅衫」。

鷓鴣引

先相風流德業尊。又看天馬五花文。飄飄青鎖凝佳思，靄靄新詩似嶺雲。　淮海秀，已平分。珪璋未礙琢來勤。吴人元重中州氣，繡被何嘗擅鄂君。

校：「青鎖」，《四庫全書》本作「青瑣」。

鷓鴣引

潦倒衰翁不足尊。更堪刺口論詩文。經涂江浙多蘭友，照眼吴山霽霧雲。　傷別夕，惜輕分。臨岐一語見微勤。萬艘未是周郎志，他日經綸要使君。

校：「傷別夕」，珍本叢刊本作「傷別久」。

鷓鴣引

辛卯九月二十三日，靖伯仲先攜酒相過，客去，醺然獨坐，以見酣適之意云。

波蕩江湖萬里餘。歸來縮首伴凡魚。門從席後軒車盛，鬢自霜來宦味疎。　思往事，注殘書。閑鋤明月種秋蔬。傍人莫笑揚雄宅，好事時過載酒壺。

鷓鴣引

閭井錐刀劇戰烘。詠歸奚取舞雩風。道開聖學千年後，春在先生一畝宮。　敦誨誘，見從容。絃歌不隔縵紗紅。珉溪幾點梅梢雪，歲歲吹香入壽鐘。

虞美人

紅顔緑鬢無長好。日對菱花老。頭童齒豁竟何裨。只有飢時餐飯飽時嬉。　因行消散昏和悶。却覺筋骸困。那錢置箇馬兒騎。食飲難消，終日繫門陲。

校：「置箇」，《四庫全書》本作「置酒」。

虞美人　謝成耀卿僉事攜酒芋相過

山瓶乳酒甘如蜜。鴟芋堆盤赤。見君相贈固多情。潤我枯腸一吸破愁城。　秋光湖碧西灣瀲。不到中心慊。何時盡煮土芝香。醉飽歸來，肯把故山忘。一作醉後歸時，騎馬似知章。

西江月

清明拜掃回，值田家野飲，有頒白者邀余就飲，因賓老人之意，作《西江月》以歌之。

社鼓驚飛梨雪，村簫吹破桑芽。清明野飲見田家。老叟邀余下馬。　歡飲一巵芳酒，繞看滿樹幽花。盃盤草草樂年華。不棄同來觀化。

西江月　閑步州南古堤

返照斜明雙塔，亂山回繞孤城。年來風物似昇平。人説三王善政。世事正宜静待，田園好去躬耕。雲間歸鳥有遺聲。唤起投林高興。

西江月

大河凝冰蔽川而下，與一二寮友登白樓俯觀，賦此詞以歌之。

散策暫辭凫吏，倚樓來聽漁歌。夕陽西下亂山多。白鳥蒼煙衝破。一夜朔風吹雪，白雲飛滿長河。不將幽夢付凌波。意在吴郎畫舸。

西江月　贈張子文

聯轡閑談詩雅，停盃高詠晁詞。山城投宿晚涼時。邂逅青雲公子。濯錦江邊相憶，鳴條山下分攜。秋風摇蕩菊花期。竚候翩翩歸騎。

校：「詩雅」，《四庫全書》本作「風雅」。

西江月　繼張孝純韻

郢下空歌白雪，琴中誰聽高山。人生何用訂疎頑。不過兩盂日飯。夢到釣臺老樹，秋風閑煞漁竿。沙鷗無數點江干。知我忘機去慢。

校：「日飯」，《四庫全書》本作「白飯」。

西江月　壽王中丞

梅蘂暗傳春信，菊枝儘傲霜威。風姿元與歲寒期。況是小春天氣。　翠實調羹未晚，秋香添壽多宜。高名北海舊蟠螭。未似東山雅意。

西江月　壽李彦祥

近歲憶遊竹里，今年來遇生朝。平生洒落邑中豪。邂逅風神不老。　賞盡山陽煙景，去翻毫海雲濤。太行晴色任秋高。人與黄花長好。

黑漆弩　遊金山寺并序

隣曲子嚴伯昌嘗以《黑漆弩》侑酒，省郎仲先謂余曰：「詞雖佳，曲名似未雅。若就以江南煙雨目之，何如？」予曰：「昔東坡作《念奴曲》，後人愛之，易其名曰《酹江月》，其誰曰不然。」仲先因請余效顰，遂追賦《遊金山寺》一闋，倚其聲而歌之。昔漢儒家畜聲妓，唐人例有音學，而今之樂府，用力多而難爲工，縱使有成，未免筆墨勸淫爲俠耳。渠輩年少氣鋭，淵源正學，不致費日力於此也。其詞曰：

蒼波萬頃孤岑矗。是一片、水面上天竺。金鼇頭、滿嚥三盃，吸盡江山濃緑。　蛟龍慮恐下燃犀，風起浪翻如屋。任夕陽、歸棹縱横，待償我、平生不足。

校：詞序，「音學」，《四庫全書》本作「音樂」。

黑漆弩

曲山亦作言懷一詞，遂繼韻戲贈。

休官彭澤居閑久。縱清苦、愛吾子能守。幸年來、所事消磨，只有苦吟甘酒。 平生道學在初心，富貴浮雲何有。恐此身、未許投閑，又待看、鳳麟飛走。

按：以上《黑漆弩》二首亦收入《全元散曲》（九十六頁）。

好事近　過南雲門

南北兩雲門，竹圃稻畦如畫。罷亞黃雲萬頃，自長渠飛洒。 太行鍾秀盡三鄉，形勝遞高下。笑我年來用捨，似田間秧馬。

校：「三鄉」，《四庫全書》本作「三卿」。

好事近　嘗點東坡橘樂湯作

石鼎響松風，茗飲老來多怯。喚起雪堂清興，瀹鷓斑金屑。 橘中有樂勝商山，香味不容説。覺我胸中磈磊，被春江澄徹。

校：詞題，《四庫全書》本作「嘗點東坡橘藥湯作」。

好事近　賦庭下新開梨花

軒鎖碧玲瓏，好雨初晴三月。放出暖烟遲日，醉風簷香雪。 一樽吟遶洗粧看，玉笛莫吹裂。留待夜深庭院，伴素娥清絶。

好事近　春寒繼楊君卿韻三首

斗柄轉春城，向暖小桃開徹。不似今年正月，過深冬時節。故將新巧發陰機，春事未容說。且就驅雲風箒，掃西山晴雪。

校：詞題，「楊」，底本作「矧」，據《四庫全書》本改。

好事近

宫殿曲江頭，漠漠輕陰開徹。花柳都城三月，正禁煙時節。珂鳴轂擊玉泉遊，故老向人說。一片春風簫鼓，蕩梨花香雪。

好事近

華髪一衰翁，世事眼中看徹。只爲年來薄宦，負東山高節。冥冥神理到無憑，此外更何說。安得百壺春酒，掃羈愁如雪。

玉樓春　冬至夜侍祭

陰消陽長從今數。除客歸來聞好語。月明滿地紫烟生，暖入刺文添繡縷。　冷風肅肅生庭户，桂酒光清摇燕俎。今冬記我致嚴時，爆竹聲中聽五鼓。

秦樓月

今歲八月自哉生明夜，月色如晝，及至良夕，乃作風雨，所謂獨向此時偏者，詩人焉得無悵然之情也。取太白詩例，賦《秦樓月》一闋，歌以問之。是夜月色亦佳，但微雲點綴耳。

華陽閣。一年心賞中秋約。中秋約。九霄風露，有懷都豁。　桂香和雨風吹落。倚欄望處秋煙薄。秋煙薄。一樽能與，素娥同酌。

校：詞序，「乃作風雨」之「作」，底本闕，據《四庫全書》本補。

秦樓月

花時樂。醁樽記醉平津閣。平津閣。一聲金縷，滿堦紅藥。　小欄此日情瀟索。土膏一寸春如削。春如削。幾時盼到，絳燈紅爍。

己丑歲春分前一日，栽培衆卉罷。晚坐前閣，無以解之。偶得催閣芍藥辭《秦樓月》一闋，因放聲自歌，浮太白者數行，實至元二十六年三月二十一日也。時夜漏交二鼓，燈下書，秋澗老人題。以上《四部叢刊》本影印明弘治刊本《秋澗先生大全文集》卷七十六

校：「瀟索」，《四庫全書》本作「蕭索」。

行香子

乙酉歲九月二十五日，過林氏西圃，與主人公洎張道士看花小酌。林曰：「若作數語，以記其來，使通俗易解甚佳。」既歸不百步，得樂府《行香子》一闋，醉立斜陽，浩歌而去。

秋霽遥岑。何處登臨。水西頭、來散閑心。繞園細履，栽種成陰。□撚秋香，浮酒盌，入孤斟。　老境鬖鬖。鄉社浮沉。醉顔酡、白髮盈簪。夕陽歸路，聽我長吟。待野梅芳，多載酒，再

相尋。

校：「□」，據《四庫全書》本補。

江神子

金朝遺風，冬月頭雪，令僮輩團取，比明抛親好家，主人見之，即開宴娛賓，謂之撇雪會。去冬無雪，今歲初白如此，燈下喜賦此詞，録奉達夫，且應撇雪故事，爲一觴之侑也。

小窗遥夜失冬嚴。覺春添。卷踈簾。掌許冰花，撩亂撲風簷。喜倒坐中兒子輩，争指似，謝家鹽。一杯燈下醉掀髯。處窮閻。最情忺。萬壟含春，江上麥纖纖。應笑凍吟蘇老子，揩病目，認青簾。

眼兒媚

賦燕子樓，用幹臣、繼路、宣叔樂府韻。

横塘煙淡冷涵秋。寂寞舊粧樓。珠簾夜月，露桃幽怨，總是閑愁。　形消骨化情緣在，此恨若爲休。長河解浣，佳人無那，倒卷黄流。

眼兒媚

滿簾夜月耿霜秋。雲夢黯歌樓。殘燈伴曉，夕陽催暮，海水添愁。　天涯地角相思恨，誰道此生休。一篇照映，唐人詩雅，千古風流。

眼兒媚

我來吊古過悲秋。徒倚夕陽樓。畫堂歌舞，都能幾日，何限幽愁。　合歡床冷孤眠苦，争向死前休。憑闌閑看，一雙鸂鶒，對起中流。

眼兒媚

西風歸燕幾經秋。人老水邊樓。一燈孤枕，滿襟清血，花也含愁。　前堂歌吹新聲有，争似去來休。長河若解，將姝遺恨，與淚俱流。

眼兒媚　呈周幹臣

桑榆晚景日鬖鬖。莫厭數相尋。静憐幽境，閑談情話，與滌煩襟。　濟時幸有諸公在，鄉社好浮沉。閑雲却恐，西風吹去，認做商霖。

鵲橋仙　壽胡紫山

秋香懸桂。光風轉蕙。掩盡尋常花卉。西城來往已風流，更點檢、生涯次第。　堂名休逸。策扶流憩。占盡閑中風味。雞聲纔動已扶頭，紅日上、花梢未起。

鵲橋仙

調羹粉桂。愛香種蕙。自笑秋風野卉。兩椽茅屋對青山，初不羡、入雲高第。　將心自逸。欲行且憩。爲愛清時有味。桐江波上一絲風，儘容得、嚴光不起。

鵲橋仙

金蓮蜜炬。紫山仙侶。夢寐青門瓜圃。春風著處是行窩，要一笑、人間今古。　錦箋佳句。新聲金縷。灑遍薔薇清露。東華待漏滿靴霜，恐輸與、西城杖屨。

鵲橋仙　和劉夢吉韻

高人非古。沖襟粹宇。要覽德輝飛舉。伊周元不是庸人，吾志在、箕山巢許。　蘭紉有賦。菊香釀黍。夢斷糟床秋雨。淵明卧老北窗風，猶勝似、清談夷甫。

鵲橋仙

沉酣往古。棲遲衡宇。劇有弓招此舉。長林豐草野麋心，是中散、生平自許。　日邊草賦。矛頭炊黍。誰道閑雲有雨。周宣補袞要深功，除喚起、當年山甫。

校：「弓招」，底本作「弖招」，據《四庫全書》本改。

鵲橋仙

金鑾視草。蒲輪應召。客路人情殊好。豈知野鹿飾金鑣，志却在、長林豐草。　霜風料峭。形容枯槁。愁緒百端縈繞。故山歸去有茅廬，任束置、長沙諫稿。

鵲橋仙

五窮作祟。百端相滯。破帽一風吹碎。邯鄲道上斷人行，銷鑠盡、元龍豪氣。　商顔綺季。當時不起。誤甚漢家經濟。書生薄相到還元，要結末、黄齏滋味。

鵲橋仙　爲何繼先壽

調和謀斷，論思機務。許大茫茫疆宇。當年姚宋救時才，聽沙路、歸來好語。　階翻紅藥，省連温樹。滿貯春風瑞露。眼中庭檜鬱蒼蒼，道晚節、昌於韓圃。

浣溪沙　壽李衛尉

矍鑠當年漢伏波。紫微垣外待雕戈。笑騎天駟下天河。　華髮雅宜麟閣畫，春風先送武城歌。朱顔休惜捲金荷。

浣溪沙　内黄道中

風柳婆娑半畝陰。兩株巧與道相鄰。樹頭幽鳥似知音。　馬上行人思困睡，天邊赤日欲流金。解鞍休惜濯煩襟。

校：「兩株」，《四庫全書》本作「兩枝」。

浣溪沙　送王子勉都運關中

薊北分攜已六年。秋風淇上又離筵。一尊情話重留連。　内史調兵推漢相，春潭通漕笑韋堅。嶽雲拖翠上吟鞭。

浣溪沙　題韓氏别墅

翠竹連村映白沙。小崗回抱一川斜。旋開幽沼聽鳴蛙。　樵客局邊驚橘樂，黄塵門外任蜂衙。樹頭山色晚來佳。

浣溪沙　客亭觀漲

老雨長河壯怒濤。客亭夜久聽喧號。平明兩涘渺江皋。　沙尾没來漁笴短，危檣看處客帆高。斜陽汀草亂青袍。

浣溪沙　壽周幹臣

十載相期紫禁遊。一官誰想客西州。春風閑倚仲宣樓。　四海論交真益友，一年好處是中秋。壽波無惜捲金甌。

浣溪沙

吴村道中。在平陽府北三十里汾水西，三月十五日，送客回作。

緑樹連村際碧山。春風吹水漲黄灣。沙汀蘋滿釣舟閑。　薄宦崎嶇清議裏，風煙吞吐畫圖間。夕陽明處鳥飛還。

浣溪沙

至元九年秋九月，登秋風亭觀雨，呈賊曹參軍周幹臣。

雨勢蒼山共一雲。雨聲作氣張三軍。秋風亭下葉繽紛。　官事何憂嚴限促，天心不負老農勤。夜窗孤客儘先聞。

校：「呈賦曹參軍周幹臣」，《四庫全書》本作「呈賦曹參軍周幹臣」。

浣溪沙

乙亥自壽，時二孫□行，一女孫□兒時避人事，在汾西廣福院。

梅點冰梢蠟蒂凝。蘭芽珠樹鬬鮮明。團欒香火此時情。　避世遠慚金馬客，現山人道老人星。雪邊巖檜盡青青。

浣溪沙　壽湯總管

十載煙花紫紫遊。嘉謨曾補翠雲裘。歸來尤荷寵光優。　晝戟清香高北里，虎符金節照南州。壽波無惜捲吟甌。

浣溪沙　壽王子初

六合澄清到一家。顒顒文物望中華。未容詩禮養蘭芽。　松柏後凋元有待，珪璋涵潤本無瑕。誥恩行墮五雲花。

浣溪沙

王中丞許贈新香不至，書此以催之。

珍品無多百和濃。露沾婆律濕蘭叢。喜分新供到南豐。　螺甲未融金雀餅，芳菲已夢碧湘宮。

寶猊先障繡簾風。

浣溪沙

六月初三日，與學官高伯祥夜話於魏府之清潤堂。

露榻風簾燭影摇。故人留話慰瀟條。徘徊花月可憐宵。天淡有雲空漠漠，月明無雨更翛翛。洞天歸路踏瓊瑶。

浣溪沙　送劉仲元赴平定州親迎

青鳥西傳燕爾期。乘龍喜氣見脩眉。芳悰濃似去年時。禁臠名香天盼重，玉臺春暖鏡鸞棲。人生樂處是新知。

浣溪沙　賦箏

朋盍華簪醉未霑。主人張樂見厭厭。一聲銀甲裂霜縑。澗水咽冰翻隴怨，將軍出塞憶蒙恬。碧桃花底玉笙湉。

按：底本重載本詞。

浣溪沙　付高彦卿

紅翠叢中樣度新。桃花扇影駐行雲。隋唐嘉話閲來真。一片錦帆浮汴水，兩京花柳暗風塵。彩聲曾動鳳城春。

浣溪沙

雨點鳴鐃裂竹聲。並隨牙板一時停。詞源都作建瓴傾。　白羽揮開諸葛陣，蒼濤翻動憲王陵。低空知有彩雲横。

浣溪沙

隋末唐初與漢亡。干戈此際最搶攘。一時人物盡鷹揚。　褒鄂有靈毛髮動，曹劉無敵簡書光。争教含泣到分香。

浣溪沙

旅館燈青夜色曛。據床談劇作春温。胸中雲夢入雄吞。　清議素高烏府月，秋霜低厭漲江雲。吴山山下惜輕分。

浣溪沙

中秋雖見月，桂花出没於雲影間，有不快人意者，作此詞以歌之。

月色都輸此夜看。人心偏處即多慳。碧雲吹恨滿瑶天。　盡著冰壺凉世界，故將陰巧妒嬋娟。桂香和露濕幽彈。

浣溪沙　贈朱簾繡

滿意茗華照樂棚。緑雲紅灩逐春生。捲簾一顧未忘情。　絲竹東山如有約，煙花南部舊知名。

秋風吹醒惜離聲。

浣溪沙　爲張右丞壽

補衮功深浴鳳池。好賢人道似緇衣。佩聲清響見委蛇。　千歲壽祺陰有積，兩宫恩睠古來稀。東山歌酒樂時熙。

浣溪沙

紙帳梅花夜色清。行雲香濕墮銀缾。惜花人老若爲情。　對酒當歌須適意，凌煙圖像是虚名。千年編簡幾人青。

點絳脣　壽周幹臣

秋氣平分，畫欄桂樹秋香底。良辰美景，拚取花前醉。　彭壽添君，白也詩堪擬。高歌起。月波如水，長照金罇裏。

點絳脣　壽涿郡房二尊親

露影庭萱，一枝金綻釵頭鳳。寶花香供。壽席光浮動。　懿範閨門，姻族同推重。瓊杯捧。二親安寵。共醉玻璃甕。

點絳脣　送董彦才西上

楊柳青青，玉門關外三千里。秦山渭水。未是消魂地。　坦卧東床，恐減風雲氣。功名際。願君着意。莫揾春閨淚。

點絳唇　癸酉夏六月五日同河中府官宴白樓

倚檻清歌，一聲高遏行雲住。長河傾注。不煞曦輪暑。　燕寢清香，畫棟珠簾雨。人何處。一樽緑醑。滿眼青山暮。

點絳唇

題絳州花萼堂，時天暑，回自河中。

一榻清風，故山邂逅欣相遇。緑陰池樹。蕩漾瑶翻處。　赤日紅塵，前日中條路。人良苦。壯心如故。快斥王陽馭。

校：詞序，「天暑」，珍本叢刊本、《四庫全書》本作「大暑」。「快斥」，《四庫全書》本作「快叱」。

點絳唇

後六月二十二日，同府僚宴飲白雲樓，時積雨新晴，川原四開，青障白波，非復塵境。忽治中英甫堅索鄙語，酒酣耳熱，以樂府歌之。

晴倚層欄，飄飄醉上青鸞背。飛雲崩墜。萬疊銀濤碎。　青障白波，非復人間世。人懷霽。夕陽有意。返照千山外。

校：詞序，「堅索」之「堅」，底本闕，據珍本叢刊本補。

點絳脣 爲房祖母壽

婺女呈祥，瑞光分自雲衢爛。鳳萱金燦。留待佳辰綻。　林下丰容，閨壺瞻儀範。香縈篆。玉顏如練。歲歲長康健。

點絳脣 壽周幹臣

千古詩壇，苦吟誰得風騷妙。羨君才調。一蹴無邊徼。　歲歲中秋，喜見朱顏好。霜蟾皎。一蹲傾倒。萬事秋毫小。

校：「一蹲」，《四庫全書》本作「一樽」。

點絳脣 爲丞旨唐壽卿壽

秋氣平分，鬱蔥都作充閭喜。玉堂風味。磊落青雲器。　醉墨烏絲，緑綺傳湘水。千秋歲。月波如洗。長照金罇裏。

校：詞題，「丞」，《四庫全書》本作「承」。

點絳脣 雨中故人相過

誰惜幽居，故人相過還晤語。話餘聯步。來看花成趣。　春雨霏微，吹濕閑庭户。香如霧。約君少住。讀了離騷去。

點絳唇　春夜喜雨

好雨知時，萬金欲買初無價。種花才罷。似爲芳枝下。　花重宫城，好箇風人雅。從飄灑。探花走馬。明日春如畫。

點絳唇　雨宵即事

春雨空蒙，晚來點綴閑庭景。一床燈影。潤入琴絲冷。　清夜沉沉，誰慰孤懷耿。雲生鼎。倚窗高詠。愛此春宵永。

點絳唇　探花

春雨添花，繞欄來看花開否。海棠紅瘦。綠葉花如豆。　梨雪生香，近在清明候。花爲友。莫輕辜負。預問鄰家酒。

點絳唇　喜芍藥發芽

紅葉當階，朝來撥土紅芽秀。畫欄晴晝。憑暖佳人袖。　一粒丹砂，誰點仙根透。從今後。爲渠釀酒。去作花間友。

點絳唇　春雨後小桃

端正樓空，一枝春色誰偷得。夜來消息。暮雨臙脂濕。　倚竹佳人，翠袖嬌無力。須相覓。一鐏休惜。轉首春狼藉。

點絳脣

己丑清明前一日，春露堂即事，時既雨快晴，明日書示友人。主人出名酒相屬，因放歌數闋而去，實至元二十六年三月七日也，可爲不虛度此節矣。秋澗老人深香閑適。

春雨如膏，最憐適與清明遇。晚晴庭宇。畫出樊川賦。　冉冉行雲，低拂垂楊度。春如許。亂花深處。幾點薔薇露。

點絳脣　西灣即事

碧玉環深，一尊同醉清明後。綠陰晴晝。多少閑花柳。　身世虛舟，日月驚跳走。誰豪右。忘懷惟有。拍泛船中酒。

按：此後，《全金元詞》云：「原有十三首《平湖樂》，十首《絳桃春》，十五首《合歡曲》，一首《後庭花破子》，以其皆曲調，因删去。」又見《全元散曲》（第九十七頁）。此處從之。

如夢令　和曲山韻

仕宦須求遭遇。不顧已沾泥絮。擾擾世間人，總被虛名引去。引去。引去。光景促於朝暮。

如夢令

半世隨波從衆。幾被狙翁調弄。富貴苦相謾，一枕槐根春夢。春夢。春夢。況復此身無用。

如夢令

友道雨翻雲覆。膠漆幾人持久。遣興漫題詩，客至有錢沽酒。沽酒。沽酒。徑入醉鄉無有。

如夢令

老境心便多暇。束縛塵纓高掛。飯飽去尋君，閑步閑吟閑話。閑話。閑話。過眼紛華都罷。

驀山溪

冰姿綽約，翠袖翻青露。林下謝夫人，依然是、故家風度。搔頭玉重，雲髻不勝寒，繡簾疎，涼月細，一點香來處。　清標一插，脉脉秋如許。無語對西風，恍當年、六朝瓊樹。幽窗深鎖，莫厭惜娉婷，瑶臺路，藐姑仙，恐跨青鸞去。

鵲橋仙　大德辛丑歲八月初四日壽平章相公夫人

金波秋静，桂欄香重。瑞應熊羆佳夢。錦棚擎出玉麟兒，道釋氏、老君親送。　壽筵增慶，朝鞍歸控。恰及瑶觴拜捧。平津起舞棣華歌，好一醉、玻瓈春甕。以上明弘治刊本《秋澗先生大全文集》卷七十七

校：「錦棚」，《四庫全書》本作「錦繃」。

胡祗遹 存詞二十三首

胡祗遹，字紹開，號紫山。磁州武安（今屬河北）人。早年好學，見知于名流。中統初，張文謙宣撫大名，以其爲員外郎。至元元年，授應奉翰林文字，兼太常博士。因建言忤權臣阿合馬，出爲太原路治中，改河東山西道提刑按察副使。江南平定，行任荆湖北道宣慰副使。至元十九年任濟寧路總管，向朝廷上書建言八事，以其建言爲定法。以山東東西道提刑按察使，拜翰林學士，未赴職，改任江南浙西道提刑按察使，以疾辭歸。元貞元年去世，享年六十九歲。謚文靖。有《紫山大全集》六十七卷，《易解》三卷、《老子解》一卷，原本均不存。清乾隆時修《四庫全書》，據《永樂大典》輯出《紫山大全集》二十六卷，其中賦、詩、詞七卷，文十九卷。卷七存詞二十餘首。胡祗遹詞曲兼長，作爲曲家，列名《録鬼簿》「前輩名公」節，《太和正音譜》評其詞「如秋潭孤月」。《詞綜補遺》卷十七，有胡祗遹《沉醉東風·贈歌兒珠簾秀》，是散曲。生平見《元史》卷一七〇、《元史類編》卷二十七。

點絳唇　贈妓

風度高閒，水仙花露幽香吐。等閒尊俎。細聽黄金縷。　命薄秋娘，夢斷霓裳舞。黄梅雨。燕儔鶯侶。那解芳心苦。

太常引　寄王提刑仲謀

七年分袂一相逢。倏南北、又匆匆。白髮兩衰翁。縱握手、渾如夢中。共山如畫，洹溪如練，空幾度春風。觴詠幾時同。休直待、功名景鐘。

太常引　爲汪奉御夫人壽日

慶門華胄幾千秋。更名父、早封侯。天性自貞柔。立閨範、并州應州。一盃千歲，嫩涼時節，暑氣雨前收。壽酒勸金甌。記歲歲、西風畫樓。

西江月　讀通鑑唐太宗踣魏徵碑有感而作

晚食甘於粱肉，徐行穩似軒車。直須朝暮苦馳驅。指望凌煙高處。前日豐碑旌表，今朝貶竄妻孥。喜爲正直怒奸諛。自古忠臣良苦。

南鄉子　宿武安李仲威家因營葬事

夢破五更頭。萬慮關心不可收。憂世憂心無限事，多憂。自笑元龍百尺樓。寒葉雨聲稠。百蟄無聲已暮秋。一歲又從流水去，悠悠。明日田家酒百甌。

南鄉子　詠李通甫秋扇

新樣玉瓏璁。遍賜輕涼滿漢宮。記得班姬拈彩筆，恩隆。寫入新詩字字工。殘暑又西風。動是經年篋笥封。只欠一枝霜後葉，殷紅。點破團團璧月空。

鷓鴣天　甥孫以紅葉扇索樂府

露冷霜寒百卉腓。容光來與菊花期。雪香睡足青春夢，晚節隨時始衣緋。　流水遠，夕陽遲。秋山斂黛讓晴暉。醉魂不逐西風散，璧月瑶宫晚更宜。

江城子　夜飲池上

摩訶池上水風清。露零零。月華明。玉簟銖衣，清影照閒情。一曲洞仙歌未闋，霜葉滿，鳳凰城。　醉魂輕舉上青冥。謁仙扃。墮滄溟。散作秋香，無語話三生。安得青蓮同把酒，揮醉墨，問枯榮。

水調歌頭　招友人飲

人處六函内，蚊睫一微塵。匆匆數十寒暑，駒隙等逡巡。禮樂衣冠縛束，文字功名汩没，辱寵萬悲忻。雅意竟誰了，含恨入荒闉。　笑緇黄，誇解脱，保天真。將心自遊，溟漠屈蟄不生春。氣化也應歸盡，雲影白衣蒼狗，何處駐陽神。莫聽三家語，來作醉鄉民。

校：「匆匆」，底本原作「忽忽」，據文意改。

水調歌頭　賞白蓮招飲

妖嬈厭紅紫，來賞玉湖秋。亭亭水花凝竚，萬斛冷香浮。初訝西風静婉，又似五湖西子，相對更風流。翠潤寶釵滑，重整玉搔頭。　泛雲腴，歌白雪，捲瓊甌。尊前共花傾倒，一醉洗閒愁。屈指秋光能幾，歌詠太平風景，佳處合遲留。更倩月爲燭，散發弄扁舟。

水調歌頭　宴樂

嗚咽洞簫裏，皓齒豔歌聲。同聲同氣相應，雙鳳一時鳴。春晝沉香火底，涼月碧桃花下，握手共誰聽。有酒且勿醉，細倩玉纖傾。　白髭鬚，緣底事，爲愁生。尊前怨思兒女，向我訴衷情。東第貴官鼓吹，北里市塵箏笛，適意各忻榮。老耳未聾聵，日日飲昇平。

水調歌頭　慶翰長生朝

千古大名下，五福幾人全。相如妙齡詞賦，一降冠群賢。姓字家傳户説，豐表芒寒色正，星日麗青天。朱服赤墀裏，緑髮玉堂仙。　忽西風，吹夢破，海成田。冥冥造物，雲龍風虎又奇緣。兩代斯文盟主，百載中朝元老，雅望更誰先。好藉金蓮燭，壽酒要如川。

木蘭花慢　贈歌妓

話興亡千古，試聽取，是和非。愛海雨江風，嬌鶯雛鳳，相和相催。泠泠一聲徐起，墜梁塵、不放彩雲飛。按止玉纖牙板，細傾萬斛珠璣。　又如辯士遇秦儀。六國等兒嬉。看捭闔縱横，東强西弱，一轉危機。千人洗心傾耳，向花梢、不覺日陰移。日日新聲妙語，人間何事顰眉。

木蘭花慢　酬宋鍊師贈梅

愛清香疏影，問誰識，歲寒心。稱月底溪橋，水邊籬落，雪後園林。仙家亦憐幽獨，羨玉堂、温水静相尋。寫影華光醉墨，招魂和靖清吟。　陶潛官罷杜門深。門客欲誰臨。謝攜酒扶花，敲門見過，一洗塵襟。揮毫徑酬雅意，拚醉來、忘却雪盈簪。更結松筠高會，從渠桃李繁陰。

木蘭花慢　元夜宴王三舍人宅有火塔松燈之樂

愛玲瓏紅玉，光照夜，滿庭春。更翠焰浮空，朱明射月，和氣留人。河東上元佳節，念客懷、誰與作情親。喜二三更雅集，清歡滿意殷勤。人生元夜幾番新。賢主亦佳賓。儘月轉參横，香殘燭燼，猶勝芳晨。團圞膝前兒女，放盃行、到手莫辭頻。燈火家庭此夕，明朝世務紅塵。

木蘭花慢　題倪都運南塘蓮社

倚西風閒在，談清影，玉亭亭。問幽苦芳心，何時解語，脈脈盈盈。秋香欲無還有，似自憐、不嫁惜娉婷。好在芙蓉城闕，夢回羅襪塵生。多情争似總無情。殘照又西傾。怕去去蘭舟，露凉煙冷，月落參横。沙鴈也能留客，倩溪光、相照晚粧明。緩按梁州絲竹，聽翻白苧新聲。盧山社、蘭亭會，後世圖畫、題詠，至今傳玩不絶也，乃知前代樽俎風流，猶爲人永永景慕。其於善行名言，豐功懋烈，誰得而廢之。去歲夏，僕以從百官之後，走上都間，南塘白蓮雅集諸名公，皆賦樂章，自以不得一繼餘韻爲恨。今年秋，席上運使倪公復尋舊盟，僕忝與賓末，謹贅一闋，庶幾異日得附南塘蓮社之故事云。

木蘭花慢　春日獨遊西溪

愛西溪花柳，紅灼灼，緑陰陰。更細水園池，修篁門巷，一徑幽深。春風一聲啼鳥，道韶華、一刻抵千金。飛絮遊絲白日，忍教寂寞消沉。我來無伴獨幽尋。高處更登臨。但白髮衰顏，羸驂倦僕，幾度長吟。人生百年適意，喜今年、方始遂歸心。醉引壺觴自酌，放歌殘照清林。

木蘭花慢　留題濟南北城水門

歷雄都大邑，厭車馬，市塵深。愛歷下風煙，江湖郛郭，城市山林。人家水芝香裏，看萬屏千嶂變清陰。無問買山高價，休論寸土千金。　偶因王事愜閒心。佳處更登臨。萬斛泉珠，四圍嵐翠，一洗塵襟。强齊霸圖陳跡，但華山、平野聳孤岑。今夕高筵清賞，明朝驛騎駸駸。

木蘭花慢　殷獻臣伯德孝先奉使日本索詩送行得此三闋

要聲名洋溢，須涉險，立奇功。儘萬里蒼溟，魚龍吹浪，按：此調前段應九句。今考《大典》所載，「魚龍吹浪」下闕二十二字，與前後同此調者不合。既無別本可校，謹仍其舊。海若，能如十萬兵雄。　明年春暖際天東。佳報定先通。看倭氏稱藩，蝦夷稽顙，異服殊容。都人聚肩重足，喜歸來、朝拜大明宮。寄語三吴百越，休誇江水連空。

木蘭花慢

壯驪歌慷慨，望天際，送君行。眇月窟張騫，雪山殷侑，虛擅英名。忠肝落落如鐵，要無窮渤澥偃長鯨。笑指扶桑去路，等閒風浪誰驚。　士當一節了平生。羞狗苟蠅營。仗雷電神威，風雲聖算，何往無成。佳聲定隨潮信，報東夷、重譯覲來庭。好箇皇朝盛事，毋忘紀石蓬瀛。

木蘭花慢

百年湖海氣，得初效，處囊錐。更緑鬢朱顔，雄姿英發，光射征衣。大夫喜伸知己，感宸恩深重此身微。虎節才辭北闕，丹誠已落東垂。　中天雨露徹偏裨。只欠海諸夷。好敷悉丁甯，殷勤感悟，立解疑危。暘隅普霑王化，更洗心懷德徑來威。一降功名事了，清銜史册騰輝。

木蘭花慢　慶翰長八十

應飛熊佳兆，年共德，兩俱高。論少日才名，遐齡勁節，合擅中朝。文章在公餘事，快筆端、雲海捲風濤。四海名卿奇士，百年齊入鈞陶。笑將經濟讓兒曹。萬事一秋毫。享内相尊榮，金蓮畫燭，宫錦朝袍。投壺雅歌文會，盡百杯、春色醉仙桃。好爲昇平强健，賓從東岱南郊。

摸魚兒　玉簪

問秋香、都在何許。棠陰暮涼風露。空圓不費司花巧，玉立幽閒豐度。如欲語。似□□、按：原本闕二字。無別本參校，謹仍舊，以誌闕疑。一襟清苦愁千縷。長門夜雨。更月暗燈昏，水沉煙燼，寂寞瑣窗户。憑誰問，見棄宣和花譜。應爲孤高自誤。升平枕上温柔夢，不到琳宫仙府。仍爲汝。待安排、軟金羅幕重遮護。秋霜良苦。怕清夜無人，天寒翠袖，孤影更衰素。以上文淵閣《四庫全書》輯本《紫山大全集》卷七

方逢振　存詞一首

方逢振，方逢辰之弟。南宋景定三年進士，歷太府寺簿，宋亡，隱居講學于石峽書院，學者稱「山房先生」。方逢辰(一二二一——一二九一)，别號蛟峰。有《蛟峰先生文集》十四卷(卷十一至十四是附録)。方逢辰七十壽辰，時在元世祖至元二十七年(一二九〇)。在《蛟峰先生文集》卷十三，方逢振以《念奴嬌》爲方逢辰祝壽之詞。

念奴嬌　壽蛟峰先生七旬(九月二十九日)

峽山秋晚，峭蒼寒、萸菊拒霜時候。眼底氛埃千萬態，看盡雲輪白首。宇宙骰盆，天公兒戲，人事猶芻狗。此翁七十，精神只麼如舊。　須信待足何時，不如人意事，十常居九。到得聖賢無奈處，天亦不能管勾。司馬自傷，伯寮自愬，於我乎何有。喚莊生起，借椿千歲爲壽。方逢辰《蛟峰先生文集》(明刊活字本)卷十三

校：「不如人意事」，底本原作「不如人意時事」，據詞律及文意改。

陳思濟　存詞一首

陳思濟（一二三二——一三〇一），字濟民，號秋岡。柘城（今屬河南）人。早年以才器見稱，元世祖在潛邸聞其名，召備顧問，世祖即位，除右司都事，從中書廉希憲行省山東。召還，至元六年遷同知高唐州，入拜監察御史，出知沁州，至元十四年，遷紹興路總管府同知，轉兩浙都轉運司同知，調陝西漢中道按察副使。至元十七年，曾出訪道教聖地洞霄故宫，作樂府《木蘭花慢》記行。丁母憂去官，服除，授同知浙東道宣慰司事，歷兩淮都轉運使，擢嶺北湖南道廉訪，改池州總管，累遷河南江北等處行中書省僉事。卒，謚文肅。有詩集若干卷，虞集作序以行，未見傳本。生平見虞集撰神道碑（《道園學古録》卷四十二）、《陳文肅公秋岡詩集序》（《道園學古録》卷三十三）、《元史》卷一六八、《元詩選》二集《秋岡先生集》。

木蘭花慢

望西南之柱，插天翠，一峰寒。儘泄霧噴雲，撑霆拄月，氣壓群山。神仙。舊家洞府，但金堂、玉室畫中看。苔壁空留陳迹，碧桃何處驂鸞。　兵餘城郭半凋殘。製錦古來難。喜村落風煙，桑麻雨露，依舊平安。興亡視今猶昔，問漁樵、何處笑談間。斜倚西風無語，夕陽煙樹空閒。

右與宣慰趙中順讞獄浙西之餘杭，相過洞霄故宫，因作樂府《木蘭花慢》，以道吾懷。至元十七年秋七月廿二日，秋崗陳思濟爲吳清虛、周清溪題於琳宇之一庵。《宛委别藏》本《洞霄詩集》卷九

魏初

存詞四十三首

魏初（一二三二——一二九二），字太初，號青崖。弘州順聖（河北陽原）人。祖上仕于金，金亡，受忽必烈禮遇。中統元年，辟中書省掾史，兼掌書記，不久，以祖母年高辭官，歸隱鄉里，教授子弟。後薦授國史院編修官，拜監察御史。多有建言，受元世祖嘉納。舉勸農副使劉宣自代，出任陝西四川按察司僉事，歷陝西河東按察副使。入朝，任治書侍御史、江南行御史臺侍御史，提江西按察使。南臺移建康，魏初出任中丞，卒於官。享年六十一歲。追謚忠肅。魏初長於《春秋》之學，爲文簡約有法，早年受元好問教誨。明焦竑《國史經籍志》著録魏初《青崖集》十卷，已亡佚不存。清乾隆年間修《四庫全書》時從《永樂大典》中輯出魏初詩文，編成《青崖集》五卷，卷三存詞四十三首。生平見《元史》卷一六四、蘇天爵撰《御史中丞魏忠肅公文集序》（《滋溪文稿》卷五）、許有壬撰《青崖魏忠肅公文集序》（《至正集》卷三十四）。

木蘭花慢　爲安總管壽

記鳳凰城下，走飛騎、扈龍舟。正春水生波，頭鵝落雪，風偃貂裘。西南憲司高選，自并汾以去數君侯。處處隨車有雨，行行白簡生秋。今年冠蓋駐梁州。民物沸歌謳。看緑水平田，人家煙火，桑柘鳴鳩。輝輝虎頭黄節，道看看、飛下日邊頭。儘把中原山色，與君同醉南樓。

木蘭花慢 爲姜提刑壽

記當年分陜，擁飛蓋、入長安。把渭北終南，秦宮漢闕，都入憑欄。追隨大渾幾日，又嘉陵山色上征鞍。楊柳離亭痛飲，梅花樂府新翻。　一封丹詔五雲間。全晋動河山。看匹馬横秋，弦轟霹靂，虎卧斕斑。生平此心耿耿，道君恩未報敢投閒。袖裏昇平長策，春風咫尺天顔。

木蘭花慢 爲完顔振之壽

笑功名謾我，都幾許、競匆匆。記玉佩紅鞓，長安陌上，人指青驄。歸來買田故園，儘人間社燕與秋鴻。唤奴拏魚溪上，看兒種豆村東。　算來何物是窮通。只有讀書功。愛杖履風流，崖西古石，舍北長松。宦塵千丈如海，更何心、鞍馬避奴童。萬古醉中天地，井蛙湖海元龍。

木蘭花慢 爲馮副使壽

記春風門巷，騎竹馬、舞青衫。笑我拙何堪，君才十倍，頭角巉巉。讀書故都喬木，更含香蘭省並歸驂。醉聽灤河夜雨，清吟太液秋蟬。　别來何物是新添。霜入鬢毛尖。正渭北江東，暮雲春樹，得共新銜。人生别離居半，但公餘、有酒且醺酣。幾日鄰村桑柘，夢中煙雨江南。

木蘭花慢 宋漢臣墨梅並叙

嘉議宋公於予爲世契兄。向過洛陽，吾兄適宰是郡，尊酒留連者累日，邇後訃音至長安，余不勝驚悼。今年以事來京師，其弟義甫秘監會余於東溪，出示嘉議墨梅横幅，因作長短句一章，兼致區區追挽之意云。

愛筆端造化，春不盡、思無邊。看詩意精神，不求顏色，物外神仙。回頭水南水北，覺冰姿玉骨却悽然。一片肝腸鐵石，三年雪月情緣。　洛陽尊俎記留連。慷慨正華年。恨鞍馬匆匆，長亭老樹，芳草離筵。西風鴈來何許，忽傳將、幽恨到重泉。昨日東溪再過，不堪塵滿冰弦。

木蘭花慢　次韻奉答劉雪溪兄

記漢皋亭上，從別後、幾秋風。愛詩酒追隨，衣冠雅重，車騎雍容。回頭白雲汾水，又傳將、淮海避青驄。官府年來有禁，音書未易相通。　肝腸如鐵氣如虹。佳句入清雄。問渭北江東，莫雲春樹，此意誰同。虛名百年慚愧，賴吾鄉、風味近河東。幾日鳳凰山下，雞豚社酒迎逢。

木蘭花慢　贈閬州揚宣撫

問高城鐵甕，緣底事、浄妖氛。道霜落長安，元戎閫令，萬騎雲屯。人人知自有用，望金湯、直上撼乾坤。海陸鯨鼇掀舞，秋風怒捲孤豚。　將軍却恐熾災燻。玉石到俱焚。便立馬城頭，扶傷吊病，不侈奇勳。區區蠆鋒螳臂，算從今、都合□平吞。一片旌旗閑暇，夢魂常繞夔門。

木蘭花慢　送張夢符治書赴召

正江南二月，春色裏、送君行。對芳草晴煙，海棠細雨，不盡離情。思量漢皋城上，共當時、飛蓋入青冥。醉後嘉陵山色，馬頭楊柳秦亭。　十年一別鬢星星。慷慨只平生。愛激濁揚清，排紛解難，肝膽崢嶸。此心一忠自信，更太平、丞相舊知名。寄謝草堂猿鶴，移山未要山靈。

石州慢　留別雷御史

才得相從，還有此行，難合交錯。公餘頗喜新涼，杖屨頻承談益。白衣蒼狗，不如付與無心，到頭誰是真功業。天地儘知音，足清風明月。　應惜。枯罷未脱瘡痍，鞍馬不嫌驅役。筆底清霜，隱隱已沾鬢髮。秋風萬里，飄飄老鶻搏空，鷦鷯尺鷃甘沉没。開歲待君來，滿江南春色。

木蘭花慢　次高郎中道凝韻

千古汗青，動業幾人，能是雄傑。麒麟畫像當年，轉首許多除折。前村月底，一壺春酒追隨，梅花解軟肝腸鐵。萬事儘悠悠，只固吾窮節。　愁絶。倦游歲莫，棲遲風雨，一枝鳩拙。意廣才踈，事與古先殊别。夢中鄉國，閑時獨上城樓，角聲旗影供凄切。醉裏倚闌干，滿西山晴雪。

滿江紅　寄何侍御

少日肝腸，雲夢地、氣吞八九。今老去、才疎計拙，百居人後。倦處收回行路脚，懶來噤却吟詩口。算從前、四十九年非，如回首。　風與月，須長久。誰放我，成三友。笑官倉紅腐，可堪癡守。倒鳳顛鸞吾已矣，淋漓醉墨蛟虬吼。儘都門、冠蓋擁紅塵，青青柳。

滿江紅　寄何繼先御史

落日何山，人好在、鳳凰城闕。還記否、長安城下，一梧離别。芳草連空春欲暮，落紅千片飄香雪。憶使君、昨日出潼關，今三月。　吾有意，從君説。君爲我，能周折。想臺中評議，正勞提挈。走馬秦川塵土裏，離愁一似年時節。問白頭老母倚門心，何時歇。

滿江紅 爲書史王慥甫壽

年少才華，文字裏、已曾相識。還又喜、柏臺高選，我承飛檄。筆底輝輝多古意，幕中隱隱當勍敵。更今年、相從入川來，良多益。　心與膽，當如石。須不負，文章力。要他年事業，轟騰霹靂。自覺空踈成底事，愛君文雅吾平昔。把清江、都與釀成春，如鯨吸。

滿江紅 爲雙溪丞相壽

借問中朝，誰得似、相公勳舊。記前日、風雲慘淡，雷霆奔走。萬里野煙空綠樹，旌旗莫捲熊羆吼。更挺身、飛出虎狼群，人能否。　元自有，談天口。初不負，經綸手。更詩書萬卷，文章星斗。樂聖銜桮應暫耳，不妨桐院閑清晝。願壽桮、青與北山松，俱長久。

滿江紅 爲張右丞壽二首

梁甫孤吟，已認得、真龍頭角。記當日、江山如畫，一時英略。立馬便談天下事，鳳池十倍揚州鶴。更詩書萬卷浴心胸，無丘壑。　活國手，千金諾。自不負，麒麟閣。算點鞭餘事，不妨清酌。今日文昌虛八座，鬢毛莫遣星星却。要袖中、霖雨洗乾坤，侵寒廓。

滿江紅

天造雲雷，問誰是、中原豪傑。人盡道、青錢萬選，使君高節。自有胸中兵十萬，不須更事張儀舌。看千秋、金鏡一編書，心如鐵。　天下利，君能說。天下病，君能切。要十分做滿，黑頭勳業。樂府新詩三百首，篇篇落紙揮冰雪。更醉來、鯨吸捲秋波，桮中月。

滿江紅　登汪師展江樓次張周卿韻

落日江樓，山不盡、亂雲横碧。還又見、人家煙火，倚天青壁。貔虎夜攢分遠近，魚龍入海無南北。道軍門、昨夜有人來，傳佳檄。　歌慷慨，余平昔。今潦倒，嗟何及。幸此身膏沐，太平文德。方喜詩壇逢老手，却愁酒陣當强敵。便從今、都與捲降幡，知吾必。

水龍吟　爲祖母太夫人九十之慶

玉峰千古高寒，浮花細葉難相稱。風流不減，謝家林下，藹然輝映。最關心處，歲時伏臘，蘋繁薦敬。笑人間兒女，那知許事，空脂粉，香成陣。　慚愧兒郎草草，滿金梧、緑浮春瑩。此心但願，旁沾親舊，年年康勝。一曲龍吟，又傳佳語，尊前試聽。道期頤未老，十年今日，再安排慶。

水龍吟

余誕日，不得與兒子必復相會聚者凡六寒暑矣。今年是日，必復以詩上壽，有「勇退神仙今不遠」之句，因以此曲示之。

平生翰墨箕裘，誤蒙獬豸分司早。登車攬轡，風煙萬壑，連雲鳥道。五載歸來，中臺無事，江南芳草。記錢塘門外，西湖湖上，登臨處，知多少。　夢裏五雲樓閣，正瞻依、玉墀春好。南海陰風，越臺暑瘴，不禁懷抱。白粥青齏，平心養氣，萬緣俱掃。便從今、收拾黄牛十角，只閒中老。

念奴嬌　爲王約齋紹明壽

離騷痛飲，問世上功名、畢竟何物。眼底誰能知許事，只有雙鳧仙客。一局殘棋，兩窗疎翠，談笑揮冰雪。紅塵千丈，定知不到雄傑。　昨日黄菊籬邊，淵明招我，逸興悠然發。今日秋香猶好在，請對玉芝仙骨。富貴謾人，雲翻雨覆，枉换青青髪。不如高卧，浩歌且醉明月。

沁園春　留别張周卿韻

自揣平生，百無一能，此心拙誠。甚年來行役，交情契闊，東奔西走，水送山迎。遥望神州，故人千里，何意今年共此行。瀟瀟雨，算幾番茅屋，燈火殘更。　從教長路欹傾。拚一醉、都消磊塊平。向白雲直上，君吟我和，緑波江畔，我唱君賡。恰到相逢，又還相别，慚愧人間功與名。長亭外，望野煙春草，不盡離情。

沁園春　送霍國瑞

雞舌濃香，朝馬晨鐘，十載禁庭。恰行春緑野，從容冠蓋，人家煙火，相望昇平。一夕霜臺，又頒新寵，白璧青錢到姓名。人争道，看春風袖裏，霹靂抨轟。　誰憐漢水孤征。得旗旆、相從有此行。愛風流凝遠，長歌細飲，青燈夜語，欸曲交情。恨殺文書，官程未了，又到殷勤唱渭城。百年裏，算悲歡離合，幾度長亭。

沁園春

次張可與郎中韻。可與郎中與晉卿德昌以樂府相唱酬。不揆奉次。

三子追隨，文筆峥嶸，相如上林。正遥山雨過，嵐光湧翠，平湖風起，天氣行金。老我何堪，頽然於上，得共停舟賞此音。高歌罷，似千山月冷，萬壑龍吟。　玻瓈莫厭栢深。儘塵土、機關苦用心。對湖山如此，安能不醉，交親知己，何處重尋。慷慨中流，闌干拍徧，離合悲歡一古今。明朝去，向滕王閣上，暮雨孤斟。

水調歌頭　送張夢符

一代橘軒老，胸次浩無窮。當年比度元李，氣象鬱相同。況是文章翰墨，濈濈龍拏虎躍，又得復齋公。俯仰想前輩，風采照區中。　羨君侯，三尺劍，六鈞弓。風雨墮地奔走，齷齪笑田翁。今日衣冠華選，前日龍門桃李，歌詠入清雄。看取次回去，奏論大明宮。

水調歌頭　喜雪

南國晝多霧，大是寫真詩。今年何許風色，吹作雪花飛。人道使車剛節，我道使車和氣，此語未應非。簿案儘叢雜，梅竹復參差。　釣魚君，今老矣，復何之。人傳日邊消息，四海入皇威。況是髯張癯霍，偶有相逢今日，時更吐奇辭。朱子有佳酒，連爲倒瓊巵。

感皇恩　次商參政韻

睡起獨登臨，不禁殘酒。樓上闌干厭晴柳。好山凝望，良是慰余心友。風煙春近也，平安否。　畫戟朱門，誰堪炙手。茶社詩盟要長久。年來和夢，無復東奔西走。麒麟新畫像，從渠有。

鷓鴣天　次姜御史韻

雨過雞窗覺夢清。文書一束五更燈。愁于饑鵠癡於鶴，閒愛孤雲静愛僧。　人似月，酒如澠。幾時別墅醉秋登。高情千古閒居賦，世故驅人不易能。

鷓鴣天　九日晉溪

何處龍山事不偏。晉王祠下水浮天。參空鐵樹三千丈，刻石名臣五百年。　歌浩蕩，酒如川。暫陪珠履對風煙。自憐白髮無能事，只有丹心在日邊。

鷓鴣天　霍國瑞母八十之壽

少日教兒苦讀書。只今驄馬到亨衢，鏡中雙鬢秋難染，膝上諸孫玉不如。　花澹澹，竹疎疎。風流好箇壽星圖。平安日月從今數，百歲平頭儘有餘。

鷓鴣天　贈王敬之御史耿伯玉臺掾

去歲新秋别鳳城。今年春早會秦京。人生離合知難定，客裏相逢重有情。　花淡淡，柳青青。半風半雨若爲平。清明得暇還相覓，醉倒沙頭碧玉瓶。

鷓鴣天　室人降日以此奉寄

去歲今辰却到家。今年相望又天涯。一春心事閒無處，兩鬢秋霜細有華。　山接水，水明霞。滿林殘照見歸鴉。幾時收拾田園了，兒女團圞夜煮茶。

江城子　爲祖母夫人八十之壽

如兒花額粉香匀。點妝新。看來真。八十風流，都屬太平人。長日篆煙琴一曲，瓶水暖，麝煤薰。　酒烘仙頰暈微醺。洞庭春。要平分。兒女團圞，語笑重情親。更看藍襂紅袖舞，歌婭姹，小諸孫。

南鄉子　贈友人

一別五雲城。慚愧朝陽有鳳鳴。奔走幾年成潦倒，堪驚。底事能傳萬古名。　猶記少年行。可慣清樽獨自傾。昨日東岡歡笑處，誰醒。吸盡人間竹葉青。

定風波

長日身邊一事無。放癡兒子走相扶。不道牽衣緣底事。笑指。杖藜門外看平湖。　好借西鄰霜羽鶴。更著。青松和月兩三株。一片春風千古意。請倩取。龍眠作箇壽星圖。

朝中措　爲寒仲山僉司壽

五年憲府記相看。秋水浄門闌。一曲驪歌別後，眼前萬里河關。　愛君佳處，文書堆積，意思安閑。看取清秋射虎，短衣疋馬南山。

清平樂　祖母夫人壽

珠圍翠繞。塵土知音少。一曲清琴松月曉。兒女肝腸容了。　歌聲不用琵琶。銀梧細斟流霞。歲歲而今時候，小溪晴雪梅花。

太常引　党氏園亭紅梅次徐子方韻

亭亭清瘦阿誰鄰。合占了、百花春。蜂蝶漫成群。只山煙、淡月最親。　舊家窗户，精神好在，紅簇麝香新。有酒到吾唇。更拚作、花邊醉人。

人月圓　爲細君壽

冷雲凍雪褒斜路，泥滑似登天。年來又到，吴頭楚尾，風雨江船。　但教康健，心頭過得，莫論無錢。從今只望，兒婚女嫁，雞犬山田。

點絳唇　次商台符韻送何侍御

昨日郵亭，樹頭一帶青山晚。緑波清淺。人與天涯遠。　今日相逢，緑蟻新醅滿。歌聲斷。落紅零亂。夢逐春來鴈。

點絳唇　爲孫叔庸壽

月底秋吟，愛君星斗銀河句。拍江風雨。認得回舟處。　十角黄牛，曾是生平語。相將去。緑雲千樹。作箇菟裘計。

浣溪沙　爲劉歸愚壽

前輩風流有幾人。拚教詩酒百年身。小紅燈影近新春。　醉裏看花城外寺，閒來課種水南村。人間百偈不如真。

浣溪沙

心地寬平見壽徵。鬢鴉匀薄只青青。從今却是數松齡。　除却弄孫無一事，閒時針線困時行。

小兒新語喚文苓。

浣溪沙

燈火看兒夜煮茶。琴絲香餅伴生涯。秋霜原不點宫鴉。　十月好風吹雪霽，一天春意入梅花。壽星人指是仙家。以上文淵閣《四庫全書》輯本《青崖集》卷三

郭　昂　存詞三首

郭昂(約一二三二—一二九二),字彦高,號野齋。彰德林州(河南林縣)人。早年通經史,喜讀兵書,長于關弓馳馬,刀槊騎射。首先將元好問舉薦給元朝參政大臣。至元二年上書言事,受廉希憲賞識。屢佐戎幕,機敏有效率。後任山東統軍司知事。元軍南下攻宋,率所部圍困襄陽數年之久。攻克襄陽,轉任沅州安撫司同知,至元二十六年,以萬户鎮守撫州,調赴廣東,監造戰艦。享年六十一歲。謚文毅。詩篇結爲《野齋集》,罕見流傳。《詩淵》之中,存佚詞三首。生平見《元史》卷一六五、《元詩選》二集、《蒙兀兒史記》卷九十二。

點絳唇

宫錦淋漓,玉驄長繫垂楊□。耀風耀雨。費盡多情句。　前度劉郎,又到天台路。花無語。怨紅愁緑。總被春將去。

點絳唇

浩浩蒼穹,可能造物如兒戲。百年長醉。不管人憔悴。　畫虎屠龍,辛苦曾留意。功名事。到今猶未。且效陳摶睡。

木蘭花慢

記蓮花幕底，一迴首又三霜。似伺鼠癡貓，般彪老虎，甚是閑忙。風流舊游王儉，對一樽、誰語話行藏。日日弓刀小獵，年年鼙鼓沙場。　朝三暮四僅無妨。世事枉論量。歎四履山河，兩淮草樹，總是淒涼。馬頭熏風咫尺，問天涯、何處又亡羊。慚愧故都喬木，夕陽煙靄蒼蒼。以上《詩淵》六册四一〇四、四一〇九頁

校：「何處」，《詩淵》原作「河處」，據文意改。

顔奎 存詞八首

顔奎（一二三五—一三〇八），字子俞。永新（江西吉安）人。不求仕進，一生在鄉里興學。宅門有䕺竹密集，嘯詠其間，學者稱「吟竹先生」。《天下同文集》卷四十九編入其詞七首。生平見許有壬撰墓表（《至正集》卷五十七）、《元詩選癸集》甲集。

清平樂 留静得

欲留君住。且待晴時去。夜深水鸛雲間語。明日棠梨花雨。　罇前不盡餘情。都上鳴絲細聲。二十四番風後，緑陰芳草長亭。

校：底本無詞題，據《名儒草堂詩餘》卷中補。「欲留君住」，《名儒草堂詩餘》作「留君且住」。「水鸛」，作「水鶴」。「鳴絲」，作「鳴絃」。

歸國謡

春風拂拂。簷花雙燕入。少年湖上風日，問天何處覔。　湖山畫屏晴碧。夢華知夙昔。東風忘了前跡。上青蕪半壁。

校：「春風」之「風」，原闕，據《四庫全書》本《御選歷代詩餘》補。

浣溪沙

夢泊遊絲晝影移。水沉香宛紫烟微。玉笙纔過小樓西。　天上人間花事苦，鏡中翠壓四山低。又成春過劇鶯啼。

菩薩蠻

燕姬越女初相見。鬢雲翻覆隨風轉。日日轉如雲。朝朝白髮新。　江南古佳麗。只綰年時髻。信手綰將成，從來懶學人。

醉太平　壽須溪

茶邊水經。琴邊鶴經。小脆明甲子初晴。報梅花早春。　小院晋人。小車洛神。醉扶兒子門生。指黄河解清。

校：「小脆明」，《名儒草堂詩餘》卷中無「明」字。「早春」，作「小春」。「小院晋人」，作「小冠晋人」。「小車洛神」，作「小車洛人」。

憶秦娥

水雲幽。冥濛一片生新愁。生新愁。如今何處，倚月明樓。　龍吟杳杳天悠悠。騰蛟起鳳鳴笙篌。鳴笙篌。聽彈短引，江上悲秋。

大酺　和須溪春寒

唱古荼蘼，新荷葉，誰向重簾深處。東風三十六，向園林都過，餘寒猶妬。公子狐裘，佳人翠袖，怎見此時情否。天上知音杳，怪參差律吕，世間多悮。記畫扇題詩，單衣試酒，夢歸泥絮。嗟春如逆旅。送歸路，遠涉前無渡。回首住、淩波亭館，待月樓臺，滿身花氣凝香霧。度入南薰去。留燕伴、不教遲暮。但一點、芳心苦。生怕摇落，分付荷房收貯。晚妝又隨過雨。以上《四庫全書》本《天下同文集》卷四十九

摸魚兒　塵梅

對琴臺、不堪塵涴，春風微露纖指。崢嶸鶴膝翹空勢，取次著花安蕊。偏有意。把竹外一枝，飛灑輕煙裏。月痕如洗。又底事丹青，何須水墨，虚白闞清泚。　華堂暮，珍重休彈塵尾。静中留此佳致。橋西幾度香浮處，回首都隨流水。閑徙倚。歎泊没黄埃，變幻皆如此。韭廉莫起。待別有神人，風斤一運，和影上窗紙。《新編事文類聚翰墨大全》後戊集卷五

王夢應　存詞五首

王夢應，字聖與，一字静得。攸縣（今屬湖南）人。咸淳十年進士，調廬陵尉。元軍下臨安，王夢應與鄉里起兵勤王，一度恢復萍鄉。在逆境中集潰兵奔永新，闔門疫死，僅一身存。《天下同文集》卷四十九與《名儒草堂詩餘》卷中，共編入其詞四首。生平見《宋詩紀事》卷七十七、《宋元學案補遺》卷八十八。

疎影

瞢騰曉被，聽垂冰屋角。晴哢仍未。土濕烟生，庭揜寒青，鄗泥懶爲春試。東風舊與花飛去，料記得，年年沙際。忍落梅、萬點苔痕，化作一牕離思。　　猶憶薦紅穉緑，斷橋雪未掃，天近春易。老對荒寒，事舊人新，雁後不成情味。人間解有花如海，待一片、不教隨水。但玉香、酥影玲瓏，逐日暖紅雲裏。

醉太平　送人入湘

寒窗月晴，寒梢露明。一痕歸影燈青。又分攜短亭。　　衡皋佩雲。芷溪泛春。有誰勸説歸程。是峰頭雁聲。以上《四庫全書》本《天下同文集》卷四十九

錦堂春　壽李仁山

淺幘分秋，涼尊試月，西風未雁猶蟬。看芙蓉影裏，緑鬢年年。日上雲帆壓海，塵清玉馬行天。更煙樓鳳舉，風幕麟遊，錦後珠前。　緑陰池館如畫，記晴春藥徑，雨曉芝田。已辦十年笑語，小聚雲邊。舞稱香圍豔雪，歌遲酒落紅船。早群仙醉去，柳掖花扶，似霧非煙。

念奴嬌

欲霜更雨，記青雲籬落，東風前此。簾外客秋人共老，雁與愁飛千里。水郭煙明，竹陂波小，萬葉寒聲起。憑高那更，九嶷吹盡雲氣。　婉娩空復多情，年年晋夢，花與柴桑是。誰解意消風日晚，短笛孤舟林水。江蟹籠新，露萸斟淺，澆得鄉關思。平蕪天遠，一痕黄抹秋霽。以上元鳳林書院輯刊《名儒草堂詩餘》卷下

摸魚兒　壽王尉（癸未冬至後五）

問誰歌、暗香疏影，此花堪照人世。起持霜月爲花如壽，天亦願花千歲。誰有意。著如此人間，更著花如此。高寒灑灑。看浩蕩剛風，跨虬飛佩，玉影亂如水。　行春處，一笑人間紫翠。紛紛窺此天地。壽如川至。□好是、澗翁兹歲喜。榮霑南儒恩例。捧觴更喜郎君美。任夜來歸侍。見説生辰，恰逢本命，壽筵且未。聽老聃孫子。祝公耆艾，祝公富貴。《新編事文類聚翰墨大全》丙集卷十三

趙順 存詞一首

趙順，名由坦，字順甫，以字行。宋燕懿王之後，隨宗人翰林學士與票，赴元丞相伯顔軍前講解被留。宋亡，雲南副都元帥愛魯辟入滇，任帥府副使，遂定居劍川（今屬雲南）。著《白古通紀淺述》。

滿江紅 至雲南于役東西，感成此闋

憑眺江山，勉拋謝，勞生行李。問往事、西番東爨，蠹殘野史。望祭碧雞人已去，來賓白馬吾寧比。且經營、草昧彩雲，鄉存宗祀。　漢丞相，崇祠峙。唐節度，豐碑圮。勝奥區幽宅，拓開天里。銅鼓淵淵良夜月，金沙浩浩朝宗水。看深潭、黝黑蟄龍蟠，乘雷起。以上上海書店《叢書集成續編》影印《雲南叢書・滇詞叢録》卷上

羅志仁　存詞七首

羅志仁，字壽可，一字伯壽，别號壺秋。廬陵（江西吉安）人。宋末，中鄉試。元初，荐授天長書院山長。著有《姑蘇筆記》。《天下同文集》卷五十與《名儒草堂詩餘》卷中，共編入其詞七首。生平見《元詩選癸集》甲集、《新元史》卷二三七。

金人捧露盤　丙戌過錢塘

濕苔青，妖血碧，壞垣紅。怕精靈、來往相逢。荒煙瓦礫，寶釵零亂隱鸞龍。吴峰越巘，翠顰鎖、若爲誰容。　浮屠换、朝陽殿，僧磬改、景陽鐘。興亡事、淚老金銅。驪山廢盡，更無宫女説玄宗。海濤落月，角聲起，滿眼秋風。

校：「海濤落月，角聲起」，《名儒草堂詩餘》卷中作「角聲起，海濤落」。

霓裳中序　四聖觀

來鴻又去燕。看罷江潮收畫扇。湖曲雕闌倚倦。正船過西陵，快篙如箭。凌波不見。但陌花、遺曲凄怨。孤山路，晚蒲病柳，澹緑鎖幽院。　離恨。五雲宫殿。記舊日、曾遊翠輦。青紅如寫便面。下鵠池荒，放鶴人遠。粉墻隨岸轉。漏碧瓦、殘陽一線。蓬萊夢，人間那信，坐看海濤淺。

校：詞牌，《名儒草堂詩餘》卷中作「霓裳中序第一」。「離恨。五雲宫殿」，《名儒草堂詩餘》卷中作「誰恨。五雲深處宫殿」。

揚州慢

危榭摧紅，斷磚埋緑，定王臺下園林。聽檣竿燕子，訴别後驚心。儘江上、青峰好在，可憐曾是，野燒痕深。付瀟湘漁笛，吹殘今古銷沉。妙奴不見，縱秦郎、誰更知音。正雁妾悲歌，鵾奚醉舞，繡户停砧。花碧舊愁何處，魂歸些、晚日陰陰。渺雲平鐵嶺，凄凉天也沾襟。以上《天下同文集》卷五十

校：「埋緑」，《名儒草堂詩餘》卷中作「埋玉」。「繡户」，作「楚户」。「花碧」，作「化碧」。「鐵嶺」，作「鐵壩」。

風流子 泛湖

歌咽翠眉低。湖船客、尊酒謾重携。正斷續齋鍾，高峰南北，飄零野褐，太乙東西。凄凉處，翠連松九里，僧馬濺障泥。葛嶺樓臺，夢隨煙散，吴山宫闕，恨與雲齊。靈峰飛來久，飛不去，有落日斷猿啼。無限風荷廢港，露柳荒畦。岳公英骨，麒麟舊塚，坡仙吟魄，鶯燕長堤。欲吊梅花無句，素壁慵題。

虞美人 净慈尼

君王曾惜如花面。往事多恩怨。霓裳和淚換袈裟。又送鸞輿北去、聽琵琶。當年未削青螺

髻。知是歸期未。天花丈室萬緣空。結綺臨春何處、淚痕中。

木蘭花慢 禁釀

漢家麋粟詔，將不醉、飽生靈。便收拾銀瓶，當壚人去，春歇旗亭。淵明權停種秫，遍人間，暫學屈原醒。天子宜呼李白，婦人却笑劉伶。提葫蘆更有誰聽。愛酒已無星。想難變春江，蒲萄釀緑，空想芳馨。温存鸕鷀鸚鵡，且茶甌淡對晚山青。但結秋風魚夢，賜酺依舊沉冥。

菩薩蠻

曉鶯催起。問當年秀色，爲誰料理。悵別後、屏掩吴山，便樓燕月寒，鬢蟬雲委。錦字無憑，付銀燭、盡燒千紙。對寒泓静碧，又把去鴻，往恨都洗。桃花自貪結子。道東風有意，吹送流水。謾記得當日心、嫁卿卿，是日暮天寒，翠袖堪倚。扇月乘鸞，盡夢隔、嬋娟千里。到嗔人、從今不信，畫簷鵲喜。以上元鳳林書院輯刊《名儒草堂詩餘》卷中

李琳　存詞三首

李琳，別號梅溪。長沙人。咸淳十年進士。入元以文學知名，《天下同文集》卷五十、《名儒草堂詩餘》卷中，均編入其詞。

木蘭花慢　汴京

蘂珠仙馭遠，横羽葆、簇霓旌。甚鸞月流輝，鳳雲布彩，翠遶蓬瀛。舞衣怯環珮冷，問梨園、幾度沸歌聲。夢裏芝田八駿，禁中花漏三更。　繁華一瞬化飛塵，輦路劫灰平。悵碧減烟銷，紅凋露粉，寂寞秋城。興亡事空陳迹，秪青山、淡淡夕陽明。懶向沙鷗説得，柳風吹上旗亭。

校：「烟銷」，底本原作「烟綃」，據《名儒草堂詩餘》卷中改。

六么令　京中清明

淡烟踈雨，香逕渺鶗鴂。新晴畫簾閒捲，燕外寒猶力。依約天涯芳草，染得春風碧。人間陳迹，斜陽今古，幾縷遊絲趂飛蝶。　誰向尊前起舞，又覺春如客。翠袖折取嫣紅，笑與簪華髮。回首青山一點，檐外寒雲疊。梨花著雨，柳花飛絮，夢遶闌干滿園雪。以上《天下同文集》卷五十

校：「梨花著雨」，《名儒草堂詩餘》卷中作「梨花淡白」。「夢遶闌干滿園雪」，作「夢遶闌干一

株雪」。

平韻滿江紅　題宜春臺

碧蘸江山，鶴唳曉雲獻畫屏。瑶宫敞舞金翔翠，巍枕春城。龍背神瓢飛旱雨，虹光花石轉陰晴。藹晝香飛霧福蒼生，千古靈。　簫鸞響，笙鶴鳴。瑞煙起，彩雲行。滿闌干花影，繡颺簾旌。佛界三千籠日月，仙樓十二挂星辰。望柘袍霞珮並雲騈，遊紫青。元鳳林書院輯刊《名儒草堂詩餘》卷中

曹居一　存詞一首

曹居一，字通甫，别號聽翁，又號南湖散人。太原（今屬山西）人。金末登進士第，入元任行臺員外郎。其詞曾編入《名儒草堂詩餘》卷上。生平見王惲《秋澗集》卷五十九《碑陰先友記》、《困學齋雜録》。

木蘭花慢　白蓮

愛幽花帶露，映曉色，淡秋塘。恨太華峰高，廬山社遠，身世相妨。誰知半溪煙景，且乘閑、華髮照滄浪。羨煞風標公子，一生何限清香。　仙家摇拽水雲鄉。高韻却濃粧。看脈脈盈盈，何消解語，已斷人腸。呼童更須沽酒，待夜涼、和月捲荷觴。明日醒來信筆，新聲付與秋娘。元鳳林書院輯刊《名儒草堂詩餘》卷上

謝醉庵　存詞四首

謝醉庵，名字不詳，醉庵爲別號。中牟（河南湯陰）人。元初與張鵬翼（字大舉）爲友。至元年間，張鵬翼往揚州謁見中書右丞王公，謝醉庵以二首《臨江仙》詞贈行。《名儒草堂詩餘》卷上存其詞四首。

臨江仙　二首

中書右丞王公行臺楊州，公於平陽鄉里也，吾友張鵬翼往依焉，于其行，歌以送之。

淮海東南佳麗地，古今畫品詩題。羨君去意拂晴霓。腰錢期跨鶴，舞劍異聞雞。　自笑病來成老懶，飛沈杳隔雲泥。他時相憶此分攜。月明歸雁過，花落子規啼。

臨江仙

白髮壯心還未減，春風夢繞楊州。青山隱隱水悠悠。征帆從蕩漾，行李亦風流。　向日侍郎今右相，元龍豪氣横秋。月明千里鎮淮樓。依然青眼舊，應不負依劉。

鷓鴣天

睡思才消賴有茶。老懷剛慰柰無花。花隨流水三春盡，柳礙東風一向斜。　憐病久，怯寒多。

莫雲庭院噪歸鴉。碧雲草就關心句，信道吟詩解嘆嗟。

校：「信道」，《叢書集成》本《名儒草堂詩餘》卷上作「信到」。

浣溪沙 贈琴娃

沉屑微熏睡鴨金。朱絃還解解芳心。盈盈桃李未春深。　天上鸞膠須着意，人間鳳曲有知音。莫教風雨緑成陰。以上元鳳林書院輯刊《名儒草堂詩餘》卷上

楊樵雲 存詞三首

楊樵雲，涂川（今屬江西）人。《名儒草堂詩餘》卷中，編入其詞三首。

滿庭芳 影

只道空煙，又疑流水，依依却是行雲。了然相對，又是夢紛紜。半面春風圖畫，黄金在、難鑄昭君。溪橋斷，梅花晴雪，端的白三分。 真真。難唤醒，三年抽藕，織得榴裙。甚徘徊窺鏡，交翼鸞文。一片飛花來去，并刀快、剪取晴紋。無情處，分明着眼，强半帶春醺。

水龍吟 夢

多情不在分明，繡窗日日花陰午。依依雲絮，溶溶香雪，覷他尋路。一滴東風，怎生消得，翠苞紅栩。被疏鍾敲斷，流鶯唤起，但長記、弓彎舞。 定是相思入骨，到如今、月痕同醉。教人枉了，若還真個，匆匆如此。全未惺鬆，纈紋生眼，胡床猶據。算從前、總是無憑，待説與、如何寄。

小樓連苑 梅

一枝斜墮墻腰，向人顫裊如相媚。是誰剪取，斷雲零玉，輕輕粧綴。不是幽人，如何能到，水邊沙際。又匆匆過了，春風半面，儘長把、重門閉。 只管相思成夢，道無情、又關鄉意。蒼苔半畝，

如今已是，鹿胎田地。甚欲追陪，却嫌花下，翠環解語。待何時月轉，幽房醉了，不教歸去。以上元

鳳林書院輯刊《名儒草堂詩餘》卷中

宋遠 存詞一首

宋遠，别號梅洞。涂川（江西清江）人。有詩文名，著文言小説《嬌紅記》二卷，是今存元人文言小説篇幅最長者。元成宗初，與滕斌（滕賓）、周景、劉將孫、蕭烈邂逅古洪，流連數月，告别時分别賦〔意難忘〕詞一闋，收入《名儒草堂詩餘》卷中。所作傳誦一時。

意難忘 分韻得重字

同滕玉霄、周秋陽、劉尚友、蕭高風，邂逅古洪，流連數月。北鴻南雁，感意氣之相期，轉羽移宫，寫情詞以爲别。托光華之日月，縱揮灑之雲煙，豈無知言，爲我回首。以「重與細論文」爲韻，題樟鎮華光閣誌别。

雞犬雲中。笑種桃道士，虚費春風。山城看過雁，春水夢爲龍。雲上下，燕西東。久别各相逢。向夜深，江聲浦樹，燈影漁篷。　舊遊新恨重重。便十分談笑，一樣飄蓬。詩書摧意氣，丹鼎賺英雄。年未老，世無窮。春事苦匆匆。更與誰，題詩藥市，沽酒新豐。元鳳林書院輯刊《名儒草堂詩餘》卷中

校：「向夜深」之「夜」、「新恨」之「恨」、「更與誰」之「誰」，底本闕，據《叢書集成》本補。

周景　存詞一首

周景，別號秋陽。南陽（今屬河南）人。宋遠與滕斌（滕賓）、周景、劉將孫、蕭烈等文人，結識與古洪，流連數月，並以「重與細論文」分韻賦詩。周景分得細字韻，所作編入《名儒草堂詩餘》卷中。生平見《元詩選癸集》甲集。

水龍吟　細字韻

人生能幾相逢，百年四海爲兄弟。舊時青眼，今番白髮，年華危涕。春更無情，抛人先去，楊花無蒂。況江程漸短，別期漸緊，須重把、蘭舟繫。　幸自清江如畫，指黄壚、流鶯聲細。滄波如許，平蕪何處，明朝迢遞。何預興亡，不如休去，墻陰挑薺。且相期共看，蓬萊清淺，更三千歲。元鳳林書院輯刊《名儒草堂詩餘》卷中

校：「危涕」，《叢書集成》本作「隕涕」。「如畫」，作「如蔕」，疑作「如帶」。「共看」之「共」，原闕，據補。

蕭烈 存詞一首

蕭烈，别號高風。涂川（安徽合肥）人。宋遠與滕斌（滕賓）、周景、劉將孫、蕭烈等文人，結識與古洪，流連數月，並以「重與細論文」分韻賦詩。蕭烈分得文字韻，其詞編入《名儒草堂詩餘》卷中。

按：蕭烈，《御選歷代詩餘》卷一〇九「詞人姓氏・元」作「蕭列」。别號，《叢書集成》本《名儒草堂詩餘》卷中，作「高峰」。

八聲甘州 文字韻

可憐生，飄零到荼蘼，依然舊銷魂。殘春幾許，風風雨雨，客裏又黄昏。無奈一江煙霧，腥浪捲河豚。身世忽如葉，那自清渾。　莫厭悲歌笑語，柰天涯有夢，白髮無根。怕相思别後，無字寫回文。更月明洲渚，杜鵑聲裏，立向臨分。三生石，情緣千里，風月柴門。元鳳林書院輯刊《名儒草堂詩餘》卷中

劉應雄　存詞一首

劉應雄，别號青原。西昌（江西泰和）人。《名儒草堂詩餘》卷中存其詞一首。

木蘭花慢　元夕郡侯邀賦

梅妝堪點額，覺殘雪、未全消。忽春遞南枝，小窗明透，漸褪寒驕。天公似憐人意，便挽回、和氣做元宵。太守公家事了，何妨銀燭高燒。　旋開鐵鎖粲星橋。快燈市、客相邀。且同樂時平，唱彈絃索，對舞纖腰。傳柑記陪佳宴，待説來、須更换金貂。只恐出關人早，雞鳴又報趨朝。元鳳林書院輯刊《名儒草堂詩餘》卷中

王學文 存詞一首

王學文，别號竹澗。眉山人。《名儒草堂詩餘》卷中編入其詞一首。

摸魚兒 送汪水雲之湘

記當年舞衫零亂，霖鈴忍按新闋。杜鵑枝上東風晚，點點淚痕凝血。芳信歇。念初試琵琶，曾識關山月。悲絃易絶。奈笑罷顰生，曲終愁在，誰解寸腸結。浮雲事，又作南柯夢徹。一簪聊寄華髮。乾坤桑海無窮事，才歷昆明初劫。誰共説。都付與焦桐，寫入梅花疊。黄花送客。休更問湘魂，獨醒何在，沈醉浩歌發。元鳳林書院輯刊《名儒草堂詩餘》卷中

楊鐮主編

全元詞

中册

中華書局

趙功可　存詞八首

趙功可，别號晚山。廬陵（江西吉安）人。《名儒草堂詩餘》卷中編入其詞八首。

八聲甘州　燕山雪花

渺平沙、莽莽海風吹，一寒氣崔嵬。耿塞天欲壓，河流不動，雲濕如灰。帝勑冰花剪刻，飛瑞上燕臺。馬上行人笑，萬玉堆陊。　滉蕩天街晴晝，料酒樓歌館，都是春回。喜豐年有象，賀表四方來。仗下貂裘茸帽，擁千官、齊上紫金盃。明朝起，江南驛使，來進宫梅。

氐州第一　次韻送春

楊柳樓深，推夢乍起，前山一片愁雨。嫩緑成雲，飛紅欲雪，天亦留春不住。借問東風，甚飄泊、天涯何許。可惜風流，三生杜牧，少年張緒。　陌上差差攜手去。怕行到、歌臺舊處。落日啼鵑，斷煙荒草，吟不成誰語。聽西河、人唱罷，何堪把、江南重賦。敲碎瓊壺，又前村、數聲鐘鼓。

曲遊春　次韻

千樹瓏瓏草，正蒲風微過，梅雨新霽。客裏幽窗，算無春可到，和愁都閉。萬種人生計。應不似、午天閑睡。起來踏碎松陰，蕭蕭欲動疑水。　借問歸舟歸未。望柳色煙光，何處明媚。抖擻人間，除離情別恨，乾坤餘幾。一笑晴咼起。酒醒後、闌干獨倚。時見雙燕飛來，斜陽滿地。

校：「瓏瓏草」，《叢書集成》本《名儒草堂詩餘》卷中作「玲瓏罩」。

聲聲慢 殘夢和兒韻

情癡倦極，天闊歸遲，唫魂無力隨風。月落墻陰，一屏睡睫濛濛。邯鄲平生難記，記花前、猶醉金鐘。留連處，忽一聲山外，吹度晴鍾。覺來重重追憶，似遊塵飛去，那拾遺蹤。寄謝芳卿，向來曾主夫容。人間興亡萬感，看千年、與夢皆空。披衣起，倚闌干、人在笑中。

桂枝香 和詹天遊就訪

曉天涼露。天上玉簫吹，飛聲如羽。金闕高寒，閑却一庭梅雨。漫漫八表塵埃夢，把文章、洗空千古。精神一似，風裳水珮，蘭皋衡浦。看萬里、跳龍躍虎。甚花嬌英氣，劍清塵嫵。憔悴江南，應念小窗貧女。朱樓十二春無際，倚蒼寒、青袖如故。茶香酒熟，月明風細，試教歌舞。

綺寮怨 和兒韻

忽忽東風又老，冷雲吹晚陰。疏簾下、茶鼎孤煙，斷橋外，梅豆千林。江南庾郎憔悴，睡未醒、病酒愁怎禁。倚闌干、一扇涼風，看平地、落花如雪深。千曲囊中古琴。平泉金谷，不堪舊事重尋。當日登臨。都化作、夢銷沉。元龍丘墳無恙，誰喚起，共論心。哀歌怨吟。問何似、啼鳥枝上音。

柳梢青

懷青山兄，時在東湖。

一健如仙，東湖煙柳，坐擁吟翁。幾許功名，百年身世，相見匆匆。　別來三度秋風。怕看見、雲間過鴻。酒醒燈寒，更殘月落，吾美樓中。

柳梢青　友人至

客裏淒涼，桐花滿地，杜宇深山。幸自君來，誰教春去，剪剪輕寒。　愁懷無語相看。謾寫入、徽絃自彈。小院黄昏，前村風雨，莫倚闌干。以上元鳳林書院輯刊《名儒草堂詩餘》卷中

黄水村 存詞一首

黄水村，宜春（今屬江西）人。《名儒草堂詩餘》卷中編入其詞一首。

解連環 春夢

鳳樓倚倦。正海棠睡足，錦香衾軟。似不似、霧閣雲窗，擁絶妙靈君，霎時曾見。屏裏吴山，又依約、獸環半掩。到教人覷了，非假非真，一種春怨。　遊絲落花滿院。料當時、錯怪杏梁歸燕。記得栩栩多情，似蝴蝶飛來，撲翻輕扇。偷眼簾帷，早不見、畫眉人面。但凝紅生半臉，枕痕一綫。元鳳林書院輯刊《名儒草堂詩餘》卷中

危復之

存詞一首

危復之，字見心。臨川（今屬江西）人。宋末入太學，博學通易經。入元，郭昂舉荐爲儒學教職，不就。隱居紫霞山，去世後，士友私謚貞白先生。《名儒草堂詩餘》卷中編入其詞一首。生平見《元史》卷一九九、《大明一統志》卷五十四。

永遇樂

早葉初鶯，晚風孤蝶，幽思何限。簷角縈雲，堦痕積雨，一夜苔生遍。玉窗閑掩，瑶琴慵理，寂寞水沈煙斷。悄無言，春歸無覓處，卷簾見雙飛燕。　風亭泉石，煙林薇蕨，夢繞舊時曾見。江上閑鷗，心盟猶在，分得眠沙半。引觴浮月，飛談卷霧，莫管愁深歡淺。起來倚闌干，拾得殘紅一片。元鳳林書院輯刊《名儒草堂詩餘》卷中

姜个翁 存詞一首

姜个翁，清江（今屬江西）人。《名儒草堂詩餘》卷中編入其詞一首。

霓裳中序第一　春晚旅寓

園林麗組織。樹樹東風翠雲滴。草滿舊家行迹。時聽得聲聲，曉鶯如覓。愁紅半濕，煞憔悴、墻根堪惜。可念我、飄零如此，一地送岑寂。　龜石。當年第一。也似老、人間風日。餘葩還甚顔色。羞撚江南，斷腸詞筆。留春渾未得。翻些入、啼鵑夜泣。清江晚，緑楊歸思，隔岸數峰出。元

鳳林書院輯刊《名儒草堂詩餘》卷中

鞠華翁　存詞二首

鞠華翁，吉水（今屬江西）人。《名儒草堂詩餘》卷中、《陽春白雪》外集各編入其詞一首。

按：《陽春白雪》外集有「鞠花翁」詞，與鞠華翁暫作同一人。

綺寮怨　月下殘棋

又見花陰如水，兩心猶未平。正坐久、客主成三，空無語、影落楸枰。千年人間事業，垂成處、一着容易傾。便解圍、小住何妨，機鋒在，瞬息天又明。甚似漢吴對營。紛紛未了，孤光照徹連城。又似殘星，向零落，有餘情。嫦娥笑人遲暮，念末力、底須争。從虧又成。何人正隔屋睡聲。

元鳳林書院輯刊《名儒草堂詩餘》卷中

校：「客主成三」，《叢書集成》本《名儒草堂詩餘》卷中作「主客成三」。「紛紛未了」，作「紛紛不了」。「念末力」，作「念才力」。「何人正隔屋睡聲」，作「何人正聽隔壁聲」。

桂枝香　過溧水感羊角哀左伯桃遺事

丁丁起處，在縱收九京，經燒殘樹。時見烏鳶飢噪，鵂鶹妖呼。數椽老屋團荒堵。算何人、瓣香來炷。淡煙斜照，閑花野棠，杳杳年度。　世事幾番雲覆雨，獨此道嫌人，抛棄塵土。眼裏長青，

誰也解如山否。三三五五騎牛伴，望前村、吹笛歸去。柳青梨白，春濃月淡，蹋歌椎鼓。《宛委別藏》叢書本《陽春白雪》外集

校：《粤雅堂叢書》二編《陽春白雪》外集所録「鞠花翁」的《桂枝香》詞，「在縱收九京」，作「在縱牧九京」；「烏鳶」作「鳥鳶」；「來炷」作「來注」。「閒花野棠」之後有小字注「棠當作草」。

彭芳遠　存詞一首

彭芳遠，字里不詳。《名儒草堂詩餘》卷中編入其詞一首。

滿江紅平韻　風前斷笛

愁滿關山，又吹得、蘆花雪深。西樓外、天低水湧，龍挾秋吟。回首人間無此曲，數峰江上落餘音。似斷雲、飛絮兩悠悠，何處尋。　江南路，晴又陰，聲韻改，淚盈襟。自中郎去後，羽泛商沉。牛背斜陽添别恨，鸞膠秋月續琴心。待醉騎、黄鶴度蒼寒，霜滿林。元鳳林書院輯刊《名儒草堂詩餘》卷中

戴山隱 存詞一首

戴山隱，字里不詳。《名儒草堂詩餘》卷中編入其詞一首。

滿江紅 風前斷笛

醉倚江樓，長空外、行雲遥駐。甚淒涼孤吹，含商引羽。薄夜冷侵沙浦雁，老龍吟徹寒潭雨。驀涼飆、一陣捲潮來，驚飛去。重欲聽，知何處。誰爲我，胡床據。謾尋尋覓覓，凝情如許。舊日山陽猶有恨，杏花明月今誰賦。恐憑闌、人有愛梅心，空愁竚。元鳳林書院輯刊《名儒草堂詩餘》卷中

李裕翁

存詞一首

李裕翁，字里不詳。《名儒草堂詩餘》卷中編入其詞一首。

摸魚兒　春光

計江南、許多風景，繁華只在晴晝。些兒淡拖沖融意，到處粘花着柳。踈雨後。更艷艷綿綿，潑眼濃如酒。飛浮宇宙。但借日浮香，隨煙着物，巧筆畫難就。　惆悵處，曾記蘇堤携手。十年鶯覺回首。蒼埃霽景成陰晦，湖水湖煙依舊。凝望久。問燕燕鶯鶯，識此年華否。長門別有。脈脈斷腸人，柔情蕩漾，長是爲伊瘦。元鳳林書院輯刊《名儒草堂詩餘》卷中

龍端是 存詞一首

龍端是，字里不詳。《名儒草堂詩餘》卷中編入其詞一首。

憶舊遊 題南樓

問南樓月色，十載相疎，何似今宵。舊雨菰蒲國，想波光雁影，遠撼沅瀟。擬蘇堤上楊柳，煙碧爲誰搖。嘆庾扇塵深，胡床夢淺，翠減香銷。　迢迢。謾回首，記酹酒江山，曾共金鑣。暮色沉西壘，幾狂朋來往，舟葉招招。浩歌拍手歸去，風月兩長橋。算此會何時，劉郎去後多嫩桃。元鳳林書院輯刊《名儒草堂詩餘》卷中

蕭東父 存詞一首

蕭東父，字里不詳。《名儒草堂詩餘》卷中編入其詞一首。

齊天樂 秋思

扇鸞收影驚秋晚，梧桐又供疎雨。翠箔涼多，繡囊香減，陡覺簟冰如許。温存誰與。更禁得荒苔，露蛩相訴。恨結愁縈，風刀難剪幾千縷。　閑思前事易遠，悵舊歡無據，月墮湘浦。軟玉分裯，膩雲侵枕，猶憶噴蘭低語。如今最苦。甚怕見燈昏，夢游間阻。怨殺嬌癡，緑窗還嚏否。元鳳林書院輯刊《名儒草堂詩餘》卷中

王從叔　存詞五首

王從叔，别號山樵。廬陵（江西吉安）人。《名儒草堂詩餘》卷中編入其詞五首。

昭君怨

門外春風幾度。馬上行人何處。休更卷朱簾。草連天。　立盡海棠花月。飛到荼蘼香雪。莫恨夢難成。夢無憑。

阮郎歸

風中柳絮水中萍。聚散兩無情。斜陽路上短長亭。今朝第幾程。　何限事，可憐生。能消幾度春。别時言語總傷心。何曾一字真。

校：「可憐生」，底本作「何憐生」，據《叢書集成》本改。

南柯子　苦雨

碧樹留雲濕，青山似笠低。鷓鴣啼罷竹雞啼。不曉天天何意、要梅肥。　昨日穿新葛，今朝御裌衣。思家懷抱政難爲。只恐歸來憔悴、却羞歸。

浣溪沙　梅

水月精神玉雪胎。乾坤清氣化生來。斷橋流水領春回。　昨夜醉眠苔石上，天香冉冉下瑶臺。起來窗外見花開。

秋蘂香　用清真韻

薄薄羅衣乍暖，紅入酒痕潮面。絮花舞倦帶嬌眼。昨夜平堤水淺。　故人信斷風箏線。誤歸燕。夢魂不怕山路遠。無奈棋聲隔院。以上元鳳林書院輯刊《名儒草堂詩餘》卷中

吴元可 存詞四首

吴元可，别號山庭。禾川（江西永新）人。《名儒草堂詩餘》卷下編入其詞四首。

鳳凰臺上憶吹簫 秋意

更不成愁，何曾是醉，豆花雨後輕陰。似此心情自可，多了閑吟。秋在西樓西畔，秋較淺、不似情深。夜來月，爲誰瘦小，塵鏡羞臨。　彈箏，舊家伴侣，記雁啼秋水，下指成音。聽未穩、當時自誤，又況如今。那是柔腸易斷，人間事、獨此難禁。雕籠近，數聲别似春禽。

揚州慢 初秋

露葉猶青，岩花遲動，幽幽未似秋陰。似梅風帶溽，吹度長林。記當日、西廊共月，小屏輕扇，人語涼深。對清觴，醉笑醒顰，何似如今。　臨高欲賦，甚年來、漸減狂心。爲誰倚多才，難憑易感，早付銷沉。解事張郎風致，鱸魚好、歸聽吴音。又夜闌聞笛，故人忽到幽襟。

採桑子 春夜

江南二月春深淺，燕子來時，燕子來遲。剪剪輕寒不滿衣。　清宵欲寐還無寐，顧影顰眉。整帶心思。一樣東風兩樣吹。

校：「還無寐」，底本無，據《叢書集成》本補。

浪淘沙

淺約未曾來。一徑蒼苔。緗桃無數棘花開。怪得閉門機杼静，挑菜初回。　幽樹鳥聲催。欲去徘徊。别久易相猜。幽緒一晴無處着，戲打青梅。以上元鳳林書院輯刊《名儒草堂詩餘》卷下

劉鉉 存詞三首

劉鉉，字仲鼎，一字元鼎，别號悦心。青田（今屬浙江）人。至元二十九年爲徽州紫陽書院山長。大德六年，任瀏陽教授。《名儒草堂詩餘》卷下編入其詞三首。生平見釋英《白雲集》卷三《寄仲鼎山長》、方回《桐江續集》卷二十七《送劉元鼎》。

少年遊 戲友人與女客對棋

石榴花下薄羅衣。睡起却尋棋。未省高低，被伊春笋，拈了白琉璃。　釧脱釵斜渾不省，意重子聲遲。對面癡心，只愁收局，腸斷欲輸時。

蝶戀花 送春

人自憐春春未去。萱草石榴，也解留春住。只道送春無送處。山花落得紅成路。　高處鶯啼低蝶舞。何況日長，燕子能言語。付與光陰相客主。晴雲又卷西邊雨。

按：本詞，《御選歷代詩餘》卷四十誤作吴元可詞。

烏夜啼 石榴

垂楊影裏殘紅。甚匆匆。只有榴花、全不怨東風。　暮雨急。曉霞濕。緑玲瓏。比似茜裙初

染、一同同。以上元鳳林書院輯刊《名儒草堂詩餘》卷下

校：「一同同」，《叢書集成》本《名儒草堂詩餘》卷下作「一般同」。

李太古 存詞五首

李太古，古芸人。《名儒草堂詩餘》卷下編入其詞五首。

永遇樂

玉砌標鮮，雪園風致，似曾相識。蟬錦霞香，烏絲雲濕，吹渴蟾蜍滴。青青白白，關關滑滑，寒損銖衣狂客。儘聲聲、不如歸去，歸也怎生歸得。　含桃紅小，香芹翠軟，惆悵宜城山色。百摺浮嵐，幾灣流水，那一些兒直。落花情味，露花魂夢，蒲花消息。撫脩眉，織烏西下，爲君凝碧。

校：「織烏西」，底本漫漶，據《叢書集成》本補。

戀繡衾

橘花風信滿院香。摘青梅、猶自怕嘗。向緑密、紅疎處，喜相逢、飛下一雙。　堪憐堪惜還堪愛，喚青衣、推上繡窗。暗寄得、憑肩語，對菱花、啼損晚粧。

校：「相逢」，底本不清，據《叢書集成》本補。「暗寄得」，《叢書集成》本作「暗記得」。

南歌子

月下秦淮海，花前晏小山。二仙仙去幾時還。留得月魂花魄、在人間。　河漢流旌節，天風裊珮

環。滿空香霧濕雲鬟。何處一聲横笛、杏花寒。小瓊閑抱銀箏

虞美人

西風海色秋無際。雙淚如鉛水。白羊成隊夢初平。拄杖敲雲、雲外曉鴻驚。

笑。問有芳卿否。玉書分付莫開封。明日人間臨水、拾流紅。

卜算子　夢中作

盡道是傷春，不似悲秋怨。門外分明見遠山，人不見，空腸斷。　朝來一霎晴，薄暮西風遠。却

憶黄花小雨聲，誤落下、三四點。以上元鳳林書院輯刊《名儒草堂詩餘》卷下

彭履道　存詞三首

彭履道（？——一三〇四），字適正，别號正心。豐城（江西南昌）人。宋咸淳元年進士，出任鄂縣縣令。入元，大德年間，爲山南湖北道按察司知事、寧州通判、瑞州蒙山銀場提舉。去世于大德八年。《名儒草堂詩餘》卷下編入其詞三首。

鳳凰臺上憶吹簫　秦淮夜月

勸客新樓，鳴筝上酒，夜涼人愛秋深。何似過、賞心佳處，依約湖陰。東望寒光縹緲，煙水闊、短笛銷沉。闌干近，勝時種柳，清到如今。　凌波又成誤約，自環珮飛去，暗想遺音。重省江城倦客，醉擁秋衾。誰家一掬紅淚，孤雁遠、濕逗羅襟。石城曉，數聲又遞寒砧。

蘭陵王　渭城朝雨

章臺路。西出重城幾步。秦樓曉、花氣未明，一霎空濛洗高樹。行人半倚户。飛去黄鸝自語。秋千小，不系柳條，惟有輕陰約飛絮。　鈿車暗相遇。早拂拭紅巾，初放鸚鵡。聞歌猶是淋鈴處。掩面鳴筝，倚壚呼酒，東風重記舊眉嫵。報伊共歌舞。　西去。屢回顧。漸客舍荒涼，嘶馬先駐。玉關萬里知何許。但倦擁荒澤，瓜洲難渡。將軍垂老，望故國，夜夢苦。

踈影　廬山瀑布

銀雲縹緲。正石梁倒掛，飛下晴昊。早挽懸河，高瀉鯨宫，洪聲百步低小。分明僊仗崆峒過，又化作，歸帆杳杳。倚參差、翠影紅霞，遠落明湖殘照。　曾共呼龍夭矯。幾回過月下，先種瑶草。九疊屏風，青鳥冥冥，更約謫僊重到。長歌昨夢騎黄鵠，飛不去、和天也笑。等恁時、秋夜携琴，已落洞天霜曉。以上元鳳林書院輯刊《名儒草堂詩餘》卷下

黄子行 存詞六首

黄子行，别號蓬甕。修水（今屬江西）人。占藉分宜（今屬江西）。黄庭堅後裔。所著《蓬甕寐語》，今無傳本。《名儒草堂詩餘》卷下編入其詞六首。

西湖月 自度商調

湖光冷浸玻瓈，蕩一餉薰風，小舟如葉。藕花十丈，雲梳霧洗，翠嬌紅怯。壺觴圍坐處，正酒醱吹波紅映頰。尚記得、玉臂生凉，不放汗香輕浹。 殢人小摘墻榴，爲碎掐猩紅，細認裙褶。舊遊如夢，新愁似織，淚珠盈睫。秋娘風味在，怎得對銀釭生笑靨。消瘦沈約詩腰，仿佛堪捻。

西湖月 探梅

初弦月掛林梢，又一番西園，探梅消息。粉墻朱户，苔枝露蕊，淡匀輕飾。玉兒應有恨，爲悵望東昏相記憶。便解珮、飛入雲堦，長伴此花傾國。 詩腰瘦損劉郎，記立馬攀條，倚闌横笛。少年風味，拈花弄蕊，愛香憐色。揚州何遜在，試點染吟牋留醉墨。謾贏得、踈影寒窗，夜深孤寂。

賀新郎 冰箸

開遍寒梅萼。正東皇、排酥砌玉，幻成樓閣。十萬瓊琚儷女隊，來趁春光遊樂。向醉裏、玉簪輕落。零亂不知何處去，甚人間、一夜東風惡。吹起在，畫簷角。參差向曉森如削。似吳姬、粧殘粉指，向人垂着。好似西園春笋瘦，紅錦裍兒乍剥。且莫遣、兒童敲却。擬辦羔兒香甕酒，喚劉叉、來醉尊前約。吟好句，再描摸。

滿江紅　歸自湖南題富春館

津鼓匆匆，猶記得、故人相送。春江上、鳥啼花影，馬嘶香鞚。情逐陽關金縷斷，淚和楊柳春絲重。算別來、幾度月明時，相思夢。山萬疊，愁眉聳。春一點，歸心動。問風儔月侶，有誰遊從。百里家山明日到，一尊芳酒今宵共。任樓頭、吹盡五更風，梅花弄。

花心動　落梅

誰倚青樓，把謫仙長笛，數聲吹裂。一片乍零，千點還飛，正是雨晴時節。水晶簾外東風起，卷不盡、滿庭香雪，畫闌小，斜鋪亂颭，翠苔成纈。嫋嫋餘香未歇。空悵望音塵，兩眉愁切。翠袖淚乾，粉額粧寒，此恨有誰同說。江南春信無痕跡，餘情在、冷煙殘月。夢魂遠，蘭燈伴人易滅。

校：「東風起」之「起」，底本漫漶，據《叢書集成》本補。

小重山

一點斜陽紅欲滴。白鷗飛不盡，楚天碧。漁歌聲斷晚風急。攬蘆花，飛雪滿林濕。孤館百憂集。家山千里遠，夢難覓。江湖風月好休拾。故溪雲，深處着蓑笠。以上元鳳林書院輯刊《名儒草堂詩餘》

龍紫蓬 存詞一首

龍紫蓬，字里不詳。《名儒草堂詩餘》卷下編入其詞一首。

齊天樂 題滕王閣

雨簾雲棟重尋處，青紅半空飛去。檻影侵鷗，簷光送雁，摇盪秋容千里。歌珠舞翠。怎禁得無情，一江流水。可是西山，半眉新緑向人覷。　千年留下賸賞，儘登臨無限，須付才思。壞堞閑愁，危檣往恨，欲拍闌干無路。新碑舊記。更今古匆匆，一番興廢。立盡斜陽，共誰評半語。元鳳林書院輯刊《名儒草堂詩餘》卷下

蕭允之

存詞六首

蕭允之，别號竹屋。《名儒草堂詩餘》卷下編入其詞六首。

渡江雲　春感用清真韻

薔薇開欲謝，峭寒漸少，軒檻俯晴沙。先來愁未了，又聽一聲，新閡落漁家。徘徊竚立，似玉笛、三弄昭華。春晝長、暗懷誰寫，戲墨亂翻鴉。　吁嗟。詩情猶雋，酒興偏豪，記南樓月下。曾共樂、沉煙綺席，燭影窗紗。穠香秀色知何處，甚忘却、堤柳汀葭。空惆悵，無人共采蘋花。

滿江紅　雨中有懷

冷逼踈簾，渾不似、今春寂寞。風雨横，賞心懽事，總如雲薄。柳眼花須空點綴，鶯情蝶思應蕭索。但遶庭、流水碧潺潺，車音邈。　懷往事，孤素約。酒未飲，愁先覺。甚中年滋味，共誰商略。芳草易添閑客恨，垂楊難繫行人脚。謾幾回、吟遍夕陽紅，闌干角。

瑣窗寒

細雨收塵，輕寒弄日，柳絲掠道。桃邊杏處，猶記玉驄曾到。對東風、回首舊游，香銷艷歇無音耗。悵佳人、有約難來，緑遍滿庭芳草。　愁抱。沉吟久，問翠珥金鈿，爲何人好。回文細字，塵暗當年纖縞。倚闌干、斜陽又西，歡期易失春易老。待何時、再覓珍叢，共把清尊倒。

蝶戀花

十幅歸帆風力滿。記得來時，買酒朱橋畔。遠樹平蕪空目斷。亂山惟見斜陽半。　誰把新聲翻玉管。吹過滄洲，多少傷春怨。已是客懷如絮亂。畫樓人更回頭看。

虞美人

朱樓曾記回嬌盼。滿坐春風轉。紅潮生面酒微醺。一曲清歌留往、半窗雲。　大都咫尺無消息。望斷青鸞翼。夜長香短燭花紅。多少思量只在、雨聲中。

點絳唇　記夢

花徑相逢，眼期心諾情如昨。怕人疑着。佯弄秋千索。　知有而今，何似當初莫。愁難托。雨鈴風鐸。夢斷燈花落。以上元鳳林書院輯刊《名儒草堂詩餘》卷下

蕭漢傑　存詞四首

蕭漢傑，號唫所。吉水(今屬江西)人。淳祐十年進士。著有《青原樵唱》未流傳至今。《名儒草堂詩餘》卷下編入其詞四首。

賣花聲　春雨

濕逗晚香殘。春淺春寒，灑窗填户着幽蘭。慘慘淒淒仍滴滴，做出多般。　和霰撒珠盤。枕上更闌。芭蕉怨曲帶愁彈。緑遍階前苔一片，曉起誰看。

菩薩蠻　春雨

春愁一段來無影。着人似醉昏難醒。煙雨濕闌干。杏花驚蟄寒。　唾壺敲欲破。絶叫憑誰和。今夜欠添衣。那人知不知。

蝶戀花　春燕和韻

一縷春情風裏絮。海闊天高，那更雲無數。嬌顫畫梁非爲雨。憐伊只合和伊去。　欲話因緣愁日暮。細認簾旌，幾度來還去。萬一這回航可渡。共渠活處尋條路。

浪淘沙　中秋雨

愁似晚天雲。醉亦無憑。秋光此夕屬何人。貧得今年無月看，留滯江城。　夜起候簷聲。似雨還晴。舊家誰信此時情。惟有桂香時入夢，勾引詩成。以上元鳳林書院輯刊《名儒草堂詩餘》卷下

段弘章 存詞一首

段弘章，號懶融。禾川（江西永新）人。《名儒草堂詩餘》卷下編入其詞一首。

洞仙歌 荼蘼

一庭晴雪，了東風孤注。睡起濃香占窗户。對翠蛟盤雨，白鳳迎風，知誰見、愁與飛紅流處。想飛瓊弄玉，共駕蒼煙，欲向人間挽春住。清淚滿檀心，如此江山，都付與、斜陽杜宇。是曾約梅花帶春來，又自共梨花，送春歸去。元鳳林書院輯刊《名儒草堂詩餘》卷下

劉貴翁　存詞一首

劉貴翁，號桂所。廬陵（江西吉安）人。《名儒草堂詩餘》卷下編入其詞一首。

滿庭芳　萍

宮鳥西飛，楊花北去，春風飄向伊誰。盈盈小小，輕薄不堪肥。天付風流到骨，消不盡、流落青池。誰知道，踏歌朝暮，癡絶待渠歸。　愔愔，春似酒，日痕生紺，裙色明漪。笑東家西沼，到處依依。同是東風種得，獨無據，飄泊年時。青梅落，水光簾影，小翠立横枝。元鳳林書院輯刊《名儒草堂詩餘》卷下

黄霽宇 存詞一首

黄霽宇，字里不詳。《名儒草堂詩餘》卷下編入其詞一首。

水龍吟 青絲木香

麗華一握青絲，金珠粟粟香環裏。春窺綺閣，新粧風舞，銖衣如碎。翠鳳蒼虬，騎來下界，蝶驚蜂避。甚三生富貴，垂垂曉露，猶凝滿身珠翠。　誰共那人結髪，問何時、蹇脩爲理。對花一笑，香茸易剪，碎金難綴。半點芳心，亂愁如織，縷絲傳意。倩東皇、拂拭新條，更與作、來生計。元鳳林書院輯刊《名儒草堂詩餘》卷下

王炎午 存詞一首

王炎午（一二五二—一三二四），初名王應梅，字鼎翁，號梅邊。安福（今屬江西）人。宋末入太學，德祐留文天祥幕府，以母老辭歸。入元隱居不仕，泰定元年去世，享年七十三。有《吾汶稿》十卷。《名儒草堂詩餘》卷下編入其詞一首。生平見《大明一統志》卷五十六、《宋遺民録》、《新元史》卷二四一。

沁園春

又是年時，杏紅欲臉，柳緑初芽。尋春步遠，馬嘶湖曲，賣花聲過，人唱窗紗。暖日晴煙，輕衣羅扇，看遍王孫七寶車。誰知道、十年魂夢，風雨天涯。　休休，何必傷嗟。謾贏得、青青兩鬢華。且不知門外，桃花何代。不知江左，燕子誰家。世事無情，天公有意，歲歲東風歲歲花。拚一笑，且醒來盃酒，醉後盃茶。元鳳林書院輯刊《名儒草堂詩餘》卷下

校：「尋春步遠」，《叢書集成》本《名儒草堂詩餘》卷下作「奈尋春步遠」。

劉天迪 存詞六首

劉天迪，號雲閑。西昌（江西泰和）人。《名儒草堂詩餘》卷下編入其詞六首。

齊天樂 嚴縣尹席上和李觀我韻

瑞麟香軟飛瑶席，吟仙笑陪歡宴。桐影吹香，梅陰弄碧，一味微涼堪薦。停杯緩勸。記羅帕求詩，琵琶遮面。十載揚州，夢回前事楚雲遠。　人生總是逆旅，但相逢一笑，如此何限。采石宫袍，沉香醉筆，何似輕衫小扇。流年暗换。甚新雨情懷，故園心眼。明日西江，斜陽帆影轉。

一萼紅 夜聞南婦哭北夫

擁孤衾，正朔風凄緊，氈帳夜驚寒。春夢無憑，秋期又誤，迢遞煙水雲山。斷腸處、黄茅瘴雨，恨驄馬、憔悴只空還。揉翠盟孤，啼紅怨切，暗老朱顔。　堪歎揚州十載，甚倡條冶葉，不省春殘。蔡琰悲笳，昭君怨曲，何預當日悲歡。謾贏得、西鄰倦客，空惆悵、今古上眉端。夢破梅花，角聲又報春闌。

虞美人 春殘念遠

子規解勸春歸去。春亦無心住。江南風景正堪憐。到得而今不去、待何年。　無端往事縈心曲。兩鬟先驚緑。薔薇花發望君歸。謝了薔薇、又見楝花飛。

蝶戀花

日暮楊花飛亂雪。寶鏡慵拈，强整雙鴛結。燒罷夜香愁萬疊。穿花暗避堦前月。鳳尾羅衾寒尚怯，却悔當時，容易成分別。悶對枕鸞誰共説。柔情一點薔薇血。

鳳棲梧 舞酒妓

一剪晴波嬌欲溜。緑怨紅愁，長爲春風瘦。舞罷金杯眉黛皺。背人倦倚晴窗繡。臉暈潮生微帶酒。催唱新詞，不應頻摇手。閑把琵琶調未就。羞郎還又垂紅袖。

點絳脣 書事

一笑相逢，依稀似是桃根舊。嬌波微溜。悄可靈犀透。扶過危橋，輕引纖纖手。頻回首。何時還又。微月黄昏後。以上元鳳林書院輯刊《名儒草堂詩餘》卷下

張半湖 存詞二首

張半湖，字里不詳。《名儒草堂詩餘》卷下編入其詞二首。

滿江紅 夏

新緑池塘，一兩點、荷花微雨。人正静，桐陰竹影，半侵庭户。欹枕未圓蝴蝶夢，隔窗時聽幽禽語。捲沙幬、隨意理琴絲，黄金縷。　鮫綃扇，輕輕舉。龍涎餅，微微炷。向水晶宫裹，坐消袢暑。剥啄誰敲棋子響，鶯兒林裏驚飛去。最好是、活水瀹新茶，醒春醑。

掃花游

柳絲曳緑，正豆雨初晴，水天朱夏。石榴綻也。看猩紅萬點，倚亭欹榭。鏁闥深中，料想酒闌歌罷。日將下。是那處藕花，香勝沉麝。　窗外風竹打。似戛玉敲金，送聲瀟灑。共觀古畫。喚石鼎烹茶，細商幽話。寶鴨煙消，天外新蟾低掛。涼無價。又丁東、數聲簷馬。以上元鳳林書院輯刊《名儒草堂詩餘》卷下

劉景翔 存詞四首

劉景翔，號溪山。安成（江西安福）人。《名儒草堂詩餘》卷下編入其詞四首。

念奴嬌 瑞香

甚情幻化，似流酥團暖，酣春嬌寐。不數錦篝烘古篆，沁入屏山沉水。笑吐丁香，紫綃襯粉，房列還同蔕。脆毬移影，媚人清曉風細。　依約玉骨盈盈，小春暖逗，開到燈宵際。疑是九華仙夢冷，誤落人間遊戲。比雪情多，評梅香淺。三白還堪瑞。塵緣洗盡，醒來還又葱翠。

校：「古篆」之「古」，底本漫漶，據《叢書集成》本補。「脆毬」，《叢書集成》本作「翠毬」。

小重山 枕屏風

山翠晴嵐曲曲偎。紅香浮玉醉，窩頽。不煩人築避風臺。瀟湘路，隨意自徘徊。　春倦怕頻推。琵琶私語近，問誰來。春風那隔錦雲堆。夢中蝶，飛去又飛回。

玉樓春 落花

可憐又誤江南景。雨膩風喧愁入暝。依稀碧玉水邊魂，憔悴緑珠樓外影。　點點隨人飛遠近。薄幸相逢情怎忍。年年三月化香塵，天上人間看夢醒。

如夢令

獨立荷汀煙暮。一霎錦雲香雨。似爲我無情，驚起鴛鴦飛去。飛去。飛去。却在緑楊深處。以上元鳳林書院輯刊《名儒草堂詩餘》卷下

校：「煙暮」，《叢書集成》本《名儒草堂詩餘》卷下作「煙渚」。

周伯陽 存詞二首

周伯陽，號霽海。《名儒草堂詩餘》卷下編入其詞二首。

摸魚兒 次韻送別

又匆匆、月鞭露鐙，梅花江上歸路。海圖破碎來時線，何似綵衣低舞。風雪暮。政望斷青山，一髮雲横處。浩歌獨舉。便想見迎門，牽衣兒女，總是舊眉嫵。陽關曲，揮灑紫薇花露。妙音清遠高古。經寒楊柳休輕折，摇動一溪霜霧。邯鄲步。笑布襪青鞋，去住知何許。汀鷗沙鷺。若問我重來，明年有約，今日是前度。

春從天上來 武昌秋夜

浩蕩青冥。正涼露如洗，萬里虛明。鼓角悲健，秋入重城。彷彿石上三生。指蓬萊雲路，渺何許、月冷風清。倚南樓、一聲長笛，幾點殘星。西風舊年有約，聽候蛩語夜，客裏心驚。紅樹山深，翠苔門掩，想見露草疎螢。便乘風歸去，闌干外、河漢西傾。笑淹留，劃然孤嘯，雲白天青。以上元鳳林書院輯刊《名儒草堂詩餘》卷下

尹公遠 存詞二首

尹公遠，號琴泉。《名儒草堂詩餘》卷下編入其詞二首。

尉遲盃 題盧石溪響碧琴所

冰絃語。在竹樹、院落深深處。當年野草閑花何許。浮雲飛絮，征鴻止止，縱汗漫、遊人遠回顧。遲瓊樓、五色簾開，喚醒玄鶴飛舞。何事夢斷湖山，尚九里松聲，八月潮怒。三十年餘臺池淚，應不爲、花奴羯鼓。想天上、群僊老矣，甚比似、人間更愁苦。倩畫闌、留住西風，莫教愁入雲去。溪翁琴皆浙音，故云。

齊天樂 贈盧天隱

江湖千里秋風客，翩然白雲黄鵠。石鼎煙霏，篆書紅濕，隨處橘香泉緑。幅巾野服。儘掃葉開門，抱琴聽瀑。何事蓬壺，歸來猶待海濤陸。盧鴻舊時隱處，想斜陽草樹，水村雲屋。麈尾玄玄，筆花語語，剪盡雨窗殘燭。黄庭誤讀。且東老留詩，采和歌曲。後日重尋，洞天三十六。以上元鳳林書院輯刊《名儒草堂詩餘》卷下

校：「蓬壺」之「壺」，底本漫漶，據《叢書集成》本補。「雨窗殘燭」，《叢書集成》本作「西窗殘燭」。

李天驥 存詞一首

李天驥，字仁飛。廬陵（江西吉安）人。《名儒草堂詩餘》卷下編入其詞一首。

摸魚兒 燈花

又何須、向明還滅，寒花點綴孤影。玉龍度海吹魚浪，煙淡寶釵横鬢。斜又整。是蟲滴驪珠、兩兩相交頸。夜長人静。恁玉果低抛，金錢暗卜，此意有誰領。　歡娱事，料想憑伊先應。帕綃新淚猶凝。銀篦未忍輕挑下，只恐暗風吹燼。重記省。怕莫是、明朝有個青鸞信。怎知無定。算只解窺人，人孤影隻，成瘦又成病。元鳳林書院輯刊《名儒草堂詩餘》卷下

劉應幾　存詞一首

劉應幾，字定叟。安成（江西安福）人。《名儒草堂詩餘》卷下編入其詞一首。

憶舊遊　聞雁

記銅駝載酒，翠陌吹簫，曾聽相呼。不盡離離意，覺柔腸如剪，立馬踟躕。人生似此蒼鬢，堪得幾聲踈。想怨入秋深，愁隨天遠，滿目平蕪。　音書未曾寄，正人在燕臺，忘却回車。奈菰蒲舊地，山空木落，霜老泉枯。月明仙掌何處，轉首失棲烏。待説與雲間，瀟湘近日風捲湖。元鳳林書院輯刊《名儒草堂詩餘》卷下

周孚先 存詞三首

周孚先，號梅心。西昌（江西泰和）人。《名儒草堂詩餘》卷下編入其詞三首。

木蘭花慢 富州道中

訪梅江路遠，喜春在、劍川湄。正雁磧雲深，漁村笛晚，茸帽斜欹。舊遊不堪回首，更文園、多病減腰圍。惟有秋娘聲價，風流仍似前時。依稀壁粉舊曾題。煙草半淒迷。嘆單父臺荒，黃公壚寂，難覓佳期。誰家歌樓催雪，遣夜來、風雨緊些兒。醉後唾壺敲缺，龍光摇動晴漪。

鷓鴣天 禁酒

曾唱陽關送客時。臨岐借酒話分離。如今酒被多情苦，却唱陽關去別伊。歡會遠，渺難期。黃壚門掩晝陰遲。青樓更有癡兒女，謾憶胡姬捧勸詞。

蝶戀花

舟艤津亭何處樹。曉起瓏璁，回首迷煙樹。江上離人來又去。飄零只似風前絮。倦倚蓬窗誰共語。野草閑花，一一傷離緒。明日重來須記取。綠楊門巷深深處。以上元鳳林書院輯刊《名儒草堂詩餘》卷下

校：「迷煙樹」，《叢書集成》本作「迷煙霧」。

尹濟翁　存詞五首

尹濟翁，字磵民。廬陵（江西吉安）人。《名儒草堂詩餘》卷下編入其詞五首。

木蘭花慢　寄朱子西

渺渺懷芳意，苦對景、可憐生。記燕外鶯邊，柳深竹嫩，度密穿青。如今，淡煙細雨，正午窗半夢酒初醒。樂事怎堪重省，起來一餉愁縈。　悠然，又把酒壺傾。攤不動離情。想閑却春遊，緑陰深院，芳草長亭。乾愁有誰解得，傍晚來，風起碎池萍。坐待晴雲四捲，依然月上疎櫺。

校：「渺渺」，原作「渺」，據《叢書集成》本補。

玉蝴蝶　和劉清安

幾許暮春清思，未知芍藥，先擬荼蘼。老却東風，春去不與人期。似情多、何曾荀倩，便夢斷、不爲崔徽。且啣杯。暖風襲襲，淡日暉暉。　怎知。懷芳心在，樹花露泣，葉竹煙啼。滿目青紅，新愁成陣恨成圍。畫簾空、龍媒獨倚，午陰静、燕子雙飛。任春歸。尋人柳下，夢句堂西。

聲聲慢　禁釀

雕鞍芳徑，翠管長亭，春酲不負妍華。幾丈閑愁，寄風吹落天涯。深深小簾朱户，是何人、重整香車。愁未醒，記竹西歌吹，柳下人家。　眉鎖何曾舒展，看行人都是，醉眼横斜。寄語高陽，從今休唤流霞。殘春又能幾許，但相從、評水觀茶。清夢遠，怕東風、猶在杏花。

校：「雕鞍芳徑」，《叢書集成》本《名儒草堂詩餘》卷下作「雕鞍芳草」。「妍華」，作「年華」。

風入松　癸巳壽須溪

曾聞幾度説京華。愁壓帽簷斜。朝衣熨貼天香在，如今但、彈指蘭闍。不是柴桑心遠，等閑過了元嘉。　長生休説棗如瓜。壺日自無涯。河傾南紀明奎璧，長教見、壽炁成霞。但得重携溪上，年年人共梅花。

一萼紅　和玉霄感舊

玉搔頭。是何人敲折，應爲節秦謳。棐几朱絃，剪燈雪藕，幾回數盡更籌。草草又、一番春夢，夢覺了、風雨楚江秋。却恨閑身，不如鴻雁，飛過粧樓。　又是水枯山瘦，嘆回腸難貯，萬斛新愁。懶復能歌，那堪對酒，物華冉冉都休。江上柳、千絲萬縷，惱亂人、更忍凝眸。猶怕月來弄影，莫上簾鈎。以上元鳳林書院輯刊《名儒草堂詩餘》卷下

彭泰翁 存詞三首

彭泰翁，字會心。安成（江西安福）人。《名儒草堂詩餘》卷下編入其詞三首。

念奴嬌 秋日牡丹

九華驚覺，又偷承雨露，羞匀春色。岸蓼汀蘋成色界，未必天香人識。粉涴脂凝，霜銷霧薄，嬌顫渾無力。黄昏月掩，山城那更聞笛。　應是未了塵緣，重來遲暮，草草西風客。鶯燕無情庭院悄，愁滿闌干苔積。宫錦尊前，霓裳月下，夢亦無消息。嫣然一笑，江南如此風日。

憶舊遊 雨中海棠

玉環扶淺醉，翠袖籠寒，香汗初融。昨夜殘粧在，最難勝珠絡，都沁鉛紅。朝雲低護深約，蜂蝶不知蹤。柰燕子情多，斜飛輕觸，淚灑羞容。　重逢。記前度，解剪燭調笙，踏月嗚驄。風日人間遠，待塵緣洗盡，飛珮凌空。丁寧爲我留住，携酒壽東風。便花譜重修，高堂再賦疑夢中。

校：「風日人間遠」，《叢書集成》本《名儒草堂詩餘》卷下作「風入人閒遠」。

拜星月慢 祠壁宫姬控弦可念

霧罥觚棱，塵侵團扇，恨滿哀彈倦理。控雨籠雲，共閑情孤倚。歛娥黛、怕似流鶯歷歷，惹得玉銷瓊碎。可惜闌干，但苔花沉穗。　算天音、不入人間耳。何人謾、裛損青衫淚。不是舊譜都忘，厭新腔嬌脆。多生不得丹青意，重來又、花鎖長門閉。到夜永、笙鶴歸時，月明天似水。以上元鳳林書院輯刊《名儒草堂詩餘》卷下

校：詞牌，「慢」字底本缺，據《叢書集成》本補。

曾允元　存詞四首

曾允元，號鷗江。西昌（江西泰和）人。《名儒草堂詩餘》卷下編入其詞四首。

水龍吟　春夢

日高深院無人，楊花撲帳春雲暖。回文未就，停針不語，繡床倚遍。翠被籠香，綠鬟墮膩，傷春成倦。盡雲山煙水，柔情一縷，又暗逐、金鞍遠。　　鸞珮相逢甚處，似當年、劉郎仙苑。凭肩後約，畫眉新巧，從來未慣。枕落釵聲，簾開燕語，風流雲散。甚依稀難記，人間天上，有緣重見。

校：「傷春成倦」，《叢書集成》本《名儒草堂詩餘》卷下作「傷春成怨」。

月下笛　次韻

又老楊花，浮萍點點，一溪春色。閑尋舊跡。認溪頭、浣紗磧。柔條折盡成輕別，向空外、瑤簪一擲。算無情更苦，鶯巢暗葉，啼破幽寂。　　凝立。闌干側。記露飲東園，聯鑣西陌。容銷鬢減，相逢應自難識。東風吹得愁似海，謾點染，空堦自碧。獨歸晚，解説心中事，月下短笛。

校：「又老」，《叢書集成》本作「吹老」。

齊天樂

次韻趙芳谷曲，有香玉之怨。

碧梧枝上占秋信，微聞雨聲還愜。虹影分晴，雲光透晚，殘日依依團箑。闌干一霎。又長笛歸舟，亂鴉荒堞。兩鬢西風，有人心事到紅葉。　嬌蓮相對欲語，柰蓮莖有刺，愁不成折。天上歡期，人間巧意，今夜明河如雪。新寬帶結。想寶篆頻温，翠奩低揭。霧濕雲鬟，淺粧深拜月。

點絳唇

一夜東風，枕邊吹散愁多少。數聲啼鳥，夢轉紗窗曉。　來時春初，去是春將老。長亭道，一般芳草，只有歸時好。以上元鳳林書院輯刊《名儒草堂詩餘》卷下

校：「來時春初」，《叢書集成》本《名儒草堂詩餘》卷下作「來是春初」。

伯顏　存詞一首

伯顏(一二三六—一二九五),蒙古八鄰部人。隨父從旭烈兀出征,並得到忽必烈賞識。至元十一年,任左丞相,總帥襄陽元軍南下攻宋。至元十三年,正月,宋幼主自臨安出降。此後,輔佐元世祖、元成宗,屢立戰功,去世時,年六十歲。追封淮安王,謚忠武。一生征戰間隙,寫有詩詞,僅數篇流傳至今。生平見《元史》卷一二七本傳。

喜春來

金魚玉帶羅襴扣,皁蓋朱旛列五侯。山河判斷,在俺筆尖頭。得意秋,分破帝王憂。明葉子奇《草木子》卷四上《談藪篇》

按:《草木子》云:「伯顏丞相與張九元帥,席上各作一首《喜春來》詞(詞略)。帥才相量,各言其志。」

釋原妙 存詞四首

原妙（一二三八—一二九五），號高峰。吴江（今屬江蘇）人。俗姓徐。住持天目山獅子院。生平見趙孟頫撰《高峰和尚行狀》（《徐邦達集》五册七十二頁）、《兩浙名賢録》卷六十二、《新續高僧傳》卷十七。

威儀辭 山中行

山中行。步高身儘輕。擬飛去，惟恐世人驚。

威儀辭 山中住

山中住。黯淡雲無數。誓相期，共守無生路。

威儀辭 山中坐

山中坐。静看落花墮。問何爲，待結團圞果。

威儀辭 山中卧

山中卧。月落猿啼過。正堪眠，石室從教破。以上《西天目祖山志》卷六

姚燧　存詞四十九首

姚燧(一二三八—一三一三),字端甫,號牧菴。祖籍營州柳城(遼寧朝陽),徙居武昌(今屬湖北)。姚樞之侄,三歲喪父,由姚樞養育成人。早年師從許衡,至元十二年,授秦王府文學,三次出使四川。至元十七年,授陝西漢中道提刑按察副使。至元二十四年,任翰林直學士。至元二十七年,授大司農丞。元貞元年,參修元世祖實録。大德五年,出爲江東廉訪使。大德九年,任江西行省參政。至大元年,爲太子賓客,又拜太子少傅。明年,授翰林學士承旨。至大四年,告老南歸。皇慶二年春,作《菩薩蠻》詞,以記賞花,有「花枝依舊好,只自傷垂老。七十六年人,見花能幾春」之句。卒,謚文。詩文曾編成《牧菴集》五十卷,久無傳本。今存《牧菴集》三十六卷,刊入《武英殿聚珍版書》,是清康熙時輯刊,其中卷三十五、三十六,存詞四十餘首。姚燧是元代大儒,當朝三十年間,名臣勳戚碑傳多出其手。是元代倡導古文第一人,論者曾比作唐代韓愈、宋代歐陽修。生平見劉致撰年譜(《牧菴集》附録)、《元史》卷一五八、《元詩選》二集《牧菴集》。

浣溪沙　舟中紀事

白髮年來自笑余。孔方從有絶交書。誰憐多病麴生疎。　兩岸行人争抵掌,誰家舟上載籃輿。

江南休問看山無。

菩薩蠻　皇慶癸丑春賞花詞

兩閒日月同悠久。算來無比東君壽。一歲一歸來。光風吹九垓。　花枝依舊好。只自傷垂老。七十六年人。見花能幾春。

菩薩蠻　中秋雨

素娥會把詩人調。衰顔不直圓蟾照。特地變雲陰。江城三日霖。　今宵佳節過。天上冰輪破。纔却放餘輝。要看清興違。

清平樂　失題二首

水仙裝束。風致清逾淑。春竟枝頭添萼緑。要與梅花仲叔。　生紅從此羞顔。甘同桃李漫山。不是冥鴻過盡，情教銜子荆蠻。

清平樂

菲菲香雪。更照溶溶月。管被司花嫌太潔。故遣啼鵑濺血。　方舒笑臉迎丹。兩聲深院珊珊。有底春愁未訴，向人紅淚闌干。

清平樂　聞雁

春方北度。又送秋南去。萬里長空風雨路。誰汝冥鴻知處。　朝朝舊所窺魚。由渠水宿林居。

爲問江湖苦樂，汝於白鷺何如。

清平樂

大德改元之明年，辰在戊戌，春三月十有一日，宣慰麓堂邀飲，怪坐客無吾肖齋，或云逃生朝矣，即席賦《清平樂》以壽之。

南陽昔歲。此日懸弧記。不料長沙今款避。紅袖青軒負醉。　横欄直楯西東。飄殘萬紫千紅。不是荼蘼噴雪，争些閒殺春風。

浪淘沙　爲柴氏題

河水發崑崙。浩浩泉源。餘波九里潤猶存。若問是家誰胄出，顯德諸孫。　今日在清門。玉季金昆。能時夏凊與冬温。直得鑾坡褒一字，華衮休論。

浪淘沙　競渡

楚俗至今朝。服艾盈腰。喧江鐃鼓節蘭橈。士女踏歌巫覡舞，魚腹魂招。　去古既云遥。讒毁言消。修名立與日昭昭。免向重華敷衽跪，來直臯陶。

浪淘沙

余年七十，洪山僧相過，言别公十餘年，面頰紅潤，益加於昔，有道然耶？因爲一莞，賦此曉之。

七十鬢雙蓬。已分衰翁。煩君休譽面如童。只此正爲吾老驗，物理曾窮。　天地一微躬。草木還同。桃花初也笑春風。及到離披將謝日，顏色逾紅。

浪淘沙

大德丙午端月十四日立春，巧連燈夕，求西野、澹齋、月澗同賦。

春燕玉釵騰。又試初燈。天公節序巧相仍。纖手青絲盤出看，寶焰層層。　鞭絕土牛繩。已送嚴凝。牙旗鐵馬響春冰。六十九年余治學，老病宵興。

浪淘沙　送貢應奉仲章歸覲宣城

明月萬家砧。蟋蟀哀音。何人不起故園心。一語最難留斷袖，説覲雲林。　回首玉堂深。誰紵綸音。都門無酒與君斟。只賦祈招當贈別，如玉如金。

浪淘沙　贈重陽奴

初度菊花秋。霜水痕收。可知不肯離荆州。元就龍山風力軟，破帽颼颼。　今夕定開舟。漲水磯頭。淵明解印去來休。夢繞橘齋新草閣，檀板輕謳。

鷓鴣天　遐觀堂暮飲

誰道夔龍不致君。白頭離亂不曾聞。三秦碧樹生春色，千里青山入暮雲。　何事業，底功勳。百年五十已中分。從今萬八千場醉，莫酹劉伶荷鍤墳。

虞美人　牧庵即事爲李元素作

竹風吹落疎疎雨。紈扇收殘暑。小軒驀地細香來。莫是鄰家早有木犀開。　玉環穿耳誰家女。自獻歌金縷。新聲和徹紫檀槽。袖出烏絲纔説要揮毫。

虞美人　玉梳贈内子

相輝瑜珥瑶釵鳳。寶翼蜻蜓動。新妝又得水蒼梳。人道秋風何物不瓊琚。　人無玉質容何害。玉德斯堪愛。尚慚猶未十分全。聽取明年環佩戛璆然。

減字木蘭花

程平章客劉子善，得常德壽梅圖，持歸鎮江，壽其父梅軒。

壽梅紙本傳常武。遠壽梅軒歸北固。愛梅無有似君貪，東極吴中西盡楚。　黄昏清淺孤山路。能對春風旬日許。不如滿歲畫中看，冷蕊疎枝常照户。

校：詞序，「程平章客」，底本原缺，據《永樂大典》卷二八一〇補。

南鄉子　游洪山寺

良月大洪山。楓葉青青柏葉殷。一樹桃花修竹裏，天慳。連見春風一歲間。　争挽插雲鬟。日暮金鞍未擬還。偏與歌姝相暎照，朱顔。應笑詩人兩鬢斑。

南鄉子　次馮雪崖韻二首

荆憲品皆加。纔罷還除世共華。恨殺峴山山下路，梅花。誰醉雙瓶玉照沙。　涂水聽宣麻。行脚陽春起未涯。君去莫嗟風土異，堪誇。君祖鄉鄰我祖家。

南鄉子

日覺鬢霜加。欲對清罇戀物華。離別紛紛長眩眼，生花。易散難摶掌上沙。　蓬意不依麻。未必移居漢水涯。前日曾於遺集序，張誇。素範清風有幾家。

小重山　蕤女歸寧還襄陽

江渚蒹葭白露晞。雲間渾未有、蚤鴻飛。人情難在別庭闈。攜諸幼、孤艇溯流歸。　七十古來稀。乃翁筋力，尚未衰微。峴山不是遠相違。猶能往、清淚莫沾衣。

小重山　風雨折枝詞

早是清明應候風。勢如滄海浪、怒號空。更兼潑火雨冥濛。如何得、枝上有殘紅。　最惜牡丹叢。曉來吹盡折、教兒童。且爲支拄曲闌中。還堪否、留客一樽同。

定風波

南州以菌生竹間爲蕈，並樹雞瘦薄而赭，雖日乾猶可煮茹，此筆竹絲爲之蕈，蓋得竹餘氣而生。然以世多未見，故祥之。余以理推如此，唐古憲僉筆生菌繪爲圖，因有是作。

五馬雙旌出郡堂。歸來椽筆對凝香。只爲好書天作意。相戲。故生三秀在毫鋩。不是畫師生手觸。拳曲。層雲連葉幾何長。我有一占君試記。何事。已開他日判花祥。

定風波　題軸軒左右埋二石檻植荷其中

族汲清泉石斛方。便疑身已置江鄉。八九吞胸雲夢小。應笑。白頭兒戲未曾忘。荷葉且看張翠蓋。此外。芙蓉誰望集朱裳。還有不如人意處。遮去。碧天明月照泱泱。

洞仙歌　石山

伊誰斧鑿，此玲瓏巖岫。至巧先天化工手。又不知何地，夜壑深藏，今留待、白髮詩人攜走。向宣和廢苑，睥睨高株，欲轉愁回萬牛首。期出處與君偕，立則參前，卷密可懷之襟袖。尚未敢、云能此私從，怕雷雨冥冥，六丁來取。

洞仙歌　對梅

疎枝冷蘂，臘前時初破。年後纔多玉妃墮。問梅軒白髮，寂對空株，期三百六十，誰同幽坐。孔方兄善幻，半幅溪藤，貌出緇塵素衣涴。當盛暑展圖看，遽失炎蒸，甚欲摘傾筐三個。又却被、傍人勸休休，怕他日鹽羹，鳳毛無和。

江梅引　謝王子勉提刑送江梅二首

西湖不近上林隈。問江梅。定誰栽。莫是冥鴻，銜子遠飛來。紫陌遊人多不識，但驚看，青天霽，一樹開。獨有使君憐寂寞，爲持杯。能幾回。玉纖橫管東風外，落日樓臺。不恨明朝，飛

雪滿蒼苔。恨殺南溪調鼎手，恐遲暮，到而今，霜鬢催。以上武英殿聚珍版書（《四部叢刊》初編影印）《牧庵集》卷三十五

按：底本原有《江梅引》一首，爲宋人詞作，删去。詞題「二首」當作「一首」。

玉漏遲　與暢純父學士同舟過鹿門山

遡丹青未了。森然玉立，相迎雲表。勞苦詩人，鄭重鹿門清曉。耆舊猶今好在，算竊比、山靈年少。青蓋照。宜余翠葆，蕭蕭華皎。　渺渺。漢水滄波，問流盡人間，幾多悲嘯。對羊公片石，一尊相吊。唤起長庚小妾，試看坐、金鞍歌笑。飛蚋小。澹澹長空孤鳥。

校：「人問」，《四庫全書》本作「人間」。

滿江紅　廉野雲左揆求賦南園慶雲都城善謳者

面勢林塘，緊橫睫、觚棱如削。還更比、城南韋杜，去天盈握。便有名園能甲乙，他山峛崺先尊岳。甚一花一石，總都將平泉學。　雖鬢髮，流光覺。渾未厭，朋來數。有慶雲善譜，新聲天樂。正爾關弓鴻鵠至，可知棄屣麒麟閣。只北山逋客負塵纓，滄浪濯。

滿江紅　送李景山使交趾

六詔江山，十年厭、拏舟還轍。但只有、日南遐域，未嘗持節。八月秋風來朔漠，燕然已没鞍韉雪。料此時、銅柱瘴雲收，無炎熱。　御尺一，行宜決。煩重爲，雕題説。道皇元威德，萬方臣妾。直以越裳聲教阻，千金裝匭渠誰屑。要降王、明日共輶軒，來金闕。

滿江紅　送張子正廣西宣慰司都事

瘴海盲風，更誰避、樓船檣折。長記得、鐃歌歸路，獲嘉時節。日夜丹青麟閣夢，論功纔補朱衣缺。問世間、求寵有門無，終迷轍。爲此錯，平生鐵。踰嶺嶠，皆炎熱。獨梅花萬里，桂林冰雪。躍馬十年銷髀肉，遠遊一債償難徹。笑悠悠、造物戲人哉，冠纓絶。

滿庭芳　寄趙宣慰平遠

有北先寒，來時鴻雁，記經何地初霜。問渠鵝鸛，何苦上顔行。浩蕩煙波萬頃，怕誰去、爭許三湘。聊容與，誰求繫帛，傳語寄炎荒。丹山如鳳鳥，相逢定是，問我行藏。説於今華髮，爲汝增傷。晚笑巢阿覽德，莫貪快、千仞翺翔。和鳴擬，從吹嶰管，終不似朝陽。

水調歌頭　幽居

開軒對朝爽，吾亦愛吾廬。君亭有笏堪拄，人道富於余。尚恐軒裳念在，前日朱門故態，消釋未全除。反覆看如此，儂豈遽漸渠。最同是，煙減竈，釜生魚。年年客裏相值，佳興負當初。縱使軒亭無恙，亦取山靈抵掌，猿鶴怨移書。樽酒酹江月，何日賦歸歟。

水調歌頭　買田天生門外

買地近隍壑，十頃展平瀾。相如漫説雲夢，八九可胸蟠。已具扁舟放鶴，又且觀魚知樂，何忍利投竿。却恐避地下，鷗鷺怨盟寒。屋茨茅，蹊種竹，畹滋蘭。天生此所宜着，素髮颯垂冠。手苦彎弓難合，惟有招麾毛穎，筋力尚桓桓。攜我二三子，日往將詩壇。

水調歌頭　送徐大山

崇仁送行役，回首十周星。因今常武丞去，衣繡記曾經。西北桃源山峻，東北洞庭春盡，浩浩際滄溟。鄂渚玉薪米，連月雨冥冥。　天氣佳，殊未暮，莫揚舲。便令綰印遲上，誰奪老槐廳。一語嗟卑烏用，覽鏡還宜自重，如此鬢毛青。軒冕暮塗看，馭日與鞭霆。

水調歌頭　岳陽寄定庵王萬户

兹遊太奇絶，我亦壯君侯。春風殷地悲歡，笳鼓萬貔貅。平昔心胸吞着，八九江南雲夢，今上岳陽樓。尊酒浣塵土，山雨戰青油。　竟陵客，又挾病，入西州。惟余與汝湍水，東決則東流。遥想凝香畫戟，談笑兜鍪畫息，莫賦大刀頭。麟閣看他日，居右有人不。

水調歌頭　守歲

六十一年似，窗隙白駒馳。人家守歲癡計，明日怕容辭。萬事纔堪一笑，何必朱顔年少，誰不悔吾衰。只看屠酥酒，先酌襁中兒。　無以爲，閒隱括，謫仙詩。人生日日渾醉，百歲以爲期。三萬六千場耳，一日杯傾三百，巧曆算能推。試問自今去，餘有幾何巵。

燭影摇紅

新齋肅政李元讓座間，任氏婦歌「海棠開後」之語，非專爲海棠設，故别賦一首，録呈太初、宣相、時中。

天寶三郎，愛環睡起紅妝嬾。背渠素手洗朱鉛，吹裂寧王管。羯鼓嵬坡塵散。記紅冰、淫淫淚斷。際天長，悵蜀棧青螺，錦江難浣。千古驚魂，泛蘭轉蕙光風暖。嫣然一笑尚傾城，桃李空繁滿。銀燭春宵苦短。願青軒、流光緩緩。借諸任袖，回施新齋，捧□□□。

按：本詞結束之前，原缺三字。

燭影揺紅　賦海棠

見促録「玉簪」樂章，非昨暮被酒，不敢歌淫洼于師曠側也。蒙此龐和，且感且慚。此題藏齋樂總管首唱，時至元七年作。弟來序褒揄過高，閱之令人身汗面赤也。昨日伶婦有歌《燭影》詞者，賦海棠，別爲製之，欲盡餘紙，并以奉呈太初宣慰相公閣下。

嫋嫋東風，碧湘左畔群山圍。海棠無語不成蹊，桃李羞牛後。生臉朱唇暈酒。問坡仙、肝腸錦繡。未容花睡，銀燭高燒，何如晴晝。　十事之中，不隨人意長居九。結貽憔悴笑靈均，蘭茝盈襟袖。今代巫陽恐有。劍南呼、樵人畫手。向青軒底，貌取妖妍，爲司花壽。

校：詞題及序，底本無，據文津閣《四庫全書》本補。

木蘭花慢

清明上巳同日，亦吾生少遇，賦樂府奉呈判縣伯陽志友，兼寄高侍讀。

暢光風嫋嫋，轉幽蕙，泛崇蘭。最上巳清明，相期一日，百歲逢難。鞦韆自兒女事，快鄰翁、覆手羽觴乾。莫道韶華一月，從今已屬春殘。　故人回首隔長安。輪直下金鑾。對賜火新煙，應思祓禊，何地江干。依然齒牙牢在，並年時、花似霧中看。獨賴中書未老，言時髮尚衝冠。

石州慢 失題

高與雙崖，馮雪魏青，三子皆人傑。當年慣見中宵，天外德星難拆。華觴雕俎，清辭細切琅玕，定應袖有錕鋙鐵。而我獨離群，卧南陽甘節。　書絶。故人石影新翻，欲譜調疎聲拙。誰遣巫陽，喚起騰王長别。珠簾畫棟，縈飛南浦朝雲，當時此句雖清切。何似倚危欄，滿西山晴雪。

賀新郎 失題

杜宇爲謀拙。只當時、西州已報，鰲靈功烈。何事爲心輕傳禪，坐取名隳身滅。化怨鳥、春山啼血。試聽不如歸去語，怕君遠、未曉吾能説。冤憤在，失金闕。　胡爲不叩天閽裂。枉人間、丁寧控訴，欲求誰雪。蜀道思歸誠何有，便隔雲山千疊。一再舉、猶堪橫絶。苦趣東君行不早，到千紅、萬紫飛時節。呼謝豹，慎捫舌。

摸魚子 賦玉簪録呈趙太初兼與時中茂異

更休尋、玉山瑶草，蓬萊知在何處。司花嫌被春風妒。留待九秋清露。還解語。試問看、當時月夜乘鸞女。何年遺汝。甚不怕高寒，青冥萬里，鬟鬢亂風霧。　人間世、無物有香如許。靈均遺恨千古。芙蓉杜若何堪佩，憔悴行吟沅浦。空自苦。誚教得，揚雄不信離騷賦。雲窗月户。恨白髮詩翁，年來多病，不識醉鄉路。

校：「試問看」，《詞綜補遺》卷十七作「試問著」。「甚不怕」，作「恁不怕」。「誚教得」，作「謾教得」。

蘭陵王

昨日奉候，知玉體已不恙，軒從可北矣，其戒行何時，作《蘭陵王》曲問之，上雪崖使君。

雪崖雪。玉壘浮雲變滅。蓬婆外、晴白界天，西嶺窗涵古今絶。秦山置下列。類媵姬姜娣姪。望太白、三百去天，六月人猶失炎熱。緇塵苦爲涅。問誰可配茲，千仞高潔。惟君雅號相優劣。有北正寒洌，傳將移節，及門再命益罄折。未聞賜環玦。我拙。誤名竊。甚此日徵書，亦到巖穴。何人轣轆同車轍。華首最相悦，忍爲輕别。定成行不，乞爲汝，負覊紲。

按：此後，底本原有《緑頭鴨·贈辛尚書家琵琶妾何氏》，《全金元詞》有按語：「案此下原有緑頭鴨錦堂深一首，乃北宋晁端禮詞，見閑齋琴趣外編，茲删去。」謹從其説。

六州歌頭　賦木蓮花

靈均不信，木末搴芙蓉。徒自潔，好奇服，芰荷縫。看心胸。霽月光風。似愛蓮叟，云難狎，應亦未觀，林下澹丰容。坐蔭高花十丈，身疑在，玉井三峰。甚東皇遣與，桃李鬥春濃。男色昌宗。失昌丰。訪平泉記，奇草木，惟赤柏，與金松。岷嶺導江，浩浩發臨邛。進吴儂。萬里江南北，行欲遍，未曾逢。堪悵恨，風與雨，苦相攻。怕學瓊花不墜，潛飛去，地上無蹤。柰明朝酒醒，空對夕陽春。流水溶溶。　以上武英殿聚珍版書（《四部叢刊》初編影印）《牧庵集》卷三十六

感皇恩

捧讀雪樓憲使《歲寒亭記》，擊節之餘，扳疎齋例，亦賦樂章。姚燧再拜。

尋丈歲寒亭，何多環侍。煙節雲旓萬青士。旄頭鐵甲，更兩蒼官爲帥。落成天雨雪，皆奇事。不獨玄冬，偏生幽思。六月清風失炎熾。三年轉燭，君去豈無人至。惟應無坐嘯、文章使。景洪武本《程雪樓先生文集》卷三十

緑頭鴨　又寄疏齋

笑疏齋，老來猶未情踈。似嫌呼、緱山笙鶴，表彰特號雲居。善形容、世間有幾，寫綽約、天外無餘。我悵離群，陽春寡和，溉鬵來食武昌魚。對芳酒、一聲金縷，絲竹用何如。今適信、古人一言，名下無虚。記前回、東山勝賞，萬株霜葉紅初。向巖前、緩移玉勒，怕林下、相失籃輿。忘賦桃花，清新捷對，坐令辭客擲中書。看明日、片帆東下，江渺正愁予。憑消遣、算除睡鄉，能到華胥。武昌歌姬小字僊兒，色妓皆可觀，疏齋字之曰雲居，其人姓王氏。《永樂大典》卷一四三八三引《姚牧庵集》

黑漆弩　吴子壽席上賦

丁亥中秋，遐觀堂對月，客有歌《黑漆弩》者，余嫌其與月不相涉，故改賦，呈雪崖使君。

青冥風露乘鸞女。似怪我白髮如許。問姮娥不嫁空留，好在朱顔千古。笑停雲老子人豪，過信少陵詩語。更何消斫桂婆娑，早已有吴綱揮斧。《永樂大典》卷二〇三五三引《姚牧庵集》

醉高歌

十年燕月歌聲，幾點吴霜鬢影。西風吹起鱸魚興，已在桑榆暮景。榮枯枕上三更，傀儡場中四并。人生幻化如泡影，幾個臨危自省。明刻本（《續修四庫全書》本）明楊慎《辭品》卷五

張弘範 存詞三十四首

張弘範（一二三八—一二八〇），字仲疇。易州定興（今屬河北）人。出身豪族，蒙古滅金，其父張柔從蒙古征戰，是元漢軍世家之一。張弘範二十歲時，即代其兄張弘略攝順天路總管府事，中統三年改行軍總管。至元元年，授順天路管民總管，佩金虎符。次年移守大名。自至元六年，統兵圍困南宋江防重鎮襄陽數年。元世祖忽必烈賜名「拔都」（勇士）。至元十六年，率水陸大軍於厓山擊潰宋將張世傑所部，陸秀夫抱幼主投海死。張弘範在厓山海岸勒石紀功而返。享年四十三。謚武略，至大四年改謚忠武，延祐六年追封淮陽王，再改謚獻武。早年曾從學于郝經，留心儒術，屬意文事。長于詩詞，有詩集《淮陽集》一卷，《淮陽詩餘》（《淮陽樂府》）一卷。生平見《元史》卷一五六、《元朝名臣事略》卷六、《新元史》卷一三九、《元詩選》二集小傳。

按：《淮陽集·樂府》，有數首曾收入《全元散曲》。暫從原集編序，保留在《樂府》卷中。

木蘭花慢 題亳州武津關

憶譙都風物，飛一夢，過千年。羨百里溪程，兩行堤柳，數萬人煙。傷心舊家遺跡，謾斜陽、柳水接長天。冷落故祠香火，白雲淚眼潸然。行藏好向故人傳。椽筆舞蠻箋。總糾糾貔貅，秋風江上，高卧南邊。功名笑談尊俎，問錦江、何必上樓船。他日武津關下，春風驕馬金鞭。

木蘭花慢　征南三首

混魚龍人海，快一夕，起鯤鵬。駕萬里長風，高掀北海，直入南溟。生平許身報國，等人間、生死一毫輕。落日旌旗萬馬，秋風鼓角連營。　炎方灰冷已如冰。餘燼淡孤星。愛銅柱新功，玉關奇節，特請高纓。胸中凜然冰雪，任蠻煙瘴霧不須驚。整頓乾坤事了，歸來虎拜龍庭。

木蘭花慢

功名歸墮甑，便拂袖，不須驚。且書劍蹉跎，林泉笑傲，詩酒飄零。人間事、良可笑，似長空、雲影弄陰晴。莫泣窮途老淚，休憐兒女新亭。　浩歌一曲飯牛聲。天際暮煙冥。正百二河山，一時冠帶，老却昇平。英雄亦應無用，擬風塵、萬里奮鵬程。誰憶青春富貴，爲憐四海蒼生。

木蘭花慢

乾坤秋更老，聽鼓角，壯邊聲。縱馬蹩重山，舟横滄海，戮虎誅鯨。笑入蠻煙瘴霧，看旌麾、一舉要澄清。仰報九重聖德，俯憐四海蒼生。　一尊别後短長亭。寒日促行程。甚翠袖停杯，紅裙住舞，有語君聽。鵬翼豈從高舉，卷天南地北日昇平。記取歸來時候，海棠風裏相迎。

滿江紅　襄陽寄順天友人

奔驛南來，擁貔貅、且趨江右。良自愧、劣才微渺，聖恩洪厚。萬里長江今我有，百年堅壁非他守。看虎牙、飛上萬山頭，誅群醜。　風雨夢，鄉關友。南北事，君知否。寄一緘梅信，小春時後。夜静戟門嚴鼓角，月明蓮幕閒詩酒。怕故人、相憶問歸期，平蠻後。

臨江仙

千古武陵溪上路，桃花流水潺潺。可憐仙契剩濃歡。黄鵬驚夢破，青鳥唤春還。　回首舊遊渾不見，蒼煙一片荒山。玉人何處倚闌干。紫簫明月底，翠袖暮雲寒。

臨江仙

愛煞林泉風物好，羡他歸去來兮。世緣相挽又還思。功名當壯歲，疎嬾記當時。　肝膽自知塵輩異，鳳池麟閣須期。風雲滿目任時宜。東山高卧處，絲竹醉吴姬。

點絳唇　詠海棠

醉臉匀紅，向人無語誇顏色。一枝春雪。猶染嵬坡血。　庭院黄昏，燕子來時節。芳心折。露垂香頰。羞對開元月。

點絳唇

庭院黄昏，子規啼破開元夢。晚風吹動。似舞霓裳弄。　有色無香，好著詩人諷。和誰共。月廊煙重。燒徹蘭膏鳳。

點絳唇

星斗文章，詞源落落傾胸臆。十年南北。幾度空相憶。　把酒留君，後會知何夕。愁如織。一鞭行色。春雪梅花驛。

點絳唇　賦梅

春日前村，一枝香徹江頭路。月明風度。清煞西湖句。　昨夜幽歡，夢裏誰呼去。愁如許。覺來無語。青鳥啼芳樹。

點絳唇

獨上高樓，恨隨長草連天去。亂山無數。隔斷巫陽路。　信斷梅花，惆悵人何處。愁無語。野鴉煙樹。一點斜陽暮。

南鄉子

深院日初長。萬卷詩書一炷香。竹掩茅齋人不到，清涼。茶罷西軒讀老莊。　世事莫論量。今古都輪夢一場。笑煞利名途上客，乾忙。千丈紅塵兩鬢霜。

南鄉子　送劉仲澤壽

天地萃英靈。秀出人龍間世生。不只文章爲第一，峥嵘。氣吐虹霓萬丈横。　白褐黑頭卿。埋没黄塵氣未平。昨夜長庚高似月，分明。光照乾坤徹五更。

南鄉子　贈歌妓

淺淡漢宫妝。扇底春風玉有香。特地向人歌一曲，非常。縱使無情也斷腸。　寶髻繡霓裳。雲雨巫山窈窕娘。好著千金攜得去，何妨。絲竹東山醉玉觴。

南鄉子　送友人劉仲澤北歸

煙草入重城。馬首關山接去程。幾度留君留不住，傷情。一片秋蟬雨後聲。　無語淚縱橫。別酒和愁且强傾。後會有期須記取，叮嚀。莫負中秋夜月明。

南鄉子　寄劉仲澤

音信怪來稀。世態時情固自宜。莫比紅塵兒女輩，須知。義士交情死不移。　應是占花期。簫鼓東城醉玉姬。誰念書生寒屋底，傷悲。忍淚窗前聽子規。

太常引

晚涼庭院鎖黄昏。鼓角静譙門。酒興戀詩魂。清繞斷、梅梢月痕。　胸中豪氣，壺中春色，醉眼小乾坤。今古不須論。且更盡、花前幾尊。

浣溪沙

山掩人家水繞坡。野狼岩鳥太平歌。黄雞白酒興偏多。　幸自琴書消日月，盡教名利走風波。釣臺麟閣竟如何。

浣溪沙

一片西山畫不成。無人來此結茅亭。野猿山鳥樂昇平。　名利著人濃似酒，肝腸熟醉不能醒。

黄塵奔走過浮生。

浣溪沙

新卜西山崦下莊。疎籬編竹草苫堂。門前流水柳成行。　滿目煙嵐詩酒地，十年鞍馬是非場。虚名半紙幾多忙。

青玉案　寄劉仲澤

西風天際征鴻去。問曾過、燕山路。葉落虚亭空緑樹。一川秋意，滿懷愁緒。樓外蕭蕭雨。　天涯望斷行雲暮。好著蠻箋寄情句。底是相思斷腸處。吟風賦月，論文説劍，無個知音侶。

清平樂　四首

關河南北。有雁無消息。落日樓頭人正憶。啼鳥一聲山碧。　鶯鶯燕燕争春。紅塵馬足車輪。惟有新豐豪客，東風老淚霑巾。

清平樂

高眠窗北。偃卧喧雷息。依約關山歸路憶。夢繞池塘春碧。　功名負我青春。匆匆日月奔輪。且把琴書歸去，山林道髮儒巾。

清平樂

天南地北。何日兵塵息。四海昇平歸老憶。鳳遠岐山空碧。　衣冠滚滚争春。誰能卧轍攀輪。

一劍風雲未遂，幾回怒髮沖巾。

清平樂

窮冬冷落。客思添蕭索。濁酒沽來須强酌。要把閒愁推却。　時間榮辱何驚。胸中氣象休更。且匣風雲長劍，天容兩鬢青青。

喜春來

金裝寶劍藏龍口，玉帶紅絨挂虎頭。旌旗影裏驟驊騮。得志秋，喧滿鳳凰樓。

校：「旌旗」，葉子奇《草木子》卷四上《説藪篇》作「緑楊」。「喧滿」，作「名滿」。

按：詞牌，底本原作「青春來」。明葉子奇《草木子》卷四上《談藪篇》引本詞，並云：「伯顔丞相與張九元帥，席上各作一首《喜春來》詞。（詞略）帥才相量，各言其志。」詞牌是《喜春來》。

殿前歡　襄陽戰

鬼門關。朝中宰相五更寒。錦衣繡襖兵十萬，拔劍揺環。定輸嬴此陣間。無辭憚，捨性命爭功汗。將軍戰敵，宰相清閒。

鷓鴣天　圍襄陽

鐵甲珊珊渡漢江。南蠻猶自不歸降。東西勢列千層厚，南北軍屯百萬長。　弓扣月，劍磨霜。征鞍遥日下襄陽。玉門今日功勞了，好去臨江醉一場。

天净紗　梅梢月

黄昏低映梅枝。照人兩處相思。那的是愁腸斷時。彎彎何似，渾如弓樣眉兒。

天净紗

西風落葉長安。夕陽老雁關山。今古別離最難。故人何處，玉簫明月空閒。以上文淵閣《四庫全書》本《淮陽集·詩餘》

臨江仙

稽首吾門諸道友，降心向外休尋。等閑容易費光陰。修行何是苦，不了我人心。　滅取無明三孽火，勿令境上相侵。本來一點没昇沉。真閑如得得，步步上高岑。

臨江仙

得得全真真妙理，無爲無作無修。自然清静行功周。祥煙圍絳闕，瑞氣繞瓊樓。　心似閑雲無罣礙，身同古渡横舟。真空空界可相酬。白牛眠露地，明月照山頭。

臨江仙

虚幻浮華休苦戀，南辰北斗頻移。暗更緑鬢盡成絲。百年渾似夢，七十古來稀。　奉勸人人須省悟，輪迴限到誰知。修行宜早不宜遲。從前冤孽罪，要免速修持。以上《詩淵》六册四一〇三頁

汪元量　存詞六十四首

汪元量，字大有，號水雲。錢塘（浙江杭州）人。宋咸淳年間，以善鼓琴，爲宫人琴師，出入宫掖。南宋亡，元軍押解皇室三宫北上，得以隨行。在大都（北京）受元世祖忽必烈賞識，供奉翰林。後出家爲道士，號水雲子。至元二十五年南還，隱迹錢塘，往來于匡廬、彭蠡間，浪迹湖山以終。詩集題作《湖山類稿》、《水雲集》。爲汪元量詩稿題詩，是元初江南文壇大事。《四庫全書總目》評汪元量詩：「其詩多慷慨悲歌，有故宫黍離之感，于宋末諸事，皆可據以徵信。」李鶴田《湖山類稿》跋語説：開元、天寶之事記於草堂（杜甫），後人以詩史目之，水雲之詩，亦宋亡之詩史。《湖山類稿》原本罕見流傳。清黄虞稷《千頃堂書目》著録《湖山類稿》十三卷、《水雲詞》三卷，乾隆年間編《四庫全書》，只徵集到有殘缺的五卷本《湖山類稿》，系劉辰翁選評，成爲今傳本的祖本，收入汪元量在大都以及南歸錢塘之初寫的詩詞。《水雲集》是錢謙益據雲間舊本彙抄成書，《湖州歌九十八首》等，均在其中。詞集《水雲詞》已佚，其詞留存在《湖山類稿》、《永樂大典》、《詩淵》之中。生平見《宋詩紀事》卷七十八、《湖山類稿》與《水雲集》附録序跋志傳。

滿江紅　吴江秋夜

一箇蘭舟，雙桂槳、順流東去。但滿目、銀光萬頃，凄其風露。漁火已歸鴻雁汊，櫂歌更在鴛鴦浦。漸夜深、蘆葉冷颼颼，臨平路。吹鐵笛，鳴金鼓。絲玉膾，傾香醑。且浩歌痛飲，藕花深處。秋水長天迷遠望，曉風殘月空凝竚。問人間、今夕是何年，清如許。

金人奉露盤　越州越王臺

越山雲，越江水，越王臺。箇中景、儘可徘徊。凌高放目，使人胸次共崔嵬。黄鸝紫燕報春晚，勸我銜杯。古時事，今時淚，前人喜，後人哀。正醉裏、歌管成灰。新愁舊恨，一時分付與潮回。鷓鴣啼歇夕陽去，滿地風埃。

琴調相思引　越上賞花

曉拂菱花巧畫眉。猩羅新剪作春衣。恐春歸去，無處看花枝。已恨東風成去客，更教飛燕舞些時。惜花人醉，頭上插花歸。

長相思　越上寄雪江

吴山深。越山深。空谷佳人金玉音。有誰知此心。夜沈沈。漏沈沈。閒却梅花一曲琴。月高松竹林。

傳言玉女　錢塘元夕

一片風流，今夕與誰同樂。月臺花館，慨塵埃漠漠。豪華蕩盡，只有青山如洛。錢塘依舊，潮生潮落。萬點燈光，羞照舞鈿歌箔。玉梅消瘦，恨東皇命薄。昭君淚流，手撚琵琶絃索。離愁聊寄，畫樓哀角。

好事近　浙江樓聞笛

獨倚浙江樓，滿耳怨笳哀笛。猶有梨園聲在，念那人天北。　海棠憔悴怯春寒，風雨怎禁得。回首華清池畔，渺露蕪烟荻。

洞仙歌　毘陵趙府兵後僧多占作佛屋

西園春暮。亂草迷行路。風卷殘花墮紅雨。念舊巢燕子，飛傍誰家，斜陽外、長笛一聲今古。　繁華流水去。舞歇歌沈，忍見遺鈿種香土。漸橘樹方生，桑枝纔長，都付與、沙門爲主。便關防、不放貴游來，又突兀梯空，梵王宮宇。

鶯啼序　重過金陵

金陵故都最好，有朱樓迢遞。嗟倦客、又此憑高，檻外已少佳致。更落盡梨花，飛盡楊花，春也成憔悴。問青山、三國英雄，六朝奇偉。　麥甸葵丘，荒臺敗壘。鹿豕銜枯薺。正潮打孤城，寂寞斜陽影裏。聽樓頭、哀笳怨角，未把酒、愁心先醉。漸夜深，月滿秦淮，烟籠寒水。　悽悽慘慘，冷冷清清，燈火渡頭市。慨商女不知興廢，隔江猶唱庭花，餘音亹亹。傷心千古，淚痕如洗。烏衣巷口青蕪路，認依稀、王謝舊鄰里。臨春結綺。可憐紅粉成灰，蕭索白楊風起。　因思疇昔，鐵索千尋，漫沈江底。揮羽扇、障西塵，便好角巾私第。清談到底成何事。回首新亭，風景今如此。楚囚對泣何時已。歎人間、今古真兒戲。東風歲歲還來，吹入鍾山，幾重蒼翠。

校：「蒼翠」，底本闕「蒼」，《全宋詞》據《詞譜》卷三十九補，《御選歷代詩餘》卷一百作「黄」。

六州歌頭　江都

緑蕪城上，懷古恨依依。淮山碎。江波逝。昔人非。今人悲。惆悵隋天子。錦帆裏。環珠履。叢香綺。展旌旗。盪漣漪。擊鼓撾金，擁瓊璈玉吹。恣意游嬉。斜日暉暉。亂鶯啼。銷魂此際。君臣醉。貔貅潎。事如飛。山河墜。烟塵起。風淒淒。雨霏霏。草木皆垂淚。家國棄。竟忘歸。笙歌地。歡娛地。盡荒畦。惟有當時皓月，依然挂、楊柳青枝。聽隄邊漁叟，一笛醉中吹。興廢誰知。

水龍吟　淮河舟中夜聞宮人琴聲

鼓鞞驚破霓裳，海棠亭北多風雨。歌闌酒罷，玉啼金泣，此行良苦。駝背模糊，馬頭匼匝，朝朝暮暮。自都門燕别，龍艘錦纜，空載得、春歸去。　目斷東南半壁，悵長淮、已非吾土。受降城下，草如霜白，淒涼酸楚。粉陣紅圍，夜深人静，誰賓誰主。對漁燈一點，羈愁一搦，譜琴中語。

校：詞題，《詩淵》二册一四四八頁作《舟中夜聞琴聲》。

望江南　幽州九日

官舍悄，坐到月西斜。永夜角聲悲自語，客心愁破正思家。南北各天涯。　腸斷裂，搔首一長嗟。綺席象床寒玉枕，美人何處醉黄花。和淚撚琵琶。

卜算子　河南送妓移居河西

我向河南來，伊向河西去。客裏相逢只片時，無計留伊住。　去住總由伊，莫把眉頭聚。安得并州快剪刀，割斷相思路。

滿江紅　和王昭儀韻

天上人家，醉王母、蟠桃春色。被午夜、漏聲催箭，曉光侵闕。花覆千官鸞閣外，香浮九鼎龍樓側。恨黑風、吹雨濕霓裳，歌聲歇。　人去後，書應絶。腸斷處，心難説。更那堪杜宇，滿山啼血。事去空流東汴水，愁來不見西湖月。有誰知、海上泣嬋娟，菱花缺。

王昭儀詞云：「太液芙蓉，渾不似、舊時顏色。曾記得、春風雨露，玉樓金闕。名播蘭簪妃后裏，暈生蓮臉君王側。忽一聲、鞞鼓揭天來，繁華歇。　龍虎散，風雲絶。無限事，憑誰説。對山河百二，淚沾襟血。驛館夜驚鄉國夢，宮車曉碾關山月。願嫦娥、垂顧肯相容，從圓缺。」

滿江紅　吴山

一霎浮雲，都掩盡、日無光色。遥望處、浮屠對峙，梵王新闕。燕子自飛關北外，楊花閒度樓西側。慨金鞍、玉勒早朝人，經年歇。　昭君去，空愁絶。文姬去，難言説。想琵琶哀怨，淚流成血。蝴蝶夢中千種恨，杜鵑聲裏三更月。最無情、鴻雁自南飛，音書缺。

一剪梅　懷舊

十年愁眼淚巴巴。今日思家，明日思家。一團燕月照窗紗。樓上胡笳，塞上胡笳。　玉人勸我酌流霞。急撚琵琶，緩撚琵琶。一從別後各天涯。欲寄梅花，莫寄梅花。

校：《御選歷代詩餘》卷三十七所録，異文較多，特重載于下：「十年舊事謾咨嗟。今日思家，明日思家。一輪燕月照牕紗。樓上征笳，塞上征笳。玉人勸我酌流霞。急撚琵琶，緩撚琵琶。一從别後各天涯。欲寄梅花，莫寄梅花。」

惜分飛　歌樓別客

燕子留君君欲去，征馬頻嘶不住。握手空相覷。淚珠成縷。眉峰聚。恨入金徽孤鳳語。愁得文君更苦。今夜西窻雨。斷腸能賦。江南句。

唐多令　吴江中秋

莎草被長洲。吴江拍岸流。憶故家、西北高樓。十載客窻憔悴損，搔短鬢，獨悲秋。人在塞邊頭。斷鴻書寄不。記當年、一片閒愁。舞罷羽衣塵滿面，誰伴我、廣寒游。

鷓鴣天

瀲灧湖光緑正肥。蘇隄十里柳絲垂。輕便燕子低低舞，小巧鶯兒恰恰啼。花似錦，酒成池。對花對酒兩相宜。水邊莫話長安事，且請卿卿喫蛤蜊。

眼兒媚

記得年時賞荼蘼。蝴蝶滿園飛。一雙寶馬，兩行簫管，月下扶歸。而今寂寞人何處，脈脈淚沾衣。空房獨守，風穿簾子，雨隔牕兒。

憶王孫

漢家宮闕動高秋。人自傷心水自流。今日晴明獨上樓。恨悠悠。白盡梨園子弟頭。

憶王孫

吴王此地有樓臺。風雨誰知長緑苔。半醉閒吟獨自來。小徘徊。惟見江流去不回。

憶王孫

長安不見使人愁。物换星移幾度秋。一自佳人墜玉樓。莫淹留。遠別秦城萬里游。

憶王孫

陣前金甲受降時。園客争偷御果枝。白髮宫娃不解悲。理征衣。一片春帆帶雨飛。

憶王孫

鷓鴣飛上越王臺。燒接黄雲慘不開。有客新從趙地回。轉堪哀。巖畔古碑空緑苔。

憶王孫

離宫别苑草萋萋。對此如何不淚垂。滿檻山川漾落暉。昔人非。惟有年年秋雁飛。

憶王孫

上陽宫裏斷腸時。春半如秋意轉迷。獨坐紗窻刺繡遲。淚沾衣。不見人歸見燕歸。

憶王孫

華清宮樹不勝秋。雲物淒涼拂曙流。七夕何人望斗牛。一登樓。水遠山長步步愁。

憶王孫

五陵無樹起秋風。千里黄雲與斷蓬。人物蕭條市井空。思無窮。惟有青山似洛中。以上文淵閣《四庫全書》本《湖山類稿》卷五

鳳鸞雙舞

慈元殿、熏風寶鼎，噴香雲飄墜。環立翠羽，雙歌麗調，舞腰新束，舞纓新綴。金蓮步、輕摇彩鳳兒，翩翻作勢。便似月裏仙娥謫來，人間天上，一番游戲。　聖人樂意。任樂部、箾韶聲沸。衆妃歡也，漸調笑微醉。競奉霞觴，深深願、聖母壽如松桂。迢遞。更萬年千歲。文淵閣《四庫全書》本《水云集》

瑞鶴仙　暗香

西湖社友有千葉紅梅，照水可愛。問之自來，乃舊内有此種。枝如柳梢，開花繁豔，兵後流落人間。對花泫然承臉而賦。

館娃豔骨。見數枝雪裏，争開時節。底事化工，着意陽和暗偷泄。偏把紅膏染質，都點綴、枝頭如血。最好是、院落黄昏，壓闌照水清絶。　風韻自迥别。謾記省故家，玉手曾折。翠條裊娜，猶學宫粧舞殘月。腸斷江南倦客，歌未了、瓊壺敲缺。更忍見，吹萬點、滿庭絳雪。

疏影

西湖社友賦紅梅，分韻得落字。

虬枝茜萼。使輕盈態度，香透簾幕。净洗鉛華，濃抹臙脂，風前伴我孤酌。詩翁瘦硬，斷不被、春風鎔鑠。有隴頭、折贈慇懃，又恐暮笳吹落。　寂寞。孤山月夜，玉人萬里外，空想前約。雁足書沉，馬上絃哀，不盡寒陰砂漠。昭君滴滴紅冰淚，但顧影、未忺梳掠。等恁時、環珮歸來，却慰此兄蕭索。以上《永樂大典》卷二八〇九梅字韻引汪元量詞

錦瑟清商引

玉窗夜静月流光。拂鴛絃，先奏清商。天外塞鴻飛呼群，夜渡瀟湘。風迴處，戛玉鏗金，翩翩作新勢，聲聲字字，歷歷鏘鏘。忽低顰有恨，此意極淒涼。　爐香簾櫳正清灑，轉調促柱成行。機籟雜然鳴素手，擊碎琳琅。翠雲深夢裏昭陽。此心長。回顧窮陰絶漠，片影悠揚。那昭君更苦，香淚濕紅裳。《詩淵》二册一四五〇頁引宋汪元量水雲詩

天香

遲日侵階，和風入户，朱絃欲奏還倦。一幅鸞箋，五雲飛下，賜予内家琴苑。音隨指動，猶髣髴、虞熏再見。妙處誰能解心，和平自無哀怨。　猩羅帕封古洗，有龍涎、滲花千片。驟睹靚瑤臺清品，眼明如電。爇白桐窗竹几，漸縷縷騰騰細成篆。就祝金闉，天長地遠。《詩淵》二册一五二九頁引宋汪元量水雲詩

玉樓春 度宗愍忌長春宫齋醮

咸淳十載聰明帝。不見宋家陵寢廢。暫離絳闕九重天，飛過黄河千丈水。　長春宫殿仙墩沸。嘉會今辰爲愍忌。小儒百拜酹霞觴，寡婦孤兒流血淚。《詩淵》三册一六六二頁引宋汪元量水雲詩

柳梢青 湖上和徐雪江

灩灩平湖，雙雙畫槳，小小船兒。嫋嫋珠歌，翩翩翠舞，續續彈絲。　山南山北遊嬉，看十里、荷花未歸。緩引壺觴，箇人微醉，要我吟詩。《詩淵》三册二一六三頁引宋汪元量水雲詩

按：本詞，《全宋詞》五册四二二八頁注明出處是「《永樂大典》卷二千五百七十三湖字韻」，卷數有誤，當爲卷二二七三。

瑞鷓鴣 賞花競船

内家雨宿日輝輝。夾遥桃花張錦機。黄纛軟輿擡聖母，紅羅凉繖罩賢妃。　龍舟縹緲摇紅影，羯鼓諠譁撼緑漪。阿監柳亭排燕處，美人鬭把玉簫吹。《詩淵》四册二四八六頁引宋汪元量水雲詩

漢宫春 春苑賞牡丹

玉砌雕闌。見吴宫西子，一笑嫣然。舞困緑鬟半亸，艷粉争妍。珠簾盡捲，看人間、金屋神仙。歌隊裏，霞裙裊娜，萬般嬌態堪憐。　别有一枝仙種，更同心並蔕，來奉君筵。猩唇若教解語，曲譜應傳。柘黄獨步，晝籠晴，錦幄張天。試剪插，金瓶千朵，醉時細看嬋娟。《詩淵》四册二五〇一頁引宋汪元量水雲詩

按：本詞，《詩淵》原無詞牌，據《詞淵鈎沉》補。

玉樓春　賦雙頭牡丹

帝鄉春色濃於霧。誰遣雙環推繡户。金張公子總封侯，姚魏弟兄皆列土。　碧紗窗下修花譜。交頸鴛鴦嬌欲語。絳綃新結轉官毬，桃李僕奴何足數。《詩淵》四册二五〇三頁引宋汪元量水雲詩

瑶花

天中樹木，高聳玲瓏，向濯纓亭曲。繁枝綴玉。開朵朵九出，飛瓊環簇。唐昌曾見，有玉女、來送春目。更月夜、八仙相聚。素質粲然幽獨。　江淮倦客再游，訪后土瓊英，樹已傾覆，攀條掐榦，細嗅來、尚有微微清馥。却疑天上列燕賞，催汝歸速。恐後時、重謫人間，剩把鉛華粧束。《詩淵》四册二五〇六頁引宋汪元量水雲詩

鶯啼序　宮中新進黄鶯

檀欒宮墻數仞，敞朱簾繡户。正春暖、飄拂和風，衮入紅塵香霧。見絲柳青青，嬝娜如學宮腰舞。有黄鶯、恰恰飛來，一梭金羽。　小巧身兒，錦心繡口，圓滑遽如許。避人，漸飛入瓊林藏身，桃杏深處。對銀屏、珠圓翠陳，隔葉底、恣歌金縷。忽群妃，拍手驚飛，奮然高舉。　曉來雨濕，花娜柳垂，誤投羅網去。緩緩訪、六宮尋問，玉纖争握。放入金籠，眼嬌眉嫵。身如旅瑣，無心求友。煙窗分影花陰裏，聽蠻聲，似怨還如訴。　青山隔斷，紅粧滿眼，誰憐一匊。幽恨難吐，沉香拂拂。亭北闌干，已得君王顧。但暗憶、西湖美景，雨色晴光。入翠穿紅，巧轉嬌語。鶯鶯休怨

天家，已贈金衣公子。生前號這恩榮，物類將何補。嬌簧白奏詞臣，爲爾翻成，太平樂府。《詩淵》四册二七七七頁引宋汪元量水雲詩

四犯剪梅花 宫人鼓瑟奏霓裳曲

緑荷初展。海榴花半吐，繡簾高捲。整頓朱絃，奏霓裳初遍。音清意遠。恍然在、廣寒宫殿。窈窕柔情，綢繆細意，閑愁難剪。曲中似哀似怨。似梧桐葉落，秋雨聲顫。豈待聞鈴，自淚珠如霰。春纖罷按。早心已、笑慵歌嬾。脈脈凭闌，槐陰轉午，輕摇歌扇。《詩淵》六册四〇七三頁引宋汪元量

按：詞牌原缺，據詞律補。

長相思

阿哥兒。阿姑兒。兩箇天生一對兒。偷吹玉琯兒。笑些兒。話些兒。羅帶同心雙綰兒。團圓似月兒。《詩淵》六册四〇八三頁引宋汪元量

憶王孫

神舟穩駕出沉流。明月輝輝命自周。兩箇先生暗點頭。有來由。萬劫輪迴向此休。

憶王孫

修行誰會把心降。赤鳳驅將飲碧江。調引嬰嬌笑舞雙。剔銀缸。物物頭頭現曉窗。

憶王孫

從初得得便風流。降伏龜蛇住定州。千日丹成永永收。好因由。自在逍遥萬事休。

憶王孫

心中無事氣神和。不覺忻忻言語多。劍用衡錮磨更磨。害風哥。割了舌頭趕退魔。

憶王孫

塵寰財色苦相縈。著愛浮華役此身。好收靈源一點真。絶貪嗔。便是逍遥到岸人。

憶王孫

無無無有有無無。悟得無無便不愚。日月年時損壯軀。見元初。萬道霞光攢寶珠。

憶王孫

茫茫苦海兩無邊，無限迷魚戲黑淵。我擲金鉤釣有緣。線兒牽。引上神舟採玉蓮。以上《詩淵》六册四一〇七頁引宋汪元量水雲詩

按：《詩淵》六册四一〇七頁引宋汪元量水雲詩中的《憶王孫》共十六首。其中一至七、十五、十六等九首，已見文淵閣《四庫全書》本《水云集》。

憶秦娥

笑盈盈。曉粧掃出長眉青。長眉青。雙開雉扇，六曲鴛屏。少年心在尚多情。酒邊銀甲彈長筝。彈長筝。碧桃花下，醉到三更。

憶秦娥

雪霏霏。薊門冷落人行稀。人行稀。秦娥漸老，着破宮衣。强將纖指按金徽。未成曲調心先悲。心先悲。更無言語，玉筯雙垂。

憶秦娥

天沉沉。香羅拭淚行窮陰。行窮陰。左霜右雪，冷氣難禁。幾回相憶成孤斟。塞邊鞞鼓愁人心。愁人心。北魚南雁，望到而今。

憶秦娥

水悠悠。長江望斷無歸舟。無歸舟。欲携斗酒，怕上高樓。當年出塞擁貂裘。更聽馬上彈箜篌。彈箜篌。萬般哀怨，一種離愁。

憶秦娥

風聲惡。箇人蕉萃凭高閣。憑高閣。相思無盡，淚珠偷落。錦書欲寄鴻難托。那堪更聽邊城角。邊城角。又添煩惱，又添蕭索。

憶秦娥

如何説。人生自古多離别。多離别。年年辜負，海棠時節。嬌嬌獨坐成愁絶。胡笳吹落關山月。關山月。春來秋去，幾番圓缺。

憶秦娥

馬蕭蕭。燕支山中風飄飄。風飄飄。黄昏寒雨，直是無憀。　玉人何處教吹簫。十年不見心如焦。心如焦。彩箋難寄，水遠山遥。以上《詩淵》六册四一〇八頁引宋汪元量水雲詩

人月圓

錢唐江上春潮急，風卷錦帆飛。不堪回首，離宫别館，楊柳依依。　薊門聽雨，燕臺聽雪，寒入宫衣。嬌鬟慵理，香肌瘦損，紅淚雙垂。《詩淵》六册四一一一頁引宋汪元量水雲詩

搗練子

搗練子，具如何，從前罪孽暗消磨。囉哩唛，哩唛囉。　從初得，認波羅。色財勘破撲燈蛾。囉哩唛，哩唛囉。

搗練子

聽分剖，這風哥，尋常只恁囉哩囉。囉哩唛，哩唛囉。　些話兒，不須多。交賢會得笑呵呵。囉哩唛，哩唛囉。

搗練子

清浄法，越婆娑，神舟穩駕渡沉波。囉哩唛，哩唛囉。　早下手，出迷河，伊還不悟轉蹉跎。囉哩唛，哩唛囉。

搗練子

浮華事，夢南柯，流年電閃下輪坡。囉哩唛，哩唛囉。早脱離，出漩渦，兩輪日月疾如梭。囉哩唛，哩唛囉。

搗練子

風人唱，破迷歌，迴心與我見彌陁。囉哩唛，哩唛囉。十搗練，要調和。恩情欲愛是寃魔。囉哩唛，哩唛囉。以上《詩淵》六册四一一一頁引宋汪元量水雲詩

太常引　四月初八慶六十

廣寒宮殿五雲邊，看天上，燭金蓮。香裊御爐煙。擁彩仗、千官肅然。世間王母，月中仙子，花甲一周天。樂指沸華筵，更福壽，千年萬年。《詩淵》六册四五三五頁引宋汪元量水雲詩

婆羅門引　四月八謝太后慶七十

一生富貴，豈知今日有離愁。錦帆風力難收。望斷燕山薊水，萬里到幽州。恨病餘雙眼，冷淚交流。行年已休，歲七十又平頭。夢破銀屏金屋，此意悠悠。幾度見青塚，虛名不足留。且把酒、細聽箜篌。《詩淵》六册四六二四頁引宋汪元量水雲詩

姚雲 存詞九首

姚雲，初名姚雲文，字聖瑞，一字若川，號江村。高安（今屬江西）人。宋咸淳四年進士，任興縣縣衛、工刑部架閣。入元，大德四年由盧摯聘主潭學。以疾辭，此後授承直郎，撫、建兩路儒學提舉。秩滿家居。有《江村遺稿》，未見傳本。《名儒草堂詩餘》卷中，存其詞九首（署名「姚雲文」）。生平見崇禎《瑞州府志》卷十四、卷二十、《元詩選癸集》乙集。

摸魚兒 艮岳

渺人間，蓬萊何許，一朝飛入梁苑。輞川梯洞曾崖出，帶取鬼愁龍怨。窮賞宴，談笑裏，金風吹折桃花扇。翠華天遠，悵莎沼螢粘，錦屏烟合。草露泫蒼蘚。東華夢好，在牙檣雕輦。畫圖歷歷曾見。落紅萬點，孤臣淚，斜日牛羊春晚。摩雙眼，看塵世鼇宫，又報鯨波淺。吟鞭拍斷，便乞與媧皇，化成精衛，填不盡遺憾。

八聲甘州 競渡

卷絲絲，雨織半晴天，櫂歌發清舷。甚蒼虬怒躍，靈鼉急吼，雪湧平川。樓外榴裙幾點，描破緑楊烟。把畫羅遥指，助嘯争先。憔悴潘郎曾記，得青龍千舸，采石磯邊。嘆内家帖子，閒却縷金

㦰。覺素標、插頭如許，儘風情、終不似鬬贏船。人聲斷，虛齋半揜，月印枯禪。以上《四庫全書》本《天下同文集》卷四十九

玲瓏玉　半閑堂賦春雪

開歲春遲，早贏得、一白瀟瀟。風窗淅簌，夢驚金帳春嬌。是處貂裘透暖，任尊前回舞，紅倦柔腰。今朝。虧陶家、茶鼎寂寥。　料得東皇戲劇，怕蛾兒街柳，先鬬元宵。宇宙低迷，倩誰分、淺凸深凹。休嗟空花無據，便真個、瓊雕玉琢，總是虛飄。虛飄。且沉醉，趁樓頭、零片未消。

木蘭花慢　清明後賞牡丹

笑花神較懶，似忘却、趁清明。更油幄晴慳，篘菴寒淺，濕重紅雲。東君似憐花透，環翠幬、遮住怕渠驚。惆悵犢車人遠，緑楊深閉重城。　香名。誰誤娉婷。曾注譜、上金屏。問洛中亭館，竹西鼓吹，人醉花醒。且莫煎酥涴却，一枝枝、封蠟付銅瓶。三十六宮春在，人間風雨無情。

紫萸香慢

近重陽、偏多風雨，絶憐此日暄明。問秋香濃未，待攜客、出西城。政自羈懷多感，怕荒臺高處，更不勝情。向尊前、又憶漉酒插花人。只座上、已無老兵。　淒情。淺醉還醒。愁不肯、與詩平。記長楸走馬，雕弓搾柳，前事休評。紫萸一枝傳賜，夢誰到、漢家陵。盡烏紗、便隨風去，要天知道，華髮如此星星。歌罷涕零。

洞仙歌

燕窠香濕，誤天涯芳信。社近陰晴未前定。聽鶯簧宛轉，似羽疑宫，歌未斷，落落舊愁都醒。疎狂追少日，杜曲樊樓，拚把黄金買春恨。回首武陵溪，花待郎歸，洞雲深、未知春盡。問楊柳梢頭幾分青，消不得，朝來雨寒一陣。

齊天樂

柳花引過横塘路，縈回曲蹊通圃。插槿編籬，挨梅砌石，次第海棠成塢。吟筇獨拄。待尋訪斜橋，水邊窺户。已約青山，雲深不礙客來處。　繁華閲人無數。問舊日平原，君還知否。啼鳥人幽，晝陰人寂，慵困不如飛絮。匆匆燕語。似迎得春來，且留春住。惜取名花，一枝堪寄與。

蝶戀花

春到海棠花幾信。堠館餘寒，欲雨征衣潤。燕認杏梁棲未穩。牡丹忽報清明近。　恨入青山連曉鏡。香雪柔酥，應被春消盡。繡閣深深人半醒。燭花貼在金釵影。

如夢令

昨夜家人憑酒。隔着羅衾廝守。聽徹五更鐘，陡覺霜飛寒逗。却又。却又。陪笑倩人温手。以上

趙文 存詞三十一首

趙文(一二三九—一三一五),原名趙鳳之,字儀可,一字惟恭,别號青山。廬陵(江西吉安)人。景定、咸淳間,入學爲上舍。元軍攻占臨安,趙文至閩地,入文天祥幕府。汀州陷落,潛歸鄉里。元早期,爲東湖書院山長,選授南雄路學教授。有《青山集》,未見傳本,清乾隆時期修《四庫全書》,自《永樂大典》輯《青山集》八卷,卷八存詞十首,《名儒草堂詩餘》卷中存趙文詞九首,《全宋詞》又據《翰墨大全》各集,輯出趙文詞十二首。生平見程鉅夫撰墓志銘(《雪樓集》卷二十二)、《元詩選》二集《青山稿》。

烏夜啼 秋興

院静槐陰似水,雨餘蟬語先秋。熟殘梅子無人打,金彈滿紅溝。又送行人歸去,誰憐倦客淹留。畫船旗鼓江南岸,人倚夕陽樓。

阮郎歸 梨花

冰肌玉骨淡裳衣。素雲生翠枝。一生不曉謫仙詩。雪香應自知。微雨後,禁煙時。洗妝君莫遲。東風不解惜妍姿。吹成蝴蝶飛。

阮郎歸　惜春用前韻

舞紅一架欲生衣。殘英辭舊枝。雨聲自唱惜春詞。行人應未知。　新火後，薄羅時。君歸何太遲。鏡中失却少年姿。年隨花共飛。

蘇幕遮　春情

緑映平，煙樹遠，村落聲喧，鳧雁歸來晚。自倚闌干舒困眼。一架葡萄，青得池塘滿。　飲先愁，吟又懶。幾許閑情，百計難消遣。客路不如歸夢短。何況啼鵑，怎不教腸斷。

側犯　夜飲海棠下

恨花開盡，夜深自斂胭脂顆。雨過。繞曲曲花蓬錦圍裏。浮空燒蜜炬，香霧霏霏墮。無那。倚滴滴嬌紅笑相嚲。　歌儔飲伴，花底團春坐。念滿眼、少年人，誰更老於我。歲歲花時，洞門無鎖。莫負東君，酒盟詩課。

石州慢

京浙塵埃，閩嶠風霜，不覺催老。封侯事付兒曹，懶把菱花頻照。明光賦筆，那知白首山中，年年管領閑花草。叩角夜漫漫，問何時能曉。　堪笑。空有傳世千篇，正似病呻飢嘯。欲傲王侯，早被王侯相傲。蓋棺事定，即今老子猶龍，榮枯得喪渾難料。無酒不須愁，問黃花知到。

望海潮 次龍有章韻

雲外梅陰，雨餘苔暈，嫩寒初沁羅裳。書几凝塵，琴絲帶潤，小窗幽夢生涼。新水漲銀塘。恨王孫去後，煙草茫茫。記得湖山勝處，相對拆封黄。　情箋思墨猶香。奈當時兩鬢，都是吴霜。兔穎吟枯，鷫裘解盡，何意此□遊梁。舊話不堪長。便倩薰風吹去，本地看風光。惟有青山，伴我耕釣老村莊。

大酺 感春

正寶香殘，重簾静，飛鳥時驚花鐸。沉思前夢去，有當時老淚，欲彈還閣。太一宫墻，菩提寺路，誰管紛紛開落。心情渾何似，似琵琶馬上，曉寒沙漠。想筝雁頻移，釧金度瘦，素肌清削。相思無奈著。　重訪舊、誰遣車生角。暗記省、劉郎前度，杜牧三生，爲何人、頓乖芳約。試把菱花拭，愁來處、鬢絲先覺。念幽獨、成荒索。何日重見，錯擬揚州騎鶴，緑陰不妨細酌。以上文淵閣《四庫全書》輯本《青山集》卷八

鶯啼序 春晚

東風何須紅紫，又匆匆吹去。最堪惜、九十春光，一半情緒聽雨。到昨日、看花去處，如今盡是相思樹。倚斜陽脉脉，多情燕子能語。　自怪情懷，近日頓懶，憶劉郎前度。斷橋外、小院重簾，那人正柳邊住。問章臺、青青在否，芳信隔、□魂無據。想行人，折盡柔條，滚愁成絮。　閑將盃酒，苦勸羲和，攬轡更少駐。怎忍把、芳菲容易，委路春還，倒轉歸來，爲君起舞。寸腸萬恨，何人

共説，十年暗灑銅仙淚，是當時、滴滴金盤露。思量萬事，成空只有初心，英英未化爲土。浮生似客，春不憐人，人更憐春暮。君不見、青樓朱閣，舞女歌童，零落山丘，便房幽户。長門詞賦，沉香樂府，悠悠誰是知音者，且緑陰、多處修花譜。殷勤。更倩啼鶯，傳語風光，後期莫誤。

校：「□」，據詞律補。

鶯啼序　有感

秋風又吹華髮，怪流光暗度。最可恨、木落山空，故國芳草何處。看前古、興亡墮淚，誰知歷歷今如古。聽吴兒，唱徹庭花，又翻新譜。　腸斷江南，庾信最苦，有何人共賦。天又遠、雲海茫茫，鱗鴻似夢無據。怨東風、不如人意，珠履散、寶釵何許。想故人，月下沉吟，此時誰訴。　吾生已矣，如此江山，又何懷故宇。不恨賦、歸遲歸計，大誤當時，只合雲龍，飄飄平楚。男兒死耳，嚶嚶昵昵，丁寧賣履分香事。又何如、化作胥潮去。東陵豈是，無能成敗紛紛，歸來手種瓜圃。　膏殘夜久，月落山寒，相對耿無語。恨前此、燕丹計早，荆慶才疎，易水衣冠，總成塵土。鬬鷄走狗，呼盧蹴踘，平生把臂江湖舊，約何時、共話連牀雨。王孫招不歸來，自采黄花，醉扶山路。（文淵閣《四庫全書》本《青山集》卷八）

綺寮怨　題寫韻軒

絳闕珠宫何處，碧梧雙鳳唫。爲底事、一落人間，輕題破、隱韻天音。當時點雲滴雨，匆匆處，誤墨沾素襟。算人間、最苦多情，争知道、天上情更深。　世事似晴又陰。羅襦甲帳，回頭一夢難尋。虎嘯崎嶔，護遺跡、尚如今。斜陽落花流水，吹紫宇、澹成林。霜空月明，天風響，環珮飛翠禽。

疏影

道士朱復古善彈琴，爲余言：琴須對拙聲。若太巧，即與箏阮何異？余賞其言，爲賦。

寒泉濺雪，有珮環隱隱，飛度霜月。易水風寒，壯士悲歌，關山萬里離别。楊花浩蕩晴空轉，又化作、雲鴻霜鶻。耿石壕，夜久無言寂曆，如聞幽咽。　雲谷山人老矣，江空又歲晚，相對愁絶。玉立長身，自是胎僊，舞我黄庭三疊。人間只慣丁當字，妙處在、一聲清拙。待明朝、試拂菱花，老我一簪華髮。

瑞鶴仙　劉氏園西湖柳

緑楊深似雨。西湖上、舊日晴絲恨縷。風流似張緒。羨春風依舊，年年眉嫵。宫腰楚楚。倚畫欄、曾鬭妙舞。想而今似我，零落天涯，却悔相妒。　痛絶長秋去後，楊白花飛，舊腔誰譜。年光暗度。淒涼事，不堪訴。記菩提寺路，段家橋水，何時重到夢處。况柔條老去，争奈系春不住。

校：「楚楚」、「倚畫欄」之「倚」、「却悔相妒」之「悔」底本漫漶，據《叢書集成》本補。「痛絶長秋去後」，「去」，《叢書集成》本作「别」。

法駕導引　壽雲岩師

雲漠漠，雲漠漠，雲擁紫皇家。岩上神仙無一事，幅巾臨水看桃花。點點是丹砂。

法駕導引

山中好，山中好，長日養嬰兒。午夜獨行金闕路，晴窗自寫緑章詞。閑有鶴相隨。

法駕導引

公度我，公度我，我是漢銅仙。借我玉龍爲轂餗，爲公鋤雨種芝田。留眼看千年。

八聲甘州

和孔瞻懷信國公韵，因念亦周弟。

是去年、春草又凄凄，塵生縷金衣。悵朱顔爲土，白楊堪柱，燕子誰依。謾説漫漫六合，無地着相思。遼鶴歸來後，城亦全非。　更有延平一劍，向風雷半夜，何處尋伊。怪天天何物，堪作玉彈棋。到年年、無腸堪斷，向清明、獨自掩荆扉。何況又、禽聲杜宇，花事酴醾。

塞翁吟　黄園感事

又海棠開後，樓上倍覺春寒。緑葉潤，雨初乾。愛遠樹團團。當時剩買名花種，那信付與誰看。十載事，土花漫。但青得闌干。　悲歡。思人世、真如一夢，留不住、城頭日殘。看眼底、西湖過了，又還見、趙舞燕歌，抹粉塗丹。憑君更酌，後日重來，直是晴難。

鳳凰臺上憶吹簫　轉官毬

白玉磋成，香羅捻就，爲誰特地團團。羨司花神女，有此清閑。疑是弓靴蹴鞠，剛一蹋、誤掛花間。方信道，酴醾失色，玉蕊無顔。　憑闌。幾回淡月，怪天上冰輪，移下塵寰。奈堪同玉手，難插雲鬟。人道轉官毬也，春去也，欲轉何官。聊寄與、詩人案頭，冰雪相看。以上《名儒草堂詩餘》卷中

玉燭新

梅花新霽後。正錦樣華堂，一時妝就。洞房花燭深深處，慢轉銅壺銀漏。新妝未了。奈浩蕩、春心相候。香篆裏、簇簇笙歌，微寒半侵羅袖。　侵晨淺捧蘭湯，問堂上萱花，夜來安否。功名浪鬥。謾贏得、萬里相思清瘦。藍袍俊秀。便勝却、登科龍首。春晝永，簾幕重重，簫聲緩奏。

花犯　賀後溪劉再娶

繡簾深，劉郎一笑，風流勝前度。戟香門户。還別有祥雲，簷外飛舞。洞房燭下應低語。晨妝須帶曙。待獻了、堂前羅襪，雙雙交祝付。　從前蒨桃與楊枝，如今便、合遜梅花爲主。行樂處。西溪上、柳汀花嶼。封侯事、看人謾苦。誰能向、黄河風雪路。且對取、錦屏金幕，雙蛾新樣嫵。

以上《新編事文類聚翰墨大全》乙集卷十七

氐州第一　壽劉府教

風雨山城，天意欲雪，梅花照影清峭。彩燕飛春，祥麟紱旦，當日文星高照。天地無情，向十載、風埃吹老。蓋世科名，經邦事業，白衣蒼狗。　不是貪名求分表。謾獵較、逢場一笑。野外朝儀，城中馬隊，且暫淹才調。爲斯文争一脈，斯文在、乾坤未了。爛醉金尊，夜何其，東方漸曉。

《新編事文類聚翰墨大全》丙集卷十三

鶯啼序　壽胡存齋

初荷一番濯雨，錦雲紅尚捲。隘華屋、賦客吟仙，候望南極天遠。還報道、飄然紫氣，山奇水勝都行遍。却歸來領客，水晶庭院開宴。　窗户青紅，正似京洛，按笙歌一片。似別有、金屋佳人，桃根桃葉清婉。倚薫風、虬鬚正緑，人似玉手挼紈扇。算風流，只有蓬瀛，畫圖曾見。　誰知老子，正自蕭然，於此興頗淺。只擬問、金砂玉蕊，兔髓烏肝，偃月爐中，七還九轉。今來古往，悠悠史傳，神仙本是英雄做，笑英雄、到此多留戀。看看破曉耕龍，跨海騎鯨，千年依舊丹臉。　便教乞與，萬里封侯，奈朔風如箭。又何似、廣山一任，種竹栽花，棋局思量，墨池揮染。天還記得，生賢初意，乾坤正要人撑拄，便公能安隱天寧肯。待看佐漢功成，伴赤松游，恁時未晚。

最高樓　壽劉介叔

春小小，和氣滿仙家。喜漸近春華。彩衣明媚人如玉，金杯瀲灩酒成霞。壽詩翁，翁飲少，更添些。　便萬里傳宣誰不羨。便萬户封侯誰不願。適意處，退爲佳。田園儘可淵明粟，弓刀何似邵平瓜。但年年，清淺水，看梅花。

臨江仙

壽此山，有酒名如此堂。

如此中山如此酒，何須更覓蓬瀛。江湖歷□記平生。詩囊都束起，只好説丹陘。　家事付他兒輩，功名留待諸孫。維摩法喜鬢青青。日長深院裏，時聽讀書聲。

臨江仙　壽前人

恰好菊花前二日，壽星高照秋天。堂前王母鬢方玄。懷中嬌鳳小，已解祝公年。　如此生涯如此屋，看看海亦成田。閑中多把酒杯傳。長生無別訣，放下是神仙。

洞仙歌

壽須溪。是年，其子受鷺洲山長。

千年鷺渚，持作須翁酒。賸有兒孫上翁壽。向玉和堂上，樽俎從容，笑此處，慣著絲綸大手。　金丹曾熟未，熟得金丹，頭上安頭甚時了。便踢翻爐鼎，拋却蒲團，直恁俊鶻梢空時候。但喚取、心齋老門生，向城北城南，傍花隨柳。

塞翁吟

坐對梅花笑，還記初度年時。名利事，總成非。謾老矣何爲。吴山夜月閩山霧，回首鬢影如絲。懶更問，斗牛箕。强憑醉成詩。　閑思。嗟飄泊，浮雲飛絮，曾趺盪、春風柘枝。便萬里、金臺築就，已長分采藥龐公，誓墓羲之。百年政爾，一笑樽前，兒女牽衣。以上《新編事文類聚翰墨大全》丙集卷十四

八聲甘州　胡存齋除泉府大卿

記得年時、快馬上青雲，而今衮衣還。問公歸何有，春風萬斛，散滿人間。聞道金鑾召對，風采動朝班。宰相從來有，幾個朱顏。　梅雨槐風清潤，正台星一點，光照龍灣。赴經綸餘暇，按行紫芝山。念江南、民生何似，把囊封、奏上九重關。須信道，濟時功行，便是金丹。

木蘭花慢　送趙按察歸古洪

鷺州江上水，望南浦、送將歸。想陌上兒童，尊前父老，口口能碑。家聲一琴一鶴，甚和他、琴鶴也無之。城市貔貅晝静，泮宫芹藻春遲。　與公南北兩天涯，渺再見何時。記樓月歌殘，碧雲句好，盡是相思。江南燒痕未補，倩春歸、説與上天知。早晚洪鈞一轉，東風先到寒枝。以上《新編事文類聚翰墨大全》庚集卷十五

掃花游　李仁山别墅

結廬勝境，似舊日曾遊，玉蓮佳處。萬花織組。愛回廊宛轉，楚腰束素。度密穿青，上有燕支萬樹。探梅去。正竹外一枝，春意如許。　奇絶盤谷序。更碧皺沿堤，綺霏承宇。柳橋花塢。問何人解有，玉蘭能賦。老子婆娑，長與春風作主。彩衣舞。看人間、落花飛絮。以上《新編事文類聚翰墨大全》後丁集卷六

郭章 存詞一首

郭章，山西人，號爐齋。大德七年，以監察御史彈劾郎中哈剌哈孫受贓，具服，而哈剌哈孫密結權要，以枉問反誣郭章，御史中丞何瑋率臺臣爲郭章辨析，辨論剴切，郭章遂得釋。大德十年，任翰林修撰兼國史院編修官、監察御史。同年，敬謁浮山名勝天聖宫，作《烏衣怨》詞。生平見《元史》卷一百五十《何伯祥傳附何瑋》。

樂府烏衣怨 敬謁天聖宫

翠柏丹崖，碧雲深鎖神僊府。屋盤龍虎，樓觀雄中土。　我欲停車，又恐斜陽暮。黄塵路，客懷良苦，滿目西山雨。

右《樂府烏衣怨》，大德丙午仲秋仲月上旬有九日，敬謁天聖宫繆作，爲吾弟故縣令介卿，縣尉李公安之威儀，因公書于寓居之官舍前。翰林修撰同知制誥兼國史院編修官、奉訓大夫、監察御史盡齋郭章謹識。《山右石刻叢編》卷三十

校：「屋盤龍虎」，〔同治〕《浮山縣志》卷三十七作「嶺盤龍虎」。

顧巖壽　存詞一首

顧巖壽，京口（江蘇鎮江）人。元文宗延祐、英宗至治年間在世，延祐七年曾作《清平樂·解嘲》。《全元散曲》、《全元文》與《全元詩》均未見其人。

清平樂　解嘲

延祐庚申良月廿四日，偶會順中中郎、文質從事於□氏園亭。僕以小故去而復至，賦此解嘲。京口顧巖壽頓首。

一臺二妙，恨不相知早。況是離多歡會少，何惜花前一笑。　出門自覺匆匆，坐閒如失車公。急手勒回俗駕，琵琶曲未曾終。張珩《木雁齋書畫鑒賞筆記》（書法二，三七〇頁）

何希之　存詞三首

何希之，字周佐，一字自修，號存心。樂安（今屬江西）人。宋咸淳十年進士，署零陵教授。入元，遁跡以終。所作結爲《何希之先生雞肋集》二卷。生平見《宋元學案補遺别附》卷二。

沁園春　送李主簿

鰲水欣逢，清修循吏，學道書英。似琴彈晝永，宓堂閑寂。鬼警膽落，李令神明。芹泮碑香，田翁説沸，不俟三年報政成。棠陰裏，潢池秋静，緑野春耕。□畦麥隴風輕，看鳧舄蹁躚萬里程。儘攀轅卧轍，難奄步武。搴帷攬轡，無限勳名。駿軐天邊慶雲頭上，應念雲龍上下情。離亭晚，聽陽關唱徹，平楚煙横。

木蘭花慢　贄廉車郭西埜（和西埜武昌）

繡使相公西埜先生，直道雄文，爲世鱗鳳。巴陵樂章瑶黜碧，東南士争頌之。澄清攬轡，使星影落萬山間，殘山剩水，獲瞻巨鼇。載歌大雅，晋望宗嚴。刀圭分遺使，凡骨舐鼎，而升則僕也，爲不虚此生矣。

羨中州名勝，駕鸞鳳，飲朝梧。把筆墨精神，浮動星漢，横絶江湖。濂伊，紫陽妙語，摘撥真，如髮就梳。清意梅花雪影，香風閬苑蓬壺。霜威，凌厲九霄。孤闊步，快鵬圖。假北道主人，西江蘇涸，眷到窮閻。功父，謾誇詩將，筭勳名，曾似我公無。歷通中書令考，詞歌應憶靈烏。

臨江仙　和陳簡齋

三月九日，偶閱簡齋《臨江仙》感舊詞，有「二十餘年一夢」語，不能無感。蓋余甲戌與仲氏竊第。捷音至，正三月九日，亦餘二十年矣。依韻賦之，詞曰：

憶昔曲江江上路，笑談欺壓群英。歸來桃浪吼雷聲。春深袍色鬧，鴈序日邊明。蕉鹿無端渾是夢，年華一瞬心驚。天機良巧轉陰晴。瓏葱窗欲曉，咿喔報殘更。以上清刻本《何希之先生雞肋集》卷二

曾寅孫 存詞一首

曾寅孫，字號不詳。山陰（浙江紹興）人。元至元年間，曾以《減字木蘭花》詞爲釋子温（日觀）題所畫葡萄。

減字木蘭花

吴綃蜀繭，筆底墨雲飛一片。點點秋腴，收得驪龍頷下珠。興來一掃，惜處有時慳似寶。霧葉煙條，幾度西風吹不凋。山陰曾寅孫奉題。明汪砢玉《珊瑚網》卷三十一

姜彧 存詞四首

姜彧，字文卿。至元十八年三月，時任，太中大夫、河東山西道提刑案察使，爲視察水利設施，來到晋祠，作詩與《浣溪沙》詞二首紀行。次年上巳日重游，再次留題《鷓鴣天》詞作二首，刻石爲記。姜彧兩次來晋祠，均見清人胡聘之《山右石刻叢編》卷二十六。此外，清人方履籛《金石萃編補正》卷三也著録了姜彧出行與留題。

浣溪沙 晋溪留題二闋

至元十八年三月中澣日，太中大夫、河東山西道提刑案察使姜彧文卿，因視水利，敬謁祠下，少道目前之勝慨。從行者，前嵐州知州平晋尹魏章、書吏王中子中，權秉中伯庸，簿尉史彦英。

方丈堆空瞰碧潭，潭光山影静相涵。開軒千里供晴嵐。　流水桃花疑物外，小橋煙柳似江南。挽將風月入醺酣。

浣溪沙

山滴嵐光水拍堤。草香沙暖净無泥。只疑悮入武陵溪。　兩岸桃花烘日出，四圍高柳到天垂。

一尊心事百年期。

鷓鴣天

是歲九月，陪御史中丞來遊。即席賦《鷓鴣天》。

滿谷蕭蕭落葉黄。繡衣驄馬駐平崗。一川野色迷秋色，四面山光接水光。花作陣，酒爲漿。晋祠風物正重陽。殷勤留住皇華使，同放乾坤入醉鄉。

鷓鴣天

一代衣冠共勝遊。晋陽祠宇若爲酬。溪山影裏聯金勒，簫皷聲中倒玉舟。蒼壁秀，錦屏幽。留連一醉也風流。生平適意能如此，不信青青兩鬢秋。以上胡聘之《山右石刻叢編》卷二十六

祝静得

存詞一首

祝静得，名未詳。元成宗大德九年九月，在江西儒學副提舉任上。爲送别姚燧離江西北歸，與閻宏同作《臨江仙》詞惜别。詞存《牧菴集》附録年譜（《四部叢刊初編》）。

臨江仙

一代文章千載事，區區外物虚名。了知此老去留輕。銜舟攜一客，襆北送兼程。　渺渺望湖樓下水，連朝無此秋晴。新霜紅葉錦爲城。重陽誰共醉，五老定相迎。《四部叢刊初編》本姚燧《牧菴集》附録年譜

楊立齋 存詞一首

楊立齋，據《青樓集》，在大都進出教坊，與樂伎交往密切。曾聽楊玉娥唱雙漸諸宫調，特寫一詞，歌詠其中人物趙真真。

鷓鴣天 聽楊玉娥唱故人所撰曲有感

煙柳風花錦簇筵。霜芽露葉玉裝船。誰知皓齒纖腰會，只在輕衫短帽邊。　啼粉靨，咽冰絃。舊遊一去更無傳。詞人彩筆佳人口，再唤春風到眼前。朱彝尊、汪森《詞綜》卷二十九

史孝祥　存詞一首

史孝祥，字敬輿，别號緜房。眉山（今屬四川）人，後居三衢（浙江衢州）。名儒史繩祖之子，曾任同知。與陸文圭（字子方）以詩詞唱和。曾爲熊鉌作《送勿軒先生歸武夷序》。生平見曹伯啓《漢泉漫稿》卷二《登君山述懷次史同知韻》詩題注。

水龍吟

清明後浹日，過子方小飲，簾櫳靚深，緑陰晝寂，欄邊玉茶正花，香韻蕭遠。主人出侍人彈琵琶侑觴，酒未終，上馬徑去，恍然藍橋溢浦之遇也，賦《水龍吟》以記其事，呈子方一笑

等閒過了清明，草痕深一庭新翠。光風信息，牡丹初褪，荼蘼醾猶未。燕語清圓，梅英鬆潤，困人天氣。笑文園倦客，詩才減盡，猶有，傷春意。　别有留春去裏。小房櫳、玉英雙倚。天香浮動，銖衣乍試，鉛華盡洗。一曲琵琶，輕攏挑撥，未觴先醉。又怱怱上馬，藍橋路隔，漫增凝睇。元陸文圭《墻東類稿》卷二十附録

趙與仁　存詞六首

趙與仁，字元父，號學舟。杭州（今屬浙江）人。宋宗室。宋末爲臨安府判官。元成宗元貞二年，起爲常德路學教授，改辰州。元仁宗皇慶中，除嵊縣主簿。《詞綜補遺》卷十八（元詞）存其詞六首。生平見《萬曆紹興府志》卷二十八。

按：《醉春風》，《全宋詞》據《樂府雅詞拾遺》卷下，斷爲無名氏之詞，僅五首詞爲趙與仁作。

醉春風

陌上清明近。行人難借問。風流何處不來歸，悶悶悶。回雁峰前，戲魚波上，試尋芳信。　夜久蘭膏燼。春睡何曾穩。枕邊珠淚幾時乾，恨恨恨。惟有窗前，過來明月，照人方寸。

柳梢青　落桂

露冷仙梯。霓裳散舞，記曲人歸。月度層霄，雨連深夜，誰管花飛。　金鋪滿地苔衣。似一片、斜陽未移。生怕清香，又隨涼信，吹過東籬。

琴調相思引

冰箔紗簾小院清。晴塵不動地花平。昨宵風雨，涼到木樨屏。　香月照妝秋粉薄，水雲飛珮藕絲輕。好天涼夜，閒理玉鞾笙。

西江月

夜半河痕依約，雨餘天氣冥濛。起行微月遍池東。水影浮花、花影動簾櫳。量減難追醉白，恨長莫盡題紅。雁聲能到畫樓中。也要玉人、知道有秋風。

清平樂

柳絲摇露。不綰蘭舟住。人宿溪橋知那處。一夜風聲千樹。曉樓望斷天涯。過鴻影落寒沙。可惜些兒秋意，等閒過了黄花。

好事近

春色醉荼蘼，晝永篆煙初絶。臨水楊花千樹，盡一時飛雪。穿簾度竹弄輕盈，東風老猶劣。睡起憑闌無緒，聽幾聲啼鴂。以上陶樑《詞綜補遺》卷十八（元詞）

王容溪

存詞一首

王容溪，無錫人。曾作《如夢令》詞一首，高克恭（寓居房山）據詞意繪山水一幅。

如夢令

林上一溪春水。林下數峰嵐翠。中有隱居人，茅屋數間而已。無事。無事。石上坐看雲起。《趙氏鐵網珊瑚》卷十四《倪雲林倣高房山山水》

釋覺達 存詞一首

覺達，字彦通，號桂庵野衲。大德初，住持長清靈巖禪寺。陶樑《詞綜補遺》卷二十據《泰山志》，録存其延祐元年九月所作《鷓鴣天》詞一首。

鷓鴣天 贊舉公

頭角崢嶸接九皋。襟懷灑落絶纖毫。扶持大刹寧辭倦，輔翼叢林不憚勞。　心因厚，志堅牢。足庵門下最英豪。而今戰退姦邪輩，不負靈巖舉彦高。陶樑《詞綜補遺》卷二十

劉雲震 存詞四首

劉雲震，字里不詳。元初與杜仁傑游，出游東平，以酒自晦，有詩名，曾任祭酒。生平見元鮮于樞《困學齋雜録》。

按：劉雲震，文淵閣《四庫全書》本《御選歷代詩餘》作「劉雲寰」。

浣溪沙

粉署含香舊有名。庖刀試手便崢嶸。并州人物未飄零。父老共傳新政好，兒童都道長官清。十分和氣滿春城。游子明尹大興，公爲伯掾，索句，即席賦《浣溪沙》。

太常引

東湖亭下簇金鞍。四座浹青歡。人物畫中看。只枉了、劉郎鬢斑。花枝裊娜，酒盃瀲灩，全不放春閒。絲竹舊東山。暢好個、風流謝安。公常遊東平，嚴彦祖餞東湖亭，因請賦長短句，即席作《太常引》。

校：「東湖」，《詞綜補遺》卷十七作「東吴」。

念奴嬌 都城元夜

景龍天氣，正餘寒、料峭簾幕。萬斛金蓮光不夜，香滿雲間樓閣。金鐙頻敲，繡簾高揭，應爲黄昏約。霜娥無恙，喚人依舊飄泊。却恨烏兔無情，把人青髩，白恁星星却。千古繁華行樂地，誰笑誰歌誰酌。北海罇罍，東山絲竹，夢裏揚州鶴。客窗無寐，故人誰念蕭索。

校：「料峭簾幕」，《詞綜補遺》卷十七作「料峭輕風簾幕」。「客窗無寐」，作「客窗無味」。

太常引　得薦不遇

耽耽九虎隔重關。到天上，却空還。回首謝塵寰。問今日、誰人姓韓。瓜田蔬圃，竹溪松徑，何地不堪閒。且莫問長安。比蜀道、元來更難。以上文淵閣《四庫全書》本《困學齋雜録》

陸祖允　存詞一首

陸祖允，字里不詳。大德六年十一月，趙孟頫爲錢德均畫《水村圖》，一時名人題跋成卷。陸祖允自稱「學子」，題《菩薩蠻》一首。

按：陸祖允，朱彝尊《詞綜》卷三十三作「陸祖先」。

菩薩蠻　題水村圖

當年圖畫知何處，如今身向滄洲住。吾亦愛吾廬，芸窗幾卷書。　青山天際小，目送飛鴻杳。試問釣魚船，蘆花淺水邊。學子陸祖允敬題。　朱存理《珊瑚木難》卷二《水村圖》

湯彌昌　存詞二首

湯彌昌，字里不詳。大德六年十一月，趙孟頫爲錢德均畫《水村圖》，一時名人題跋成卷。湯彌昌題詞二首。

虞美人　題水村圖

翰林妙寫溪村趣。荷屋知何處。溪翁想像住溪灣。一笑如今，家在畫圖間。　西風門掩蘆花潋。聊與漁家伍。人間不信有張翰。剪取吴淞，空向卷中看。右詞《虞美人》。延祐丁巳中秋日，德鈞攜此卷，俾賦小詞，爲題。

祝英臺近　題水村圖

染秋雲，圖澤國，野趣入遊戲。能事何須，五日畫一水。重重楊柳陂塘，茅茨籬落，蓴鄉外、西風漁市。　晚煙霽。恰有客泛扁舟，延緣度疏葦。欲訪幽居，宛在碧溪尾。浩然目送飛鴻，醉歌欸乃，溪光裏、亂山横翠。以上朱存理《珊瑚木難》卷二《水村圖》

束從周　存詞一首

束從周，合肥（今屬安徽）人。大德六年十一月，趙孟頫爲錢德均畫《水村圖》，一時名人題跋成卷。束從周題詞一首。

小重山　題水村圖

楊柳絲絲兩岸風。前村溪路遠，小橋通。人家依約水西東。舟一葉，移過荻花叢。　清景迥涵空。好山青未了，暮雲重。是誰驚起幾征鴻。天然趣，却在畫圖中。朱存理《珊瑚木難》卷二《水村圖》

校：「天然趣」，《四庫全書》本《珊瑚木難》作「天然去」。

楊明

存詞一首

楊明，字復初。錢塘（浙江杭州）人。據明朱存理《珊瑚木難》卷二，楊明復初曾題《題破窗風雨》。

漁家傲　次韻答凌彦翀

當時承望求仙道，那知薄命如郊島。留得殘生猶自好。多懊惱，塵緣俗慮何時掃。

子已成童無用抱，醉眠任使合衣倒。今歲砧聲秋未搗。涼氣早，看來只恐中年老。明田汝成《西湖游覽志餘》卷十二

金絅 存詞一首

金絅，字子尚。嘉興（今屬浙江）人。至正間，中鄉試，洪武初，任蘇州知府，以請減賦税，賜死。元末，劉性初以「破窗風雨」自居，集鄉賢題跋成卷，金絅題詩，並作《踏莎行》詞題「破窗風雨」。

按：金絅，《全金元詞》作「金炯」。

踏莎行　題破窗風雨圖和王筠庵韻

草帶殘編，荷衣斷袂。破窗風雨深深閉。江南倦客正思家，燈花摇夢來鄉里。　翠竹簷前，碧蕉叢裏。秋聲鬥合愁聲碎。不教潘鬢總成霜，也應有淚如鉛水。朱存理《珊瑚木難》卷二《破窗風雨》

張翯　存詞一首

張翯，建德（今屬浙江）人，移居嘉興。至正間，劉性初以「破窗風雨」自居，集鄉賢題跋成卷，張翯作《踏莎行》詞題「破窗風雨」。

踏莎行　題破窗風雨圖和王筠庵韻

檐宿吴雲，風經楚袂。門深不似春宵閉。碧疏吹霤濕燈花，客鄉無夢尋珂里。　翦韭吟遥，聽潮浪裏。江懸漏杳歸心碎。相思鳩外緑簑寒，一簾蕉響秋如水。嘉興張翯用前韻。朱存理《珊瑚木難》卷二《破窗風雨》

劉壎 存詞三十首

劉壎(一二四〇—一三一九),字起潛,别號水雲村(一作水村)。南豐(今屬江西)人。宋末以詩文知名鄉里,落落不偶。宋亡,隱居近二十年,權臣推薦出任建昌路學正。學問廣博,研經究史,網羅百家,七十高齡,任延平路儒學教授。元仁宗延祐六年去世。宋亡曾以遺民自居,又以古稀轉食元禄,因之曾受譏議。劉壎長於駢文,是元初四六體名家。所著《隱居通議》三十一卷、《水雲村稿》十五卷、《水雲村吟稿》十二卷、《水雲村泯稿》三十八卷。詩與古文均有所長。古文多是入元後作。另著《哀鑒》、《經説講義》、《英華録》等,未流傳至今。清人朱孝臧曾輯劉壎詞成《水雲村詩餘》一卷,存詞三十首,刊入《彊村叢書》,其中二十四首又見陶樑《詞綜補遺》卷十八。生平見吴澄撰《劉君墓表》、符遂撰《劉水村先生傳》及《水村先生年譜》(均見《水雲村吟稿》附録)、《元詩選》二集《水雲村稿》。

湘靈瑟 故妓周懿葬橋南

酸風泠泠。哀笳吹數聲。碎雨冥冥。泣瑶英。　花心路,芙蓉城。相思幾回魂驚。腸斷墳草青。

醉思仙　黄南山縣寄所寓

瓊樓幾間。瑶徽幾彈。覓花聲繞回闌。悄微聞佩環。簾櫳晝閑。爐薰晝殘。午風摇曳屏山。露裙紅一班。

點絳唇

風卷遊雲，梨雲夢冷人何處。一溪煙雨。遮斷垂楊渡。恨入琴心，能寫當時語。愁無緒。淚痕紅蠹。猶帶香如故。

浣溪沙　道情

已斷因緣莫更尋。尋時煩惱不如心。從今休聽世間音。鸞夢漸隨秋水遠，鶴情甘伴野雲深。隔樓花月自陰陰。

菩薩蠻　題山館

長亭望斷來時路。樓臺杳靄迷花霧。山雨隔窗聲。思君魂夢驚。淚痕侵褥錦。閑却鴛鴦枕。有淚不須垂。金鞍明月歸。

菩薩蠻　和詹天游

故園青草依然緑。故宫廢址空喬木。狐兔穴巖城。悠悠萬感生。胡笳吹漢月。北語南人説。紅紫鬧東風。湖山一夢中。

謁金門 題建昌城樓

雲薄薄。人静黄梅院落。細數花期並柳約。新愁沾一握。　夢醒從前多錯。寄恨畫簷靈鵲。明月欲西天寂寞。魂銷連曉角。

謁金門 慶彭教任滿

花霧暖。紅逗海棠開半。氈坐談經春四换。今朝官正滿。　好上鼇坡虎觀。好近御屏香案。休笑吾儂行色緩。待君來作伴。

謁金門

臨汝有歌者稍慧。咸淳中，嘗與吟朋夜醉其樓。對予唱《賀新郎》詞，至「劉郎正是當年少。更那堪、天教賦與，許多才調」之句，笑謂予曰：古曲兒今日恰好使得。予因以此意作小詞題壁，明日遂行。後一年再訪之，壁間醉墨尚存，而人已他適矣。然舊詞多有見之者，姑録於此。

眉月小。紅燭畫樓歌繞。唱到劉郎頻笑道。古詞今恰好。　深夜銀屏香裊。明日雕鞍塵杳。一餉春風容易曉。三生思不了。

謁金門 題吕真人醉桃源像

春正媚。閒步武陵源裏。千樹霞蒸紅散綺。一枝高插髻。　飛過洞庭煙水。酩酊莫教花墜。鉛鼎温温神謁帝。何曾真是醉。

清平樂　贈教坊樂師

鏗金戛玉。彈就神仙曲。鐵撥鵾弦清更熟。新腔渾勝俗。　教坊盡道名師。聲華都處俱知。指日内前宣喚，雲韶獨步丹墀。

太常引　送丁使君

甘棠春色滿南豐。春好處、在黌宫。宫柳映墻紅。對墻柳、常思耐翁。　文章太守，詞華哲匠，人與易居東。攀戀計無從。判行省、重臨舊封。

柳梢青　哀二歌者鄧元實同賦

青鳥西沉，彩鸞北去，月冷河橋。夢事荒凉，垂楊暗老，幾度魂銷。　雲邊音信迢迢。把楚些、憑誰爲招。萬疊清愁，西風横笛，吹落寒潮。

戀繡衾　城南净凉亭賦

輕風吹霧月滿廊。芙蕖香、飄入隔窗。記舊月、閒庭院，擘碎紅、蒙幂曉妝。　如今兩鬢秋悽惻，負凌波、萬頃淒凉。花若惜、劉郎老，倩藕絲、牽住夕陽。

臨江仙　和陳憲使韻

朔雪驅將殘臘去，東風放出新晴。繡衣瑞彩照巖城。江天收宿靄，湖水動春聲。　要净狐嘷並鱓舞，未煩鶴怨猿驚。元龍老氣正峥嶸。毫端膚寸潤，野燒緑痕生。

洞仙歌　大德壬寅秋送劉春谷學正

津亭折柳，正秋光如畫。繞路黄花擁朝馬。歎市槐景淡，池藻波寒，分明是、三載春風難舍。軍峰天際碧，雲隔空同，無奈相思月明夜。薇藥早催人，應佔先春，休如我、醉卧水邊林下。待來歲、今時慶除書，繡錦映宫花，玉京隨駕。

西湖明月引　用白雲翁韻送客遊行都

江郵煙雨暗蕭蕭。漲寒潮。送春橈。目斷京塵，何日聽鸞簫。金雀觚棱千裏外，指天際，碧雲深，魂欲飄。　薰爐炷愁煙盡銷。酒孤斟、誰與招。滿懷情思，任吟箋、賦筆難描。惆悵山風、吹夢老秋宵。緑漾湖心波影闊，終待到，借垂楊、月半橋。

意難忘　咸淳癸酉用清真韻

汀柳初黄。送流車出陌，别酒浮觴。亂山迷去路，空閣帶餘香。人漸遠，意淒涼。更暮雨淋浪。悔不辦，窄衫細馬，兩兩交相。　春梁語燕猶雙。歎曉窗新月，獨照劉郎。寄箋頻誤約，臨鏡想慵妝。知幾夢，惱愁腸。任更駐何妨。但只憐，緑陰匝匝，過了韶光。

六幺令　雲舍趙使君同賦

曉來寒角，吹起愁相觸。亂雲黯淡江渚，疏柳雙鴉宿。錦瑟銀屏何處，花霧翻香曲。柔紅嬌緑。魂銷往夢，羞向孤梅説幽獨。　燕支曾印素袂，絳黯收殘馥。頻問訊，道新來悶損纖腰束。多謝芳心卷戀，羅結文鴛蹴。前歡誰卜。雲箋封蠟，就寄相思恨盈匊。

滿庭芳　春日過城東舊遊

簾捲疏櫺，樓平危堞，幾回筍玉凭闌。覓花呼酒，更共理哀彈。暖日柔風好景，行雲繞、鶯燕翩翻。誰知道，冶遊重到，已賦解連環。　乘雲，行處去，花深隔院，應恨春閑。但紫騮嘶度，時望重關。長恨江樓柳老，女郎腰、又負眠三。東城路，一回一感，愁見月兒彎。

天香　次韻賦牡丹

雨秀風明，煙柔霧滑，魏家初試嬌紫。翠羽低雲，檀心暈粉，獨冠洛京新譜。沉香醉墨，曾賦與、昭陽仙侶。塵世幾經朝暮，花神豈知今古。　愁聽流鶯自語，歎唐宮、草青如許。空有天邊皓月，見霓裳舞。更後百年人換，又誰記、今番看花處。流水夕陽，斷魂鐘鼓。

燭影摇紅　月下牡丹

院落黄昏，殘霞收盡廉纖雨。天香富貴洛陽城，巧費春工作。自笑平生吟苦。寫不盡、此花風度。玉堂銀燭，翠幄畫闌，萬紅争妒。　那更深宵，寒光幻出清都府。嫦娥跨影下人間，來按紅鸞舞。連夜杯行休駐。生怕化、彩雲飛去。酒闌人静，月淡塵清，曉風輕露。

長相思　客中　景定壬戌秋

霧隔平林，風欺敗褐，十分秋滿黄華。荒庭人静，聲慘寒蛩，驚回羈思如麻。庾信多愁，有中宵清夢，迢遞還家。楚水繞天涯。　黯銷魂、幾度棲鴉。對緑橘黄橙，故園在念，悵望歸路猶賒。此情吟不盡，被西風、吹入胡笳。目極黄雲，飛渡處、臨流自嗟。又斜陽，征鴻影斷，夜來空信燈花。

選冠子　送歌者入閩（用月巢韻）

暝靄迷紅，水天籠曉，帆去野潮聲急。離鸞獨倚，巧燕雙飛，忍向東風飄拆。塵銷紫曲闌干，箏雁成聲，頓成孤臆。歎舟回人遠，鈿花薌澤，悄無痕跡。　憔悴損，俊賞杜郎，多情荀令，欲寫別愁無力。閩星南轉，江月西沉，空擬夢來今夕。古驛荒郵，誰憐膩粉風侵，松蟬雲濕。但斷魂煙浪，癡看橋西落日。

惜餘春慢　春雨

玉勒絲鞭，彩旗紅索，總向愁中休了。偏憐景媚，爲甚愁濃，都爲雨多晴少。桃杏開到梨花，紅印香泥，緑平幽沼。也無饒、紅藥殿春，更作薄寒清峭。　塵夢裏、暗換年華，東風能幾，又把一番春老。鶯花過眼，蠶麥當頭，朝日濃陰籠曉。休恨煙林杜鵑，只恨啼鳩，呼雲聲杳。到如今，暖靄烘晴，滿地緑陰芳草。

買陂塘　與沈潤予鄧元實同賦

暮雲沉、淒淒花陌，荒苔青潤鴛甃。嬌紅一捻不勝春，苦雨酸雨僝僽。從別後。但暗憶娉婷，幾把垂楊蹂。香銷韓袖。念鶯燕悲吟，鳳鸞仙去，空負摘花手。　銅鋪掩，窺見文窗依舊。箏琶塵暗絃縐。欲圓春夢今猶未，怪得西飛太驟。凝佇久。擬待倩、鴻都羽客尋仙偶。青衫濕透。歎玉骨沉埋，芳魂縹緲，何處酹尊酒。

買陂塘　兵後過舊遊

倚樓西、西風驚鬢，吹回塵思蕭瑟。碧桃影下驂鸞夢，十載雲沉雨隔。空自憶。漫紅蠟香箋，難寫舊悽惻。煙郝水國。欲閑却琴心，蠹殘箧面，老盡看花客。河橋側。曾試雕鞍玉勒。如今已忘南北。人間縱有垂楊在，欲挽一絲無力。君莫拍。渾不似、年時愛聽酒邊笛。湘簾巷陌。但斜照斷煙，淡螢衰草，零落舊春色。

賀新郎　催花呈趙雲舍

辦著春遊費。奈狂風吹寒，禁定滿城花事。天瞑雲深時度雨。院落秦箏未試。倩誰遣、杏嬌桃媚。韶色三停今過一，只淡黄楊柳裝愁思。芳徑滑，繡窗閉。　玉爐悶炷香温被。憶去年、悤悤勝賞，夢沉煙水。遥望秋千新彩索，難把舊痕重繫。待暖入、香紅十里。别擁雙鸞迎素月，教明年、不恨今憔悴。鶯共燕，汝知未。

賀新郎　答趙清遠見寄韻

莫笑劉郎老。老劉郎平生，不是山林懷抱。夢裏風雲翻海嶽，覺後狂歌墜帽。歎幾度、荒雞誤曉。天際晴雲開五色，縱今年、意氣猶年少。機事遠，有時到。　凱歌櫜筆憑誰道。對郝中、一溪流水，半林斜照。賴有可人堪話舊，時共掀髯絶倒。也來問、衮衣茸帽。聊且問天占百歲，看乾坤、此事如何了。腸斷處，春城草。

賀新郎

醉裏江南路。問梅花、經年冷落，幾番煙雨。玉骨冰肌終是別，猶帶孤山瑞露。想蘊藉、和羹風度。萬紫千紅嫌妒早，羨仙標、豈比人間侶。聊玩弄，六花舞。　雲寒木落山城暮。忽飄來、暗香萬斛，春浮江浦。茅舍竹籬詞客老，擬傍東風千樹。看好月、亭亭當午。流水村中清淺處，稱橫斜疏影相容與。時索笑，想應許。以上清朱孝臧輯刊《彊村叢書》本劉壎《水雲村詩餘》

黄公紹 存詞三十首

黄公紹，字直翁，别號在軒。邵武（今屬福建）人。宋咸淳元年進士。入元，隱居鄉里。有文集《在軒集》，朱孝臧輯刊《彊村叢書》編入黄公紹《在軒詞》一卷。《全宋詞》據《翰墨大全》增補二首。生平見《宋詩紀事》卷七十五、《元詩選》二集《在軒集》。

瀟湘神 端午競渡棹歌

望湖天。望湖天。緑楊深處鼓鼘鼘。好是年年三二月，湖邊日日看划船。

瀟湘神

鬬輕橈。鬬輕橈。雪中花捲棹聲摇。天與玻瓈三萬頃，儘教看得幾吴舠。

瀟湘神

看龍舟。看龍舟。兩隄未鬬水悠悠。一片笙歌催鬧晚，忽然鼓棹起中流。

瀟湘神

賀靈鼉。賀靈鼉。幾年翠舞與珠歌。看到日斜猶未足，湧金門外湧金波。

瀟湘神

馬如龍。馬如龍。飛過蘇隄健鬭風。柳下繫船青作纜，湖邊薦酒碧爲筒。

瀟湘神

繡周張。繡周張。樓臺簾幕絮高揚。誰賦珠宮並貝闕，懷王去後去沈湘。

瀟湘神

棹如飛。棹如飛。水中萬鼓起潛螭。最是玉蓮堂上好，躍來奪錦看吴兒。

瀟湘神

建雲斿。建雲斿。土風到處總相猶。朝了霍山朝岳帝，十分打扮是杭州。

瀟湘神

踏青青。踏青青。西泠橋畔草連汀。撲得龍船兒一對，畫闌倚遍看遊人。

瀟湘神

月明中。月明中。滿湖春水望難窮。欲學楚歌歌不得，一場離恨兩眉峰。

滿江紅　花朝雨作

客子光陰，又還是、杏花阡陌。攲枕聽、一窗夜雨，怎生禁得。銀蠟痕消珠鳳小，翠衾香冷文鴛拆。歎人生、時序百年心，萍蹤跡。聲不斷，樓頭滴。行不住，街頭屐。倩新來雙燕，探晴消息。可煞東君多著意，柳絲染出西湖色。待牡丹、開處十分春，催寒食。

念奴嬌　月

山圍寬碧，月十分圓滿，十分春暮。匹似湧金門外看，添得緑陰佳樹。野闊星垂，天高雲斂，不受紅塵汙。徘徊水影，閑中自有佳處。乘興著我扁舟，山陰夜色，渺渺流光溯。望美人兮天一角，我欲淩風飛去。世事浮沉，人生圓缺，得似煙波趣。興懷赤壁，大江千古東注。

望江南　雨

思晴好，去上竹山窠。自古常言光霽好，如今却恨雨聲多。奈此坐愁何。

望江南

思晴好，試卜那朝晴。古木荒村雲淰淰，孤燈敗壁夜冥冥。不寐聽檐聲。

望江南

思晴好，小駐豈無因。花上半旬春社雨，松間三宿暮山雲。轉住是愁人。

望江南

思晴好，春透海棠枝。刻惜許多過時了，可憐生是我來遲。不見軟紅時。

望江南

思晴好，天運幾乘除。只爲晴多還又雨，誰知雨過是晴初。那得緑陰乎。

望江南

思晴好，路滑少人行。早信雨能留得住，儘教盡日自舟横。直等到清明。

望江南

思晴好，我欲問花神。剛道社公瞋舊水，一回舊也一回新。不是兩般春。

望江南

思晴好，松路翠光寒。夜夜竹窠常夢到，天天后土幾時幹。極目霧漫漫。

望江南

思晴好，日影漏些兒。油菜花間蝴蝶舞，刺桐枝上鵓鳩啼。閑坐看春犁。

望江南

思晴好，晨起望籬東。畢竟陰晴排日子，大都行止聽天公。且住此山中。

花犯 木芙蓉

翠奩空、紅鸞蘸影，嫣然弄妝晚。霧鬟低顫。飛嫩藕仙裳，清思無限。象床試錦新翻樣，金屏連繡展。最好似、阿環嬌困，雲酣春帳暖。　尋思水邊賦娟娟，新霜□舊約，西風庭院。腸斷處，秋江上、彩雲輕散。憑誰向、一筝過雁。細説與、眉心楊柳怨。且趁此、菊花天氣，年年尋醉伴。

喜遷鶯 荼蘼

亂紅飛雨。悵春心一似，騰騰悶暑。密綰柔情，暗傳芳意，人在垂楊深宇。曉雪一簾幽夢，半點檀心知否。春不管，想粉香凝淚，翠顰含趣。　誰念芳徑小，新緑戔戔，問訊今何許。玉冷釵頭，羅寬帶眼，縹緲青鸞難遇。望斷碧雲深處，倚遍畫闌將暮。空惆悵，更江頭桃葉，溜横波渡。

漢宫春 郡圃賞白蓮

身到瑶池。正□水芙蓉，跕素鸞飛。緑雲淡籠波面，鴛影差差。青冥世界，向龍宫、湧出江妃。凝望久，夜涼如水，人間惆悵芳時。　池上方壺仙伯，是珊珊月佩，綽綽冰肌。重來碧環勝處，笑引瓊卮。誰歌白雪，坐中客、賽過玄暉。醉歸也，玉繩低轉，曉風輕拂荷衣。

鶯啼序 吴江長橋

銀雲卷晴縹渺，卧長龍一帶。柳絲蘸、幾簇柔煙，兩市簾棟如畫。芳草岸、彎環半玉，鱗鱗曲港雙流會。看碧天連水，翻成箭樣風快。　白露横江，一葦萬頃，問靈槎何在。空翠濕衣不勝寒，日華金掌沆瀣。甃花平、緑文襯步，瓊田湧出神仙界。黛眉脩，依約霧鬟，在秋波外。　閣嘘青蜃，樓啄彩虹，飛蓋蹴鼇背。燈火暮，相輪倒影，偷睇別浦，片片歸帆，遠自天際。舞蛟幽壑，棲鴉古木，有人剪取松江水，憶細鱗巨口魚堪鱠。波涵笠澤，時見静影浮光，霏陰萬貌千態。　蒹葭深處，應有閑鷗，寄語休見怪。倩洗却、香紅塵面，買箇扁舟，身世飄萍，名利微芥。闌干拍遍，除東曹掾，與天隨子是我輩，儘胸中、著得乾坤大。亭前無限驚濤，總把遥吟，月明滿載。

明月棹孤舟　木樨

渰渰輕陰天弄曉。雁帶愁來寒事早。西風把鬢華吹老。猛省中秋，都來幾日，先自木樨開了。平白地、被花相惱。一枕雲閑，半窗秋曉，時有陣香吹到。

踏莎行　木樨

蟾苑蕭疏，雲岩芳馥。仙娥寄種來溪曲。曉煙薰上古龍涎，西風展破黄金粟。庾嶺未梅，陶園休菊。天教占取清香獨。膽瓶枕畔兩三枝，夢回疑在瑶臺宿。

以上朱孝臧輯刊《彊村叢書》本《在軒詞》

洞仙歌　劉守之任

銀菟分竹，是君王親付。州在扶輿最清處。紫雲樓、記取天語丁寧，襦袴手。好好爲吾摩拊。望公如望月，見説郴江，父老多時問來暮。旌旆試初涼，紫馬西來，青絲絡、秋風滿路。早橘井丹成入仙班，有喬木前芳，事須公做。《新編事文類聚翰墨大全》庚集卷十五

喜遷鶯　和老人詠梅

世情冰盡。算耐久秖是，隴頭芳信。惆悵人間，幾千年□，留得陸郎餘韻。朔雲解識花意，遮斷疏狂蝶粉。歲寒了，任風傳香遠，月移影近。　清潤。無點涴，不曰堅乎，如玉真難燼。除宋廣平，與林和靖，肉眼有誰能認。仙豐道骨如許，相對霜髯雪鬢。長健也，好年年管領，春光隨分。

《新編事文類聚翰墨大全》後戊集卷五

蕭𣂏

存詞四首

蕭𣂏（一二四一—一三一八），字維斗（又作惟斗），別號勤齋。奉元（陝西西安）人。早年爲府史，引退還鄉。在南山讀書三十年，博極群書，忽必烈召蕭𣂏侍潛邸，以疾辭。授陝西儒學提舉，不赴。後累授集賢直學士、國子司業、集賢侍讀學士，皆辭而不受。至大元年拜太子右諭德，扶病至京師。朝廷尚酒，蕭𣂏書《酒誥》爲獻。授集賢學士、國子祭酒。因病固辭而歸。卒，賜謚貞敏。有《勤齋集》，至正四年蘇天爵編爲十五卷，刊於淮東，入明已亡佚。清乾隆時修《四庫全書》，從《永樂大典》中輯出《勤齋集》八卷，詩文各四卷，有詞四闋。另著《三禮説》、《小學標題駁論》、《九州志》等。生平見蘇天爵撰墓誌銘（《滋溪文稿》卷八）、《元史》卷一八九、《元詩選癸集》乙集。

鵲橋仙　壽詞

萬金寶劑，三山仙島。祝康寧壽考。似君全福幾人能，真不是、天公草草。　彩衣膝下，仙歌雲杪。莫厭金荷□倒。衹應龜鶴羨長年，八千歲、靈椿未老。

太常引　壽詞

天家崇德報元功。稽盛典，極追隆。美謚亞三公。更大國、新開魏封。　夫人配德，淵深玉粹，麟趾見清風。恰恰壽筵逢。想醉德、多於酒醲。

浣溪沙　張詳議八十壽

紅藥香中敞壽筵。一叢蘭玉拜尊前。曾孫繞膝慶高年。　白髮弟兄真樂事，雪溪孝友即家傳。人生佳處只君全。

望月婆羅門引　叔經宣慰壽

南城佳處，問誰人得數登臨。看公鐘鼎何心。鳳味東邊小築，桃李作高林。道詩書教子，絶勝黄金。　千年尚禽。肯隨世、漫浮沉。好在傳家棠樹，培壅清陰。年高德劭，似一日、春光一日深。青鏡裏、白髮休侵。以上文淵閣《四庫全書》輯本《勤齋集》卷八

燕公楠　存詞一首

燕公楠（一二四一——一三〇二），字國材，别號五峰。南康建昌（江西永修）人。宋末，任贛州通判，至元十三年，元世祖定江南，任吉州路同知。至元二十二年夏，應召至上都，奏對稱旨，元世祖賜名「賽因囊加帶」，授江浙行省僉事。至元二十五年任大司農，領八道勸農營田司事。至元二十七年，拜江淮行省參政。赴闕陳事，欲授平章政事，辭謝，改江浙行省參政。至元三十年，再任大司農。元貞元年，進河南行省右丞。改任江浙行省右丞。大德三年改湖廣行省右丞。大德六年卒，享年六十二歲。有《五峰集》十五卷，已亡佚。號稱十歲能屬文，詩文均有時名。生平見程鉅夫撰神道碑（《雪樓集》卷二十一）、《元史》卷一七三、清曾燠《江西詩徵》卷二十六。

摸魚兒　答程雪樓見寄補序

繡使雪樓先生歌《摸魚詞》華余初度，次韻。敬謝盛心，荒唐愧甚。

又浮生、平年六十，登樓悵望荆楚。出山寸草成何事，閒却竹烟松雨。空自許。早摇落江潭，一似琅琊樹。蒼蒼天路。謾伏櫪心長，銜圖翅短，歲晏欲誰與。　梅花賦，飛墮高寒玉宇。剛腸還寧馨語。英雄操與君侯耳，過眼群兒誰數。霜鬢縷。秪夢聽枝頭，翡翠催歸去。清觴飛羽。且細酌盱泉，酣歌郢雪，風致美無度。景洪武本《程雪樓先生文集》卷三十附

梁曾 存詞一首

梁曾（一二四二—一三二二），字貢父。燕（北京市）人。中統間，以王鶚薦，辟中書令史，三轉中書省掾。至元十年，授雲南行省都事，升員外郎，轉廣西兩江宣撫司同知，改知南陽府。至元十七年，命以兵部尚書奉使安南。除湖南宣慰司副使。以疾去職。至元二十九年召至京師，授吏部尚書，再使安南。大德元年，除杭州路總管，遷兩浙都轉運鹽使，拜雲南行省參知政事。召爲中書參議，復出爲河南、湖廣行省參知政事，以疾歸。皇慶元年，特授昭文館大學士、資德大夫。累乞致仕不允，復起爲集賢侍講學士。延祐元年，奉詔代祀中岳，還，病寓居淮南。卒年八十一。生平見《元史》卷一七八、元熊夢祥《析津志·名宦》（《析津志輯佚》一五〇頁）。

木蘭花慢 西湖送春

問花花不語，爲誰落，爲誰開。算春色三分，半隨流水，半入塵埃。人生能幾歡笑，但相逢、尊酒莫相推。千古幕天席地，一春翠繞珠圍。　彩雲回首暗高臺。煙樹渺吟懷。拚一醉留春，留春不住，醉裏春歸。西樓半簾斜日，怪銜春、燕子却飛來。一枕青樓好夢，又教風雨驚回。朱彝尊、汪森《詞綜》卷二十七

劉敏中

存詞一四九首

劉敏中（一二四三—一三一八），字端甫，號中庵。章丘（今屬山東）人。早年受知鄉先生杜仁傑。至元十一年由中書省掾史擢兵部主事，拜監察御史。權臣桑哥秉政，辭歸鄉里。起爲燕南肅政廉訪副使，累遷翰林直學士兼國子祭酒。大德七年以宣撫使巡行遼東、山北諸郡。除東平路總管，擢陝西行臺治書侍御史。大德九年，召爲集賢學士。元武宗即位，召至上京，庶政多所更定。拜河南行省參知政事，又改授治書侍御史，出爲淮西肅政廉訪使，轉山東宣慰使。在翰林學士承旨任上以疾還鄉。延祐五年卒，享年七十六。追封齊國公，謚文簡。元統年間刻本《中庵先生劉文簡公文集》二十五卷（簡稱《中庵集》或《劉文簡公集》），罕見傳本。清乾隆年間編《四庫全書》，未收到文集的元刻本二十五卷，以及清鈔本二十五卷。從《永樂大典》中輯出《中庵集》二十卷。劉敏中所作詞，《中庵先生劉文簡公文集》編在卷二十四（樂府上）、二十五（樂府下）。《四庫全書》本《中庵文集》卷六，存詞僅有三十一首。其詞結集爲《中庵樂府》，有近人趙萬里校本。《録鬼簿》列名「前輩名公」節。另著《平宋録》三卷，今存。生平見曹元用撰神道碑銘（元統刊本《中庵集》附録）、《元史》卷一七八、《大明一統志》卷二十二。

木蘭花慢　曉過盧溝

上盧溝一望，正紅日、破霜寒。儘渺渺飛煙，葱葱佳氣，東海西山。依稀玉樓飛動，道五雲深處是天關。柳外弓戈萬騎，花邊劍履千官。　寒窗螢雪一生酸。富貴幾曾看。問今日誰教，黄塵匹馬，更上長安。空無語，還自笑。恐當年、貢禹錯彈冠。擬把繁華風景，和詩滿載歸鞍。

木蘭花慢　送親衛劉副使還成都統軍公號舜田

燦星纏寶校，跨天駟、日華邊。看嶺表孤松，峰尖秋隼，誰與争先。君王識公英武，便除書、飛下九重天。内府彤弓弦矢，元戎虎旆龍旂。　陰風慘淡拂春煙。萬里入秦川。想諸將歡迎，三軍賈勇，威震江壖。何如渭城客舍，對青青柳色惜離筵。回首平吴事了，兜鍪更换貂蟬。

木蘭花慢　壽大智先生

憶長庚初夢，是誰遣下蓬壺。到今日相看，仙風道骨，依舊清癯。胸中浩然何物，管三冬、讀盡鄴侯書。筆落千山風雨，氣吞萬里江湖。　豪門落落曳長裾。醉倒倩人扶。剛只要疏閑，争教富貴，不肯饒渠。蟾宫桂春榜字，看明年、光耀滿門閭。應笑青燈黄卷，却成玉帶金魚。

木蘭花慢　次韻答張直卿見寄

兩城無百里，算只是、一家鄉。愧每每相看，來迎去送，水影山光。殷勤舉杯一笑，要都收、百福與千祥。鏡裏吾衰已甚，尊前君意何長。　誰能齊物似蒙莊。歲月去堂堂。更多病何堪，閒愁萬緒，惱亂詩腸。明年定須豐稔，看桑蠶成簇麥登場。君到野亭應喜，酒簾花外悠揚。

木蘭花慢

適得醉經樂章，讀未竟，而彦博尚書有兵廚之餉。因用其韻，書二本，一呈醉經，一謝彦博。

待楮撑暮境，道比舊、不争多。奈白日難留，丹心易感，緑髪全皤。行樂處，渾一夢，憶黄公壚下幾回過。振策千峰絶頂，濯纓萬里長河。　紅塵世事費蹉磨。人海駕洪波。悵學古無成，於今何補，謾爾蹉跎。閑攬鏡，還獨笑，甚蒼顔一皺不曾酡。忽報鳴鞭送酒，開軒自洗空螺。

校：詩序，底本原缺「書二本一呈醉經一謝彦博」，據《四庫全書》本補。「待楮撑」，《四庫全書》本作「待揩撑」。

木蘭花慢　贈貴游摘阮時得名妾故戲及之

此聲何所似，似琴語、更琅然。問太古遺音，承平舊曲，誰爲君傳。知音素蛾好在，只向人懷抱照人圓。一笑青雲公子，不應猶有塵緣。　松間玄鶴舞翩翩。山鬼下蒼煙。正閉户焚香，流商泛角，非指非弦。華堂静無俗客，算風流、未減竹林賢。何日西窗酒醒，聽君細瀉幽泉。

校：「似琴語」，《四庫全書》本作「較琴語」。「流商」，作「捩商」。

木蘭花慢　會有詔止征南之行復以木蘭花慢送還闕

妙年勳業在，正千載、會風雲。有横槊新詩，投壺雅唱，將武儒文。風流聖朝人物，算錦衣、難避軟紅塵。瓊島羽林清曉，紫垣星月黄昏。　悠悠軒旆下東秦。賓客滿于門。看戲綵萱堂，揮金置酒，和氣回春。平生事，忠與孝，但圖忠、雲路莫因循。此去秋光正好，龍墀再荷新恩。

木蘭花慢　八月二十五日爲仲敬壽

對南山秋色，湖海氣、欝峥嶸。更落葉疏風，黄花細雨，何限詩清。良辰醉中高興，料殷勤、喜見故人情。玉斝雲腴仙釀，木蘭花慢新聲。　歸鴻遠目入青冥。相與慰飄零。儘起舞狂歌，新愁舊恨，一笑都平。平生事，天已許，道青霄有路上蓬瀛。隨分人間富貴，不妨游戲千齡。

校：「飄零」，清鈔本作「飄寒」。

木蘭花慢　代人作

渺雲閒天淡，離别意、一銷魂。憶金縷珠喉，冰絃玉筍，明月幽人。風流舊家心事，指南山、松柏託殷勤。煙草夕陽别浦，梨花暮雨重門。　浪憑歸夢覓行雲。腸斷幾黄昏。甚百種淒涼，一般寂寞，兩地平分。多情料應有語，道卿卿、不惜鎖窗春。爲謝倩桃風柳，不禁鞍馬紅塵。

校：題目，《四庫全書》本《中庵集》作《憶别》。「倩桃」，《四庫全書》本作「晴桃」。

木蘭花慢　元夕後小雨

澹春陰如霧，釀春雨、灑春城。便羅綺風柔，園林氣暖，巷陌塵輕。鼇山頓成瀟灑，恰上元過也罷燒燈。到處柳金梅雪，一時水緑山青。　午窗夢斷破微晴。驀聽賣花聲。憶北苑尋芳，南園載酒，節近清明。韶華向人如舊，莫青春行樂負平生。説與東君知道，先迎舞燕歌鶯。

校：「水緑山青」，清鈔本原缺「山青」。

木蘭花慢　代人贈吹簫趙生

甚無情枯竹，使人喜、使人悲。愛太古遺音，承平舊曲，吹盡參差。簫曲名，見《文選》。千秋鳳臺人去，算風流、只有趙郎知。秋晚樓空月夜，日長人静花時。　酒闌更與盡情吹。欲起不能歸。怕幽壑潛蛟，孤舟嫠婦，掩泣驚飛。傷心少年行樂，奈春風、不染鬢邊絲。静倚闌干十二，醉魂飛上瑶池。

滿江紅

至元丙戌，敏中與廣平安思承同爲御史，吾二人者仕同，道同，齒同，而志意又同，以是交甚款。又因思承得拜其兄今宣慰公於其家，公即歡然相接，傾倒如舊。公時在京領漕運，明年爲刑曹尚書。會夏暑，以恩例決諸司囚。敏中以御史公以秋官實同其事。旦夕相從者彌月，凡公之毅敏公恕，盡於斯得之，而情好益密矣。又再歲，思承爲四川副按察之成都，敏中爲御史都司，歲餘，謝病歸濟南。已而聞公由刑曹宣慰雲朔，又聞思承還京爲冬官侍郎。今年癸巳夏六月，公復以宣慰來山東，當治益都，過濟南，顧敏中於陋巷，且致思承之問。凡與思承别蓋五年，而公則四年矣，陳叙契闊，甚相樂也。明旦，公已行矣，乃知公近有充閭之慶，則又喜焉，而獨恨不得爲一賀也。十月，公以行部復過濟南，見公于皇華驛，退以鄙懷作樂府一篇獻於公，以發一笑，其亦古人所謂情動於中而形於言，言不足而詠歌之義也。

十載京華，也曾是、飄零狂客。還有幸、公家兄弟，相逢相識。記得宣恩疏決日，柏臺驄馬秋官筆。甚人生聚散等閒間，都難測。　摩撫手，天西北。放浪跡，江湖國。忽高軒飛下，今夕何夕。頭上貂蟬看欲見，掌中珠顆今先得。暫放教、詩酒豁平生，公休惜。

滿江紅　十一月十六日爲蔡知事壽

愛日回春，恰開放、江頭梅萼。還更有、遠山晴雪，竹溪松壑。晚節豐年人盡喜，良辰美景君須樂。便拚教壽酒一千鍾，深深酌。　眉宇秀，胸懷廓。問誰識，平生略。只優遊無事，笑談賓幕。萬里秋天鴻鵠志，高名四海麒麟閣。待此時、滿意祝莊椿，揚州鶴。

滿江紅　病中呈諸友

晝景清和，南風扇、葛衣未試。知又是、梅黄時候，麥秋天氣。寶鴨旋薰香篆小，緑陰生寂重門閉。有畫梁雙燕伴人愁，知人意。　螢窗苦，貂蟬貴。窮與達，心如醉。箇月來多病，不禁憔悴。諱疲怎謾衣帶緩，怯眠却把窗兒倚。問阿誰、心緒正如今，還如此。

校：「梅黄時候」，清鈔本作「黄梅時候」。

滿江紅　次韻答暢泊然

滿紙龍鸞，渾壓倒、來禽青李。黄絹好、朝吟暮玩，愛之無已。玉刻來從千載上，寶珠出自重淵底。每相逢相慰淡相於，如君幾。　無所見，譁然毀。安所有，同然喜。賴多情問我，病歟貧耳。一寸灰心寒欲盡，數莖緑髮愁難理。説青簾高處有仙鄉，無人指。

滿江紅　病中又次前韻

北去南來，凡幾度、風沙行李。離又合、新歡舊恨，古今何已。風鑒俄瞻衡宇外，月明照見寒江底。問朱絲白雪尚依然，知音幾。　無所作，誰成毁。非所望，何悲喜。謂人生得失，卷舒天耳。病骨支離羈思亂，此情正要公料理。但無言、手捉玉連環，東南指。

校：詞題，《四庫全書》本作「病中次韻答暢泊然純甫」。

滿江紅　又次前韻

我笑前人，癡絶甚、搔瓜鑽李。天壤内、神奇腐朽，有所窮已。才見凌風霄漢上，忽看垂翅蓬蒿底。試問將、得失遍思量，凡經幾。　無汝愧，從渠毁。非我有，何吾喜。但物來即應，盡心焉耳。一榻高眠人事了，一瓢樂飲家緣理。也何曾、直待馬千蹄，童千指。搔瓜，事見劉向《新序》。

校：「有所」，《四庫全書》本作「有何」。「何吾喜」，作「吾何喜」。詞注「劉向《新序》」，底本原作「劉尚《新序》」，據文意改。

滿江紅　送李清甫赴西蜀提刑副使

萬古雲霄，誰辨得、妙齡勳業。長有恨、君恩未報，鬢毛先雪。紫詔俄從天闕下，繡衣已逐星軺發。但七千里外望庭闈，三年別。　忠與孝，心應切。行與止，君須決。説蜀中父老，望君如渴。地迥無妨鷹隼繫，山深要静狐狸穴。着新詩、收拾錦城春，歸來説。

滿江紅　送鄭鵬南經歷赴河東廉訪幕

宿酒初醒，秋已老、故人來別。情味惡、從前萬事，不堪重説。大抵男兒忠孝耳，此身如葉心如鐵。但始終夷險要扶持，平生節。　湖海氣，詩書業。霜雪地，風雲客。問而今月旦，果誰豪傑。君去還經汾水上，依然照見齊州月。怕相思、休費短長吟，生華髮。

念奴嬌　聖節進酒詞

龍飛九五，記虹流電繞，天開華旦。萬寶成時秋正好，四海皇皇枕奠。教兩仁風，聲名文物，允協斯民願。途歌里詠，太平今日真見。　遥想禹子湯孫，堯臣漢相，拂曉班如剪。萬國衣冠同拜舞，春滿九重宫殿。湛露恩隆，南山慶遠，處處須新宴。瞻天望聖，玉巵萬壽遥獻。

念奴嬌

大德己亥冬，余再至京師，聞中書掾東平張君敬甫以練達俊偉游諸公間，名聲籍籍。已而識君于王禮部彦博家，歲餘，君掾秩滿，出尹余鄉陽丘。陽丘大縣，繁阜難治。君至，剗疣抉蠹，善政日聞。甲辰春，余還繡江野亭，實邇縣郛，君苟有暇，必從容就余，嘯詠相忘，追泉石之樂。是歲十月，君受代，自爾來益數，情益款，而知益以深。憶昔言曰，吾當去矣，途既戒矣，先生豈有言乎？余諗之曰，敬甫，子以敬自銘者也。人之才不同，概言則有能有不能、無可無不可二者而已。若吾子無可無不可者歟，以無可無不可之才，而行之以敬，則異時功業之所就，非余所得慮者，子惟持子之敬，慎子之才而已矣。衰懷激烈，不覺黯然，於是飲之酒，而贈之以歌，實乙巳三月下澣一日也。

百花開後，殿餘春、只有翻階紅藥。人似春光留不住，半夜東風作惡。寥落離懷，蒼涼行色，更與花前酌。浩歌一曲，鳥啼花自飛落。瀟灑誰復如君，溪山如此，何限山中樂。政爾功名相促迫，眼底西臺東閣。我識君才，青雲明日，萬里秋天鶴。有時還夢，野亭亭下巖壑。

念奴嬌　仲庸集賢以冬日桃花並樂章贈漁莊公漁莊邀和因次其韻

探梅時候，怯朝寒、倦説梅溪清淺。誰竊玄都春一握，烘暖小齋冰硯。何意芳妍，如今又與，前度劉郎面。武陵回首，斷腸流水花片。信道造化能移，何須更問，世事雲千變。猶勝當時深院裏，滿樹芳菲細剪。寶鴨熏香，銅瓶浴水，休把重簾捲。風流故在，乞漿怕有人見。

校：「芳妍」，清鈔本作「妍芳」。

念奴嬌　又次前韻

看花須約，一千年、知赴瑶池緣淺。雪裏花枝來索句，恍覺春生冷硯。却憶前時，尋芳處處，霞影浮杯面。酒醒花落，樹頭飛下餘片。何事歲晚重妍，多情應笑，我早朱顔變。依樣鉛華紅勝錦，争得瓶梅並剪。小閣幽窗，回寒向暖，百怕霜風卷。舊家野老，也來驚訝希見。

念奴嬌　自述呈知己（時小有言）

烏飛兔走，歎勞生、浮世忽忽如此。眼底風塵今古夢，到了誰非誰是。擊短扶長，曲邀横結，爲問都能幾。悠悠長嘯，謾嗟真個男子。數載黄卷青燈，種蘭植蕙，頗遂平生喜。冷笑紛紛兒女語，都付春風馬耳。美景良辰，親朋密友，有酒何妨醉。高歌一曲，二三知己知彼。

沁園春

仲敬吾友歸自曹南，而壽辰適至，喜可知也已。因憶僕前日所寄沁園春樂章，遂用其韻，俾奉觴者歌以侑歡云。

萬里長風，一夕吹君，飛來自南。想江東渭北，同驚過雁，升高望遠，幾度停驂。驀地相看，茫然浩首，依舊華峰碧玉簪。風雷起，放連宵痛飲，擁席高談。　君才何地非堪。從此看、恩麻綵鳳銜。但平生出處，於心已卜，古人事業，着力須貪。有道如斯，區區更問，紫綬朱衣青布衫。今秋菊，也爲君開早，香滿均庵。中秋後十日，菊花爛開。

沁園春

大德甲辰之歲，張君秀實得石百脈泉南麓土中，輟以遺余。余使視之，石四旁皆大石附而不屬土，周隙間宛然猶胞胎，抉其土，碎其旁石而取焉，寘之所居中庵之前，余命之曰太初之巖，且號曰蒼然子，奇之也。頃余族弟仲仁得石太初所出之旁，又以見遺，其胞胎猶太初，而艱深倍之。仲寬弟合衆力出之，闢垣而納之，寘之中庵之後，又一奇也。徐思其名，自混沌始分，而有是質，迄於茲遠矣，乃得安常守密，無動移摧剥之患，渾然天全，獨立遠矣。其狀雄拔高峻，壁嶺竅穴，嵐彩輝㶠，意態横出，雖具眼未易盡其妙，遠矣。生而與太初並處，出而與太初對列，協久要不忘之義又遠矣。有是四遠，而秀發如此，乃定名曰遠秀峰，號之曰頎然子云。且用太初樂章韻，作歌以喻之。石之至延祐戊午仲春十有九日也。其歌曰：

石汝何來，政爾難忘，平生太初。想將迎媚悦，無心在此，清奇古怪，有韻鏗如。何乃排垣，直前不屈，似此疏頑其可乎。今而後，有芳名雅號，聽我招呼。世間貴客豪夫。問幾個回頭認得渠。既千巖氣象，君都我許，四時襟抱，我爲君虛。無語相看，悠然意會，自引壺觴不願餘。商歌發，恰風生細竹，月上高梧。

校：詩序，「風彩輝煥」，清鈔本作「嵐彩輝煥」；「戊午」，作「午戊」。

沁園春

暢泊然純甫由山東僉憲謝病歸襄陽，以樂府《沁園春》見寄，次韻奉答。

世事何窮，遇合無媒，飛升有丹。看兵鏖蝸角，争知地窄，雲垂鵬翼，豈信天寬。一語侯封，九階夜轉，白髮十年不調官。人曾説，道本來分定，枉了心艱。苟非吾有誠難。問廣廈何時千萬間。羨柴扉草閣，自成瀟灑，斜風細雨，不用遮闌。麾去青驄，呼來白鳥，要伴扁舟畫裏看。遨遊耳，儘才情風調，付與溪山。

沁園春　次前韻

別後何如，兩鬢全霜，寸心尚丹。但酒腸蕭瑟，常因病窄，詩懷寥落，强爲秋寬。無補公家，坐縻廩粟，自笑閑身也屬官。思君甚，只夢魂夜夜，水阻雲艱。人才自古良難。問誰在、曹劉沈謝間。想羊公石畔，臨風把酒，習家池上，待月憑闌。黄絹飛來，青燈無寐，盥手薰香百過看。還知否，怕中年絲竹，難久東山。

沁園春

韓雲卿右司邀賞牡丹，且云，芍藥有雙頭者。以病不果赴，作此以呈諸公。時余爲國子祭酒。

先日空疏，幾載蹉跎，歷山繡江。甚如今却遣，官閒責重，茫然自愧，學陋言厖。鬢雪難消，君恩莫報，五鬼欺陵不可降。如何奈，强枝撐病骨，獨伴寒釭。心如孤旆高杠。但猶想茅齋對石矼。笑隨身惟有，詩囊藥裹，打門誰送，酒榼羊腔。夢裏笙歌，無名亭上，滿眼春風四面窗。人如玉，看牡丹第一，芍藥成雙。韓家有無名亭。

校：「先日空疏」，《四庫全書》本作「先自空疏」。「歷山繡江」，作「歷繞湖江」。

沁園春

題户部郎完顏正甫舒嘯圖仍用盧疎齋韻

華屋高軒，富貴之心，人皆有之。甚伯倫挈榼，惟知殢酒，浩然踏雪，只解吟詩。一見令人，利名都忘，更有高情元紫芝。還知否，蓋道分彼此，事有參差。看君緑髮雄姿。況千載風雲正遇時。便登高舒嘯，如今太早，揚眉吐氣，過此還遲。愧我衰殘，終然無補，久矣寒灰枯樹枝。雲山夢，被畫圖唤起，情見乎辭。

沁園春

壽張繡江參政

長白之英，爲國生賢，魁然此公。看功名一出，江湖氣量，才華誰有，星斗心胸。霖雨鹽梅，隨宜適用，已見時和歲又豐。餘無事，但門庭清雅，車騎雍容。秋香笑指籬東。道擬共他年伴赤松。要河車挽水，雙瞳似月，丹砂伏火，兩頰還童。雪落花開，東阡北陌，折簡來呼白髮翁。高情在，是繡江緑野，黄閣清風。

校：「才華誰有」，清鈔本作「才華雖有」。

沁園春 和省中諸公秋日海棠韻

花有花時，何事茲花，待開便開。看嫣然一笑，秋容也媚，問之不語，春意潛回。静想乾坤，中間萬有，元氣循環共一胎。花如此，儘風流奇特，歎了還猜。三生月地雲階。料曾被、西風點鏡臺。悵賞餘人散，黄蜂日晚，夢回月落，白雁霜催。兩度頻繁，一番遲暮，争似從他本分來。青霄客，有留連新句，爲寫芳埃。

校：詞題，《四庫全書》本作「省右司秋日海棠和諸公韻」。「花如此」，《四庫全書》本作「花如許」。「奇特」，作「奇異」。「點鏡臺」，作「照鏡臺」。

沁園春 張君周卿將赴濟南提刑經歷出示樂府因其韻以餞之

薄領埃塵，鞍馬風沙，逸才未舒。但平生豪宕，黄金易散，高懷灑落，白璧難迂。我問行藏，掀髯一笑，意外功名不用圖。南遊興，愛華峰北渚，雲海方壺。故園風景非殊。恍六載别來一夢如。想疏篁缺處，多應得筍，新松種後，迤漸成株。歸去來兮，東樓南浦，爛醉何妨翠袖扶。明年必，記此時休厭，折簡相呼。時周卿猶爲憲掾。

校：「難迂」，《四庫全書》作「難汙」。「明年必」，原作「朋年必」，據清鈔本改。

水龍吟

王瓠山丞旨以賞牡丹《水龍吟》見寄，且云，三花脈脈，似怨中庵無一語者。則知瓠山所居，乃余向者所寓李氏居也。次韻答之。

牡丹何可無言，廣平曾有梅花賦。蹉跎老矣，愁多歡少，花開人去。黄絹飛來，分明却見，舊家風度。是東皇，喚取玉堂仙伯，要長在、花間住。　慚愧相思千里，也看同去年崔護。詩盟酒伴，吟看醉繞，應無重數。寂寞江亭，青山不斷，碧雲將暮。對夕陽老樹，悠然北望，誦天香句。

校：詩序，「王瓠山丞旨」，《四庫全書》本作「王瓠山承旨」；「所寓李氏居」，作「所寓居」。「是東皇」，《四庫全書》本作「是東風」。

水龍吟

陽丘南逾五里，余別墅在焉。地方僅二畝，南西北皆巨溝，崖壁嶄絶。下爲通達人由其中，東垂蔽古藤，晦密尤峻。繡江遠來觸巽隅刮足而北，餘流復西，漸達於坤維，周覽上下，巋臺宛然，因取淵明語，命之曰賦詩之臺。南偏少東尤高敞，東向爲小亭，軒户始開，而長白湖山諸峰林壑，奔躍來見，明姿晦態，與繡江相表裏。復取謝靈運語，命之曰含暉之亭。亭之築，實至元辛卯前重陽一日也。戲作樂府《水龍吟》一首，書於壁，以識其始，且以爲老子醉後浩歌之資云：

乾坤遺此方臺，賦詩名字從吾起。十分高處，更宜着個，含暉亭子。無數青山，一時爲我，飛來窗裏。渺浮天玉雪，江流忽轉，風雨在、寒藤底。　嘗試登臨其上，把閒愁、古今都洗。長空澹澹，無言目送，飛鴻千里。看取明年，四圍松菊，一番桃李。放籃輿杖屨，醒來醉往，自今朝始。

校：詞序，「至元辛卯」，清鈔本誤作「元元辛卯」。

水龍吟　次韻答馬觀復左司九日

二豪侍側何知，舉頭一幕青天大。歸盤樂矣，丁寧更説，閒居粉黛。我見沙鷗，蓋嘗有問，無言意對。道試看自古，忘機未了，空無益、又遺害。　萬事直須自得，笑衰翁、幾時方會。今朝重九，西風杖屨，一番輕快。滿地黄花，清泉酌醴，新詩嚼膾。若東籬老子，能來共此樂，吾當拜。

水龍吟

馬觀復左司以九日《水龍吟》韻賦神亹峰邀和，復和之。神亹峰，渠家几硯間小石也。觀復家廣平地有神亹山，因以命石

物齊各自逍遥，何知鷃小鯤鵬大。乾坤太華，神亹相望，兩眉争黛。元氣遺形，幽人良友，朝看夕對。儘共工怒觸，巨靈善擘，衆山碎、未吾害。　借問此峰誰得。羡白眉、故家文會。蕭然丈室眼明，更比尋常寬快。長與安排，名香細茗，芳醪鮮膾。恐不時、便有打門狂客，設元章拜。

水龍吟　同張大經御史賦牡丹

春風一尺紅雲，粉蕤金粟重重起。天香國色，宜教占斷，人間富貴。最喜風流，妝臺卯酒，欲醒還醉。算年年歲歲，花開依舊，問當日、人何似。　休説花開花謝，怕傷它、老來情味。依稀病眼，

故應猶識，舊家姚魏。無語相看，一杯獨酹，幽懷如水。料多情、笑我蒼顏白髮，向風塵底。

水龍吟　次韻賦牡丹

曉來露濕仙衣，盛開更比初開重。春風也惜，頩然薄怒，不堪摇動。天上人間，我許唯有，司花會種。想年年京洛，紅塵紫陌，都占斷、繁華夢。　醉裏依稀有語，只清詩、可爲光寵。有香萬斛，從今準備，公來迎送。風雨難憑，綵雲回首，總成無用。唤玉壺、留取一枝春在，作中庵供。

校：「仙衣」，《四庫全書》本作「仙裳」。「我許唯有」，作「我評惟有」。「只清詩」，作「只清辭」。

摸魚兒　覲復以摸魚子賦神鷹見示次韻答之

莫相疑、愛石如許，流形我亦隨寓。神鷹更有神鷹在，照影幾煩清滏。山下路。還記得、當時射虎人曾誤。如今文府。但日永閑階，香凝燕寢，雲岫翳還吐。　崔嵬起，欲作飛仙鶱翥。依稀老眼如霧。品題好刻奇章字，嗟爾賞音難遇。如砥柱。應笑我心，更欲誰安住。茶餘客去，相對静無言，悠然意會，一陣北窗雨。

摸魚兒　九日上都次韻答邢伯才

歎萍蓬、此生無定，年年客裏重九。南來北去風沙夢，彈指已成白首。誰有酒。都唤起、一天秋色開林藪。還開笑口。對滿意青山，多情黄菊，莫唱渭城柳。　龍鍾態，也向人前叉手。思量難以持久。東塗西抹皆傾國，只有效顰人醜。嗟汝叟。今誤矣，江亭好去藏衰朽。鳴雞吠狗。盡里社追隨，何須更説，鼻醋吸三斗。

水調歌頭

長蘆商子文伯父元鼒國寶，年九十三。父元鼐國用，年八十五。叔父元鼎國器，年八十二。扁其堂曰三椿，以兄弟三人皆壽而言也。閻承旨序之甚詳，子文爲般陽路知事來徵言，書此詞以遺之

五福一曰壽，七十古來稀。鯨川兄弟何事，接武上期頤。添是商顔四皓，減即西周二老，白鶴一行飛。紾臂闚墻者，何地望餘輝。　世皆云，家積善，慶相隨。三椿堂上，陰德幾許只天知。子弟聯芳並秀，戲綵稱觴先後，和氣藹春熙。本大枝葉茂，門户看巍巍。

水調歌頭　戊辰年壽烏總管

朱門藹麟鳳，畫戟映貂蟬。重侯累將家世，更覺使君賢。皎皎秋霜懷抱，隱隱春風眉宇，形出性中天。袖手吏民喜，曾未試蒲鞭。　沸鳴弦，歌五袴，已三年。年來歷城城郭，天也怪春偏。會見九重丹詔，收取一方霖雨，勳業迫凌煙。富貴與難老，真作地行仙。

六州歌頭

暢純甫、余、與姚牧庵郢城會飲，唱和樂章《六州歌頭》往返凡數首，余次其韻二篇，答純甫。

江城會飲，東壁照奎星。肝膽露，乾坤秘，盡披零。勢分庭。筆下風雷發，何爲爾，聊相慰，供一笑，悠悠者，總流萍。虎擲龍跳幾遇，依然對、高壘深扃。睹殷盤科斗，不説换鵝經。老眼塵醒。認聲形。　中州月旦，千載後，猶洒落，有歆寧。人不見，搔首立，望餘馨。海邊亭。寂寞鍾期

遠，高山曲，幾人聽。何必要，椿與菌，校年齡。萬事元無定在，此心得到處仙靈。愛爛游南北，快馬接飛舲。萬里丹青。純甫自京師入長安，歷巴蜀，轉江淮，入廉山東，皆極貴顯，故末章及之。

校：詩序，「暢純甫、余、與姚牧庵」，《四庫全書》本作「暢純甫與姚牧庵」。「幾遇」，《四庫全書》本作「幾過」。

六州歌頭

窺天以管，認得幾多星。嗟擾擾。矜完美，校奇零。蟻緣庭。物化無窮已，石生火，火生壤，壤生濕，濕生木，木生萍。夢裏高車駟馬，蘧然覺、甕牖柴扃。記達人有語，痛飲讀騷經。非醉非醒，妙難形。曾經灩澦，夷險地，人上慓，比心寧。更誰問，桃李冶，蕙蘭馨。水東亭。一曲滄浪詠，都分付，野鷗聽。還漸喜，鄉社飲，近高齡。但愧霜臺舊友，平生念、鐵石通靈。辦林間一笑，酒醆灩風舲。飯白芻青。時純甫按事東州，歸欲過余繡江。

校：「人上慓」，《四庫全書》本作「人上慄」。「酒醆灩風舲」，作「酒醒便揚舲」。

玉樓春　次韻答王太常

東生白日西生月。世累驅人何日徹。致身事業蕢爲山，過眼紛華湯沃雪。心田莫説誰寬窄。室有空虛生夜白。醒時却校醉時言，笑殺觀魚濠上客。

校：「空虛」，清鈔本作「室虛」。

玉樓春　壽何平章

泰山高壓群山小。齊魯百城青未了。豈知山更有聰山，暫出雨雲周八表。　說山纔說聰山好。便覺泰山功烈少。聰山天要慰蒼生，山不可移人不老。

玉樓春　雨中戲書

玉簪葉趁芭蕉大。低映階墀高映座。雨來時節一般鳴，點點聲聲相磨和。　芭蕉重被風吹破。狼藉玉簪看又過。瀟騷長與兩相宜，賴有竹君三五個。

玉樓春　次韻答趙簽事（學子温來詞末句云：天教酒禁幾時開，准擬與君同一醉）

清官廚饌無兼味。飢待公庭人吏退。野人樽俎有餘歡，明月可批風可膾。　野人衰賤清官貴。生死論交吾未愧。天開酒禁已多時，却甚不來同一醉。

玉樓春

米如珠玉薪如桂。春畏旱霜秋畏水。忽忽鞍馬去年間，夜夜可能安穩睡。　今年却到澄清内。眼底功名真望外。天開酒禁已多時，却甚不來同一醉。

玉樓春

大德癸卯，子温僉憲濟南，余奉使宣撫山北遼東，明年歸濟南，故云。

尋常聚散頻驚歲。只許相思勞寤寐。心如膠漆定前緣，跡似燕鴻真拙計。　棄瓢林下應無累。

立馬花邊還可會。天開酒禁已多時，却甚不來同一醉。

玉樓春

野亭正在溪山際。溪瀉寒聲山滴翠。望君不見奈君何，好景滿前誰與對。　盡心王事君應瘁。暫息可能無少遂。天開酒禁已多時，却甚不來同一醉。

最高樓　次韻答張縣尹

高高屋，羅幕捲輕漪。阿堵一周圍。雄吞不數針三碗，治生何計韭千畦。是賢乎，既富矣，又時兮。　我喜踏、探梅溪畔月。君愛掃、煮茶枝上雪。君遣興，我心夷。東家畫鼓更深舞，西家紅燭醉時歸。莫教他，知我輩，不投機。

最高樓　又次前韻

文章好，自得似風漪。不定似棋圍。郢人斫堊元無跡，仙家種玉不論畦。子能之，吾耄矣，奈何兮。　都占斷、野芳花與月。更帶却、野亭風與雪。情放曠，境清夷。木瓜暫比空函往，瓊瑤已報滿車歸。怪天孫，渾不藉，錦雲機。野芳，張古齋亭名。野亭，余家亭名也。

最高樓　又前韻

江風遠，吹皺翠羅漪。山繞似重圍。連延花□香成陣，坡陀壟畝緑如畦。個中間，吾受者，一廛兮。　君不見、花間偏愛月。又不見、山陰偏喜雪。搴杜若，載辛夷。東籬日落悠然坐，舞雩春暖詠而歸。此何人，千萬古，一天機。

最高樓　又次前韻

吾衰矣，廢治不重漪。朽木更堪圍。觸藩曾看羸其角，脅肩又見病於畦。此何哉，自取耳，亦難兮。待闊展、月臺秋待月。更別起、雪堂冬聽雪。花灌溉，草芟夷。偶逢林叟歡成醉，閑隨沙鳥淡忘歸。歎人生，塵土事，漫勞機。

最高樓　寄張古齋受益

野芳亭，名太初，余家怪石巖也。古齋受益所居，當繡江之源。江北流二十里，其東壖有曰野亭者，則余之别墅也。頃歲，余與古齋同在京師，而同有歸歟之思，逮茲而同如其志同樂也，作詞以道之，同一笑云。

山家好，河水浄漣漪。茅舍緑蔭圍。兒童不解針垂釣，老翁只會甕澆畦。我思之，君倦矣，去來兮。也問甚、野芳亭上月。也問甚、太初巖下雪。乘款段，載鴟夷。興來便作尋花去，醉時不記插花歸。問沙鷗，從此後，可忘機。

校：詞題及詞序之「野芳亭，名太初，余家怪石巖也」，據《西庫全書》本補。

最高樓　既作此詞有懷張秀實公子幽居復用前韻

幽居好，煙靄翠生漪。水繞更山圍。錦幃四面花藏屋，緑雲一望稻盈畦。問誰歟，君子者，美人兮。也不看、李家堂裏月。也不踏、班生關外雪。尋寂寞，覓希夷。醉眠長被鶯呼起，相看時有燕飛歸。我憐君，君似我，本無機。以上元刊本《中庵先生劉文簡公文集》卷二十四校：詞牌，底本原作「醉高樓」。「覓希夷」，《四庫全書》作「見希夷」。

清平樂

西野内翰奉使寄示佳篇累幅，三韓山川風土之勝，了然目中。夫能以吟詠之樂而忘其跋涉之勞，固君子之所尚也。披賞之餘，輒敢用韻少答雅貺，且以奉旋旆一笑云。

雲窗月户。水秀山奇處。畫裏二三千里路。一步哦詩一住。　詩中却也思家。寄來滿紙煙霞。辦了皇華事業，做成冷淡生涯。

校：「皇華」，《四庫全書》本作「黄華」。

清平樂　次前韻

經春閉户。人不思量處。驀地花神通一路。留得詩仙肯住。　相歡忘却無家。對花細引流霞。此日詩來腸斷，望君東海西涯。西野郭安道所寄《清平樂》，專言余寓居賞牡丹之樂，故余答云然。

校：詞後注，據《四庫全書》本補。

清平樂　用前韻答郭幹卿二首

松窗竹户。山氣空濛處。煙柳迷人花滿路。此是中庵舊住。　沙鷗久望歸家。歸心已接飛霞。他日乘軒過我，待君繡水之涯。

清平樂

蜂房蟻户。總是容身處。腳底東西南北路。萬古人行人住。　出家何必離家。求仙不用餐霞。

但得花開酒美，老夫歡喜逾涯。

清平樂　張秀實芍藥詞

牡丹花落。夢裏東風惡。見説君家紅芍藥。盡把春愁忘却。隔墻百步香來。數叢爲我全開。拚向綵雲堆裏，醉時同卧蒼苔。

清平樂　白芍藥

何年金屑。飛上玲瓏雪。一樹風情誰解説。只有盈盈夜月。牡丹紅藥相誇。鉛華各自名家。爲向看花人道，此花不在鉛華。

清平樂　大德癸卯奉使宣撫山北遼東道五月赴懿州道中二首

茸茸碧草。點點金花小。十里青山山下道。地錦都教蓋了。天然草軟平匀。馬蹄穩送行人。路斷不堪回首，南風依舊黄塵。平川細草上，有黄花可愛。

校：「都教」，《四庫全書》本作「渾教」。詞後注，據《四庫全書》本補。

清平樂　山行見芍藥

山寒開晚。開也無人管。風裏欹紅顔色淺。恨與天涯共遠。多時立馬彷徨。一枝爲挽餘香。欲説揚州舊譜，怕渠分外凄涼。山中五月芍藥始開，有感而作。

校：《四庫全書》本無詞題。詞後注，據《四庫全書》本補。

清平樂　九月回至隆興

雲峰咫尺。竹静芭蕉碧。鶴繞蒼苔行又立。不見高堂素壁。　簿書騈騎忽忽。暫時留住衰翁。一片歸心難畫，野亭繡水秋風。隆興聽事壁間作《六鶴圖》，頗奇。戲書及之。

校：「難畫」，《四庫全書》本作「難盡」。詞後注，據《四庫全書》本補。

清平樂　野芳觀畫羅漢

千金不换。壁上阿羅漢。古怪清奇君細看。盡是如來變現。　天龍鬼物青紅。斷崖流水孤松。知在野芳亭上，怳然兜率天中。

清平樂

古齋約余遊山，而因循不果，用韻戲作二首，一以促其期，一以道其山中之興以動之。

山靈久望。要看遊山狀。酒榼詩囊空放蕩。不肯凌風直上。　快教去結山庵。安排暮歷朝探。整頓衰年杖屨，並君飛出危嵐。

清平樂

繁華敢望。自喜清貧狀。老屋三間空蕩蕩。幾册閒書架上。　客來或問中庵。平生虎穴曾探。隱几悠然不答，窗間笑指山嵐。

清平樂　此篇促遊山

今晨過望。盡得山形狀。石險路危心欲蕩。手撥白雲又上。半空仰見仙庵。山靈許我高探。倦處旋傾春酒，不愁冒雨沖嵐。

清平樂　又次前韻

相親相望。兩個哦詩狀。坐即堆陁行曠蕩。怎着麒麟閣上。風巖水穴雲庵。非君與我誰探。好興最難忘處，半山斜日濃嵐。

清平樂　又次前韻

功名休望。且看龍鍾狀。身是龍鍾心坦蕩。大吉宜稱上上。如今已結幽庵。溪山好處須探。料得山風知我，隔林吹下飛嵐。

清平樂　又次前韻

東皋晚望。盡了溪山狀。一似龍湫浮雁蕩。人在營丘畫上。中間小小吾庵。君來共此奇探。啼鳥一聲飛去，落花點破層嵐。

清平樂　又次前韻

悠揚酒望。點綴春情狀。雲氣欲酣花氣蕩。語燕啼鶯下上。水邊柳閣松庵。遥遥眼力先探。一陣山風雨過，馬頭日腳烘嵐。

破陣子

梓慶齋戒入山林，見成鐻乃加削焉，而鐻成若神。莊周謂爲以天合天，蓋材之生蟠錯曲直，莫不有自然之質。制器者因其質之自然，用其巧而不以巧自私，則巧存而器全，是之謂以天合天者歟。今之杖有韻書所謂老人杖者，著横握焉，枘鑿而膠之至密也。然未幾何，以杌隉而棄者恒十七八。僉衛友竹劉君獨能得成杖，時削而出之，人直以爲枘鑿之妙，而莫知其得梓慶之道也。吁，世之言工拙何如哉。解秘書安卿得是杖，因古齋乃輟以見寄，把玩扶攜，深愜病軀，作樂府《破陣子》謝之。

盡道十分意巧，不知一段天成。捉得山中獨脚鬼，變作人間有尾丁。奇哉見未曾。　說破何愁脱杜，把來真是持平。得力最宜高處柱，行倦還堪立地憑。衰年吾友生。

校：詩序，「今之杖」，清鈔本作「今之狀」。

破陣子　野亭遣興

老眼偏宜大字，白頭好映烏紗。詩不求奇聊遣興，酒但成醺也勝茶。出家元在家。　野水傍邊種竹，草亭直下栽花。拙婦善供無米粥，稚子能描枯樹槎。無涯還有涯。

減字木蘭花　有懷濼源勝概樓舊遊

江山勝概。天與飛樓供眼界。上得樓頭。銷盡人間萬古愁。　十年京國。兩鬢黄塵歸未得。捲地泉聲。辜負憑欄帶月聽。

減字木蘭花

王彦博尚書由刑部遷禮部之明日，乃其壽旦。戲以小詞爲賀。

年時壽酒。共喜秋卿新拜後。壽酒今朝。道改春闈是昨宵。　官隨福轉。一到生辰須一換。看取明年。鳳詔迎來醉壽筵。

滿庭芳　壽何聰山平章

經濟才難，升平事了，喜公親見唐虞。精神如畫，風節凜雲衢。回首岩岩鉅望，更須問、山斗何如。還知否，三朝舊德，眷倚在吁俞。　高情誰得似，詩中元亮，易裏堯夫。便蕭然忘却，玉帶金魚。此意君恩亦許，三二日一到中書。公無倦，長開壽域，四海一蓬壺。

滿庭芳　二舅魏知房戍沂州見示此詞因次韻

鞍馬雄豪，搢紳馳驟，幾年都付尋常。邊城歲晚，蓮幕錦生光。得意尊前一笑，遐衝具威凜秋霜。人誰似，胸懷豁落，温雅更文章。　從軍真樂事，功名那問，故國他鄉。笑熊非渭水，龍卧南陽。從此鵬程高舉，快天風萬里無妨。回首悵，窮途狂客，摇盪歎行藏。

按：本詞底本自「蓮幕錦」以后，誤排作此後的《蝶戀花・清和即事》二至四行。據《全金元詞》所録，恢復全詞。

蝶戀花

文卿良友素守確然，迴拔流俗，世所難能也。古人所謂振衣千仞岡，濯足萬里流者，子可以當之。崔生來辱手帖，歡感無已，因憶往年壽吾子樂章，用其韻以道其歆慕之懷，且奉一笑云。

我似漏巵長不滿。暮側朝翻，自笑天機淺。君似寶珠無可揀。暑天不熱冬還暖。　神欲逍遥心欲散。咫尺幽棲，回首雲霄遠。千古風流嵇與阮。竹林不受黄塵管。

蝶戀花

益都馮寬甫號雪谷，嘗爲江南廉使，以臈茶見貺，茶作方板，光如漆，香味不可言，誠佳品也。感荷作長短句，寄之一笑。

帶上烏犀誰摘落。方響匀排，不見朱絲約。一個拈來香滿閤。矮爐翻動松風壑。　幾日餘酲情味惡。七碗何須，一啜都醒却。兩腋清風無處着。夢尋盧老翔寥廓。

蝶戀花　清和即事

池館清和風色軟。筍緑梅黄，細雨忙新燕。榴萼尚含紅一半。荷錢亂疊青猶淺。　心緒未忺腸已斷。病損形骸，自是追陪懶。一縷麝煙斜作篆。日長慵把重簾捲。

按：本詞底本自「含紅」之後，誤排在《蝶戀花·又次前韻》詞題目之下。

蝶戀花　曉至野亭

臨水衰葵欹欲倒。三兩幽花，更比初開好。何處飛來金鳳小。碧筵開徹忘憂草。　月桂新栽枝葉少。一朵妖紅，點破江煙曉。最愛牽牛隨意繞。四欄青錦遮圍了。

蝶戀花

雲卿寄長短句，徵無名亭記。戲用其韻以答之。

忽得新詞深自愧。欲記無名，未見無名例。自古求名今却避。不知誰與君同議。　旦晝行爲昏暮睡。我自無心，何物能吾累。若道無名名可棄。無名名處曾留意。

蝶戀花　次韻答魏鵬舉

五日祥風十日雨。國泰年豐，天也應相許。見説少年行樂處。青樓宛轉低瓊户。　城市笙簫村社鼓。何礙狂夫，醉裏閑詩句。明日南山攜酒去。共君一笑雲間語。

蝶戀花　又次前韻

簾底青燈簾外雨，酒醒更闌，寂寞情何許。腸斷南園回首處，月明花影閑朱户。　聽徹樓頭三疊鼓。題遍雲牋，總是傷心句。咫尺巫山無路去。浪憑青鳥丁寧語。

按：本詞底本在題目之後的正文，誤爲《滿庭芳·二舅魏知房戍沂州見示此詞因次韻》詞的第二至第四行。

蝶戀花　次前韻答智仲敬

多病多愁心性軟。自上疏簾，怕隔雙飛燕。夢覺緑窗花影畔。起來翻喜茶甌淺。　香壓玉爐消欲斷。情緒厭厭，猶傍琴書懶。瞥見壁間蝸引篆。急將山水圖兒捲。

鵲橋仙　以紗巾竹扇爲趙文卿壽

飛雲半捲，烏紗一幅。扇影寒生湘竹。雪髯丹頰羽衣裳，真個是、神仙人物。　濁醪醉倒，清風睡足。不識黄金滿屋。野夫倦眼少曾開，爲吾子、狂歌一曲。

鵲橋仙　書合曲詩卷

無情枯竹，多情軟語。誰按梨園新譜。鄰舟餘韻遏雲聲，只認作、珠繩一縷。　秦臺風物，當時幾許。扇影春風解舞。客愁都向坐間空，問誰管、西窗夜雨。

鵲橋仙　張古齋送古銅研滴書此爲謝

烏瞻三足，蟾看膰腹。矯首驚虬突兀。走來便吸繡江波，却只是、陶泓舊物。　玄卿如故，毛生未秃。老楮猶堪一拂。此時才氣鬥誰先，看個個、驪珠吐出。

鵲橋仙

至元甲申三月，余以宰相命市帛東路，將至獻州亭上，折梨花一枝，戲作長短句，書於驛壁

黄塵古驛，荒園小樹。幾朵晴雲自舞。殷勤馬上折來看，問過却、行人幾許。　瓊苞半拆，檀心

乍吐。笑向春風不語。多情莫怪洗妝遲，我也是、天涯逆旅。

鵲橋仙　上都金蓮

重房自拆，嬌黄誰注。爛熳風前無數。凌波夢斷幾番秋，只認得、三生月露。　川平野闊，山遮水護。不似溪塘遲暮。年年迎送翠華行，看照耀、恩光滿路。

鵲橋仙　盆梅

孤根如寄，高標自整。坐上西湖風景。幾回誤作杏花看，被夢裏、香魂唤省。　薰爐茶竈，春閑晝永。不似霜清月冷。從今更愛短檠燈，夜夜看、江邊瘦影。

鵲橋仙　謝人惠酒

江村歲晚，山寒雪落。一樹梅花寂寞。門前剥啄問誰來，驚不起、簷間噪鵲。　白衣錦字，清樽玉絡。盡把離愁忘却。歷城春色故人心，放老子、梅邊細酌。

菩薩蠻　憶家庭月桂二首

新枝舊孕嬌無力。翠銷香霧闌干濕。秋月與春風。深紅復淺紅。　相思幽夢苦。夜夜西窗雨。且莫怨芳菲。惜花人欲歸。

校：詞牌原缺，據詞譜補。

眼中有此妖嬈色。花中無此風流格。一月一番新。一年都是春。盈盈花上月。幾度圓還缺。不去捲金荷。奈渠花月何。

校：詞牌原缺，據詞譜補。

菩薩蠻　春雪後訪友東山

行行正向西山缺。遥遥望見東山雪。風色夜來閒。杏花寒不寒。故人家遠近。只向林東問。一徑傍山開。鵲聲迎我來。

菩薩蠻　盆梅

纖條漸見稀稀蕾。孤根旋透温温水。但得一枝春。誰嫌老瓦盆。寒愁芳意懶。移近南窗暖。却怕盛開時。香魂來索詩。

菩薩蠻

賈君彦明爲陽丘丞三年，職揚政舉而廉苦過甚。其歸也，作長短句贈之。

挈家來喫山城水。三年不剩公田米。何物辦歸裝。一車風滿箱。居人垂淚歎。過客回頭看。誰不愛清官。清官似子難。

菩薩蠻　次解安卿韻

惜花不似東庵惜。近來恰得真消息。玉雪兩三枝。暗藏和靖詩。　看花誰可約。定與花斟酌。後閣盛筵開。老夫來不來。

菩薩蠻　山居遣興

衆山圍繞横塘路。中庵正向中間住。花木四時開。沙鷗日日來。　門前車馬駐。不得中庵趣。下馬問中庵。庵中睡正酣。

菩薩蠻　繡江即事

行雲恰過前山北。靠山村落移時黑。腳底一聲雷。北風截雨回。　出門南望立。過客衣裳濕。問有雨如何。一傾三尺多。

菩薩蠻　送秦主簿赴宿遷二首

繡江江水清如玉。梅花香滿清江曲。風味此中論。可憐惟有君。　江頭春正好。别去君何早。折得一枝梅。送君三百杯。

校：「三百杯」，底本原缺，下頁《菩薩蠻》詞牌之後僅有「三百杯」三字。是錯簡所致。

菩薩蠻　次前韻

看君自是豐年玉。贈行不用陽關曲。但把此心論。幾人能似君。　到官消息好。來歲春風早。

再折繡江梅。寄君揮一杯。

阮郎歸　壽太乙真人李六祖

八千歲月作春秋。神仙第一流。笑看塵世等浮漚。家居麟鳳洲。　纔八十，儘優遊。細斟雙玉甌。醉邀明月與同遊。西風蓮葉舟。

阮郎歸　奉使由平灤之惠州山行

青山不盡一重重。重重如畫中。石根流水玉玲瓏。高低處處通。　山向北，路回東。馬前三四峰。峰頭更覺翠煙濃。煙中無數松。

南鄉子

鵬舉兄致仕，寓家松江。今年秋，獨舟至歷下，顧予繡江野亭。憶兄往年由南中赴調北上，過繡江，宿女郎山下，予會焉。時有詩云：南北分飛十五年，歸來相見各華顛。祇應又作明朝別，酒醉更闌不肯眠。詰旦，兄別去，距今又二一寒暑，悲喜恍惚，乃情何如。酒中兄謂曰：吾數日當又南矣。因成小詞，舉觴爲壽，以發一笑。

憶昔歎華顛。一別曾驚十五年。醉裏知君明便去，留連。酒盡更闌不肯眠。　今更老於前。二十年間又別筵。安得柳絲千百丈，纏聯。不放東吴萬里船。

南鄉子　壽何聰山

瑞雪夜來晴。和氣歡聲滿鳳城。雪裏梅花開更好，分明。要見和羹事業成。　東閤此時晴。慶在春風瀲灩觥。陰德自應長富貴，康寧。便擬台星是壽星。

南鄉子 次韻答魏鵬舉

英譽藹西秦。襟量温和别有春。落筆妙詞新可喜，精神。玉葉瓊葩不染塵。　俊逸鮑參軍。誰道儒冠誤却身。相見莫談塵世事，銷魂。趁取追歡語笑頻。

南鄉子 賀于冶泉尚書有子

千古一高門。不斷軒車駟馬塵。五色鳳毛新照眼，驚人。氣壓喧啾百鳥群。　語笑滿堂春。聳壑昂霄看已真。玉唾成時十六七，知君。膝上摩挲不肯嗔。

臨江仙 芙蓉

見説瑶池池上路，雪香花氣葱蘢。一雙依約玉芙蓉。煙波孤夢斷，風月兩心同。　千古情緣何日了，此生何處相逢。不堪回首怨西風。殘芳秋淡淡，落日水溶溶。

校：「兩心同」，清鈔本作「兩相同」。

西江月 戲題五子扇頭

階下竇郎丹桂，眼中陶令新詩。渾教不是寧馨兒。且得平生慰意。　曉露蘭芽香徹，春風杏蕾紅肥。最堪憐處雁行齊。宜個同聲小字。

西江月　壽杜醉經左丞

有道實關消長，無心不異行藏。問公獨樂醉經堂。何似凌煙閣上。　晝戟清香宴寢，春風玉樹諸郎。台星明動紫霞觴。正與壽星相望。

西江月　戲呈仲敬並其母兄

掌上鵷雛玉嫩，眼中麝錦香庖。鐵郎癡小阿瓊嬌。十歲婆兒最巧。　已許卯君書癖，更看坡老詩豪。畫堂仙媪醉春醪。五福天教占了。

鷓鴣天　祖母壽日

綠牖涼霏紫麝塵。寶猊晴暖瑞香雲。蟠桃日日瑶池宴，玉桂年年月殿春。　潘岳賦，孟家鄰。儘將歌酒壽良辰。慈顏剩爲斑衣樂，眼底兒孫莫厭貧。

鷓鴣天　壽潘君美

萱草堂前錦棣花。靈椿樹下玉蘭芽。二毛鬢莫驚青鑒，五朵雲須上白麻。　擕斗酒，醉君家。春風吹我帽檐斜。座中貴客應相笑，前日疏狂未減些。

鷓鴣天　題雙頭蓮二首

脈脈誰教並蒂芳。情緣何許苦難量。西風香冷同幽怨，落日紅酣對晚妝。　波浩蕩，月微茫。湘靈寂寞下横塘。不堪回首鴛鴦浦，一樣相思只斷腸。

鷓鴣天

一段清香雲錦秋。雙花開處儘風流。只應元語常相並，却是多情不自由。　湘水怨，漢濱愁。淡煙斜日兩悠悠。凌波不下横塘路，對立西風共倚羞。

鷓鴣天　秋日

竹瘦桐枯菊又開。遠山合抱水縈回。幾行銀篆蝸行過，一朵梨花蝶舞來。　秋意思，悶情懷。懶將閒事强支排。倚欄目送歸鴻盡，萬里晴空入酒杯。

烏夜啼　含暉亭芍藥謝

含暉亭下春風。錦雲叢。臨到開時別去，苦匆匆。　人乍到。花已老。酒瓶空。惟有一溪流水，照詩翁。

烏夜啼　因野亭杏爲風雨所落

葉間誰綴金丸。一攢攢。只爲高枝臨水，摘來難。　風雨過。還自墮。試拈看。怕似江南梅子，一般酸。

烏夜啼　閒適

日長誰伴中庵。太初巖。静掃閒庭，獨自看晴嵐。　嵐翠滴。雲影濕。雨聲酣。欲借昌黎老筆，賦終南。

烏夜啼　月下用前韻

夜深誰伴中庵。太初巖。滿酌一杯，和月吸濃嵐。　瓊露滴。霜鬢濕。興方酣。不覺河傾東北，月西南。

眼兒媚　賦秋日海棠（分韻得欄字）

春來應怪洗妝慳。故作兩回看。風流依舊，檀心暈紫，翠袖凝丹。　玉容寂寞欄干淚，細雨豆花寒。多情誰管，今宵冷落，淡月東欄。

校：詞題，底本無「分韻得欄字」，據《四庫全書》本補。

秦樓月　書合曲詩卷

秋蕭索。秋來不奈情懷惡。情懷惡。西風一曲，醉鄉寥廓。　宫聲自與商聲約。珠喉玉管都忘却。都忘却。行雲不散，月高山閣。

浣溪沙　賀石仲璋侍御父年八十五拜司徒五子皆貴仕

拂旦恩麻下玉墀。六朝元老萬人知。知公福慶世間稀。　年過太公漁渭日，官如鄭武相周時。一行金帶五男兒。

浣溪沙

元夕前一日，大雪始霽，子京、敬甫兩張君過余繡江别墅。既坐，皆辭酒索茶，遂開玉川月

團，取太初巖頂雪，和以山西羊酥，以石竈活火烹之。而瓶中蠟梅方爛漫，於是相與嗅梅啜茶，雅詠小酌而罷。作此詞以誌之

瀌瀌清流淺見沙。沙邊翠竹野人家。野人延客不堪誇。　旋掃太初巖頂雪，細烹陽羨貢餘茶。古銅瓶子蠟梅花。

浣溪沙　次前韻

世事恒河水内沙。乾忙誰遣强離家。如今老也不矜誇。　檢得閒書能引睡，暖來薄酒勝煎茶。一江風月四時花。

浣溪沙　賀趙文卿新娶（文卿昆仲第六，所娶魏氏）

共説蓮花似六郎。從來魏紫冠群芳。多情恨不一時香。　也甚春風閑着意，許教國色嫁横塘。海枯石爛兩鴛鴦。

感皇恩　張子京以春臺子瞻椅見許以詞催之

公子説春臺，其光如水。相對偏宜子瞻椅。老夫危坐，不覺耳聞心喜。慨然都見許，情何已。　禪榻鬢絲，繩床烏几。前輩風流要吾比。繡江風月，鷗鷺已應知矣。幾時分付到，中庵裏。

感皇恩　立秋後一日有感

雲月淡幽窗，黄昏微雨。窗外梧桐共人語。秋來情味，便覺今宵如許。斷腸楊柳苑，芙蓉浦。　青鬢易消，失顔難駐。行樂光陰水東注。山林朝市，兩地笑人返袂。傷心都付與，潘郎句。

卜算子　長白山中作

長白汝來前，問汝何年有。只自雲間偃蹇高，不肯輕低首。　我即是中庵，汝作中庵友。怪得朝來爽氣多，浮動杯中酒。

卜算子　望湖山

落日望湖山，山在空濛裏。劍佩冠裳整頓嚴，欲作崔嵬起。　我病正無聊，見此奇男子。急往從之喚不應，癡絕還如此。

黑漆弩　村居遺興

高巾闊領深村住。不識我、喚作傖父。掩白沙、翠竹柴門，聽徹秋來夜雨。　閑將得失思量，往事水流東去。便直交、畫却凌煙，甚是功名了處。

校：「高巾」，《四庫全書》本作「長巾」。

黑漆弩　次前韻

吾廬恰近江鷗住。更幾個、好事農父。對青山、枕上詩成，一障沙頭風雨。　酒旗只隔横塘，自過小橋沽去。儘疏狂、不怕人嫌，是我生平喜處。

校：「一障」，《四庫全書》本作「一陣」。

好事近　贈吹簫趙生

行樂酒尊前，全減向來時節。今日玉簫聲裏，捲露荷金葉。　醉中如在鳳凰臺，風境更清絕。扶起滿身花影，步溪橋明月。

鳳凰臺上憶吹簫　贈吹簫東原趙生

千古虞韶，鳳凰飛去，太平雅曲誰傳。有碧瓊霜管，猶似當年。妙處風流幾許，待試問、天外飛仙。西州客，心邊賺得，一味春偏。　清秋畫欄高倚，屏金縷紅芽，羯鼓湘弦。倩玉觴呼起，悲壯清圓。嫋嫋餘音未了，正夜静、月上寒天。青燈外，有人無語淒然。

定風波　次韻答人見寄

率意謳吟信手書。山間行坐水邊居。不是幽閒偏自好。知道。濟時才具本來無。　植柳移花兼種竹。多故。此心更看幾時除。説着廟堂誰辧得。曾憶。只宜公等不宜予。

太常引　憶歸

無窮塵土與風濤。名利兩徒勞。解印便逍遥。算只有、淵明最高。　小窗幽圃，種蘭栽菊，心遠氣應豪。海上摘蟠桃。不許見、秋霜鬢毛。

婆羅門引　送李士元之荆南提刑經歷

京華逆旅，轉頭歲月十年中。悠悠真賞難逢。牢落黄金已盡，僕馬亦龍鍾。但平生豪氣，未減元龍。臨江故封。吴與蜀，渺西東。此幕聊堪一笑，且歎途窮。扁舟南下，正霜落荆門江樹空。詩有興、説與飛鴻。

婆羅門引　壽大智先生

草堂瀟灑，今年初種碧琅玕。更宜野菊幽蘭。便信先牛于此，真個不求官。但西風攬鏡，落日憑欄。耕筆釣磻。算遭遇，未應難。好待青霄得路，穩上長安。良辰樂事，且展放尊前舞袖寬。天影外、秋色南山。

漁家傲　餞表兄魏鵬舉歸華亭寓居

矍鑠詩翁人共許。遠遊不怕别離苦。夢裏華亭亭下路。來又去。扁舟一葉輕如舞。　二陸人材今似古。五湖風景饒煙雨。倦處一杯君自舉。還有路。江山信美非君土。以上元刊本《中庵先生劉文簡公文集》卷二十五

點絳唇

人至承以二絶句見貺，清簡幽深，情意都盡，披閲諷詠，如接芝宇，感慰可勝言哉。輒有小詞，録奉一笑，且以寄企嚮之意云。劉敏中上。

短夢驚回，北窗一陣芭蕉雨。雨聲還住，斜日明高樹。　起望行雲，送雨前山去。山如霧。斷虹猶怒，直入山深處。景洪武本程鉅夫《程雪樓先生文集》卷二十八

菩薩蠻　月夕對玉簪獨酌

遥看疑是梅花雪。近前不似梨花月。秋入一簪涼。滿庭風露香。　舉杯香露洗。月在杯心裏。醉眼月徘徊。玉鸞花上飛。

南鄉子　老病自戲

老境日蹉跎。無計逃他百病魔。强打枝撑相伴住，難呵。也是先生没奈何。　耳重眼花多。行則欹危語則訛。暗地自憐還自笑，休麽。智者能調五臟和。

鵲橋仙　觀接牡丹

栽時白露，開時穀雨。培養工夫良苦。閒園消息阿誰傳，算只是、司花説與。　寒梢一拂，芳心寸許。點破凡根宿土。不知魏紫是姚黄，到來歲、春風看取。

沁園春

余既以太初名石，且爲記。客曰雖命之，不可無號，號所以貴之也。乃以己意，號之曰蒼然。余復援稼軒例，作樂府《沁園春》一首，改名曰《蒼然吟》，附於記後。

石汝來前，號汝蒼然，名之太初。問太初而上，還能記否，蒼然於此，爲復何如。偃蹇難親，昂藏不語，無乃於予太簡乎。須臾便，喚一庭風雨，萬竅號呼。　依稀似道狂夫。在一氣何分我與渠。但君纔見我，奇形異狀，我先知子，冷澹清虚。撑拄黄壚，莊嚴繡水，擯斥紅塵力有餘。今何夕，倚長風三叫，對此魁梧。以上文淵閣《四庫全書》本《中庵文集》卷六

張伯淳　存詞二十二首

張伯淳（一二四三—一三〇三），字師道，别號養蒙先生。嘉興崇德（浙江桐鄉）人。宋末應童子科，中選，不久又舉進士，仕爲太學録。元世祖至元二十三年，薦授杭州路儒學教授，遷浙東道按察司知事，擢福建廉訪司知事。至元末元世祖召見，詢問冗官、風憲等，所對稱旨。擬重用，張伯淳固辭，遂授翰林直學士。元貞初，除慶元路治中，未幾辭歸。大德四年起爲翰林侍講學士，大德五年扈從上都，大德七年卒，謚文穆。中國國家圖書館所藏清鈔本《養蒙集》（《養蒙先生文集》）十卷，是其後人訪求遺文編成，並收入《四庫全書》。卷十存詞二十二首。生平見程鉅夫撰墓志銘（《雪樓集》卷十七）、《元史》卷一七八、清沈季友《檇李詩繫》卷四、《元詩選》二集小傳。

木蘭花慢

載西山爽氣，添不重，月船輕。記前度今朝，瓊花爛漫，管領歌聲。今歲濃華深處，羨衮衣、還看彩衣榮。人世雲萍相遇，歲寒松柏長青。　行行。催覲朵雲明。曉色上觚棱。看春去春來，依然黄閣，移近家庭。浮雲儻來軒冕，算古今、久遠是功名。尚有寒厓枯卉，東君也解留情。

校：「還看」，清鈔本作「還着」。「曉色」，作「昭色」。

木蘭花慢　送李治書

羨高標雅量，窗八面，更玲瓏。每風日佳晴，湖山清處，抱錦從容。不把雲霄自隔，向尊前、看我嘯吟中。人世流光易老，古來知己難逢。　青驄。來往太匆匆。呵護有紗籠。想當道豺狼，先聲到處，膽落英風。南樓暫容横榻，算覽觀、有限與無窮。别後相思何處，心期付與飛鴻。

校：詞題，《詞綜補遺》卷十七作《送季治書》。「膽落英風」，清鈔本作「瞻落英風」。「有限與無窮」，作「有眼與無窮」。

木蘭花慢　壽張可與

對黄花爛漫，能幾日，又重陽。問眼底湖山，新春緑甚，别是風光。三台近臨吴地，映奎躔、明處紫微郎。人道當年豸角，這回收斂秋霜。　笑談。幕府晝偏長。何事最爲忙。但寬取一分，一分方便，亦足流芳。人人敢攀宗衮，爲東南、民命秉心香。更借南陽菊水，殷勤滿注瑶觴。

木蘭花慢　壽劉東厓

記當年客裏，是今日，奉霞觴。任廚傳荒凉，風林震撼，樂自難量。别來歲華電走，又都門、剪袂幾星霜。我半百年已老，兄多四歲偏强。　玉堂。滿袖惹天香。鳳閣樣詞章。看采帖題春，椒盤草頌，蓬矢開張。金甌御屏簡記，賦蓬萊、壽域奏明光。他年再逢今日，伴兄緑野徜徉。

校：「他年再逢今日」，清鈔本作「後十五年再見」。「賦蓬萊」，作「賦諾釣」。

木蘭花慢　壽邵抑齋

儘江南江北，誰不慕，抑齋名。羡夢草才華，粲花談論，喬木佳聲。重尋玉堂舊步，喜今番、天語重叮嚀。云是儒家領袖，居然史筆權衡。　相逢。便覺眼長青。相對話羈情。正緑暗園林，朱明時候，瑞靄騰騰。期公久長名節，大羹中、還看五侯鯖。此去明堂一柱，當年玉樹階庭。

木蘭花慢　壽陳介軒

問家傳舊物，有清節，與高風。任野色充庭，俗塵掃迹，談笑從容。生涯但隨分足，比孟嘗、襟度只差窮。曾是貞元朝士，本來湖海元龍。　且評。推許介軒翁。萬口一詞同。喜漸近稀年，從教髮白，目炯雙瞳。蟾鈎又還乍吐，對荷香、莫放酒尊空。砌下芝蘭競爽，年年家慶圖中。

校：詞題，「陳介軒」，清鈔本作「陳不軒」。

木蘭花慢　贈彈琵琶者

愛長蘆年少，將雅調，寄幽情。盡百喙春和，群喧夜寂，老鳳孤鳴。都來四條弦裏，有無窮、舊譜與新聲。寫出天然律吕，掃空眼底秦筝。　落紅。天氣煖猶輕。洗耳爲渠聽。想關塞風寒，潯陽月色，似醉還醒。軒窗静來偏好，到曲終、懷抱轉分明。相見今朝何處，語溪乍雨初晴。

木蘭花慢　次唐格齋韻

儘交遊滿眼，歲寒友，果誰與。羨錦繡爲心，冰霜作操，仁義蘧廬。門前掃清俗軌，自熙然、甕牖與繩樞。記我蓬弧時候，寓情翰墨歡娛。　驅車。特地致函書。高義渺江湖。悄夢斷鴛鴦，盟深鷗鷺，閒適從渠。槐陰漸成翠幄，看庭前、鶯過引新雛。歲歲期君一醉，相忘非我非魚。

滿江紅　壽張繡江

省闥彌綸，早傳到、和羹消息。無限事、但從綱領，認教端的。回省平生遊宦處，那曾些箇由人力。算知心、惟有好湖山，秋澄碧。　從此去，開壽域。緣底事，催行色。傍重陽時候，且排瑶席。何待殷勤斟菊水，底須托興青松柏。願年年、濃蘸繡江波，供詞筆。

滿江紅　次韻壽澗兄

七日新秋，還又記、生申初度。清夢到、小橋流水，翔蓬深處。去歲灤京猶望遠，今年談燕知誰與。想荷飄、翠蓋飽涼飔，時掀舞。　何時吸，擎盤露。何必頌，長明炬。更何須伊吕，何須巢許。但有金丹消息在，待將銅狄摩挲去。儘西湖、山水四時皆，宜晴雨。

臨江仙　壽程雪樓

《臨江仙》曲，仰爲座主雪樓相公先生壽。前幕下士張伯淳頓首再拜。

白雪樓前清晝永，新來喜事連綿。朱明緑暗麥秋天。繡衣何日去，丹荔已香傳。　前夜團團明月好，清光留照華筵。錦囊隨處地行仙。庭椿關望眼，同慶八千年。

校：詞序，據景洪武刊本《程雪樓集》卷三十補録。「清晝永」，底本原作「青晝永」，據景洪武刊本《程雪樓集》卷三十改。

糖多令　壽王肯堂

前日是中秋。嬋娟爲我留。畫圖間、主勸賓酧。緊處偷閒誰得似，真意度，淡交遊。　薇省老參謀。三召一舉頭。魯祥麟、增重儒流。今歲綵衣還有伴，方衮衮，慶公侯。

校：「增重儒流」，清鈔本作「增重傳流」。

糖多令　寄吴閒閒

移住近瀛洲。天槎去莫留。數歸期、已過中秋。上界群仙官府足，雲不礙，水長流。　酒令與詩籌。依然記舊遊。倚斜陽、分付羈愁。應與鼇峰人共語，還不減，去年否。

齊天樂　壽王伯起

庭柯一葉炎曦淡，秋光宦情相似。駟馬争馳，千帆競送，不羡紛紛時輩。隨緣禄賦，慶官府清明，紀綱興起。暇日吟鞍，湖山公案更兼理。　將軍猶是未老，舊時供奉曲，還有風致。拄笏西山，蟠螭北海，却是君家盛事。佳辰雅聚，且滿引霞觴，坐看芝砌。富貴長年，四時談笑裏。

齊天樂　送馬德良

人生南北如歧路，相逢自憐不早。傾蓋班荆，分燈並壁，吟卷筆床茶竈。交情古道。怕催詔翩翮，好風吹到。聚久別難，砌蛩那更碎懷抱。臨行誰勸駐馬，待將塵土事，妨我吟嘯。小住雖佳，還堪就否，催得雲帆縹緲。官梅正好。比前度孤山，賸開多少。兩處心旌，倚樓同晚照。

齊天樂　次韻謝倦翁

班荆傾蓋當時事，回頭屢更寒暑。倦翼才還，蒼顔易得，零落江陵千樹。相逢冷署。且莫訝儒冠，解將人誤。記我生朝，采箋新調映紅炬。投閒誰道太早，人生行樂耳，何地非旅。緑暗書眸，紅生醉臉，聊對簷花細雨。移尊共語。問何日扁舟，嫩荷香處。坐待蟾光，四更猶未吐。

摸魚兒　次韻抱甕

采黄花、自斟清醑，南山人在何許。浮生聚散雲萍似，消得幾番寒暑。些箇路。不斷情悰，惟有春天樹。停歌罷舞。更説甚悲歡，從教白首，心事付摧櫓。鈞天夢、忘却當年宦譜。吟蛩休怨休訴。如今世味更嘗慣，但見青山多嫵。清對苦。是我誤儒冠，還是儒冠誤。西湖勝處。且趁取佳時，不寒不暖，同泛小舟去。

賀新郎　次韻

回首章臺路。又一番春事闌珊，滿簾風絮。郭外誰家閒院落，別是壺天意趣。判一日、來游一度。除却憂愁風雨外，肯容他、野馬埋雙屨。行樂地，更何處。　人生忍把佳期誤。況今朝滿座春風，怎禁不去。蓮社蘭亭當日話，便合從今委付。算此語、非緣嬰謈。飲少歡多還覺醉，看歸途、疊嶂青無數。情未足，日催暮。

校：「非緣嬰譽」，清鈔本作「非緣要譽」。

婆羅門引　送徐容齋

容齋平日，一身用舍繫安危。兒童走卒皆知。誰料鱸魚江上，忽憶故山薇。任西風別酒，月正圓時。　性齋有詩。道掃舍，待吾歸。二老相招如此，公論疇依。人生行樂，對佳水佳山何必歸。公笑曰、歸去來兮。

玉漏遲　壽張右丞

太平元夜好。鼇山宴徹，祥煙凝曉。端正嬋娟，爲我玳筵留照。曾待龍潛舊邸，更欣際、鴻圖初造。人盡道。兩宫柱石，元貞廊廟。　天轉右轄星躔，儘向上勳名，歷階須到。商鼎周彝，時奏退朝吟嘯。賸有塤箎韻雅，況庭户、纖塵如掃。經濟了。長醉遂初春早。

校：「玳筵留照」，清鈔本作「玳筵留詔」。「天轉右轄」，作「天轉石轄」。

玉漏遲　壽馬右丞

浙江回棹處。急流勇退，冥鴻高舉。出晝遲遲，不爲虎丘留住。姑待春和水漲，旋乘個、月明船去。天未許。雲歸又出，依然霖雨。　熟路小隊輕車，想司馬重來，聚觀如堵。暇日西湖，點檢舊題詩句。冷落江南倦翼，但惟有、心香一縷。長記取。每歲仲春端午。

柳梢青　賦枯梅寄張郎中馬同知

冷淡根荄。小春時候，兩蕊三花。栽向西湖，移來東閣，一任安排。　絶憐瘦影横斜。但宜在、

山顛水涯。苑裏平安，嶺頭孤秀，榮悴争些。以上文淵閣《四庫全書》本《養蒙文集》卷十

校：「冷淡根荄」，清鈔本作「冷淡根芽」。

張之翰　存詞七十首

張之翰（一二四三—一二九六），字周卿，號西巖。邯鄲（今屬河北）人。元世祖中統初，任洺磁知事。至元十三年，除真定路知事。以行臺監察御史按臨福建，因病僑居高郵，寓所名「歸舟齋」，專一讀書授徒。後任命爲户部郎中，又任翰林侍講學士。出知松江府，頗有政聲。白珽《贈張知府周卿》詩，以「今日雲間陸士龍」期許。所作《鏡燈詩》，是較早的元人咏物詩，流傳廣泛，因之被稱爲「張鏡燈」。元貞二年卒于任，享年五十四歲。有《西巖集》二十卷，原本不傳。清乾隆間修《四庫全書》，自《永樂大典》輯出張之翰詩詞文，編成《西巖集》二十卷，其中詩詞十二卷，文八卷。卷十一、十二共存詞六十五首。生平見《大明一統志》卷九、《南畿志》卷十八。

萬年春

一夜東風，滿城和氣先吹徹。問春來也，幾點梅花雪。　心事蹉跎，羞對東君説。長爲客。去年時節。走馬銅臺陌。

萬年春　立春日内前對雪

斷送餘寒，舜韶聲裏春風度。九重金户。催進宜春句。　道似春來，又候春將去。朝天處。柳花無數。飛滿宮前路。

南鄉子　元夜嘉陵江觀放燈後作

燈夕在江陰。緑酒紅螺不厭深。醉眼清江江上看，更沉。放盡春風萬炬金。流到碧波心。小竹連舟儘自禁。此夜此情誰會得，如今。都付青崖馬上吟。

南鄉子　十六夜待燈不見作

簾幕捲春陰。坐守江燈正夜深。兩岸人家樓閣暗，消沉。笑道良宵直萬金。負煞隔年心。多病情懷難更禁。腸斷一江春水碧，從今。着甚垂鞭帶月吟。

南鄉子　謝王秋巖元帥重陽送糕果

霜冷雁來天。甓社重陽又一年。多病文園扶未起，攣拳。節物關心正自憐。照眼菊花鮮。盤果旗餻簇滿前。知是秋巖人送似，欣然。便帶新詞到枕邊。

南鄉子　和秋巖重陽

紅樹掛斜陽。秋滿淮南甓社鄉。古往今來多少恨，縈腸。寫作詩詞四五行。酒熟勝鵝黃。直待西風醉一場。說與多情籬畔菊，留芳。青女能慳幾夜霜。

江城子　瓶梅

隔簾風動玉娉娉。見來曾。眼偏明。手揀芳枝，自插古銅瓶。六載烏臺飢欲倒，猶爲汝，未忘情。幽姿芳意正盈盈。可憐生。欲卿卿。更取青松，爲友竹爲朋。今夜黄昏新月底，還却怕，太孤清。

江城子　游孫園

丹青畫出小亭臺。巧安排。絶塵埃。二十年間，成此亦奇哉。借問主人凡幾醉，直到老，不曾來。來鶯去燕莫相猜。水平階。逕生苔。倚遍闌干，堪愛也堪哀。柳外春風都不管，依舊遣，百花開。

江城子　寄盧副使處道

去年雪裏送君時。馬遲遲。思依依。及至金陵，還却值君歸。獨抱此情誰與語，空三復，草堂詩。年來雙鬢欲成絲。惜暌離。喜追隨。四海而今，渾有幾相知。上到廬山高絶處，曾爲我，一支頤。

江城子

博文歸意有未盡，又以《江城子》爲贈，兼簡吴中諸士夫。

閑中自合故人踈。五湖居。二年餘。鄭重君家，遠寄數封書。昨日相逢還憶否，只記得，舊清癯。留君無計住須臾。便歸吴。重躊躇。曾掛風帆，三度過姑蘇。爲問臺前雙白鷺，煙景似，向來無。

江城子　和韻姜中丞兼寄趙侍御明叔

黄金臺下識行驂。著朝衫。宦情酣。不料維揚，留住老曹參。舊説長江千里外，今只在，小樓南。　金焦倒影碧潭潭。送飛嵐。要奇探。看取樽前，醉袖旋分柑。一曲高歌春未老，官裏事，且休談。

江城子

道途急急莫留驂。敝塵衫。困如酣。二載齊州，剛喚作髯參。長記秋風吹別酒，君向北，我來南。前歲，與明叔別於長清門外。　來時霜未落寒潭。正山嵐。便平探。嘗遍閩中新荔不論柑。留著歸囊三百首，都直待，見君談。

菩薩蠻　暮春即事

梁間雙燕呢喃語。想曾知得春歸處。問着不應人。芹泥香正勻。　翠陰庭院悄。手摘青梅小。天氣恰清和。越衫猶薄羅。

謁金門　十六夜月

夜來三五月初圓。歌吹競喧闐。二八嬋娟更好，便無人對樽前。　可憐浮世，只爭一夕，如許心偏。玉色何嘗喜慍，年年歲歲依然。

臨江仙

須信人生皆有命，只途造物由他。年光時事苦相磨。一從居冗劇，兩度見新禾。　枉着黄塵三萬丈，等閒换却滄波。别來誰與曬漁蓑。不知同釣者，時復謂余何。

太常引　寄鄉中諸友

一書除得海邊頭。悵無地、著羈愁。何處望吾州。謾斜日、高城倚樓。　東湖湖上，錦雲十里，政好藕花秋。日日醉扁舟。也曾念、山東舊遊。

木蘭花慢　聽姜惠甫摘阮

羡黄臺公子，能辦此、淡中清。看璧月當胸，松風應手，一洗秦箏。都來四條絃上，有幾家樂府幾般聲。秋水孤鳴老鴈，春風百囀嬌鶯。　嫩涼窗户酒初醒。特地爲渠聽。寫江南江北，無窮意思，字字分明。悠揚博山煙底，把滿懷幽恨一時平。長記曲終時候，錢塘暮雨潮生。

木蘭花慢　同濟南府學諸公泛大明湖

唤扁舟載酒，直轉過、水門東。正十里平湖，煙光淡淡，雨氣濛濛。回頭二三名老，望衣冠、如在畫圖中。但得城頭晚翠，何須席上春紅。　清樽旋拆白泥封。呼作白頭翁。要與汝忘情，高歌一曲，痛飲千鍾。夕陽醉歸扶路，儘從渠、拍手笑兒童。官事無窮未了，人生適意難逢。

木蘭花慢

自中年以去，覺歲月、疾如流。漸鬢影蕭蕭，人情草草，世事悠悠。言歸幾曾歸去，向高沙、又度一年秋。未要青雲着脚，且簪黄菊盈頭。　五湖煙月一扁舟。仿佛鳳麟洲。但乘興而吟，吟而須醉，醉則纔休。余生本來疏懶，更忘機、鷗鳥苦相留。不是舊遊情厚，夢魂不到南州。

木蘭花慢　送趙治中

見平鑾詩卷，都道是、膽包軀。聽細話平生，辭雖慷慨，氣却舒徐。春風忽然吹興，正瓊花時節别江都。恨煞樓頭雙鶴，不能留住須臾。　輕煙細雨濕平蕪。一舸下東吴。想拄杖尋梅，敲門看竹，多在西湖。行裝不須多辦，把錦囊、分付小奚奴。怕過孤山山下，一杯先酹林逋。

踏莎行　和張夢符

踏月才歸，戴星還起。客懷苦似當途李。舊時曾釣細鱗魚，新醅旋撥浮香蟻。　此興茫然，於今已矣。朝朝暮暮奔忙裏。淮春樓下有吾舟，掛帆又過桃花水。

蝶戀花

往歲相從今已許。今歲逢君，愈見真誠處。除却交情無别語。忽忽忍上歸舟去。　醉裏猶歌長短句。醒後軒窗，歷歷餘音度。消盡爐熏三兩炷。片帆風送寒江暮。

唐多令 和劉改之

何處是滄洲。寒波不盡流。恰登舟、便過城樓。一片錦雲三萬頃，常記得、藕花秋。　漁父雪蒙頭。此情知道不。説生來、不識閒愁。青笠緑蓑煙雨裏，吾與汝、可同游。

唐多令 懷高沙

往事水東流。槐根春夢休。被長淮、隔斷中州。三十六湖湖上住，又過却、一年秋。　佳處總堪遊。同盟只數鷗。把功名、且付扁舟。天上故人知己者，休笑我、太遲留。

唐多令

静有讀書緣。貧無使鬼錢。儘虚齋、盡日蕭然。鯨海波濤三萬丈，元不到、此山前。　夢蝶正翩翩。香匜飄篆煙。更何心、敢怨青天。若論閒居多少興，風與月、浩無邊。

唐多令

不是强辭榮。風波實可驚。算平生、耐久交情。走遍天涯依舊好，都不似、一燈青。　世路自欹傾。湖天方晦明。也休將、文字争鳴。一曲漁歌無别調，煙雨外、兩三聲。

唐多令

怨思入清笳。斜陽鳴亂鴉。正開樽、細酌流霞。北里南莊今歲熟，全不覺、米難賒。　筆硯淡生涯。胸中氣自華。看凋零、野草閑花。事不相關收脚坐，吾便是、貴人家。

唐多令

冠上滿塵埃。未彈君莫猜。有諸公、暮省朝臺。醉後狂歌歌後醉，能辨此、竭吾才。可以慰幽懷。此時何有哉。道寒梅、又欲新開。碧玉枝頭今幾蕾，須一一、寄書來。

感皇恩 庚寅立春

日日苦思春，春來何處。積雪層冰正無路。春風吹面，萬里故人相遇。隔年離別恨，從頭訴。鬢髮清霜，形容槁樹。漸覺人生不如故。唯春最好，底用一年一度。有心當不放，春歸去。

感皇恩 立春日次趙疏堂大中韻

何處鳥飛來，一聲清曉。報我東君已來了。青陽歌罷，又是一番春早。冷官庭户裏，纔知道。千里歸心，六年愁抱。不覺朱顔鏡中老。故園茅屋，依舊白雲深繞。有誰曾占却，西巖好。

婆羅門引 賦趙相宅紅梨花

冰姿玉骨，東風着意換天真。軟紅妝束全新。好在調脂纖手，滿臉試輕勻。爲洗妝來晚，便帶微嗔。香肌麝熏。直羞煞海棠春。不彌數巵芳酒，誰慰黄昏。秖愁睡醒，悄不見惜花賢主人。枝上雨，都是啼痕。

婆羅門引 病中對菊

當軒有菊，幾年不共結清歡。偶然乘興南還。却念都城手種，誰與護霜寒。正閏餘秋晚，曾未開殘。宦遊最難。算長在別離間。不是未逢蓓蕾，早已闌珊。今年好處，恰花近重陽慰病顔。微雨後、一笑相看。

婆羅門引

自公去後，曲欄荒徑老孤芳。公來花亦生光。一陣朝來細雨，開作十分黄。甚厭厭抱疾，却誤重陽。曾吟短章。也曾見醉銜觴。但得翛然相慰，欹枕何妨。燕山已遠，且莫問園亭此際霜。人意足、處處花香。

婆羅門引　辛卯中秋望月

宦遊南北，月明何處不相隨。十年九賦新詞。今夜清光如許，無以侑金巵。想叨居此職，着甚推辭。臨風再思。是有句欲來時。除却廣寒人見，塵世誰知。天香一陣，恰飄動婆娑桂樹枝。秋影裏、醉寫烏絲。

滿江紅　送劉叔謙御史

滿酌離盃，留不住、繡衣行客。還正是、登車攬轡，慨然時節。白簡纔辭烏府去，紅塵旋被青山隔。看弓刀千騎擁秋風，塗陽陌。　自不負，心如鐵。着甚語，堪爲别。道太柔則廢，太剛則折。任外豈非經濟手，得中便是澄清策。待功成、隨詔早歸來，從頭説。

滿江紅　益都時習閣睡起

六月青州，何處是、此身堪着。都不似、素王宫裏，倚雲高閣。萬里風來無隔處，睡餘常覺衣裳薄。把暑天如水晝如年，消磨却。　心地上，何軒豁。眼界外，猶廖廓。被野煙高鳥，勸余清酌。一片青山知客意，冷光堆滿欄杆角。恨偃然、不肯入城來，難相約。

滿江紅　登汪帥展江樓

山壓長江，流不盡、滔滔深碧。形勝地、以江爲塹，以山爲壁。兵府舊分城上下，人家新住洲南北。説當年、天馬入川時，皆傳檄。　市不易，居如昔。龍已去，攀何及。問人人能道，聖朝恩德。蕞爾南州成底事，宛然上將勞吾敵。看紅塵一騎捷書來，來春必。

滿江紅

眼底交遊，十載被、江湖相隔。嘗記得、道菴人静，縱談朝夕。紙上雲煙隨散落，毫端風雨何休息。甚這回相見便蒼顔，都非昔。　中年别，真堪惜。生辰會，誰曾必。看西風摇動，可人詞筆。天上桂華香近也，此盃再要和君吸。恨抗塵走俗太忙生，無閒日。

滿江紅　寄張藍山

古木寒藤，高岸底、蕭然舟宿。一夜雨、朔風吹浪，浪高於屋。夢覺篷窗無共語，此時正自憐幽獨。道藍山老子送詩來，挑燈讀。　辭與理，俱能足。從别後，情尤篤。想鬢毛如鶴，目睛如鵲。四海如公知己少，有心日日相追逐。恨濯纓亭遠水縈紆，山重複。

念奴嬌　九日同府學諸君飲王氏園

二年重九，算都向、江北江南虚度。鴻雁來時秋最好，底用千愁萬緒。九朶青山，幾尖白塔，何限登臨處。今朝乘興，也和詩客凝竚。　正是雨洗芙蓉，風翻野菊，霜染江楓樹。一片天開圖畫裏，留着天然佳句。收拾方來，安排未定，試問雲間路。三盃纔盡，筆頭疑有神助。以上文淵閣《四庫全書》輯本《西巖集》卷十一

酹江月

人間良夜，是年年、八月中秋時節。萬古青天當此際，正要十分澄澈。何處浮雲，微茫黯淡，便把清光隔。憑欄三歎，恨無長笛吹裂。　坐看蠟燭争輝，青燈吐焰，負煞尊前客。待到譙樓初鼓後，不覺衣裳凉徹。試草新詞，憑風吹去，教向嫦娥説。須臾知道，廣寒推出明月。

酹江月　賦濟南風景和東坡韻

南山北濟，算難盡、十二全齊風物。平地華峰天一柱，鵲倚巖巖青壁。金線横波，真珠出水，趵突噴寒雪。無窮瀟灑，品題宜有才傑。　遥憶工部來時，謫仙遊處，興自雲間發。翠琰高名千古在，不逐兵塵磨滅。細嚼遺篇，高歌雅句，風動蕭蕭髮。英靈何許，畫船獨醉凉月。

水龍吟　張大經寓第牡丹

舊時來往燕都，爲花常向花前醉。十年一夢，鬢絲如許，尚餘情味。曾見君家，後園深處，滿栽姚魏。恨忽忽過了，尋芳時候，又早是、春歸際。　只想十分憔悴。説兩株、吐花猶未。曲欄干憑，朝酣不語，爲誰凝思。擬合金㡆，清平妙曲，與渠相慰。怕今宵，便有無情風雨，作遮藏計。

校：「吐花猶未」，《四庫全書》輯本原作「猶未」，據趙萬里輯校本補。

水龍吟 留別

别來幾度秋風，數千里外還重遇。虚齋晝掩，厭厭多病，賴君看護。鵝鴨比鄰，魚蝦市井，擬留余住。被催人天上，除書一紙，又催過、江南去。　一夜扁舟風雨。問誰知、此時情緒。明朝回首，荒城古塔，離亭高樹。點檢囊中，錦牋半是，秋巖佳句。待從今，且把新詞閣起，共何人賦。

水龍吟

伯庸近以樂府賀余新居，未及裁答。伯庸復有遼陽省掾之行，相愛之情，不能無語。因用前韻奉餞，且爲凱還日把杯一笑也。

去年鞍馬東來，爲余嘗説遼陽好。而今風物，戰塵低暗，陣雲高繞。幕府掄材，縱横健筆，似君元少。看燈前草就，捷書一紙，飛奏入、龍樓曉。　遥望蓬萊晻靄，問何如、日邊瓊島。鴈來時候，霜風凄緊，應思歸早。萬里西州，雙親雖健，衆雛猶小。怕區區，但了平生心事，約山間老。

水龍吟 送程達之萬户還宣城

我從年少知君，胸中氣與秋天杳。天戈南下，幾番屯戍，幾番征討。筆硯從戎，詩書爲將，世間元少。想何如静處，求田問舍，便辭得、功名了。　兵府水圍山繞。儘雄深、不妨吟稿。秋高時候，羽書催急，渡江須早。號令重明，角聲風冷，劍華霜曉。要從今，做取十分事業，恰歸來好。

水龍吟 寄郭安道御史

一杯未盡分攜，怱怱争似休相遇。方余病起，不禁同醉，只須將護。萬里淮天，數行征雁，雨晴風住。趁瓜洲古渡，東來潮水，便高卧、孤帆去。　卧聽江聲如雨。漸消磨、滿懷愁緒。丹青寫出，金山煙塔，焦山霜樹。如此江山，發揮正要，雄章奇句。仗何人唤取，青驄御史，看揮毫賦。

水龍吟

秋巖既别，是日晚，又訪余龍城外。復以前韻寄謝。

中年怕見離筵，惡懷易感歡難遇。愁城百丈，舊時全仰，酒兵遮護。不飲而今，如何禁得，欲行還住。與元戎已别，弓刀小隊，能爲我、年來年去。　一陣黄昏細雨。正心頭、萬絲千緒。幾家燈火，煙迷湖水，風號堤樹。咫尺重闉，故人千里，可能無句。聽譙樓，更鼓寒聲歷歷，倚篷窗賦。

沁園春　寄劉光裔都事

有手拏雲，有背摩空，相期昔年。記南方初下，送君硬語，東曹未滿，寄我奇篇。二十年間，數千里外，底事曾無人所憐。青青鬢，但一迴相見，一度蒼然。　此心甯逐時遷。且同醉金波藥玉船。要詩之悟處，深如學佛，詞之妙處，絶似談仙。匹馬江都，片帆甓社，又别西風落照邊。沉吟久，寫離情不盡，雁字聯翩。

沁園春　送劉牧之同知歸江南

昨日送春，今日送君，難禁别離。正桃花水滿，遠歸江浙，楝花風起，輕出京師。早把功名，置之身外，世上何愁可皺眉。從今去，但求田問舍，此意誰知。　當年交友全稀。試屈指諸君更有誰。説郭髯磊落，猶居判府，許翁清健，已謝簽司。回首南關，悵然如夢，幾度憑欄費所思。煩傳語，甚孤懷索莫，不寄新詩。

沁園春　送趙彦伯御史

君按西秦，我走東秦，一樽共開。恨忽忽行色，無多欵曲，區區別語，未易安排。百二關河，三千道路，前歲如今曾往迴。但休問，過潼關北去，都是詩材。　公餘應見青崖。怕念我、兹遊無好懷。也知巧宦，常居要地，其如公論，不用非材。北渚光中，華峰影裏，放得婆娑亦快哉。三年裏，儘平分煙景，抖擻塵埃。

沁園春

至元戊子冬，國子司業李君兩山以春官小宗伯，奉命使交趾。故作此，以壯其行。

國子先生，博帶峨冠，胡爲此行。正蠻煙瘴霧，遠趨象郡，祥雲瑞靄，近別龍庭。率土之濱，際天所覆，何處而今不太平。安南者，彼地方多少，敢抗吾衡。　一封天詔丁寧。要老子胸中百萬兵。看健如馬援，精神矍鑠，辨如陸賈，談舌縱横。奉職稱藩，功成事定，更放文星分外明。歸來儘，不妨詩筆，顛倒南溟。

沁園春

不肖掾内臺，時西溪王公爲侍御史，遵誨韓兄爲監察御史，恕齋霍兄爲前臺掾。其後柳溪耶律公提刑河北，頤軒李兄都司臺幕，皆平昔所敬慕者。至元甲申春，不肖以南臺裏行求去，退居高沙。又二年，冬十月，迫以北歸，由維揚至金陵，別行臺諸公。適西溪、柳溪拜中丞，遵誨擢侍御，頤軒、恕齋授治書。越二十有五日，會飲頤軒寓第。時風雨間作，以助清興，西溪草書風雨會飲之句，柳溪復出燕脂井欄之製，遵誨、恕齋道古今之事，頤軒歌樂府之章。某雖不才，亦嘗浮鍾舉白，鼓譟其傍，一談一笑，不覺竟醉。竊嘗謂人生同僚爲難，同僚相知爲難，相知久敬爲尤難。今歡會若此，可謂一臺盛事，因作《沁園春》歌之。

四海交親，別離儘多，會合最難。見西溪老子，情懷樂易，柳溪公子，風度高閑。鐵石心腸，風霜面目，更着中朝霍與韓。知音者，有頤軒侍御，收拾清歡。　不才自顧何顏。也置在諸公酬酢間。似蒹葭依倚，瓊林玉樹，蕭蒿隱映，春蕙秋蘭。南北烏臺，當時年少，雙鬢而今半欲斑。明朝去，向德星多處，遥望鍾山。

校：詞序，「遵晦」、「遵誨」兩出，暫以「遵誨」爲準。

沁園春　謝王巨川侍郎以澮游所書扇見惠

四海黄花，文采風流，於今尚存。看澮翁詩句，太羹玄酒，名家書法，流水行雲。泗上青山，楓林丹葉，書破晴空月一輪。余嘗見，把君髯摇動，特地精神。　謝君雅意殷勤。便付與同僚更可人。愛紫筠真節，柄纔到手，輕羅縞面，影不離身。縱使當年，石城風起，不怕庾公千丈塵。難忘處，正午天如火，涼滿衣巾。

沁園春　送鶴寄可與郎中

鶴汝前來，與余相從，近乎一年。每座隅舉目，看揮大字，窗前側耳，聽誦佳篇。月白風清，天高露下，不肯飛騰亦可憐。雞群裏，見雪衣丹頂，空自昂然。星郎明日南遷。待送上秋風千里船。莫因其所好，乘軒受禄，啓其所欲，學道昇仙。渠是而今，經綸大手，早取徵書下日邊。長鳴罷，似知余雅意，兩翅翩翩。

沁園春　鶴荅和寄可與郎中

昔自九皋，慕翁而來，何期歲年。記初爲翁客，獻千百壽，後爲翁友，得兩三篇。夜夜飛鳴，朝朝起舞，不是賞音誰見憐。追隨久，儘人多怨者，我獨欣然。翁今猶未高遷。便離却交遊載月船。想西巖夢我，大綱坡老，繡江畜我，小樣逋仙。二老風流，他時相約，須到西湖煙水邊。孤山路，看雲間來迓，秋影翩翩。

沁園春　用送鶴樂府韻寄可與亦督和之

自別君來，日如三秋，夜如一年。想小金山下，笙歌促席，横江樓上，樂府連篇。世故相驅，歡情未已，遽爾歸來秖自憐。空回首，望南州城郭，煙水茫然。思君便欲移遷。更共泛西湖湖上船。但杯中有酒，何分賢聖，心頭無事，便是神仙。鶴去多時，甚無一語，迴到高沙煙雨邊。吾知矣，正挑燈和韻，筆勢翩翩。

沁園春　游孤山寺寄姜中丞

若論西湖，潁川汝陰，俱難似之。正湧金門外，天開罨畫，錢塘岸側，城展玻瓈。曾借扁舟，晚凉一棹，先向孤山近處嬉。回頭望，是吴山樓閣，煙靄參差。淡妝濃抹相宜。道不獨晴奇雨亦奇。訪歐公遺像，仍存古井，逋仙舊隱，猶有荒祠。泉若通靈，梅如解語，應也怪公題詠遲。從今後，怕公餘無事，準備新詩。

摸魚子

辛卯清明日，嘗以《金縷曲》侑觴，今年獨無，可乎？因作《摸魚子》一闋以寄意。

問誰知此時情緒。忽忽寒食相遇。東風可是無閒暇，開盡白紅千樹。春幾許。還又怕、轉頭風雨留難住。浮生浪苦。且攜酒重尋，去年花下，歌我舊金縷。樽前友，惟有青山如故。至今面目無妬。冷光晴色三千丈，斜照夕陽窗户。堪訝處。被幾葉風帆，催上江南路。無人自語。想五載居京，一朝得郡，却甚也能去。

金縷曲　送可與即用其韻

樂府寧無路。彼區區、斜門枉逕，少人知處。從得君詞驚且訝，醉裏坡仙曾遇。是夢裏、稼翁教汝。玉尺金刀俱在手，把天機、雲錦裁成句。纔落紙，便傳去。筆頭不用空豪怒。也何須、梨花縞月，海棠紅雨。一曲離歌悲壯處，不覺人間三鼓。有幽壑、潛蛟起舞。休道此情天不管，怕餘音嫋嫋無人許。風送入，渡江櫓。

金縷曲　送茅山倪道人並寄山中諸道友

回首茅山路。渺滔滔、長江南畔，碧山無數。曾被天風吹醉夢，直到華陽深處。也親見、鸞驂鶴馭。覺後分明空記省，悵丹坡、蹤跡今何許。還又被，世緣誤。幾番自詠山中句。覺霏霏、雲煙秀色，去來眉宇。曾共三峰重有約，已辦清秋杖屨。看能與群仙相遇。君去丁寧無別語，怕山靈怪我來何暮。纔有伴，便同去。

金縷曲　送德昌

走遍江南路。看天公、何時還我，故山深處。君處錢塘余甓社，千里不期而遇。更分甚、主賓吾汝。一片湖光濃似酒，待發揮、我輩清新句。幾魚鳥，不驚去。醉中不怕波神怒。儘人間、紛紛輕薄，翻雲覆雨。燈火歸來纔半醒，月夜譙樓初鼓。正老鶴迎門飛舞。此樂人生能有幾，悵後期好在知何許。明日又，送柔櫓。

金縷曲　中秋夜不寐枕上作以自遣

未過松江去。被高沙、同盟鷗鷺，暫時留住。曾共中秋心期定，再上江船容與。待滿載、淮歌楚舞。豈料桂花香霧底，正河魚、作祟深相苦。樽有酒，不忺舉。夢中似聽嫦娥語。道人生、百年纔半，未爲衰暮。江北江南行欲遍，幾見月明三五。嘗爛賞通宵達曙。可是今年情思嬾，便臨風悞却清新句。聊援筆，爲渠賦。

金縷曲　雙陸

此博誰名汝。想當年、波羅塞戲，涅槃經語。天竺傳來雙采好，么六四三二五。要隨喝隨呼隨數。從得三郎緋衣了，再曾逢、潘彦知音侶。同入海，亦良苦。雄拏豪攫爭鳴杵。正關河、疎星殘月，幾聲秋雨。却是驅馳玄黄馬，脚底踏燕蹴楚。甚一礀一梁能阻。翻覆輸贏須臾耳，算人問萬事都如許。且一笑，看君賭。

金縷曲　乙未清明

風雨驚春暮。恨天涯、留春未辦，却留余住。時序忽忽催老大，又早飛花落絮。算禁得清明幾度。試倚危欄西北望，但接天、煙水無重數。空目斷，故山路。　先塋松柏誰看護。想東風、杯盤蕭索，饑烏啼樹。便做松江都變酒，醉裏眉頭休聚。向醒後安排何處。萬里南來緣底事，也何須杜宇聲聲訴。千百計，不如去。以上文淵閣《四庫全書》輯本《西巖集》卷十二

太常引　紅梅

幽香拍塞滿比鄰。問開到、幾層春。謝絶蝶蜂群。祇幺鳳、和渠意親。　醉紅肌骨，豔紅粧束，能有許時新。也待不摇唇。忍孤負、風流玉人。

太常引

兩株如玉瘦相鄰。儘紅複、抱芳春。看到不同群。比問白、尋黄更親。　出塵態度，倚風標格，消得一詞新。誰解按歌唇。教唱與、青崖故人。以上《永樂大典》卷二八〇九引《張西巖集》

賀新郎

余家古瓶臘梅忽開，清香可愛，質之范石湖《梅譜》，乃宿葉而佳者也。且云，素難題詠，山谷、簡齋但作小詩而已，在簡齋，餘作且勿論，偶不及東坡長句，何耶？因以樂府《賀新郎》見意。

不受鉛朱汙。問嬌黄、當初著甚，染成如許。便做采從真蠟國，特地朝匀暮注。也無此、宫粧風度。長記方壺春半貯，只蕭然、儘慰人情苦。誰更望、暗香吐。爲渠細檢梅花譜。以芳馨與梅相近，故梅名汝。底是石湖堪怪處，説道涪翁曾賦。還忘却、東坡佳句。從被二仙題評了，到而今、傲然吟詩似。吾試與，下斯語。《永樂大典》卷二八一一引《張西巖集》

水調歌頭

翰林諸公相餞齊化門外，因用不肖與諸公倡和水調韻寄意。

煙柳緑陰底，祖席國門東。舊時沙上鷗鷺，此地别鵷鴻。幾載備員苟禄，一日分符剖竹，誰道不遭逢。回望九重闕，高出五雲中。重慇懃，深眷戀，謝諸公。佳篇繼之以酒，情與禮俱通。渺渺松江煙水，斗郡若無多事，其孰可相從。杖屨放鶴叟，蓑笠釣魚翁。《永樂大典》卷三五二七引《張西巖集》

摸魚子　送李元謙南行

悵交游曉星堪數，今朝君又南去。獨留倥偬奔忙裏，儘耐風波塵土。私自言也自笑，一毫於世曾何補。欲歸未許，謾縮首隨人。强顔苟禄，此意亦良苦。揚州路，總是曾經行處。夢中淮岸江浦。年來事事多更變，猶有舊時烏府。君莫住，説正賴兩三，吾輩相撑拄。恨自無羽，趁萬里秋風，雲間孤鶴，落日下平楚。《永樂大典》卷八六二八引《張西巖集》

趙必瑑 存詞三十一首

趙必瑑(一二四五—一二九四),字玉淵,别號秋曉。東莞(今屬廣東)人。宋宗室,宋咸淳元年進士,歷任南康縣丞,棄職歸。入元,隱居不出。有《秋曉先生覆瓿集》六卷,卷二存詞三十一首。生平見《宋季忠義録》卷十、《宋詩紀事》卷八十五、《元書》卷九十一。

綺羅香　和百里春暮游南山

辦一枝藤,蠟一雙屐,縱步翠微深處。無限芳心,付與蜂媒蝶侶。紅堆裏、杏臉匀妝,翠圍外、柳腰嬌舞。有吟翁、熱惱心腸,肯拈出、美成佳句。　九十光陰箭過,趁取芳晴追逐,春風杖屨。消得幾番,風和雨、春歸去。悵鶯老、對景多愁,倩燕語、苦留難住。秋千影裏送斜陽,梨花深院宇。

念奴嬌　和雲谷九日遊星巖

一時四美,對重陽、那更無風無雨。塵世難逢開口笑,不飲黄花有語。雲谷春生,星巖秋好,引領群仙去。滿襟霽月,山中一洗塵霧。　濂翁舊説猶存,淵明獨愛菊,風流千古。拄杖笑談卿與我,不減晋人風度。破帽欹風,空樽眠月,也有悠然趣。秋容未老,晚香尤有佳處。

蘭陵王　贛上用美成韻

畫闌直。餖飣千紅萬碧。無端被，怪雨狂風，僽柳僝花禁春色。尋芳遍楚國。誰識。五陵俊客。流水遠，題葉無情，雁足不來杳𢀾尺。浮生等萍跡，纔卸却歸鞍，坐未温席。怱怱還又京華食。歎聚少離多，漂零因甚，江南逢梅望寄驛。美人兮天北。悲惻。恨成積。悵釵玉塵生，猊金煙寂。緑楊芳草情何極。偏懶撥琵琶，愁聽羌笛。梨花院落，黄昏後，珠淚滴。

風流子　贛上飲歸用美成韻

舊夢憶錢塘。笙歌裏、幾度醉斜陽。曾載月一篷，眠楊柳岸，買春深巷，過杏花墻。腸惱斷，香鬟盤鳳髻，櫻口囀鶯簧。釵玉分輕，夢孤宵枕，歌紈蠹久，愁對春觴。司空曾見慣，相逢處，還又聯步西廂。底用十分迷殢，翠陣紅行。記鴛篋題情，離懷如訴，鮫綃粉濕、別淚猶香。年少拋人易去，苦也相妨。

風流子　別贛上故人用美成韻

春光纔一半，春未老、誰肯放春歸。問買春價數，酒邊商略，尋春巷陌，鞭影參差。春無盡，春鶯調巧舌，春燕壘香泥。好趁春光，愛花惜柳，莫教春去，柳怨花悲。春心猶未足，春幃暖，爐薰香透春衣。説與重歡後約，春以爲期。記春雁回時，錦箋須寄，春山鎖處，珠淚長垂。多少愁風恨雨，惟有春知。

齊天樂　舟中和花翁韻答自村同年

東南半壁乾坤窄，渺人物、消磨盡。官爵網羅，功名釣餌，眼底紛紛蛙井。暮更朝令。扞格了多少，英雄豪俊。身事悠悠，儒冠誤矣文章病。　休休蕉鹿夢醒。早牛衣無恙，鷗盟未冷。相越平吴，終成底用，不似五湖舟穩。浩歌狂飲。休説我命通，待他心肯。浮世南柯，夢邯鄲一枕。

華胥引　舟泊萬安用美成韻

滄浪磯外，小艤蘭舟，旋沽竹葉。雨過溪肥，波心蕩漾鷗對啑。煙晚欸乃漁歌，和櫓聲咿軋。要泛五湖，只恐西施羞怯。　年少飄零，鬢未霜、底須輕鑷。江南歸雁，寄來鴛牋細閱。盟言誓語，滿鮫綃羅篋。撩弄相思，琴心寸寸三疊。

意難忘　過廬陵用美成韻

魏紫姚黄。屬吟翁管領，曾醉春觴。盟寒釵鳳股，灰冷寶猊香。前事遠，此心涼。去也棹滄浪。把年時、芳情付與，鴛頸交相。　燈前吊影成雙。歎星星絲鬢，老矣潘郎。愁偏欺客枕，樣不入時妝。塵面目，鐵心腸。歸隱又何妨。小灘頭、曲竿直釣，誰識嚴光。

宴清都　舟中思家用美成韻

遠遠漁村鼓。斜陽外、賓鴻三兩飛度。茅簷春小，白雲隱几，青山當户。騷翁底事飄蓬，渾忘却、耕徒釣侶。何時尋、斗酒江鱸，悠悠千古坡賦。　風流種柳淵明，折腰五斗，身爲名苦。有秫田二頃，菊松三徑，不如歸去。山靈休勒俗駕，容我卧、草堂深處。問故園、怨鶴啼猿，今無恙否。

鎖窗寒　春暮用美成韻

乳燕雙飛，黄鶯百囀，深深庭户。海棠開遍，零亂一簾紅雨。繡簾低、捲起春風，香肩倦倚嬌無語。歎玉堂底事。匆匆聚散，又江南旅。　春暮。人何處。想歌館睡濃，日高丈五。舊迷未醒，莫負孤眠鳳侶。長安道、載酒尋芳，故園桃李還憶否。早歸來、整過闌干，花下攜春俎。

隔浦蓮　春行用美成韻

東風吹長嫩葆。花塢穿青窈。玉管新聲，金鈴顫響驚青鳥。行樂莫草草。春光鬧。鴛浴垂楊沼。紅嬌小。梳宫樣、鬟雲釵鳳斜倒。酒邊輕別，一枕相思到曉。巫山難夢到。愁覺。一些心事誰表。

蘇幕遮　錢塘避暑憶舊用美成韻

遠迎風，回避暑。人似荷花，笑隔荷花語。無限情雲並意雨。驚散鴛鴦，蘭棹波心舉。　約重遊，輕別去。斷橋風月，夢斷飄蓬旅。舊日秋娘猶在否。雁足不來，聲斷衡陽浦。

齊天樂　簿廳壁燈

紅紛緑鬧東風透，暖得枳花香也。雪柳撚金，玉梅鋪粉，妝點春光無價。鼇蓬如畫。簇萬頃芙蕖，桂華相射。豔冶逢迎，香塵滿路飄蘭麝。　人生行樂聊爾，況良辰美景，好天晴夜。繭帖爭先，芋郎卜巧，細説成都舊話。傳觴立馬。看翠陣珠圍，歌朋舞社。酒盡更闌，月在蒲萄架。時簿廳新作蒲萄架。

燭影摇紅 縣廳壁燈

月浸芙蕖，冰壺天地波凝碧。太平歌舞醉東風，花市人如織。桃李一城春色。玉梅嬌、鬧蛾無力。粉圍紅陣，燈火樓臺，綺羅巷陌。　樂事還同，遨頭引領神仙客。高燒銀燭照紅妝，香霧穿瑶席。款款檀牙細拍。醉金樽、東方未白。傳柑相遺，探繭争先，明年今夕。

沁園春 歸田作

看做官來，只似兒時，擲選官圖。如瓊崖儋岸，渾么便去，翰林給舍，喝采曾除。都一擲間，許多般樣，輸了還贏贏了又輸。回頭看，這浮雲富貴，到底花虚。　吾生誰毁誰譽。任荆棘叢叢滿仕途。歎塞翁失馬，禍也福也，蕉間得鹿，真歟夢歟。何怨何尤，自歌自笑，天要吾儕更讀書。歸去也，向竹松深處，結個茅廬。

賀新郎 和陳新緑觀競渡韻

繡口琅玕腹。美人兮、陽春一曲，華貂難續。唤醒荷花歸棹夢，猶憶紅塵迷目。只消得、烏飛兔逐。往事已隨流水去，眇愁予、鬱鬱哀時俗。恨千縷，淚一掬。　不須青史流芳馥。也不須、榮華富貴，樽前頻祝。但得山中茅屋在，莫遣鶴悲猿哭。隨意種、荼蘼躑躅。蓴菜可羹鱸可鱠，聽漁舟、晚唱清溪曲。醉又醒，唤芳醁。

夏日燕黌堂 和竹磵韻壽匝峰使君

赤城中。奏鶴笙一曲，玉佩丁東。蒲節後七日，宴翠閬瓊宫。年年王母來稱壽，醉蟠桃、幾度東風。簇花間五馬，輕裘短帽，雪鬢吟翁。魁宿耀三雍。曾歸車共載，非虎非熊。急流勇退，淵底卧驪龍。山中不用官三品，墊角巾、人慕林宗。記亳州舊事，畫鴟夷，獻與恭公。

水調歌頭　壽梁多竹八十

百歲人能幾，七十世間稀。何況先生八十，蔗境美如飴。好與七松處士，更與梅花君子，永結歲寒知。菊節先五日，滿酌紫霞巵。　美成詞，山谷字，老坡詩。三徑田園如昨，久矣賦歸辭。不是商山四皓，便是香山九老，紅頰白鬚眉。九十尚入相，緑竹頌猗猗。

賀新郎　壽陳新緑

壽酒浮萸菊。記年年、重陽嘉節，開樽華屋。緑鬢朱顔春不改，彼美人兮如玉。有錦繡、珠璣滿腹。户外紅塵飛不到，受人間、倒大清閒福。數花甲，纔八六。　十分秋色呈新緑。一簇兒、池館亭臺，左梅右竹。柳下繫船花下飲，不減西園金谷。更橘外、安排棋局。獨立小橋明月夜，喚鶯鶯、低唱雙飛曲。有子也，萬事足。

賀新郎

生朝新緑用前韻見贈，再依調答之。

低唱芙蓉菊。有吟翁、坐擁紅嬌，宴黄金屋。恰則紱麟三日後，燦燦晬盤珠玉。不待夢、燕懷楓腹。自是嫦娥分桂種，伴靈椿、千歲延清福。回笑我，龜藏六。　歸歟老圃鋤春緑。吾菟裘、三徑荒苔，一庭瘦竹。欲隱貧無山可買，聊爾徜徉盤谷。更管甚、雲臺玉局。緊閉柴門傳語客，道主人、高枕南窗曲。有酒蟹，此生足。

賀新郎　用張小山韻賀小山納婦

沙上盟鷗鷺。笑吟翁、夢今不到，草堂深處。金屋重重春睡暖，傍翠偎香步步。已自摘、蟠桃三度。舊日畫眉情性在，更君房、妙絶文章語。消受得，乘鸞侶。　樓中燕燕誰家住。又從新、移根换葉，栽花千樹。第一信風春事覺，莫遣緑羞紅汙。早早做、闌干遮護。天上賁緣千里合，喜乘槎、先入銀河路。人似玉，衣金縷。

滿江紅　和李自玉蒲節見寄韻

如此風濤，又斷送、一番蒲節。何處寄、黍筒彩線，龍饞蛟齧。已矣騷魂招不返，蘭枯蕙老餘香歇。俯仰間、萬事總成陳，新愁結。　梅子雨，荷花月。消幾度，頭如雪。歎英雄虚老，淒其一吷。回首百年歌舞地，胥濤點點孤臣血。問長江、此恨幾時平，茫無説。

念奴嬌　賀陳新緑再娶

燒燈過也，倩東風、又剪芙蕖千朵。翠陣珠圍依然是，舊日笙歌社火。一曲乘鸞，萬錢騎鶴，仙子來蓬島。金樽滿酌，不妨斜戴花帽。　人生能幾歡娱，趁良辰美景，緑嬌紅小。洞裏桃花應笑道，前度劉郎未老。眼雨眉雲，情香粉態，恨不相逢早。明年今夕，犀錢玉菓分我。

念奴嬌　餞朱滄洲

中年怕别，唱陽關未了，情懷先惡。回首西湖十年夢，幾伩簪花清酌。人世如萍，客愁似海，吟鬢俱非昨。風濤如許，只應高卧林壑。松菊儘可歸歟，歎折腰爲米，淵明已錯。相越平吴，終成底事，一舸五湖差樂。細和陶詩，徑尋坡隱，時訪峰頭鶴。羅浮咫尺，春風寄我梅萼。

校：「陶詩」之「詩」、「徑尋」之「徑」二字，底本漫漶，據《四庫全書》本《覆瓿集》補。

醉落魄　用韻賦九月見梅

西園飲歇。倚闌干、玉簫聲徹。荷枯菊老秋芳歇。兩蕊三花、九月南州雪。何郎情思逋仙骨。觀桃墻杏成疏闊。醉騎玉鳳游銀闕。滿袖西風、吹動暗香月。

浣溪沙　寄小黄

只爲相思怕上樓。離鸞一操恨悠悠。十二翠屏煙篆冷，曉窗秋。繡線未拈心已懶，花箋欲寄寫還羞。懊恨郎邊無個信，暮雲愁。

菩薩蠻　戲菱生

紅嬌翠溜歌喉急。舊弦撥斷新腔入。往事水東流。菱花曉帶秋。幃香雙鳳集。情淚層綃濕。殘夢五更頭。酒醒依舊愁。

朝中措　賀益齋令嗣娶

鳳凰臺上聽吹簫。銀燭萬紅摇。要覓瓊漿玉飲，隔墻便是藍橋。大兒清澈，小喬初嫁，雨膩雲嬌。愁怕沈郎銷瘦，不堪十萬纏腰。

朝中措　餞梅分韻得疏字

冰肌玉骨爲誰癯。只爲故人疏。憔悴粉銷香減，風流不似當初。　聚能幾日，匆匆又散，騎鶴西湖。整整一年相别，到家傳語林逋。

朝中措　餞贈東鄰劉生再娶板橋謝女

橘肥梅小蠟橙黄。薄薄板橋霜。春透謝娘庭院，雅宜倚玉偎香。　舊情如紙，新情如海，冷熱心腸。誰爲移根换葉，桃花自識劉郎。

鷓鴣天　戲贈黄醫

湖海相逢盡賞音。囊中粒劑值千金。單傳扁鵲盧醫術，不用楊高郭玉針。　三斛火，一壺冰。藍橋擣熟隔雲深。無方可療相思病，有藥難醫薄倖心。以上《秋曉先生覆瓿集》卷二

鮮于樞　存詞四首

鮮于樞（一二四六—一三〇二），字伯機，號困學民，又號西溪子、虎林隱吏等。原籍漁陽（河北薊縣），後徙汴梁（河南開封）。少爲路吏，至元二十四年，累遷兩浙轉運司經歷。至元二十九年，謝事居錢塘之西溪，營一室名「困學之齋」。起爲江浙行省都事，大德初，改浙東宣慰司都事。大德六年入朝，以太常寺典籍致仕，是年去世。所著《困學齋雜録》，今存。其詞見于書畫題跋。《太和正音譜》列其名「俱是傑作」一百五十人之中。生平見《書史會要》卷七、《兩浙名賢録》卷五十四、《元詩選》二集《困學齋集》。

念奴嬌　八詠樓

長溪西注，似延平雙劍，千年初合。溪上千峰明紫翠，放出群龍頭角。瀟灑雲林，微茫煙草，極目春洲闊。城高樓迥，恍然身在寥廓。　我來陰雨兼旬，灘聲怒起，日日東風惡。須待青天明月夜，一試嚴維佳作。風景不殊，溪山信美，處處堪行樂。休文何事，年年多病如削。明楊慎《詞品》卷六

滿江紅

近覽鏡，白鬚漸多，戲作《滿江紅》長短句，繡江先生拜求一見，敢録呈醜，幸乞一笑，鮮于樞

頓首。

詩酒名場，人都羡、紫髯如戟。今已矣，星星滿頷，不堪重摘。衰老自知來有漸，窮愁誰道尋無跡。笑劉郎、辛苦覓仙方，終無益。　東逝水，西飛日。年易失，時難得。賴此身健在，寸陰須惜。生死百年朝有暮，盛衰一理今猶昔。問人間、誰是魯陽戈，杯中物。明朱存理《珊瑚木難》（《適園叢書》本）卷八

鵲橋仙

青天無數。白天無數。緑水繞灣無數。灞陵橋上望西川，動不動、八千里路。　來時春暮。去時秋暮。歸去又還春暮。人生七十古來稀，好相看、能得幾度。漁陽困學書。明汪砢玉《珊瑚網》卷九

水龍吟　拱北樓呈漢臣學士

倚空金碧崔嵬，鳳山直下如拳小。仰瞻天闕，北辰不動，衆星環繞。喚起群聾，銅龍警夜，靈鼉催曉。自鴟夷去後，狂瀾未息，從此壓，潮頭倒。　回睨訏然雙璧，問遺蹤，劫灰如掃。三吴形勝，千年壯觀，地靈天巧。航海梯山，獻琛效貢，每繇斯道。惜無人健筆，載歌謡事，詫東南好。郁逢慶《郁氏續書畫題跋記》卷九

何失

存詞一首

何失（約一二四七—約一三二七），字得之。昌平（今屬北京）人。在大都自食其力，隱於市朝。早年與鮮于樞、高克恭等同學作詩，以才氣自負。曾以織紗帽爲業，號稱「售不二價」。清晨，即騎驢出門買紗備料，一路歌吟，穿街過市。所吟大都是自己所寫的詩篇。時名頗大，當朝公卿一再舉薦，都以親老爲由，辭而不就。去世時，享年近八十。生平見《元風雅》卷二十所附虞集跋、王士熙《張進中墓表》（《元文類》卷五十六）、《元詩選》二集《得之集》。

按：何失生年，據鮮于樞、高克恭生年暫擬。卒年，據柳貫《題趙明仲所藏姚子敬書高彦敬尚書絶句詩後》（《柳待制集》卷十八）所云，何失「年近八十而終」推出。

天香

南國蜚聲，三鼇孕粹，中興循吏稱首。官在中都，班參玉筍，妙簡帝心應久。長材已試，名字向、金甌先覆。貂冕蟬冠載服，鸞臺鳳池榮簉。　年年桂觴介壽。正江梅、犯寒時候。料想舞僮歌女，翠鬟依舊。富貴人間罕有。任鼎沸笙簫對樽□。穩步堤沙，高攀禁柳。《詩淵》六册四五二一頁

胡一桂 存詞八首

胡一桂（一二四七—約一三一四），字庭芳。婺源（今屬江西）人。生而穎悟，好讀書，尤精《易》。年十八，領宋景定五年鄉薦，試禮部不第。入元，退而講學，遠近師從。嘗入閩訪熊鉌于武夷山，與之上下議論，歸而著書。學者稱雙湖先生。有《雙湖文集》十卷，另著《易本義附録纂疏》十五卷、《易學啓蒙翼傳》四卷、《十七史纂古今通要》十七卷等著作并行于世。生平見《元史》卷一八九、《大明一統志》卷十六、明程敏政《新安文獻志》卷首《先賢事略》、《元詩選癸集》甲集。

青玉案 社日

年年社日停針線，怎忍見、雙飛燕。今日江城春已半。一身猶在，亂山深處，寂寞溪橋畔。　春衫着破憑誰換。點點行行淚痕滿。落日解鞍芳草岸。花無人戴，酒無人勸，醉也無人管。

魚游春水 春思

秦樓東風裏，燕子還來尋舊壘。餘寒猶峭，紅日薄侵羅綺。嫩草芳，抽碧玉。茵媚柳，輕拂黄金縷。鶯囀上林，魚遊春水。　幾回欄杆遍倚。又是一番新桃李，佳人應怪歸遲。梅粧淚洗，鳳簫聲絶，沉魚孤雁，望斷清波無雙鯉。雲山千里，寸心千里。

按：詞牌原缺，據《欽定詞譜》補。

蝶戀花　清明

春事闌珊芳草歇。客裏風光，又過清明節。小院黄昏人憶别，落花處處聞鶗鴂。　咫尺江山分楚越。目斷魂消，應是清塵絶。夢破五更心欲折，角聲吹落梅花月。

臨江仙　春暮

緑暗汀州三月暮，落花風静帆收。垂楊低應木蘭舟。半篙春水滑，一段夕陽愁。　灞水橋東回首處，美人親上簾鉤。青鸞無計入紅樓。行雲歸楚岫，飛夢到楊州。

青玉案　警悟

人生南北如歧路。世事悠悠，等風絮。造化小兒無定據。翻來覆去，倒横直豎，眼見都如許。　伊周事業何須慕。不學淵明便歸去。坎止流行隨所寓。玉堂金馬，竹籬茅舍，總是無心處。

孤鸞　梅花

天然標格，是小蕚堆紅。芳姿挺白淡竚，新粧淺點壽陽宫。額東君，想留厚意。倩年年與傳消息。昨夜前村雪裏，有一枝先折。　念故人何處。水雲隔縱，驛使相逢，難寄春色。試問丹青手，是怎生描得。曉來一番雨過，更那堪數聲羌笛。歸去和羹未晚，勸行人休摘。

水調歌頭　勉學

欲決聖狂，路先明，義利關。須用潛心積累，自得便居安。晝夜陰陽相反，内外主賓交戰。欲盡理斯還。勿欺爲要訣，主一是真丹。　嘆韶光如矢，疾似波瀾。此志平生惟篤，頃刻未能閑。仰止唐虞授受，不過一言兩語，斯盟今又寒。猛將一簣土，完成九仞山。

喜遷鶯　賀建安富從古登仕榮旋陞任

英才超邁，羨奮志蕭曹，功名照耀。門第增輝，山川騰秀，叨沐九重恩渥。江浙曾施懷抱，憲臺洊加優。矚對秋光，正馬首榮旋，便之巴蜀。　懽躍。料今去，作政琴堂，方見閭閻樂。注念民情，挽回淳俗，方仗賢良經略。媲美召杜聲價。骨取甘棠留却。更期着，注楓宸寵特，行看喬擢。以上

清康熙四十二年刻本《雙湖先生文集》卷四

仇遠 存詞一二〇首

仇遠(一二四七—一三二六),字仁近,一字仁父,自號山村居士,一作山邨。錢塘(浙江杭州)人,工詩善詞。宋末,與白珽俱以詩知名,稱「仇白」。入元,任溧陽儒學教授。仇遠與趙孟頫、戴表元、方回、吾丘衍、鮮于樞、張炎、周密等人皆有詩詞唱和。著有《金淵集》六卷,原本已佚,現存者爲清人從《永樂大典》中所輯。有詞集《無弦琴譜》二卷,現存。另有《興觀集》、《山村遺稿》,皆殘。生平見《至順鎮江志》卷十七、《兩浙名賢録》卷四十六、《元詩選》二集《山村遺稿》。

摸魚兒 答二隱

愛青山、去紅塵遠,清清誰似巢許。白雲窗冷燈花小,夜靜對床聽雨。愁不語。念錦屋瑶箏,却伴閒雲住。蓮心尚苦。謾自折蘭苕,苕書蕉葉,都是斷腸句。鷗沙外,還笑失群鴛鷺。淒涼煙水深處。碧牋空寄江南弄,鴉墨亂無行數。梅半樹。悵未識,佳人日莫情誰與。何時輦路。共繫柳遊韉,印苔金屐,湖曲步春去。

摸魚兒 柳絮

惱晴空、日長無力,風吹不盡愁緒。馬頭零亂流光轉,粟粟巧粘紅樹。閒意度。似特地、隨他燕子穿簾去。徘徊不語。謾仿佛眉尖，留連眼底，芳草正如霧。　冥濛處，獨凭闌干凝竚。翠娥今在何許。隔花簫鼓春城暮，腸斷小窗微雨。休更舞。明日看、池萍始信低飛誤。長橋短浦。悵不似危紅，蒼苔點徧，猶澀馬蹄駐。

訴衷情

渚蓮香貯一房秋。秋葉上人頭。年光鬢影偷換，堪歎不堪留。　人渺渺，事休休，恨悠悠。蓴鱸不夢，也□歸舟。家住滄洲。

校：「也□歸舟」，底本作「也歸舟」，據《彊村叢書》本補。

齊天樂　寄子發

暮雲春樹江東遠，十年軟紅塵井。雨屋酣歌，月樓醉倚，還倩天風吹醒。青燈耿耿。算除却淵明，誰憐孤影。自捲荷衣，石牀高卧翠微冷。　山空但覺晝永。舊遊花柳夢，不忍重省。燕子梁空，雞兒巷静，休説長安風景。丹臺路迥。怎見得玄都，□□芳徑。共理瑶笙，鳳凰花外聽。

臨江仙　柳

湘水曉行無酒，楚鄉客久思家。空城暗柳老愁芽。燕歸才社後，人老尚天涯。　記得津頭輕別，離觴愁聽琵琶。東風吹淚落鷗沙。一番新雨重，飛不起楊花。

糖多令

涼露濕秋蕪。空庭啼蟪蛄。紫苔衣、猶護金鋪。疏箔翠眉人不見，流水急，泣鰥魚。　恨草倩誰鋤。西風吹鬢疏。問劉郎、别後何如。縱有桃花千萬樹，也不似，舊玄都。

如夢令

特特問花消息。結果臙紅殘白。芍藥可人憐，相約荼蘼留客。消得。消得。猶有一分春色。

如夢令

聽盡西窗風雨。又聽東鄰砧杵。猶自立危闌，闌外青山無語。何處。何處。一樹亂鴉啼暮。

南歌子

結屋依蒼樹，開窗對碧山。西湖不厭久長看。玉勒鈿車，偏在六橋間。　露柳凝朝潤，煙花斂暮寒。才經人賞便闌殘。謝柳辭花，醉策瘦笻還。

南歌子

細細金絲柳，重重青黛山。玉人樓上倚愁看。移得淺顰深恨、上眉間。　淚濕紅綃薄，香凝碧綺寒。多情别去未春殘。歸趁海棠開後、燕雙還。

點絳唇

黄帽棕鞋，出門一步爲行客。幾時寒食，岸岸梨花白。　馬首山多，雨外青無色。誰禁得，殘鵑孤驛，撲地春雲黑。

點絳唇

千里平闌，水天低處山無數。斷城孤樹，城外人來去。欲問青鸞，杳杳隨煙霧。空懷古，巴山何處，自剪燈聽雨。一作「細聽燈前雨」。

蝶戀花

碧樹殘鶗啼未歇。昨夜春歸，不與行人別。留得綠楊枝上月。曉風吹作晴天雪。龜甲屏低紅疊疊。火暖萸煙，羅薦鴛鴦熱。一插寶簪雲妥貼。下階先揀花枝折。

蝶戀花

深院瀟瀟梧葉雨。知道秋來，不見秋來處。雲壓小橋人不渡。黄蘆苦竹愁如霧。四壁秋聲誰更賦。人只留春，不解留秋住。秋又欲歸天又暮。斜陽紅影隨鴉去。

虞美人

滿城風雨銷凝處。誰足潘郎句。蕭蕭楊柳□凋黄。醉渡官橋，瘦馬踏輕霜。舊時都道遊春好。不似春光小。菊花過了海棠來。定是催歸錦字、不須開。

阮郎歸

教他雙燕意循循。隔湖楊柳深。芹香泥滑趁新晴。差池來往頻。春浪暖，綠無痕。醒人也醉人。斷橋日落水雲昏。歸舟個個輕。

阮郎歸

桃花坊陌散香紅。捎鞭驟玉驄。官河柳帶結春風。高樓小燕空。　山晻靄，草蒙茸。江南春正濃。王孫家在畫橋東。相尋無路通。

渡江雲

流鶯啼怨粉，嫩寒著柳，語尚困東風。問荒垣舊蘚，煙雨何時，濺淚瘗危紅。□愁不盡，對亂花、芳草茸茸。嗟綺塵、漂零無定，綃幕燕巢空。　怱怱。玉鑾聲杳，繡屋香銷，謾精神入夢。記舊家、定場聲價，曾冠深宮。香魂仿佛留環珮，正淡月、春霧朦朦。花影底，長年恨鎖雲容。

校：「□愁不盡」，底本作「愁不盡」，據《彊村叢書》本補。

卜算子

疎樹小花風，別浦殘鵑雨。不是王孫忘却歸，草没歸來路。　空積瑣窗塵，誰按瓊簫譜。暗把金錢卜遠人，爭敢分明語。

眼兒媚

謝家池館占花中。微雨濕春風。豔紅脩碧，濃香疎影，浮動簾櫳。　嬌娥聚翠尋春夢，衣上淚痕重。閒窗愁對，金籠鸚鵡，彩帶芙蓉。

眼兒媚

傷春情味酒頻中。困倚小屏風。寶釵斜插，懶來梳洗，懶出簾櫳。　雲鬟鬌髮嬌無力，此醉不禁重。分明仿佛，未央楊柳，太液芙蓉。

謁金門

但病酒。愁對清明時候。不爲吟詩應也瘦。坐久衣痕皺。　曾約花間攜手。空憶洛陽耆舊。道不相逢還却又。海棠開厮勾。

校：「愁對清明」，底本作「愁到清明」，據《彊村叢書》本改。

南鄉子

急雨漲潮頭。越樹吴城勢拍浮。海鶴一聲蒼竹裂，扁舟。輕載行雲壓水流。　獨倚最高樓。回首屏山疊疊秋。江上數峰人不見，沙鷗。曾識西風獨客愁。

酹江月　梅和彦國

探春消息，覺南枝開遍，北枝猶闕。越女娉婷天下白，堪與冰霜争潔。孤影稜稜，暗香楚楚，水月成三絶。行雲不動，素波輕浣塵襪。　回首雲裏關山，玉龍吹怨，似替人幽咽。溪上園林應滿樹，一徑莓苔縈折。金馬疎籬，玉堂茅舍，終是風光别。尋花欲語，對花却又無説。

校：「暗香楚楚」，底本作「晴香楚楚」，據《彊村叢書》本改。

酹江月

片雲凝墨，看荷花纔濕，依然無雨。水檻空明人少到，恰恰幽禽相語。曲几横陳，長琴高掛，自奏南風譜。俄聞刀尺，隔窗人翦霜苧。　因念西子湖邊，鬧紅一舸，曾宿鴛鴦浦。翠羽不傳滄島信，日暮閑情□與。懶拂鸞牋，懶拈象管，繡句同誰賦。孤鴻程杳，夕陽低下平楚。

玉蝴蝶

獨立軟紅塵表，遠吞翠霧，平挹紋瀾。草長西垣，生怕隔斷雙鬟。樹稍明、夕陽未冷，菱葉静、新雨初乾。倚闌干。一聲鵝管，人影高寒。　休尋王孫桂隱，白雲雞犬，曾識劉安。羽扇綸巾，不知門外有人間。袖素手、懶招黄鵠，寫碧箋、空寄青鸞。且盤桓。聽風聽雨，山北山南。

玉蝴蝶

野樹昏鴉歸盡，素煙如練，低罩平蕪。斷壁飛樓，紅翠似有還無。女墻矮、月籠粉雉，娃館静、塵暗金鋪。問清都。廣寒仙子，别後何如。　愁予。十年夢境，淺歌短醉，總是歡娱。寂寞秦郎，不堪離鏡照鸞孤。記曲逕、共攜素手，向閑窗、頻撚吟鬚。怕西湖。少年遊伴，説著當初。

金縷曲

仙骨清無暑。愛蘭橈、撑入鴛波，錦雲深處。休唱採蓮雙槳曲，老却鷗朋鷺侶。算只有、青山如故。舊雨初晴新水漲，畫橋低、杳靄迷蒼渚。頭戴笠，日亭午。　獨醒耿耿空懷楚。渺愁予、岸芷江蘺，尚青青否。錦瑟謾彈斑竹恨，難寫湘妃怨語。悵誰與、孤芳爲主。流水無聲雲不動，向漁郎、欲覓桃源路。船尾帶，落花去。

霜天曉角

綺帷高揭。風動流蘇結。興在夜涼多處，蘭燼短、半明滅。　醉徹。香未絶。紫簫聲乍歇。聲入碧雲堆裏，還起舞、桂花月。

浪淘沙

芍藥小紗窗。唾碧茸長。粉香猶涴舊時妝。玉佩丁東仙步遠，好處難忘。　草草賦高唐。終是荒涼。涼蟾飛入合歡牀。争得花陰重邂逅，才不思量。

燭影摇紅　次韻

中酒情懷，怨春羞見桃花面。王孫别去草萋萋，十里青如染。不恨梨雲夢遠。恨只恨、盟深交淺。一般孤悶，兩下相思，黄昏依黯。　樓倚斜陽，翠鸞不到音書遠。緑窗空對繡鴛鴦，□縷憑誰翦。知在新亭舊院。杜鵑啼、東風意懶。便歸來後，也過清明，花飛春減。

生查子

飛塵入建章，樂事難重見。白髮故宫娃，閒説沈香燕。　霓裳秋夢寒，□鞁粘冰片。螢火起庭紗，猶憶輕羅扇。

醉落魄

水西雲北。錦苞泣露無顏色。夜寒花外眠雙鵺。莫唱江南，誰是鷓鴣客。　薄情青女司花籍。粉愁紅怨啼螿急。月明倦聽山陽笛。渺渺征鴻，千里楚天碧。

江神子

雲階步影夜淒涼。采丹房。宿芽黄。萬粟千螢，風露四欄香。歌斷小山枝上月，環珮冷，怯流光。　年時金屋罩琴床。憶情郎。淡梳妝。笋玉春纖，挼蕊細浮觴。愁夜滿城今舊雨，分付菊，自重陽。

八聲甘州

斂雙蛾、冷雨立氈車，離思上青楓。想天階辭輦，長門分鏡，征騎西東。應被嬋娟早誤，誰遣出深宮。鸞袖不堪縮，前事成空。　獨掩琵琶無語，恨主恩太薄，淚臉彈紅。又爭如漢月，深夜照簾櫳。草青青、年年歸夢，算北來、應自有征鴻。還堪笑、玉關何事，不鎖春風。

校：「離思上青楓」，底本作「離思上清楓」，據《彊村叢書》本改。

清平樂

寒泉如線，莎石錦雲軟。十里梅花春一片。不記入山深淺。　謾留兩袖春風。羅浮舊夢成空。獨對闌干明月，教人猶憶山中。

清平樂

苑秋涼早，石徑幽花小。霜絮飛飛風草草。翠碧斕斑馳道。　香溝詩葉難尋。依然緑淺紅深。倚竹空歌黄鵠，誰招青塚游雲。

塞翁吟

短緑抽堤草，芳信未許花知。尚留凍梗冰枝。蘚石雪消遲。方塘水淺鴛鴦冷，沙際水翼相依。拾翠約，踏青期。終是樂遊稀。　相思。江南遠、漁沙渺渺，還又是、梅花謝時。有多少、舊愁新恨，縱羅虬、妙曲風流，怎比紅兒。何時再得，畫鷁摇春，豐樂樓西。

塞翁吟

柳風吹殘醉，推枕夢便難尋。小院静，曲屏深。翦不斷輕陰。新蠶乍掃鵝毛細，纖手鏤葉如針。又負了，賞花心。聽高樹鳴禽。　千金。嗟難買、飄紅墜粉，怕容易、愁痕暗侵。但惜取、嬋娟好在，任千里、杳杳鴻迷，渺渺魚沈。相如未老，盡把衷腸，分付瑶琴。

校：「風柳」，原作「柳風」，注云「疑當作『風柳』」。

憶舊遊

憶寒煙古驛，淡月孤舟，無限江山。落葉牽離思，到秋來、夜夜夢入長安。故人翦燭清話，風雨半窗寒。甚宦海漂流，客氈寂寞，忍説間關。　征衫賦歸去，喜故里西湖，不厭重看。莫待青春晚，趁鶯花未老，覓醉尋歡。故園更有松竹，富貴不如閑。却指顧斜陽，長歌李白行路難。

憶舊遊

對庭蕪黯淡，院柳蕭疏，還又深秋。正一星燈暗，更一聲雁過，一點螢流。合成一片離思，都在小紅樓。想撲地陰雲，人愁不盡，替與天愁。　酸風未應□，雨簌簌瀟瀟，欲下還收。憶繡幃貪睡，任花梢晨影，移上簾鉤。被池半捲紅浪，衣冷覆熏篝。怎忘得江南，風流庾信空白頭。

小秦王

眼溜秋潢臉暈霞。寶釵斜壓兩盤鴉。分明認得蕭郎是，佯凭闌干喚賣花。

小秦王

水拍長隄没軟沙。菰蒲深處釣魚家。罾頭免得粘風絮，船尾依然帶落花。

玉樓春

月墮觚棱寒鵲起。露拭秋空清似水。西風昨夜過江南，紅葉黄蕪三四里。　香蓴先近幽人齒。斷杵偏來征客耳。滄洲無路送將歸，□疊楚山青夢裏。

八拍蠻

翠袖籠香醒宿酒，銀屏汲水瀹新茶。幾處杜鵑啼莫雨，來禽空老一春花。

好女兒

恨結眉峰，兩抹青濃。不忺人、昨夜曾中酒，甚小蠻緑困，太真紅醉，肯嫁東風。　無奈游絲墮蕊，盡日□、逐飛蓬。把西園、鬭草芳期阻，怕明朝微雨，庭莎翠滑，濕透蓮弓。

桃源憶故人

苧蘿山下花藏路。只許流鶯來去。吹落梨花無數。香雪迷官渡。　浣紗溪淺人何許。空對碧雲凝暮。歸去春愁如霧。奈五更風雨。

憶悶令

岸柳絲絲青尚淺。漸春歸吴苑。繚垣不隔花屏，愛翠深紅遠。　瞥地飛來何處燕。小烏衣新翦。想芹短、未出香泥，波面時時點。

校：「不隔花屏」，底本作「不隔北屏」，據《彊村叢書》本改。

極相思

雲頭灰冷，金彝熏透茜羅衫。可人猶帶，紫陌青門，珠淚斑斑。　自恨移根無宿土，紅姿減、緑意闌珊。有誰知我，花明眼暗，如霧中看。

少年游

釵雲垂耳未勝冠。私語别青鸞。露帳銀牀，海棠睡足，偏稱晚來看。　一年一夢青樓曲，香淺被池寒。却聽西風，小窗殘雨，紅葉滿長安。

燕歸來

三疊曲，四愁詩。心事少人知。西風未老燕遲歸。巢冷半乾泥。　流紅句，回文字。除燕知，誰能記一作燕子舊時會記。一聲恰到畫樓西。雲壓小鴻低。

校：「流紅句」，底本作「流紅記」；「誰能記」，底本作「誰能計」，皆據《彊村叢書》本改。

睡花陰令

愁雲歇雨，浄洗一奩秋霽。枝上鵲、欲棲還起。曲闌人獨倚。　持盃酹月，月未醉、笑人先醉。忘醉倚、木犀花睡。滿衣花影碎。

望仙樓

九仙山曉，霧冥冥、一鶴飛來華表。銜得紅雲花島。雙蒂仙桃小。　破罌旋汲香泉，短鑁閑鋤春草。愁種愁深多少。頭白鴛鴦老。

小闌干

苔箋醉草調清平，鴉墨濕浮雲。霓裳步冷，瓊簫聲斷，舊夢闗心。　小喬不戀周郎老，翠被摺秋痕。那堪門外，黄花紅葉，細雨更深。

愛月夜眠遲

小市收燈，漸柝聲隱隱，人語沈沈。月華如水，香街塵冷，闌干鎖碎花陰。羅幃不隔嬋娟，多情伴人孤枕。最分明、見屏山翠疊，遮斷行雲。因記欸曲西廂，趁凌波步影，笑拾遺簪。元宵相次近也，沙河簫鼓，恰是如今。行行舞袖歌裙。歸還不管更深。黯無言，新愁舊月，空照黄昏。

花心動

醒眼明霞，問染成、晴隄幾分秋色。膩困未醒，欲語還羞，掩映霧籠煙冪。豔姿相亞柔枝妥，恁嬌倚、西風無力。只疑是、彩雲散影，誤留仙魄。不見芳卿信息，但曉沁嫣紅，雨濕輕白。落日光中，窺影横塘，恰似試妝脈脈。芳心空有韶華想，忍拚與、清霜狼籍。雁聲裏、丹楓伴人淚滴。

薄倖

眼波横秀，乍睡起、茸窗倦繡。甚脉脉、闌干凭曉，一握亂絲如柳。最惱人、微雨慳晴，飛紅滿地春風驟。記帕摺香綃，簪敲涼玉，小約清明後。昨夢行雲何處，應只在、春城迷酒。對溪桃羞語，海棠貪困，鶯聲喚醒愁仍舊。勸花休瘦。看釵盟再合，秋千小院同攜手。迴文錦字，寄與知他信否。

風流子

紅錦舊同心，西池上、會與繫青禽。記山水寫情，秋桐促軫，鴛鴦縈恨，春繡停針。常歎好風妨畫扇，明月墜瑶簪。短夢易殘，一聲長笛，新愁無限，何處孤砧。香奩依然在，但鸞鏡、孤影渺渺難尋。雨後臙脂，應想粉蝕塵侵。悵去帆漸杳，魚鱗浪淺，遠牋難寄，鴻尾雲深。回首高樓，不堪煙雨平林。

清商怨

黄花丹葉紺草。染恨西園曉。夢度秦樓，孤鴻雲影倒。連環舊約忘了。應記□、緑珠嬌小。莫翦迴文，玉關人未老。

校：「應記□、緑珠嬌小」，底本作「應記緑珠嬌小」，據《彊村叢書》本改。

臺城路

海棠纔試春光小，西風便吹秋去。白石粼粼，丹林點點，裝綴東皋南浦。清遊頓阻，謾空有園林，可無鐘鼓。一曲庭花，隔江誰與問商女。離懷渾似夢裏，碧雲猶冉冉，佳人何處。越岫雞盟，秦樓燕約，争奈年華已暮。憑高吊古，算只有梅花，伴人淒楚。極目天長，淡霞明斷雨。

醉公子

曉入蓬萊島，松下鋤瑶草。貪著碧桃花，悮遊金母家。一酌窪尊露，醉失歸來路。不見董雙成，隔花聞笛聲。以上清道光九年刻《無弦琴譜》卷一

臺城路

畫樓西送斜陽下，不隨逝波東去。野曠莎長，山空木短，零落紅衣南浦。游雲路阻。便魂斷蒼梧，怨絃誰鼓。空采江蘺，□□□吊湘女。迢迢千里萬里，碧天空雁信，傳意無處。翠袖閑籠，珠幃怨卧，幾度黄昏□暮。相思自古。悵獨客三吴，故人三楚。懶話巴山，翦燈同聽雨。

慶春宫

江影涵空，山光浮水，畫樓直倚東城。落葉聲稀，歸鴻聲杳，晚風却遞鐘聲。去天咫尺，祇疑是、齊雲摘星。闌干凝佇，愁見垂楊，煙絮縈縈。　官梅冷笑相迎。□怕繁枝，容易凋零。因念□□，吟仙鶴去，斷橋誰賦疎清。染雲如黛，這雪意、看看做成。有誰知得，庾信閑愁，陶令閑情。

校：「歸鴻聲杳」，底本作「歸鴻聲香」；「□怕繁枝」，底本作「怕繁枝」；「因念□□，吟仙」，底本作「因念吟仙」，皆據《彊村叢書》本改。

陽臺怨

月明如白日。遮徑花陰密密。未見黄雲襯襪來，空伴花陰立。　疑是碧瑶臺，不放彩鸞飛出。隱隱隔花清漏急。一巾紅露濕。

夢江南

花霧濕，黯黯覆庭蕪。十二闌干空見月，誰教涼影伴人孤。素被帶香鋪。　情荏苒，金屋又笙竽。天際有雲難載鶴，墻東無樹可啼烏。春夢繞西湖。

巫山一段雲　王氏樓

酒力欺愁薄，輕紅暈臉微。雙鴛誰袖出青閨。劃襪步東西。　倦蝶棲香懶，雛鶯調語低。釵盟惟有燭花知。半醉欲歸時。

憶秦娥

秋乍覺。露涼頓覺羅衾薄。羅衾薄。黄昏庭院，水風簾幕。闌干待月花時約。愁長夢短渾忘却。渾忘却。南山猿鶴，北枝烏鵲。

八犯玉交枝　招寶山觀月上

滄島雲連，緑瀛秋入，暮景欲沈《絶妙好詞》作「卻沈」洲嶼《詞綜》作洲渚。無浪無風天地白，聽得潮生人語。擎空孤柱。翠倚高閣憑虚，中流蒼碧迷煙霧。惟見廣寒門外，青無重數。遥想貝闕珠宫，瓊林玉樹。不知還是何處。倩誰問、凌波輕步。謾凝睇、乘鸞秦女。想庭曲、霓裳正舞。莫須長笛吹愁去。怕唤起魚龍，三更噴作前山雨。

校：下闋，《歷代詞話》卷九引《詞苑》作「不知是水是山，不知是樹。茫茫知是何處。倩誰問、凌波輕步。漫凝睇、乘鸞秦女。想庭曲、霓裳正舞。莫須長笛吹愁去。怕唤起魚龍，三更噴作前山雨。」

夜行船

十二闌干和露倚。銀潢淡、玉蟾如洗。萬籟無聲，纖雲不染，目斷楚天千里。自把黄花閒數蕊。空招隱、湘君山鬼。古劍埋光，孤燈倒影，咄咄樹猶如此。

薦金蕉

梅邊當日江南信。醉語無憑準。斜陽丹葉一簾秋。燕去鴻來，相憶幾時休。

思佳客

落盡殘紅雨乍收。新篁静院叫軥輈。柳絲輕拂闌干角，怕引閑愁懶上樓。春淡淡，水悠悠。綺窗曾爲牡丹留。轉頭千載真成夢，赢得春風一枕愁。

思佳客

日影扶花一萬重。秋香閣下又芙蓉。舊時楚楚霓裳曲，移入長楊短柳中。文甃碧，朵墻紅。金輿蒼鼠玉華宫。行人忍聽啼烏怨，笛裏闌干落葉風。

鳳棲梧

燕燕樓空簾意静。露葉如啼，紅沁臙脂井。淺約深盟期未定。木犀風裏鴛鴦徑。楚岫秦眉相入映。私倚雲闌，淡月籠花頂。今夕蘭釭空吊影。繡衾羅薦餘香冷。

秋蕊香

三徑歸來秋早。門外金鋪誰掃。東籬不種閑花草。惱亂西風未了。霜華侵鬢淵明老。南山曉。啼紅怨緑駸駸少。自采落英黄小。

解連環

綺疏人獨。記芙蓉院宇，玉簫同宿。尚隱約、屏窄山多，□衾暖浪浮，帳香雲撲。步襪蹁然，又何處、秦箏金屋。□柔簪易折，破鏡難留，斷縷難續。斜陽謾窮倦目。甚天寒袖薄，猶倚脩竹。

待聽雨、閑説前期，奈心在江南，人在江北。老却休文，自笑我、腰圍如束。莫思量，尋花傍柳，舊時杜曲。

雪獅兒　梅

武林春早，乘興試問，孤山枝南枝北。見説椒紅，初破芳苞猶緑。羅浮夢熟，記曾有、幽禽同宿。依稀似，縞衣楚楚，佳人空谷。　嬌小春意未足。甚嬌羞，怕入玉堂金屋。誤學宫粧，粉額蜂黄輕撲。江空歲晚，最難是、舊交松竹。忒幽獨。笛倚畫樓西曲。

探芳信

坐清晝。記步幄行春，短亭呼酒。悵湔裙香遠，波痕尚依舊。赤闌橋下桃花觀，寒勒花枝瘦。轉回廊、古瓦生松，暗泉鳴甃。　山雨夜來驟。便緑漲平隄，雲横遠岫。細認沙頭，還見有落紅否。楊花自趁東風去，空白鴛鴦首。勸遊人、莫把驕驄繫柳。

鎖窗寒

小袖啼紅，殘茸唾碧，染愁如織。閑愁不斷，冉冉舞絲千尺。倚脩篁、袖籠淺寒，望人在水西雲北。想緑楊影裏，蘭舟輕艤，赤闌橋側。　遊劇歸來，恨汗濕酥融，步慳襪窄。蘭情蕙盻，付與棲鸞消息。奈無情、風雨做愁，帳燈閃閃春寂寂。夢相思、一枕巫山，更畫樓吹笛。

一寸金

樓倚寒城，隔岸江山見東越。望遠紅千尺，游絲起舞，空青一段，斜陽明滅。孤樹秋聲歇。霜枝梟、尚留病葉。闌干外、帶郭人家，蜂房幾盤摺。　我獨逍遥，乘虚凭遠，天風醒毛髮。問西窗停燭，誰吟巴雨，連牀鼓瑟，誰彈湘月。消得青鸞下，分明是、絳臺紫闕。何時約、姑射仙人，試手同翦雪。

聲聲慢

藏鶯院静，浮鴨池荒，緑陰不減紅芳。高卧虚堂。南風時送微涼。遊韉踐香未徧，怪青春、别我堂堂。閑裏好，有故書盈篋，新酒盈缸。　只怕吴霜侵鬢，歎春深銅雀，空老周郎。弱絮沾泥，如今夢冷平康。翻思舊遊蹤跡，認斷雲、低度横塘。離恨滿，甚月明、偏照小窗。

越山青

四月時。五月時。柳絮無風不肯飛。卷簾看燕歸。　雨淒淒。草淒淒。及早關門睡起遲。省人多少詩。

尾犯　雪中

寶蠟夜籠花，不礙畫樓，無限清景。病葉分秋，翦愁桐金井。銀漢外、塵飛不到，暮雲收、琉璃萬頃。弁山横翠，好倩西風，送上江心鏡。　霓裳空楚楚，鈞天舊夢難省。最憶嬋娟，□釵細香冷。欲高跨、嬌鸞歸去，又還愁、烏啼酒醒。獨思前事，夜永誰問相如病。

校：底本原注「釵細句少一字，疑脱誤」。

兩同心

踏青歸後，小步西園。翠袖薄、新篁難倚，緑窗潤、弱絮輕粘。春風急，暮雨淒然，早聽啼鵑。憶昔幾度湖邊。欸曲花前。約俊客、同傾鑿落，看遊女、同上秋千。春無主，落日低煙，芳草年年。

瑶花慢　雪

疎疎密密，漠漠紛紛，乍舞風無力。殘磚斷礎，才轉眼、化作方圭圓璧。非花非絮，似騁巧、先投窗隙。立小樓、不見青山，萬里鳥飛無跡。休鄰凍梗冰苔，算飛入園林，都是春色。年華婉娩，誰信道、老却梁園詞客。踏青近也，且一白、何消三白。把一白、分與梅花，要點壽陽粧額。

校：「算飛入園林」，底本作「算蜚入園林」，據《彊村叢書》本改。

破陣子

柳浪六橋春碧，香塵十里花風。好是爛遊濃醉後，畫□闌干見小紅。紅明緑暗中。　窨約湧金門道，紗籠畢竟相逢。只恐入城歸路雜，便轉頭樹北雲東。侯門深幾重。

鳳凰閣

晴綿欺雪，撲撲紅樓錦幄。小蜻蜓載水花泊。猶記横波淺笑，香雲深約。甚可怪、匆匆忘却。　尋芳人老，那得心情問著。雁程不到怨無託。還又月笛幽院，風燈疎箔。謾傍竹、寒籠翠薄。

歸田樂

略彴横溪曲。映帶短莎脩竹。傍岸誰家屋。愛水護遥碧，林擁深緑。呼布穀，東里西鄰纔一簇。社鼓初鳴春酒熟。長衫方帽，翁醉扶黄犢。斷霞倦鵲，未晚先争宿。門外月明山六六。

解珮令

淺莎深苑，流螢暗度。問霜紈、藏在何處。一自西風，亂翦翦、枝頭紅露。怕因循、彩鸞塵蠹。歌臺香散，離宫燭暗，謾銷凝、凌波微步。最怕黄昏，小樓外、零雲殘雨。把相思、共青燈訴。

何滿子

舞褥行雲襯步，歌紈片月生懷。歌殘舞罷花困軟，凝情猶小徘徊。髻滑頻扶墮珥，裙低略露弓鞋。當日凝香清燕，慣聽八拍三臺。謝娘荀令都□老，匆匆好夢驚回。閒指青衫舊淚，空連半股鸞釵。

校：「謝娘荀令都□老」，底本作「謝娘荀令都老」，據《彊村叢書》本改。

更漏子

楝花風，都過了。冷落緑陰池沼。春草草，草離離。離人歸未歸。暗魂銷，頻夢見。依約舊時庭院。紅笑淺，緑顰深。東風不自禁。

慶清朝

山東灘聲，月移石影，寒江夜色空浮。丹青古壁，風旛横卧東流。小艤載雲輕棹，湖痕漸落葑泥稠。津亭外，隔船吹笛，唤起眠鷗。　非但予愁渺渺，料那人，應自有、一襟愁。霜棲露泊，容易吹白人頭。漠漠荻花勝雪，儗尋静岸略移舟。留閒耳，聽鶯小院，聽雨西樓。

一落索

盡日西闌凭醉。新寒難睡。袖爐煙冷帳雲寬，倩倩倩、先温被。　空對短屏山水。清清無寐。却思十里小紅樓，應不報、平安字。

琴調相思引

鴉墨斜行印粉香，倚樓凝望過鴻將。寸心天遠，月冷夢浮湘。　題恨謾留詩葉小，合歡空戀舞衣長。舊愁千斛，深淺倩誰量。

生查子

釵頭綴玉蟲，耿耿東窗曉。京洛少年游，猶恨歸來早。　寒食正梨花，古道多芳草。今夜試青燈，依舊春花小。

合歡帶　效柳體

令巍巍、一段風流。看情性、忒温柔。記是河橋曾識面，兩凝情、欲問還羞。沈吟半晌，蟬欹舞鬟，鶯澀歌喉。到黄昏飲散，□雖未語，心已相留。　紗窗低轉，紅袖同攜，隨花歸去秦樓。酒力難禁花易軟，聚眉峰、點點清愁。嗔人笑語，朦朧嬌眼，髮鬌扶頭。醒來時、月轉西廂，隔窗猶聽笙篌。

鷓鴣天

家住銀塘東復東。赤欄橋下笑相逢。春風荳蔻抽新緑，夜雨茱萸濕老紅。　鷗鳥散，水天空。綺窗昨夢已無蹤。月昏雲淡莎汀小，簾影重重花影重。

鷓鴣天

東壁誰家夜擣砧。荆江流滯客偏聞。三三五五瀟湘雁，飛盡南雲入北雲。　人獨自，月黄昏。青燈紅蕊落繽紛。野篁謾白秋蕭索，無雨無風也閉門。

鷓鴣天

霜醉秋花錦覆隄。西風一舸小橋西。閑將窗下紅蘭夢，寫入江南白苧詞。　芳緒斷，舊遊非。空遺香墨濕烏絲。碧雲冉冉無窮恨，只有山陽短笛知。

滿江紅

脂雨一作「桃雨」東流，覺春去、緑陰如幄。嘗記得、桃花碧徑，自憐幽獨。日莫碧雲空冉冉，摘花小袖猶依竹。望江南、草色欲連天，人江北。　誰共翦，西窗燭。誰共度，西園曲。甚采香情懶，楚騷誰續。海遠休尋雙燕信，夜長争忍孤鸞宿。夾緗籤、曾有舊題詩，燈前讀。

浣溪沙

鴉墨鴛茸暗小窗。梔花時遞淡中香。何須華屋豔紅妝。　櫳月涼篩金鎖碎，牀琴清寫玉丁當。風車閑倚在回廊。

浣溪沙

薄薄梳妝細掃眉。鬟鴉雙疊嶺雲低。對人濃笑問歸期。　荀令老來香已減，謝娘別後夢應迷。一番心事只春知。

浣溪沙

紅紫妝林緑滿池。遊絲飛絮兩依依。正當縠雨弄晴時。　射鴨矮闌蒼蘚滑，畫眉小檻晚花遲。一年彈指又春歸。

浣溪沙

荳蔻枝頭冷蝶飛。荼蘼花裏老鶯啼。懶留春住聽春歸。　北海芳樽誰共醉，東山游屐近應稀。小窗寒草送春時。

校：「送春時」，底本作「送春歸」，據《彊村叢書》本改。

西江月

猶記春風庭院，桃花初識劉郎。緑腰傳得舊宮腔。自向花前學唱。　錦瑟空尋小袖，翠衾尚帶餘香。一番拈起一思量。又是桃花月上。

西江月

楚塞殘星幾點，關山明月三年。長亭猶有竹如椽。可惜中郎不見。折柳新愁未歇，落梅舊夢誰圓。何人吹向內門前。一片鷓鴣清怨。

西江月

漠漠河橋柳外，愔愔門巷燈初。笙歌飲散醉相扶。明月伴人歸去。娃館深藏雲木，女墻斜掠煙蕪。水天空闊見西湖。鶴立夜寒多處。

西江月

暗柳荒城疊鼓，小花静院深燈。年年寒食可會晴。今夜晴猶未穩。荳蔻梢頭二月，杜鵑枝上三更。春風知得此時情。吹動秋千紅影。

西江月

小立畫橋西畔，仙車驀送香風。多情問我太匆匆。疑是當年小宋。須識蓬山不遠，梨雲路杳無蹤。覺來斜月隔簾櫳。不是相逢是夢。

滿庭芳

寒食無情，陽春如客，晚風緑盡繁枝。落紅堆徑，小檻立移時。樂事不堪再省，吴鄉遠、愁思依依。誰家燕，斜穿繡幕，輕惹畫梁泥。　還知。人寂寞，殷勤軟語，來説差池。怕王孫歸去，芳草離離。倚翠屏山夢斷，無心聽、啼鳥催歸。何時向，溪流練帶，一舸載鴟夷。

減字木蘭花

雞兒畫曲。處處箏纂鳴雨屋。十載重遊。柳外啼烏也怨秋。　粉楹醉墨，燕去樓空人不識。醉蹋花陰。錯認人家月下門。

減字木蘭花

三生杜牧。慣識小紅樓上宿。壓帽花斜。醉跨門前白鼻騧。　歸來尋睡，懶撥熏爐温素被。兩袖香塵。肯信春風老得人。

減字木蘭花

一番春夢。惱人更下瀟瀟雨。花片紛紛。燕子人家都是春。　莫留春住，問春歸去家何處。春與人期。春未歸時人未歸。

木蘭花慢

遠鐘消斷夢，又霜信，到紋窗。有六曲屏山，四垂斗帳，重錦方牀。　輕寒畫眉尚懶，想留連、一線枕痕香。無語因誰悒怏，何心重理絲簧。　花房空記舊周郎。指印□鴛鴦。悄不堪□□，暗塵繡陌，淡月幽坊。休憑敗紅寄遠，怕驚波、侵字不成行。坐憶江南信息，斷腸蘸甲清觴。

木蘭花慢

疑涼閑倚竹，奈冉冉、碧雲何。愛水檻空明，風疎畫扇，雪透香羅。悭鬆未成楚夢，看玲瓏、清影罩平坡。便有一庭秋意，碎蛩聲亂寒莎。銀河不起纖波。天似水，月明多。算江南再有，賀方回在，空費吟哦。年年自圓自缺，恨紫簫、聲斷玉人歌。謾對雙鴛素被，翠屏十二嵯峨。

木蘭花令

一聲啼鴂無芳草，南浦晴波雲渺渺。蠹塵珠網滿香車，三十六橋春悄悄。垂楊柳舞吹笙道，紅粉臺空灰蝶小。惜花心性不禁愁，莫放墮香隨去鳥。

菩薩蠻

翠鸞不隔巫山路。無人肯指行雲處。徙倚最高樓。秋波春望愁。先來愁似霧。更下絲絲雨。芳徑濺香泥。苔花滑馬蹄。

菩薩蠻

瑶琴欲把相思譜。殷勤難寫相思語。人在碧苔濱。相思煙水深。鱗波流碎月。荏苒年芳歇。何處寄相思。白蘋秋一枝。

水龍吟 羈旅

曉星低射疎櫺，殢寒却枕還慵起。炊煙逗屋，隔房人語，燈前行李。霜滑平橋，霧迷衰草，時聞流水。悵雕鞍獨擁，清寒滿袖，入斜月、空山裏。　漫把鞭梢暗指。酒旗邊、柴門猶閉。分冰點墨，因風欲寄，梅花萬里。　寶帳春慵，夢中肯信，有人顛頷。待歸來、別寄倚新腔，換却淚毫愁紙。

早梅芳近

碧溪灣，疎竹外，正小春天氣。　緑珠羞澀，半吐椒紅可人意。月香傳瘦影，露臉凝清淚。笑倡條冶葉，怕冷尚貪睡。　馬行遲，雪未霽。還憶前村裏。青禽啁哳，疑是當時夢初起。舊愁歸塞管，遠恨瀟湘水。望江南，故人家萬里。以上清道光九年刻《無弦琴譜》卷二

齊天樂　蟬

夕陽門巷芒城曲，清音早鳴秋樹。薄翦綃衣，涼生鬢影，獨飲天邊風露。朝朝暮暮。奈一度淒吟，一番淒楚。尚有殘聲，驀然飛過別枝去。　齊宮往事謾省。行人猶與説，當時齊女。雨歇空山，月籠古柳，仿佛舊曾聽處。離情正苦。甚懶拂冰箋，倦拈琴譜。滿地霜紅，淺莎尋蜕羽。道光九年刻《無弦琴譜》拾遺

劉因 存詞三十四首

劉因（一二四九—一二九三），字夢吉。原名劉駰，字夢驥。保定容城（今屬河北）人。早年喪父，在鄉里授徒度日。標舉諸葛亮「静以修身」之語，自題居室「静修」。不忽木舉薦於朝，元世祖至元十九年，擢承德郎、右贊善大夫。以母病辭歸。至元二十八年召入朝，授以集賢學士之職，稱病固辭，元世祖表示：「古有所謂不召之臣，其斯人之徒歟！」至元三十年卒，享年四十五歲。延祐間，追封容城郡公，謚文靖。詩文集《静修集》（有二十二卷、二十八卷、十二卷等本），今存。元刊小字本《静修先生文集》（《四部叢刊》影印）卷十五存詞三十二首。文章通暢明白，《叙學》一文，自述師承。有《和陶詩》一卷（《劉文靖公文集》卷三）。視陶淵明爲楷模。另著《四書集義精要》二十八卷，今存。生平見蘇天爵撰墓表（《滋溪文稿》卷八）、《元朝名臣事略》卷十五、《元史》卷一七一本傳、《元詩選》初集《静修集》。

水調歌頭

同諸公飲王丈利夫飲山亭，索賦長短句，效晦翁體。

一諾與金重，一笑對河清。風花不遇真賞，終古未全平。前日青春歸去，今日尊前笑語，春意滿西城。花鳥喜相對，賓主眼俱明。　平生事，千古意，兩忘情。醉眠卿且去，我扶我有門生。窗下煙江白鳥，窗外浮雲蒼狗，未肯便寒盟。　從此洛陽社，莫厭小車行。

念奴嬌　二首第一飲山亭月夕

廣寒宮殿，想幽深、不覺升沉圓缺。天上人間心共遠，如在瓊樓玉闕。厚地微茫，高天涼冷，此際紅塵歇。翠陰高枕，並教毛骨清澈。　爲問此世，從來幾人吟望，轉首俱湮滅。蠛蠓區區尤可笑，幾許肝腸如鐵。八表神游，一槎高汎，逸興方超絶。嫦娥留待，桂花且莫開徹。

念奴嬌　二　憶仲良

中原形勢，東南壯、夢裏譙城秋色。萬水千山收拾就，一片空梁落月。煙雨松楸，風塵淚眼，滴盡青青血。平生不信，人間更有離別。　舊約把臂燕南，乘槎天上，曾對河山説。前日後期今日近，悵望轉添愁絶。雙闕紅雲，三江白浪，應負肝腸鐵。舊游新恨，一時都付長鋏。

玉漏遲　汎舟東溪

故園平似掌。人生何必，武陵溪上。三尺蓑衣，遮斷紅塵千丈。不學東山高卧，也不似、鹿門長往。君試望。遠山顰處，白雲無恙。　自唱。一曲漁歌，覺無復當年，缺壺悲壯。老境羲皇，换盡平生豪爽。天設四時佳興，要留待、幽人清賞。花又放。滿意一篙春浪。

鵲橋仙　二首第一喜雨

紇干生處。幾時飛去。欲去被天留住。野人得飽更無求，滿意、一犁春雨。　田家作苦。濁醪釀黍。準備歲時歌舞。不妨分我一豚蹄，更試聽、今秋社鼓。

鵲橋仙　二

悠悠萬古。茫茫天宇。自笑平生豪舉。元龍儘意卧床高，渾占得、乾坤幾許。　公家租賦。私家雞黍。學種東皋煙雨。有時抱膝看青山，却不是、長吟梁甫。

木蘭花　三首

未開常探花開未。又恐開時風雨至。花開風雨不相妨，説甚不來花下醉。　百年枉作千年計。今日不知明日事。春風欲勸座中人，一片落紅當眼墜。

木蘭花　二

西山不似龐公傲。城府有樓山便到。欲將華髮染晴嵐，千里青青濃可掃。　人言華髮因愁早。勸我消愁惟酒好。夜來一飲盡千鍾，今日醒來依舊老。

木蘭花　三

錦雲十里川妃供。一棹晚涼風欵送。只愁無處著清香，滿載月明船已重。　冰壺水鑒元空洞。天意似嫌紅翠擁。並教風露入吟尊，不惜秋光渾減動。

菩薩蠻　四首第一爲王丈利夫壽

吾鄉先友今誰健。西鄰王老時相見。每見憶先公。音容在眼中。　今朝故人子。爲壽無多事。

惟願歲長豐。年年社酒同。

菩薩蠻　二　飲山亭感舊

種花人去花應道。花枝正好人先老。一笑問花枝。花枝得幾時。　人生行樂耳。今古都如此。急欲醉莓苔。前村酒未來。

菩薩蠻　三

元龍未減當年氣。呼山卧向高樓底。今日到山村。青山故意昏。　商歌聊一振。千里浮雲盡。老子氣猶豪。山靈未可驕。

菩薩蠻　四　回紋

水圍山影紅圍翠。翠圍紅影山圍水。西近小橋溪。溪橋小近西。　隱人誰與問。問與誰人隱。孤鶴對言無。無言對鶴孤。

清平樂　五首第一飲山亭留宿

山翁醉也。欲返黄茅舍。醉裏忽聞留我者。説道群花未謝。　脱巾就掛松龕。覺來酒興方酣。欲借白雲爲筆，淋漓灑遍晴嵐。

清平樂　二

青松偃蹇。不受春風管。松下幽人心自遠。驚怪人間日短。　微茫雲海蓬萊。千年一度春來。

爭信門前桃李，年年花落花開。

清平樂　三

青天仰面。卧看浮雲卷。蒼狗白雲千萬變。都被幽人窺見。偶然夢到華胥。覺來花影扶踈。窗下魯論誰誦，呼來共詠風雩。

清平樂　四　賀雨

雨晴簫鼓。四野歡聲舉。平昔飲山今飲雨。來就老農歌舞。半生負郭無田。寸心萬國豐年。誰識山翁樂處，野花啼鳥欣然。

清平樂　五　圍棋

棋聲清美。盤薄青松底。門外行人遥指似。好個爛柯僊子。輸贏都付欣然。興闌依舊高眠。山鳥山花相語，翁心不在棋邊。

人月圓　二首

自從謝病修花史，天意不容閑。今年新授，平章風月，檢校雲山。門前報道，麴生來謁，子墨相看。先生正爾，天張翠幕，山擁雲鬟。

人月圓　二

茫茫大塊洪爐裏，何物不寒灰。古今多少，荒煙廢壘，老樹遺臺。太行如礪，黄河如帶，等是塵埃。不須更歎，花開花落，春去春來。

太常引　三首

男兒勳業古來難。歎人世，幾千般。一夢覺邯鄲。好看得、浮生等閑。紅塵盡處，白雲堆裏，高卧對青山。風味似陳摶。休錯比、當年謝安。

太常引　二

臨流相唤百東坡。君試舞，我當歌。不樂欲如何。看白髮、今年漸多。青天白日，斜風細雨，盡付一漁蓑。天地作行窩。把萬物、都名太和。

太常引　三

冥鴻有意避雲羅。問何處，是行窩。今古一漁蓑。收攬了、閑人最多。求田問舍，君休笑我，兩鬢已成皤。髀肉盡消磨。渾换得、功名幾何。

風中柳　飲山亭留宿

我本漁樵，不是白駒空谷。對西山、悠然自足。北窗踈竹。南窗叢菊。愛村居、數間茅屋。風煙草屬，滿意一川平緑。問前溪、今朝酒熟。幽禽歌曲。清泉琴築。欲歸來、故人留宿。

西江月　二首第一送張大經

留在平生落落，休嗟世事滔滔。青雲底柱本來高。立向頹波更好。一片花飛春減，可堪萬點紅飄。江花江月可憐宵。莫賦招魂便了。

西江月　二　飲山亭留飲

看竹何須問主，尋村遥認松蘿。小車到處是行窩。門外雲山屬我。　張叟臘醅藏久，王家紅藥開多。相留一醉意如何。老子掀髯曰可。

南鄉子　二首第一題外甥郭氏留耕堂壁上

方寸足留耕。大勝良田萬頃平。陰理不隨陵谷變，分明。霜落西山滿意青。　千載董生行。雞犬升平畫不成。終日相看天與我，高情。身外浮雲自古輕。

校：詞題，「外甥」，底本原作「外曰」，據《四庫全書》本《静修集》卷十八改。

南鄉子　二　張彦通壽

窗下絡車聲。窗外兒童課六經。自種墻東新菜莢，青青。隨分杯盤老幼情。　千古董生行。雞犬升平畫不成。應笑劉家劉老子，無能。縱飲狂歌不治生。

朝中措　賀廉侯舉兒子

金張家世貴貂蟬。七葉侍中冠。若就詩家攀例，生兒合唤添官。　憑誰寄語，廉泉父老，斗酒相歡。今歲孫枝新長，甘棠消息平安。

臨江仙　二首第一賀廉侯舉次兒子

四海荆州吾所愛，虎賁誰似中郎。小孫今擬喚甘棠。添官前有例，簪笏看堆床。明日乃公歸舊隱，後園喬木蒼蒼。青衫竹馬雁成行。當年廉孟子，應有讀書堂。

臨江仙　二　送二從事

行色匆匆緣底事，山陽梅信相催。梅花香底有新醅。南州今樂土，得意即銜杯。君見太行憑寄語，雲間蒼壁崔嵬。平生遮眼厭黄埃。高樓吾有興，無惜送青來。

喜遷鶯　乙亥元日

春風滿面。是胸中春意，與春相見。不醉陶然，無人也笑，況是一年清宴。甯兒挽鬚學語，孌婦舉杯重勸。道惟願。貧常圓聚，老常康健。　二十七年，世事經千變。今是昨非，春恩花柳，消盡冰霜殘怨。門外曉寒猶淺。門上垂簾休捲。燈花軟。酒香濃趂歌舞，試輕輕嚥。以上元刊小字本《静修先生文集》(《四部叢刊初編》影印)卷十五

西江月　贈趙提學酒

買得雞泉新釀，病中無客同斟。遣人持送旅窩深。呼取毛翁共飲。　少個散花天女，維摩憔悴難禁。安排走馬杏花陰。咫尺春風似錦。以上《彊村叢書》本《樵庵樂府》

玉樓春

柳梢綠小梅如印。乍暖還寒猶未定。惜花長是爲花愁，殢酒却嫌添酒病。　蠅頭蝸角都休競。萬古豪華同一盡。東君曉夜促歸期，三十六番花遞信。《御選歷代詩餘》卷三十二

校：本詞，《花庵詞選》續集卷九署劉静甫作。

程鉅夫

存詞五十五首

程鉅夫(一二四九—一三一八),原名程文海,字鉅夫,避元武宗海山諱,以字行。號雪樓,又號遠齋。建昌路南城(今屬江西)人。元軍南下攻宋,程鉅夫叔父以建昌城降元,作爲質子程鉅夫授宣武將軍、管軍千户。受元世祖賞識,改翰林應奉,又進翰林修撰,遷集賢直學士兼秘書少監。至元二十四年拜侍御史,行御史臺事。奉詔求賢江南,舉薦趙孟頫等二十餘人。至元三十年,出爲閩海道肅政廉訪使。大德四年,遷江南湖北道肅政廉訪使。大德八年拜翰林學士。至大元年,與修《元成宗實録》。至大三年,拜山南江北道肅政廉訪使。皇慶元年,與修《元武宗實録》,并議行科舉。延祐三年以老病致仕還鄉,元仁宗命廷臣在大都齊化門餞行。居家三年去世。泰定二年追封楚國公,謚文憲。程鉅夫爲四朝元老,四十餘年間位居顯要,朝廷典册多出其手。其子程大本編成文集四十五卷,揭傒斯校正,并繕寫收藏於家。元順帝至正末年,程世京、揭汯重編爲三十卷,卷三十存詞作五十四首,《宋元名家詞》編入《雪樓樂府》一卷。生平見程世京撰《雪樓程先生年譜》(《雪樓集》卷首)、揭傒斯撰《程公行狀》、危素撰《程公神道碑銘》(均見《雪樓集》附録)、《元史》卷一七二、《元詩選》初集《雪樓集》小傳。

按:《全金元詞》録程文海詞五十五首,最后一首《點絳唇》,從《永樂大典》卷一四三八〇補。《全金元詞》所録無詞序,有注:「原無調名,玆據律補。」據景洪武本《程雪樓先生文集》卷二十八,這首詞是劉敏中作。

漢宮春　壽劉中齋尚書

記得年時，向爛柯山上，問訊山君。神仙當日機格，付與何人。猿驚鶴怨，道烟雲、久暗楸紋。秖有箇，留侯好在，玉梁千尺峥嶸。老子當筵國手，曾看書貯墅，決策推枰。而今長垂衫袖，卷却機心。後先翻覆，一從他、局面虧成。旁觀者，不求他訣，只從乞與長生。

喜遷鶯　壽大人（四月七日）

天南天北。記歲歲今朝，白雲凝目。遥想群仙，擗麟行脯，鶴馭丹霞三谷。此日癡兒，多幸引領，諸孫盈屋。齊綵服，對緑陰青子，緩斟醽醁。和睦保吾門，一家詩禮，箇是生籙。官不在高，名何必大，無用滿堂金玉。但願太平，無事日用，莫非天禄。從今去，看壽如磐石，鬢鬚長緑。

酹江月　寄壽京山宣慰叔

歲時荆楚，渺淮海，相望竹林清逸。挂了豸冠歸去也，側耳中郎消息。見説旌旗，行春江上，也報歸來日。嬋娟千里，如今猶共天北。應是南國甘棠，緑陰新長，未放春風歇。料得清香凝燕寢，兵衛森然畫戟。回首塵蹤，轉蓬未了，又欲馳京陌。浩歌全縷，殷勤遥寄銅狄。

木蘭花慢　壽忠齋（三月廿七日）

春光明媚日，萬紅紫，鬬芳菲。筭幾許韶華，脂銷粉褪，蝶懶蜂稀。誰如半山解道，道緑陰、幽草勝花時。天與誕生元老，壽延長占佳期。　功名富貴轉頭非。滋味總曾知。且鑾坡鳳掖，文章議論，玉珮瓊裾。癡兒那知許事，須臾排、名字作去聲公師。豈識遼東歸鶴，只今壽國元龜。

臨江仙　壽崔中丞（四月十日）

永日緑陰庭院靜，最憐紫燕翩翩。舊巢已墮不堪黏。主翁情愛重，親手捲朱簾。　恰則五龍同浴佛，崧高又報生賢。殷勤深意倩誰傳。呢喃如對語，富貴出長年。

臨江仙　有序（四月廿五日）

予生之辰，先養蒙學士旬日，亦既拜《臨江仙》曲之賜，謹次韻爲養蒙壽，且賀新除。

卷起黄庭聽壽曲，蒙齋可賀綿綿。安排機會實關天。生辰今日是，新命此時傳。　宣室曾聞前席語，偉哉龍象初筵。斜飛取勢玉堂仙。太平遲公等，大拜定今年。

青玉案　壽趙方塘學士（五月五日）

昌陽初薦長生醑。又好日、逢重五。緑鬢神仙家玉署。每年今日，綵鸞齊駕，排日歡初度。　今年天上恩榮異。道壽也、還他富。細葛香羅難比數。醺醺醉了，卿卿一笑，巧結同心縷。

沁園春　并序

五峰大卿寄示所和繡江參議《沁園春》詞，一以退爲高，一以進爲忠，二者皆是也。區區愧未之能焉，倚歌而和，情見乎辭。

十載京華，騎馬聽雞，自憐闊踈。看春風葵麥，敷舒如此，故園桃李，憔悴知歟。要乞閒身，聊追故步，雪艇烟簑一釣夫。君恩重，却許令便養，欲去躊躇。竹西準擬寧居。詠不到、娉娉嫋嫋餘。又橋邊巷口，燕尋舊壘，天東海角，月上新衢。尸素有慚，澄清無補，豈不懷歸畏簡書。堪時用，得卿如卿法，吾自吾廬。

金縷歌 壽大人

新月溶青荔。望天邊、壽星一點，白雲千里。又是吾翁初度日，兩見童顏十四。多絳縣、老人一歲。想得姑仙麟脯宴，進蟠桃、滿引霞杯醉。群玉樹，可人意。癡兒未了公家事。喜此中、堂名繡綵，晨昏如侍。着箇斑衣渾欲舞，却把壽卮遥跪。祝翁壽、三山一似。已潔清香凝寢處，奉安車、弭節徐徐至。就禄養，看孫戲。

沁園春 次韻王寅夫樓居妙曲兼致惜别意

天上仙人，只愛樓居，真成故常。自五雲深處，乘風冉冉，三神山畔，弭節陽陽。醉裏乾坤，閒中歲月，興到謝家春草塘。凭高望，看塵間萬事，翻覆蒼黄。好留此意要荒。想坡老、風流肯獨當。況日邊紅杏，空迷蝶夢，眼前緑樹，嬌囀鶯簧。明媚時光，温柔地氣，倘可栖遲老是鄉。花神訴，怨春歸閬苑，自有天香。

清平樂 以茗芽椶扇壽長樂尉弟（四月三日）

潮來潮往。百里遥相望。喜見卯君初揆度，好寄海南拄杖。蕭然四壁坡翁。要求黄木無從。受用一般苦味，奉揚千載清風。

品令　壽譚公植提學(九月十日)

聚遠樓高，人在青雲千尺。輕車屶崱。度窈窕、穿丹碧。翠橙香沁，玉醪春艷，笑摩銅狄。數點梅花，已報調羹消息。黄花的皪。更着意、粧秋色。三神山外，九仙峰頂，輝騰奎壁。

滿庭芳　壽曾勁節

天地爲爐，崐岡欲燼，此君興味何長。深林蒼雪，特地作清凉。甲刃摐摐陣裏，翠旌纛、佩玉鳴璫。須知道，生來有節，晚歲更昂藏。詩人閒品藻，似衛公九十，淇水徜徉。任風花高下，蝶亂蜂狂。有客長途苦暍，貪美蔭、欲買陂塘。推門去，何妨枕藉，三萬六千場。

青玉案　壽趙定宇

梅花盃酒年年早。有箇詩人未老。恰則蛾眉新月巧。人間春信，水邊仙影，共約今宵到。少年回首都休道。算只有、紅泉快幽抱。贏得池塘閒夢草。堂開二樂，客添一笑，長似梅花好。

金縷歌　壽胡澗泉憲僉(二月七日)

八桂歸來後，又十年、泉紅澗碧，蟠桃春曉。老子精神真滿腹，合借福星當道。怎長寄、東臯舒嘯。是則顛厓人渴想，奈一川風月多情好。攀琪樹，拾瑶草。耆英洛社尊胡杲。問何當、棕鞋桐帽，率先九老。歲月天長留石磴，此約他時須早。定分我、香山歌笑。未論桑田滄海事，比諸公、他日猶年少。政恐有，鋒車到。

摸魚兒　壽燕五峰右丞

記江梅、向來輕別，相逢今又平楚。東風小試南枝暖，早已千林烟雨。春幾許。向五老仙家，移下瓊瑶樹。溪橋驛路。更月曉堤沙，霜清野水，踈影自容與。　平生事，幾度含章殿宇。隔花么鳳能語。苔枝夭矯蒼龍瘦，誰把冰鬚細數。千萬縷。簇一點芳心，待與和羹去。移宫換羽。且度曲傳觴，主人花下，今日慶初度。

水龍吟　次韻謝五峰

不知今夕何年，飛來五老峰頭月。清輝無限，殷勤回照，歲寒蒼雪。寫入宫商，鋪成紈素，盡情誇説。倚胡床老矣，若爲消得，除却是，杯中物。　自笑半生長客，正沉思、故林幽樾。兒童驚走，龍鸞雜還，兩山排闥。風雨蕭蕭，冰霜耿耿，相看高節。問此君學和，龍吟水底，幾時成闋。

漁家傲　次韻謝郭西埜僉事

出世自憐居佛後。眼前萬境真何有。曲調最新情却舊。重湖右。林宗一笑同攜手。　西埜有雲初出岫。浮空肯學纖絺縐。須信此中無雨久。君識否。老夫只羨無官守。

摸魚兒　次韻盧踈齋憲使題歲寒亭

問踈齋、湘中朱鳳，何如江上鸜鵒。波寒木落人千里，客裏與誰同住。茅屋趣。吾自愛吾亭，更愛參天樹。勞君爲賦。渺雪鴈南飛，雲濤東下，歲晏欲何處。　踈齋老，意氣經文緯武。平生握手相許。江南江北尋芳路，共看碧雲來去。黄鵠舉。記我度秦淮，君正臨清句。宣城水名。歌聲緩與。怕徑竹能醒，庭花起舞，驚散夜來雨。

校：詞題，《新安文獻志》卷六十作《湖南憲使涿郡盧公爲予題湖北憲府歲寒亭和韻一首》。

感皇恩　次韻姚牧庵題歲寒亭

翠節下天來，通明誰侍。地有高齋要名士。相逢恨晚，老矣酒兵詩帥。歲寒同一笑、千年事。黄鶴羈情，暮雲離思。半掬心香火初熾。梅花滿樹，又是一年冬至。政相思，恰有江南使。

臨江仙　以鴛鴦梅一盆壽程静山平章

千歲蒼虬成玉樹，江南江北孤芳。平生何處最聞香。五更江上路，幾度月中霜。　休笑梅兄今老大，年年青子雙雙。風流消得唤鴛鴦。和羹真箇也，莫忘水雲鄉。

清平樂　壽王楚山

楚山清曉。借問春多少。松菊深深香縹緲。萱朶蘭芽交照。　丹霞洞口紅泉。從來慣醉飛仙。不是稱觴獨後，後天長似先天。

臨江仙　餞拜都御史

海北天南千萬里，繡衣霄漢乘驄。飛來黄鶴喜相逢。清霜鸚鵡月，寒食牡丹風。　仙闕曉班催玉筍，馬蹄還上春空。江頭官柳得春濃。不如江漢水，萬折與俱東。

點絳脣　送王藎臣

緑鬢青雲，王郎故是乘驄侶。阿龍風度。想在烏衣住。　帶得春來，又共春歸去。江頭路。美人何處。官柳吹風絮。

點絳脣　送王世英

執法星邊，從前合着雙星佐。近來添箇。轉覺光明大。　到得長干，想見鶯花過。情無那。王郎知麽。唤起思歸我。

摸魚兒　次韻謝張古愚

漢江東、舊家文獻，風流意氣相許。金臺早集荆山鳳，聲振一庭鵷鷺。春幾處。須信道、甘棠樹樹含清露。平湖古步。妙一曲鈞天，魚龍出聽，未數應鍾吕。　吾衰矣，鬢點吴霜幾縷。劉郎忘却前度。千年黄鶴歸來晚，山色謾留眉嫵。翠東北。注羨衮衮雲濤，去接西江水。仙塵異趣。但極目朝陽，清光萬里，阿閣送高翥。

鷓鴣天　壽郝仲明御史

庚暑初消酷吏更。秋風新動仕途清。生辰長占中元是，今歲欣逢二美并。　冠獬豸，掌銓衡。鏡般明了水般平。手中一卷山翁啓，人道延生北斗經。

蝶戀花　壽千奴監司　十二月朔

黄鶴山前梅半吐。歲歲年年，誰是冰霜侶。自有使君來共住。黄昏不怕風吹雨。　見説和羹天已許。帶得春來，又怕將春去。記取澄清堂上語。八千眉壽從今數。

南鄉子　壽程静山

報道杏梢紅。又報新添老令公。好箇平章風月手，成功。畫戟金釵各幾重。　七十未爲翁。彭祖當時丱角童。家慶圖中須着我，吾宗。歲歲年年壽酒濃。

浣溪沙　題湘水行吟

風雪交加凍不醒。抱琴誰共訪湘靈。數峰全似故鄉青。　流水落花何處路，緑陰幽草可憐生。行人小待我同行。

滿江紅　送陳正善繡使將指江閫

楚甸春濃，早重染、甘棠舊緑。天又念、海深江闊，達聰明目。漢使只今應遣十，周官自古須廉六。羨繡衣、遥暎衮衣明，人如玉。　論别恨，猶未足。還怕見，征車速。待相隨千里，試騎黄鵠。無奈江山分去住，漫教風雪欺松竹。問使君、如肯酌紅泉，尋三谷。

掃花游　寄贈西埜赴臺都事

别離況味，嘆自古難禁，最關情處。暮簾捲雨。念征衣乍拂，故人良苦。見説麻姑，也怕方平節斧。正凝竚。又報道待回，天上官府。　誰與傳尺素。想玉簡頻催，綵雲難駐。中臺獨步。便迤邐金門，近連沙路。野鶴江樓，爲囑仙翁記取。耿無語。倚山亭、黯然平楚。

校：底本「取」、「耿」二字倒易，據文淵閣《四庫全書》本乙正。

摸魚兒　次韻謝張古愚

又山亭、一番春老，歸遲黃鶴何許。殷勤天上乘槎客，還記渚鷗沙鷺。憔悴處。奈青鏡難藏，一一都呈露。空庭細步。念一笑三年，相思千里，他日看嵇呂。　西門柳，烟雨千條萬縷。人誇張緒風度。誰知聳壑昂霄意，春樹漫摇柔翠。杯滿注。願回壽松喬，一曲清如水。壺中得趣。問日麗扶桑，風來閶闔，應許共遐翥。

浪淘沙　次踈齋韻題楊生卷

城上望宸樓。夢裏神遊。山無重數水悠悠。惟有江西楊處士，來往扁舟。　金鳳落何洲。君試回頭。呢喃檣燕替誰留。誰道明年如斗大，借問沙鷗。

點絳唇　壽王楚山

幾日春寒，楚鄉山色偏濃秀。雪前雲後。相對青如舊。　洞府沉沉，聞道花開又。烘晴晝。蟠桃結就。共慶千年壽。

木蘭花慢　壽胡澗泉

耆英圖畫裏，笙鶴擁，地行仙。是曾識舊家，南宮禮樂，餅餤春筵。梅南早迎騆轡，凜霜威、風裁肅鑾烟。笑引霓旌絳節，歸尋碧澗紅泉。　軒然。過却古稀年。窗户濕壺天。甚小車花外，醉呼麟脯，滿泛金船。蒲輪晝榮相錦，福蒼生、此筆健如椽。辦了調元勳業，丹霞小住千年。

校：「餅餤」，底本作「綾餤」，據文淵閣《四庫全書》本改。

浪淘沙　壽譚梅屋

瀟洒水雲鄉。樂事難忘。鳳書無奈又相將。遶屋江梅猶未白，簡上飛霜。　小住政何妨。院院秋香。今朝何處按伊凉。一曲一盃千萬意，地久天長。

海棠春　壽胡澗泉

年年二月風光好。佛出世、有誰知道。無量壽如來，昨夜先來報。　澗邊玉樹，泉邊瑶草，千歲和春未老。莫羨澗泉間，有鳳啣書到。

六么令　壽聰山

海鶴松間襟韻，梅花雪後精神。皇家耆蔡老元臣。彝常千載事，品物四時春。　人道聰山毓秀，秀如嵩岳生申。壽身壽國壽斯文。三階明紫極，一氣轉洪鈞。

臨江仙　壽晋軒

久矣君家無此客，年年天際遥瞻。文星明侶半規蟾。槐廳風細細，蓮燭夜懨懨。　尚記當年飛鶴譜，重隨賀燕呢喃。逢迎一笑捲踈簾。花開春未減，日永酒頻添。

蝶戀花　壽陳北山

月掛新年弓未彀。璧水溶溶，已覺春光透。國子先生松竹友。一尊請爲斯文壽。　況是雪中萱樹茂。華萼相輝，天長地久。何處東風吹雅奏。孔堂絲竹千花晝。

蝶戀花　戲踈齋怡雲詞後

長憶山中雲共住。出處無心，只恨雲無語。今日能歌還解舞。不堪持寄山中侣。　誰道解愁愁更聚。自有卿卿，慣畫雙眉嫵。問取慳風并澁雨。相逢認得怡雲否。

菩薩蠻　次韻郭安道探梅

孤根自是春憐惜。一苞生意何曾息。南北本同枝。先開先得詩。　風來元不約。冷煖憑斟酌。花落又花開。年年去復來。

千秋歲　壽劉中庵

報梅開處。又報君初度。冰雪種，瓊瑶樹。重逢仍嫵媚，方發非遲暮。春滿面，廣平消得平生賦。　觀裏桃應妬。無耐風霜冱。香不斷，清如許。從教吹笛裂，自有和羹具。花會否，明年相見沙堤路。

天仙子　壽杜左丞

一自壽星臨杜曲。歲歲小春春意熟。泰階相向更分明，調玉燭。扶鈞軸。　突兀眼前惟此屋。

折得歲寒枝上玉。擬祝翠尊還覺俗。何如繡綵在庭前，看未足。杯方續。周魯後前光汗竹。

太常引　壽高麗王

沁園歲歲菊留芳。待此日、慶真王。金鼎爕和元。造壽域、同開八荒。帶河山礪，一傳千歲，地久與天長。晴日上扶桑。便先照、璚階玉觴。

鵲橋仙　次中庵韻題解安卿盆梅

南枝春盛，斜斜整整。猶帶孤山光景。相逢索笑耐尊空，向老瓦盆中自省。風霜人老，關河路永。賴得生成慣冷。憑誰移傍太初岩，待雪月交光對影。中庵有奇石，號太初岩。

臨江仙　壽尹留守

六月灤陽天似水，月弓初上新弦。一篇來壽我同年。帝京賢牧守，人世妙神仙。年甲偶同人却別，我今早已華顛。羨君福禄正如川。印章金磊磊，階樹玉娟娟。

清平樂

西埜使君自遼左寄詩詞至灤陽，猥承見及，次韻代訊，且謝不忘。

新來酒户。想勝看花處。帶得春行平壤路。同笑同歌同住。灤陽却近山家。芒鞋夜夜丹霞。流水落花歸思，蒼烟白石生涯。

太常引　壽李丞相

閒消一半鳳城春。杏桃小、帕嚴辰。獨有柏屏蒼翠，便似南華大椿。露濃天近，玉魚金印，恩共歲時新。多少太平民。願真箇、朝堂秉鈞。

碧桃春　壽廣微天師

琵琶峰上曉雲光。遥聞薇露香。雲中王母九霞觴。碧桃今日嘗。　開大國，佩重章。舊家張子房。青山虎踞復龍驤。梅花江路長。

沁園春　壽李秋谷平章（十一月朔）

河漢無雲，淡月踈星，玉宇初澄。漸金仙掌上，露華高潔，西風陣裹，霜氣崚嶒。浪蕊浮花，狂茨怪蔓，此日紛紛一掃平。誰歟似，有天公錫號，秋谷山人。　須知與物爲春。向擎斂中間寓至仁。是紱麟盛旦，黄鐘應候，一陽方動，萬彙俱萌。億兆蒼生，鈞陶繫命，壽國端如壽此身。梅花遠，倩新詞描寫，來侑芳尊。

玉樓春　次韻王彦博右丞詠梅

梁園賦客情無奈。嚼到梅花和蠟愛。偏憐初日透宫黄，怕染春風成野黛。　遊蜂怪底隨飛蓋。揀得緐枝償酒債。玉堂開卷已春殘，紅紫紛紛都異態。

清平樂 壽李秋谷

葱葱瑞色。岑蔚亭前客。一點梅花藏太極。總是春風消息。　去年今日西山。哦詩賭酒忘還。到底黄扉紫閣，不如未老清閒。

天仙子 壽白雲平章

玉漏遲遲高閣報。枝上梅花春又透。紅雲宫闕白雲山，人盡道。如君少。江北江南行處好。　試聽陽春歌楚調。調鼎勳名都做了。人生七十古來稀，仁且壽。誰能到。有酒滿斟南極老。以上

景洪武本《程雪樓先生文集》卷三十

吴澄 存詞十一首

吴澄（一二四九—一三三三），字幼清，晚年又字伯清。撫州崇仁（今屬江西）人。南宋咸淳六年領鄉薦，舉進士，不中。在家鄉建草屋居住，著書講學，人稱草廬先生。元世祖至元二十三年，程鉅夫奉詔赴江南訪賢，以吴澄等舉薦。次年就以母親年老爲由，辭歸鄉里。元貞初年，遊學龍興。與元明善結識，元明善以其弟子自居。大德末，任江西儒學副提舉，居官三月，因病辭職。至大元年，出任國子監丞，辦學有方。皇慶元年升國子司業。元英宗即位，任翰林學士。泰定元年任經筵講官，修英宗實録。書成，稱病還鄉。卒，追封臨川郡公，謚文正。吴澄著述頗豐，退居鄉里時，四方學子求學者多達千人。與許衡并稱南北兩大儒。有其孫吴當所編《吴文正集》四十九卷（别本一百卷），卷四十九存詞十一首。另著《易纂言》十卷、《書纂言》四卷、《禮記纂言》三十六卷、《春秋纂言》十二卷等著作，今均存。生平見虞集撰行狀（《道園學古録》卷四十四）、揭傒斯撰神道碑（《吴文正公集》附録）、危素撰年譜（《吴文正公集》附録）、《元史》卷一七一、《元詩選》初集《草廬集》、《元詩紀事》卷七。

按：吴澄，元人著述又作「吴澂」。

臨江仙

九日，舟泊安慶城下，晚憩臨江水驛，于時月明風清，水共天碧，情景佳甚，與徐道川、方復齋況肩吾方清之驛亭草酌。子文、京侍，以「殊鄉又逢秋晚」分韻，得殊字，賦《臨江仙》。

去歲家山重九日，西風短帽蕭疏。如今景物幾曾殊。舒州城下月，未覺此身孤。　勝友二三成草草，只憐有酒無茱。江涵萬象碧霄虚。客星何處是，光彩近辰居。

謁金門　依韻和孤蟾四闋

如何喜。自喜自知可矣。天地與人同一理。世人知者幾。　六十循環卦氣。歲歲二分二至。坎險何妨離附麗。共誰研底裏。

謁金門

如何樂。見孤蟾輪廓。莫道個中難捉摸。細尋應會錯。　斫桂吴生善謔。管甚高深廣博。記取嫦娥端的約。當空圓不落。

謁金門

如何改。認得吾廬堪愛。虚敞玲瓏無障礙。主人常只在。　得此非因賜賚。得此非因賭賽。占斷這些閑境界。僦來成永買。

謁金門

如何悟。静看風前雪絮。飄落晴光明媚處。易晞還似露。　大笑忽然回顧。日在天心幾度。八萬里中元不暮。往來經熟路。

渡江雲　揭浩齋送春

名園花正好，嬌紅殢白，百態競春妝。笑痕添酒暈，豐臉凝脂，誰與試鉛霜。詩朋酒伴，趁此日、流轉風光。儘夜遊、不妨秉燭，未覺是疏狂。　茫茫。一年一度，爛熳離披，似長江去浪。但要教、啼鶯語燕，不怨盧郎。問春春道何曾去，任蜂蝶、飛過東墻。君看取，年年潘令河陽。

木蘭花慢　和楊司業梨花

是誰家庭院，寒食後，好花稠。況墻外秋千，晝喧鳳管，夜燦星毬。蕭然獨醒騷客，只江籬汀若當肴羞。冰玉相看一笑，今年三月皇州。　於底須歌舞最高樓。興味儘悠悠。有白雪精神，春風顔貌，絶世英遊。從教對花無酒，這雙眉、應不惹閒愁。那更關西夫子，許來同醉香篘。

木蘭花慢　再用韻

正群芳開遍，花簇簇，蕊稠稠。看豔杏夭桃，蒸霞作糝，輥繡成毬。天然素肌仙質，對穠妝豔飾似含羞。癡絶京華倦客，貪春忘却南州。　以傳聞天上玉爲樓。此事付悠悠。且白晝風前，黄昏月下，爛熳同遊。神疑藐姑冰雪，又何須、一醉解千愁。自有壺中勝賞，釀來玉液新篘。

校：「以傳聞」，《四庫全書》本《吴文正公集》卷九十九作「似傳聞」。

木蘭花慢　三用韻

好風流詩老，雙鬢上，雪霜稠。憶少壯歡娱，呼鷹逐兔，走馬飛毬。春風斷腸柔唱，拚千金一笑破嬌羞。此日花時意氣，當年夢裏揚州。明客床百尺卧危樓。往事總悠悠。把湖海人豪，消磨變换，洙泗天遊。應知裂麻司業，爲前時、諫舌頗多愁。去今却堪痛飲，甕頭有酒頻篘。

校：「明客床」，《四庫全書》本《吴文正公集》卷九十九作「對客床」。

木蘭花慢　四用韻

看風花煙柳，濃又淡，少還稠。有小巧微蟲，垂天布網，轉地摶毬。沖融一般春意，只啼鶯語燕向人羞。收取塵間樂事，都歸杓裏舒州。下綺筵珍饌醉青樓。光景信悠悠。柰蝻隊蝦群，空中聚散，水上浮游。誰知太和真趣，本無愁、何用更澆愁。問字頻來未已，漉巾不要親篘。

水調歌頭　次韻寄皮達觀

四垂雲晻曖，一夏雨溟濛。千奇百怪，驚人海蜃眩青紅。誰道穀城黄石，混跡長安紫陌，九萬里培風。静夜欻澄霽，皎月麗中天。人問今年，年幾許，尚童蒙。憨癡自笑，能裨造化竟何功。豈意京華倦客，忽得蓬萊妙唱，流響韻商宫。此去兩神劍，終久會雌雄。以上明成化二十年刻本《臨川吴文正公集》卷四十九

校：詞題，底本原無，據《永樂大典》卷一四三八一補。「静夜」，《永樂大典》作「夜」。「麗中天」，作「麗天中」。「人問今年」，作「問今年」。

王奕　存詞二十七首

王奕，字伯敬，號斗山。玉山（今屬江西）人。生於南宋，入元後曾出任玉山縣儒學教諭。與謝枋得等南宋遺民交往密切，詩文中不乏以遺民自居的文句。清乾隆年間編《四庫全書》，因王奕《玉窗如庵記》末署「歲癸巳二月朔，前奉旨特補玉山儒學教諭王奕伯敬謹撰并書」，認爲「癸巳爲至元三十年，然則奕食元禄久矣，迹其出處，與仇遠、白珽相類」（《四庫全書總目》卷一六六）。改題元人。有《斗山文集》十二卷，《梅岩雜詠》七卷，均未見傳本，僅存《玉斗山人集》三卷（原名《東行斐稿》），卷三存詞二十八首。《四庫全書》編者云：「其詩稍失之粗，然磊落有氣，勝宋季江湖一派。」《四庫全書》底本、明陳中州編刊《玉斗山人集》卷三，存其詞一卷（卷二）三十首。生平見《四庫全書總目》卷一六六《玉斗山人集》提要、清錢熙彦《元詩選補遺》。

按：王奕，又作王弈。

摸魚兒

肯堂欲惠書不果，借蕭彦和梅花韻見意。

問梅花、幾人邀詠，平生見外騷楚。相思一夜羅浮遠，姑射仙姿何處。心情未吐。雄蜂雌蝶空相遇。歲年孰與。歎皓首相看，冰霜獨抱，謾作廣平賦。黄昏暮。半點酸辛誰訴。壽陽眉恨妖嫵。南來北使無明眼，細認杏花真譜。私自語。道消息、孤根還有春風主。啓明未舉。聽畫角吹殘，馬頭摇夢，人已山陽路。

校：「歲年孰與」，底本作「歲年就與」，據《四庫全書》本改。「無明眼」，《四庫全書》本《玉斗山人集》卷三作「雙明眼」。

水調歌頭

舟過桃源，適逢初度，和歐陽楚翁詞。

吾玄終不白，拗出老楊雄。近日青衿緑髪，轉盼忽成翁。縮首杞天墜地，極力虞淵取日，直欲入馮宫。迂闊有如此，誰不笑王公。　十年後，數椽屋，隱琊峰。人歎乾坤許大，醯甕老山中。於是泛淮航泗，於是沿鄒過魯，千古慕雩風。造物既生我，斯道豈終窮。

沁園春　和趙蓮澳提舉遣懷

耳目肺腸，不由乎我，更由乎誰。也不必君平，不消詹尹，不疑何卜，不卜何疑。三徑歸來，一時有見，豈爲黄初與義熙。天下事，但行其可，自合乎宜。　大哉用易乘時。縱烏啄那能食子皮。歎失若塞翁，失爲得本，赢如劉豫，赢乃輸基。大黠小癡，有餘不足，誰必彭殤早與遲。眼前物，縱銅山金屋，一瞑全非。

校：「大黠」，底本原作「大結」，據《四庫全書》本《玉斗山人集》卷三改。

南鄕子　和謝潛庵蔣山

搔首倚薰風。一幅畫圖塵土中。鶴怨猿驚人去也，潛龍。誰絞香車起蟄松。　歲月去熙豐。世味人情自淡濃。春去春來墩不競，匆匆。蜀水吴山血又紅。

校：「蜀水」，底本作「蜀羽」，據《四庫全書》本《玉斗山人集》卷三改。

霜天曉角　和韓南澗采石蛾眉亭

天無四壁。底用量江尺，五代樊若水爲太祖量江于此。徒把乾坤分裂，誰與帝、扶民阨。　幾年樊龍缺。耳風腔轉笛，三十年前，江南笛聲有哭襄陽調。此日雙蛾空蹙，依然也，暮山碧。

校：「樊龍」，《四庫全書》本《玉斗山人集》卷三作「樊圃」。

賀新郎　二闋

僕過魯，自葛水買舟，至維揚，又自揚州買舟，至孔林，登泰山，復遂淮楚，往復六千里，共賦此詞，括山川所歷之妙，真所謂茲行冠平生者也。

有客過東魯。自葛水、泛舟西下，帆開三楚。萬里湖光磨水鏡，五老落星煙渚。又飛過、二姑門户。彭澤柳青新舊色，望九華、依約池陽路。風雨廟，烏江羽。　蛾眉牛渚皆如故。問緣何、澹港汀洲，德祐敗師之地。江聲無語。采石書生勳業在，公子錦袍何處。流恨下、秦淮商女。多景樓頭吟北固，笑平山堂裏誰爲主。且爛飲，瓊花露。

校：詞序，「復遂」，《四庫全書》本《玉斗山人集》卷三作「復還」。「五老落星煙渚」，底本原作

「際五老落星煙渚」，據《四庫全書》本删「際」。「公子錦袍何處」，底本原作「吊錦袍公子魂何處」。

賀新郎

醉醒瓊花露。買扁舟、邵伯津頭，向秦郵去。流水孤村鴉萬點，回首少游斜樹。又著訪、山陽酒侶。細剔留城碑蘚看，上歌臺、一嘯江東主。望凫澤，過鄒魯。　孔林百拜瞻塋墓。歷曲阜、少皞之墟，大庭之庫。竟涉汶河登泰岱，候清光夜半開玄圃。迤邐問、東平歸路。蚩塚黄花吟笑罷，新州醉白樓頭賦。復淮楚，尋故步。

校：「回首少游斜樹」，底本原作「憶少游回首斜陽樹」，據《四庫全書》本《玉斗山人集》卷三改。

賀新郎

舟下匡廬，因感己未歲侍謝虚舟遊山，江空歲晚，物换星移，如之何而不感。遂賦此呈燕五峰。

帆卸西灣側。望匡廬、老峰面目，舊曾相識。歲月滔滔江浪遠，回首暮雲空碧。今想見、髮痕全白。眠鹿磯頭茅屋爛，問草堂、誰管真泉石。還更有，青牛蹟。　老峰點首如招客。道十年、玉斗窗閒，兩成疏覿。贏得老夫諳閱世，不作少年太息。看雨餘、依舊青山色。汶上歸來重過我，巖峰頭、新長芝堪摘。分半席，共横笛。

沁園春　過彭澤發明靖節歸來之本心

八十日官，浩然歸去，知心者希。謂詩有招魂，山谷詩云：欲招千載魂。斯文或宜出此。姑言其概，注其述酒，陽樂間注述酒一篇。亦特其微。不事小兒，爲書甲子，皆是先生杜德機。看時運，與夫榮木，二篇陶詩。始識真歸。　黄唐不可追。慨四十無聞昨已非。故懷彼先師，策夫名驥，志乎童冠，寤寐交揮。人表何時，諸生過魯，願企高風，暮浴沂兹。壯行也，尚庶幾短葛，不負公衣。僕有化陶短葛。

八聲甘州

李太白大雅一賦，發少陵之所未發，惜豪狂詩酒，一死疑之。過采石賦此。千載醉魂，招之不醒，吾不信也。

誦公詩、大雅久不聞，吾衰竟誰陳。自晉宋以來，隋唐而卜，旁若無人。光焰文章萬丈，肯媚永王璘。卓有汾陽老，抱丈人貞。　不是沈香亭上，謾題飛燕，蹴起靴塵。安得錦袍西下，明月墮江濱。青山塚、知幾番風雨，雷霆走精神。因過魯，擕一尊吊古，疑是前身。

水調歌頭

過溜港丁家洲，乃德祐渡江之地，有感。

長江衣帶永，歷代鼎彝功。服定衣冠禮樂，聊爾就江東。追憶金戈鐵馬，保以油幢玉壘，熢燧幾秋風。更有當頭著，全局倚元戎。　攢萬舸，開一棹，散無蹤。到了書生死節，蜂蟻愧諸公。上有黄天白日，下有人心青史，未必竟朦朧。停棹撫遺迹，往恨逐冥鴻。

賀新郎　金陵懷古

金陵留峙，依約洛陽，惜中興柄國者巽，皆入床下，遂使金甌甋墮，惜哉。決眥斜暉裏。品江山、洛陽第一，金陵第二。休論六朝興廢夢，且說南浮之始。合就此、衣冠故阯。底事輕抛形勝地，把笙歌、戀定西湖水。百年内，苟而已。縱然成敗由天理。歎石城、潮落潮生，朝昏知幾。可笑諸公俱鑄錯，回首金甌瞥徙。謾涴了、紫雲青史。老媚幽花棲斷礎，睇故宫、空拊英雄髀。身世蝶，侯王蟻。

酹江月　和辛稼軒金陵賞心亭

英雄老矣，對江山、莫遺淚珠成斛。一箑西風休掩面，白浪黄塵迷目。鳳去臺空，鷺飛洲冷，幾度斜陽木。欲書往事，南山應恨無竹。　寧是商女當年，後來腔調，拍手銅鞮曲。偃蹇老松雖拗而，猶逞一枰殘局。烏巷垂楊，雀橋野草，今爲誰家緑。賞心何處，浩歌歸卧梅屋。

校：「斜陽木」，原作「斜陽大」；「猶逞一枰殘局」，原缺「逞」字，均據《四庫全書》本改。

法曲獻仙音　和朱静翁青溪詞

九曲青溪，千年陳迹，往史不堪依據。老我重來，海乾石爛，那復斷碑殘礎。應訝野王當日，三弄罷、乍無語。　高牙大纛船如屋，又少甚笙歌，翠雲簫鼓。流恨入寒箏，離合君臣良苦。花落幾春，無此一番風雨。是何人、尚秦淮門館，柳橋荷浦。

賀新郎

秦淮觀鬥舟有感，追和思遠樓。

惆悵秦淮路。慨當年、商女誰家，幾多年數。死去方知亡國恨，尚激起、浪花如語，應不爲、黍峰蒲縷。花隔清溪燕井濕，又誰省、此時情緒。雲蓋擁，翠陰午。　汨羅無復靈均楚。到如今、荃蕙椒蘭，盡成禾黍。疑是豗龍穿王氣，遺恨六朝作古。留與浮歌載酭。天外長江渾不管，也無春無夏、無晴雨。流歲月，滔滔去。

校：詞序，「秦淮觀鬥舟」，底本原作「秦淮闕鬥舟」，據《四庫全書》本《玉斗山人集》卷三改。

木蘭花慢　和趙連澳金陵懷古

翠微亭上醉，搔短髮、舞繽紛。問六朝五姓，王姬帝胄，今有誰存。何似烏衣故壘，尚年年、生長兒孫。今古興亡無據，好將往史俱焚。　招魂。何處覓東山，箏淚落清樽。悵石城暗浪，秦淮舊月，東去西奔。休説清談誤國，有清談，還有斯文。遥睇新亭一笑，漫漫天際江痕。

南鄉子　和辛稼軒多景樓

豪傑説中州。及此見題多景樓。曹石當年徒浪耳，悠悠。歲月滔滔江自流。　風雪老兜鍪。不混闕河事不休。浪舞桃花顛又蹶，嬴劉。莫與武陵仙客謀。

水調歌頭　和陸放翁多景樓

迢迢嶓冢水，直瀉到東州。不揀秦淮吴楚，明月一家樓，何代非卿非相，底事柴桑老子，偏恁不吹劉。半體鹿皮服，千古晉貔貅。　過東魯，登北固，感春秋。抵掌嫣然一笑，莫枉少陵愁。説甚蕭鍋曹石，古矣蘇吟米畫，黑白滿盤收。對水注杯酒，爲我向東流。

八聲甘州　題維揚摘星樓

問蒼天、蒼天闃無言，浩歌摘星樓。這茫茫禹跡，南來第一，是古揚州。當日雙龍未渡，風月一家秋。中分胡越後，橫斷江流。　百年問春夢，笑□槐柯蟻穴，多少王侯。謾平山堂裏，棋局幾邊籌。是誰教、海乾仙去，天地付浮漚。書生老，對瓊花一笑，白髮蒼洲。

臨江仙　和元遺山題揚州平山堂

二十四橋明月好，暮年方到揚州。鶴飛仙去總成愁。襄陽風笛急，何事付悠悠。　幾闋平山堂上酒，夕陽還照邊樓。不堪風景事回頭。淮南新棗熟，應不説防秋。

校：「總成愁」，底本原缺「愁」，據《四庫全書》本《玉斗山人集》卷三補。

沁園春　題新州醉白樓

唐李太白，訪賀知章，浩歌此樓。想斗酒百篇，眼花落井，一時豪傑，千古風流。白骨青山，美人黃土，醉魄吟魂安在否。江南客，因來遊勝踐，稽首前修。　悠悠。往事俱休，更莫遣興七狂白頭。也莫論高皇、莫論項羽，誰爲黃帝，誰爲蚩尤。摎破愁城，吸乾酒海，袖拂安梁二山名。舞暮秋。題未了，又笑騎白鶴，飛下揚州。

校：「七狂白頭」，《四庫全書》本作「衰狂白頭」。

婆羅門引　憶疊山翁

佳人鬟髮，幾回塗抹共嬋娟。又何止三千。擬侍盈盈寶鑒，多少綺羅筵。恨妖蟆怪事，長夜中天。中河影圓。清淚落尊前。舞罷霓裳初服，肯爲人妍。算惟有、蘂宮天上仙。緱山鶴，亦欲蹁躚。

賀新郎　題揚州瓊花觀

試問司花女。是何年、培植瓊葩，分來何譜。禁苑豈無新雨露，底事剛移不去，偏戀定、鶴城抔土。却怕杏花生眼覷。先廿年、和影無尋處。遺草木，悴風雨。看花老我成遲暮。繞闌干、想憶沉吟，欲言難賦。根本已非枝葉異，誰把贋苗裨補。但認得、唐人舊句。明月樓前無水部。扣之梅、梅又全無語。詢古柏，過東魯。

沁園春　客山陽偕諸公遊杜康莊劉伶臺醉吟

醉面挾風，攜杜康酒，酹劉伶臺。問漂母磯頭，韓侯安在，鉢山池下，喬雀曾回。孝説仲車，姓徐。忠傳祖逖，忠孝如今亦可哀。清河口，但潮生潮落，帆去帆來。休呆。且飲三杯。莫枉被、東烏西兔催。更誰可百年，脱身不化，誰能五日，笑口長開。痛飲高歌，糊塗亂抹，快活斗山王秀才。今天下，曰利而已，何以乎哉。

校：「今天下」，底本無「今」，據《四庫全書》本補。

唐多令　登淮安倚天樓

直上倚天樓。懷哉古楚州。黄河水、依舊東流。千古興亡多少事，分付與、白頭鷗。　祖逖與留侯。二公今在不。眉尖上、莫帶星愁。笑拍危闌歌短闋，翁醉矣，且歸休。

校：「分付與」，底本原缺「付」；「二公今在不」，底本原缺「二」，均據《四庫全書》本《玉斗山人集》卷三補。

沁園春　見王肯堂

吾祖文中，曾於夫子，受罔極恩。有宇宙以來，春秋而後，三綱所係，萬古常存。列國何時，東吴何地，十哲之中尚有言。況今也、與聖賢邦域，同一乾坤。　卑飛難傍天閽。但勃窣銜香拜聖門。要水看黄河，山登岱嶽，魯求君子，學究中原。雖有他人，不如同姓，仰止文星出禁垣。又安得，借蒙莊大匏，酌泗水之源。

西河　和周美成西河金陵懷古

江左地。興亡舊恨誰記。腥風不攪洛山雲，怒濤乍起。淚睚歷落泫新亭，碑砄猶卧江際。　古今事，天莫倚。廢興元有時係。女墻月色自荒荒，盡平寸壘。舞臺歌榭草痕深，青溪彌望煙水。　馬蹄雜遝錦繡市。認烏衣六朝，東巷西望。景物已非人世。但長干鐵塔，巋然相對。簷鈴嘈囋薰風裏。以上明陳中州編刊《玉斗山人集》卷三

校：詞牌，原作「蘭陵午」，據詞題及詞律改。

盧摯 存詞二十四首

盧摯，字處道，一字莘老，別號疎齋。涿州（河北涿縣）人。博學工詩文，南宋亡，是元廷較早派往江南的官吏（北人），馳名南北文壇。至元間，累遷陝西按察使，歷江東按察使，尋改江東廉訪使。轉河南路總管。大德初，入爲集賢學士，未幾拜湖南廉訪使。又召爲翰林學士，進翰林學士承旨。久居按察使、廉訪使等職務，民間知名度頗廣。文集《疎齋集》久佚不傳，《元詩選》三集《疎齋集》選録盧摯詩五十三首，係顧嗣立自輯。今存文論著作《文章宗旨》。《天下同文集》在卷四（祝聖樂章）、卷四十八（詞），存其詞共十餘首。現存《永樂大典》殘帙的盧摯詞，則達十首。生平見《録鬼簿》卷上、《書史會要》卷七、《大明一統志》卷一、《元詩選》三集《疎齋集》。

摸魚子 樂府摸魚子奉題雪樓先生鄂憲公館歲寒亭詩卷

爲君歌、歲寒亭子，無煩洲畔鸚鵡。江山勝槩風霜地，要近魯東家住。丘壑趣。應素愛昂霄，老柏孤松樹。登高作賦。想白雪陽春，碧雲日暮，別有倚樓處。金閨彦，尚憶西清接武。年來喬木如許。團茅時復羲皇上，我醉欲眠卿去。歌欲舉。還自悟君亭，琢就瓊瑶句。疎齋試與。倩倚竹佳人，湘絃赴節，涼滿北窗雨。大德辛丑五月廿又二日，書於長沙肅政公宇之澄清堂。涿郡盧摯頓首再拜。以上景

洪武本《程雪樓先生文集》卷三十《雪樓樂府》附録

春從天上來　至元二十九年八月二十八日

姑射乘龍。與少皥行秋，佳氣葱葱。天上萬歲聲中。想見玉立神崧。更川妃微步，恰便似、户外昭容。建章宫。正雞人唱曉，鳳吹騰空。風流太平禮樂，是鼓腹康衢，白叟黄童。説向周公，聲容文物，歌舞帝力神功。幸天公不禁，人間酒醉得西風。此心同。有黄河爲帶，江漢朝宗。

清平樂　元貞元旦

元貞更號。日月開黄道。試看韶華何處好。擊壤康衢父老。　相將竹馬兒童。崧高萬歲聲中。雒浦梅花香裏，人間第一春風。

鷓鴣天　元貞元年九月初五日

青女飛來汗漫遊。素娥相賞玉爲舟。三千年也蟠桃熟，萬歲山高錦樹秋。　開壽域，望神州。日華雲影思悠悠。願將江漢清風頌，鐫向崧崖最上頭。

木蘭花慢　大德六年正旦

問東風何似，早去聲。吹緑、洞庭波。要催起江頭，梅粧的皪，柳態婆娑。遥知玉墀鵷鷺，對青陽、紫禁鬱嵯峨。歡動雲間閶闔，應收雪外蓬婆。　誰將瑶瑟托湘娥。潁客播絃歌。向執法森然，壽星明處，陟頓春多。衡君也能三呼，去聲。更雙成度入聲。曲奏雲和。如許昇平文物，仍逢混一山河。以上《天下同文集》卷四《歌頌·祝聖樂章》

六州歌頭　題萬里江山圖

詩成雪嶺，畫裏見岷峨。浮錦水，歷灩澦，滅坡陀。滙江沱。喚醒高唐殘夢，動奇思，聞巴唱，觀楚舞，邀宋玉，訪巫娥。擬賦招魂九辯，空目斷雲樹煙蘿。渺湘靈不見，木落洞庭波。撫卷長哦。重摩挲。　問南樓月，癡老子，興不淺，夜如何。千載後，多少恨，付漁蓑。醉時歌。日暮天門遠，愁欲滴，兩青螺。曾一舸。奇絶處，半經過。萬古金焦偉觀，鯨鼇背，儘意婆娑。更乘槎欲就，織女看飛梭。直到銀河。

梅花引　和趙平遠催梅

緑華縹緲玉無痕。托清塵。擬招魂。放著籃輿，懶倦到前邨。笑撫高齋新樹子，晚粧未，悠悠學夢雲。　竟日含情何所似，似佳人。望夫君。寒香細月空江上，會有春温。羞澀冰蕤，寂寞掩重門。交下横枝消息動，肯虛負，風流竹外尊。

蝶戀花

鄱江舟夜，有懷餘干諸士，兼寄熊東采甫。

越水涵秋光似鏡。泛我扁舟，照我綸巾影。野鶴閒雲知此興。無人説與沙鷗省。　回首天涯江路永。遠樹孤村，數點青山暝。夢過煮茶巖下聽，石泉嗚咽松風冷。

菩薩蠻　寄江西米理問信父

市橋煙柳春如畫。小樓明月吳山下。把酒聽君歌。可人良夜何。　舊遊新夢斷。月落西江遠。

江上數峰青。寄聲徐孺亭。

清平樂　送張都事子敬秩滿北歸

朱絃三歎。寶瑟凝塵滿。更奈芙蓉秋思晚。湘浦離歌欲斷。往年樽俎風流。憶君送客江樓。此日江樓送客，忘懷賴有沙鷗。

清平樂　行郡歙城寒食日傷逝有作

年時寒食。直到清明日。草草杯盤聊自適。不管家徒四壁。今年寒食無家。東風恨滿天涯。早是海棠睡去，莫教醉了梨花。

清平樂　歙郡清明

海棠癡絶。忙甚都開徹。不是蕪菁花上蝶。誰爲清明作節。溪山今日無塵。繡衣却待禁春。莫遣鳴騶多事，老夫也是遊人。以上《天下同文集》卷四十八

賀新郎　賦拒霜

觀物聊賓戲。問花枝、能紅能白，如癡如醉。翠被香銷行雲斷，約略幽閨睡起。甚却有、溪娘風致。木末芙蓉都如許，笑人間不解靈均意。歌晚色，賦秋水。而今老子婆娑地。更何須，齊奴步障，謝公攜妓。徒倚西樓澄江遠，日暮霞成綺帳。楚澤荷衣芰製。籬菊難忘平生約，共小山叢桂相料理。吾與汝，有知己。《永樂大典》卷五四〇引《盧疎齋集》

鵲橋仙

浙省李參政燕予杭之白塔寺南廡。樂府賜春宴者，引喉赴節於樽俎之間，遂醺然而歸。翌日，載酒西湖，春宴已伺於舟中矣。大參公謂予不可無言，飲後賦長短句以贈。

江山畫圖，樓臺煙雨。滿意雲間金縷。饒他蘇小更風流，便怎似、貞元舊譜。西湖載酒，薰南清暑。弭櫂芙蓉多處。醉扶紅袖聽新聲，莫驚起、同盟鷗鷺。《永樂大典》卷二二六五引盧摯詞

蝶戀花

春正月八日，借榻劉氏樓居，翌日早起，賦瓶中紅梅，以《蝶戀花》歌之。

冰褪鉛華臨雪徑。竹外清谿，拂曉開粧鏡。銀燭銅壺斜照影。小樓遮斷江雲冷。香透羅幃春睡醒。如許才情，肯到枯枝杏。客子新聲誰聽瑩。孤山快喚林和靖。《永樂大典》卷二八〇九引盧疎齋集

天仙子 用韻和趙平遠折贈黃香梅之作并序

致政宣慰平遠趙公園館，黃香梅始華，折枝走伻，仍賦樂府《天仙子》，藉以見餉，用韻和之，聊答盛意。

半額淡粧鸞影翠。約略玉人新病起。碧彝金雀暗香來，凭竹几。薰沉水。詩在静華春夢裏。羞澁蠟痕無意味。儘縱絳英爭嫵媚。中州風韻到南枝，歸潁計。紉蘭佩。日暮對花愁欲醉。《永樂大典》卷二八一〇引盧疎齋集

行香子

潭名士黄古山，名其北郭别業曰塵外江村，屬予賦詞，與里中樵漁歌之。

社裏詩人，塵外江村。甚終朝、關定柴門。釃泉行去聲。藥，釣月耕雲。問是誰歟，今隱者，古山君。　老子雖貧，儘辦清尊，但休嫌、俗壯輪囷。他時有暇，準去尋春。把竹邊梅，松下石，可平分。《永樂大典》卷三五七九引《盧疎齋集》

黑漆弩

晚泊采石，醉歌田不伐《黑漆弩》，因次其韻，寄蔣長卿僉司、劉蕪湖巨川。

湘南長憶崧南住。只怕失約了巢父。艤歸舟、喚醒湖光，聽我蓬窗春雨。　故人傾倒襟期，我亦載愁東去。記朝來黯别江濱，又弭棹、蛾眉晚處。

南鄉子

寄廣東肅政使者欽公兼贈别趙景山知事

嶺嶠荔枝新。前歲曾逢舊使君。下足扶胥江上雨，南薰。吹散蠻煙瘴海雲。　去去幕中賓。恰及梅開寂寞濱。載酒隨車應共賞，殷勤。要識寒花别有春。以上《永樂大典》卷一四三八一引《盧疎齋集》

蝶戀花

登封馬叟飛卿壽席即事賦詞爲馬卿祝且俾山倡歌以侑尊

種竹山分澆稻水。箕潁田園，崧少屏風裏。玉樹芝蘭誰可比。堂前索甚栽桃李。　薄劣鶯兒來報喜。似説朝來，麥秀蠶眠起。快喚巢由同一醉。君家好箇人間世。

蝶戀花 予將南邁席間贈合曲張氏夫婦

前度歸田崧下佳。野店荒村，撫掌琵琶女。忽聽梨園新樂府，離鸞別鶴清如許。　歌管聲殘絃解語。玉筍春泉，心手相忘處。明日扁舟人欲去，晚風吹作瀟湘雨。

按：「崧下佳」，據韻律，疑作「崧下住」。

最高樓 智郎中席上即事並序

予謝病北歸，鄂省郎智仲謙爲具見召，席間左轄龍川李公、鄂牧安侯思誠索詩，爲賦《最高樓》兼貽仲謙郎中。

長沙客，寧食武昌魚。未覺故人疏。歸舟喚醒鄉關夢，賓筵容攬使君須。聽民謡，今五袴，昔無襦。　待留與、南州談盛事。更恰好、南樓逢老子。明月夜，古來無。江頭春草迷鸚鵡，幕中秋水映芙蕖。緑尊傾，紅袖舞，醉時扶。以上《永樂大典》卷二〇三五三引盧摯詞

踏莎行

杜妙隆，金陵佳麗人也，盧疎齋欲見不果，因題《踏莎行》于壁云。

雪暗山明，溪深花藻。行人馬上詩成了。歸來聞説妙隆歌，金陵却比蓬萊渺。　寶鏡慵窺，玉容空好。梁塵不動歌聲悄。無人知我此時情，春風一枕松窗曉。明萬曆刻本（《四庫全書存目叢書》本）明蔣一葵輯《堯山堂外紀》卷六十九

水調歌頭　蛾眉亭

亭榭踞雄勝，杖屨踏烟霏。山靈聽足春雨，忙遣暮雲歸。我欲天門平步，消盡江濤餘怨。嘗試問，馮夷何物。兒女子，剛道似蛾眉。　雁行斜，松影碧，櫓聲微。一齊約下，風景莫是爲湘纍。政有玉臺温嶠，未暇燃犀下照。貪著芰荷衣，好在初明觀，重與故人期。清順治五年刻本（《四庫全書存目叢書》本）清張萬選輯《太平三書》卷三

黎廷瑞　存詞三十二首

黎廷瑞（一二五〇——一三〇八），字祥仲，别號芳洲。鄱陽（今屬江西）人。宋咸淳七年進士，授肇慶府司法參軍，未赴職。至元二十三年，攝本路路學教授，至元二十七年代去。有《芳洲集》，是清人史簡所編《鄱陽五家集》之一。《芳洲集》卷三存詞三十二首。生平見徐瑞《芳洲先生挽詞》（《鄱陽五家集》卷八）、吴存《挽黎芳洲》（《鄱陽五家集》卷四）。

大江東　題項羽廟

鮑魚腥斷，楚將軍、鞭虎驅龍而起。空費咸陽三月火，鑄就金刀神器。垓下兵稀，陰陵道隘，月黑雲如壘。楚歌闋發，山川都姓劉矣。　悲泣呼醒虞姬，和伊死别，雪刃飛花髓。霸業休休騅不逝，英氣烏江流水。古廟頹垣，斜陽老樹，遺恨鴉聲裏。興亡休問，高陵秋草空翠。

蝶戀花　元旦

密炬瑶霞光鸕酒。翠柏紅椒，細剪青絲韭。且勸金樽千萬壽。年時芳夢休回首。　小雨輕寒風滿袖，下却簾兒，莫遣梅花瘦。萬點鵝黄春色透。玉簫吹上江南柳。

八聲甘州　金陵懷古

恨巨靈、多事鑿長江，銷沉幾英雄。恨烏江亭長，天機輕洩，説與重瞳。更恨南陽耕叟，擴掇紫髯翁。一彈金陵土，戰虎争龍。杯酒鳳凰臺上，對石城流水，鐘阜諸峰。問六朝陵闕，何處是遺蹤。後庭花、更無留響，渺春潮、殘照笛聲中。悲歡夢，蕪城楊柳，幾度春風。

水龍吟　金陵雪後西望

不知玄武湖中，一瓢春水何人借。裁冰剪雨，等閒占斷，桃花春社。古阜花城，玉龍蟠虎，夕陽圖畫。是東風吹就，明朝吹散，又還是、東風也。回首當時光景，渺秦淮、緑波東下。滔滔江水，依依山色，悠悠物化。璧月瓊花，世間消得，幾多朝夜。笑烏衣、不管春寒，只管説、興亡話。

南鄉子　烏衣園

醉罷黑瑶池。渺渺春雲海嶠歸。畫棟珠簾成昨夢，誰知。百姓人家幾度非。　相對語斜暉。腸斷江城柳絮飛。再見玉郎應不認，堪悲。也被緇塵染素衣。

清平樂　舒州

秋懷騷屑。卧聽蕭蕭葉。四壁寒蛩吟不歇。舊恨新愁都説。　疎疎雨打棲鴉。月痕猶在窗紗。一夜西風能緊，明朝瘦也黄花。

浪淘沙　惜别

别易見時難。萬水千山。參商煙樹暮雲間。料想鳳凰城裏夢，夜夜歸鞍。　楊柳小樓間。倚遍闌干。東風剪剪雨珊珊。落盡桃花無可落，只管春寒。

浣溪沙　送别

一曲離愁淺黛嚬。雲帆渺渺下煙津。山長水遠客愁新。　柳絮低迷千里夢，桃花蕩漾一江春。小樓疎雨可憐人。

祝英臺近　閨怨

綵雲空，香雨霽。一夢千年事。碧幌如煙，却扇試新睡。恁時楊柳闌干，芙蓉池館，還只似、如今天氣。　遠山翠。空相思，淡掃修眉，盈盈照秋水。落日西風，借問雁來未。只愁雁到來時，又無消息，只落得、一番憔悴。

水調歌頭

寄奥屯竹庵察副。留金陵，約遊揚州，不果。

腰纏十萬貫，騎鶴上揚州。詩翁那得有此，天地一扁舟。二十四番風信，二十四橋風景，正好及春遊。掛席欲東下，煙雨暗層樓。　紫綺冠，緑玉杖，黑貂裘。滄波萬里，浩蕩蹤跡寄浮鷗。想殺南台御史，笑殺南州孺子，何事此淹留。遠思渺無極，日夜大江流。

滿江紅　賦竹樽

千畝君封，新移就、美泉天禄。形製古，椰樽嫌窄，瓠壺嫌俗。愛酒步兵緣業重，平生所願何時足。再來生、意隨此林中，充其腹。　秋入洞，鑒金築。春出户，跳珠玉。想宜城九醖，葉光凝緑。驢背夕陽同倒載，醉鄉只在篔簹谷。問東坡、何獨飲松醪，還思肉。

少年游

乙未中秋後二日，同范見心、李思宣飲百花洲上，待月魯公亭。呼月磵禪師不應，放棹東湖，夜色皎然。見心用龍洲《少年游》韻賦詞，因次韻。

回棹百花洲。迢迢碧玉流。聽笛聲、何處高樓。如此江山無此客，雖有酒、奈何秋。　呼月出雲頭。問渠能飲不。笑人間、元自無愁。可惜月翁呼不出，呼得出、載同遊。

朝中措　送春

遊絲千萬暖風柔。只繫得春愁。恨殺啼鶯句引，孤他語燕攀留。　縱然留住，香紅吹盡，春也堪羞。去去不堪回首，斜陽一點西樓。

眼兒媚

寓城思歸。竹庵留行，賦呈。

暖雲挾雨洗香埃。剗地峭寒催。燕兒知否，鶯兒知否，廝勾春回。　小樓日日重簾捲，應是把人猜。杏花如許，桃花如許，不見歸來。

訴衷情　濡溪悼舊

曲屏深院赴幽期。心事夢雲知。佩環零亂何處，江上草離離。　日平西，天似幕，月如眉。依稀還記，兩岸楊花，送上船時。

賀新郎　落星寺

帆影斜陽裏。與蘆花、分風飛過、落星遺此。瓦老苔荒鐘鼓陋，斑荆殘碑無幾。想此處、閱人多矣。天上白榆猶落去，況人間、一瞬浮花蕊。問五老，笑而已。　仙翁當日曾揮麈。拍闌干、浩歌音響，振魚龍耳。九十餘年無人問，遺韻半江煙水。慨宇宙、風濤如許。安得六丁移此石，去横身、作箇中流砥。長嘆罷，冥鴻起。

青玉案　汎大江

巨舟雙櫓鳴鵝鸛。千萬頃、玻瓈面。宇宙浮萍堪永歎。黄唐開闢，秦隋争戰。不把江山换。　蘆花新雪秋撩亂。何處漁舟起孤管。一片古愁縈不斷。平沙矮樹，溪煙荒岸。落日西風雁。

酹江月　題永平監前劉氏小樓

遠山如簇，對樓前、濃抹淡粧新翠。應是西湖湖上景，移過江南千里。舊日春光，重歸楊柳，苒苒黄金縷。市聲分付，畫橋之外流水。　最好疊觀泥金，危城帶粉，文筆雙峰倚。煙寺晚鐘漁浦笛，都入王維畫裏。攲枕方床，憑闌往古，世界浮萍耳。湖大風緊，白鷗欲下還起。

大江東　呈譚龍山

錦袍何處，向舊江、衰草寒蘆蕭瑟。瀛館神仙揮玉麈，喚醒詩酒魂魄。走電飛虹，驚濤觸石，舉目乾坤窄。油然歸去，短篷多載風月。　好在雨外雲根，水邊石上，鷗鷺盟重結。見説西湖湖上路，香沁梅梢新雪。駕白麒麟，鞭青鸞鳳，次第孤山客。吾今西嘯，寄詩先與逋仙説。

一剪梅　菊酒

小小黄花爾許愁。楚事悠悠。晋事悠悠。荒蕪三徑渺中洲。開幾番秋。落幾番秋。　不是孤芳萬古留。餐亦堪羞。采亦堪羞。離騷賦罷酒新篘。醒也風流。醉也風流。

水龍吟　九日登城

荒城落日西風，滿街芳草無行路。樓臺羽化，螢飛故苑，蛩吟蹊礎。不減承平，半湖秋月，隔溪煙樹。慨江南風景，一朝如許，教人恨、王夷甫。　對酒强推愁去。酒醒來、愁還如故。青萍三尺，陰符一卷，土花塵蠹。試問黄花，花知余否，沉吟無語。拍闌干，空羨平沙落雁，滄波歸鷺。

清平樂　雨中春懷呈準軒

清明寒食。過了空相憶。千里音書無處覓。渺渺亂蕪摇碧。　蒼天雨細風斜。小樓燕子誰家。只道春寒都盡，一分猶在桐花。

秦樓月　梅花十闋

雲根屋。東風四壁花如玉。花如玉。水仙傷婉，山礬傷俗。高標懶趁時粧束。一丘一壑便幽獨。便幽獨。商山四皓，首陽孤竹。

秦樓月

羅浮暮。青松林下相逢處。相逢處。縞衣素袂，沉吟無語。行雲飛入瑶臺路。夢回飄渺香風度。香風度。参横月落，幾聲翠羽。

秦樓月

葉葉裏。一枝冷浸銅瓶水。銅瓶水。飛英簇簇，硯屏香几。夜闌雪片敲牕紙。半衾芳夢相料理。相料理。梨花漠漠，江南千里。

秦樓月

春脉脉。含章簷下粧宫額。粧宫額。也還點畫，村煙茅結。人間天上俱清絶。風流大似東坡客。東坡客。玉堂如玉，雪堂如雪。

秦樓月

紅苞折。巡簷一笑風情别。風情别。廣平空道，心腸如鐵。灞橋更有狂吟客。短鞭破帽貂裘窄。貂裘窄。瘦驢卓耳，一鞍風雪。

秦樓月

春來了。孤根矯樹花開早。花開早。水村山郭，嫩紅青曉。　隴頭何處鱗鴻杳。一枝欲寄行人少。行人少。大江南岸，北風低草。

秦樓月

齊山頂。掃開殘雪簪花飲。簪花飲。樽前人唱，暗香疎影。　枝南枝北迢迢恨。春風舊夢難重省。難重省。小窗斜月，薄醒殘酲。

秦樓月

花孤冷。海棠聘與花應肯。花應肯。海棠只是，無香堪恨。　香無却有仙風韻。能争幾日芳期近。芳期近。東風何事，不留花等。

秦樓月

醒人眼。一枝玉雪疎籬晚。疎籬晚。精神曠逸，風姿凝遠。　幽香零亂無人管。依依春恨天涯滿。天涯滿。霜城戍角，月樓羌管。

秦樓月

幽香歇。玉龍吹徹花如雪。花如雪。小橋流水，不勝愁絶。　横梢剪入生綃墨。翠陰青子盈盈結。盈盈結。淡煙微雨，江南三月。以上文淵閣《四庫全書》本《芳洲集》卷三（《鄱陽五家集》卷三）

王　璋　存詞一首

王璋，字敬叔。宣城（今屬安徽）人。與其兄王圭具有時名。詩存《宛陵群英集》。

菩薩蠻

向者讀項斯「平鋪水不流」之句，意不謂佳。偶雨後望諸峰雲氣，方悟其寫景之妙。大抵古人語言不可輕詆。因作小詞識之。

小樓挂頰凝遥睇，朝來證得唐人句。半嶺白雲浮，平鋪水不流。　明朝還欲雨，又向何山去。且可宿簷間，勞吾護夜寒。明陳霆《渚山堂詞話》卷二

臧夢解　存詞三首

臧夢解（？—一三三五），號魯山。慶元（今屬浙江）人。宋末中進士，未任職而國亡。入元，以浙東宣慰司舉荐，知海寧州。在郡五年，政平訟簡，爲諸縣最。至元二十七年，除知桂陽路總管府事，擢廣西廉訪副使。大德元年，遷江西。大德六年，遷浙東。大德九年，除廣東廉訪使。退居杭州，以湖南宣慰副使致仕。著有《周官考》三卷、《春秋微》一卷。生平見《兩浙名賢録》卷二十七、《元詩選癸集》乙集。

《詩淵》第六册，有「臧魯子」詞三首，暫歸臧夢解魯山。

滿庭芳

瀹露零空，好風光袂，月華飛入觥籌。青蓮碧藕，芡實與雞頭。笑傲綸巾羽扇，有如此、人物風流。西湖上，不妨游戲，民富自封侯。　駢蕃。新寵渥，棄華延閣，領事園丘。看木牛流馬，恢復神州。萬里涼霄浩渺，使星共、南極光浮。從今好，一秋長醉，直醉過千秋。《詩淵》六册四五九二頁

鷓鴣天

虎踞龍蟠萬古雄，横飛一節大江東。今歸定做鸞坡客，筆底山川寫不窮。　吟柳絮，賦東風。年

年春在建章宫。天教随佛生人世，恰似河沙寿我公。《诗渊》六册四六〇〇页

满庭芳

露洗银潢，风来玉宇，正当□□□，□□□阁，争看拥冰轮。共指银河影里，依稀见、执斧仙人。还知么，天教此夕，嵩岳再生申。　夤缘。当阃寄，高明洞物，爽气侵云。记广寒宫殿，曾对高真。玉兔捣余灵药，霞觞化、万种花春。嫦娥嘱，愿公难老，长似月精神。《诗渊》六册四六三一页

胡炳文 存詞三首

胡炳文（一二五〇—一三三三），字仲虎，號雲峰。婺源（今屬江西）人。出自書香門第，長于朱子之學，至元二十五年任江寧教諭。大德五年任信州路儒學録，授道一書院山長。調蘭溪州學正，未赴。至大間，婺源建明經書院，接待四方訪學者，儒學之風甲于東南，知州聘胡炳文爲書院山長。卒年八十四。集賢院札謚「文通先生」。文集二十卷，經元明易代，僅存作品六十餘篇，由後人輯爲《雲峰集》，今存。另著《周易本義通釋》十二卷、《四書通》二十六卷、《純正蒙求》三卷，今均存。生平見《雲峰胡先生行狀》（明弘治二年刻本《雲峰集》卷首）、《元史》卷一八九、《大明一統志》卷十六、明程敏政《新安文獻志》卷首《先賢事略上》、《元詩選》初集《雲峰集》。

太酺　和玉湖餞春

我欲箋天，天無語，渺渺誰司喉舌。回看山色好，有清池似玉，一觴堪潔。却笑幾載京華，嬌花媚柳，攪動風情如熱。何如槃阿裏，自川原畫錦，石矼晴雪。更醉裏賡酬，花邊吟嘯，妙詞稱絶。友鶯聲切切。歌伐木、怎賦騷中鴂。最好是、静中佳興，眼底繁英，四時春在那曾别。笑殺渠癡，曉鐘未動，眼無交睫。賞心處、長娛悦。花開有謝，休問先天康節。畫梁燕應解説。

滿江紅　贈吴又玄

吴又玄得其伯父子雲太博《易學游戲》，玄拆字問，論人窮達貴賤，累多奇中，作此贈之。

一畫先天，誰知得、已涵玄九。這易玄機括，子雲傳授。杜宇一聲春欲曉，牡丹幾朵花開晝。問堯夫、數字自何來，俱參透。　心胸裏，羅星宿。心畫上，占爻繇。看肆中簾捲，門前車輳。易字分明書日月，□天真是談天□。豈太玄、而後遂無玄，如今又。

水調歌頭　爲楊志行壽就告而歸

絳闕春回近，先放玉堂梅。當時産此人傑，天豈偶然哉。吾道以爲元氣，學者仰如北斗，聊復振儒臺。來歲紫微閣，閶闔看天開。　七旬老，千里路，爲公來。二十年前，繡衣曾奉紫霞杯。今對湖光山翠，喜有碧桃玉藕，壽酒得重陪。明日賦歸去，回首望蓬萊。以上明弘治二年刻本《雲峰胡先生文集》詞類

陸文圭　存詞二十八首

陸文圭（一二五二—一三三六），字子方。江陰（今屬江蘇）人。幼穎悟，讀書過目成誦，南宋咸淳六年以《春秋》中鄉選。宋亡，隱居江陰城東，學者稱「墻東先生」。元仁宗延祐初恢復科舉，主管部門强使之就試，一再中鄉試，均以老疾不赴禮部試。泰定、天曆間，應聘設教于容山。卒年八十五。陸文圭博通經史百家，尤精於地理考核。有詩文集《墻東類稿》二十卷，久已亡佚，所作流傳不廣，清乾隆年間修《四庫全書》，自《永樂大典》輯出陸文圭詩詞文諸體作品，編成《墻東類稿》二十卷，詩六卷。其詞，清人王鵬運輯爲《墻東詩餘》，刊入《四印齋彙刻宋元三十一家詞》。生平見《元史》卷一九〇、《元儒考略》卷二、清錢熙彦《元詩選補遺》小傳。

點絳脣　情景四首

玉體纖柔，照人滴滴嬌波溜。填詞未就。遲却窗前繡。　一幅花箋，適與何人手。還知否。孤燈坐守。漸入黄昏後。

點絳脣

笑靨多羞，低頭不覺金鍼溜。憑媒將就。鳳枕回雙繡。　月地雲階，何日重攜手。心堅否。齊眉相守。願得從今後。

點絳脣

永夜無憀，更堪點滴聽簷溜。枕寒難就。堆亂牀衾繡。　人面桃紅，還憶擎漿手。君知否。倚門獨守。又是清明後。

校：「擎漿手」，原作「擎將手」，據《詞綜補遺》卷十九改。

點絳脣

悶托香腮，淚痕一線紅膏溜。將身錯就。枉把鴛鴦繡。　柳帶青青，攀向行人手。天知否。白頭相守。破鏡重圓後。

校：「白頭相守」，《詞綜補遺》卷十九作「白頭雙守」。

點絳脣

王仲謙席上，歌者魏都惜求子華寫真，爲賦。

小立娉婷，歌聲低遏行雲住。不勝珠翠。玉面慵梳洗。　除却姚黄，魏紫誰堪比。君描取。卷中人美。得似崔徽未。

浣溪沙　次伯機

翠玉峰高鷺點明。縠紋波動鴨雛生。湖山宜雨又宜晴。　越女蕩舟蓮葉碧，裴郎駐馬柳陰青。折花調客訴衷情。

減字木蘭花

庚申六月三日，同耶律君璋、趙子淵兄弟避暑，飲于玄妙觀之荷池。君璋不飲，命歌者歌以勸之。

雙鬟聳翠。低護金蓮裙窣地。鐵石心腸。無奈梅花一點香。　歌聲梁繞。流水泠泠雲杳杳。白髮劉郎。對景須拚醉一場。

減字木蘭花　即席贈歌者夏奴

香肌玉潤。花前忽聽流鶯韻。移步金蓮。斜轉清眸蹋舞筵。　困嬌無力。蜀錦纏頭拚百尺。安處奴鄉。且住容山過夏涼。

阮郎歸　舟中賦所見

風吹一捻柳腰輕。春柔力未勝。眉兒喜學遠山青。終朝畫不成。　嬌滴滴，笑盈盈。雛鶯葉底聲。花梢雨過夕陽明。無情漸有情。

校：「春柔」，《詞綜補遺》卷十九作「嬌柔」。

臨江仙

坐客有出寵歌者，乃主人舊所歡也。

聽得雅歌珠一串，颯然吹動梁塵。尊前重見舊時人。主人情未重，情重是嘉賓。　飛絮落花無定在，近前遮莫誰瞋。文園倦客最傷神。野亭何處泊，空憶畫堂春。

唐多令　梅隱庵席上贈歌者

花下笑聲微。鶯喉高又低。怪穿花、粉蝶成圍。唯有禪心清似水，相對坐，兩忘機。　莫道絮沾泥。狂風也解飛。恨殘春、九十將歸。回首陽臺雲縹緲，愁薄暮，雨霏霏。

唐多令　寄遠

明豔注秋波。輕鬆綰髻螺。怕逢人、先斂雙蛾。怯雨羞雲情未穩，佳會少，遠離多。　梁遶憶清歌。蘭舟肯再過。爲他垂淚染香羅。欲倩鱗鴻將錦字，知別後，意如何。

滿江紅　送理伯雍同知改除轉運判官

雙檜堂深，想前日、清風猶在。纔半載、政聲傳播，與人稱快。鞠草圜扉無滯訟，憩棠田舍留遺愛。問方今、循吏幾何人，公爲最。　明而恕，廉而介。官易進，身難退。苦簿書叢委，米鹽繁碎。雁鶩自憐群裏聚，龍豬不計兒時會。望美人、又向碧雲西，徒增慨。

滿江紅　贈歌者

兒女多情，頗自恨、風雲氣少。春夢裏、鶯啼燕語，瞥然驚覺。寸寸凌波蓮步穩，彎彎拭黛山眉峭。似紅雲、一朵罩江梅，天然好。　舞腰細，歌喉巧。錦茵褪，梁塵繞。更盈盈笑靨，櫻唇紅小。金瓱愛從心裏换，玉山偏向懷中倒。奈劉郎、前度看桃花，如今老。

校：「風雲氣少」，《詞綜補遺》卷十九作「英雄氣少」。「山眉峭」，作「宫眉悄」。

滿江紅　己巳二月二十二日遊北門有感

試檢春光，都不在、槿籬茅屋。荒城外、枯眠衰草，鴉啼枯木。黄染菜花無意緒，青描柳葉渾粗俗。憶繁華、不似少年游，傷心目。　棠鄎錦，梨園玉。燕衣舞，鶯簧曲。豔陽天輪與，午橋金谷。行處綺羅香不斷，歸時絃管聲相逐。怕夕陽、飲散近黄昏，燒銀燭。

減字木蘭花慢　滕王閣

九皋明月夜，跨一鶴赴仙都。聽佩玉鏘鳴，驂鸞小住，高閣凭虚。萋萋草生南浦，興未闌、歸去東吴。笑指尊前二客，昨宵良會非歟。　莊周蝴蝶兩蘧如。變化一華胥。歎物换星移，壺中日月，鏡裏頭顱。芳洲獨醒人在，采芙蕖，歲晏孰華予。欲泛蘭舟容與。煙沙漠漠重湖。

減字木蘭花慢　和心囦春雪詞

怪東風太早，未鐙夕放瓊花。是何處瑶姬，來看玉樹，光彩交加。野人但知三白，喜新年、天意薦休嘉。肯念兵屯北塞，誰上表，賀南衙。　西斜日影簷牙。又被黑雲遮。歎病骨支離，別懷蕭索，空負年華。龕山已成春夢，歸去來，空谷卧煙霞。却笑昌黎才子，浪吟逐馬隨車。

念奴嬌

茂林修竹，自山陰散後，幾番陳迹。修褉年年春故事，懊恨風流非昔。當日蘭臺，後來菊圃，苗裔江南北。覩君雅號，恍然舊事重憶。　歲晚木落天寒，黑貂將敝，尚作新豐客。星斗胸中空燦爛，磨蝎空名何益。袁吕相逢，知音一笑，肉眼無人識。訪予梅屋，談天聊慰孤寂。

酹江月　贈王道人性初歸茅山

芙蓉城郭，有羽仙騎鶴，來從何處。曾拉茅君峰頂會，瑶佩隨風吹去。玉笈偷開，青囊拾得，笑看人間世。藏身壺裏，箇中别有天地。　共約手種蟠桃，綴花結實，已是三千歲。欲膾長鯨麟作脯，倒海聊供一醉。偶憶寒梅，更惭小草，拂袖懷歸計。蓬萊清淺，雲帆他日相遇。

酹江月　送幕職

殘花賸柳，正啼鵑聲裏，郵亭别館。三疊陽關聽未徹，手執離杯引滿。政坐諸君，久煩老子，今日纔蕭散。翩然歸去，故園緑樹春晚。　人世蒼白浮雲，自舒自卷，不入高人眼。官事如麻何日了，輸與閒中不管。翠柏臺高，紫薇省近，别有清華選。功名歲晏，江城回首天遠。

酹江月　洛陽耆英會二首

戴花劉監，算耆英會上，與吾同歲。伊洛山川今如古，人事幾番興廢。夢枕初殘，黄粱未熟，已换人間世。簞瓢鐘鼎，看來一等滋味。　天上赤白雙丸，東來西往，出没真兒戲。惟有神仙長年訣，長似功名富貴。欲擣玄霜，難尋玉杵，何日藍橋遇。裴郎老矣，雲英那肯隨去。

酹江月

延年有術，飧古松根下，茯苓千歲。縱是延年如何益，命也道之將廢。思古之人，詞章節行，杲杲行當世。遺風流韻，淵然尚有餘味。　無奈先哲凋零，後生坦率，多以儒爲戲。每笑唐人書不讀，直把黄金買貴。山澤奇才，雲林真隱，没齒何曾遇。人生如夢，江流日夜東去。

水龍吟　次藥房韻

西州玉局飛僊，霓裳曾侍槐龍翠。飛花麗句，雅音猶在，有人賡未。千載峨峰，一江川練，又鍊清氣。歎瀛洲路近，剛風吹斷，謾自有，凌霄意。　草碧寒窗静裏。折瓊枝、小闌同倚。新吟婉美，西施態度，□慵梳洗。按羽調絲，雪兒薄相，爲君心醉。恨高樓暮隔，江城花暗，碧雲遥睇。

校：「慵梳洗」，「慵」字下原注：「本脱一字。」

水龍吟　再次韻一首寄藥房

燕芹香老春深，微風颭動新篁翠。驚敲夢斷，忙呼小玉，故人來未。香縷篩簾，遊絲墮几，暖薰花氣。問春隨鶯到，又隨燕去，誰解得，東君意。　澗水流紅影裏。小樓東、有人孤倚。殘桃著雨，鬢容撩亂，未堪妝洗。冉冉年光，悠悠時事，不如沉醉。更韋娘一曲，司空慣見，也應回睇。

校：「司空慣見」，《詞綜補遺》卷十九作「司空見慣」。

探春慢　和心淵己巳元夕韻

細草黏冰，疏林補雪，衰翁未覺春暖。曝背低簷，燎衣破竈，誰識舞臺歌館。樂事如今懶。謝鄰伴、東招西唤。何消看試華鐙，月光，今夕圓滿。　念昔繁華帝里，侍鳳輦夜遊，棚曉人散。迓鼓方催，韻簫正美，忽被西風吹斷。簌簌梅花落，忍聽得、一聲羌管。懷古傷情，淚痕濕，春衫短。

沁園春　送李同知之官鄴都

東西二都，史載循良，不五六人。記南陽有召，潁川有霸，并州如郭，河内如恂。直比朱絃，清侔古鏡，吏自秋霜民自春。如公者，守廉平二字，近古名臣。棠陰手種方新。又五馬翩翩鄰水濱。想臺高銅雀，尚留遺跡，堂深晝錦，空鎖凝塵。琴瑟從容，雅歌緩帶，美政遥知達紫宸。期年後，看快行宣召，班冠廷紳。

沁園春　送楊伯可

雨足江皋，月滿中秋，使客將歸。看扁舟空載，貧無長物，破囊收貯，富有新詩。清白傳家，懷金不受，潔己從來畏四知。民何幸，盡相安南里，樂業熙熙。誰知經界良規。是三代相傳古法遺。要講明有素，施行不擾，寬嚴相濟，表裏無私。慚愧偏州，久淹老子，却怪朝家選用遲。公今去，定致身鵷序，接武龍墀。

金縷曲　代送同僚

乍到蓉城路。聽兒童歌謡德政，感恩如父。好入西京循吏傳，誰道今人非古。留遺愛、甘棠佳樹。節操冰霜清凜凜，看和風、吹作陽春雨。程去速，遽如許。我來不見空懷竚。望彼美、碧雲暮合，草萋南浦。信是有才供世用，敢擇東西何處。又誰念、嬰兒思乳。不恨使君吾不識，恨使君不與吾相輔。聊寄意，短長句。以上《常州先哲遺書》本《墻東類稿》卷二十

韓信同

存詞一首

韓信同（一二五二—一三三二），字伯循，號中村。寧德（今屬福建）人。早年從陳普游，精研性理之學。延祐四年應鄉試未中，居家講授，四方來學者頗衆，學者稱其「古遺先生」。著有《韓氏遺書》二卷、《三禮圖説》二卷。生平見張以寧撰行狀（《韓氏遺書》附録）、〔弘治〕《八閩通志》卷七十二、《元詩選癸集》戊集下、《元詩紀事》卷十四。

按：韓信同，《元詩選癸集》兩出：戊集下存詩五首，癸集上（名作「韓中村」）存詩五首。

沁園春　壽南窗葉知録

望紫雲翁，啓明在東，長庚在西。但空有寸心。荆州江漢，未能百里，弱水沙黎。菊底秋深，樵邊信至。一曲陽春草木知。長吟詠，覺聲如韓操，骨似陶詩。　不應鬢髮能稀。七十壽、强如六十耆。想高談傾坐，風斯下矣。微辭漱物，清且漣漪。謾説磻翁，休誇淇叟。用舍行藏各有時。真修養，有近思家學，字字參之。中國國家圖書館藏清鈔本《韓氏遺書》卷下

陳櫟　存詞十六首

陳櫟（一二五二—一三三四），字壽翁。休寧（今屬安徽）人。早年習舉業，南宋亡，精習朱熹之學。元仁宗延祐初，復行科舉，主管部門强使參加省試，中選，再未進京赴試禮部，回到鄉里，居家教授，足不出户。凡江東士人欲就學于吴澄，吴澄都介紹到陳櫟門下，學者稱陳櫟「定宇先生」。有《陳定宇先生文集》十七卷，其中十五卷爲文，卷十六爲詩詞，卷十七爲附録志傳等文獻。《元詩選》初集選入其詩八首，其詞今存十六首。其他著作尚多，今存傳本則有《尚書集傳纂疏》六卷、《歷代通略》四卷、《勤友堂隨録》一卷，編撰有《新安大族志》二卷、《新安名族志》二卷。生平見汪炎昶撰行狀、揭傒斯撰墓志銘（均見《定宇集》卷十七）、年表（《定宇集》卷首）、《元詩選》初集《定宇集》、《元詩紀事》卷十二。

浣溪沙　壽汪茂盤隱（即竹逸。戊午四月二十五日）

盤隱誰云必太行。神交李願躡遺芳。今朝南極一星光。　野處襟期尤順適，退藏滋味更悠長。歌中元説壽而康。

校：詞題，原作「壽汪盤隱」，據《彊村叢書》本《定宇詩餘》補。

清平樂　寄惠山壬戌四月十二日

惠山蒼翠。遠與毗陵媲。彼處錫泉標第二。此更鍾奇毓異。　年年初度浮觴。醉餘新瀹茶香。山下冰濡雪乳，淡中滋味悠長。

清平樂　壽彬齋四月二十八日

清和天氣。三莢萱猶翠。恰喜先生初度至。近迓薰絲佳致。　幾年人物彬彬。文華質實惟均。壽宿臨之在上，龍溪文脈常新。

西江月　寄汪梅菴御史

御史乘驄剛直，廡車攬轡澄清。先聲應播五羊城。一道凜然尊敬。　菴外疏花破玉，枝頭佳實調羹。催歸不入秉鈞衡。豈但動公詩興。

校：詞題，《四庫全書》本作《代畢仲永作迓汪梅庵御史》。

玉樓春　和金滄洲

新篁摇翠添波緑。粧點瑠溪深一曲。青衫司馬緩來游，卜夜清歡孤繼燭。　江心挑杖聊開束。更好着鞭馳駿足。樽前頗有遏雲聲，劣可纖纖扶藥玉。

校：詞題前，《彊村叢書》本有「代」字。「樽前頗有遏雲聲」，《詞綜補遺》卷十八作「樽前最好遏雲聲」。

玉樓春

庭槐鬱鬱雲屯綠。新霽彩移階砌曲。麗詞入手可絃歌，想是咄嗟成刻燭。　牙籤高閣應難束。黃妳有時誇睡足。覺來課讀愛諸孫，他日登金仍步玉。

臨江仙　次月卿賀生日韻

吾族英才常接迹，年來似曉星稀。子言秀逸未嘗卮。老夫拍案起，不覺漸舒眉。　青佩次孫欣得與，樊川小侄名宜。香分甲午月宮枝。各當傳祖鉢，教養願觀頤。時奇孫從學于月卿。

校：詞題，《彊村叢書》本作《次月卿賀生日詞韻戊午歲》。「子言秀逸未嘗卮。老夫拍案起，不覺漸舒眉」，作「子言日出喜能卮。先兄元不死，兒白馬良眉」。

滿江紅　賀金子酉生日十一月初十日

茲者，恭遇初度令辰，謹填《滿江紅》一闋爲壽。

乾鵲鳴簷，殷勤報、主人生旦。端巧遇、迎長添線，的堪稱讚。律轉一陽葭已動，復來七日梅初綻。符羲經、數迓新祺，綿高筭。　萱春永，斑衣絢。蘭房煥，琴聲衎。盎一門和氣，流霞深泛。世濟忠貞貂珥，七年登強仕，鵬程萬。正小春佳候，敵神仙，閑遊玩。

校：詞序，據《彊村叢書》本補。

滿庭芳　送陳德翁

標格沖夷，聲名洋溢，德人泰宇春融。一團和氣，還與伯淳同。成就燈窗弟子，今陞擢、論鑄顏功。彈冠興，依稀貢禹，應聘教玉宮。公家梅潤老，皋比戚畹，聲振江東。矧詵詵胄子，得坐春風。自此先生升矣，班玉笋、文補山龍。充德量，薰陶宇宙，和氣一團中。

水調歌頭　賀汪覺翁受吉水州判

玆者，恭承芝檢，榮膺竹符，分贊江西，地千里推吉水爲名州斗南。公一人擢高才而上佐，除書星耀，喜氣雲蒸。僭揭短歌，用旌抃手，倅以芹香之贊，少見柏悅之誠。以斯道覺斯民，志本同耕莘之志，佐天子相天下，堂重新畫錦之堂。贊慶罙深，涵容多幸。

殿閣微涼迥，吹到敕書新。定知盤谷深處，草木煥精神。帝念水紋成吉，合得卷阿吉士，州政佐經綸。婉婉幕中畫，行矣細敷陳。　除書至，喜氣溢，列朝紳。志伊所志，將以斯道覺斯民。家有青氈鈞軸，□□□□□□，振武接芳塵。自秉浮溪筆，畫錦記逢辰。

校：詞序，據《彊村叢書》本補。「除書至，喜氣溢」，《彊村叢書》作「負公望行自此」。

水調歌頭　壽金滄洲花甲

天遣東萊吕，丁巳瑞南州。秺侯芳裔如此，生歲媲前修。僂指六旬踰一，過眼流光兩世，花甲又從頭。浩氣塞天地，吾道付滄洲。　日未暮，宴初列，九霞流。齊眉偕老如願，桂子播芳猷。孫稟箕張雙宿，祖付詩書千卷，此外復何求。但願延椿算，燕翼更貽謀。

校：詞題，「花甲」，據《彊村叢書》本補。

金菊對芙蓉　壽金桐岡九月二十五日

壽宿騰光，壽香婣碧，鬱葱枝上梧桐。記紱麟令旦，門掛弧蓬。今年東閣郎皆侍，懷章綬、拜捧金鍾。榮華富貴，眼前誰似，堪展眉峰。　秋高景物俱濃。正堦前金菊，巧對芙蓉。愛菊名壽客，壽與公同。醉蓉初瑩凝脂面，酣天酒、芳臉潮紅。何妨判飲，與花雙醉，醉似花容。金氏園有醉芙蓉。

滿庭芳　壽判縣梧山先生

茲者，恭遇判縣翰相梧山先生初度，敢尾賀賓，以祝千歲之壽。竊以爲梧桐月向懷中照，此康節翁，極言天下之清致也。必閒世之賢始能鍾毓此清。必銖視軒冕，超然于榮名利達之表者，始能對越此清。必福壽康寧百禄俱全者，始能領略此清。三者先生奄有之，蓋人間世千萬人而一見者歟。謹以意倚滿庭芳調而歌之，伏乞尊覽。

僂指中秋，齊頭十日，後庚玉兔初弦。當年此際，天地恰生賢。自旦駸駸至望，清咏永、翻勝規圓。高掛在，碧梧山上，清絶緑生煙。　懷中梧月炤，天知心事，銖視貂蟬。綵衣無價寶，樂自無邊。此去古稀近也，長生籙、世世相傳。慈萱側，金盃滿泛，梧月吸年年。

校：詞序，據《彊村叢書》本補。

滿江紅　送朱姓吏滿歸

只説琳川，精吏道、恢恢餘地。元來是、深衣儒者，將儒飾吏。傳世四書端實學，待人一縣皆和氣。及芳辰、解賦歸來，真堪醉。　肩已息，心無愧。青鬢在，蒼顏未。符君家翁子，朱買臣。年當貴。九十月終行鷺退，三千水擊摶鵬易。豈有材、如此不超遷，行知遇。

水調歌頭　壽朱子章

七十古稀有，今喜見先生。紫陽家學淵奥，場屋舊家聲。鶚薦西風早歲，豹隱南山晚節，天爵自尊榮。桂子蘭孫擁，南極老人星。　杜陵老，多酒債，羡修齡。豈如壽富兼得，熊掌與魚並。八十老翁爲將，九十武公爲相，不足爲公稱。鶴算與同文，道重藐公卿。

校：詞題前，《彊村叢書》本有「代」字。

沁園春　壽張起齋四月十一日

首夏清和，望前三夕，天現壽星。恰先庚三日，釋迦浴佛。後庚三日，吕洞賓生。慈佛神仙，引前導後，來作人間瑞世英。今耆艾，久提綱諸道，幾萬儒燈。　金甌行覆香名。天再遣留侯佐太平。會榮封萬户，編符黄石，算綿千歲，經誦黄庭。從赤松遊，足知雅尚，好待他年功已成。如今且，向壽星明處，滿捧霞觥。以上清康熙三十五年刻本《陳定宇先生文集》卷十六

校：詞題前，《彊村叢書》本有「代」字。「榮封萬户」，底本原作「榮封萬尺」，據《彊村叢書》本改。

趙孟頫　存詞三十六首

趙孟頫（一二五四—一三二二），字子昂，號松雪道人、水精宫道人，湖州（今浙江吴興）人。宋宗室之後，由宋入元，至元二十三年徵入朝，授兵部郎中，遷集賢直學士，出爲濟南路同知。累遷翰林學士承旨，榮禄大夫，延祐六年請老歸，卒，追封魏國公，謚文敏。作爲元朝著名書法家，趙孟頫書法兼擅多體，稱雄一代，影響深遠。詩文均享譽當時。所作結成《趙子昂詩集》（元至正元年虞氏務本堂刻本）七卷、《松雪齋集》（元沈伯玉刊本）十一卷，均有傳本。《松雪齋集》卷十，存其詞二十一首，所作傳誦一時。以宋宗室之後仕元，「榮際五朝，名滿四海」（夏文彦《圖繪寶鑒》卷五），受時論批評。其妻管道昇（仲姬），其子趙雍、外孫王蒙，都是知名書畫家，趙雍、王蒙并有詩名。生平見楊載撰行狀（《松雪齋集》附録）、歐陽玄撰神道碑（《圭齋文集》卷九）、《元史》卷一七二。

按：《歷代詞話》卷九引《古今詞話》，有趙孟頫欲納姬，與管道昇以詞曲調笑。所作應爲散曲，未編入本集。

浪淘沙

今古幾齊州。華屋山丘。杖藜徐步立芳洲。無主桃花開又落，空使人愁。波上往來舟。萬事悠悠。春風曾見昔人遊。只有石橋橋下水，依舊東流。

太常引

水風吹樹晚蕭蕭。散髮醉吹簫。塵事苦如毛。要洗耳、時聽舜韶。　舊遊何處，瓊山銀海，宮殿鬱岧嶢。誰與共遊遨。尚記得、仙人子喬。

南鄉子

雲擁髻鬟愁。好在張家燕子樓。稀翠踈紅春欲透，温柔。多少閑情不自由。　歌罷錦纏頭。山下晴波左右流。曲裏吴音嬌未改，障羞。一朵芙容滿扇秋。

水龍吟　次韻程儀父荷花

凌波羅襪生塵，翠旌孔蓋凝朝露。仙風道骨，生香真色，人間誰妒。佇立無言，長疑遺世，飄然輕舉。笑陽臺夢裏，朝朝莫莫，爲雲又還爲雨。　狼藉紅衣脱盡，羨芳魂不埋黄土。涉江遥去，采菱拾翠，攜儔嘯侶。寶玦空懸，明璫偷解，相逢洛浦。正臨風歌斷，一雙翡翠，背人飛去。

虞美人

池塘處處生春草。芳思紛繚繞。醉中時作短歌行，無奈夕陽偏傍小窗明。　故園荒遥迷行跡。只有山仍碧。及今作樂送春歸，莫待春歸去後始知非。

江城子　賦水仙

冰肌綽約態天然。澹無言。帶蹁蹮。遮莫人間，凡卉避清妍。承露玉杯滄沆瀣，真合喚，水中僊。　幽香冉冉莫江邊。珮空捐。恨誰傳。遥夜清霜，翠袖怯春寒。羅襪凌波歸去晚，風裊裊，月娟娟。

蝶戀花

儂是江南遊冶子。烏帽青鞋，行樂東風裏。落盡楊花春滿地。萋萋芳草愁千里。　扶上蘭舟人欲醉。日莫青山，相映雙蛾翠。萬頃湖光歌扇底。一聲催下相思淚。

點絳唇

昏曉相催，百年窗暗窗明裏。人生能幾。贏得貂裘敝。　富貴浮雲，休戀青綾被。歸與未。放懷煙水，不受風塵味。

校：「風塵味」，《四部叢刊》本、《四庫全書薈要》本《松雪齋集》皆作「風塵眯」，據《適園叢書》本《珊瑚網》卷九改。

水調歌頭

與魏鶴臺飲芙蓉洲，牟成甫用東坡韻見贈，走筆和之，時已巳中秋也。

行止豈人力，萬事總由天。燕南越北鞍馬，奔走度流年。今日夫容洲上，洗盡平生塵土，銀漢溢清寒。却憶舊遊處，迴首萬山間。丁亥秋，與成甫會八詠樓，故云。　客無譁，君莫舞，我欲眠。一杯到手先醉，明月爲誰圓。莫惜頻開笑口，只恐便成陳跡，樂事幾人全。但願身無恙，常對月嬋娟。

校：「總由天」，《四部叢刊》本《松雪齋集》作「總由矣」，據《四庫全書薈要》本《松雪齋集》改。

水調歌頭　和張大經賦盆荷

江湖渺何許，歸興浩無邊。忽聞數聲水調，令我意悠然。莫笑盆池咫尺，移得風煙萬頃，來傍小窗前。稀疎澹紅翠，特地向人妍。　華峰頭，花十丈，藕如船。那知此中佳趣，別是一壺天。倒挽碧筒釃酒，醉卧緑雲深處，雲影自田田。夢中呼一葉，散髮看書眠。

校：此詞與張雨《貞居詞》中《水調歌頭（盆荷）》一詞相重。《四部叢刊》本《松雪齋集》、《四庫全書薈要》本《松雪齋集》、廣陵書社影印《彊村叢書》本《貞居詞》、《知不足齋叢書》本《貞居詞》中皆有此詞，暫兩存之。

虞美人　浙江舟中作

潮生潮落何時了。斷送行人老。消沉萬古意無窮。盡在長空、澹澹鳥飛中。　海門幾點青山小。望極煙波渺。何當駕我以長風。便欲乘桴、浮到日華東。

校：此詞之後有《後庭花（清溪一葉舟）》散曲一首。未編入。

浣溪沙　李叔固丞相會間贈歌者岳貴貴

滿捧金卮低唱詞。尊前再拜索新詩。老夫慚愧鬢成絲。　羅袖染將脩竹翠，粉香吹上小梅枝。相逢不似少年時。

校：「金卮」，《本事詞》卷下作「金杯」。「吹上」，作「須上」。

月中仙　應制

春滿皇州。見祥煙擁日，初照龍樓。宮花苑柳，映仙仗雲移，金鼎香浮。寶光生玉斧，聽鳴鳳、簫韶樂奏。德與和氣遊。天生聖人，千載希有。　祥瑞電繞虹流。有雲成五色，芝生三秀。四海太平，致民物雍熙，朝野歌謳。千官齊拜舞，玉杯進、長生春酒。願皇慶萬年，天子與天齊壽。

萬年歡　上元

閶闔初開。正蒼蒼曙色，天上春迴。絳幘雞人時報，禁漏頻催。九奏鈞天帝樂，御香惹、千官環珮。鳴鞘静，嵩岳三呼，萬歲聲震如雷。　殊方異域盡來。滿彤庭貢珍，皇化無外。日繞龍顏，雲近絳闕蓬萊。四海歡欣鼓舞，聖德過、唐虞三代。年年宴，王母瑶池，紫霞長進瓊杯。

校：詞題，據明萬曆刻本《松雪齋集》卷下補。

萬年歡　元日朝會樂府中吕宮

天上春來。正陽和布澤，斗柄初回。一朵祥雲捧日，萬象生輝。帝德光昭四表，玉帛盡、梯航來會。彤庭敞，花覆千官，紫霄鵷鷺徘徊。　仁風徧滿九垓。望霓旌緩引，寶扇徐開。喜動龍顏，和氣靄然交泰。九奏簫韶舜樂，獸尊舉、麒麟香靉。從今數，億萬斯年，聖主福如天大。

萬年歡　皇慶三年三月三日聖節大宴長壽仙道宮

瑞日當天。對絳闕蓬萊，非霧非煙。翠光覆禁苑。正淑景芳妍。綵仗和風細轉。御香飄滿黃金殿。喜萬國會朝，千官拜舞，億兆同歡。　福祉如山如川。應玉渚流虹，璿樞飛電。八音奏舜韶，慶玉燭調元。歲歲龍輿鳳輦。九重春醉蟠桃宴。天下太平，祝吾皇、壽與天地齊年。

校：詞題無詞牌名，或謂松雪獨創詞牌，其名可作「長壽仙」。其律似據《萬年歡》而略變，或可視爲《萬年歡》之變體。

少年游

弄晴微雨細絲絲，山色澹無姿。柳絮飛殘，荼蘼開罷，青杏已團枝。　闌干倚遍人何處，愁聽語黄鸝。寶瑟塵生，翠銷香減，天遠雁書遲。

按：詞牌，原作「太常引」，據詞譜改。

人月圓

一枝仙桂香生玉，消得喚卿卿。緩歌金縷，輕敲象板，傾國傾城。　幾時不見，紅裙翠袖，多少閑情。想應如舊，春山澹澹，秋水盈盈。

木蘭花慢　和桂山慶新居韻

愛風流二陸，曾共住、屋三間。算京洛緇塵，平原車騎，爭似身閑。一區未輪揚子，更友于、室邇足清歡。庭下新松楚楚，籬邊細菊班班。　白頭相對且團欒。杯酒借朱顔。任醉後長歌，笑時開口，樂最人寰。功名十年一夢，記風裘雪帽度桑乾。幸喜歸來健在，放懷緑水青山。

校：「未輪揚子」，《四部叢刊》本《松雪齋集》作「未輪揚子」，據《四庫全書薈要》本《松雪齋集》

卷十改。

木蘭花慢　和李簀房韻

愛青山繞縣，更山下、水縈迴。有二老風流，故家喬木，舊日亭臺。梅花亂零春雪，喜相逢、置酒藉蒼苔。拚却眼迷朱碧，慚無筆瀉瓊瑰。　徘徊。俯仰興懷。塵世事，本無涯。偶乘興來遊，臨流一笑，洗盡征埃。歸來算能幾日，又青回、柳葉燕重來。但願朱顔長在，任他花落花開。以上《四部叢刊初編》本《松雪齋集》（元沈伯玉刊本）卷十

漁父

渺渺煙波一葉舟。西風落木五湖秋。盟鷗鷺，傲王侯。管甚鱸魚不上鈎。

校：「落木」，《四庫全書薈要》本《松雪齋集》卷三作「木落」。

漁父

儂住東吴震澤州。煙波日日釣魚舟。山似翠，酒如油。醉眼看山百自由。以上《四部叢刊初編》本《松雪齋集》（元沈伯玉刊本）卷三

巫山一段雲　巫山十二峰詞　凈壇峰

疊嶂千重碧，長江一帶清。瑶壇霞冷月朧明。欹枕若爲情。　雲過船窗曉，星移宿霧晴。古今離恨撥難平。惆悵峽猿聲。

巫山一段雲　登龍峰

片月生危岫，殘霞拂翠桐。登龍峰下楚王宫。千古感遺蹤。　柳色眉邊緑，花明臉上紅。欲尋靈跡阻江風。離思杳無窮。

巫山一段雲　松鶴峰

松鶴堆嵐靄，陽臺枕水湄。風清月冷好花時。惆悵阻佳期。　别夢遊蝴蝶，離歌怨竹枝。悠悠往事不勝悲。春恨入雙眉。

巫山一段雲　上昇峰

雲裹高唐觀，江邊楚客舟。上昇峰月照妝樓。離思兩悠悠。　雨雲千里阻，長江一帶秋。歌聲頻唱引離愁。光景恨如流。

巫山一段雲　朝雲峰

絶頂朝雲散，寒江暮雨頻。楚王宫殿已成塵。過客轉傷神。　月是巫娥伴，花爲宋玉鄰。一聽歌調一含嚬。哀怨竹枝春。

巫山一段雲　集仙峰

雨過蘋汀遠，雲深水國遥。渡頭齊舉木蘭橈。纖細楚宫腰。　映水匀紅臉，偎花整翠翹。行人倚棹正無聊。一望一魂銷。

巫山一段雲　望霞峰

碧水鴛鴦浴，平沙荳蔻紅。望霞峰翠一重重。帆卸落花風。　澹薄雲籠月，霏微雨灑蓬。孤舟晚泊浪聲中。無處問音容。

巫山一段雲　棲鳳峰

芍藥虛投贈，丁香漫結愁。鳳棲鸞去兩悠悠。新恨怯逢秋。　山色驚心碧，江聲入夢流。何時弦管簇歸舟。蘭棹泊沙頭。

巫山一段雲　翠屏峰

碧水澄青黛，危峰聳翠屏。竹枝歌怨月三更。别是斷腸聲。　煙外黄牛峽，雲邊白帝城。扁舟清夜泊蘋汀。倚棹不勝情。

巫山一段雲　聚鶴峰

鶴信三山遠，羅裙片水深。高唐春夢杳難尋。惆悵至如今。　十二峰前月，三千里外心。紅箋錦字信沉沉。腸斷舊香衾。

巫山一段雲　望泉峰

曉色飄紅豆，平沙枕碧流。泉聲雲影弄新秋。觸處是離愁。　臉淚横波澹，眉攢片月收。佳人嫵笑准難休。半整玉搔頭。

巫山一段雲　起雲峰

裊娜江邊柳，飄飄嶺上雲。卸帆回棹楚江濱。歸信夜來聞。　欲拂珊瑚枕，先熏翡翠裙。江頭含笑去迎君。鸞鳳畫成群。以上國學圖書館影印陶風樓刊本《花草粹編》卷二

蘇武慢

北隴耕雲，南溪釣月，此是野人生計。山鳥能歌，江花解笑，無限乾坤生意。看畫歸來，挑簦閒眺，風景又還光霽。笑人生、奔波如狂，萬事不如沉醉。　細看來、聚蟻功名，戰蝸事業，畢竟又成何濟。有分山林，無心鐘鼎，誓與漁樵深契。石上酒醒，山間茶熟，別有水雲風味。順吾生、素位而行，造化任他兒戲。以上《適園叢書》本《珊瑚網》卷九

校：詞牌，《適園叢書》本《珊瑚網法書題跋》卷九作「雨中花」。《適園叢書》本《珊瑚網法書題跋》卷九尚有「雨中花（雲澹風輕，傍花隨柳）」一首，歸於趙孟頫名下，本編據《鳴鶴餘音》作虞集詞，詞牌《蘇武慢》。

水龍吟　題簫史圖

倚天百尺高臺，雕簷畫棟撐雲表。夜靜無塵，秋魂萬里，月明如掃。誰憑闌干，玉簫聲起，乘鸞人到。信情緣有自，何須更說，姮娥空老。　我將醉眼摩挲，是誰人丹青圖巧。爲惜秦姬，堪憐簫史，寫成煩惱。萬古風流，傳芳至此，交人傾倒。問雙星有會，一年一度，那知清曉。《涵芬樓秘笈》本《孫氏書畫鈔》

趙孟謙 存詞一首

趙孟謙，宋宗室后裔，系宋太祖次子燕王第十代孫。生平事跡不詳。

減字木蘭花

榮魁鶚薦，一舉南宫膺妙選。人物規模，楚楚吾家千里駒。　綵衣持酒，更祝二親無限壽。父子榮遷，俱侍玉皇香案前。《詩淵》六册四六〇三頁

同恕

存詞三首

同恕（一二五四—一三三一），字寬甫，號榘庵。奉元（陝西西安）人。家世業儒，二百餘口同居無閑言。十三歲以《書經》爲鄉校魁。延祐年間，拜國子司業，屢召不赴。陝西行臺侍御史趙世延請於奉元建魯齋書院，以同恕爲山長，先後來學者近千人。延祐六年，以太子左贊善召，獻書東宫。元英宗繼位，以疾辭歸。致和元年拜集賢侍讀學士，以老疾辭。時蕭𣂏居南山之下，入城必至同恕家，士論並稱「蕭同」。自京還鄉，家居十三年，卒，封京兆郡侯，謚文貞。有《榘菴集》二十卷，原本久佚。清乾隆年間修《四庫全書》，自《永樂大典》輯出《榘菴集》，編爲十五卷，存詞僅三首。詩文能于質樸中時露峻潔峭厲之氣。他曾寫有祈禳青詞，因此受到論者批評，以爲「其非文章正體，恕素以明道興教自任，更不宜稍涉異端，乃率爾操觚，殊爲失檢。」《四庫全書》編者對此「概從删削」，未編入集中。生平見賈仁撰《榘菴先生行狀》、孛术魯翀撰《同公神道碑》（均見《榘菴集》附録）。

鵲橋仙　韋國器約賞梨花

鶯鶯燕燕，蜂蜂蝶蝶。酒債幾時還徹。韋郎又約醉梨花，對一樹、玲瓏香雪。　盈盈脈脈，翻翻折折。小雨朝來乍歇。一年最是好光陰，算只有、清明三月。

鵲橋仙

香飛玉屑，光凝粉蝶。不比精神瑩徹。春風一樹倚東闌，還稱道、仙肌勝雪。　憑誰與説，容吾揀折。老去情緣未歇。觥船一棹百分空，直看到、花梢有月。以上陶樑《詞綜補遺》卷十九

校：「直看到」，《四庫全書》輯本《榘菴集》卷十五作「直喫到」。

臨江仙　壽竇長卿

我友西溪上老耽，□書未省華顛。春工醖釀一家天。花欄紅日染，柳岸緑風牽。　有子有孫蘭映玉，可人不墜青氈。吟詩酌酒過年年。幅巾藜杖子，好箇隱神仙。文淵閣《四庫全書》輯本《榘菴集》卷十五

閻宏

存詞一首

閻宏（一二五五—一三〇六），字子濟。洧川（今屬河南）人。元成宗元貞元年，荐授翰林編修，進應奉。出任江西檢校。元成宗大德九年九月，爲送别姚燧離江西北歸，與祝静得同作《臨江仙》詞惜别。詞存《牧菴集》附録年譜（《四部叢刊初編》）。生平見姚燧撰《閻君墓志銘》（《牧菴集》卷二十九）、《元詩選癸集》癸集上。

臨江仙

九月七日，舟行送牧菴先生過樵舍。至吴城山，與静得賦《臨江仙》，取「吴城山」三字爲韻，留「山」字，邀時中作。

去歲迎公樵舍驛，今年送别重湖。青山知我往來無。揆材慚杞梓，聞道覬桑榆。　勝日黄華重九日，喜浮五老眉鬚。清尊何惜駐檣烏。分風行咫尺，千里異荆吴。姚燧《牧菴集》附録年譜（《四部叢刊初編》）

釋英 存詞十二首

釋英(約一二五五—一三四一),字實存,號白雲。錢塘(浙江杭州)人。俗姓厲。早年喜爲詩,出游閩海、江淮、燕汴。一日登徑山,聞鐘有感,便出家爲僧,結茅天目山中。泰定元年,住陽山福岩精舍。有詩集《白雲集》四卷傳世,并由牟巘、趙孟頫、胡長孺等作序跋。趙孟頫在至大二年,曾將「白雲法師」所作《望江南》淨土詞十二首,書寫成卷,流傳至今。生平見《元詩選》初集《白雲集》、《四庫提要辨證》卷二十三。

按:釋英表字,或誤作存實。余嘉錫《四庫提要辨證》卷二十三有考釋。

望江南 淨土詞十二首

西方好,隨念即超群。一點靈光隨落日,萬端塵事付浮雲。人世自紛紛。凝望處,決定去,棲神金地經行。光裏步玉樓,宴坐定中身。方好任天真。

望江南

西方好,瓊樹聳高空。彌覆七重珠寶網,莊嚴百億妙華宮。宮裏衆天童。金地上,欄楯繞,重重華雨飄飄。香散漫樂音,寥亮鼓清風。聞者樂無窮。

望江南

西方好，七寶甃成池。四色好花敷菡萏，八功德水泛清漪。除渴又除飢。池岸上，樓殿勢，飛翬碧玉雕欄。填瑪瑙黄金，危棟間玻瓈。隨處發光輝。

望江南

西方好，群鳥美音聲。華下和鳴歌六度，光中哀雅贊三乘。聞者悟無生。三惡道，猶自不，知名皆是佛慈。親變化欲宣，法語警迷情。心地頓圓明。

望江南

西方好，清旦供尤佳。縹緲仙雲隨寶杖，輕盈衣裓貯天華。十萬去非賒。諸佛土，隨念徧，河沙蓮掌撫摩。親授記潮音，清妙響頻伽。時至即還家。

望江南

西方好，我佛大慈悲。但具三心圓十念，即登九品越三祇。神力不思議。臨報盡，接引定，無疑普願衆生。同繫念金臺，天樂共迎時。彈指到蓮池。

望江南

娑婆苦，長劫受輪回。不斷苦因離火宅，祇隨業報入胞胎。辜負這靈臺。朝又暮，寒暑急，相催一箇幻身。能幾日百端，機巧滚塵埃。何得出頭來。

望江南

娑婆苦，身世一浮萍。蚊蚋睫中争小利，蝸牛角上竊虚名。一點氣難平。　人我盛，日夜長，無明地獄争頭。成隊入西方，無箇肯修行。空死復空生。

望江南

娑婆苦，情念驟如風。六賊村中無暫息，四蛇篋内更相攻。誰是主人公。　無慧力，愛網轉，關籠一向四楞。低擔地不思，兩腳欲梢空。前路更怱怱。

望江南

娑婆苦，生老病無常。九竅腥臊流穢污，一包膿血貯皮囊。争弱又争强。　隨妄想，躭欲更，荒唐念佛看經。云著相破齋，毁戒却無妨。祇恐有閻王。

望江南

娑婆苦，終日走塵寰。不覺年光隨逝水，那堪白髮换朱顔。六趣任循環。　今與古，誰肯死，前閑危脆利名。纔入手虚華，財色便追攀。榮辱片時間。

望江南

娑婆苦，光影急如流。寵辱悲歡河日了，是非人我幾時休。生死路悠悠。　三界裏，水面一，浮漚縱使英雄。功蓋世祇留，白骨掩荒丘。何似早回頭。以上《壯陶閣書畫録》卷六《元趙松雪書望江南淨土詞卷》

曹伯啓　存詞三十五首

曹伯啓（一二五五—一三三三），字士開。濟寧碭山（山東單縣）人。至元中，任蘭溪主簿，遷常州路推官、河南行省都事、台州路治中。經御史潘昂霄等舉薦，擢西臺御史。延祐元年升内臺都事，遷刑部郎中。出爲真定路總管，延祐五年遷司農丞，置六倉於浙東、浙西，設運鹽官。拜南臺治書侍御史，曾倡言：「揚清激濁，屬在臺憲，……今訟冤一切不問，豈風紀定制乎？」未幾，解職歸。元英宗即位，召拜山北廉訪使。泰定初，告老還鄉，優遊里社。所居稱作「曹公里」。天曆中，起爲淮東廉訪使、陝西諸道行御史臺中丞，以老辭。卒，追封魯郡公，謚文貞。有《漢泉曹文貞公詩集》十卷（《四庫全書》本作《曹文貞公詩集》）。卷十存詞三十五首。詩詞直抒胸臆，被稱爲「中原雅調」（《四庫全書總目》卷一六六《曹文貞公詩集》提要）。生平見曹鑑撰《曹公神道碑》（《漢泉曹文貞公詩集》後録）、《元史》卷一七六、《元詩選》初集《漢泉漫稿》。

滿江紅　次元復初韻

四十年間，問何似、古人方略。時自笑、致身無策，療貧無藥。世事從來如意少，宦情已比當年薄。更不須、勳業鏡中看，今非昨。　眠矮榻，登高閣。攜短杖，斟長杓。放屈伸由己，碧空盤鶚。較短量長無定論，抗塵走俗非真樂。算從前、有鐵鑄難成，求人錯。

水龍吟　用楊脩甫學士登岳陽樓韻

岳陽西望荆州，倚樓曾爲思劉表。國亡家破，當時豪俊，魚沉雁渺。王霸紛更，乾坤摇盪，廢興難曉。記觀山縱酒，巡欄索句，宿官舫，篷窗小。　不畏黑風白浪，伴一點、殘燈斜照。棹歌明發，天光無際，得舒晴眺。萬里馳驅，千年陳跡，數聲悲嘯。試閒中想像，興來陶寫，付時人笑。

如夢令　贈道夫二首

學有探奇索妙。命有人憎鬼笑。難與老天争，寂寞漢陵周廟。權要。權要。林樾有人清嘯。

如夢令

榮悴本來何處。看取岸花汀樹。醉眼眩青紅，欲問真源無路。歸去。歸去。風外數聲齊女。

酹江月　次王君陽李敏之過龍門韻

洪崖中斷，似蜃樓、幻出層簷疊脊。欲問真源凌絶頂，安得乘風羽翮。勢利相忘，驅馳不憚，面背皆京國。源泉混混，恍如夾右碣石。　遥想巢父襟懷，東溟煙霧裏，片帆如席。逸氣峥嶸今老矣，惆悵劍門千尺。細草平沙，敝裘羸馬，長路無人識。家山回首，不應猶作行客。

酹江月　用子周僉司詠雪韻

六花凌亂，算神工、不用并州刀剪。乍密還踈斜復整，眼底萬更千變。宿麥連雲，遺蝗入地，四海愁顔展。呼童洗酌，更宜簾幕高捲。　還念去歲無聊，來秋有望，仰戴天行健。江上漁人應笑我，世路縈迴如篆。何日言歸，此心無競，茅屋臨清淺。滿懷春意，坐令寒谷生暖。

滿江紅　次白君舉州倅所寄韻

君舉三十年前友，屢示佳製，讀之令人起敬。比以簿書倥偬，不遑酬答，聞改除天台，恐因得簪盍於惠泉之側，用以叙懷。

壯歲分攜，凝望眼、略無虚日。嗟我輩、江南江北，爲誰形役。自愧散才非管鮑，遥憐老友真元白。況文章之外有良能，安民策。　談笑興，浮雲隔。離别恨，流年逼。試賡歌雅韻，不論呼吸。百粤溪山應好在，半生萍梗無終畢。流行坎止任天公，吾難必。

校：「流行坎止任天公」，按律缺一字。

水調歌頭　次復初韻

山林隱君子，無意事王侯。天戈一日南指，多少賈胡留。不效熊舒龜息，却羨蠅頭蝸角，我亦滯南州。十載厭奔走，贏得雪飛頭。　苦思歸，歸未得，恨悠悠。悠悠身世何物，野渡一横舟。用舍隨時無定，得失於人有命，誰解曲如鉤。兀坐閲今昔，風露一天秋。

水龍吟　用史藥房韻

匆匆沙際春歸，草如綬帶交加翠。白雲縹緲，四年相望，季鷹歸未。拘束微官，踉蹌俗狀，較人閑氣。想顛鸞倒鳳，天公不管，誰會□，空中意。　自要看時撥置。問誰家、小欄堪倚。雲間公子，爲能邀致，愁懷一洗。紅玉擎杯，朱弦理調，偶然成醉。又門前俗事，催人上馬，不堪凝睇。

校：「誰會」下，依律缺一字，今補一「□」。

水調歌頭　用崔子由韻

攀鱗年少志，未要歎羲娥。人生滄海一粟，何在兩飛梭。多事蜂衙蟻穴，十載蝸蟠蠖縮，勳業任蹉跎。觸目世途險，舉步强顔多。　誓從今，陶潁事，罷研磨。丈夫功名談笑，一曲飯牛歌。盡道權門炙手，自是臣心如水，犯露肯相過。袖手待真賞，未及鬢生皤。

摸魚子　用藥莊韻

悵人生、百年如寄，虚舟滄海難艤。是非榮辱雲千變，光景算能消幾。塵世裏。恥婢膝奴顔，不覺長欷矣。憑誰薦起。望幾處侯門，要開懷抱，將進又還止。　凝眸處，往往脩程萬里。飛黄跛鱉相比。酣歌點檢平生事，惟恐老之將至。鐺有耳。況識字能言，莫負天公意。文章信美。既不用毛錐，寸長無有，尋我泮地水。

水調歌頭　和盧仲敬太守

嘗爲武林客，歡洽快平生。誰知分袂江滸，西往復東行。今日簿書旁午，明日山川迢遞，愁恨幾時清。回首舊遊地，天遠暮雲平。　鬢雙皤，腸百結，意何成。多應故山猿鶴，笑我尚争名。儘自轟轟烈烈，到底休休莫莫，何處覓卿卿。夢寐想歸路，濡筆寫心聲。

南鄉子　二闋四川道中作

蜀道古來難。數日驅馳興已闌。石棧天梯三百尺，危欄。應被傍人畫裏看。　兩握不曾乾。俯瞰飛流過石灘。到晚纔知身是我，平安。孤館青燈夜更寒。

十月出秦關。竟日悠悠杳靄間。直到蠶魚開國地，躋攀。行盡千山復萬山。　歸轡動歡顏。江路梅花笑往還。稚子候門何日到，一作應有語。癡頑。好把虚名付等閑。

鵲橋仙

杜鵑聲訴。鷓鴣聲助。催上黔陽歸路。輕舟短棹泛滄浪，霑兩袖、夜郎煙霧。　雲山如暮。灘流如怒。石齒嶄然無數。天涯愁緒不堪論，這光景、能消幾度。

按：自「鵲橋仙」至「浣溪沙」五首，原有總題作「舟行辰沅江中小詞數闋呈建中御史」。

臨江仙

水出五溪成一派，滔滔日夜東流。倦乘鞍馬却乘舟。向來危處怯，此去險中愁。　伊軋數聲離岸櫓，異鄉身世悠悠。暫教杯酒放眉頭。癡兒官事了，聊作子長遊。

臨江仙

夾櫓聲喧鵝鸛，中流石散牛羊。岸邊茅屋半戎羌。淡煙籠寂寞，微雨助淒涼。　畛麥緣山糝緑，巖花落水流香。離騷記誦不成章。殷勤蘭與芷，千古爲誰芳。

浣溪沙

世態紛紛幾變更。天南地北只虚名。一簪華髮可憐生。旅食驚心三月到，浪花吹面一舟輕。中宵屈指計歸程。

浣溪沙

解纜西南杳靄間。萬重煙水間雲山。櫓聲摇蕩五溪蠻。世路看來行欲遍，頭顱到此合知還。從今猶得十年閑。

木蘭花慢　壽郝仲明（益都人）

論寰中英氣，人盡説，古青州。看東拆滄溟，西瞻泰岳，南控營丘。千古能稱管晏，道而今、人物更風流。磊落曝書公子，從前從事公侯。　勳名初不願依劉。耿耿運良籌。聽萬里揄揚，一門冠蓋，三世箕裘。屈指瓜期已近，願平生、相遇盡卿儔。好記壽觴先舉，蓴鱸江上新秋。

沁園春　和復初省郎韻紀仲春陪諸名勝游西山

同行都省掾元明善復初，行省掾尉遲亨亨甫，福建同提舉毛吉甫。

山色湖光，宜雨宜晴，春來惱人。笑勞生强半，登臨有興，身司筦庫，所向無親。馬服車轅，鷹羅絛鏇，也算人間一度春。情無賴，怕岸花汀草，彈指成塵。　朋簪契我天君。更不管、長鬚喜與嗔。任把酒論文，且行且止，幕天席地，誰主誰賓。敬德猖狂，春陵笑傲，延壽丹青畫不真。歸鞍好，向梅山東下，數點行雲。

八聲甘州　和鄭澤民

算人生南北何如，彷佛過青春。似斷蓬飛絮，平生懷抱，何處通津。歡逢故山佳友，終日藉陶薰。芥蔕浄如此，咸與惟新。　男子十年勳業，謾無成一事，負却晨昏。使功名都了，轉首是非塵。又滯此、蠅營狗苟，料山英、也笑趁墟人。誰相約，重尋故步，經理遺文。

校：「算人生南北何如」，按律缺一字。

水龍吟　再和脩甫學士

高樓壯觀東南，迥然突出千林表。月簷明爛，風櫺蕭爽，煙波浩渺。菊徑新秋，柳谿薄暮，桃源清曉。慨登臨感慨，悠然引興，銀盤内，青螺小。　自念當時行役，顧菱花、不堪頻照。江山如故，中原在眼，幾番危眺。浩浩洪流，茫茫塵世，儘堪吟嘯。但優遊老景，浮湛里閈，任邦人笑。

木蘭花慢

和史顯甫左丞韻。略頌平日所長，兼道比年區區之懷。老疾互攻，苦無佳思。祈相望一笑。

羨紫芝眉宇，正臺閣，濟時人。況公是公非，知常知變，樂道安貧。案前簿書旁午，抱丹誠、一點伴青春。偶遇科條隱密，不辭辨雪殷勤。　德星今日是鄉鄰。癃老阻蹄輪。喜陸地神仙，山中宰相，詞語清新。河濱。預沽佳釀，待幽花、相對樂情真。幸有清風皓月，何須翠袖紅巾。

清平樂　寄徐都司

昨朝譍諾。世事真難托。旅舍淙淙冬雨惡。怎地觥籌交錯。　東籬尚有花叢。他時不避慳風。

傳語徐卿二子，佳懷足慰衰翁。

清平樂 寄復初省郎兼簡希孟文友

情懷渺渺。客舍天將曉。百慮攻心渾未了。不似漫郎多少。　人生傀儡棚中。此行那計西東。指日雲泥超異，重占口角春風。

西江月 西京客中用壽卿路教和雪庵居士並贈趙李二君子詞韻

歸興濃如山色，宦情薄似秋光。含殘相伴説綱常。笑殺湖中魯望。　制用先須府庫，興戎必待餱糧。世間良賈會深藏。勝我追尋影響。

鵲橋仙

牛毛胥没，蠅頭文字。終日疲神役志。何人崑頂坐垂鉤，應笑我、徒能鄙事。　起家寒士，從師夫子。不識蒼頭閽寺。夜郎旋轡又平城，只把做、槐安夢裏。

齊天樂 和蔣四清病暍逢秋所作

普天炎赫衣流汗。號呼坐恨更淺。節序推移，陰陽代謝，誰敢心懷咨怨。冥迷輾轉。夢遠壑層冰，澄江匹練。大地嗷嗷，秋空忽散仁風扇。　此身慣經寒暑，喧煩俱浄盡，古爐灰篆。屈指交遊，轉頭零落，舉目殘星數點。轟雷掣電。任百計營爲，亦難周遍。日向西山，氣機隨吐嚥。

沁園春　用中丞敬相謝承卿送菊韻

菊有黄華，惠然肯來，思量意懃。見秋容淡泊，寒香馥郁，妖紅俗紫，愛惡由分。玉露金風，豚蹄豆酒，不論文尊與義尊。東坡在蜀時，以巨竹尺許截爲雙筒，號文尊。後在黄州聚諸家酒爲一罍，謂之雪堂義尊。重陽過，看匆匆暮景，苒苒行雲。賓朋相與歡欣。況咀嚼頤精好致神。笑量長較短，到頭是夢，春三秋九，夫復何言。江南遇春三秋九，爲遊翫之時。冠蓋名流，搢紳處士，特贈新詩可以群。從今後，但有花即飲，卿自紛紛。

鷓鴣天　寄翟德温

六度他鄉指月牙。旅懷無日不思家。歸來謾讀蘇秦傳，愁比他鄉日更加。　貧活計，拙生涯。幾人曾愛屋頭鴉。一襟朱墨纔經澣，土銼重親兩部蛙。

減字木蘭花　爲監司壽

乾坤清氣。崧岳生申名蓋世。白簡霜飛。不爲人間鼠發機。　要期莊算。九十春光都占斷。平秩南訛。管領薰風入舜歌。

糖多令　釋懷寄友人

衰境日匆匆。浮生一夢中。算愁懷、萬古皆同。越水燕山南北道，來不盡，去無窮。　萍水偶相逢。晴天接遠鴻。似人間、馬耳秋風。山立揚休成底用，聞健在，好歸農。

鷓鴣天　示次男河南書吏履亨

斗壘衡門筆硯生。清流不棄作豪英。宦途始步防顛躓，人海論交戒滿盈。　臨事懼，好謀成。百年到手是功名。群雛已逐雲萍散，又掛西南一點情。

鵲橋仙　用吕正學所贈韻

昔居清署。今爲編户。要仿古人襟度。儘收風月伴殘年，更豈望、當途垂顧。　江干徐步。林皋歸路。不受營營相污。閑來漸覺日舒長，似挽得、韶光遲住。以上元至元四年曹復亨刻本《漢泉曹文貞公詩集》卷十

劉將孫 存詞二十一首

劉將孫（一二五七—？），字尚友，别號養吾。廬陵（江西吉安）人。劉辰翁之子。元仁宗皇慶二年，以薦授光澤主簿，歷任延平教官、臨汀書院山長等職。劉將孫自幼承繼家學，頗具父風，劉辰翁號須溪，劉將孫被稱作「小須」。有《養吾齋集》四十卷，清初已不見傳本。清乾隆年間修《四庫全書》，據《永樂大典》輯出《養吾齋集》三十二卷，其中詩詞七卷（卷一至卷七），卷七存詞二十一首。生平見《四庫全書總目》卷一六六《養吾齋集》提要、《元詩選》三集《須溪集》附録劉將孫小傳。

踏莎行 閒遊

水際輕煙，沙邊微雨。荷花芳草垂楊渡。多情徙倚忽成愁，依稀恰是西湖路。　血染紅牋，淚題錦句。西湖豈憶相思苦。只應幽夢解重來，夢中不識從何去。

阮郎歸 舟中作

斜陽江路柳青青。傳杯那放停。上船不記送人行。南風吹酒醒。　江曲曲，路縈縈。月明潮水生。送將殘夢作浮萍。角聲何處城。

南鄉子　重陽效東坡作

山色泛秋光。點點東籬菊又黄。歲月欺人如此去，堂堂。一事無成兩鬢霜。　佳節共持觴。無限杯供有限狂。明月明年詩句苦，茫茫。細把茱萸感慨長。

八聲甘州　九日登高

不看萸、把酒對名山，無帽厭西風。渺四海故人，一尊今雨，萬里長空。宇宙此山此日，今夕幾人同。舉世誰不醉，獨屬陶公。　當日白衣幾許，漫淒其奇興，落日籬東。撫停雲六合，借醉托孤蹤。吊古不須多感，古人那得共杯中。拚酩酊，明年此會，誰似從容。

八聲甘州　和人春雪詞

看東風、天上放梅開，經歲又新成。笑柳眼迷青，桃腮改白，蝶舞塵驚。任是萬紅千紫，無力與春争。想建章鳷鵲，猶是殘霙。　不比臘前憔悴，賸寒爐榾柮，茶薄煙清。快玉龍戰罷，四野迴收兵。望紅光、扶桑國裏，玉瓏玲、海天平。晴窗下，疎疎花雨，滴滴春聲。

八聲甘州　送春

又江南、三月更明朝，便已是南風。擬强駐韶光，狂追柳絮，卧占殘紅。早向尊前沉醉，莫聽五更鐘。贏得春工笑，惱殺渠儂。　只道春風不改，□年來歲去，柳密花濃。但沈腰潘鬢，無復舊時容。春還是、多情多恨，便不教、緑滿洛陽宫。只消得，無情風雨，斷送匆匆。

按：「□」，據詞律補。

滿江紅　建安戲用林碧山韻

正好花時，忽辦得、匆匆來去。道一往無情，却又別颦愁嫵。細説雲鬟高樣髻，長思紅袖行分路。怪近來、不怨客氈寒，嬋娟誤。　黄花約，終難據。曾未肯，清園住。只晝思夜夢，淺斟低訴。蓮子擘開誰在薏，徐娘一笑來何暮。又争知、寂寞白頭吟，寒機素。原注：碧山劍人仕建安。詞中「雲鬟」「紅袖」皆建近景。蓮薏徐何，皆建固有名妓。戲存具其姓名。知者可一笑也。

滿江紅　和李圓嶠話别

南浦緑波，只斷送、行人行色。雖則是、鵬摶九萬，天池春碧。鸞侣鳳朋争快覩，鷗盟鷺宿空曾識。到玉堂、天上念西江，今非昔。　公去也，寧懷別。人感舊，情空切。但歲寒松柏，相期茂悦。好在莫償塵土債，風流寧可金門客。俯人間、大暑少清風，多炎熱。

改調滿江紅

五日風雨，蕭然獨坐，偶檢康與之伯可《順庵詞》，見其中檃括《金銅仙人辭漢歌》，自謂縛虎手，殊不佳。因改此調，雖不能如賀方回諸作，然稍覺平妥。長日無所用心，非欲求加昔人也。

千里酸風，茂陵客、咸陽古道。宫門夜、馬嘶無跡，東關雲曉。牽上魏車將漢月，憶君清淚知多少。悵土花、三十六宫墻，秋風嫋。　衰蘭露，啼痕繞。畫闌桂，雕香早。便天還知道，和天也老。獨出攜盤誰送客，劉郎陵上煙迷草。悄渭城、已遠月荒涼，波聲小。

摸魚兒　己卯元夕

又匆匆、一番元夕，無燈更愁風雨。人間天上無歸夢，惟有春來春去。愁不語。漫淚濕香綃，茅草人何許。百年勝處。還更有琉璃，春棚月架，萬眼蝶羅否。　風流事，辜負後來兒女。可憐薄命三五。千金無買吴歈處，更説龍飛鳳舞。今又古。便剩有才情，無分登樓賦。春醪獨撫。也難覓阿瞞，肯容狂客，醉裏試酣鼓。

摸魚兒　甲申客路聞鵑

雨蕭蕭、春寒欲暮。杜鵑聲轉山路。東風於汝何恩怨，强管人間去住。行且去。漫憔悴十年，愁得身成樹。青青故宇。看浩蕩靈修，徘徊落日，不樂復何故。　曾聽處。少日京華行路。青燈夢斷無語。風林颯颯雞聲亂，摇落壯心如土。今又古。任啼到天明，清血流紅雨。人生幾許。且贏得劉郎，看花眼慣，懶復賦前度。

摸魚兒　用前韻調敬德

甚平生、風流謝客，刀頭夢送酸楚。不堪聽得花間曲，猛憶雲英霜杵。閑情賦。誰催就月明。雲鬟犀梳吐。才情幾許。待遺策重來，吹簫一弄，鸞鳳共輕舉。　留春住。買斷緑波南浦。黄金散如土。薔薇洞口三生路。無奈春光頓阻。新情緒。也待見東鄰，花豔墻低處。東風看取。便嬌送飛梭，半摧編貝，笑詠尚高古。

金縷曲　用稼軒韻作

我老無能矣。歎人生、得開笑口，一年閑幾。去景悠悠如有待，白髮已非春事。便一笑、何曾是喜。我本漁樵孟諸野，向舉家、盡歎今如是，空自苦，有誰似。　堆堆獨坐文書裏。是無能、愛閑愛静，清時有味。出處古今無真是，往往君言有理。看攘臂、後來鋒起。漢晋唐虞一杯水，只魯連、猶未知之耳。況碌碌，共餘子。

江城子　和子昂題水仙花卷

雲濤白鳳賀瑶池。仗葳蕤。路芳菲。十月温湯，賜浴卸羅衣。半點檀心天一笑，瓊奴弱，玉環肥。　風流誰合壻金閨。露將晞。雪争暉。貝闕珠宫，環佩月中歸。誤殺洛濱狂子建，情脈脈，恨依依。

江城梅花引　登高

明霞回雨霽秋空。笑難逢。步城東。直上翠微，客有可人同。回首向來輕節序，筋力異，心猶在，愧鬢蓬。　悲年冉冉江滚滚。騎臺平，蔣陵冷。天高年晚，山河險，煙霧冥濛。一幅烏紗，閑著傲西風。古往今來只如此，便潦倒，渺乾坤，醉眼中。

六州歌頭　元夕和宜可

天涯倦客，如夢説今宵。承平事，車塵漲，馬鳴蕭。火城朝。狂歌閑嬉笑，平康客，五陵俠，閑相待，沙河路，灞陵橋。萬眼琉璃，目眩去閑買，一剪梅燒。數金蛾彩蝶，簇帶那人嬌。説著魂銷。

掩鮫綃。波翻海，塵換世，銅仙淚，鐵心嬈。渺何地，踄朱履，解金貂。步宮腰。瑶池驚燕罷，瓶落井，箭離弨。燈樓倒，吴兒老，絳都迢。點點梅梢殘雪，似東風、吹恨難消。悄山村漁火，風鬢立春宵。繞寒潮。

水調歌頭　敗荷

摇風猶似旆，傾雨不成盤。西風未禁十日，早作背時看。寂寞六郎秋扇，牽補靈均破屋，風露半襟寒。坐感青年晚，不但翠雲殘。　歎此君，深隱映，早闌珊。人間受盡炎熱，暑夕幾憑闌。待得良宵灝氣，正是好天良月，紅到緑垂乾。摇落從此始，感慨不能閑。

沁園春

近見舊詞，有隱括前、後《赤壁賦》者，殊不佳。長日無所用心，漫填《沁園春》二闋，不能如公《哨遍》之變化，又局於韻字，不能效公用陶詩之精整，姑就本語，捃拾排比，粗以自遣云。

壬戌之秋，七夕既望，原注：望，效公予懷望，平讀。蘇子泛舟。正赤壁風清，舉杯屬客，東山月上，遺世乘流。桂棹叩舷，洞簫倚和，何事嗚嗚怨泣幽。悄危坐，撫蒼蒼東望，渺渺荆州。　客云天地蜉蝣。記千里舳艫旗幟浮。歎孟德周郎，英雄安在，武昌夏口，山水相繆。客亦知夫，盈虚如彼，山月江風有盡不。喜更酌，任東方既白，與子遨遊。

沁園春

十月雪堂，將歸臨皋，二客從坡。適薄暮得魚，細鱗巨口，新霜脱葉，月步行歌。有客無肴，有肴無酒，如此風清月白何。歸謀婦，得舊藏斗酒，生載婆娑。登虬踞虎嵯峨。更憑醉攀翻棲鶻窠。曾歲月幾何，江流斷岸，山川非昔，夜嘯捫蘿。孤鶴横江，羽衣入夢，應悟飛鳴昔我過。開户視，但寂寥四顧，萬頃煙波。

沁園春

大橋名清江橋，在樟鎮十里許，有無聞翁賦《沁園春》、《滿庭芳》二闋，書避亂所見女子，末有埋冤姐姐，銜恨婆婆語，極俚。後有螺川楊氏和二首，又自序生楊嫁羅，丙子暮春，自涪翁亭下舟行，追騎迫，間逃入山，卒不免於驅掠。行三日，經此橋，睹無聞二詞，以爲特未見其苦，乃和於壁。復云，觀者毋謂弄筆墨非好人家兒女，此詞雖俚，諒當近情，而首及權奸誤國。又云，便歸去、懶東塗西抹，學少年婆。又云，錯應誰鑄。皆追記往日之事，甚可哀也。因念南北之交，若此何限，心常痛之，適觸於目，因其調爲賦一詞，悉叙其意，辭不足而情有餘，悲矣。

流水斷橋，壞壁春風，一曲韋娘。記宰相開元，弄權瘡痏，全家駱谷，追騎倉皇。彩鳳隨鴉，瓊奴失意，可似人間白面郎。知他是，燕南牧馬，塞北驅羊。　啼痕自訴衷腸。尚把筆低徊愧下堂。歎國手無棋，危塗何策，書窗如夢，世路方長。青塚琵琶，穹廬笳拍，未比渠儂淚萬行。二十載，竟何時委玉，何地埋香。以上《養吾齋集》卷七

憶舊遊 論字韻

政落花時節，憔悴東風，緑滿愁痕。悄客夢驚呼伴侣，斷鴻有約，回泊歸雲。江空共道惆悵，夜雨隔篷聞。儘世外縱横，人間恩怨，細酌重論。　嘆他鄉異縣，渺舊雨新知，歷落情真。匆匆那忍别，料當君思我，我亦思君。人生自非麋鹿，無計久同群。此去重消魂，黄昏細雨人閉門。元鳳林書院輯刊《名儒草堂詩餘》卷中

劉將孫

馮子振　存詞四十三首

馮子振（一二五七—？），號海粟，又號怪怪道人。攸州（湖南攸縣）人。博洽經史，元世祖至元年間，仕爲承事郎、集賢待制。以詩稱譽權相桑哥，桑哥敗，受朝臣糾彈，元世祖爲他辯解，未被牽連。交遊廣泛，文思敏捷，著述頗多。卒年不詳，僅知泰定元年尚在世。散曲今存小令四十四首（據《全元散曲》），貫雲石稱所作「豪辣灝爛，不斷古今」（《陽春白雪序》），傳世散曲絶大部分是〔正宮〕《鸚鵡曲》，收入《陽春白雪》與《朝野新聲太平樂府》，詞家也歸于詞作。《録鬼簿》列名于「前輩名公」節，《太和正音譜》馮子振名在「俱是傑作」一百五人中。其詞主要是《鸚鵡曲》，今存數十首。是元代書法家，手迹流傳較廣。有《梅花百詠》詩一卷，影響頗較大。生平見《大明一統志》卷六十三、《元詩選》三集《海粟集》。

鷓鴣天　贈珠簾秀

憑倚東風遠映樓。流鶯窺面燕低頭。蝦鬚瘦影纖纖織，龜背香紋細細浮。　紅霧斂，彩雲收。海霞爲帶月爲鉤。夜來卷盡西山雨，不著人間半點愁。《青樓集》

按：馮子振《贈珠簾秀》，與《堯山堂外紀》卷七十、《御選歷代詩餘》卷二十八所録，文字有異同：「十二欄杆映遠眸，醉香空斷楚天秋。蝦鬚影薄微微見，龜背紋輕細細浮。香霧斂，翠雲收。海霞爲帶月爲鉤。夜來捲盡西山雨，不着人間半點愁。」

鸚鵡曲　山亭逸興

白無咎有《鸚鵡曲》云：「儂家鸚鵡洲邊住。是個認字漁父。浪花中一葉扁舟，睡煞江南煙雨。覺來時滿眼青山，抖擻緑蓑歸去。算從前錯怨天公，甚也有安排我處。」余壬寅歲留上京，有北京伶婦御園秀之屬，相從風雪中。恨此曲無續之者。且謂前後多親炙士大夫，拘於韻度，如第一個父字，便難下語，又甚也有安排我處，甚字必須去聲字，我字必須上聲，這音律始諧，不然不可歌，此一節又難下語。諸公舉酒，索余和之，以汴、吴、上都、天京風景試續之。

嵯峨峰頂移家住。是個不唧嚠樵父。爛柯時樹老無花，葉葉枝枝風雨。故人曾喚我歸來，却道不如休去。指門前萬疊雲山，是不費青蚨買處。

校：「嵯峨」，《詞綜補遺》卷十七作「巍峨」。

鸚鵡曲　榮華短夢

朱門空宅無人住。村院快活煞耕父。霎時間富貴虚花，落葉西風殘雨。總不如水北相逢，一棹木蘭舟去。待霜前雪後梅開，傍幾曲寒潭淺處。

鸚鵡曲　愚翁放浪

東家西舍隨緣住。是個忒老實愚父。賞花時暖薄寒輕，徹夜無風無雨。　占長紅小白園亭，爛醉不教人去。笑長安利鎖名韁，定没個身心穩處。

鸚鵡曲　農夫渴雨

年年牛背扶犁住。近日最懊惱殺農父。稻苗肥恰待抽花，渴煞青天雷雨。　恨殘霞不近人情，截斷玉虹南去。望人間三尺甘霖，看一片閑雲起處。

鸚鵡曲　燕南百五

東風留得輕寒住。百五鬧蝶母蜂父。好花枝半出墻頭，幾點清明微雨。　繡轡彎濕透羅鞋，綺陌踏青回去。約明朝後日重來，靠淺紫深紅暖處。

鸚鵡曲　故園歸計

重來京國多時住。恰做了白髮傖父。十年枕上家山，負我湘煙瀟雨。　斷回腸一首陽關，早晚馬頭南去。對吴山結箇茅庵，畫不盡西湖巧處。

鸚鵡曲　野渡新晴

孤村三兩人家住。終日對野叟田父。說今朝綠水平橋，昨日溪南新雨。　碧天邊雲歸巖穴，白鷺一行飛去。便芒鞋竹杖行春，問底是青簾舞處。

鸚鵡曲　漁父

沙鷗灘鷺褵依住。鎮日坐釣叟綸父。趁斜陽曬網收竿，又是南風催雨。　緑楊隄忘繫孤樁，白浪打將船去。想明朝月落潮平，在掩映蘆花淺處。

鸚鵡曲　市朝歸興

山林朝市都曾住。忠孝兩字報君父。利名場反覆如雲，又要商量陰雨。　便天公有眼難開，袖手不如家去。更蛾眉强學時粧，是老子平生懶處。

鸚鵡曲　陸羽風流

兒啼漂向波心住。捨得陸羽喚誰父。杜司空席上從容，點出茶甌花雨。　散蓬萊兩腋清風，未便玉川仙去。待中泠一滴分時，看滿注黄金鼎處。

鸚鵡曲　顧渚紫筍

春風陽羨微喧住。顧渚問茗叟吴父。一槍旗紫筍靈芽，摘得和煙和雨。　焙香時碾落雲飛，紙上鳳鸞銜去。玉皇前寶鼎親嘗，味恰到才情寫處。

鸚鵡曲　園父

柴門雞犬山前住。笑語聽傴背園父。轆轤邊抱甕澆畦，點點陽春膏雨。　菜花間蝶也飛來，又趁暖風雙去。杏梢紅韭嫩泉香，是老瓦盆邊飲處。

鸚鵡曲　野客

春歸不戀風光住。向老拙問訊槎父。歎匡山李白飄零，寂寞長安花雨。　指滄溟鐵網珊瑚，袖卷釣竿西去。錦袍空醉墨淋漓，是萬古聲名響處。

鸚鵡曲　城南秋思

新涼時節城南住。燈火誦魯國尼父。到秋來宋玉生悲，不賦高唐雲雨。　一聲聲只在芭蕉，斷送別離人去。甚河橋柳樹全疎，恨正在長亭短處。

鸚鵡曲　赤壁懷古

茅廬諸葛親曾住。早賺出抱膝梁父。笑談間漢鼎三分，不記得南陽耕雨。　歎西風捲盡豪華，往事大江東去。徹如今話説漁樵，算也是英雄了處。

鸚鵡曲　處士虛名

高人誰戀朝中住。自古便有箇巢父。子陵灘釣得虛名，幾度桐江春雨。　睡神仙別有陳摶，拂袖華山歸去。漫紛紛少室終南，怎不是神仙隱處。

鸚鵡曲　洞庭釣客

年光流水何曾住。早忘却姓呂巖父。記蓬萊閬苑相逢，一別風流如雨。　算人間碧海桑田，只似燕鴻來去。岳陽樓劍氣凌雲，度老樹神仙此處。

鸚鵡曲　黄閣清風

箕尾傳説商巖住。空桑子伊尹無父。漢蕭何昂宿分英，李靖唐時行雨。出山來濟了蒼生，却捲白雲閑去。一千年黄閣清風，是萬古聲名響處。

鸚鵡曲　夷門懷古

人生只合梁園住。快活煞幾個白頭父。指他家五輩風流，睡足胭脂坡雨。説宣和錦片繁華，輦路看元宵去。馬行街直轉州橋，相國寺燈樓幾處。

鸚鵡曲　都門感舊

都門花月蹉跎住。恰做了白髮傖父。酒微醒曲榭回廊，忘却天街酥雨。曉鍾殘紅被留温，又逐馬蹄聲去。恨無題亭影樓心，畫不就愁城慘處。

鸚鵡曲　磻溪故事

非熊無夢淹留住。吕望八十釣魚父。白頭翁晚遇文王，閑煞磻溪蓑雨。運來時表海封齊，放下一鈎絲去。至今人想像笠簪，靠蘚石苔磯穩處。

鸚鵡曲　泣江婦

曹娥江主婆娑住。五月五水面迎父。蔡中郎幼婦碑陰，古刻荒雲深雨。夏侯瞞智肖楊修，强説不多來去。怕文章洩漏風光，謎語到難開口處。

鸚鵡曲　蘭亭手卷

蘭亭不肯昭陵住。老逸少是獻之父。過江來定武殘碑，剥落刓煙剜雨。縱新新繭紙臨摹，樂事賞心俱去。永和年小草斜行，到野鶩家雞窟處。

鸚鵡曲　龐隱圖

團欒話裹禪龕住。靈昭女對老龐父。利名心不掛絲毫，更肯沾風粘雨。歎黄金散盡還家，逝水看流年去。只尋常賣箄籬休，這眷屬今無討處。

鸚鵡曲　拔宅冲昇圖

淮南仙客蓬萊住。髮漆黑變雪髯父。八公山九轉丹成，洗盡腥風醎雨。想雲霄犬吠雞鳴，拔宅向青霄去。勸長安熱客回頭，鏡影到流年老處。

鸚鵡曲　憶西湖

吴儂生長西湖住。艤畫舫聽棹歌父。蘇堤萬柳春殘，麯院風荷番雨。草萋萋一道腰裙，軟緑斷橋斜去。判興亡説向林逋，醉梅屋梅梢偃處。

鸚鵡曲　感事

黄金難買朱顔住。駟馬客羨跨牛父。石將軍百斛明珠，幾日歡雲娱雨。趁春歸一瞬流鶯，萬事夕陽西去。嬋娟落在誰家，箇裏是高人省處。

鸚鵡曲　贈園父

春光濃艷城南住。一葉價百倍園父。牡丹臺國色天香，錦幄無風無雨　惜花人不惜千金，一任蝶來蜂去。酒醒時日上三竿，是不是雞聲管處。

鸚鵡曲　感事

江湖難比山林住。種果父勝刺船父。看春花又看秋花，不管顛風狂雨。　盡人間白浪滔天，我自醉歌眠去。到中流手脚忙時，則靠著柴扉深處。

鸚鵡曲　買臣負薪手卷

赭肩腰斧登山住。耐得苦是采薪父。亂雲升急澍飛來，拗青松遮風雨。　記年時雪斷溪橋，脱度前灣歸去。買臣妻富貴休休，氣餒到寒灰舞處。

鸚鵡曲　燕南八景

蘆溝清絶霜晨住。步落月問倚闌父。薊門東直下金臺，仰看樓臺飛雨。　道陵前夕照蒼茫，疊翠望居庸去。玉泉邊一派西山，太液畔秋風緊處。

鸚鵡曲　松林

山圍行殿周遭住。萬里看牧羊父。聽神榆樹北車聲，滿載松林寒雨。　應昌南舊日長城，帶取上京愁去。又秋風落雁歸鴻，怎説到無言語處。

鸚鵡曲　至上京

灤河西北征鞍住。古道上不見耕父。白茫茫細草平沙，日日金蓮川雨。　李陵臺往事休休，萬里漢長城去。趁燕南落葉歸來，怕迤逦飛狐冷處。

鸚鵡曲　憶雞鳴山舊遊

雞鳴山下荒丘住。客吊古問驛亭父。幾何年野屋叢祠，滅没犁煙鋤雨。　默尋思半晌無言，逆旅又催人去。指峰前代好磨笄，是血淚當時灑處。

鸚鵡曲　南城贈丹砂道伴

長松蒼鶴相依住。骨老健稱褐衣父。坐燒丹忘記春秋，自在溪風山雨。　有人來不問親疏，淡飯一杯茶去。要茅簷卧看閑雲，梅影轉幽窗雅處。

鸚鵡曲　别意

花驄嘶斷留儂住。滿酌酒勸據鞍父。柳青青萬里初程，點染陽關朝雨。　怨春風雁不回頭，一箇箇背人飛去。望河橋斂衽頻啼，早蓦到長亭短處。以上四部叢刊景元本《朝野新聲太平樂府》卷一

鸚鵡曲　錢塘初夏

錢塘江上親曾住。司馬槱不是村父。縷金衣唱徹流年，幾陣紗窗梅雨。　夢回時不見犀梳，燕子又銜春去。便人間月缺花殘，是小小香魂斷處。

鸚鵡曲　溪山小景

長繩短繫虚名住。傾濁酒勸鄰父。草亭前矮樹當門，畫出輕煙踈雨。看燕南陌上紅塵，馬耳北風吹去。一年年月夜花朝，自占取溪山好處。

鸚鵡曲　四皓屏

張良更姓記橋住。夜待旦遇個師父。一編書不爲封留，字字咸陽膏雨。借箸籌滅項興劉，到底學神仙去。待商山西皓還山，再不戀人間險處。

鸚鵡曲

逃吴辭楚無家住。解寶劍贈津父。十年間隸越鞭荆，怒卷秋江潮雨。想空城組練三千，白馬素車回去。又逡巡月上波平，暮色在煙光紫處。

鸚鵡曲

青衫司馬江州住。月夜笛厭聽村父。甚有傳舊譜琵琶，切切嘈嘈簷雨。薄情郎又泛茶船，近日又浮梁去。説相逢總是天涯，訴不盡柔腸苦處。

鸚鵡曲

才郎於祐咸陽住。是個不識字的田父。御溝西緑水東流，乍歇長安秋雨。恨匆匆一片題情，紅葉爲誰流去。恰殷勤離得深宫，便得到人間好處。以上《陽春白雪》後集卷一

呂濟民

存詞二首

呂濟民，字里不詳。《朝野新聲太平樂府》卷一有其小令四首（二首《鸚鵡曲》，二首《蟾宫曲》），前者與馮子振唱和。

鸚鵡曲　寄故人和韻

心猿意馬羈難住。舉酒處記送别那梁父。想人生碌碌紛紛，幾度落紅飛雨。　瞬息間地北天南，又是便鴻書去。問多嬌芳信何期，笑指道玉梅吐處。

鸚鵡曲

朱顔緑鬢難留住。調弄了幾拙訥的兒父。歎光陰咫尺風波，恍着暮晴朝雨。　怎禁他地久天長，捱不過暗來明去。望桃源霧杳煙迷，夢覺也玉人那處。以上四部叢刊景元本《朝野新聲太平樂府》卷一

吴存

存詞三十首

吴存（一二五七—一三三九），字仲退，號月灣。鄱陽（今屬江西）人。延祐元年領鄉薦，試禮部不利，恩授饒州路學正，調寧國路教授。以鄱陽縣主簿致仕。所著有《程朱易傳本義折衷》、《鄱陽續志》、《新志》、《月灣詩藁》、《巴歌雜詠》等，罕見流傳。清人史簡編《鄱陽五家集》，其中有《樂菴遺稿》二卷（《鄱陽五家集》卷四至卷五）。《鄱陽五家集》卷五《樂菴遺稿》，編入吴存詞三十首。生平見危素撰墓表（《危太朴文續集》卷四）、清史簡《鄱陽五家集》（《四庫全書》本）卷四《樂庵遺稿》提要。

水調歌頭　江淛貢院

尺一九霄下，華髮起江湖。西風吹我衣袂，八月過三吴。十五西湖月色，十八海門潮勢，此景世間無。收入硯蜍滴，供我筆頭枯。　七十幅，五千字，日乃晡。貝宫天網下罩，何患有遺珠。用我玉堂金馬，不用清泉白石，真宰自乘除。長嘯吴山頂，天闊雁行疎。

滿江紅　謝番丞薦舉

詞賦凌雲，醫不得、家徒四壁。俄又報、槐花風急，一天秋色。老去久忘炊黍夢，興來偶作乘槎客。問當時、鶚表屬何人，松鷹墨。　人縱有，垂天翼。誰不待，培風力。但吹嘘到處，扶摇咫尺。倚我一枝壺叟杖，爲公三弄桓伊笛。約相逢、解佩换蒲萄，長安陌。

水調歌頭　北上道别周明翁遇雪

昨夢騎白鳳，身到玉皇家。晴開閶闔蕩蕩，白晝舞天葩。堂上圭陳璧委，堂下鷺班鵠侍，整整復斜斜。一笑未曾有，兩眼眩光華。朝來見，庭中樹，玉槎枒。馬頭憐我飛絮，行色渺天涯。想見燕山高處，此際飄花如席，萬帳擁氈車。誰信百花上，江左有梅花。

霜天曉角　峨眉亭次韻

龍梭四壁。風浪生尋尺。却上危亭孤嘯，天無際，水無極。　百年緣底急。晚風牛背笛。回首故鄉千里，山一髪，暮江碧。

江城子　高郵舟中

酒壚餅舍帶長溝。過揚州。又高郵。逆浪流澌，寸寸澀行舟。北望神京天共遠，何處是，五雲樓。　昔年此地足戈矛。轉城陬。屢回頭。甓社湖中，明月竟誰收。欲問少年淮海士，疎葦外，起沙鷗。

滿江紅　儀真次韻

興廢榮枯，終不改、江山千古。笑當日、龍争虎戰，一丸淮土。世亂分屯維重鎮，國亡守死無降旅。到如今、貢賦甲東南，輸天府。　鴻與燕，千帆度。蠅與蚋，千家聚。有豪雄杜保，風流張緒。白髪寧忘揮麈興，青樓不是留琴處。待明朝、來問孝廉船，乘風去。

摸魚兒　揚州

笑風流、少年杜牧，如今雙鬢成雪。來尋豆蔻梢頭夢，二十四橋明月。人事别。把故國興亡，欲問無人説。淮雲萬疊。但雨外疎鐘，煙中斷角，到曉共嗚咽。　蕪城外，幾樹西風落葉。消磨多少豪傑。平山堂上朝中措，千載妙音幾絶。歌一闋。怪水部、梅花怪我心如鐵。才情未竭。待跨鶴重來，纏腰半解，一奏玉笙徹。

沁園春　舟中九日次韻

萬里南還，臨江一笑，吾道滄洲。筭生來骨相，不堪蟬冕，帶來分定，只合羊裘。薄酒勝茶，晚餐當肉，六印何如二頃謀。人間事，看蜃樓城郭，蟻穴公侯。　舟中此日風流。拚一酌黄花散百憂。甚東籬縣令，歸田自得，西江工部，戀闕多愁。出處雖殊，襟懷略似，光焰文章萬古留。聊記取，待他時話舊，八極神遊。

木蘭花慢　春興

問東君識我，應怪我，鬢將華。甚破帽蹇驢，清明無酒，寒食無家。東風緑蕪千里，怕登樓、歸思渺天涯。煙外一雙燕子，雨中半樹梨花。　日長孤館小窗紗。新火試團茶。想明月灣頭、家家笱蕨，井井桑麻。年華不饒倦客，早青梅如豆柳藏鴉。欲逐夢魂歸去，客窗一夜鳴蛙。

點絳唇　春夢

多事春風，年年緑遍江南草。羅裙色好。莫把相如惱。　夢入瑤臺，搔背麻姑爪。還驚覺。杜鵑啼早。一夜相思老。

按：本詞，《全宋詞》五册四四五七頁，據《詞綜補遺》卷十三作徐瑞詞編入。在《鄱陽五家集》卷五《樂庵遺稿》卷二收有本詞，是吴存詞作。

朝中措　春歸

蜂脾蜜滿燕成窠。春事已無多。風景付渠啼鴂。客情還我煙莎。　春來風雨，春歸風雨，春竟如何。輪與前溪醉叟，紅雲波上漁歌。

浣溪沙　春閨送別

花滿離筵酒滿瓶。摘花未語淚先零。杯行教醉莫教醒。　今夜酴醾連理枕，明朝柳絮短長亭。一般杜宇兩般聽。

木蘭花慢　清明夜與芳洲話舊

又清明寒食，淡孤館，鬱無憀。正杜宇催春，桐花送冷，門巷蕭條。芳洲老仙來下，粲黄冠、翠氅珮瓊瑶。兩客清談未了，三更風雨瀟瀟。　青雲妙士早相招。同泛淛江潮。看眼閲青徐，氣横燕趙，天路逍遥。明年此時何處，定軟紅道上玉驄驕。萬里江南歸夢，青燈還憶今宵。

八聲甘州　禊日禁酤

甚無情一信楝花風，捲盡市簾青。對樓臺寂寂，管絃悄悄，煙雨冥冥。屋角提壺笑我，不上五峰亭。此日流觴節，宜醉宜醒。　説與渠儂知否，正門譏太白，巷詬劉伶。網絲沉玉斝，蘚暈入銀瓶。右將軍、蘭亭詩序，儘風流、千載事須停。西窗下、焚香晝永，一卷茶經。

水龍吟　秋水泛舟

陶公三尺漁梭，十年來蘚枯塵壁。無端夜半，風雷入夢，曉痕猶濕。起喚蘭橈，荻花蕩漾，粘天晴碧。望芝雲一點，爛銀盆裏，青螺眼中堪識。　獨倚枕床清嘯，看千帆霎時風力。孤篷穩繫，釣車幔卷，緑楊汀側。遠樹如煙，飛鷗如雪，暮愁如織。倩何人小拂朱絃，寫入一江秋色。

水龍吟　督軍湖觀競渡

平湖暮色冥濛，雷風喚起雙龍舞。吸乾彭蠡，須臾噀作，一川煙雨。漢女霓旌，湘妃翠蓋，馮夷鼉鼓。想祝融指揮，濤奔浪捲，來赴世間端午。　此地番君舊境，問當年軍容何許。垂楊斷岸，幾回想像，水犀潮弩。風景依然，英雄遠矣，悠悠漢楚。笑邦人只記，飯筒纏綵，汨羅懷古。

踏莎行　春雨連日

夜溜瓶懸，朝陰墨鎖。一年桃李糊塗過。欲留晴賞待清明，晴時只恐清明蹉。　倚杖孤吟，焚香默坐。春衫莫把春泥污。憑誰有爪似麻姑，明朝爲擘浮雲破。

摸魚兒　九日會周南翁于溪上

問籬邊、黃花開否，甕頭新酒篘未。故人有約酬佳節，一幅錦雲先墜。凝莫睇。正溪上、西風颯颯吹涼袂。行人笑指。大似淵明，吟詩吻燥，忍待白衣至。　曾報與，松下巢居居士。應來別墅同醉。三人對月歌還舞，千載重陽奇事，何況是。青雲士、京華冉冉催征騎。吾儕耄矣。願强健年年，茱萸在手，分寄五千里。

蝶戀花

閱周南翁所藏書畫，惜其迂懷雅好，因泣下不自禁，漫賦。

傀儡場中青紫楦。縱有神丹，俗骨無由換。可惜米顛蘇内翰。風標何遠年何短。　此日閒窗開寶玩。想見江船，當日晴虹貫。鐵石吴腸還易斷。風吹老淚春衫滿。

水龍吟　落梅

無端夢醉西湖，楊花撲帳春雲熱。朝來問訊，墻陰玉樹，霏霏香屑。粘竹如斑，點衣如唾，穿簾如蝶。甚兒童驚怪，東風幾日，消不盡，蒼苔雪。　莫恨玉妃渾老，半面粧風流仍絶。多情應有，洛濱解珮，江中捐玦。消得幾番，荒煙疏雨，冷雲殘月。倩何人報與廣平，渠不解心如鐵。

摸魚兒　賦潮

定何人、鞭蛟笞蜃，盡驅山石填海。海波坌湧三千丈，蓬嶠落翻鼇背。天晝晦。似睢水、揚沙漢楚三軍潰。東皇翠蓋。遣海若摇旌，馮夷擊鼓，彷彿一時會。　初發處，練白海門如帶。須臾雪嶺天界。朝生暮落何時了，幾度越成吴壞。君莫怪。這莫有、至生呼吸乾坤外。白鷗自在。待日落潮平，遊人歸盡，飛過富陽瀨。

水龍吟　雪次韻

一天雲似穹廬，山川慘淡還非舊。興來欲唤，羸童瘦馬，尋梅隴首。有客遮留，左援蘇二，右招歐九。問聚星堂上，當年白戰，還更許，追蹤否。　却擁重裘深坐，看飛花乍無還有。老來拈筆，不禁清涷，頻呵龜手。想見南山，少年射虎，臂鷹牽狗。暮歸來脱帽，銷金帳裏，飲羊羔酒。

水龍吟　壽族父瑞堂（其日驚蟄）

今朝蟄户初開，一聲雷喚蒼龍起。吾宗仙猛，當年乘此，遨遊人世。玉頰銀鬚，胡麻飯飽，九霞觴醉。愛青青門外，萬絲楊柳，都撚作，長生縷。　七十三年閒眼，閲人間幾多興衰。酸鹹嚼破，如今翻覺，淡中有味。總把餘年，載松長竹，種蘭培桂。待與翁同看，上元甲子，太平春霽。

最高樓　壽松巢次韻

南州士，人品角番川。春動九霞筵。皋比早志青雲上，角巾晚傲白雲邊。喜諸孫，蘭洒洒，玉娟娟。　笑七十、曲江歡未足。笑七十、金城閒未得。吾一壑，可忘年。金丹九轉來雲鶴，玉琴三疊和風蟬。報君知，巢上老，海棠仙。

錦堂春　迎周明翁治中

萬里槎浮碧漢，十年鵠立紅雲。龍墀乞得故鄉身，風月許平分。　魏國歸時已老，會稽仕日猶貧。世間無此錦堂春，富貴少年人。

摸魚兒　送周君崇録判

澮津橋、兩池春水，多情偏寫人影。冰姿玉質梅花骨，誰似此君清整。秋兔穎。似百煉吴鈎，氣挾風霜冷。光鋩炯炯。但小試神鋒，蛟奔蜃走，彭蠡湛千頃。　芝山下，三世甘棠舊境。春風重緑相映。緹屏晝戰聲華接，還羨糾曹名盛。風力勁。想御此、泠然徑上蓬萊頂。城煙楚暝。怕別後懷人，登樓無柰，天闊暮江永。

水龍吟　送餘干教鄧覺非歸吴

琵琶亭下春波，滔滔流入三吴去。東風也似無情，不約木蘭舟住。中有仙翁，苧衫烏帽，筆床談麈。道越鄉雖好，昨非今是，終不似，歸來賦。　想見莓苔三尺，玉琴清、杏梢初雨。青青衿佩，童參冠伍，徘徊江暮。我意尤長，公行不顧，一聲柔櫓。趁輕風徑上蓬萊，頂顬去天尺五。顬，音領，頂顛也。

百字令　餞張巡檢

芝山南畔，聽將軍鼓角，暮煙朝雨。渺渺番湖三百里，四面封疆皆水。葭葦烽沉，鯨鯢波静，人在漁樵裏。封留千户，渠家代有人矣。　正好緩帶輕裘，吟詩橫槊，五破梅花蕊。誰報萊衣春不待，匹馬戴星而起。細柳營寒，甘棠陰在，萬口稱才美。祥琴何日，玉堂直上天咫。

水調歌頭　代贈醫者葛道夫

欲問長生藥，勾漏有丹砂。祇今醫國妙手，還屬葛仙家。出入聖神工巧，操縱温涼寒熱，功用妙無涯。談笑起沉痾，闔郡萬人誇。　又何必，神樓散，紫荷車。火攻更是上策，一灼補千瑕。使子聲流梁楚，使子名齊和緩，當代更誰加。金帛何足報，吾筆解生花。

水調歌頭　代送路同知罷歸(宣城作)

兵衛森畫戟，皂蓋映朱幡。平分一郡風月，家世舊衣冠。數日春風著物，一夜秋霜滿野，六月宛陵寒。只有雙溪水，照見寸心丹。　公好似，片雲起，敬亭山。悠悠漾漾，等閒飛去又飛還。笑問無心出岫，何似從龍天上，爲雨遍人寰。輸與敬亭老，趺坐静中看。以上清史簡編《鄱陽五家集》卷五《樂菴遺稿·詩餘》

陳孚　存詞二首

陳孚（一二五九—一三〇九），字剛中，號笏齋。台州臨海（今屬浙江）人。元初，爲僧以避世變。元世祖至元二十二，以布衣上《大一統賦》，江浙行省轉聞於朝，署上蔡書院山長。考滿，謁選京師。至元二十九年，以翰林編修作梁曾副使，出使安南。使還，除翰林待制，授建德路總管府治中。秩滿，請爲鄉郡，特授台州路總管府治中。大德七年，台州大旱，江浙行省令浙東元帥脱歡察兒賑濟饑民，脱歡察兒怙勢瀆職，置災情於不顧。陳孚上書告脱歡察兒不法蠹民事十九條，上司坐其罪，台州災民賴以得救，而陳孚却因此致疾。卒於家。有《陳剛中詩集》三卷，《觀光藁》《交州藁》《玉堂藁》各一卷。朱彝尊《詞綜》卷二十七存其詞二首。生平見《元史》卷一九〇、《南村輟耕録》卷八《五馬入門》、《兩浙名賢録》卷三十九、《元詩選》二集。

太常引　端陽日當母誕不得歸

綵絲堂上簇蘭翹。記生母，在今朝。無地捧金蕉。奈煙水、龍沙路遥。　碧天迢遞，白雲何處，風急雨瀟瀟。萬里夢魂消。待飛逐、錢唐夜潮。

太常引

短衣孤劍客乾坤。奈無策，報親恩。三載隔晨昏。更疏雨、寒燈斷魂。赤城霞外，西風鶴髮，猶想倚柴門。蒲醑謾盈尊。倩誰寫、青衫淚痕。以上朱彝尊、汪森《詞綜》卷二十七

蒲道源

存詞三十四首

蒲道源（一二六〇—一三三六），字得之，號順齋。南鄭（陝西漢中）人。通曉性理之學，居家教授生徒。曾爲興元郡儒學正，罷歸還鄉，絶口不言仕進。元仁宗皇慶二年，徵爲翰林編修，又進翰林應奉，遷國子博士。延祐七年，辭官歸隱，薦爲陝西儒學提舉，未赴職。臨終，飲酒賦詩而逝。其子蒲機編輯遺作，彙刊行世，題爲《順齋先生閑居叢稿》，共二十六卷，上海圖書館今存元至正十年刻本，中國國家圖書館藏愛日精廬鈔本。《順齋先生閑居叢稿》卷九，有「壽詞」六首，卷十二存詞二十八首。生平見蒲機撰墓志文（《閑居叢稿》附録）、《元詩選》初集《閑居叢稿》。

木蘭花慢

想天開閶闔，正元日、受朝儀。美出震居尊，承乾繼統，行夏之時。梅花領將春到，更祥煙、浮動萬年枝。麗日徐行黄道，和風細，度丹墀。　天顔有喜近臣知。稱壽獻瑶巵。道品物惟新，陽剛寖長，百禄咸宜。觚棱五雲佳氣，但遥瞻、百拜只心馳。記得華封餘祝，不妨借入新詞。

點絳唇

旭日東生，五雲宫闕光輝映。百官班定。拜舞朝元正。　春滿瑶巵，萬壽同稱慶。邊陲静。太平全盛。永賴吾君聖。

秦樓月

宸京裏。玉卮爲壽龍顏喜。龍顏喜。天開盛旦，日膺繁祉。蠻荒凱奏風塵弭。群臣虎拜同歸美。同歸美。山呼萬歲，太平天子。

秦樓月

昌期遇。天齊九五符乾數。符乾數。今朝稱賀，載逢初度。金莖玉屑和甘露。寶爐沉水騰香霧。騰香霧。祈君萬壽，永承洪祚。

秦樓月

皇都曉。堯階奉引瞻天表。瞻天表。麒麟不動，御香輕裊。電光曾記樞星繞。升平自此開先兆。開先兆。堯天日月，萬年長照。

秦樓月

龍樓燕。千官拜表俱歡抃。俱歡抃。今宵帝座，瑞光高見。觚棱引領心常戀。南山萬壽殷勤獻。殷勤獻。皇天眷顧，必從臣願。以上中國國家圖書館藏明愛日精廬鈔《順齋先生閑居叢稿》卷九壽詞

酹江月 次李壽卿侍西軒先生九日賞菊

暮秋天氣，似堪悲、還有一般堪悅。憔悴黃花風露底，香韻自能招客。手當紅牙，觴飛急羽，且爲

酬佳節。龍山依舊，不知誰是豪傑。我愛隱士風流，就開三徑，欲往無能得。萬事會須論一醉，非我非人非物。座上狂歌，尊前起舞，待向醒時説。傲霜枝在，莫教空老寒色。

酹江月　次梅隱丈壽日感懷

南箕月直，想青天、萬里光芒生夕。誰料英靈如此賦，辜負生平胸臆。世事悠悠，塵緣衮衮，仰看晴空碧。利名餘子，面騂羞汗長瀝。　幸自吾愛吾廬，南山招隱，灑掃躬廝役。但願身强餘慶在，流與子孫逢吉。暢飲遺情，浩歌乘興，風月共呼集。從今數去，那朝非是生日。

水調歌頭　癸未中秋雨悶中示德衡弟

天公何見戲，凡事每相乖。應知今夜秋半，故故放雲霾。不遣姮娥窺户，空使騷人賞客，樽俎預安排。無復弄清影，秖自黯愁懷。　下簾櫳，收綺席，罷金釵。誰能爲我，叩廣寒玉殿令開。待得良辰美景，却遇淒風苦雨，好事實難諧。高卧清無夢，簷溜滴空階。

水調歌頭　次權待制韻

燕城過長夏，鄉思若爲禁。故園松竹瀟灑，久矣負幽尋。賴有仙壇詩伯，同寓玉堂清署，相顧意殊深。餘暇儘談笑，煩暑自消沉。　繞長廊，臨静砌，稱閒心。颼颼樹杪風至，流水入衣襟。尚愧無窮汗簡，也預諸公奮筆，投跡是非林。何日了官事，倒珮脱冠簪。

滿庭芳　南營探梅至梅隱丈故居

長憶當年，讀書窗下，歲寒留看孤芳。巡簷索笑，重到更彷徨。梅隱先生何在，清江外、新構茅堂。人應道、攀枝嗅蕊，那得救飢腸。　多情餘習氣，芒鞋竹杖，未忍相忘。但年年依舊，疏影幽香。好是春風近也，猶記得、吟繞昏黄。開樽飲，參横斗轉，同醉卧花傍。

木蘭花慢　壽王國賓總管

數當今人物，問誰似，玉堂仙。但蘇子才名，居中未幾，補外何偏。天公意深有在，要周流、海内作師傳。萬古斯文正脈，一生前聖遺編。　胸襟理勝自超然。雖老未華顛。念厚禄崇資，真成大耐，何計榮遷。心期歲豐民樂，更公庭、無訟酒如川。唤取梅花爲壽，看它老檜千年。

木蘭花慢　壽劉邢公

八旬今又八，説尚齒，更誰尊。況賜號司徒，疏封大國，榮及生存。白麻制詞新寵，算一家、四世被皇恩。七十兒爲内相，斑衣笑捧金樽。　近聞迎駕到金門。親奉玉音温。問父子行年，康寧壽考，定省晨昏。鑾坡正須耆舊，道平時、致仕不宜論。這種靈椿丹桂，天公偏養深根。

西江月　九日南城郊行

堤柳風前影瘦，池荷雨後香殘。高秋物色已闌珊。落日孤煙微暗。　平野大家徐步，此身贏得長閑。路逢俗子笑相看。道我爲歡冷淡。

清平樂　李子文惠秋瓜

一罌甘露。來自東陵圃。五色金盤摩詰句。到□聊消沉痼。　割開碧玉稜層。嚼時牙頰生冰。可惜這般風味，不當六月炎蒸。

清平樂 壽趙總管

相門華胄。勳業誰居右。且向人間涵養就。鼎軸青氈依舊。　鄜延遺愛尤思。梁州新政方宜。處處邦民香火，祝君千歲爲期。

清平樂 壽李平章

□年宫教。龍躍隨天造。定策兩朝儒者效。勳業更誰能到。　玉堂暫得餘閒。歸來燕坐知還。待滿令公書考，却回絲竹東山。

校：「定策兩朝儒者效」，「兩」、「效」，底本缺，據明鈔本補。

點絳唇 次杜仲正經歷懷古韻

少日峥嶸，已看紫氣衝牛斗。詩才神授。我輩宜緘口。　蓮幕風流，得見芝眉秀。空搔首。野梅官柳。先落君家手。

校：「少日」，原作「少□」，據明鈔本補。

點絳唇 重次前韻三闋

西蜀咽喉，鈎連閣道蒼崖斗。漢皇天授。故國嶓江口。　往事浮雲，依舊梁山秀。時延首。淡煙疏柳。欲畫無奇手。

校：「西蜀咽喉」，底本缺「西」，據明鈔本補，明鈔本作「西蜀明侯」。

點絳唇

一賦阿房，水之江漢星之斗。精微心授。不待形容口。　贈我新詞，字字皆奇秀。宜稱首。肯教韓柳。獨擅文章手。

校：「贈我新詞」，底本作「□我新詞」，據明本補。「肯教韓柳」，底本作「肯教輔柳」，據明鈔本改。

點絳唇

深味遺編，無心禄仕求升斗。學慚師授。朱墨聊糊口。　自笑疏頑，詎敢儕英秀。寧低首。五株門柳。閑袖春風手。

點絳唇　賦野荼蘼

玉蕊瓏璁，繞籬盈樹知誰種。碧雲堆重。化作飛瓊洞。　勾挽春衫，裊裊珠纓弄。風微動。行人飛鞚。更着清香送。

校：詞題，《詞綜補遺》卷十七作「賦野薔薇」。「更着清香送」，作「著袖清香送」。

點絳唇　趙嘉議大尹壽席

政感豐年，天公不禁興元酒。金巵如斗。滿獻君侯壽。　福禄川增，來處由寬厚。從今後。平登朝右。官與人長久。

臨江仙　次仲正經歷韻三闋

世路滔滔方得意，從渠掉臂昂頭。崢嶸笑殺楚累囚。功名雖自許，妻妾見應羞。　吏隱羨君懷雅志，胸中自有嵩丘。且須夏葛與冬裘。隨時無不可，未用賦歸休。

臨江仙

健筆興來揮樂府，無愁可到眉頭。可憐郊島兩詩囚。枯腸徒自惱，騂汗只供羞。　我欲與君追李白，神遊共訪丹丘。千金不惜翠雲裘。呼兒多換酒，一醉萬緣休。

臨江仙

俗務相仍何日了，紛紛百緒千頭。空教縈繞似遭囚。情知鷗與鷺，亦解替人羞。　春曉拂衣隨父老，扶攜尋壑經丘。本無肥馬衣輕裘。閑身元自在，不問幾宜休。

臨江仙　次解東庵學士詠梅韻

聞説東庵梅最好，何須遠訪西湖。金衣相映玉肌膚。幽香俱可愛，顔色不妨殊。　花主惜春仍好事，作詩清似林逋。冰蕤雪萼正敷腴。只愁無客至，那怕酒頻沽。

校：「作詩清似林逋」，《詞綜補遺》卷十七作「賞花清似林逋」。

朝中措　張允濟子滿晬

熊羆佳兆應神籤。何必夢中占。看取龍顱犀角，不愁長守齏鹽。　今朝滿晬，諸般排比，筆墨先拈。休道添丁無用，能教乃祖掀髯。

鷓鴣天 和客中重九

冷落寒芳一逕幽。無詩無酒若爲酬。一生幾得花前醉，兩鬢難禁客裏秋。思往事，淚盈眸。共嗟日月去如流。短歌謾寄鄉鄰友，寫入新箋字字愁。

鷓鴣天 壽楊同知

好景良辰近上元。天公爲間産英賢。政聲洋溢春風外，德澤流行漢水邊。官一品，壽千年。應知仁者得兼全。鳳凰池上恩波暖，指日丹墀步武聯。

鷓鴣天 壽耶律總管

霡霂春膏兆有年。街頭粟賤不論錢。時機似見天心順，物理端由刺史賢。人富貴，壽綿延。滿城桃李動芳妍。邦民香火才收罷，黄閣聲名次第傳。

太常引 送趙參政西城别筵

相君今日已登程。暫車馬，駐西城。尊酒若爲情。且喚取、雙歌送行。遠山顰蹙，秋波凝竚，清淚也盈盈。便有遏雲聲。怎留得、前頭旆旌。

人月圓 趙君錫再得雄

君家陰德多多種，重得讀書郎。掌中驚看，隆顱犀角，黛抹朱妝。最堪歡處，靈椿未老，丹桂先芳。他年須記，于門高大，車馬煌煌。

感皇恩　次子驤節使示趙内翰韻

家居本吾儒，六韜能曉。從事和林十年了。一麾纔把，尤被揶揄嗔早。漢城官滿處，人傳道。郊次攀留，馬前持抱。□□殷勤盡癃老。謂君到處，不見月烏驚繞。天公終料理，桑榆好。以上上

海圖書館藏元至正十年刻本（中華再造善本）《順齋先生閑居叢稿》卷十二

王旭　存詞二十八首

王旭，字景初，號蘭軒。東平（今屬山東）人。早年家貧，教書爲生。知名於時，與同郡王構、永年王磐并稱「三王」。元世祖至元二十七年，受碭山縣令禮遇，主持縣學講席。足迹遍及中原南北，一生未入仕途，靠資助爲生。有《蘭軒集》二十卷，原本已不傳。清乾隆年間修《四庫全書》，從《永樂大典》輯出王旭詩文若干篇，重編爲《蘭軒集》十六卷，其中詩九卷，文七卷。卷九存詞二十九首。王旭上許衡書，曾自稱：「旭布衣，窮居於時，世無所好，獨嘗有志于古。」與王構、王磐相比，王旭處境最不好，詩文往往流露出懷才不遇情緒。生平見《大明一統志》卷二十三、《元書》卷五十八。

踏莎行　雪中看梅花

兩種風流，一家制作。雪花全似梅花萼。細看不似雪無香，天風吹得香零落。　雖是一般，惟高一著。雪花不似梅花薄。梅花散彩向空山，雪花隨意穿簾幕。

水調歌頭　端午

漱齒汲寒井，理髮趁涼風。先生畏暑晨起，笑語聽兒童。説道今年重午，節物隨宜稍具，還與去年同。已喜酒樽冽，更覺粽盤豐。　願人生，長醉飽，百年中。獨醒竟復何事，憔悴佩蘭翁。我有青青好艾，收蓄已經三載，療病不無功。從此更多採，莫遣藥囊空。

水調歌頭

鯨川四重午，歲月若飄風。詩書萬卷何事，白首課兒童。試把楚詞高詠，更取清樽細酌，醒醉竟難同。俯仰百年了，求足不求豐。　愧吾身，猶未脱，世塵中。還丹有訣誰悟，回首憶仙翁。我欲乘雲歸去，獨與山靈晤語，修道倘成功。笑謝醯雞甕，白日看長空。

大江東　離豫章舟泊吴城山下

南游三載，只江山、不負中原詩客。萬里行裝無別物，滿意風雲泉石。牛斗星邊，靈槎縹緲，鬢影銀河濕。哀歌誰和，劍光揺動空碧。　回首帝子長洲，洪崖仙去，風雨魚龍泣。海外三山何處是，黄鶴歸飛無力。天上佳人，袖中瑶草，日暮空相憶。乾坤遺恨，月明吹入長笛。

臨江仙　春夜

簾外蕭蕭風色惡，呼兒掩上重門。小窗孤坐賦招魂。碧梧花落盡，籬雀又黄昏。　回首人間行樂事，春風過水無痕。旅遊誰肯重王孫。長歌人不解，明月照空尊。

臨江仙

夢裏還家喧笑語，覺來春色他鄉。瀟瀟風雨入離腸。有詩還灑壁，無酒不傳觴。　試問凌煙辛苦地，争如畎畝南陽。誰教山鬼伯龍傍。人間無限事，歌罷倚繩床。

滿江紅　次李公敏梨花韻

客裏光陰，又逢禁煙寒食節。花外鳥、唤人沽酒，一聲清切。風雨空驚雲錦亂，塵埃不到冰肌潔。對芳華、一片惜春心，誰邊説。　難便與，東君別。更莫把，繁英折。恨山香舞罷，玉鸞飛怯。休道梅花同夢好，黄昏只解供愁絶。洗粧來、應笑老書生，頭如雪。

按：本詞之後，有另一首《滿江紅》，其主旨與用韻與本詞相同，應是附録的李公敏《梨花》詞。

木蘭花慢　聽姜惠甫摘阮

想高情千古，誰得似、仲容賢。把山海遺音，寫歸玄璧，妙絶當年。清風竹林人去，被哇淫、迷却性中天。不有黄臺公子，寧聞清廟朱絃。　博山香底坐癯仙。幽興想飄然。笑嫋嫋繁聲，三生兒女，恩怨流連。回頭月明千里，正松風、巖壑和流泉。座上神遊八表，知音不在言傳。

水龍吟　中秋和人韻

西風萬卷堂空，卧聽簫鼓誰家宴。多情惟有，碧霄明月，肯來相見。因記當年，南樓老子，座前賓滿。把清談當却，彈絲吹管。誰更問，霓裳按。　夢裏仙遊鸞斷。悵天涯、故人難面。空留玉斧，修輪斫桂，又成衰晚。水調歌殘，壯心都付，一聲長歎。對清光不寐，呼兒取酒，不妨重暖。

水調歌頭　和張都運李氏柳塘賞荷韻

我愛此塘好，碧水映紅蕖。垂楊裊裊煙籠，緑髮倩風梳。醫却塵埃俗病，唤起滄浪幽興，懷抱一時舒。更把直鉤釣，得意不須魚。　憶當年，吟北渚，醉西湖。蘭舟撑入雲錦，未必畫中如。世事春風一夢，回首歡游安在，煙海隔蓬壺。清賞有今日，題壁記來初。

春從天上來　賀正詞

斗轉寅方。正鳳曆頒春，泰應三陽。河山衍慶，宇宙呈祥。瞻帝闕，五雲鄉。想千官拜舞，萃龍庭、圭璧煒煌。祝君王。願皇基鞏固，國祚靈長。　休言太平無象，看武偃文修，歲稔時康。惠澤橫流，仁風遠被，四海歌頌洋洋。戴堯天舜日，將何報、金鼎焚香。捧瑤觴。奏鈞天一曲，萬壽無疆。

臨江仙　爲宋太守壽

莫怪今年秋事晚，黄花不在重陽。天公留泛九霞觴。故教爭十日，風露壽華堂。　豪傑如公誰得似，平生義膽剛腸。功名回首付諸郎。靈椿長不老，桑梓有餘光。

大江東　爲張可子郎壽

九秋風露，洗塵埃、人似華峰孤立。蘭省東南經濟地，正賴風流籌畫。湖海胸襟，冰霜氣節，邈矣公難及。蒼生望重，故園休夢泉石。　且對得意江山，登臨一笑，香滿黄花席。更把西湖都釀酒，醉取白雲詩客。乘興爲公，遍遊仙府，檢下長生籍。妙毫濃墨，書公壽禄無極。

臨江仙　壽黄鎮撫

莫怪今年秋色晚，黄花留過重陽。要隨仙客九霞觴。助添無量壽，滿意泛清香。　富貴功名天已了，何須更問行藏。安排紫綬與金章。五雲鄉不遠，高舉看翱翔。

臨江仙　爲子周兄壽

童稚相看今白首，情因兒女尤深。霜天昨夜捲層陰。舟中明月照，華屋壽星臨。　氣斂風雲歸寂寞，誰知經濟雄心。南陽煙雨卧龍吟。行藏安所遇，有酒且同斟。

鵲橋仙　壽劉運使

乾坤清氣，山川英秀，鍾作人間豪傑。年年歡慶九秋時，看開到、蓂莢一葉。　高明器宇，經綸手段，儘辦得、功名事業。待調元受了廟堂宣，更受道、長生仙牒。

木蘭花慢　壽碭山蔣令

孟春纔過了，看兩葉，拆蓂莢。正杏蕾包紅，梅花謝白，楊柳回青。東風此時須記，是當年、河嶽降英靈。刀筆名香禁署，絲綸寵佩天庭。　夜來南極老人星。光彩照前廳。見廳上高人，鳴琴清坐，闔境安寧。因來捧杯添壽，指莊椿、直到八千齡。更有無限福禄，汪洋別比滄溟。

木蘭花慢　壽泰安石監州

泰山雄勝地，人物出，必豪英。看衍慶堂中，使君才氣，磊落高明。春風又臨初度，正梅花、香滿臘嘉平。喚取茅仙送酒，樽前共祝長生。　青雲居第築初成。燕雀亦歡聲。佇夢協熊羆，祥占弧矢，蘭玉春榮。山城豈能淹滯，佩飛霞、終上紫霄行。留着蘭軒老筆，他年歌頌功名。

臨江仙　壽高伯川

蓂莢生三秋八月，氣溥風露清明。誕來人世作豪英。性天元廣大，心地儘寬平。　書院興秋誰得似，燕山竇氏齊名。一身長向善中行。松筠同不老，龜鶴共長生。

臨江仙　壽張都運父

瑞氣充閭朝不散，歡聲浮動庭槐。九天邀下壽星來。歌翻白雪調，酒泛紫霞杯。　八十康强誰得似，仙風擺落塵埃。斑衣人是棟梁材。他時黄閣上，同看碧桃開。

木蘭花慢　揚州壽夾谷士常

醉西湖壽酒，歌舊曲，已三年。喜萬里湖山，歸來相見，淮海樓邊。春風繡衣無恙，喚竹西、歌吹共留連。世事浮雲千變，靈臺孤月長圓。　一官聊辦買書錢。行橐故蕭然。有夢裹青山，詞中白雪，徽外鳴弦。悠悠紫臺歸路，樂因循、詩酒墮凡緣。借問蓬萊宫府，何如平地神仙。

木蘭花慢　揚州壽紀子周

皇天憂世難，生俊乂，佐時來。有忠孝誠心，文章大手，經濟雄才。他年漢庭三策，要青雲、高步出塵埃。兒女徒驚氣岸，丹青莫狀靈臺。　詩人清骨即仙材。何處覓蓬萊。便喚取何郎，一樽同醉，東閣官梅。充閭鬱葱佳氣，挽春風、都入紫霞杯。休道壽君無物，滔滔萬里江淮。

木蘭花慢　壽陳公望

問東原豪傑，先屈指，到元龍。看瀟灑風標，汪洋學海，磊落詞鋒。沂川幾回來往，把乾坤、歌入舞雩風。妙理鳶飛魚躍，塵心雪化冰融。　梅花香外歲寒松。高節謝春容。有千歲神膏，扶君壽質，閱世無窮。仍呼九天鸞鶴，與王喬、相約叩瓊宮。但使飛霞佩在，寧愁白玉堂空。

大江東　壽高伯川

月臨南吕，正庭階、開到蓂莢三葉。風露清明鍾氣質，誕作人間豪傑。器宇宏深，襟靈闊遠，物我俱融徹。滔滔欲海，回頭一棹超越。　試看南墅開樽，西池垂釣，此個情懷別。記得婆娑亭上酒，還到壽君時節。我夢登天，群仙相對，曾寫長生牒。見君姓氏，分明非是虛説。

臨江仙　壽李長卿

十月小春天氣好，蓂莢五葉初開。長庚曾記夢中來。襟靈元灑落，風骨不塵埃。　瑞靄雲生香滿室，安排北海尊罍。仙人來獻紫霞杯。共添山海壽，東閣勝蓬萊。

大江東　登鯨川樓

飛樓縹緲，礙行雲、勢壓鯨川雄傑。賓主落成登鯨日，正是炎蒸時節。把酒臨風，憑欄一笑，忘盡人間熱。四圍煙樹，萬家金碧重疊。　休問去棹來帆，南商北旅，歡會並離別。且向樽前呼翠袖，歌取陽春白雪。千古興亡，百年哀樂，天遠孤鴻滅。酒闌人散，角聲吹上明月。

浪淘沙　賦芍藥

春去牡丹空。誰繼芳穠。彩雲香散畫欄風。喚起詩人供一笑，絶豔難逢。　題品斷腸中。心事誰同。千年溱洧自流東。折得芳華人不見，幽恨無窮。

春從天上來　退隱

緑鬢凋零。看幾度、人間春蝶秋螢。天地爲室，山海爲屏。收浩氣、入沈冥。便囊金探盡，猶自有、詩筆通靈。謝紅塵。且遊心汗漫，濯髮清泠。　平生眼中豪傑，試屈指年來，稀似晨星。虎豹關深，風波路遠，幽夢不到王庭。任浮雲千變，青山色、萬古長青。醉魂醒。□寒燈一點，相伴熒熒。以上文淵閣《四庫全書》輯本《蘭軒集》卷九

校：「□」，原無，據詞律補，《全金元詞》作「有」。

李公敏 存詞一首

李公敏，西域于闐（新疆和田）人。以其特殊身份，在元代文壇備受矚目。袁桷在《送李公敏薊州之官》（《清容居士集》卷十）一文，略述其身世。王旭《蘭軒集》卷二有五言詩《讀李公敏集》，以「養源自昆侖，可見東流長」爲其定位，並且比作「渥洼龍」。其詩集未流傳至今，作品僅見《滿江紅》詞。

滿江紅 梨花

不愛浮花，元只愛松筠高節。歸去好、草堂風雨，對牀心切。東魯雲山多秀麗，西溪泉石尤香潔。待英靈、重入夢中來，分明說。　今古異，行藏別。身易退，腰難折。信叫閽非勇，閉門非怯。玉斧已修明月就，瑶琴何必朱絃絶。試回看、前日利名心，紅爐雪。文淵閣《四庫全書》輯本王旭《蘭軒集》卷九

陳深

存詞七首

陳深（一二六〇——一三四四），字子微，號清全。吴縣（江蘇蘇州）人。陳植之父。篤志古學，宋亡，棄舉子業，閉門著書。天曆年間，奎章閣臣以能書薦，不就。有詩集《寧極齋稿》一卷。另著《讀春秋編》十二卷，以及《讀易編》、《讀詩編》等。生平見陳植撰《先人壙志》（《吴下塚墓遺文》卷二）、《吴中人物志》卷六、《元詩選》初集《寧極齋稿》。

水龍吟　壽白蘭谷

此翁疑是香山，老來愈覺才情富。天孫借與，金刀玉尺，裁雲縫霧。一曲陽春，樽前唯欠，柳蠻樱素。對蒼松翠竹，江空歲晚，伴明月，傾芳醑。　深谷修蘭楚楚。續離騷，載歌初度。麻姑素約，天寒相訪，遺余瓊露。擬借青鸞，吹笙碧落，采芝玄圃。奈玉堂催召，文園醉叟，草凌雲賦。

賀新郎

壽黄春谷。時自南州過浙右，相宅，合巹有期。適逢壽日。

丹鳳翔雲表，攬德輝，翩然飛下，翠蓬仙島。銀漢無聲天如水。昨夜新凉多少。前夕立秋。聽一曲，瓊蕭音渺。千尺秦臺凌空峻，見一雙翠羽先飛到。披紫霧，攬瑶草。　風流別乘當英妙，對江山掀髯把酒，浩歌長嘯。緑髮公侯何足浼，自是無雙才調。況槐蔭，青青天杪。月殿姮娥雲深處，近清秋丹桂催開早。斟緑醑，戴花帽。

沁園春 次白蘭谷韻

浪跡煙霞，有酒千鍾，有書五車。任從來蕭散，閑心似水。何堪嫵媚，笑面如靴。濯髮滄浪，放歌山海，肯被紅塵半點遮。誰知道，抱無名鉅璞，重價難賒。　嘻嗟大澤龍虵，且蟠屈深潛得計些。看淋漓醉墨，神情自足，摩挱雄劍，肝膽無邪。渭水煙蓑，營丘繡袞，出處何嘗有異耶。今何在，但素蟾東出，紅日西斜。

齊天樂 八月十八日壽婦翁號菊圃

秋濤玉漲西陵渡，江亭曉來雄觀。帝子吹笙，洛妃起舞，應喜蓬宮仙誕。斗墟東畔，望縹緲星槎，來從河漢。明月樓臺，繡筵重啓曼桃讌。　莊櫄一樹翠色，五枝芳桂長，金蘂玉幹。自笑狂疏，樽前起壽，不似衛郎温潤。一巵泛滿，羡彭澤風流，醉巾長岸。老圃黄花，清香宜晚歲。

西江月 製香

龍沫流芳旎旎，犀沉鋸屑霏霏。薇心玉露鍊香泥，壓盡人間花氣。　銀葉初温火緩，金猊静裊煙微。此時清賞只心知，難向人前舉似。

虞美人 題玉環玩書圖

玉搔斜壓烏雲墮，拄頰看書卧。開元天子惜娉婷，一笑嫣然，何事便傾城。　馬嵬風雨歸時路，艷骨銷黄土。多情誰寫畫圖中，江水江花千古恨無窮。

洞仙歌　八月十七日壽畊參夫人時命羽士設醮

銀洞湛碧，遥汎仙槎早。婺宿熒煌瑞雲。曉慶芳，傳丹桂歡動連枝。稱壽處，一簇蓬萊翠窈。步虚聲婉轉。清徹瑶壇，疑是鈞霄鳳音渺。正金母禮虚，皇天階净，凉入綃，衣風裊。想金書，祕字賜長生。進九醞霞巵，練顔長好。以上文淵閣《四庫全書》本《寧極齋稿》

石巖 存詞一首

石巖（一二六〇—一三四四以後），字民瞻，號汾亭。鎮江（今屬江蘇）人。工詩詞，善書畫，以書畫鑒賞知名。曾任彭澤縣尹。年已八十五仍健在。薩都剌曾在鎮江任職，作《寄石民瞻》云：「京口石彭澤，詩懷似鶴形。蒼天容老健，白髮照江清。」生平見《書史會要》卷七、《元詩選癸集》乙集小傳。

清平樂 題桐花道人卷和韻

吴郎豐度。邂逅春城暮。暖日晴雲花滿樹。恰似故人詩句。　坐中翔鳳飛霞。來尋弄玉仙家。説與江州司馬，淚痕寫在琵琶。朱存理校補明鈔本《玉山名勝集》卷卜《雪巢》

校：「寫在琵琶」，黄廷鑑校明鈔本作「只爲琵琶」。

袁易　存詞三十首

袁易（一二六二——一三〇六），字通甫。長洲（江蘇蘇州）人。其父袁樞仕于宋。袁易有時名，不樂仕進。部使者要向朝廷舉薦，力辭而罷。江浙行省委任爲徽州路石洞書院山長，任期滿，辭歸故里。住宅中修建一間居室，名「静春堂」，藏書萬卷，親手校訂。趙孟頫爲他畫《卧雪圖》（《高士圖》），以其比作漢代高士袁安，與龔璛、郭麟孫並稱爲「吴中三君子」。有《静春堂詩集》四卷，是袁易去世後，其子袁泰所編。今存。有《静春詞》一卷，存詞三十首。生平見黄溍撰墓誌銘（《黄金華集》卷三十三）、《吴中人物志》卷七、《元詩選》初集《静春堂集》小傳。

聲聲慢　壽張仲實

籤芸垂砌，帶草縈連，一庭生意天寬。半卷書帷，弦歌晝永人閑。西泠軟紅自遠，對森森、喬木蒼寒。拈彩筆，灑雲煙零亂，飛度吴山。　縠雨初收時候，向魏紫屏幃，舞袖爛斑。更喜今年，濃恩爲染羅襴。傾杯燕鶯院宇，擁神仙、緑鬢朱顔。春似錦，□駐風光、都在牡丹。喬木所居亭名。

臺城路　壽戴剡源

湖山青倚東風外，天呈畫圖嵐壁。賨瀑流雲，溪源漱玉，人物冰壺同色。清才賦筆。卷千頃秋溟，素□飛入。笑睨西湖，斷煙零霧半篙碧。　貞元朝士未老，舊家供奉曲，前事休憶。芹藻宫清，弦歌興遠，花底緑尊頻側。虚亭晝寂。愛晴影岧嶢，翠陰狼藉。見説長生，盡從閑裏得。岧嶢，亭名，剡源所居。

高陽臺　鴛鴦菊

浴水雕翎，眠紗繡羽，天然宜在滄洲。翠被餘聲，涼宵陡頓驚秋。妖姿不共流年謝，帶睡魂、飛上枝頭。任煙波，多少淒涼，分付輕鷗。　金英濃露纔收。誤芰荷翻雨，□夢悠悠。陶令歸來，十分芳意誰酬。惜花長是招花惱，況動人、名字風流。默銷凝，添得東籬，一段閒愁。

木蘭花慢

九月一日，與彦良及南山上人游張氏廢園，見海棠數枝，彦良屬予賦詞，末章蓋爲彦良發也。

對荒臺老樹，雲物澹，水容清。更犀麈玄談，疏髯長嘯，地此逢迎。幽并故多俊傑，看賦詩、鞍馬氣縱横。晝擁金猊傍柳，夜呼銀甲彈箏。　齊奴錦去緑蕪生。歌院鎖蟲鳴。問斜日秋光，猩紅睡魄，知爲誰醒。盈盈倚墻弄色，更無言、向客最含情。折贈何人雲鬢，今宵腸斷西泠。

憶舊遊　元夕雨

記笙歌茂苑，繡錦吴歈，京樣風流。夜弛金吾令，正籠紗竟陌，霧暖春柔。翠蓬閬府。移下花影一天浮。任晝管催更，玉繩掛曉，猶醉西樓。　回頭。事如夢、奈杜牧多情，難忘揚州。小雨重門閉，但檐花敲句，燈影籠愁。黛雲暗鎖妝鏡，不是玉娥羞。怕倦客今宵，憑欄見月懷舊遊。

南鄉子　十月海棠盛開

酒暈映朱唇。籬畔嫣然別是春。笑殺當時桃與李，紛紛。只作東風一窖塵。　霜月夜寒新。睡起斜紅懶未勻。誰道風流飛燕去，無人。更有香肌不粟身。

江城子

爛鋪蜀錦寫烏絲。憶傾巵。燕來時。猶記半揎，雲袖見凝脂。燕子只今何處去，庭院悄，誤心期。　綠蕪凋盡衆芳遲。弄仙姿。瞰方池。墮井殘妝，依約景陽妃。不比春宵常苦短，拚剪盡，燭千枝。

校：詞牌，原作「南鄉子」，據詞律改。

菩薩蠻　和天民賦十月海棠

朱唇初注櫻桃小。逞嬌攙占東風早。似妒臘前梅。百花頭上開。　絳雲生夜暖。卯酒醒時晚。最怕淚闌干。何須帶雨看。

木蘭花慢　喜玉田至

渺仙遊倦跡，乍玄圃，又蒼梧。甚海闊天長，月梁有夢，雁足無書。泠然禦風萬里，喜□袍、還對紫霞裾。一自黃樓賦後，百年此樂應無。　蕭閑吾愛吾廬。花淡淡，竹疏疏。更歲晚生涯，薄田二頃，甘橘千株。諸君便須小住，比桑麻、杜曲我何如。不用南山射虎，相從濠上觀魚。

八聲甘州

僕與湯師言、金桂軒、張叔夏、唐月心諸君爲至交，師言以一官在千里之外，僕又驅馳南北。九月望後，夜泊吴江長橋，有懷諸友，在吴下時，得相周旋，今各一方，意緒惻愴，爲賦八聲甘州一闋，以寫惓惓之意。叔夏于酒邊喜歌自製樂府，故末章及之，以資他日一笑云。

正丹楓亂葉舞詩情，驚鴻起汀洲。對蒼茫獨立，江山如此，羈思悠悠。尚憶幽坊小檻，笑語月侵樓。誰遣樓心月，來照行舟。　波影沉雲如鏡，向滄浪喚酒，空闊呼鷗。縱并刀堪剪，還解剪離愁。待歸來、輕謳淺醉，想舊時、張緒轉風流。却説與、虹橋今夕，一片清秋。

南柯子

僕慕吕勉夫、陳天民之爲人舊矣，比一再相會酒邊，僕因誦向所寄張玉田詞，二公欣然屬和，遂口占小詞爲謝。酒闌更唱迭和，忽以成卷，漫録之，以爲再會嘉話云。

賣藥韓康伯，還丹吕洞賓。相逢況有葛天民。笑殺神仙，元只在紅塵。　賦就甘州曲，驚回池上人。悟君那得筆如神。割我一川秋色一江雲。

南柯子　再用韻

跌宕騎鯨客，逍遥跨鶴賓。重來休歎舊人民。擘脯傾杯，閒話海揚塵。　愧乏雙金贈，難酹兩玉人。陽臺仙女水爲神。乞與空齋，孤枕夢行雲。

南柯子　再用前韻

緑酒忘年友，黄花入幕賓。狂歌鼓腹混堯民。冷笑世間，名利細如塵。　二妙真無敵，千篇轉逼人。蛟龍驚避噤無神。争得呼爲風雨吐爲雲。

聲聲慢

壽金桂軒，時有入道之意。

宿雲不卷，輕雪初銷，乾坤正沍冰霜。清入萱叢，誰知春正華堂。潘輿笑觀戲彩，動星文、兩兩輝煌。堪羨處，看春枝棣蕚，蘭秀芝芳。　賸占人間家慶，甚興高泉石，耳倦絲簧。見説瑶池，玉娥爲剪霞裳。神仙有縁自得，且徒教、笙鶴翱翔。聊待我，更□花前、沉醉幾塲。

臺城路　和師言送春

落紅填徑東風惡，貪飛燕雛歸晚。聽雨樓低，留春地窄，誰念閒情消減。天涯漫覽。正鷗渚波寬，柳汀雲黯。賴有遥峰，數尖遮斷送愁眼。　年年春草又緑，看花人自老，遺恨天遠。雁往凝塵，鮫綃暗墨，青鬢吴霜輕點。風流漸懶。但詩惱東陽，病添中散。院落無人，繡簾和絮捲。

燭影揺紅　春日雨中

日日春陰，瑞香亭下寒成陣。鳳靴頻誤踏青期，寂寞墻陰徑。翠被堆床未整。睡初酣、風篁唤醒。幾多心緒，鵲語難憑，燈花無準。　得病澆愁，舊愁不去添新病。吴綾題滿斷腸詞，歌罷何人聽。寶篆香消晝永。裊餘煙、蕭蕭鬢影。出門長嘯，白鷺雙飛，清江千頃。

燭影摇紅　再用前韻

二月江南，亂鶯縈攪飛花陣。今年春苑淡如秋，疏柳閑三徑。塵網么弦待整。怕離愁、琵琶話醒。牡丹猶未，杜宇休催，東君歸準。　賦筆才慳，故人能寫蘭成病。中流獨自扣舷歌，空有魚龍聽。娃館琴臺路永。定何時、追隨帽影。斷崖歌樹，蕪草平煙，憑闌俄頃。

減字木蘭花　銷金菊

芳鈿簇簇。曾印鮫綃裙大幅。萬朵天真。我是東籬富貴人。　霜寒睡起。移就淺斟鴛帳底。買斷秋風。判得黄金土價同。

念奴嬌

連日雪意凄迷，雲未解駁，僕與勉夫江村眺望，漫興賦此。

暮雲樓閣，送悠悠今古，飛鴻明滅。欹到黄蘆洲亂吐，點綴微茫殘雪。淺水彎碕，疏籬門徑，淡抹墻腰月。灞橋清思，向人一片愁絶。　堪笑滕六羞慵，三年刻楮，慳放玲瓏葉。争得并刀雙練帶，裁出春風千疊。重按瑶華，新翻白苧，舞趁金釵節。玉龍擎重，爲子飛動鱗鬣。

洞仙詞

去冬無雪，新歲乃稍稍見，正月二十日又大雪，於是立春七日矣，僕與勉夫對坐蕭齋，即景漫賦。

江楓汀樹，掛寒雲零亂。天闊誰填莫愁滿。散玉塵千斛，妝□柴門，堪笑處、天女多情恨晚。灞橋絲樣柳，恰試鵝黄，笛裏東風便吹斷。莫話剡溪船，乘興歸來，早閑了落梅庭院。愛攙占西園做飛花，天不道春光，暗中消滅。

摸魚兒

正月九日，勉夫暫入城，因賦寄之。

裹空濛、凍雲如墨，匆匆人在南浦。灞橋蹇步馱愁却，遞與快帆輕櫓。堪恨處。正短燭燒殘，未刻西窗句。荒林斷莽。便閑了門前，近人鷗鳥，此意向誰語。行藏事，盡道曰天也悟。流萍忽散還聚。玉缸春漲葡萄緑，准擬千觴飛羽。君聽取。怕越客燈宵，留滯吴簫鼓。江村夜午。來共倚寒梅，吹香弄影，璧月照琪樹。

江城子

余與勉夫應酬人事之餘，頗浮沉於詩酒。或者訐其廢事，以爲孔覬一月有二十九日醉也，同舟因語及此，吾二人抵掌大笑，就口占《江城子》一闋。

江雲漠漠水潺潺。掛蒲帆。水雲間。更有何人，得共此時閑。説與紅塵須左辟，明鏡裏，白鷗還。天風吹面雪消殘。爲春寒。放梅慳。咫尺吾廬，稚子候柴關。幾首新詩千斛酒，人道我，轉癡頑。

浣溪沙　和勉夫四首

一月寒陰不放春。打窗風雨太頻頻。竹床仰卧看承塵。客去祇殘書葉亂，愁來獨有酒杯親。

鏡中白髮不饒人。

浣溪沙

江上芹芽短試春。去年燕子定巢頻。數朝風伯但消塵。　莫問孟桓謹駕禦，只緣嵇吕自情親。平生我亦不羈人。

浣溪沙

釵燕啣將縹緲春。十分春恨入眉頻。粉錦休拭鏡奩塵。　葱指試拈瓊管怯，繡衾翻與獸爐親。爲題閨怨定愁人。

浣溪沙

鞭罷泥牛無好春。草青空入夢中頻。從今更有二分塵。　我自醉眠那問客，身猶如寄更誰親。百年同是可憐人。

風入松　和張玉田閏元夕

彩鸞仙樂響空明。前度鳳來迎。月圓月缺年年事，是今番、特地關心。五夜重判爛醉，三分尚有餘春。　玉壺寒沁一天星。車馬氣如雲。籠紗競逐香塵暗，笑幽人、門掩花陰。未見山中曆日，夢中池草先青。

校：詞牌，原作「醉花陰」，據詞律改。

解連環　與金桂軒虎丘送春

燕忙鶯寂。驚千林稚緑，半灣新碧。試送目、官柳河橋，便攜酒餞春，去應無跡。岸曲殘英，尚勾引、行舟攀摘。茶筍香頓冷，庾愁易感，舊遊難覓。　天開畫圖繡壁。看嵐光似染，雲翠疑滴。帶暝色、飛入清吟，爲小駐蘭橈，快尋芳屐。細躡苔階，怕踏碎、白雲狼藉。恨蕭蕭、暮煙細雨，又還送客。

滿庭芳

余家園有蘭花，花開時未著葉，粲然可愛。勉夫同賞，訊余此花於譜中何所屬，余以爲木蘭之別種也。勉夫即席賦，余輒和之。

粉膩湯泉，春温湘粟，六銖初掛慵妝。煙皋露晼，異譜各芳傳。月地相逢縹緲，細凝佇、玉潤酥香。瓊姬意，難憑木筆，寫恨寄王郎。　蘇臺雙樹老，當年刺史，看似尋常。夢蘭如此客，不共飛觴。堪憐田家姊妹，黯憔悴、長伴蓉裳。應難比，仙姿淡雅，裙幅瀟湘。

南柯子　嘲阿騘

玉雪娟娟秀，鉛華淺淺塗。生兒何事苦憐渠。奈此繡綳珠絡小於菟。　轉眼長過户，他年畫作圖。門生不用舉籃□，看我醉眠牛背阿騘扶。

以上天津圖書館藏《百家詞》本《静春詞》

管道昇 存詞四首

管道昇（一二六二——一三一九），字仲姬。吴興（浙江湖州）人。趙孟頫妻，封魏國夫人。能書善畫，尤以畫竹石蘭梅知名。生平見趙孟頫撰墓志銘（《松雪齋集》外集）、《圖繪寶鑒》卷五、《書史會要》卷七、《元詩選癸集》壬集下、《元詩紀事》卷三十六。

漁父

遥想山堂數樹梅。凌寒玉蕊發南枝。山月照，曉風吹。只爲清香苦欲歸。

漁父

南望吴興路四千。幾時回去霅溪邊。名與利，付之天。笑把漁竿上畫船。

漁父

身在燕山近帝居。歸心日夜憶東吴。斟美酒，膾新魚。除却清閒總不如。

漁父

人生貴極是王侯。浮利浮名不自由。争得似，一扁舟。弄月吟風歸去休。

吴興郡夫人不學詩而能詩，不學畫而能畫，得於天者然也。此《漁父詞》，皆相勸以歸之意，無貪榮苟進之心，其與「老妻强顔道，雙鬢未全斑，何苦行吟澤畔，不近長安」者異矣。皇慶二年十二月十八日，子昂書。以上《清河書畫舫》卷十

張埜　存詞六十四首

張埜，字埜夫，號古山。邯鄲（今屬河北）人。家世文儒，詩詞清麗，尤以詞知名。曾任翰林修撰。有詞集《古山樂府》二卷。其父張之翰，字周卿，號西巖，亦以詞人著名。生平見李長翁《古山樂府序》（《古山樂府》卷首）、《元詩選癸集》乙集。

按：張埜，《元詩選癸集》乙集作張野，字野夫。

八聲甘州　戊申再到西湖

憶湖光醉別幾經春，千里每神馳。恨無窮煙水，無情歲月，無限相思。萬里風沙夢覺，山色碧參差。忙對玻瓈鏡，照我塵姿。　欲寫從前離闊，便安排畫舸，準備新詩。見六橋遺構，煙雨強撐支。怨東風、紅消翠減，比向來、渾是老西施。如何得、劉郎雙鬢，長似當時。

校：「醉別幾經春，千里每神馳」，《十名家詞集》本《古山樂府》作「醉別幾春秋，飄泊京師」（脱一字）。

青玉案　戊戌元宵客京師賦

千門夜色霏香霧。又春滿、朝天路。回首舊游誰與語。金波影裏，水晶簾下，總是關心處。　征衫著破愁成縷。留滯京塵甚時去。旅館蕭條情最苦。燈無人點，酒無人舉。睡也無人覷。

校：「戊戌元宵客京師賦」，《十名家詞集》本作「戊辰元宵客京師」。

水龍吟　詠游絲

落花天氣初晴，隨風幾縷來何處。飄飄冉冉，悠悠颺颺，欲留還去。雪繭新抽，青蟲暗墜，檐蛛輕度。看垂虹百尺，縈回不下，似欲繫、春光住。　憑仗何人收取，付天孫、雲霄機杼。浮蹤浪跡，忍教長伴，章臺飛絮。惹起閒愁，織成離恨，萬頭千緒。望天涯、盡日柔情不斷，又閒庭暮。

水龍吟　題湖山勝槩亭

翠微曾共登臨，冷光瀲灩三千頃。玉京佳處，景雖天造，地因人勝。若把西施，淡妝濃抹，兩相比竝。道此間如對，姮娥仙子，慵梳掠、臨鸞鏡。　滿意曲闌芳徑，早安排、雨篷煙艇。茶甌雪卷，紋楸雹碎，醉魂初醒。湖海高情，林泉清意，幾人能領。算知音、只有中宵涼月，浸蓬萊影。

水龍吟　送侍御安公陝西行臺用馬西麓韻

瘦笻攜得風煙，歸來擬待閒吟嘯。濟時人物，天公又早，安排都了。鳳詔泥封，烏臺霜凜，好音新報。見西山一帶，浮嵐滴翠，晚色又、添多少。　千里威聲先到，正秋風、渭波寒早。袖中霹靂，何須直把，世間驚倒。激濁揚清，提綱振紀，要歸中道。但從今、贕把救民長策，向燈前草。

水龍吟　爲何相壽

中原幾許奇才，乾坤一擔都擔起。人人都讓，廟堂師表，吾儒元氣。報國丹誠，匡時手段，薦賢心地。這中間妙理，無人知道，公自有、胸中易。　眉宇陰功無際，看階前、紫芝丹桂。且休回首，明波春緑，聰山晚翠。盛旦欣逢，壽杯重舉，祝公千歲。要年年、霖雨變爲醇酎，共蒼生醉。

水龍吟　游錢塘西山

一鞭空翠煙霏，笑談已到山深處。丹崖翠壁，野猿幽鳥，冷泉高樹。兜率天中，蓬壺境内，偶成佳遇。正把參歷井，窮探未了，回首早、疏鐘暮。　畫舸亭亭横渡，醉歸來、被誰留住。雲窗霧閣，群仙應笑，塵緣相誤。白雪歌殘，青鸞夢覺，滿身風露。料明年、却向古臺高處，憶桃源路。

水龍吟

戊戌中秋，同西麓經歷、祐之提舉諸公飲於太清道院。時祐之浩歌古調數曲，音韻清壯，座中莫不擊節賞嘆。予亦效顰作此侑觴。若曰樂府，則吾豈敢？姑就其協律云耳

一年好景君須記，桂子天香飄墜。蟾光自古，幾番圓缺，幾番明晦。何況人生，禍中藏福，進中隱退。向是非鄉裏，功名場上，百無事、苦縈繫。　便得侯封萬里，到頭來、虚名何濟。人間最好，閒中歲月，酒中身世。一炷龍香，數聲水調，幾多清致。且今朝、拚取陶陶醉了，又陶陶醉。

校：詞序，「予亦效顰作此侑觴」，《十名家詞集》本作「僕亦效顰作水龍吟一闋以侑觴」。「幾番明晦。何況人生，禍中藏福，進中隱退。向是非鄉」共二十字，《十名家詞集》本缺。

水龍吟　和馬西麓韻

故人邂逅相逢，滿懷和氣無邊際。別來一載，光陰回首，水流星墜。白雪歌詞，青雲人物，知音有

幾。把滄溟倒卷，天瓢滿吸，須拚了、爲君醉。　醉眼瞢騰不寐，直望斷、長空萬里。風清露冷，乾坤似晝，月華如洗。夢裏遨游，蕊珠宫殿，飄然得意。到醒來、有句且休拈出，怕驚塵世。

水龍吟　爲中和提點壽

袖中攜得新詩，今朝來祝吾師壽。吾師何似，一生清浄，澹然篤守。丹骨通明，霜髯瀟灑，竹堅松瘦。更不須展放，壽星圖畫，自是箇、希夷叟。　忿欲貪癡那有，把玄關、近來參透。黄芽白雪，玉爐金鼎，龍蟠虎走。九轉功成，不妨笑傲，人間長久。待從師、杖屨八千餘歲，肯相容否。

水龍吟　爲閻静軒壽

仙翁家住蓬壺，騎麟來自祥雲表。瓊琚玉佩，月裳霞袂，炯然相照。道出羲黄，才過遷固，文如盤誥。向紫霄高處，遨翔容與，知此貴、世間少。　萬里江湖浩渺，駕風霆、有時曾到。斯文誰主，大謨誰決，君歸能早。鈴索聲中，金蓮影裏，鬢華未老。看九重、早晚天恩飛下，歷中書考。

水龍吟　詠玉簪花

素娥宴罷瑶池，醉簪誤墮庭深窈。花神愛護，紺羅輕襯，緑雲低繞。秋意重緘，芳心半吐，有香多少。把幽軒好夢，等閒薰破，凉月轉、人初悄。　冷沁冰壺風嫋，肯輕與、鉛華相照。湘蘭標致，水仙風度，也應同調。釵鳳香分，鬟蟬影動，此情雲渺。問何時、分付一庭寒玉，對粧臺曉。

校：「湘蘭標致，水仙風度，也應同調」共十二字，《十名家詞集》本缺。

水龍吟　登滕王閣

畫檐聳翠淩霄，暮雲還送西山雨。千年陳跡，一時勝槩，東南賓主。佩玉鳴鸞，西風吹入，江聲柔艣。漫登臨贏得，征鞍倦客，離思亂、鄉心苦。　一夢繁華何許，空留得、悲涼今古。雄文健筆，星輝日映，鬼呵神護。倚遍闌干，有心也待，留題新句。見一雙、白鳥蒼煙影裏，背人飛去。

水龍吟　暇日過田學士村居乃父爲司徒

翠微冷浸清溪，洞天惟許仙家住。主人新葺，柳亭梅塢，竹軒松户。緑野風煙，東山泉石，少人知處。怕椿翁早晚，急流勇退，田園計、已成趣。　不戀鑾坡玉署，要管領、東皋朝暮。君應解得，風波何限，功名良苦。琥珀醽濃，玻瓈琖大，醉扶歸路。料沙頭、鷗鷺也應笑我，却匆匆去。

水龍吟　飲劉氏野春亭用前韻

夢回花露沾衣，夜來酩酊誰留住。依稀猶記，春風亭檻，野雲窗户。物外仙姿，一聲白雪，翠微深處。要風流陶寫，等閒莫遣，兒童輩、識真趣。　四海知音難遇，儘疎林、暝煙催暮。一杯未擧，兩眉長皺，人生何苦。只恐明朝，玉驄迷却，武陵溪路。倘劉郎、不厭醒時來訪，醉時歸去。

水龍吟　出郭

太行千里新晴，青山也喜歸來好。一鞭秋色，半帆雲影，去如飛鳥。桂玉情懷，塵埃面目，鬢華空老。道本無伎倆，顛鸞倒鳳，時自把、平生笑。　萬里江湖浩渺，便安排、雨簑煙棹。閒時哦句，醉時歌曲，醒時垂釣。十載鵷行，孤忠却念，君恩難報。倚篷窗、時向夕陽明處，認瓊華島。

水龍吟　爲王少傅壽

畫堂佳氣葱葱，玉梅迎臘香初透。人生可慶，官居極品，年登上壽。一代風流，三公儀範，四朝耆舊。算世間除却，東山謝傳，更誰是、調元手。　眉宇陰功何厚，看富貴、榮華長久。金章照眼，綵衣戲舞，桂枝聯秀。尚父規模，武公勳業，亨衢儘有。願年年、賸把普天霖雨，釀長生酒。

水龍吟　皇慶癸丑重九登南高峰寄柳湯佐同知

重陽何處登臨，玉驄慣識南山路。秋空絶頂，西風兩鬢，白雲雙屨。浙浦寒潮，蘇堤畫舸，吴宫煙樹。不一尊瓊露，數聲金縷，將此景、成虚負。　試覓舊題詩句，早斕斑、雨苔無數。瓊臺寶瑟，不堪重記，泛觴流羽。笑撚黄花，閒尋紅葉，故人何處。倚危闌、北望燕山晻靄，又征鴻暮。

水龍吟　戊午春詠杏花

雪香飛盡江梅，上林桃李寒猶揹。墻頭驚見，枯枝鬧簇，生紅初歕。嫩緑亭臺，新晴巷陌，清明相近。甚等閒句引，狂蜂戲蝶，早不管、人春困。　不怕蠟痕輕褪，怕東風、亂飄殘粉。瑣窗猶記，雙鵝細剪，一簪幽恨。駿馬如飛，流光似箭，歸期難準。料黄昏、微雨盈盈淚眼，把燕脂揾。

水龍吟　酹辛稼軒墓在分水嶺下

嶺頭一片青山，可能埋得凌雲氣。遐方異域，當年滴盡，英雄清淚。星斗撑腸，雲煙盈紙，縱横游戲。漫人間留得，陽春白雪，千載下、無人繼。　不見戟門華第，見蕭蕭、竹枯松悴。問誰料理，帶湖煙景，瓢泉風味。萬里中原，不堪回首，人生如寄。且臨風、高唱逍遥舊曲，爲先生酹。

滿江紅　盧溝橋

半世乾忙，漫走遍、燕南代北。凡幾度、馬蹄平踏，卧虹千尺。眼底關河仍似舊，鬢邊歲月還非昔。竝闌干、惟有石狻猊，曾相識。　橋下水，東流急。橋上客，紛如織。把英雄老盡，有誰知得。金斗未懸蘇季印，緑苔空漬相如筆。又平明、衝雨入京門，情何極。

滿江紅　寄磁下諸公

楓落衡漳，猶記得、離觴鯨吸。驚又見、宫槐禁柳，緑陰如織。行止難窮天素定，功名有分誰能必。任近來、參透妙中玄，牀頭易。　梅雨過，芹池碧。松月上，丹房寂。問此時曾念，京塵蹤跡。七椀波濤翻白雪，一枰冰雹消長日。向德星、多處望鷹山，空相憶。

校：「記當時，小園秋霽。玉纖分露，半醉對黄花」，《十名家詞集》本作「宫槐禁□，□□如織」。

滿江紅　秋日

風雨瀟瀟，便釀出、新凉庭院。人乍起、一簪楸葉，不堪裁剪。翠幄漸凋槐影瘦，紅衣半老蕖香淺。到秋來、何止沈休文，難消遣。　鴻雁杳，音塵斷。空極目，煙波滿。想故人此際，畫闌憑遍。別久幾將情做夢，歸遲一向恩成怨。對西風、無語黯消魂，行雲遠。

滿江紅　用李廷弼留別韻

一夢黄粱，邯鄲道、幾人曾覺。空怨殺、津亭疊鼓，戍樓殘角。往歲相逢淮口渡，今年同向錢塘泊。嘆飄零、俱爲出山忙，平生錯。　青青鬢，長如昨。紛紛事，輕拋却。道功名何必，鳳池麟閣。老境尚期游汗漫，壯心不用傷離索。恨明朝、相望越山重，吴江闊。

滿江紅　和吴此民送春韻

九十韶光，驚又見、刺桐花落。春去也、愁人情緒，不禁離索。桃塢霏霏紅雨暗，柳堤漠漠香綿薄。恨東風、一夜太無情，都吹却。　功名念，平生錯。塵土夢，今朝覺。有一尊分甚，聖清賢濁。聽我高歌如不飲，何人緑鬢長如昨。況東君、動是再相逢，經年約。

石州慢

紅雨西園，香雪東風，還又春暮。當時雙槳悠悠，送客緑波南浦。陽關一闋，至今隱隱餘音，眼前渾是分攜處。此恨有誰知，倚闌干無語。　凝竚。天涯幾許離情，化作暮雲千縷。過盡征鴻，依舊歸期無據。京塵染袂，故人應念漂零，豈知翻被功名誤。無處著羈愁，滿春城煙雨。

按：據《全金元詞・訂補附記》，詞題爲「憶别」。

念奴嬌　賦白蓮用仲殊韻

水風清暑，記平湖十里，寒生紈素。羅襪塵輕雲冉冉，彷彿凌波仙女。雪艷明秋，瓊肌沁露，香滿西陵浦。蘭舟一葉，月明曾到深處。　誰念玉佩飄零，翠房淒冷，幾度相思苦。異地相看渾是夢，忍把荷觴深注。碧藕多絲，翠莖有刺，脉脉愁煙雨。江雲撩亂，倚闌終日凝竚。

念奴嬌　和金直卿冬日述懷

凍雲垂野，乍乾坤慘澹，冰花飛落。卷地朔風寒徹骨，且把貂裘重著。美酒千鍾，清歌一曲，未用傷飄泊。君看席上，玉人嬌勝花萼。自笑老矣元龍，黃塵兩鬢，鏡裏今非昨。不願腰間懸斗印，不願身騎黃鶴。非俗非仙，半醒半醉，只恐人猜却。鍾期安在，爲誰重理絃索。

校：「黃塵兩鬢，鏡裏今非昨」，《十名家詞集》本作「□□鏡裏，□今朝非昨」。「不願」，《十名家詞集》本作「但願」。「鍾期安在」，《十名家詞集》本作「鍾期如在」。

念奴嬌 題釣臺

釣臺千尺，問誰曾占斷，一江新緑。試拜先生眉宇看，何地可容榮辱。遥想當年，故人邂逅，以足加其腹。書生常事，可憐驚駭流俗。應恨惹起虚名，平生正坐，誤識劉文叔。笑殺君房癡到底，燕雀焉知鴻鵠。萬疊雲山，一絲煙雨，比得三公禄。高風千古，冷香聊薦秋菊。君房，侯霸字也。子陵有《勖君房書》。

念奴嬌 登石頭城清涼寺翠微亭

翠微秋晚，試問登絶頂，徘徊凝竚。一片清凉兜率界，幾度風雷貔虎。鍾阜盤空，石城瞰水，形勢相吞吐。江山依舊，故宮遺跡何處。遥想霸略雄圖，蟻封蝸角，畢竟無人悟。六代興亡都是夢，一樣金陵懷古。宮井朱闌，庭花玉樹，偏費騷人句。此情誰會，艣聲摇月東去。

校：「畢竟無人悟」，《十名家詞集》本作「至□無人悟」。「宮井朱闌」，《十名家詞集》本作「宮井胭脂」。

滿庭芳　夏日飲王氏園亭

珠箔含風，鎖窗凝霧，柳溪别是仙鄉。一枝絶艷，嫋嫋動波光。消盡人間煩暑，冰紈膩、玉骨初涼。腸應斷，清商一曲，餘韻惹蕖香。幽情還解否，冰蓮數合，碧藕絲長。要滿斟芳醑，親舉荷觴。耳畔向人微道，便爲儂、一醉何妨。歸來晚，新愁幾許，山雨夜浪浪。

風流子

離思滿春江，當時事、争忍不思量。記芳徑月斜，憑肩私語，蘭舟風軟，攜手尋芳。回首處、青山遮望眼，緑柳繫柔腸。雲落雨零，燕愁鶯恨，寶釵留股，鸞鏡分光。天涯飄零客，情緣向何處，最是難忘。猶賸滿襟清淚，半臂餘香。□心似雨花，一枝寂寞，夢隨風絮，萬里悠揚。誰信覺來依舊，煙水茫茫。

奪錦標　七夕

涼月横舟，銀横浸練，萬里秋容如拭。冉冉鸞驂鶴馭，橋倚高寒，鵲飛空碧。問歡情幾許，早收拾、新愁重織。悵人間、會少離多，萬古千秋今夕。誰念文園病客。夜色沈沈，獨抱一天岑寂。忍記穿針亭榭，金鴨香寒，玉徽塵積。憑新涼半枕，又依稀、行雲消息。聽窗前、淚雨瀟瀟，夢裏檐聲猶滴。

木蘭花慢　陪安參政宴吴山盛氏樓

愛吴山佳處，凝望際、眼增明。正簾卷江濤，屏開罨畫，境接蓬瀛。中朝相君寬厚，領太平歌吹宴簪纓。巧囀雛鶯錦字，哀彈小雁銀箏。人生樂事古難并。清興卷滄溟。恨老矣劉郎，病餘司馬，慵舉瑶觥。登臨不留一語，怕風煙笑我太無情。收拾新詩未了，錢塘落日潮生。

木蘭花慢　端午發松江

恨無情畫舸，載離思、各西東。正佳節驚心，故人回首，應念悤悤。殷勤綵絲繫臂，問如何不繫片帆風。醉裏陽關歷歷，望中煙樹濛濛。驛亭榴火照塵容。依約舞裙紅。縱旋採青蒲，自斟芳酒，酒薄愁濃。功名事渾幾許，甚半生長在別離中。不似東來潮信，日斜還過吴淞。

木蘭花慢　餞佟伯起赴江西參政任

算青雲人物，名已著、繡衣時。見湖海襟期，詩書氣味，鸞鶴丰姿。十年五居廉省，便天官拜相復何疑。早歲曾同几硯，至今親若塤篪。相逢未久遽相辭。忍寫餞行詩。早隱隱征帆，湖光瀲灩，山翠參差。雄藩笑談餘事，倘蘭舟開宴舉金卮。寄語橋邊鷗鷺，劉郎塵鬢如絲。

木蘭花慢　爲李廷弼再舉孫雛之慶

正一陽道長，見佳氣、擁青驄。是桐樹生孫，桂枝結子，喜慶重重。東牀幾多癡福，算平生乃祖積陰功。敢望成吾宅相，但休墜汝家風。今朝何必問窮通。滿引紫金鍾。看掌上擎來，玉明五岳，漆點雙瞳。他年與君歸老，向廬山南北水西東。不怕斜陽醉倒，有人扶兩衰翁。

木蘭花慢　送柳湯佐之覃懷總管任

羨春風五馬，恨無計、駐征鞍。想膠漆真情，雲煙高興，詩酒清歡。當時與君年少，到而今雙鬢總成斑。幾度批風抹月，幾番臨水登山。驛途吟袖尚輕寒。珍重且加餐。怕到郡之時，民須加愛，事要從寬。風流賞音人去，縱朱絃有曲爲誰彈。明日倚樓凝望，雁回早寄平安。

校：「明日倚樓」，《十名家詞集》本作「日日倚闌」。

木蘭花慢　送居仁之淮南轉運使任

羨秋空一鶚，便得意、脱塵鞲。有道義高情，經綸大手，每事優游。中朝共推雅望，問如何不肯少遲留。蓮幕三年帝里，白雲幾夢揚州。威名久矣播吴頭。地上看錢流。喜鞭算之餘，瓊花未老，萱草忘憂。依依送君南去，笑竿頭戲技幾時收。寄語西樓雙鶴，春風來迓吾舟。以上《彊村叢書》本《古山樂府》卷上

校：「送居仁之淮南轉運使任」，《十名家詞集》本作「送居仁郎中之淮南轉運使」。

沁園春　送吴此民江州教本任瓜洲官前長景星白鹿書院

前日廬山，今日廬山，豈偶然哉。喜青衫舊夢，輕車熟路，白雲清興，翠壁丹崖。石鏡光寒，香壚煙煖，晴雪飛空玉峽開。天公意，欲先生健筆，洗盡塵埃。三年握手金臺。任意氣、相期隘九垓。恨征帆縹緲，秋風南浦，書燈冷落，夜雨西齋。蓮社香中，琵琶亭上，我念京塵無好懷。君須記，怕雁回時節，早寄詩來。

校：「送吴此民江州教本任瓜洲官」，《十名家詞集》本作「送吴此民任江州教本官」。

沁園春　宿瓜洲城

瓜步城闉，煙樹西津，幾回往來。儘洪濤千丈，魚龍出没，蒼顏十載，鷗鷺驚猜。驛館荒凉，征鞍牢落，寄語樓船且莫開。今宵裏，要江聲一枕，洗滌羈懷。　侵晨風定潮回。便挂起、雲帆亦快哉。愛金山東畔，天開罨畫，銀山南下，地湧詩材。衝破晴嵐，拂開蒼蘚，欲紀兹行百尺崖。還停筆，怕吟鞭猶帶，京國塵埃。

沁園春　和人韻

世路崎嶇，世事紛更，年來飽諳。嘆都城十載，霜侵老鬢，江湖萬里，塵滿征衫。應物才疏，謀身計拙，桂玉生涯豈久堪。乾忙甚，向是非叢裏，不要窮探。　禪機已悟三三。又何用、天庭似老蠶。羨養生有道，將從子隱，於時無補，祇益吾慙。歸去來兮，與君同醉，醉後扶持有小男。平生樂，在山前山後，溪北溪南。

校：「霜侵老鬢」，《十名家詞集》本作「霜侵破帽」。

沁園春　止酒效稼軒體

半世游從，到處逢迎，惟爾麴生。喜一尊乘興，時居樂土，三杯有力，能破愁城。豈料前歡，俱成後患，深悔從來見不明。筠軒下，抱厭厭病枕，恨與誰評。　請生亟退休停。更説甚、濁賢與聖清。論伐人心性，蛾眉非慘，爍人骨髓，鴆毒猶輕。裂爵焚觴，棄壺毁榼，交絶何須出惡聲。生再拜，道苦無大故，遽忍忘情。

沁園春　壬子和人爲壽用止酒韻

身世飄零，勳業何成，鬢華漸生。記去年歡笑，遨游帝里，今年憔悴，臥病江城。直道難行，浮名識破，正要生平兩眼明。心無歉，但世間公論，自有人評。竹風蕭颯初停。算何境、能如夢境清。問命之窮達，三杯酒軟，身之去就，一葉舟輕。毀譽從他，醉醒在我，贏得篷窗聽雨聲。秋江上，更尊罏無限，鷗鷺多情。

沁園春　爲王彦博尚書壽

佳氣葱葱，喜事重重，福禄鼎來。記秋官重任，去年顯擢，春闈寵渥，今歲安排。壽算綿綿，班資衮衮，迤邐相隨到上台。人都道，不調和鼎鼐，豈盡其才。眉間陰德紋開。應只爲、惟刑之恤哉。看門閭高大，堪容駟馬，兒孫昌盛，已種三槐。喚起瓊姬，滿斟玉露，官事無多且放懷。年年醉，對春回柳眼，雪暈梅顋。

校：「寵渥，今歲安排。壽算綿綿，班資衮衮，迤邐相隨到」共十九字，《十名家詞集》本缺。「已種三槐」，作「□植三槐」。

沁園春　爲杜左丞壽

勇退歸來，一擔乾坤，十年息肩。奈東山安石，豈容高卧，洛中司馬，須再調元。車擁蒲輪，杖扶靈壽，琴瑟更張爲解絃。人都道，果功成霖雨，澤潤無邊。河汾間氣生賢。算甲子、纔同絳縣年。更太公八十，出膺熊虎，武公九十，入載貂蟬。梅信春香，槐階日煖，數到莊椿歲八千。持杯壽，壽文章宰相，廊廟神仙。

沁園春　泉南作

自入閩關，形勢山川，天開兩邊。見長溪漱玉，千瓴倒建，群峰潑黛，萬馬回旋。石磴盤空，天梯架壑，驛騎蹣跚鞭不前。心無那，恰鷓鴣聲裏，又聽啼鵑。　區區仕宦誰憐。道有志、從來鐵石堅。但長存一片，忠肝義膽，何愁半點，瘴雨蠻煙。盡卷南溟，不供杯杓，得遂斯游豈偶然。天公意，要淋漓醉墨，海外流傳。

賀新郎　淮上中秋

晚蝀收殘雨。喜晴空、冰輪飛上，月明三五。前歲錢塘江上看，去歲京華容與。今歲又、秋風淮浦。料得常娥應笑我，笑星星、鬢影今如許。空浪走，竟何補。　此生此夜還知否。問幾人、浪蒼抖擻，衣裾塵土。獨倚篷窗誰共飲，萬象不分賓主。恍疑在、玉霄高處。擊碎珊瑚歌未徹，見洪濤、千丈魚龍舞。舟一葉，任掀舉。

賀新郎　九日同柳湯佐梁平章弟總管攜歌酒登古臺乃金之七園也

九日城西路。灩平川、黃雲萬頃，碧山無數。百尺危樓堪眺望，抖擻征衫塵土。又惹起、悲涼今古。佩玉鳴鸞春夢斷，賴高情、且作風煙主。嗟往事，向誰語。　人生適意真難遇。對西風、滿浮大白，狂歌起舞。便得腰懸黃金印，於世涓埃何補。愈想起、淵明高趣。莫唱當年朝士曲，怕黃花、紅葉俱淒楚。愁正在，雁飛處。

驀山溪　和盧彦威應奉食柑韻

洞庭珍味，喚起愁千里。萬顆曉霜餘，記當時、小園秋霽。玉纖分露，半醉對黄花，驚昨夢，渺前歡，歲月如彈指。　天涯牢落，無計論心事。冉冉驛塵紅，尚依然、襲人芳氣。帕羅輕護，不忍破金苞，香歎歎，露霏霏，總是相思淚。

校：「記當時、小園秋霽。玉纖分露，半醉對黄花」，《十名家詞集》本作「記當時、玉纖分露。小園秋晚，半醉對黄花」。

鵲橋仙

無窮前古，無窮後世。分得中間百歲。人生七十古來稀，況八九、不如人意。　榮枯夢幻，功名兒戲。争甚一時閒氣。勸君從此更休癡，且拚却、花前沈醉。

鵲橋仙　詠梅贈人

瓊枝纖弱，瑶英嬌小。占得江南春早。前村雪裏欲開時，料未必、東君知道。　芳心一點，幽香多少。幾度被花相惱。隴頭人去早歸來，莫直待、春殘鶯老。

鵲橋仙　壽王趙公時八十

鑾臺鐘吕，瀛州房杜。榮貴康寧天付。三公勳業四朝臣，不勝似、磻溪漁父。　朝廷尊敬，君王知遇。香滿春風玉樹。十分壽比老彭年，恰喜慶、筵開一度。

清平樂 到洪寄新齋和前韻

別離心軟。爭似交情淺。去路愁腸千百轉。回首高城天遠。 斷雲零雨西樓。落霞孤鶩南州。應把歸期約定，忍教劃損搔頭。

清平樂 和李御史春寒

日長庭館。尚問寒深淺。底事今年花信晚。柳外東風未軟。 韶光已近春分。小桃猶揹霜痕。天意因憐病起，故教遲吐清芬。

校：「因憐」，《十名家詞集》本作「憐予」。

蝶戀花

狼藉春衫愁萬點。半是征塵，半是啼痕染。別久流光空冉冉。料應病頰成雙靨。 羅帶同心香未歛。甚日蘭舟，重把歸裝檢。極目畫樓煙霧掩。憑誰剪却吴江險。

按：據《全金元詞·訂補附記》，詞題爲「和王瓠山韻」。

江城子 和元復初賦玄圃梅花

雪迷幽逕月迷津。水南村。竹間門。惟有天寒，翠袖伴朝昏。玄圃移根來萬里，空怨殺，楚江雲。 玉堂深處護仙真。怕京塵。染芳魂。一種清香，占斷百花春。只恐東君偏愛惜，桃與李，却生瞋。

望月婆羅門引　和李廷弼韻就慶初度

井梧葉下，西風正喜洗塵顔。猶然火甑之間。誰釀一天霖雨，爽氣滿河關。甚憂民老子，頓覺心寬。風亭月軒。更何用、種琅玕。自有平生節操，未老投閒。群烏聲裏，又驚覺、黄粱夢一番。沈醉後、處處廬山。

玉漏遲　和人中秋韻

桂香浮緑酒。持杯邀月，何愁佳友。欲寫秋光，鈍筆近來如帚。空對珠宫貝闕，恍夜色、明於晴晝。休憶舊。人情節意，年年同否。　浪走紫陌紅塵，笑底用腰間，印金懸斗。鷺約鷗盟，江上怪余應久。便有拏雲好手。向此夕、何妨深袖。沈醉後。忘却鏡中白首。

臨江仙　戊午九月二十一日宴罷直省和徐工部韻

簾幕酒闌人散後，滿庭松竹蕭森。搗殘秋思是隣砧。翠屏驚舊夢，白髮入新吟。　蓋世勳名將底用，悠悠往古來今。一燈孤恨夜窗深。箏閒纖笋玉，杯冷軟橙金。

太常引　贈歌者妙音居士

前身應是散花仙。一念墮塵緣。參透曲中禪。比一串、摩尼更圓。　林鶯巧囀，玉冰飛韻，三昧有誰傳。休惜遏雲篇。早醫得、維摩病痊。

太常引 壽高右丞自上都分省回

巍然勳業歷臺司。一柱儘能支。報國與憂時。怎瞞得、星星鬢絲。　龍門山色，灣河雲影，添入介眉詩。沈醉莫推辭。趁秋滿、天香桂枝。

南鄉子 贈歌者怡雲和盧處道韻

靄靄度春空。長妒花陰月影中。曾爲清歌還少駐，悤悤。變作春前喜氣濃。　一笑爲誰容。只許幽人出處同。却恐等閒爲雨後，東風。吹過巫山第幾峰。

校：「長妒花陰月影中」，《十名家詞集》本作「花影長如月影中」。

阮郎歸 題秋山草堂圖

青山重疊水縈紆。扁舟隔岸呼。依稀綠野輞川圖。又疑陶令居。　紅樹晚，白雲孤。乾坤別一壺。草堂瀟灑竹窗虛。箇中容我無。以上《彊村叢書》本《古山樂府》卷下

釋明本

存詞十一首

明本（一二六三—一三二三），號中峰。錢塘（浙江杭州）人。俗姓孫。出家于吴山聖水寺。後往天目山，師從高僧原妙。元貞年間，繼原妙主大覺寺。曾游歷江南，所至結庵，都題名「幻住」。時名頗著，與馮子振、趙孟頫、貫雲石等名流交往唱和。馮子振以所作《梅花百詠》自負。明本當場寫出一百首七絶，一百首七律，和馮子振《梅花百詠》，并出示所作《九字梅花詠》，馮子振遂與定交。有《中峰廣録》三十卷行世，元統二年詔入佛藏。陶樑《詞綜補遺》卷二十存其詞《行香子》一首，《春花集》卷十二存詞九首。生平見虞集撰《智覺禪師塔銘》（《道園學古録》卷四十八）、《兩浙名賢録》卷六十二、《元詩選》二集《中峰廣録》、《元詩紀事》卷三十四。

行香子

短短横墻。矮矮疏窗。一方兒、小小池塘。高低疊嶂，曲水邊旁。也有些風，有些月，有些香。日用家常。竹几藤牀。儘眼前、水色山光。客來無酒，清話何妨。但細烘茶，净洗盞，滚燒湯。

《柳塘詞話》曰：余經鴛脰湖殊勝寺，掛壁中有中峰明本國師題詞，後書至正年號，乃《行香子》也。

行香子

閬苑瀛洲。金谷瓊樓。算不如、茅舍清幽。野花繡地，莫也風流。却也宜春，也宜夏，也宜秋。酒熟堪篘。客至須留。更無榮、無辱無憂。退閒是好，著甚來由。但倦時眠，渴時飲，醉時謳。以上清沈雄《古今詞話》卷下

行香子

水竹之居。吾愛吾廬。石粼粼、亂砌階除。軒窗隨意，小巧規模。却也清幽，也瀟灑，也安舒。懶散無拘。此等如何。倚闌干、臨水觀魚。風花雪月，贏得工夫。好炷些香，圖些畫，讀些書。

行香子 山居

玉殿瓊樓。金鎖銀鉤。總不如、岩谷清幽。蒲團紙帳，瓦鉢磁甌。却不知春，不知夏，不知秋。萬事俱休。名利都勾。罷扳緣、永絶追求。溪山作伴，雲月爲儔。但樂清閒，樂自在，樂優遊。

行香子

木槿籬笆。雪屋梅花。香馥馥、疏影横斜。久辭闤闠，識破浮華。有雲門餅，金牛飯，趙州茶。驗盡龍蛇。凡聖交加。喜清貧、不愛紛拏。孤窗獨坐，目對天涯。閑伴清風，伴明月，伴

煙霞。

行香子

無物思量。萬慮皆忘。坐兩班、大衆禪床。粗衣遮體，糲飯充腸。有一函經，一佛像，一爐香。功課尋常。道行非狂。愛山中、白晝偏長。翠苔岩洞，緑竹山房。有一天風，一天月，一天涼。

行香子

四序無窮。萬物皆同。守空門、佛祖家風。香煙裊白，燭影摇紅。對翠梧桐，金菡萏，玉芙蓉。潦倒山翁。少小頑童。天性兒、一樣疏慵。偶來塵世，却想山中。有數枝梅，千竿竹，萬年松。

行香子

欲出樊籠。須契真宗。善知識、千載難逢。弘施棒喝，擊碎虚空。却有鉗錘，有爐鞲，有機鋒。坐斷孤峰。嘯月吟風，握龍泉、坐鎮寰中。野干絶跡，狐兔潛蹤。却善調獅，善伏虎，善降龍。

行香子

頓脱塵羈。深處幽棲。兀騰騰、絶慮忘機。繩床石枕，竹榻柴扉。却也無憂，也無喜，也無非。淡飯黄齏。寂寞相宜。類孤雲、野鶴無疑。策笻峰頂，岩洞閑嬉。但看山青，看水緑，看雲飛。

行香子

不愛驕奢。不喜喧嘩。身穿著、百衲袈裟。行中乞化，坐演三車。却怕人知，怕人問，怕人誇。

雪竹交加。玉樹槎枒。一枝開、五葉梅花。東村檀越，西市恩家。但去時齋，閒時講，坐時茶。

行香子

松嫩堪餐。竹密須删。息塵緣、何事相關。心超物外，身處人間。有十分清，十分淡，十分閑。

學道非難。守道多艱。結跏趺、坐斷塵寰。苦空僧舍，寂寞禪關。對幾層雲，幾層水，幾層山。以上清順治刻本《春花集》卷十二

董壽民　存詞二十二首

董壽民（一二六六—一三四六），字松間，號懶翁。婺源（今屬江西）人。早年習經書，能詩歌。科舉興廢之間，不求進取。曾受到廉使曹伯啓賞識。有《懶翁詩集》二卷藏于家。後裔于明天啓初訪求到董壽民詩稿，編成《懶翁詩集》二卷，始行于世。生平見明天啓元年董自公《懶翁詩集序》（《元懶翁詩集》卷首）。

滿庭芳　慶愚隱兄七十（八月二五日）

丹桂儲芳，黄花纔放，如承八月秋光。木公金母，雲表現寒芒。知是雙星降瑞，齊眉處，蘭玉成行。交相勸，六旬七秩，滿進紫霞觴。　吾家。能有幾，家庭詩留，得壽而康。遇良辰好景，能解倘佯。冷眼人間富貴，真堪笑，蟻戰蜂忙。惟安樂，值錢無數，貧乃士之常。

如夢令　哭宗武姪

可惜有才堪用，可惜有言多中。可惜尚無兒，可惜無人傷□。如夢，如夢，贏得一場乾閧。

校：「可惜無人傷□」，據詞律補「□」。

如夢令

蹴踘琵琶誰弄，龍管鳳笙誰共。棋陸與誰娱，載酒高歌誰從。如夢，如夢，哭數聲□相送。

校：「哭數聲□相送」，原作「哭數聲相送」，據詞律補。

念奴嬌　次徐雲山咏前峰圃中紫白牡丹

洛陽舊日牡丹時，滿眼霞光雲氣。姚魏名葩無定價，一種千里非貴。國色天生，歌臺舞榭，無限春風意。乾旋坤轉，後來誰與安置。　驚見。小圃芳菲，紫金儕白，玉移從誰事。但願子孫長愛護，何必選求異。金谷園中，沉香亭北，野卉空争媚。花神應笑韓山，真是兒戲。

念奴嬌　慶潤叟兄六十時五月初十

慶君六十，更高堂、慈母八旬添二。中饋賢能兒好學，早折蟾宫丹桂。問舍求田，談經説史，體用兼名利。芝蘭香滿，眼前渾是生意。　常念得忝同庚，有偏親白髮，又還相似。獨愧吾豚犬耳，千里莫追騏驥。但願萱松，長春交映，共看班衣戲。良辰來往，一樽時復微醉。

惜餘春慢　次王雲嶼送春韻

涉景難留，離懷添惡，懶策金環腰裊。花開花謝，年去年來，不覺頭顱空老。憶昔尋芳踏翠，與客携壺，酬歌連曉。笑拈鬮，暗記翰簿，争道罰觥猶小。　堪笑處，鄰婦爐□，故園春曉。眼底舊人今少。落紅成陣，濃緑成陰，風絮飛亂殘照。最是黄昏倚樓，杜宇數聲，空山林杪。把閑愁寫上箋鸞，秃筆淡烟行草。

滿庭芳

李用勉九月廿一日生是年三十六敬次見壽

太白騎鯨，子英乘鯉，蛟龍寧久池中。風雲變化，千里捲飛蓬。喜子今年六六，龍門浪、豪氣填胸。緣何事，窮經稽古，林下伴山翁。　匆匆。稱壽處，江楓似染，籬菊成叢。雙親未老，兄弟雍容。且共樽前一醉，從人笑、我早龍鍾。還能否，他時問道，相約訪崆峒。

念奴嬌

慶月悟宗長十月望日八十七十時次舟游番江今次舟往星川鄉

番江一棹笑彈指，俄是十月時事。月桂梧桐圓似鏡，好景年年相似。不住蒙山，復游星水，默者神明衛。如今方應，少時兒額題字。　多少利鎖名繮，豈知真樂在，詩書滋味。笑對孟光看玉樹，滿眼階前生意。富貴浮雲，光陰過客，有酒唯當醉。十分纔一，莫言彭祖無二。

滿庭芳

慶潤叟族兄雙六十。潤叟與予同庚，時長似管樂。平州同幼，似出贅方婦。

結屋同鄉，問宗同譜，同年君似元芳。六旬添一，兩鬢未曾霜。又慶如賓內子，花甲滿、人比鴻光。瑶池會，蟠桃笑指，待熟與卿嘗。　諸郎。俱俊傑，不帷捲帳，不當尋常。探梅枝消息，歸共迎長。眉壽堂中舊夢，重喚醒，禮樂文章。從看着，金花紫誥，證此滿庭芳。

促拍醜奴兒

借趙□之韻送春

鶯燕不須愁。花落去，春又歸休。送春歸後，還依舊。長亭買酒，短亭買酒，展放眉頭。　榼嗑更攜甌。風日好，是處堪遊。醉來拍手斜陽裏，大兒捉拍，小兒捉拍，齊唱千秋。

促拍醜奴兒　首夏雨水寄鑑甫都監

春去越添愁。風又雨，愁幾時休。清和天氣，偏無賴。南山雲起，北山雲起，□漲溪頭。　睡覺問茶甌。憶平時，詩酒交遊。斷橋悵望空回首，詩仙何處，酒仙何處，一日三秋。

促拍醜奴兒

不管世間愁。陶元亮，歸去來休。幅衣藜唱，渾無事。東家歡飲，西家歡飲，醉見扶頭。　名姓覆金甌。誰似我，隨意閑遊。古槐新竹柴門浄，清陰滿户，緑陰滿户，隴麥登秋。

促拍醜奴兒

用前韻，集古詞名戲答方鑑甫。時携幼妾在此。

多麗惹閑愁。眼兒媚，别離難休。殢人嬌處，聲聲慢。畫堂春裏，錦堂春裏，八寶粧頭。　催拍唱金甌。願成雙，伴少年遊。傳言玉女傾杯勸，牡丹香裏，芰荷香裏，梧葉兒秋。

感皇恩　慶方鑑甫都監生日蘭溪人典吏借生□□□五月十三六十

梅雨弄新晴，槐陰如洗。人在孤南瑞光裏。秀眉雙鬢，試問行年今幾。把羲經教子，從頭起。　蘭渚英才，鑑湖芳裔。泛緑依紅莫渠比。誰令催税借空山，臨水看除書，早晚催行李。

水調歌頭　慶潤叟庚兄七十有眉壽堂是歲小遠從其春似仲可讀

七十今親見，誰道古來稀。眉壽堂中笑語，稱壽喜齊眉。競説謝庭玉樹。而折蟾宫仙桂，猶掛老萊衣。還問瑶池會，桃熟正多時。　未白頭，早身潤，更家肥。應憐小虎同甲，百步久藏威。多幸吾兒豚犬，得逐君家騏驥，德業振書帷。試聽影水調，蒲玉泛金巵。

校：詞牌，原作「水調歌詞」。

滿庭芳　代慶朱平川嶽成六十

菊蘊秋芳，梅緘春信。粧點良月良辰。香山千載，重見個中人。兒是紫陽正派，功名路、平步青雲。娱親好，急流湧退，川上整經綸。　紱麟。當此日，花甲初滿，舉案如賓。喜過庭詩禮，子又生孫。只恐安車聘名，新袍笏、催覲楓宸。光華處，歡呼載道，爵齒德俱尊。

滿庭芳　慶秋堂弟本生三月十五日

別墅鶯花，行窩風日，韶光正可人情。仙翁海上，騎鶴出蓬瀛。甲子從頭再數，邀西母、共泛霞觥。人争看，文星婺宿，交映月輪明。　家聲。存積善，地存方寸，遺子孫耕。笑棋枰險着，蝸角虚名。始信蒼天有眼，教如此、壽富康寧。這時與，高明老友，燕坐話長生。

大江東去　代婺源知州干壽道任滿歸帳

星溪上好有文章，太守風流英偉。訟簡役均官事少，百姓各安生理。樂與民同，猛而不猛，秋月寒江水。黄童白叟，路碑□□滿耳。　常怨古道煙微，闞文公故址祠崇闕。易俗移風明教化，貧富一齊歡喜。政績方成，瓜期又至，催去朝天子。高明端在，玉堂雲霧窗裏。

校：「干壽道」，原作「于壽道」，據文意改。元人干文傳（一二七六——一三五三），字壽道，延祐二年進士，曾任婺源知州。

水調歌頭

九月潤叟庚兄見招，次仲實韻。時菊未花，徐定宇、胡仲彬同席，有宫雞牡豬之嘲。胡復醉吐。因次韻。

風雨又重九，荒徑菊岩遲。試問寒花開未，青蕚綴芝眉。不向良辰爛漫，但欲留香晚節，正色世間奇。俗眼快先睹。誰解識傲姿。　酌家釀，嘲封豕，舞穿籬。就中雅有狂客，乘醉寫烏絲。痛飲從教吹帽，笑謔可曾罵座，唾咳滿秋衣。老子方稱壽，懽重讀書帷。

蝶戀花

杜宇聲乾春欲去。百計留春，春苦難留住。借問春歸歸底處，淡煙芳草天涯路。　風雨淒淒還又暮。滿地殘紅，輾轉添愁緒。獨倚欄杆思斷句，遠山重疊青無數。

蝶戀花

梅隱見和前韻，因再用前韻戲之。時其妾有子，又得女。

燕語留春鵑勸去。惱得東君，住也無心住。我欲報春知有處，一樽且斷愁來路。　寒暑推遷如旦暮。冷笑癡人，貪賞多頭緒。疊葉梅花纔看句，緑蔭青子今無數。

蝶戀花

梅隱再用前韻見寄，復和戲之。梅隱有二妾，一名安、一名友。

寄語東君君莫去。燕舞鶯歌，且好安心住。邀友尋芳行樂處，須知大道多歧路。　落日催人天色暮。紅粉争春，想見紛端緒。醉筆偏題慵鍊句，東涂西抹那知數。以上清克念堂活字印本《元懶翁詩集》卷下

滕賓 存詞十一首

滕賓，一名滕斌，字玉霄。黄岡(今屬湖北)人，一作睢陽(河南商丘)人。元武宗至大間任翰林學士，出爲江西儒學提舉。後棄家入天台爲道士。《元詩選》三集選輯其詩四十六首，題爲《玉霄集》。《名儒草堂詩餘》卷上、卷中，均有滕賓詞。生平見〔萬曆〕《湖廣總志》卷五十一、〔萬曆〕《黄岡縣志》卷六、《元詩選》三集。

洞僊歌

人間夢幻一笑，那知許俯睨。煙雲互吞吐，甚空中聚黍，遮莫長歌千百萬。不直西風掃去。瑶臺松月冷。玉珮聲乾，白鶴翩翩。濕香霧，且攀緣石磴。要望來時天上路，直到層崖高處。問洞口桃花幾番開，但萬鬣蒼虬，一痕飛雨。《金精風月》卷下「詞類」

洞僊歌 送張宗師捧香

醉騎黄鵠，飛下紅雲島。鐵笛吹寒洞天曉。被人間識破，惹起虚名，驚宇宙，一笑天高月小。僊槎人去後，殿上班頭，除却洪崖總年少。看天香袖裏，散作東風，吹不斷、海北天南都到。試容我、從游五陵間，便吹入蒼寒，一蓑煙釣。

最高樓　呈管竹樓左丞

梅花月，吹老角聲寒。劍氣拂雲端。台星纔入朝天闕，將星旋出破煙蠻。半年來，勳業事，笑談間。　誰更説、元龍樓下卧。誰更説、元規樓上坐。終不似，竹樓寬。有時呼酒摘星斗，有時提筆撼江山。問何如，容此客，倚闌干。

歸朝懽

畫角西風轟萬鼓。猶憶元戎談笑處。鐵衣露重劍光寒，海波飛立魚龍舞。匆匆留不住。萬里玉關如掌路。空悵望，夕陽暮靄，人立灣傍渡。　木落山空人掩户。得似舊時春色否。雁聲叫徹楚天低，玉驄嘶入煙雲去。無人憑説與。梅花淚老愁如雨。猶記得，顛崖如此，細向席前語。

玉漏遲　七夕行臺諸公見餞

問誰争乞巧。誰知巧處成煩惱。天上佳期，底事别多懽少。雨夢雲情半餉，又早被西風吹曉。愁未了。星橋隔斷，銀河深杳。　可笑兒女浮名，似瓜菓絲縈繞。百拙無能。贏得自家華皓。我笑嫦娥解事，但歲歲孤眠空老。歸去好。江上緑波煙草。

鵲橋仙

斜陽一抹，青山數點。萬里澄江如練。東風吹落櫓聲寒，又唤起、寒雲一片。　殘鴉古渡，荒雞村店。漸覺樓頭人遠。桃花流水小橋東，是那個、柴門半掩。

點絳唇　墨本水仙

縞袂啼香，爲誰一滴春心碎。淡黄深翠。不似當時態。　東洛緇塵，依舊交情耐。空憔悴。玉人何在。細雨踈煙外。以上元鳳林書院輯刊《名儒草堂詩餘》卷上

齊天樂　與字韻

片帆呼度西山曲，匆匆載將春去。路入蒼寒，浪翻紅暖，一枕欹眠煙雨。酒朋詩侶。儘醉舞狂歌，氣吞吴楚。一樣風流，依然猶是晋風度。　人生如此奇遇。問老天何意，五星來聚。句落瑶毫，香霏寶唾，驚倒世間兒女。渭川雲樹。悵後夜相思，月明何處。怕有新詩，雁來煩寄與。元鳳林書院輯刊《名儒草堂詩餘》卷中

校：元鳳林書院輯刊《名儒草堂詩餘》，卷中目録，失載滕賓。《叢書集成》本《名儒草堂詩餘》，卷中目録注明「玉霄滕賓（一首，原本缺）」。

奪錦標　送李景山詞

老氣盤空，才名蓋世，萬里西風行色。人物中朝第一，司馬題橋，班超投筆。記承流宣化，早威聲，先馳殊域舊爲烏蠻宣慰。看吟鞭、笑指關河，歷歷當年曾識。　自古人心忠義，百水朝東，衆星拱極。銅柱無端隔斷，瘴雨蠻煙，天南天北。莫迴瞻丹闕，捧紅雲、金泥香屑。願明年，歸對大廷，細説安邊良策。黎崱《安南志略》卷十七

校：本詞，據武尚清點校黎崱《安南志略》卷十七（中華書局一九九五年版）編録。《全金元

詞》在本詞後有校勘記：「此首見劉輯滕賓涵虚詞，不知據何本。周泳先輯滕賓玉霄集無此首。檢花草粹編卷十有此首，但作者注應滕賓。（疑當作滕應賓）題無西使二字，才名誤作牙名，照世脱世字，秋風作西風，中朝作朝中，班生作班超，歷歷脱一歷字，朝宗作朝東，兩戒平分四字全脱，地北作天北，瞻依無依字，調屑作香屑，妙策無妙字。」

百字令　贈宋六嫂

柳顰花困，把人間恩愛，樽前傾盡。何處飛來雙比翼，直是同聲相應。寒玉嘶風，香雲捲雪、一串驪珠引。元郎去後，有誰著意題品。　誰料濁羽清商，繁絃急管，猶是餘風韻。莫是紫鸞天上曲，兩兩玉童肩竝。白髮梨園，青山老傅，試與流連聽。可人何處，滿庭霜月清泠。六嫂小字同壽。

康熙二十八年刻本沈雄《古今詞話》卷下

瑞鷓鴣　贈歌童阿珍

分桃斷袖絶嫌猜。翠被紅裩興不乖。洛浦乍陽新燕爾，巫山行雨左風懷。　手攜襄野便娟合，背抱齊宫婉孌懷。玉樹庭花千載曲，隔江唱罷月籠階。楊慎《辭品》卷五

劉詵 存詞六首

劉詵（一二六八—一三五〇），字桂翁，别號桂隱。廬陵（江西吉安）人。年九歲，宋亡。十二歲擬作科場律賦策論，遺老以斯文期許。教授門徒爲生，江南行御史臺屢以教職等舉薦，均無下文。延祐初，恢復科舉，則著力於訓詁箋注。刻意於詩、古文，終生未仕。卒年八十三，門人私謚文敏。爲文不事摹擬，自出機杼。時人評其詩，以爲風格高古逼人。至正年間，門人羅如篪編其詩爲《桂隱存稿》十四卷。明人重編爲《桂隱文集》四卷、《桂隱詩集》四卷。《桂隱詩集》卷四，編入五首詞。生平見夏以忠撰行狀（《桂隱文集》附録）、歐陽玄撰墓碑銘（《圭齋集》卷十、《桂隱文集》附録）、危素撰墓志銘（《危太樸文續集》卷五）、《元史》卷一九〇、《元詩選》二集《桂隱集》。

滿庭芳 次韻賦萍

碧唾成花，翠璣浮霧，水邊裙影知誰。半溝未合，脂水過生肥。小扇迎風試拂，翩翩去，還復差池。憑闌處，怕伊貪見，見了却忘歸。　橋西。青不住，乳鴛行破，一瞬淪漪。看疎如有恨，密似相依。元是情根種得，更千古，欲盡何時。重相約，章臺春膩，還上最長枝。

西江月

偏是一春憔悴，被人閒賦陽臺。扇遮微雨傍墻回。花信餘寒柳外。　繡果未成雙荔，打鴉摘盡新梅。暗占蝴蝶却飛來。睡起斜陽猶在。

憶秦娥　初見桃花

春愁淺。窺人忽見桃花臉。桃花臉，輕寒初透，小窗猶掩。　東風裙濕湘波颭。相逢處處如人面。劉郎老去，怕伊重見。

校：底本原缺一句「桃花臉」，據詞律補。

謁金門

春睡倦。自揀花枝行遍。昨日新紅今日變。細挼將袖染。　翠扇迎風撲面。雙燕飛來還轉。簾外楊花簾裏燕。相逢如未見。

青玉案　和友人壽席上

春來十日春多少。扶路金釵試燈早。旋剪壽幡飛蝶小。東家垂柳，西家明月，風物年年好。　種桃三千今餘九，誰道桃花笑人老。萬事浮雲如過鳥。浣溪佳句，柴桑新酒，天地何時了。以上文淵閣《四庫全書》本《桂隱詩集》四卷

滿庭芳

宮烏西飛，楊花北去，春風飄向伊誰。盈盈小小，輕薄不堪肥。天付風流到骨，消不盡、流落清

池。誰知道，踏歌朝暮，癡絶待渠歸。　愔愔。春似酒，日痕生紺，裙色明漪。笑東家西沼，到處依依。同是東風種得，獨無據，飄泊年時。青梅落，水光簾影，小翠立横枝。文淵閣《四庫全書》本《御選歷代詩餘》卷六十一

姚堅

存詞一首

姚堅，字里不詳。元人總集《編類運使復齋郭公敏行録》（簡稱《郭公敏行録》）是爲元人郭郁文卿編輯的友朋唱和頌揚之作，其中有郭郁同時人姚堅、朱友聞、方希願、劉忠的四篇詞。

水調歌頭　大梁郭公七十壽詞

菊耐九秋晚，梅接小春回。乾坤好景如此，初度笑顏開。須信人生七十，那更公家萬石，有子亦奇哉。盛世寫圖畫，和氣藹樽罍。　汴梁客，東滄海，北燕臺。雙溪人士，多幸鳩杖日徘徊。重見汾陽富貴，更作渭川勳業，白髮未相催。起舞爲公壽，瑶鶴下蓬萊。《編類運使復齋郭公敏行録》

校：詞題，據《壽老致政嘉議郭公序》補。

朱友聞 存詞一首

朱友聞，鄱陽（今屬江西）人，延祐年間在世。在《編類運使復齋郭公敏行録》（簡稱《郭公敏行録》）之中，朱友聞爲郭郁文卿離任所作詞《百字令》一篇。

百字令 番陽餞章

芝山如畫，五年間，多費黄堂心力。南國重來棠蔽芾，壓盡江東春色。畎畝堯民，水雲楚澤，鶴去遥天碧。書船歸後，思公惟對周易。　月下濯足滄浪，笑他漁父，只識磯頭石。豈不興懷攀轄處，馬首髮蒼鬚白。人意綢繆，君恩深重，夜看星朝比。茫茫煙海，浮梁能幾千尺。《編類運使復齋郭公敏行録》

方希願　存詞一首

方希願，字里不詳。在《編類運使復齋郭公敏行録》(簡稱《郭公敏行録》)之中，方希願爲郭郁文卿離任所作詞《沁園春》一篇。皇慶三年(即延祐元年)正月，知州郭郁(復齋)出示侯克中(艮齋)所作《寄贈復齋郡侯》詩，方希願曾以七律和之。

沁園春　番陽餞章

畫戟清香，緑鬢朱顔，當代偉人。任宦情澹泊，歸舟空載。滿腔惻隱，噓律生温。襦袴歌謡，佩衿絃誦，留得甘棠千樹春。昌江上，把它年政績，寫入堅珉。　曳裾曾客公門，只冰雪相看意自真。更研朱點易，幾回清夜，對梅索句，長記芳辰。風雨情深，江湖興遠，咫尺清光立要津。長亭路，但相期汗漫，上下龍雲。《編類運使復齋郭公敏行録》

按：《宛委别藏》叢書所收清鈔本《編類運使復齋郭公敏行録》，本詞未署作者。據元刻本《編類運使復齋郭公敏行録》補詞作者。清鈔本是據元刻本抄録。

劉忠 存詞一首

劉忠，字里不詳。《編類運使復齋郭公敏行録》（簡稱《郭公敏行録》）之中，總共收入四首詞，其中包括劉忠爲送郭郁文卿離任所作詞《沁園春》。《詞綜》卷三十三曾編入《沁園春》，題爲《送郭復齋》，作者署「劉忠之」。《全金元詞》亦同。《詞綜》卷三十三出處是《郭公敏行録》，「劉忠之」應作「劉忠」。

太常引 送郭復齋

少年南北快飛騰。身到處，有佳聲。甓社化纔行。又出使、餘杭故城。　春風滿路，堤邊楊柳，難繫去留情。何處望台旌。泛千里、孤舟月明。《編類運使復齋郭公敏行録》

衛培　存詞二首

衛培，字寧深，號月山。崑山（江蘇太倉）人。延祐七年充鄉貢。知州王安聘爲州學訓導。著有《過耳集》，未見傳本。俞允文《崑山雜咏》（明隆慶四年刻本）卷五、卷二十二，各有衛培詞一首。

滿江紅　崑山報國寺度雲海還報慈

雲海茫茫，度多少、明師瞎漢。彈指頃，言前新領，天台禪觀。報國幾年橫拂子，報慈重舉新公案。想龍天，擁出不由人，真難算。　塵中事，如棋換，座下衲，如雲滿。看彼迎此送去留相半。談妙九旬猶未了，靈山一會何曾散。聽丹書，催召演真乘，龍墀畔。《崑山雜咏》卷五

江城子　過楊莊

西風吹雨過楊莊。小舟橫，又新凉。記少年時，曾向此中行。溪上石橋橋外□，山杳靄，水微茫。　人生何事苦思鄉。□□□，謾悲傷。百歲能堪，幾度得倘徉。輸與磯頭漁父樂，歌欸乃，濯滄浪。《崑山雜咏》卷二十二

校：「橋外□」、「□□□」，缺字均據律補。

朱晞顔 存詞四十一首

朱晞顔，字景淵。長興（今屬浙江）人。早年篤志於學，終日挾册危坐。士大夫多從之遊。以會國書（蒙古族文字），選任平陽州蒙古掾。又任長林丞，在江西瑞州監税。屈居下僚，與楊載、揭傒斯、鮮于樞唱和往還。求學時，牟巘稱作「塵隱」，出仕後，被吴澄目爲良吏。牟巘《瓢泉吟稿序》評其詩：「讀之愈出愈奇，《擬古》則不失古人作者之意。《詠史》則能得當時之情。至於他詩，各有思致。」有《瓢泉集》四卷，罕見傳本。清乾隆時修《四庫全書》，從《永樂大典》中輯出朱晞顔詩詞文章，重編《瓢泉吟稿》五卷，其中存詞一卷（卷三），含有散曲數首。生平見《瓢泉吟稿》卷首牟巘、鄭僖序、《四庫全書總目》卷一六六《瓢泉吟稿》提要、清錢熙彦《元詩選補遺》。

浣溪沙 謝張魯瞻惠紙筆和來韻

湘管娟娟弱鳳翎。霜毛楚楚醉猩英。就中心早可人情。　漸老江淹無好夢，輸他年少意縱横。只堪閒寫换鵝經。

菩薩蠻 鳥洋觀魚

鯤鵬已向天池徙。瀺灂凡曹争幾水。莫信鼓風雷。俱堪作鱠材。　輕舠風送捷。觸網黄金裂。

誰謂我非魚。知我魚不如。

太常引　送樂清宗晦山長陳輔賢

青衫結髮聚秋螢。三館早蜚英。出爲主宗盟。總祖述、吾家考亭。　相逢臺下，卧看秋雁，一笑暮潮平。驛路柳青青。問底事、春風世情。

月中行　追補泰軒録事母夫人壽

廣寒折得桂枝迴。嫫母惜多才。九重春色錦江來。齊勸九霞杯。　玉堂有客移宫羽，歌詞麗、總是詩材。我慚弱水隔蓬萊。幾許碧桃開。

南柯子　龍門汲雪

遠脉通蛟穴，清泠瀉翠苔。磚爐相對竹房開。容我籠頭，紗帽白雲堆。　碧沚中濡雪，金沙二月雷。瓴罌千里走黄埃。嗟爾蒼生，億萬墮顛崖。

糖多令　中秋

凉影下青鸞。晴空瀉素盤。漾玉壺、千頃多寬。老桂散香風露净，霜免瑩，骨毛寒。　老子倚欄干。不辭終夜看。有誰人、共此清歡。爲問姮娥今與古，能幾見，正端端。

蝶戀花

挺挺雙清臨净練。羽珮飛來，頗覺遊情倦。獺髓新痕開半面。前時一似湘皋見。　流水回雲春不黯。怕有生香，引得蜂兒健。浄几明窗斜日轉。如今不許幽蘭占。

千秋歲　壽王推官母九十一是日小寒節

嫩冰池沼。澤國寒初峭。梅乍坼，春纔早。朱門歌管鬧，繡閣沉煙裊。歡宴處，神僊一夜離蓬島。　九十過頭了。百歲看看到。須聽取，千年調。人誇嫫母妍，我覺彭籛少。强健在，看兒歷遍中書考。

洞仙歌　慶張閭總管母八十

人生八十，是世間中壽。七十由來古稀有。況君侯，已樹開國殊勳，曾異數，周魯瞻前拜後。　玉麟分上端，千里傳歡，鸞誥金花爛晴晝。象服照青春，秋香薦，北堂卮酒。問阿母西池底時來，試爲數蟠桃，幾番開否。

魚游春水　壽徐仁静其壻樂魯常

蘭室餘香蘊。射雀屏、深清晝永。紅旌微動，簾展浪花移暝。重碧先拈翡翠杯，戲彩低窣鴛鴦錦。人在蕊宮，春生蓬境。　盡説而翁少穎。記得遺環故時井。而今猶自風流，朱顏緑鬢。百年應惜銅仙在，九裏争傳清河潤。山兮壽兮，以仁能静。

掃花游　送人

津亭柳色，正舞翠毵毵，亂侵歌袖。驪駒送酒。競東門祖席，賓僚勳舊。白髮青衫，愁絶風流去後。黯回首。但夢繞藩垣，簾影清晝。　遺愛曾未久。聞里役均輸，力排豪右。喧傳萬口。道調元贊化，是經綸手。鼎鉉虚賢，分内功名信有。事非偶。看金甌姓名還又。

慶宮春　送袁仲野歸紹興

彩筆傳歌，青衫提劍，幕中誰似風流。使檄聯芳，賓筵接武，後塵每繼清遊。曉雲春夢，試回首、星霜再周。仙曹書滿，薦剡交推，一鶚横秋。扁舟乍可夷猶。一鏡平湖，數點輕鷗。醉客疎狂，騷翁豪放，二公同是朋儔。仕而猶隱，料出處、胸中已籌。故山雖好，未許歸來，一賦休休。

滿江紅　壽推官焦元播慶六十

風鶴翩躚，記昨夢、天錫九齡。從頭數、再周甲子，屈指天星。上界僊人足官府，人間歲月自峥嶸。慶明時，生甫又生申，維嶽靈。珠盈掌，金滿籯。浮瑞鵠，囀春鶯。是乃翁陰德，心事分明。筆下萬言多活國，胸中三尺久持衡。慰來蘇，爲雨福蒼生，騰頌聲。

滿江紅

彈鋏歸來，更誰歎、有魚無肉。念良夜、向闌相對，舊歡難續。一夕乍寒秋枕夢，十年重翦西窗燭。算人生，得意待何時，蕉隍鹿。樽有酒，妻堪熟。書插架，兒能讀。傍虚簷、翠雲低亞，萬竿如束。數點蒼山遥入户，半篙春水斜穿屋。便門前，車馬寂無人，從教俗。

滿庭芳　和趙仲敬詠雪

翦水飛花，裁冰作絮，龍宫不管嚴寒。斜侵風帽，吟鬢忽衰殘。誰念梁園倦客，黄金盡、作賦才慳。飄流久，寒欺敝褐，猶事馬蹄間。兒時曾縱獵，呼鷹野外，落雁雲端。猛呼酒霜韝，濕遍紅鴛。倚馬酣歌秦妓，紫貂暖、不上裘船。今遲暮，翩翩孤劍，寂寞度桑乾。

滿庭芳

寒壓衾稠，光摇書幌，夜深香夢初殘。細聽窗户，簌簌響春蠶。風勁時時墮砌，分明認、山溜潺湲。呼童起，疎梅耐冷，修竹報平安。曉來擁被看，閒庭舞鶴，古瓦迷鸞。待戲挽銀河，飛步天壇。恐瓊樓玉宇，最高處、無限清寒。憑君問，九關虎豹，香案五雲間。

滿庭芳

榾柮爐寒，梅花帳矮，篝鐙愁坐更殘。欲眠還起，身已怯吴蠶。夜静珊珊入竹，依稀聽、石上清湲。遥知道，東皇賦瑞，和氣滿長安。明廷多俊彦，清班振鷺，健筆翔鸞。笑兒女才卑，空占唫壇。奇絶鄒枚賦詠，玉蜍冷、宫袖呵寒。君知否，玉堂清近，終不似人間。

漢宫春　賦吕子敬梅月齋

梅與月兮，問雪香秋影，幾度黄昏。相逢驚詫，涴盡京洛緇塵。空山耿耿，鎮無言、色笑相親。應頓悟、風前笛裏，三生石上精魂。一自心盟重訂，便神交契合，隨寓吾真。蕭然水邊林下，炯清輝、冠玉美丰神。應酷似，家傳清白，正獻前身。

校：詞題，四庫輯本《瓢泉吟稿》原作「賦吕子敬梅齋月」，據《永樂大典》卷二一五三八改。

八聲甘州　題西山爽氣樓

向青泥坊底午橋邊。新買屋三間。有嘉蔬半席，修篁數箇，分占寬閒。著取層梯直上，闌楯出高寒。不見終南徑，惟有西山。　門外紅塵似海，待抽手版，同擬君看。對熏爐茗碗，捫虱縱雄譚。笑當年、多情王粲，賦終非吾土，淚空彈。任俗子卧之樓下，那許躋攀。

天香　壽桂金堂竹泉總管

碧玉橫陳，黃金細屑，天然畫堂風景。古月浮香，冷風度曲，不許一塵侵近。沉沉永夜，漾水色、窗軒秋净。如識巖前氣韻。端知歲寒心性。　繁華漫誇紅紫，顔色直宜相並。縱有交承梅菊，也應推遜。自是蟾宫僊種。儘消得嬋娟伴清影。爲乞姮娥，雲階鷟嶺。

聲聲慢　賦柑花

瀼瀼微露，熏骨濃分，清暑絶點珠璣。不夢風寒，繁豔自有冰肌。儘任蠻煙瘴雨，向炎洲、偷換朱衣。情緣短，絶無芳夢，飛度江陑。　猶記傳來纖手，藹香名三日，賞遍吴姬。縱使馨兒妖麗，誰與心期。傷情墜樓恩重，忍塵沙、玉瘞珠遺。餘韻在，返清魂、環珮夜歸。

東風第一枝　送人

曉渡呼雲，秋山訪雁，吟情先趁鄉夢。暖風輕約行塵，草色一川翠湧。元戎小隊，溢紫陌、簪纓光動。看碧油沙際，陳兵玉勒，柳邊飛鞚。　陪密幄、折衝需用。贊上幕、典刑增重。發硎初試，牛刀儲才，正須藥籠。清時異數，有天外、好風吹送。想驛亭、籌筆風流，應憶剪鐙曾共。

桂枝香　壽馬宣差詠桂

何年月地。有白鳳飛來，與秋遊戲。碎屑黃金馥馥，暗熏沉水。如來粟界開全未，直著得、許多清氣。飽諳風露，自應韻色，獨高人世。更不羨、犀帷富貴。羨鷲峰前度，秀分雲外。彈壓西風，誰數錦英華麗。幽芳素抱巖棲志，笑當時、滿門桃李。等閒乞取，長生妙訣，廣寒宮裏。

木蘭花慢　送陳國材都目

拂溪藤香潤，緘翠墨，寄深情。憶月滿簫臺，春回炎海，驛騎宵征。相思頓成春夢，恰方州、接武叙前盟。愧我弓刀分倅，多君案牘勞形。佳聲。賓佐喜逢迎。曹局賴經營。更尊俎譚諧，丰襟清曠，逸思縱横。正好相依晚歲，忽歡傳、梅菊已交承。粗喜分攜不遠，春來把酒江城。

木蘭花慢　陳伯永竹院有魏鶴山題扁名公留題

信吟筇到處，儘可款，箇人家。見碧甃横陳，粉墻低亞，亂鎖煙霞。森森萬竿如束，倚虚簷、風影自交加。一點塵無几研，十分清到窗紗。堪嘉。玉立瘦穿沙。池色浄無暇。向良夜移牀，静臨書帙，閒試茶瓜。明月清風仍好，但秦宫、梁苑遍棲鴉。零落殘香秀墨，春衣拂遍苔花。

齊天樂　薊門寒食

青煙一夜傳宮燭，朝來管絃都試。寶扇傳歌，銀瓶索酒，柳下驕驄曾繫。憐紅嫵翠。任栲栳量珠，伴春俱醉。不道無情，花殘春老頓容易。人生幾何適意。甚前時風度，今番情味。楚褟凝塵，濤箋封淚。愁在斷鴻聲裏。情絲恨綺。儘付與風簷，燕兒論理。不似流紅，解隨東去水。

齊天樂　與周可竹會飲和韻

浦潮迎送朝還暮。匆匆燕來鴻去。北牖分茶，西窗翦燭，離合人生由數。狂朋怪侶。記籌酒勾吟，幾回凝竚。絮影蘋香，夢中猶是少年路。　詞華今度尚在，奈相如漸老，無計重賦。露底冰絃，梅邊玉塵。留得風襟如故。情高萬古。想脱劍呼樽，氣吞寰宇。不管春山，子規啼夜苦。

晝錦堂　壽孔竹所

朱户粘雞，鈿釵簇燕，恰頒三日王春。記得當年佳夢，始紱祥麟。杜陵天近衣冠盛，謝庭春暖蕙蘭馨。人争羨，青鬢未饒，恩袍草色光凝。　佳音須側耳聽。報取日下蜚聲。繭紙塗鴉，天上寶墨猶新。蟄雷先奮三冬暖，便風終快九霄鵬。君須念，早晚小儒，終期一報平津。

渡江雲　題鄭天趣三湘集

渺寒雲萬里，孤舲載雪，逐雁渡三湘。倦遊頻選勝，撫劍延年，貰酒過滕王。清泉自酹，秋草合、賈傳祠荒。算都是、傷心吊古，和月貯吟囊。　難忘。雲邊梅屋，雨底蓀房。料裁雲縫霧，應自有、知心老嫗，相與平章。澧蘭沅芷曾親擷，返醒魂、猶帶騷香。看未足，漁歌又起滄浪。

念奴嬌

倦懷無據。憑危欄極目，寒江斜注。吴楚風煙遥入望，獨識登臨真趣。晚日帆檣，秋風鐘梵，倚遍樓東柱。興來攜手，與君更上高處。　隱約一水中分，金鼇戴甲，力與蛟龍拒。擬訪臨幕清夜鶴，誰解坡仙神遇。斷壁懸秋，驚濤遡月，總是無聲句。勝游如掃，大江依舊東去。

念奴嬌

怒濤駕雪，躪千騎、争赴危坡奔注。高閣淩空圖畫出，邈邈荆揚佳趣。夢澤雲寬，邗溝霜净，影落晴簷柱。南來王氣，銷沉榛莽深處。　堪笑亡國危機，沉江鐵鏁，欲把東吴拒。司馬家兒那解事，神算真成天遇。商意悲涼，宫詞凄苦。忍聽臨風句。無情江水，不將遺恨流去。

水龍吟

簡周晴川教授會飲和韻，其兄晴山，有吹壎吹箎詞稿。

一春剩雨慳晴，悶來閒檢床頭曆。農占應候，今朝甲子，初開霽色。草徑泥融，柳橋風勁，尚妨吟策。有幽軒水浄，官窑春透，盡可一，觴閒集。　重碧滿浮雲液。奈長歌、此情無極。觥籌交錯，壎箎迭奏，席珍連璧。列屋修蛾，主家陰洞，漫然傾國。任魂醉直到，芙城待問，似它丁石。

喜遷鶯　永嘉思遠樓端午

香塵盈篋。是舊日賜來，宫羅疊雪。服艾衣清，浴蘭湯暖，輸與箇人娟潔。性巧戲拈，針縷蹙得、虎兒獰劣。鬢半亸，貼朱符翠篆，同心雙結。　愁絶追楚俗。獨吊湘累，日暵沉菰葉。綵鷁浮空，鳴鼉聒盡，十里翠紅相接。漫有倚空欄檻，誰把朱簾高揭。歸去也，聽叩舷兒女，尚傳歌闋。

宴清都　餞提控令史林君瑞

試倚江亭櫂。來執手、問君歸計何早。賓僚攀挽，元戎舉辟，正堪談笑。青衫兩見書考。且暫屈、致身未老。料鯤鵬、須奮天池，驊騮寧戀芻草。　堪誇健筆揮斤，長材破的，積案如掃。霜台器重，蘭省優容，十連儀表。平生不在温飽。但行志、功名儘了。便歸來、説似梅花，清樽細倒。

一萼紅 盆梅

玉堂深。正重簾護暝，窗色試新晴。苔暖鱗生，泥融脉起，春意初破瓊英。夜深後、寒銷絳蠟，誤碎月、和露落空庭。暖吹調香，冷芳侵夢，一餉消凝。　長恨年華畹晚，被柔情數曲，抵死牽縈。何事東君，解將芳思，巧綴一斛春冰。那得似、空山静夜，傍疎籬、清淺小溪横。莫問調羹心事，且論笛裏平生。

大聖樂 至日與周晴川兄弟會飲

霜護庭鴛，春生爐獸，早梅初破。喜至景、漸覺迎長，刺繡五紋，贏得兒女情多。老侵尋愁添歲月，儘門外、今朝無客過。慵身在，且應時納祜，淺酌高歌。　人生有幾勝選，苦不分、千金换翠娥。便次公酌我，公榮如子，奈此歡何。霜竹噴雲，風瓢激樹，得似塤篪清意呵。休眉鎖。問朱顔去了，還更來麽。

過秦樓 客中端午

水碧紗幮，月圓紈扇，悄悄午窗曾共。祛愁楚艾，照眼安榴，節物把人船送。無奈長晝如年，鶯趁吟情，蝶迷鄉夢。悵歸期多誤，暮雲凝望，亂愁如葑。　誰念我、悶對騷經，慵尋遺譜，冷落赴湘琴弄。醒魂正渴，筩碧初乾，買健聽人呼粽。不似歸來故園，同泛香蒲，頻傾春甕。儘癡兒騃女，齊唱湖樓興動。

賀新郎　壽清尹靳從矩

縣古槐成幄。燕泥香、繁紅墜雨，半簾花落。一夜江皋黃犢雨，萬頃綠雲噴薄。聽四野、田家歡樂。堂上琴聲堂下水，晝庭空、自下風簷雀。喧競少，儘不惡。竹窗暑淨巾斜著。傍筠軒、閑舒嘯戲，舞翻霜鶴。棐几藤牀揮玉麈，風骨稜稜如削。炯一段、清冰秋壑。待得河陽桃李滿，向雪堂、細訂梅花約。須喚我，共酬酢。

校：「田家歡樂」，《詞綜補遺》卷十九作「田歌歡樂」。「閑舒嘯戲」，作「閑舒笑傲」。「風骨」，底本原作「丰骨」，據《詞綜補遺》卷十九改。

賀新郎　歸雁送劉季和韻

雲影低平楚。看翩翩、離群避暖，去尋孤戍。猶記登樓看瘦字，零落西風無數。把往事、書將空處。乍別榆關秋夢迥，向江南、睡足菰蒲雨。天欲暝，雪初絮。江空歲晏衡陽度。儘冥冥、稻粱謀拙，弋人何慕。行斷驚飛悲吊影，誰念嘹風最苦。算只有、天涯羈旅。莫聽城笳迷去翮，被落花、飛絮相縈住。輸海燕，笑遲暮。

哨遍　題坐忘齋

一室退藏，隱几坐觀，默會人間世。惟集虛，抱一自齋心，黜聰明、形骸之外。回益矣。冥然如喪吾志。烏知禮樂非仁義。彼造物何知，息黥補劓，徒勞巧任私智。但忘年、忘義樂天倪。好惡情、都忘物皆齊。鰌與魚游，鹿與麋交，將無同異。噫。請試言之。彼知忘此此忘而，海上多矰繳，翁鷗弓、兩忘機。想蝶夢莊周，周迷蝶夢，籧籧自適無非己。便是是非非，非非是是，由來非馬非指。我而今、魚兔都忘已。又豈知、筌蹄爲得計。問臧穀、亡羊何累。塞翁得馬奚喜。得失成何濟。頓忘世味。簞瓢陋巷，樂以忘其憂耳。便教有酒也忘歸。任忘形、相汝相爾。以上文淵閣《四庫全書》輯本《瓢泉吟稿》卷三

浣溪沙　謝張魯瞻惠紙筆和來韻

金縷斜縈玉井欄，錦標輕染碧雲閑。一緘□到雪爭寒。　老去才情羞五鳳，愁邊心事怯雙鸞。淚紅休沁薛濤斑。《永樂大典》卷一〇一一一，《海外新發現〈永樂大典〉十七卷》，上海辭書出版社二〇〇三年版，第二八八一二八九頁。

校：「□」，據詞律補。

按：《瓢泉吟稿》卷三，原存詞四十七首，其中七首，《全金元詞》有案語：「卷中原有浣溪沙銀海清泉一調，菩薩蠻鄉關散盡一調，芙蓉紅落一調，柳梢青、臨江仙、鬱山溪、蘇武慢各一調，並見宋朱希真《樵歌》，章怡田以爲此七調皆館臣誤録。因删去。」謹從之。

詹玉

存詞十五首

詹玉，字可大，别號天遊。古郢（湖北沙市）人。權臣桑哥黨羽。歷任翰林應奉、集賢學士。桑哥敗，爲崔彧彈劾罷官。以能詞知名，元前期文獻《名儒草堂詩餘》、《天下同文集》、《詩詞餘話》均存其詞。《全宋詞》據《翰墨大全》另輯出詹玉詞二首。生平見俞焯《詩詞餘話》、《名儒草堂詩餘》卷上、《元史》卷一七三、一九九。

按：因詹玉曾爲權臣桑哥黨羽，地方文獻則以「詹正」爲其名。

齊天樂

贈童甕天兵後歸杭

相逢喚醒京華夢，吴塵暗斑吟髮。倚擔評花，認旗沽酒，歷歷行歌奇迹。吹香弄碧。有坡柳風情，逋梅月色。畫鼓紅船。滿湖春水斷橋客。　當年何限俊侣，甚花天月地。人被雲隔。却載蒼烟，更招白鷺，一醉西門又别。今回記得，再折柳穿魚，賞花催雪。如此湖山，忍教人更説。

校：「當年何限俊侣」，《名儒草堂詩餘》卷上作「當時何限怪侣」。「一醉西門又别」，作「一醉脩江又别。」

桂枝香　紫極宮寫韻軒

紫薇花露，飄灑作凉雲，點宮勾羽。字字飛仙，下筆一簾風雨。江亭月觀今如許。有飄零、墨香千古。夕陽芳草，落花流水，依然南浦。　甚兩兩、凌風駕虎。凭天孫標致，月娥眉嫵。一笑生春，不比世間兒女。筆牀硯滴曾窺處，有西山、青眼如故。翠箋寄與，玉簫吹徹，鳳吟鸞舞。以上《天下同文集》卷五十

校：詞題，《名儒草堂詩餘》卷上作《題寫韻軒》。「飄灑作凉雲」，作「瀟灑作凉雲」。「點宮勾羽」，作「點商勾羽」。「不比世間兒女」，作「郍孛世間兒女」。「翠箋寄與」，作「素牋寄與」。

霓裳中序第一

至元間，監醮長春宮，偶見羽士丈室古鏡，狀似秋葉，背有金刻「宣和御寶」四字，有感因賦。

一規古蟾魄。瞥過宣和幾春色。知那個、柳鬆花怯。曾磋玉團香，塗雲抹月。龍章鳳刻。是如何、兒女消得。便孤了、翠鸞何限，人更在天北。　磨滅。古今離別。幸相從、薊門仙客。蕭然林下秋葉。對雲淡星疎，眉青影白。佳人已傾國。嬴得癡銅舊畫。興亡事，道人知否，見了也華髮。

漢宮春　題西山玉隆宮

吟髮蕭蕭。正古槎秋入，河漢銀濤。紅雲甚家院落，一片笙簫。晋時言語，問何人、還肯逍遥。知幾度、落花啼鳥，鄉歌猶在兒曹。　游帷舊時明月，照滿庭空翠，剪剪春梢。西山笑人底事，流

浪宫袍。江湖近日，神仙多在渔樵。千古意，水沉香裏，孤楓陰落重霄。

校：底本原缺「孤楓陰落重霄」六字，據《四印齋所刻詞》本《天遊詞》補。

多麗　念念

晚雲歸，小樓又作陰涼。霎兒間，恨桐招雨，西風葉葉商量。醒時心、又還南浦，愁邊句、多在斜陽。菱碗籠青，蓮瓶拖豔，旋傾花水嚥茶香。怨蛩有、許多言語，説動軟心腸。夜沉沉，幾條涼月，界破晴窗。共繡簾吹絮未久，却孤劍水雲鄉。自家書、未能成字，鄰家笛、且莫吹商。好夢偏慳，閒情未了，隔墻又唱秋娘。帕綃依舊時香摺，戲封做書囊。鴛鴦字，見時千萬，繡一雙雙。

渡江雲　春江雨宿

拖陰籠晚暝，商量清苦，陣陣打篷聲。分明都是淚，不道今宵，篷底有離人。松濤摇睡，夢不穩、難濕巫雲。幾點兒、淚痕跳響，休要醒時聽。　銷魂。燈下無語，□□梨花，掩重門夜永。應是添、傷春滋味，中酒心情。東風湖上香泥軟，明日去、天色須晴。相見也，緑陽沽酒旗亭。

校：據《叢書集成》本《名儒草堂詩餘》卷上，在「梨花」之前，增補兩個缺字。

三姝媚曲

古衛舟。人謂此舟曾載錢塘宫人。

一篷兒别苦。是誰家、花天月地兒女。紫曲藏嬌，慣錦窠金翠，玉璈鐘吕。綺席傳宣，笑聲裏、龍樓三鼓。歌扇題詩，舞袖籠香，幾曾塵土。　因甚留春不住。怎知道人間，匆匆今古。金屋銀屏，被西風吹换，蓼汀蘋渚。如此江山，應悔却、西湖歌舞。載取斷雲何處。江南煙雨。

校：「被西風吹换」，底本「吹换」二字不清，據《叢書集成》本《名儒草堂詩餘》補字。

一萼紅

泊沙河。月鈎兒掛浪，驚起兩魚梭。淺碧依痕，嫩凉生潤，山色輕染修娥。釣船在、緑楊陰下，驀聽得、船底有吴歌。一段風情，西湖和靖，赤壁東坡。　往事水流雲去，嘆山川良是，富貴人多。老樹高低，踈星明淡，只有今古銷磨。是幾度、潮生潮落，甚人海、空只恁風波。閑着江湖儘寬，誰肯漁蓑。

阮郎歸　閨情

斜河一道界相思。好秋都上眉。鸞箋象管寫心啼。搦愁題做詩。　添别恨，卜歡期。燈花紅幾時。看看月上小窗兒。夜香今夜遲。以上元鳳林書院輯刊《名儒草堂詩餘》卷上

八聲甘州　壽張尚書

從容黄石履，一編書，曾佐漢王關。甚殷勤佳約，茹芝人共，引鶴差鸞。借手便成羽翼，方略匹如閑。説道赤松去，還在人間。　紫綬青春如許，是南辰尊宿，北斗天官。問沙堤早晚，喜色滿長安。傳宣能勾鳳詔，便玉除前面領仙班。功名了，却茶煙琴月，慢慢東山。《新編事文類聚翰墨大全》丙集

桂枝香　丙子送李倅東歸

沉雲別浦。又何苦扁舟，青衫塵土。客裏相逢，灑灑舌端飛雨。只今便把如伊吕。是當年、漁翁樵父。少知音者，蒼煙吾社，白鷗吾侶。　是如此英雄辛苦。知從前、幾個適齊去魯。一劍西風，大海魚龍掀舞。自來多被清談誤。把劉琨、埋没千古。扣舷一笑，夕陽西下，大江東去。《新編事文類聚翰墨大全》庚集卷十五

浣溪沙

淡淡青山兩點春。嬌羞一點口兒櫻。一梭兒玉一窩雲。　白藕香中見西子，玉梅花下遇昭君。不曾真個也銷魂。

慶清朝慢

紅雨争形，芳塵生潤，將春都揉成泥。分明蕙風薇露，搏搦花枝。款款汗酥薰透，嬌羞無奈濕雲癡。偏廝稱，霓裳霞佩，玉骨冰肌。　梅不似，蘭不似，風流處，那更著意開時。驀地生綃金扇底，嫩涼浮動好風微。酒醉得渾無氣力，海棠一色睡臙脂。閑滋味，殢人花氣，韓壽争知。以上元俞焯《詩詞餘話》（《説郛》卷四十三）

清平樂　一妓訴狀立廳下遂賦此

醉紅宿翠，髻嚲烏雲墜。管是夜來渾不睡，那更今朝早起。　東風滿搦腰肢，階前小立多時。却恨一番新雨，想應濕透鞵兒。《歷代詞話》卷九引《樂府紀聞》，又《御選歷代詩餘》卷一一九

按：《花草粹編》卷六作者署毛莘。《全宋詞》列爲詹玉存目，附注云：「石孝友詞，見《金谷遺音》。」

洞仙歌 重遊太平宮

舊遊何處，有青雲隨步。步入桃花醉紅雨。倚東風，點點玉唾生春。朗吟罷，袖出青蛇飛去。錦袍流浪久，老却廬山，竹下泉聲說今古。一切不如閒裏，天多春還在，煙霞誰侶。又乘風、長嘯上清都，正淡月天西，玉樓鐘鼓。清毛德琦《廬山志》卷十一

王利用 存詞一首

王利用，字國賓，號山木老人。通州潞縣（北京通州）人。幼穎悟，弱冠，與魏初同學齊名。初事元世祖于潛邸。中統初，歷太府内藏官，出爲山東經略司詳議官，遷北京奥魯同知，歷安肅、汝、蠡、趙四州知州。入拜監察御史，擢翰林待制，陞直學士，與耶律鑄同修實録。出爲河東、陝西、燕南三道提刑按察副使，四川提刑按察使。大德二年，改安西、興元兩路總管。未幾，致仕。元武宗朝，起爲太子賓客。卒年七十七，贈潞國公，謚文貞。生平見《元史》卷一七〇、《新元史》卷二〇三、《元詩選癸集》乙集。

木蘭花慢　題李氏牡丹園

擅花王尊號，許獨步，蕊珠宫。更露葉烟苞，天香國艷，占斷春風。青州越州名品，借風流不與洛京同。千字示與賦雅，五言白傅詩工。　誰移仙種到秦中。青帟瑞雲紅，似天寶繁華，沉香檻北，興慶池東。年年至人高宴，恐無情風雨又成空。回謝姚黄魏紫，汙顔脱落芳蘩。元駱天驤《類編長安志》（清鈔本）卷九

拜住 存詞一首

拜住，字明善。蒙古族。至正二年進士，至正十年，爲奉訓大夫、山東東西道肅政廉訪司僉事，任山東鄉試監試官。生平見《濟南金石志》卷二《元至正十年山東鄉試題名記碑》。

按：拜住，是元代蒙古人常見的名字。《御選歷代詩餘》卷九作「拜珠」。《詞綜補遺》卷十七編入拜住《菩薩蠻》詞，小傳中以拜住是蒙古札剌兒氏，名臣安童孫。延祐二年任太常院使，元英宗即位，除中書平章政事，進左丞相，至治二年進右丞相。明年英宗遇弑，拜住亦被害，年僅二十六歲。謚忠獻，改謚文忠。生平見黄溍撰神道碑(《黄金華集》卷二十四)。

菩薩蠻 鞦韆

紅繩畫板柔荑指，東風燕子雙雙起。誇俊與争高，更將裙繫牢。　牙床和困睡，一任金釵墮。推枕起來遲，紗窗月上時。清道光十四年陶氏紅豆樹館刻本《詞綜補遺》卷十七

沈景高 存詞一首

沈景高，烏程（浙江吴興）人。舊家子弟，流落不遇。世人亦不知其能詞，俞焯見到沈景高和劉龍洲指甲詞，纖麗可愛，乃與其定交。生平見俞焯《詩詞餘話》。

按：沈景高，《説郛》卷八十四所録俞焯《詩詞餘話》，作「波景高」。

沁園春 和劉龍洲指甲

新脱魚鱗，平分鵝管，愛勒眉彎。記掐恨香蕉，愁悰細説，劃情嫩竹，怨曲新翻。旋撲梅英，收鬟匼歛珠，嶺重交猶道寒。喬無奈，笑輕吹杏帶，淺揭湘斑。宫棋也學偷彈，時綰就同心羞自看。解傳栢頻賭，藏鬮羅袖，歸鞭重數，刻印闌干。暗解綃囊，倦揮瑶瑟，餵蕊鶯兒繡閣間。風流處，露雞頭新剥，消遣郎閑。明崇禎六年刻本董斯張等輯《吴興藝文補》卷六十三

校：「喬無奈，笑輕吹杏帶，淺揭湘斑」，《説郛》卷八十四所録俞焯《詩詞餘話》，作「嬌無奈，哭輕拈杏帶，淺揭湘裙」。「露雞頭新剥，消遣郎閑」，作「路雞頭新剥，消遣情郎悶」。

徐遜

存詞一首

徐遜，字敏甫。《式古堂書畫彙考》卷二十録存元人袁桷、貫雲石、徐遜、郭天錫《詩詞合卷》，徐遜所作爲《水調歌頭》詞。

水調歌頭

中秋後四日，奉母挈累遊問政之興道觀，望黄山，俯練水，遂賦《水調歌頭》。徐遜拜。

盤馬萬山頂，彈禽群木中。追思年少行樂，減盡舊豪雄。三十六峰青矗，三百六灘碧逝，歸路杳重重。拱手問仙伯，謫宦豈天公。　奉慈親，攜稚子，訪琳宫。太虚點雪高處，萬慮一杯融。但得挈家歸隱，何用舉家拔宅，雞犬亦昇空。長（下有笑字，點去。）嘯下山去，脚底響松風。（清卞永譽《式古堂書畫彙考》卷二十《詩詞合卷》）

釋智久 存詞二首

智久，字里不詳，號古淵野衲。長清靈岩禪寺僧。至順二年，在長清縣靈岩寺泉公首座壽塔銘、亨公壽塔記分别題詞一首。

鷓鴣天 贊亨公

氣象軒昂忠政多。輕財重事無如他。僧堂全管數千貫，移塔捨錢念百過。無縫罅，妙禪和。佳聲浩浩占高科。旌明行業人稱讚，延永芥城拂劫波。

鷓鴣天 贊泉公

頭角峥嶸慈濟泉。報恩萬壽曾參玄。爲思方領宜修道，直造靈巖結善緣。栽園果，種福田。四方設藥施無偏。而今壽塔小師壘，延永谷城劫石堅。以上《泰山志》卷十八

王沂 存詞七首

王沂，字師魯（一字思魯）。祖籍雲中襄陰（元屬宣德府順聖），徙居真定（河北正定）。其父由金仕元，南宋亡，到江南任職。王沂于元仁宗延祐二年中首科進士。歷臨淮縣尹、嵩州同知。元文宗至順間爲翰林編修，歷國子博士、翰林待制，元順帝至正初，任禮部尚書。主持元統元年科舉考試，以總裁官身份編訂遼、金、宋三朝史。卒于至正二十二年以後。有文名，并能詩。曾築石田山房以居。詩文集《伊濱集》早佚，清乾隆年間修《四庫全書》，從《永樂大典》中輯出王沂《伊濱集》二十四卷，詩文各十二卷。輯本詩集卷十二編入詞七首。生平見《四庫全書總目》卷一六七《伊濱集》提要，明鄭太和《麟溪集》壬卷、〔嘉靖〕《真定府志》卷五、卷二十七，清錢熙彦《元詩選補遺》、《元書》卷八十九。

清平樂　春去

宿酲初醒。裊裊吟鞭影。蜀道秦川行路永。羅袖殘香消盡。　清明寒食匆匆。能消幾日東風。蝴蝶不知春去，畫橋貪趁流紅。

菩薩蠻　題李溉之詞卷

大明湖上秋容暮。風煙杖屨時來去。説與病維摩。可人秋水呵。　自書盤谷序。和了停雲句。把酒爲君歌。濟南名士多。

青玉案　送温叔剛之解州軍司幕官

東風撲面飄紅雨。正杜宇，催春去。馬首西山青半縷。汾陰簫鼓。晋陽煙樹。總是消魂處。　芙蓉緑水佳賓主。賭酒金錢更數。若見東皋煩寄語。山林真味，醉鄉天趣。待我平分取。

滿江紅　壽張良卿學士

九萬扶摇，試看取、垂天鵬翼。追往事、星辰劍履，玉陛山立。爲問寶香黄閣夢，何如仙闕丹臺籍。寫風流、杖屨入耆英，今猶昔。　詩酒部，笙歌席。松菊社，雲煙屐。早東風爲報，日邊消息。虎節貂蟬端舊物，分封准擬如椽筆。對西山、一笑五千年，髯如戟。

水龍吟　和鄭彦章韻

畫簷踈雨纔收，酒醒疑掩篷窗卧。熏爐火冷，餘香猶在，擁衾清坐。點鬢霜明，窺人月小，短擎花墮。想吴山越水，樓臺縹緲，應曾有，飛鴻過。　寂寞文園病後，舊心情、苦無些箇。多君調我，幽蘭新句，紋牋玉唾。花落元都，鶴歸華表，夢誰擎破。待蓴鱸江上，高歌小梅，扣舷相和。

御街行　送王君冕二首

煙中列岫青無數。遮不斷、長安路。杜鵑誰道等閒啼，迤邐得人歸去。隴雲秦樹，周臺漢苑，滿眼相思處。　停杯莫放離歌舉。至剪燭、西窗語。元都燕麥又春風，自是劉郎遲暮。紉蘭結佩，裁冰斫句，細和閒情賦。

君行廣武山前路。是阮籍、回車處。問他儒子竟何成，落日大河東注。無人說與，遥岑遠目，也會修眉嫵。　離宫別館空禾黍。嘯木魅、啼蒼鼠。悠悠往事不經心，只有閑雲來去。停雲得句，歸雲洞府，領取淵明趣。以上文淵閣《四庫全書》輯本《伊濱詩集》卷十二

丁德孫 存詞二首

丁德孫，字惟一，鄞縣三溪（今屬浙江）人。延祐七年，任沙縣主簿。後升長樂縣尹。至正年間，爲承事郎，任福州路羅源縣尹兼勸農事。爲政寬惠明信，詞訟清簡，尤能以興起斯文，作新後學爲己任。秩滿，士民不忍其去，爲立碑頌德，復繪像附黌舍而祠之。生平事蹟見《（弘治）八閩通志》三十七。

按：丁德孫，《（嘉靖）沙縣志》卷九下注「宋人主簿」，據彭志《〈全宋詞〉〈全金元詞〉輯補二十家三十七首》考證爲元人，今從之。

沁園春 沖和道院

蹈入玄關，靈臺塵蜕，令人快哉。喜清磬敲金，唤醒醉夢，寒泉沁玉，洗盡炎埃。坐榻風生，蒲團月朗，午夜瓊花透頂開。争誇羨，人間仙境，平地蓬萊。　陰中一點陽回。誰信道、坤中復有雷。這個工夫妙，存神谷滿，前春意動，葭灰。洞府雲深，藥爐丹熟，好向無中結聖胎。還知否，獨豫章一脈，吾道南來。

校：詞牌，原作「沁春園」。

臨江仙　白石道院

白石清泉塵世少，天然非郭非村。數聲金磬報朝昏。洞深無俗客，晝静掩柴門。　午夜瓊花開紫府，綿綿春意長存。功成鞭鶴跨昆崙。壺中閑日月，袖裏小乾坤。以上《（嘉靖）沙縣志》卷九

白賁 存詞二首

白賁，字無咎，別號素軒。祖籍太原文水（今屬山西），南渡，定居錢塘（浙江杭州）。擅長書畫，延祐中知忻州，忻監郡，去職。元英宗至治年間，起爲平陽州儒學教授，歷常州路知事，終南安路經歷。生平見陶樑《詞綜補遺》卷十八。

按：白賁無咎，與陝州（山西河曲）人白賁，字君舉，號寓齋，名同。

鸚鵡曲

儂家鸚鵡洲邊住。是個不識字漁父。浪花中一葉扁舟。睡煞江南煙雨。覺來時滿眼青山，抖擻緑蓑歸去。算從前錯怨天公，甚也有安排我處。《陽春白雪》後集卷一

百字折桂令

蔽裘塵土壓征鞍，鞭絲倦裊，蘆花弓劍。蕭蕭一徑入煙霞，動羈懷，西風木葉，秋水蒹葭。千點萬點，老樹昏鴉。三行兩行，寫長空啞啞。雁落平沙。曲岸西邊近水灣。漁網綸竿釣槎斷。橋東壁，傍溪山，竹籬茅舍人家。滿山滿谷，紅葉黄花。正是淒涼時候，離人又在天涯。陶樑《詞綜補遺》卷十八

邵清溪 存詞一首

邵清溪，生平不詳，應是方逢辰門下士。方逢辰七十壽辰，時在元世祖至元二十七年。方逢辰《蛟峰先生文集》卷十三，編入邵清溪以《賀新郎》爲方逢辰祝壽之詞。

賀新郎 壽蛟峰先生七旬(九月二十九日)

元祐人無幾，對西風，從頭僂指，寥寥誰是。劫火灰中真鐵漢，老子一人而已。那勳業、掀天揭地。司馬不留諸老去，奈乾坤、顛倒成兒戲。天下事，竟如此。小春明日浮梅蕊，到如今，平頭七十，依然弧矢。且把六經書盡註，更占峽山深處。又管甚、世間風雨。稱壽一觴公須飲，道此心千載斯文寄。康濟外，總餘事。明刊活字本方逢辰《蛟峰先生文集》卷十三

何守謙 存詞三首

何守謙，字里不詳。元成宗大德元年任秘書監校書郎，大德十年，進秘書監著作佐郎。元武宗至大二年，改秘書郎。元文宗延祐五年，累遷南臺御史，後入爲監察御史。元英宗至治二年，座贓杖免。明衷仲孺《武夷山志》卷十五與《武夷九曲志》卷十四，均有何守謙《臨江仙》詞二首。《全金元詞》（一一三七頁）據《武夷山志》卷十五，録何守謙詞二首。《詩淵》六册四〇七六頁，則有三首《臨江仙》詞，題爲《樂府三章》，作者署「元何守謙」。與《武夷山志》卷十五（「元何守謙」）、《武夷九曲志》卷十四（「明何守謙」）校勘，何守謙《臨江仙》詞二首，則是《樂府三章》其二、其三。其一僅見《詩淵》。生平見《元秘書監志》卷十、《至正金陵新志》卷六、《元史》卷二十八《英宗本紀》。

臨江仙　武夷山

前日武夷山下過，不堪行色匆匆。而今却喜駐青驄。隔溪呼小艇，載我入琳宫。　憶昔漢家留祀事，石壇幾度秋風。倚天三十六高峰。昇真人已去，誰復繼仙蹤。

臨江仙　武夷山

山下清溪溪上渡，舟遊九曲皆奇。諸峰羅列翠屏圍。煙霞今閬苑，花木昔瑶池。　念念神仙無覓處，洞天留在靈祠。從教猿鶴笑吾癡。還山非不樂，未忍負明時。

臨江仙　武夷山

夢寐武夷仙島上，一來欲浣羈愁。山靈何事厭人遊。白雲生洞口，微雨暗溪頭。　顧我平生非俗客，豸冠此日清流。好將仙籍姓名收。他年勳業了，準擬卜菟裘。以上《詩淵》六册四〇七六頁

安熙 存詞五首

安熙（一二七〇—一三一一），字敬仲，號默庵。祖籍太原離石（今屬山西），金亡，徙真定藁城（今屬河北）。安熙承繼家學，以大儒劉因的私淑弟子自居，未及見面，而劉因已故。安熙不屑仕進，家居教授，四方學子前來求學，多有所成就，著名者有趙郡蘇天爵。安熙曾説：「文以載道，詞不勝不足以言理。」詩文受時人重視。終生未仕，去世後，鄉人立祠於藁城。所作詩文，由蘇天爵輯爲十卷（内集五卷，外集五卷），今傳本《安默庵先生文集》僅五卷，應爲内集，包括詩、文和詞。著有《詩傳精要》、《續皇極經世書》、《四書精要考異》、《丁亥詩注》等，均未刊行。生平見蘇天爵撰行狀（《滋溪文稿》卷二十二）、袁桷撰墓表（《清容居士集》卷三十）、《元史》卷一八九、《大明一統志》卷三、《元詩選》初集《默庵集》。

酹江月

登古容城有感。城陰則静修劉先生故居。

天山巨綱，儘牢籠、多少中原人物。趙際燕陲空老却，千仞巖巖蒼壁。古柏蕭森，高松偃蹇，不管飛冰雪。慕羶群蟻，問君誰是豪傑。　重念禹跡茫茫，狐兔荆棘，感慨悲歌發。累世興亡何足道，等是轟蚊飛滅。湖海襟懷，風雲壯志，莫遣生華髮。中天佳氣，會須重見明月。

酹江月

前日歸途，偶記和仲欲把鋤犂，門人願助之語。甚恨不獲請其詳，而亦獨喜其先得我心之所同也。中夕不寐，卒爾成章，寫寄和仲，可爲後日相見一笑。大德乙巳上元日，神峰野客書。

世途艱阻，正堪悲、萬里清秋摇落。況復乾坤還閉物，奚啻切床膚剥。消長盈虚，循環反覆，夜半驚孤鶴。東君著意，惠風先到巖壑。　悦親原有清歡，簞瓢食飲，不害貧家樂。多病留侯空自苦，慚愧長身諸葛。先手躬耕，卧龍岡上，吾家桑梓在卧龍崗之陽。準備豐年獲。豚蹄社鼓，幾時同醉寥廓。

校：詞序，「可爲後日相見一笑」，底本無「後日」，據台北「中央圖書館」藏清嘉慶十一年趙輯寧手鈔本（《元人文集珍本叢刊》第五册）補録。

太常引　和王治書仲安

求田問舍欲婆娑。算無地，不風波。胸次儘嵯峨。世間事、都能幾多。　登山臨水，望花隨柳，獨此未消磨。便擬借行窩。正霽月、光風氣和。

石州慢　寄題龍首峰

龍蟠虎踞，朝楚暮秦，世路艱蹇。夕陽淡淡餘暉，閶闔九重天遠。千秋萬古，先天消長圖深，何人解識興亡本。夜鶴渺翩翩，儘平林鴉滿。　蕭散。不須黄鶴遺書，不用洪崖相挽。蒼狗浮雲，平日慣開青眼。擬將書劍，西山采蕨食薇，自應不屬春風管。只恐汝山靈，怪先生來晚。

鵲橋仙

徘徊尊俎。徜徉笑語。俯仰乾坤今古。世間豪傑數元龍，想未識、聖門風度。也非學圃。也非懷土。静看落花風雨。安排便、買釣魚蓑，底是滄浪深處。以上《畿輔叢書》本《安默庵先生文集》卷五

許謙 存詞二首

許謙（一二七〇—一三三七），字益之，號白雲山人。金華（今屬浙江）人。早孤，受業于金履祥。延祐初，居東陽八華山，開門講學，學者欣然從之。許謙安貧樂道，篤志於學，廉訪使曾欲薦於朝，始終講學鄉里四十年。後至元三年卒，朝廷賜謚文懿。著《讀書叢説》六卷、《詩傳名物鈔》八卷、《讀四書叢説》四卷、《讀論語叢説》三卷、《讀中庸叢説》二卷等。有詩文集《白雲集》四卷，系明人李伸所編，今存。卷四存詞二首。生平見黄溍撰墓誌銘（《黄金華集》卷三十二）、《元史》卷一八九、《兩浙名賢録》卷四、《元詩選》初集《白雲集》。

祝英臺 次韻潘明之秋思

上簾鉤，開硯匣，詩興在風柳。磊魄胸懷，臨鏡謾搔首。看他冉冉來鴻，匆匆歸燕，時不再、且須傾酒。　釣鼇手。無奈萬里煙波，空舟竟何有。未卜行藏，心事幾凭牖。最宜野月穿窗，山雲擁户，箇中樂、有人知否。

蝶戀花 正月十一日

楊柳池臺春信早。簾捲東風，猶帶餘寒峭。暖透博山紅霧繞。洞簫扶起歌聲杳。　初試花冠金

凰小。鬢亂釵横，長怯傍人笑。銀燭未殘樽未倒。雞聲漏永頻催曉。以上《金華叢書》本《白雲集》卷四

校：「楊柳池臺」，《詞綜補遺》卷十九作「楊柳池塘」。

張養浩 存詞一首

張養浩（一二七〇—一三二九），字希孟，號雲莊。濟南歷城（今屬山東）人。早年勤奮好學，山東按察使焦遂薦爲東平學正。北遊京師，上書平章不忽木，辟禮部令史。選授堂邑縣尹，去職十年，當地猶爲其立碑頌德。元武宗時，受東宫太子愛育黎拔力八達（元仁宗）賞識，拜監察御史。上書評議時政，因之受權臣排斥，改翰林待制，復被羅織罪名罷官。爲避禍，變姓名遁去。元仁宗即位，召爲左司都事，累遷禮部尚書。元英宗即位，命參議中書省事，曾諫止内廷燈山之戲。後以父年老，辭官歸養。屢徵不起。元文宗天曆二年，關中大旱，饑民相食，四月，特拜張養浩爲陝西行臺中丞。聞命下，即散其家之所有與鄉里，登車就道。終日勞碌無少息，遂一病不起，終年六十歲。有《三事忠告》四卷（一題《爲政忠告》），含《牧民忠告》二卷，《風憲忠告》與《廟堂忠告》各一卷。詩文結爲《張文忠公文集》（一名《歸田類稿》）二十八卷。有元刊本傳世。清乾隆時編《四庫全書》，未徵集到元刻本，即以明刻本《歸田類稿》爲底本，并以《永樂大典》等補輯，重編成《歸田類稿》二十二卷。張養浩是元曲家，天一閣鈔本《録鬼簿》列名于「前輩名家」節，《太和正音譜》評其詞「如玉樹臨風」。有散曲集《雲莊休居自適小樂府》傳世，今存。據劉敏中《江湖長短句引》，張養浩有樂府百餘首，輯成《江湖長短句》，未流傳至今。《全金元詞》據山東《歷城縣志》收張養浩詞一闋。生平見張起巖撰神道碑銘（《張文忠公文集》附録）、《元史》卷一七五、《元詩選》初集《雲莊類稿》。

按：《詞綜補遺》卷十九編入張養浩《行香子》詞，是誤收蘇軾詞。

感皇恩 自壽

林壑八年閑，吟殘山色。無處煙霞不相識。真懽清福，舉世誰人曾得。天教分付與，雲莊客。萬室侯封，九華仙伯。未必情濃似吾適。扁舟風月，好景初無今昔。遐齡原不在，餐松柏。清乾隆三十六年刻本（《續修四庫全書本》）《歷城縣志》卷二十四《金石考》

楊載

存詞一首

楊載（一二七一——一三二三），字仲弘。祖籍浦城（今屬福建），遷居杭州（今屬浙江）。少孤，博覽群書，爲文跌宕可觀。四十歲由賈國英舉薦于朝，召爲翰林國史院編修官，與修《元武宗實録》。元仁宗恢復科舉，延祐二年，楊載登首科進士第，授承務郎、浮梁州同知，遷儒林郎、寧國路總管府推官，未到任而卒。楊載與虞集、范梈、揭傒斯齊名，并稱「元詩四大家」。其詩一洗宋代風習，曾對學詩者説：「詩當取材于漢、魏，而音節則以唐爲宗。」（《元史》本傳）當時論詩法諸家，首推楊載。有《翰林楊仲弘詩集》八卷，未收入詞作。在書畫著録之中，存楊載詞一首《水龍吟》，手跡今藏臺北故宫。另有《詩法家數》一卷，舊題楊載著，真僞有異説。生平見黄溍撰墓志銘（《黄金華集》卷三十三）、楊維楨《西湖竹枝集》、《元史》卷一九〇、《元詩選》初集《仲弘集》。

水龍吟

鴻溝定約東歸，又誰遣赤龍迴指。青娥舞罷，重瞳飲泣，斷腸聲裏。半壁酸風，兩淮寒月，古今興廢。眇烏江滿眼，驚濤卷雪，分明總是英雄淚。　木末招招舟子，載何人斷煙流水。平沙盡處，青山數點，江東千里。長嘯風前，無人會我，登臨此意。但黄蘆古木，夕陽四照，有漁歌起。《中國書

法全集》四十七册《元代名家》第二十八幅《水龍吟詞卷》

校：本詞著録于卞永譽《式古堂書畫彙考》卷十八。「夕陽四照」，《式古堂書畫彙考》作「夕陽回照」。

薛昂夫　存詞三首

薛昂夫(約一二七二—一三五〇),本名薛超吾,字昂夫,號九皋。西域回鶻人。家族入居中原,先居河南沁陽,又遷往江西南昌。漢姓馬,一般稱爲「馬昂夫」或「薛昂夫」。早年師從劉辰翁,大德年間出任江西行省回回令史,元仁宗皇慶初入京師,除典瑞院僉院。從至治元年起,歷太平、池州、衢州、建德諸路總管。至正初年,以秘書監卿致仕。在衢州路時,所作詠爛柯山石橋的詩與曲,影響廣泛。是元散曲名家。三十歲時,編成《薛昂夫詩集》,未見傳本。生平見虞集《馬清獻公墓亭記》(《道園類稿》卷二十五)、孫楷第《元曲家考略》。

最高樓　九日

登高懶,且平地過重陽。風雨又何妨。問牛山悲淚又何苦,龍山佳會又何狂。笑淵明,便歸去,又何忙。　也休説、玉堂金馬樂。也休説、竹籬茅舍惡。花與酒,一般香。西風莫放秋容老,時時留待客徜徉。便百年,渾是醉,幾千場。

最高樓　暮春

花信緊,二十四番愁。風雨五更頭。侵堦苔蘚宜羅襪,逗衣梅潤試香篝。緑窗閑,人夢覺,鳥聲幽。按箏箏、學弄相思調。寫幽情、恨殺知音少。向何處，説風流。一絲楊柳千絲恨，三分春色二分休。落花中，流水裏，兩悠悠。

太常引　題朝宗亭督孟博早歸

冷煙千頃釀寒威。曉霜重、壓征衣。休放六花飛。憶尚有、遊人未歸。江空歲晚，故園秋老，行色莫依違。特地爲君期。趁南浦、蓴鱸正肥。以上元鳳林書院輯刊《名儒草堂詩餘》卷上

按：《名儒草堂詩餘》上卷，編入上述三首詞，作者「九皋司馬昂甫」，並加注「大行畏吾兒」。

虞集

存詞三十一首

虞集（一二七二——一三四八），字伯生，號道園，又號邵庵。撫州崇仁（屬江西）人。虞允文五世孫。早年師從吴澄。元成宗大德初，薦授大都路儒學教授。又任國子助教，升博士。元仁宗即位，除太常博士，遷集賢修撰。延祐六年，改翰林待制。以丁憂還江南。泰定初年授國子司業，遷秘書少監。曾與集賢侍讀學士王結於上都講經。拜翰林直學士，兼任國子祭酒。元文宗即位，虞集仍兼經筵。除奎章閣侍書學士，與中書平章趙世延同任《經世大典》總裁。書成，以目疾請解職歸里，未許。元文宗崩，稱病辭還臨川。元順帝至正八年五月，病故於家，謚文靖，追封仁壽郡公。虞集奬掖後進，倡導古學，影響一代文風。與楊載、范梈、揭傒斯並稱「元詩四大家」，詩文結爲《道園學古録》五十卷、《道園類稿》五十卷、《道園遺稿》六卷、《翰林珠玉》六卷、《虞伯生詩續編》三卷等别集，均有傳本。其詩歷來受詩選家、詩論家重視，自言如「漢廷老吏」（或「漢法令師」），以章法講究、格律工穩自許。虞集是元詞大家，《風入松》「杏花春雨江南」，成爲元詞代表作。還以元曲家名列《録鬼簿》「前輩名公樂章傳於世者」節，今僅存小令一支（據《全元散曲》）。生平見元人趙汸撰行狀（《東山存稿》卷六）、歐陽玄撰神道碑（《圭齋集》卷九）、《元史》卷一八一、《宋元學案》卷九十二、《元詩選》初集《道園學古録》。

燭影摇紅

淮南故將軍家有歌妓，才容自許，善自度曲。歐陽守淮南，妓爲將軍願一見公，竟不及見而卒。客有爲公賦此曲者。

雪映虚檐，夢魂正繞陽臺近。朝來誰爲護熏籠，雲卧衣裳冷。應念蘭心蕙性。對芳年、才華自信。洞房春暖，换羽移宫，珠圓璧瑩。板壓紅牙，手痕猶在餘香泯。當時惟待醉翁來，教聽鶯聲引。可惜閒情未領。但雕梁、塵銷霧暝。幾回清夜，月轉西廊，梧桐疏影。

蝶戀花

故遼主得其臣所獻《黄菊賦》，題其後曰：「昨日得卿黄菊賦。細翦金英題作句。袖中猶覺有餘香，冷落西風吹不去。」二月末，與楊廷鎮、陳衆仲觀杏城東，坐客有爲予誦此者，因括檃歸腔，令佐酒者歌之。

昨日得卿黄菊賦。細翦金英，題作多情句。冷落西風吹不去。袖中猶有餘香度。　滄海塵生秋日暮。玉砌雕闌，木葉鳴疏雨。江總白頭心更苦。素琴猶寫幽蘭譜。

賀新郎

五月中，以小疾家居，陳衆仲助教言乳燕飛華屋調最宜時，連度數曲，病其詞妙則聲劣，律穩者語卑。適有友人期家人到官所而不至，賦此。

丹荔明如火。想江城、蕙風乍透，繡簾青瑣。寶篆香銷初睡起，葉底流鶯又過。算幾度、思歸未果。欲翦冰綃憑誰寄，恐腰圍、漸減愁無那。臨岸曲，命舟舸。涼宵冉冉銀蟾度。望清輝、千里照人，霧低雲彈。準擬雕梁栖飛燕，早晚新巢定妥。歎會少離多似我。留滯文園頭先白，念琴心、久爲芳塵鎖。將舊恨，歸江左。

風入松　爲莆田壽

頻年清夜肯相過。春碧捲紅螺。畫檐幾度徘徊，月梁園迥，無復鳴珂。門外雪深三尺，窗中翠淺雙蛾。舊家丹荔錦交柯。新玉紫峰駞。長安日近天涯遠，行雲夢、不到江波。欲度新詞爲壽，先生待教誰歌。以上《虞文靖公道園遺稿》卷八

浣溪沙　次韻禮院孟子周僉院秋夜曲二疊

天闊秋高初夜長。浮塵消盡霧蒼茫。澄澄孤月轉危墻。金井有聲惟墜露，玉階無色乍疑霜。不聞人語只吟蛩。

浣溪沙

風力清嚴掃暮煙。纖塵不疑月嬋娟。太虛那得有中邊。大地山河空復影，九霄宮闕舊無傳。幾承劍氣一飄然。

南鄉一剪梅　招熊少府

南阜小亭臺。薄有山花以次開。寄語多情熊少府，晴也須來。雨也須來。隨意且銜杯。莫惜春衣坐緑苔。若待明朝風雨過，人在天涯。春在天涯。

法駕導引　廬山尋真觀題

欄干曲，正面碧崔嵬。嵐氣著衣成紫霧，墨香横壁長蒼苔。爲白玉蟾記柏影掃空臺。　江海客，欲去更徘徊。霧髮雲鬟何處在，風泉雪磴幾時來。鶴翅九秋開。

失調名　題梅花寒雀圖

殘雪曉。窗外幽禽小。春聲初動苔枝裊。花落知多少。　春起早。苦被東風惱。緑陰青子歸來早。滿徑生芳草。

柳梢青　楊補之梅花

至順癸酉立春，客有持逃禪翁此卷相示，清潤藴藉，使人意消，因所題柳梢青調，亦賦一首云。

從別幽花。玉堂金馬，十載忘家。横幅疏枝，如逢舊識，同在天涯。　荒村茅屋攲斜。待歸去、重尋釣槎。解却絲鉤，青鞋藜杖，翠竹江沙。

按：詞題，據《永樂大典》卷二八一三補。

風入松　寄柯敬仲

畫堂紅袖倚清酣。華髮不勝簪。幾回晚直金鑾殿，東風軟、花裏停驂。書詔許傳宮燭，香羅初翦朝衫。　御溝冰泮水挼藍。飛燕又呢喃。重重簾幕寒猶在，憑誰寄、銀字泥緘。爲報先生歸也，杏花春雨江南。

校：底本原無詞題，據朱彝尊《詞綜》卷二十九補。

滿庭芳

微雨經宵，暖煙籠晝，相尋閒步堤沙。露桃風絮，香影傍烏紗。徙倚江樓最久，綺窗迥、翠擁雙丫。輕鷗外，水郵山郭，帆過泊誰家。　東華。塵土夢，漢宮傳蠟，隋樹啼鴉。記當時攜手，何處天涯。日暮清吟未足，聽街鼓、催發香車。山翁醉，驚雷散雹，深夜未停撾。

鵲橋仙　寄阿里仁甫

維舟南浦。臨流不渡。踏破城南蔬圃。故人直是不相忘，把酒看、沙頭鷗鷺。　青雲得路。蘭臺烏府。早晚新承恩露。輕車切莫便乘風，先報與、山翁知取。

法駕導引　爲陳溪山壽

秋氣至，壽斝注天香。燕坐喜看扶兩几，擊鮮何必溷諸郎。長歲接賓行。

法駕導引

磐石上，新畫太丘翁。扶老一枝風滿袖，凌霄千歲露垂松。不與世間同。

法駕導引

千歲事，何許覔松喬。急雨輕雷開道路，星河北斗轉岧嶢。相對話漁樵。

浣溪沙

江上秋風日夜生。蕭蕭兩鬢葛衣輕。芭蕉叢竹共幽情。　病骨不禁湘簟冷，夢魂猶似玉堂清。畫簷疏雨過三更。以上《彊村叢書》本虞集《道園樂府》

蘇武慢

全真馮尊師，本燕趙書生，游汴，遇異人，得仙學。所賦歌曲，高潔雄暢，最傳者《蘇武慢》二十篇。前十篇道遺世之樂，後十篇論修仙之事。會稽費無隱獨善歌之，聞者有凌雲之思，無復流連光景者矣。余山居，每登高望遠，則與無隱歌而和之。無隱曰，公當爲我更作十篇。居兩年，得兩篇半，殊未快意也。昭陽協洽之年，嘉平之月，長兒之官羅浮。余與客清江趙伯友、臨川黄觀我、陳可立游。東叔吴文明、平陽李平幼子翁歸，泛舟送之。水涸，轉鄱陽湖，上豫章，遇風雪，十五六日不能達三百里。清夜秉燭，危坐高唱，二三夕間，得七篇半。每一篇成，無隱即歌之。馮尊師天外有聞，能乘風爲我一來聽耶。明春，舟中又得二篇，並無俗念一首。後三年，仙游山彭致中取而刻之，與瓢翁高明共一笑之樂也。道園道人虞集伯生序。

自笑微生，凡情不斷，輕棄舊磯垂釣。走馬長安，聽鶯上苑，空負洛陽年少。玉殿傳宣，金鑾陪宴，屢草九重丹詔。是何年、夢斷槐根，依舊一蓑江表。　天賜我、萬疊雲屏，五湖煙浪，無限野猿沙鳥。平明紫閣，日晏玄洲，晞髮太霞林杪。蒼龍騰海，白鶴銜霄，顛倒一時俱了。望清都、獨步高秋，風露洞天初曉。

蘇武慢

掃盡風雲，綽開塵土，落得半丘藏拙。青松爲蓋，白石爲牀，一切物情休歇。幾度蓬萊，布袍長劍，閒對海波澄澈。是誰家、酒熟仙瓢，邀我共看明月。　歸去也、玉宇寥寥，銀河耿耿，鐵笛一聲山裂。三花高擁，九炁彌羅，縹緲泰清瑶闕。手把芙蓉，凌空飛步，今夜幾人朝謁。便翻身、北斗爲杓，遍散紫甌香雪。

蘇武慢

山月來時，海風不動，平地玉樓璚宇。桂子飄香，露華如水，自按洞簫如縷。杳杳冥冥，泠泠歷歷，青鳥頻傳芳語。太微中、鸞鶴相求，盡是舊時真侶。　君聽取、列豹重關，鼓雷千吏，天界更多官府。石女簪花，木人勸酒，爲我此間聊住。高唱微吟，揮毫萬丈，塵世等閒今古。看空山、一色青青，何意斷雲殘雨。

蘇武慢

皓月清霜，釣舟如葉，閒渡小溪澄碧。銀漢無聲，玉輕橫野，斗柄正垂天北。半幅烏紗，數根華髮，一緉野鳧飛舄。問回仙、城南老樹，能見幾何今昔。　西華頂、十丈高花，九天秋露，結就翠房瑶室。脱屣非難，凌空何遠，三咽雪融冰液。辟穀神方，飡霞真訣，一去更無消息。笑人間、長住虚空，誰似一輪紅日。

蘇武慢

放櫂滄浪，落霞殘照，聊倚岸回山轉。乘雁雙鳧，斷蘆漂葦，身在畫圖秋晚。雨送灘聲，風摇燭影，深夜尚披吟卷。算離情、何必天涯，咫尺路遥人遠。　空自笑、洛下書生，襄陽耆舊，夢底幾時曾見。老矣浮丘，賦詩明月，千仞碧天長劍。雪霽瓊樓，春生瑶席，容我故山高燕。待雞鳴、日出羅浮，飛渡海波清淺。

蘇武慢

對酒當歌，無愁可解，是個道人標格。好風過耳，皓月盈懷，清浄水聲山色。世上千年，山中七日，隨處慣曾爲客。盡虚空、北斗南辰，此事有誰消得。　曾聽得、碧眼胡僧，布袍滄海，直下釣絲千尺。掣取鯨魚，風雷變化，不是等閒奇特。寒暑相推，乾坤不用，歷劫不爲陳迹。可憐生、忘却高年，長伴小兒嬉劇。

蘇武慢

憶昔坡公，夜遊赤壁，孤鶴掠舟西過。英雄消盡，身世茫然，月小水寒星大。何似漁翁，不知今古，醉傍蓼花燃火。夢相逢、羽服翩躚，未必此時非我。　誰解道、歲晚江空，風帆目力，横槊賦詩江左。清露衣裳，晚風洲渚，多少短歌長些。玉宇高寒，故人何處，渺渺予懷無那。歎乘桴、浮海飄然，從者未知誰可。

蘇武慢

十載燕山，十年江上，慣見半生風雪。對雪無舟，泛舟無雪，不遇並時高潔。斷港殘沙，今茲何夕，一似剡溪歸越。但掀篷、數尺梅花，人迹鳥飛俱絶。　君不見、五老峰巔，浮丘絶頂，笑我早生華髮。返老還童，易龕爲妙，定有九還丹訣。霽景浮空，天光眩海，一體本無分别。便堪稱、六一仙公，千古太虚明月。

蘇武慢

歸去來兮，昨非今是，惆悵獨悲奚語。迷途未遠，晨景熹微，乃命導夫先路。風颺舟輕，候門童稚，此日載瞻衡宇。酒盈尊、三徑雖荒，松菊宛然如故。　聊寄傲、與世相違，舊交俱息，更復駕言焉取。琴書情話，尋壑經丘，倦鳥岫雲容與。農人告我，有事西疇，孤櫂賦詩春雨。但樂夫、天命何疑，乘化任渠留去。

蘇武慢

六十歸來，今過七十，感謝聖恩嘉惠。早眠晏起，渴飲饑餐，自己了無星事。數卷殘書，半枚破硯，聊表秀才而已。道先生、快寫能吟，直是去之遠矣。　没尋思、拄個青藜，靸雙芒屨，走去渡頭觀水。逝者滔滔，來之衮衮，不覺日斜風細。有一漁翁，驀然相唤，你在看他甚底。便扶攜、穿起鮮魚，博得一尊同醉。

蘇武慢

一徑通幽，畫屏橫翠，行到白雲深處。世外蟠桃，井邊佳橘，別有種萱瑶圃。檀板輕敲，素琴閑弄，奉獻鳳膏麟脯。舞翩翩、鶴髮飄飄，仍似舊時仙母。　君看取、華屋神仙，滿堂金玉，此是蟪蛄朝暮。五色蓬萊，九秋鵰鶚，別有出身之路。酒熟麻姑，雲生巫峽，稽首洞天歸去。任海波、清淺無時，何處緑窗雲户。

蘇武慢

雲淡風輕，傍花隨柳，將謂少年行樂。高閣林間，小車城裏，千古太平西洛。瞻彼泱泱，言思君子，流水儼然如昨。但清遊、天際輕陰，未便暮愁離索。　長記得、童冠相隨，浴沂歸去，吟詠鳶飛魚躍。逝者如斯，吾衰甚矣，調理自存斟酌。清廟朱絃，舊堂金石，隱几似聞更作。農人告、我有事西疇，窈窕挂書牛角。以上《函海》本《鳴鶴餘音》

無俗念

十年窗下，見古今成敗，幾多豪傑。誰會誰能誰不濟，故紙數行明滅。亂葉西風，遊絲春夢，轉轉無休歇。爲他憔悴，不知有甚干涉。　寥寥無住閑身，盡虛空界，一片中宵月。雲去雲來無定相，月亦本無圓缺。非色非空，非心非佛，教我如何説。不妨跬步，蟾蜍飛上銀闕。明成化刻弘治嘉靖遞修本（《四庫全書存目叢書》本）明李伯璵編《文翰類選大成》卷一六〇

校：「寥寥無住」，《函海》本《鳴鶴餘音》作「寥寥無往」。「中宵月」，作「中霄月」。

一剪梅　春别

豆蔻梢頭春色闌。風滿前山。雨滿前山。杜鵑啼血五更殘。花不禁寒。人不禁寒。　離合悲歡事幾般。離有悲歡。合有悲歡。别時容易見時難。怕唱陽關。莫唱陽關。《花草粹編》卷七

按：《御選歷代詩餘》卷三十七署王瑩卿作。

朱思本 存詞三首

朱思本（一二七三—一三三二以後），字本初，道號貞一。臨川（江西撫州）人。道士，出家於龍虎山上清宮三華院，曾從道教宗師吴全節居大都。元英宗至治元年，主玉隆萬壽官。精輿地之學。詩文集《貞一齋稿》罕見流傳，另著《廣輿圖》二卷，是元代地理學著作。生平見《元詩選癸集》壬集、《元詩紀事》卷三十三。生年，據吴全節《貞一稿序》「予長於本初四歲」，《貞一齋稿》卷二長題詩有「至大四年辛亥予年卅九」推出。

水龍吟　送閔道録醮玉隆竣事歸東湖

幾年南北聲名，有純孝子騫苗裔。逃儒自愛，翛閒天賦，神仙標致。歸隱東湖，醉遊南浦，滿襟清氣。想當時、宦海風波浩蕩，從前錯，如今是。　追念父師恩重，恨年華、暗隨流水。錦帷夜醮，黄壇春静，緑章封事。香霧空濛，步虚嘹喨，孝通天地。玉皇優詔答功勤，壽甲子，三千歲。

千秋歲　壽程竹逸六十

虎溪清旭。瑞氣生華屋。無量壽，如川福。簪纓門閥好，詩禮家聲肅。真樂處，庭階侃侃森蘭玉。　問訊溪邊竹。色與靈椿緑。多積善，貞祥熟。皇天私有許，甲子從新讀。千二百，崆峒不待仙人祝。

燭影搖紅　壽鄭梅菴

春到梅邊，瑞光浮動香山裏。雲端微見老人星，嘹亮觀聲起。灩灩尊浮緑螘。對紅妝、高歌盡醉。彩衣錯落，玉樹瓏璁，人生難比。谷口家聲，户庭藹藹傳詩禮。天教餘慶屬伊人，争看南山梓。那羡東風桃李。向蟾宫、早攀仙桂。賃時須記，老子婆娑，一盃千歲。以上《宛委别藏》本《貞一齋詩文稿》下卷《貞一齋詩稿》

陸行直 存詞一首

陸行直（一二七三——一三四七以後），字季道，一字甫之，別號湖天居士。姑蘇（江蘇蘇州）汾湖人。長于書畫。有家妓名卿卿，以才色見稱，友人張炎作古詞贈之。二十一年之後，陸行直以翰林典籍致政歸，卿卿、張炎皆成故人，畫《碧梧蒼石圖》，友人紛紛作《清平樂》詞題卷。

按：據清卞永譽《式古堂書畫彙考》卷四十六，爲畫《碧梧蒼石圖》，陸行直有題語，所題《清平樂》詞則在其後。而《珊瑚網》卷三十二，則僅有陸行直題語，無詞。暫將題語作序，與詞編在一起。

清平樂 題碧梧蒼石圖

候蟲凄斷。人語西風岸。月落沙平流水漫。驚見蘆花來鴈。可憐瘦損蘭成。多情因爲卿卿。只有一枝梧葉，不知多少秋聲。此友人張叔夏贈余之作也。余不能記憶，于至治元年仲夏廿四日，戲作《碧梧蒼石》與冶仙西窗夜坐，因語及此。轉瞬二十一載。今卿卿、叔夏皆成故人，恍然如隔世事。遂書於卷首，以記一時之感慨云。季道陸行直題。

楚天雲斷，人隔瀟湘岸。往事悠悠江水漫，怕聽樓前新鴈。深閨舊夢還成，夢中獨記憐卿。依約相思碎語，夜涼桐葉聲聲。陸行直重題。　清卞永譽《式古堂書畫彙考》卷四十六

陸留

存詞一首

陸留，别號冶仙。陸行直作《碧梧蒼石圖》，陸留爲題《清平樂》詞一首。

清平樂　題碧梧蒼石圖

斜陽目斷，秋晚蘆花岸。去信來音俱散漫，陣陣新寒驚鴈。　愁將梧石描成，寄情只爲思卿。筆下淋漓水墨，滿空雨響風聲。冶仙陸留題。

清下永譽《式古堂書畫彙考》卷四十六

王　鉉　存詞一首

王鉉，别號梅隱。陸行直作《碧梧蒼石圖》，王鉉爲題《清平樂》詞一首。

清平樂　題碧梧蒼石圖

柔腸先斷，舟繫汾湖岸。别恨離愁秋水漫，寫入數行新鴈。　幽閨蘭夢初成，猶將小字呼卿。幾點梧桐夜雨，一天霜月砧聲。梅隱王鉉題。

清卞永譽《式古堂書畫彙考》卷四十六

郝　貞

存詞二首

郝貞，號元卿。陸行直作《碧梧蒼石圖》，郝貞以「元卿」「青社元卿」各題《清平樂》詞一首。

清平樂　題碧梧蒼石圖

因緣未斷，江上湖平岸。心事留連烟水漫，愁見天邊孤鴈。　買蘭和粉方成，因何辜負芳卿。老樹不禁風落，寒猿夜夜哀聲。元卿題。

清平樂　題碧梧蒼石圖

暮雲飛斷，潮落吴江岸。憶昔佳人愁思漫，那更樓頭聞鴈。　此時有意還成，争知惱殺蘭卿。畫作碧梧蒼石，至今圖得風聲。青社元卿郝貞題。　以上清卞永譽《式古堂書畫彙考》卷四十六

葉衡

存詞一首

葉衡，字仲輿。陸行直作《碧梧蒼石圖》，葉衡爲題《清平樂》詞一首。

清平樂　題碧梧蒼石圖

翠屏香斷，夢繞瀟湘岸。舊恨不禁愁汗漫，分付秦箏斜鴈。　吴牋賦恨難成，丹青惱殺蘇卿。一片碧梧蒼石，誰教寫出秋聲。仲輿葉衡謹題。　清卞永譽《式古堂書畫彙考》卷四十六

衛德嘉

存詞一首

衛德嘉，字立禮。雲間（江蘇松江）人。陸行直作《碧梧蒼石圖》，衛德嘉爲題《清平樂》詞一首。

清平樂　題碧梧蒼石圖

彩雲飛斷，愁思茫無岸。落日平蕪煙水漫，又見去年歸鴈。　琵琶舊曲難成，風流誰復如卿。滿耳碧梧秋雨，潯陽江上哀聲。立禮衛德嘉謹題。　清卞永譽《式古堂書畫彙考》卷四十六

施可道 存詞一首

施可道，别號寄雲。陸行直作《碧梧蒼石圖》，施可道爲題《清平樂》詞一首。

清平樂 題碧梧蒼石圖

峽雲飛斷，錦石秋花岸。猶記尊前情爛漫，脉脉慵移筝鴈。　碧梧圖子誰成，主人以墨爲卿。莫道鳳枝棲老，西風長寄新聲。寄雲施可道題。清卞永譽《式古堂書畫彙考》卷四十六

曹方父

存詞一首

曹方父，字仲達，别號居竹。陸行直作《碧梧蒼石圖》，曹方父爲題《清平樂》詞一首。

清平樂　題碧梧蒼石圖

斷腸腸斷，愁滿斜陽岸。遠水遥山情浩漫，春燕參差秋鴈。　夜長閒夢空成，離魂不遇君卿。月轉梧桐有影，天高河漢無聲。仲達曹方父題。　清卞永譽《式古堂書畫彙考》卷四十六

衛德辰 存詞一首

衛德辰，雲間（江蘇松江）人。陸行直作《碧梧蒼石圖》，衛德辰爲題《清平樂》詞一首。

清平樂 題碧梧蒼石圖

紫簫音斷，睡起烏紗岸。夢峽飛雲空汗漫，又負一番秋鴈。　捻沙尚礙圓成，風流不減耆卿。怕聽蒼梧夜雨，等閒寫入無聲。雲間衛德辰謹題。　清卞永譽《式古堂書畫彙考》卷四十六

趙由儁 存詞一首

趙由儁，字仲時。吴興（浙江湖州）人。趙孟頫侄。陸行直作《碧梧蒼石圖》，趙由儁爲題《清平樂》詞一首。

清平樂 題碧梧蒼石圖

楚雲迷斷，桃葉江南岸。春去秋來情漫漫，愁絶一行新鴈。　錦書欲寄雙成，殷勤爲謝芳卿。明月碧梧涼夜，有誰知度簫聲。吴興趙由儁。

清卞永譽《式古堂書畫彙考》卷四十六

陸承孫 存詞一首

陸承孫，字里不詳。陸行直作《碧梧蒼石圖》，陸承孫爲題《清平樂》詞一首。

清平樂 題碧梧蒼石圖

吴山夢斷，依舊江南岸。驚起濕香飛汗漫，倦聽徘徊哀鴈。　神遊極表難成，屏幃曲曲如卿。深院吟蛩疎雨，斷腸聲外生聲。陸承孫謹題。　清下永譽《式古堂書畫彙考》卷四十六

徐再思　存詞三首

徐再思，字德可，别號甜齋。嘉興（今屬浙江）人。曾任嘉興路吏。是著名元曲家，與貫雲石（酸齋）齊名，所作散曲以「酸甜樂府」並稱。明人賈仲明作《凌波仙》憑吊甜齋徐再思：「交游高上文章士，習經書看鑒史，青出藍善長文詞。名下無虚士，高門出貴子，根基牢發旺宗枝。」（天一閣鈔本《録鬼簿》）陸行直作《碧梧蒼石圖》，徐再思爲題《清平樂》詞一首。生平見《録鬼簿》卷下。

按：《堯山堂外紀》卷七十一，有徐再思《水仙子》數首及《折桂令》，均是散曲。

清平樂　題碧梧蒼石圖

西風吹斷，帆迥潯陽岸。水影碧涵天影漫，倒印片雲孤鴈。　琵琶舊譜新成，舟中應有蘇卿。愁耳不堪重聽，聲聲又復聲聲。德可徐再思。　清卞永譽《式古堂書畫彙考》卷四十六

人月圓　甘露懷古

江皋樓觀前朝寺，秋色入秦淮。敗垣芳草，空廊落葉，深砌蒼苔。　遠人南去，夕陽西下，江水東來。木蘭花在，山僧試問，知爲誰開。

人月圓　蘭亭

茂林修竹風流地，重到古山陰。壯懷感慨，醉眸俯仰，世事浮沉。　惠風歸燕，團沙宿鷺，芳樹幽禽。山山水水，詩詩酒酒，古古今今。以上《四部叢刊》影印烏程蔣氏密韻樓藏元刊本元楊朝英輯《朝野新聲太平樂府》卷五

竹月道人　存詞一首

竹月道人，名字不詳。陸行直作《碧梧蒼石圖》，竹月道人爲題《清平樂》詞一首。

清平樂　題碧梧蒼石圖

寸腸愁斷，目送斜陽岸。楓落吴江秋水漫，盼殺南來征鴈。　綺窗好夢初成，夢回想見卿卿。明月西風夜冷，蒼梧亂影多聲。竹月道人。清卞永譽《式古堂書畫彙考》卷四十六

劉則衆

存詞一首

劉則衆，别號廬山人。陸行直作《碧梧蒼石圖》，劉則衆爲題《清平樂》詞一首。

按：劉則衆，明汪砢玉《珊瑚網》卷三十二，作「劉則梅」。

清平樂　題碧梧蒼石圖

楊枝歌斷，春老鸎湖岸。可笑楊花飛漫漫，却作蘆花孤鴈。國香欲賦難成，向來錯怨輕卿。縱使此心如石，不禁梧葉離聲。廬山人劉則衆。清卞永譽《式古堂書畫彙考》卷四十六

王結

存詞十四首

王結（一二七五—一三三六），字儀伯。祖籍易州定興（今屬河北），祖父以質子從成吉思汗西征，寓居西域，娶阿魯渾氏。又自西域徙戍秦隴，定居中山（河北定縣）。王結早年從董朴學經書，成年前往京師，曾上書執政，陳時政八事。元仁宗在潛邸，薦入充宿衛。仁宗即位，遷集賢學士。後歷任順德、揚州、東昌諸路總管。至治二年，參議中書省事。天曆元年，拜陝西行省參知政事。天曆二年拜中書參政，以得罪近侍，罷免。元統年間，拜中書左丞。後至元元年，詔入翰林，因病未赴。卒，追封太原郡公，謚文忠。王結言行皆法古人，與祖籍西域于闐的文人李公敏交往密切。詩詞均有唱和。有文集十五卷，未見傳本。清乾隆時修《四庫全書》，據《永樂大典》輯出王結詩文，重編爲《王文忠集》（《文忠集》）六卷，詩詞、文各三卷，卷三存其詞十三首。另撰《易説》一卷。生平見蘇天爵撰行狀（《滋溪文稿》卷二十三）、《元史》卷一七八。

蝶戀花　雨中客至

人客幽燕懷故里。野鶴孤雲，笑我京塵底。鄭重佳賓勞玉趾。清談亹亹消愁思。細雨斜風聊爾耳。病怯輕寒，莫捲疎簾起。燕燕于飛應有喜，泥融香逕營新壘。

臨江仙 次韻答曹子貞

寄語蓬萊山下客，飄然俯瞰塵寰。寥寥神境倚高寒。步虚仙語妙，凌霧珮聲閒。　笑我年來渾潦倒，多情風月相關。臨流結屋兩三間，虚弦驚落雁，倚杖看青山。

南鄉子 秋日旅懷

秋氣入簾櫳。矮榻虚軒睡思濃。夢覺黄粱初未熟，相逢。都在邯鄲逆旅中。　擾擾政愁儂。雨霽西山翠幾重。更上層樓閒徙倚，晴空。目送冥飛萬里鴻。

水調歌頭 送俞時

五采識中散，野鶴自昂藏。螢窗雪屋十載，南國秀孤芳。河漢胸中九策，君嘗以用人九策干中書。風雨筆頭十字，畫省姓名香。文采黑頭掾，輝映漢星郎。　怕山間，猿鶴怨，理歸艎。人生幾度歡聚，且莫訴離腸。休戀江湖風月，忘却雲霄閶闔，鴻鵠本高翔。笑我漫浪者，丘壑可倡徉。

校：「五采」，《詞綜補遺》卷十七作「衆理」。

木蘭花慢 送李公敏

渺平蕪千里，煙樹遠、澹斜暉。政秋色横空，西風浩蕩，一鴈南飛。長安兩年行客，更登山臨水送將歸。可奈離懷慘慘，還令遠思依依。　當年寥廓與君期。塵滿芰荷衣。把千古高情，傳將瑶瑟，付與湘妃。栽培海隅桃李，洗蠻烟瘴雨布春輝。鸚鵡洲前夜月，醉來傾寫珠璣。

江城子　送趙致堂

嫩黄初上遠林端。餞征鞍。駐江干。滿袖春風，喬木舊衣冠。怎麽禁持離別恨，傾濁酒，助清歡。　夫君家世幾鵷鸞。珥貂蟬，侍金鑾。莞庫而今，誰著屈微官。鵬翼垂天聊税駕，摶九萬，看他年。

滿江紅　詠鶴

華表歸來，猶記得、舊時城郭。還自嘆、昂藏野態，幾番前却。飲露豈能令我病，窺魚政自妨人樂。被天風、吹夢落樊籠，情懷惡。　緱嶺事，青田約。空悵望，成離索。但玄裳縞袂，宛然如昨。何日重逢王子晋，玉笙悽斷歸寥廓。儘儂家、丹鳳入雲中，巢阿閣。

摸魚兒　秋日旅懷

快秋風颯然來此，可能銷盡殘暑。辭巢燕子呢喃語，唤起滿懷離苦。來又去。定笑我、兩年京洛長羈旅。此時愁緒。更門掩蒼苔，黄昏人静，閒聽打窗雨。　英雄事，漫説聞鷄起舞。幽懷感念今古，金張七葉貂蟬貴，寂寞子雲誰數。癡絶處。又剗地、欲操朱墨趨官府。瑶琴獨撫。惟流水高山，遺音三歎，猶冀賞心遇。

沁園春　憶故人

蓋世英雄，谷口躬耕，商山採芝。甚野情自愛，山林枯槁，臞儒那有，廊廟英姿。落魄狂游，故人不見，藹藹停雲酒一巵。青山外，渺無窮煙水，兩地相思。　灤京著個分司。是鳴鳳朝陽此一時。想朝行驚避，豸冠繡服，都人争看，玉樹瓊枝。燕寢凝香，江湖載酒，誰識三生杜牧之。凝情處，望龍沙萬里，暮雨絲絲。

賀新郎　次范君鐸詔後喜雨韻

露下天如洗。政新晴、明河如練，月華如水。獨據胡床秋夜永，耿耿佳人千里。空悵望、丰容旖旎。萬斛清愁縈懷抱，更蕭蕭、蘋末西風起。聊遣興，吐清氣。鳳銜丹詔從天至。仰天衢、前星炳燿，私情還喜。鴻鵠高飛横四海，何藉區區園綺。繩祖武昇平文治。自笑飄零成底事，裂荷衣、骯髒塵埃地。逢大慶，且沈醉。

賀新郎　贈張子昭

久作林泉主。更忘機、結盟鷗鷺，逍遥容與。蕙帳當年誰唤起，黄鵠軒然高舉。渺萬里、雲霄何許。鶴爽憐君今猶在，正悲歌、夜半鷄鳴舞。嗟若輩，豈予伍。華如桃李傾城女。悵靈奇、芳心未會，媒勞恩阻。夢裏神遊湘江上，竟覓重華無處。誰爲倩湘娥傳語。我相君非終窮者，看他年、麟閣丹青汝。聊痛飲，緩愁苦。

賀新郎　又子昭見和再用韻

挾策干明主。望天門、九重幽敻，周旋誰與。斗酒新豐當日事，萬里風雲掀舉。嘆碌碌、因人如許。昨日山中書來報，道鳥能歌曲花能舞。行邁遠，共誰伍。臨風撫掌癡兒女。問人生、幾多恩怨，肝腸深阻。腐鼠飢鳶徒勞嚇，回首鵷雛何處。記千古南華妙語。夜鶴朝猿煩寄謝，抗塵容、俗態多慚汝。應笑我，漫勞苦。

蝶戀花　贈李公敏

老鶴軒軒心萬里。却被天風，吹入樊籠裏。野態昂藏猶可喜，九皋宵淚流清泚。　宿鷺窺魚癡計耳。整整丰標，漫説佳公子。月白風清天似水，青田回首生愁思。以上文淵閣《四庫全書》輯本《王文忠集》卷三

驀山溪　送李公敏調選湖廣

霜餘錦樹，不著秋容老。時節又重陽，要迢隨、清歡傾倒。可堪折柳，南浦送君行。雲淡淡，雨霏霏，暮色連衰草。　山川勝概，見説湖湘好。風月滿南樓，望雲霄，軺車到早。種成桃李，更看了梅華。招黄鶴，唤鸚鵡，一醉江天曉。《永樂大典》卷二二七四引《王文忠公集》

廉惇

存詞一首

廉惇（約一二七六—？），字公邁。高昌（新疆吐魯番）畏兀人。元史名臣廉希憲第六子。元仁宗延祐七年，任西蜀四川道肅政廉訪使。元英宗至治元年任秘書監卿，出任江西行省參政。泰定二年在陝西行省左丞任上。後長期退居林下，卒，謚文靖。在江西任職時，曾自視能朋來門人。有詩文別集《廉文靖集》，但散失已久，僅《永樂大典》與《詩淵》保存有部分内容，此外廉惇生平事跡與其詩，未見載於元詩總集與元人文獻。

水調歌頭　讀書巖

杜陵佳麗地，千古盡英游。雲煙去天尺立，繡閣倚朱樓。碧草荒巖五畝，翠靄丹崖百尺，宇宙爲吾留。讀書名始起，萬古入冥搜。　鳳池崇，金谷樹，一浮漚。彭殤爾能何許，也欲接余眸。喚起終南靈爽，商略昔時品物，誰劣復誰優。白鹿廬山夢，頡頏天地秋。《永樂大典》九七六五引《廉文靖公集》

釋善住　存詞十三首

善住（一二七八—約一三三〇），字無住，號雲屋。吴郡（江蘇蘇州）人。往來吴淞江上，足迹不出江浙行省北部諸路，與仇遠、宋无、趙孟頫、白珽、虞集等人唱和，長于近體詩，尤喜作絶句。宋无曾贈詩云：「句妙唐風在，心空漢月明。」（《答無住師見寄》）善住自云：「典雅始成唐句法，粗豪終有宋人風。」論者以爲「命意極爲不凡」（《四庫全書總目》卷一六六）。《遣興》詩有「五十雖賒病見侵」之句，泰定四年尚在世。嘗居郡城報恩寺。有《谷響集》傳世，原不分卷，傳本或分作一卷、二卷、三卷、四卷等，文淵閣《四庫全書》所收爲三卷本。卷三存詞十三首。另著《浄業往生安養傳》十二卷。生平見《吴中人物志》卷十二、《元詩選》初集《谷響集》、《元詩紀事》卷三十四。嘗居郡城報恩寺。

臨江仙　春暮

燕子穿簾深院静，畫闌飛絮濛濛。砌苔柔緑襯殘紅，問春何處，移在柳陰中。　老至十分詩思減，膝間閒理絲桐。曲終聲盡意無窮。杜鵑開了，餘恨寄南風。

浣溪沙　初夏

草滿天涯春已歸。緑槐陰裏燕交飛。一池寒水照薔薇。　枕上北風吹夜雨，燈前西院打窗扉。

曉來人盡説添衣。

浣溪沙　夏日

簾捲薰風夏日長。幽庭脈脈橘花香。閒看稚子弄鶯簧。　四月雨涼思御袷，三吴麥秀欲移秧。不知身在水雲鄉。

卜算子　秋夕

夜月照西風，露冷梧桐落。揚子江頭朔鴈飛，黄葛終難著。　促織弔青燈，遠夢驚初覺。擬撫窗間緑綺琴，寂寞無絃索。

朝中措　虎丘懷古

芳塘水滿緑楊風，臺殿隱矇朧。幾度春來幽逕，馬蹄踏碎殘紅。　寂寥廣坐，塵埃漠漠，客散堂空。講石雨苔侵遍，九原誰起生公。

菩薩蠻　燈夕次韻

當年老子逢佳節，萬户華燈連皓月。和氣滿江城，喧喧隊子行。　掩關聊共坐，静對沈香火。一笑盡君歡，閒心無兩般。

朝中措　桃源圖

桃源傳自武陵翁。遥隔白雲中。漫説人間無路，豈知一棹能通。　紅英夾岸，霞蒸遠近，爛漫東風。將謂仙家境別，雞鳴狗吠還同。

憶王孫　漁者

悠悠世事幾時休。身後身前豈足憂。天地都來一釣舟。下中流，卧看青天飛白鷗。

憶王孫　山居

半生長是白雲間。猿鳥漁樵共往還。倚箇喬松看遠山。少機關，世上何人似我閒。

憶王孫　有懷

天涯芳草碧萋萋。何事王孫去不歸。城郭人民半已非。信音稀，幾度無言對落暉。

憶王孫　詠柳

一株閒傍灞陵橋。斜倚東風學舞腰。遊子尋春俊馬驕。欲魂銷，和雨和煙折翠條。

少年遊　次韻

頂中玄髮已成絲，回首不如歸。浪宕人間，蹉跎歲月，清夢繞西池。　百年光景無多日，七十古來稀。物外閒身，眼前塵事，休把誤心期。

謁金門　贈雕鑾匠

天賦巧。刻出都非草草。浪跡江湖今欲老。盡傳生活好。　萬物無非我造。異質殊形皆妙。游刃不因心眼到。一時能事了。以上文淵閣《四庫全書》本《谷響集》卷三

馬祖常 存詞一首

馬祖常（一二七九—一三三八），字伯庸。雍古族人，寓居光州（河南潢川）。延祐二年首科進士，授翰林應奉、監察御史。元英宗至治年間，累遷翰林待制、泰定元年授典寶少監。歷太子左贊善、翰林直學士，拜禮部尚書。至順元年，參議中書省事，遷南臺中丞。元順帝立，除徽政院同知、兼知經筵事。改御史中丞。卒，謚文貞。有《石田文集》十五卷。生平見蘇天爵撰墓志銘（《滋溪文稿》卷九）、許有壬撰神道碑銘（《至正集》卷四十六）、《元史》卷一四三本傳。

萬年歡 元日應制

瑞氣祥雲，擁龍光五色；絳闕春回析木，天街秀潤，日月重輝。聖主垂衣，坐治萬國。盡衣冠，朝會鵷行底，濟濟鏘鏘，喜瞻仙仗旌旗。和風動，洽九垓。聽椒花獻頌，白獸尊開。采勝辛盤，民物一時康泰。樂府新裁曲譜，鳳笙起，彤庭雲靉。青霄外，隱隱嵩呼：延祐與天同大。《元人文集珍本叢刊》本馬祖常《馬石田文集》卷五

薩都剌　存詞十六首

薩都剌(約一二八〇—約一三四五),字天錫,號直齋。西域答失蠻氏。入居中原後,家族定居在大都附近。曾以「燕山薩天錫」自署。泰定四年進士,初授鎮江録事司達魯花赤,秩滿,出爲南御史臺掾史,歷燕南河北道廉訪司照磨、福建閩海道廉訪司知事等職。晚年寓居杭州,至正前期去世。其詩長於寫情,關注世事。所作《宫詞》,風靡詩壇。有《薩天錫詩集》、《雁門集》等别集傳世。亦長於詞,所作流傳頗廣。黄丕烈舊藏明鈔本《雁門集》八卷(臺灣學生書局影印)、清薩龍光輯刊《雁門集》十四卷,共存詞十五首,七首是《酬江月》。明弘治十六年李舉刊《薩天錫詩集》(《四部叢刊初編》影印)前後集未編入詞作。薩都剌歷來受到關注,生平與作品,都存在較多歧異,是元代文學研究的熱點,也是難點。薩都剌詩集元刻本未流傳至今,今存詩,有數十首與其他元人别集,以至其他朝代詩集重出互見。生平見《西湖竹枝集》、《録鬼簿》卷上、《元詩選》初集《雁門集》。

滿江紅　金陵懷古

六代繁華,春去也、更無消息。空悵望、山川形勝,已非疇昔。王謝堂前雙燕子,烏衣巷口曾相識。聽夜深、寂寞打空城,春潮急。　思往事,愁如織。懷故國,空陳迹。但荒煙衰草,亂鴉斜

日。玉樹歌殘秋露冷，胭脂井壞寒螿泣。到如今、惟有蔣山青，秦淮碧。《御選歷代詩餘》卷五十六

校：詞牌，《雁門集》（十四卷本）卷十四作《念奴嬌》。「春去也」，作「春色去也」。「雙燕子」，作「新燕子」。「打空城」，《詞綜》卷二十九作「孤城」。

酹江月　遊鍾山紫微觀贈謝道士其地乃文宗駐蹕升遐之處

金陵王氣，繞道人丹室，紫雲紅霧。一夜神光雷電轉，江左玉龍飛去。翠輦金輿，綺窗朱户，總是神遊處。至今花草，承恩猶帶風雨。落魄野服黄冠，榻前賜號，染薔薇香露。歸卧蒲龕春睡暖，耳畔猶聞天語。萬壽無疆，九重閑暇，應憶江東路。遥瞻鳳闕，寸心江水東注。

酹江月　登鳳凰臺懷古用前調并韻

六朝形勝，想倚雲樓閣，翠簾如霧。聲斷玉簫明月底，臺上鳳凰飛去。天外三山，洲邊一鷺，李白題詩處。錦袍安在，淋漓醉墨飛雨。遥憶王謝功名，人間富貴，散草頭朝露。淡淡長空孤鳥没，落日招提鈴語。古往今來，人生無定，南北行人路。浩歌一曲，莫辭別酒頻注。

酹江月　任御史有約不至

秦淮曉發，掛雲帆十丈，天風如箭。一碧湖光三十里，落日水平天遠。繫馬維舟，買魚沽酒，楊柳人家店。輕寒襲袂，淮南春色猶淺。幾度暮鼓晨鐘，南來北去，遊子心猶未倦。芳草凄凄天際緑，悵望故人應轉。翠袖猥香，錦筝彈月，何處相留戀。有人獨自，燈前深夜頻剪。

校：「遊子」，《雁門集》（十四卷本）作「遊人」。

水龍吟　贈友

王郎錦帶吴鈎，醉騎赤鯉銀河去。絳袍弄月，銀壺吸酒，錦箋揮兔。秃鬢西風，短篷落月，東吴西楚。悵丹陽郭裏，相逢較晚，共剪燭、西窓雨。　文彩風流俊偉，碧紗巾掛珊瑚樹。出門萬里，掀髯一咲，青山無數。揚子江頭，凍沙寒雨，莫天飛鷺。待明朝酒醒金山，過瓜洲渡。

校：「瓜洲」，《雁門集》（十四卷本）作「瓜州」。

酹江月　題清溪白雲圖

周郎幽趣，占清溪一曲，小橋横渡。溪上紅塵飛不到，惟有白雲來去。出岫無心，凌江有態，水面魚吹絮。倚門遥望，鐘山一半留住。　涵影淡蕩悠揚，朝朝暮暮，是幾番今古。指點昔人行樂地，半是鷺洲鷗渚。映水朱樓，踏歌畫舫，寂寞知何處。天涯倦客，幾時歸釣春雨。

酹江月　過淮陰

短衣瘦馬，望楚天空闊，碧雲林杪。野水孤城斜日裏，猶憶那回曽到。古木鵶啼，紙灰風起，飛入淮陰廟。槌牛釃酒，英雄千古誰吊。　何處漂母荒墳，清明落日，腸斷王孫草。鳥盡弓藏成底事，百事不如歸好。半夜鐘聲，五更雞唱，南北行人老。道傍楊柳，青青春又來了。

校：「槌牛」，《雁門集》（十四卷本）作「椎牛」。

酹江月　遊句曲茅山

一壺幽緑，愛松陰滿地，蕊珠宫府。老鶴一聲霜襯履，隔斷人間塵土。月户雲窗，石田瑶草，丹鼎飛龍虎。荼蘼花落，東風吹散紅雨。　春透紫髓瓊漿，玻璃杯酒，滑瀉薔薇露。前度劉郎重到也，開盡碧桃無數。花外琵琶，柳邊鶯燕，玉珮摇金縷。三山何在，乘鸞便欲飛去。

法曲獻仙音　壽大司農致仕干公

鬢未銀，東風早掛冠。侑詩圖，鄉稱人瑞，度蓬瀛，仙祝靈丹。遶膝舞斕斒。天喉舌，尚書老白衣。向璇穹，嘗扶日出，捲珠箔，閑看雲飛。成全今古稀。

法曲獻仙音　又

卜算子　泊吴江夜見孤雁

明月□長空，水浄秋宵永。悄無踪烏鵲南飛，但見孤鴻影。　自離邊塞路，偏耐江波静。西風嗚宿夢魂單，霜落蒹葭冷。

校：「明月□」，《雁門集》（十四卷本）作「明月麗」。

酹江月　姑蘇臺懷古

倚空臺榭，愛朱闌飛瞰，百花洲渚。雲嶺回廊香徑悄，争似舊時庭户。檻外遊絲，水邊垂柳，猶學宫腰舞。繁華如夢，登臨無限清古。　果見荒苔落日，麋鹿來遊，漫爾繁榛莽。忠臣抉目掛東門，可退越家兵伍。空鑄干將，終爲池沼，掩面歸何所。千載遺風，尚聽儂歌白苧。以上黄丕烈舊藏明鈔本《雁門集》卷八

少年遊　小闌

去年人在鳳凰池，銀燭夜彈絲。沉水香消，梨雲夢暖，深院繡簾垂。　今年冷落江南夜，心事有誰知。楊柳風柔，海棠月澹，獨自倚簾時。

百字令　登石頭城

石頭城上，望天低吴楚，眼空無物。指點六朝形勝地，惟有青山如壁。蔽日旌旗，連雲檣艣，白骨紛如雪。一江南北，消磨多少豪傑。　寂寞避暑離宫，東風輦路，芳草年年發。落日無人松徑裏，鬼火高低明滅。歌舞尊前，繁華鏡裏，暗换青青髮。傷心千古，秦淮一片明月。

木蘭花慢　彭城懷古

古徐州形勝，消磨盡、幾英雄。想鐵甲重瞳，烏騅汗血，玉帳連空。楚歌八千兵散，料夢魂，應不到江東。空有黄河如帶，亂山迴合雲龍。　漢家陵闕起秋風，禾黍滿關中。更戲馬臺荒，畫眉人遠，燕子樓空。人生百年寄耳，且開懷，一飲盡千鍾。回首荒城斜日，倚闌目送飛鴻。以上薩龍光編刊《雁門集》（十四卷本）卷十四

少年遊　泊瓜州寄即休上人

風帆飛過海門秋，欲去且遲留。中酒情懷，離人滋味，都付水悠悠。　沙頭帕有燕南雁，還寄尺書不。動別經年，相思兩地，無日不登樓。《詩淵》一册六七三頁

按，底本無詞牌，據詞律補。

周權 存詞三十四首

周權(約一二八〇—一三三〇),字衡之,號此山。松陽(浙江西屏)人。被目爲「磊落湖海之士」(袁桷語)。延祐六年,攜詩稿北遊京師,受館閣之士賞識,曾向朝廷舉薦,充任館職,不報。回歸江南。遺民舒岳祥,名流趙孟頫、謝端、揭傒斯、歐陽玄、陳旅,都推許其詩才,趙孟頫應其請,爲書「此山」二字。有《周此山先生集》(簡稱《此山集》)十卷。《元四家集》本《此山集》十卷,卷十存詞三十四首。《四庫全書》本《此山詩集》未編入詞。歐陽玄評周權詩:「無險勁之詞,而有深長之味。無輕靡之習,而有春容之風。」(《此山集》序)生平見《元詩選》初集《此山集》。

按:《詩淵》共編入周權詞五十四首,其中三十三首,不見于《元四家集》本《此山集》卷十。這三十三首詞,除一首「失調名」,均已見金道士譚處端《水雲集》。未作佚詞編在周權名下。

沁園春

笑此山人,抛却白雲,又來玉京。憶泰華黄河,曾觀鉅麗,輕衫短帽,秪恁飄零。鷗鷺洲邊,杉蘿溪上,儘可漁樵混姓名。瓶無粟,有西山芝熟,南澗芹生。　底須役役勞形。但方寸寬閑百念輕。況末路逢人,眼應多白,東風吹我,鬢已難青。酒浪翻杯,劍霜閃袖,磊隗頻澆未肯平。何妨去，借相牛經讀，料理歸耕。何其俊妙之甚也。

滿江紅

別毗陵二十載，一日北歸，艤舟訪舊，落落如晨星，闤闠之人，無識面者，戲調此詞以自述。

獨酌新豐，任疏放、從人不識。還秖是、舊時把酒，秋風狂客。顛倒天吴歸短褐，風濤歲月頭將白。笑平生、僅有氣如虹，難教屈。也不學，悲彈鋏。也不作，譚捫虱。共梅花心事，歲寒冰雪。眼底山川徒歷遍，胸中史記無雄筆。合歸來、依舊飯吾牛，歌明月。

滿江紅

湖海平生，恰都把、中秋負了。那更是、天慳樂事，陰多晴少。離合悲歡俱有數，何須感慨添懷抱。喜今宵、對影亦成三，情逾好。天一碧，雲如掃。白銀闕，誰能到。想蟾枝不礙，寒光皎皎。圓少缺多如有恨，素娥孤冷應須老。付狂夫、一笑且徘徊，尊中酒。

念奴嬌　姑蘇臺懷古

飛臺千尺。直雄跨層雲，東南勝絶。當日傾城人似玉，曾醉臺中春色。錦幄塵飛，玉簫聲斷，麋鹿來宫闕。荒涼千古，朱闌猶自明月。送目獨倚西風，問興亡往事，飛鴻天末。且對一尊浮大白，分甚爲吴爲越。物换星移，嘆朱門、多少繁華銷歇。漁舟歌斷，夕陽煙水空闊。

水調歌頭　慶壽

瀟灑晋文物，奇偉魯衣冠。暫賦淮南招隱，泉石寄清閑。才壓建安六七，胸吞雲夢八九，餘子笑談間。未頡水蒼佩，虹氣射龍泉。燭花妍，沉水煥，酒波飜。左弧紀瑞，萊衣五色戲斕斑。庭列森森玉樹，座擁駢駢珠履，金碗蔗漿寒。何以祝君壽，一笑指南山。

滿江紅　次韻張元善

縞兔黔烏，送不了、人間昏曉。問底事、紅塵野馬，浮生擾擾。萬古未來千古往，人生得失知多少。歎榮華過眼只須臾，如風掃。籬下菊，門前柳。身外事，杯中酒。肯教它蕭瑟，負持螯手。漠漠江南天萬里，白雲入望何時到。倚西風、吼徹劍花寒，頻搔首。

水調歌頭　慶壽

過却元宵了，何處擁笙簫。喧傳南州老子，花甲慶生朝。留取碧蓮香露，爲此玉壺春酒，風味勝蒲萄。昨夜少微外，南極一星高。　洒清譚，揮雪塵，儘風騷。金釵玉筍，笑供麟脯獻蟠桃。得雋侯封千户，快意腰纏十萬，此事付鴻毛。且挹閬風客，笙鶴伴遊遨。

青杏兒

兩鬢點霜花，漢南柳、心事蹉跎。幼輿只合居岩谷，繩床近竹，柴門臨水，任我婆娑。　詩老日相過。愛蒼苔、屐齒新蹉。生涯點檢無多子，東籬種菊，南山種豆，醉後高歌。

賀新涼　慶壽

涼浸瑶空月，正壽星、光彩遥燭，少微躔次。鶴髮仙翁還笑道，恰則揆予初度。好文物、衣冠翹楚。雪跨冰懸神炯炯，儘襟懷、清洒金莖露。真好個，神仙侶。　歡呼竹外開尊處，正炮鳳烹麟，環列珠歌翠舞。燭影酒光相眩轉，談笑風生玉麈。戲膝下、綵衣容與。只恐未閑經濟手，更十年、又起蟠溪吕。頡霞佩，看高舉。

沁園春　慶壽

閬風老仙，頡佩飛霞，翳鳳騎麟。況眼窄乾坤，氣凌河渭，胸吞渠禄，筆灑煙雲。某水某丘，我觴我詠，物外何曾着一塵。蕭閑處，狎沙鷗半席，更許誰分。　圖開家慶團欒。要説甚、垂弧岳降神。看延桂庭前，斑衣采采，茁蘭階下，玉樹森森。紺髪長新，丹芝未老，笑傲壺天不盡春。東山好，恐未容高卧，又起經綸。

花心動　次韻詠荼蘼

翠霧前驅，舞青蛟、飛動一簷晴色。銀鳳翻空，毬雪生香，風韻天然奇特。素豔連娟清露曉，搜香處、蝶棲難覓。這天與、水沉富貴，詩翁消得。　好是神仙姑射。擁翠被香寒，甚般標格。特立春深，清閟蘭幽，孤注慣諳寥寂。惜芳但恐東風老，怕香屑、碎瓊堪惜。又不道、流年催人暗擲。

按：此首又見於董嗣杲詞。

滿江紅　次韻邵本初登富春山

長嘯登臨，望不盡、海門修碧。人道□、江山高處，漢時遺跡。一自耕雲人去後，幾番煙草凝秋色。任掀空、駭浪捲銀山，蛟鼉泣。　塵世事，紛如織。雲外徑，閑舒立。問來今往古，幾人高適。共拍闌干呼太白，欲傾滄海供豪吸。倚東風、無限客中愁，斜陽笛。

木蘭花慢

好山晴更好，靄空翠，擁樓西。正雨沐秋清，晨暾照射，雲氣初開。山外飛鴉數點，看玉虹、斜繞碧螺堆。幾簇人家如畫，槿籬野路橋低。　柴門雞犬不驚猜。和氣似春臺。羨白叟黄童，村深社鼓，稻滿秋畦。誤我虛名箕斗，歎鏡中、華髮早相催。休論無窮世事，滿浮濁酒三杯。

蝶戀花　夜酌荷亭

數畝寬閑吾老圃。着個茅亭，斗大無多子。水檻水花明楚楚。灑然不受人間暑。　夜悄虛階初過雨。酒淺香深，風露清如許。沁薄吟襟時挹竚。多情涼月還窺户。

朝中措

西風嫋嫋落平沙。獨樹幾人家。箇裏殘虹雨閣，那邊疏嶂雲遮。　平洲柿栗滿區瓜。芋野路斜斜。牛笛數聲歸盡，夕陽付與啼鴉。

滿江紅　葉梅友八十

試問梅花，自逋仙後知音少。還又向、石林深處，結清邊友。心事歲寒元不改，一生清白堪同守。歷冰霜、老硬越孤高，精神好。　心太極，天機早。間共索，巡簷笑。只消它香影，都吟不了。五蕊三花纔衍數，從頭秪數花爲壽。管年年、南極照南枝，杯中酒。

沁園春　次韻王尹賦東巖

媧皇補天，遺石兩拳，幾千仞兮。定蒼龍擘峽，鎼和天拆，浮屠卓錫，廬倚雲開。世窄三千，天高尺五，日月低躔東復西。人間世，聽晨昏鐘鼓，撼半空雷。登臨紗帽椶鞋。豁雲夢、胸襟一快哉。想醉倚高寒，飛仙可挾，清游勝絶，俗子難梯。把酒乾坤，笑譚今古，崖蘚摩挲認舊題。九關近，便驂鸞高舉，雲氣徘徊。

沁園春　再次韻

混沌鑿開，天險巍巍，東岩峻兮。是雲髓凝成，半空高矗，天風吹裂，一線中開。妙出神功，高擎仙界，鳥道疑當太白西。憑高處，見雲噓岩腹，鼓舞風雷。落花香染桃鞋。快闊步青雲志壯哉。便萬里孤騫，超人間世，一枝高折，作月中梯。筆蘸天河，手捫象緯，笑傲風雲入壯題。摩蒼壁，掃龍蛇醉墨，翔舞徘徊。

賀新郎　次韻

清嘯西峰月，記曾經、飄飄霞佩，御風飛度。知道仙家蟠桃宴，此夕洞關無阻。看多少往來鶴馭。分得九霞春色醉，聽玉笙、清奏雲深處。好天上，神仙府。俗塵笑我山中侶。歎匆匆、歸後依舊，松煙蘿雨。萬事一閑都了却，説甚官爲柱史，儘拚得、此生韋布。虀粟一盂安歲晚，課兒童、閑誦梅花賦。這些福，老天與。

清平樂

南樓劇飲，夢到清虚府。曲聽霓裳難記譜。縹緲白鸞飛舞。　桂花枝上秋光。翠雲影裏疏黄。殿冷姮娥不閉，人間散與清香。

沁園春　慶壽

緱山老仙，翳鳳驂鸞，遊戲塵寰。向五雲深處，頡頏霞佩，三槐影裏，突兀雲冠。坐聽玉笙，閑披寶笈，寄傲壺中日月閑。人都道，飲金莖秋露，風骨非凡。　方瞳雪領童顔。更清嚼梅花滿肺肝。對銀燭光中，霞杯麟脯，綵衣膝下，玉樹芝蘭。五老曾圖，九齡初啓，方寸心藏天地寬。從今去，記年年此酒，長對南山。

百字謡　海棠

輕陰滯雨，正社燕新來，東風院落。十萬紅妝梳洗罷，翠袖春寒猶薄。富貴天姿，風流睡足，酒暈潮紅玉。個般豔麗，怎教不貯金屋。　遥想宫錦城中，向碧雞坊裏，笙歌圍簇。萬炬燒春花底宴，眩轉紅光相爍。對此翛然，向人如有訴，不禁清獨。浩歌此曲，爲渠傾倒尊醁。

百字謡　再用韻

粗桃俗李，謾眼底紛紛，等閒開落。得似花仙誇豔質，暖透胭脂猶薄。梅不同時，芳心難聘，空妒肌如玉。自然佳麗，不須歸薦華屋。　最好一抹彩雲，輕盈飛不去，漫空高簇。霽日濃薰渾欲醉，照暎光風眩爍。遍倚欄干，狎渠清賞，聊爲憐幽獨。簪花醉也，夜深猶索芳醁。

百字謡　久雨得晴再用韻

海棠開也，問底事慳晴，簷花猶落。可惜風流天不惜，都逐閑花浮薄。冷雨難禁，紅脂洗脱，半露膚如玉。東風解事，未教飛點吟屋。清曉多謝天公，着晴曒烘透，嫣紅重簇。欲謝看來還更好，猶自穠芳豔爍。瘦杜無情，老蘇有句，未用論淒獨。春愁多少，直拚付與春醁。

鵲橋仙　次韻馮仲遠春日

曉寒成陣，春□猶薄，見紅紫、紛紛絨蕚。東風着意忽吹開，這豔冶、怎生描摸。問渠底事，多情無據，剗地又還飄落。無花獨酌又何妨，但拚我、一尊長緑。

水調歌頭

亭小可容膝，真似寄鷦枝。客來休訝迫窄，老子只隨宜。鳧鶴短長莫問，鵬鷃逍遥自適，何暇論成虧。萬事一尊酒，齊物物難齊。種株梅，移個竹，鑿些池。添他無限風月，儘可着吾詩。世上黄雞白日，門外紅塵野馬，役役付兒癡。起舞一揮手，天外片雲飛。佳作。

蝶戀花

羅綺香濃塵滿道。耳熱笙歌，又酌都城酒。離別中年徒感舊。驪駒抹電曾年少。砧杵西風寒意早。謝盡芙蕖，開到黄花了。獨客自憐音信杳。夜來歸夢懷江表。

清平樂　懷古

殘山剩水，陌上多塵土。此地當時分漢楚。俛仰幾番今古。　暮雲野樹蒼茫。秋風荒草沙場。極目寒鴉歸外，數家籬落斜陽。

水調歌頭　慶壽

天上有仙客，家世説南州。精神炯炯秋水，胸次納青丘。帶取括蒼風月，來聽蓬萊環佩，笑閲幾春秋。袖有如椽筆，落紙爛銀鉤。　擁紅金，披紫綺，儘風流。斗杓插子，蓂開九莢恰生朝。正好年當富貴，再展青雲步武，鬢影未蕭騷。佇見綸音下，萬里快封侯。

百字謡

東坡昔守彭城，既治決河，乃修築其城，作黄樓城上，以臨河以土實制水，因以黄名樓。樓成，子由作賦，坡翁爲書之，刻於石。余回自京師，登樓懷古，並感項籍遺事，末章及之。

登臨把酒，問黄樓人去，幾番風雨。妙絶潁濱樓上賦，坡老龍蛇飛舞。千載風流，兩翁笑傲，淮泗歸譚塵。衣冠安在，我來空自延佇。　下視闤闠喧塵，慘昏煙落日，西風鼙鼓。昔日争雄懷楚霸，百萬屯雲貔虎。世事茫茫，山川歷歷，不盡憑闌思。城頭今古，黄河日夜東去。

百字謡

水連天碧，更山光蘸緑，春醅初潑。不盡長淮平似掌，漠漠亂雲堆雪。彩筆留詩，畫船載酒，曾醉沙頭月。勝遊歷歷，輸他鷗鷺能説。　猶念歌吹樓西，執紅牙度曲，那時留别。一片離愁天共遠，目送征鴻明滅。楊柳春初，梅花雪後，舊夢還銷歇。多情如許，教人添幾華髮。

沁園春

説與黄花，九日今朝，同誰舉觴。笑指點行囊，雖然羞澀，揭來鬧市，怎忍荒凉。螯壓橙香，酒浮萸紫，醉脱烏紗鬢欲霜。孤雲外，是吾廬三逕，歸興偏長。　催人苒苒年光。問役役、浮生着甚忙。自東籬人去，總成陳跡，龍山飲散，幾度斜陽。人物彫零。乾坤空闊，世事浮沉醉夢場。登高處，倚西風長嘯，任我疏狂。

洞仙歌　謝歐陽學士偕陳衆仲助教過訪

京塵滿鬢，汗漫遊還倦。環轡玲瓏驚夢斷。恰玉堂仙伯，攜取圜橋，詞翰客、枉顧情何戀戀。衣冠何磊落，閒雅雍容，不把聲光時自炫。漫輕敲團月，煮玉泉冰，□嘯傲、幾多蕭散。笑歸去，蓬萊跨清風，任香徹胸中，五千書卷。

水調歌頭　述懷

十載幾風雪，又酌玉京春。玉堂天上仙客，憐我倦紅塵。却挽翩翩飛袂，東望赤霞晨氣，高處訪三神。上界足官府，鸞鳳快騎麟。　感生平，歌慷慨，淚沾巾。天球蒼佩，柰何偏屬黑頭人。歲晚相如多病，前日馮唐已老，顑頷不堪聞。長嘯送明月，歸枕北山雲。以上《元四家集》本《此山先生詩集》

吴　鎮　存詞三十九首

吴鎮（一二八〇——一三五四），字仲圭，別號梅花道人。嘉興（今屬浙江）人。一生隱居未仕，足迹少出鄉里，被稱作「吴隱君」。書法仿晚唐楊凝式，畫源於五代釋子巨然，每作畫必題詩，時人稱爲書、畫、詩「三絶」。早年與兄師事毗陵柳天驥，垂簾賣卜市朝，「言機祥多中」（《元詩選》小傳）。居室號梅花庵，自署「梅花庵主」，明人列爲元四大（畫）家之一。後人曾將其詩文輯成《梅花道人遺墨》二卷，卷下存詞，爲自作《漁父圖》所題之詞，是元詞名篇。生平見錢棻撰《梅花道人本傳》（附見《梅花道人遺墨》）、《兩浙名賢録》卷四十四、《元詩選》二集《梅花庵稿》。

按：《漁父》詞，是吴鎮爲所畫《漁父圖》自題，據莊申《元季四畫家詩校輯》所引《梅道人遺墨》等文獻，吴鎮自題《漁父》詞，文字異同較多者，是對不同畫幅所作。

沁園春　題畫骷髏

漏洩元陽，爺娘搬販，至今未休。吐百種鄉音，千般扭扮，一生人我，幾許機謀。有限光陰，無窮活計，汲汲忙忙作馬牛。何時了，覺來枕上，試聽更籌。　古今多少風流。想蠅利蝸名誰到頭。看昨日他非，今朝我是，三回拜相，兩度封侯。采菊籬邊，種瓜園内，都只到邙山一土丘。惺惺漢，皮囊扯破，便是骷髏。

按：《四庫全書總目》卷一六八《梅道人遺墨》提要，認爲《沁園春·題畫骷髏》與《酒泉子·嘉和八景》爲「僞本」。上述作品仍然編入《梅道人遺墨》卷一。暫存待考。

酒泉子　嘉禾八景

勝景者，獨瀟湘八景。得其名，廣其傳，惟洞庭秋月、瀟湘夜雨。餘六景皆出於瀟湘之接壤，信乎其爲真八景者矣。嘉禾吾鄉也，豈獨無可攬可采之景與。閒閱圖經，得勝景八，亦足以梯瀟湘之趣，筆而成之圖，拾俚語，倚錢唐潘閬仙酒泉子曲子寓題云。至正四年歲甲申冬十一月陽生日，畫於橡林舊隱。梅花道人鎮頓首。

酒泉子　空翠風煙

在縣西二十七里，檇李亭後，三過堂之北。空翠亭，四圍竹可十餘畝，本覺僧刹也。

萬壽山前，屹立一亭名檇李，堂陰數畝竹涓涓。空翠鎖風煙。　騷人隱士留題詠。紅塵不到蒼苔徑。子瞻三過見文師。壁上有題詩。

酒泉子　龍潭暮雲

在縣西通越門外三里三塔寺前龍王祠下。水急而深，遇歲旱則祈於此，時有風濤可畏。

三塔龍潭，古龍祠下千年跡，幾番殘毁喜猶存。静勝獨歸僧。　陰森一逕松陰直。樓閣層層曜金碧。祈豐禱旱最通靈。祠下暮雲生。

酒泉子　鴛湖春曉

在縣西南三里真如寺北，城南澄海門外。

湖合鴛鴦，一道長虹橫跨水，涵波塔影見中流。終日射漁舟。　彩雲依傍真如墓，長水塔前有奇樹。雪峰古甃冷於秋。策杖幾經遊。長水法師塔前有銀杏，葉上生果實。

酒泉子　春波煙雨

在嘉禾東春波門外，舊日高氏圃中煙雨樓也。

一掌春波，轟轟艖帆鬧如市，昔年煙雨最高樓。幾度暮雲收。　三賢古跡通岐路。窣堵玲瓏插濠罟。荷花裊裊間菰蒲。依約小西湖。三賢者，朱買臣、陸宣公、陳賢良。

酒泉子　月波秋霽

在縣西城堞上，下嵌金魚池，昔李氏廢圃也。

粉堞危樓，闌下波光搖月色，金魚池畔草蒙茸。荒圃瞰樓東。　亭亭遥峙梁朝檜。屈曲槎枒接蒼翠。獨憐天際欠青山。却喜水回環。

酒泉子　杉閘奔湍

在嘉禾北望吴門外端平橋之北杉青閘。

杉閘奔湍，一塘遠接吴淞水，兩行垂柳緑如雲。今古送人行。　買妻恥醮藏羞墓。秋茂郵亭遞書處。路逢樵子莫呼名。驚起墓中靈。

酒泉子　胥山松濤

在縣東南十八里德化鄉。山約百畝餘，荷鍤翁墓其下。子胥古跡也。

百畝胥峰，道是子胥磨劍處，嶙峋白石幾番童。時有兔狐蹤。　山前萬個長松樹。下有高人琴劍墓。周回蒼檜四時青。紅日戰濤聲。

酒泉子　武水幽瀾

在縣東三十七里武水景德教寺西廊，幽瀾井，泉品第七也。

一甃幽瀾，景德廊西苔蘚合，茶經第七品其泉。清冽有靈源。　亭間梁棟書題滿。翠竹蕭森映池館。門前一水接華亭。魏武兩其名。幽瀾泉乃嘉禾八景之一，而亭將摧。在山師欲改作，而力不暇給，唯展圖者思有以助之，亦清事也。梅花道人勸緣。

漁父　漁父圖

紅葉村西夕照餘。黄蘆灘畔月痕初。輕撥棹，且歸與。掛起漁竿不釣魚。

漁父

點點青山照水光。飛飛寒雁背人忙。衝小浦，轉横塘。蘆花兩岸一朝霜。

漁父

醉倚魚舟獨釣鼇。等閒入海即乘潮。從浪攞，任風飄。束手懷中放却橈。以上《嘯園叢書》本《梅道人遺墨》

漁父　臨荆浩漁父圖

洞庭湖上晚風生。風觸湖心一葉横。蘭棹穩，草衣輕。衹釣鱸魚不釣名。

校：「洞庭湖上晚風生」，莊申《元季四畫家詩校輯》所引《梅道人遺墨》作「碧波千頃晚風生」。

漁父

重整絲綸欲掉船。江頭新月正明圓。酒瓶倒，岸花懸。抛却漁竿和月眠。

按：本詞，莊申所引《梅道人遺墨》異文較多，作：「收却絲綸歇却船。江頭明月正團圓。酒瓶倒，岸花懸。枕着簑衣和月眠。」

漁父

殘陽浦裏漾漁船。青草湖中欲暮天。看白鳥，下平川。點破瀟湘萬里煙。

按：本詞，莊申所引《梅道人遺墨》異文較多，作「輕風細浪漾漁船。碧水斜陽欲暮天。看白鳥，下平川。點破瀟湘萬里煙。」

漁父

如何小小作絲綸。只向湖中養一身。任公子，爾何人。枉釣如山截海鱗。

按：本詞，莊申所引《梅道人遺墨》異文較多，作「閒情聊爾寄絲綸。處處江湖着我身。波似練，鬢如銀。欲釣如山截海鱗。」

漁父

極浦遥看兩岸斜。碧波微影弄晴霞。孤舟小，去無涯。那個汀洲不是家。

按：本詞，莊申所引《梅道人遺墨》異文較多，作「極目乾坤夕照斜。碧波微影弄晴霞。舟有伴，興無涯。那個汀洲不是家。」

漁父

雪色髭鬚一老翁。欲將短棹撥長空。微有雨，正無風。宜在五湖煙水中。

漁父

緑楊灣裏夕陽微。萬里霞光浸落輝。擊楫去，未能歸。驚起沙鷗撲鹿飛。

按：本詞，莊申所引《梅道人遺墨》異文較多，作「緑楊灣裏暖風微。萬里晴波浸落暉。鼓枻去，唱歌回。驚起沙鷗撲鹿飛。」

漁父

月移山影照漁船。船載山行月在前。山突兀，月嬋娟。一曲漁歌山月邊。

按：本詞，莊申所引《梅道人遺墨》異文較多，作「年來情況屬漁船。人在船中酒在前。山廬廬，水涓涓。一曲漁船山月邊。」

漁父

風攬長江浪攬風。魚龍混雜一川中。藏深浦，繫長松。直待雲收月在空。

按：本詞，莊申所引《梅道人遺墨》異文較多，作「風攬長江浪拍空。扁舟蕩漾夕陽紅。歸别浦，繫長松。出自風恬浪息中。」

漁父

舴艋爲舟力幾多。江頭雲雨半相和。殷勤好，下長波。半夜潮生不那何。

按：本詞，莊申所引《梅道人遺墨》異文較多。作「一個輕舟力幾多。江湖隨處載青簑。撑皓月，下清波。半夜潮生不奈何。」

漁父

殘霞返照四山明。雲起雲收陰復晴。風腳動，浪頭生。聽取虛篷夜雨聲。

漁父

無端垂釣空潭心。魚大船輕力不任。憂傾倒，繫浮沉。事事從輕不要深。

漁父

釣得鮮鱗拽水開。緑萍漾漾逐鉤來。摇頳尾，噞紅腮。不羨嚴陵坐釣臺。

漁父

五嶺風光絶四鄰。滿川鳧雁是交親。雲觸岸，浪摇身。青草煙深不見人。

按：本詞，莊申所引《梅道人遺墨》異文較多，作「近日何人是我鄰。滿川鳧雁最相親。雲浩浩，水磷磷。青草煙深不見人。」

漁父

舴艋舟人無姓名。葫蘆提酒樂平生。香稻飯，滑蒪羹。掉月穿雲任性情。

按：本詞，莊申所引《梅道人遺墨》異文較多，作。「舴艋爲家無姓名。胡蘆世事遇平生。香稻飯，輭紫羹。棹月穿雲任性情。」

漁父

桃花波起五湖春。一葉隨風萬里身。鈎絲細，香餌勾。元來不是取魚人。以上《適園叢書》本《珊瑚網》卷九

按：本詞，莊申所引《梅道人遺墨》異文較多，作「桃花水暖五湖春。一個輕舟寄此身。時醉酒，或垂綸。江北江南適意人。」

漁父

目斷煙波青有無。霜凋楓葉錦模糊。千尺浪，四腮鱸。詩筒相對酒胡蘆。至元二年秋八月，梅花道人戲作漁父四幅，並題。清道光刻本（《續修四庫全書》本）清吴榮光撰《辛丑消夏記》卷四

漁父

緑楊初睡暖風微。萬頃澄波浸落暉。鼓棹去，唱歌歸。驚起沙鷗撲鹿飛。

漁父

幾年情況屬漁船。人在船中酒在前。山兀兀，水涓涓。一曲清歌山月邊。

漁父

風景長江浪拍空。輕舟蕩漾夕陽紅。歸別浦，繫長松。知在風恬浪息中。

漁父

一個輕舟力幾多。江湖隨處載漁蓑。撑明月，下長坡。半夜風生不奈何。

漁父

殘霞反照四山明。雲起雲收陰復晴。風脚動，浪頭生。聽取虚窗夜雨聲。

漁父

白頭垂釣曲江潯。憶得前生是姓任。隨去住，任浮沉。魚少魚多不用心。

漁父

鈎擲萍波緑自開。錦鱗隊隊逐鈎來。消歲月，寄幽懷。恰似嚴光坐釣臺。

校：「消歲月，寄幽懷」，莊申所引《梅道人遺墨》作「銷歲月，寄芳懷」。

漁父

桃花水暖五湖春。一個輕舟寄此身。時醉酒，或垂綸。江南江北適意人。以上明李日華《味水軒日記》卷七

按：八首《漁父》詞，李日華《味水軒日記》卷七云：「梅花道人畫漁家傲八段。」其一，與《珊瑚網》的《漁父》十六首其六，有異同。暫分别保存。

梅邊

雪冷松邊路，月寒湖上村。縹緲梨花入夢雲。巡小簷，芳樹春，江梅信翠禽，啼向人。莊申《元季四畫家詩校輯》所引《梅花道人遺墨》卷下

按：本詞未注調名，又見於《四庫全書》本，與張可久重。

張可久 存詞六十六首

張可久（一二八〇—一三五二以後），原名張久可，字可久，號小山。以字行。慶元（浙江寧波）人。早年客居吴江，以散曲知名，至大、延祐間，居住在杭州，曾任紹興、衢州等地路吏，後至元年間，在桐廬典史任上，至正初，任昆山幕僚。是元代散曲大家，流傳至今多達八百多首。存詞有數十闋。所作結爲《今樂府》《吴鹽》《蘇堤漁唱》《新樂府》，統編爲《北曲聯樂府》四卷，流傳至今。《小山樂府》則是未經重編的元人詞曲集。生平見《小山樂府》序跋、《録鬼簿》卷下、《元曲家考略》。

六州歌頭

浙江觀潮，貫學士四萬户同集。

靈鰌何物，天外吐層陰。談笑頃，浙江闊，海門深。載雷車，霹靂撝神斧，劈仙島，掀地軸，馮夷宅，黿鼉窟，渺難尋。十里紅樓圖畫，展西風、快我登臨。好客披襟。髪蕭森。符金虎。袍銀鼠。攜玉麈。盍瑶簪。喜驍兒踏浪，旗尾互浮沉。酹胥魂，澆海君，酒頻斟。隱□越峰數點，攬飛花、渾在波心。愛漁舟蕩雪，擊楫起吴音。月上秋林。

校：《全金元詞》據詞譜以「快我登臨」後缺兩句，句各五字。「隱□越峰數點」，《全金元詞》作

「隱約越峰數點」。

緑頭鴨　和馬九皋使君湖上即事

别多時。綵牋猶寄相思。自當年、黄州人去，不忺朱粉重施。翠屏寒、秋凝古色，主奩空、影淡芳姿。蜨抱愁香，鶯吟怨曲，殘紅一片洗胭脂。更誰汲、香泉菊井，寂寞水仙祠。西泠甃、苔衣生滿，懶曳笻枝。尚依依、月移疏影，黄昏翠羽參差。問丹砂、石涵墜井，尋古寺、金匾題詩。歲晚江空，童飢鶴瘦，匆匆捨此欲何之。且重和，四時漁唱，象管寫烏絲。仙翁笑、梅花折得，上鬧竿兒。

校：「主奩空」，疑爲「玉奩空」，《全金元詞》作「朱奩空」。「翠羽參差」，原作「翠羽參□」，《全金元詞》作「翠羽□差」。本詞與下首押韻同，據下首「參差」改。

緑頭鴨

湖上遇雪，再用前韻。

勝花時。臨風渺予思。厭春妍、紅嬌緑姹，鉛花只恁輕施。温模糊、難描樹影，白鬅鬙、盡改松姿。裙濺冰泥，鞵翻粉印，浣紗人倦洗胭脂。青山老、丹移玉井，何處葛公祠。斷橋外、頻催畫槳，誤擊瓊枝。憶當年、阿蘇小小，鸞簫能品參差。紫雲娘、雙歌獻酒，緑簑翁、獨釣成詩。樓殿摇空，管弦作市，樂天有句寄微之。歡未足，朱簾盡卷，怯怕雨絲絲。誰呵乎、戲金船上，裝個獅兒。

校：「浣紗」，原作「浣沙」，據文意改。

百字令　湖上和李溉之

六橋如畫，看地雄兩浙，人驕三楚。誰隔荷花，聽水調、懶棹採蓮船去。鶴舞盤雲，虹銷歇雨，一縷南山霧。冷香凝緑，嫩涼生滿庭宇。　猶記醉客吹簫，自蘇郎去後，別情無數。明月天壇塵世遠，青鳥替人傳語。玉解連環，書裁摺疊，没放相思處。裴公亭上，詩來還是懷古。

百字令

舟泊小金山下，客有歌大江東去詞者，喜而爲賦。

片帆摇曳，喜東風收雨，秋容新沐。一帶長江，青未了、天際亂峰如簇。浮玉山空，指桐人去，月冷神仙屋。停舟吊古，蔛泉三酹寒菊。　猶記邂逅桓郎，驛樓殘照裏，倚闌吹竹。南去北來人自唤，老樹柳絲長緑。倦客能吟，倚歌而和，醉寫滄浪曲。今宵何處，釣魚臺下尋宿。

校：「醉寫滄浪曲」，句下原約空兩格。

百字令　春日湖上

扣舷驚笑，想當年行樂，緑朝紅暮。麯院題詩，人去遠、別換一番歌舞。鷗占涼波，鶯巢小樹，船閣鴛鴦浦。畫橋疏柳，風流不似張緒。　閑問蘇小樓前，夕陽花外，舊燕曾來否。古井香泉秋菊冷，坡後神仙何許。醒眼觀天，狂歌喝月，夜唤西林渡。穿雲笛響，背人老鶴飛去。

百字令　贈彈一弦子張文秀

一行秋思，記孫登當日，山中琴趣。誰識吾宗，父老子、自製寸金皮鼓。箭截孤篁，絲抽獨蠒，替盡琵琶譜。輕攏慢撚，西湖何限懷古。　堪笑錦瑟無端，繁弦五十，撩亂春雲縷。得似嘈嘈公鳳語，隻手换宮移羽。絶藝無雙，法門不二，喜遇知音侶。燈窗對影，爲君挑盡寒雨。

百字令　惠山酌泉

艤舟一笑，政三吴好處，天教僧占。百斛冰泉，醒醉眼、庭下寒光瀲灩。雲濕闌干，樹香樓閣，鶯語青山崦。倚花索句，登臨終日無厭。　小瓶聲捲松濤，俗塵不到，休把柴門掩。甌面碧圓珠蓓蕾，强似花濃酒釅。清入詩脾，名高秘水，細把茶經點。留題石上，風流何處鴻漸。

木蘭花慢　重過吴門

又三高祠下，依古柳，纜輕舟。渺飛過垂虹，相迎畫鷁，勞動沙鷗。凝眸。緑陰多□，小紅簾、猶是酒家樓。萬古清風范蠡，一輪明月蘇州。　休休。不似少年游。兩鬢已經秋。記烏鵲新橋，黄鸝舊市，白虎荒丘。風流。美人何在，但離離、草色辨長洲。莫上姑蘇臺上，夕陽無限詩愁。

按：本詞與下六首，原無詞牌，《全金元詞》據律補。從之。

校：「緑陰多□」，原作「緑陰多」，依詞律補。「萬古清風范蠡」句下，原有「兩鬢已經秋」五字，因與下文重，暫作衍文。

木蘭花慢

爲樂府楊氏曉鶯春賦，次海粟學士韻。

愛金衣公子，偏占得，緑楊堤。喜藹藹韶光，熹熹曙色，恰恰嬌啼。鶯飛。踏翻花影，曳殘聲、猶在畫樓西。仙客詞添琴譜，佳人夢斷羅幃。龐眉。退叟命新題。雅宇重名姬。笑銀嗁交關，青鸞相對，紫燕雙棲。淒迷。暮年風景，向陰陰、夏沐聽黄鸝。何必五更杜宇，張生已自言歸。

木蘭花慢　維揚懷古

笑多情明月，又隨我，上揚州。愛十里珠簾，千鍾美酒，百尺危樓。風流。聒天笳鼓，記茱萸、漫下菊花秋。淮水東來渺渺，夕陽西去悠悠。巡遊。當日錦帆收。翠柳纜龍舟。但老樹寒蟬，荒祠野鼠，古渡閑鷗。嬌羞。美人如玉，算吹簫、座客不勝愁。未可腰錢鶴背，且將十萬纏頭。

木蘭花慢　常熟徐氏山園

看紅梅未了，搴杜若，結幽蘭。喜樹礫雲鬟，地開月面，竹彈風鬟。投竿。釣魚臺下，似畫船、和雨閣前灘。龍掛古藤千尺，鶴眠矮屋三間。躋攀。危磴小闌干。松外倚高寒。且緩步尋詩，忘懷喚酒，滿意看山。斕斑。紫苔冰暈，拂蒼雲、字字碧埌玕。説與花間勝友，主人未可清閑。

木蘭花慢　得會稽友人書

有書來問訊，算忘了，若耶溪。相命被文魔，情因酒困，心爲花迷。東西。百年過半，玉堂人、久矣隔雲泥。錦樹鶯嘲蝶弄，翠蘿鶴恣猿啼。淒淒。江遠暮山低。梅屋幽棲。喜陶令無錢，坡公不飲，莊子亡妻。玻璃。碧湖秋水，爲幾聲、漁唱住蘇堤。白髮老將至矣，青山歸去來兮。

校：「梅屋幽樓」，按律缺一字。

木蘭花慢　德清縣圃愛山亭

就巖阿淺處，結層屋，上空濛。喜著屐穿花，捲簾看雨，拄笏臨風。玲瓏。夏雲一片，隔芭蕉、獨立舞仙峰。睍睆黄鸝個個，陰森緑樹重重。吟翁。無日不詩筒。杯酒儘從容。更罅石盤梅，陽坡護筍，曲塢移松。芙蓉。古臺直上，倚高寒、長嘯月明中。誰信扁舟苕霅，得游閬苑崆峒。

太常引　姑蘇臺觀雪

斷塘流水洗凝脂。何處覓西施。早起索吟詩。垂楊柳、蕭蕭鬢絲。銀題藻井，粉香梅圃，萬瓦玉參差。一曲樂天詞。富貴似、吴王在時。

校：詞題，「觀雪」，南京圖書館藏清勞平甫校《新刊張小山北曲聯樂府》外集作「賞雪」。「何處覓西施。早起索吟詩」，南京圖書館藏清勞平甫校《新刊張小山北曲聯樂府》外集互乙。

太常引　樂府小雲

溶溶一葉不成衣。恰待弄春暉。出懶意但遲。只可向、山中自怡。清歌遏玉，嬌鬟鬢翠，纖月映蛾眉。來往且孤飛。問行雨、巫娥未知。

太常引　黄山西樓

黄巖秋色雨頻頻。樓上著閑身。涼意逼羊裙。更添得、砧聲耳根。寒香吹桂，晴苞綻橘，紅日曉窗温。客至莫論文。祇坐守、方山看雲。

太常引　永嘉林熙翁城南舊隱

霖鈴秋雨打空階。人坐益清齋。門掩小蓬萊。怕有客、尋真至來。　樓頭碧遠，山眉青小，樹掛蒼苔。且莫寫離懷。看隔水、芙蓉正開。

校：「樹掛蒼苔」，據律當闕一字。

風入松　三月三西郊即事

啁喳嬌燕語茅茨。紅暗海堂枝。雙丫小髻誰家女，踏青歸、三月三時。淡淡鬱金衫子，盈盈玉蘂釵兒。　避人忙掩女仙祠。背後見腰支。金鞭過客争回首，祇山翁、懷古成詩。當日苧蘿村裏，誤人曾有西施。

風入松

春晚泛舟碧瀾湖上，遇雨，宿慈感方丈。

碧瀾湖上小崆峒。人在水精宫。提壺莫惜鸚邊醉，蝶因花、來往匆匆。一餉顛風狂雨，滿山怨紫愁紅。　仙翁來憩白雲中。春色已成空。五更正結花心夢，且遲教、童子鳴鐘。明日涼音渡口，緑楊影裏推篷。

風入松

泊舟好溪，盧希顔相留，寓陳碧山丹房。

野風吹皺玉龍鱗。飛雪點吟身。南明古色供詩眼，纜扁舟、鷗鷺相親。邂逅希顏公子，留連訪戴山人。　環中天地一壺春。深鎖碧窗雲。步虛聲度迎仙引，小屏空、喚醒梅魂。且向花邊聽雨，不知松外敲門。

風入松　湖上九日

哀筝一抹十三弦。飛雁隔秋煙。攜壺莫道登臨晚，蝶雙雙、爲我留連。仙客玲瓏玉樹，佳人窄索金蓮。　琅琅新雨洗湖天。小景六橋邊。西風潑眼山如畫，有黄花、休恨無錢。細看茱萸一笑，詩翁健似常年。

校：詞題「湖上九日」，南京圖書館藏清勞平甫校《新刊張小山北曲聯樂府》卷下《蘇堤漁唱》作「九日」。「蝶雙雙」，南京圖書館藏清勞平甫校《新刊張小山北曲聯樂府》卷下《蘇堤漁唱》作「雙雙」。「琅琅」，南京圖書館藏清勞平甫校《新刊張小山北曲聯樂府》卷下《蘇堤漁唱》作「琅玕」。

黑漆弩　爲樂府焦元美賦用馮海粟韻

畫船來向高沙駐。便上躡探梅吟屨。對金山有玉娉婷，兩點愁峰眉聚。　倚西風目斷行雲，懶唱大江東去。借中郎爨尾冰弦，記老杜曾遊此處。

黑漆弩　别高沙諸友用鸚鵡曲韻

相從一月秦郵住。笑我是不耕種村父。話醒吟酒不成歡，燈下怯雲羞雨。　想梅花夢到孤山，又逐雪鴻南去。塞兒中燕侶鶯儔，遠望我認旗指處。

鷓鴣天　何尊師故居

萬木森森秀野堂。黄鸝兩兩鶴雙雙。翠巖雲巧蒼松暗，玉洞月明丹桂香。　移筆架，拂琴床。賦詩争看水曹郎。重來秖有黄冠老，落日空齋掛鉢囊。

鷓鴣天　客維揚爲樂府王英賦

一點芳春近破瓜。生香小朵瑩無瑕。水曹梅萼初擎蕾，石土瓊苞未放花。　眉刷翠，鬢堆鴉。淡妝何必尚鉛華。御溝紅葉題詩處，應記當年天子家。

鷓鴣天　貽樂府李芝秀

秀結梨園五色芝。瑞雲婀娜玉參差。佩環摇影青霞洞，歌扇留香白雪詞。　花可可，柳枝枝。别情還似送春時。洞簫吹月商顔遠，採藥人來好寄詩。

鷓鴣天　玉泉觀魚

瀲灩晴光動碧虚。一方清鏡照詩臞。風生玉麈三三法，水漾金鱗六六魚。　紅舍利，白芙蕖。儘教妝點老僧居。夜深飛過西湖去，奪取小龍明月珠。

鳳棲梧　客吴江

釣雪亭空人老矣。短笛春風，來往魚童喜。白石磯頭青鏡裏。一篙香暖桐花水。　波面白虹收不起。兩兩沙鷗，逐逐殘涼尾。却羨酒邊鱸鱠美。東曹冷掾思鄉里。

鳳棲梧　惠山寺

寺下蒼山蹲玉几。兩兩髯龍，澗底拏雲起。矮屋低垣祠短李。舊題名勝今餘幾。　駁石闌干曾遍倚。出没煙蕪，見客青黿喜。隱隱蕉花修竹裏。老僧自汲煎茶水。

鳳棲梧　天台石橋

冉冉輕雲隨杖屨。重疊嵐光，花暗濛濛雨。大耳胡僧同笑語。蒼苔石上松陰古。　亭角玉龍泉兩股。隔水招提，依約聞鐘鼓。浴罷行吟披白羽。三更月上菩提樹。

鳳棲梧　遊雁蕩

兩袖剛風淩倒景。小磴松聲，獨上招提境。碧水流雲三百頃。白龍飛過青天影。　折腳鐺中留苦茗。野鞠生花，猶記丹砂井。吹罷玉簫山月冷。題詩人在芙蓉頂。

鳳棲梧　吴山尊勝塔寺

塔湧平山銀甕小。老衲殷勤，説與遊人道。劫火殘灰填翠沼。斷階花隱雙龍爪。　藤壓荒籬蟠檜老。井塌青苔，滿地棘針草。窸窣悲風生木杪。沙河無月涼來少。

秦樓月　爲解蕙卿賦

花能語。一枝香玉芳心吐。芳心吐。舊家姊妹，若蘭秦女。　荷枯柳倦鴛鴦浦。相逢爲我歌金縷。歌金縷。文遊臺上，淺雲疏雨。

秦樓月　即事

山童説。清霜一夜芭蕉折。芭蕉折。梅花開也，滿湖風雪。　墨痕碎碎題詩葉。玉英顆顆丁香結。丁香結。忍教辜負，小山明月。

釵頭鳳　感舊和李溉之

芳亭飲。仙帷寢。蘭姬曾遺茱萸錦。蒼鳧舄。紅鸞席。煙林凝紫，土花生碧。憶憶。

釵頭鳳　春思

紅雲島。黄鸝曉。閑情又是春歸了。愁如織。嬌無力。恨花填曲，怨感吹笛。惜惜。

釵頭鳳　春情

金釵股。瑶琴譜。洞天相見神仙侣。東風惡。庭花落。舊歡雨散，餘情雲薄。莫莫。

青玉案　春思

柳眠花困春如醉。人比年時更憔悴。珊枕香寒問半被。夜長無寐，日高未起。深掩屏山翠。
鬟兒祗道忺春睡。纔説相思那人諱。暖玉熜熜珠約臂。卦錢摇遍，帕羅揉碎。幾點桃花淚。

浣溪沙　感舊

翠袖清風品玉笙。羅裙涼月按瑶箏。少年不飲若爲情。　老眼那知誰可可，小樓無復舊卿卿。

石牀高卧聽松聲。

少年游　别情

帕羅殘粉浥啼痕。遠岫濕黄雲。楓葉寒江，蘆花夜雪，孤雁怕離群。　歸來獨對銀釭坐，錦被待誰温。歌譜羞拈，舞衣閑挂，何處不思君。

少年游　遊鑑湖

美人歌舞競湖中。秋鏡簇春紅。載酒船來，洗花雨過，清似水精宫。　御羅單扇題新字，争看蕺山翁。石上棋殘，松邊曲破，策馬入樵風。以上中國國家圖書館藏明鈔本《張小山樂府》

人月圓　山中書事

興亡千古繁華夢，詩眼倦天涯。孔林喬木，吴宫蔓草，楚廟寒鴉。　數間茅舍，藏書萬卷，投老村家。山中何事，松花釀酒，春水煎茶。

人月圓　秋日湖上

笙歌蘇小樓前路，楊柳尚青青。畫船來往，總相宜處，濃淡陰晴。　杖藜閑暇，孤墳梅影，半嶺松聲。老猿留坐，白雲洞口，紅葉山亭。

人月圓　春晚次韻

萋萋芳草春雲亂，愁在夕陽中。短亭别酒，平湖畫舫，垂柳驕驄。　一聲啼鳥，一番夜雨，一陣東風。桃花吹盡，佳人何在，門掩殘紅。

人月圓　雪中游虎丘

梅花渾似真真面，留我倚闌干。雪晴天氣，松腰玉瘦，泉眼冰寒。　興亡遺恨，一丘黄土，千古青山。老僧同醉，殘碑休打，寶劍羞看。

人月圓　會稽懷古

林深藏却雲門寺，回首若邪溪。苧蘿人去，蓬萊山在，老樹荒碑。　神仙何處，燒丹傍井，試墨臨池。荷花十里，清風鑑水，明月天衣。

人月圓　客垂虹

三高祠下天如鏡，山色浸空濛。蓴羹張翰，漁舟范蠡，茶竈龜蒙。　故人何在，前程那里，心事誰同。黄花庭院，青燈夜雨，白髮秋風。

人月圓　吴門懷古

山藏白虎雲藏寺，池上老梅枝。洞庭歸興，香柑紅樹，鱸鱠銀絲。　白家池館，吴王花草，長似坡詩。可人憐處，啼烏夜月，猶怨西施。

人月圓　春日湖上

東風西子湖邊路，白髮强尋春。儘教年少，金鞭俊影，羅帕香塵。　蹇驢破帽，荒池廢苑，流水閑雲。惱余歸思，花前燕子，墻裏佳人。

人月圓

小樓還被青山礙，隔斷楚天遥。昨宵入夢，那人如玉，何處吹簫。門前朝暮，無情秋月，有信春潮。看看憔悴，飛花心事，殘柳眉梢。

人月圓　開吴松江遇雪

一冬不見梅花面，天意可憐人。曉來如畫，殘枝綴粉，老樹生春。山僧高卧，松爐細火，茅屋衡門。凍河堤上，玉龍戰倒，百萬愁鱗。

人月圓　寄璩源芝田禪師

龍湫山上雲屯寺，别是一乾坤。僧參百丈，雪深半尺，梅瘦三分。幾時親到，松邊弄水，月下敲門。相思無奈，煙蘿洞口，立盡黄昏。

人月圓　三衢道中有懷會稽

松風十里雲門路，破帽醉騎驢。小橋流水，殘梅剩雪，清似西湖。而今杖履，青霞洞府，白髮樵夫。不如歸去，香爐峰下，吾愛吾廬。以上南京圖書館藏清勞平甫校《新刊張小山北曲聯樂府》卷上《今樂府》

人月圓　春日次韻

羅衣還怯東風瘦，不似少年游。匆匆塵世，看看鏡裏，白了人頭。片時春夢，十年往事，一點詩愁。海棠開後，梨花暮雨，燕子空樓。

人月圓　中秋書事

西風吹得閑雲去，飛出爛銀盤。桐陰淡淡，荷香冉冉，桂影團團。　鴻都人遠，霓裳露冷，鶴羽天寬。文生何處，瓊臺夜永，誰駕青鸞。

人月圓　子昂學士小景

西風曾放藍溪棹，月冷玉壺秋。粼粼淺水，絲絲老柳，點點盟鷗。　翰林新畫，雲山古色，老我清愁。淡煙渾似，三高祠下，七里灘頭。以上南京圖書館藏清勞平甫校《新刊張小山北曲聯樂府》卷上《吳鹽》

秦樓月

尋芳屨。出門便是西湖路。西湖路。傍花行到，舊題詩處。　瑞芝峰下楊梅塢。看松未了催歸去。催歸去。吳山雲暗，又商量雨。南京圖書館藏清勞平甫校《新刊張小山北曲聯樂府》卷下《蘇堤漁唱》

霜角　新安八景　花屏春晚

初日滄涼。海霞摇曙光。幾摺好山如畫，晴靄靄、鬱蒼蒼。　衆芳。雲景香。道人眠石床。唤起南華夢蝶，鶯啼在、緑垂楊。

霜角　練溪晚渡

淡煙微隔。幾點投林翮。千古澄江秀句，空感慨、有誰索。　拍拍。水光白。小舟争過客。沽酒歸來樵叟，相隨到、許仙宅。

霜角　南山秋色

華蓋亭亭。向陽松桂榮。背立夜壇朝斗，直下看、老人星。　地靈。風物清。衆峰環翠嬴。千古仙山道氣，誰高似、許宣平。

霜角　王陵夕照

暮蟬聲咽。幾樹白楊葉。細看雲嵐舊隱，遺廟在、表忠烈。　翌結。弓劍冗。苔花碑字滅。遠水殘陽西下，今人見、古時月。

霜角　水西煙雨

沙淺波平。孤舟長日横。淡墨瀟湘八景，誰移向、富山城。　浄名。疏磬聲。暮歸何處僧。明日披雲峰頂，呼太白、賞新晴。

霜角　漁梁送客

浪花飛雪。船閣蒼雲缺。一片鸕鷀西照，檣燕語、柳絲結。　話别。情哽咽。酒邊歌未闋。他日寄書雙鯉，順流過、釣臺月。

霜角　黄山雪霽

雲開洞府。按罷瓊妃舞。三十六峰圖畫，張素錦、列冰柱。　幾縷。翠煙聚。曉妝眉更嫵。一個山頭不白，人知是、煉丹處。

霜角　紫陽書聲

樓觀飛鶩。好山環翠屏。誰向山中講授，朱夫子、魯先生。　短檠。雪屋燈。琅琅終夜聲。傳得先儒道妙，百世下、以文鳴。以上南京圖書館藏清勞平甫校《新刊張小山北曲聯樂府》外集

喬　吉　存詞四首

喬吉(一二八〇——一三四五),字夢符,號惺惺道人、笙鶴翁。太原(今屬山西)人。工詞章,以長于樂府著稱。《太和正音譜》評其詞爲「神鰲鼓浪」。所作主要是散曲,有詞數篇。作雜劇十一種,僅存《兩世姻緣》等三種。後人將其列入「元曲六大家」之一。生平事跡見《録鬼簿》卷下。

賣花聲　和黄子常韻

侵曉園丁,叫道嫩紅嬌紫。巧工夫、攢枝飣蕊。行歌佇立,灑洗妝新水。捲香風、看街簾起。深深巷陌,有箇重門開未。忽驚他、尋春夢美。穿窗透閣,便憑伊喚取,惜花人、在誰根底。楊慎《辭品》卷六

天淨沙

一從鞍馬西東,幾番衾枕朦朧。薄倖雖來夢中。争如無夢,那時真箇相逢。《歷代詩餘》卷一

天香引　遊嘉禾南湖

三月三花霧吹晴。見麟鳳滄州,鴛鷺沙汀。華鼓清簫,紅雲蘭棹,青紵旗亭。細看來春風世情,都分在流水歌聲。劣燕嬌鶯,冷笑詩仙,擊楫揚舲。

天香引　拜和靖祠　雙聲疊韻

至當時處士山祠。漸次南枝，春事些兒。楓漬殷脂，蕉撕故紙，柳死荒絲。目寒澀雄雌鷺鷀。翅參差母子鸕鷀。再四嗟咨，撚此吟髭，彈指歌詩。以上《文湖州集詞》

洪希文 存詞三十三首

洪希文(一二八二—一三六六),字汝質,號去華山人。莆田(今屬福建)人。其父洪巖虎,宋代貢士,曾任興化教諭。洪希文與父隱居山中,生活清苦。洪巖虎死後,洪希文嗣爲鄉先生,郡縣名族争致西席。郡學聘爲訓導。至正二十六年去世,享年八十五歲。洪巖虎有《軒渠集》,洪希文把自己文集題作《續軒渠集》。現存《續軒渠集》十卷,經明人蔡宗兗删定,有八卷詩、一卷詞、一卷雜著。郡人林以順評洪希文所作:「其詩得意處,皆自肺腑流出。」(《元詩選》小傳)生平見洪希文《續軒渠集自序》、《元詩選》初集《續軒渠集》、《元詩紀事》卷十四。

按:《洪氏晦木齋叢書》本《續軒渠集》卷九,原書缺十二頁,系抄補。《四庫全書》本《續軒渠集》卷九相對完整。

八聲甘州 憲司循行召試

秋光如此,摧落堪嗟,菊穎正新黄。對遠山如畫,殘霞似縷,澹澹煙光。怪得數聲喜鵲,好語繞山墻。報道皇華使,載酒登崗。　回望碧雲深處,凜繡衣霄漢,玉斧光鋩。況幕中一客,辣手試風霜。看醉醺龍蛇走筆,借時人、膾炙齒牙香。儂才薄,如何七步,急就成章。漢武帝遣直指使者暴勝之等,衣繡衣，持斧，分部逐捕盗賊，威鎮州郡。（《漢・雋不疑傳》）漢元帝時，黄門令史游作《急就章》，散隸體麄書云。（出《書斷》）。

校：「龍蛇走筆」，晦木齋本作「龍蛇健筆」。

臨江仙

暑劇，攜酒就溪流盥漱，因少憩松陰。

欲借明光無問處，野懷雅趣林丘。不妨枕漱事遲留。千巖如競秀，萬壑欲争流。月觀風臺隨處好，頓令熱惱全收。一觴一咏足清遊。世情看白髮，心事付沙鷗。漢武帝太初四年，起明光殿，近桂宮，成都侯商病，欲避暑，從上借明光宮。《華嚴經》云：以白旃檀塗身，能除一切熱惱，而得清涼也。揚州有月觀風臺，何遜《梅花》詩：「枝横却月觀，花繞凌風臺。應知早飄落，故逐上春來。」晋孫子荆曰：「所以枕流，欲洗其耳；所以漱石，欲洗其齒。」或問顧愷之會稽山水之狀，曰：「千巖競秀，萬壑争流。」

校：「風臺」，晦木齋本作「風亭」。

阮郎歸　焙茶

養茶火候不須忙。温温深蓋藏。不寒不暖要如常。酒醒聞箬香。除冷濕，煦春陽。茶家方法良。斯言所可得而詳。前頭道路長。

海棠春　剖瓜

青門瓜地連芳草。富貴不來年少老。雨露不曾偏，顔色天然好。揭來就把并刀破。粟様生金圓顆顆。細味杜陵詩，慰我懷枯槁。前漢邵平，故秦東陵侯。秦破，布衣種瓜長安城東。瓜美，謂東陵瓜。杜瓜詩「滿眼顔色好」。

浣溪沙　試茶

獨坐書齋日正中。平生三昧試茶功。起看水火自争雄。韓石鼎。　勢挾怒濤翻急雪，韻勝甘露透香風。晚涼月色照青松。

校：「青松」，晦木齋本作「孤松」。

清平樂　風車

風隨車走。唤做天公不。試運州黎高下手，砂礫秕糠前後。　誰言天籟難移，即今神柄誰持。若問紅爐點雪，從來理慾分歧。

鵲橋仙　水碓

山容疊翠，水光拖練，澎湃奔騰遠勢。輸他心匠動機春，應笑殺、伯鸞左計。　引渠激水，連房鑿臼，搗盡糠和秕。朝朝暮暮不曾閑，又豈問、豐年歉歲。傳曰：杵臼之智，不及機春。

桃源憶故人　砭頑

西風摇落梧桐井。氣入韓堂淒冷。百鍊江心銅鏡。照盡鸞孤影。　利錐早脱囊中穎。躍冶怎逃頑礦。獨抱素心誰省。漏甕勞修綆。

青門引　棋

白日沉沉永。棋局閑尋清興。兩賢既不爲山河，强分南北，黑白交成陣。　雌雄未決誰能省。

勢若曹劉競。英雄到底誰是，勸君動也何如静。

品令　試茶

旋碾龍團試。要著琖無留膩。矞雲獻瑞，雲二色曰矞，亦瑞雲也。乳花鬥巧，松風飄沸。爲致中情，多謝故人千里。泉香品異。迥休把尋常比。啜過惟有，自知不帶，人間火氣。心許云誰，太尉黨家有妓。

鷓鴣天　漁父

萬頃玻瓈浩蕩秋。桃花小岸蓼花洲。春風秋月等閑度，雨笠烟簑得自由。移桂棹，下綸鈎。功名利禄不須求。得魚换了茅柴訖，船放長江自在流。

如夢令　櫻桃

四月朱櫻乍熟，甘露一般清味。禽嘴奪將來，卸在赤牙盤裏。何似。何似。清浄摩尼珠子。

踏莎行　雪中山茶

風掠寒條，雪封凍蕊。行人蟻凍荒崖裏。千巖萬壑白皚皚，孤紅傑出真堪美。生類殲夷，芳心銷歇。玄冥漏泄春生意。衝寒折得一枝來，徐熙畫底應難比。

沁園春　壽東泉郡公

農樂豐年，擊壤西東，千倉腐紅。正火劑漫山，丹青炫轉，朱華冒水，雲錦繽紛。鍾秀燕山，分符壺嶠，鬱鬱葱葱初度辰。人争道，是卿雲甘露，毓瑞儲精。　公餘玉塵綸巾。遠賽過唐賢幾輩行人。看筆軍掃陣，羊欣給役，詩工綴錦，王翰求鄰。咀嚼群經，搜羅百史，辦下工夫日日新。東泉水，願永霑學海，混混涯津。《漢・文帝紀》：「初爲郡守，爲銅虎符、竹使符。」剖竹分符，各留其半，右當留京，左以與之。《史記・天官書》：「若煙非煙，若雲非雲，郁郁紛紛，蕭瑟輪囷，是謂卿雲。」卿音慶，綸音菅。

水龍吟　壽夏政齋閏八月初二

一年兩度中秋，這回初度尤堪喜。蓂生二葉，荷開十丈，荔丹千里。令肅貔貅，業安畎畝，戍安隍壘。況萧民截鐙，帥垣攽檄，人懽悦、雷聲起。　自古將門出將，貴三品、腰金綬紫。它年領取，莫公官職，黄公年紀。綵袖翩翩，慈幃强健，諸孫環侍。侍婆婆酒醺，呵笑花下，含飴要戲。夏英公名竦。

浣溪沙　雪夜病起

入室天然惱病禪。打窗風雨閟吟仙。歸心一點落燈前。　猶有十三樓上酒，可無三百杖頭錢。一年心老一年年。

柳梢青　春恨

問訊梨花，不知還解，更幾番、風雨打黄昏，泥香白雪，愁與誰同。　可堪鳳懶鶯慵。飛不到、蕭娘鏡中。望斷碧山，恨迷芳草，春太匆匆。

玉樓春　重書靈岩舊題處

燕語垂楊春又暮。往事空隨流水去。當時傑句倩誰題，塵壁只今無著處。　酒債尋常隨所寓。烟竹風花堪笑語。偷閑將學少年遊，終不似邯鄲故步。孫權叔孫濟，嗜酒不治産，常醉，屢欠人酒緡。人笑之，濟恬然自若，謂人曰：「尋常行坐處欠人酒債，欲貨此縕袍償之。」古詩：「典盡春衣無可奈，尋常行坐欠人錢。」

水龍吟　代洋尾李氏壽柯竹圃

降庭佳氣葱葱，輝聯南極光如畫。門弧紀瑞，華筵開宴，兜離仙奏。梨棗功深，汞鉛訣秘，内丹初就。嘸壺中日月，放懷詩酒，這安樂、窩中叟。　夢語喧傳萬口。況雞林、有人親售。當家句律，早傳驥子，孫枝又秀。自愧長文，遠離車膝，幾時回首。料得今朝懽笑，大家拜舞，外翁千壽。許穆入華陽洞得道，王母第二十女紫薇夫人與穆書曰：「玉醴金漿，交梨火棗，飛騰藥也。不比金丹。已生於君心中，以君心猶荆棘相雜，是以二樹不生不見。」身中鉛汞，氣力。汞精血。道家以鼎烹金石爲外丹，吐故納新爲内丹。柯能黄白術，故云。白樂天詩集：鷄林行賈售其國相，篇易一金，僞者，相能辯之。《世説》：陳太丘詣荀朗陵，無僕，使元方將車，季方持杖。長文尚少，載著車中。既至，荀使叔慈膺門，慈明行酒，六龍下食。文若尚少，坐著膝前。

齊天樂　壽方君會

山陰文會纔三日，懷陣跡、都如掃。鬱鬱葱葱，融融溢溢，和氣偏薰瑶草。春光未老。便撒放鶯花，收回梨棗。醉嘸霞漿，壽峰側畔神仙島。　墻屏翩翩學子。總芝蘭玉樹，映人娟好。德耀新歸，子平畢娶，來歲掌珠可抱。名繮利鎖。任禄食千鍾，位登八座。貴不如閑，與兒郎自傚。其子後納粟本路經歷。

滿庭芳　送張譯史東州秩滿歸代方譯史作

卓卓聲名，英英人物，翠壺肯暫遨遊。與君聚散，鴻燕自春秋。位置六曹上客，揮灑處、文彩風流。尊艫好，故鄉入夢，留不住東州。　驊騮從此去，嘶鳴北向，志氣悠悠。指燕臺路近，唾手公侯。料想春風得意，醉眠韋杜最高樓。天付與，男兒事業，姓字覆金甌。京兆城南，有韋曲、杜曲。杜正倫爲相，與城南諸杜昭穆遠，求同譜，不許。銜之。諸杜所居號杜固，世傳其地有旺氣，故世衣冠。正倫建言鑿杜固通水以利人，既鑿，川流如血，自是城南諸杜不振。《雞距集》：「韋曲杜鄠近長安。諺云：城南韋杜，去天尺五。」杜詩文彩風流，今尚存。

按：《雞距集》，當爲《雞跖集》，見宋曾慥編《類説》卷二十九。

賀新郎　壽李西隱時館於李氏

今日知何日。聽瑶池、西來青鳥，密傳消息。阿母臨行宣曼倩，留取蟠桃休喫。因則甚、鸞驂未出。約待西方無量壽，賀西家、大隱開華席。蓬萊島，神仙客。　壺公滿眼春光溢。正千花萬草薰人，芳菲紅碧。快意長江都是酒，放出韓湘奇術。況兩鬢蒼蒼如漆。記得晉公留好語，二三百歲，有何難劃。耐松柏，堅金石。王母以玉盤盛桃七顆，以四與武帝。帝欲種之，母曰：「此桃三千年一實。」帝乃止。

倦尋芳　春詞

卧鴨爐邊，翔鴛屏底，正斷腸處。烟草風花，妝點春愁無數。貪睡海棠酣暈臉，欹眠楊柳狂飛絮。倚東風，子規叫月，亂鶯啼樹。　儘遊賞吞花卧酒，握月擔風，誰訴離緒。鏡裏朱顔，還被青春領去。簌簌紅飛愁萬點，絲絲緑織愁千縷。這光陰，那堪幾番風雨。

念奴嬌　冬月

月華似水，正同雲天氣，流光如爍。冷氣射人寒痒瘷，走下深簾重幕。十二瓊樓，三千玉斧，手凍憑誰劚。乘鸞女子，爲伊再三驚愕。　回顧玉露淒清，恐非人世，怎敢輕諧謔。上界神仙官府足，肝膽驟然傾落。凍合關河，光摇牛斗，飛起横江鶴。平明起視，雪封枝上梅萼。

滿江紅　幽居

築室雲屏，連翠巘、斷崖如臼。任紅塵飛到，借風爲帚。談笑從容無俗客，山花風竹皆吾友。做姬公事業竟明農，終田畝。　閑又却，經綸手。緊閉了，謀謨口。看高車公相，寒途僕走。是有命焉那幸致，萬鍾於我夫何有。但卿車我笠，勿相忘，須回首。

踏莎行　觀堂試

郡國興賢，黌宫課試。書生事業從今始。銓衡當道有司明，吹噓送上青雲裏。　賦要淩雲，文如翻水。八音五色驚童穉。時人莫作等閑看，丹墀獨對應如是。

酹江月　酒邊

一年佳景，又新橙快意，重呼醽醁。争奈情人乖信約，誤聽幾番風竹。□□□□，魚沉雁杳，懶聽相思曲。少年狂夢，黄粱早已先熟。　烈士壯心仍在，唾壺敲碎，此恨何時足。太息舊交風雨散，大半已歸鬼籙。對酒淒涼，欲誰訴，唤起蒼虬玉。梋床大叫，爲予更剪明燭。

校：「□□□□」，底本無，據詞律補。

洞仙歌　早梅

野亭驛路，盡是尋幽客。水曲山隈浩無極。見松荒菊老，歲晏江空，摇落盡、幾點南枝消息。天寒雲淡，月弄黄昏色。綽約真仙藐姑射。占得百花頭上，積雪層冰，推不去，只恁地皚皚白。問廣平心事竟何如，縱鐵石肝腸，也難賦得。

風中柳　水碓

錦里人家，桑柘陰連西崦。駛決溪流青似染。引機激水，作碓依山旁，無朝無暮無豐歉。德耀當年，杵臼生涯勤儉。强勸郎温温笑臉。男兒志氣，正欲長光焰。任頑石、也須頭點。

如夢令　燈花

報道燈花如畫。燁燁文章摛繡。安頓莫風摇，應恐夜寒花瘦。搔首。搔首。結裹望天將就。

桃源憶故人　别故人

客亭折盡垂楊柳。馬箠堤邊無有。唱徹陽關杯酒。别我平生友。男兒得意須回首。烏兔東飛西走。臨發不堪分手。戀戀君知否。

蝶戀花　蠟梅

雪裏江梅標致好。千古詩人，總被横斜惱。蠟貌梔言愁殺我。道伊曾向孤山過。檢點花房開幾朵。錯引出蜂，釀蜜供殘課。三嘆楚騷無可考。梅花已不如芳草。

水調歌頭　雪梅

崖谷摇落盡，銀海眩花生。霏霏漾漾，閉門三日斷人行。我欲尋幽無路，但見砌平凹凸，粲粲盡堆瓊。片片匀如剪，散入馬蹄輕。　梅索笑，竹含貞，酒頻傾。矜香鬥色，鼻寒無孔眼瞠瞠。昔則寒林水墨，今則瑶臺琪樹，奇妙孰能名。起舞歌白雪，聊暢我幽情。以上文淵閣《四庫本書》本《續軒渠集》卷九

歐陽玄　存詞十二首

歐陽玄（一二八三—一三五八），字原功，號圭齋。瀏陽（今屬湖南）人。自幼由母親親授經書。八歲師從鄉先生張貫之。十四歲從宋代遺老學詞章。延祐元年詔設科舉，歐陽玄以《尚書》與貢，明年登進士第，授平江州同知，調蕪湖縣尹。至治三年秋，以校閱江浙考試卷至杭州，與貫雲石遊。入朝爲國子博士，陞國子監丞。致和元年遷翰林待制兼國史院編修官。天曆改元，文宗親自署歐陽玄爲藝文少監，主持編纂《經世大典》。元統元年，拜翰林直學士，編修四朝實録。元順帝時，因足患風痹，告病南歸就醫，未允。修遼金宋諸史，爲總裁之一。屢次辭官均未獲準。奉敕定國律。再次乞致仕，特授湖廣行省右丞致仕，將行，順帝特降旨挽留。至正十七年十二月戊戌（一三五八年二月七日），卒於大都崇教里寓舍。追封楚國公，謚曰文。歐陽玄歷官四十餘年，朝廷典册多出其手，天下碑誌、名人碑傳以得歐陽玄文辭爲榮。宋濂評其文「如雷電恍惚，雨雹颯然交下」（《歐陽公文集序》）。有《圭齋文集》十五卷，今存，《圭齋文集》卷四有《漁家傲》詞十二首。另著《拯荒事略》，今亦存。生平見危素撰行狀（《圭齋文集》附録）、《元史》卷一八二、《元詩選》初集《圭齋集》。

漁家傲　南詞並序

余讀歐公李太尉席上作十二月《漁家傲》鼓子詞，王荆公亟稱賞之。心服其盛麗，生平思彷佛一言不可得。近年竊官於朝，久客輦下，每欲倣此，作十二闋，以道京師兩城人物之富，四時節令之華，他日歸農，或可資閒暇也。至順壬申二月，玄修大典既畢，經營南歸，屬春雪連日，無事出門，晚寒附火，私念及此，夜漏數刻，腹稿具成，枕上不寐，稍諧叶之。明日，筆之於簡，雖乏工緻，然數歲之中，耳目之所聞見，性情之所感發者，無不櫽括概見於斯。至於國家之典故，乘輿之興居，與夫盛代之服食器用，神京之風俗方言，以及四方賓客宦遊之況味，山林之士未嘗至京師者，欲有所考焉，此亦可見其人略矣。

漁家傲　正月

正月都城寒料峭。除非上苑春光到。元日班行相見了。朝回早。闕前褫帕歡相抱。　漢女姝娥金搭腦。國人姬侍金貂帽。繡轂雕鞍來往鬧。閒馳驟。拜年直過燒燈後。

漁家傲　二月

二月都城春動野。引龍灰向銀床畫。士女城西爭買架。看馳馬。官家迎佛官蘭若。　水暖天鵝紛欲下。鷹房奏獵催車駕。却道海青逢燕怕。纔過社。柳林飛放相將罷。

漁家傲　三月

三月都城遊賞競。宮墻官柳青相映。十一門頭車馬並。清明近。豪家寒具金盤飣。　墦祭留連芳草逕。歸來風送梨花信。向晚輕寒添酒病。春煙暝。深深院落秋千迥。

校：「留連」，《詞綜補遺》卷十七作「流連」。

漁家傲　四月

四月都城冰碗凍。含桃初薦瑛盤貢。南寺新開羅漢洞。伊蒲供。楊花滿院鶯聲弄。　歲幸上京車駕動。近臣準備鑾輿從。建德門前飛玉鞚。争持送。葡萄馬乳歸銀甕。

漁家傲　五月

五月都城猶衣裌。端陽蒲酒新開臈。月傍西山青一掐。荷花夾。西湖近歲過苕霅。　血色金羅輕汗搨。宫中畫扇傳油法。雪腕綵絲紅玉甲。添香鴨。涼糕時候秋生榻。

漁家傲　六月

六月都城偏晝永。轆轤聲動浮瓜井。海上紅樓欹扇影。河朔飲。碧蓮花肺槐芽瀋。　緑鬢親王初守省。乘輿去後嚴巡警。太液池心波萬頃。閒芳景。掃宫人户撈漁艇。

漁家傲　七月

七月都城争乞巧。荷花旖旎新棚笊。籠袖嬌民兒女狡。偏相攪。穿針月下濃粧佼。　碧玉蓮房和柄拗。晡時飲酒醒時卯。淋罷麻稭秋雨飽。新涼稍。夜燈叫賣雞頭炒。

漁家傲　八月

八月都城新過雁。西風偏解驚游宦。十載辭家衣線綻。清宵半。家家擣練砧聲亂。　等待中秋明月翫。客中只作家中看。秋草墻頭螢火爛。踈鐘斷。中心臺畔流河漢。

漁家傲　九月

九月都城秋日亢。馬頭白露迎朝爽。曾向西山觀蒼莽。川原廣。千林紅葉同春賞。一本黄花金十緪。富家菊譜籖銀榜。龍虎臺前駝鼓響。擎仙掌。千官瓜果迎鑾仗。

漁家傲　十月

十月都人家百蓄。霜松雪韮冰蘆菔。暖炕煤爐香豆熟。燔獐鹿。高昌家賽羊頭福。貂袖豹袪銀鼠襮。美人來往氈車續。花户油窗通曉旭。回寒燠。梅花一夜開金屋。

漁家傲　十一月

十一月都人居暖閣。吴中雪紙明如堊。錦帳豪家深夜酌。金雞喔。東家撤雪西家噱。纖指柔長宫綫弱。陽回九九官冰鑿。盡道今冬冰不薄。都人樂。官家喜愛新年朔。

漁家傲　十二月

十二月都人供暖篷。宫中障面霜風獵。甲弟藏鈎環侍妾。紅袖擫。笑歌聲送金蕉葉。倦客玉堂寒正怯。曉洮金井冰生鬣。凍合竈瓢餳一楪。吴霜鑷。换年懶寫宜春帖。以上明成化刊本《圭齋文集》（《四部叢刊》初編影印）卷四

張起巖 存詞一首

張起巖（一二八五—一三五三），字夢臣，祖籍章丘（今屬山東），遷居禹城（今屬山東）。延祐二年（一三一五）進士及第左榜第一，官至翰林待制、監察御史等職，爲遼、金、宋三史總裁官。生平見《元史》卷一八二等。

木蘭花慢 詞餞雪樓承旨南歸

聖恩天廣大，容此老，老江南。甚玉雪無暇，樓臺有地，超出塵凡。此行錦袍玉帶，向紫微垣里寄官銜。聞到鄉閭童稚，安排竹馬青衫。　聲名要與二踈參。千古入清談。看雲擁千官，沙堤一道，駐馬停驂。都門兩行楊柳，比尋常、翠色碧於藍。不爲東風吹發，猶能挽住征帆。宣統二年景刊洪武本《程雪樓集》附録

楊鐮主編

全元詞

下册

中華書局

斷新脆。吴娃小艇無蹤跡，也怪半池萍碎。還略記。是月冷、鷗眠鷺宿曾驚起。高荷恨倚。總回首西風，露盤輕瀉，清淚似鉛水。

摸魚兒　和王平軒

看棋枰、一番换局，山中知幾朝暮。舊時王謝堂前燕，都付後人懷古。胡琴語。索燕寢凝香，此日天應許。甘回味苦。笑老子癡頑，胸中色線，終爲衮衣補。投簪去，正有小山叢桂，歸來依舊爲主。春江䣽釀番江渌，門外儘多來屨。高陽侶。慣踏醉狂歌，驚起星河鷺。花枝争舞。語蘭玉階前，穠纖依約，猶染斷縑素。

校：詞牌，《知不足齊叢書》本《貞居詞》作《摸魚子》。「來屨」，《知不足齋叢書》本作「朱屨」。

風入松　壽吴大宗師

羽衣能補舜衣裳。閒看雲忙。宣文奎畫龍珠護，□家山、輝映琳琅。天上重逢初度，仙韶錫宴非常。滿朝人道魯靈光。合佩金章。丹牙修出纖纖月，看年年、玉斧吴剛。不枉盤根壽櫟，要扶宗社靈長。

校：「丹牙」，《知不足齊叢書》本作「月牙」。

朝中措　早春書易玄九曲新居壁

草堂移住古城隈。堂後水平階。要結柴桑鄰里，不須鷗鷺驚猜。行厨竹裏，園官菜把，野老山杯。説與定巢新燕，杏花開了重來。

蘇武慢　至正八年夏和虞道園

清露晨流，新桐初引，消受北窗涼曉。經卷薰爐，筆床茶具，長物恁他圍繞。老子無情，年光有限，只似木人花鳥。擬凝雲、數朵奇峰，曾見漢唐池沼。　還自笑，待老學蟫魚，金題玉躞，書裏也容身了。阿對泉頭，布衣無恙，占斷雨苔風篠。獨鶴歸來，西山缺處，掠過亂鴉林表。舞琴心三疊胎仙，坐到月高山小。

賀新郎　戲次仲舉韻

金屋書中有。爲錢塘佳麗，待尋歡偶。記得朝雲前日夢，伏事東坡最久。且不是、郡無官守。日日湖中公事了，更成圍、妓女隨車後。翁兩鬢，禿如帚。　老來莫負簪花手。比佳人難得，靈芝三秀。此夕燈花何太喜，便用買紅纏酒。催看個、肩輿迎取。有子平生千萬足，看明年、墮地於菟走。掛冠去，學踈受。

木蘭花慢　己未十月十七日壽溪月真人

試瑶臺借雪，春意早，滿林巒。笑東老殷勤，能傾家釀，與盡清歡。曾因求賢把詔，便朗吟、溢浦又廬山。自愛西湖煙雨，玉鞭分付青鸞。　神仙官府肯容閒。樞要在玄關。有溪上金鼇，月中金粟，長駐嬰顔。願似洪厓橘朮，儘千年、遊戲向人間。早晚鳳池書到，通明殿上催班。

木蘭花慢　和馬昂夫

想桐君山水，正睡雨，聽淋浪。記短棹曾經，煙村晚渡，石磴飛梁。無端故人書尺，便夢中、顛倒我衣裳。此去釣臺多少，小山叢桂秋香。　青蒼秀色未渠央。臺榭半消亡。擬招隱羊裘，尋盟鷗社，投老漁鄉。何時扁舟到手，有一襟、風月待平章。輸與浮丘仙伯，九皋聲外滄茫。

木蘭花慢　秋詞

看秋容漸好，一番雨，一番涼。試點檢吾家，小山叢桂，金粟都黃。濤江限他吳越，便胥魂、不似向時狂。眼底龍飛鳳舞，夢中狐嘯鴟張。　茫茫今古總堪傷。歌罷意難忘。甚老矣嵇生，五弦揮手，怕聽清商。淵明平生師友，白衣人、借與我持觴。若問醉翁年紀，指渠松柏高岡。

木蘭花慢　和黃一峰聞箏

盡彈箏仕女，會銀甲，驟冰弦。看蟬影僛僛，鶯聲歷歷，鴻陣翩翩。哀音暮年多感，柰對花、對酒更聞鵑。却恐乘雲飛去，纏頭嫋住非煙。　烏絲綴譜倩陳玄。雅調爲誰傳。嗟江上峰青，湘皋木落，與挾飛仙。正須絲竹陶寫，儘勝渠、槌拍事枯禪。莫負金尊皓月，難留錦瑟華年。

木蘭花慢　龜溪寄張小山

問出山小草，誰與伴，五湖遊。便憶昔風光，桃花流水，杜若芳洲。來時洞門無鎖，倩鶴群、長繞侍仙樓。邂逅小山招隱，依然我輩清流。　春愁相戀住餘不。寒擁敝貂裘。柰雨柳煙花，雲帆溪鳥，都在簾鉤。眼前自無俗物，動山心、嫌聽鹿呦呦。猛把石闌干拍，賈胡知爲誰留。

瑶花慢　賦雪次仇山村韻

篩冰爲霧，屑玉成塵，借阿姨風力。千巖競秀，怎一夜、換作連城之璧。先生閉户，怪短日、寒催駒隙。想平沙鴻爪成行，□似醉時書迹。　未隨埋没雙尖，便淡掃蛾眉，與鬬顔色。裁詩白戰，驢背上、馱取灞橋吟客。撚鬚自笑，儘未讓、諸峰頭白。看洗出宫柳梢頭，已借淡黄塗額。

百字令　壽玄覽真人次黄一峰韻

橙黄橘緑，占一年好景，人間真樂。玉塵金鼇相對峙，如我視今猶昨。珍重留侯，招邀黄石，俱赴蟠桃約。一卮仙酒，得陪三老斟酌。　總道獨綰銀章，重披宫錦，有自家天爵。八袠明年身更健，胸次遥天恢廓。春小花繁，溪清月皎，都付延年藥。洞霄仙侣，更添一個仙鶴。

百字令　四月四日爲王國輔生日作

紅蓮一舸，向遊仙夢裏，步虚金闕。朝罷香煙攜滿袖，初度玳筵重設。玉軸琵琶，金瓶芍藥，都在春風列。天然清貴，樵林自愛晴雪。　笑説奉母閒居，吾非巧宦，未信潘郎拙。戲引鴛雛香徑底，好在雙珠明月。錦繡樓臺，燕鶯簾幙，垂柳青絲結。金籠放鴿，年年飛絮時節。

校：詞牌，《知不足齋叢書》本《貞居詞》作「金縷曲」。

宴山亭　賦楊梅

鶴頂朱圓，豐肌粟聚，寶葉揉藍初洗。親翦翠柯，遠贈筠籠，脈脈紅泉流齒。骨换丹砂，笑尚帶、儒酸風味。誰記。曾問譜西泠，緑陰青子。　君家幾度尊前，摘天上繁星，伴人同醉。纖手素盤，歷亂殷紅，浮沉半壺脂水。珍果同時，惟醉寫、來禽青李。争似。爲越女、吴姬染指。

八聲甘州　舟次垂虹寄玄洲許道民

柳洲冰未浣柰春寒，仙風引歸槎。渺雲岑天末，煙江雨外，猶認芳華。獨酌瓦甌篷底，誰與飯胡麻。疑聽松風響，水宿蒹葭。　天上春愁鶴髮，許一庵閒地，壞衲雙髽。笑清狂無賴，痼疾是煙霞。念葛洪、移居辛苦，甚左郎、容易問丹砂。憑傳語、空山流水，深護桃花。

校：「猶認芳華」，《知不足齋叢書》本《貞居詞》作「猶認漁家」。

燭影揺紅　紅梅

休擊珊瑚，怕驚幺鳳枝頭睡。看花猶自未分明，雪在雲階砌。步障齊奴故里。儘一幅、仙人絳袂。研丹吮粉，擬覓生綃，芳心難寄。　姑射肌膚，朝霞散入春風髓。石橋冰酒影娥閒，略約相逢地。錯妒嫣然嫵媚。柰兒家、天寒翠袂。碧桃和露，聽徹吹笙，緑珠羞墜。

石州慢　和黄一峰秋興

落日空城禾黍，夜深砧杵纔歇。怪他蘿薜絺衣，風露潤滋涼浹。清愁多少，只消目送飛鴻，五弦已是心悲咽。把酒問青天，又中秋時節。　聞説。謫仙去後，何人敢擬，酒豪詩傑。草草山窗，還我舊時明月。書帷冷落，□□□□□□，閒文閒字偏情熱。孤負褚先生，有一庭紅葉。

校：「□□□□□□」，《欽定詞譜》作「縱教萬事都忘」。

水調歌頭　盆荷

江湖渺何許，歸興浩無邊。忽聞數聲水調，令我意悠然。莫笑盆池咫尺，移得風煙萬頃，來傍小窗前。稀疎濸紅翠，特地向人妍。　華峰頭，花十丈，藕如船。那知此中佳趣，別是一壺天。倒挽碧筩釃酒，醉卧綠雲深處，雲影自田田。夢中呼一葉，散髮看書眠。

校：此詞與趙孟頫《松雪齋集》中《水調歌頭》（和張大經賦盆荷）一詞相同。廣陵書社影印《彊村叢書》本《貞居詞》，《知不足齋叢書》本《貞居詞》，《四部叢刊》本《松雪齋集》，《四庫全書薈要》本《松雪齋集》中皆有此詞，暫兩存之。

水調歌頭　爲初心真人七袠初度時延祥有賜田之命

瑞靄延真館，春滿瑞真家。絳縣老人年紀，更柰紫髯何。前日黄華迎賜，賜予青氈舊物，田野總謳歌。報貺啓金籙，笙鶴恰來過。　問蟠桃，花結實，樹交柯。今朝佳氣五雲，都在牡丹坡。何物可爲公壽，直比心如明月，清鏡閱人多。於此看勳業，銅狄細摩挲。

水調歌頭　贈都料邵子和還嘉禾

別有梓人傳，精藝奪天工。便使玉人雕琢，妙手略相同。寶殿網珠窗户，華蓋狻猊牀座，金碧鬬玲瓏。花萼問芝草，細縷一重重。　看揮斤，除鼻堊，運成風。多少巧心奇思，舞鳳更翔龍。縱使棘端猴小，與刻三年楮葉，難比錦心胸。快袖吴剛斧，修取廣寒宫。

滿庭芳　重九次趙侯韻

湖曲荒煙，石林斜日，笛聲淒斷山陽。孤懷無托，只用醉爲鄉。回首西風黄落，儘輸他、松檜青蒼。相思處，書題新橋，還待滿林霜。　人生難會合，良辰孤負，把菊傳觴。便三人對月，獨自清狂。正爲跫音空谷，天遠近、鴻鵠高翔。空追和，陽春一曲，聊代紫萸囊。

鳳凰臺上憶吹簫　和歐陽彦珍催桂

桂影團團，小山叢底，今年特地收香。早陣風陣雨，頻掩西窗。一翦辟寒金碎，甚教人、長想容光。淒涼夜，香篝撤去，孤負華堂。　金菊芙蓉，儘未怕换葉移根，多少思量。縱素娥老去，肯便相忘。怪得探芳秋蝶，向翠陰深處迴翔。非遲暮，一枝折得，留待仙郎。

校：詞牌，《知不足齋叢書》本《貞居詞》作「滿庭芳」。

滿江紅　開元斗室落成玄覽真人命名得月軒

笑向桃花，又一番、玄都春色。彷佛記、主家陰洞，不多陳迹。竹裏棋枰憎鳥汚，林間鶴語無人識。怪東風、遲暮却歸來，龐眉客。　溝水漲，雲充斥。環堵隘，花狼藉。似石魚湖小，酒船寬窄。庭下已生書帶草，旁人錯認揚雄宅。問青天、明月落誰家，無心得。

滿江紅　玉簪次班彦功韻

玉導纖長，頓化作、雲英香莢。風弄影、緑鬟撩亂，搔頭斜插。璞小還思釵燕並，叢幽略比蕉心狹。看柔鬟、點綴半開時，微烘蠟。　冰筋瘦，瓊枝滑。芳徑底，誰偷掐。怕夜涼消得，錦圍紅匝。鵝管不禁仙露重，蜜脾膩借清香發。待使君、絶妙好詞成，須彈壓。

雪獅兒　賦梅次仇山村韻

含香弄粉，便勾引、遊騎尋芳，城南城北。別有西村，斷港冰澌微緑。孤山路熟。伴老鶴、晚先尋宿。怕凍損、三花兩蕊，寒泉幽谷。　幾番花陰濯足。記歸來醉卧，雪深平屋。春夢無憑，鬢底鬧蛾争撲。不如圖畫，相對展、官奴風竹。燒黄燭。自聽瓶笙調曲。

望梅花　壽師道真人

何處仙家方丈。渾連水、隔他塵坱。放鶴天寬，看雲窗小，萬幅丹青圖障。憑高望。笑掣金鼇，人道是、蓬萊頂上。　時問葛陂龍杖。更準備、雪中鶴氅。修月吴剛，收書東老，消得百壺春釀。無盡藏。莫傲清閒，怕詔起、山中宰相。

踏莎行

王戡隱《五香圖》作圓象，墨寫梅、蘭、水仙、山礬、瑞香五品，盤屈折枝於其中，韓明善有「月上影娥池，人在衆香國」一聯，今予爲易玄賦之。

玉鏡臺前，看花如霧。交柯接葉紛無數。春寒約住柳絲圈，月明染下方諸露。　廬阜神遊，湘皋微步。玉奴老去羞樊素。韓郎解比影娥池，倩誰摘出香奩句。

踏莎行　爲朱德輝送醫僧道二首

龍樹名方，阿師偏得。參苓藥籠真奇特。閒身偶爾病魔侵，幾番勞動黄金錫。　灌溉三田，平和百脈。只消甘露楊枝滴。八荒壽域太平時，大家都藉慈悲力。

踏莎行

春夢還山，藥羅巖上。覺來便覺身無恙。不知引入市塵壺，丹瓢猶掛蒼龍杖。一脈清涼，三關調暢。□□更展滄溟量。還將底事謝先生，山中百斛丹泉釀。

南鄉子　題李紫篔山居

午枕托冥搜。得句棲霞半嶺頭。不柰風篁踈雨過，颼颼。化蝶飛來爲少留。石壁倚清秋。袖拂煙痕寫遠遊。信有平生濠濮想，悠悠。身似潛魚嬾上鈎。

蝶戀花　新柳

誰道鵝兒黄似酒。對酒新鵝，得似垂絲柳。鉛粉泥金初染就。年年春雪消時候。一縷柔情能斷否。雨重煙輕，無力縈窗牖。試看溪南陰十畝。落花都聚紅雲帚。

蝶戀花　清明日去梁溪元鎮買舟追送未至戲題所坐船窗

雨館幽人朝睡美。好趁春晴，茶竈隨行李。九朵芙蓉青似洗。天河一夜增新水。相送殷勤煩主禮。燕子無情，不管帆檣起。錯恨分風三十里。清明小住爲佳耳。

蝶戀花　追次菘翁卷中冬至之作

空谷天寒殊慰藉。半幅瑶華，喚得春回也。金馬玉堂猶傳舍。崧雲潁水風流夜。馳騁莊騷陵鮑謝。昔日忘年，邂逅鴻濛野。愁絶朱弦誰爲寫。高情那復如疎者。

校：詞題，《元人十種詩》本《句曲外史集》卷下作「次疎翁冬至韻」。

浪淘沙

周晋仙諱文璞者，有詞云：「還了酒家錢，便好安眠。大槐宫裏著貂蟬。行到江南知是夢，雪壓漁船。盤礴古梅邊，也信前緣。鵝黄雪白又醒然。一事最奇君聽取，明日新年。」晋仙，宋南渡來名士，一號「方泉老人」，此詞鮮于困學每愛書之。百年後，方外士張雨追和一章，以爲笑樂，惜困學公不能爲我賞音。

抛下杖頭錢。取次高眠。玉梅金縷孟家蟬。説著錢塘都似夢，嬾問遊船。　誰信酒壚邊。别有仙緣。自家天地一陶然。醉寫桃符都不記，明日新年。

茅山逢故人　句曲道中送友

山下寒林平楚。山外雲帆煙渚。不飲如何，吾生如夢，鬢毛如許。　能消幾度相逢，遮莫而今歸去。壯士黄金，昔人黄鶴，美人黄土。

校：詞牌，《御選歷代詩餘》卷十九作《山外雲》。

殿前歡　楊廉夫席上有贈

小吴娃。玉盤仙掌載春霞。後堂絳帳重簾下，誰理琵琶。香山處士家。玉局仙人畫。一刻春無價。老夫醉也，烏帽瓊華。

早春怨　擬白石

盼得春來，春寒春困，陡頓無聊。半剔殘釭，片時春夢，過了元宵。　空山暮暮朝朝。到此際、無魂可消。却倚東風，水如衣帶，草似裙腰。

如夢令　山中逃熱三首

湖外殘鐘未了。過嶺樵夫恁早。犬吠又人行，推枕北窗清曉。清曉。清曉。勞動數聲啼鳥。

如夢令

緑錦峰巒似繡。曲折一渠冰溜。中有養疴人，攲枕北窗清晝。清晝。清晝。胡蝶還知夢否。

如夢令

静默兩家茅舍。特地月明狼藉。不管候蟲吟，高枕北窗清夜。清夜。清夜。涼似樊川水榭。

漁父詞　贊船子和尚二首

此物由來不可名。絲綸收去水波平。長抱膝，可憐生。誰共蓑衣卧月明。

漁父詞

上釣金鱗不用多。踏翻船子便高歌。猶有在，問如何。問取儂家張志和。

太常引　浴鵠灣有詠寫奉易玄

一叢奇石古苔龕。一半浸挼藍。有幾許煙嵐。怕魚鳥、驚人笑談。　幽幽尺宅，蕭蕭環堵，佳處要人參。休看是江南。似鈷鉧、潭西小潭。

太常引

漫翁新製畫舫湖中，予爲名其舫曰「浮家泛宅」。翁姓李，字仁仲。湖船用布帆，自李始。

莫將西子比西湖。千古一陶朱。生怕在樓居。也用著、風帆短蒲。　銀瓶索酒，并刀斫鱠，船背錦模糊。堤上早傳呼。那箇是、煙波釣徒。

定風波

玉虛宗師十月二十八日誕，丁卯九月閏，錦衣期頤之佳瑞也。舊蓬萊閣成後，拜鎮南王賜衣之寵，喜而作歌。

漆點方瞳雪覆眉。鶴巢殿角與雲齊。笑挈蓬萊三百丈。更向。白雲層外著丹梯。　步障諸峰霜似錦。借問。高寒那與世人知。楊子賢王新有教。淡染。高麗綾子製荷衣。

憶秦娥

楊山居湖舫新成，載酒落之，賦《秦樓月》二首，書於船窗。

蘭舟小。一篷也便容身了。容身了。幾番煙雨，幾番昏曉。　出橋三面青山繞。入城一向紅塵擾。紅塵擾，緑蓑青篛，讓渠多少。

憶秦娥

蘭舟小。沿堤傍著裙腰草。裙腰草。年年青翠，幾曾枯槁。　漁歌一曲門顛倒。酒壺早是容情了。容情了。肯來清坐，喫茶須好。

水龍吟　代玄覽和東泉學士自壽之作

古來宰相神仙，有誰得似東泉老。今朝佳宴，楊枝解唱，花枝解笑。鐘鼎山林，同時行輩，故人應少。問功成身退，何須更學，鴟夷子，煙波渺。我自深衣獨樂，儘從渠、黄塵烏帽。後來官職清高，一品還他三少。不須十載光陰，渭水相逢，又入非熊夢了。到恁時、拂袖逍遥，勝戲十洲三島。

按：此後有《梧葉兒》二首，《全金元詞》以爲曲調，今從之。

鷓鴣天　贈醫士沈德誠

東老傳家道氣濃。榴皮壁上有仙蹤。耳孫陰德知何限，都在參苓藥籠中。　無貴賤，有窮通。活人心事契蒼穹。吾家昆弟能無恙，須藉全生一匕功。以上《彊村叢書》本《貞居詞》

按：此後有《喜春來》一首，《全金元詞》以爲曲調，今從之。

東風第一枝　玉簪

清淚如鉛，緑房迎曉，寶階低擁雲葉。蜻蜓飛上梢頭，依前豔香未歇。西窗暗雨，怪簾底、參差涼月。正一叢、深倚琅玕，石上只愁磨折。　問瑶草、應憐短髮。曾醉墮、無聲膩滑。羞他金雀鈿蟬，似高水仙羅襪。芳心斷絶。誰與贈，湘皋瓊玦。試折花、擲作銀橋，看舞素鸞迴雪。

柳梢青　題楊補之墨梅

面目冰霜。逃禪正派，只讓花光。怪底徐卿，爲渠描貌，縈損柔腸。　有誰步屧長廊。更折竹、聲中細香。酒半醒時，雪晴寒夜，月上西窗。以上《彊村叢書》本《貞居詞補遺》

臨江仙　寄王集虚

重問虧岡深絶處，筍輿沖破煙嵐。集虚來往集虚菴，儘誇山北好，我自住山南。　笑折松枝爲麈尾，狂夫唯解清談。水星童子是同參，胡麻應早熟，一味許分甘。《詩淵》一册六八四—六八五頁

彭元遜 存詞二十首

彭元遜，禾川（江西泰和）人。字巽吾。宋景定二年解試。《名儒草堂詩餘》卷上存其詞二十首。生平見《元詩選癸集》甲集。續修四庫全書本與中華再造善本《名儒草堂詩餘》爲同一元刻本，均有漶漫，對照二刊本録入。

漢宫春 元夕

十日春風，又一番調弄，怕暖愁陰。夜來風雨，摇得楊柳黄深。熏篝未斷，夢舊寒、殘醉同衾。便是聞燈見月，看花對酒驚心。　携手滿身花影，香霏冉冉，露濕羅襟。笙歌行人歸去，回首沉沉。人間此夜，誤春光、一刻千金。明日問、紅巾青鳥，蒼苔自拾遺簪。

校：「殘醉」，底本作「淺醉」，據《聽秋聲館詞話》卷十三改。

平韻滿江紅 牡丹

翠袖餘寒，早添得、銖衣幾重。何須怪、妍華都謝，更爲誰容。銜盡吴花成鹿苑，人間不恨雨和風。便一枝、流落到人家，清淚紅。　山霧濕，倚熏籠。垂匐葉，鬢酥融。恨宫雲一朵，飛過空同。白日長閑青鳥在，楊家花落白蘋中。問故人、忍更負東風，尊酒空。

校：本詞，《蕙風詞話》卷三作詹玉詞。

解珮環　尋梅不見

江空不渡，恨蘼蕪杜若，零落無數。遠道荒寒，婉娩流年，望望美人遲暮。風煙雨雪陰晴晚，更何須，春風千樹。盡孤城、落木蕭蕭，日夜江聲流去。　日晏山深聞笛，恐他年流落，與予同賦。事闊心違，交淡媒勞，蔓草沾衣多露。汀洲窈窕餘醒寐，遺珮浮沉澧浦。有白鷗淡月，微波寄語，逍遥容與。

徵招

和焕甫秋聲。君有遠遊之興，爲道行路難以感之。

人間無欠秋風處，偏到霜痕月杪。風雨船篷，日夜風波未了。忽潮生海立，又天闊、江清欲曉。孤迥幽深，激揚悲壯，浮沉浩渺。　行路古來難，貂裘弊、匹馬關山人老。錦字未成，寒到君邊書到否。倚門回首，兒女燈前娱笑。早斟酌、萬里封侯，□鏡遲霜照。

子夜歌　和尚友

視春衫、篋中半在，浥浥酒痕花露。恨桃李、如風過盡，夢裏故人成霧。臨潁美人，秦川公子，晚共何人語。對人家、花草池臺，回首故園咫尺，未成歸去。　昨宵聽、危絃急管，酒醒不知何處。飄泊情多，衰遲感易，無限堪憐許。似尊前眼底，紅顔消幾寒暑。年少風流，未諳春事，追與東風賦。待它年、君老巴山，共聽夜雨。

校：詞題，《詞綜》卷二十七作「和劉尚友韻」。「共聽夜雨」，底本與《詞綜》卷二十七均作「共君聽雨」，據《聽秋聲館詞話》卷十三改。

臨江僊

紅袖烏絲失酒，金釵銀燭銷春。柳邊桃下復清晨。帽風回馬旋，扇雨拂花情。　白帝空驚舊曲，陽關只夢行人。碧雲何處認芳塵。紫荆花作莢，青杏核生仁。

臨江僊

自結床頭麈尾，角巾坐枕孤松。片雲承日過山東。起聽荷葉雨，行受芷花風。　無客同羹蓴菜，有人爲剥蓮蓬。東墻年少未從容。何因知我意，吹笛月明中。

瑞鷓鴣

背人西去一鶯啼。拍手還驚百舌飛。淺雨微寒春有思，宿粧殘酒欲忺時。　鵁鶄浪起蒲茸暖，翡翠風來柳絮低。故遣蒼頭尋杏子，憑肩小語只心知。

瑞鷓鴣

東洲遊伴寄蘭苕。人日晴時不用招。微雨來看楊柳色，故人相遇浴龍橋。　愁如春水年年長，老共東風日日消。幾欲作牋無可寄，雙魚猶自等歸潮。

蝶戀花

微雨燒香餘潤氣，新緑愔愔，乳燕相依睡。無復卷簾知客意，楊花更欲因風起。　舊夢蒼茫雲海際。强作歡娱，不覺當年似。曾笑浮花並浪蕊。如今更惜棠梨子。

蝶戀花

日晚遊人酥粉涴。四雨亭前，面面看花坐。扇拂遊蜂青杏墮。新紅一路秋千過。　簾外清歌簾底和。自理琵琶，不用笙簧佐。八摺香羅餘碧唾。露花點筆輕題破。

如夢令

今夜故人獨宿。小雨梨花當屋。猶有未殘枝，輕脆不堪人觸。休觸。休觸。憔悴怕驚郎目。

菩薩蠻

玉蛇躑躅流光卷。連環合沓簾波遠。花動見魚行。紅裳眩欲傾。　人來驚翡翠。小鴨驚還睡。兩岸緑陰生。修廊時聽鶯。

謁金門

春一點。透得酥温玉軟。唇暈唾花連袖染。嫣紅鶯絶豔。　日暮飛紅撲臉。翠被夜寒波颭。夢斷錦茵成墮靨。宮廊微月轉。

校：「波颭」、「夢斷」之「斷」，底本漫漶，據《叢書集成》本補。

月下笛

江上行人，竹間茅屋，下臨深窈。春風嫋嫋，翠鬟窺樹猶小。遥迎近倚，歸還顧、分付橫枝未了。扁舟却去，中流回首，驚散飛鳥。重踏新亭屐齒，耿山抱孤城，月來華表。雞聲人語，隔江相半歌笑。壯游歷歷，同高李、未擬詩成草草。長橋外，有醒人吹笛，並在霜曉。

六醜　楊花

似東風老大，那復有、當時風氣。有情不收，江山身是寄。浩蕩何世。但憶臨官道，暫來不住，便出門千里。癡心指望迴風墜。扇底相逢，釵頭微綴。他家萬條千縷，解遮亭障驛，不隔江水。瓜洲曾艤，等行人歲歲。日下長秋，城烏夜起。帳廬好在春睡。共飛歸湖上，草青無地。愔愔雨、春心如膩。欲待化、豐樂樓前，青門都廢。何人念、流落無幾。點點摶作，雪綿鬆潤，爲君裛淚。

隔浦蓮近

夜寒晴早人起。見柳知新翠。撼樹試花意。兩蜂狂救墮蕊。見著羞懶避。春都在，時節到愁地。屏間字。香痕半掐，誤期一一曾記。朱絃謾鎖，不會近番慵脆。强踏秋千似醉裏。扶下，眼花跕跕飛墜。

憶舊遊

記新樓試酒，上客回車，初識能歌。幾許憐才意，覺援琴意動，授簡情多。青鸞晝下縹緲，煙霧隔輕羅。還自有人猜，素巾承汗，微影雙蛾。西陂千樹雪，欲絶世乘風，下照滄波。怪倚春憔悴，扁舟月上，草草相過。少年翰墨相誤，幽恨媿星河。誰爲語伶玄，秋風並冷雙燕窠。

生查子

癡多故惱人，粧晚翻嫌趣。只爲眼波長，嗔笑嬌難觸。春心不肯深，春睡何曾足。莫待柳花飛，飛去無拘束。

玉女迎春慢 柳

淺入新年，逢人日、拂拂淡煙無雨。葉底妖禽自語。小啄幽香還吐。東風辛苦，便怕有、踏青人誤。清明寒食，消得渡江，黄翠千縷。看臨小帖宜春，填輕暈濕，碧花生霧。爲説釵頭裊裊，繫著輕盈不住。問郎留否。似昨夜、教成鸚鵡。走馬章臺，憶得畫眉歸去。以上元鳳林書院輯刊《名儒草堂詩餘》卷上

校：底本原無詞題，據《叢書集成》本補。「淺入」，《御選歷代詩餘》卷五十九作「纔入」。

王國器　存詞十三首

王國器（一二八四—一三六六），字德璉。號雲庵（一作筠庵）。吳興（浙江湖州）人。趙孟頫女婿，畫家王蒙之父。工詩詞，據楊維楨《王雲庵書香奩八詠卷》詞序（《復古詩集》卷五），至正二十六年，王國器年已八十三歲，尚在世。

按：朱彝尊《詞綜》卷三十三有元詞人王璉，即王國器。王璉小傳云：「王璉，字國器，吳興趙文敏婿。」王璉、王德璉，均是王國器。

踏莎行　賦巫峽雲濤

雪練橫空，箭波崩岫。女媧不補蒼冥漏。何年鑿破白雲根，銀河倒瀉驚雷吼。　羅帶分香，瓊纖擎酒。銷魂桃葉煙江口。當時樓上倚闌人，如今恰似青山瘦。吳興王國器。《鐵網珊瑚》卷九

踏莎行　破窗風雨爲性初微君賦

潤逼疏櫺，寒侵芳袂。梨花寂寞重門閉。檢書翦燭話巴山，秋池回首人千里。　記得彭城，逍遥堂裏。對床夢破簷聲碎。林鳩呼我出華胥，恍然枕石聽流水。右《踏莎行》。吳興王國器。《鐵網珊瑚》卷十五

菩薩蠻　題黃公望溪山雨意圖

青山不趁江流去。數點翠微林際雨。漁屋遠糢糊。煙村半有無。　大癡飛醉墨。秋與天争碧。浄洗綺羅塵。一巢棲亂雲。右調《菩薩蠻》。筠菴王國器。　明汪砢玉《珊瑚網》卷三十三

按：《御選歷代詩餘》卷九署王璉作。

菩薩蠻　題倪徵君惠麓圖

秋聲吹碎江南樹。正是瀟湘腸斷處。一片古今愁。荒碕水亂流。　披圖驚歲月。舊夢何堪説。追憶謾多情。人間無此情。右調《菩薩蠻》筠菴。　明汪砢玉《珊瑚網》卷三十四

西江月　題洞天清曉圖

金潤飛來晴雨，蓮峰倒插丹霄。蕊仙樓閣隱岧嶤。幾樹碧桃開了。　醉後豈知天地，月寒莫辨瓊瑶。一聲鶴叫萬山高。畫出洞天清曉。筠菴。　明汪砢玉《珊瑚網》卷三十五

踏莎行　金盆沐髮

寶鑑凝膏，温泉流膩。璚纖一把青絲墜。冰膚淺漬麝煤春，花香石髓和雲洗。　玉女峰前，咸池月底。臨風輕把犀梳理。陽臺行雨乍歸來，羅巾猶帶瀟湘水。

踏莎行　月奩匀面

冰鑑懸秋，瓊腮凝素。鉛華夜搗長生兔。玉容自擬比姮娥。粧成只恐姮娥妒。　花影涵空，蟾

光籠霧。芙容一朶溥秋露。年年只在廣寒宮，今宵鸞影驚相遇。

踏莎行　玉頰啼痕

粉凝紅冰，香銷獺髓。鏡鸞影裏人憔悴。梨花帶雨不禁愁，玉纖彈盡相思淚。　恨鎖春山，嬌横秋水。臉桃零落臙脂碎。故將羅帊搵啼痕，寄情欲比相思字。

踏莎行　黛眉顰色

淡掃春痕，輕籠芳靨。捧心不效吴宫怨。楚梅酸蹙翠尖纖，湘煙碧聚愁萋蒨。　紺羽寒凝，月鉤金灩。鶯吭咽處微偷歛。新翻嫵態太嬌嬈，鏡中蛾緑和香點。

踏莎行　芳塵春跡

金谷遊情，消磨不盡。軟紅香裏雙鴛印。蘭膏步滑翠生痕，金蓮脱落淩波影。　蝶徑遺踪，鴈沙凝潤。爲誰留下東風恨。玉兒飛化夢中雲，青蘋流水空仙詠。

踏莎行　雲窗秋夢

煙冷瑤櫺，神遊貝闕。芙容城裏花如雪。仙郎同躡鳳凰翎，千門萬户皆明月。　海碧山青，天荒地老。滿身風露飄環玦。高樓畫角苦無情，一聲吹散雙飛蝶。

踏莎行　繡床凝思

翠藻文鴛，交枝連理。金鍼停處渾如醉。楊花一點是春心，鵑聲啼到人千里。　喚醒離魂，猶疑夢裏。此情恰似東流水。雲窗霧閣没人知，綃痕浥透紅鉛淚。

踏莎行　金錢卜歡

暗擲龍文，尋盟鸞鏡。龜兒不似青蚨準。花房羞化彩蛾飛，銀橋密遞仙娥信。錦屋瓊樓，薄情飄性。碧雲望斷紅輪暝。珠簾立盡海棠陰，待温遥夜鴛衾冷。《香奩八詠》俱調寄《踏莎行》，雲菴王德璉撰。

以上明汪砢玉《珊瑚網》卷十《王雲菴書香奩八詠卷》

按：《珊瑚網》卷十，原有楊維楨評語，以及卷末題識。暫未編入。

李孝光

存詞二十七首

李孝光（一二八五—一三五〇），字季和，號五峰狂客。温州樂清（今屬浙江）人。少博學，隱居雁蕩山，學子前來受教。泰不華曾師事之。南臺御史屢次舉於朝，至正三年詔求隱士，以秘書監著作郎召李孝光入京，至正四年在宣文閣向元順帝進呈《孝經圖説》，受到賞識。明年陞文林郎、秘書監丞。至正十年，去世於致仕還鄉途中。有文集二十卷，今已不存，明弘治十七年（一五〇四）樂清縣令錢杲訪求遺稿，得其集于儒士周綸家，重編成《五峰集》，刊行於世。弘治刻本不分卷，僅以文體類編。《四庫全書》據編修汪如藻家藏明弘治刊本《五峰集》，編入别集類，析爲十卷（《四庫全書總目》著録作六卷）。清人冒廣生據遜學齋舊鈔本，把《五峰集》編入《永嘉詩人祠堂叢刻》。清人王鵬運則將李孝光詞輯入《四印齋彙刻宋元三十一家詞》，《宋元四家詞存》亦編進李孝光《五峰詞》（存其詞均二十二首）。山東省圖書館藏明鈔本《五峰李先生集》卷五，存李孝光詞二十七首。生平見元人陳德永撰行狀（《永嘉詩人祠堂叢刻》本《五峰集》卷首）、《元史》一九〇本傳、《元詩選》二集《五峰集》。

據山東省圖書館藏明抄本《五峰李先生集》卷五編録，以中國國家圖書館藏《宋元四家詞存》本《五峰詞》校勘。

滿江紅　登樓懷古

萬里神州，渾泊向、小樓西北。長倚遍，闌干拍碎，只驚山色。吹裂玉簫人不見，窈然飛去騎黄鵠。會唤將、明月替人愁，□應得。　今古事，休重説。英雄淚，空沾臆。被老漁識破，一聲長笛，落月仲宣懷古賦，清宵庾亮登臨屐。問白鷗、何用苦相思，磯頭石。

滿江紅　錢塘舟中作

煙雨孤帆，又來過、錢塘江口。舟人道、官儂緣底，驅馳奔走。富貴何須囊底智，功名無限樽中酒。掩篷窗、何處雨聲來，高眠後。　官有語，儂聽取。官此意，儂知否。歎果哉忘世，於吾何有。百萬蒼生正苦辛，到頭蘇息懸吾手。官而今居缺

校：「功名無限樽中酒」，《宋元四家詞存》本《五峰詞》作「功名無若林中酒」。末句，作「而今歸去又重來，沙頭柳。」

水調歌頭　題干彦政新居

東湖浸南麓，北蕩帶西山。其中大有佳處，元不減商顔。上有雁峰千疊，下有龍灘百曲，别是一人寰。昨夜雨新過，流水到花間。　一張琴，一壺酒，伴渠閑。詩成真宰應妒，萬象入嘲訕。北海樽罍依舊，東里杖藜無恙，未放鬢毛斑。我亦秣吾馬，不怕路盤盤。

按：據陳增傑《李孝光集校注》，干彦政，當爲干彦明。

水調歌頭　題干彦哲新居和前韻

月來印千水，雲去露千山。乾坤一草亭耳，爲我洗愁顔。東户太湖摇玉，北户長松立鐵，此豈是塵寰。老人樂何樂，在山水之間。　算吾生，天所與，只饒閑。平時斗酒相勞，笑語雜譏訕。千古武陵溪上，雞犬也應問訊，春暮落花斑。李顧大佳士，誰爲賦歸盤。

校：「老人樂何樂」，《宋元四家詞存》本《五峰詞》作「老子樂何事」。「親譏訕」，作「雜譏訕」。

水調歌頭　與于雲峰

吾子釣遊處，一過一徘徊。舊時酒壺茶具，重灑古莓苔。檢校東頭松菊，料理西頭水竹，一一手新栽。别有故人意，石上五株梅。　馬少游，陶元亮，大佳哉。世間榮枯寵辱，我輩未須猜。此是君家丘墓，此是君家第宅，緣底不歸來。我有一杯酒，准擬拂塵埃。

水調歌頭　代送人

高雲上鵰鶚，大路展驊騮。天風萬里吹上，容易莫遮留。把酒長亭煙雨，問訊西湖風月，梅老暗香浮。更盡一盞酒，應憶舊時遊。　功名事，爲霖雨，濟川舟。小試經綸，便是老去合封侯。季子他年佩印，龐統行看展驥，竹馬候沙頭。富貴逼人甚，快攬黑貂裘。

水調歌頭　壽涼國公趙公

伯仲見伊吕，前日補天歸。平生蓋世勳業，何用藉羣兒。出領繡衣龍節，入擁繡衣赤舄，名亦在金閨。磊落更如此，焉學古人爲。　濟川舟，調羹手，看當時。功成便引身去，大不負書詩。兩鬢蕭蕭華髮，總爲愛君憂國，臣老繫安危。天子方好老，領取帝王師。

念奴嬌　送覺此山和東坡赤壁韻

眼空四海，笑白雲蒼狗，枵然無物。誰道深翁還可恨，名士猶應堅壁。江左夷吾，武昌老子，一段清如雪。小兒黄吻，那知世有人傑。却捲囊底異書，𥿄丑希切中名畫，又作匆匆發。垂别贈言憑記取，莫遣祖燈吹滅。霽矣吾行，潦矣吾止，天地能窮髮。相思何許，雙峰東畔明月。

念奴嬌

男兒墮地，便試教、啼看定知英物。老去即追風月債，天地也應空壁。黄石殘書，赤松歸去，不料頭如雪。子房何信，竟推何者爲傑。醉後一笑掀髯，狂歌拍手，四座清風發。竹帛功名人安在，去去雲鴻没滅。棗下枯枝，黄金虚牝，此是真毫髮。豪吟轟飲，直須唤取明月。

校：「天地也應空壁」，《宋元四家詞存》本《五峰詞》作「天地應空壁」。

念奴嬌　贈余氏子

江南春暮，看麥枯蠶老，故鄉風物。縞袂青裙桑下路，笑動斜陽村壁。鵝鴨比鄰，牛羊日夕，父老頭如雪。桑麻舊話，寧論漢晋材傑。誰辦草草杯盤，朱櫻緑筍，逸興尊前發。冉冉年華吾老矣，目送孤雲明滅。拾穗行歌，摘瓜抱蔓，此事真毫髮。逢君轟飲，與吾唤取明月。

校：詞題，《宋元四家詞存》本《五峰詞》作「秦氏子」。「桑麻舊話，寧論漢晋材傑」，作「桑麻舊語，寧論漢庭人傑」。

念奴嬌　送陳擇善入都下和東坡韻

愁誰柰得，問從來、真宰寧馨何物。不是男兒推不去，萬仞蒼然鐵壁。蓋世英雄，炙天勳閥，飄瞥紅爐雪。但看四老，何曾肯道三傑。　我有一片丹心，平生浩氣，聊復爲君發。富貴逼臣，須努力，未爲癡兒磨滅。北市長鞭，東門供帳，楊柳青如髮。只今盃酒，黄鸝紫燕三月。

臨江仙　壽李后山

種竹栽花湖上宅，此翁初賦歸歟。試嘗菊水味何如。人間霖雨手，天上壽星圖。　把酒祝翁千百歲，翁言政不關渠。少令高大我門閭。平反亦多矣，有駟馬高車。

校：「千百歲」，《宋元四家詞存》本《五峰詞》作「千歲壽」。

沁園春　壽姬尹

花壓雙溪，月滿千門，氣象峥嶸。見□父老，踏歌舊曲，閭閻小子，弦誦新聲。雞犬無聲，桑麻如畫，酷似驅車過武城。誰爲此，是魯姬姓，公旦雲仍。　欲知政理功成。吾父母、斯民只至誠。太夫人九十，板輿春暖，公年六十，彩袖風輕。富貴康寧，天公賦與，老去功名照汗青。祈公處，作人間霖雨，天上文星。

校：「見□父老」，《宋元四家詞存》本《五峰詞》作「□鄉村父老」。

滿庭芳　壽雙峰覺上人

山色挼藍，溪光鑒玉，天然流轉精神。鶴盤松頂，松下坐高人。好個壽星圖畫，愛花間、流水長春。儂知否，此山老子，元是宰官身。　胸蟠書萬卷，翰林才調，獨欠冠巾。是僧中龍象，天上麒麟。送客虎溪一笑，溪頭□、鷗鷺相親。香一瓣，祝公眉壽，雙巘碧嶙峋。

校：「萬卷」，原作「卷萬」，據《宋元四家詞存》本《五峰詞》改；「溪頭□」，缺字據格律補。

滿庭芳　賦醉歸

昨夜溪頭，瀟瀟風雨，柳邊解下漁舟。狂歌擊楫，驚起鷺邊鷗。笑殺子猷訪戴，待到門、興盡歸休。得似我，裳衣顛倒，大叫索茶甌。　長怪乞公，賦人似量，偏曲如鉤。有大於江海，小僅盈抔。愛酒青蓮居士，又何苦、枕藉糟丘。玉山倒，風流膾炙，爲子孫謀。

校：「鷺邊鷗」，《宋元四家詞存》本《五峰詞》作「欲眠鷗」。「長怪乞公」，作「長怪天翁」。

水調歌頭

坐上且停酒，聽我別時歌。人生會面何少，離別一何多。我有兩行鐵汁，平生不爲人泣，但恐也滂沱。勸爾且轟飲，挈脚打琵琶。　走兒童，騎竹馬，折桃花。沙頭日日風雨，猶自鼓頻撾。今日玉簫臺下，明日天台路上，是處是天涯。鵬摶扶摇穩，我欲趁飛車。

校：詞牌，原作「清平調」，據《宋元四家詞存》本《五峰詞》改，下首同。

水調歌頭　送張公弼和前

酒酣肝膽露，把手共高歌。中年底用離别，作惡漸應多。春盡江湖苦雨，日暮風沙萬里，重俯大江沱。行李幾時發，别意滿琵琶。　仲宣樓，桓公柳，少陵花。别時正自淒斷，忍聽禰生撾。寧作丈夫意氣，莫作妻孥戀嫪，後會渺無涯。風外柳花急，駿馬夾輕車。

校：詞題，《宋元四家詞存》本《五峰詞》作「和韻送公弼」。

水龍吟　與覺此山上人

倚闌藍玉西邊，長松千尺鼪鼯走。風吹香露，雲生幽樹，泉鳴缺甃。嘻笑山翁，看山不厭，别來渾瘦。且休嫌俗客，竹床烏几，半分與，真耆舊。　已辦澤車款段，時時過、竹扉花牖。人來問我，功名老矣，狂歌摇手。袖裏經綸，與時消息，只今杯酒。唤香山居士商量，添個似儂肯否。

校：詞題，《宋元四家詞存》本《五峰詞》作「與此山覺公」。「狂歌摇手」，作「狂歌摇首」。

水龍吟　壽外姑代弟作

舉頭南極星明，五雲飄作天花雨。呈祥獻瑞，龜遊蓮葉，鶴棲松露。阿母瑶池，瓊花新好，正逢初度。對碧梧翠竹，黄庭讀罷，更細味，全生處。　二十四番花信，待弦入薰風舊譜。琴鳴瑟和，蘭青玉暖，雲編彩舞。身在篇臺，月明風細，猶聞笑語。想胡麻飯熟，只應流出，舊桃源路。

校：「正逢初度」，原作「□逢初度」，據《宋元四家詞存》本《五峰詞》補。「待弦入」，《宋元四家詞存》本《五峰詞》作「待持弦入」。

鵲橋仙 爲丘梅邊賦

山蟠屋上，水蟠屋下，個裏竹香花秀。天翁老去更多情，遣青女、幻無爲有。　天根老石，雲根老樹，誰解逡巡揮就。只應鍊石補天時，□留取、刀圭爲壽。

校：詞題，據《宋元四家詞存》本《五峰詞》補。「竹香花秀」，《宋元四家詞存》本《五峰詞》作「花香竹秀」。「□留取」，缺字據格律補。

歸朝歡 送蔡石雲

老子胸中森武庫。紫電清霜驕不露。檄飛油幕斬蛟鼉，䯄□□鳴玉，帳驚貔虎。嘆風流局度，平生諸葛如君否。要平章，蕭曹且置，伯仲見伊吕。　袖有經綸吾獨許。餘子功名誰比數。當年聽履上星辰，而今出手爲霖雨。憶君家舊作，摩挲細問三槐樹。莫匆匆，赤霄大紫，丹鳳已飛翥。

感皇恩 代壽姬尹

算富貴康寧，於公獨厚。天公著意君知否。古今盛事，百歲在堂壽母。斑衣輝鶴髮、真希有。　三載河陽，種花插柳。慣父老歌謡拍手。名香朝野，公旦雲仍無負。劍光連紫氣、横牛斗。

感皇恩 送路宣差

五馬向東來，人歌襦袴，春晚棠陰緑如許。草堂詩夢，應費湖中簫鼓。清香生畫戟、連嘉樹。　父老踏歌，道君侯來何莫。容易君侯又歸去。鳳凰池上，去作九州霖雨。兒童騎竹馬，沙堤路。

校：「道君侯來何莫」，原缺「侯」字，據《宋元四家詞存》本《五峰詞》補。

鷓鴣天　壽鮑

千載循良漢鮑宣。雲仍儒雅故依然。龍門他日文章客，雁宕今朝行地仙。　魚鱠玉，酒流泉。紫萸黄菊鬭清妍。祝君此會年年健，藥裹陰功已付天。

太常引

專城千里海東頭。霖雨遍南州。父老説君侯。比當日，張君更優。　天威咫尺，還君鼎鼐，天上聘驊騮。父老爲儂籌。更卧轍，攀轅苦留。

青玉案　代送路宣差

兒童齊唱民安作，問底事、來何莫。酷似當年廉叔度。踟躕五馬。春風千里，緑到棠陰處。　玉壺清貯金盤露。翻向人間作霖雨。今日東州成樂土。清都虎豹，借恂無計，衮職須君補。以上山東省圖書館藏明抄本《五峰李先生集》卷五

水龍吟

倚闌遥見江南，狒狸前度愁風雨。英雄安在，龍顛虎倒，空悲朝露。落日荒宫，北風過雁，柰何躊躇。見行人指點，戰場猶説，三城下，西州路。　有客登高長嘯，訪諸君、舊遊無處。麒麟何物，累累誰者，消沉千古。北海人豪，駱駝坡下，而今黄土。算無過何遜風流，便擬賦，官梅去。中國國家圖書館藏《宋元四家詞存》本《五峰詞》

貫雲石　存詞二首

貫雲石（一二八六—一三二四），本名小雲石海涯，號酸齋、疏仙、疏懶野人、蘆花道人。西域畏兀人；祖籍高昌回鶻王國柳中城（新疆鄯善魯克沁）。入中原，家族定居大都高梁河畔畏吾村（北京市魏公村），並以北庭爲郡望。祖父阿里海涯是元世祖攻占江南的功臣，父親名貫只哥，按蒙古色目人華化慣例，取父名首字「貫」爲漢姓。早年襲爵兩淮萬户府達魯花赤，鎮永州。至大初，讓軍職於其弟，北上大都，元仁宗即位，拜翰林學士。延祐初，上萬言書切中時弊，不報，棄官重返江南，定居錢塘，作爲元曲家，詞曲兼長，貫穿南北，聲聞朝野。元散曲稱作「馬貫音學」，馬，指馬致遠，貫，即貫雲石。有《貫酸齋詩集》，流傳至今。《元詩選》二集《酸齋集》輯録其詩二十七首。文章僅存數篇。所著《孝經直解》，上圖下文，便于蒙古色目士人解讀儒家經典。生平見歐陽玄撰神道碑（《圭齋集》卷九）、《元詩選》二集《酸齋集》。

水龍吟　揚州明月樓

晚來碧海風沈，滿樓明月留人住。璚花香外，玉笙初響，修眉如妒。十二闌干，等閒隔斷，人間風雨。望畫橋檐影，紫芝塵暖，又喚起、登臨趣。　回首西山南浦。問雲物、爲誰掀舞。關河如此，

不須騎鶴，儘堪來去。月落潮平，小衾夢轉，已非吾土。且從容對酒，龍香涴繭，寫平山賦。《知不足齋叢書》本明都穆《南濠詩話》

校：「碧海」，《聽秋館詞話》卷七作「北海」。「風雨」，作「風露」。「畫橋檐影」，作「畫檐蟾影」。「又喚起」，作「時喚起」。

蝶戀花　錢塘燈夕

燈意留人雲自列。六市輕簾，門露錢塘月。十二脩鬟流翠結。東風摇落仙肌雪。　淺淺銀壺催曉色。蘭影香中，總是江南客。去國一場春夢滅。關情不記分吴越。《永樂大典》卷二〇三五四引貫酸齋詞

許有壬　存詞一八〇首

許有壬（一二八七—一三六四），字可用。湯陰（今屬河南）人。二十歲時，暢師文擬薦入翰林，未果。元武宗至大初，與貫雲石同遊京師。後任學正，改山北廉訪司書吏。延祐二年進士，授遼州同知，延祐六年除山北廉訪司經歷。至治元年遷吏部主事，次年轉江南行臺監察御史，打擊貪官汚吏，部内肅然。拜監察御史。元英宗暴卒，許有壬穩定政局，並向泰定帝上《正始十事》，泰定元年，任中書左司員外郎，泰定三年，升右司郎中。天曆三年，擢兩淮都轉運鹽司使。元統二年，拜治書侍御史，轉奎章閣侍書學士。中書平章徹理帖木兒奏罷進士科，許有壬廷争不能奪，稱病告歸，未允。有人建言：禁止漢人、南人學習蒙文、回鶻文，許有壬極力反對，未能施行。後至元初，告歸彰德，南遊湘漢間，後至元六年，起爲參知政事。次年轉中書左丞。累受權臣攻擊，至正七年，曾任御史中丞，至正十三年，拜河南行省左丞，至正十五年，任樞密副使，復拜中書左丞。中原烽火遍地，許有壬力圖穩定政局。至正十七年以老病致仕，詔給俸禄終身。至正二十四年卒，謚文忠。許有壬歷事七朝，從政近五十年，直言敢諫，不避權貴。對文壇影響長久廣泛。所著《至正集》一百卷，今存八十一卷。另有文集《圭塘小稿》十三卷、别集二卷、續集一卷。晚年于家鄉得康氏舊園，名圭塘别墅，許氏兄弟（有壬、有孚）、父子（其子許楨）及友人的唱和之作輯爲《圭塘欸乃集》二卷，今均存。清宣統石印本《至正集》八十一卷，卷七十八至卷八十一，四卷爲詞，《圭塘小稿》與《圭塘欸乃集》，編入許有壬兄弟、父子、門客（馬熙）詞。其詞有輯本《圭塘樂府》四卷、別集一卷（《彊村叢書》）。生平見《元史》卷一八二、《元詩選》初集《圭塘小稿》小傳。

水調歌頭　題蕭獨清山水勝處

山水據全勝，消得獨清人。神仙定在何處，此處可尋真。山有蓬萊氣象，水有瀛州風物，人是葛天民。甑得紫芝老，吟盡碧桃春。

四月花，千日酒，一溪雲。回頭下望濁世，無地不紅塵。憶昔乘軺江右，目斷丹霞翠壁，底事走踆踆。今日送君語，聊爲自移文。

校：「四月」，《四庫全書》本作「四時」。

水調歌頭　胭脂井次湯碧山教授韻

它山一卷石，何意效時妝。天生偶然斑駁，蘭麝不能香。甃作陳家宮井，澆出後庭玉樹，直使國俱亡。故邑久智廢，陳迹草茫茫。歎人間，才璇室，又阿房。麗華鬒髮如鑑，曾此笑相將。一旦江山瓶墜，猶欲夫妻同穴，甚矣色成荒。五色補天缺，萬世仰媧皇。

水調歌頭　即席贈河南廉使高辛甫

徒陽記同署，三十四年過。朝臺暮省蹤跡，贏得鬢雙皤。相別又逾一紀，百歲都能幾見，塵事日蹉跎。今夕復何夕，旌節照山阿。笑年來，洹水上，試魚簑。迂疎久厭城市，其奈故人何。浩蕩雲山煙水，寥落晨星霜木，如子已無多。邂逅一樽酒，忍負醉時歌。

水調歌頭　和鄭彦章韻

春來久無雨，都作艷陽天。天公素念民事，其忍穢良田。鞭起九淵濃睡，散作兩間膏澤，生意發天然。聽得老農語，大有是今年。　玉堂深，金闕近，亂雲煙。乾坤放眼無盡，何物不鮮妍。休把聖功收斂，要使人心滿慰，萬事此爲先。我老歸農好，宜買潞河船。

校：「無盡」，《四庫全書》本作「無際」。

沁園春　送鄉人高子翔次來韻

放眼蕪城，北盡淮堧，東馳海門。歎故園遥隔，關山歧路，好懷深負，風月乾坤。邂逅佳人，笑談清致，所見而今勝所聞。江湖樂，任提鵰挈鷺，騎鳳騎麟。　世間富貴浮雲。也莫校箕山與渭濵。想抱關擊柝，心期賢聖，耕田鑿井，上有華勳。休道官卑，休嫌俸少，且喜詩成句句新。君歸矣，問故園桃李，幾度逢春。

校：「逢春」，《四庫全書》本作「青春」。

沁園春

寄題詹事丞張希孟綽然亭，用王繼學參議韻。

俯仰乾坤，傲睨羲皇，優游快哉。看平湖秋碧，浄隨大去，亂峰煙翠，飛入窗來。鴻鵠翱翔，雲霄寥廓，斥鷃蓬蒿莫見猜。門常閉，怕等閑踏破，滿院蒼苔。　人間暮省朝臺。奈烏兔堂堂挽不回。愛小軒月落，夢驚風竹，空江歲晚，詩到寒梅。兩鬢清霜，一襟豪氣，舉世相知獨此杯。京華客，問九街何處，堪避風埃。

次希孟韻，時召至通州，以病歸。時齋詹事丞亦堅臥不出，因并呈之。

沁園春

坎止流行，行止非人，何勞用心。羨枝巢居士，泥塗軒冕，時齋老子，城市山林。富貴何常，榮枯遞轉，惟有高名不陸沉。他休問，只清風一榻，多少黃金。神仙方外難尋。更可笑牛山淚滿襟。且清尊素瑟，半庭花影，芒鞋竹杖，十里松陰。歸去成辭，閑居留賦，梁父安能抱膝吟。迷途者，聽雲間高唱，誰嗣鴻音。

校：「素瑟」，《四庫全書》本作「素琴」。

沁園春

壽可行弟，次其見壽韻。

天相吾家，簪笏無金，詩書有人。看發揮胷臆，辭鋒凛凛，薰陶氣質，韋佩申申。師友淵源，賢才衡鑑，冑館光華近帝宸。男兒事，便盡輸心力，難報君親。讀書第一當勤。只孝弟書中是大倫。況人生爲學，百年在幼，田家得計，一歲惟春。科占龍頭，名高雁序，好與皇家作鳳麟。都休問，是地鍾河嶽，天應星辰。

沁園春　壽同館虎賁百夫長鄧仁甫

十載炎方，同飲漢江，同爲轉蓬。恨尋常會面，當年無分，三千餘里，此地相逢。宇宙英奇，幽并慷慨，肯事區區筆硯中。男兒志，要長槍大劍，談笑成功。轅門醉卧秋風。看落日旌旗掩映紅。愛朔雲邊雪，一聲寒角，平沙細草，幾點飛鴻。湖海情懷，金蘭氣義，莫惜瓊杯到手空。君知否，怕明朝回首，渭北江東。

校：「漢江」，《四庫全書》本作「江漢」。「長槍」，作「長鎗」。「氣義」，作「義氣」。

沁園春　次班彦功韻

旅食京華，蜀道天難，邯鄲夢回。笑白衣蒼狗，悠悠無定，黄塵赤日，擾擾何爲。長鋏休彈，瑶琴時鼓，倦鳥誰教强去來。衡門下，幸良辰良友，同酒同詩。　功名少壯爲期。奈身外升沉自不知。算人間難得，還丹大藥，山中儘有，老樹清溪。蕙帳雲空，石田苔滿，應被山靈怪去遲。春來也，向故園回首，歸來休迷。

沁園春

弱冠離家，浪走人間，餘三十年。奈救時才短，虚塵政府，讀書功少，深負經筵。風月西清，冰霜柏署，一歲中間漫幾遷。君恩重，便不教覆餗，直許歸田。　豐碑高表洹阡。又飛上吴頭萬里船。把家傳圖史，拂除塵蠹，舊栽松竹，收貯雲煙。大别嵯峨，鵲逢縹緲，盡在先生几案前。閑人事，但登樓小酌，閉户高眠。

校：《圭塘小槁》卷十三有詞題作「自述」。

沁園春

老子當年，壯志凌雲，巍科起家。被塵囂沸耳，鏖成重聽，簿書眯眼，攻作昏花。天上歸來，山中絕倒，部曲黄牛鼓吹蛙。閑官好，判園丁牧豎，一日三衙。　平生幾度天涯。恰艤住飄飄泛海槎。向竹林苔徑，時來教鶴，山泉石鼎，自爲烹茶。庭下花開，樓頭雨霽，儘着春風笑鬢華。功名事，問西山爽氣，多少煙霞。

校：「沸耳」，《四庫全書》本作「拂耳」。

沁園春

飛吟亭，和白玉蟾韻。

少日飛騰，湖海奇胷，風雲壯圖。把人間遠道，看爲咫尺，眼前實地，認作虚無。醺酒中天，振衣千仞，塵世煙霞有幾區。君山下，見洞庭清淺，欲問麻姑。　故吾只是今吾。已深愧當年大丈夫。悵川流不息，直如逝者，天風高舉，更有誰歟。鼎鼐何功，江山多幸，長鋏歸來食有魚。神仙事，笑臨邛道士，還在洪都。

沁園春　次張孟功韻

擊楫中流，躍馬長途，今非向年。嘆故人萬里，江東渭北，流光幾度，雁後花前。鬢影星星，人情落落，恰念蘇家負郭田。空惆悵，負清泉白石，布韈行纏。　壺中浩蕩瑶天。問清濁何須較聖賢。想塵埃狂走，難逢一笑，扶摇直上，且任孤騫。飯有魚羹，儲無甔石，何必千金學計然。君知否，但東山醜婦，也自嬋娟。

沁園春　次王仲武爲壽韻

彼壽而康，雁自能鳴，樗還不材。且光華老景，春風秋月，消磨舊夢，暮省朝臺。倚伏相尋，窮通素定，軒冕於人果倘來。神仙遠，有桃花流水，便到天台。　雲林都是親栽。幸登覽猶能矍鑠哉。但携琴載酒，時時遊戲，逢山見竹，處處安排。諫議無功，催科無政，爛醉何妨卧客懷。承平日，看英才用世，多少臺萊。

校：「何妨」之「妨」，底本闕，據《四庫全書》本補。

沁園春

賦鶴奴，次馬明初韻

頂有丹砂，服具玄明，云胡作奴。想風霜搏擊，不如一鶚，雲霄變化，復愧雙鳧。爾雅無名，山經不志，多識慚予問學孤。今知汝，肯自爲卑下，甘事勤劬。　蠏奴魚婢然乎。笑多事文人善矯誣。愛汝從仙侶，每能謙抑，日陪食飲，惟取殘餘。赤壁飛來，雲龍放去，守舍應門屬眇軀。無多語，似王家便了，有約休渝。

校：「笑多事文人善嬌誣」，「事」，《四庫全書》本作「士」。

沁園春

賦酪，次明初韻。

有物麗然，乃牝而犁，山川舍諸。爲老饕營口，因疎黄稚，平心酬德，忍怠青芻。方丈無功，萬錢增害，茹歓方將笑穴居。桃林媪，幸日輸甘湩，香泛流酥。老饕笑問長鬚。汝今似桐官不是奴。更題封誰調，聰明德祖，和漿且浣，消渴相如。火候冲融，春膏濃結，常遣韋囊似瓠壺。將軍腹，問果誰相負，吾欲明書。

校：「茹歓方將笑穴居」之「笑」，《四庫全書》本作「效」。

沁園春　臨清舟中即席次韓伯高見贈韻

草木無情，不問寒暄，開時便開。只黄花多事，偏憐隱逸，白頭何補，願避賢才。老友相逢，清談絶倒，休校劉郎去後栽。尊中物，勝它年千里，漫寄寒梅。　神仙合住蓬萊。奈老母思兒忍不回。任耿莊槐老，休爲癡夢，梅家酒熟，且浣愁懷。渭北江東，暮雲春樹，何日扁舟更此來。公知不，便連朝觴詠，能幾徘徊。

校：「老母」，《四庫全書》本作「老去」。

木蘭花慢　秦淮次湯碧山教授韻

問東來何處，控吴越，壯江淮。愛十里縈紆，水雲圖畫，鼓吹風雷。回頭下臨無地，盡朱樓迢遞倚天開。酒帘高懸别浦，繡簾低拂長桅。　疎狂常與世情乖。勝地却須來。漫懷古長歌，後庭花落，斜日潮回。傷心舊時明月，照淒凉亡國恨無涯。爲問水邊鷗鷺，人間幾夢庭槐。

木蘭花慢

至大戊申八月廿五日，同疎仙萬户游城南廉園。園甲京師，主人野雲左丞未老休致，指清露堂扁，命予二人分賦長短句。予得清字，皆即席成章，喜甚，榜之堂上。疎仙，其甥也，後更號酸齋云。

渺西風天地，拂吟袖，出重城。正秋滿名園，松枯石潤，竹瘦霜清。扁舟采菱歌斷，但一泓寒碧畫橋平。放眼奇觀臺上，太行飛入簷楹。　主人聲利一毫輕。愛客見高情。便芡剥驪珠，蓮分冰藕，酒注金瓶。風流故家文獻，況登高能賦有諸甥。清露堂前好月，多應喜我留名。

校：「榜之堂上」，《四庫全書》本作「牓之」。

木蘭花慢　次韻馬廷彦山居

羨山人結屋，腰碧澗，面丹崖。問桂有餘香，槐多擁翠，誰種誰栽。幾年力田勤學，是慶源先世有人開。樂地夏弦春誦，浮雲暮省朝臺。　半生奔走負山齋。何地不塵埃。歎老病才歸，鄉隣幸恕，不忍擠排。白眉故人多事，似東門偏更道賢哉。但有黄雞白酒，老夫不倦頻來。

木蘭花慢　次韻薛壽夫見寄

笑予生多癖，非酒病，即書囚。任世態翻騰，亥訛成豕，沈變爲尤。中條有亭無恙，論三休吾更早宜休。方外青山故在，鏡中白髮新收。　天風鏘佩下瓊樓。心事付東流。向一壑雲深，三年夢熟，八表神遊。淵明苦無多語，只高標千古邈難儔。老子新銜自署，醉鄉談笑封侯。

木蘭花慢　和杜德常中秋韻

歎流光如水，又分破，一年秋。奈妬雨癡雲，良宵佳節，不遂登樓。山川滿前圖畫，幸故鄉無復有新愁。風物催成老境，乾坤付與雙眸。　幾年京國苦淹留。今得賦歸休。況天柱峰頭，清輝好在，氛翳俱收。身閑更逢全景，是腰錢騎鶴上揚州。明日霜天紅樹，絶勝蘆葉汀洲。

木蘭花慢　次白公嚴爲壽韻

記青年充賦，曾射策，對嚴宸。便暮省朝臺，才離筦轄，又掌絲綸。狂愚豈勝時用，幸扁舟歸去早知津。一任無錢使鬼，猶能有筆通神。　交遊萍水百年身。襟袂幾回分。正雪後花前，江東渭北，嗟我懷人。澶淵召棠成誦，肯推揚餘韻頌莊椿。老矣甘心伏櫪，天衢行看翔麟。

木蘭花慢　和鄭彦章暮春即事韻

問東君何意，來幾日，便言歸。悵衰病襟懷，媠妍景物，正欲相依。狂風不知人苦，遣萬紅千紫一時飛。却見楊花才思，閑來縈絆晴暉。　可人應試紵羅衣、底事雁書稀。望故里關河，雲林杳靄，煙水霏微。多情已無聊賴，更扁舟辜負鱖魚肥。想見洹溪松竹，緑陰籠滿苔磯。

六州歌頭　次馬明初韻書所見

軒昂仙侣，風度似吾儕。凡鳥輩，雖累百，總輿臺。敢偕偕。何處風絲客，昧平昔，恣瘞突，形迹異，天壤隔，遽相排。老眼渾如無見，雲霄遠，未便時乖。笑蛛蝥肆螫，自喪亦多哉。我出塵埃。浩無涯。　有傍觀者，同氣類，公好惡，挺身來。行不義，宜自斃，坐虺頹。任奸回。萬事如翻手，吾方此，外形骸。來汝鶴，吾有語，汝無哀。誰遣乘軒烜赫，令此輩、眼不能開。付恩讐一笑，漫且啄莓苔。休面三槐。

校：「仙侶」，底本作「仙吕」，據《四庫全書》本改。「蛛蝥肆螯」之「蛛」，《四庫全書》本作「朱」。

六州歌頭 次明初爲壽韻

避賢解組，三見太行秋。慙晝錦，猶遠勝，敝貂裘。翫滄洲。霜水清如玉，窮霄壤，忘物我，恢幛塞，無牖户，底綢繆。自笑平生事業，知今日，頗善爲謀。有靜中至樂，何處更天游。已分淹留，醉鄉侯。　有江湖客，翰墨友，凌元白，壓曹劉。論文暇，陪杖屨，事觥籌。共藏修。世態誰能校，輕骯髒，重伊優。吾有政，鋤藥圃，治瓜疇。説與漁夫樵叟，既相好、豈但相猶。任多言莫及，野渡有孤舟。天地沙鷗。

校：「知今日」，《四庫全書》本作「如今日」。「漁夫」，作「愚夫」。

蘭陵王

賦古劍，用吉善甫韻。

昆吾鐵。神物千年不滅。時出匣、摇蕩碧空，閃閃寒芒電光掣。細看時是巨闕。三尺。斜明隙月。新豐旅，彈爾醉歌，也勝毛錐校平側。　沈埋土花碧。向堅石寒泉，重礪霜雪。一天星斗昏無色。因起舞爲樂，崆峒試倚，魑魅膽寒石自裂。免豐獄羈紲。　勳業。幾英傑。是曾馘奸邪，腥漬餘血。方今四海邊塵絶。佩服處，閑伴金魚寶玦。只愁靈化，雷雨暗，水雲國。以上《至正集》卷

七十八

校：「彈爾醉歌」，《四庫全書》本作「憚爾醉歌」。

摸魚子　鳳凰臺次湯碧山教授韻

自蕭韶九成來後，岐山猶是隆古。嬴顛劉蹶相枕藉，幾度狸號鼯舞。堪笑處。又蕞爾鍾山，一霎神光吐。鶴汀鳧渚。問吳德何徵，紫霄輕下，天意竟誰許。　江山好，老子狂吟箕踞。千年考信無據。多情只有秦淮月，還照故宮焦土。昏復曙。漫寒暑悠悠，老盡梧桐樹。從今計取。看阿閣成巢，朝陽應瑞，椽筆爲君賦。

校：「漫寒暑」，《四庫全書》本作「浸寒暑」。

摸魚子　中都餞荀平叔都事赴大都

正荒寒似逃空谷，佳人又話離別。風低白草天無際，漠漠平沙如雪。心欲折。看落日飛鴻，一線明還滅。長歌激烈。把湖海襟期，關山風物，取次付彈鋏。　毛錐子，千古鑽研搜抉。誰知更比鳩拙。仲宣不作登樓賦，閑殺一天秋色。珊佩玦。羨公去鳴騶，醉上長安陌。予懷轉結。怕紫塞寒深，碧雲暮合，酒醒見明月。

校：「鑽研」，《四庫全書》本作「鑽妍」。

摸魚子

登洞庭湖連天樓，和劉光遠作。

問樓頭幾多煙景，長風千里吹送。洞庭島嶼留殘雪，依約玉龍飛動。天故縱。要老子南來，添得詩囊重。遥山翠聳。更淡淡斜陽，蕭蕭落木，感慨古今共。　人間世，何處祥麟威鳳。繁華一枕春夢。江湖無限閑風月，待我往來吟弄。君莫痛。看起舞紛紛，踏破中霄甕。深杯自捧。便喚起湘纍，汨羅江上，沈醉是奇供。

校：詞序，「湖」，《四庫全書》本作「廟」。

摸魚子

賦玉簪，用明初韻。

笑人間珪袞何物，此華良貴天與。倚闌瘦立亭亭玉，刻畫一生清苦。人有語。道不出藍田，豈是真才具。山人告汝。正蓬鬢蕭疎，不勝冠冕，真者亦投去。　洹溪水，洗盡眼中塵土。天葩静看齊吐。冰壺凉月天如水，麈柄肯論夷甫。翁醉舞。任蕞爾寰區，共訝山中許。搔風沐雨。且受用清香，古今多少，富貴草頭露。

摸魚子

賦鷄冠花，用明初韻。

笑山人木鷄心事，年來斂嘴藏距。幽花細草聊娱目，小圃更無閑土。膏澤溥。豈天爲司晨，偏與鍾奇古。無人起舞。對寂寂園池，瀟瀟風雨，竦立爲誰怒。　三生夢，猶繞尸鄉棲處。昂然幾欲掀舉。挼丹蹙錦頭顱好，葉葉舊時毛羽。天已許。待海日升時，飛上桃都樹。人間凝佇。看叫白東方，却來平地，千載不容腐。

校：「瀟瀟」，《四庫全書》本作「蕭蕭」。「繞尸」，作「繞户」。「叫白」，作「吐白」。

摸魚子　次明初爲壽韻

算驅馳三十餘歲，只將光景虛度。野雲本是無心物，辦得幾度霖雨。還自許。量綿力犓才，猶可松筠主。天方見與。把村落溪山，風煙朝夕，著在最佳處。　青年志，萬一容裨當宁。何慙與噲爲伍。歸來千仞岡頭看，却笑甕天飛舞。方學圃。要摘我田蔬，細和淵明句。譊譊醉語。道咫尺重陽，登高落帽，休競汨羅渡。

校：「犓才」，底本作「捔才」，據《四庫全書》本改。「當宁」，底本作「當亡」，據《四庫全書》本改。「細和」，《四庫全書》本作「共和」。

摸魚子　次郭子敬祭酒同賞牡丹韻

記花王舊時名品，共傳姚魏黄紫。洛陽種植雄天下，何日移根來此。青鏡裏，任淡抹濃妝，莫挽春山比。人間四美。更天遣舒郎，等閑一賦，千載共心醉。　清平調，漫與東風料理。繁華能擾天紀。沈香亭上無人恨，流入錦江春水。安故里。又何似吾儕，聊復尊罍耳。清歌且止。怕檀板無知，多嬌不耐，驚得綵雲起。

校：「種植」，《四庫全書》本作「種治」。「春山」，作「春衫」。

摸魚子

洹堂盆池紅白蓮開，予適卧病城居，六月一日始往一觀，落者雖多，開者方未已，喜而賦此。

笑當年柏臺蘭省，四時風景孤負。歸來幸得身無事，底又悤悤朝暮。心口語。是傳癖詩癯，常把芳辰誤。夜來風雨。早練帨雲飄，紅衣霞捲，香滴翠杯露。　司花手，無限芳妍留住。凝妝爲我延佇。姑仙綽約如冰雪，次第相從微步。天不妒。便失却東隅，儘有桑榆路。人間塵土。看太華峰頭，花開十丈，吾老尚能去。

校：「心口語」，底本作「心語口」，據《四庫全書》本乙正。「十丈」，《四庫全書》本作「千丈」。

摸魚子

明初賦《摸魚子》壽予，既次其韻，而可行塘成，和之成什，衰病技癢，亦足爲十首。

買陂塘旋栽楊柳，歸來此是先務。它鄉故里都休校，舊雨不如今雨。鴻在渚。笑爾尚南飛，吾已安孤嶼。黄花解語。道人老宜秋，身安耐酒，此正有真趣。　鑾坡路，大手深慚自許。超騰又悖鍾吕。但求閑淡如元亮，却恨詩多奇句。傾緑醑。底須按，樂天池上霓裳譜。休論往古。有三日重陽，約君同醉，老子築西圃。

摸魚子

買陂塘旋栽楊柳，閑官宜治閑務。老天助我攻清淡，兩月不遭泥雨。規別渚。更累土爲山，留土分爲嶼。鄉人共語。歎百歲陻蕪，一朝疏闢，此去日成趣。　江湖願，自是平生心許。元英誰羨陳呂。石渠細流鳴琴筑，清似我家詩句。杯引醑。便收拾松風，寫入絲桐譜。區區學古。愧竊禄無功，投閑有分，猶患不如圃。

摸魚子

買陂塘旋栽楊柳，年來於此承務。涼臺燠館吾何有，聊芘一時風雨。洲映渚。向一片煙波，鼎峙嵯峨嶼。盤空硬語。挽三峽辭源，千軍筆陣，不盡樂閑趣。當年志，爲國微軀曾許。青雲仍際觀呂。從知弱步難勝重，夢斷九天臚句。時飲醑。趁四序栽花，綴作園池譜。長歌弔古。悵安得良田，茫茫萬頃，種玉闢玄圃。

摸魚子

買陂塘旋栽楊柳，田園忙勝官務。放魚種藕常無暇，移竹又當新雨。由近渚。駕一葉扁舟，時復還吾嶼。花香鳥語。況心上無營，眼前多景，絃外有琴趣。尊罍小，能費人間幾許。荷香惟欠仙呂。天光雲影清難寫，盡日撚髭無句。池作醑。要醉上通明，傳取鈞天譜。西山翠古。任列壑争讒，攢峰竦誚，難及野人圃。

校：「撚髭」，《四庫全書》本作「撚鬚」。

摸魚子

買陂塘旋栽楊柳，塵凡皆與停務。半生醉夢人間世，翻覆幾回雲雨。歸有渚。似真到三山，縹緲紅雲嶼。忘懷笑語。任白鷺驚飛，蒼苔不掃，此去便無趣。斜川路，宇宙茫茫何許。綺園肯附諸呂。悠然一見南山後，便覺世多塵句。持此酹。論心事中間，異姓還同譜。迂疎好古。因蓺菊栽松，滋蘭植蕙，荒了種瓜圃。

摸魚子

買陂塘旋栽楊柳，散人不理它務。柳栽近水先應緑，底用等閑霖雨。遵北渚。看雙檜盤空，倒影摇煙嶼。千言萬語。只今日投簪，經年閉户，便自得天趣。真男子，報國誰如張許。論交仍負嵇呂。我今但要閑陶寫，幸免鏤章雕句。村甕酹。此真是，交梨火棗傳家譜。庭空樹古。有野鶴時來，衡門不鎖，清徹地仙圃。

校：「庭空樹古」，《四庫全書》本作「庭樹空古」。

摸魚子

買陂塘旋栽楊柳，歸農未免多務。一亭四序饒風景，且説夜來春雨。香濕渚。愛新樹依稀，敷影連三嶼。黄鸝不語。怕曲几團蒲，坐忘方定，驚破静中趣。功名事，却笑平生自許。誰調陽律陰呂。而今且向東君問，舊句豈如新句。開臘酹。要醉喚石湖，重緝寒梅譜。榮枯自古。趁九十韶華，六旬餘力，終日醉吾圃。

摸魚子

買陂塘旋栽楊柳，清風浄掃塵務。柳陰已見疎成密，又聽緑荷敲雨。鷗戲渚。奈倏爾翻飛，飛過崔嵬嶼。形神自語。豈世事相縈，機心未息，物我不同趣。池亭小，收斂風煙來許。漁歌何愧鍾吕。水紋瓦影相娱悦，高詠退之佳句。荷酌醑。有一曲滄浪，不犯人間譜。悠悠振古。問誰似吾儕，攻迂習澹，爲水廢場圃。

摸魚子

買陂塘旋栽楊柳，眼中已辦歸務。柳成修幹蓮成實，均沐老天恩雨。憐小渚。敢氣象侵陵，海上神仙嶼。神仙有語。任涓滴蹏涔，茫洋鯨浪，各自適歸趣。星星鬢，鏡裏衰容如許。西風又動商吕。九原宋玉悲何及，付與短歌長句。飄汎醑。縱不到箕山，也是曾通譜。由今視古。看晝錦堂前，霜天老月，千載照韓圃。

校：「海上神仙嶼」之「神仙」，《四庫全書》本作「紅雲」。

摸魚子

買陂塘旋栽楊柳，田家小小成務。一年清景君須記，大勝草煙花雨。水沍渚。把一片玻瓈，圍護瓊瑶嶼。鈎簾獨語。是天富吾家，地輸清供，種種出奇趣。桑榆樂，造物而今已許。一竿自惜歸吕。圭塘欸乃煙波曲，却屬腐儒章句。尊有醑。是波若神湯，世與詩同譜。誰能復古。且池上觀梅，爐中煨芋，燈下治書圃。

校：「水沍渚」之「水」，《四庫全書》本作「冰」。「若神湯」，《四庫全書》本作「也神湯」。

水龍吟　過黄河

濁波浩浩東傾，今來古往無終極。經天亘地，滔滔流出，崑崙東北。神浪狂飈，奔騰觸裂，轟雷沃日。看中原形勝，千年王氣，雄壯勢、隆今昔。　鼓枻茫茫萬里，棹歌聲、響凝空碧。壯遊汗漫，山川綿邈，飄飄吟跡。我欲乘槎，直窮銀漢，問津深處入。喚君平一笑，誰誇漢客，取支機石。

水龍吟

題賈氏白雲樓，次牧菴韻。

結樓高倚晴空，人間何限思親處。白雲誰遣，等閑出岫，悠悠來去。本是無心，寧知下土，有人延佇。悵荒煙衰草，九原難作，空目斷、邱陵樹。　見説人鵬變化，趁扶搖、又摶雲路。朱簾畫棟，關山綿邈，夢魂良苦。兩字行藏，百年忠孝，致君榮祖。待更驅屏翳，溥爲霖雨，繼商家傅。

校：「更驅」，《四庫全書》本作「更區」。

水龍吟　至順癸酉九日秋興亭賦

一亭飛出層霄，昔人似爲登高辦。雙眸千里，茫茫宇宙，滔滔江漢。一片秋光，青山紅樹，斷雲斜雁。想人生塵世，難逢開口，但酬節、何多歎。　細數年年今日，娱清歡、半因羈宦。邇來心事，無慚猿鶴，更齊鵬鷃。華髮新添，黃花任笑，烏紗頻岸。且一尊傾倒，不須醉後，把茱萸看。

水龍吟

趙伯寧中丞代祀淮瀆，過維揚，徵賦。

五雲飛出蓬萊，天香散滿人間世。龍翔鳳翥，千齡一遇，明良慶會。節鉞重來，士民騰喜，山川增氣。想四方地遠，九重心切，都要見、閭閻事。　寤寐天顏咫尺，裊秋風、一鞭歸騎。昔年勳業，烏臺倚重，紫垣虚位。自顧疎庸，資身無策，敢論經費。但儒酸不改，作鹹充賦，助和羹味。

水龍吟　喜雨用鄭彦章韻

四郊禾稼如雲，方驚數日甘霖小。吾皇有德，老天能事，非因人禱。一夜風雷，玄雲撩亂，銀河傾倒。問田家消息，今年氣象，更催得、秋成早。　壓盡東華塵土，湛冰壺、九重清曉。晴光漸放，瀛洲波定，御溝聲小。緑野春回，黄扉晝静，篆煙縈繞。願魚羹有飯，避賢歸去，向山林老。

水龍吟

甲申七月廿六日，偕王居仁、王仲武小酌洹堂。

洹堂半月三來，小庭日見添佳致。蒼筤疎瘦，黄葵高潔，玉簪清麗。林影波光，新晴景物，嫩涼天氣。對溪山如此，田園歸去，除詩酒、渾無事。　爛漫鄉鄰雞黍，比當年、鼎烹加味。古今都説，浮雲春夢，功名富貴。何事迷途，直臨老境，纔尋平地。把塵寰休問，菊花行綻，請重來醉。

水龍吟　次前韻二首

此身就健宜閑，莫教七十才休致。招讒賈怨，聲名烜赫，文章雄麗。三紀紅塵，一簪華髮，消磨豪氣。有清泉白石，實聞吾語，吾衰矣、毋多事。　世故真如嚼蠟，數年來、已知無味。尋常有句，人爲宰相，閑方是貴。洹水秋清，無邊風月，無窮天地。看奮髯箕踞，蒼苔濁酒，爲青山醉。

校：「毋多事」，《四庫全書》本作「無多事」。

水龍吟

半生人海風波，謗書盈篋從文致。歸來結構，且圖跧伏，敢求華麗。朝暮娛人，水聲山色，柳陰花氣。笑彤闈紫闥，浮沉十載，更幾載、成何事。　好是西成咫尺，秫田風、已飄香味。安排小瓮，從今不怕，鄰翁酒貴。更築詩壇，陪君游刃，周旋餘地。但有人來問，金鑾舊話，便昏昏醉。

校：「半生」，《四庫全書》本作「平生」。

水龍吟　遊三臺

幾年三到三臺，往年不似今年好。故人雲集，遠山屏列，蔚藍清曉。趙舞燕歌，一時奇絶，百壺傾倒。對山川如昔，風煙不減，但人比、當時老。　放眼秋容無際，碧澄澄、雁天霜早。曹瞞事業，悠悠斜日，茫茫衰草。爲問漳流，古來豪傑，浪淘多少。有建安遺瓦，張吾筆陣，把姦雄掃。

校：「三到」，〔乾隆〕《彰德府志》卷二十九作「不到」。「把姦雄」，作「把英雄」。

水龍吟

予一病五十日始愈，因自點撿，目視雖不如昔，書字稍大者尚可夜讀。手可揮翰，足可步園，腹可容酒，齒可齧肉，耳可聽歌。體禀素弱，今六十有七，而得所謂六可者，私自喜幸，戲成此曲。子之所慎疾也，乃深寓節飲之意焉。

可翁點撿形骸，關心六事今猶可。摩挲老眼，殘編細讀，小窗危坐。信手揮毫，雲煙撩亂，波濤掀簸。笑蹣跚病足，登山不武，尚能踏、苔痕破。　便腹還堪容酒，齒牙攻、脯殽蔬果。歌聲到耳，宫商少誤，肯教輕過。饞口如門，丁寧告戒，却須堅鎖。怕麴生徒衆，群然趨入，困風流我。

水龍吟　己亥中秋用壻韻

一生白浪紅塵，得歸才見乾坤闊。三升無分，如何料理，文園消渴。衰病禁持，不教杖屨，經邱尋壑。記平生懷抱，曾逢惡處，都不似、今年惡。　見説圭塘如舊，賴山英、好看猿鶴。夢中斗室，蠹殘圖史，塵凝鐺杓。蟾桂香多，莫將長笛，等閑吹落。問嫦娥我輩，何時還又，享清平樂。

水龍吟　壽静公右平章

歷觀今古名臣，求如公者人能幾。平生勳業，行其無事，一誠而已。方信名言，臣門如市，臣心如水。政乾坤清晏，飄然高蹈，非明哲、安能此。　太古歲寒松柏，儘春風、鬧開桃李。傅巖霖雨，蘇門風月，無非天理。莫訝求閑，從來老眼，閲人多矣。待他年鳳詔，九重重下，爲蒼生起。

緑頭鴨　八月十四日圭塘玩月

廣寒宫。秋期明日方中。歎陰晴、自來無定，何如今夕從容。棹蘭舟、亂穿波月，斟玉斝、清帶荷風。身世難期，歡娱易失，名言千載記坡公。公曾道，涼天佳月，何必限春冬。況復有，西賓共載，仙季相從。　笑疎狂、興來無盡，艤舟更策吟筇。任諸君、班荆藉草，環四岸、度竹穿松。飛上崇臺，放開老眼，冰輪誰遣却朦朧。多應是嫦娥見妒，勝事不教窮。天知我，須臾風起，萬里雲空。以上《至正集》卷七十九

校：「自來無定」之「無」，《四庫全書》本作「難」。

念奴嬌　中都送韓岩夫歸大都

南鴻過盡，正龍沙歲晚，嚴凝時節。朔吹翻空沙石走，一夜坤維凍裂。宇宙茫茫，山川杳杳，千里飛陰雪。停驂回顧，壯心未信如鐵。　京國十月先春，杏桃無數，破暖應開徹。此去佳游知不負，醉裹雕鞍南陌。糞火爐邊，簡書叢裹，肯念飄零客。故人欲問，此情正待君說。

校：「飄零客」，《四庫全書》本作「飄零落」。

念奴嬌　賦螢

更闌人静，正滿天晴露，半庭斜月。時見飛螢三四點，樹影依稀相隔。暗地偷明，微形自照，冷熖明還滅。有時分亂，殘星流下天闕。　應念造物多情，翻騰變化，腐草還成物。多少黄萎隨土壤，争似超然飛越。我正清貧，寒窗寂寞，賴爾成勳業。案頭乾死，也勝零落霜雪。

賀新郎

登滕王閣，用稼軒韻。

陳迹空鳧渚。悵繁華、等閑一夢，便成今古。佩玉鳴鑾人如畫，何處爲雲爲雨。只明月、還生春浦。帝子當時無窮欲，奈浮雲、回首渾非故。天有意，肯輕許。　江湖襟帶雄吴楚。更翩翩、三王文采，儷章駢句。一旦飛來韓家筆，才見龍翔鳳舞。漫千載、懷人延佇。豪傑紛紛今誰在，笑世間、華屋争寒暑。瀛海遠，去無侶。

校：「儷章」，底本作「驪章」，據《四庫全書》本改。

賀新郎　次呂叔泰南城懷古

故壘空如堵。杳無蹤、朝臺暮榭，燕歌趙舞。爲問人間繁華夢，幾度邯鄲炊黍。只燕子、春來秋去。太液勾陳何由辨，似咸陽、一炬成焦土。興與廢，竟誰主。　滿川芳草迷煙雨。悵平生、楚騷心事，更堪羈旅。野水芙蓉香寂寞，猶似當年怨女。長嘯罷、中天凝佇。滄海桑田尋常事，附冥鴻、便欲飄飄舉。回首後，又千古。

校：「空如堵」，《四庫全書》本作「空如渚」。

滿江紅　次湯碧山清溪

木落霜清，水底見、金陵城郭。都莫問、南朝興廢，人生哀樂。載酒時時尋伴侶，倚闌處處皆樓閣。對溪雲、試放醉時狂，渾如昨。　沙洲外，輕鷗落。風簾下，扁舟泊。更寒波摇漾，緑簑青箬。爲向九原江總道，繁華何似今涼薄。怕素衣、京洛染緇塵，從新濯。

滿江紅　次李沁州見寄韻

徙倚危闌，愛四面、嵐光翠濕。回首見、踈雲黄葉，遠林平磧。老眼都迷秋遠近，壯遊已徧天南北。有一官、更比在家時，添幽寂。　人間世，天涯客。唤李杜，招元白。問覓因誰損，鶴因誰益。有酒直須拚醉倒，古今長短嗟何極。笑韓非、孤憤若爲多，常填臆。

校：詞題，「沁」，《四庫全書》本作「泌」。「平磧」，作「平蹟」。

滿江紅 同前

一夜繁霜，便染得、乾坤澄寂。秋滿眼、蕭蕭雲樹，淒淒風日。山色偏供羇旅恨，年光肯爲英雄息。只寒花、不減舊時香，天應惜。　官況薄，勞耕織。詩律在，森戈戟。更山城容我，清尊瑶瑟。不是皇家勞結網，姓名底用人間識。喜使君、時有一箋來，雲煙濕。

滿江紅 和郭子敬夏日村居韻

一曲清溪，收拾盡、風聲月色。還自笑、六旬將近，數椽方葺。己分封侯非燕頷，儘教有地争蝸角。算人生、難得是清閑，吾今得。　離離黍，芃芃麥。觀此景，皆真樂。更葵花未謝，榴花仍發。繁劇只因詩有債，迂踈却喜門無客。問小亭、盛暑不容人，今秋月。

校：「觀此景」，《四庫全書》本作「覩此景」。

石州慢 次張凝道韻

足跰塵囂，目厭紛華，擾擾蜂蝶。擊壺未了長歌，又聽陽關三疊。平生湖海，可憐牢落新豐，蓬山回首煙霞隔。鵬鷃不同天，任焦明蚊睫。　愁絶。停杯爲問羲娥，幾度東生西滅。俯仰金臺，陳迹千年誰接。天空秋老，倚闌南北悠悠，暮雲汀樹人長别。想見苦吟時，滿吴江楓葉。

石州慢 送牛農師赴石州學正

少日襟期，不信儒官，能把身誤。長歌拂袖南來，眼底雲霄平步。黄金散盡，三千流落京華，區區又上并州路。官冷坐無氊，任虀鹽朝暮。　今古。男兒萬里封侯，休嘆雲萍羇旅。我亦蒼黄，明日携書北去。居庸關下，蕭蕭風振駝鈴，酒醒夢覺君何處。畫出斷腸時，滿斜陽煙樹。

校：「駝鈴」，《四庫全書》本作「柝鈴」。

金菊對芙蓉　宿程松壑月香亭次韻

曉夢初迴，餘醒未解，月明猶掛疎桐。在月香絶頂，穩駕天風。喬松勁竹高寒地，還容得、幾朵芙蓉。霜空放眼，水痕褪碧，山色添濃。　休問衰老詩窮。把煙嵐奪取，也是豪雄。問今來古往，誰異誰同。老懷陶寫惟絲竹，有捧觴、林下丰容。傍人任笑，疎狂不減，我輩情鍾。

齊天樂　天津橋次韻

深宫傅粉，江東主肥，鮮養成嬌嫩輭。北望中原，自分秦越，儘付馬蹂車碾。神州天遠。笑六代封疆，一毫無展。更著荒淫，月明瓊樹照同輦。　長虹誰架千尺，要等閑盡跨，人海深淺。名襲東都，侯封違命，贏得興亡流轉。年光冉冉，又走馬南來，片時宫苑。獨依闌干，夕陽鴉萬點。

滿庭芳

偕晉士安、馬明初登荀和叔廣思樓。

沙路無泥，柳風如水，嫩涼偏入吟鞍。廣思樓上，雨後看西山。回首炎氛千丈，便長嘯、跳出塵寰。青天外，斜陽淡淡，倦鳥正飛還。　郊原秋色裏，望窮霄壤，倚徧闌干。問神仙何處，獨占高寒。樓下悠悠洹水，爲底事、不暫休閑。吾衰矣，休將舊手，遮日上長安。

校：「正飛還」，《四庫全書》本作「竟飛還」。

滿庭芳

槐院風清，蘚堦塵静，日長鎮掩衡門。葛帷藤簟，石枕竹夫人。不作南柯癡夢，要來往、月窟天根。花陰轉，間關幽鳥，啼破一窗雲。　起來盤膝坐，松風沸鼎，花雪浮春。便洗除胷次，多少凝塵。更喜秋原有秫，快準備、小甕清尊。東籬下，黄花香裏，顛倒白綸巾。

校：「沸鼎」，《四庫全書》本作「鼎沸」。

滿庭芳

庚寅正月十六日夜，獨酌，戲成。

學本迂疎，才非明哲。天恩偶聽歸田。良辰美景，相遇更欣然。細數人生行止，或城市、或在林泉。都評過，忘形適意，惟是在尊前。　只今頭盡白，但憐飲量，不似當年。甚蘖痰媒渴，無事招愆。時有親朋來勸，學康節、微醉爲賢。先生笑，偶當乘興，又作飲中仙。

校：詞序，「獨酌戲成」，《四庫全書》本作「獨酌戲成韻」。「或城市」，底本作「或城或市」，據《四庫全書》本改。

玉燭新　題李伯瞻一香圖次韻

清風林下寺，愛三友聯編，世無能四。凌波仙子香魂散，此地是誰招此。萬紅千紫，惟礬弟梅兄二子。堪供領歲晚高寒，來成花部新史。　佳人玉潔冰清，縱髣髴肌膚，異香難似。醉吟無次。花應笑，彼此消融渣滓。春空雁字。不帶到、江南情思。還自笑，今日相看，袁家有姊。

校：「聯編」，《四庫全書》本作「聯翻」。

玉漏遲　同前次張夢臣韻

雪晴天似水。風清月白，蕭然三子。天巧難名，鏤玉鍬冰無泚。却是同心異種，解斂聚、山林高致。誰不喜。花中隱德，人間真味。　邂逅粲者相逢，似瓊珮霓旌，九霄飛墜。移入銅瓶，付與野人憑几。滿意挼香嚼蘂，有濁酒、微吟相繼。休喚起。明日此觥重洗。

校：「鍬冰」，《四庫全書》本作「鎪冰」。「挼香」，《四庫全書》本作「按香」。

望月婆羅門引

偕王仁甫左丞、賈伯堅左司朝罷，過李廷秀參議，因觀盆梅，遂成歡酌。廷秀求詞，醉中賦此。

紫宸朝罷，東風吹到謫仙家。貂裘抖擻塵沙。一室窗明几净，人境獨清華。有息齋名畫，殿帥高茶。　主人意佳。道分手、即天涯。何事相逢不飲，戚戚嗟嗟。黄封旋拆，有鵝腊、雞朐與兔豝。公不飲、辜負梅花。

望月婆羅門引

雪夜宴沙班良輔家，時爲湖南宣慰使。

人家十萬，春風先到使君家。天公更著芳華。盡把樓臺粉澤，瓊樹映横斜。要歌宜白雪，暖借流霞。　吴姬趙娃。亂銀燭、影交加。不放行雲歸去，敲碎紅牙。可憐杜老，肯飛送、江頭只岸花。

争似我、夜醉長沙。

校：詞序，「輔」，《四庫全書》本作「甫」。「更著」，作「更助」。

江城子　次韻

懶於沙鳥拙於鳩。爲無求。得無憂。底事疎狂，却笑子長游。畢竟無求何用出，求不得，亦宜休。　西風真解釀羈愁。試登樓。望南州。黃葉疎雲，摇蕩一川秋。更被誰家多事笛，吹不盡，思悠悠。

江城子

飲海子舟中，班彦功招飲斜街，以此答之。

柳梢煙重滴春嬌。傍天橋。住蘭橈。吹暖香雲，何處一聲簫。天上廣寒宫闕近，金晃朗，翠岧嶤。　誰家花外酒旗高。故相招。儘飄摇。我政悠然，雲水永今朝。休道斜街風物好，才去此，便塵囂。

校：「金晃朗」，《四庫全書》本作「金光朗」。

行香子　同李元鎮晚酌張氏小閣

璧月香雲，小院重門。辦詩愁、多是黃昏。梨花淡淡，柳絮紛紛。對古銅爐，神品畫，靚妝人。　半醉多羞，一笑欺春。有丹青、描寫惟真。秋波側媚，雲岫輕顰。是蘂珠仙，巫峽女，洛川神。

校：「璧月」，《四庫全書》本作「碧月」。

鷓鴣天　次韻李沁州寄酒

滴困檀槽碎玉聲。青州合喚沁州名。高風未論陶元亮，豪氣應吞阮步兵。　明老眼，慰浮生。人間勢利一毫輕。羈愁如海都消盡，細和清歌帶月傾。

鷓鴣天　同前

甘滑端能壓蔗漿。芳華初不借山薑。可憐太白分餘瀝，遠與文園浣渴腸。　青鎖闥，白雲鄉。百年誰與校閑忙。何如常對松岩老，萬事悠悠付一觴。

校：「青鎖」，《四庫全書》本作「青瑣」。

鷓鴣天

縷篆煙消月滿簾。青綾香減夜寒尖。鵲橋誰駕銀河渡，蚪漏應將海水添。　天漠漠，恨厭厭。不成鴛夢睡空甜。一春多少相思恨，瘦得腰肢分外纖。

校：「鴛夢」，底本作「怨夢」，據《四庫全書》本改。

鷓鴣天

伏臘歸寧已愴然。天涯回首路三千。倦遊久賦王孫草，寫恨應歌相府蓮。　天也老，月空圓。鐵心難受夜如年。虆媒閑殺春風手，想像顰蛾更可憐。

南鄉子 醉書月香亭桂几

老子分漁樵。說著登山氣便豪。天外長江流不盡，迢迢。脚底青雲步漸高。　兩手敢辭勞。右有深杯左有螯。我似淵明多一字，陶陶。明日黄花笑二毛。

南鄉子 贈軋二弦胡琴高才甫

錦瑟思華年。底用嘈嘈五十弦。兩線清冰千萬調，能傳。句句分明字字圓。　高藝擅華筵。多少新聲出自然。更著趙娘歌婉轉，相聯。消得詩人筆似椽。

校：「清冰」，《四庫全書》本作「清絲」。

南鄉子

山水緑相紆。好箇依山傍水居。不是隆中高卧處，茅廬。直挽岷峨入壯圖。　匡世策全疎。只合歸來坐守株。鄉里小兒從笑我，非夫。却勝携人共泛湖。

南鄉子

波漾石粼粼。浮磬依稀類泗濱。回首林慮千萬丈，嶙峋。不效脩蛾一點顰。　幽討日方親。林下何常見一人。便把清流都洗盡，緇塵。領取羲皇以上春。

南鄉子 次可行韻二首

薄宦苦營營。半世長亭復短亭。一旦結茅當疊障，雲屛。朝暮陰晴幾樣青。　濁酒瓦盆盛。農父無才却有情。好雨知時公到此，安寧。話到盆空月滿庭。

校：「月滿庭」，《四庫全書》本作「月可庭」。

南鄉子

小隱遠民廛。草舍三間柳作椽。圍繞佳城才二頃，山田。便覺胷中綽綽然。　世態自争妍。老我壺觴業自專。地濶天寬容醉舞，回旋。又似偷閑學少年。

南鄉子　和明初鶴飢韻四首

淅米劍頭炊。枵腹雷鳴出險詩。詩客眼高輕視鶴，如鷄。終是鷄群有等威。　供飼不如期。奈此瓶儲告盡時。也勝劈琴饞俗子，充飢。窮餓相從更怨誰。

南鄉子

沙礫不堪炊。華表高歌乞食詩。不爲啄腥甘趁逐，群鷄。爲伴書癡老竇威。　萬里在襟期。會見青雲奮迅時。吐故納新元有術，偏飢。奉瘞佳銘却付誰。

校：「佳銘」，《四庫全書》本作「佳名」。

南鄉子

暑室困蒸炊。呼鶴前來聽咏詩。鶴告不餐空碌碌，隨鷄。諸僕無恩但有威。　雲海夙相期。忍使清齋十二時。主者不才今遺汝，調飢。騎去揚州定屬誰。

南鄉子

塵夢黍方炊。白鶴空中漫誦詩。飲啄適時爭得似，山鷄。敢效妖狐更假威。　曾與老仙期。衛國遭逢彼一時。千六百年才不食，無飢。我欲推窮欠大誰。

校：「飲啄」之「飲」，底本漶漫，據《四庫全書》本補。「欠大」，《四庫全書》本作「倩阿」。

臨江仙

瓈江萬梅方吐，而予來長沙，風雪十日，晴復大霜，有懷而作。

十日惡風三尺雪，繁霜又滿人間。梅花誰與問平安。玉肌清似削，爭奈許多寒。　夢繞琅瓈江上路，竹籬茅舍青山。莫教芳酒滯歸鞍。黃昏無限月，待我倚闌干。

踏莎行　贈相士

黃鶴樓前，胭脂山上。敲門有客來相訪。自言閱遍世間人，要觀塵俗酸寒狀。　關塞冰霜，江湖風浪，歸來幸得身無恙。君言雖應我方慚，山中道士何勞相。以上《至正集》卷八十

鵲橋仙

同李雲松宣慰過思齋宣慰，值出，書其壁。

雲松仙客，箕山道士。來訪思齋老子。思齋何處未歸來，想只在、翠紅鄉裏。　風清月白，橙黃蟹紫。一巷笙歌紛起。良宵不遇負佳節，都不念、人生有幾。

校：「翠紅」之「翠」，底本漶漫，據《四庫全書》本補。「佳節」，作「佳賓」。

鵲橋仙　贈可行弟

花香滿院，花陰滿地。夜静月明風細。南坡一室小如舟，都歛盡、山林清致。　竹簾半捲，柴門不閉。好箇暮春天氣。長安多少曉鷄聲，管不到、江南春睡。

校：「曉鷄聲」之「聲」，底本漶漫，據《四庫全書》本補。「管不到、江南春睡」，《四庫全書》本作「不到江南春睡」，誤。

鵲橋仙　贈相師周可山

春秋七袠，江湖萬里。老子閲人多矣。兩朝名勝一囊詩，道渾似、當時袁李。　紅塵陌上，白雲堆裏。擾擾浮生行止。我非燕頷虎頭人，但詩聖、酒狂而已。

校：「七袠」，《四庫全書》本作「七十」。「當時」之「當」，底本漶漫，據《四庫全書》本補。「陌上」，底本作「陌止」，據《四庫全書》本改。

鵲橋仙　宴胡安常侍御家

清香華屋，黄葵紅葉。正是新涼時節。文園多病不勝杯，辜負殺、一庭秋色。　珍殽紛錯，玉醅芳烈。醉倒江湖狂客。涼天佳月即中秋，更有箇、今年閏月。

校：「多病」，《四庫全書》本作「久病」。

鵲橋仙

心閑勝貴，身閑勝富。已往而今始悟。來言精力未宜閑，此俗子、便宜推去。　秋風雞黍，春山杖屨。盡是幽人樂處。儘教鬚鬢雪飄蕭，總不礙、銜杯啄句。

校：「儘教鬚鬢雪飄蕭」，《四庫全書》本作「儘教鬢雪飄蕭」，誤。「啄句」，《四庫全書》本作「琢句」。

蝶戀花

九陌千門新雨後。細染穠薰，滿目春如繡。恰信東君神妙手。一宵緑徧官橋柳。　樓下蘭舟樓上酒。沙暖蘋香，渾似來時候。説與可人知信不。傷春更比悲秋瘦。

蝶戀花　以變白方贈朱亮卿

聞道卿卿僝僽損。花落深閨，無限傷春恨。天上靈方吾不靳。爲君細染三生鬢。　鑷白從今閑玉筭。坐看丰姿，潦倒還鬐亂。洞裏桃花應錯認。劉郎乃爾添風韻。

校：「桃花」之「桃」，底本漶漫，據《四庫全書》本補。

蝶戀花

一片白雲迷楚岫。風捲青秧，迤邐波紋皺。馬上推敲詩未就。回頭不覺雙山堠。　漁父樵翁常邂逅。問我何求，無事空奔走。我固蒼黄慚二叟。少年有志還知否。

校：「二叟」，底本作「二毛」，不協韻，據《四庫全書》本改。

蝶戀花

萬象森森天漠漠。吹徹殘更，聲咽梅花角。窗外月明無處著。暗螢沾露隨風落。　夢裏詩成渾忘却。起傍屏山，涼透紗幮薄。静中悠然心自樂。蓬山不用乘黄鶴。

校：「紗幮」，《四庫全書》本作「紗廚」。

蝶戀花

丁亥正月十三日親朋治具，醉中賦此。

老子行年過耳順。蓬鬢蕭疎，人道猶風韻。領略風光元有分。賞心又喜燒燈近。　薄雪初消寒欲盡。詞館多閑，時得陪英俊。莫訝連朝爲酒困。東君已是傳花信。

校：詞序，「醉中賦此」，《四庫全書》本作「醉中賦」。「多閑」，作「久閑」。

漁家傲　訪畢雪嵒不遇

木落寒林山骨瘦。湘江風細波紋皺。何處携琴何處酒。惆悵久。亂鴉嚎斷煙中柳。　茅屋蕭蕭連甕牖。半簷寒旭閑清晝。歸路梅花香滿袖。詩未就。青山笑我空回首。

校：詞題，「嵒」，《四庫全書》本作「亟」。

漁家傲　歌圭塘四時四首

冰盡泉香雲縹緲。韶華隱隱浮林杪。酒在葫蘆魚在沼。清晝悄。好音時復來黄鳥。　管領風光心未老。衰顔却怕清波照。有酒可斟魚可釣。能事了。東風一曲漁家傲。

漁家傲

窗影脩篁摇翠葆。墻陰幽徑連芳草。驀地雨來荷葉鬧。香更好。亂煙浮動紅雲島。　稚柳千條絲嫋嫋。柳邊宜著蘭舟小。世態紛紛何足校。收桂棹。嗚嗚且和漁家傲。

漁家傲

露洗璇穹青杳杳。年光紅入灘頭蓼。翠蓋撐煙吹半倒。霜信早。一奩寒影磨清曉。早是軒扉塵不到。好山更與供登眺。酒債漸多詩債少。翻水調。西風幾疊漁家傲。

校：「漸多」，《四庫全書》本作「積多」。

漁家傲

落日崇臺寒力峭。登臨恰似尋安道。有竹何人能徑造。吾不誚。相逢要遂掀髯笑。雙檜凌空龍妖嬌。有知定訝人枯槁。珍重歲寒冰雪操。君自寶。老夫但和漁家傲。

校：「妖嬌」，《四庫全書》本作「夭嬌」。

太常引　武昌別墅

胭脂山下老農家。看雲樹、翠交加。香透小窗紗。是昨夜、幽蘭放花。引泉澆樹，破苔移菊，更種故侯瓜。一笑有生涯。便休歎、清霜鬢華。

太常引

用同年歐陽原功韻，贈相師陳壺秋。

年來詩筆尚能神。但無奈、舊時貧。天地一閑身。且不在、青雲後塵。壺秋眸子，野人心事，相對好敷陳。山酒正清醇。要茅屋、朝朝是春。

太常引　速可行治具

小齋瀟灑頗宜貧。清有竹、静無塵。俗子不敲門。只風月、煙霞是隣。古瓶清雅，寒梅疎瘦，昨雨忽紛紛。尚有一枝春。快報與、南廳主人。

太常引　同前

忍寒搜句意何如。政因我、腹焦枯。茶竈火慵噓。高陽侶、原非姓盧。佳章聯疊，新醅寥落，飛夢繞兵厨。新釀取來無。要親與、梅花餞途。

太常引

至正辛未春，環樞堂海棠開，偕馮公勵參議，陪紫清夏真人飲其下。今年花發，事務方殷，欲尋舊盟，跬步牽縶。堂西漱芳亭甃方池種芙蕖，連歲約觀，而皆不果。六月初日，禱雨一過，則紅衣落盡，翠房森矗矣。口占長短句，奉紫清一笑。

漱芳亭下小方塘。清散水芝香。回首翠成房。忍不待、佳人奉觴。紫垣朝暮，紅塵車騎，遮斷白雲鄉。老我重尋芳。又渾似、今年海棠。

校：詞序，「芙蕖」，《四庫全書》本作「芙渠」，誤。

太常引　次王居仁爲壽韻

進爲卿相退爲仙。歎今古、少能全。抛却祖生鞭。且占取、煙霞洞天。遥峯罨畫，清流漱玉，故里好山川。黄菊正鮮妍。便沽酒、休論幾千。

太常引　登樓觀柳

雪消春氣恰和柔。先到柳梢頭。數日不登樓。笑青眼、窺人尚羞。　清明近也，老夫耄矣，其忍負歡游。飛絮便生愁。儘都變、浮萍去休。

太常引

斡克莊、杜德常寓所二松可愛，醉中賦此，以贈二君。

二松如蓋偃中庭。向朱夏、作秋聲。摇影動疎櫺。掩映得、苔痕轉青。　西清博士，西臺御史，相對又雙清。咫尺到蓬瀛。休認作、藍田縣丞。

校：詞序，「斡克莊」，《四庫全書》本作「烏克莊」。

太常引　丙戌次舊韻寄紫清真人

道宫城市勝林塘。松竹滿、芰荷香。煮酒出丹房。記相見、怱怱一觴。　雲萍飄忽，仙凡懸絶，翻手又殊鄉。何日潄餘芳。看華髮、詩人許棠。

太常引　再用舊韻寄紫清

詩成春草夢池塘。相憶託玄香。常記飲仙房。笑一舉、曾蒙十觴。　百年行止，幾番離合。吾老且吾鄉。聊與領群芳。漸開到、江頭野棠。

太常引　圭塘四首

圭塘種藕已多時。貼水曉星稀。生意一朝回。便萬柄、紅酣緑欹。　連宵驟雨，透空繁響，清絶不容詩。對境寫襟期。要無愧、鴟夷子皮。

太常引

幽人早起赴池亭。看初日、照娉婷。風蓋露珠傾。又勝似、前時雨聲。　水沈鄉裏，錦雲深處，雙檜插天青。一葉釣舟輕。似野渡、無人自横。

太常引

四堤楊柳接松筠。香破水芝新。羅襪不生塵。笑畫裏、淩波未真。　紅雲飄緲，清風蕭颯，半醉岸烏巾。不是葛天民。也做得、江湖散人。

太常引

雲舒霞捲萬妝濃。倒影水天紅。池轉小臺東。又一種、娟娟玉容。　仙肌綽約，奇芳清遠，浮動水晶宫。一笑對衰翁。好同赴、廬山社中。

清平樂　登北山閣

鍾山高處。又結層樓住。山自蒼蒼江自去。萬景一時收聚。　平生湖海詩豪。更傾五斗香醪。不信人間好句，不教驅入霜毫。

校：詞題，「登北山閣」，《四庫全書》本作「登北山閣感懷賦」。

清平樂　瓶梅

膽瓶温水。一握春如洗。斗帳怯寒呼不起。嬌滴粉雲香裏。　誰教淺笑輕顰。恰如鏡裏傳神。不用瑶天雪月，眼前瓊樹常新。

清平樂　避暑神山詠桂

堂前雙桂。雲潑交加翠。火老金柔花尚未。且愛清陰滿地。　秋風一旦花開。天香吹散亭台。却被花神見笑，先生未必能來。

校：詞題，「避暑神山詠桂」，《四庫全書》本作「避暑神仙詠桂樹」。「火老」，作「天老」。

清平樂　和可行梅竹韻二首

平生愛竹。到處縈心曲。一日相違人便俗。栽滿水邊茅屋。　誰知歲晚空山。佳人能慰荒寒。莫論和羹結實，且看高節停鸞。

清平樂

賞梅覩竹。不暇鑣黄獨。白玉吹香連碧玉。富殺山人林谷。　幾年行路艱難。眼明今日重看。便結歲寒心友，休教夢到槐安。

清平樂

天寒日暮。百繞梅花樹。萬斛清香藏不住。都在一花開處。　可憐月墮霜飛。不知疎影來時。誰報雲川老子，翠禽先在南枝。

清平樂　題郭思誠山居

西巖仙老。身在蓬萊島。竹月松雲塵不到。況有清風自掃。　霜溪淺碧揺沙。煙村落照明霞。説與門前鷗鷺，仙家又是漁家。

憶秦娥　和希孟張中丞韻

山人笑。人間不識山間妙。山間妙。嵐光浮動，半江殘照。　移文莫待山英校。煙霞曾結三生好。三生好。白雲深鎖，葛洪丹竈。

憶秦娥

山瓢飲。太空爲幕雲爲枕。雲爲枕。松聲萬壑，月明風冷。　人生未老宜先省。塵寰儘有清閑境。清閑境。孤雲野鶴，杳無蹤影。

憶秦娥

山花舞。巖姿能笑禽能語。禽能語。百年心事，一犁春雨。　神仙護短多官府。老人只解爲農圃。爲農圃。乾坤休問，幾番今古。

憶秦娥

山鷄唱。少年中夜心悲壯。心悲壯。世間何事，不來眉上。迷途未遠奚惆悵。五湖煙水春摇蕩。春摇蕩。誰知平地，拍天風浪。

校：「拍天」，《四庫全書》本作「怕天」。

憶秦娥 送牛農師二首

春山碧。詩成馬上應相憶。應相憶。盧溝橋畔，晚雲如織。人生有别休多惜。但悲後會知何日。知何日。暮雲心緒，斷鴻消息。

憶秦娥

長安陌。東風楊柳花如雪。花如雪。青條無數，爲君攀折。少年剛道輕離别。臨岐未信心如鐵。心如鐵。舊懷新恨，滿梁殘月。

菩薩蠻 寄都下友人

憑高日望金臺路。黄沙盡處空煙樹。歲晚足蕭疎。雁聲無夜無。簿書臨俗態。人道儒酸在。何以慰相思。半年無好詩。

菩薩蠻 宿造口用稼軒韻

月明江澗天如水。夜深殘燭縱横淚。底事不求安。世間多好山。一杯君且住。萬里人南去。

倡汝莫要予。山寒無鸜鴿。

菩薩蠻　寄中書諸公

三司笑面皸紋皺。鹺官憔悴非詩瘦。紅袖寫烏絲。誰曾夢見之。　淮鹽真是白。染得鬚成雪。何處有神仙，能教白復玄。

浣溪沙

脩黛横愁苦愛顰。頩霞亂玉更宜嗔。嗅香挼蘂奈何春。　織就回文難會意，寫成離字亦傷神。他年不及卷中人。

浣溪沙　護聖寺泛舟

花露濃沾桂棹香。柳風輕拂葛衣涼。放歌深入水雲鄉。　荷葉杯中傾緑醑，瓜皮船上載紅妝。都堂何似住溪堂。

按：詞題，「護聖寺泛舟」，《四庫全書》本闕。

浣溪沙　游善應

崖上留題破紫煙。巖前瀹茗挹清泉。爛游三日酒如川。　有水有山高士宅，無風無雨小春天。人間真見地行仙。

點絳唇　病中偶成

酒病詩愁，好春三月常辜負。開門春暮。新緑迷雲樹。　一片飛花，綰住游絲舞。東風妬。等閑吹去。散亂隨紅雨。

點絳唇　次吕叔泰韻

雲海茫茫，何人尋得春歸處。年年遲暮。不遂春歸去。　何日真歸，歷歷江湖路。舟横渡。青山無數。醉吸荷心露。

如夢令

墻角黄葵都謝。開到玉簪花也。老子恰知秋，風露一庭清夜。瀟灑。瀟灑。高卧碧紗窗下。

如夢令

爲問薔薇道士。今日瓊花開未。老子偶然閑，要向花間游戲。游戲。游戲。莫待清陰滿地。

如夢令

饒德明學士收竦齊詠竹二首，求和。

誰把清風領受。尋得歲寒心友。霜月玉亭亭，恰似老夫詩瘦。詩瘦。詩瘦。無奈碧雲懷舊。

校：「心友」，《四庫全書》本作「三友」。

如夢令

歲暮天寒時節。滿意相看冰雪。不遣野人歸，誰慰此中清絶。清絶。清絶。添上一方明月。

如夢令

桃李東風不耐。好在西山如黛。策馬看山來，政亦青青相待。無奈。無奈。却被暮雲妨礙。

校：「亦」，《四庫全書》本作「爾」。

如夢令

一片蒼苔鑿破。百折清泉分過。長日午陰圓，自挈胡床來坐。斯可。斯可。從此閑身屬我。

如夢令

昨夜庭梧隕翠。詩思尤便爽氣。無事要生悲，可笑宋家多事。衰矣。衰矣。但校隣翁酒味。

如夢令

火榻只疑春早。紙帳不知天曉。枕上問山童，門外雪深多少。休掃。休掃。收拾老夫茶竈。

如夢令　次郭子敬韻四首

三日瓊瑶飛灑。天巧豈容摹寫。佳客不曾來，有酒定從誰把。文雅。文雅。應笑珉多玉寡。

如夢令

老子風神清灑。好句自然傳寫。立雪賦梅花，更折緑條成把。閑雅。閑雅。莫道吉人辭寡。

如夢令

門外雪花飄灑。坐上烏絲方寫。秋露白泠泠，更著玉人親把。三雅。三雅。取醉莫論多寡。

如夢令

有淚緑窻偷灑。有恨錦箋難寫。消瘦不勝春，玉骨都無一把。風雅。風雅。正值文君新寡。

長相思

夢揚州。到揚州。明月長街十二樓。珠簾不上鈎。　爲誰憂。爲誰愁。愁得春風人白頭。見花應自羞。以上《至正集》卷八十一

沁園春

可行弟泰定甲子壽日，賦樂府《沁園春》，時讀書上庠，因勉其進學。後三十九年至正壬寅，同在京華，遇其日，語及舊作，遂再和前韻。

四海之間，難弟劣兄，白頭二人。記昌期瑞旦，行年在卯，善門餘慶，維嶽生申。科第佳名，祠宗優秩，常奉天香降紫宸。身通貴，只貧安分定，老益書親。　簡編不負辛勤。羡進德揚名邁等倫。任家無厚積，融融度日，詩多好句，藹藹回春。明月清風，交梨火棗，竹裏行厨脯擘麟。吾何事，但問花攜酒，專競芳辰。

緑頭鴨　爲牧庵壽

論斯文，世誰方駕韓歐。渺翩翩、舊家人物，一峰玉立高秋。走蒲輪、鑾坡再至，照藜杖、石室重紬。要使吾元，典章文物，輝光什伯夏殷周。君信否，千言乘醉，字字花雕鏤。侔堂陣，寄言渠輩，且避戈矛。　憶當年、江湖來往，月明太乙仙舟。洒烏絲、芙蓉秋水，振宫錦、杜若芳洲。鸞鶴賡歌，魚龍迎舞，人間元自有天遊。倘來物視之毫許，豈足辱回頭。終焉計，匡廬深處，已辦菟裘。

水調歌頭

庚寅秋，即席次可行見壽韻。

歸歟正宜早，動也貴研幾。夜深山月飛出，何地不揚輝。休説采山釣水，政爾切風批月，底用朶吾頤。萬事一尊酒，身外復何爲。　笑年來，人與我，不相知。投林已分垂翅，猶勸九天飛。敢效歸鄉錦繡，且就盤鈴傀儡，永日看兒嬉。但恐子掀舉，誰與話襟期。

鵲橋仙　壽何聯山平章

纏身名爵。醉心糟粕。政可束之高閣。廟堂誰信是行高，更高似、堯夫一著。　胸中磅礴。眼前寥廓。與物元無城郭。自從席末挹春風，覺二十年來盡錯。

南鄉子　和歐陽玄之韻

高論聽懸河。先和新詞問老坡。手冷不甘寒氣早，誰呵。更被黄花笑鬢皤。　風竹亂婆娑。老我衰顏藉酒酡。佳節重逢真可賞，賡歌。陶令壺觴旨且多。

南鄉子

健筆挽銀河。公直鑾坡我諫坡。只好老來供一笑，訶呵。喜怒因人愧國皤。花月共婆娑。勸飲隨君學郡酡。松菊有盟休冷落，哦歌。我輩同年甚不多。

南鄉子

夜寒無寐，仍就韻湊來麗語，以供一粲。

烏鵲欲填河。蝤蝂多持更上坡。蟲鳥無知徒自苦，誰呵。恰似貪人少已皤。市也好婆娑。要染先生面色酡。有口難言今只可，狂歌。終歲陶陶不是多。

念奴嬌　汴中見寄

一壺天地，亘南交朔漠，東溟西極。斫桂吴剛難措手，轉見今宵挺特。露軋冰輪，雲歸碧海，上下瓊瑶色。白虛光裏，更無毫髮間隔。　夢想洹上池臺，五年放浪，延賞無虛席。底事夷山丞節鎮，擾擾塵埃朱墨。傑句才慳，深杯量減，況敢論勳業。嫦娥應道，老當歸去時節。

春從天上來　祝一齋大參壽

自古英雄。試倒指，誰能廊廟雍容。相君此遇，風虎雲龍。光掩前后諸公。政天開治運，□□力、啓沃宸衷。況平生，把詩書禮樂，爛熟胸中。　當年側聞先德，只一語喚起，萬室春風。桂樹成叢。棣華聯萼，總是舊日陰功。怪昨宵雪霽，炯光薄、生意浮空。我來爲壽，相期何以，維嶽維嵩。

太常引

六月十八日喜雨，酒間應口，和不肖韻。

荷盤蕉扇久無聲。笑祈禱、果難憑。倚檻看雲停。問誰把、天瓢鉅傾。　玄功不宰，太平有象，礌磈一時平。老我問陰晴。笑尚爲、蒼生有情。

千秋歲　即席次可行見壽樂府韻

諛人稱好。何似歸來早。營五畝，如三島。深杯江海淺，老眼乾坤小。松竹在，肯教老圃秋容老。　方外多真趣，池上宜清曉。隨里社，遊鄉校。逢場皆可樂，得句唯供笑。吾有政，考功不校閒官考。

千秋歲

青年詩好。政坐聲名早。攀李杜，凌郊島。官慚才力弱，技悟文章小。青鏡裏，朱顏不覺成衰老。　習氣消除盡，惟酒娱昏曉。思阮子，甘兵校。因知身外事，何似尊前笑。追往昔，中書已署陽城考。

鷓鴣天

夜長臂痛手攣，展轉不能寐。霜曉窓明，太常弟適至，因試浙筆，書枕上所得長短句三首，呈賢弟一笑。仍請子姪輩一和，以暢老懷。

白髮京華戀俸錢。溪山游釣惜無緣。老來惡興憑詩遣，枕上才成一兩聯。人自苦，月空圓。衾裯如鐵夜如年。但稽子姪新文學，莫問賓朋歲幾遷。

鷓鴣天

心到忘機便是仙。琴能得趣任無絃。病多課子酬文債，田少從人借酒錢。生盛世，遇今年。雕蟲存藁不求傳。有言難盡閒中樂，竹影花香白晝眠。

浣溪沙

老境閒門晝不開。閑人庭院甚宜苔。打門詩債任渠催。千里有家頻入夢，一春無酒可開懷。心寬隨處是蓬萊。

柳梢青

老病客燕，值此艱歲，口腹甚窘，記少年寓湖湘讀書時度日情況，誦秦少游《柳梢青》樂府，依其調作俚曲以遣興。南方適口多品，此則記予之偏嗜而多用者，可行蓋亦知味，請同賦，資一笑云。

窓對晴嵐。門臨流水，坐閱歸帆。爲口勞心，雪猶燒笋，霜便分柑。酒香梅下茅菴。就湖置、新魚滿籃。夢記當年，此皆身享，好箇江南。

柳梢青

時有孚侍坐，不辭同賦，復謹步嚴韻四闋，以求斤削，或可忘暑。

山霽無嵐，尋幽有屐，不用張帆。樂事關心，良辰修禊，元夜傳柑。芳郊隨處行菴。聽騶導、擔花幾籃。洲渚凝妝，笙歌歸院，好箇江南。

柳梢青

雲岫如嵐。月池通港，畫舫無帆。細葛春纖，摘來盧橘，香賽温柑。荷亭柳榭松菴。更奇品、花盆果籃。夢想飛觥，水晶宮裏，好箇江南。

柳梢青

疊嶂浮嵐。澄江拖練，遠浦歸帆。橙蟹分甘，蓴鱸專美，露洒霜柑。登高聊憩禪菴。採菊蕋、茱萸滿籃。丹桂飄香，芙蓉弄色，好箇江南。

柳梢青

山遠生嵐。溪清呈底，剡棹收帆。風物依然，爛紅茶樹，碧色青柑。暗香寒阻梅菴。把楮穎、權收墨籃。煖閣紅爐，淺斟低唱，好箇江南。以上文淵《四庫全書》本《圭塘小稿》別集卷上

按：以上四首《柳梢青》，《全金元詞》編在許楨名下。

李齊賢 存詞五十三首

李齊賢（一二八七——一三六七），字仲思，别號益齋，又號櫟翁。高麗慶州人。早年即有文名。年二十八，隨高麗忠宣王入元都。在大都、上都，與名公游，學識大進。至治二年冬，還京師途中，忠宣王被譖出西蕃，李齊賢往謁，謳吟道中。歷官門下侍中，封雞林府院君。至正二十七年卒，年八十一，謚文忠。有詩文集《益齋集》（《益齋亂稿》）十卷、《櫟翁稗説》四卷。長于詞曲，《全金元詞》據《彊村叢書》本《益齋長短句》，編録其詞五十三闋，所作以《巫山一段雲》最著稱。《全元散曲》存其散曲小令一首。生平見李穡撰墓志銘（《益齋亂稿》卷首）、《元詩選癸集》壬集下、《元詩紀事》卷四十。

沁園春 將之成都

堪笑書生，謬算狂謀，所就幾何。謂一朝遭遇，雲龍風虎，五湖歸去，月艇煙蓑。人事多乖，君恩難報，争柰光陰隨逝波。緣何事，背鄉關萬里，又向岷峨。　幸今天下如家，顧去日無多來日多。好輕裘快馬，窮探壯觀，馳山走海，總入清哦。安用平生，堗黔席暖，空使毛群欺卧駝。休腸斷，聽陽關第四，倒捲金荷。

江神子　七夕冒雨到九店

銀河秋畔鵲橋仙。每年年。好因緣。倦客胡爲，此日却離筵。千里故鄉今更遠，腸正斷，眼空穿。　夜寒茅店不成眠。一燈前。雨聲邊。寄語天孫，新巧欲誰傳。懶拙只宜閑處著，尋舊路，卧林泉。

鷓鴣天　過新樂縣

宿雨連明半未晴。跨鞍聊復問前程。野田立鶴何山意，驛柳鳴蜩是處聲。　千古事，百年情。浮雲起滅月虧盈。詩成却對青山笑，畢竟功名怎麽生。

鷓鴣天　九月八日寄松京故舊追録

客裏良晨屢已孤。菊花明日共誰娱。閉門暮色迷紅草，攲枕秋聲度碧梧。　三尺喙，數莖鬚。獨吟詩句當歌呼。故園依舊龍山會，剩肯樽前説我無。

鷓鴣天　飲麥酒

其法不篘不壓，插竹笥甕中，座客以次就而吸之，傍置杯水，量所飲多少，挹注其中，酒若不盡，其味不渝。

未用真珠滴夜風。碧筩醇酎氣相通。舌頭金液疑初滿，眼底黄雲陷欲空。　香不斷，味難窮。更添春露吸長虹。飲中妙訣人如問，會得吹笙便可工。

鷓鴣天

揚州平山堂，今爲八哈師所居。

樂府曾知有此堂。路人猶解説歐陽。堂前楊柳經摇落，壁上龍蛇逸杳茫。　雲澹佇，月荒涼。感今懷古欲沾裳。胡僧可是無情物，毳衲蒙頭入睡鄉。

鷓鴣天　鶴林寺

夾道修篁接斷山。小橋流水走平田。雲間無處尋黄鶴，雪裏何人聞杜鵑。　誇富貴，慕神仙。到頭還似夢悠然。僧窗半日閑中味，只有詩人得秘傳。皆山中故事。

太常引　暮行

棲鴉去盡遠山青。看暝色、入林坰。燈火小於螢。人不見、苔扉半扃。　照鞍涼月，滿衣白露，繫馬睡寒廳。今夜候明星。又何處、長亭短亭。

浣溪紗　早行

旅枕生寒夜慘凄。半庭明月露凄迷。疲僮夢語馬頻嘶。　人世幾時能少壯，宦游何處計東西。起來聊欲舞荒雞。

浣溪沙　黄帝鑄鼎原

見説軒皇此鍊丹。乘龍一去杳難攀。鼎湖流水自清閑。　空把遺弓號地上，不蒙留藥在人間。

古今無計駐朱顔。

大江東去　過華陰

三峰奇絶，儘披露、一掬天慳風物。聞説翰林曾過此，長嘯蒼松翠壁。八表游神，三盃通道，驢背鬚如雪。塵埃俗眼，豈知天上人傑。　猶想居士胸中，倚天千丈氣，星虹閒發。縹杳仙蹤何處問，箭筈天光明滅。安得聯翩，雲裾霞佩，共散騏驎髪。花間玉井，一樽轟醉秋月。

蝶戀花　漢武帝茂陵

石室天壇封禪了。青鳥含書，細報長生道。寳鼎光沉仙掌倒。茂陵斜日空秋草。　百歲真同昏與曉。羽化何人，一見蓬萊島。海上安期今亦老。從教喫盡如瓜棗。

人月圓　馬嵬效吴彦高

五雲繡嶺明珠殿，飛燕倚新妝。小顰中有，漁陽胡馬，驚破霓裳。　海棠正好，東風無賴，狼藉春光。明眸皓齒，如今何在，空斷人腸。

水調歌頭　過大散關

行盡碧溪曲，漸到亂山中。山中白日無色，虎嘯谷生風。萬仞崩崖疊嶂，千歲枯藤怪樹，嵐翠自濛濛。我馬汗如雨，修逕轉層空。　登絶頂，覽元化，意難窮。群峰半落天外，滅没度秋鴻。男子平生大志，造物當年真巧，相對孰爲雄。老去卧丘壑，説此詫兒童。

水調歌頭　望華山

天地賦奇特，千古壯西州。三峰屹起相對，長劍凜清秋。鐵鎖高垂翠壁，玉井冷涵銀漢，知在五雲頭。造物可無物，掌跡宛然留。　記重瞳，崇祀秩，答神休。真誠若契真境，青鳥引丹樓。我欲乘風歸去，只恐煙霞深處，幽絶使人愁。一嘯蹇驢背，潘閬亦風流。

玉漏遲　蜀中中秋值雨

一年唯一日。遊人共惜，今宵明月。露洗霜磨，無限金波洋溢。幸有瑶琴玉笛，更是處、江樓清絶。邀俊逸。登臨一醉，將酬佳節。　豈料數陣頑雲，忽掩却天涯，廣寒宫闕。失意初筵，唯聽秋蟲嗚咽。莫恨姮娥薄相，且吸盡、盃中之物。圓又缺。空使早生華髮。

菩薩蠻　舟中夜宿

西風吹雨鳴江樹。一邊殘照青山暮。繫纜近漁家。船頭人語嘩。　白魚兼白酒。徑到無何有。自喜卧滄洲。那知是宦遊。

菩薩蠻　舟次青神

長江日落煙波緑。移舟漸近青山曲。隔竹一燈明。隨風百丈輕。　夜深篷底宿。暗浪鳴琴築。夢與白鷗盟。朝來莫漫驚。

洞仙歌　杜子美草堂

百花潭上，但荒煙秋草。猶想君家屋烏好。記當年，遠道華髮歸來，妻子冷，短褐天吴顛倒。卜居少塵事，留得囊錢，買酒尋花被春惱。造物亦何心，枉了賢才，長羈旅、浪生虚老。却不解消磨盡詩名，百代下，令人暗傷懷抱。

滿江紅　相如駟馬橋

漢代文章，誰獨步、上林詞客。遊曾倦、家徒四壁，氣吞七澤。華表留言朝禁闥，使星動彩歸鄉國。笑向來、父老到如今，知豪傑。人世事，真難測。君亦爾，將誰責。顧金多禄厚，頓忘疇昔。琴上早期心共赤，鏡中忍使頭先白。能不改、只有蜀江邊，青山色。

木蘭花慢　長安懷古

騷人多感慨，況古國、遇秋風。望千里金城，一區天府，氣勢清雄。繁華事，無處問，但山川景物古今同。鶴去蒼雲太白，雁嘶紅樹新豐。夕陽西下水流東。興廢夢魂中。笑弱吐强吞，縱成横破，鳥没長空。争如似，犀首飲，向蝸牛角上任窮通。看取麟臺圖畫，唯餘馬鬣蒿蓬。

木蘭花慢　書李將軍家壁

將軍真好士，識半面、足吾生。況西自岷峨，北來燕趙，並轡論情。相牽挽，歸故里，有門前稚子候淵明。對酒歡酣四坐，挑燈話到三更。高歌伐木鳥嚶嚶。懷抱向君傾。任客路光陰，欲停歸騎，更盡飛觥。人間世，逢與别，似浮雲聚散月虧盈。但使金軀健在，白頭會得尋盟。

巫山一段雲　瀟湘八景　平沙落雁

玉塞多繒繳，金河欠稻粱。兄兄弟弟自成行。萬里到瀟湘。　遠水澄拖練，平沙白耀霜。渡頭人散近斜陽。欲下更悠揚。

巫山一段雲　遠浦歸帆

南浦寒潮急，西岑落日催。雲帆片片趁風開。遠映碧山來。　出没輕鷗舞，奔騰陣馬回。船頭浪吐雪花堆。畫鼓殷春雷。

巫山一段雲　瀟湘夜雨

潮落蒹葭浦，煙沉橘柚洲。黄陵祠下雨聲秋。無限古今愁。　漠漠迷漁火，蕭蕭滯客舟。箇中誰與共清幽。唯有一沙鷗。

巫山一段雲　洞庭秋月

萬里天浮水，三秋露洗空。冰輪輾上海門東。弄影碧波中。　蕩蕩開銀闕，亭亭插玉虹。雲帆便欲掛西風。直到廣寒宫。

巫山一段雲　江天暮雪

風緊雲容慘，天寒雪勢嚴。篩寒灑白弄纖纖。萬屋盡堆鹽。　遠浦回漁棹，孤村落酒簾。三更霽色妬銀蟾。更約掛疎簾。

巫山一段雲　煙寺暮鐘

楚甸秋霖捲，湘岑暮靄濃。一春容罷一春容。何許日沉鐘。　搖月傳空谷，隨風度遠峰。溪橋有客倚寒筇。一逕入雲松。

巫山一段雲　山市晴嵐

遠岫螺千點，長溪玉一圍。日高山店未開扉。嵐翠落殘霏。　隱隱樓臺遠，濛濛草樹微。市橋曾記買魚歸。一望却疑非。

巫山一段雲　漁村落照

遠岫留殘照，微波映斷霞。竹籬茅舍是漁家。一逕傍林斜。　緑岸雙雙鷺，青山點點鴉。時聞笑語隔蘆花。白酒換魚蝦。

巫山一段雲　平沙落雁

醉墨疎還密，殘棋整復斜。料應遺跡在泥沙。來往歲無差。　水暖仍菰米，霜寒尚葦花。心安只合此爲家。何事客天涯。

巫山一段雲　遠浦歸帆

解纜離淮甸，揚舲指楚鄉。風聲颯颯水茫茫。帆席上危檣。　斷送浮雲影，驚迴過雁行。江樓紅袖倚斜陽。遠引客心忙。

巫山一段雲　瀟湘夜雨

暗澹青楓樹，蕭疎斑竹林。篷窗夜雨冷難禁。攲枕故鄉心。　二女湘江淚，三閭楚澤吟。白雲千載恨沉沉。滄海未爲深。

巫山一段雲　洞庭秋月

衡岳寬臨北，君山小近南。中開七百里湖潭。吴楚入包含。　銀漢秋相接，金波夜正涵。舉盃長嘯待鸞驂。且對影成三。

巫山一段雲　江天暮雪

向夕迴征棹，凌寒上酒樓。江雲作雪使人愁。不見古潭洲。　聲緊雲邊雁，魂清水上鷗。千金駿馬擁貂裘。何似卧漁舟。

巫山一段雲　山市晴嵐

海氣蒸秋熱，山容媚曉晴。森森萬樹立無聲。空翠襲人清。　鏡裏雙蛾斂，機中匹練横。隔溪何處鷓鴣鳴。雲日翳還明。

巫山一段雲　漁村落照

雨霽長江碧，雲歸遠岫青。一邊殘照在林坰。緑網曬苔扃。　波影明重綺，沙痕射遠星。鱸魚白酒醉還醒。身世任浮萍。

按：《漁村落照》詞後，有原注「《煙寺暮鐘》亡」。

巫山一段雲　松都八景　紫洞尋僧

傍石過清淺，穿林上翠微。逢人何更問僧扉。午梵出煙霏。　草露霑芒屨，松花點葛衣。鬢絲禪榻坐忘機。山鳥謾催歸。

巫山一段雲　青郊送客

芳草城東路，疎松野外坡。春風是處別離多。祖帳簇鳴珂。　村暖雞呼屋，沙晴燕掠波。臨分立馬更婆娑。一曲渭城歌。

巫山一段雲　北山煙雨

萬壑煙光動，千林雨氣通。五冠西畔九龍東。水墨古屏風。　巖樹濃凝翠，溪花亂泛紅。斷虹殘照有無中。一鳥没長空。

巫山一段雲　西江風雪

過海風淒緊，連雲雪杳茫。落花飄絮滿江鄉。偷放一春狂。　漁市開門早，征帆入浦忙。酒樓何處咽絲篁。愁殺孟襄陽。

巫山一段雲　白岳晴雲

菖杏春風後，茅茨野水頭。晴雲弄色靄林丘。雨意未能休。　京縣民無賦，郊田歲有秋。明朝去學種瓜侯。身世寄菟裘。

巫山一段雲　黃橋晚照

隱見溪流轉，縱橫野壟分。隔林人語遠堪聞。村逕緑如裙。　鳶集蜈山樹，鴉投鵲嶺雲。來牛去馬更紛紛。城郭日初曛。

巫山一段雲　長湍石壁

插水雲根聳，橫空黛壁開。魚龍吹浪轉隅隈。百里緑徘徊。　日浸玻璃色，花分錦繡堆。畫船載酒管絃催。一日繞千迴。

巫山一段雲　朴淵瀑布

日照群峰秀，雲蒸一洞深。人言玉輦昔登臨。盤石在潭心。　白練飛千尺，青銅徹萬尋。月明笙鶴下遥岑。吹送水龍吟。

巫山一段雲　紫洞尋僧

老喜身猶健，閑知興更添。芒鞋竹杖度千巖。迎送有蒼髯。　坐久雲歸岫，談餘月掛簷。但教沽酒引陶潛。來往意何厭。

巫山一段雲　青郊送客

野寺松花落，晴川柳絮飛。臨風白馬紫金鞿，欲去惜芳菲。　聚散今猶古，功名夢也非。青山不語暗相識。誰見二疏歸。

巫山一段雲　西江風雪

雪壓江邊屋，風鳴浦口檣。時登草閣掛南窗。雲海杳茫茫。　斫膾銀絲細，開樽緑蟻香。高歌一曲禮成江。腸斷賀頭綱。

巫山一段雲　北山煙雨

澹澹青空遠，亭亭碧巘重。忽驚雷雨送飛龍。欲洗玉芙蓉。　稍認巖間寺，都迷壑底松。良工吮筆未形容。疑是九疑峰。

巫山一段雲　白嶽晴雲

曉過青郊驛，春遊白嶽山。提壺勸酒語關關。一聽一開顔。　村舍疏林外，田畦亂水間。郊原雨足信風還。羨殺嶺雲閑。

巫山一段雲　黄橋晚照

曠望荒田路，嵯峨柳院樓。夕陽行路却回頭。紅樹五陵秋。　城郭遺基壯，干戈往事悠。村家童子不知愁。横笛倒騎牛。

巫山一段雲　朴淵瀑布

絶壁開嵌竇，長川掛半天。跳珠噴玉幾千年。爽氣白如煙。　豈學燃犀客，唯期駐鶴仙。淋衣暑汗似流泉。到此欲裝綿。

巫山一段雲　長湍石壁

瘦骨千年立，蒼根百里盤。横張側展緑波間。一帶玉孱顔。　獵騎何曾顧，漁郎只漫看。詩人强欲狀天慳。贏得鬢毛斑。以上朝鮮宣祖三十三年（一六〇〇）刊《益齋先生文集》卷十《長短句》

李應禎

存詞二首

李應禎，吴興（浙江湖州市）人。董斯張輯《吴興藝文補》卷七十補遺存其詞二首，位于元人張翥與張雨之間。

天仙子　題趙仲穆蘭二首

憶昔維舟湘水曲，露浥芳獶飄遠馥。褰裳徐步踏晴沙，東一簇，西一簇，盡日徘徊看不足。　嘆惜光陰如轉轂，老去觀圖揩病目。闕七字一句花絶俗，葉絶俗，想象王孫清似玉。

天仙子

公子才華偏藴藉，九畹春光生筆下。幻成花葉恰如真，他看罷，咱看罷，不信根苗原是畫。　醉眼摩挲驚復訝，端的人能移造化。闕同上風不謝，雨不謝，一任卷將堂上掛。以上崇禎六年刻本（《四庫全書存目叢書》）《吴興藝文補》卷七十（補遺）

張翥　存詞一三三首

張翥（一二八七—一三六八），字仲舉，别號蜕菴。晋寧（山西臨汾）人，寓居錢塘（浙江杭州）。其父在南方爲吏，早年隨父游宦江南。負才不羈，好蹴鞠，喜音樂，翻然改悔，閉門讀書。受業于江東大儒李存，又從仇遠學詩，以詩文知名于時。游揚州，學者及門甚衆。後至元末，舉薦於朝。至正初，召爲國子助教，分教上都生員。以翰林編修參修遼、金、宋諸史，史成，歷翰林應奉、修撰、直學士、侍講學士，以翰林學士承旨致仕。封潞國公。致仕後寓居京郊，對朝政仍有影響。至正二十八年三月去世，本年七月，元順帝棄大都北遁。張翥長於詩，近體、長短句尤工。文不如詩，而每以文自負。平生所作詩文甚多，戰亂中文稿大多散失。僅存《蜕菴集》四卷（别本五卷），是方外友釋大杼據其録存的九百首張翥遺作編選而成。張翥把元末爲元朝捐軀的人物事迹彙成一書，名《忠義録》，未見傳本。有《蜕巖詞》二卷，朱祖謀輯入《彊村叢書》，與張埜《古山樂府》，都是元詞别集流傳較廣、版本較多的一種。生平見《元史》卷一八六、《草堂雅集》（十八卷本）卷六、《元詩選》初集《蜕菴集》。

據中國國家圖書館藏清康熙金侃鈔本《蜕巖詞》二卷，編録張翥詞。以中國國家圖書館藏清初鈔本（曹溶看本）、汪氏擒藻堂鈔本（汪本）、北京大學圖書館藏清鈔本（北大藏本）、中華書局影印《知不足齋叢書》本（鮑刻本）以及《永樂大典》殘卷校勘。

六州歌頭　孤山尋梅

孤山歲晚，石老樹查牙。逋仙去，誰爲主，自踈花。破冰芽。烏帽騎驢處，近脩竹，侵荒蘚，知幾度，踏殘雪，趁晴霞。空谷佳人，獨耐朝寒峭，翠袖籠紗。甚江南江北，相憶夢魂賒。水繞雲遮。思無涯。又苔枝上，香痕沁，么鳳語，凍蜂衙。瀛嶼月，偏來照，影横斜。瘦争些。好約尋芳客，問前度，那人家。重呼酒，摘瓊朶，插鬢鴉。喚起春嬌扶醉，休孤負、錦瑟年華。怕流芳不待，迴首易風沙。吹斷城笳。

校：「侵荒蘚」，北大藏本作「浸荒蘚」。「又苔枝上」，原作「苔枝上」，汪本同，曹溶看本、北大藏本作「石苔枝上」，據鮑刻本補。「喚起春嬌扶醉」，曹溶看本、北大藏本作「喚起春郊扶醉」。

瑞龍吟

癸丑歲冬，訪游弘道樂安山中，席賓米仁則用清真詞韻賦别，和以見情。

鼇溪路。瀟灑翠壁丹崖，古藤高樹。林間猿鳥欣然，故人隱在，溪山勝處。久延佇。渾似種桃源裏，白雲窗户。燈前素瑟清尊，開懷正好，連床夜語。應是山靈留客，雪飛風起，長松掀舞。誰道倦途相逢，傾蓋如故。陽春一曲，總是關心句。何妨共、磯頭把釣，梅邊徐步。只恐匆匆去。故園夢裏，長牽别緒。寂寞閑針縷。還念我、飄零江湖煙雨。斷腸歲晚，客衣誰絮。

校：「清真詞韻」，北大藏本作「清真調韻」。「溪山勝處」，原作「溪山深處」，鮑刻本同，據曹溶看本、北大藏本、汪本改。「連床」，原作「聯床」，據曹溶看本、北大藏本、汪本、鮑刻本改。「斷腸歲晚」，鮑刻本作「腸斷歲晚」。

多麗　爲友生書所見

小庭堦。簾櫳婀娜蓬萊。恨匆匆、歸鴻度影，東風揺蕩情懷。不多時、見他行過，霎兒後、依舊迴來。銀鋌雙鬟，玉絲頭導，一尖生色合歡鞋。麝香粉、繡茸衫子，窄窄可身裁。偶回頭、笑渦透臉，蟬影籠釵。　憶疎狂、隨車信馬，那知淪落天涯。荳蔻初、可憐春早，菖蒲晚、難見花開。紅葉波深，綵樓天遠，浪憑青鳥信音乖。等閑是、這番迷眼，無處可安排。行雲斷、夢魂不到，空賦陽臺。

校：「婀娜」，汪本作「娜婀」。「霎兒後」，曹溶看本、北大藏本作「霎時後」。「麝香粉」，原作「麋香粉」，據曹溶看本、北大藏本、汪本、鮑刻本改。

多麗

清明上巳，同日會飲西湖壽樂園。

鳳凰簫。新聲遠度蘭橈。漾東風、湖光十里，參差綠港紅橋。暖雲蘸、鬱金衫色，晴煙抹、翡翠裙腰。罨畫名園，鬧紅芳榭，蒲葵亭畔綵繩揺。滿鴛甃、落英堪藉，猶作殢人嬌。漬羅袂、莫揉痕退，生怕香銷。　憶當年、樽前扇底，多情冶葉倡條。浴蘭女、隔花偷盼，脩禊客、臨水相招。舊約尋歡，新聲換譜，三生夢裏可憐宵。縱留得、楝花寒在，啼鴂已無聊。江南恨、越王臺下，幾度迴潮。

校：「緑港紅橋」，鮑刻本作「緑蓋紅橋」。「鬧紅芳樹」，曹溶看本、北大藏本作「鬧紅芳樹」。「漬羅袂」，北大藏本作「清羅袂」。「隔花偷盼」，北大藏本作「隔花偷眄」。

按：此詞《詞統》作柳永詞；《四庫全書》本劉辰翁《須溪集》卷八作劉辰翁詞，誤。

多麗

西湖泛舟，夕歸施成大席上，以「晚山青」爲起句，各賦一詞。

晚山青。一川雲樹冥冥。正參差、煙凝紫翠，斜陽畫出南屏。館娃歸、吴臺遊鹿，銅仙去、漢苑飛螢。懷古情多，憑高望極，且將尊酒慰飄零。自湖上、愛梅仙遠，鶴夢幾時醒。空留在、六橋踈柳，孤嶼危亭。　待蘇堤、歌姬散盡，更須攜妓西泠。藕花深、雨凉翡翠，菰蒲軟、風弄蜻蜓。澄碧生秋，鬧紅駐景，采菱新唱最堪聽。□一片、水天無際，漁火兩三星。多情月、爲人留照，未過前汀。

校：「空留在」，曹溶看本、北大藏本作「空留得」。「歌姬散盡」，鮑刻本作「歌聲散盡」。「□一片」，原作「一片」，據鮑刻本補。萬樹《詞律》卷二十作「見一片」。

按：此詞楊慎《辭品》卷二作石孝友詞，誤。

蘭陵王　臨川寓舍聞筝

晚風惡。墻外楊花正落。鞦韆罷、人在瑣窗，猶怯春寒下簾幕。多情倦繡作。恰了棠梨半萼。移金雁、應是自調，盡寄深情與絃索。　數聲白翎雀。又歇拍多時，嬌甚彈錯。新聲舊譜多忘却。想紅香憔悴，錦書遼邈，匆匆前度見略略。甚如在天角。　霧閣。閉銀鑰。奈夢斷行雲，青鳥難託。三生書記情緣薄。記舊家歌舞，那時行樂。桃枝人面，問酒家，負舊約。

校：「又歇拍多時」，曹溶看本、北大藏本作「又歇指多時」。「匆匆前度見略略」，原作「匆匆前度見略下」，曹溶看本、北大藏本作「忽忽前度見略」，據鮑刻本改。「霧閣」，二字前原本未有分片空格，據曹溶看本、北大藏本、鮑刻本增。

摸魚兒

送黄任伯歸豐城。時任伯先放其妾還家，故及。

正匆匆、楚鄉秋晚，孤鴻飛過南浦。同來桃葉堪惆悵，一舸載春先去。愁絶處。問那曲、闌干曾聽人低語。今宵最苦。向楓樹溪橋，蘆花野館，剪燭卧聽雨。　吴霜鬢，破帽西風怎護。絲絲都是離緒。舊情頓冷新愁重，總付醉鞭詞譜。君記取。待雪夜、相思乘興柴岡路。唱予和汝。要款叚隨車，輕盈唤酒，重爲國香賦。

校：「故及」，北大藏本作「故及之」。「匆匆」，曹溶看本、北大藏本作「忽忽」。「總付醉鞭詞譜」，曹溶看本、北大藏本、鮑刻本作「總付墜鞭詞譜」。

摸魚兒

臨川春游，連日病酒，賦此止之。

過花朝、淡煙踈雨，東風還又春社。客懷不斷還家夢，只泥酒杯陶寫。孤館夜。甚濃醉、無人知道歸來也。蘭燈半灺。任賦就魚牋，絃抛玉軫，誰念倦司馬。　長安市，幾度攜尊命駕。空驚游興衰謝。醉鄉天地無今古，争得一襟蕭灑。春縱冶。便不飲、從教團雪揉花打。觥籌已罷。笑蜾蠃螟蛉，吾今真止，爲報獨醒者。

校：「淡煙踈雨」，曹溶看本、北大藏本、汪本、鮑刻本作「淡煙輕雨」。「陶寫」，汪本作「陶瀉」。「笑蜾蠃螟蛉」，曹溶看本作「笑蜾蠃螟蛉」，汪本作「笑蜾蠃螟蛉」，鮑刻本作「笑蜾蠃螟蛉蠃」。

摸魚兒

春日西湖泛舟

漲西湖、半篙新雨，麯塵波外風軟。蘭舟同上鴛鴦浦，天氣嫩寒輕煖。簾半捲。度一縷、歌雲不礙桃花扇。鶯嬌燕婉。任狂客無腸，王孫有恨，莫放酒杯淺。　垂楊岸，何處紅亭翠館。如今游興全懶。山容水態依然好，惟有綺羅雲散。君不見。歌舞地、青蕪滿目成秋苑。斜陽又晚。正落絮飛花，將春欲去，目送水天遠。

摸魚兒

題熊伯宣藏梅花卷子

記西湖、水邊曾見，查牙老樹如此。冰痕冷沁苔枝雪，的皪數花纔試。天也似。愛玉質、清高不入閑紅紫。孤山處士。總賦得招魂，煙荒雨暗，寂寞抱香死。春風筆，休憶深宮舊事。添人多恨多思。墨池雪嶺三生夢，喚起縞衣仙子。仍獨自。伴瘦影、黄昏和月窺窗紙。聲聲字字。寫不盡江南，閑愁萬斛，訴與緑衣使。

校：「冰痕」，原作「水痕」，據曹溶看本、北大藏本、江本、鮑刻本、《永樂大典》卷二八一三改。「閑紅紫」，《永樂大典》卷二八一三作「問紅紫」。「總賦得招魂」，《永樂大典》卷二八一三作「縱賦得招魂」。「煙荒雨暗」，《永樂大典》卷二八一三作「煙荒雨」。「深宮舊事」，《永樂大典》卷二八一三作「深村往事」。「伴瘦影」，北大藏本缺，《永樂大典》卷二八一三作「立瘦影」。

摸魚兒

王季境湖亭，蓮花中雙頭一枝，邀予同賞，而爲人折去，季境悵然，請賦。

問西湖、舊家兒女，香魂還又連理。多情欲賦雙蕖怨，閑却滿奩秋意。嬌旖旎。愛照影、紅妝一樣新梳洗。王孫正擬。喚翠袖輕歌，玉箏低按，涼夜爲花醉。鴛鴦浦，凄斷凌波夢裏。空憐心苦絲脆。吴娃小艇應偷采，一道緑萍猶碎。君試記。還怕是、西風吹作行雲起。闌干謾倚。便載酒重來，尋芳已晚，餘恨渺煙水。

校：詞序，「王季境」，曹溶看本、北大藏本作「黄季景」。「季境悵然」，曹溶看本、北大藏本作「季景惘然」。

摸魚兒　賦湘雲

問湘南、有雲多少，不應長是爲雨。平生宋玉緣情老，贏得鬢絲如許。歌又舞。更一曲琵琶，昵昵如私語。閑悲浪苦。怪舊日青衫，空流淚滿，不解畫眉嫵。　空凝佇。十二峰前路阻。相逢知在何處。今朝重見春風手，仍聽舊彈金縷。君且住。怕望斷、蘅皋日暮傷離緒。新聲自譜。把江北江南，今愁往恨，盡入斷腸句。

校：「閑悲浪苦」，曹溶看本、北大藏本作「閑愁浪苦」。「新聲自譜」，北大藏本作「新聲舊譜」。

摸魚兒

元夕，吴門姚子章席上，同柯敬仲賦。敬仲以虞學士書《風入松》于羅帕，作軸，故末語及之。

楚芳、吴蘭，二妓名。

記蘇臺、舊時風景，西樓燈火如畫。嚴城月色依然好，無復綺羅遊冶。歡意謝。向客裏相逢，還有思陶寫。金樽翠斝。把錦字新聲，紅牙小拍，分付倦司馬。　繁華夢，唤起燕嬌鶯姹。肯教孤負元夜。楚芳玉潤吴蘭媚，一曲夕陽西下。沉醉罷。君試問、人生誰是無情者。先生歸也。但留意江南，杏花春雨，和淚在羅帕。

校：「燈火如畫」，汪本作「燈火如晝」。「燕嬌鶯姹」，曹溶看本、北大藏本作「燕嬌鶯婉」。「君試問」，曹溶看本、北大藏本作「君試看」。

摸魚兒　錢萬户宜之邀予賦瑶臺景

甚瑶臺、翠鸞雛小，風流占斷妍景。數聲何處啼春勝，簾捲曉窗人静。天氣困。梳未穩、緑鬟妥墮臨妝鏡。嬾羞倦整。待鉸箇金花，眉尖雙雁，還怯剪刀冷。　仙家好，十二行雲路迥。牢籠芳夢不定。多情正要人拘管，無奈緑昏紅暝。乘酒興。攜兩袖、天風飛上蓬萊頂。闌干獨凭。爲唤玉笙來，霓裳按舞，和月醉花影。

校：「嬾羞倦整」，鮑刻本同，曹溶看本、北大藏本作「羞嬾倦整」，汪本作「嬾□倦整」。「人拘管」，北大藏本作「人物管」。

金縷詞　送王季境還廣陵

西子湖邊路。看依然、水光山色，自宜晴雨。天上歸來重載酒，惟有舊盟鷗鷺。笑鬢影、星星如許。公子華筵涼似水，更緑鬟、窈窕歌金縷。留晚醉，看眉嫵。　三生書記真豪舉。把平生、香奩軟語，錦囊佳句。君到淮南明月夜，爲問崔娘安否。□翻作、錦箏新譜。只恐驚鴻花外起，趁行雲、直過滄江去。飛不到，斷腸處。

校：「王季境」，原作「王季培」，北大藏本作「王季鏡」，據曹溶看本、鮑刻本改。「自宜晴雨」，汪本作「自宜暗雨」。「重載酒」，北大藏本作「重賦載酒」。「□翻作」，原作「翻作」，據鮑刻本增。「只恐驚鴻花外起」，曹溶看本、北大藏本作「只恐驚花外起」。「直過滄江去」之「滄」，曹溶看本、北大藏本、汪本、鮑刻本作「蒼」。

金縷詞 送上官子東之崑山州幕官

煙草長洲苑。渺姑蘇、舊游麋鹿，歲華云晚。多少吴宮花月恨，春去春來不管。只付與、行人凄斷。君去風流賓幕裹，把今情、古意供裁剪。珠唾濕，玉煙煖。相逢儘看金杯滿。信人生、好懷有幾，夢長緣短。白髮峥嶸三千丈，底用雪揉雨染。且鬬取、尊前强健。爲問浮槎還到否，便乘之、直上三山遠。看瀛島，水清淺。

校：「雪揉雨染」，曹溶看本、北大藏本、鮑刻本作「雲揉雨染」。

沁園春

讀白太素《天籟集》，戲用韻，效其體。

客汝知乎，載酒輕舟，看花小車。勝炎洲出使，瘴浮征旆，禁門待漏，霜滿朝靴。歲去堂堂，老來冉冉，瓶雀飛時手怎遮。平生事，嘆山林跡遠，霄漢程賒。從渠夢蝶疑蛇。得放嬾、還須自在些。甚天荒地老，銅臺歌舞，水流雲散，金谷豪華。客問先生，歸宜早計，醉後之言可信耶。鷗盟在，任漁蓑江上，雨細風斜。

校：「炎洲」，曹溶看本、北大藏本、鮑刻本作「炎州」。「瘴浮征旆」，原作「瘴海征旆」，據曹溶看本、北大藏本、汪本、鮑刻本改。「還須自在些」，汪本作「□還自在些」。「金谷豪華」，曹溶看本、北大藏本、鮑刻本作「金谷豪奢」。

沁園春

泉南初度，伯時將北歸，諸友宴次，賦此留別。

天上玉堂，海外瀛洲，山中蜕巖。甚六十四歲，出時持節，八千餘里，來駐征驂。香火緣深，功名意薄，夢覺仙家雪滿簪。桐花社，喜酒邊鶯燕，詩外雲嵐。錦堂容我清酣。擁畫燭、金鈎手屢探。怪朗吟御史，笑迴紅粉，送歸司馬，淚濕青衫。蜀魄春多，塞鴻秋遠，無限離情老不堪。空留意，在水光山色，江北江南。

校：詞序，「伯時將北歸」，汪本作「伯時時北歸」。「出時持節」，鮑刻本作「出持使節」。「來駐征驂」，汪本作「來駐往驂」。「空留意」，曹溶看本、北大藏本、鮑刻本作「空留」。

沁園春

廣陵，九日與劉士幹、成元璋泛舟邗溝。

何許登臨，路遶蕪城，岡連楚臯。愛流雲低響，歌催瓊樹，微波照影，人艷仙桃。松院移尊，柳橋攜袖，隨處蘭舟且暫梢。秋無際，望空江雁遠，落木天高。不妨左手持螯。更右把、金尊送濁醪。嘆雞臺草暗，凄然興廢，龍山煙冷，老矣英豪。白髮寧饒，黄花任插，要裹西風破帽牢。劉郎醉，把吴牋笑擘，試與題糕。

校：詞序，「劉士幹」，曹溶看本、北大藏本作「劉子幹」。「且暫梢」，曹溶看本、北大藏本作「且暫梢」，鮑刻本作「且暫捎」。「黄花任插」，曹溶看本、北大藏本作「黄花儘插」。

沁園春　次韻李元之聽董氏雙絃

誰喚嬌嬈，斜插雙絃，華筵乍開。愛玉纖輕軋，半籠翠袖，歌喉緩引，暗點鴛鞋。胡部新聲，樂工巧製，寫出龍沙馬上哀。哀何似，似離鸞驚起，白雀飛來。丁寧擊節金釵。要細聽、春風且慢催。正宫商分犯，拽歸雙調，伊州入破，擬徧三臺。畫扇香收，羅巾汗濕，愁是雲兜醉後迴。花間客，任鸞綃纏髻，更盡餘杯。

校：詞題，「李元之」，曹溶看本、北大藏本作「李元之」。「誰喚嬌嬈」，北大藏本作「誰喚嬌娘」。「似離鸞驚起」，曹溶看本、北大藏本作「離鸞驚起」。「擬徧三臺」，曹溶看本、北大藏本、鮑刻本作「攧徧三臺」。「任鸞綃纏髻」，曹溶看本、北大藏本作「儘鸞綃纏髻」。

蘇武慢　對雪

凍雨跳空，朔雲屯地，陡覺夜寒無賴。誰從蘂闕，宴罷群仙，一樣珮零珠解。應喚馮夷，起舞回風，攪碎渺茫銀海。倚南窗清思，盈襟看盡，整容斜態。　君試問、白羽鳴弦，青貂束錦，千騎獵歸煙塞。何如倦客，蠟屐笻枝，乘興竹邊梅外。隨處堪尋，賣酒人家，春渚水香挑菜。趁湖山晴曉，吟魂飛上，玉峰瑤界。

校：詞題，「對雪」，北大藏本作「對雲」。「朔雲屯地」，汪本作「翔雲屯地」。「珮零珠解」，曹溶看本、北大藏本作「珮零琳解」。「白羽鳴弦」，曹溶看本、北大藏本作「白羽鳴强」，鮑刻本作「白羽鳴絃」。「春渚水香挑菜」，鮑刻本作「春渚水鄉挑菜」。

蘇武慢

歲晚再雪，仍用前韻。

歲晚江空，雪飛風起，老境若爲聊賴。家人解事，準備深尊，旋遣夜窗寒解。萍梗孤蹤，幻影浮空，萬里喜還閩海。但囊中留得，詩篇爛寫，水情山態。真比似、一箇冥鴻，南來北去，閱盡幾重關塞。名韁利鎖，絆殺英雄，都付醉鄉之外。惟不能忘，一舸吴淞，鱸鱠荍羹蒪菜。且今宵還我，冰壺天地，眼空塵界。

校：「幻影浮空」，曹溶看本、北大藏本、鮑刻本作「幻影浮生」。「絆殺英雄」，北大藏本作「絆煞英雄」。「一舸吴淞」，曹溶看本、北大藏本、汪本作「一舸吴松」。

風流子

臨川歲五月祠神，以中末二旬之六、七、八日張燈，游人特盛。回憶武林元夕。

荷雨送涼颸，炎塵淨、三市影燈宵。看珠絡翠繩，䫜摇冰盌，綵棚花架，光射星橋。洞天好、笑聲遮畫扇，歌韻合鸞簫。瓊樹影中，月窺端正，雪羅香裏，人鬬嬌嬈。依稀元夜影，銅壺短、還又露灑煙飄。空遺酒懷摇蕩，羈思無聊。想驄馬鈿車，俊遊何在，雪梅蛾柳，舊夢難招。醉掩重門，半釭蘭燼紅銷。

校：詞序，「臨川」，《永樂大典》卷二九五二無；「之」，汪本無；「七」，北大藏本無；「武林」，原作「武陵」，據《永樂大典》卷二九五二作改。「綵棚花架」，鮑刻本作「綵絣花架」。「月窺端正」，北大藏本作「月窺滿正」。「雪羅香裏」，北大藏本、鮑刻本作「雲羅香裏」。

風流子　賞箏妓崔愛

梨園供奉曲，卿卿解、寫入十三絃。聽促彈寶柱，暮催行雨，放嬌銀甲，春繞飛煙。可人處、鳳聲啼玉碎，燕尾點波圓。宜與畫看，徽容妍麗，欲裁詩寄，鶯思纏綿。　多情曾相遇，歸舟字、夢裏尚記遊仙。好請鈿床纖手，移近樽前。儘何處教吹，玉簫明月，此情追憶，錦瑟華年。多少舊愁新恨，知爲誰傳。

校：「好請鈿床纖手」，曹溶看本、北大藏本、鮑刻本作「好倩鈿床纖手」。

疏影　王元章墨梅圖

山陰賦客。怪幾番睡起，窗影生白。縹緲仙姝，飛下瑶臺，淡佇東風顔色。微霜恰護朦朧月，更漠漠、暝煙低隔。恨翠禽、啼處驚殘，一夜夢雲無跡。　惟有龍煤解染，數枝入畫裏，如印溪碧。老樹枯苔，玉暈冰圈，滿幅寒香狼籍。墨池雪嶺春長好，悄不管、小樓横笛。怕有人、悮認真花，欲點曉來妝額。

校：詞題，「王元章」，《永樂大典》卷二八一三作「王冕」；「墨梅圖」，北大藏本「墨梅園」。「更漠漠」，曹溶看本作「更想象」，北大藏本作「更想像」。「啼處驚殘」，《永樂大典》卷二八一三作「低處驚殘」。「龍煤」，曹溶看本、北大藏本作「龍媒」。「悮認真花」，曹溶看本、北大藏本作「悮認寒花」。

望海潮

丁巳歲清明日，登定海縣招寶山望海。

扶桑何許，蓬萊何處，滄海一望漫漫。精衛解填，黿鼉可駕，淩波直渡三韓。雲氣有無間。只是天是水，無地無山。贔屭鼇掀，颶風俄起晝生寒。　從今不數鯤桓。羨秦人采藥，龍伯垂竿。槎信未來，珠光暗徙，群仙約我驂鸞。長嘯壯懷寬。且振衣絶頂，釃酒長瀾。揮手相招，片帆飛趁暮潮還。

校：詞序，「丁巳歲」，鮑刻本作「丁巳」。「鯤桓」，曹溶看本、北大藏本、鮑刻本作「鯤桓」。「暮潮還」，汪本作「暮潮邊」。

解連環　留別臨川諸友

夜來風色。歎青燈素被，早寒欺客。想寂寞、人在簾櫳，望鴻雁欲來，又催刀尺。秋滿關河，更誰倚、夕陽橫笛。記題花賦月，此地與君，幾度遊歷。　江頭楚楓漸赤。對離尊飲淚，難問消息。趁一舸、千里東歸，眇天末亂山，水邊孤驛。晼晚年華，悵回首、雨南雲北。算今古、此情此恨，甚時盡得。

校：「望鴻雁欲來」，曹溶看本、北大藏本作「望塞雁欲來」，鮑刻本作「望雁雁欲來」。「楚楓漸赤」，曹溶看本、北大藏本作「楚風漸赤」。「離尊飲淚」，原作「離飲淚尊」，據曹溶看本、北大藏本、鮑刻本改。「眇天末亂山」，北大藏本作「渺天末亂山」。

春從天上來

廣陵冬夜，與松雲子論五音、二變、十二調，且品簫以定之清濁高下，還相爲宫，犁然律吕之均，雅俗之應也。不覺漏下，月滿霜空，神情爽發。松雲子吹《春從天上來》曲，音韻凄遠。予亦飄然作霞外飛仙想，因倚歌和之，用紀客次勝趣。是夕，丙子孟冬十又三夕也。

嫋嫋和風。聽響徹雲間，彩鳳啼雄。嬴女飛下，玉珮玲瓏。腸斷十二臺空。渺霜天如海，寫不盡、楚客情濃。燭銷紅。更鏘金振羽，變徵移宫。　揚州舊時月色，嘆水調如今，離唱誰工。露葉殘蛾，蟾花遺粉，寂寞瓊樹香中。問坡仙何處，滄江上、鶴夢無蹤。思難窮。把一襟幽怨，吹與魚龍。

校：詞序，「還相」，北大藏本作「迭相」；「應也」，汪本無；「倚歌和之」，曹溶看本、北大藏本作「倚歌之」。「紀客次」，三字原無，據曹溶看本、北大藏本、鮑刻本補。「和風」，曹溶看本、北大藏本、鮑刻本作「秋風」。「嬴女」，曹溶看本、北大藏本作「瀛女」。「燭銷紅」，曹溶看本、北大藏本作「燭消紅」。「瓊樹」，原作「橘樹」，據曹溶看本、北大藏本、鮑刻本改。

案：此卷《水龍吟》（聽房氏自然歌，求詩，爲賦）有「春風瓊樹香中」。「幽怨」，北大藏本作「幽愁」。

春從天上來　同王繼學憲使賦

十里紅樓。問聲價如今，誰滿揚州。白髮書記，此日重遊。聽取席上名謳。擁冰絃斜竚，更爲我、歛笑凝眸。覓黄騮。看端端怎比，楚楚風流。　殷勤砑綾小草，寫不盡宫妝，一段春柔。淡月踈花，知誰消受，幾度簾捲香收。怕巫娥歸去，空惆悵、夢斷情留。把離愁。付行雲行雨，楚尾吴頭。

校：「砑綾」，曹溶看本、北大藏本作「研綾」。

南浦

艤舟南浦，因賦題。

花落楚江流，過西山，雨漲漁村無路。雙槳載愁來，蘋沙外、惟有鷗盟相覷。春波碧草，送君曾是傷情處。依舊朝雲飛畫棟，秋浦鶴汀鳧渚。　斜陽三兩人家，□青旗影裏，炊煙一縷。絃索夜深船，淒涼聽、還似西風溢浦。征鴻去盡，夢回明月生煙樹。如此山川無限恨，都付一尊懷古。

校：「楚江流」，曹溶看本作「楚紅流」。「過西山」，曹溶看本、北大藏本作「遇西山」。「鷗盟」，曹溶看本、北大藏本無「鷗」字，汪本、鮑刻本作「盟鷗」。「秋浦」，曹溶看本、北大藏本、鮑刻本作「秋滿」。「□青旗影裏」，底本、曹溶看本、北大藏本、汪本、鮑本均作「青旗影裏」，據詞律，此處當少一字，據《彊村叢書》本補。「絃索」，曹溶看本、北大藏本作「□□素」。「淒涼聽」，曹溶看本、北大藏本作「涼聽」。「如此山川無限恨」，原作「如此山川無限」，據曹溶看本、北大藏本、鮑刻本補。

花心動　劍浦有感

花信風寒，綺窗深、匆匆禁煙時節。燕子乍來，宿雨才晴，滿樹海棠如雪。黛眉準擬明朝畫，燈花剪、妝奩雙疊。負佳約、鵲還悞報，燕應羞説。　寶鏡將圓又缺。從澀盡銀簧，怕吹嗚咽。一霎夢魂，也喚相逢，依黯斷雲殘月。古來多少春閨怨，看薄命、無人如妾。軟綃帕、憑誰寄將淚血。

校：「匆匆」，曹溶看本、北大藏本作「忽忽」。「燕子乍來」，曹溶看本、北大藏本作「燕子怎來」。「海棠如雪」，曹溶看本、北大藏本作「梅棠如雪」。「鵲還悞報」，原作「鵲還悞噪」，據曹溶看本、北大藏本、鮑刻本改。「一霎夢魂」，北大藏本作「一霎楚魂」。「淚血」，曹溶看本、北大藏本作「啼血」。

綺羅香　雨中舟次洹上

燕子梁深，鞦韆院冷，半濕垂楊煙縷。怯試春衫，長恨踏青期阻。梅子後、餘潤留寒，藕花外、嫩涼消暑。漸驚他、秋老梧桐，蕭蕭金井斷蛩暮。　薰篝須待被暖，催雪新詞未穩，重尋笙譜。水閣雲窗，總是慣曾聽處。曾信有、客裏關河，又怎禁、夜深風雨。一聲聲、滴在疎篷，做成情味苦。

校：「嫩涼消暑」，曹溶看本、北大藏本、汪本、鮑刻本作「嫩涼銷暑」。「催雪」，北大藏本作「催雲」。「慣曾聽處」，曹溶看本、北大藏本作「慣曾經處」。

眉嫵　七夕感事

又蛛分天巧，鵲悮秋期，銀漢會牛女。薄命猶如此，悲歡事，人間何限夫婦。此情更苦。怎似他、今夜相遇。素娥妒、不肯偏留照，漸涼影催曙。私語。釵盟何處。但翠屏天遠，清夢雲去。縱有閑針縷，相憐愛、絲絲空綴愁緒。竊香伴侶。問甚時、重畫眉嫵。謾鉛淚彈風，都付與洗車雨。

校：詞題，原作「七夕盛事」，據曹溶看本、北大藏本、鮑刻本改。「重畫眉嫵」，曹溶看本、北大藏本作「畫眉嫵」。

喜遷鶯　瓊花

東風吹盡。但一片緑陰，空留春恨。后土祠荒，飛瓊謫久，還喜玉容堪認。二十四橋夜月，二十四番花信。便載酒，怕芳菲易老，陰陽難穩。嬌困。羞起晚，佇立畫闌，浄洗閑脂粉。沉水濃薰，蜂黃淡染，自有絶塵香韻。也知世間無對，肯許浮花相近。鳳簫遠，待數枝折與，玉峰人問。

校：「東風吹盡」，北大藏本作「東風吹晝」。「陰陽難穩」，曹溶看本、北大藏本、汪本、鮑刻本作「陰晴難穩」。「浮花」，原作「浮沉」，據曹溶看本、北大藏本、鮑刻本改。「玉峰人問」，汪本作「玉峰人間」。

石州慢　春日雨中

煙雨輕陰，庭院峭寒，情意難準。社前燕子歸來，恰换一番花信。春光全在，杏花紅鬧枝頭，雙鸞銜上金釵鬢。待得到開時，又臙脂成粉。堪恨。西園撲蝶，人間芳徑，踏青鞵潤。簾影愔愔，竟日瞢騰如困。惜花中酒，尋常過了年年，情多那得離愁盡。翠被不成温，滿薰篝蘭燼。

校：「情意難準」，鮑刻本作「晴意難準」。「雙鸞」，原作「雙雙」，據曹溶看本、北大藏本、鮑刻本改。「待得到開時」，曹溶看本、北大藏本、鮑刻本作「待到盡開時」。「堪恨」，曹溶看本、北大藏本作「堪□恨」。「瞢騰」，曹溶看本、北大藏本作「夢騰」。

石州慢　題玉笙手卷

仙去緱山，燕罷武夷，璚響吹徹。叢霄舊樣親傳，琢就玉煙凝白。悠揚彩鳳，恰從雲杪飛來，數聲又趁鴛鴦歇。零落碧桃花，點春風如雪。　清絶。更宜秦女銀箏，唤取楚娥瑶瑟。旋炙嬌簧，只愁夜深寒咽。相看老矣，剩須陶寫留連，樽前遞把紅牙節。歸去畫船時，滿西湖明月。

校：「燕罷武夷」，底本作「燕羅武夷」，汪本同，據鮑刻本改。「數聲又趁鴛鴦歇」，曹溶看本、北大藏本作「數聲人趁鴛鴦歇」。「相看老矣」，曹溶看本、北大藏本作「相看老芳」。「留連」，曹溶看本、北大藏本作「流連」。

水龍吟　賦倩雲

無心却恁多情，閒愁長向眉尖聚。牢籠不定，爲誰留戀，爲誰歸去。半餉花陰，霎兒月暝，幾番日暮。被東風攪散，離愁惹斷，又還趁、歌聲駐。　只恐佩環卧冷，好重將、繡幃調護。何人得似，曉妝鬟髻，春嬌態度。縹緲樽前，朦朧眼底，非煙非霧。把柔情一縷，都隨好夢，作陽臺雨。

校：「半餉花陰」，曹溶看本、北大藏本作「半晌花陰」。「霎兒」，曹溶看本、北大藏本作「霎時」。

水龍吟　傅淵道宅上賞紫牡丹

紫雲何處飛來，仙家別有藏春洞。刻繒紋縐，鏤檀色膩，薰臍香重。穀雨初晴，榆煙新換，楝風微動。是花姑養就，韓仙染出，還分與、人間種。好與密籠繡幄，護玉環、三生妖夢。只愁今夜，緑叢月色，珠房露凍。便喚秋娘，重澆卯酒，緩斟低送。倩紅鸞與約，韶華且住，作尊前供。

校：詞題，「傅淵道宅上」，曹溶看本、北大藏本作「傅淵道宅」。「楝風微動」，曹溶看本、北大藏本作「楝花微動」。「密籠」，曹溶看本、北大藏本作「密就」。「緑叢月色」，曹溶看本、北大藏本、鮑刻本作「緑叢月老」。「緩斟低送」，曹溶看本、北大藏本、鮑刻本作「緩歌低送」。「韶華且住」，曹溶看本、北大藏本作「韶華任」，鮑刻本作「韶華且任」。

水龍吟　次韻王本中賦樓子芍藥

寶樓十二玲瓏，仙家只在雲間住。金槃舞妙，羅裙襞皺，乘風欲去。畫檻移香，彩鸞銜信，幾番延佇。看釵頭疊萼，天然富貴，妝臺近、有人妬。勾引廣陵遺恨，倩流鶯、爲花低訴。年年長是，芳菲時候，滿城煙絮。春色三分，落紅千片，總成塵土。向月明空羨，雙雙睡蝶，宿花房露。

校：詞題，「王本中」，曹溶看本、北大藏本作「王本仲」。案，王時，字本中，王克敬之子，以翰林學士承旨致仕。「金槃舞妙」，曹溶看本、北大藏本、鮑刻本作「金槃舞罷」。「畫檻移香」，鮑刻本作「畫檻移春」。「彩鸞銜信」，原作「鸞銜信」，據曹溶看本、北大藏本、鮑刻本補。「釵頭」，曹溶看本、北大藏本作「釵蓬」，鮑刻本作「釵莛」。

水龍吟　西池敗荷

水宫仙子歸來，爲誰獨立西風背。凌波夢斷，可憐零落，一奩環珮。雨葉敲寒，露房倒影，秋聲驚碎。問西亭翠被，將愁何處，空留得、餘香在。　最愛雙飛白鷺，鎮相依、蓼邊蘋外。舞衫歌扇，有人繡出，水情雲態。西子湖邊，越娘舟上，憶曾同采。甚人今未老，花應依舊，約明年再。

校：「雨葉敲寒」，北大藏本作「雨葉敵寒」。「最愛雙飛白鷺」至「甚人今」，此段原缺，據曹溶看本、北大藏本、鮑刻本補。

水龍吟

廣陵送客，次鄭蘭玉賦蓼花韻。

芙蓉老去妝殘，露華滴盡珠盤淚。水天瀟灑，秋容冷淡，憑誰點綴。瘦蒂黄邊，踈蘋白外，滿汀煙穗。把餘妍分與，西風染就，猶堪愛、紅芳媚。　幾度臨流送遠，向花前、偏驚客意。船窗雨後，數枝低入，香零粉碎。不見當年，秦淮花月，竹西歌吹。但此時此處，叢叢滿眼，伴離人醉。

校：「瘦蒂黄邊」，曹溶看本、北大藏本、鮑刻本作「瘦葦黄邊」。「滿汀煙穗」，曹溶看本、北大藏本、汪本、鮑刻本作「滿汀煙穟」。「竹西歌吹」，曹溶看本作「竹鹵歌吹」，北大藏本作「竹𦚾歌吹」。

水龍吟

鄭蘭玉賦蠟梅，工甚，余拾其遺意補之。

玉人梔貌堪憐，曉妝一洗鉛華盡。此花應是，菊分顏色，梅分風韻。蕚點酡酥，口攢金磬，心凝檀粉。甚女真染就，仙衣絶勝，蜂兒重、鵝兒嫩。　說與玉龍莫品，怕宮波、一般流恨。故人堪寄，折枝代取，江南春信。沉水全薰，蘗絲密綴，額黄深暈。乍燕姬未識，是花是蠟，笑偎人問。

校：詞序，「拾其遺意」，曹溶看本、北大藏本作「于其遺意」。「蘗絲密綴」，《永樂大典》卷二八一一作「蘗緑密綴」。「燕姬」，《永樂大典》卷二八一一作「吴姬」。

水龍吟

聽房氏自然歌，求詩，爲賦。

春風璚樹香中，數聲恰似流鶯囀。歌塵飛下，落花起舞，驪珠脱串。荳蔻珠簾，牡丹雪嶺，小桃人面。是自然絶藝，天然書譜，霓裳序、六么遍。　獨占二分月色，向樽前、幾番曾見。賞音如此，不辭醉墨，爲題紈扇。浪雨閑雲，剩香殘黛，莫論恩怨。看穠華又老，情緣未斷，寄樓中燕。

校：詞序，「求詩」，鮑刻本作「求詞」。「荳蔻珠簾」，汪本、鮑刻本作「荳蔻朱簾」。「天然書譜」，曹溶看本、北大藏本作「天然畫譜」。「穠華」，曹溶看本、北大藏本作「穠花」。

憶舊遊　重到金陵

悵麟殘廢井，鳳去荒臺，煙樹欹斜。再到登臨處，渺秦淮自碧，目斷雲沙。後庭漫有遺曲，玉樹已無花。向苑寺裁詩，江亭把酒，暗換年華。雙雙舊時燕，問巷陌歸來，王謝誰家。自昔西州淚，等生存零落，何事興嗟。庾郎似我憔悴，回首又天涯。但滿耳西風，關河冷落凝暮笳。

校：「等生存零落」，曹溶看本、北大藏本作「寺生存零落」。「滿耳」，曹溶看本、北大藏本作「滿年」。

齊天樂

夜宴楊元誠山樓，送陳子敬之三山，瞿子誠之吴門。

闌干十二東風外，春藏畫樓鴛瑣。蠟炬光濃，氍毹坐軟，寶鼎旋焙沉火。玻瓈盞大。但有酒須傾，有歌須和。劇飲淋浪，萬金良夜莫輕過。　中年情緒易惡，風流青鏡裏，消減些箇。閩雨程賒，吴雲驛遠，別恨料應如我。先拚醉卧。任楊柳煙消，海棠月墮。明日江頭，倩誰留畫舸。

校：「淋浪」，曹溶看本、北大藏本作「淋漓」。「萬金良夜莫輕過」，汪本、鮑刻本作「萬金良夜莫虚過」，曹溶看本、北大藏本作「萬金夜莫虚過」。

齊天樂　臨川夜飲滏陽李輔之寓所

紅霜一樹凄涼葉，驚烏夜深啼落。客裏相逢，尊前細數，幾度雨飄風泊。微吟緩酌。漸月影斜欹，畫闌東角。只怕梅花，無人看管瘦如削。　江湖容易歲晚，想多情念我，歸信曾約。塵土狂蹤，山林舊隱，夢寄草堂猿鶴。離懷最惡。是酒醒香殘，燭寒花薄。一段銷凝，覺來無處著。

校：「驚烏」，北大藏本作「驚鳥」。「雨飄」，汪本、鮑刻本作「雨漂」。「斜欹」，曹溶看本作「斜歌」。「山林舊隱」，汪本作「山林舊飲」。

桂枝香

賞桂楊氏山園，夜飲花下有作。

天香萬斛。盡貯入魏臺，辟寒金粟。誰唤仙娥睡起，露妝煙沐。翠雲裙袖黄雲襪，倚秋風、乍驚郎目。恨無明月，高燒蠟炬，分陰叢緑。　深照見、涼禽並宿。愛摇灔璠盃，花影堪掬。寸夢絲緣舊約，尚堪重續。何時卜隱西湖上，葺緗荷、芳杜爲屋。小山人遠，魂招不來，謾歌遺曲。

校：「璠盃」，曹溶看本、北大藏本作「酒盃」。

木蘭花慢　次韻陳見心文學孤山問梅

厭西湖千樹，曾幾度、爲攜尊。向柳外停橈，苔邊待鶴，酒熟詩温。瀛洲舊時月色，悵荒涼、惟有數枝存。天上梨花成夢，江南桃葉移根。　如今憔悴客愁村。難返暗香魂。甚歲晚春遲，角寒笛曉，雪暗雲昏。登臨不堪寄目，但青山、隱隱月紛紛。再約與君同醉，從他啄木敲門。

校：「厭西湖」，曹溶看本、北大藏本作「愛西湖」，鮑刻本作「壓西湖」。

木蘭花慢　題紅犀扇面

記西湖送别，曾共綰、緑楊絲。悵水去雲回，佳期杳渺，遠夢參差。重來訪隣尋里，愛卿卿、不減舊風姿。不著銀箏清怨，難題紈扇相思。　暗香銷盡合歡枝。留在錦囊詩。又越北閩南，秋隨雁影，花老鶯兒。應緣采春情重，便鑑湖、春色戀徽之。扶起曉窗殘醉，潮平月落多時。

校：「水去雲回」，鮑刻本作「冰去雲回」。「便鑑湖春色戀徽之」，曹溶看本、北大藏本作「使鑑湖春色戀微之」。「曉窗」，曹溶看本、北大藏本作「曉妝」。

真珠簾

壽韓伯清提學，時在平江。

銀蟾半露嬋娟影，西風早、次第中秋天氣。涼透小簾櫳，乍夜長遲睡。見説靈巖山色好，甚也不、濃如歸意。歸未。趁西泠載酒，南園尋桂。　還又客裏生朝，把金尊緑酒，與誰同醉。煙雨隔垂虹，望美人秋水。桃葉妝樓團扇曲，但小草、鸞牋相寄。傳示。送白蘋一剪，碧雲千里。以上金侃鈔本《蜕巖詞》卷上

校：詞序，「提學」，曹溶看本、北大藏本、鮑刻本作「提舉」。「銀蟾」，曹溶看本、北大藏本作「銀蟬」。「簾櫳」，曹溶看本、北大藏本作「簾籠」。

丹鳳吟　么鳳

蓬萊花鳥。記並宿苔枝，雙雙嬌小。海上仙姝，唤起緑衣歌笑。芳叢有待遺探，聽東風、數聲啼曉。月下人歸，凄涼夢醒，悵愁多歡少。　念故巢、猶在瘴雲杪。甚閉入雕籠，庭院深峭。信斷羈雌遠，鎖怨情縈繞。翠衿近來漸短，看梅花、又還開了。縱解收香寄與，奈羅浮春杳。

校：「有待」，曹溶看本、北大藏本、鮑刻本作「有時」。「庭院深峭」，曹溶看本、北大藏本、鮑刻本作「庭院深悄」。「羈雌」，北大藏本作「羈佳」。「鎖苑情縈繞」，曹溶看本、北大藏本作「鎮

苑清縈繞」、鮑刻本作「鎮苑情縈繞」。「翠衿近來漸短」，曹溶看本、北大藏本作「衿近來漸短」。「收香寄與」，北大藏本作「收香寄與」。

高陽臺　題趙仲穆作陳野雲居士山水便面

染黛浮空，凝妝佇遠，數峰底事含顰。十樣新眉，從他雨抹煙勻。龍綃便面宜歌舞，看亭亭、玉骨冰神。幾銷魂。翠被餘香，錦瑟清塵。　如今歸去湖山畔，對一川平野，一片閑雲。兩兩漁舟，相過桂渚蘭津。誰將玉斧脩明月，奈璚樓、高處無人。憶王孫。芳草江南，啼鴂殘春。

校：詞題，「陳野雲居士」，曹溶看本、北大藏本作「野雲居士」。「啼鴂殘春」，曹溶看本、北大藏本作「啼鵙殘春」。

百字令　眉間雁

曉妝乍了，又翩翩何許、飛來臨鏡。欲寄相思無一字，拈起芳心重省。鬢髀雲低，眉顰山遠，去翼宜相映。嬌波頻送，恍如秋水涵影。　幾度揉損啼紅，恨卿卿不到，吴江楓冷。一點風流爭解妬，翡翠雙鈿相並。忘入香奩，時偎繡枕，看足宫花暝。多情剪就，忍教分做孤另。

校：詞題，曹溶看本、北大藏本作「眉問雁」。「爭解妬」，曹溶看本、北大藏本、鮑刻本作「應解妬」。「時偎繡枕」，曹溶看本、北大藏本作「時違繡枕」。「宫花」，原作「官花」，據曹溶看本、北大藏本、鮑刻本改。

百字令　蕪城晚望

碧天向曉，遠雲開、疑是江南山色。渺渺孤鴻殘照外，獨上高城望極。鳳散臺空，螢沉苑廢，龍去溝無跡。英雄安在，千秋恨血凝碧。　我欲携酒重來，佛貍祠下，字暗蒼苔石。社鼓神鴉渾不見，一片青青薺麥。夜月璚枝，春風水調，肯慰淹留客。翩然歸去，天風扶下雙舄。

校：詞題，「蕪城晚望」，曹溶看本、北大藏本作「蕪城曉望」。「碧天向曉」，曹溶看本、北大藏本、鮑刻本作「碧天向晚」。「遠雲開」，曹溶看本、北大藏本作「遠雲間」。「鳳散臺空」，曹溶看本、北大藏本、鮑刻本作「雞散臺空」。「翩然歸去」，曹溶看本、北大藏本作「翻然歸去」。

玉蝴蝶　春夢

屏裏吴山深窈，宿酲未解，午枕初甜。膽怯窗虚，驚起誤使人嫌。是乳鴉、聲聲緑樹，是語燕、兩兩朱簾。轉愁添。斜翹不正，墮珥慵拈。　厭厭。行雲飛去，瀟湘江上，巫峽峰尖。不盡銷凝，海棠月上已窺簷。蝶粉寒、羞薰翠被，燈花瘦、懶疊香奩。倚春纖。暗啼妝淚，半袖紅淹。

校：「午枕初甜」，曹溶看本、北大藏本作「午枕初酣」。「兩兩朱簾」，曹溶看本、北大藏本作「兩兩珠簾」。「斜翹不正」，原作「斜翎不正」，據曹溶看本、北大藏本、鮑刻本改。「墮珥慵拈」，汪本作「隨珥慵拈」。「蝶粉寒」，曹溶看本、北大藏本作「蝶寒」。

東風第一枝　憶梅

老樹渾苔，横枝未葉，青春肯誤芳約。背陰未返冰魂，陽梢已含紅萼。佳人寒怯，誰驚起、曉來梳掠。是月斜、花外么禽，霜冷竹間幽鶴。　雲淡淡、粉痕澌薄。風細細、凍香又落。叩門喜伴金樽，倚闌怕聽畫角。依稀夢裏，半面、淺窺朱箔。　甚時得、重寫鸞牋，去訪舊遊東閣。

校：「淺窺朱箔」，曹溶看本、北大藏本作「殘窺朱箔」。「東閣」，曹溶看本、北大藏本作「妝閣」。

按：楊慎《辭品》卷二誤以爲呂渭老詞。

陌上花

使歸閩浙，歲暮有懷。

關山夢裏，歸來還又、歲華催晚。馬影雞聲，諳盡倦郵荒館。緑牋密記多情事，一看一回腸斷。待殷勤寄與，舊遊鶯燕，水流雲散。　滿羅衫是酒，香痕凝處，唾碧啼紅相半。只恐梅花，瘦倚夜寒誰暖。不成便没相逢日，重整釵鸞箏雁。但何郎，縱有春風詞筆，病懷渾懶。

校：詩序原無，據曹溶看本、北大藏本補。「歲華催晚」，曹溶看本、北大藏本作「歲華催曉」。「馬影雞聲」，曹溶看本、北大藏本作「鳥影雞聲」。

定風波　商角調

西江客舍，酒後聞梅花吹香滿窗，醒而賦此。

恨行雲、特地高寒，牢籠好夢不定。畹晚年華，凄涼客況，泥酒渾成病。畫闌深，碧窗静。一樹瑶花可憐影。低映。怕月明照見，青禽相並。　素衾正冷。又寒香、枕上薰愁醒。甚銀床霜凍，山童未起，誰汲墻陰井。玉笙殘，錦書迥。應是多情道薄倖。争肯。便等閑孤負，西湖春興。

校：「晼晚年華」，曹溶看本、北大藏本、汪本、鮑刻本作「婉娩年華」。「月明」，曹溶看本、北大藏本作「明月」。「便等閑孤負」，曹溶看本、北大藏本、鮑刻本作「等閑孤負」。

八聲甘州

秋日西湖泛舟，午後遇雨。

向芙蓉湖上駐蘭舟，淒涼勝遊稀。但西泠橋外，北山堤畔，殘柳依依。追憶鶯花舊夢，回首冷煙霏。惟有盟鷗好，時傍人飛。　聽取紅筵象板，儘歌回彩扇，舞換仙衣。正白蘋風急，吹雨暗斜暉。空惆悵、離懷未展，更酒邊、忍又送將歸。江南客、此生心事，只在漁磯。

校：詞序，「秋日西湖泛舟」，原作「秋月西湖泛舟」，據曹溶看本、北大藏本、鮑刻本、《永樂大典》卷二二六五改。「淒涼勝遊稀」，曹溶看本、北大藏本作「淒涼勝稀」。「時傍人飛」，《永樂大典》卷二二六五作「傍人飛」。「忍又送將歸」，《永樂大典》卷二二六五作「忍別又送將歸」。

聲聲慢

九日泛湖，遊壽樂園賞菊，時海棠花開，即席命賦。

西風墜緑。唤起春嬌，嫣然因倚脩竹。落帽人來，花艷乍驚郎目。相思常帶舊恨，甚淒涼、未忺妝束。吟鬢底，伴寒香一朵，並簪黄菊。　却待金盤華屋。園林静、多情怎禁幽獨。蛺蝶應愁，明日落紅難觸。那堪雁霜漸重，怕黄昏、欲睡未足。翠袖冷，且莫辭、花下秉燭。

校：「因倚脩竹」，北大藏本、鮑刻本作「困倚脩竹」。「常帶舊恨」，曹溶看本、北大藏本、鮑刻本作「尚帶舊恨」。

聲聲慢

揚州箏工沈生彈虞學士《浣溪沙》，求賦。

金鑾學士，天上歸來，蘭舟小駐蕪城。供奉新詞，幾度慣賦鳴箏。相逢沈郎絶藝，爲尊前、細寫餘情。問何似，似秦關雁度，楚樹蟬鳴。　我亦從來多感，但登山臨水，慷慨愁生。一曲哀彈，只遣態變魂驚。行期買花載酒，趁秋高、月朗風清。須盡醉，聽江頭、腸斷數聲。

校：詞序，「沈生彈虞學士《浣溪沙》」，曹溶看本、北大藏本、鮑刻本作「沈生以虞學士《浣溪沙》」。「態變魂驚」，曹溶看本、北大藏本、鮑刻本作「髯變魂驚」。

掃花游　落花

洗春雨急，碎萬點臙肢，蕩空無影。館娃骨冷。悵香銷塵土，淚殷玉井。莫怨東風，自古佳人薄命。掩鸞鏡。縱補得茜瘢，妝壞難整。　芳事誰管領。但蜜膩蜂房，蘚斑鴛徑。一簾晝永。綠陰陰尚有，絳趺痕凝。綵筆招魂，已是繁華夢醒。佇芳景。換西湖、錦雲千頃。

校：詞題，曹溶看本、北大藏本、鮑刻本作「落紅」。「悵香銷塵土」，汪本、鮑刻本作「悵香銷麝土」，曹溶看本、北大藏本作「帳香銷麝土」。「淚殷玉井」，北大藏本作「泪殷玉井」。「縱補得茜瘢」，曹溶看本、北大藏本作「從補得茜瘢」。「妝壞難整」，原作「妝環難整」，據曹溶看本、北大藏本、鮑刻本改。

水調歌頭 御河舟中

中夜正無寐，何處櫓聲來。河聲不堪强聒，更聽雁聲哀。月色依依偏照，霜氣蕭蕭漸緊，何以解離懷。明發吾無策，惟有快銜盃。 重陽近，都未見，菊花開。遥知數叢籬下，破蘂映書齋。三十六陂煙水，二十四橋風月，天遣幾時回。傳語閒鷗鷺，相望莫驚猜。

水調歌頭

乙丑初度，是歲閏正月，戲以自壽。

三十九年我，老色上吟髭。生辰月宿南斗，政合退之詩。今歲兩逢正月，準算恰成四十，歲暮日斜時。臘毚削紅玉，湯餅煮銀絲。 炷爐香，飲盃酒，賦篇詞。蕭然世味，前身恐是出家兒。天下誰非健者，我輩終爲奇士，一醉不須辭。莫問黄楊厄，春在老梅枝。

校：詞序，「乙丑」，原作「己丑」，據曹溶看本、北大藏本改。「天下」，北大藏本作「夫一」。

鳳凰臺上憶吹簫

聽沈野雲吹簫，醉後有賦。

琪樹鏘鳴，春冰碎落，玉盤珠瀉還停。漸一絲風嫋，悠颺青冥。疑把紅牙趁節，想有人、記豆銀屏。何須數，琵琶漢女，錦瑟湘靈。 追思舊時勝賞，醉幾度西湖，山館池亭。慣依花欹月，按舞娉婷。歲晚相逢客裏，且一尊、同慰飄零。君休惜，吴音朔調，盡與吹聽。

校：「依花攲月」，曹溶看本、北大藏本、鮑刻本作「依歌花月」。

玉漏遲　春日有懷

病懷因酒惱。依稀夢裏，吴娃嬌小。金縷歌殘，人去月斜雲杳。怕見栖香燕晚，又怕聽、啼花鶯曉。庭院悄。生衣欲試，風寒猶峭。　窈窕青粉墻低，送影過鞦韆，驀然聞笑。半朶棠梨，微露鳳釵紅媰。近日琴心倦寫，更遠信、西沉青鳥。虚負了。花月一春多少。

校：「生衣欲試」，原作「生衣欲賦」，據鮑刻本改。「驀然聞笑」，曹溶看本、北大藏本、鮑刻本作「驀然間笑」。「虚負了」，北大藏本作「虚負子」。

一枝春　鬧蛾

霧翅煙鬟，向雲窗鬬巧，宫羅輕剪。翩翩鬢影，側映寶釵雙燕。銀絲蠟蔕，弄春色、一枝嬌顫。誰網得。金玉飛錢，結成翠羞紅怨。　燈街上元又見。鬧春風簇定，冠兒争轉。偷香傅粉，尚憶去年人面。妝樓誤約，定何處、爲花留戀。應化作、曉夢尋郎，采芳徑遠。

校：「宫羅輕剪」，原作「官羅輕剪」，據曹溶看本、北大藏本、鮑刻本改。「上元又見」，原作「上元人見」，據北大藏本、鮑刻本改。「妝樓誤約」，北大藏本作「妝樓誤納」。

滿江紅　錢舜舉桃花折枝

前度劉郎，重來訪、玄都燕麥。回首地、暗香銷盡，暮雲低碧。啼鳥猶知人悵望，東風不管花狼籍。又凄凄、紅雨夕陽中，空相憶。　繁華夢，渾無迹。丹青筆，還留得。怳一枝長見，故園春色。塵世事多吾欲避，武陵路遠誰能覓。但有山、可隱便須歸，栽桃客。

滿江紅　次韻耶律舜中樟亭觀潮

望入西泠，乍一綫、濤頭湧白。疑海上、鼇翻山動，鵬摶風積。銀漢迢遥槎有信，秋光浩蕩雲無迹。快醉揮、吟筆倒瓊瑰，馮夷宅。　沙草遠，迷煙磧。雲樹老，欹宫壁。歎潮生潮落，幾時休息。事往空遺亡國恨，鳥飛不盡吴天碧。正銷凝、何處夕陽樓，人横笛。

校：「瓊瑰」，北大藏本、鮑刻本作「瓊瑰」。「沙草遠，迷煙磧」，北大藏本作「沙草迷塵煙磧」。「雲樹老，欹宫壁」，原作「雲樹花，奇宫壁」，曹溶看本、北大藏本作「雲樹老，歌宫壁」，據鮑刻本改。「空遺」，北大藏本作「空遣」。「鳥飛」，曹溶看本、北大藏本作「飛鳥」。

意難忘　妓楊韻卿以善歌求賦

高韻天成。問當時愛愛，得似卿卿。江梅風致别，楚蕙雪香清。花旎旎，月盈盈。寫不盡才情。把舊遊，名謳試數，誰解新聲。　詩家只有楊瓊。向吴姬叢裏，轉更分明。金閨春思怯，翠被暮寒生。人欲去，酒還醒。黯此際銷凝。待剪將，江雲數尺，與染丹青。

校：「問當時」，曹溶看本、北大藏本作「間當時」。「江梅」，原作「江東」，據曹溶看本、北大藏本、鮑刻本改。「雪香清」，北大藏本作「雪香消」。「酒還醒」，曹溶看本作「酒還生」，北大藏本作「酒還輕」。「黯此際銷凝」，曹溶看本、北大藏本作「此際黯銷凝」。「江雲數尺」，曹溶看本、北大藏本作「紅雲數盡」。

露華 玉簪

瀛洲種玉。總付與花神，月底深斸。琢就瑶笄，光映鬟雲斜矗。幾度借取搔頭，別是漢宫妝束。風露冷，幽香半襟，淡佇闌曲。　亭亭雪艷愁獨。愛粉沁冰箭，鬟撚金粟。石上那回磨斷，争忍輕觸。一自楚客歸來，珠履舊遊誰續。秋夢起，殘妝半簪墜緑。

校：「别是」，汪本同，曹溶看本、北大藏本、鮑刻本作「别試」。

孤鸞 題錢舜舉仙女梅下吹笛圖

江臯空濶。更半霎輕風，些兒微雪。倚樹仙姬，翠袖暮寒應怯。閑拈玉龍自品，愛冰姿、與花争潔。一闋霓裳乍了，又落梅花疊。　怕曲終、人去彩雲絶。便夢斷瑶臺，春思愁結。□□□□□□□□□。那堪緑毛么鳳，向苔枝、數聲啼咽。留得餘香滿袂，已西山斜月。

校：「梅花疊」，曹溶看本、北大藏本、鮑刻本作「梅初疊」。「彩雲絶」，曹溶看本作「彩雲□絶」，北大藏本作「彩雲散絶」。此詞缺字處，曹溶看本、北大藏本同。

江城梅花引

九日，杏梅同開，汪國才折以請賦。

玉兒睡起帕蒙頭。更嬌柔。見郎羞。縞袂仙人，一笑艷明眸。粉瘦紅憨春夢斷，畫闌畔，對西風、憶舊遊。　憶君恨君思悠悠。怕凄凉，不耐秋。艷絶韻絶香更絶，特地風流。宜與雲鬟、雙插倚妝樓。月又漸低霜漸冷，花似雪，滿蒼苔，總是愁。

校：「帕蒙頭」，曹溶看本、北大藏本、汪本、《永樂大典》卷二八〇九作「怕蒙頭」。「香更絶」，曹溶看本、北大藏本作「香又絶」。

洞仙歌

辛巳歲，燕城初度。

功名利達，任紛紛奔競。縱使得來也僥倖。老眼看多時，鐘鼎山林，須信道、造物安排有命。人生行樂耳，對月臨風，一詠一觴且乘興。五十五年春，南北東西，自笑萍蹤久無定。好學取、淵明賦歸來，但種柳栽花，便成三徑。

校：「自笑」，曹溶看本、北大藏本作「自嘆」。

最高樓　爲山村仇先生賦

方寸地，七十四年春。世事幾浮雲。躬行齋内蒲團穩，耆英社裏酒杯頻。日追遊，時嘯詠，任天真。喜女嫁、男婚今已畢。便束帛、安車那肯出。無一事、掛閒身。西湖鷗鷺長爲侶，北山猿鶴莫移文。願年年，湯餅會，樂情親。

校：詞題，「賦」，曹溶看本、北大藏本、汪本、鮑刻本作「壽」。

風入松

廣陵元夜，病中有感。

東風巷陌暮寒驕。燈火鬧河橋。勝遊憶徧錢塘夜，青鸞遠、信斷難招。蕙草情隨雪盡，梨花夢與雲銷。　客懷先自病無聊。綠酒負金蕉。下幃獨擁香篝睡，春城外、玉漏聲遥。可惜滿街明月，更無人爲吹簫。

校：「憶徧」，曹溶看本、北大藏本作「偏憶」。「病無聊」，曹溶看本、北大藏本作「痛無聊」。

風入松　清明日海上即事

尋春春在鳳城東。羅帕玉花驄。美人半彈垂鞭袖，遊塵遠、日斷雲空。淺碧湖波雪漲，淡黄官柳煙蒙。　相如多病賦難工。宿酒更頻中。歸來自按新聲譜，憑誰解、唱與東風。一夜小窗疎雨，杏花明日虚紅。

校：「日斷雲空」，北大藏本、鮑刻本作「目斷雲空」。「官柳」，北大藏本作「宫柳」。「虚紅」，曹溶看本、北大藏本、鮑刻本作「應紅」。

婆羅門引

七月望，西湖舟觀水燈，一鼓歸，宴楊山居山樓，達曙。

暮天映碧，玻瓈十頃蕊珠宫。金波擁出芙蓉。誰唤川妃微步，一色夜妝紅。看光摇星漢，起舞魚龍。　月華正中。畫船漾，藕花風。聲度鸞簫縹緲，雁柱玲瓏。酒闌興極，更移上、瓊樓十二重。

殘醉醒，煙水連空。

校：詞牌，原作「婆羅門外」，據曹溶看本、北大藏本、鮑刻本改。詞序，「舟觀水燈」，曹溶看本、北大藏本、鮑刻本作「觀舟中觀水燈」。「暮天映碧」，原作「蒼天映碧」，據曹溶看本、北大藏本、鮑刻本改。「十頃」，北大藏本作「千頃」。

江神子

吴門席上，羅生求賦。

閶門城外緑楊枝。一絲絲。比吟髭。比似吟髭，不似少年時。剩欲同攜尊酒去，青翰舫，縷金卮。故人相見減風姿。淡胭脂。比紅兒。比似紅兒，扶醉索新詩。明日片帆江水遠，人去也，又相思。

校：詞序，「求」，《永樂大典》卷二〇三五三作「裘」。「閶門」，曹溶看本、北大藏本、鮑刻本、《永樂大典》卷二〇三五三作「闔閭」。「不似」，《永樂大典》卷二〇三五三作「不是」。「索新詩」，曹溶看本、北大藏本作「索新詞」。「明日片帆江水遠」，曹溶看本、北大藏本作「明月半帆江水遠」，《永樂大典》卷二〇三五三作「明月半帆煙水遠」。

江神子　惜花

牡丹芍藥冠池臺。縷金盃。錦雲堆。最恨顛風，横雨故相催。國色天香虚過了，紅片片，卧蒼苔。　緑陰籬落暗香來。野酴醾，刺玫瑰。照眼遺芳，爛熳趁晴開。縱使留春春有幾，花到此，已堪哀。

校：「爛熳」，曹溶看本、北大藏本作「爛爛」。「留春」，曹溶看本、北大藏本作「耑春」，鮑刻本作「專春」。

江神子　枕頂

合歡花樣滿池嬌。用心描。數鍼挑。面面芙蕖，間葉映蘭苕。刺到鴛鴦雙比翼，應想像，爲魂銷。　巧盤金縷綴倡條。隱紅綃。翠嬌妖。白玉函邊，幾度墜鸞翹。汗粉啼紅容易涴，須愛惜，可憐宵。

校：「滿池嬌」，北大藏本作「滿地嬌」。「數鍼挑」，原作「數枝桃」，曹溶看本作「數□挑」，北大藏本作「數□桃」，據鮑刻本改。「隱紅綃」，曹溶看本、北大藏本作「憶紅綃」。「翠嬌妖」，曹溶看本、北大藏本作「翠妖嬈」，鮑刻本作「翠妖饒」。

感皇恩　題趙仲穆畫淩波仙女圖

湘水冷涵秋，行雲平貼。時見驚鴻度蘋末。霧鬟煙珮，微步一川涼月。軟波擎不定，龍綃襪。　楚楚緗蓮，愔愔瑶瑟。照影明璫兩清絶。記人何處，起舞爲誰輕别。數峰江上晚、和愁疊。

校：詞題，汪本作「題趙仲穆畫淩波山水圖」，曹溶看本、北大藏本作「題趙仲穆題淩波水仙圖」，鮑刻本作「題趙仲穆畫淩波水仙圖」。「湘水」，曹溶看本、北大藏本作「湖水」。「楚楚緗蓮」，曹溶看本、北大藏本、鮑刻本作「楚楚紺蓮」。

行香子　山水扇面

佛寺雲邊。茅舍山前。樹陰中、酒旆低懸。峰巒空翠，溪水清漣。只欠梅花，欠沙鳥，欠漁船。　無限風煙。景趣天然。最宜他、隱者盤旋。何人村墅，若箇林泉。恰似欹湖，似枋口，似斜川。

校：詞題，曹溶看本、北大藏本、鮑刻本作「山水便面」。

行香子　止酒五首

酒量無多。不飲從它。看黄壚、似隔山河。淵明自止，醉尉誰訶。也莫豪吟，莫狂舞，莫高歌。　鷗外風波。蝸角干戈。算百年、一夢南柯。閲人傳舍，隨處行窩。便富薰天，氣蓋世，待如何。

行香子

謝董糟丘。罷醉鄉侯。更開除、從事青州。長瓶儘卧，大白休浮。本欲成歡，翻引病，不銷愁。　今日空喉。明日扶頭。甚簣中、瓮下堪羞。客應嗔斷，婦不須謀。指水爲言，山作誓，有盟鷗。

校：「瓮下堪羞」，原作「瓮不堪羞」，據曹溶看本、北大藏本、鮑刻本改。「婦不須謀」，曹溶看本、北大藏本作「歸不須謀」。

行香子

傳癖詩逋。野逸山臞。是幽人、平日稱呼。過如飯袋，勝似錢愚。儘我爲牛，人如虎，子非魚。石銚風爐。雪盌冰壺。有清茶、可潤腸枯。生涯何許，機事全踈。但伴牢愁，盤礴贏，鼓嚨胡。

校：「盤礴贏」，原作「盤礴羸」，曹溶看本、北大藏本作「□盤礴」，據鮑刻本改。

行香子

水遠天低。雪意垂垂。火爐頭、煨芋燃萁。蒲團穩坐，紙帳低圍。且放些慵，補些拙，學些癡。休惹群兒。唱起銅鞮。笑山翁、醉倒如泥。誰分蜾贏，莫近鴟夷。把獨醒人，沉醉者，兩忘機。

校：「誰分蜾贏」，曹溶看本、鮑刻本作「誰分蜾贏」，汪本作「誰分蜾羸」。

行香子

擾擾閻浮。清濁同流。費精神、補喜填憂。歲云暮矣，卿可歸休。有板支頤，書遮眼，被蒙頭。螻蟻王侯。華屋山丘。待他時、老去優游。築間茅屋，買箇黄牛。種芋成區，瓜作圃，稻盈疇。

校：「擾擾閻浮」，曹溶看本、北大藏本作「擾擾間浮」。

破陣子 七夕戲賦

此夕天孫河鼓，多情騃女癡兒。鵲駕年年仍遠渡，蛛合家家長巧絲。星期莫怨咨。 迢遞金釵私語，淒涼紈扇宫詞。奔月姮娥催去路，行雨巫山空夢思。都無重會時。

校：詞題，曹溶看本、北大藏本、汪本、鮑刻本作「七夕戲詠」。「蛛合」，曹溶看本、北大藏本作「蛛盒」。「金釵私語」，原作「金釵亂語」，據曹溶看本、北大藏本、鮑刻本改。「催去路」，原作「推去路」，曹溶看本、北大藏本作「惟去路」，據鮑刻本改。

定風波 崑山路漕席上

舞袖歌鬟簇畫堂。就中偏是展家娘。待道無情還有思，恰似，崑山日暖鳳求凰。 海上潮生人盡醉，催起，蘭舟分散不成雙。回首玄都春夢裏，從此，桃花應自怨劉郎。

校：詞題，原作「崑山路渭席上」，《永樂大典》卷二〇三五三作「崑山露漕席上」。據曹溶看本、北大藏本、鮑刻本改。「就中偏是展家娘」，曹溶看本、北大藏本作「就中偏是家娘」。「待道無情」，曹溶看本、北大藏本作「待到無情」。「應自怨劉郎」，曹溶看本、北大藏本作「應是怨劉郎」。

蝶戀花　柳絮

陌上垂楊吹絮罷。愁殺行人，又是春歸也。點點飛來和淚灑。多情解逐章臺馬。　瘦盡柔絲無一把。細葉青蘋，閑却當時畫。惆悵此情何處寫。黄昏淡月踈簾下。

校：「和淚灑」，曹溶看本、北大藏本作「珠淚灑」。「細葉青蘋」，原作「細葉青顰」，據曹溶看本、北大藏本改。

漁家傲

舟行自西溪至秦川，荷花一望百里雲錦中。

紅白芙蕖千萬朵。水仙恰試新梳裹。縞袂霞衣争婀娜。香露墮。凌波忽載行雲過。　正好玩芳停畫舸。樽前自唱無人和。惟有沙鷗三兩箇。飛近我。夜涼同向花間卧。

校：詞序，「一望百里雲錦中」，北大藏本作「紅白盛開因而有賦」，曹溶看本無「花一望百里雲錦中」。「新梳裹」，曹溶看本、北大藏本作「新梳裏」。「香露墮」，北大藏本後有「淚」字。「無人和」，曹溶看本、北大藏本作「無人詠」。

臨江仙　次韻山村先生賦柳

摇蕩春光湖上路，多情偏識倡條。畫船繫在赤闌橋。花飛人别處，緑暗雨休朝。　惱亂東風扶不起，空憐燕姹鶯嬌。舞衣香冷董妖嬈。相思無限恨，猶似舊宫腰。

校：「燕姹鶯嬌」，曹溶看本、北大藏本作「燕婉鶯嬌」。「董嬌嬈」，原作「董妖嬈」，曹溶看本、北大藏本作「薰嬌嬈」，據汪本、鮑刻本改。

按：《無絃琴譜》卷一有仇遠《臨江仙》（湘水曉行無酒），後附張翥此詞爲和作，然並非次韻。

臨江仙　梁山舟中二首

羨殺漁家生處樂，隔灣數點青燈。蓑衣忘在石磯層。蓼花秋釀酒，楓樹晚垂罾。　時向瓦甌篷底醉，往來鷺侶鷗朋。老翁倚棹坐瞢騰。有魚吾欲買，搖手不能譍。

臨江仙

羨殺漁村無畔岸，茫茫楊柳蒹葭。雨餘秋漲没汀沙。驚鴻投別渚，浴鳥坐流槎。　殘日籬頭閑曬網，垂髫來賣魚蝦。得錢沽酒徑歸家。一聲横笛外，煙火隔蘆花。

校：「楓樹」，曹溶看本、北大藏本作「楓葉」。「不能譍」，曹溶看本作「不能膺」。「秋漲」，曹溶看本、北大藏本作「水漲」。「坐流槎」，曹溶看本、北大藏本、鮑刻本作「坐沉槎」。「來賣」，曹溶看本、北大藏本作「來買」。

唐多令　寄意箜篌曲

花下鈿箜篌。樽前白雪謳。記懷中、朱李曾投。鏡約釵盟心已許，詩寫在，小紅樓。　忍淚上雲兜。斷魂隨綵舟。等閑間、惹得離愁。欲寄長河魚信去，流不到，白蘋洲。

校：「流不到」，曹溶看本、北大藏本作「留不到」。

虞美人

題臨川葉宋英《千林白雪》，多自度腔，宋英自號峰居。

千林白雪花間譜。價重黃金縷。尊前自聽斷腸詞。正是江南風景落花時。　紅樓翠舫西湖路。好寫新聲去。爲憑宫羽授歌兒。不道峰居才子鬢如絲。

校：詞序，「臨川葉宋英」，曹溶看本作「林川葉宋吴」、北大藏本作「林川葉宋英」。案：葉宋英，宋末元初人，有《自製曲譜》，虞集爲之序。「授歌兒」，曹溶看本作「教哥兒」，北大藏本、鮑刻本作「教歌兒」。「不道峰居才子鬢如絲」，曹溶看本、北大藏本作「不道居才子鬢如絲」。

南鄉子

驛夫夜唱《孤雁》，隔舫聽之，令人凄然。

野唱自凄涼。一曲孤鴻欲斷腸。恰似竹枝哀怨處，瀟湘。月冷雲昏覓斷行。　離思楚天長。閃青燈雨打窗。驚起小紅樓上夢，悠揚。只在佳人錦瑟傍。

校：「南鄉子」，曹溶看本、北大藏本作「南香子」。

南鄉子

秋日湖上，賞木芙蓉。

秋色照波明。夾岸芙蓉似錦城。罨畫樓臺紅粉面，輕盈。未許黃徐寫得成。　一舸載楊瓊。共醉花前玉笛聲。猶記青鸞和月跨，三生。我是仙家石曼卿。

校：「一舸載楊瓊」，北大藏本作「一舫載楊瓊」，《永樂大典》卷五四〇作「一舸載揚舲」。「猶記青鸞」，曹溶看本、北大藏本作「記得青鸞」。

鵲橋仙

丙子歲，予年五十，酒邊戲作。

功名一餉。風波千丈。已與閑居認狀。平生一步一崎嶇，也趲到、盤山頂上。　梅花解笑。青禽能唱。容我尊前踈放。從今甘老醉鄉侯，算不似、麒麟畫像。

校：「也趲到」，曹溶看本、北大藏本作「也鑽到」。「從今甘老」，曹溶看本、北大藏本作「從今年老」。「算不似」，曹溶看本、北大藏本作「□不是」，鮑刻本作「算不是」。

鵲橋仙

予生丁亥歲戊子日，今戊戌歲初度，亦戊子日，偶作。

生朝戊子。今朝戊子。五十八年還是。頭童齒豁可憐人，也召入、詞林脩史。　前生偶爾。今生偶爾。但喜心頭無事。從來不解學神仙，怎會得、長生不死。

校：「今生偶爾」，曹溶看本、北大藏本、鮑刻本作「後生偶爾」。

鷓鴣天　爲朱氏小妓繡簾賦三首

半臂京綃穩稱身。玉爲顏面水爲神。一痕頭道分雲綰，兩點眉山入翠顰。　丹杏小，碧桃新。雛鶯恰囀上林春。平生慣是聽歌耳，除却蓮兒只一人。

校：「繡簾」，曹溶看本、北大藏本、鮑刻本作「繡蓮」。「分雲綰」，北大藏本作「分雪綰」。

鷓鴣天

一曲吴歌酒半酣。聲聲字字是江南。書憑仙苑青鸞遞，花助妝樓粉蝶銜。　飛燕瘦，寶兒憨。已妍還慧更巖巖。無因剪得湘江水，與蘸春雲作舞衫。

校：「巖巖」，北大藏本作「嚴嚴」。

鷓鴣天

乍學琵琶已斷腸。錦緣銀甲玉懸璫。春風瓊樹聲逾穩，秋水芙蓉字亦香。　微斂笑，淺勻妝。何須重覓杜韋娘。休教月底清歌去，怕趁行雲上鳳凰。

浪淘沙　臨川文昌樓望月

醉膽望秋寒。星斗闌干。小窗人影月明間。客裏不知歸是夢，只在吴山。　行路自來難。長鋏休彈。黄塵到底涴儒冠。一片白鷗湖上水，閑了漁竿。

摘紅英　春雨惜花

鶯聲寂。鳩聲急。柳煙一片梨雲濕。驚人困。教人恨。待到平明，海棠應盡。　青無力。紅無跡。殘香賸粉那禁得。天難準。晴難穩。晚風又起，倚闌争忍。

校：「梨雲濕」，曹溶看本、北大藏本作「梨花濕」。

戀繡衾　春晴中酒

醉鄉殘夢鶯喚醒。見柳梢、日影弄明。又悞了、尋芳半，減東風、庭院笑聲。　玉兒扶起仍嬌困，索櫻桃、芳露解酲。縱病也、心情好，比別離、滋味較輕。

校：「尋芳半」，曹溶看本、北大藏本、鮑刻本作「尋芳伴」。「芳露解酲」，曹溶看本、北大藏本作「花露解酲」。「滋味較輕」，北大藏本作「滋味輕輕」。

惜分飛　寫夢

相見依然人似舊。比去年時較瘦。笑問平安否。不言低掩羅衫袖。　便欲窗前推枕就。無奈紅孱綠僽。驚起空回首。半床斜月踈鐘後。

校：「比去年」，曹溶看本、北大藏本、鮑刻本作「似去年」。

太常引

素娥風韻自天真。似回雪、趁行雲。眉黛任長顰。正宜看、啼妝未勻。　扇犀輕按，袖羅低掩，一曲廣陵春。飛盡畫梁塵。曾數到、梨園幾人。

校：「曾數到、梨園幾人」，原作「數到梨園第幾人」，曹溶看本、北大藏本作「□數到梨園幾人」，據鮑刻本改。

朝中措

湖堤晚歸，望葛嶺諸山，倒影水中。昔趙文敏公常欲畫此，故及之。

梅花處處滿枝開。酒力蕩吟懷。烟染藏鴉萬縷，東風扶起春來。幽禽啼樹，戲魚跳日，水碧如苔。若箇仙翁畫得，翠微倒影樓臺。

憶秦娥

江南北。金鞍一去空消息。空消息。雞聲月店，雁聲霜驛。春醪誰道濃無滴。十分滿引渾無力。渾無力。離愁如海，怎生乾得。

校：「離愁如海」，曹溶看本、北大藏本作「離愁似海」。

憶秦娥

金杯側。春風易醉多情客。多情客。送君南浦，送春南陌。落花巧妬羅裙色。舞紅變盡休輕折。休輕折。待他歸看，舊時寬窄。

校：「春風」，曹溶看本、北大藏本、鮑刻本作「東風」。「休輕折」，原作「休輕拆」，據曹溶看本、北大藏本改。

清平樂　盛子昭花下欠伸美人圖

階前晝永。繞石芭蕉影。半彈雲鬟慵不整。寂寞朝酣乍醒。緗裙翠被風流。背人無限嬌羞。玉腕一雙跳脱，欠伸渾是春愁。

校：「階前晝永」，曹溶看本、北大藏本作「階庭晝永」。「繞石」，曹溶看本、北大藏本作「饒石」。「朝酣」，曹溶看本、鮑刻本作「朝酲」，北大藏本作「朝醒」。

清平樂

寄山居道人，約看杏花。

東風陣陣。第幾番春信。駛李癡桃消息近。寫取鸞牋試問。　君家楊柳墻東。杏花初吐生紅。好喚一床金雁，明朝來醉春風。

校：「橋東」，曹溶看本、北大藏本、汪本、鮑刻本作「墻東」。

清平樂　酒後二首

先生醉矣。是事忘之矣。欲友古賢誰可矣。嚴子真其人矣。　問渠辛苦征鞍。何如自在漁竿。終辦一丘隱計，西湖鷗鷺平安。

清平樂

先生醉也。甚矣吾衰也。萬事不如歸去也。陶令真吾師也。　籬邊菊蕊初黄。爲花準備携觴。只恐不如人意，風風雨雨重陽。

校：「萬事」，曹溶看本、北大藏本、鮑刻本作「萬物」。

好事近　寒夜

門外晚風生，鼓角城頭欲動。雪月滿天如水，漸夜深寒重。　幽人擁被醉模糊，無愁也無夢。只有些兒心上，怕梅花清凍。

校：「雪月滿天如水」，曹溶看本、北大藏本作「霜滿天如冰」、鮑刻本作「霜月滿天如水」。

謁金門

寒食，臨川平塘道中。

溪水漫。岸口小橋衝斷。沽酒人家門巷短。柳陰旗一半。細雨鳴鳩相喚。曲港落花流滿。兩兩睡紅鸂鶒煖。惱人春不管。

校：「曲港落花流滿」，曹溶看本、北大藏本作「曲港花流滿」。

清平樂

效前人首句用「山人」字，醉中答友。

山人坐。把酒歌呼相和。起舞任教烏帽墮。歸來頭不裹。浮世人情歷過。身外虛名參破。除却醉鄉無別箇。神仙天地我。

校：「相和」，曹溶看本、北大藏本作「相詠」。「任教」，曹溶看本、北大藏本、鮑刻本作「儘教」。

清平樂 酒後偶憶

春幾許。紅透數枝花雨。管領風光誰是主。酒邊人楚楚。好與寫將樂府。剩與畫教眉嫵。醉後不知庭院午。隔簾雙燕語。

校：「酒後偶憶」，汪本作「酒後偶意」。「春幾許」，曹溶看本、北大藏本作「幾春許」。「畫教眉嫵」，曹溶看本作「畫眉嫵」、北大藏本作「畫媚嫵」。

菩薩蠻　贈雁

人隨雁雁俱南去。雁行先到憑傳語。若問錦書無。人歸不得書。　歸期還定否。準在梅花後。煙樹短長亭。只爭三四程。

校：「人隨雁雁俱南去」，北大藏本作「人隨雁俱南去」。「雁行」，北大藏本、鮑刻本作「雁應」。「若問錦書無」，曹溶看本、北大藏本作「若間錦書無」。「還定否」，曹溶看本、北大藏本、鮑刻本作「還信否」。

菩薩蠻

郎情秋後蕭踈葉。妾心陌上悠揚蝶。何處望歸鞍。春雲山外山。　梨花新月下。獨自燒香罷。惟有夢相尋。驚烏啼夜深。

校：「春雲」，曹溶看本、北大藏本作「暮雲」。

浣溪沙　廣陵席上賦別三首

偶約尊前已目成。琵琶私語更分明。如今翻作斷腸聲。　彩扇舊歌憐楚楚，青樓薄倖怨卿卿。海枯石爛古今情。

校：「尊前已目成」，原作「樽前已自成」，據鮑刻本改。

浣溪沙

珍重千金一諾同。小紅樓上舞筵中。誰知别路太匆匆。　愁殺二分無賴月，憑將萬里有情風。爲傳消息宋家東。

浣溪沙

數載相看欲話難。酒邊失口却成歡。空添别恨與眉端。　流水有情傳錦瑟，行雲無夢赴青鸞。關河秋雨客窗寒。

校：「流水有情」，曹溶看本、北大藏本、汪本、鮑刻本作「流水有聲」。

浣溪沙　臨川别席

昨夜花前送玉鍾。緑鬟歌罷落梅風。不知離思爲誰濃。　醉語低回銀燭背，夢雲重疊繡幃中。只愁歸路見芙蓉。

浣溪沙

一點芳心兩翠蛾。惱人離緒不勝多。尊前忍聽渭城歌。　花落鳥鳴春去也，水長天遠客愁何。此情何處託微波。

校：「翠蛾」，曹溶看本、北大藏本、汪本作「翠娥」。「惱人離緒」，曹溶看本、北大藏本作「惱人情緒」。「花落鳥鳴」，曹溶看本、北大藏本、鮑刻本作「花落鳥啼」。

點絳唇　舟行書見

風起雲飛，蘭舟競入横塘住。惱人何處。隔岸花籠霧。一水盈盈，難送凌波步。空相覷。正如牛女。隔斷銀河路。

昭君怨

昔人賦昭君詞，多寫其紅悲緑怨，作此解之。

隊隊氈車細馬。簇擁閼氏如畫。却勝漢宫人。閉長門。看取蛾眉妬寵。身後誰如遺塚。千載草青青。有芳名。

校：「氈車細馬」，曹溶看本作「擅車細馬」，北大藏本作「檀車細馬」。「却勝」，曹溶看本、北大藏本作「那勝」。「誰如」，曹溶看本、北大藏本作「誰知」。

如夢令

月似二年前好。人比二年前老。今夕又鯨川，但欠酒杯傾倒。聞道。聞道。三徑漸荒秋草。

鷓鴣天　贈泉南琵琶妓

玉手琵琶半醉中。從容慢撚復輕攏。青衫司馬情偏感，翠袖紅蓮藝更工。花淡佇，月朦朧。歸來無語立東風。汗巾紅漬檳榔液，錯認窗前唾繡絨。

校：詞題，原作「贈泉琵琶妓」，據曹溶看本、北大藏本、汪本、鮑刻本補。「從容慢撚」，曹溶看本、北大藏本作「從教慢撚」。

踏莎行 江上送客

芳草平沙，斜陽遠樹。無情桃葉江頭渡。醉來扶上木蘭舟，將愁不去將人去。　薄劣東風，夭邪落絮。明朝重覓吹笙路。碧雲紅雨小樓空，春光已到銷魂處。

校：「紅雨」，曹溶看本、北大藏本、鮑刻本作「江雨」。

按：楊慎《辭品》卷三作張元幹詞，《丹鉛總録》卷十九《張仲舉詞用唐詩語》又作張翥詞。

踏莎行

題趙善長、王元章爲楊核合寫三友圖。

雨澗天寒，孤山雪後。美人空谷誰爲友。香林有路玉煙深，瀛洲無夢朝雲瘦。　照影冰壺，含情翠袖。寫生合在徐黄手。仙家花月鎮長春，與君歲晚同三壽。以上金侃鈔本《蜕巖詞》卷下

校：「楊核」，汪本同，曹溶看本、北大藏本、鮑刻本作「楊垓」。

柯九思 存詞四首

柯九思（一二九〇—一三四三），字敬仲，號丹丘生。台州仙居（今屬浙江）人。以父蔭授華亭縣尉，未補任。元文宗在潛邸，柯九思以薦得到賞識。文宗即位，任典瑞院都事。文宗建奎章閣，柯九思爲鑒書博士。至順二年，受到權臣攻擊，被迫退職，避居吴下。並去世於此。柯九思以畫竹聞名，鑒定書畫及古器物頗有特長。清光緒年間繆荃孫、曹元忠爲柯遜庵輯録柯九思《丹丘生集》五卷，編入《仙居叢書》。柯九思最有影響的是《宫詞》，顧瑛甚至説「議者以爲不在王建下」。還著有《墨竹譜》。生平見《元史》卷三十五、《草堂雅集》（十八卷本）卷一、《西湖竹枝集》、《圖繪寶鑒》卷五、《書史會要》卷七、《吴中人物志》卷十、《元詩選》三集《丹丘生稿》七。

按：柯九思享年五十四歲。生卒年，《全金元詞》作「生於皇慶元年」，「至正二十五年卒」。未注依據。

柳梢青 追和楊補之詠四梅卷

懊恨春初，飄零月下，輕離輕隔。重醖梨雲，乍舒柳眼，羞人曾識。已堪索笑尋簷，早準備、憐憐惜惜。莫是溪橋，才先開却，試馳金勒。

右未開。

柳梢青

姑射論量。漸消冰雪，重試新妝。欲吐芳心，還羞素臉，猶吝清香。　此情到底難藏。悄默默、相思寸腸。月轉更深，淩寒等待，更倚西廓。

右欲開。

柳梢青

翠苔輕搭。南枝逗暖，乍收漸霎。亂插繁花，快張華宴，繞衣千匝。　玉堂無限風流，但只欠、些兒雪壓。任選一枝，折歸相伴，繡屏花鴨。

右盛開。

柳梢青

璚散殘枝。點窗款款，度竹遲遲。欲訴芳情，曲中曾聽，畫裏重披。　春移別樹相期。漸老去、何須苦悲。人日酣春，臉霞清曉，復記當時。

右將殘。　補之詞翰，稱妙一代，此卷尤佳。其《柳梢青》四詞，可以想像當年風致，勉强續貂，以貽好事。丹丘柯九思書於雲容閣，至正元年冬十有一月，日南至也。　以上《鐵網珊瑚》卷十一

江垕　存詞一首

江垕（一二九〇——一三五二），字叔載，號高齋，常山石門（今屬浙江）人。少魁偉穎悟，博學能文，隱居授徒，學者多宗之，其徒多登第。早年從上饒董石潭學，後與從弟江孚、江起從婺州許文懿公學程朱理學，兄弟三人齊名，人稱「三江先生」。生平事蹟見《（嘉靖）衢州府志》卷十二、《宋元學案》卷八十二。

拜新月　追和

七虎當年，朋簪遠盍，千里翩翩飛蓋。竹外流泉，繞青山爲對。想酒邊、談笑長虹，雍容揖遜，猶似廟堂神會。有事中原，肯棄才天外。　豈當時、悮事惟蕁鱠。誰複念、一發青山雲連海。故國神遊，歎時乎不再。歸來、賣劍將牛買。任羣兒、皷弄神樞金甌碎。一笑臨風，問英雄何在。《（光緒）開化縣志》卷十三

趙雍 存詞十七首

趙雍（一二九〇—約一三六〇），字仲穆。吴興（浙江湖州）人。趙孟頫次子。泰定四年蔭授昌國州知州，改海寧知州。至正十四年，累遷集賢待制，至正十六年，航海南還，以湖州路同知致仕。卒年七十餘。書畫並長，詩詞皆工。《知不足齋叢書》有輯本《趙待制遺稿》一卷（詩詞合編），系清人鮑廷博據《趙雍自書詩詞》（《秘殿珠林石渠寶笈合編》五册一五七一頁至一五七四頁）手迹編成。《趙雍自書詩詞》自署：「延祐六年春正月，寄呈德璉姊丈一觀，冀改抹幸甚。書於大都咸宜里之寓舍。趙雍。」生平見《至正四明續志》卷二、《圖繪寶鑒》卷五、《書史會要》卷七、《兩浙名賢録》卷四十六。

玉耳墜金環

乳燕交飛，曉鶯輕囀花深處。畫堂簾幕卷東風，晴雪飄香絮。猶記當時院宇。悄寒輕、梨花暮雨。繡衾同夢，鴛枕雙攲，緑窗低語。　春已闌珊，落紅飄滿西園路。强拈針線解春愁，只是無情緒。無柰年華暗度。黛眉顰、柔腸萬縷。章臺人遠，芳草和煙，萋萋南浦。

校：詞牌下原注：「即燭影摇紅。」

浣溪沙

楊柳樓臺鎖翠煙。楊花簾幕撲香綿。佳人何處隔江山。　芳草已生千里恨，玉笙吹徹五更寒。夜深和淚倚闌干。

浣溪沙

落盡楊花滿地春。緑陰如淬浄無塵。日長庭院掩重門。　斜墜金釵雲半嚲，澹妝香臉粉輕勻。相思偏是少年人。

憶秦娥

春寂寂。重門半掩梨花白。梨花白。芳心如醉，暗思當日。　金釵欲墜烏雲側。佳人望斷天涯客。天涯客。今年又過，清明寒食。

踏莎行

畫角聲殘，金爐烟裊。長空澹澹連芳草。珠簾半捲晚霞明，塞雁無情音信杳。　雨散雲收，離多會少。相思真個令人老。不須惆悵且開懷，一樽滿引愁如掃。

攤破浣溪沙

春草萋萋緑漸濃。梨花落盡晚來風。試問相逢何處好，小樓東。　朱箔影移無限恨，玉簫聲轉曲將終。獨倚闌干誰是伴，月明中。

蝶戀花

顔色如花肌似雪。嬌眼轉波，密意曾低説。羅帶同心愁未結。情多不忍成輕别。　别後相思心更切。異日重逢，鏡裹花難折。寶篆香銷煙漸歇。玉簫吹徹黄昏月。

浣溪沙

翠鎖蛾眉别恨濃。羅衣初試怯春風。相思只爲兩西東。　簾捲玉鈎雲淡淡，香銷金鴨雨濛濛。此情都在不言中。

蝶戀花

枝上流鶯千囀巧。好夢方成，又把人驚覺。臨鏡慵妝眉瀲掃。羅衣寬盡腰肢小。　别久啼多音信少。應是嬌波，不似當時好。簾捲東風深院悄。落紅滿地和芳草。

南鄉子

别久漸生愁。知爲音書苦未收。此際多情應盼我，凝眸。帶得啼痕上小樓。　舉止忒風流。只在城南緑水頭。咫尺藍橋重欲見，無由。兩地相思甚日休。

人月圓

人生能幾渾如夢，夢裹柰愁何。别時猶記，眸盈秋水，淚濕春羅。　緑楊臺榭，梨花院宇，重想經過。水遥山遠，魚沉雁杳，分外情多。

人月圓

相思何日重相見，山遠水偏長。鳳弦雖斷，鸞膠難接，愁滿離腸。　最傷情處，鮫綃遺恨，翠靨留香。故人何在，濃陰深院，斜月幽窗。

校：「斜月幽窗」，原缺「幽」字，據《彊村叢書》本補。

江城子

仙肌香潤玉生寒。悄無言。思綿綿。無限柔情，分付與春山。青鳥能傳雲外信，憑説與，帶圍寬。　花梢新月幾時圓。再團圞。是何年。可是當初，真個兩無緣。極目故人天際遠，多少恨，憑闌干。

江城子

五陵衣馬恣輕肥。競新奇。亦何爲。混處賢愚，誰與辨雄雌。任爾刺天何足道，終不肯、羨群飛。　燕山花落暮春時。杜鵑啼。勸誰歸。耿耿孤忠，惟有此心知。天賦我才還有用，應不至，負心期。

校：「亦何爲」，原缺「何爲」；「燕山花落」，原缺「燕」，均據《彊村叢書》本補。

燭影摇紅

新緑成陰，落紅如雨春光晚。當年誰與種相思，空羨雙飛燕。寂寞幽窗孤館。念同遊、芳郊秀苑。香塵隨馬，細草承輪，都成腸斷。　別久情深，幾時重約閒庭院。高樓終日捲珠簾，極目愁無限。莫恨藍橋路遠。有心時、終須再見。休教長怨，鏡裏孤鸞，篋中團扇。

水調歌頭

春色去，何憂春去尚凝寒。滿地落花芳草，漸覺緑陰圓。馬足車塵情味，暑往寒來歲月，擾擾十餘年。贏得朱顔老，孤負好林泉。　寶裝鞍，金作鐙，玉爲鞭。須臾得志，紛華滿眼縱相謾。功名自來無意，富貴浮雲何濟，於我亦徒然。萬事付一笑，莫放酒杯乾。

木蘭花慢

恨匆匆賦别，回首望，一長嗟。記執手臨流，遲遲去馬，浩浩平沙。此際黯然腸斷，奈一痕、明月兩天涯。南去孤舟漸遠，今宵宿向誰家。　别來旬日未曾過，如隔歲年華。縱極目層崖，故人何處，淚落蒹葭。聚散古今難必，且乘風、高詠木蘭花。但願朱顔長好，不愁會少離多。以上《趙雍自書詩詞》（《秘殿珠林石渠寶笈合編》五册一五七一頁至一五七四頁）

梁宜 存詞一首

梁宜（一二九一——？），字彦中，一字用中，號頤齋，茌平（今屬山東）人。少穎異，年二十四中鄉試解元。翌年，即延祐二年（一三一五），登進士第。知邳州，入爲國子助教，出判大名路，興利除害。至治初，以臺憲薦選知嶧州。移順州，創蒙古字學，天曆中，獨率丁壯嚴守居庸關，順州賴以寧。累官至禮部尚書。所至有治聲。著有《五經疑問》《大學序解》等。生平事蹟主要見于《（萬曆）東昌府志》卷十九，《（康熙）茌平縣志》卷二，《（光緒）嶧縣志》卷十九。

滿江紅 太清觀題壁

上盡重巒，要飽玩、四圍山色。自笑、平生痼癖，膏盲泉石。簷溜暗鳴幽澗玉，巖雲不礙前峰碧。羨投林、高翮落霞邊，歸飛急。苔徑暗，寒蛩泣。松牖静，馴禽寂。正秋霖初霽，濃嵐如滴。火滅地爐丹竈冷，樹攢煙竇霓旌濕。待塵緣、擺脱會仙遊，尋陳跡。光緒三十年刻本《（光緒）嶧縣志》卷二十三

校：「自笑、平生痼癖」，按律，此處闕一字。

趙一之 存詞一首

趙一之，元吴興（今浙江湖州市）人。生平事跡不詳。《（光緒）嶧縣志》卷二十三録其和梁宜《滿江紅》一首。

滿江紅 和韻

城外青山，遮不盡、赤城霞色。何處訪、初平舊隱，滿岡頑石。風舞征衫天籟爽，雲生屐齒苔花碧。搗玄霜、吾欲駐朱顏，光陰急。　茶浪湧，銅瓶泣。香篆静，雲璈寂。向松林凝佇，淚珠空滴。丹竈無煙山鶴睡，經壇有月霞裾濕。怪蓬萊、清淺列仙游，成塵跡。光緒三十年刻本《（光緒）嶧縣志》卷二十三

吴景奎　存詞十一首

吴景奎(一二九二—一三五五),字文可。蘭溪(今屬浙江)人。早年,以好學聞名,十三歲爲鄉正。至治初,海道萬户劉貞聘爲浙東憲府掾、憲府從事。次年,劉貞離任,吴景奎辭歸鄉里。部使者舉薦署興化路儒學録,以母親年老爲辭。至正十五年卒於家,享年六十四。吴景奎長於寫詩,更以論詩著稱。宋濂自云是吴景奎「契家侄」,爲其詩集作序提到,「公嘗與濂劇論至斯」,慨歎「詩道亦幾乎息矣」,「彈指三歎」。去世後,其子吴履及門人黄琪將遺詩編爲《藥房樵唱》三卷,今存。詞作收録在卷三。另輯有《諸家雅言》,今未見。生平見吴履撰《處士吴公行述》、黄溍撰墓誌銘、張順祖撰《吴文可傳》(均見《四庫全書》本《藥房樵唱》附録)、《元詩選》二集《藥房樵唱》小傳、清朱琰《金華詩録》卷十九。

滿江紅　天台道中

翠逼籃輿,天台路、樹迷煙際。襟袖冷、朔風初度,露華才墜。珠斗横空孤嶂遠,金波摇月寒潭碎。問劉郎、采藥遇神仙,知何地。終不負,風雲志。還有待,江山意。想瑣窗應念,故人歸去。翠羽梅花山下夢,青衫楓葉江頭淚。算郵亭、一曲好姻緣,何時會。

唐多令　雪

春近柳依依。天台客未歸。任東陽、減却腰圍。手撚梅花吟未了，驚眼底，雪花飛。　相對兩忘機。青山陡覺非。想鵝池、夜令難違。誰道子猷豪富甚，銀箬笠，玉蓑衣。

校：「雪花飛」，原作「雲花飛」，據《四庫全書》本改。

桂枝香　楊潤之得家書

霜凝翠閣。謾獨剪燈花，斜照羅幕。點檢芳心舊事，幾多成錯。清愁正爾無聊賴，聽梅花、數聲殘角。小窗風細，虛簷月轉，怎禁寥寞。　笑鬢底、年華老却。問前度劉郎，何處重約。流水桃花，別後幾番開落。吾廬三徑歸來好，任緇塵、暗迷京索。鳳臺人遠，雁書頻寄，喜占烏鵲。

洞仙歌　漫興

雲間倦翼，向林邊知倦。回首吾廬夢中見。□霜催吟鬢，塵涴征衫，竟孤負、清夜猿驚鶴怨。　綈袍空敝却，歲月無情，贏得當時故人戀。謾索笑，共梅花，弄粉吹香，怕腸斷、東風庭院。柰芳草萋萋怨王孫，看江北江南，幾回青遍。

校：「□霜催」，原作「霜催」，依詞律補。

滿江紅　歸故居答楊潤之

袖拂西風，臨古道、行行且止。遥指處、故園三徑，歸程十里。老虹青紅疏雨外，遠山紫翠斜陽裏。更澄江、萬頃白鷗輕，天連水。　銅花鏽，貂裘敝。空負了，平生志。慨幾多往事，昨非今是。仙沈腰圍緣底瘦，愁潘鬢影今如許。有元龍、百尺最高樓，君來倚。

最高樓　寄謝國芳

西池草，和夢泛晴暉。幾度見春歸。寒沙盟冷鷗先覺，秋江影落雁初飛。故園荒，征路遠，信音稀。笑逆旅、光陰忙似箭。更好染、髭鬚何用鑷。驚夜杵，搗寒衣。桃花流水應無恙，小山藂桂更疇依。早歸來，新酒熟，菊成圍。

滿庭芳　己卯七月十一日得潁

露洗新秋，天浮灝氣，桐孫初長庭隅。裀裁紅錦，門左記垂弧。白髮萱親笑道，于今見、四葉喜榮敷。天台路，吾兒知不，倩雁報安書。山中何所有，石田茅屋，菊徑瓜區。更寒窗老硯，他日儘傳渠。願汝身如犢健，看書罷、更學把犁鋤。稱鄉里，善人可矣，卿相又何如。

念奴嬌　寄蕭善之

絳河明月，到中秋、不比尋常三五。神女夢，寒生嫉妒，特地行雲行雨。天上嬋娟，人間陰晦，悵望成悽楚。金尊翠袖，澹然相對無語。遥想天柱峰頭，通宵宴賞，此地今何處。争似銀橋侵漢表，直入瓊樓玉宇。桂樹婆娑，羽衣淩亂，偷得霓裳譜。素娥應笑，醉來狂興如許。

大江東　壽輝東陽丁亥正月十三日生推命者丙戌算因戲及之

東陽老子，問天公、乞得兩番六十。初度孟陬春未到，却算去年丙戌。火樹銀花，先開三夜，照耀維摩室。祇園樹下，争看無量壽佛。人道雙峴峰頭，乾坤清氣，鍾此彌天釋。掛錫藂林三十載，玉檢芝泥猶濕。嶺上白雲，儘堪怡悦，恐被風吹出。法身强健，摩挲時問銅狄。

疏影 爲劉架閣賦贈妓者

縞衣仙子，倚東風花信，先占春色。殢酒含嚬，脈脈無言，青鳥爲傳消息。暗香一點才浮動，早自有、東君憐惜。想前身、傅粉精神，化作飛瓊肌骨。還向影娥池上，借霓裳一曲，徘徊歌席。清夜梨花，同夢方甘，又似楚雲蹤跡。新歡舊恨知多少，算檀板金尊消得。折芳馨、欲寄相思，人在江南江北。

沁園春 贈鄭伯洪

谷口仙田，瑶草誰栽，山中子真。向紫霞洞裏，鑿開丹室，素華臺上，瞻望飆輪。王子吹笙，洪厓握手，爛醉桃花萬樹春。都休問、蓬萊清淺，天地氤氲。有時澡雪精神。誦蕊笈丹書小篆文。更佩聯明月，劍寒秋水，或笞鸞鳳，或翳麒麟。碧落空歌，紫虚鬱秀，征挾飛仙拜玉宸。天門近，聽履聲直上，高步星辰。以上《續金華叢書》本《藥房樵唱》卷三

許有孚　存詞二十首

許有孚，字可行。湯陰（今屬河南）人。許有壬之弟。自國學上舍，舉至順元年進士，授湖廣儒學副提舉，後改湖廣行省檢校。至正元年任南臺御史，遷太常院同僉。許有壬辭官歸隱相州，治圭塘園林，與弟許有孚、子許楨、門下士馬熙唱和，所作編成《圭塘欸乃集》二卷，周伯琦作序。《元詩選》初集在許有壬《圭塘小稿》之後，附收許有孚詩十一首。《圭塘欸乃集》與《圭塘小稿》均有許有孚圭塘園林唱和之詞。生平見《至正金陵新志》卷六、《元詩選》初集《圭塘欸乃集》附許有孚小傳、《元詩紀事》卷十三。

摸魚子　並引

至正戊子秋，吾兄中丞公以賜金得康氏廢園於相城之西。池陻亭圮，垣墝卉木伐，惟雙古檜在庭。徒具畚鍤，從事疏鑿，池廣袤千餘步，深一仞，形如桓圭。西橢二洲，東規一島，帶以平堤，繚以周垣，渠於乾艮，以時啓閉。臺於坤維，高可數丈，西山巖麓，近在眉睫，百里之景可攬而有。視亭之罅漏塡葺而户牖之，南爲道，道中爲橋。十一月五日，導水入池，縱魚數千尾，作樂合賓友落成。將橋於二洲，舫於水，蓮於池，柳於堤，果於亭側，松竹花草於池南，次第而時植焉。昔人平泉緑野，吾不知其何如。若是園者，亦城西之佳地矣。公杖履，或氅衣，或宮錦，招佳賓，挈子弟，觴詠其間，香山獨樂，不是過也。公嘗謂池成，當用晁補之《摸魚子》首句「買陂塘旋載楊柳」爲樂府。未幾，明初馬先生先摭此以爲公壽。公歡然，即席和之，命有孚同賦，得二首。池既成，載賡八韻，通爲十闋，以成初意，且以爲同聲唱和張本。公因題之曰「圭塘欸乃」，是池得佳名矣。然園有亭臺，命名紀實，則必待公爲記焉。

買陂塘旋栽楊柳，詩翁急欲知務。平生想像江湖意，幾度鷄鳴風雨。皃有渚。直晚景桑榆，才得烟霞嶼。先賢好語。道鍾鼎山林，神仙宰相，從昔不同趣。　西池路。天意而今都許。佳人協律調吕，浮沈願入鷄豚社。其奈香山佳句。誰我酹。又菊節相催，先約修花譜。　猶今視古。有洹水秋聲，林慮爽氣，壯觀我西圃。

校：底本無詞序，據《藝海珠塵》叢書本《圭塘欸乃集》補。

摸魚子

買陂塘旋栽楊柳，山中道士家務。豐年城市秋偏好，又近重陽風雨。蘭汎渚。雖信美江山，不似吾雙嶼。孫兒學語。説桑梓光陰，松筠節操，歲歲有驢趣。　沙堤路。身退功成天許。非熊夢斷占吕。但教階下人如謝，解道春池新句。尊有酹。更不説、傳家事業光吾譜。衣冠尚古。有雙檜亭臺，萬荷池沼，安我邵平圃。

摸魚子

買陂塘旋栽楊柳，平章風月專務。歸來温樹無人問，但聽四窗荷雨。圓作渚。准擬似、神仙瀛海烟波嶼。凭闌獨語。笑元亮謀生，秫多菊在，惟識酒中趣。東華路。朝士從教推許。廟堂議論如吕。謝學士序公《文過集》曰：「端承乏翰林，亦嘗得預廟堂大議。公於事有不可，輒危言極論盡其後當何如，莫道夷簡不曾説來，聞者爲竦立。」而今不説經綸話，只辨城西聯句。隣酒醑。更乘興相從，香鼎并琴譜。平生考古。已散却黄金，换回清福，倚杖看爲圃。

摸魚子

買陂塘旋栽楊柳，園亭儘有公務。東山更理閒絲竹，莫用蒼生霖雨。鷗鷺渚。澹相對忘機，不羡蓬瀛嶼。平生願語。便泉石膏肓，烟霞痼疾，始遂隱居趣。邯鄲路。老我頭顱如許。黄粱何日逢吕。斜川便是桃源洞，千載歸來辭句。巾漉醑。笑琴亦無絃，何處求新譜。茫茫萬古。任滄海桑田，白衣蒼狗，不到老農圃。

摸魚子

買陂塘旋栽楊柳，閒人有此忙務。平泉緑野吾無羡，僅著一蓑烟雨。舟泊渚。更把釣觀魚，宛在池中嶼。掀髯自語。待月到天心，風來水面，笑領此時趣。堤邊路。斸藥隣翁相許。阿蒙非復前吕。西山如畫花如錦，專待公來尋句。瓢挹醑。聽牧唱樵歌，高下從無譜。何須説古。只待漏東華，軟塵千尺，應不到玆圃。

摸魚子

買陂塘旋栽楊柳，佳人屢輟齋務。扁舟蕩漾亭深處，堪避片雲踈雨。明月渚。有仙子凌波，解佩留芳嶼。園丁亦語。道四美俱全，二難巧遇，杯酒易成趣。　昇平相，原與旌陽同許。水雲身世希呂。歸來却覓玄真子，不和岳陽樓句。斟桂醑。悵瑶琴朱絃，遺曲誰能譜。談今援古。聽無底詩囊，有源詩派，何必種芝圃。

摸魚子

買坡塘旋栽楊柳，不妨三月農務。溪翁走報新痕漲，昨夜西山雷雨。將没渚。有複道雙洲，繚繞通孤嶼。黄鸝對語。正春色暄妍，物華明媚，好在浴沂趣。　天涯路。芳草茫茫如許。鑾幭難寫心吕。碧雲冉冉春波緑，都是相思情句。花共醑。似梅與山礬，臭味曾同譜。堤陰樹古。要亂絮漫空，柔條醮水，慎勿折樊圃。

摸魚子

買陂塘旋栽楊柳，詩人何遜曹務。水雲鄉裏看雲錦，不羡落花紅雨。如顧渚。膾鮮鯽銀絲，畫舫縈回嶼。花嬌欲語。任瀲灩荷觴，淋漓宫錦，痛飲是佳趣。　虚閒地，更有圖書如許。坑灰追笑嬴吕。北窗一榻清風細，讀罷羲文章句。姑置醑。對避暑樓臺，名畫宣和譜。亭前檜古。看黛色參天，霜皮溜雨，閒殺漢陰圃。

摸魚子

買陂塘旋栽楊柳，新來已見成務。小山叢桂人如玉，何用爲雲爲雨。懷北渚。悵渺渺予懷，目斷游龍嶼。憑誰寄語。正宋玉悲秋，桓温種木，妨我遠游趣。西風勁，一鶚横空何許。匆匆月又南吕。崇臺迥出雲霄表，好是登高題句。時載酹。却不似香山，淚落琵琶譜。毋多讓古。有黄菊青松，寒香晚節，吾不負吾圃。

摸魚子

買陂塘旋栽楊柳，英雄頗識時務。老臣正欲彰君賜，未辨萬間風雨。安石渚。可無事争墩，吾自安吾嶼。從人浪語，且雪後觀山，鐙前飛蓋，不動剡溪趣。西湖夢，却要扁舟來許。何時命駕如吕。對梅渾似蘇堤上，追和逋仙佳句。茶當酹。有佳客相過，刻燭論詩譜。因評近古。自晝錦歸來，觀魚軒後，誰更問園圃。

太常引

藕花無數半開時。池上客來稀。杖履獨徘徊。忽翠蓋、因風盡欹。天工妝景，水神輸供，陶寫費新詩。身外杳難期。笑士價、才堪五皮。

太常引

緑衣持節擁亭亭。玉立萬娉婷。一見寸心傾。任詩畫、無聲有聲。新篁摇葆，蒼松張蓋，山色入簾青。雲淡午風輕。看樹影、西窗又横。

太常引

水文湘簟織霜筠。座客句清新。何物是紅塵。更着個、漁舟寫真。　趙公琴鶴，謝家絲竹，漉酒又陶巾。不獨太平民。好鳳閣、鸞坡舊人。

太常引

靚妝仙子謝纖穠。獨立水雲紅。綽約畫闌東。似姑射、冰肌雪容。　翠盤承月，玉杯擎露，粲粲蕊珠宮。真賞有隣翁。盡添入、霓裳曲中。

漁家傲

莫訝圭塘春縹緲。要知生意從冬杪。柳動長堤冰泮沼。庭院悄。舊巢又見來玄鳥。　九十韶華容易老。鏡中勳業慚頻照。招飲便須忙罷釣。休醉了。東君要聽漁家傲。

漁家傲

濃緑園林光莫葆。詩翁只愛窻前草。驟雨才過蝸又鬧。亭館好。日長人在蓬萊島。　風度新松聲嫋嫋。酒酣却笑瀛洲小。柳外荷邊休計較。皆可棹。採蓮人和漁家傲。

漁家傲

雲外賓鴻聲漸杳。羈人聽罷如嘗蓼。我對清尊時復倒。風露早。黃鷄果是能催曉。　蓮褪殘紅涼乍到。水天一色供遊眺。短笛悲秋知者少。吹別調。新翻商意漁家傲。

漁家傲

雪後西山崖壁峭。奇觀難與他人道。煨芋有爐無客造。從壑誚。巡簷且索梅花笑。　冷蕊疎花開矯矯。水村妝點霜林槁。賴有此君同節操。成二寶。淺斟低唱漁家傲。以上文淵閣《四庫全書》本《圭塘欸乃集》卷上

柳梢青　可行太常弟即席次韻　二首

遠岫浮嵐。澄江拖練，飛夢雲帆。樂事關心，菊朝烹蟹，燈夜傳柑。　春郊隨處行菴。聽騶從、擕花幾籃。洲渚凝妝，園林窮勝，好箇江南。

柳梢青

山潤浮嵐。溪清呈底，畫舫無帆。酒友詩朋，香芹鮮鯽，緑橘黄柑。　風亭月榭雲菴，更奇品、花盆果籃。城市繁華，湖山佳麗，好箇江南。以上文淵閣《四庫全書》本《圭塘小稿》别集卷上

馬熙 存詞十八首

馬熙，字明初。衡州安仁（今屬湖南）人。仕至右衛率府教授。與許有壬、許有孚兄弟交往密切。許氏兄弟及許有壬之子許楨集唱和詩詞，題爲《圭塘欸乃集》，其中有馬熙之作。《圭塘欸乃集》收入馬熙詞十八首。《元詩選》初集《圭塘欸乃集》，在許氏兄弟之後附馬熙詩四首。生平見《元詩選》初集《圭塘欸乃集》附馬熙小傳、《元詩紀事》卷十三。

摸魚子 并序

中執法安陽公初度之辰，熙賦樂府爲壽，以「買陂塘旋栽楊柳」爲首句，爲新得園池，成公志也。公洎可行都司各和二首，楨和二首。既而可行董浚築之役，竣事，復八賡韻，公亦如之，愈出而愈奇，有本者如是夫。公命熙復賡，而鼯技窮矣，搜枯得九首，并倡爲十闋，謹録以呈，伏希指教。

買陂塘旋栽楊柳，參知緑野機務。春花秋月冬宜雪，夏有芰荷風雨。亭北渚。更倚棹觀魚，時憩東西嶼。掀髯自語。任黄閣絲綸，彤庭劍履，未换涉園趣。　人間世，多少高眠巢許。勳庸終愧伊吕。得閒宰相方爲貴，誰識山中詩句。觴玉醑。看老鶴蹁躚，舞入南飛譜。清風萬古。是舊隱晞韓，新堂醉白，香滿菊花圃。

摸魚子

買陂塘旋栽楊柳，參知老圃機務。宰臣得請歸田里，久旱忽逢甘雨。懷鄂渚。悵黄鶴樓前，鸚鵡翔烟嶼。騷魂可語。奈信美江山，無窮湖海，難得故鄉趣。　西園地，天意昔年曾許。塤篪近協音吕。築臺浚沼方竣事，更辦雪兒佳句。仍酹醑。爲禱爾三家，恐有治園譜。今吾勝古。問孟氏芳隣，向時康樂，何似東之圃。

摸魚子

買陂塘旋栽楊柳，參知圭沼機務。石渠瀌瀌鳴西北，不用九天瓢雨。魚在渚。又戲藻翻荷，遶遍方圓嶼。魚如解語。道惠子忘言，莊周忘象，豈識水中趣。　寒泉上，雲影天光如許。高談曾會朱吕。此中儘有源頭水，添我感懷新句。姑却醑。便合著葉嘉，百世雲仍譜。心源汲古。任智井無波，方塘好在，餘潤及蔬圃。

摸魚子

買陂塘旋栽楊柳，參知三島機務。方壺圓嶠千夫力，揮汗已能成雨。鳧立渚。看兩兩胎禽，俯伏紅雲嶼。忘機對語。儘較短量長，昨非今是，未害老仙趣。　山中計，長史詎能羈許。糊塗政合晞吕。交梨火棗如緘惠，何必雲林摛句。鉼罄醑。問玉醴金漿，通我仙宗譜。嘗聞往古。説舟近蓬萊，風猶引去，何處覔縣圃。

摸魚子

買陂塘旋栽楊柳，參知漁艇機務。巨川冒涉風波險，此際纜烟維雨。朝泊渚。到日落蒼波，移傍寒梅嶼。翠禽無語，甚雪意方深，月明空載，獨棹始成趣。 鑾坡夢，年少紛紛權許。科名更欲侔吕。桃花浪暖多肥鱖，不識緑蓑詞句。常載酹。豈特與、筆床茶竈聯文譜。閒忙今古。是世上何人，淵明日涉，董子不窺圃。

摸魚子

買陂塘旋栽楊柳，池亭檢校公務。團茅時復羲皇上，驚夢每勞窗雨。東望渚。却不似西偏，略彴連雙嶼。于時語語。待柳色環堤，荷香入座，方足倚闌趣。 園丁憩，直把廉名自許。端如司馬家吕。十千護得簷前檜，莫詠蟄龍奇句。誰酌酹。試共看東皋，五斗先生譜。明當倣古。要渠列箕疇，牖縣羲畫，學取晦翁圃。

摸魚子

買陂塘旋栽楊柳，平堤檢校公務。近來不用新沙築，屐齒要深苔雨。蘭藝渚。植桂樹團團，宛在池中嶼。堤應怨語。只有恨柔條，無情飛絮，日與我同趣。 周垣下，杖策已蒙神許。饐瓜何用懷吕。丈夫志不期温飽，愧爾碧紗籠句。行且酹。聽弦索迎風，吹入新翻譜。由今視古。對草緑西湖，裙腰一道，端合讓西圃。

摸魚子

買陂塘旋栽楊柳，飛橋檢校公務。當年題柱非無意，借用墨池玄雨。沱共渚。早有路潛通，海上三神嶼。歸來笑語。便玉螮橫空，金鯢跨海，安有野亭趣。裴中令，別墅相師惟許。倡酬聲應鍾吕。若教子午成丁卯，容得老漁尋句。忙喚醑。好浄洗窮愁，却與論詩譜。西風道古。我欲繫匏瓜，匏瓜何在，緱氏已無圃。

摸魚子

買陂塘旋栽楊柳，崇臺檢校公務。西山遠獻千巖壑，總解蓄雲藏雨。臨淺渚。更俯視銀濤，萬頃摇孤嶼。姮娥寄語。約静影浮光，浴金沉璧，方領眺蟾趣。登臨地，休逸主人先許。買隣邀我從吕。黄金鑄作千錢賀，不及無聲新句。斟緑醑。甚欲把園亭、草木隨時譜。歌豳驗古。看祭韭條桑，薪檴剥棗，納稼築場圃。

摸魚子

買陂塘旋栽楊柳，夢中還理家務。十年不到衡山麓，孤負楚雲湘雨。蘋映渚。渺杜若江蘺。香接烟霞嶼。口心相語。爲蠅驥東西，雲龍上下，誤却釣游趣。生平志，願識平輿二許。煌煌岳降申吕。斐詞敬爲先生壽，博得月章星句。毋我醑。只小草幽蘭，心醉離騷譜。松存徑古。待遊遍西園，荷鋤歸去，吾亦愛吾圃。以上文淵閣《四庫全書》本《圭塘欸乃集》卷上

太常引

園池多在魏公時。盛極自然稀。天遣可翁回。要扶起、臺傾榭欹。圭塘如此，藕花無數，一笑領翁詩。帝里不須期，怕鞾似、三司面皮。

太常引

園中風物水中亭。消得兩娉婷。濁酒卷荷傾。早洗盡、箏聲笛聲。四隄晴柳，一天花氣，付與晚山青。飛絮挾雲輕。任膝上、瑤琴自横。

太常引

穲紅酣日照修筠。光景一時新。萬扇却游塵。看出浴、温泉太真。榜中龍虎，班頭鵷鷺，無復困冠巾。花亦識天民。問身到、黄扉幾人。

太常引

露桃雲杏不勝穠。合讓水花紅。别種出林東。爲冰雪、相看改容。洹堂雙瓮，此時千葉，愁絶閟珠宫。貯酒待吟翁。念疇昔、時來一中。

漁家傲

香霧空濛烟縹緲。青歸林木先從杪。若采芳洲蘩采沼。花事悄。幽情聊復忘魚鳥。　鳥倦知還亭月老。魚安淺碧吹斜照。魚若有言求直釣。秦吉了。也應能唱漁家傲。

漁家傲

八十隣翁頭似葆。爲言環翠埋荒草。不似圭塘風物鬧。清晝好。來遊往往逢郊島。　細浪粼粼風嫋嫋。柳絲柔直荷錢小。鳧短鶴長無用較。舟可棹。扣舷重和漁家傲。

漁家傲

涼入槐陰門巷杳。秋容次第歸蘋蓼。潦盡波寒亭影倒。征雁早。一聲喚起江天曉。　菊外白衣殊未到。沙堤留得西山眺。何事木蓮花獨少。詩與調。倚風仍度漁家傲。

漁家傲

池上水枯垠岸峭。池邊雪霽無行道。三島遥遥心欲造。舟子誚。拏舟恐受堅冰笑。　遵渚一鴻方矯矯。告饑雙鶴從形槁。吾亦安能充爾操。惟善寶。歲寒歌徹漁家傲。以上文淵閣《四庫全書》本《圭塘欸乃集》卷下

宋褧 存詞四十首

宋褧(一二九四—一三四六),字顯夫。大都(北京市)人。宋本之弟。早年其父在江陵等地任職,宋本、宋褧均就學江南。延祐初,與兄宋本挾所作詩歌還京師,泰定元年舉進士,除秘書監校書郎,改翰林國史院編修官。建詹事院,任照磨。遷翰林修撰。後至元三年,擢監察御史,出僉山南廉訪司事,改西臺都事。入朝,拜翰林待制,遷國子司業,與修遼、金、宋諸史,拜翰林直學士,又兼經筵講官。卒,追封范陽郡侯,謚文清。宋褧與其兄宋本齊名,人稱「二宋」或「大小宋」。有詩文集《燕石集》十五卷,卷十存詞四十首。生平見蘇天爵撰墓志銘(《滋溪文稿》卷十三)、《元史》卷一八二、《元詩選》二集《燕石集》,清人鄒樹榮著《宋文清公年譜》一卷(收入《一粟園叢書》)。

據中國國家圖書館藏清鈔本《燕石集》卷十編録宋褧詞。

滿庭芳　汴中寒食

雨意愔愔,養花天氣,賣餳何處春簫。清明上巳,車馬正連朝。對酒唱、歸時多忘,惜花心、醉後偏饒。凝雲暮,青樓簾捲,幾度對魂銷。　無聊。空悵望,東闌雪賸,北郭香飄。夢江南行樂,水遠山遥。深院宇、緑窗啼鳥,明寒食、寶月良宵。秋千外,柳風柔小,無力著春嬌。

滿庭芳　寒食傷先兄正獻公

魂黯雪山，淚零風野，轉頭三度清明。感今懷舊，何事不傷情。文史共、梁園書几，臯盧對、溢浦燈檠。經行處，洞庭彭蠡，同載赴瑶京。　才名。人盡羨，朝家大宋，陸氏難兄。但駑駘小季，少後鵬程。丹桂樹、何論高下，紫荆花、早變枯榮。微衷苦，亂峰如樹，幽恨幾時平。正獻與予嘗同寓汴中朝元宫一年，又嘗客九江，值除夕，共博而守歲，後同歸京師赴舉。

穆護砂　燭淚

底事蘭心苦。便淒然、泣下如雨。倚金臺獨立，揾香無主。腸斷封家相妬。亂撲簌驪珠愁有許。向午夜、銅盤傾注。便不似，紅冰綴頰，也濕透、仙人煙樹。羅綺筵前，海棠花下，淫淫嘗怕鳳脂枯。比雒陽年少，江州司馬，多少定誰如。　照破別離心緒。學人生、有情酸楚。想洞房佳會，而今寥落，誰能暗收玉筯。算只有金釵曾巧補。輕濕盡、粉痕如故。愁思減、舞腰纖細，清血盡、媚臉膚腴。又恐嬌羞，絳紗籠却，緑窗伴我檢詩書。更休教、鄰壁偷窺，幽蘭啼曉露。

木蘭花慢　題蛾眉亭

喚山靈一問，螺子黛、是誰供。畫婉孌雙蛾，蟬聯八字，雨淡煙濃。澄江嬋娟玉鏡，儘朝朝暮暮照嬌容。只爲古今陳跡，幾回愁損渠儂。　千年顰蹙謾情鍾。慘緑帶雲封。憶賞月天仙，然犀老將，此恨難窮。持盃與、山爲壽，便展開、修翠恣疏慵。要似絳仙嫵媚，更須嵐靄空濛。吴絳仙，煬帝宫人，鳳舸殿脚女，善作眉嫵。

望海潮　海子岸暮歸金城坊

山含煙素，波明霞綺，西風太液池頭。馬似游龍，車如流水，歸人何暇夷猶。叢薄擁金溝。更蕭蕭宮樹，調弄新秋。十里煙波，幾雙鷗鷺兩漁舟。　暮雲樓閣深幽。政砧杵丁東，弦管啁啾。淡淡星河，熒熒燈火，一時清景難酬。馬上試冥搜。填入耆卿譜，模寫風流。明日重來柳下，攜酒教名謳。

人月圓　中秋小酌

紅螺香灩金莖露，清興溢璇霄。玉盤光冷，雲鬟霧濕，丹闕煙消。□□此夜，明年明月，何似今宵。西風唤我，瑶階折桂，綺檻吹簫。

按：「□□」，據詞律補。

人月圓　誠夫兄生子名京華兒

神州佳麗明光錦，生出玉麒麟。四筵都愛，西山眉翠，太液瞳人。他年應是，鬬雞走馬，紫陌紅塵。這回休更，燕秦樹栗，江浦垂綸。

菩薩蠻　送遼西憲掾孫還司延祐己未樂亭縣作

紫髯如戟霜臺掾。風生采筆來行縣，邂逅海天涯。盍簪能幾時。　柳梢春尚冷。無物堪持贈。爲謝幕中蓮。殷勤寄短篇。許可用時在憲幕。

菩薩蠻　丹陽道中

西風落日丹陽道。竹岡松阪相環抱。何處最多情。練湖秋水明。　驛城那憚遠。佳句初開卷。寒鴈任相呼。羈愁一點無。

菩薩蠻

衛州道中。至元四年十月，與八兒思不花御史同行。按行河南四道。

兩岐流水清如酒。草根風蹙冰皮皺。雪浄太行青。聯鑣看畫屏。　按行多雅致。解起澄清志。回首五雲天。東華塵似煙。

菩薩蠻　偃師道中

北芒古塚紛無數。崔嵬羅列城山阜。何處斷碑横。無人知姓名。　今墳如蟻垤。回首成磨滅。今古兩堪哀。停驂酹緑苔。

春從天上來　壽張惟健五月十六日

帝敕朱明。擁丹穴仙雛，表瑞升平。天上公子，齊岱精英。玉樹照映神京。渺翩翩紈袴，有誰似、間氣玄成。妙才情。擅鍾王筆意，韋杜詩聲。　薫風黑頭初度，笑時世紛紜，舞雪歌鶯。燕子簾櫳，葵榴庭院，天壤至樂難名。邈軒裳奕世，青雲步、紫綬華纓。八千齡。看緇衣父子，赤舄公卿。自號至樂齋。

春從天上來

至元六年庚辰元日立春，將爲山南僉憲，按部至應城縣，作此詞奉寄許可用大參、陳景議憲副。

旭日暾暾。爛春餅堆盤，壽酒盈尊。玉帛交錯，襟佩翩翻。想像虎豹天門。靄蓬萊雲氣，布淑景、漸遍乾坤。黯消魂。杳洋洋韶濩，赳赳櫜鞬。　升平萬方元會，念去國孤懷，盛事誰論。黄閣儒臣，烏臺舊客，會是執法調元。望蒲騷小邑，纔咫尺、寂寞山村。撫嬋娟。料梅邊傾倒，回拜天恩。

賀新涼　壽劉時中五月廿又八日

繡陌經新雨。致升平、五弦琴裏，薰風吹户。夏館深沉晨容好，寶鼎紅雲香霧。還又是、逋仙初度。疇昔驂鸞騎赤鳳，遡西清、佳致淩霄步。天壤外，快豪舉。　遨遊又作湖山主。百千回、笑談詩酒，盤桓容與。未信星星能侵鬢，青鏡流年如許。畢竟到、廣寒天府。多少文章真事業，鶴南飛、自愧無佳語。弦寶瑟，勸霞醑。

賀新涼

徐復初池亭聽雨軒至治辛酉。時予將之湖南。

銀竹能宮羽。向荷盤、跳珠腷膊，花奴羯鼓。瀏瀏泠泠春泉□，滴盡槽頭香醑。愛徽外、遺音太古。暗度松筠時淅瀝，恍吴娃、□枕傳私語。君試聽，有佳趣。　主人未解離愁苦。對涼秋、芭蕉巨葉，梧桐高樹。夢斷羅裙天如漆，一寸鄉心凄楚。點點是、寂寥情緒。明日孤舟成獨往，更難堪、長夜瀟湘浦。憑曲檻，且容與。

虞美人　寄壽周子善二月十一日

暖風金鼎香醽醁。想像人如玉。天南地北兩心期。爾汝忘形，如願定何時。　夫君政自章臺柳。壽相人稀有。吟餘時復飲丹砂。何求必仙，遠訪稚川家。武陵城中有丹砂井，里又相傳飲之者壽。周，武陵人也。

虞美人　福州北還雨中觀梅

十年久共梅花別。乍見殊佳絶。臘前風景雨中天。翠竹青松，恰如映清妍。　繁枝開遍香成陣。觸目忘離恨。玉人誰使似冰肌。酒罷歌闌，一向又相思。

緑頭鴨

送張仲容過維揚，復之錢塘結婚。正月二十日出京，是其壽日也。

緩摇鞭。銷魂橋上留連。恰春波、鴨頭新緑，倉皇便買吴船。就華堂、溶溶壽酒，作繡陌、草草離筵。傾蓋論交，分袂怨別，春風秋月僅經年。都門道、紛紛輕薄，餘子政堪憐。　夫君妙，心期湖海，意氣雲天。便明朝、拂衣徑去，天涯幽恨無邊。暮維舟、沙鷗颺雪，春市酒、淮柳垂煙。緑水迢迢，青山隱隱，浙江雲擁洞房仙。對西湖、煙濃雨淡，少少占芳妍。歸來好，扶摇九萬，水擊三千。

望月婆羅門引　江上晚泊

短衣烏帽，京塵眯目强鑽頭。夢中八表神遊。今日江山佳處，便欲賈胡留。愛峰嵐滴翠，天水涵秋。斷霞漸收。見隱隱兩蛾愁。好在九華煙樹，秋浦沙鷗。相看依舊，但憔悴潘郎俗狀羞。孤負却、嘯傲林丘。

水調歌頭 寄誠夫兄在江南作時兄在史館校讎先朝實録

登車就長路，曉日照皇州。風吹紫荆花落，那更別離憂。咫尺天南地北，想像雲窗霧閣，人在古瀛洲。粉筆校書罷，烏帽拂塵遊。　出銀臺，心浩浩，思悠悠。人間萬事姑置，食邑素封侯。收拾金鑾遺事，記取玉壺清話，此外復何求。勳業好看鏡，緑鬢不禁秋。

校：「勳業」，底本缺，據《彊村叢書》本補。

蝶戀花 青田舟中

無數好山攢碧樹。山下郵亭，亭下牽舟路。山色娱人相指顧。時時又被灘聲妒。　寒日光陰容易度。雲去雲來，那更商量雨。强把羈愁排遣去。一尊酒盡青山暮。

蝶戀花 河内王幹臣號竹溪

門外紅塵溪上竹。竹似琅玕，溪水清如玉。溪上主人情不俗。多應每食能無肉。　千載高標成倏忽。六逸飄然，君爲追遐躅。莫向溪邊閑濯足。我知孺子歌難續。

清平樂

武陵客舍小酌，與田父相對酬酢。聞農師子嘉諸人，方飲他所，歡甚。

花臺竹塢。對雨羅樽俎。邂逅田翁同笑語。問訊村墟禾黍。　酒徒咫尺高陽。粉營狎坐飛觴。

一種麯生風味，不知誰弱誰强。

清平樂　車廍道中

青松烏柏。寒食來車廍。滿目山明仍水秀。忍聽玉驄馳驟。　紅橋掩映山莊。酒旗摇曳林塘。好在鶯湖春色，笑人不暇飛觴。村舍酒簾書：鶯湖春色，蓋酒名也。

校：「紅橋」之「紅」，底本缺，據文淵閣《四庫全書》補。

如夢令

題楊補之施篷墨梅。卷中他詩，有「忍寒背篷立」之句。

常記剡溪前度。坐拓船窗窺覷。棹進仍舟移，行盡粉香千樹。佳趣。佳趣。篷背詩人何處。

浣溪沙　崑山州城西小寺晚憩

落日吴江駐畫橈。招提佳處暫逍遥。海風吹面酒全消。　曲沼芙蓉秋的的，小山叢桂晚蕭蕭。幾時容我夜吹簫。

浣溪沙　壽南陽周文卿八十

生長升平鶴髮翁。兒郎衣彩照方瞳。晨昏甘旨鳳城中。　緩步不須鳩杖策，酡顔時籍蟻盃烘。嬾將身世應非熊。

浣溪沙　冬日喜晴

萬瓦輕霜愛日明。遊絲來往似春晴。幽禽弄暖百般聲。　斑竹乍翻經夏籜，緑池猶泛過秋萍。溪橋誰共探梅行。

風流子

至元四年七月廿又二日，蘇伯修侍郎舉一兒子。以予同年久交，且三子名梯雲、拏雲、步雲者，方成童就傅，廼求仿吾兒制名。遂命之曰乘雲。繼徵詞以紀筆，賦此以贈。兒已滿彌月矣，侍郎作湯餅會，並書呈席上諸公。

紺宇瑞煙浮。仙童小，高舉覓真游。□霞絢九光，徘徊若木，日宣五色，照耀瀛洲。人争睹，翺翔趨絳闕，夭矯上崑丘。幾度驂鸞，峨眉東畔，有時跨鳳，恒嶽南頭。　何事暫夷猶。儘青冥遠攬，碧落奇搜。不數薰香嫵媚，傅粉嬌羞。笑繈褓襜褕，人間羊祜，桑弧蓬矢，地上齊州。剩費通家小字，衮衮公侯。

校：「翺翔趨絳闕」，底本作「翺趣絳闕」，據《彊村叢書》本改，《四庫全書》本作「翺翔絳闕」。

行香子　京山道中

竹院松庭。犬吠雞鳴。被田家、畫出升平。園林掩映，鞍馬經行。悵暮天低，寒日淡，曉風輕。　浮世浮名。役使神形。霎時間、鬢變星星。不憂不懼，無辱無榮。愛水邊漁，林下隱，隴頭耕。

行香子 暮抵應城宿縣齋後園

槲葉風乾。柏葉霜殷。淺坡坨、路徑回環。喜投公館，暫卸征鞍。對竹蕭森，松夭矯，菊斕斑。歲晏天寒。誰共清歡。過黄昏、愁恨多端。燭花漸暗，爐火將殘。更鴈聲哀，砧聲急，雨聲繁。

減字木蘭花

憲掾黄君美弄璋，援蘇伯修侍郎例，乞名其子。命之曰升雲。時二月六日，壽席醉賦。

春空靄靄。兒解飛騰窺五彩。我製佳名。異姓他年叙弟兄。我鬚白早。亦願兒年如我老。緩步徐行。終到蓬萊近上層。

南鄉子 觀雲

紺碧峙晴空。態度分明巧不同。樞具神君三四輩，乘龍。冠珮翺翔赴紫宫。樓觀遠玲瓏。舞鳳蹲猊刻鏤工。一笑斜川癡老子，奇峰。便入南窗詩句中。

南鄉子

二月廿又八日，君美弄第二雛，仍前例，名之曰凌雲。賦此以贈。

頭玉太磽磽。江夏無雙世胄遥。好是三生仙骨重，叢霄。曾侍玄君絳節朝。咫尺趁扶摇。直上鵬程挹斗杓。他日揮毫能作賦，飄飄。學取成都駟馬橋。

南鄉子

至元六年九月十四日，李重山憲副壽日。是日適臺使賫璽書，奬諭風憲至山南，遂大宴合樂。重山號梅庭主人，所居官舍，即舊木犀亭，久扁香宇。

桂宇散秋香。咫尺梅庭十月陽。紅葉黄花風致好，華堂。不比尋常進壽觴。　褒詔燦龍光。百丈蒼官□丈霜。信是天恩寬似海，徜徉。就趁笙歌入醉鄉。

踏莎行　早春景陵道中兼旬陰雨

野燒回青，溪梅褪粉。路傍新柳鵝黄嫩。連陰未放碧波明，峭寒尚阻東風信。　咿軋肩輿，飄蕭蓬鬢。病餘懷抱無風韻。彩牋何暇寫閒情，緑尊無分排孤悶。

點絳脣　沔陽道中

澤國春生，葑田青接重湖淺。鴛鳧弄暖。得意煙波遠。　陰遇元宵，晴望花朝轉。和風扇。群芳開遍。應過京山縣。

鷓鴣天

題應山縣城内渡蟻橋。橋東數步法興寺，即二宋讀書處。

十萬玄駒過雨堤。一雙丹鳳上天池。科名已向生前定，陰德仍從暗裏窺。　龍虎榜，鶺鴒詩。同胞同甲照當時。同宗盛事嗟微異，後折蟾宫向下枝。先兄正獻公，至治辛酉狀元。予則泰定甲子第三甲十二名。

摸魚子

至元六年二月望日，登安陸白雲樓。樓今爲分憲公廨。城中有楚大夫宋玉故宅與池，其井名琉璃井，有蘭臺故基。

屹危闌、郢都西北，滔滔漢水南去。蘭臺陳迹何從訪，廢宅芳池凝竚。愁絶處。空只有、琉璃智井鼃聲聚。千年遺緒。邈白雪宫商，雄風襟量，恍惚可神遇。英靈在，應念諸孫鹵莽，斯文微福如許。蕙肴蘭藉椒漿奠，屈景幽魂同赴。驚節序。却邂逅春深，不識悲秋苦。撫今懷古。謾醉墨淋漓，狂歌悽惋，和者應無數。

西江月　王伯修贈别

烏石驛中長夜，小金山下新年。淮堧蕭寺麥秋天。十載三回相見。今日漢南官舍，光陰不得留連。何時文酒再團圓。莫待白頭皺面。以上中國國家圖書館藏清鈔本《燕石集》卷十

偰玉立 存詞一首

偰玉立（約一二九四—？），字世玉，號止庵（一作止堂）。高昌回鶻人，出身世家，中唐起，世代爲回鶻相國。家族發祥在蒙古偰輦河，因以偰爲漢姓。入中原定居南昌，後以溧陽（今屬江蘇）爲籍貫。延祐五年進士，授秘書監著作佐郎。歷翰林待制、國史院編修官，出爲河東憲僉。歷仕各地，至正九年夏，任泉州路達魯花赤。至正十年春，與僚友登九日山，並題名刻石爲記。華化家族高昌偰氏有「一門九進士」之榮。顧嗣立《元詩選》三集有偰玉立《世玉集》，存詩十三首。除詩文，還有詞一首傳世。生平見歐陽玄《高昌偰氏家傳》（《圭齋集》卷十一）、《元詩選》三集《世玉集》、陳垣《元西域人華化考》卷二。

菩薩蠻

至正戊子二月朔，偕憲掾戴仲治、奏差劉右卿祝釐來遊。時山桃爛熳，煙雨冥濛，恍隔塵世。汲泉煮茗，清話移時，爲賦菩蠻一闋云。

蒙巖幾日桃花雨。依稀流水章橋去。只恐到天台。誤通劉阮來。　玉堂開綺户。不隔塵寰路。休認避秦人。壺中別有春。通議大夫憲僉偰世玉題。（光緒）《湖南通志》卷二八六《藝文志·金石》「郴州」

楊維楨　存詞九首

楊維楨（一二九六—一三七〇），一作楊維禎，字廉夫，號鐵崖、鐵笛道人，晚號東維子。山陰（浙江紹興）人。泰定四年進士，授天台縣尹，改任紹興錢清場鹽司令。元順帝至正初，授杭州四務提舉，轉建德路推官。升江西儒學提舉，時逢戰亂，曾避兵富春山。又遷居錢塘。張士誠據蘇杭，浪迹于浙西山水之間。明洪武二年，召修禮樂書，楊維楨說：「豈有八十歲老婦，就木不遠，而再理嫁者邪！」次年初賜安車詣京師，留居三月，放還。卒年七十五歲。楊維楨竹枝詞與「古樂府」流傳頗廣，編有《西湖竹枝集》傳世。《四庫全書總目》評其詩文時說：「詩歌樂府出入于盧仝、李賀之間，奇奇怪怪溢爲牛鬼蛇神者，誠所不免。至其文，則文從字順，無所謂剪紅刻翠以爲塗飾，聱牙棘口以爲古奥者也。」著有《東維子文集》三十卷、《鐵崖古樂府》十卷、《復古詩集》六卷、《鐵崖詠史註》十八卷、《鐵崖賦稿》二卷等多種詩文集，以及《麗則遺音》四卷等。今均存。還著有《春秋合題著説》三卷，《史義拾遺》二卷。生平見宋濂撰墓志銘（《宋文憲集》卷十）、貝瓊《鐵崖先生傳》（《清江貝先生集》卷二）、《草堂雅集》（十八卷本）卷後二、《明史》卷二八五。

按：《東維子集》卷三十，有《雙飛燕》，應是散曲。

香奩集并序

雲間詩社香奩八題，無春坊才情者，多爲題所困。縱有篇什，正如三家村婦學宫妝院體，終帶鄙狀，可醜也。晚得《玉樓子》八作，衆推爲甲。而長短句樂府，絶無可拈出者。雲菴老先生寄示《踏莎行》八闋，讀之驚喜。先生蓋松雪翁門倩，今年八十有三矣，而堅强清爽，出語娟麗流便，此殆雪月中神仙人也。謹以付翠兒度腔歌之。又評付龍洲生附八詠詩後，繡梓以見王孫門中，舊時月色雖閲喪亂，固無恙也。至正丙午春三月初吉，錦窶老人楊楨叙。

踏莎行　金盆沐髮

銅仙盤滿添香露，玉華清春晝賜温泉，綰脱青絲撒一編。翠雨亂跳花底月，黑雲半掩鏡中天。女盆傾拾翠鈿。攏得雲鬟高一尺，罥冠新上玉臺前。

按：《永樂大典》卷一九六三六所録楊維楨《踏莎行·金盆沐髮》，原詞是王國器所作。《鐵雅先生復古詩集》卷五，「鐵雅」對王詞有評語：「作家語自别，稚筆如何可到？」

踏莎行　月奩匀面

一片清光照膽寒，玉容滿鏡掩飛鸞。素娥照見黄金闕，絳雪鎔開白玉盤。翠點柳尖春未透，紅生櫻顆落初乾。好風與我披羅幙，一朵芙蓉正面看。

踏莎行　玉頬啼痕

天然玉質洗鉛華，怪底偏將半面遮。紅滴香冰融獺髓，彩粘膩雨上梨花。收乾通德言難盡，點溼明妃畫莫加。聚得斑斑在何處，軟綃寄與薄情家。　索畫未成京兆譜，欲啼先學壽陽妝。蕭郎忽有歸期報，喜色天長一點黃。

踏莎行　黛眉顰色

按樂圖開列滿堂，春愁何獨損清揚。蜀山煙雨雙尖瘦，漢柳風霜兩葉蒼。

踏莎行　芳塵春迹

是誰步屧印微茫，便似名家春滿牀。軟雪消時痕晃底，好風生處步生香。　綵雲飛上鞦韆蹬，芳草侵來蹴踘場。愁似□□成獨立，綵鴛拾得在東墻。

踏莎行　雲窗秋夢

骨冷魂清酒力微，路迷錯草是還非。羅浮曉月相將落，巫峽斷雲何處飛。　金彈撇過驚忽忽，玉龍嘶了尚依依。不知直到鈞天所，記得霓裳樂譜歸。

踏莎行　繡牀凝思

綵線添來日正遲，香絨倦理一支頤。心遊飛絮渾無著，身蛻枯蟬忽若癡。　花幀錯描愁伴覺，金鍼閣住許誰知。絕憐小玉情緣重，倒死春蠶始絕絲。

踏莎行　金錢卜歡

紫姑壇上囑方兄，忽聽呼盧擲地聲。星斗未分牛女會，陰陽先判雨雲生。　青蚨孕子寧無兆，玉

蝶化身元有情。寶鏡重圓三五夜，重摩半月問虧盈。《鐵雅先生復古詩集》卷五

天香引

《天香引》一首，敬上橘隱僊翁之壽。門客楊維楨稱觴再拜。

西樓宿雨初晴，星照長庚，人在蓬瀛。橘里乾坤，山中宰相，天上聲名。清露飲，蓮華玉井。紫雲歌，象板銀箏。難弟難兄，合璧連城。佳婿佳翁，玉潤冰清。《徐邦達集》五册三四八頁

謝應芳

存詞六十五首

謝應芳(一二九六—一三九二),字子蘭,號龜巢。武進(江蘇常州)人。自幼潛心性理之説,以道義名節自勵。元順帝至正初,隱居白鶴溪,建居室名「龜巢」,并作别號。江浙行省薦任衢州清獻書院山長,未就職。元末兵亂,避兵吴中,吴人争相延致爲塾師。預顧瑛玉山草堂詩酒觴詠之會。入明,徙居芳茂山。洪武二年,顧瑛病死在流放地臨濠,謝應芳以詩相吊。一度參與修撰郡志。晚年學行益劭,達官縉紳路經本郡,必到其家相訪,所居一室蕭然,布衣韋帶與來訪者接談。明洪武二十五年去世,享年九十七。所著詩文編爲《龜巢稿》二十卷,又應門人王著之請,爲其選自作詩數十篇,題爲《龜巢摘稿》,時人評爲可與傅若金相伯仲。其詞,有後人編輯《龜巢詞》。另撰《辨惑編》四卷、《思賢録》五卷、《思賢續録》一卷,今均有傳本。生平見其自撰墓志銘(《龜巢稿》卷十九)、《明史》卷二八二、《元詩選》二集《龜巢稿》小傳、《元詩紀事》卷十九。

據《四部叢刊三編》影印舊鈔本《龜巢稿》卷十一,編録謝應芳詞。《四部叢刊三編》與《四庫全書》本,詞題多有缺失,據中國國家圖書館藏繆荃孫藝風堂鈔本《宋金元人詞》本《龜巢詞》補録。《龜巢詞補遺》存詞十四首,《四部叢刊三編》影印舊鈔本《龜巢稿》卷十一與《四庫全書》本《龜巢稿》均未收。

驀山溪 遣悶至正丙申歲作

無端湯武，吊伐功成了。賺盡幾英雄，動不動、東征西討。七篇書後，强辨竟無人，他兩個，至誠心，到底無分曉。　髑髏滿地，天也還知道。誰解輓銀河，教浄洗、乾坤是好。山妻笑我，長夜飯牛歌，這一曲，少人聽，徒自傷懷抱。

沁園春 丁酉春寓堠山錢氏寫懷

冷笑班超，要覓封侯，棄了毛錐。看今來古往，虚名何用，朝榮夕悴，浮世堪悲。老我衣冠，傍人籬落，賴有平生鐵硯隨。西莊上，對溪山如畫，鷗鷺忘機。　相逢喜得新知。更不用黄金鑄子期。把胸中磊塊，時時澆酒，眼前光景，處處題詩。輕帽簪花，柔茵藉草，時復尊前一笑嬉。沉酣後，任南山石爛，東海塵飛。

滿庭芳 四月錢夢弼出妓爲陸文迪壽邀僕賦贈

玉雪梨渦，錦雲桃扇，紫簫雙鳳和鳴。觥船初棹，煙繞博山青。最喜清和天氣，緑陰静、梅雨初晴。高齋裏，馬融書帳，風捲絳紗輕。　華年纔幾許，培風健翮，曾試修程。偶歸來林下，閒聽松聲。笑道葵花似我，芳心在、向日長傾。黄河水，如今重看，朝暮還清。

校：詞題，底本無，據《宋金元人詞》本《龜巢詞》補。

沁水曲 壬寅歲旦枕上述懷

四海煙塵，一櫂風波，經行路難。幸兒孫滿眼，布帆無恙，夫妻白首，青鏡猶團。笠澤西頭，碧山東畔，又與梅花共歲寒。新年好，有茅柴村酒，薺菜春盤。　傍人莫笑儒酸。已爛熟思之不要官。任伏波强健，驅馳鞍馬，磻溪遭遇，棄擲漁竿。霜滿朝鞾，雷鳴衙鼓，何似農家睡得安。閑寺裏，唤山童把觳，野老交歡。

校：詞題，底本無，據《宋金元詞》本《龜巢詞》補。

沁水曲　自和　晨起對雪復寫餘懷

雪壓新年，花開想遲，鶯來甚難。喜杯有屠蘇，春風灩灩，盤有苜蓿，朝日團團。六十年來，尋常交際，江海鷗盟總不寒。移家處，每涉園成趣，居谷名盤。　忘情世味辛酸。但吟得新詩勝得官。儘教我低頭，三間矮屋，從他高步，百尺危竿。白首無成，蒼生應笑，不是當年老謝安。琴書裏，且消磨晚景，受用清歡。

校：詞題，底本無，據《宋金元詞》本《龜巢詞》補。「盤有苜蓿」，《宋金元詞》作「盤餘苜蓿」，「辛酸」，作「心酸」。

沁水曲　又和

屋東老梅一株，鄰家有竹百餘箇相近。雪窗撫玩。復自和此曲。

竹與梅花，偃蹇冰霜，堪稱二難。我依梅傍竹，借人茅舍，吟風弄月，坐個蒲團。梅樣精神，竹般標致，遮莫清癯未是寒。柴門外，一湖春水，似拍銀盤。　昔人恨橘多酸。我只笑青松也拜官。每醉時低唱，滄浪一曲，閒時高卧，紅日三竿。兒輩來前，老夫説與，梅要新枝竹問安。餘無事，只粗茶淡飯，儘有餘歡。

校：詞題，底本無，據《宋金元詞》本《龜巢詞》補。

蘇武慢　贈徐伯樞

蘭雪衣衿，芝雲冠佩，咳唾成珠玉。芳草萋迷，蓬萊杳渺，皎皎白駒空谷。濯髮滄洲，怡顏芳樹，樂甚從伶絲竹。問天生、湖海元龍豪氣，肯令消縮。　君不見二陸聯芳，三蘇接武，聲動九重黃屋。天上碧桃，日邊紅杏，真足快人心目。拂袖東膠，出門西笑，莫戀故園松菊。看濁河、流水重清，齊唱太平遺曲。

校：「樂甚從伶絲竹」六字原缺，據《宋金元人詞》補。

滿江紅　吴江阻風

怪底春風，要將我、船兒翻覆。行囊裹、是群賢相贈，數篇珠玉。江上青山吹欲倒，湖中白浪高如屋。幸年來、阮籍慣途窮，無心哭。　歸去也，瓶無粟。吟嘯處，居無竹。看造物、怎生安頓，老夫盤谷。第四橋邊寒食夜，水村相伴沙鷗宿。問客懷、都有幾多愁，三千斛。

校：詞題，底本無，據《宋金元詞》本《龜巢詞》補。

一剪梅　壽安玄卿

一色蒼然兩阿翁。年也相同。月也相同。六年湖海共飄蓬。煙也溟濛。雨也溟濛。　移家今住葑門東。朝也相從。暮也相從。何當歸隱舊山中。桃也春風。李也春風。

校：詞題，底本無，據《宋金元詞》本《龜巢詞》補。

風入松　寄朱原道爲生日賀

梅花折去一枝春。人在太湖濱。天生襟度容江海，每開樽、坐客如雲。此日醉看蓬矢，吾兒應吐華茵。　湖光山色浄無塵。魚鳥總情親。姑蘇城上遥相望，見湖山、如見伊人。緑髪年華全盛，白眉聲譽方新。

風入松　梅花

歲寒心事舊相知。相別去年時。如今重睹春風面，此年時、消瘦些兒。天上玉堂何在，人間金鼎頻移。　風塵不染素羅衣。脈脈倚柴扉。桃根桃葉争春媚，儘教他、濃抹胭脂。老我揚州何遜，壠頭誰爲題詩。

校：詞題，底本無，據《宋金元詞》本《龜巢詞》補。

沁園春　壽杜默齋時致仕寓吴門僧舍吾家與鄰居焉

脱屣紅塵，移在碧山，娑羅樹邊。有兩兒冠帶，眼前騰踏，諸孫文采，膝下聯翩。石几焚香，冰甌滌筆，重註羲經得異傳。餘無事，但觀雲默坐，聽雨高眠。　龜巢幸與相連。飲湖水清如飲菊泉。問絳人甲子，今四百，皇家鍾乳，何用三千。銀艾忘情，玉枝無汗，一味清閒足引年。昇平也，看天恩賜帛，雪髪垂肩。

校：詞題，底本無，據《宋金元詞》本《龜巢詞》補。

金縷衣　袁叔度新居

卜宅椒園裏。響丁丁、風斤月斧，杏梁飛起。窗户青紅煙樹緑，焜耀碧山鄰里。雞共犬、也知輪美。燕子飛來堂下舞，砧輕盈、掌上人堪喜。更可愛，新桃李。　長洲水接淞江水。好秋風、鱸魚蓴菜，葑田菰米。黤屋神仙羅綺。楚舞吴歌娱晚景，内臺盤、春筍奉甘旨。五馬貴，未足擬。

校：詞題，底本無，據《宋金元詞》本《龜巢詞》補。

西江月　秋暮簡友人索酒

老大無人青眼，淒涼奈爾黄花。秋來杯酌斷流霞。兀對青山如畫。　夢裏去尋東老，覺來欲唤西家。山童若説未能賒。報道點茶來也。

校：詞題，底本無，據《宋金元詞》本《龜巢詞》補。

風入松　辟兵青龍食蘿蔔有感

青龍地暖土酥香。産玉似崑岡。可憐不入瑶池宴，到冰壺、風味淒涼。忽憶故園時序，春盤春酒羔羊。　青絲生菜韭芽黄。銀鏤染紅霜。桃花人面柔荑手，酒微酣、犀箸頻將。鞍鼓一聲驚散，六年地老天荒。

校：詞題，底本無，據《宋金元詞》本《龜巢詞》補。

西江月　題畫

緣樹雲林窈窕，青苔石磴縈紆。兩人林下曳長裾。應是山中巢許。　空谷似聞樵斧，危橋不渡徵車。誰來爲我借茅廬。來與白雲同住。

校：詞題，底本無，據《宋金元詞》本《龜巢詞》補。

南鄉子　過王景逸溪居

四野接平蕪。一曲清溪似畫圖。燕子日長溪館静，菰蒲。風灑軒窗暑氣無。　林叟話樵蘇。相送東橋日已晡。啼鳥不知人禁酒，葫蘆。教我那處沽。

校：詞題，底本無，據《宋金元詞》本《龜巢詞》補。

摸魚子　早春作

看東風、柳摇金縷。精神頓美如許。獨憐老我雙蓬鬢，無復少年張緒。桃葉渡。任山水清妍，可奈非吾土。借人茅屋，但有客相過，清茶淡話，閑與論今古。　傷心處。客去卧聽鼙鼓。看花渾在煙霧。姑蘇臺榭笙歌散，麋鹿又如前度。誰恁悮。教無限蒼生，命墮顛崖苦。蒹葭洲渚。賴有個扁舟，三竿釣竹，相伴閑鷗鷺。

水調歌頭　中秋言懷

戰骨縞如雪，月色淡中秋。照我三千白髮，都是亂離愁。猶喜淞江西畔，張緒門前楊柳，堪係釣舟。有酒適閑情，何用上南樓。　擐金甲，馳鐵馬，任封侯。青鞋布襪，且將吾道付滄洲。老桂秋香未了，明日明年重看，此曲爲誰謳。長揖二三子，煩爲覓菟裘。

憶王孫　和熊元修蘇州感興

銅駝淚濕翠苔茵。落地花如墮玉人。可是東君不惜春。問花孫。海變桑田幾度新。

憶王孫

齊雲一炬起紅煙。頃刻煙銷事已遷。折戟沉沙月爛船。問祈連。安得河清億萬年。

校：詞題，底本無，據《宋金元人詞》本《龜巢詞》補。

水調歌韻　茅仲良初度席上賦

秋色浄如洗，南極瑞光多。秦柱山中隱者，弧矢掛煙蘿。野老敲門看竹，珍重主人留客，呼酒瀉金荷。爲問春秋多少，笑道明年六十，勳業蹉跎。　萬羊禄，千駟馬，待如何。洛陽城市，又看荆棘卧銅駝。且喜堦庭玉樹，五色鵷雛俱好，把此琴瑟和。一曲華胥引，雙鬢雪兒歌。

校：詞題，底本無，據《宋金元人詞》本《龜巢詞》補。

水調歌韻

洪武九年秋，余卜居千墩，嘗作水調歌。今也人事乖違，欲還故土，故復和前韻，以述其情，並以留别吴下諸友。時十三年六月初也。

牙齒豁來久，老氣尚横秋。買得歸耕黄犢，兒輩幸無愁。相近六龍城下，只在三家村裏，結屋如小舟。倚樹覽山色，且免賦登樓。　看官爵，都不似，醉鄉侯。里翁閒話，便同學士坐瀛洲。寄語東吴朋友，乘興能來滆浦，艤舟聽漁謳。無酒不須慮，解我破貂裘。

滿庭芳　熊元修席上次韻

塵拂風生，薰爐煙裊，劇談天上人間。馮夷擊鼓，白鳳舞崑山。驚倒五陵年少，聽三老、口角鳴湍。江南好，梅前菊後，天氣帶微寒。　客來雖話別，重歌舊曲，不是陽關。笑閑雲似我，時去時還。最喜烽煙盡熄，青天浄、一鏡團團。重來也，尋盟鷗鷺，訪竹問平安。

校：詞題，底本無，據《宋金元人詞》本《龜巢詞》補。

點絳唇　初度作

七十年前，抱麟虛負雙親夢。一襟空洞。生世曾何用。　老我東門，瓜也無心去種。松醪甕。瀉如鉛汞。時與漁樵共。

點絳唇

海上歸來，鬢毛枯似經霜草。薄田些少。茅屋園池小。　三子犂鋤，三婦供蘋藻。村居好。兔園遺稿。是我傳家寶。

點絳唇

弧矢虛懸，舉杯聊適棲遲意。明朝冬至。有酒還沉醉。　堪笑神仙，要作長生計。人間世。金烏西墜。難把長繩繫。

點絳脣

老眼猶明，著書未了餘生債。客來休怪。淡飯黄齏菜。　踏雪觀梅，清興依然在。南門外。夜來尋戴。扶醉馱驢背。

點絳脣

點檢龜巢，素琴弦斷餘何有。夫妻白首。相敬如賓友。　三四兒孫，五色斑斕袖。梅花酒。爲翁稱壽。羅拜爺娘後。

沁園春　無錫縣令生日招飲而作

借問黄花，過了重陽，如何始開。爲客中陶令，逢他初度，尊前杜舉，要我相陪。十日秋香，百年晚景，一笑今朝酒莫推。風光好，正涼生沆瀣，浄洗氛埃。　胸中華嶽崔嵬。下筆處、長江滚滚來。且折花簪帽，劇談清事，傳杯看劍，聊適幽懷。健翮低雲，修鱗蹭蹬，人道公非百里才。還知否，那黄河清也，白日悠哉。

校：詞題，底本無，據《宋金元人詞》本《龜巢詞》補。

水調歌頭　再和寄酬袁子英蕭寺

六載遠相憶，一日似三秋。别後雪添蓬鬢，著述遺窮愁。幾度欲尋安道，溪上片帆飛去，興盡復回舟。明月出東海，隱躍見瓊樓。　唤龍伯，擊鼉鼓，舞陽侯。何時杯酒，重歌蘆葉舊汀洲。多謝寄來雙鯉，白雪陽春數曲，爲我和巴謳。什襲付兒輩，好學製弓裘。

校：詞題，底本無，據《宋金元人詞》本《龜巢詞》補。

南樓令　壽陳縣丞

赤手拔鯨牙。長安早看花。春風百里裛桑麻。柳色宮袍銀束帶，親受賜，玉皇家。　鼉鼓報朝衙。桑弓掛緑蛇。拜雙親、杯捧流霞。只恐哦松哦未了，天上去，又乘槎。

校：「春風百里裛桑麻」，《宋金元人詞》作「竟春風百里桑麻」。

八聲甘州　爲友人贈醫士

唤嫦娥白兔下蟾宫，玉杵擣玄霜。自焚蘭古鼎，心融靈素，默契岐黄。不假殘膏賸馥，時俗共傳方。用我上池水，遍洗膏肓。　家住六龍城裏，有舊家風月，三徑蒼莨。更一林、新種紅杏軟生香。問年來、活人多少，輾然微笑。説尋常，誰能爲，寫成佳傳，汗竹流芳。

滿庭芳　夏五雨窗言懷

十里横山，一灣流水，東洲蕞爾孤村。移來田舍，山水對衡門。老我無能爲矣，犁鋤事、付與兒孫。湖田上，黄梅雨足，蛙鼓聲喧。　親朋三四老，鬚眉雪白，言笑春温。每攜手相過，清事閑論。坐把山光水色，茅柴酒、傾倒匏樽。章臺路，馬蹄塵土，不到紫苔痕。

滿庭芳　又和寄江叔廉

雞犬相聞，溪山如畫，梅花只在前村。逍遥杖履，不過翟公門。前度春風已老，對芳草、還憶王孫。長安市，看花人去，車馬争喧。　向來東海上，水南水北，如石如温。念鷗冷詩盟，何日重論。老我蓬蒿三徑，開懷抱、賴有琴樽。公知否，蕭齋雨漏，四壁篆書痕。

菩薩蠻　七夕作

鋒稜磨盡方藏拙。老懷羞對天孫説。風葉動清商。依稀似九章。　飄蕭雙鬢雪。卧看灣灣月。月缺有時圓。人無再少年。

校：「藏拙」，底本無「拙」，據《宋金元人詞》本《龜巢詞》補。

水調歌頭　再和前韻

青白阮生眼，皮裏有陽秋。誰信近來懷抱，汩汩泥窮愁。昨夜僧房聽雨，如在瀟湘夜泊，欹枕卧孤舟。無復少年日，解佩醉秦樓。　更休説，爛羊尉，爛羊侯。三山湖上，如今田舍住東洲。澒洞十年金革，蓬勃一襟塵土，白雪向誰謳。濯足傍雲水，披我老羊裘。

校：「澒洞」，底本、《宋金元人詞》本《龜巢詞》均作「傾洞」。

水調歌頭　代陳氏謝徐彦銘

玉杵搗靈藥，丹鼎養芙蓉。城市山林小隱，家住驛橋東。況是南州高裔，更飲上池真液，冰雪炯心胸。醫國手初試，在處起疲癃。　種陰德，方寸地，繼頤翁。活人多少，滿林新植杏花紅。遮莫南山石爛，又復瀛洲水淺，都付笑談中。刮目看塵表，黄鵠駕天風。

沁園春　寄張希尹兼簡劉小齋張熙載

憶昨秋風，送書畫船，過楊柳洲。把錦囊傾倒，燈花共喜，棹歌歸去，詩草仍留。坐榻高懸，家童偶語，此客尋常頗見不。襟懷好，比子猷尋戴，別樣風流。別來一日似三秋。且喜花時可勝遊。要尋山問水，春申故國，賦詩釃酒，季子高丘。醉帽簪花，吟茵藉草，莫笑疏狂老未休。同來也，有堂前舊燕，江上盟鷗。

點絳唇　和林韻

往古來今，何人不道閒居好。忙多閑少。應被青山笑。蒲柳衰顏，我獨驚秋早。茅齋小。幾番掀倒。風雨都濕了。

校：詞題，底本無，據《宋金元人詞》本《龜巢詞》補。

風入松　賀宜興殷伯賢遠回

孤舟浪打石尤風。霹靂浪聲中。布帆喜得歸無恙，繫長橋、閑似漁蓬。蛟渚如今寂寂，鷗波依舊溶溶。秋花開到雁來紅。金菊對芙蓉。一襟磊魂都澆去，飲紅灰、如飲黄封。睡到日高三丈，從他衙鼓逢逢。

校：詞題，底本無，據《宋金元人詞》本《龜巢詞》補。

點絳唇　謝萬仲禮惠綿

彩翼雙鳧，寄來一幅天機錦。純綿絶品。將意何勤恁。歲晚空山，不怕冰霜凜。西風緊。便添袍緼。被德吾無隱。

校：詞題，底本無，據《宋金元人詞》本《龜巢詞》補。

八聲甘州　寄無錫錢夢弼

記年時東走避風塵，隨處覓桃源。偶相逢一笑，堠山西畔，喬木參天。百尺元龍樓上，下榻許高眠。鼓我匏巴瑟，魚鳥欣然。　每日春風池館，有竹林諸阮，醉袖聯翩。要簪花捧研，常挾兩飛仙。又安知、桑田變海，竟飄零、老去雪盈顛。綈袍外、故人餘意，肝膽雕鐫。

校：詞題，底本無，據《宋金元人詞》本《龜巢詞》補。

按：在本詞之後，《全金元詞》刪去底本的《滿庭芳》三闋，有校記：「此下丁藏傳藏鈔本，俱有滿庭芳三首，但此三首乃曲調，《彊村叢書》刪之極是。周泳先又補此三首，誤矣。」謹從之。

水龍吟　題曹德祥水竹居

舊家金谷園林，盡隨海變桑田了。一灣流水，一林修竹，菟裘將老。瀟灑軒窗，波光隱映，筆床茶灶。但谿無六逸，林無諸阮，誰相與，論懷抱。　不用滄洲洗耳，聽風前、此君清嘯。黄金臺上，儘教塵土，騁車争道。魚鳥情親，漁樵邂逅，不時談笑。看古來行路難行，真個是閒居好。

校：詞題，底本無，據《宋金元人詞》本《龜巢詞》補。「誰相與」，底本原缺「誰」，據《宋金元人詞》本《龜巢詞》補。

賀聖朝　馬公振見訪以詞留别喜而和之

吴淞舊雨相鄰住。喜復來今雨。那時因遇。十年艱險，劍頭炊黍。　如今相見，衰顔醉酒，似經霜紅葉。湖山佳處。登高望遠，遍題詩去。

校：詞題，底本無，據《宋金元人詞》本《龜巢詞》補。底本原無下闋，據《宋金元人詞》本《龜巢詞》、《常州先哲遺書》後編補。

滿江紅　送馬公振

舊約尋梅，蹉跎過、小春時節。忽隴頭人至，一枝先折。喜見春風顔色好，縞衣不受緇塵涅。把十年、湖海舊相知，從頭説。　三江上，滄洲雪。千墩下，珠林月。似許詢支遁，總皆清絶。重看青山攜素手，此情方解相思結。待澱湖、水泮柳風輕，孤舟發。

校：詞題，底本無，據《宋金元人詞》本《龜巢詞》補。

沁園春　自述

笠澤東頭，翠竹漁莊，滄洲釣船。看三江雲浪，煙波如畫，一篷風月，隨處留連。巨口鱸魚，團臍螃蟹，坐飲蓬窗醉即眠。蒹葭畔，不收笭箵，意若忘筌。　向來四海戈鋋。好戰艦都成赤壁煙。笑癡兒航海，空尋蓬島，漁郎失路，漫説桃源。鷗社盟寒，歌聲斷續，煙水寥寥數百年。玄真子，有家傳舊曲，重扣吾舷。

校：詞題，底本無，據《宋金元人詞》本《龜巢詞》補。「歌聲斷續」，底本原缺「聲斷續」，據《宋金元人詞》本《龜巢詞》補。

鵲橋仙　寄汪南軒

青年去了。青衫破了。舊日青氈無了。一時清興未能除，説與故人知道。　春花春好。秋花秋好。每日看花尤好。人生沽酒買花錢，消得杖頭多少。

校：詞題，底本無，據《宋金元人詞》本《龜巢詞》補。

一剪梅　三首　寓意寄故人

崑岡火烈去年時，玉也灰飛。石也灰飛。鶴長鳧短總休題。善有天知。惡有天知。　今年快活保妻兒。歌也相宜。舞也相宜。揮金如土醉如泥。休負佳期。莫負佳期。

一剪梅

東風吹醒老梅枝。南也芳菲。北也芳菲。月明半夜五更時。笛也争吹。角也争吹。　青松澗底獨離奇。寒也誰知。暖也誰知。老夫聊爲一歔欷。梅也題詩。松也題詩。

一剪梅

一天和氣盎春暉。桃也芳菲。李也芳菲。若教風打雨淋漓。紅也塵泥。白也塵泥。　花前把酒插花枝。歌也相宜。舞也相宜。鶴長鳧短總休提。長也天知。短也天知。

校：詞題，底本無，據《宋金元人詞》本《龜巢詞》補。

江城子　五月十二壽萬拙齋

去年今日瀉天瓢。水滔滔。斷藍橋。阻我群仙，鸞鶴赴蟠桃。獨有商羊偏喜雨，跳且舞，上山椒。　今年南極見丹霄。射金蕉。瑞光摇。澆去胸中，磊塊儘酕醄。莫厭琵琶彈舊曲，長聽取，鬱輪袍。以上傅增湘舊藏鈔本（《四部叢刊三編》影印）《龜巢稿》卷十一校：詞題，底本無，據《宋金元人詞》本《龜巢詞》補。

如夢令

陳彦真居毘陵鶴溪之陰，中年以來，斥斷家事，黄冠羽衣，倏然物外，予聞而嘉之，故作此以贈。

滿眼青山如畫。説甚玉堂金馬。頭戴緑皮冠，穿箇布袍冬夏。都罷。都罷。心上了無牽掛。

如夢令

一帶鶴溪環繞。溪上石田多少。春雨駕龍耕，種得玉芝瑶草。堪笑。堪笑。海水幾番乾了。

如夢令

蘿屋不經風破。苔徑不教塵污。漁鼓洞仙歌，童子唱來還和。閑坐。閑坐。窗下白雲飛過。

如夢令

松菜酒香春甕。更有麻姑相送。日日瀉流霞，添我胸中鉛汞。珍重。珍重。浮世本來如夢。

江城子

賀蕭墅張克讓戊申正月九日初度生孫，是日立春節也。

阿翁初度宴重闈。正熙熙。醉如泥。春到階庭，玉樹長孫枝。座客持杯停壽曲，都聽取，鳳雛啼。明年蓬矢兩弧垂。對佳期。試週期。看取干戈，俎豆弄金龜。彭祖春秋應八百，孫似祖，與年齊。

南樓令

老友劉景儀，去秋以星術之書推測年命，謂今春當即世，乃預集葬具且自爲埋銘，及賦詩自挽。既而失去行囊之資用，鬱鬱然。然康强無恙。予故作此曲，戲而付之。

春暖典春衣。還堪醉似泥。趁清明、雨後遊嬉。楊柳池塘桃杏塢，春水漫，夕陽遲。生死隔年期。劉伶老似癡。動教人、負鍤相隨。驚得青蚨飛去了，無酒飲，却攢眉。

高陽臺　題張德機荆南精舍圖

陽羨溪山，輞川煙雨，隱然畫裏觀詩。芳草王孫，别來幾度春歸。最憐屋壁藏蝌蚪，化劫灰、飛入昆池。好堦墀。書帶青青，竹雪霏霏。　相逢共約歸期。待玄龜出雒，朱鳳鳴岐。丘壑幽尋，正須重製荷衣。斬蛟射虎都休問，有白鷗、堪與忘機。近西枝。移我龜巢，鄰爾漁磯。

沁園春　寄崑山友人並自述

泉石膏肓，塵土驅馳，還家鬢霜。想吟邊茗盌，清風習習，醉中琴操，流水洋洋。口不雌黄，眼無青白，鳧鶴從教自短長。閒居好，有溪篷釣具，林館書床。　春風賓主壺觴。坐慈竹軒中挹翠香。儘劇談千古，神游混沌，高歌一曲，興在滄浪。老我牛衣，懷人馬帳，誰似彭宣到後堂。都傳語，問魚書久絶，兔穎何忙。

沁園春

憶昔移家，著處偷生，廿有餘霜。遭幾番驚怕，青天霹靂，滿懷愁悶，蒼海茫洋。故步全非，新知悞喜，襪線初無尺寸長。龍鍾後，方馬歸伏櫪，龜作搘床。　年來飲不盈觴。也不愛、花枝錦繡香。與山僧野老，交情淡淡，盤蔬盂飯，清話浪浪。燕子重來，桃花應笑，四壁空空一草堂。償詩債，有隔年未了，連日猶忙。

校：「廿有餘霜」，《宋金元人詞》本《龜巢詞補遺》原缺「霜」，據前詞補。

沁園春　寄詢講主

每憶岩房，端石玄雲，宣毫紫霜。想筆端風雨，不時蕭颯，胸中淵海，無底潢洋。楓落寒江，草生春夢，欲説天機話甚長。知音者，有真能入室，好與連床。　梅花窗下茶觴。小團月、烹來寶乳香。覽吴淞夜月，珠江瑩潔，崑山霽雪，瓊液淋浪。不出門庭，那知世態，金玉家家要滿堂。長安市，似遺腥蠅聚，采蜜蜂忙。

江城子

前作五月十二日壽萬拙齋詞，意有未盡，乃再歌，別紙寫去，爲拙齋寬舒逸樂之勸。

去年今日訪龐公。也匆匆。去城中。回首青山，帶雨汗顔同。茅屋破來風轉急，愁殺我，浣花翁。　今年一笑喜相逢。海榴紅。照簾櫳。休把閒愁，牽擊廢歌鐘。請看灰飛千里草，金滿塢，總成空。

西江月　與鄧景文先生干借姜堯章詞

十載不歌金縷，秋娘已負青年。朝雲飛過畫樓前。無復爲人留戀。　默坐鷓鴣聲裏，尋思白石詞仙。好將花様更流傳。重睹春風人面。

蝶戀花　贈萬彦述鶯弦重譜

一曲求凰彈越調。紅葉殷勤，鳳已成雙了。織翠輕裾雲縹緲。多情佩有宜男草。　十月小春天氣好。春到南枝，梅蕊含微笑。珍重畫眉人起早。風流不讓張京兆。以上《宋金元人詞》本《龜巢詞補遺》

蘇大年　存詞一首

蘇大年（一二九七——一三六五），字昌齡，號西坡、愚公。祖籍趙郡真定（河北正定），廣陵（江蘇揚州）人。至正十三年因上書于朝，授翰林國史院編修官，明年，隱於吴中，往來笠澤松陵間，以林屋洞主、西磵老樵等爲别號。張士誠用爲參謀，人稱「蘇學士」。爲文尚氣，工書善畫。生平見《大明一統志》卷三、釋來復《澹游集》、《元詩選補遺》。

踏莎行　賦巫峽雲濤圖用王國器韻

煙外斜陽，雲中遠岫。翠眉輕補胭脂漏。見南湖侍兒録。迴波都是斷腸聲，斷腸更聽哀猿吼。　暮雨凝愁，朝雲殢酒。餘懷遠寄溢江口。世間木石本無情，如何也似離人瘦。七月之望，曉起試筆，用前韻同賦。蘇大年。

《鐵網珊瑚》卷九

李　穀　存詞十首

李穀（一二九八——一三五一），字中父。高麗人。元統元年進士，授翰林檢閲，明年，詔天下興學，李穀捧詔書返回行省。至元二，授儒林郎。至正元年，賫行省賀改元表，返回大都，並留居。曾扈駕上都。至正十一年正月一日卒，贈謚文孝公。所著詩文，結爲《稼亭集》二十卷，卷二十存詞十首。生平見《稼亭集》卷首《稼亭先生年譜》、陳旅《安雅堂集》卷四《送李中父使征東行省序》、《元統元年進士録》卷上。

浣溪沙　真州新妓名詞

客路春風醉不歸。笙歌緩緩夜遲遲。竹西樓迥月參差。　行樂雅宜無事地，尋芳却恨未開時。他年誰折狀元枝。

巫山一段雲　次鄭仲孚蔚州八詠　大和樓

鐵騎排江岸，紅旗出郭門。遨頭來此送賓軒。賓從亦何繁。　水色摇歌扇，花香撲酒尊。但無過客鬧晨昏。淳朴好山村。

巫山一段雲　藏春塢

是處花多少，君家酒有無。人間紅紫已難留。曾見襯庭隅。　世事將頭白，餘生業舌柔。攜壺日日渡溪流。藜杖不須扶。

巫山一段雲　平遠閣

有客登仙閣，何人棹酒船。宦遊不覺到天邊。江路草芊芊。　極浦低紅日，孤村起碧煙。離情詩思共悠然。歲月似奔川。

巫山一段雲　望海臺

自昔聞浮海，吾今信望洋。有時風静鏡磨光。一色際窮蒼。　絶島知誰到，孤帆爲底忙。從教日本是殊方。三萬里農桑。

巫山一段雲　白蓮巖

寶靨明珠顆，銖衣霧縠紋。白蓮嘉瑞豈虚言。時有異香聞。　客枕涼如水，禪燈耿破昏。誰言儒釋不同論。到此任朝曛。

巫山一段雲　碧波亭

山雨花浮水，江晴月滿汀。古人詩眼此爲亭。誰敢換新銘。　去國心猶赤，憂時鬢尚青。漁歌政欲共君聽。驚起翠毛零。

巫山一段雲　開雲浦

地勝仙遊密，雲開世路通。依稀羅代兩仙翁。曾見畫圖中。　舞月婆娑白，簪花爛熳紅。欲尋遺迹杳難窮。須喚半帆風。

巫山一段雲　隱月峰

玉葉收銀漢，冰輪溢桂華。高峰礙月故峨峨。不待影欹斜。　逸興逢清夜，高吟愧落霞。恒娥竊藥不歸家。風露濕纖阿。

南柯子　次平海客舍詩韻

古木多寒籟，虛簷剩晚涼。秋聲無處不鳴商，況是客程佳節、過重陽。　詩壁籠紗碧，歌筵舞袖香。官奴已老尚新妝，幾見使君遺臭、與流芳。以上朝鮮顯宗三年跋刊本《稼亭先生文集》卷二十

唐桂芳　存詞九首

唐桂芳（一二九九—一三七〇），一名唐仲，字仲實，號白雲，又號三峰。歙縣（今屬安徽）人。唐元之子。早年師從洪焱祖，至正中薦授崇安縣學教諭，遷南雄路學正。丁憂歸。入明，起攝紫陽書院山長。卒年七十二歲。明人程敏政編《唐氏三先生集》三十卷，收入唐元及其子唐桂芳、其孫唐文鳳祖孫三代詩文，有唐桂芳《白雲集》七卷，《唐氏三先生集》卷十七（《白雲詩稿》卷四）存唐桂芳詞八首。生平見鍾亮晦撰行狀（《新安文獻志》卷八十九）、〔弘治〕《徽州府志》卷七、《宋元學案》卷九十四。

玉樓春　送宣差

春風桃李河陽縣，訟簡苔紋生印篆。晝長簾捲隔溪山，吟就新詩花點硯。　三年政滿真堪羡，一舸扁舟摇素練。柳梢鶯囀報喬遷，天上玉堂飛匊薦。

水調歌頭　送李經歷

白頭閒父老，都説幕中賓。杜門鶴立風雨，不遣客來頻。果是清心苦節，能障狂瀾砥柱，矻立勢千鈞。吹散浮雲了，依舊月如輪。　憶公餘，携印綬，出城闉。酒船醉舞，江月還似謫仙人。好理木天文字，便許玉堂標致，筆下信通神。離恨正無賴，楊柳不勝春。

南鄉子 送李仲先遷集慶

社雨燕交飛。不解行人有別離。明月鳳凰臺上酒，堪奇。天闊昏昏海樹低。　婉畫妙年時。簾捲芙蓉花影移。去去霜臺消息近，誰知。滿眼江山太白詩。

南鄉子 代送羅季端

詩酒謝宣城，官舍槐花夜雨晴。石壁烟嵐青入座，談經。浩浩源頭活水生。　休用嘆雲萍，三載同寅總弟兄。借問滄州亭上月，分明。不爲行人照別情。

念奴嬌

陽關圖裏，小郵亭、掩映幾株楊柳。翻憶橫經，重席處、文焰蕩磨南斗。几格雲香，硯池波暖，敧兀寒氈久。居然秩滿，紫陽山色依舊。　因念海水桑出，前朝甲第，還似名園否。開遍薔薇春事老，榕樹鶯啼芳晝。好製青衫，未添華髮，起舞先生壽。別離千里，一尊倒浣烟岫。

滿江紅

薄宦驅馳，衣尚帶，燕臺飛雨。心自喜，謫仙人物，襟懷如水。瀟灑笑譚霏玉屑，鏗鏘文韻諧鍾呂。看紅蓮，開遍透簾，香熏風裏。　搖畫鷁，烟波語，斟緑醑，尊鑪美。正月明、秋好抱琴歸去。梅菊交承敦世好，江山迎送關情緒。願繡衣、霄漢立青春，聲名起。

木蘭花慢　送沈洞雲

芝山何處是，呼白鶴，與君騎。恁富貴功名，黃粱夢熟，也是兒嬉。休拘束，且孟浪，向新豐沽酒浣詩脾。光徹胸中星斗，氣騰筆下虹霓。　相逢邂逅吐珠璣，聲價簸南箕。恐素髮慈親，青燈兒子，應怪歸遲。鄱陽半帆秋色，正蘆花瀟瑟膾魚肥。舒卷洞雲無際，長江烟雨離離。

念奴嬌　送治中

急流勇退，笑紛紛、誰似新安別駕。門掩青山，無客到、晝卧桃花鬃馬。報國丹心，流年白髮，洗盡功名想。道旁惆悵，賢哉又見疏廣。　況有九帙慈親，瓊花開處，日暖扶鳩杖。燁燁謝庭蘭玉茁，都是清朝卿相。富貴歸休，政如飲酒，不醉仍留量。揚州騎鶴，月明恍在天上。以上明正德十二年張芹刻本《唐氏三先生集》卷十七

水調歌頭　同友人尋武夷之勝

武夷最佳處，晴氣碧於藍。遠瞻崖壑溪曲，六六與三三。莫問塵生滄海，休歎鶴歸華表，好景且容探。鐵笛破龍睡，黑雨滿深潭。　笑神仙，留蜕骨，閟空巖。幾人蹭蹬不遇，太史滯周南。最好擅場老子，筆底文章如許，何必事清談。暫憩桃花下，白馬稅飛驂。明崇禎十六年刻本（《四庫全書存目叢書》本）明衷仲孺《武夷山志》卷十五

校：「幾人蹭蹬」，原作「幾人蹭蹭」，據清董天工《武夷山志》卷二十四改。

按：明衷仲孺《武夷山志》題作「宋唐仲寔」。董天工《武夷山志》卷二十四置於「元羅慶」之後，且與羅慶詞同韻。《全金元詞》撰題爲「游武夷和羅慶」。

史伯璿 存詞七首

史伯璿(一二九九——一三五四),字文璣,號牖巖。温州平陽(今屬浙江)人。自幼博通經史,隱居不仕。篤志朱子之學,或勸之仕,則曰:「讀書本以善身,爲仕而學,豈我志也。」享年五十六歲。有詩文集《青華集》四卷,今存。卷四存詞七首。另著《四書管窺》八卷、《管窺外篇》二卷等。生平見〔隆慶〕《平陽縣志》卷二、《東甌詩集》卷三、《元詩選癸集》戊集上。生年,據其《續脩四書管窺大意》(《青華集》卷一)「愚幼時廢學,歲辛酉春秋二十三矣,始知以書籍自課」推知。

沁園春　謝州尹岳侯作埭

天惠黎元,轉福星纏,回凋郡春。想一和所囿,勾芽萌近,片私不立,魑魅消奔。鼓舞循良,震驚强禦,隱慘陽舒兩不偏。人都道,在精忠家世,於事亦然。　昆陽旱暵年年,興右堰談河知幾番。看隼旟乍蒞,支祈先駭,朱幡再駕,田祖尤歡。神魃包羞,老農胥慶,潤澤生民指顧間。還知否,陽春一露,功已無前。

水龍吟　謝周元帥作埭

去年神魃爲妖,可憐溝澮成焦土。西江上接,飛湍有派,北來東迤。古堰重興,高原可許,一齊沾被。奈區區填海，漫勞精衛，除非起、神龍也。　元臣壯猷未已。軫深仁、皤然來蒞。天機密運，近夷淵塞，風飛雷厲。儲蓄恩波，流通靈潤，功垂千載。願牙旗玉帳，長使蒼生，仰瞻光齊。

沁園春　代謝宣差作埭

有脚陽春，應爲蒼生，從天上來。稱朱幡皂蓋，名須揭日，黄童白叟，譽果如雷。神彩英揚，胸襟灑落，自是調元贊化工。宜凋郡，賴監臨未久，生意潛回。　政成遊刃恢恢，憐旱歲耕夫渴望霓。筭因民所利，規模非小，決渠降雨，昆嶼南浮。郡河西泝，一望恩波，眼界開□□□□。從今看，甘霖事業，未許徘徊。

校：「眼界開□□□□」，原作「眼界開」，依律補。

滿庭芳　謝州倅作埭

昆嶼南征，青華西迄，一望萬頃提封。長川東注，任與海潮通。幾度謀興古堰，歎無術、未許收功。真堪羡，驅車來蒞，千載快奇逢。　功成。多暇隙，諮諏故老，嘉惠良農。料未能成始，怎能成終。從此決渠降雨，屏神魃、澤被無窮。相期處，作霖近也，天擬佐時雍。

賀新郎　謝僧解無爲説頭首作埭

古堰空陳跡。任西江、如弦東注，有難留官。爲窮民開旱備付，與禪關巨擘看。伸指見、□神通力。鼓舞群情皆妙用，向中流湧起金鼇脊。屏斥鹵，儲膏澤。　今年樂事應無極。待青郊，陽和一布，便知端的。神魃這回須遠遁，沃土何由再拆。到□□願垂阡陌。野老蹈歌無别詠，詠從今醉飽吾師德。百代下，傳嘉績。

校：「有難留官」，原作「有難留民」，抄者注：「想是官字。」「□神通」，原作「神通」，依律補。

滿江紅　又謝僧解無作掾

無數青山，遮不住、梅川東注。長要向，西橋西畔，堰將回去。引入長河添潜渺，散歸平野俱沾濟。奈向來幾度望梅林，渴猶在。　塵外客，皤然起。人間世，何難遇。看中流砥柱，成何容易。萬頃更無枯涸處，三都總在恩覃庇。笑鈍根原未覩神通，今應悖。

西江月　爲孫壽祖

得歲喜週花甲，問春知到梅邊。法曹百詠妙當年，從此源流滚滚。　家慶圖全三世，蟠桃會擁群仙。翁恩翁壽兩如山，意厚歡濃酒滿。以上上海圖書館藏清嘉慶鈔本《青華集》卷四

倪瓚

存詞十八首

倪瓚（一三〇一——一三七四），初名倪珽，字元鎮，號雲林。無錫（今屬江蘇）人。早年師從鞏昌王仁輔。居室清閟閣，與楊維楨草玄閣、顧瑛玉山草堂，同是至正間江南文人會集之所。一生隱居未仕，是元代著名畫家，明人列爲「元末四大家」之一。元末曾變賣家産，戰亂中以詩書自娱。明初，家境敗落，曾流落他鄉，寄食於人。卒於明洪武七年，享年七十四歲。有《倪雲林先生詩集》六卷傳世，清初曹培廉將其詩文重編成十二卷，題名《清閟閣全集》十二卷，楊維楨曾評其詩「材力似腐而風致特爲近古」（《西湖竹枝集》）。是元散曲家，無名氏《録鬼簿續編》小傳説他「善琴操，精音律，所作樂府，有送行《水仙子》二篇，膾炙人口。」今存小令十二首（據《全元散曲》），風格近於詞，《全金元詞》輯入其詞十七首，有些與《全元散曲》重出。生平見周南老撰墓志銘、王賓撰旅葬墓志銘、張端撰墓表（均見《清閟閣全集》卷十一）、《草堂雅集》（十八卷本）卷九、《元詩選》初集《雲林集》。

按：據《四部叢刊初編》本《倪雲林先生詩集》（秀水沈氏藏明初刊本景印）輯録倪瓚詞，以文淵閣《四庫全書》本《清閟閣全集》作校。底本原有《憑欄人》一首，《殿前歡》一首，《水仙子》二首，《折桂令》二首，《水仙子》一首，《小桃紅》三首，《全金元詞》作曲調，未編入。

清平樂 在荆溪作

汀煙溪樹。總是傷心處。望斷溪流東北注。夢逐孤雲歸去。　山花野鳥初春。漁郎樵叟南津。誰識摧頽老子，醉人推罵從嗔。

人月圓

傷心莫問前朝事，重上越王臺。鷓鴣啼處，東風草緑，殘照花開。　悵然孤嘯，青山故國，喬木蒼苔。當時明月，依依素影，何處飛來。

人月圓

驚回一枕當年夢，漁唱起南津。畫屏雲嶂，池塘春草，無限消魂。　舊家應在，梧桐覆井，楊柳藏門。閒身空老，孤篷聽雨，燈火江村。

太常引 傷逝

門前楊柳密藏鴉。春事到桐華。敲火試新茶。想月珮、雲衣故家。　苔生雨館，塵凝錦瑟，寂寞聽鳴蛙。芳草際天涯。蝶栩栩、春暉夢華。

江城子 感舊

窗前翠影濕芭蕉。雨瀟瀟。思無聊。夢入故園，山水碧迢迢。依舊當年行樂地，香徑杳，緑苔饒。　沉香火底坐吹簫。憶妖嬈。想風標。同步芙蓉，花畔赤欄橋。漁唱一聲驚夢覺，無覓處，不堪招。

校：「瀟瀟」、「香徑」，《四部叢刊》本《倪雲林先生詩集》作「蕭蕭」、「香逕」，據《四庫全書》本《清閟閣全集》卷九改。

柳梢青　贈妓小瓊英

樓上玉笙吹徹。白露冷，飛瓊珮玦。黛淺含顰，香殘棲夢，子規啼月。　揚州往事荒凉，有多少、愁縈思結。燕語空梁，鷗盟寒渚，畫闌飄雪。

南鄉子　東林橋雨篷夢歸

篷上雨潺潺。篷底幽人夢故山。澗户林扉元不閉，蕭閑。只有飛雲可往還。　波冷玉珊珊。一壑松風引珮環。詠得池塘春草句，更闌。行盡千峰半霎間。

太常引　壽彝齋

柳陰濯足水侵磯。香度野薔薇。芳草緑萋萋。問何事、王孫未歸。　一壺濁酒，一聲清唱，簾幕燕雙飛。風暖試輕衣。介眉壽、遥瞻翠微。

鵲橋仙

富豪休恃。英雄休使。一旦繁華如洗。鵲巢何事借鳩居，看數載、主三易矣。　東家煙起。西家煙起。無復碧翬朱啓。我來重宿半間雲，算舊制。唯餘此耳。

鷓鴣天

笠澤沿回十五年。親知情義日堪憐。偷兒三顧吾何有，俗士群譏自省愆。　聊復爾，豈其然，田翁輕慢牧童顛。乃知造物深相與，急使江湖棹去船。

如夢令

削跡松陵華寓。藏密白雲深處。造物已安排，萬事何須先慮。歸去。歸去。海鶴山猿同住。

踏莎行

春渚芹蒲，秋郊梨棗。西風沃野收紅稻。簷前炙背媚晴陽，天涯轉瞬萋芳草。　魯望漁村，陶朱煙島。高風峻節如今掃。黄雞啄黍濁醪香，開門迎笑東鄰老。

憶秦娥

昨日嘗賦《憶秦娥》一首，以介石齋前木犀盛開，俾具一卮酒，無使花神笑人寂寞，蓋以風雨傷懷耳。兹重改呈，又作一首，共寫呈，二君却不可默然也。

扶踈玉。蟾宫樹影闌干曲。闌干曲。一襟香露，幾枝金粟。　姮娥鏡裏秋雲緑。無端風雨聲相續。聲相續。不須澄霽，爲沽醽醁。

校：「闌幹曲」、「聲相續」，底本缺，據《四庫全書》本《清閟閣全集》卷九補。

憶秦娥

參差玉。笙聲暮起瑶臺曲。瑶臺曲。輕風香浸，夜涼肌粟。　黄雲巧綴飛霞緑。清吟未斷秋霖續。秋霖續。恐孤花意，倒尊中醁。

江城子

滿城風雨近重陽。濕秋光。暗横塘。蕭瑟汀蒲，岸柳送淒涼。親舊登高前日夢，松菊徑，也應荒。　堪將何物比愁長。緑泱泱。繞秋江。流到天涯，盤屈九回腸。煙外青萍飛白鳥，歸路阻，思微茫。

校：「松菊徑」，《四部叢刊》本《倪雲林先生詩集》作「松菊逕」，據《四庫全書》本《清閟閣全集》卷九改。

蝶戀花

夜永愁人偏起早。容鬢蕭蕭，鏡裏看枯槁。雨葉鋪庭風爲掃。閑門寂寞生秋草。　行路難行悲遠道。説著客行，真個令人惱。久客還家貧亦好。無家謾自傷懷抱。壬子九月廿五日，訪照庵高士留飲。因書近詞，求是正之益。以上《四部叢刊初編》本《倪雲林先生詩集》附録

定風波　題畫梅

攲帽垂鞭送客回。小橋流水一枝梅。醉後紅綃都不記，□賸，幽香却解逐人來。　松畔扶閒頻置酒。攜手。與君看到十分開。少壯相從今雪鬢。因甚。流年清興兩相催。庚寅臘月，同天台陶九成訪

雲棲子於玉山草堂，是日微雪著紅梅上。雲棲子見示管夫人雪梅，與今日情境適合，因題一調定風波云。瓚記。《適園叢書》本《珊瑚網》卷八

校：底本《珊瑚網》原無詞題，此系編者所加。

按：《珊瑚網》卷八載倪瓚《朝中措（幽姿不入少年場）》一首，乃陸遊詞，未編入。

江南春

汀洲夜雨生蘆筍，日出曈曨簾幕靜。驚禽蹴破杏花煙，陌上東風吹鬢影。遠江搖曙劍光冷，轆轤水咽青苔井。落花飛燕觸衣巾，沈香火微縈緑塵。　春風顛，春雨急，清淚泓泓江竹濕。落花辭枝悔何及，絲桐哀鳴亂朱碧。嗟我胡爲去鄉邑，相如家徒四壁立。柳花入水化緣萍，風波浩蕩心怔營。瓚録上，求元舉先生、元用文學、克用徵君教之。　《明詞彙刊》本《江南春詞集》

按：《明詞彙刊》本《江南春詞集》，首録倪瓚《江南春》詞，附録明人沈周等詞家數十首和作。據《詞名索引》，《江南春》詞，即《秋風清》。宋詞家寇準有《江南春》詞。前後七言八句，惟換頭用六字（兩個三字句）。

張以寧　存詞二首

張以寧（一三〇一——一三七〇），字志道。福州古田（今屬福建）人。家于翠屏山下，學者稱翠屏先生。泰定四年進士，授黄巖州判官，陞六合縣尹。歷國子助教、翰林侍講學士。以博聞强記，知名于時，朝野稱小張學士。明軍取元大都，與危素等仕于新朝，拜翰林侍讀學士。洪武二年，出使安南。洪武三年病卒于自安南還朝途中。有《翠屏集》四卷，另著《春王正月考》二卷，以及《春秋胡傳辨疑》等。生平見釋來復《澹游集》、楊榮撰墓碑（《文敏集》卷十九）、《大明一統志》卷七十四、《明史》卷二八五。

江神子　送醫官石仲銘攝邵伯鎮巡檢得代

謝公埭上緑成圍。楝花飛，子規啼。簇簇弓刀，白馬擁驕嘶。一樹棠梨開透也，春正好，又分携。　草萋萋，望中迷。衣錦歸歟，家在海雲西。種杏明年功又滿，還捧詔，上金閨。

按：「草萋萋」，按詞律其前缺七字，底本與《四庫全書》本均缺此七字句。

明月生南浦

廣州省治，南漢主劉鋹故宫鐵鑄四柱猶存，周覽嘆息之餘，夜泊三江口，夢中作一詞，覺而忘之，但記二句云「千古興亡多少恨，總付潮回去」。因隱括爲《明月生南浦》一闋云。

海角亭前秋草路。榕葉風清，吹散蠻烟霧。一笑英雄曾割據，癡兒却被潘郎誤。　寶氣銷沈無覓處。蘚暈猶殘，鐵鑄遺宮柱。千古興亡知幾度，海門依舊潮來去。以上明成化十六年張淮刻本《翠屏集》

莫昌 存詞一首

莫昌（一三〇二—？），初名莫維賢，字景行，號南屏隱者。錢塘（浙江杭州）人。早年從學于仇遠，能詩善書畫，不求仕進。與張雨有交往，其詩編入《師友集》。明初，曾任杭州府學訓導，受人詆毁，以疾辭官。清宫所藏錢選《紅白蓮花圖》，畫幅之後有元人所題詩詞，其中包括莫昌、邾經詞各一首。生平見凌雲翰撰墓志銘（《柘軒集》卷四）、《兩浙名賢録》卷四十六、《元詩選癸集》戊集上。

隔浦蓮近拍 題錢舜舉紅白蓮花圖

水雲深處晝永，解語華相並。標格天然好，濃粧淡粧都稱。雨過陂塘浄，風初定，微弄金波影。　醉魂醒，嬌姿雅態，西湖同占清景。芳心無奈，粉褪脂殘香冷，翠蓋斜欹羞對鏡。人静，緑房空鎖烟暝。南屏莫昌。《秘殿珠林石渠寶笈合編》六册三二〇五頁

按：底本原未注詞牌，據詞律補。《隔浦蓮近拍》是宋詞人周邦彦自度曲。

梁寅　存詞四十一首

梁寅（一三〇三—一三九〇），字孟敬，號石門。新喻（江西新餘）人。自幼勤敏好學，博通經史，務農爲生。舉進士，不中。後至元間，就館建康。薦爲集慶路儒學訓導，至正十五年，以親老辭歸。明初，徵入京師，修禮樂書，書成，以老病辭歸，結廬石門山講學，四方學子稱其爲「梁五經」，又稱「石門先生」。洪武十年，講學石門書院。洪武二十二年十二月二十四日去世，享年八十七。梁寅不以詩文知名，長於經史。有《新喻梁石門先生集》十卷（別本七卷、十五卷）。另著《詩演義》十五卷、《周易參義》十二卷、《策要》六卷等。其詞編在《新喻梁石門先生集》卷五，卷外佚詞尚有數首。生平見石光霽撰行狀（《石門集》卷首）、《明史》卷二八二、清錢熙彦《元詩選補遺》。

晝夜樂　懷金陵

秣陵猶憶豪華地。醉春風、花明媚。碧城彩絢樓臺，紫陌香生羅綺。夾十里秦淮笙歌市。酒簾高曳紅搖翠。油壁小輕車，間雕鞍金轡。　同游放浪多才子。詫酣歌、如高李。傲時江海狂心，懷古虹霓雄氣。歸卧雲廬霜滿鬢，十年間、多少愁思。春夢繞天涯，度煙波千里。

燭影摇紅

《後漢·匈奴傳》言，呼韓邪單于來朝，願爲漢婿。後宫王嬙以積怨自請行，此事之實也。《西京雜記》乃云，元帝使畫工毛延壽圖宫人形貌，按圖召幸。王嬙以賂金少，畫不及貌。王嬙當行，帝見之悔，乃殺延壽。夫元帝柔仁之主也，而謂其因女色殺畫工，余固不信。而無寵自請行，誠一污賤女子耳。後之爲昭君曲者多歸咎元帝，殊不當也。因此賦：

深鎖宫花，繡生魚鑰重門閉。美人何事怨東風，獨抱傷春意。月照黄沙萬里，到氈城、芳心自喜。樽前歌舞，馬上琵琶，寵深誰比。　毳服胡妝，那思舊日嬌羅綺。年年秋雁向南飛，肯寄相思字。歲久玉顔憔悴，似花落，悔隨流水。草青墳上，應是香魂，尚含愁思。

木蘭花慢　桃源

愛山中日月，春漸去，又還來。望水繞人家，雲生窗户，岫轉峰回。層層絳桃千樹，似丹霞、散綺映樓臺。世上從教桑海，人間自有蓬萊。　漁郎未必是仙才。偶爾到天台。喜相問相邀，山中殺簌，樹裏樽罍。緣何便尋歸路，是風波險處未心灰。要似秦民深隱，桃花只好移栽。

綺羅香　天台

翠谷吞霞，丹厓隱日，瑶草緑迷仙路。復宇層臺，雞犬不知何處。花對發、洞裏嬌娥，璧雙美、人間才子。信奇緣、水合雲交，香風滿徑共歸去。　嘈嘈鸞鳳簫管，九醖瓊漿碧，冰盤鱗脯。滄海深深，將比此情難侶。奈塵臆未斷愁根，被啼鳥苦催歸思。歎多少樂極生悲，落花思故樹。

八聲甘州　贈易自然禱雨有應

喜神龍飛雨遍秋郊，黄河自天來。是蟠溪逸士，胸中造化，掌上雲雷。壇峙吟峰東畔，稽首望仙臺。絳節霓衣，擁閶闔朝開。　憑仗小心風送，緑章上奏，咫尺瑶階。念魚頭赤子，濈濈困炎埃。賴皇穹、恩波滂沛，便千村萬落總春回。人都道先生功行，山嶽崔嵬。

阮郎歸　自洪家還

歸來長嘯碧山阿。結茅牽翠蘿。衰顔借問近如何。吴霜侵鬢多。　衣裋褐，卧行窩。眼前隨分過。一溪風月與煙波。閑中宜釣蓑。

醉落魄

蒼厓翠谷。閑雲一片無拘束。田廬村巷經行熟。無取無求，曳杖看修竹。　道人邀我巖居宿。小槽白酒過醽醁。醉來共唱山中曲。無價清歡，何必論金玉。

南鄉子　或以山葡萄爲獻其味與家園者無異

虯蔓懸秋露，驪珠撼曉風。丹崖點漆變殷紅。味與涼州珍貢，却相同。　御苑堪移植，雕盤合上供。猿猱餘顆寂寥中。多謝樵人分送，到山翁。

校：詞牌，原作《南歌子》，底本校改爲《南鄉子》。

憶秦娥　爲南溪廖氏題古梅

湖山曲。山頭花照湖波緑。湖波緑。盈盈仙子，鏡中顔玉。　百千年樹繁英簇。春光却在幽人屋。幽人屋。自然富貴，海珠千斛。

魚游春水　避亂還家見桃花盛開

家鄰千峰翠。幽徑重開荆棘裏。小桃花豔，春日盈盈霞綺。香入騷人碧玉杯，色映遊女青螺髻。帶露更嬌，迎風尤媚。　古有墻東避世。況似武陵風光美。時時獨酌花間，别有天地。不教掃逕看尤好，意欲尋仙從兹始。巖前白雲，石邊流水。

校：詞題，底本原無「花」，據《明詞彙刊》增。

謝池春　花朝

薄寒山閣，當亭午、瀟瀟雨。鳥静桃花林，水生蘭茗渚。玉勒驄稀出，油壁車何處。欲簪花、簪不住。花紅鬢白，應笑人憔悴。　春過一半，東去水、難西駐。前半傷多病，後半休虚負。白醴匏尊滿，紫筍山殽具。心無累，皆佳趣。自辭觴酌，勸客須當醉。

繚山月　雨夕

急雨響巖阿。陰雲暗薜蘿。山中春去更寒多。縱柴門不閉，花滿徑，蒼苔潤，少人過。　蘭舟曾記蘭汀宿，牽恨是煙波。而今林下和樵歌。看風風雨雨，滋造物，時時變，總心和。

玉蝴蝶　閑居

天付林塘幽趣，千章雲木，三徑風篁。雖道老來知足，也有難忘。旋移梅、要教當户，新插柳、須使依墻。更論量。求田種秫，闢圃栽桑。　荒涼。貧家有誰能顧，獨憐巢燕，肯戀茅堂。客到衡門，且留煮茗對焚香。看如今、蒼頭白髮，又怎稱、紫綬金章。太癡狂。人嘲我拙，我笑人忙。

破陣子

黯黯淒淒草色，狼狼籍籍花枝。江上煙波天共遠，樹外雲山路更迷。故人音信稀。　因病從教廢酒，非愁自懶題詩。芍藥荼蘼開漸近，蹴踘鞦韆樂有誰。雨僝風僽時。

人月圓　春夜

三春月勝三秋月，花下惜清陰。錦圍繡陣，香生革履，光動蘭襟。　棠梨枝顫，乍驚棲鵲，夜久寒侵。明朝風雨，休辜此夕，一刻千金。

燕歸慢　上巳雨

花徑蕭條。恰桃霞已盡，梨雪初飄。雲霾噴麗景，風雨妒佳朝。山中行樂本寥寥。那更值、年荒酒價高。諸生共高詠，只閒静，勝嬉遊。　千嶂暝，故人遠，濘妨馬，步平橋。象筵寶瑟何由見，與誰共羽觴浮。蘭亭遺跡長蓬蒿。怎能勾、山陰棹小舟。對景度新曲，獨堪向，故人求。

雨霖鈴　夏景

螺峰堆緑。夜來經雨，渾似膏沐。飛泉怒瀉崖谷，懸霜練鳴蒼玉。虎跡巖前過處，踏破翠苔褥。聽啼鳥，山北山南，樹杪殘雲自相逐。　蓬門日晏稀來躅。稱幽人、獨步看新竹。移床松下零露，三四點、怎沾湘軸。日永如年，況是閑身不受拘束。休妄想、鵷鷺朝班，聊且伴麋鹿。

金菊對芙蓉　秋思

玉刻奇峰，藍拖秀水，秋光渾似耶溪。渺蒼煙十里，白鳥孤飛。恨思越女芙蓉豔，蘭舟小、桂棹輕移。西風殘照，樵人漁子，結伴尤宜。　無柰物理難齊。歎魚蝦苦瘦，雁鶩多肥。望茫茫江海，今更何之。溪頭緑樹親曾種，耐寒暑、應笑人衰。青山千仞，白雲萬頃，須理荷衣。

玉蝴蝶　丙午元夕

霽景煙霞五色，黄金柳裊，碧玉桃開。是春花早。再覩昇平氣象，處處春回。且追隨、村歌里巷，休耽戀、綺席樓臺。獨徘徊。人看月上，月趁人來。　因懷。金陵舊曾遊翫，御街燈火，遠照秦淮。友勝同歡，醉聽簫鼓鬧春雷。幾年間、風馳雲往，千里外、水複山回。是仙才。飆輪許借，重訪蓬萊。

訴衷情

李花當户間桃花。妍景雪兼霞。春風送將春色，照耀野人家。　回蝶使，罷蜂衙。日初斜。雙鶯窗外，雙燕簾間，共惜穠華。

浪淘沙　夜雨

簷溜瀉泉聲。寒透疏櫺。愁如百草雨中生。誰信在家翻似客，好夢先驚。　花發恐飄零。只待朝晴。彩霞紅日照山庭。曾約故人應到也，同聽啼鶯。

采桑子　孟夏

舍南舍北多桃李，子滿青枝。曲徑冥迷。新竹增高舊竹低。　掃苔坐石何妨久，行步常遲。竚立移時。雲起東峰日墜西。

宴清都　端午

帶恨湘江水。無柰遠、楚雲天際千里。靈均一去，芳蓀翠減，香蘺青死。龍舟鼉鼓聲沸。歎舊俗、空誇水戲。樂少年、越女吴姬，王孫公子。　曾記南浦芙蓉，東湖楊柳，斜日歌吹。彩舟載酒，綸巾揮扇，勝友同醉。而今白頭蓬卷。但諳慣、獨醒滋味。好只把、蘭佩荷衣，從今料理。

按：詞牌，原作「宴清郡」，據詞譜改。

望江南　傍村之民兄弟四人坐豪奪民産遠流

山深處，豺虎縱跳踉。但愛體肥貪肉食，那知腹飽是身殃。天網甚恢張。　千里外，魑魅可同鄉。三尺正當嚴律令，四凶那得詫强梁。稽首謝君王。

天仙子　苦熱

六合似爐雲似火。熱氣蒸肌煙霧鎖。此時那得羽翰生，冰壑過。風巖坐。瀑布濺衣珠萬顆。

未旱先愁愁怎躲。如在顛崖惟恐墮。急須霖雨慰蒼生，名譽播。江之左。誰在東山深處卧。

蘇幕遮 秋旱喜雨

白蘋乾，紅蓼悴，日減溪流，塵擁渾如霧。一日雲凝千嶂雨。黃葉瀟瀟，却又添新翠。　墾蒿煙，耕草露。種麥栽松，生計那嫌暮。預想登高歡會阻。門掩黃花，也自多幽趣。

永遇樂

丙午歲仲秋，與胡中山同舟，往南昌。至樟鎮而返。別逾一月，作此寄之。中山能談泰定數。

年少羡君，有如瓊樹，相見何晚。虎瞰山前，輕船同載，止桂花香滿。封溪一夕，孤蓬聽浪，又趁朔風遄返。許行藏、只堪一笑，怕令白鷗驚見。　君如管輅，聰明夐異，能道山翁奇蹇。絳闕蓬萊，人間天上，翹首仙凡遠。何時訪我，竹溪松壑，儘有白雲堪玩。寫長懷、且寄南飛秋雁。

浣溪沙 冬景

錦樹分明上苑花。晴光宜日又宜霞。碧煙橫處有人家。　緑似鴨頭松下水，白於魚腹柳邊沙。一溪雲影雁飛斜。

洞仙歌 舍後山中見群鹿

孤峰碧峭，長雲中瑤草。群鹿甡甡怪稀有。想嵩陽少室，曾伴松喬，知踏遍、白石蒼苔多少。逸人塵外趣，翳鳳驂鸞，夢上瀛洲歷蓬島。驀見爾此山中、便對煙霞，喜共約、長爲儕友。爲借問、仙翁在何方，願同往從之，遍窺巖岫。

木蘭花慢　賀彭子壽伯塤叔侄新居

羨樓臺有地，不改換、舊林塘。想叔父東山，郎君玉樹，籌畫非常。雲霄正期勳業，見先恢、庭户攬風光。蒼靄晝生翠牖，丹霞曉映雕梁。　春鶯求友候春陽。應戀木千章。宜永日圖書，涼飆絲竹，皓月壺觴。蓬萊宛然異境，愛琪花、瑶草近人香。老矣猶誇能賦，憶君夢到華堂。

真珠簾　丙午冬雪

西窗夢斷簷光曉。雪交墜、山僮驚報。巖岫化銀宫，似白雲仙島。萬樹梨花都開遍，怪一夜、春風來早。凝眺。想千家晏起，村巷幽悄。　誰解唤掃庭除，命雕鞍迎客，玉壺注酒。金帳擁紅妝，惜盛歡難久。何似袁安門晝掩，抱清冷、年年如舊。須候。候暖日烘梅，竹松回秀。

折桂令　留京城作

龍樓鳳閣重重，海上蓬萊，天上瑶宫。錦繡才人，風雲奇士，袞袞相逢。　幾人侍黄金殿上，幾人在紫陌塵中。運有窮通，寬著心胸。一任君王，一任天公。

踏莎行　江上阻風

疊浪堆瓊，横煙織素。停橈避險灣頭住。汀洲連水水連雲，何曾迷却歸人路。　今夕聊淹，明朝須去。休愁休怨休嗔怒。還家正屬好風光，啼鶯無數花枝千樹。

虞美人 舟中

岷峨雪盡生春水。江闊盤蛟喜。蘭橈曉發大江東。回望銀宮金闕五雲中。　來時秋渚蒹葭老。歸日春花早。客身千里似征鴻。恰恰秋來春去總相同。

謁金門 舟中對月

天似洗。遥望楚山千里。歸雁數聲雲外去。此身猶滯此。　半夜潛蛟不起。潭月金鱗光細。獨倚孤蓬渾不寐。碧流清見底。

謁金門 采石花朝

春正美。處處豔桃穠李。記省花晨今日是，柰何辭帝里。　采石蘭橈暫倚。且與舟人同醉。心已到家身尚未。客中聊復爾。

臨江仙 舟中

十日江程春過半，渚青新長蘆芽。李花幾樹間桃花。嫩黄煙際柳，遠白水邊沙。　老子老來心似水，肯教愁緒如麻。扁舟來往似仙槎。還家今有日，那得更思家。

菩薩蠻 湖口

海門西上帆如電。神靈借與天風便。容易見廬山。雲中雙鶴還。　風勻波不怒。水碧涵山翠。沽酒酹江神。醉吟湖上春。

金縷衣　泊南浦

南浦歸帆暮。喜重看、螺江煙柳，鶴汀雲樹。畫棟朱簾歌舞地，風景已非前度。只浩蕩、江濤如故。相望飛楊鵬翅展，羡雄城、防衛多貔虎。又喜免，亂離苦。　舊時猶記登臨處。共詩朋、賦友同歡，詠今懷古。兩鬢星星今老矣，却似荼蘼孤注。歎桃李、不知春去。獨有洪崖青不改，似於人、戀戀能相顧。招我隱，有佳趣。

八聲甘州

近里有妄男子，爲妻所詬，遂忿而遠去。誓云：非富貴不歸。妻亦誓：獨守無他志。既歷十五年，夫竟旅困羞歸，而妻能潔身以自守，獨理其家，衣食饒給。因詠，以勵薄俗。

記年時波蕩兩鴛鴦，雌雄各分流。恨郎情似水，妾心如石，此恨難休。自古恩深似海，富貴等浮漚。何忍輕離別，翻愛爲仇。　君看江頭枯樹，縱春風虛過，根幹仍留。且牽蘿空谷，蓬户自綢繆。想秋胡、未忘故態，怕無金、相贈却懷羞。歸來日，郎嗔妾忿，都合冰消霧收。以上清乾隆十五年刊本《新喻梁石門先生集》卷五

西江月　臨終作

八十七年住世，二三千卷文章，有些古怪有些狂。自許中人以上。　常樂即同貴宦，多書也當田莊。遥瞻聖主謝恩光，歸路風清月朗。《文翰類選大成》卷一百六十

王毅 存詞五首

王毅（一三〇三—一三五四），字剛叔，號訥齋（或木訥齋）。龍泉（今屬浙江）人。成年後，貫通經史。曾遊學四方，北上大都，兩遊齊魯。回歸故里後，中原烽火四起。至正十四年，守境自保時被殺，年僅五十二歲。生前受到許謙、歐陽玄、黃溍、余闕、危素、述律杰（蕭申之）等推重。門人章溢、胡深等，入明成爲聞人。文章不留底稿，曾對人説：「人患德不立爾，不患言之不立也。古之立言者幾千萬人，傳世能幾何哉？」遇難後，門人多方搜輯，得詩文五卷（文四卷，詩詞一卷），名爲《木訥齋集》，刊行於世，卷五存詞五首，但罕見流傳。顧嗣立編《元詩選》未收入王毅詩。《四庫全書》未收入《木訥齋集》。席世臣補輯《元詩選癸集》，戊集上有王毅詩一首。生平見宋濂撰《王先生小傳》（《宋文憲集》卷四十八）、胡翰撰墓誌銘（《木訥齋集》附録）、《元詩選癸集》戊集上小傳。

臨江仙 送林縣尹

治邑堪嗟人物少，誰教狼牧群羊。我公爲政尚循良，真情無表暴，雅望自馨香。兩載温然猶一日，視民懇惻如傷。從今遷擢愈輝光，仁心昌後裔，丹桂五枝芳。

按：詞牌，原作「臨江軒」，據詞譜改。

鷓鴣天　贈胡深

耿耿胸中一寸丹，生平清節雪霜寒。閩鄞寇盜初戡定，浙壤忻聞奏凱還。　萬世事，可長嘆。中原見説未全安。君才不在淮陰下，爲報君王早築壇。

臨江仙　謝蕭申之

世襲功門優將略，六經百氏兼該。信知文武有全才，等閑平逆豎，又聽凱歌回。　操履冰心秋月白，誠心公道宏開。牛刀暫爲割雞來，拂衣行謝事，閉户卧天台。

按：詞牌，原作「臨江軒」，據詞譜改。

滿庭芳　贈王府判

黎庶愴惶，風塵亂湧，濟時須仗豪英。堪憐烽燧，逼山城帥閫，掄才付托。公纔到、凶豎魂驚。牛頭嶺，長驅大捷，千古播高名。　戎兵□守禦，居民雜處，雞犬俱寧。于今喜鄰封，四境清平。欲紀明公偉勳，麒麟閣、自有丹青。時唯見，口碑誦德，途巷起歌聲。

西江月　贈葉深

軍法堅持三尺劍，將才足長千夫。指麾談笑勦鼪鼯，盡道將軍威武。　功業當銘彝鼎，聲名必達京都。一方無事賴安居，但願長留槎渚。以上清乾隆二十八年重刊本《木訥齋文集》卷五

按：「軍法堅持三尺劍」，按詞律，衍一字。

舒頔 存詞二十一首

舒頔（一三〇四—一三七七），字道原，號貞素。績溪（今屬安徽）人。早年，與同郡鄭玉、程文等講明經史之學。受業于李青山之門。後至元三年，江東肅政廉訪使燕只不花舉薦舒頔任貴池教諭，任期滿，調行丹徒教官。至正十年轉台州學正。社會動亂，棄職隱居山中。自稱「三爲教官，遭時搶攘，遂退處教授私塾」（《貞素齋自傳》）。至正十七年，朱元璋大將鄧愈攻佔徽州，禮聘舒頔出山，以有病爲由辭不就，築草廬爲讀書所，名「貞素齋」。明洪武十年去世，享年七十四歲。著有《古淡稿》、《華陽集》等詩文集，均未見傳本。今存清道光二十九年舒正儀校刊本《貞素齋文集》八卷、《貞素齋家藏集》卷四。是明嘉靖年間由後人輯刊。《貞素齋文集》卷八、《貞素齋家藏集》卷四，共存詞二十一首。舒頔常以陶淵明自比，詩文力求古樸清淡。《四庫全書總目》說：「頔不忘舊國之恩，爲出處之正。不掩新朝之美，亦是非之公。」其弟舒遠、舒遜都有詩名。生平見舒頔《貞素齋自傳》（《貞素齋文集》卷首）、唐仲實（桂芳）撰墓志銘（《貞素齋家藏集》附録）、張梓撰《舒公行狀》（《貞素齋家藏集》附録卷上）、《貞肅先生年譜》（《貞素齋家藏集》附録卷下）、《元詩選》二集《貞素齋集》。

按：《貞素齋集》卷八「詩餘」，原有《折桂令》《朝天子》各一首，爲曲調。未編入本集。

滿江紅

時雪快晴，苗民攻宣未克，往來郡邑間，擾攘尤甚。憲府移司於徽，視而不問，歎時事之靡寧，哀生民之塗炭，因賦此曲，兼柬邑令郭文質。

天也多情，巧幻出、天河寒水。多態度、悠悠颺颺，輕粘窗紙。萬里豈無祥瑞應，四方已在飢寒裏。把溪山、好處縱橫模糊，須臾耳。江海闊，風塵起。狐兔狡，鷹鸇恥。假蠻夷威柄，侵漁而已。諸老忠良皆柱石，九重仁聖真天子。待明朝、晴霽看青山，清如洗。

酹江月

三槐氏胄，早榮陞大府，展施才調。應歎濡須兵革後，幾度愁紆懷抱。翦燭寒更，催科春晚，諸事安排了。簿書蘩裏，辛勤説與誰道。遥想淝水西邊，三賢堂古，孝肅名偏好。爲我辦香先致敬，耿耿寸心相照。贊畫侯藩，趨丞相府，指日登樞要。不堪離別，一尊聊爲傾倒。

蝶戀花　送胡一之上襄陽

鍾阜相催何汲汲。猿鶴休驚，却上襄陽驛。袖拂峴山碑蘚碧。淒涼淚眼今猶昔。　勳業正須年少日。楚雨湘雲，囊錦都收拾。祇恐緑閨春寂寂。孤鸞背月鮫綃濕。

酹江月

送指揮司王仁卿知事。代廣陵郡官作。

人生交誼，篤金蘭氣味，不堪離別。緑水紅蓮聲價舊，又向高郵施設。幕底清風，樓前明月，此意憑誰説。美哉魚米，此行足可怡悦。　聞道細柳營中，三軍整肅，訓練真奇絶。贊畫公餘閒拭目，午夜劍光明滅。料想明年，榮膺薇省，高步登天闕。片雲相隔，人來應問華髮。

謁金門

人磊落。移贊高郵蓉幕。采筆生春和氣作。軍民同此樂。　休説邊陲蕭索。米白魚肥如昨。别後情懷何處托。寒光倚山閣。

水龍吟　慶陳仲洪造家慶樓

人間何處無樓，筭來積善應難得。操持一念，應乎萬事，盡皆陰德。伯仲怡怡，親朋濟濟，雲仍蟄蟄。任才高王粲，興同庾亮，誰敢與、元龍敵。　珍重劉郎好事，好溪山、爲君拈出。眼前標致，壁間圖畫，屏間松竹。春晚憑高，秋晴眺遠，翠紅如織。待他年，看取飛來五鳳，記如椽筆。

風入松

故人情況近如何。應被酒消磨。醉來笑倚娉婷卧，傷心處、暗濕香羅。肱曲紅生玉筍，鬟偏翠卷新荷。　薰風枕簟屆詩和。著我醉□歌。襄陽舊事今安在，風流客、屈指無多。休説玉堂金馬，争如雨笠煙蓑。

沁園春　閒適

閒處如何，也堪吟詩，也堪弈棋。想白衣送酒，誰如元亮，白鵝换字，誰似羲之。濠上觀魚，雲間呼鶴，此樂人間未易知。平生性喜，不惟酒困，常帶書癡。　儘教步武天池。且贏得、閑身一會嬉。便朝登金馬，何裨世教。暮趨玉殿，安救時危。赫赫功名，堂堂事業，不博先生這肚皮。休瞞我，任官高禄厚，也要些兒。

小重山　端午

碧艾香蒲處處忙。誰家兒共女，慶端陽。細纏五色臂絲長。空惆悵，誰復吊沅湘。往事莫論量。千年忠義氣，日星光。離騷讀罷總堪傷。無人解，樹轉午陰涼。

小重山

時有武林之行，值時變，故弗果。因賦之。

笑問西風一葉舟。阿誰招我上，武林遊。豈知身世兩悠悠。西湖好，孤負桂花秋。應笑樂平侯。無端千百計，一場休。願將功烈闡皇猷。南飛雁，莫爲稻粱謀。

江城子

歌者張氏，戴仲德、仲本時以茶謁之家，戲書以貽之。

戴郎昆仲太風流。翠娥愁。解貂裘。醉中摸索玉搔頭。繡被揾香肌粉滑，雲作帳，月爲鉤。茅庵權當小秦樓。意綢繆。話揚州。瓊花騎鶴兩悠悠。薄倖郎今垂老矣，無夢到，那温柔。

江城子　代人作送

積雨陂塘五月秋。送還留。且停舟。聽我驪駒，歌徹上廬州。無柰緑窗眉鎖恨，情脈脈，思悠悠。同鄉翻作異鄉愁。善謀猷。儘優遊。不見閭閻，談笑覓封侯。勳業此時都莫問，書有便，寄來否。

水龍吟

端午日，寓苧千作，時四方洶洶，民思太平，而勢未寧也。

輕雲閣雨還晴，蒼黄又負端陽節。去年今日，大鄣深處，寸腸千結。好事無多，良辰難再，猶傳遺孽。看連城澒洞，大家愁惱，這光景、何時歇。　因想金陵佳麗，鬧秦淮、龍舟稱絶。牙檣錦纜，翠冠珠髻，畫闌羅列。回首丘墟，滿襟塵土，向人空説。且停杯，容我離騷細讀，吊羅江月。

沁園春　次前閑適韻

多少閒情，桃源問蹊，柯山看棋。把杏花春雨，從頭吟了，木犀秋月，開户邀之。氣捲風雲，眼空江海，萬古從前我已知。君休笑，任陳摶假睡，豫讓佯癡。　風回太液清池，欲留住、東皇共笑嬉。想乾坤浩浩，誰曾整頓，干戈擾擾，孰問安危。籠絡人才，登崇禄秩，赤箭青芝敗鼓皮。都休問，看營巢燕子，哺乳鷖兒。

水調歌頭　時楊溪避兵

飽來石上卧，醉向水邊吟。山靈不管閒事，容我儘登臨。山外猿啼鶴唳，世上虎争狼鬥，此地白雲深。古今一抔土，天地亦何心。　隔茅廬，塵萬丈，不相侵。林泉自有佳處，石溜似鳴琴。漢室煌煌大業，唐代昭昭正緒，此理細推尋。高詠出山去，草木亦知音。

太常引

山色共承宣。君秩滿、我遲延。幾度醉花前。曾怪殺、春山杜鵑。　菱花再照，鸞膠再續，應笑雪盈顛。深夜語嬋娟。也曾是、都門少年。

風入松　雨後偶成

紗廚過雨晚涼生。枕簟不勝清。冰肌玉骨元無汗，香風過，深院語流鶯。翠幌光摇絳蠟，畫堂暖瀉銀瓶。　玉箏牙板按新聲。雲髻寶釵横。銀絲膾細江鰩脆，揚州月，照我醉吹笙。舊事十年猶記，壯懷此日堪驚。

賀新郎　爲張德正續絃之慶

繡隱芙蓉褥。更屏間、雙雙孔雀，閒金盤緑。鶴別鸞離深閨悄，帳冷梅花夜獨。空夢繞、巫山千矗。雨意雲情，紅顔霜鬢，合歡再把鸞膠續。事諧矣，意方足。　洞房春暖人如玉。怕的是、雞聲遞曉，無情催促。笑拂菱花相依照，取次畫成眉曲。伊也道、臨邛何辱。吉叶熊羆應入夢，看這番、桂子紛追逐。爲君喜，醉紅燭。

虞美人

聞邑雲臺煙火花燈，老倦不復往觀。

紛紛兒女看燈去。千點摇紅樹。翠鼇山倚紫雲堆。記得年時，老子也曾來。　硫硝結縛通仙伎。光焰千般異。今年老子懶來看。手弄梅花，和月倚闌干。以上清道光二十九年舒正儀校刊本《貞素齋文

蝶戀花

庭樹拂雲清影動，短調長歌，臨别争馳送。磊落大材須大用，王郎此去聲名重。　干戈風塵如一夢，闊步黄堂，案牘煩提控。友誼交情書屢𤝍，月明千里相思共。

校：詞牌下原注：「澤按：原本無題，玩詞意，當是贈别之作。」

攤破南鄉子　端陽值雨

風雨送端陽，愁悶裏過了時光。葵榴相倚空争靚，龍舟罷渡，錦標休奪，誰弔沅湘。　無酒也何妨。放閒身，滋味多長。癡雲頑霧都收了，萬方寧謐，四民康泰，歌咏陶唐。以上清道光二十九年舒正儀校刊本《貞素齋家藏集》卷四

按：詞牌，原作「樂府曲」，據詞譜改。

袁士元　存詞七首

袁士元（約一三〇五—？），一名寧老，字彦章，號菊邨。鄞縣（浙江寧波）人。袁珙之父。學通五經，以薦授縣學教諭，歷西湖書院山長、鄮山書院山長，擢平江路學教授。召爲翰林國史院檢閲官，不赴，築别墅于城西。有詩文集《書林外集》七卷。中國國家圖書館藏有正統刊本《書林外集》七卷。《涵芬樓秘笈》五集所録舊鈔本《書林外集》，即從明正統本鈔出。生平見〔嘉靖〕《寧波府志》卷三十一、《元詩選》初集《書林外集》。

滿庭芳　壽范竹友老鄉長

淇澳風清，渭川月朗，此時天産耆英。蒼蒼標格，挺出白雲層。最好堅心勁節，傲多少、桃李虚情。人都道，孫枝子葉，早已肖龍形。　長春，曾不老，襟懷一片，玉立冰清。喜七賢六逸，總是交朋。試聽鏗金戛玉，玉堂上壓倒梅兄。君知否，平安信好，永耐歲寒盟。

瑞鶴仙　壽倚雲樓公

緑陰深院宇。正簾捲華堂，午風清暑。榴花紅半吐。記仙翁此夕，城南别墅。酒朋詩侣。共歡宴、瑶池容與。笑横空老鶴飛來，還入五雲深處。　念此閒情如許。别後蓬萊，迥隔風雨。冰紈翠縷。終不似舊眉嫵。自胸中、温養金丹樂事，莫負花前尊俎。最堪歡，滿眼兒孫，彩衣戲舞。

滿庭芳　壽朶羅歹元帥

菊後秋深，梅邊春近，江天積雨初晴。日湖南畔，光現老人星。盡道元戎公相，今朝裏、福壽相仍。當華誕，黄麻詔下。萬里被恩榮。　生來真活佛，心田一片，寬厚和平。好賢哉橋梓，雍肅家庭。顧我寒氈書客，經年裏、眼特垂青。情歡處，新詞一曲，把酒祝長生。

八聲甘州　餞帥閫張仲淵外郎

先福建帥府，出海捕寇收功。

又西風、吹動塞雲飛，碧天倚清秋。擁長亭祖席，斜陽旗影，楓葉江頭。贊畫雄藩三載，蓮幕更風流。愧我黄塵客，拂袂從遊。　記取環峰亭下，問元戎戰艦，巧運機籌。共輕裘緩帶，坐看嶂煙收。念平生、稜稜英氣，稱沙堤、近侍驟驊騮。須知道、月明千里，人在瀛洲。

青玉案　餞李州判爲鄞縣監病假攝政歸

江城十月春猶小。問解印、何須早。鄞水長官清健了。争如歸去，長汀風月，依舊平分好。　謫仙襟度人間少。留借無緣意頻悄。近種棠陰猶草草。會看他日，腰金衣紫，五馬來蓬島。

校：「近種棠陰」，「種」，底本與《涵芬樓秘籍》五集所録舊鈔本，都僅存偏旁「禾」，暫據《彊村叢書》補。

清平樂　贈張居仁獲賊有功賜三界巡檢

鼇波萬里。群盜如蜂起。　擒却四凶天使喜。特命一官入仕。世家元在兜鍪。少年膽氣横秋。

自此將軍一步，會看談笑封侯。

賀新郎　陳架閣家盆藕間歲復開

淡月黄昏裏，粉墻陰，盆池漾緑，藕花初吐。悄似飛來雙屬玉，風動翩翩素羽。謾引得、人人争睹。拍手闌干驚欲起，悵無端、並立長凝竚。思往事，意容與。　當年妙選登蓮署。正花開、邀朋醉賞，尚留佳句。藏白收香今六載，還我風流檢府。最好是、冰姿清楚。一點炎塵曾不染，縱盤根錯節仍如許。花爲我，笑無語。以上中國國家圖書館藏明正統刊本《書林外集》卷七

校：詞牌，《聽秋聲館詞話》卷七《金元人詞補》作《金縷曲》。「淡月黄昏裏」，作「月影黄昏度」。「悵無端」，原作「悵然」。「最好是、冰姿清楚」，原作「最好、冰姿齊楚」，均據《聽秋聲館詞話》卷七《金元人詞補》改。

陳謨

存詞一首

陳謨（一三〇五—一三八八），字一德，號心吾，學者稱海桑先生。泰和（今屬江西）人。自幼能詩文，稍長邃經學。曾屢赴科舉，均未中，專心教授學生。明興，洪武初徵赴京師，聘修禮書，在朝賜座議學，宋濂、王禕請留爲國學師，以疾辭歸。後數次應聘江浙考官。著述教授以終。有《海桑集》十卷。生平見《明史》卷二八二、《明詩綜》卷十五上、《國朝獻徵録》卷一一四、清曾燠《江西詩徵》卷三十七。

百字令

歲己未，年七十有五，作《百字令》以自壽。

安期瓜棗，問今年、海上怎生遲了。七十五年，看又過、更七十年難老。吟首歪詞，寫張歪字，送與陳摶笑。笑時冷眼，乾坤龍虎顛倒。　追念一度長安，再遊汴水，那用希夷號。三百年中，多少事、一夜連床怎道。易象卦圖，天根月窟，有何人能到。爲君長嘯，洞天鐵笛春曉。文淵閣《四庫全書》本《海桑集》卷一

周聞孫　存詞八首

周聞孫（一三〇七—一三六〇），字以立。盧陵（江西吉安）人。以孝行聞名鄉里，至正元年中鄉試，至正二年會試落第，薦入史館，參修遼金宋三朝史，在正統歸屬等問題所論不合時宜，僅數月便棄職歸。任鰲溪書院山長，學者稱鰲溪先生。後由揭傒斯薦，任貞文書院山長。元末戰亂，力主保境安民。至正十六年，行省以便宜除白鷺洲書院山長，又任命袁州路儒學教授，未及赴職，袁州失陷，家亦毀於兵亂。避地新淦之石洞。有《鰲溪集》二十卷，原本不傳。今存《鰲溪集》四卷（卷四是附録），系明人輯刊。清嘉慶十一年重刻本《鰲溪集》卷三有詩餘八首。另著《尚書一覽》《河圖洛書序説》等。生平見明李汶撰墓志銘、明解縉撰墓表、明胡儼撰《周君以立傳》（均載《鰲溪集》卷四附録）。

大江東　三相公帳詞

中原神將，比當日、頗牧如今誰數。我愛使君情甚似，監郡同心報主。勇冠三軍，威行九縣，分閫重開府。明珠錯落，懸腰一道金虎。　記得。雲臺書閣，禾川月峽，力戰驅狐鼠。鷺渚凱還又報知，南嶺降旗迎路。喜送薇垣，九重膺眷，想嫖姚風度。麒麟畫就，明時好作藩輔。

封侯萬里　三相公帳詞

聞參軍青油幕府，芙蓉緑水依舊。古來只説從軍樂，談笑掃空毷氉。腰縣兩綬，手握兵符，朱墨相先後。旂常矢𥎊，聽戰馬蕭蕭。邊烽寂寞，號令肅刁斗。　思人樹、種就春營細柳。如公忠義誰有，五星昨夜黄堂聚。偶爲青原回首，消息好，又報道王師，已渡袁河口。趨朝要早，許奏對，論功歸時，衣錦猶作會稽守。

慶春澤　三相公帳詞同寅贈

文武全才，藩宣名掾，濟時獨抱孤忠。不爲賢勞，捐軀自欲從戎。河魁玉帳星辰動，舞劍花、秋水芙蓉。倚崆峒，輕裘緩帶，坐息邊烽。　十年嶺海間關地，看雲鵬高舉，六翮摶風。鄴侯刀筆，當時第一論功。王師近駐清江上，道薇垣、問訊群公。早歸朝，恩承湛露，宴賜彤弓。

東風力　若水陞知州

白蜃妖氛，紅塵戰地，義士功高。家風細柳，王事最賢勞。百勝兵威破竹，談笑裏、手斬鯨鰲。雲山遠，連城鼓角，千騎旌旄。　傾橐募雄豪。但恩信招降，無犯秋毫。霜臺明鏡，華檄重相褒。任是金章紫綬，蟠花好，不博戰時袍。都門道，凱歌宴賞，猶及櫻桃。

摸魚兒　若水陞知州同宗贈

笑鯨鯢不堪掃蕩，吾宗又見公瑾。沙頭鐵戟，光於秋水，塵洗舊時霜刃。精爽緊似大華峰，尖直上摩秋隼。群偷近是百戰鋒鋩，三關保障，金鼓數聲震。青原路，獻捷頻聞。入郡府，公握手相問。男兒報國心，如日汛，掃妖氛須盡。遷擢峻算，功賞難酬，更待銀爲信。班聯奉訓看皂蓋，追隨竹林，先後文武兩金印。

沁園春　若水陞知州兄弟贈

義將論兵，智將論才，如兄最優。看白羽臨戎，膽消魑魅，黄金募士，勇冠貔貅。耿介孤忠，精鋼百鍊，意氣真堪萬户侯。貂嬋好，又誰知今日書在兜鍪。樂泉老子箕裘。況判府金華，正官游。記父子後先，兩稱奉訓，祖孫先後。重見知州，破敵須奇，着鞭要早，餘輩輸君一百籌。麒麟畫，更多情，點綴鴻雁邊頭。

木蘭花慢　若水陞知州士人贈

人生五馬貴，況晝錦，羡吾鄉。肘已懸金袍，堪借紫組笏成床。郡侯論功擢賞，如使君，國士無雙。賭命身探虎穴，彎弓直射豺狼。幾回蹀血誓戎行，長劍拂秋霜。喜境落褰開，鄉關保障，城郭金湯。紛紛降旗□夾道，人人恩信説周郎。奏凱行隨露布，策勳好寫旂常。

校：「羡吾鄉」，底本原作「吾鄉羡」，據詞律改。

封侯萬里　郭敏則帳辭

愛佳山神如嵩嶽，降生還許同壽。郭王莫是前身不，保境安民依舊。人共道是，幾處揚旗，血斬鯨鯢首。春營種柳，但足食足兵。且耕且戰，恩信更招誘。三邊地，羽檄星馳赴救。捷書前日

歸報，厲兵秣馬猶須出。要掃鄰封殘寇。賢貳首，看文水金川，銀印縣雙綬。汾陽世胄，待忠武，
名成中書，考滿勳烈照先後。以上清嘉慶十一年重刻本《鷟溪周先生文集》卷三

華幼武 存詞三首

華幼武（一三〇七—一三七五），字彦清，號栖碧。無錫州（江蘇無錫）人。家素饒財，少孤，居家奉母，挾重貲以自隱。至正二年，中書省以「貞節」表其門，所居之里曰「旌節」。家有栖碧軒（又名栖碧亭）、春草軒（又名春草堂），廣徵名流題詠，張翥作《春草軒記》，陳方作《栖碧軒記》。有詩集《栖碧先生黄楊集》（簡稱《黄楊集》）六卷（别本三卷、補遺一卷）。生平見俞貞木撰壙志銘（《黄楊集》附録）、《元詩選》初集小傳。

滿庭芳 元宵和元翚見寄

萬井笙歌，滿城燈火。元宵預慶豐年。歡聲鼎沸，人氣結春煙。天外冰輪緩轉，畫樓上，玉漏遲傳。鰲山聳，香車寶馬，騰踏九重天。　華堂深幾許，朱簾半揭，翠幕垂邊。似蓬萊宫闕，洞府真仙。醉倒歌裀舞褥，風流處，玉筍金蓮。争知道十年兵燹，把酒酹風前。

清平樂 又和元翚春夢

曉鶯聲裏，睡思酣猶美。旖旎紅娘冰雪體，洛女巫娥浮靡。　紫騮踏月嘶風，華裾織翠青葱。歸去一場春夢，空吟舊緑新紅。

百字令　爲彦弘母夫人壽

人生七十，都道是，自古世間稀有。今日華堂，阿㜷初度，更綿綿增壽。花柳呈妍香，雲靄正好，暮春時候。江山如畫，百年風景依舊。　最喜蘭玉森森，綵衣齊拜舞，塤箎迭奏。羅綺香中蟠桃熟，争獻瑶池王母。愧忝姻聯，倚莊椿瓊樹。歲寒長久，歌詞一闋，敬稱千歲春酒。以上明祁氏澹生堂鈔本《黄楊集》卷六

俞和　存詞二首

俞和(一三〇七—一三八二),字子中,號紫芝。錢塘(浙江杭州)人。以能書知名,風格近于趙孟頫,幾能亂真。不樂仕進,至正初,繕寫剛成書的遼金宋三朝史,以備鏤版,俞和被有司委任爲校正官。事畢,欲官之,不受。明楊瑞輯《揚州瓊華集》卷三「瓊華詞」,有俞和詞一首。生平見徐一夔著墓碣(《始豐稿》卷十三)、《書史會要》卷七。

古調歌

地鍾靈,天應瑞。簇簇香苞,團作真珠蘂。玉宇瑶臺分十二,要伴嫦娥月裏雙雙睡。　月如花,花似月。花月生香,添此真奇異。不許揚州誇間氣,昨夜春風,唤醒瓊瓊醉。南京圖書館藏成化二十三年刻本(《四庫全書存目叢書》本)明楊瑞輯《揚州瓊華集》卷三「瓊華詞」

滿江紅

□□桃華,又一□、元都春色。彷彿記、主家陰洞,不多塵蹟。竹裏棋枰憎鳥汙,人間鶴語無人識。下有慣字,點去。　□古風、遲暮却相逢,龐眉客。　溝水漲,雲充斥。環堵隘,花狼籍。似石魚湖小,酒船寬窄。庭下已生書帶草,傍人錯認楊雄宅。問青天、明月落誰家,無心得。右□貞居賦得月軒。紫芝逸民書。　清道光刻本(《續修四庫全書》本)吴榮光《辛丑銷夏記》卷四《元俞子中詞稿》

劉三吾　存詞十二首

劉三吾（一三〇八—一三九九），名如孫，字三吾，以字行。別號坦之翁（一作坦甫）。茶陵人，至正間，仕爲永平教諭、廣西靖江路儒學副提舉。入明，洪武十八年，年七十三，召任左贊善，遷翰林學士。後坐使戍邊，建文初卒。詩文結爲《坦齋劉先生文集》二卷，卷下存詞七首，《明詞彙刊》編爲《坦齋先生詞》，存詞十二首。另著《書傳會選》。生平見《國朝獻徵録》卷二十、《殿閣詞林紀》卷四。中國國家圖書館藏萬曆六年刻本《坦齋劉先生文集》二卷，卷下存劉三吾詞七首，《明詞彙刊》編爲《坦齋先生詞》，存詞十二首。

永遇樂　代衆贈楊進修

帶水簪山，榕煙荔雨，誰典佳句。郡南山川，陽春淵藪，有客偏能賦。梅關度月，桂林消暑，詩在荷香深處。楚歌裏，旌旗换色，惟有誦絃如故。　登城弔古，看山拄笏，尚想晋人風度。草就玄經，書成漢隸，公暇何多趣。筆端春藹，日邊恩重，滿種碧桃千樹。便從今、青雲華武，立登要路。

校：「桂林消暑」，《明詞彙刊》作「桂林清暑」。

水調歌頭　代贈蔡指揮

風露洗璇宇，星斗粲銀潢。金戈鐵馬南下，山海入梯航。看徹瀟湘煙雨，領取桂林風月，鶴去海天長。鬢白滿城市，文武會黄堂。　鎮江山，安社稷，奠金湯。亭皋萬葉聲動，尚想奏清商。靜掃蠻煙千里，遥望紅雲一朵，玉立侍虚皇。事業宋余靖，家世漢中郎。

百字令　代贈楊知事

關西夫子，是山河，百二挺生賢哲。清白傳家，今幾世，又到荆州奕葉。才思陽春，胸襟雲夢，人物冰壺潔。圖南得意，遇風高展鵬翼。　好是參贊戎行，笑談幕府，得此全城壁。獨秀峰頭，天在上，朝暮寸心丹闕。滿腹琅玕，萬言經濟。别有奇勳。紫薇垣裏，待君評品風月。

酹江月　代贈蔡千户

家世喬木，記中郎輔漢，功傳今昔。天賦丰姿何卓犖，真箇英雄無敵。虎變奇才，龍韜偉略，談笑折衝城邑。幾回馬上，萬人叢裏如立。　赫赫師旅南來，桂林城下，眼底無全壁。拔幟先登憑氣概，重是河山開辟。留輔華宗，撫綏邊境，民物資安集。懋昭勳業，九重行有褒錫。

木蘭花慢　代贈趙千户

羨漢庭充國，有後裔，振家聲。正生際明良，胸襟韜略，座擁戎兵。時來龍泉出匣，焕虹光徹夜斗牛横。霜月令嚴鼓角，山河影動旗旌。　指揮留鎮桂林城，部曲盡豪英。便生意津津，牛羊蔽野，鴻雁無驚。幾年驅，馳汗馬，喜嶺南一到即成功。事業奏完玉壘，恩光來自瑶京。

木蘭花慢　代贈指揮司掾于義方

偉家聲燁燁，從漢代，説高門。是種德功深，流芳澤遠，重見雲孫。青年滿懷經濟，遇時來霄漢即飛騰。自是干將利器，何愁錯節盤根。　遠陪使節鎮南藩，戎幕共談論。有六案文章，千軍筆陣，電走霆轟。邊隅定，因傳檄，草都從心上起經綸。成就清疆事業，行膺寵錫殊恩。

大江東去　爲袁孟臣諸公送趙仲威興安尹回府

滿城桃李，被風雨、一夜催將春去。錦片前程，剛見得、灘水花飛無數。柳色青青，游絲冉冉，畫出陽關路。多情鶯燕，可憐無計留住。　試問琴鶴清風，誰人知道笑，指沙頭鷺。百里棠陰，春樹□、皆謝薇垣恩露。載月船迴，梯雲天近，此去多奇遇。江山回首，仰看鸞鳳軒翥。以上中國國家圖書館藏萬曆六年刻本《坦齋劉先生文集》卷下

水調歌頭　代贈前省都事次沙伯玉

鄂垣老賓客，西夏舊名家。家傳忠簡詩禮，才德兩堪誇。路入蓬萊滄海，時際雲龍風虎，人物會中華。萬里至南粵，一檄定天涯。　笑談閒，功業著，宦途賒。重來八桂，城郭烏巷日初斜。贊就中書政事，不負故家文獻。騰驥踏中華，見説近臺府，行爲築隄沙。

水調歌頭　代贈前省宣使孫從善

旌旗蔽江左，鋒利總□船。遥瞻王旅西上，勝氣壓城邊。最愛鄂垣從事，舊本南陽宦族，相與其周旋。談笑策戎馬，開闢舊山川。　羨君家，袍與笏，世相傳。至今濱陽，江上猶記大夫賢。令

弟家聲載振，故園桂林重到，華屋换神仙。翹首望雲氣，期到鳳臺前。

木蘭花慢

説湖南好處，九陽外，一陰州。在湘浦北邊，洞庭南上，羅水東頭。□有名家令子，尚衣冠禮樂見前修。諸老風流雲散，百年吾道滄洲。　澧蘭沅芷憶曾遊，往事總浮漚。向鸚鵡洲前，鳳凰臺上，緩帶輕裘。攜來應，天佳氣，爲南中寫出桂香秋。得意行當仕路，秦功大覲宸旒。

醉蓬萊　代贈指揮司掾劉翔卿

甚明時羽翼，鴻寶雲礽，士林翹楚。筆掃千軍，信才兼文武。桂嶺雲開，秣陵天近，一笑諸賢聚。瀟灑毫端，雍容幕府，祇憑三語。　爲喜荆州，指揮使者，奉旨南來，鎮安兹土。此日方城，感謝賢中甫。座有嘉賓，賓資賢掾，天與賢賓主。會看飛黄，即陪鴛序，前親當寧。

滿庭芳　代贈指揮司掾張子正

氣壓衡皋，胸吞雲夢，一襟風月雙清。才兼文武，草檄笑談兵。況是留侯裔葉，運籌策、從事南征。人皆羡，雲龍奮起，君亦早蜚英。　鵬程風九萬，摶霄健翮，徑度蓬瀛。望薇垣諸相，下自瑶京。多少榕煙荔雨，知音到、付與詩評。青年好，功名有分，得意鳳凰城。以上《明詞彙刊》本《坦齋先生詞》

高明 存詞一首

高明（約一三〇八—一三五九），字則誠，别號菜根道人。永嘉平陽（浙江瑞安）人。平陽位於浙東，又稱東嘉，故高明亦稱「高東嘉」。出自書香世家，隱居故里。至正五年中進士，歷任處州路録事、江浙行省掾、浙東閫幕都事、紹興府判官、江南行臺掾、福建行省都事等職。爲官清正。方國珍起事，省臣招高明爲閫幕都事，方國珍降元，强留幕下，不從；以禮延教子弟，亦不就，即日解官，寓鄞縣櫟社之沈氏樓，「以詞曲自娱」（《留青日札》卷二）。相傳南戲《琵琶記》即撰成於此時。著有《柔克齋集》二十卷，已佚。冒廣生《永嘉詩人祠堂叢刻》所收的《柔克齋詩輯》，存其佚詩四十九首、詞一闋。《琵琶記》是代表作。據《南詞叙録》載，還著有《閔子騫單衣記》戲文一本，今無傳本。生平見《草堂雅集》（十八卷本）卷七、《兩浙名賢録》卷四十六、《元詩選》三集《柔克齋集》小傳。

鷓鴣天　題顧氏景筠堂

緑玉參差傍短楹。高堂清夢已冥冥。滿枝只帶湘靈點，一曲空聽秦鳳鳴。　天莫問，物多情。此君瀟灑若平生。風聲月色來亭榭，老淚年來濕幾更。清嘉慶七年王氏三泖漁莊刻本（《續修四庫全書》本）朱彝尊、王昶《明詞綜》卷一

王立中 存詞一首

王立中（一三〇九—一三八五），字彦强，號仲齋。祖籍遂寧（今屬四川），寓居吴中。少年時，持才傲物，成年後折節讀書，以門蔭，授開化尉，歷嘉定知州、松江知府，所至以廉静知名。工詩善畫，争秀于作者之林，至正二十六年爲劉性初繪《破窗風雨圖》，名人題跋盡卷。據《元代書法》（《故宫博物院藏文物珍品大系》）又見張珩《木雁齋書畫鑒賞筆記》（書法一下，九三五頁）、《徐邦達集》五册，四二四頁，輯存王立中至正元年所作詞一首。生平見《自撰墓志銘》（《吴下塚墓遺文》卷四）楊維楨《西湖竹枝集》、明瞿校《練音集補》卷首。

蘭陵王

早春承佳章，一唱三嘆，雖欲效顰，未遑也。偶因登高望遠，有感于懷，漫依來韻填《蘭陵王》一解以寄，并呈季野隱君、立禮學士同發笑粲乃幸。吴庚弟王立中頓拜復孺翰學久契兄。

草烟碧。愁滿春波未極。銷凝久，無限感懷，别後高陽定誰憶。鱗鴻斷信息。空望天涯異國。關情處，還念舊遊，孤客飄零傍江驛。　當時漫曾歷，向水畔吟軒，花下行屐。論文相與陪尊席。

同竹逕微步，市橋閑眺，匆匆猶是恨晚識。早催整行色。　重惜。野梅白。甚欲寄離情，難訪陳迹。東風不到秦樓側。任月榭幽静，雨窗蕭瑟。垂楊依舊，似夢裏，暗繡陌。至正改元四月廿六日。

《故宫博物院藏文物珍品大系·元代書法》二四九頁

邵亨貞　存詞一四六首

邵亨貞（一三〇九—一四〇一），字復儒，號貞溪（一作清溪）。祖籍淳安（今屬浙江），徙居華亭（上海松江）。其父邵桂子，南宋咸淳七年進士，入元隱居鄉里。邵亨貞在元朝一直以隱士身份，博通經史，且長于陰陽、醫卜、佛老之説。明初，一度出任松江儒學訓導，受兒子牽連，遣戍潁上，很久才釋歸。享年九十三歲。所著詩詞文章，結集爲《野處集》四卷、《蟻術詩選》八卷、《蟻術詞選》四卷，今均存。《蟻術詞選》四卷，存詞超過一百首。生平見《書史會要》卷七、王逢《梧溪集》卷三《題邵氏家譜》、〔萬歷〕《青浦縣志》卷五。

據《宛委别藏》叢書本《蟻術詞選》編録邵亨貞詞，集外詞編在其後。

令　擬古十首

樂府十擬，弁陽老人爲古人所未爲。素庵先生復盡弁陽所未盡，可謂一出新意矣。暇日先生以詞稿寄示，且徵予作，既又獲見攜李諸俊秀所擬，益切奇出，閱誦累日無厭。因悟古人作長短句，若慢則音節氣概，人各不類，往往自成一家。至於令則律調步武句語，若無大相遠者，間有奇語，不過命以新意，亦未見其各成一家也。所以令之擬爲尤難，强欲逼真，不無蹈襲，稍涉己見，輒復違背。由是未易苟措，兹重以先生之請，思索且得十解，未知其實能似古人與否，惟先生有以教焉。至正二年二月甲子序。弁陽，周草窗號。素庵，錢子雲號。

河傳　擬花間　春日宮詞

春殿。簾卷。鬱金香遠。午漏沉沉柳陰。樓前怨紅何處尋。沉唫。玉溝流水深。　睡起長門催侍宴。情正倦。强把鏡奩展。露柔荑。添黛眉。步移。君王猶訝遲。

蝶戀花　擬雪堂　夜宿西掖

蓮燭煙銷深院裏。玉宇璚樓，夜色明如洗。月到紫薇花樹底。闌干露重無人倚。　金鑰無聲門不啓。華髮蕭蕭，尚擁青綾被。聽盡樓頭更漏水。一聲唱曉雞人起。

鳳來朝　擬清真　汴隄送別

駐馬隋堤路。怨淩波、背人喚渡。正琵琶撥到傷情處。又底事、便輕去。　日照啼紅無數。酒杯乾、再三細語。轉首又天涯暮。怎約得、畫橈住。

臨江仙　擬無住　水檻過雨

一滴天瓢蠲溽暑，夕陽微漏殘紅。竹闌乘興倚薰風。笑驚雙白鳥，飛過藕花叢。　羽扇綸巾閑到我，百年世事匆匆。若耶溪上舊相逢。晚來回首處，山色有無中。

賣花聲　擬順庵　早朝應制

煙樹重重，春在景陽宫殿。翠□深、籠寒尚淺。千官過處，有黄鸝百囀。五雲中、漸移龍扇。
鈞天九奏，迤邐霞觴催獻。笑聲喧、霓裳舞遍。香煙滿袖，更宫花迎面。喜新來、太平重見。

杏花天　擬白石　垂虹夜泊

月明消却娃宫酒。聽吹笛、清寒滿袖。向時雙槳載離愁、去後。幾春風、待問柳。　謾回首。三江渡口。念西子、如今在否。上方鐘動客船開、别久。寄新詩、興未有。

小重山　擬梅谿　尊前贈妓

緑鬢低低壓翠鈿。雙眉彎似月，鬥嬋娟。夜涼和袖拂冰絃。嬌無奈，何況酒尊前。　歌罷意悠然。一聲新雁過，暗愁牽。明朝江上水連天。凌波步，萬一故人憐。

鵲橋仙　擬稼軒　中原懷古

殘陽隴樹，寒煙塞草。戲馬臺前秋老。黄河日日水東流，斷送却、英雄多少。　西秦笳鼓，東山寄傲。萬事付之一笑。閑來繫馬讀殘碑，又目斷、江南飛鳥。

浪淘沙　擬遺山　淅江秋興

紅葉滿青山。掩映溪灣。柴門雞犬白雲間。江上草堂塵不到，老子心閑。　霜後橘闌斑。籬菊香殘。夕陽回首一憑闌。世事悠悠吾老矣，且放杯乾。

唐多令 擬龍洲　錢塘曉渡

晨色動征衣。疏鐘隔翠微。小蓬萊、煙樹高低。潮去潮來吴越恨，江上月，故依依。　人老昔遊非。愁多春夢稀。舊相思、重見無期。蘇小門前楊柳樹，應折斷、最高枝。

浪淘沙 錢南金疾作代簡問訊

秋意滿平蕪。夢繞蓴鱸。一江煙水雁來初。昨夜西風吹杜若，渺渺愁予。　人隔楚天隅。相望躊躕。想應多病故人疎。門巷淒涼誰買賦，瘦也相如。

浪淘沙 晚窗過雨

楊柳弄黄昏。不掩重門。長條盡是舊愁痕。獨自倚簾看晚色，無限消魂。　風雨小溪渾。春過三分。明朝鶯燕又紛紛。唯有天涯芳草怨，依舊王孫。

浪淘沙 感舊

江外雨初收。江水悠悠。舊時桃葉去難留。幾度春風楊柳暗，不繫離舟。　別久減風流。夢斷西樓。年年二月踏青遊。不是沙邊無杜若，懶寄閒愁。

虞美人 泖濱泛荷

南風十里平湖外。夜舞淩波隊。米家書畫滿船頭。更著小憐歌舞障清愁。　烏紗不共人間暑。別有談元麈。近來嬾作斷腸聲。只怕花能解語又多情。

虞美人　謝張芳遠惠杏花

閉門日日聽風雨。不道春如許。老來猶自愛看花。及至看花雙眼被愁遮。　杏花不改胭脂面。愁裏驚相見。花枝猶可慰愁人。只是鬅鬙短鬢不禁春。

虞美人　水仙

幾年不見凌波步。只道乘風去。山寒歲晚碧雲寒。驚見飄蕭翠袖倚琅玕。　玉盤承露金杯勸。幾度和香咽。冰霜如許自精神。知是仙姿不汙世間塵。

虞美人

壬子歲元夕，與郗仲義同客横泖，義約予偕作詞，紀節序。予應之曰：古人有觀燈之樂，故形之詠歌，今何所見而爲之乎？義曰：姑寫即景可也。夜枕不寐，遂成韻語。時予有子夏之戚，每無歡聲，詰朝相見，而義詞竟不成云。

客窗深閉逢三五。不恨無歌舞。天時人事總悽然。只有隔窗明月似當年。　老夫分外情懷惡。無意尋行樂。眼前觸景是愁端。留得歲寒生計在蒲團。

虞美人

無情世事催人老。不覺風光好。江南無處不蕭條。何處笙歌燈火做元宵。　承平父老頭顱改。就裏襟懷在。相逢不忍更論心。只向路傍握手共沈吟。

河傳　戲效花間體

庭院。春淺。重門深掩。寂寞東風。睡濃。起來繡窗花影重。嬌慵。宿粧凝淡紅。待把眉山臨鏡畫。還又罷。却放翠簾下。畫樓閒。樓外山。倚闌。只愁相見難。

河傳

春晝。倦繡。輕揎羅袖。背倚秋千。杜鵑。年年惱人三月天。錦箋。空將心事傳。小玉偷移箏上雁。弦索斷。驚起睡鴛散。粉墻西。楊柳堤。馬嘶。誰家遊子歸。

河傳　戊戌歲暮吴中客樓夜思

樓迴。人静。雨摇燈影。夢繞天涯。路賒。水邊小梅開幾花。人家。酒旗何處斜。客路冰霜驚歲晚。情緒懶。長是念疎散。小溪濱。猶有春。故人。幾時相見頻。

浣溪沙　早春

殘雪樓臺試晚晴。鎖香簾幕釀微酲。淺寒燈市有人行。別院金刀裁白苧，誰家銀燭度瑶箏。早春天氣已關情。

浣溪沙

金碧圍屏小博山。錦籠鸚鵡舊雕闌。黄金楊柳弄輕寒。翠帳半垂鴛結帶，朱門雙掩獸連環。東風猶鎖黛眉彎。

浣溪沙　暮春雜興

竹檻雲窗古畫圖。煙隄花島小蓬壺。晝長人静鳥相呼。　元璧光浮銅雀研，紫綿香冷博山鑪。半欹高枕當人扶。

浣溪沙

雨過池塘緑水生。竹陰深處小橋横。魚吹翠浪柳花行。　獨倚曲闌魂欲斷，沉思傾國句難成。怱怱春晚更傷情。

浣溪沙　春感

西子湖頭三月天。半篙新漲柳如煙。十年不上斷橋船。　百媚燕姬紅錦瑟，五花宛馬紫絲鞭。年年春色暗相牽。

浣溪沙　丁酉早春試筆柬錢南金

亂後無詩做好春。春光却又惱詩人。溪頭舉目暗傷神。　楊柳官橋人跡絶，杏花歌館燒痕新。相期何處避兵塵。

浣溪沙　折花士女圖

折得幽花見似人。沈吟無語不勝春。采香徑裏韈生塵。　濃緑正迷湘北渚，輭紅不入宋東鄰。一春幽恨幾回新。

一落索　新柳

陌上東風初轉。暗黄猶淺。金鞭拂雪記章臺，是幾度、朱門掩。　千縷柔絲迎面。吹笙人遠。粧樓妒冷繡簾垂，恐誤了、雙雙燕。

一落索

縷縷鵝黄拂曉。弄煙輕嫋。宜春花外萬絲金，記朝罷、鶯啼早。　學舞楚腰猶小。不禁寒悄。近來張緒減風流，又恐被、蛾眉惱。

南柯子　次韻衛立禮春街蹋月

門掩黄昏後，風銷絳蠟時。行春小隊夜參差。一曲僊音，飛上廣寒枝。　不訪金釵客，空歌白苧衣。畫橋梅影散玻瓈。月底婆娑，帶得暗香歸。

減字木蘭花　秋思

錦屏香斷。誰在朱樓吹玉管。喚起淒淒。不似河橋聽得時。　雲階月地。長憶青燈啼絡緯。秋滿閒門。斷送潘郎瘦幾分。

減字木蘭花　崔女郎像

紅粧傾國。人在蒲東誰畫得。玉骨成塵。往事流傳恐未真。　月明牕户。猶似隔墻花動處。夜冷西廂。一度魂歸一斷腸。

減字木蘭花　吴江夜泊

江頭日暮。客子移舟迷去路。望斷天涯。燈火深村賣酒家。　銅駝巷陌。荒草寒鴉煙樹隔。往事無情。舊夢依然到五陵。

清平樂　碧桃

瑶笙吹罷。月滿僊台下。歌扇半欹羞澹冶。一點芳塵不惹。　臨溪更洗殘粧。低回玉洞春光。換却當時脂臉，從教惱殺劉郎。

清平樂　梨花

緑房深窈。踈雨黄昏悄。門掩東風春又老。琪樹生香縹緲。　一枝晴雪初乾。幾回惆悵東闌。料得和雲入夢，翠衾夜夜生寒。

戀繡衾　初夏

柳花零亂愁滿天。又江城、啼老杜鵑。小庭院、雨初過，櫂歌聲、驚起晝眠。　微風摇蕩湘簾影，浪花斜、輕娲篆煙。問白苧、裁成未，翦金刀、猶憶去年。

戀繡衾　辛丑元日

門前爆竹兒女喧。野人家、時序尚然。盡説衜、春來好，老來人、長怕換年。　東風到底無崖岸，也殷勤、相過小園。第一是、朱顔改，縱花開、羞插鬢邊。

戀繡衾

曹幼文以庚午歲，太初老禪、洎雲西居竹二翁燈夕所賦舊稿見示，求予追和。屈指三十餘年，三老僊去久矣，今昔之感，不能已於言也。時至正辛丑上元日。

重逢元夜心暗驚。憶當年、諸老放情。對芳景、張燈火，畫堂深、簫鼓到明。烏衣巷口東風在，甚而今、春草亂生。試檢點、繁華夢，有梅花、曾見太平。以上《宛委别藏》叢書本《蟻術詞選》卷一

校：《蟻術詞選》在此後有二首《後庭花·擬古》系曲調，未編入。《全金元詞》有按語：「此下原有二首，以其爲曲調删去。」

令

追和趙文敏公舊作十首

客有持文敏公手書所作小詞一卷見示者，且求作長短句題於後。公以承平王孫而嬰世變，離黍之悲，有不能忘情者，故深得騷人意度。予生十有四年而公薨，每見先輩談公典刑問學，如天上人，未嘗不神馳夢想。昔東坡先生自謂不識范文正公爲平生遺恨，其意蓋可想見。此卷辭翰，不忝古人，藹然貞元朝士。大意以謂擬古之作，魏晋以下，由來久矣，僭以己意，追次元韻，其於先哲風流文采，或可備高唐想像之萬一云。

點絳唇

擾擾行藏，百年世事悲歌裏。歡娛有幾。不倦青鞋敝。　昨夜東風，暖透鴛鴦被。春歸未。故園山水。青眼何曾昧。

點絳唇　著色苔梅

萼緑仙人，孤山雪後相逢處。舊時村路。璨璨琅玕樹。　玉出藍田，不受纖塵汙。長懷古。羅浮風度。夢逐么禽去。

感皇恩　憶梅

客裏訪南枝，幾番愁惱。石逕蒼苔倩誰埽。江畔人家，籬外一枝開早。雪中回首處，春猶好。　如此清香，寒蜂應飽。醉帽斜簪任欹倒。而今相見，那似向時懷抱。舊遊長入夢，孤山道。

江城子　水仙

淩風翠袖興飄然。步蹮蹮。憺忘言。浄洗明粧，不與世爭妍。玉質金相清韻絶，端可擬，月中仙。　天寒日暮水雲邊。忍相捐。意難傳。回首珠宫，貝闕不勝寒。環珮珊珊香冉冉，誰敢與，鬥嬋娟。

蝶戀花

燕子樓邊春意早。樓上紅粧，何似當時好。一自畫眉人去了。夢魂暗逐天涯草。　蹋蹋馬蹄江路杳。數盡歸期，屈指東風老。惆悵一春歡事少。幾回月落紗窗曉。

蝶戀花

湖上雙雙新燕子。飛過垂楊，認得朱門裏。回首向時歌舞地。幾番惆悵尋鄰里。　觸景愁多心似醉。倚遍闌干，目斷春山翠。忽見呢喃華屋底。等閒牽動離人淚。

虞美人

天台洞口桃開了。無柰劉郎老。多情何苦歎途窮，人與花枝，都在暗塵中。　箇人那日猶癡小。簾底秋波渺。別來幾度見春風。應是門前，花落水流東。

虞美人

天涯緑遍王孫草。魂夢長飛繞。長安無復麗人行。只有青山，依舊向人明。　平泉金谷俱陳跡。古路荒苔碧。金鞍去去不思歸。不道緑牕深處故人非。

浪淘沙

佳麗古神州。畫出營邱。龍飛鳳舞小瀛洲。一自水流東去後，多少離愁。　湖上汎龍舟。歌吹悠悠。翠華黄屋舊曾遊。王氣消沈遺恨在，煙水空流。

太常引

蓬壺閬苑景飄蕭。青玉案、紫鸞簫。五彩鳳凰毛。記曾覽、彤廷奏韶。　夕陽回首，漢家陵闕，霜露滿岧嶢。説著舊遊遨。便想起、風流一喬。

風入松　南金寓檇李予客海隅寄此以叙間闊

十年心事暗相牽。收拾此燈前。向來行樂匆匆過，到如今、想像依然。蹋月幾番鄰巷，看花長共唫船。故人一別阻斜川。曾記遠遊篇。新來我亦長爲客，把故園、分咐寒煙。縱使此回相見，好懷不似當年。

風入松　與李仲輿叙舊

小溪溪上十年遊。酌酒對花謳。竹西歌吹曾同賞，到如今、夢裏楊州。緑髮潘朗老大，近來懶説風流。故人握手話綢繆。重問舊盟鷗。五陵風度猶無恙，算閑身、底事沉浮。莫説烏衣巷口，夕陽都是新愁。

風入松

白仁甫集中《木蘭花慢》結句云：二十四橋明月，玉人何處吹簫。一峰黄先生每歎賞之。一日作《清平樂》，贈一道人，末云：未試囊中餐玉，明朝且入藍田。自以爲得意，時舉以似人。仍索予試作一解，時陸彦文、夏士賢諸子，正有出郭行春之約，乃綴此復命，且訂其盟，先生對客，擊節不已。

當年曾過宋東鄰。汗漫蹋芳塵。如今記得歡遊處，畫橋横、緑水粼粼。借問酒家何處，牧童遥指花邨。近來樂事底因循。春又過三分。百年能幾開懷抱，遶天涯、芳草銷魂。但願有錢留客，也勝騎馬□門。

江月晃重山　中秋客牕

碧樹天香帶露，朱樓翠袖欹寒。夜深人醉碧闌干。玲瓏影，長是隔簾看。　又見庭前素魄，何堪鏡裏朱顔。十年一夢此身閑。西窗悄、詩興頗相關。

江月晃重山

辛丑上元前一夕，積雪試晴，頓有春意，小溪之上，有張燈於琳館者，慨然感興，以此寫之。

梅蕚香融霽雲，簷牙暖溜懸冰。出林幽鳥動春聲。元宵近，愁裏夢還驚。　村巷依然素月，寒窗秖是青燈。難尋遺老問承平。南朝事，千古獨傷情。

校：《蟻術詞選》在此後有一首《憑闌人·題曹雲西翁贈妓小畫》，系曲調，未編入。

古調笑令　暮春

雙燕。雙燕。飛過柳梢不見。舊時王謝堂前。回首斜陽暮煙。暮煙暮煙煙暮。芳草落花滿路。

古調笑令

春水。春水。薄暮曲闌更倚。夕陽江上青山。山外行人未還。未還未還還未。千里相思不寄。

古調笑令

官渡。官渡。猶記畫橈去路。小憐歌扇誰尋。歲歲東風恨深。恨深恨深深恨。風外落紅幾陣。

按：以上三詞，據《全金元詞·訂補附記》：「暮煙暮煙煙暮」，當作「煙暮煙暮」；「未還未還還未」，當作「還未還未」；「恨深恨深深恨」，當作「深恨深恨」。

昭君怨 擬古

江外誰家雙槳。激破浪花微響。金翠小鴛鴦。對悠揚。望斷涔陽極浦。不是淩波歸處。行過畫橋陰。又沉吟。

阮郎歸 次韻南金早秋夜思

暮雲隔樹起秋陰。晚來涼漸深。清商瑟瑟和微吟。虛堂風露侵。鄰燭淡，寺鐘沉。青綾懷舊衾。故家風度杳難尋。與誰論素心。

阮郎歸

茂陵多病不勝秋。多情還倚樓。隔江何處泊離舟。有人歌遠遊。清興在，此生浮。老來長是愁。西風吹夢白蘋洲。舊鷗今在不。

西江月 東城夜思

古屋深燈弄影，嚴城怨角催更。掩門欹枕夵微酲。巷陌烏聲初靜。客裏依然好景，年來底事無情。嫩寒已透讀書屏。舊恨不堪提省。

西江月　賦陶九成甕牖朝光書室

土室融融曙色，山窗晏晏春眠。東風綸氣滿壺天。依約鏡奩初展。　晴散茅簷雲彩，暖浮紙帳香煙。一枝花影弄嬋娟。染就素羅團扇。

西江月　酒闌與南金徜徉村巷各信意小述

故舊今成二老，歡遊長記當時。山中吟屐夢中詩。多少晋人風致。　但得諸郎俊拔，不嫌我輩衰遲。殘年飽飯話心期。如此差强人意。

訴衷情　夜思

滿城鐘鼓夜初寒。人静掩重關。驚烏飛繞庭樹，月已上闌干。　微有興，澹無歡。小盤桓。良宵如許，香冷金猊，夢繞青鸞。

太常引　次韻黄伯陽寒夜

玉梅花底舊青燈。照我鬢星星。寒透遠山屏。無夢到、春壚酒瓶。　江空歲晏，路迷人遠，消得幾沉凝。一夜玉壺冰。又惱得、文園病成。

太常引　次韻伯陽雪中

銷金帳底燭花偏。低唱擁嬋娟。遥夜酒杯傳。幾沉醉、瓊林洞天。　梅花如舊，竹窗猶在，留得煮茶煙。獨欠釣魚船。待歸問、羊裘故川。

菩薩蠻　新秋夜涼浴罷露坐

清江倒浸雲峰巧。采菱渡口輕舟小。水面晚風香。蒹葭摇嫩涼。　瀟湘人漸老。玉珮驚秋早。鷗鳥慣忘機。背人何處飛。

菩薩蠻

金風簌簌敲梧井。畫屏耿耿摇燈影。屋角日華明。樹頭烏鵲驚。　年光流水去。青鏡催遲暮。便欲泛仙槎。迢迢河漢賒。

菩薩蠻　蘇小小像

錢塘回首春狼藉。湖山依舊横金碧。何處是兒家。粉墻楊柳斜。　佳期難暗卜。檀板傳心曲。隨意帶宜男。就中應未堪。

謁金門　秋望

秋雨裏。目斷一溪煙水。隱隱人家疎樹底。渡頭燈火起。　風弄遠汀蒲葦。香冷虚堂窗几。陡覺夜涼侵翠被。好懷今有幾。

謁金門

山隱隱。天際暮雲收盡。蘋末秋生風漸緊。楚江千萬頃。　江上美人無信。换却潘郎雙鬢。幾夜相思天遠近。雁來猶未準。

點絳唇　暮登新安鎮城樓

暮倚高樓，太湖西畔青山近。雁邊雲暝。目力隨天盡。落日平蕪，點點餘烽燼。西風緊。亂沙成陣。故惱雙蓬鬢。

點絳唇

荒草寒煙，幾年不到新安路。舊時行處。流水迷官渡。萬里風埃，掇送流年度。傷遲暮。東馳西騖。俛仰成今古。

點絳唇　秋夜橫泖旅牕聽雨有懷故園

兩鬢秋風，掩關坐聽黄昏雨。燈前自語。世亂甘清苦。蔓草愁煙，荒却東陵圃。歸期阻。荆榛滿路。投老知何處。

點絳唇

高照菴先生，宋朝遺老也。嘗有長短句云：夢繞荆溪，蟹肥邨甕滿。每誦之，自可想見村落秋深景物。近見吴埜舟誦，而涵泳不已，有當予心，故述即景，且期後約。

極目平蕪，渚寒煙暝秋波遠。凫鷖散亂。黯黯天涯晚。蟹壯蓴香，村甕家家滿。頻相見。幽懷共展。翦燭巴山館。

江城子

癸丑歲季夏下澣，信步至漁溪潘氏莊，暑雨初霽，夕照穿林，與吴野舟坐緑樹間。適行囊中有松雪翁所書《江城子》，逸態飛越，不忍釋手，因依調口占，以寄清興。古人云：人生百年間，大要行樂耳。卒章以此意爲消憂之勉云。

疎雲過雨漏斜陽。樹陰涼。晚夙香。野老柴門，深隱水雲鄉。林下草堂塵不到，親枕簟，懶衣裳。　故人重見幾星霜。鬢蒼蒼。視茫茫。把酒歔欷，唯有歎興亡。須信百年俱是夢，天地闊，且徜徉。

花間訴衷情　擬古

江路。風雨。春又去。掩重門。樓上暮山翠，鎖愁痕。煙草弄黄昏。王孫。好懷誰與論。暗消魂。

花間訴衷情

晝永。人静。花弄影。小紅粧。斜倚畫闌畔，看鴛鴦。風暖思悠揚。横塘。桃花流水香。盼劉郎。

花間訴衷情　追配曹居竹翁舊作

深院。人倦。春去遠。緑陰寒。宿酒睡初醒，憑闌干。梅子翠團團。小鬟。試攀薦雕盤。愛微酸。

隔溪梅令　和南金鴛湖舟中韻

幾年不到畫橋西。路依稀。回首淡煙殘柳，昔游非。鶯聲何處悲。　故人不見夢魂迷。草萋萋。幾度倚闌，欲寄舊相思。相思無盡期。

玲瓏四犯　秋感

秋晚登臨，漸古驛丹楓，初試霜信。暝宿河橋，長記畫橈乘興。清夜載酒呼燈，向水面琵琶曾聽。想那時席上歌舞，多少舊家風韻。　茂陵投老惟多病。好情懷、怎堪提省。西風又動江湖夢，歡事今誰領。重見縱有後期，怕冷袖、弓腰難認。最惱人，沙上孤雁，落寒成陣。

暗香

吴中顧氏舊時月色亭，陸壺天倡始用白石先生元韻以詠。黄一峰持卷索賦。

水邊寒色。又怎禁傍晚，一聲長笛。廢苑日斜，玉蕊疎疎未快摘。回首江南舊夢，何處覓、黄昏詩筆。縱近日、雪滿西泠，誰解爲移席。　蕭瑟。更幽寂。記駐馬斷橋，頓覺愁積。倚風暗泣。離黍殘碑尚追憶。絶豔無人管領，潮自落、吴山横碧。便想像、風景好，可能再得。

埽花游　春晚次南金韻

柳花巷陌，悄不見銅駞，采香芳侶。畫樓在否。幾東風怨笛，憑闌日暮。一片閒情，尚繞斜陽錦樹。黯無語。記花外馬嘶，曾送人去。　風景長暗度。柰好夢微茫，豔懷清苦。後期已誤。翦燭花，未卜故人來處。水驛相逢，待説當年恨賦。寄愁與。鳳城東、舊時行旅。

氐州第一　丙申初冬次錢素菴韻

江國初寒，雲外雁過，懷人煙浪千頃。短策行吟，荒臺延佇，斜日依然照影。鷗鳥橋邊，幾負了、扁舟清興。舊約蹉跎，新詩冷落，怎堪提省。　故里年來歡事迥。算何似、向時風景。倚馬朱扉，調箏翠袖，一向新盟冷。但沈思、遊宴處，紅樓外、柳條相暎。不見君來，待重尋、山陰夜艇。

木蘭花慢

蘇昌齡過曹雲翁貞溪故居，賦詞致慕藺之感。幼文來致其意，求次韻入卷。

訪溪翁隱處，渾不減、輞川西。指花下吟牕，松間畫壁，名筆交題。經行向來坊陌，藹茂林、脩竹與雲齊。丹竈遺基仿佛，墨池流水悽迷。　青藜。乘興蹋春□。仙路入桃蹊。歎前輩風流，故家文物，往夢難提。那能九原重起，向三生石上縱揮犀。回首不勝魂斷，夕陽芳草萋萋。

長亭怨慢　楊花

正愁怕、曲江雲盡。轉首隋堤，尚留芳景。客路相逢，滿身香影動離恨。綠窗深窈，渾不寄、天涯信。暗憶那回時，向馬足車輪，長是隨趁。　問春心何在，一點沾泥無準。潘郎怕老，又禁得、雪添雙鬢。悵日暮、靜掩長門，且頻囑、東風休緊。謾猶記章臺，簾卷日長人困。

渡江雲

庚戌臘月九日，與郟仲義同往江陰。是夕泊舟無錫之高橋，亂後荒寒，茅葦彌望，朔吹乍靜，山氣乍昏復明，起與仲義登橋縱目，霜月遍野，情懷恍然，口占紀行，求仲義印可。

朔風吹破帽，江空歲晚，客路正冰霜。暮鴉歸未了，指點旗亭，弭櫂宿河梁。荒煙亂草，試小立、目送斜陽。尋舊遊、恍然如夢，輾轉意難忘。　　堪傷。山陽夜笛，水面琵琶，記當年曾賞。嗟老來、風埃憔悴，身世微茫。今宵到此知何處，對冷月、清興猶狂。愁未了，一聲漁笛滄浪。

八聲甘州　次錢思復懷錢唐舊遊韻

歎前朝、勝地正離離，荒草不勝春。縱湖山尚好，泉乾虎跡，井閟龍鱗。多少王侯第宅，游賞太平身。車馬經行處，錦繡紛紜。　　夢裏曲江宮殿，自長安日遠，深鎖愁雲。念墻頭楊柳，憔悴向誰顰。又東風、鳥啼花落，黯黄昏、胡騎滿城塵。當時事、不堪回首，重問陳人。

法曲獻仙音

寄壽雲西老人，時吳興張石隱、武林謝長源、會稽胡伯大、海隅王子章，皆留老人賓館，三月二十八日也。

縠雨晞晴，柳風吹暖，春在緑陰深處。青鳥傳書，羽僊清道，天香暗滿牕户。準擬問長生路。桃花幾千樹。　　黯凝竚。看斑衣、近來得意，雲路迥，千里易成闊步。銅狄儘摩挲，任高堂、暮景容與。見説西園，有佳賓、釃酒同賦。恨牡丹花下，此際不陪罇俎。

滿江紅　丙午重陽前二日雨霽泗涇倚闌望九山

雲鎖吴山，重陽近、滿城風雨。層樓外、摩挲病眼，尚堪延佇。采菊有誰忘世慮，催租底事妨詩句。縱烏巾、潦倒不禁秋，猶能賦。　　村隱隱，牛羊路。煙冉冉，蒹葭渡。是幾番興廢，幾番今古。世亂可堪逢節序，身閑猶有餘風度。且憑高、呼酒發狂歌，愁何處。

滿江紅

己酉九日，雨中家居，憶夏士安、頤貞蒙亨叔姪，唐元望、元泰、元弘昆季六人，皆常年同萸菊者，一載之間，俱罹患難，各天一方，信筆紀懷，有不勝情者矣。

風雨重陽，憑誰問、故人消息。記當日、承平節序，佩環賓席。處處相逢開口笑，年年不負登山屐。是幾番、扶醉插黄花，烏巾側。　詩酒會，成陳跡。山水趣，今誰識。柰無情世故，轉頭今昔。冰雪關河勞夢寐，芝蘭玉樹埋荆棘。對西風、愁殺白頭人，長相憶。

洞仙歌　賦孫明叔水光山色舟

紅塵海裏，好風光誰有。輸與滄浪釣竿手。信翩然一葦、目斷空濛，煙草外，歷歷湘雲楚岫。　謾隨春浪去，路入桃源，肯爲繁華暫回首。歲晚若歸來，縱鷗鷺忘機，莫繫纜、漢南楊柳。□好乘興、淩風訪蓬萊，爲説與麻姑，海桑依舊。

江城梅花引　己卯除夕

燈前兒女小團圞。歲將闌。夜將殘。一度逢春，一度減朱顔。明日東風三十二，又添得，二毛侵，鬢底斑。　世間世間行路難。身世閑。天地寬。往事往事恨未了，長恨儒冠。爆竹聲中，春又到柴關。一任黄塵門外擾，且留取，舊梅花，獨自看。

江城梅花引

陸壺天、錢索菴二老相會，皆有感懷承平故家之作，索予次韻，而不及當道作者，蓋俯念草木之味也。

五陵春色舊曾遊。翠娥謳。錦纏頭。花落花開，不信有并州。淺碧障泥紅叱撥，柳橋外，滿東風，無點愁。　近來近來雙鬢秋。心漸收。情尚留。底事底事遞如許，身世沉浮。何況年華，長向鏡中羞。纔見那時簾外月，便想起，醉吹簫，罨畫樓。

祝英臺近　和雲西老人秋懷韻

暮天雲，深夜雨。幽興到何許。風拍疎簾，燈影逗牕户。自從暝宿河橋，露聽江笛，久不記、舊游湘楚。　正無緒。可柰滿目清商，蕭蕭五陵樹。斜掩屏山，腸斷庾郎賦。幾回思遶蘋花，夢尋蘭棹，怕驚起、故溪鷗鷺。

紅林檎近　水村冬景次錢素庵韻

雲樹風初勁，霧牕晴尚慳。雁落野塘暝，鶴鳴水村寒。重來尋梅逕裏，漸喜嫩萼堪看。向日院宇荒閑。香冷舊銅盤。　几格横素帙，屏壁淡煙巒。弓腰冷袖，多情惟憶前歡。但温存羔酒，留連獸炭，暮江欲雪年又殘。

紅林檎近　冬雨晚晴次謝士英韻

山晚牛羊下，野荒鳧雁肥。雨脚度江遠，日光映林微。泥深何堪縱步，倚杖漫立苔磯。望極浦口雲歸。寒氣透征衣。斷冰隨浪楫，斜竹偃風扉。江空歲暮，村深人跡還稀。待霜橋梅破，茅堂酒暖，放船速客延□暉。

春草碧 次韻素菴遺懷

更籌圖子宣和譜。流落到如今，空懷古。江南荒草寒煙，前代風流共誰語。猶有賦。騷人迷湘浦。烏衣巷口，斜陽愔愔院宇。玉樹後庭花，誰能舉。五陵殘夢依稀，回首天涯歎行旅。馬上杜鵑啼，愁如雨。

隔浦蓮 水檻晚晴

冰紈光暎素手。竹簟醒殘酒，滿院梅風起，疏雲薄、斜陽漏。蘭棹歸去後，詩人瘦。夢繞瀟湘柳。屢回首。　開簾傍晚，煙中微見青岫。滄浪遠興，爲問白鷗知否。十里平湖縱望久。涼透。江蓮香度疏牖。以上《宛委別藏》叢書本《蟻術詞選》卷二

慢

蘭陵王 春日寄錢塘諸友

舊時月。曾照河橋夜別。秋千下、花露染衣，倚馬相看動愁絶。登臨黯望徹。思落吴山萬疊。江村路，春水乍生，南浦迢迢恨難越。　匆匆换時節。怪驛未緘鱗，□□□□。平湖入夢情猶切。嗟樂事長在，壯遊都誤，酣歌迷舞興未歇。耿前恨休説。　悽咽。亂愁結。記詩滿花牋，歌

喚桃葉。琵琶水面今誰撥。但碧檻長倚，楚蘺空擷。相思難寄，待更把，斷柳折。

蘭陵王

王彦强以暮春有懷吴中故居之作見示，此公蜀故家，因以蜀語次韻答之。

錦江緑。長想秦城在目。瞿塘上、春水艤船，十二遥峰翠如簇。羈懷未易觸。斜日平原散牧。潘郎愛，年少宦游，遮莫吴霜鬢邊撲。名家舊韋曲。記雨卧叢花，春覆慈竹。東來重問烏衣屋。愁濯錦人遠，翦燈窗静，歸心遍是夢裏速。更題柱曾卜。悽獨。帶移束。正驛路騶嘶，煙浦帆宿。遨頭風度猶能續。儘客館歌舞，故人醽醁。薛濤箋上，寫恨處，字可掬。

蘭陵王　歲晚憶王彦强而作

暮天碧。長是登臨望極。松江上、雲冷雁稀，立盡斜陽耿相憶。憑闌起歎息。人隔吴王故國。年華晚，煙水正深，難折梅花寄寒驛。東風舊遊歷。記草暗書簾，苔滿吟屐。無情征旆催離席。嗟月墮寒影，夜移清漏，依稀曾向夢裏識。恍疑見顔色。空惜。鬢毛白。恨莫趂金鞍，猶誤塵跡。何時弭棹蘇臺側。共漉酒紗帽，放歌瑶瑟。春來雙燕，定到否，舊巷陌。

八歸　庚辰七夕與衛立禮同用此調

涼欺羽扇，風生蘄竹，秋意漸滿院落。商聲又過梧桐井，還誤剖瓜佳會，泛槎仙約。謾憶中庭兒女夜，幾笑語、花樓歡樂。尚認得、織女橋邊，半是舊烏鵲。何事明河影下，佳期如許，暗抱一襟離索。箭壺催夢，枕屏移恨，是青春行客。對良宵感舊，鬢髮蕭蕭歎潘岳。闌干迴、翠簾休卷，待到更深，啼螿聲又作。

八歸　秋夜詠懷寄錢南金

清蟾半露，驚烏三匝，城上漏水乍滴。微凉已透瀟湘簟，還見小簾摇砌、淡燈垂壁。夜色迢迢人睡去，正想到、山陽吹笛。做弄得、客裏文園，病後更無力。　還是秋期過了，鳴蛩牕户，又對新詩相憶。片雲天外，數峰江上，幾誤湘靈瑶瑟。歎流光過眼，宋玉多情共今夕。滄浪興、扁舟客與，醉帽飄蕭，亭皋清望極。

摸魚子　歲晚感懷寄南金

見梅花、一番驚感，天時人事如許。星霜冉冉東流水，牢落少年心緒。時自語。甚門外、風埃緑鬢生塵土。故人間阻。柰歲晚相思，雲寒悵望，此意轉悽楚。　髫年夢，俛仰已成今古。人生幾度歡聚。故鄉景物渾非舊，愁裏匆匆時序。能記否。記翦燭西窗，瞑坐聽風雨。春來更苦。柰酒量微增，詩情未減，何處喚儔侶。

摸魚子　寒食雨中

倚闌干、暮雲千里，天涯芳草悽楚。愔愔巷陌重門掩，何況滿牕踈雨。江上路。又還見、黄金暗柳千萬縷。荒村歲序。縱燕子新來，梨花未掃，好景自虚度。　江淹老，誰解重吟恨賦。東風依舊南浦。青烟店舍長安道，夢裏翠屏朱户。間院宇。悵猶記、佳人秉燭深夜語。新詩漫與。柰世事驅馳，流光荏苒，回首更延佇。

摸魚子 題王德璉山居圖

遍乾坤、好山無數，古來高隱能幾。相逢盡道林泉勝，無柰利名朝市。青嶂裏。望曲逕深門，彷彿柴桑里。先生傲世。任短褐長鑱，清琴濁酒，占斷晋風致。　疎林下，別有談玄麈尾。清風長滿窗几。門前剥啄何須問，應是采芝仙子。誰可比。已不減、當時雞犬空中起。留連晚計。儘穴石藏書，鋤雲種玉，千古有靈氣。

摸魚子 吴門客中九日次魏彦文韻

雁來時、晚寒初勁，青燈摇動牕户。商聲暗起鄰墻樹，觸景亂愁還聚。秋又暮。柰合造淒涼，無處無笳鼓。狂唫醉舞。記滿帽簪花，分籌藉草，騎馬忘歸路。　懷人遠，有恨憑誰寄語。虚名長是相誤。天涯節序渾非舊，留得滿城風雨。心萬縷。謾自喜、孤高不惹沾泥絮。羈懷倦訴。好分付兒曹，耘耔三逕，早晚賦歸去。

摸魚子

甲辰季秋，與夏頤貞同在吴門，屢有登山之興，久雨不果。重陽日，友人羅仲達以節物爲具，同席數人，意頗歡適。乙巳九日，在九山之東泗水上，酒闌散步，夕陽依依，岡巒在望，興懷往事，不能無述，未知明年又在何處。駒隙如馳，行樂能幾，所謂難逢開口笑也。

記年時、滿城風雨，姑蘇臺下重九。客樓已辦登臨屐，曾爲好山回首。延佇久。望翠壁嶙峋，閑却題詩手。相逢野叟。强笑折黄花，亂簪烏帽，來與共尊酒。　流光去，肯爲閒人宿留。驚心節序依舊。西風只麽吹蓬鬢，病骨尚堪馳驟。官渡口。便擬喚扁舟，往問江潭柳。明年健否。縱世故無情，未應遲暮，辜負此時候。

賀新郎

沙德潤、任以南相與追和貫酸齋琵琶詞韻，拉予同賦。第元韻出入，讀之不純也。

馬上貂裘裂。料明妃、幾番回首，舊家陵闕。留得胡沙千年恨，寫入冰弦四列。想歷遍、關河風雪。彈動伊涼哀怨曲，把梨園風韻都消歇。南部樂，向誰説。　多情只記瀟湘瑟。縱而今、宫移羽換，此懷難竭。便有傳來中原譜，終帶穹廬煙月。甚長是未歌先咽。顧曲周郎今已矣，滿江南、誰是知音客。人世事，幾圓缺。

賀新郎　題王德璉水村卷

一段江南緑。望依依、沙鷗起處，輞川横幅。十里平郊人煙聚，掩映汀洲幾曲。試與問、隱君林屋。花逕竹門春窈窕，有蒼顔緑鬢人如玉。揮白羽，跨黄犢。　高情遠繼巢由躅。向滄浪、濯纓垂釣，自歌還續。手種陂塘千株柳，隔斷紅塵萬斛。算獨有、漁舟來熟。待約西施同載酒，趁桃花、浪暖相追逐。尋勝地，訪遺俗。

賀新郎

曹園紅梅數種十餘樹，雲西老人手植也。時殊事異，殘枝存者無幾。其孫幼文命客飲於其下。永嘉曹新民賦詞爲詠，予適有出，不與。越數日，幼文持卷來求次韻，席上口占以答。

海底珊瑚樹。問鮫人、幾時擎出，碎爲繁露。蒨女拾來紉成佩，妝點江南歲暮。便掩映、含章牕户。更著絳綃籠玉骨，怕黄昏、不向孤山路。銀燭暗，未歸去。　夢中曾被梨雲誤。最難忘、長沙形勝，水聲東注。若見何郎須相報，不改揚州韻度。道穠豔、尚重賦。一點酸心渾不死，笑桃根桃葉非吾故。空谷底，謾延佇。

沁園春

龍洲先生以此詞詠指甲小脚，爲絶代膾炙。繼其後者，獨未之見。彦强庚兄示我眉目二作，真能追逐古人于百歲之上，不既難矣。暇日偶於衛立禮座上，以告孫季野丈，爲之擊節不已。因約相與同賦，翼日而成什焉。

巧鬥彎環，纖凝嫵媚，明粧未收。似江亭曉玩，遥山拂翠，宫簾暮卷，新月横鉤。埽黛嫌濃，塗鉛訝淺，能畫張郎不自由。傷春倦，爲皺多無力，翻作嬌羞。　填來不滿横秋。料著得人間多少愁。記魚箋緘啓，背人偷斂，雁鈿膠併，運指輕揉。有喜先占，長顰難效，柳葉輕黄今在否。雙尖鎖，試臨鸞一展，依舊風流。

沁園春

漆點填眶，鳳梢侵鬢，天然俊生。記隔花瞥見，疎星炯炯，倚闌延佇，止水盈盈。端正窺簾，瞢騰憑枕，睥睨檀郎長是青。銷凝久，待嫣然一顧，密意將成。　困酣時倚銀屏。强臨鏡挼抄猶未醒。憶帳中親睹，似嫌羅密，尊前斜注，翻怕燈明。醉後看承，歌時鬬弄，幾度孜孜頻送情。難忘處，是香羅搵透，別淚雙零。

沁園春　早春雨中遣懷

菜甲封泥，桃英怯凍，淺寒尚濃。正小窗深掩，暮雲低密，頹垣半露，殘雪玲瓏。冷逼單衣，愁欺倦枕，暗度一番花信風。年光在，但塵襟耿耿，鏡鬢匆匆。　十年舊夢無蹤。算何異、天涯隨轉蓬。甚愔愔坊陌，燈宵閑過，沈沈煙雨，酒興誰同。鳥已春聲，人猶舊感，點檢芳菲前事空。鬭花好，更明年此際，何處相逢。

風流子　次李仲輿秋思韻

芙蓉秋水緑，河橋畔、駐馬落霞明。念蘇小畫樓，蠹侵花簡，謝孃朱户，香冷銀屏。悵猶記潯江留夜客，滕閣醉詩賓。驛上信音，美人遲暮，雁邊城郭，霜氣凄清。　潘郎愁多少，傷情處，無柰兩鬢星星。江路晚風，三疊長是愁聽。縱彩筆殷勤，近來無準，畫闌縹緲，一向誰憑。何處笛聲哀怨，幽夢難成。

霜葉飛　小溪歲晚與南金夜坐分韻

晚風吹醒梅花夢，唫窗人倦無語。楚天雲澹雁淒涼，何況黄昏雨。又忽忽、驚心歲序。村荒更迥無鐘鼓。對夜色蕭條，謾借得、孤缸耿耿，獨照離緒。　憔悴怨墨頻題，征衣慵整，怪却雙鬢如許。故園猶是舊東風，往事今塵土。但憶著、章臺柳樹。十年青鏡催遲暮。任豔懷、如流水，芳草王孫，有誰能賦。

花心動

黄伯陽歲晚見梅，適遇舊賦以贈別，持行卷來，求孫果翁、衛立禮洎予皆和。

東閣何郎，記當時，曾賞舊家紅萼。綵筆賦詩，緑髮簪花，多少少年行樂。自從驚覺揚州夢，芳心事、等閒忘却。斷魂處，月明江上，路迷天角。　老去才情頓薄。奈客聚相逢，共傷漂泊。洗盡豔粧，留得遺鈿，尚有暗香如昨。歲寒天遠離杯短，匆匆去、孤懷難托。向花道，春來未應誤約。

花心動　贈散妓蟾宫秀

塵滿人間，有誰能，分得廣寒風度。謾道小嬌，疑是前身，曾到巖花深處。九霄宫殿春長好，只合伴、霓裳僊侶。問何事，等閒回首，却迷塵趣。　縹緲瓊樓玉宇。柰霧鬢煙鬟，不勝風露。小試舊粧，纔近芳尊，已變世間歌舞。想應羞見孀娥寡，重來傍、巫山行雨。總忘了，青冥向來去路。

南浦　次韻答南金見寄

煙水隔殊鄉，又匆匆誤了，蹋青時候。一别幾多時，河橋外、官柳青條猶瘦。君來爲問，渡江桃葉曾來否。生怕木蘭雙艇子，只道故人依舊。　孤村寒食騷尋，料歸期漸近，花開休驟。油壁耐東風，先拚取、同醉亂紅千畝。憑闌望久。幾番魂斷煙中岫。從此相逢休草草，莫對夕陽搔首。

西河　一春索居況味殊惡賦此紀懷

春夢覺，一聲何處啼鳥。東風二月舊江南，庾郎暗老。嫩寒日日禁單衣，闌干憑遍清曉。　水涯柳條漸好。玉驄幾度曾到。如今巷陌蹋青時，故人去杳。杏花不在宋東鄰，苔墻猶自圍繞。

鳳鞋次第又鬬草。暗淒涼、前度懷抱。病後不禁愁惱。怕西園、路濕殘紅如埽。空憶花前纖腰嫋。以上《宛委别藏》叢書本《蟻術詞選》卷三

慢

六州歌頭

戊申歲，一春强半風雨，不可出户者至有兼旬之久。三月九日寒食，煙雨中望鄰墻桃花，殆欲零落，感人事之不齊，歎芳時之易失，信筆紀述，斐然成章。桓司馬謂樹猶如此，人何以堪，今乃信之矣。

劉郎老去，孤負幾東風。思前度，玄都觀，舊遊蹤。怕重逢。新種桃千樹，花如錦，應笑我容顏改，渾不比、向時紅□。我亦無情久矣，繁華夢、過眼成空。縱而今再見，何似錦城中。往事匆匆。任萍蓬。　憶歡娱地，經行處，秦樓畔，灞橋東。春冉冉，花可可，霧濛濛。水溶溶。幾度題歌扇，攲醉帽，繞芳叢。時序改，人面隔，鬢霜濃。别有武陵溪上，秦人在、仙路猶通。待前村浪暖，鼓楫問漁翁。此興誰同。

東風第一枝

年來逆境驅馳，不知歲序之有遊賞，忽忽春風，徒起浩歎。庚辰新正，與南金翦燈小酌，分題寫懷。追念古人樂事，今無一在眼，時於文字中見其一二，遂各想像舊事爲之。然心之所

好，亦寂寞中一樂也。予得此調，南金得春從天上來。

舞館簪蛾，譙門試角，疎燈時弄春影。曉簷鐵馬敲晴，夜箏錦鴻送冷。銅駞陌上，早官柳輕黃籠暝。料小樓、一枕微醒，已被嫩寒欺醒。花信阻、鎖牕慣静。芳事杳、翠衾倦整。晚粧似怯梅鈿，舊香尚凝篆鼎。朱門雙掩，向鬭鴨闌干慵並。待灞橋、重暖新壚，擬約蒨桃蘭艇。

東風第一枝

春來兼旬，寒氣不減舊臘。正月廿二日，曹雲翁招飲，聽雨西牕。南金偶道及前作，翁欣然命筆次韻，故又口占爲謝。

亂雨敲牕，深燈暈壁，孤屏相對吟影。醉餘夢蝶難尋，起來睡鴛較冷。東風急處，又卷得殘雲催暝。柰暗愁、忽到梅邊，夜半粉香熏醒。　門正掩、暮簾乍静。花未鬧、小軍預整。鬭茶尚憶分曹，賦詩更聯古鼎。春衫慵試，怕誤了金鞍相竝。待小桃、開滿前溪，且踏武陵漁艇。

春從天上來　次南金早春韻

九陌香泥。正楚館欺寒，嫋嫋春雞。兩行簾底，銀燭千枝。花市笑語聲齊。喜盤行纖手，翦生菜、巧簇青絲。晚晴時。漸紅蕖照眼，黃柳舒眉。　東風舊家樂事，柰酒興沉沉，舞隊傲傲。小譜鸞箋，重樓羯鼓，生怕悮却花期。好情懷都改，年光在、物換星移。誤芳菲。想六橋燈火，猶繞蘇堤。

齊天樂　甲戌清明雨中感春

離歌一曲江南暮，依稀灞橋回首。立馬東風，送人南浦，認得當年楊柳。梨花過後。悄不見鄰墻，弄梅纖手。綺陌東頭，個人還似舊時否。　相如近來病久。縱腰圍暗減，猶未全瘦。宿酒昏燈，重門夜雨，寒食清明依舊。新愁謾有。第一是傷心，粉銷紅溜。待約明朝，問舟官渡口。

齊天樂　己卯春客樓雨中懷小谿故人行樂

東風吹雨春城晚，黄昏小樓人静。燕子朱簾，譙門畫角，收拾柳邊殘暝。微燈照影，歎塵滿書牀，火銷香鼎。客裏王孫，故家樂事尚能省。　人生壯遊幾許，舊鷗應怪我，沙上盟冷。刻燭催詩，傾尊欵話，長憶西窗風景。相思有興。待官渡回潮，野橋吟艇。莫遣啼鵑，夜深驚夢醒。

齊天樂　戊子清明次曹雲翁韻

深隐暮灑梨花雨，隨風亂零如霰。寒食初過，連陰未解，黄昏酒闌人倦。春燈漫翦。怪濃潤沾衣，淺寒迎面。芳事蹉跎，强將花譜自舒卷。　天涯芳草漸滿，踢青晴路阻，闌檻憑遍。燕隔重門，舟迷晚渡，應是不勝清怨。歡遊未展。縱不柰悽迷，懶尋消遣。只怕晴時，落紅千萬點。

齊天樂

甲午七月望後，横泖客舍驟雨頓涼，秋聲滿樹，小窗暮倚，四無人聲，暝色凝煙，不勝淒黯。闔户呼燈著此，以紀旅思。

碧梧庭院秋聲早，愔愔暮天雲影。雨送涼蟬，風欺倦翼，絡緯猶啼金井。疏隐弄暝。正犀押簾垂，畫屏燈冷。節序依然，旅懷長是歎流景。　舊家園苑廢久，歲寒松桂在，清事誰領。待月幽軒，尋涼小艦，斷夢有時提省。乘槎路迥。便逸興相牽，倦塗難騁。甚日歸來，傍湖耕二頃。

齊天樂

乙未春暮，錢素菴見和前韻，再歌以謝之。

柳花飛滿春歸路，隔江暮雲摇影。草暗河横，塵昏水驛，難覓僊翁丹井。年光漸暝。任老鬢霜凋，壯心灰冷。世故紛紜，寄書長擬問弘景。　山林多少勝地，四時蕭散處，譚笑能領。小舫尋詩，輕裘把釣，此意只今誰省。斜陽迥迥。算往夢難追，曠懷休騁。目斷南湖，平蕪千萬頃。

齊天樂

戊戌冬初，領省檄，會無錫州將李正卿同檢踏屯田秋稼。此邦兵餘，民居蕩析，皆黄茅白骨之境，眼界殊惡。李侯索賦，道間口占復命。

西風滿面吹華髮，肩輿徧行荒野。草莽無垠，人煙埽跡，猶有青山如畫。斜陽又下。柰倦宿軍營，喜逢田舍。官事驅馳，旅途情緒頓衰謝。　天邊雁飛漸遠，故園回首處，離恨難寫。寒入征衣，雲遮望眼，忘却向來瀟灑。塵氛未解。便好問歸舟，早圖休駕。夢繞寒谿，小梅應綻也。

齊天樂　次韻王原吉龍江别業

去年弭櫂龍江市，曾瞻故人衡宇。樹隔琴牀，芸香書屋，搗藥時鳴清杵。壺籤報午。想頻拂詞箋，閑修花譜。如此幽閒，雅宜連榻聽風雨。　多君曳裾相府。縱風流文采，終帶清苦。借箇篙帷，持杯説劍，長歷漢臺秦礎。尋幽訪古。便後約須期，細論重與。歲晚山中，茯苓還共煮。

齊天樂

張翔南寓金陵時，嘗有寄金子尚、魏彦文洎諸詞友之作。乃辱彦文見念，獨以賞音見許，而不知予頻年連嬰逆景，久疎詞筆，非復向時懷抱矣。戊申秋杪，郲仲義持示詞卷，且辱彦文寄聲，並索近作入卷，乃爲倚歌二闋，其一以答彦文，其一以喜翔南還家。

當年放浪蘇臺下，長從故人詩酒。藺帖飛花，鵾絃度曲，思繞閶門楊柳。星霜易久。悵十載分攜，幾番回首。滄海塵昏，屋梁落月尚依舊。山林何處寄傲，不如人意事，長是八九。有客傳書，多君玩世，況是不忘衰朽。明朝見後。縱少壯難追，好懷還有。醉墨淋漓，浩歌開笑口。

齊天樂　寄張翔南

六朝千古臺城路，傷心幾番興廢。形勝空存，繁華暗老，舉目江山還異。風塵萬里。柰遷客驅馳，去程迢遞。故舊相望，雁邊消息緲難寄。春風鳳凰臺上，轉蓬回首處，應歎身世。江總情深，陳琳檄倦，投老竟成歸計。斜陽某水。且浄洗緇衣，任休行李。只怕東山，興來還又起。

霓裳中序第一　中秋後二夕對月

秋堂氣漸肅。暮角吹來聲斷續。憑遍闌干幾曲。又涼戰庭梧，風敲簷竹。多情宋玉。對楚天、無柰幽獨。中秋過，月華未闕，夜色燦如燭。空谷。美人羈束。又老盡、江南草木。愁來心緒易觸。目斷瑶臺，夢繞金屋。雁歸猶未卜。且漫放、題紅去速。悽迷處，年來詩鬢，換動鏡中緑。

踈簾淡月　和黄伯成吴興道中韻

蒼煙古木。漸暝入小溪，鷗鷺如玉。斜倚孤蓬眺晚，毿裘寒肅。秋孃渡口山横處，舊曾尋、五陵芳躅。畫樓燈火，如今冷落，塵滿華屋。　柰景物因人反覆。算千古風流，今有誰續。苕水東邊月上，酒醒人獨。角聲吹老梅三弄，想依稀、曾夢蛾緑。西風回首，山中有人，滿頭黄菊。

角招

故園舊有老梅數樹，自庚午至庚辰，十載之間六遭巨浸，無一存者。年來惟起步月前村之歎。辛巳正月廿四日，曹雲翁以紅萼一枝見予，風度絶韻，舊感横生，念之不置，因綴此闋爲解，並以謝翁焉。

夢雲杳。東風外，畫闌倚遍寒峭。小梅春正好。謾憶故園，花滿林沼。天荒地老。但暗惜、王孫芳草。鶴髪仙翁洞裏，爲分得一枝來，便迎人索笑。　牕曉。冷香窈靄，幽情雅澹，不減孤山道。舊愁渾欲掃。却明朝、新愁縈繞。何郎易惱。且約住、傷春懷抱。綵筆風流未少。更何日，玉簫吹，金尊倒。

角招　次黄伯陽苕溪舟中韻

暮雲起。苕溪上，畫橈蕩漾春水。道人煙浪裏。信筆賦詩，千古無此。吴頭楚尾。問舊日、陶朱鄰里。擷得江蘺寄遠，向天角歇孤帆，且行行休矣。　吟倚。柳陰傍晚，花期暗數，芳事今餘幾。舊遊難屈指。化鶴歸來，依然城市。紛紜鬧紫。豈不羡、山林宫徵。更約唫船共艤。賸判得，落殘花，欺行李。

憶舊遊　追和魏彦文清明韻

記烏衣巷口，灞水橋邊，問柳尋花。竟日追遊處，儘揮鞭繡陌，弭櫂晴沙。酒闌美人歸去，香擁碧油車。自綵筆題情，金燈欵醉，幾度年華。　天涯。故人遠，料對景相思，應念無家。又見分榆火，柰移根換葉，往事堪嗟。小樓倚遍殘照，長羨暮棲鴉。賴伴我消魂，遥岑寸碧三四丫。

水龍吟　戊申燈夕雲間城中作

兵餘重見元宵，淺寒收雨東風起。城門傍晚，金吾傳令，遍張燈市。報道而今，依然放夜，縱人遊戲。望愔愔巷陌，星毬散亂，經行處、無歌吹。　太守傳呼迢遞，謾留連、通宵沉醉。香車寶馬，火蛾麪繭，是誰能記。猶有兒童，等閒來問，承平遺事。奈無情野老，聞燈懶看，閉門尋睡。以上《宛委别藏》叢書本《蟻術詞選》卷四

春草碧

僕一節從軍吴秀問，近始謁告還家，首辱素翁老師叙勞兵後閒懷，既又調《春草碧》詞見遺，以識會合之意，情文悃款，溢於言表，惠至渥也。輒依芳韻，庸寫下忱，爲先施之期謝云。

儒冠不解明韜略。底處是生涯，雲門約。無端寄跡兵戈，蕙帳荒寒怨秋鶴。歲暮且歸來，情如昨。　故人幾度傳心，曾煩手削。門外見仙槎，須停泊。老來歲月無何，乞與刀圭九還藥。三島景長春，尋真樂。眷晚生邵亨貞頓首九拜。

春草碧

南金契兄始託交時，與僕俱未弱冠，今乃百年過半矣。暮景相從之樂，世故牽掣，迨今未遂。兵後避地溪濱，復得旦暮握手，慨前跡之易陳，預後期之可擬，不能已於言也。敬借前韻，述懷如左。契弟邵亨貞再拜。

歲寒歸計曾商略。富貴與神仙，辜前約。儒冠已負平生，不羨揚州去騎鶴。蓬鬢老風霜，心如昨。　惟應郢上高才，風斤慣削。相見問行藏，重評泊。無情最是桑榆，那得昌陽引年藥。山水有清音，同行樂。柔兆涒灘子月十日，書於小溪吟屋。

春草碧

亂後乍見故人，情文浹甚。老來共談往事，心緒茫然。再賡春草之詞，以索寒梅之笑。

亂離避世無方略。何處可尋幽，須期約。桃源只在人間，争得身輕跨寥鶴。空憶舊歡游，成今昨。　自憐兵後多愁，吟肩頓削。老病有孤舟，難安泊。殘年但願相依，爾汝忘形縱狂藥。白首待時清，應無樂。子月既望壬辰，友弟邵亨貞書於小溪吟屋。實南至前之五日也。　以上明趙琦美《鐵網珊瑚》卷九《貞溪諸名勝詞翰》

凭闌人

誰寫江南一段秋，妝點錢塘蘇小樓。樓中多少愁，楚山無盡頭。《御選歷代詩餘》卷一

校：「無盡頭」，清沈雄《古今詞話》之「詞評卷下」引作「無限愁」。

後庭花

銅壺更漏殘，紅妝春夢闌。江上花無語，天涯人未還。倚樓閒，月明千里。隔江何處山。

後庭花

刺船鸚鵡洲，題詩黄鶴樓。金谷銅駝夢，湘雲楚水愁。少年遊，好懷依舊。故人還在不。以上《御選歷代詩餘》卷二

王蒙 存詞二首

王蒙（？——一三八五），字叔明。湖州（江蘇吴興）人。王國器之子，趙孟頫外孫。元末曾任理問，戰亂期間，避兵于仁和黄鶴山，自號黄鶴山樵。入明，起爲泰安知州，坐胡惟庸獄，洪武十八年去世。以畫知名，工山水、人物。王蒙爲所畫《憶秦娥詞意圖》寫的跋語，有《憶秦娥》詞（《南方懷古》）。生平見《兩浙名賢録》卷四十八、《明史》卷二八五。

憶秦娥 南方懷古

花如雪，東風夜埽蘇堤月。蘇堤月。香銷南國，幾回圓缺。　錢唐江上潮聲歇，江邊楊柳誰攀折。誰攀折，西陵渡口，古今離别。

余觀《邵氏聞見録》，宋南渡後汴京故老呼妓于廢圃中飲，歌太白《秦樓月》一闋，坐中皆悲感莫能仰視。良由此詞乃北方懷古，故遺老易垂泣也。予亦嘗填《憶秦娥》一闋，以道南方懷古之意（詞略）。自太白創此曲之後，繼踵者甚衆，不過花間月下男女悲歡之情，就中有道者，惟有「花溪側，秦娥夜訪金釵客。金釵客。江梅風韻，海棠顔色。　尊前醉倒君休惜，不成去後空相憶。空相憶，山長水遠，幾時來得。」自完顔莅中土，其歌曲皆淫哇喋嬱之音，能

歌《憶秦娥》者甚少。有能歌者，求予畫，故爲畫此詞之意。《鐵網珊瑚》卷十三

桂殿秋 題畫

玉笛吹香桂殿秋。花滿瑶階，月滿璚樓。千秋玉兔擣金丹，萬古姮娥鎖别愁。誰使王孫賦遠游。總被相思，白盡人頭。如今憔悴小山幽，白首簪花，花也應羞。清裴景福《壯陶閣書畫録》卷八

按：原詞是題畫之作，未注詞牌，據詞律補。

顧瑛 存詞四首

顧瑛（一三一〇—一三六九），又名顧阿瑛、顧德輝，字仲瑛，號金粟道人。崑山（江蘇太倉）人。家富資財，尤好詩篇。年逾四十，將舊業盡付子侄，於宅邸之西重建館閣，原名「小桃源」，落成後名爲「玉山佳處」（即玉山草堂），並在此款待詩友，定期行觴詠之會，一直延續到江南戰亂。明初，由于其子顧元臣是元朝海運副萬户，盍家流放中都臨濠，病死於流放地。顧瑛一生酷愛詩歌，所作繁富，身後大都散失不存。曾結爲《玉山璞稿》二十卷，傳世僅二卷，收録顧瑛至正十四年、十五年兩年間所作詩篇。《草堂雅集》、《玉山名勝集》、《玉山名勝外集》、《玉山紀遊》《玉山倡和》與《玉山遺什》等總集，均據其本人與詩友之作編成。生平見殷奎撰墓志銘（《强齋集》卷四）、顧瑛（顧德輝）自製墓志銘（《玉山遺什》）、《吴中人物志》卷九、《明史》卷二八五、《元詩選》初集《玉山璞稿》。

青玉案

彦成以他故去，作此懷之。

春寒惻惻春陰薄，整半月，春蕭索。旭日朝來升屋角。樹頭幽鳥，對調新語，語罷雙飛却。紅入花腮青入萼。盡不爽，花神約。可恨狂風空作惡，曉來一陣，晚來一陣，難道都吹落。顧瑛《玉山璞

稿》卷下

水調歌頭　天香詞

金粟綴仙樹，玉露浣人愁。誰道買花載酒，不似少年遊。最是宮黄一點，散下天香万斛，來自廣寒秋。蝴蝶逐人去，雙立鳳釵頭。　向樽前，風滿袖，月盈鈎。縹緲羽衣天上，遺響遏雲流。二十五聲秋點，三十六宫夜月，横笛按伊州。同躡彩鸞背，飛過小紅樓。朱存理校補明鈔本《玉山名勝集》卷下《金粟影》

校：「天香万斛」，《四庫全書》本作「天香方解」。

清平樂　題桐花道人卷和韻

桐花道人吴國良，雪中自雲林來，持所製桐花烟見遺。留玉山中數日。今日始晴，相與同坐雪巢，以銅博山焚古龍涎，酌雪水烹藤茶。出萬壑雷琴，聽清癯生陳惟允彈石泉流水調。道人復以碧玉簫作《清平樂》。虚室半白，塵影不動，清思不能已已。道人出所攜卷，索和民瞻石先生所製《清平樂》詞。予遂以紫玉池試桐花烟，書以贈之，且邀座客郯雲臺同和。時至正十年臘月廿二日也。

鳳簫聲度，十二瑶臺暮。開徧瓊花千萬樹，纔入謝家詩句。　仙人酌我流霞，夢中知在誰家。酒醒休扶上馬，爲君一洗筝琶。以上朱存理校補明鈔本《玉山名勝集》卷下《雪巢》

蝶戀花　口占

春江煖漲桃花水，畫舫朱簾，載酒東風裏。四面青山青似洗，白雲不斷山中起。　過眼韶華渾有幾，玉手佳人，咲把琵琶理。狂殺雲臺標外史，斷腸只合江州死。明萬曆刻本《玉山紀游》

按：本詞原存于明萬曆刻本《玉山紀游》所録《復游寒泉》詩序。詩序全文云：「今年三月二十日，陳浩然招余與郯雲臺、琦龍門遊觀音山觀寒泉，暮宴張氏樓。時徐楚蘭佐酒。楚蘭以琵琶度曲，鳴于時，雲臺遂爲之心醉。予曾口占［蝶戀花］云：春江煖漲桃花水，畫舫朱簾，載酒東風裏。四面青山青似洗，白雲不斷山中起。　過眼韶華渾有幾，玉手佳人，咲把琵琶理。狂殺雲臺標外史，斷腸只合江州死。酒散登舟，則夜已過半矣。明日歸玉山中，卧病彌月，不得與諸友朋會已半載。八月之暮，又以世路多岐，厭入城府，遂泊舟閶闔門之光霽齋。而登山臨水之思，未嘗不興於懷。適匡山人自越中、陸河南自婁江來，得同討幽勝。九月七日，復遊寒泉，登南峰之高。有懷龍門留婁江，雲臺方長街走馬，不能與此清會。遂賦二律以寄，意且欲邀匡山、河南和寄云。顧瑛。」

于立　存詞一首

于立，字彦成，别號會稽外史、虚白子。南康廬山（今屬江西）人。宋將門之後，明敏博學，性格豪爽。學道會稽山中，得石室藏書，以詩酒放浪江湖間。與顧瑛友善，常在玉山草堂小住，爲顧瑛品題法書名畫，顧瑛在家中爲他置有專用客房（行窩）。楊維楨曾將其爲人比作如行雲流水，無所凝滯。有詩名，顧瑛説，于立「長吟短詠，有二李風」（《草堂雅集》卷十三）。袁華在山草堂堂景點金粟影首倡以《水調歌頭》詠《天香祠》，于立在其中。生平見《草堂雅集》（十八卷本）卷十三、《西湖竹枝集》、《元詩選》三集《會稽外史集》。

水調歌頭　天香詞

微紅暈雙臉，濃黛寫新愁。好是霓裳仙侣，曾向月中遊。憶得影娥池上，金粟盈盈滿樹，風露九天秋。折取一枝去，簪向玉人頭。　夜如年，天似水，月如鈎。只恐芳時暗换，脉脉背人流。莫唱竹西古調，唤醒三生杜牧，遺夢繞揚州。醉跨青鸞去，雙闕對瓊樓。明朱存理校補《玉山名勝集》（二卷本）卷下

岳榆　存詞一首

岳榆，字季堅，號計籌山人。義興（浙江宜興）人。至正間，曾預崑山顧瑛玉山草堂之會。袁華在山草堂堂景點金粟影首倡以《水調歌頭》詠《天香祠》，岳榆在其中。

按：岳榆，《全金元詞》作「岳瑜」。

水調歌頭　天香詞

風清玉蟾瑩，霜薄翠鸞愁。夜深羽衣一曲，如在月宮遊。色占名園琪樹，香動仙巖貝闕，攜手正宜秋。登科當小試，私語更低頭。　赤欄橋，金粟影，繡簾鈎。荷花六郎模樣，消得一風流。遺落文昌籍姓，重疊太妃名字，聲價滿神州。貯君鴛鴦閣，期我鳳皇樓。天真，刻本作天香，姓桂名真。　明朱存理校補《玉山名勝集》（二卷本）卷下

陸仁　存詞一首

陸仁，字良貴，别號乾乾居士。祖籍河南，寓居崑山（江蘇太倉）。沉静簡默，工詩好古文。至正間，是崑山顧瑛玉山草堂會集常客，人稱「陸河南」。袁華在山草堂堂景點金粟影首倡以《水調歌頭》詠《天香祠》，陸仁在其中。《元詩選》三集選録其詩七十一首，題作《乾乾居士集》。生平見《西湖竹枝集》、《草堂雅集》（十八卷本）卷十五、《元詩選》三集《乾乾居士集》。

水調歌頭　天香詞

露冷廣寒夜，喚醒玉真愁。銀橋憶得飛度，曾侍上皇遊。一曲霓裳按罷，兩袖天香歸後，人亡已千秋。笑倚金粟樹，斜揷玉搔頭。　憶錢塘，今夜月，也如鈎。題詩欲寄紅葉，又怕水西流。誰把琵琶彈恨，愁絶多情司馬，不是在江州。醉飲玉山裏，有霧遶飛樓。明朱存理校補《玉山名勝集》（二卷本）卷下

校：「人亡已千秋」，《玉山名勝集》明萬曆刊本作「人世已千秋」，黄廷鑑校跋明鈔本、清抄二十六卷本、《四庫全書》本，均作「人去已千秋」。

郯韶 存詞一首

郯韶，字九成，號雲臺散史、苕溪漁者。湖州（浙江吴興）人。至正年間，曾任試漕府掾史，好讀書，以詩酒自樂。出入玉山草堂，與張雨、顧瑛、楊維楨、倪瓚、危素等唱和酬答。《元詩選》二集據《草堂雅集》等書選入郯韶詩一五九首，題作《雲臺集》。生平見《西湖竹枝集》、《草堂雅集》（十八卷本）卷十二、《元詩選》二集小傳。

清平樂 題桐花道人卷和韻

湘雲微度，六曲朱欄暮。簾外香飄梅子樹，知有王維索句。誰將瓊管吹霞。柳花飛過東家。説與門前去馬，斷腸休爲琵琶。朱存理校補明鈔本《玉山名勝集》卷下《雪巢》

校：「王維」，《四庫全書》本作「王孫」。

張遜　存詞一首

張遜，字仲敏，號溪雲。祖籍南陽（今屬河南）；姑蘇（江蘇蘇州）人。博學善屬文，書畫俱佳，尤善畫竹。至正間與崑山顧瑛有文字交往，袁華在山草堂堂景點金粟影首倡以《水調歌頭》詠《天香祠》，張遜在其中。洪武二十五年仍在世。生平見《草堂雅集》（十八卷本）卷七、《圖繪寶鑒》卷五、《吴中人物志》卷十三、《元詩選》三集《溪雲集》。

水調歌頭　天香詞

玉樹後庭曲，千載有餘愁。碧月夜凉人静，曾賦采華遊。玉露細摇金縷，香霧輕籠翠葆，折下一天秋。張緒揔能老，還自鎖眉頭。　把鸞牋，裁繡句，寫銀鈎。迴文巧成錦字，長恨與江流。漠漠梁間燕子，欵欵花邊蝴蝶，夢覺却并州。獨感舊時貌，還復照西樓。明朱存理校補《玉山名勝集》（二卷本）卷下

校：「獨感舊時貌」，《玉山名勝集》清抄二十六卷本、《四庫全書》本均作「獨感舊時月」。

舒遜　存詞五首

舒遜，字士謙，號可菴。績溪（今屬安徽）人。舒頔、舒遠之弟，有詩名。兄弟三人經常唱和酬答。舒遜著《搜枯集》（即《可菴搜枯集》），附見於舒頔《貞素齋家藏集》後。舒氏兄弟詩風大致相近，其詞風格亦近于舒頔，《貞素齋家藏集》附録《可菴搜枯集》存舒遜詞五首。生平見《元詩選》二集《貞素齋集》舒頔小傳、《古今圖書集成氏族典》卷六十二。

感皇恩　述懷

疏雨滴清秋，洗殘流火，爽動涼飆透簾幕。寒蛩吟徹，誰道小鳥蕭索。青鐙相伴，我情依約。螢照更殘，烏啼月落。悲壯山城數聲角，漫漫長夜，扣角長歌。方覺人生，能有幾須行樂。

臨江仙　偶成

銀燭光摇秋夜永，一天涼浸詩脾。鳴蟲唧唧漏遲遲。半生春夢裏，彷彿是耶非。萬事破除唯有酒，當歌不飲何如。人生七十古來稀。休争强與弱，行樂是便宜。

滿江紅　小莊有感

歲晚江空，更風雪、連朝情惡。門緊閉，清寒贔屭，重重簾幕。老屋數椽聊掩庇，山田幾畝多磽确。嘆前村，喬木碧參天，今凋落。　三杯酒，還堪樂。一局棋，尤難着。任功名蓋世，到頭都錯。世事宛如春夢短，人情恰似秋雲薄。對青燈，感慨幾興亡，今猶昨。

水調歌頭　壽貞素兄

稀年古來少，何況又逾三。雙瞳炯炯凝碧，白髮更盈簪。剛把殘冬留住，先借新春四日，拚醉倚晴酣。榮悴付定命，艱險任經諳。　舞斑衣沾臘醖，典春衫。毹籌兄弟交錯，同是鬢鬖鬖。自喜衣冠奕世，未墮詩書如線。此外更何慚。笑問梅花信，春已到枝南。

木蘭花慢　壽貞素兄

怪夜來南極，祥光炯炯中天。恰先借新春，暫留殘臘，爲慶稀年。弟兄垂垂白髮，願年年輝映棣樓前。尊酒光摇暖旭，爐燻細裊輕煙。　詩書一脈繼青氈。五世喜家傳。憶京口横經，天台振鐸，往事悠然。回頭十年如夢，看園花灼灼幾春妍。争似蒼蒼松柏，歲寒同保貞堅。以上清道光二十九年舒正儀校刊本《貞素齋文集》附録《可菴搜枯集》

孟昉 存詞十三首

孟昉，字天暐（一作天偉）。河西唐兀人，占籍大都（北京市），一説占籍太原（今屬山西）。好學工古文，入國子監，會試不第，辟掾憲司。至正十二年，歷官翰林待制，遷南臺御史，行樞密院判官。江淮兵亂，棄官隱居。明初洪武三年應召至京師，並以「北平」爲籍貫。孟昉有詩文名，以製作「擬古文」著稱。有《孟待制文集》，由陳基、程文、余闕等作序跋，著録于《千頃堂書目》卷二十九，未見傳本。《十二月樂詞》是其代表作，不但收入《列朝詩集》、《御選元詩》、《元詩選癸集》等詩總集，又見于《全元散曲》（作爲小令《天浄沙》）。此外，僅存詩文各數篇。「擬古文」則未流傳至今。生平見《書史會要》卷七、釋來復《澹游集》、陳垣《元西域人華化考》卷四。

天浄沙 十二月樂詞并引

凡文章之有韻者，皆可歌也。第時有升降，言有雅俗，調有古今，聲有清濁。原其所自，無非發人心之和，非六德之外别有一律吕也。漢魏晋宋之有樂府，人多不能曉。唐始有詞，而宋因之，其知之者亦罕見其人焉。今之歌曲比於古詞，有名同而言簡者，時復亦有與古相同者。此皆世變之所致，非固求異乖，諸古而强合於今也。使今之曲歌於古，猶古之曲也。古之詞歌於今，猶今之詞也。其所以和人之心，養性情者，奚古今之異哉。先哲有言，今之樂，猶古之樂，不其然歟！嘗讀李長吉《十二月樂詞》，其意新而不蹈襲，句麗而不慆淫。長短不一，音節亦異，旁遘冥思，朝涵夕詠，諧五聲以攡其腔，和八音以符其調。尋繹日久，竟無所得，遂輟其學，以待知音者出。而予承其教焉，因增損其語，而隱括爲《天浄沙》。如其首數，不惟於尊席之間，便於宛轉之喉，且以發長吉之藴藉，使不掩其聲者，慎勿曰「侮賢者之言」云。

上樓迎得春歸，暗黃着柳依依。弄野輕寒似水，錦牀鴛被。夢回初日遲遲。正月。

勞勞胡燕酣春，逗烟薇帳生塵。蛾髻佳人瘦損，暖雲如困。不堪起舞緗裙。二月。

夾城曲水飄香，掃蛾雲髻新妝。落盡梨花欲賞，不勝惆悵。東風縈損柔腸。三月。

依微香雨青氛，金塘閒水生蘋。數點殘芳墮粉，緑莎輕襯。月明空照黃昏。四月。

鉛華水汲青尊，含風輕縠虛門。舞困腮融汗粉，翠羅香潤。鴛鴦扇織迴文。五月。

疎疎拂柳生裁，炎炎紅鏡初開。暑困天低寡色，火輪飛蓋。暉暉日上蓬萊。六月。

星依雲渚濺濺，露零玉液涓涓。寶砌衰蘭剪剪，碧天如練。光摇北斗闌干。七月。

吴姬鬟擁雙鴉，玉人夢裏歸家。風弄虛簷鐵馬，天高露下。月明丹桂生華。八月。

雞鳴曉色瓏璁，鴉啼金井梧桐。月墜莖寒露湧，廣寒霜重。方池冷悴芙蓉。九月。

玉壺銀箭難傾，缸花凝笑幽明。霜碎虛庭月冷，繡幃人靜。夜長鴛夢難成。十月。

高城迴冷嚴光，白天碎墮瓊芳。高飲撾鍾日賞，流蘇金帳。瑣牕睡殺鴛鴦。十一月。

日光灑灑生紅，瓊葩碎碎迷空。寒夜漫漫漏永，串銷金鳳。獸爐香靄春融。十二月。

七十二候環催，葭灰玉琯重飛。莫道光陰似水，羲和迂轡。金鞭嬾着龍媒。閏月。以上文淵閣《四庫全書》本劉仔肩編《雅頌正音》卷三

按：《雅頌正音》卷三，每首之後未録出月份。十三個月分，據《元詩選癸集》辛集上補録。

王禮　存詞十首

王禮（一三一四—一三八六），字子讓，初字子尚。廬陵（江西吉安）人。至正十年魁江西鄉試，授安遠教諭，至正十六年除興國主簿，親老辭歸，江西參政辟爲幕府參謀，改廣東元帥府照磨，未幾復歸，居家講授，學者稱麟原先生。入明，屢徵不起。嘗輯同時人之詩爲《長留天地間集》。有《麟原文集》二十四卷（前後集各十二卷），今存。生平見孔公恂撰墓誌銘（《麟原文集》附録），劉定之、李祁等《麟原文集》序（《麟原文集》卷首），清曾燠《江西詩徵》卷三十二。

法駕導引曲　西溪八詠

銀蟾好，銀蟾好，爛爛出東山。混沌分時明已有，堪輿盡處照初還。良夜樂餘閒。東山明月。

雲如彩，雲如彩，瑞氣北塘邊。一片靈芝浮寶蓋，昔人逢此聽臚傳。平步上青天。北塘綵雲。

琅玕碧，琅玕碧，千挺匝荆岡。掣釣影懸雙鐵鯉，裁簫聲引九苞凰。勁節老風霜。荆岡修竹。

蒼松古，蒼松古，硃嶺秀嚴冬。風動潮迴疑舞鸖，電飛厓擘化神龍。不肯受秦封。硃嶺古松。

垂綸罷，垂綸罷，沽酒薦槎頭。浦外杜蘅時自採，橋南風月付誰收。疎散傲公侯。橋南晚釣。

東皋去，東皋去，洞口及春時。緑野莽平苗似浪，黄雲高下稼如坻。擊鼓御農師。洞口春耕。

巖花滿，巖花滿，恰似錦屏風。覓句詩翁頻指點，偷閒年少更從容。山色淡還濃。花巖錦屏。

平牀墅，平牀墅，滴翠染人衣。芳草如茵共醉卧，繁陰似幄澹忘歸。禽鳥樂幽棲。平牀翠黛。以上中國國家圖書館藏清鈔本《麟原王先生文集》後集卷三《西溪八詠序》

喜遷鶯 代人作

送鎦宰考滿，並遷新居。

甘霖停霤。喜浩蕩洪恩，躋民仁壽。戍柳拖金，海棠染絳，報道宰官移綬。轉眼積勞三考，大卧更深猶晝。最好處，似冰壺玉露，十分清瀏。 難有。看里巷、此日壯夫，都是來時幼。嘉鼓迎風，旌旗耀日，旋築草堂完就。自今四時納福，遥對深山如繡。願歲歲、共桐鄉父老，一卮春酒。

百字令 壽老妻八十

晨看婺女，正流光垂照，耆昌堂裏。只爲佳人延眉壽，影入玉杯迎喜。莫道春秋，八千八百，玄遠都難擬。人生稀七，古來登八能幾。 眼見繞膝孫枝，烹羊膾鯉。也有些肥美。淡飯惡衣，聊自足、多少何能如你。夫是謫仙，金鑾待詔，妻亦尋常比。隨緣相守，安貧況是王禮。以上《麟原王先生文集》後集卷十二

貝瓊　存詞十五首

貝瓊（一三一四—一三七九），字廷琚，一名貝闕，字廷臣，崇德人。至正間領鄉荐，戰亂期間，退居殳山。博覽經史，尤工詩。洪武三年，徵修《元史》，洪武六年除國子監助教。洪武十一年致仕，卒。生平見《明史》卷一三七。

漢宮春

細雨簾纖，乍魚翻緑皺，鶯哺紅甜。那堪歸期，總負別恨還添。榴花一點，記重重、繡戶朱簾，人乍起，玉釵半脱，遠山輕拂雙尖。

不道而今落魄。怪朱顔頓改，換得霜髯。無心新聲，樂府舊體香奩。傷今弔古，但時時、强擬江淹。渾得似、春風燕子，飛來也傍茅簷。

瑞鷓鴣

風林初夜月輪高，鳥飛不盡楚天遥。一曲清江恰似瀟湘路，何處人家傍小橋。

十年空負歸來約，已無舊杏新桃。謾思田父前時，同在雞豚社日相招。酒壓梨花醉一瓢。

應天長　吴仲圭秋江獨釣圖

澄江日落。渺一葉歸航，渡口初泊。垂釣何人，不管中流風惡。西山青似削。曠千里、楚鄉蕭索。問甚處，更有桃源，看花如昨。往事總成錯。羨范蠡風流，故跡依約。微利虛名，何啻蠅頭蝸角。宮袍無意著，但消得、綠蓑青蒻。鱸堪斫。明月當天，酒醒還酌。

玉蝴蝶

極目江南千里。故人何處，一段傷心。漠漠行雲，纔霽又作輕陰。訴西風、寒蛩近戶，背落日、歸鳥投林。正秋深。殘山剩水應怕，登臨難禁。多情。總老流黃，不寄尺素，空沉綠㴋紅迷。豈知零落到而今，似丁香、離腸暗結。點白雪、衰鬢先侵。思愔愔、一聲羌管，幾處鄰砧。

玲瓏四犯 春情

江草江花，總付與春風。何處池苑，露染煙裁，依舊翠深紅淺。天氣漸近清明，但覺比舊時都倦。問此時脉脉誰念，惟有乳鶯巢燕。銀箏低按斜飛雁。尚依稀、小窗深院。珠簾日午重重下，空鎖秋娘怨。憔悴一束楚腰，也定怕、蕭郎再見。想夜深暗卜，歸候把，燈花翦。

鎖窗寒

雁別衡陽，春光已到，去年時節。河堤弱柳，拂水萬條堪結。更無情、東風幾番，海棠一夜西園發。但草深曲徑，看花人少，亂飛蝴蝶。最是。傷心切。總過了花朝，漢宮傳蠟。方回未老，白髮那教成雪。憶當時、歌扇舞裙，小樓十二空夜月。待重尋、舊侶高陽，喚酒攜桃葉。

八六子 秋日海棠

滿空山。亂飄黃葉，花仙特地衝寒。恨薄命蕭娘嫁晚，捧心西子妝成，恍然夢間。清明時節曾看。院落早鶯猶困，樓臺乳燕初還。悵過了，韶華一枝偷綻，拒霜爭豔，斷霞分彩，空贏得人自先驚老去，天應不放春閒。倚闌干。春風別愁幾番。

南浦 賦水光山色舟

一葉小如凫，趂幾番、樵風日日來往。何處最堪看，吴門外，都是白波青嶂。斜陽半歛，采菱尚有蓮娃唱。謾載得、前邨月歸來，人家三兩。何須萬斛黄龍，駕灘預瞿塘，接天風浪。空爲利名牽，誰能似，鴟夷散髮湖上。秋行更好，鏡中新緑東西向。雪寒夜静定，多在蕭蕭，蘆花深放。

漁家傲 早春

弱柳緘黄梅傅粉，燒燈已過花朝近。塞上歸鴻猶有信，飛成陣，王孫一去渾無准。院落沉沉人又困，腰肢頓覺羅衣褪。兩點青山從淡盡。君休問，青山更有新來恨。

西江月 元夕二闋

夜月將圓寶鏡，春冰已碎青瑶。千門燈火近元宵，一向薄寒猶峭。海上雙魚不至，雲間彩鳳難招。小樓十二更蕭蕭，白髮空思年少。

西江月

十日催花雨過，九衢著柳風輕。城中何處不觀燈，菡萏夜開千柄。酌酒何辭瀲灩，吹簫更引娉婷。如今海角歎飄零。落月半窗清影。

風入松

一鉤初月小如眉，又是去年時。東風著意催花柳，元朝過、休放春遲。野老田夫共樂，青山白水相宜。　男兒了事却成癡，七十更何爲。也知七十從來少，但從容、把酒論詩。獨樂園中司馬，雲臺觀裏希夷。

鳳棲梧

一日思歸歸便許，何□□□，忘却歸來路。春已無多風又雨，桃花柳絮渾無數。　第四橋邊君住否，唯有當時，月照傷心處。水滿洞庭飛白鷺，吹簫夜過西山去。

風入松

踏槐猶記伴兒童，今日總成翁。十年不到西湖路，輕孤負、秋月春風。回首桃花水遠，傷心燕子樓空。　猖條冶葉自西東，何處托流紅。繁華夢斷愁多少，都分付、鸚鵡杯中。莫問今來古往，倚樓閒送飛鴻。

水龍吟　春思

楚天歸雁千行，一字不寄相思苦。匆匆過了，踏青時節，更愁風雨。燕子黄昏，海棠春曉，幾番淒楚。問誰能爲寫，重重别恨，算除有江淹賦。　尚記銀屏翠箔，把琵琶，夜調新譜。芳年易度，沈腰寬盡，白頭如許。弱水三山，武林一曲，重尋何處。奈無情，杜宇年年，此日到淮南路。以上文淵閣《四庫全書》本《清江詩集》卷十

劉夏 存詞五首

劉夏（一三一四—一三七〇），字迪簡，號商卿。安成（江西高安）世家。自幼卓犖不群，不協于科場，在鄉里講習五經大義。寓洪都，至正十八年春，陳友諒破洪都，劉夏辟地瑞州，州守重之。至正二十年，連年大旱，作禱龍王廟文，大雨傾注。明洪武二年，論《春秋》經義，受朱元璋奬賞。明年四月，持詔出使交趾，返程病故。有《劉尚賓文集》五卷、《劉尚賓文續集》四卷。《劉尚賓文續集》卷一存詞五首。

紫蘭香 有序

瑞陽郡推官張南湖，好與儒者共飲旨酒。一日喜聞其家酒船將至，而官軍適移屯，舟行出瑞河口。於是又懼其見掠。凡飲者聞之爲之惆悵，不能已已。遂發而爲詞。用饒博士《紫蘭香》，以寄推官也。

推官宅裏，聽得人言，酒船將到。舟師恰要移屯去，却是令人煩惱。急驅候吏且迴棹。江心䒀，好怕有疏虞，孤負著好事主人，傾倒。笑我爲儒，落魄無錢使，心事與誰知道。今人不似唐人好。相覔應無柱，老龍王古廟。長想像，幾船芳草。船子來時，把春遊約定，開攄懷抱。

醉高樓

飲酒洪之紫極宫，賦寫韻軒，次戴仲静《醉高樓》。

今古事，來往似風飄。百尺高城留古觀，千年舊跡去如潮。何處覓文簫。雙白鷺，飛去上青霄。鐵笛仙歌方欲起，香爐篆火未全消。悵望暮山遥。

念奴嬌　贈高安簿尉施德祥就任改辟宣徽掾

瑞之高安簿尉施君德祥，爲尉將滿三年，改辟宣徽掾。戒行之。九江其縣令劉君元海屬余代之爲詞一闋，以餞施君。詞成，而郡僉府謝公君直以其所贈序文，不鄙示余。讀之再三，喜公之文意與僕詞意合，故寘詞卷末，以見一時作者意趣略同。仍不敢進與卷中詩文並驅，且以是作主於縣令者爲嫌，而終不見録也。詞之爲名《念奴嬌》。

高山仙縣，自前代，多有賢人爲令。嘆我無才，從簿尉、相與商量衆政。斟酌民情，支持府事，君我遥相應。如何離别，九江忙赴嚴命。九江何處爲郎，宣徽調玉食，共承神聖。文武兼資，還又聞、院使嚴劉懸鏡。痛燭群蒙。多情應念我，小邦黎姓。時時談説，辛苦徹他清聽。

朝中措　高安縣弓手等餞施簿尉

高安簿尉黑髯翁，鞍馬掛雙弓。幾度趨他嚴令，有如大將威風。三年漸滿，交游遠念，日月無空。山縣不如京國，宣徽尚食重瞳。

朝中措

馬侯餞經歷彭君解任朝中措一曲

與君左右手相同，今日各西東。多少尊前心緒，醒來覓著無蹤。　三年幕裏，操心似鐵，吐氣如虹。議論何曾回避，多應觸忤奸雄。以上明永樂劉拙刻本《劉尚賓文續集》卷一

陶安 存詞二十四首

陶安（一三一五—一三七一），字主敬。當塗（今屬安徽）人。早從耆儒李習游，爲學長于《易》，筮驗若神。至正四年舉鄉試，授明道書院山長。至正中，避亂家居。朱元璋渡江，陶安隨李習率父老出迎，朱元璋與之語，留陶安參幕府。授右司員外郎。入明，洪武初任知制誥、兼修國史。歷江西行省參政。卒年五十七歲。贈姑孰郡公。有明弘治十三年項經刻遞修本《陶學士先生文集》二十卷，以及《辭達類抄》、《姚江類抄》等。《陶學士先生文集》卷十存詞二十四首。生平見無名氏撰傳（《國朝獻徵録》卷六）、《明史》卷一三六、清朱彝尊《明詩綜》卷四、《列朝詩集小傳》甲集。

水調歌頭　九首　送汪教授

都城柳絲緑，曾跨錦驄遊。玉堂紫薇花發，不聽故人留。却憶江東雲樹，薄采浙西芹藻，氈冷亦風流。移榻謝山下，菡萏碧波浮。　煮茶鑪，題詩筆，庋書樓。瀟瀟官舍，如此疎鬢不勝秋。教雨潤流名郡，愛日晴烘歸路，未許久林丘。回首五雲裏，鳴玉鳳池頭。

水調歌頭　送宗文山長孔子充秩滿

伏以去聖人千七百載，派演平陽。貢禮部，二十八名榜崇江浙，遂承省檄來長儒庠，恭惟子充山長，省元雲漢，爲章風霆示教，觀光鳳闕，美形容而頌成功。講道鵝湖，抑説怪而暢皇極。溪山鼓舞，篷笈趨蹌，振泗水之遺音，宗考亭之正學。式欣采藻，已報及瓜三年有成。每取法於白鹿洞，萬里而上行，待詔於金馬門。乃爲水調之歌，以致雲程之祝。

東魯聖人後，流派浙江東。一家叔姪兄弟，取儁棘圍中。鴈蕩秀分靈嶂，蟾闕香熏老桂，文燄爛摩空。講鼓震鉛阜，户屨藹儒風。　一角麟，千里馬，九和弓。人材超偉，如此道出紫陽翁。正擬洪鐘待叩，便跨征鞍歸去，多士誦成功。再踏玉京路，射策大明宮。

水調歌頭　送天門山長馬玉相

江上兩峰立，門户自天開。香芹翠繞精舍，暢望美人來。麟鳳洲中仙骨，龍虎牓中文物，絳帳育英才。椽筆泚銀浪，澎湃走風雷。　錦盈機，冰作鑑，玉無埃。笑談馳騁，今古況是舊經魁。培植三年盛業，倏舉前時曠典，回首把離盃。老桂吐清馥，飛步上瑶臺。

水調歌頭　贈王義菴

先生乃儒者，有道出羲黄。袖將攀桂名手，種作杏林芳。江月玻瓈萬頃，山雪瓊瑶一色，開戸挹寒光。清氣滿胸臆，何況有奇方。　鶴凌雲，鵬擊水，鳳鳴陽。平生濟物，心在隨寓寄行藏。丹鼎芙蓉紫艷，寶杵芝苓玉屑，堅子避膏肓。神聖可醫國，功奏十全良。

水調歌頭　贈醫官徐齊山

柯山倚天碧，秀聳浙東南。惟公與山齊德，結屋對巉巖。門外紫芝瑶草，窗下丹爐玉杵，元氣此鍾含。藥鏡發靈彩，金匱啓玄緘。鳳凰臺，龍虎地，駐行驂。佳聲飛滿，當路氈冷自能諳。手握回生大造，心悟成仙秘訣，神效過蘇耽。雲外鶴書至，衣袂染柔藍。

水調歌頭 贈臺醫張氏

良醫比良相，活物是奇功。乾坤萬古生意，收入藥囊中。屋上石城雲樹，砌下秦淮烟浪，掩映杏花紅。仲景有家學，照耀大江東。悟金丹，傳寶訣，契參同。一方共仰，司命臺閣譽何崇。談笑香生蘭室，指顧春回茅舍，沉痼掃除空。行矣展高志，壽域藹仁風。

水調歌頭 秋興

秋高興何遠，爽氣掬星河。雨晴山勢飛動，樓外鴈來多。丹桂香凝幕府，銀燭光揺青瑣，試問夜如何。天地大無外，老子儘婆娑。寫兵機，脩馬政，詠鐃歌。西風莫添，華髮壯志未消磨。眼見帝都龍虎，人似仙洲麟鳳，留我共鑾坡。把酒暫舒嘯，明月借金波。

水調歌頭 言懷

天地一開闢，日月幾東西。古今氣化無息，萬物豈能齊。春樹珍禽韻巧，秋水紅鱗影捷。松石伴幽棲。佳景與心會，得句或無題。碧油幢，蒼玉佩，紫金泥。明時文武，勳業我亦棄鋤犂。志在螭頭直筆，道在床頭古易，奏策濟群黎。野鶴忽飛到，清夢繞山溪。

水調歌頭 偶述

皇天萬物祖，生氣本沖和。忍令古今天下，治少亂常多。血濺中原戎馬，煙起長江檣櫓，滄海沸鯨波。割據十三載，無處不干戈。　問皇天，天不語，意如何。幾多佳麗，都邑煙草莽平坡。苔鎖河邊白骨，月照閨中嫠婦，赤子困沉痾。天運必有在，早聽大風歌。

水龍吟 三首

壽青溪主者

先生文武長才，五城三島頻來去。絳霄繞室，紫烟煉鼎，青雲得路。銅狄摩挲，琳書披閱，玉京游步。想乘牛函谷。飛鳧鄴郡，今與古，同高趣。　一曲青溪迴護，似逍遥，蘂宫深處。黄眉洗髓，洪崖拍手，赤松爲侣。桃實千年，芝莖三秀，喜迎初度。任九霞觴滿，七星車轉，看仙童舞。

水龍吟

送李國用赴宗文山長

伏以天門，爲太白游詠之山。宗英繼出。鉛山乃文公過化之地，精舍爰興。闡教得人，視今猶古，恭惟國用山長李君瑞芝，三秀威鳳，九苞人才，如在冶之金，陶鎔有待。經籍譬行天之日，垂示益明。神悟正傳，力排異説，往應鱣堂之瑞，將弘鹿洞之規。車同軌，書同文，行同倫世，幸逢於一統。家有塾，黨有庠，術有序，化大洽於群心。遂賦水龍之吟，用祝溟鵬之舉。

碧天雙岫門開，澄瀾幽竹環仙境。長庚孕秀，明河借潤，孤蟾争炯。疊嶂樓前，桐君山下，幾年馳騁。説芹池雨化。杏壇春滿，緗卷富，青衿整。　桑柘鵝湖佳景，對清樽，且忘氊冷。紫陽罄劾，春雷響震，秋蟲聲静。老屋無塵，短檠聽雪，寒爐烹茗。看回頭捧得，詔黄香墨，出中書省。

水龍吟　送人出使

酒闌和夢登程，秋陰壓得征鞍重。似華峰霜，隼禹門雷，鯉丹山雲。鳳滴露松，窗煮泉朮，鼎漉冰甕。向金閨高步。羽林雄論，便寫就，中興頌。　主將遠提兵衆，細評量，古人言動。太公韜略，蕭何圖籍，孔明擒縱。茗荈吹香，芝英産秀，荔支脩貢。更此行妙處，訪求賢俊，助明時用。

木蘭花慢　送教授汪處謙

羡蓮花博士，珠照乘，璧連城。更經笥生香，詩筒寄興，教鐸揚聲。故家老，成文物，便鑾坡寶炬被光榮。來勺姑溪秋水，雅懷一樣澄清。　芹宫燈火月華明，時主校文衡。向玉潔堂前，詠歸亭上，飛動歡情。堪憐盍，簪無幾，又梅邊歸路馬蹄輕。此去朝天有日，御爐烟裊瑶京。

大江東去　送段伯文赴太平帥府經歷

紫薇香冷，着風生、銀翰月篩朱箔。面有長淮，清潤氣、培以老成才學。菡萏波澄，瓊花霧斂，夢跨揚州鶴。案塵不染，聲華飛動臺閣。　天上妙選仙官，牙緋恩重，婉畫清油幕。坐對江山，雄麗處、依舊太平城郭。令肅貔貅，歡騰雞犬，千里蘇民瘼。雲間路闊，一樽試爲君酌。

金縷曲　夜宿省中有懷賀久孚

庭樹秋聲冷，夜迢迢、漏傳銀箭，月明華省。最惜稽山無賀老，短燭照人孤影。做好夢又還驚醒。風透圍屏青綾薄，且披衣、立傍梧桐井，兵衛肅，畫廊静。　江湖聚散如萍梗。笑談間、雲霄滿足，一鞭馳騁。萬壑水晶天不夜，人在玉晨仙境。説近日四郊無警。兵後遺民歸田里，漸桑麻緑映鵝湖嶺。須再見，好光景。

漁家傲　敬次上所賦漁家傲

駐馬坡前觀虎踞，金陵都會興龍處。共沐普天恩似雨，芳草渡，江邊營壘人家住。　御柳映街籠翠霧，錦衣銀甲青驄馭。文武百官班簉鷺。呼好侶，軍門獻納勤來去。

西江月　六月二十日初暑書事

久雨相連伏日，太陽初變炎天。綠槐繞屋未鳴蟬，浴罷新携團扇。　子病親臨藥竈，童歸愁問禾田。藤床移近水亭邊，卧看星河西轉。

太常引　六首　壬寅季夏即事

江城六月雨聲寒，河漢倒雲端。白浪渺懷山，笑門巷撑船往還。　龍吟水面，魚游砌上，田野勢漫漫。稼穡本艱難，問何事天公太慳。

按：「太常引六首」，實存七首。

太常引　晚景

透雲魚尾縷晴紅，縹渺水晶宫。人在小橋東，看絲柳輕摇晚風。　斷霞飛練，遠煙凝紫，山勢活如龍。浴罷倚長松，愛歸鳥孤飛半空。

太常引　連陰書事

濕雲宿樹暗樓前，潮上緑苔磚。煙雨滿江天，似畫出王維輞川。蔓墻蟲篆，草池蛙鼓，飛溜聒高眠。海闊晚風顛，最穩是溪翁釣船。

太常引　偶述

對人無語叙寒暄，多病似文園。學未造淵源，空寫到千言萬言。長江雨歇，高天露下，星繞紫薇垣。山友結馴猿，儘占取清風滿軒。

太常引　書巢二首

一巢結在萬書叢，營葺半生功。稽古豁然通，任蹤迹幽棲此中。鶴居松頂，龜藏蓮葉，意思亦相同。牖户敞玲瓏，是理窟包涵太空。

太常引

蒼芸緗軸幾周遭，身世占清高。風雨不飄摇，最相稱先生一瓢。鯤鵬海闊，鷦鷯枝上，各自遂逍遥。經史雋芳膏，似養翮翺翔九霄。

太常引　松風

怪龍湧起半天潮，驚破月明宵。爽籟自然調，來慰藉山中寂寥。瑶琴罷鼓，茶鐺息沸，一片奏仙韶，兩耳洗煩囂，且莫效當時棄瓢。以上明弘治十三年項經刻遞修本《陶學士先生文集》卷十

郭鈺　存詞二首

郭鈺（一三一六—一三七六以後），字彦章，號静思。吉水（今屬江西）人。出身于書香門第，世守朱子之學以爲家法。中年正值元末，奔走他鄉，賣文爲生。郭鈺與周霆震都是元末江西有影響的詩人。入明，以勝國遺民自居，洪武四年詔舉秀才，以耳聾足跛爲由不與試，但縣司强迫參加了考試。去世時年過六十歲。郭鈺有《静思集》十卷（别本二卷），今存。郭鈺《四庫全書》本《静思集》卷十，僅存一首詞《摸魚兒》，清康熙五十三年覆明嘉靖本卷上，則存詞二首：《摸魚兒》與《長相思》。生平見羅大已《静思集序》（《静思集》卷首）、《元詩選》初集《静思集》、清曾燠《江西詩徵》卷三十四、《元詩紀事》卷二十二。

摸魚兒　調和彭中和雙頭菊

壓秋香並肩如舞，情緣天似相許。結根自是孤高者，何乃含嬌凝佇。似秦女，乘鸞仙袂凌風舉，精神清楚，便帶綰重金，環重疊勝，心事自相語。　情深處，此事人間最苦。多少蝶來蜂去。蘋婆莖命同生死，尚恐翻雲覆雨。休折與。算太液，芙蓉不到人間睹。傷今懷古，想墻裏笑聲，西流水，紅葉謾題句。

校：「西流水」，《四庫全書》本《静思集》作「池西流水」。

長相思

宋竹坡與余有延桂看菊之約，竟不及赴。賦《長相思》以寄之。

桂花開，菊花開，衹爲花開自合來。何須問酒杯。　掃蒼苔，惜蒼苔，風月應憐小宋才。佳句待早梅。以上清康熙五十三年覆明嘉靖本郭鈺《静思集》卷上

吴會 存詞八首

吴會（一三一六—一三八八），字慶伯，號書山，以一足病廢，自稱獨足先生。金溪（今屬江西）人。幼穎異，從危素學，至正初舉江西鄉試第一，以足疾未應進士舉，優遊鄉里，教書賣文爲生。明初，屢薦不起，卒於家。著有詩集《獨足雅言》二十卷，久無傳本，清乾隆年間其裔孫吴尚絅搜輯佚作，重編爲二十卷，改題《書山遺集》（全名《吴書山先生遺集》），刊刻行世。《四庫全書》將《書山遺集》列入存目，清乾隆三十四年刻本《書山遺集》卷十四，録佚詞八首。《四庫全書總目》評其詩「雕績有餘，而興寄頗淺」，并認爲「在元末明初，尚未能獨立一幟」。生平見明吴直撰《書山先生本傳》（《書山遺集》卷首）、清楊服彩撰墓誌銘（《書山遺集》附録）。

浪淘沙 早秋感舊

風露小窗明，爐暖香清，冰紋珍簟夢無成。金井碧梧飛一片，便作秋聲。　何處弄秦箏，環珮琤琤。玉京人遠舊愁生。新雁來時書到也，天濶雲横。

朝中措 和昂父九日賦四首

粉花雲母砑花箋，小字短長篇。逸韻謾傳秋響，閑情都寄春妍。　知音何處，周郎羽扇，鍾子朱絃。白雪今朝傾耳，一聲羞殺當年。

朝中措

隔江不寄半行箋，雅調忽連篇。頓覺佩萸生色，豈無杯菊呈妍。如今贏得，西風破帽，流水遺絃。報道先生歸也，重陽風雨年年。

朝中措

浣花春水賦魚箋，寫不盡吟篇。墨草香涵遺潤，筆花光動餘妍。舊游如夢，金魚換酒，銀甲彈絃。思繼龍山舊宴，新晴贏取今年。

朝中措

移家相近費吟箋，疊賦往還篇。坐客茅齋低小，照人松水清妍。多情曾寄，歌題鸞扇，曲度鵾絃。二老風流長健，紫萸更約明年。

法曲獻仙音　賀天師朝回

嗣漢傳家，封留開國，系著神明玄譜。虎舞香霞，龍吟碧月，朝回春滿天路。朝回春滿天路，拜內寶分金鋌，宮紗卷銀縷。　似前度。記方舟、順流東下，親捧日，携手朶雲紅處。青使降蓬萊，便翻然、先賜歸去。法樂靈漿，燕瑶池、一派錦樹。運無爲清静，贊治同敷甘雨。

永遇樂　題鐂長史畫像

冠鑄黄金，衣裁白羽，來向何處。携袖薇香，巡檐梅玉，獨倚婆娑樹。點校茶經，品題畫譜，吟老屏山香縷。人争看，清脩鶴骨，吹下海瀛僊侶。　小春庭院，瑶草瓊林。長向此花前度。入幕佳賓，通宵真使，别是青雲路。壺裏乾坤，枕邊玩著，未許桃源歸住。須知道，卧龍神谷，人思霖雨。

一無脩字。

百字令　咏燭

單衣初試，便芳心、微露素腰凝碧。自别緑珠零落後，寂寞霜林故國。紗影摇紅，籠光映彩，瘦損嬌無力。立殘更箭，銅盤粉淚堆積。　尚有嬌小含羞，畫羅衣未褪，暗教尋憶。一點分明釵粟綴，都報内家消息。漢殿飛烟，芭窗剪雨，人遠無蹤跡。它年重約，相携蓮炬相直。以上清乾隆三十四年刻本《書山遺集》卷十四

袁華　存詞一首

袁華（一三一六——一三七三以後），字子英。崑山（江蘇太倉）人。有詩名，至正間預顧瑛玉山草堂詩酒吟詠之會，元明之際與徐達左唱和於耕漁軒。入明，曾任蘇州府學訓導，受到其子牽連逮繫，死于京師（金陵）。有《耕學齋詩集》十二卷，存詩主要是至正年間所作。其詩出自楊維楨鐵門，至正二十三年，楊維楨曾據袁華所作千餘首詩删定爲一卷，選詩八十六首，題作《可傳集》。集友人與顧瑛唱和之作，成《玉山紀遊》一卷。《玉山紀遊》與《草堂雅集》、《玉山名勝集》均是吴中以顧瑛玉山草堂爲中心的文人會集的作品總集。在山草堂堂金粟影首倡以《水調歌頭》詠《天香祠》。生平見《草堂雅集》（十八卷本）卷十五、楊維楨《可傳集序》（《可傳集》卷首）、《明史》卷一三三、《崑山人物志》卷三、《四庫全書總目》卷一六九《耕學齋詩集》與《可傳集》提要。

水調歌頭　天香詞

至正龍集壬辰之九月，玉山主人宴客於金粟影亭。時天宇澂穆，丹桂再花。水光與月色相蕩，芳香共逸思俱飄，衆客飲酒樂甚。適錢塘桂天香氏來，靚粧素服，有林下風。遂歌淮南招隱之詞。玉山於是執盞起而言曰：「夫桂盛于秋，不凋于冬，又不與桃李競秀。或者以爲月中所植，信有之矣。今桂再花，天香氏至。豈非諸君子躡雲梯占鰲頭之徵乎？請爲我賦之。」汝陽袁華子英乃口占水調，俾歌以復，主人率座客咸賦焉。詞成者六人。

山横黛眉淺，雲擁髻鬟愁。天香笑攜滿袖，曾向廣寒遊。素腕光摇寶釧，金縷聲停象板，歌罷不勝秋。十指露春笋，佯整玉搔頭。　記錢塘，朝載酒，夜藏鈎。青衫斷腸司馬，消滅舊風流。三百六橋春色，二十四番花信，重會在蘇州。水調按新曲，明月照高樓。明朱存理校補《玉山名勝集》（二卷本）卷下

校：詞序，「不凋于冬」，明萬曆刊本作「凋于冬」。

陶宗儀 存詞六首

陶宗儀（一三一六—一四〇三以後），字九成，號南村。黄巖（今屬浙江）人，元至正年間寓居華亭（上海市）。著書授徒，不應舉荐。明初，曾任學官。永樂元年猶在世。所編撰《草莽私乘》《古刻叢鈔》《遊志續編》《書史會要》《南村輟耕録》，詩文結爲《南村詩集》四卷、《滄浪櫂歌》一卷。尚編録《説郛》一二〇卷，均流傳至今。生平見《兩浙名賢録》卷四十三、《明史》卷二八五、《新元史》卷二三八。

南浦

會波邨，在松江城北三十里。其西九山離立，若幽人冠帶拱揖狀。一水兼九山南過邨外，以入于海。而溝塍畎澮，隱翳竹樹間。春時桃花盛開，雞犬之聲相聞，殊有武陵風概，隱者停雲子居焉。一舟曰水光山色，時放乎中流，或投竿，或彈琴，或呼酒獨酌，或哦咏陶謝韋柳詩，殆將與功名相忘，嘗坐余舟中作茗供，襟抱清曠，不覺度成此曲。主人即譜入中吕調，命洞簫吹之，與童子櫂歌相答，極鷗波縹緲之思云。

如此好溪山，羨雲屏九疊，波影涵素。暖翠隔紅塵，空明裏，著我扁舟容與。高歌鼓枻，鷗邊長是尋盟去。頭白江南，看不了，何況幾番風雨。　畫圖依約天開，蕩清暉，別有越中真趣。孤嘯柘篷窗，幽情遠、都在酒瓢茶具。水渀茫，摇晚月明，一笛潮生浦。欲問漁郎無恙否，回首武陵何許。

一萼紅　賦紅梅次郭南湖韻

水雲鄉。又南枝逗煖，綽約漢宫妝。春豔穠分，朱鉛淺試，翠袖獨倚修篁。想應道東風料峭，剪霞彩，零亂補綃裳。勾漏尋真，丹丘授訣，傲睨冰霜。　畢竟孤標還在，縱夭桃繁杏，難侶寒香。瑪瑙坡頭，珊瑚樹底，江南別是風光。且莫倚、高樓玉管，怕輕盈飛處誤劉郎。依舊小窗疏影，淡月昏黄。

露華　賦碧桃用南湖韻

武陵夜寂。記露影璇空，一笑曾識。素臉暈鉛，巧把黛螺輕羃。莫是歌渡煙江，浣却舊家顔色。還又訝，深宫紺袖，唾花猶濕。　問他阿母消息。甚落莫梨雲，青鳥難覓。不比錦紅輕薄，容易狼籍。嫩緑護出溪頭，誰顧采香仙客。春晚也，頻温玉笙是得。

念奴嬌　九日有感次友人韻

黄花白髮，又悤悤佳節，感今懷昔。雨覆雲翻無限態，故國寒煙榛棘。杜老飄零，沈郎瘦損，此意天應識。劃然長嘯，不知身是孤客。　呼酒漫祓清愁，玉奴頻勸，兩臉添春色。眼底平生空四海，倦拂紅塵風幘。戲馬臺荒，登龍人老，往事休追惜。山林無恙，也須容我高屐。

木蘭花慢 次胡筆峰遷居韻

占中山一隩，雲晻靄，水縈紆。便小理蔬畦，深鉏菊圃，細甃花衢。平生幾番卜隱，到而今、方稱列仙臞。問字溪翁載酒，執經弟子將車。　猗歟。心跡混樵漁。安用絶交書。向石上圍棋，松陰搗藥，樂意偏殊。當年輞川圖畫，有林泉、如此更何如。旋買良田種秫，只知吾愛吾廬。

月下笛 賦落梅

東閣詩慳，西湖夢淺，好音難託。香消玉削。早孤標頓非昨。阿誰底事頻横笛，不道是、江南摇落。向空階閒砌，天寒日暮，病鶴輕啄。　情薄。東風惡。試快覔飛瓊，共翔寥廓。冰魂漠漠，謾憐金谷離索。有時巧綴雙蛾緑，天做就、宫妝綽約。待一點脆圓成，須信和羹問却。以上《元人十種詩》本《南村詩集》卷四

許楨 存詞十首

許楨，字元榦。湯陰（今屬河南）人。許有壬之子。以門蔭補太祝，至正間任秘書郎。許有壬退居林下，治圭塘園林，許楨與許有孚、門下士馬熙等與之觴詠唱和，所作詩詞編成《圭塘欸乃集》二卷，周伯琦作序。《元詩選》初集，在許有壬之後附收許楨詩五首。《圭塘欸乃集》存其詞十四首。生平見《元秘書監志》卷十、《元詩選》初集《圭塘欸乃集》附許楨小傳、《元詩紀事》卷十三。

按：《全金元詞》據《圭塘小稿》録存許楨詞《柳梢青》四首。這四首詞，應是許有壬作。

摸魚子

買陂塘旋栽楊柳，求田專理農務。扁舟來往烟波裏，青篛緑蓑風雨。時泛渚。把遠岫遥岑，收拾來孤嶼。黄花解語。道鳳閣鸞臺，黄塵烏帽，争似醉鄉趣。　洹溪上，道士而今惟許。非熊夢斷姜吕。水聲山色相縈繞，湧出筆端新句。斟桂醑。聽萬籟笙竽，一派仙家譜。休論往古。向種菊籬邊，觀魚軒外，晚節有秋圃。

摸魚子

買陂塘旋栽楊柳，閒人忙過曹務。山翁溪友來相賀，昨夜應時甘雨。舟泛渚。有茶竈相從，同過東西嶼。鷗邊自語。是午夢初回，餘酲未解，七椀得真趣。　神仙事，雲海茫茫何許。何人巖下逢吕。詩家却有還丹訣，萬景點成奇句。公自酹。且山水徜徉，莫考飛升譜。悠悠萬古。看一片烟霞，四時風物，吾圃即玄圃。

太常引

池亭荷浄納涼時。四面柳依稀。棹得酒船回。看風裏、紗巾半欹。　殘霞照水，夕陽明樹，天付畫中詩。應不負歸期。更誰看、桃花面皮。

太常引

西池池上好新亭。紅翠鬭娉婷。翠蓋幾番傾。聽水上、紅妝笑聲。　歸來鄉社，不闗塵事，活計問樵青。世事一毫輕。看西嶺、秦雲暮横。

太常引

藕花香裏有叢筠。照水緑梢新。清潔出風塵。似特與、幽人寫真。　門無俗客，地多清興，羽扇白綸巾。甘作太平民。敢自謂、羲皇上人。

太常引

淡妝素服更纖穠。清致不須紅。佇自畫橋東。一掃盡、人間冶容。　麻姑何在，嫦娥昨夜，飛出廣寒宫。天亦爲詩翁。把好景、都移此中。

漁家傲

青入西山烟渺渺。天機只在菰蒲杪。風解冰澌融小沼。人静悄。一聲何處啼山鳥。杖策尋芳逢野老。草芽柳眼明殘照。歸到圭塘還獨釣。心事了。簫聲暖和漁家傲。

漁家傲

衆緑初生如羽葆。池光揺漾連汀草。紅杏已無春意鬧。風致好。水中三嶼如三島。荷葉如錢蒲嫋嫋。石渠静聽泉聲小。從此圭塘時檢校。停短棹。柳陰高唱漁家傲。

漁家傲

鴻雁翩翩雲路杳。蘆花如雪迷紅蓼。荷花不禁風雨倒。秋意早。詩懷清似霜天曉。獨掩柴扉誰得到。高臺日暮宜瞻眺。清致日多塵事少。歌古調。新聲移入漁家傲。

漁家傲

萬木凋零巖壑峭。一機消長觀天道。松竹園亭時一造。誰敢誚。敲冰煮茗供談笑。自負平生心矯矯。三間何事形容槁。琴到無弦誰與操。懷我寶。相逢且賦漁家傲。以上文淵閣《四庫全書》本

《圭塘欸乃集》卷上

黄樞

存詞四首

黄樞（一三一八—一三七七），字子運。休寧（今屬安徽）人。中年將所居故址讓于二弟，在後圃構室而居，號「後圃先生」。出身詩書世家，早年師從朱升、趙汸，至正中江浙行省欲授以學官，未果。至正十二年，起事者三至休寧，黄樞避兵山谷，築壘自保。後隱居講學于鄉里。入明，有司薦爲校官，以左躄之疾，辭不就。有《後圃黄先生存集》四卷，卷三存詞四首。生平見明汪思《重刊黄先生存集序》（《後圃黄先生存》卷首）、清朱彝尊《明詩綜》卷十二。

御街行　六月十二日壽金伯時

少年不競南科貴，安肯逐，蠅頭利。一經教子是家傳，但曉詩書滋味。李之盤谷，陶之栗里，無限田園趣。　香風細細吹荷芰，稱壽酒，歡聲沸。堂前棣蕚正聯芳，盡出商顔風致。莊椿不老，孫枝漸長，萬事都如意。

最高樓　壽程梅所

薰風細，涼意滿虞絃。壽宿正移躔，昔年鵬奮雲衢上，如今豹隱雪窗前。與麻姑，看海水，變桑田。　已莫説，貴曾遷筦庫。也莫説，富曾堆粟布。無世累，是神仙。佳章談笑嘲風月，草書遊戲掃雲煙。倚東床，閑傲兀，八千年。

蟾宮曲　壽姪□中

飽風霜，松柏蒼蒼。枇杷晚翠，梅萼時香。文筆鍾奇，清漪毓秀，弧矢呈祥。喜今朝，笑滿華堂。慶生辰，酒泛瓊觴。福比滄浪，壽并南崗。蟄蟄繩繩，丹桂遲芳。

滿庭芳　和子中弟寄賀樂府

鵲噪簷前，雁過樓外。傳來一曲陽春，臨風把玩，爲俺頌生辰。調協五音六律，翔鸞鳳，筆陣如神。真堪羨，人間罕有，冀北更空群。自憐。愚魯質，生涯冷澹，怎列田真。三旬加五歲，猶混風塵。爭奈離多會少，荆花畔，莫接殷勤。相思處，長天空闊，極目望停雲。以上明嘉靖二十九年古林山房刻本《後圃黄先生存集》卷三

校：底本原未注詞牌，據詞律暫擬。

釋宗泐 存詞二首

宗泐（一三一八—一三九一），字季潭，號全室。本黃巖（今屬浙江）陳姓，臨海（今屬浙江）周氏養子。八歲從釋大訢學佛，十四歲薙落，二十歲受具。洪武四年住徑山，召入京師，應對稱旨，命住天界寺。洪武十一年，奉詔率徒三十餘人出使西域，搜求遺經。洪武十五年攜《莊嚴》、《寶王》、《文殊》諸經還朝，授右善世。坐胡惟庸黨，免死，謫鳳陽槎峰。召還途中，圓寂於江浦石佛寺。釋宗泐工詩，有《全室外集》九卷，《續編》一卷。生平見《補續高僧傳》卷十四、《書史會要》卷七、《大明一統志》卷四十七、《明詩綜》卷八十九。

三臺詞　二首

年去年來易老，花開花落相催。便是封侯萬户，何如儘意三臺。

采藥樓船久去，傳書青鳥不來。海水何時清淺，蟠桃幾樹花開。以上文淵閣《四庫全書》本《全室外集》卷二

楊琢

存詞八首

楊琢（一三一九—？），字季成。新安（安徽徽州）人。早年以處士身份，與陳櫟、朱升等文人交往，隱居不出，對紅巾軍持否定態度。明洪武初，任本縣儒學教諭，被稱爲「心遠先生」，築環翠樓（「心遠樓」）以居。所著詩文，有《心遠先生存稿》十二卷（卷十二爲附録），卷六存詞八首。

按：生年，據《心遠先生存稿》卷七「至正甲午，余春秋三十有四」推定。

玉樓春　代仲起兄作送木匠朱森甫詞並引

歙之有忠烈祠，自唐以迄于今矣。黄龍爲之負簣，紫氣爲之擁車，寂然不動，感而遂通天下之故。神之爲靈也，昭昭矣。鄉里亦有昭忠烈行。祠去年遭紅賊所毁，水旱失所祈禱。過者靡不惻然。於癸巳年秋，愚爲倡，率親戚朋友，捐之以金穀取都料。朱森甫行墨命工以復興焉。森甫爲人，踐履端方，語言㬂達，左執丈，右執引，而中處焉。由心上之經綸，起根前之突兀，經之營之，不閲月而成矣。汪芒氏之神，陰必佑之。若森甫者，亦可謂致智巧之人也。於其行也，余乃酌之以酒，而贈之以詞云。

飛甍縹緲興陵替，高閣玲瓏新刼制。古人何事説公輸，機變至今偕上計。　闌干醉拍增華麗，正神直明常擁衛。歌詞一曲阻行程，從此聲名誇奕世。

滿庭芳

畫燭煌煌，芳尊灩灩。問公喜氣如何，門生趺宕，對酒且高歌。多少文章事業，回首處，日麗風和。庭堦上、一枝丹桂，清潤較妻羅。鄉邦稱領袖，客來談笑，朋至吟哦。似這般才器，真介無多。會見騰蛟起鳳，偕上策、掇取巍科。相期望，壽如山峙，長恁麽嵯峨。

臨江仙　賀方子建巡檢新劫衙宇

公帨流芳才奮發，妙齡韜略精通。來時弓馬剿妖紅。經綸施素藴，輪奂闡新功。　盡道龍江增秀麗，誰知暫駐行驄，會當平步振宗風。南樓題詠手，早入大明宫。

糖多令　壽渠濱先生

南極老人星，光浮玉宇明。數十年賓主交情。僂指端陽猶四月，先把酒，祝長生。　桂子仰風清，羅衣疊雪輕。喜交游都是豪英。射策天門期第一，看萬里，快飛騰。

臨江仙　壽軫八弟

記得前年逢壽旦，表弟來啓文明。椿翁喜舞共飛觥。詩書當着意，編簡要留情。　此日不妨須把酒，而今漸覺豪英，相期萬里奮修程。首登龍虎榜，早向御街行。

西江月 送舒明府考績

每羨西江兩士，推吾令尹尤賢。三年作牧政無偏，不負故家文獻。 寬猛臨民意厚，忠貞報國心聖。明當考績去朝天，萬里鵬程大展。

西江月 送陳知縣之京

寶帶光芒曜日，玉驄騰踏嘶風。廉能令尹覲宸宮。嘉績何勝贊頌。 三載琴堂晝静，萬家院春融天。官奏最上豐功再，任隆益隆恩寵。

滿庭芳 又送陳知縣之京

兹者恭審明府陳侯瓜期榮滿入覲清光。有慕閫之忱，咸動借恂之念。學調古詞《滿庭芳》一闋奉餞，少寓區區留戀之意。伏惟采納。先具草稿上呈，仰祈斤正。

優學芹宫，題名桂籍，發硎小試休陽。政平訟簡，清潔映冰霜。都邑桑麻掩映，民安業，絃頌聲長。臨交篆，攀轅莫挽，嘉績奏吾皇。 秉彝敦化，庠生高中，節婦流芳。況尊崇文行，摺服豪强。好似當年召伯，留遺愛，蔽芾甘棠。朝宸闕，相期後職，令譽益昭彰。以上中國國家圖書館藏明鈔本《心遠先生存稿》卷六

葉茂椿　存詞一首

葉茂椿，號蓉峰。星源人。新安名士楊琢（字季成）的友人。爲楊琢祝壽，葉茂椿寫《滿庭芳》詞一首。

滿庭芳　交末星源蓉峰葉茂椿頓首拜上

淮英厚德朝奉壽域前，恭審祥開弧矢，喜逢富貴之年，風送桂香，雅對仲秋之景，舉酒祝齊眉之樂，班衣戲繞膝之歡喜，動親朋歡生家慶。僕忝居愛厚，贊抃尤深，慚居陋水之陳芹藻之，將敬貢蕪詞。敢效椿松之祝。仰祈大度笑覽爲榮。詞曰：

丹桂飄香，清秋候届，于門喜氣洋洋。懸弧門左，壽宿現祥光。龜鶴懽騰鼓舞，金猊内，龍麝馨香。歡聲處，斑衣戲彩，家慶豈尋常。親朋胥和賀，攜壺持榼，擊鼓傳觴。覩芳容華髮，不減松蒼。更有青雲令器，能終養、樂且無央。看他日，榮封紫誥，福禄重鄉邦。中國國家圖書館藏明鈔本《心遠先生存稿》附録

趙汸

存詞二首

趙汸（一三一九—一三六九），字子常，號東山。休寧（今屬安徽）人。早年通諸經，尤邃《春秋》。虞集延至家中。未幾歸，築東山精舍，隱居著述。元末戰亂，起兵保鄉井，授江南行樞密院都事。入明，結茅閬山。洪武二年徵修《元史》，事竣請還，未逾月以疾卒。有别集《東山存稿》七卷（别本十二卷），存詞二首。另著《周易文詮》四卷、《春秋集傳》十五卷、《春秋師説》三卷、《春秋屬辭》十五卷、《春秋左氏傳補注》十卷、《春秋金鎖匙》一卷等。生平見詹恒撰行狀（《東山存稿》附録）、《大明一統志》卷十六、《元詩選》二集《東山存稿》、《明史》卷二八二。

松風慢　代送吴德夫衡陽巡檢

溪亭春晚共離觴。何許是衡陽。香羅初剪征衫好，東風裏、快馬輕裝。市遠壁張閒暇，年豐虎落相羊。　蒼梧雲盡暮天長。山色似吾鄉。鶯啼緑樹飛紅雨，三千里、處處耕桑。説與年年歸雁，重來應念瀟湘。

柳梢青

回雁峰前。韜弓下馬，春滿前川。雲盡湘潭，深村無警，白晝安眠。　殷勤祖道開筵。應記取、松蘿暮煙。一曲離歌，柳梢青淺，花蕚紅嫣。以上康熙二十年趙吉士刻本《趙徵君東山先生存稿》卷一

王逢 存詞一首

王逢（一三一九—一三八八），字原吉，别號席帽山人、梧溪子。祖籍太原（今屬山西），江陰（今屬江蘇）人。弱冠有文名，師事陳漢卿，至正中作《擬河清頌》，行臺及憲司曾舉薦於朝，稱病不就。曾勸張士誠降元以拒朱元璋。朱元璋滅張士誠後，要録用之，堅卧不起，隱居上海烏涇，築最閒園草堂，又自號最閒園丁。享年七十。生平見《明史》卷二八五（附見戴良傳）、《元詩選》初集《梧溪集》、《列朝詩集小傳》甲前集。

如夢令 菰村賦贈

簷聳數株松子。村繞一灣菰米。鷗外迥聞雞，望望雲山煙水。多此。多此。酒進玉盤雙鯉。《鐵網珊瑚》卷四

錢抱素 存詞四首

錢抱素，號素菴。松江（今屬上海）貞溪人。錢應庚之兄長。以詞知名鄉里。早年名錢霖，後爲道士，更名錢抱素，號泰窩道人。生平見《南村輟耕録》卷十七、《録鬼簿》卷下。

臺城路 次邵復孺韻

碧雲深處遥天暮，經年雁書沉影。雨散梅魂，風醒草夢，還見春回鄉井。花明柳暝。念賈閣香空，謝池詩冷。流水斜陽，舊游那是舊風景。　懷思横泖雅趣，故人吟嘯裏，得意酬領。譜綴臺城，緘傳箐水，肯把俊游重省。憑高倚迥。縱老興猶濃，不堪馳騁。隔斷相思，浦潮波萬頃。

春草碧

客窗閒理清商譜。彈到斷腸聲，傷今古。自憐素髮無多，猶記紋疏夜深語。空剩舊時踪。迷南浦。　梨花燕子清明，誰家院宇。没箇好情懷，杯慵舉。天涯行李蕭蕭，還是新愁老羈旅。那更落花深，紅似雨。以上朱彝尊、汪森《詞綜》卷三十三

按：以上二首詞，又見《鐵網珊瑚》卷九，有詞序：「久不見復翁，已劇懷想。近到箐水北山訪南金，獲覩所寄《臺城路》佳詞，愈重其瞻企。因用韻留舍親書，或可達左右。欲翁見賤子惓

惓之情耳。東郭姻末錢抱素稽首拜呈。」

瑣窗寒　題玉山草堂

書帶生香，忘憂弄色，四窗虛悄。茅茨浄覆，棟宇洗空文藻。捲珠簾，雨痕暮收，綺羅静隔紅塵島。對紙屏素榻，拂潭煙樹，掃簷風篠。　深窈。西園曉。似日照爐峰，數聲啼鳥。瓊蓮倚蓋，曉水靚妝孤裊。浣花溪，尚餘舊春，穠芳賸馥吟未了。望東林，小徑斜通，夢約香山老。明朱存理校補《玉山名勝集》（二卷本）卷上

芳草渡　東郭錢抱素賦

隔浦漵，望路接花蹊，水縈蘋渚。映竹籬茅舍，笭箵散滿平楚。往來耕釣侶，占烟波佳處。收緡後，鸚鵡洲邊，一派柔櫓。　鳴芳塢，連舞榭，鱠鯉人閒窺繡户。政千樹、落霞漸老，繽紛墜紅雨。泛溪去杳，怕前度、漁郎重誤。柳影直，貰酒人歸唤渡。明朱存理校補《玉山名勝集》（二卷本）卷下

校：「舞榭」，底本原作「浄連舞榭」，據明萬曆刊本改。按詞律，本句僅三字。

錢應庚 存詞六首

錢應庚，字南金。松江（今屬上海）貞溪人。弱冠以明經教授，至正十六年，浙右大亂，所居悉遭兵燹，扁舟載妻子還泖上。門人曹幼文闢室館之，名「一枝安」。以詩詞知名鄉里，錢應庚與其兄錢抱素在《鐵網珊瑚》卷九《貞溪諸名勝詞翰》，著録詩詞若干篇。生平見清沈季友《檇李詩繫》卷四、清姚弘緒《松風餘韻》卷三。

八聲甘州

應庚頓首再拜復孺學士兄長文席。應庚初六日，辱所惠書，即訪便答謝。而連雨弗果，非敢略耳。甘州之寄，尤見不鄙。此時方塊坐南牖，三復來教。所謂況味彼此同也。謾爾倚歌奉報，不過抒其鬱鬱。附有近作一二首，同上一笑。夏至必能錦還，又圖晤盡兹。草草不宣。

折蘭難寄遠，渺汀蒲，煙思共依依。甚簷花聽斷，騷章歌罷，此意誰知。滿眼孤村流水，腸斷去年時。過了端陽日，重問歸期。　同是天涯羈旅，歎湘靈鼓瑟，笑我全非。九江風雨外，有客澹忘歸。正目渺、奮情愁予，又吴潮、吹上竹枝詞。西牕夜，待剪燈深坐，却話相思。

校：「煙思共依依」，《詞綜補遺》卷二十作「煙柳思依依」。「端陽日」，作「重陽日」。

隔浦蓮近拍　水檻對雨

緋榴開滿露井。竹映琅玕瑩。幔捲方池雨，微微落飛簷影。荷蓋擎萬柄。明粧靚。浪破魚吹鏡。翠禽並舞。梅風乍起，桃笙微帶新潤。瀟湘舊夢，唤我緑簑歸興。憑徧闌干暗自省。人静，夕陽移下清景。

校：本詞，底本原缺詞牌；「人静」，底本原缺「静」，均據《詞綜》卷三十三補。「翠禽並舞」，《詞綜補遺》卷二十缺「舞」字。

西江月

復孺先生用，仲參幕贊《西江月》韻作詞見教。讀之情誼藹然，數語之間，而三十餘年交情世故，曲折備盡。三復降歎，僭爾步韻以謝，尚冀改正。友弟錢應庚再拜。

往事俄驚如夢，白頭追感前時。半生辛苦爲吟詩。詞筆輸君工致。　世變俱成老大，年來更覺衰遲。通家欲結歲寒期。未必天工無意。

春草碧　次韻酬復孺

復孺先生自軍中回，予伯氏□□□，以識會合之喜，因次韻幸覽之。友弟錢應庚再拜。

折衝尊俎談兵略。還記五湖船，煙波約。東鄰有客歸來，應訝山翁瘦如鶴。問訊舊玄都，今非昨。　當年錦里依稀，青山似削。天地一蘧廬，從栖泊。西園長記前游，乘興重來看闌藥。白首友于情，同憂樂。

春草碧

再韻以謝復孺友兄長。亂後叙舊，不覺重形於言。他日時平，出此楮觀之，當不忘此時之（闕文）應庚又拜。

故人胸次藏三略。鷗鷺小溪邊，重尋約。千門兵火蕭條，回首華亭有歸鶴。城郭是耶非，傷前昨。相逢謾説新詩，多君郢削。隨分一枝安，甘依泊。書囊再覩雄文，帷幄忠言似良藥。攜手問何時，承平樂。子月長至前，書於貞溪一枝安所。

臺城路 寒食後雨軒獨坐次復孺韻

寒食後，雨軒獨坐。因讀復孺先生《臺城路》佳詞，草草次韻，以紀一時情景。久不奉謝，殊負吾故人也。併冀恕宥。錢應庚拜。

一庭芳草閒春晝，疏疏弄簾花影。鼓子風喧，苔痕雨濕，還聽蛙聲鳴井。沈吟坐瞑。正綺席杯空，蕙爐煙冷。老去無情，好春不減舊芳景。天涯誰念倦旅，閉門風雨意，獨自禁領。南浦歌長，西堂夢遠，往事不堪追省。滄浪望迥。記那日歸舟，此懷猶騁。莫倚危樓，亂紅愁萬頃。乙未清明後二日，書於武塘寓舍。　以上《鐵網珊瑚》卷九

校：「雨濕」，《詞綜補遺》卷二十作「雨潤」。「蕙爐」，作「藥爐」。「此懷」，作「客懷」。

劉炳

存詞十九首

劉炳，字彦昺。以字行。鄱陽（今屬江西）人。至正間，從軍于浙，後歸屬朱元璋，授中書典籤。明初，歷官知縣，以疾歸。有《劉彦昺集》九卷，存詞十九首。清人史簡將其詩詞編入《鄱陽五家集》卷（卷十二至十五），題作《春雨軒集》。《春雨軒集》卷三（《鄱陽五家集》卷十四），劉炳存詞十二首。生平見《明史》卷二八五。

虞美人　重游三山感舊

信陵門下簪纓客，寂寞頭多白。重來無復舊交游，上馬臺邊，烟草不勝秋。　風流雲散繁華去，猶指將軍樹。長歌何處弔荒丘，哀淚凄凉不盡與江流。

虞美人　汴梁懷古

春風芳草梁園路，玉輦今何處。香銷珠翠舊粧樓，惟有臙脂，井畔水東流。　傷心太液池頭月，清影圓還缺。萬年枝上野花開，腸斷年年不見翠華來。

憶秦娥　送別

溪頭柳，青青折贈行人手。行人手，最傷心處，西風重九。　陽關一曲長亭酒，停鞭欲去仍回首。

仍回首，少年離別，老來依舊。

滿庭芳　壽許得夫先生

白露横空，金風薦爽，銀河凉陰西流。長庚一點，文彩照南洲。懸弧當年壯志，過庭訓，鉛槧燈篝。青雲夢，黄槐丹桂，東井刼灰浮。鈎陳迷太液，紫駝濛雪，玉馬嘶秋。悵黍離之感，多少閒愁。短褐歸來老硯，生涯舊，茅屋滄洲。蟠桃熟，朱顔鶴髮，緑酒滿金甌。

滿庭芳　楊焕文赴召還

象闕星辰，鳳臺春色，觚稜仙掌金莖。瓊林侍宴，天語記叮嚀。日近龍顔開霽，紅雲擁，雉扇鸞停。金溝暖，萬年宫樹，時聽曉鶯聲。賜歸優詔許，劍懸蛟影，箭委雕翎。對寒食飛花，流水柴荆。自笑投林倦鳥，繁華夢，誰問功名。溪山好，船頭載酒，醉裏釣絲輕。

念奴嬌　寄徐指揮

中天日麗，轉洪鈞，紫鳳黄龍呈瑞。附翼攀鱗登慶會，誰是晚成之器。擊楫中流，聞雞而起，多少澄清志。斗牛南射，寒光炯炯垂地。報道玉塞秋高，虎皮雕羽，箭西征遼水。銘勒燕然頭欲白，壯矣風雲英氣。他日歸來，堂開緑野，富貴功名遂。故園松菊，鄰翁釀酒同醉。

水龍吟　己巳端午

海榴庭院初長，日梅羽弄陰弄霽。驚心節序，艾枝懸緑，菖蒲浮碧。衣賜香羅，憶陪宫宴，御爐烟細。愧相如多病，歸來，鬢痕如縷。往事風流莫記，黯江山，舊遊凝睇。湘波弔雪，楚峰悽黛，荆雲愁壘。魚腹沉寃，衆人皆醉，一樽誰酹。獨登臨詞客，興亡多恨，灑青衫淚。

水龍吟　題御溝紅葉

御溝暖透温泉，柳渾不覺西風早。紅葉飛來，珠簾搭處，始知秋老。信步瑶階，雁沙香褪，韈羅嬌小。謾宫袖微揎，玉纖輕拾，胭脂濕，露華清曉。寶硯香熏煤麝，拭霜毫，龍蛇縈繞，芳題錦字，翠嚬紅怨，帶真連草。天上人間，爲憑流水，春心多少，謾殷勤寄去，無情有恨，綵雲青鳥。

卜算子　春晚

簾幙楝花寒，啼鴂催春去。芳草天涯緑漸迷，烟樹無重數。老驥頓長韁，猶憶雲霄路。流水孤村獨掩門，白日東風暮。

浪淘沙　寒食

野徑土墻斜，桃李桑麻。紙錢飛處亂啼鴉。祭餘攜酒去，寒食野人家。苑樹憶天涯，遺恨琵琶。銅駞衰草卧龍沙。漢寢唐陵，無麥飯，暮雨梨花。

浪淘沙　惜春

年少爲花愁，珠箔青樓。竹西歌吹古揚州。翠袖舞低楊柳月，醉倒還留。投老憶狂遊，往事都休。繁華如夢水東流。飛絮落花，春去也，白了人頭。

滿江紅　寄水北山人徐宗周

水北幽居，抱柴門，一溪寒玉。山萬疊，青林當户，白雲連谷。乳燕落紅春又晚，桑麻三徑多松菊。喜新晴，布穀又催畊，秧分緑。　牀頭酒，何時熟。謀諸婦，明朝漉。謾黄雞，炊黍共邀隣曲。舊夢風雲銷俠氣，繁華看破知榮辱。泛扁舟，釣罷晚歸來，書還讀。

醉蓬萊

正清秋絳闕，華蓋天高，金風銷暑。海霽鯨波，喜瑞流虹渚。黄道星辰，紫微雲氣，擁蓬萊深處。萬國衣冠，四夷玉帛，兩階干羽。　雉扇初開，嬪妃魚貫，九奏簫韶，鳳凰咸舞。内使傳宣，記叮嚀天語。喜溢龍顔，大地豐登，九衢甘雨。

水調歌頭　禁城春闈元夕

鳳苑東風早，柳眼已催春。御溝冰泮，微緑宿雨浥芳塵。燕子歸來時候，寒勒小桃未放，初試薄羅新。九市鬧絃管，萬户慶燈辰。　對鼇山，馳寶馬，競朱輪。綺羅叢中，香藹争道漏聲頻。臺榭花陰如畫，巷陌月華如海，心事翠眉顰。舉酒强歌笑，獨憶去年人。

鳳凰臺上憶吹簫　丁巳中秋感舊

銀漢無聲，澹雲籠月，汀烟落木蕭蕭。悵西風萬里，江上停橈。玉砌雕闌何處，霓裳曲，鳳管鸞簫。休重問，傷心往事，都付寒潮。　河橋。當年惜别，翠雁濕啼痕。斂袵魂銷，感新愁磊磈，有酒難澆。行徑紅蘭香歇，低顰念，暮暮朝朝，銀屏悄，定應晚粧宫黛慵描。

木蘭花慢　辛酉九日

寫長空一雁，又景物，是重陽。甚雨喝東籬，數株青蕋，未放秋香。揞笻，倦登高處，掩柴門，衰柳映横塘。日暮江聲滚滚，西風髩影蒼蒼。　當年，歌舞翠紅。鄉一曲，杜韋娘。曾擊碎珊瑚，玉人扶醉，銀燭成行。回頭，已成陳迹，早歸來，茅屋石田荒。謾把清樽遣興，都非少日踈狂。

春草碧　蕪城懷古

平山堂下，東風何處。海棠春，瓊花月橋上。十里珠簾，金釵翠袖。歌聲徹，醉倒玉人扶，銀燈揭。　莫問舊日江山，幾多離别。却憶錦帆，游迷宫闕。回首故苑繁華，豪氣五陵都銷滅。斷柳鎖寒烟，潮聲咽。

壺中天慢

年少踈狂，儗晞髮，扶桑濯纓暘谷。北適幽燕東通越，争道中原逐鹿。抗節登車，悲歌倚劍，太華青如粟。聞雞中夜，秦庭曾有人哭。　誰憶萬里關山，塵凝箭羽，慷慨嗟髀肉。白髮青衫歸故里，多少泥塗之辱。却羡淵明，休官彭澤，三徑連松菊。迎門稚子，殘書老硯茅屋。

憶秦娥　舊春

新桃李，無情風雨能消幾。能消幾，一分塵土，二分流水。　劍光羞澁空頻倚，舊遊紫塞雲如壘。雲如壘，壯心零落，鬢絲凝縷。以上文淵閣《四庫全書》本《劉彦昺集》卷八

沈禧 存詞五十五首

沈禧，字廷錫。吴興（今屬浙江）人。有《竹窗詞》一卷，《全元散曲》據以編入八篇散曲套曲。

浣溪沙 瀆川八詠爲施以和填 香徑春遊

三月韶華景最幽。越羅初試換輕裘。採香徑裏作春遊。　西子不來花自好，吴王去後水空流。感時懷古却生愁。

漁家傲 虹橋晚眺

溪上雨晴天似洗。遥峰幾點空濛裏。策杖虹橋閑徙倚。當此際。霞光映水浮鮮綺。　最是晚來增好趣。漁歌樵唱堪人耳。唤我浩然吟興起。風景美。幔亭赤壁徒爲爾。

浣溪沙 美潭漁集

罷釣收綸日向西。美潭深處聚幽棲。東船西舫往來齊。　旋斫錦鱗沽白酒，還烹紫蟹殺黄雞。杯盤狼藉聚嬉嬉。

阮郎歸 山市樵歌

煙蓑霧笠擔隨肩。斧柯腰下懸。生涯只在白雲邊。觀棋曾遇仙。　忘世慮，斷塵緣。逍遥傲葛天。醒時一曲醉時眠。風清月正圓。

清平樂　太湖月波

秋蟾澄皎。影落波心小。三萬六千何渺渺。倒浸玉京瑶島。　姮娥笑倚欄干。素鸞飛處光寒。喚起謫仙同玩，浩歌激碎狂瀾。

菩薩蠻　靈巖嵐翠

幽軒東面靈巖麓。四時佳氣供吟目。雨過斷纖埃。郁藍屏障開。　嵐光浮翡翠。日射添明媚。高湧出雲間，只疑西子鬟。

鷓鴣天　錦峰晴雪

蜀錦峰頭雪半融。倚空一朵玉芙蓉。面朝陽處先消釋。背向陰邊尚積重。　天氣朗，日光曈。看來渾似畫圖中。灞橋何處騎驢叟，西水誰招載鶴翁。

漁家傲　□浦澄霜

浩渺湖波三萬頃。無風帖帖平如鏡。更好晚晴霞弄影。天宇浄。望空一抹胭脂凝。　紫錦紅綃空茜靚。紆藍荀碧祥光瑩。餘暈飄摇斜復正。堪唱詠。落霞孤鶩遥相並。

校：詞題，底本有批語「霜，疑霞」。

清平樂　題扇小景

平湖渺渺。一葉扁舟小。蕩漾不須頻舉棹。觀盡雲山多少。　問渠樂意如何。平生慣識煙波。載却月明歸去，數聲欸乃清歌。

清平樂　題漁父圖

煙波深處。占斷溪山趣。逢著忘機閑伴侶。旋斫錦鱗烹煮。　隔船相喚相呼。甕頭酒盡須沽。醉後都忘爾汝。生來不識榮枯。

浣溪沙　詠鵲

刷羽枝頭翠色新。能傳芳信與閨人。結巢長借拙鳩鄰。　飛入懷中曾化印，聚來河上爲填津。休言微物解通神。

浣溪沙

著罷南華一卷書。放情水水自如如。却將仁義等蘧廬。　千駟萬鍾無足貴，簞瓢藜藿有贏餘。氣吞八極隘堪輿。

校：「放情水水」，底本有批語「疑爲放情山水」。

菩薩蠻

峨冠博帶青藜杖。行行獨步清溪上。時抱一張琴。雲間覓賞音。　煙霞深處好。泉石甘終老。

我亦斯人徒。俱當來與居。

鷓鴣天　慶壽

購得南山萬歲杉。堅逾松柏勁逾楠。還邀天上公輸子，來與麻姑斫寶函。　狸首媚，雉紋斑。到頭受用有何嫌。從今更益無疆壽，高並南箕更上南。

鷓鴣天　水仙詞

解后江妃澤畔逢。何年謫降蕊珠宮。輕綃翦袂羅裁襪，秋水爲神玉作容。　清淺處，月明中。凌波微步欲飄空。三生已斷負前夢，一味全真林下風。

鷓鴣天　詠紅梅壽守節婦

萼緑仙姝慶誕辰。酡顔暈酒粲朱唇。霞綃翦袂雲裁佩，絳雪爲肌玉作神。　超俗態，斷凡塵。飄然風韻奪天真。能堅北嶺冰霜操，不競南園桃李春。

風入松　子猷訪戴

一天飛絮滚成毬。玉琢酒家樓。鳥飛不度人踪絶，朔風凜、寒氣颼颼。偏稱歌姬帳底，獨憐漁父江頭。　此時清趣若爲酧。千載尚王猷。知心忽爾思安道，冒嚴寒、趣□扁舟。未至山陰遽返，爲言興盡而休。

風入松　詠畫景

竹冠藜杖葛裁襟。華髮半盈簪。塵緣一點無縈絆，閑邊趣、不管浮沉。姓字不聞人耳，夢魂長遶山林。　相隨惟有一床琴。得趣最幽深。溪橋野徑忘危險，任迢遥、爲覓知音。一曲高山流水，利名都不關心。

風入松　詠扇

一彎誰翦剡溪箋。雪色照人鮮。湘筠削骨勞工製，最堪憐、舒卷輕便。動處清風披拂，展□明月團圓。　流金爍石勢如燃。此際有威權。只愁一夜西風到，又誰知、中道抛捐。自昔炎涼故態，始終相保難全。

風入松

一溪新水緑漣漪。嫩柳裊金絲。扁舟載得春多少，輕摇過、蘆荻沙堤。驚起一雙鸂鶒，飛來幾點鳧鷖。　筆床茶灶總相隨。蓑笠不須披。煙波深處耽清趣，任逍遥、不管伊誰。抱膝吟餘好句，回頭又得新詩。

風入松

溪山如洗雨纔乾。蘆荻暗江湍。沙明水碧嵐光浄，似丹青、圖畫宜看。風捲浪花翻雪，風飄金粉生寒。　老翁終日把綸竿。瀟灑異衣冠。想應自得煙波趣，又何心、顯職高官。蹤迹往來吴楚，夢魂不到長安。

校：「風飄」，因此前有「風卷」，底本有批語：「下風字，疑誤。」

風入松

虯枝撑月倚高寒。瘦影拂琅玕。露華冷沁蒼苔潤，更深後、萬籟聲乾。塵慮于時頓息，沖襟此際惟寬。儼然妝飾整衣冠。獨抱素琴彈。金鏗戛玉何清越，知音少、空自嗟歎。志在高山流水，□鷺别鶴離鸞。

風入松　詠俞紹菴秋蟾臺

層臺高築勢嶄巖。迢遞隔閶闔。不將貯彼狂歌舞，深秋夜、登玩銀蟾。爲愛一輪光皎，又看孤影廉纖。桂花香裹□吟髯。興趣自能添。露華涼透羅衣薄，更深也、萬籟聲潛。彈罷瑶琴三疊，還將玉管重拈。

風入松　紅梅慶六十壽

陽回潛谷起赬虯。萬斛燦琳球。芳姿占得先春意，冰霜操、甘抱清幽。野店溪橋托質，蒼松翠竹爲儔。壽筵開處接瀛洲。彷佛見羅浮。朱幢絳節參差下，香風藹、共集南樓。爲慶人間甲子，來添海屋仙籌。

風入松　題城西草屋

隱君家住郭西闉。清致總堪論。身居廛市心丘壑，四時將、風月平分。座有洪儒談笑，門多長者蹄輪。數椽草屋僅容身。别是一乾坤。小山花木饒佳趣，勢嶄巖、氣壓昆侖。興到自彈緑綺，閑來時倒金樽。

風入松　贈鶴巢煉師

葺茅編葦結行窩。四壁蔓煙蘿。風櫺月牖通幽爽，斗來寬、地位無多。高接上清真境，雄吞萬象參羅。道人星夜起玄科。飛珮振鳴珂。劍光灼爍沖牛斗，斬妖精、降伏邪魔。赤壁坡仙復起，華亭丁令重過。

風入松　壁間畫松

白雲堆裏奮蒼虬。横亘洞庭秋。掀髯舞爪何獰惡，峥嶸勢、抉石崩流。飛入君家欄檻，滿堂風雨颼颼。須臾煙霧漠然收。幻出老松楸。誰濡墨汁傳神妙，森森露、鐵戟戈矛。對此翠濤銀浪，也勝瑶島滄洲。

風入松　贈畫師

隱君家住白雲深。華髮已鬖鬖。芒鞋踏破莓苔徑，何曾憚、石磴崎嶔。問酒每過村店，訪僧時扣禪林。歸來高卧北窗陰。名利不關心。半生清樂甘吾分，簞瓢飲、不慕腰金。胸次包含丘壑，筆端幻出雲岑。

風入松　贈歌者馬桂香

露華亭館月明多。邂逅遇姮娥。藕絲嫩織仙裾薄，按霓裳、一曲高歌。袖拂天香縹緲，舞翻清影婆娑。玉繩低轉夜如何。雙曜渡銀河。千金一刻□孤負，得磨跎、且共磨跎。漫把淮南招隱，不教空老巖阿。

風入松　題石壇道士焚香

暮雲收盡紫霄寬。灝氣襲衣冠。清泉白石長爲伍，松頭露、冷滴方壇。此際千林影斷，于時萬籟聲乾。　道人星下禮蒲團。寶鼎爇沉檀。風吹霞袂飄飄舉，想芳名、已注仙班。東訪麻姑跨鶴，西邀金母乘鸞。

風入松　水仙

憶從湘浦遇瓊仙。解珮是何年。冰姿不許鉛華汙，淡凝妝、風度飄然。長伴霜前青女，來尋月下嬋娟。　一塵難染淨娟娟。獨立晚風前。黄冠翠袖殊清雅，誤思凡、謫向江邊。礬弟梅兄是侶，桃嬌杏冶空妍。

風入松　賞牡丹

壽安新試粲紅裳。珍重異尋常。群芳落盡呈嬌態，倚欄干、獨殿春陽。賸放天香國色，全勝魏紫姚黄。　天時人事正相當。日日具壺觴。不妨醉了重教醉，忍孤負、豔質穠芳。明日再攜餚核，還來花底徜徉。

風入松　漁隱

緑蓑新製把漁竿。擺脱舊衣冠。扁舟去住無拘繫，朝吴楚、暮宿湘湍。且躲是非榮辱，不愁雨暑風寒。　得魚沽酒任盤桓。但覺醉鄉寬。姓名不落時人耳，對清風、明月團圞。蹤跡長依雲水，夢魂只繞江干。

風入松 題驛亭圖

使軺今夜宿郵亭。邂逅見娉婷。琵琶斜抱生嬌媚，悄無人、獨倚幃屏。弦内暗傳心事，燈前略叙幽情。　麗詞一曲按新聲。調格總高清。筵前明日人傳唱，難遮掩、耳目聰明。一宿風光固好，百年名節俱傾。

風入松 題來青樓

畫樓高出子城灣。捲幔見南山。堆青疊翠排天際，似蛾眉、巧綰雲鬟。風月四時長占，星辰午夜宜攀。　蓬萊仙闕有無間。望處隔塵寰。何當養就昇天翼，恣翺翔、飛去飛還。縱目真窮寥廓，置身如履孱顔。

滿江紅 詠全溪清隱

揀好溪山，容我住、有幽禽調曲。縛數椽、低低茅舍，也勝華屋。鎮日柴門無俗客，一渠流水鏗金玉。任苔痕、草色帶朝煙，侵階緑。　籬邊種，陶潛菊。窗前植，王猷竹。樂有餘、坦率頓忘榮辱。吾愛吾廬真得趣，男婚女嫁情緣足。總明朝、風雨及陰晴，眠初熟。

八聲甘州 詠施以和溪南小隱

揀溪南好處創幽居，小結兩三楹。有數竿修竹，五株疏柳，四野來青。最喜詩朋酒友，□共締幽盟。放浪形骸外，不事浮名。　足跡何曾入市，□性□樗散。不慣逢迎。歎區區逐利，抵死起紛争。争如我、清風皓月，助吟懷、何用一文□。□□□、迭爲賓主，嘯傲忘情。

滿庭芳　詠俞紹菴九芝堂

節義名門，簪纓華胄，聖朝旌表昭彰。聲譽籍甚，青史注遺芳。積善偏鍾餘慶，天地報、芝産中堂。人希見，九莖並茁，奕煒絢祥光。　應知和氣萃，致生嘉瑞，千載永流香。況家傳詩禮，名著吴邦。百世箕裘不替，慶源遠、支派悠長。君知否，孝誠感格，靈異豈尋常。

滿庭芳　爲施克明題雪擁藍關圖

雪擁藍關，雲横秦嶺，馬頭道路迷茫。幾回翹首，何處是家鄉。欲革當時弊政，攄忠藎、罄瀝肝腸。誰知道，一封奏入，萬里貶潮陽。　傷心牢落處，形孤影隻，地遠天長。幸道逢孫姪，有意相將。早悟花間詩意，免教□、至此倉黄。頻分付，瘴江落日，吾骨好收藏。

買陂塘　贈徐孟祥用夢菴先生韻

愛雪堂、面湖依壑，望中一碧千頃。波光倒浸雲山晚，風蕩不晶簾影。塵跡迥。有牧唱樵歌，宿酒頻驚醒。閑□釣艇。傍蓼岸蘆汀，盟鷗狎鷺，適盡閑邊興。　謾修省。我已樂天知命。簞食何妨瓢飲。盡將得失付無言，有酒且須觴咏。開三徑。彷佛似、柴桑松菊何愁冷。優游晚景。白雲如肯容分，便當卜築來共此中隱。

踏莎行　金盆沐髮

追次雲間王德璉韻，爲施以和作《香奩八詠》。

鳳翅煙凝，鴉翎膏膩。湘雲一片簾前墜。頻呼小玉灌蘭湯，金盆瀲灩輕挼洗。　翡翠窗前，合歡帳底。殷勤重把殘妝理。拂奩開鑒對青鸞，芙蓉彷彿臨秋水。

踏莎行　月奩勻面

桂影流金，梨花呈素。蟾宮不鎖霜毫兔。休教容易負年華，西風樹樹行相妒。　玉鑒冰壺，翠煙紅霧。薄籠半壁清光露。蜂黃蝶粉了勻施，忽驚别院笙歌度。

踏莎行　黛眉顰色

翠壓雙蛾，瓊鐫香靨。春來翻作傷春怨。一痕心事鎮相縈，芳容不似年時蒨。　玉宇澄清，金波瀲灩。寶猊香冷煙初斂。螺青黛緑總調勻，還憑京兆親收點。

踏莎行　香頰啼痕

朔雪砭肌，東風浹髓。不因中酒人憔悴。丁香暗結雨中愁，相思滴盡枝頭淚。　恨積巫山，情隨湘水。斑斑點得殘妝碎。待將濡墨染霜毫，緘情謾寫鴛鴦字。

踏莎行　芳塵春跡

徑積紅埃，風飄難盡。一勾新月雲邊印。錦鴛飛去尚留蹤，青鸞舞罷猶存影。　沉屑浮香，露華滋潤。淩波人去遺芳恨。玉容想像夜曾來，星前月底閑吟詠。

踏莎行　雲窗秋夢

綺户雲窗，玉樓絳闕。紺園花謝飄香雪。其中綽約總仙姝，乘鸞夜度天邊月。　地久天長，海枯山裂。連環擊碎珊瑚玦。梅花何處斷腸聲，一雙驚散莊生蝶。

踏莎行　繡床凝思

雜組香絨，錯綜紋理。倚床脈脈如春醉。沉吟暗想玉京人，雕鞍何處鳴珂里。　無限離愁，誰知就裏。滔滔比似西江水。無情日夜向東流，一緘好寄相思淚。

踏莎行　金錢卜歡

默禱金錢，瀕占寶鏡。幾回鵲噪無憑准。文犀一點暗通靈，青鸞忽報瑶池信。　風月情懷，漂流心性。歸來燕子樓臺暝。風廂幾度立黄昏，淩波沁透蒼苔冷。

沁園春

追次文丞相，題張巡、許遠兩忠臣廟。

臨死不懼，臨危不驚，何礙何妨。縱刀鋸在前，鼎鍋居後，當斯之際，覷作尋常。天漢橋頭，睢陽城上，兩處成名一樣香。精忠操，何堪與比，出冶堅鋼。　江山幾見興亡。□野草平原總戰場。慨區區忍死，偷生恃寵，欺孤虐寡，敢並遺芳。廟食從今，綱常不弛，功烈何如郭汾陽。千秋下，論二公節義，天地難量。

沁園春并序　壽縣令代人作

花城觀政，嘉迎鳧舃之臨。崧岳降申，即上龜齡之祝。某幸托葭莩，敢祈松柏，貢南豐一瓣之香。遥陳善頌，賡閟宫三壽之語。莫篕賓筵，敬録微詞，用伸祝贊。伏惟電矚，以表冰忱。某不勝拜賀之至。

快閣春邊，石欄干外，東風晚晴。有銀潢公子，摩挲石刻，金華仙伯，主掌鷗盟。陶柳青新，潘桃紅嫩，早有豐年笑語聲。還知道，是街頭父老，競説昇平。　怪來雲表長庚。與一道澄江月共明。但壽煙起處，千山天遠，壽杯滿處，千尺泉清。仁壽堂中，長生城内，早躡金鼇背上行。明年準，望紫雲樓上，一點台星。

千秋歲　壽詞二首

幸逢清世。四海皆兄弟。人未老，身無繫。閒情湖水闊，高興吴山邃。酣歌後，黑甜一枕南窗睡。　華誕今朝是。綺席排良會。□□□，□□□。霞觴斟壽酒，彩服鏗清珮。從今去，長生永享千秋歲。

千秋歲

彩霞呈瑞。宿雨開新霽。春色漸，看明媚。西池桃並結，南極星流麗。咸讚美，千尋笑指崧喬翠。　綺席宏開際。仙侣鏘金珮。捧瓊斝，斟緑蟻。共祝南山壽，更與莊椿比。日正永，一株獨挺千秋歲。

校：「崧喬」，旁有批語「疑當作喬松」。

喜遷鶯　賞牡丹

春光無幾。賴名花留得，一分餘意。獨殿群芳，特稱重貴，開向富家園地。賸有天香國色，不藉粉匀脂膩。倚風處，似真妃被酒，臉霞烘媚。　檻際。施翠幄，密遮深護，怕損仙姝隊。翦縠裁綃，披雲捲霧，幻出許多纖麗。幸遇清平時世，勝賞也成故事。拚劇醉，任玉山攲倒，帽簷斜墜。

朝中措　蘭詞　百畝餘香

芳臯百畝長蓀蘭。竹石共檀欒。風汎國香苒苒，露滋幽豔溥溥。　芽抽紫玉，花垂丹穗，葉綴香纓。堪羨也宜劍佩，此生不遇湘靈。

清平樂　上苑清芬

芳滋上苑。此際光風轉。刻玉攢金花宛宛。肯共蒿萊相溷。　甘於深谷潛藏。無言獨抱幽香。江海久無騷客，爲誰猶待新霜。以上董氏誦芬室《南詞十三種》鈔本《竹窗詞》一卷

董紀 存詞六首

董紀，字良史，以字行，更字述夫。上海（上海市）人。元至正間，以詩詞知名鄉里，至正二十一年賴良編鄉賢詩爲《大雅集》，編入多篇董紀詩。入明，洪武十五年舉賢良方正，廷試稱旨，授江西按察使僉事，不久告歸。築西郊草堂以居，所著編成集，名爲《西郊笑端集》二卷，詩詞、文各一卷。生平見文淵閣《四庫全書》本《西郊笑端集》提要、《明史》卷二九一。

清平樂二闋　初度日自況

今朝初度，俗狀渾如故。只是朱顔偷叛去，白髮新添無數。　休將事挂心懷。天公自有安排。同在金門通籍，幾人如我歸來。

清平樂

今朝初度，敢道儒冠誤。造物拘人元有數，不是青雲無路。　團欒稚子山妻。尋常淡飯黄虀。日晏枕邊啼鳥，何如馬上朝雞。

糖多令　觸事感懷

舉眼便凄涼，寒鴉噪夕陽。二十年、多少興亡，花榭柳臺無片瓦，歌舞地，放牛羊。　往事莫思量。説來愁斷腸。舊時人、都在他鄉，但得酒杯長在手，終日醉何妨。

臺城路　次韻張夢辰秋感

木犀花落芙蓉綻，知他鴈門開未。金谷園中，平泉莊上，又見許多興廢。今非昔比。試仔細思量，越添憔悴。怕上高樓，夕陽山外水東逝。　重經王謝隣里，尚依然認得，門巷還是。車馬誰來，管絃何在。惆悵盛筵難繼。吾生老矣，比宋玉愁多，更加一倍。月到窗前，滿城砧韻起。

點絳唇　春思

睡起鴛幃，緑紗牕外鶯啼曉。海棠開了。簾幙春寒悄。　誰在秋千，却是風來裊，眉慵掃。情懷不好，鬬甚閒花草。

驀山溪　自警

人生如寄，休作千年調。七十古來稀，有那箇、長生不老。富貧貴賤，都是命安排，從姦狡，誰能保，一世常常好。　如今眼底，故舊看看少。客至便須留，管甚麽、杯盤草草。光陰後去，畢竟已無多。頭白了，無分曉，費甚閒煩惱。以上文淵閣《四庫全書》本《西郊笑端集》卷一

汪斌　存詞五首

汪斌，字以質。新安（安徽徽州）人。有詩集《雲坡集》，並曾將至正十二年戰亂之間所作詩篇，結爲《壬辰藁》，均未見傳本。生平見明程敏政輯《新安文獻志》卷首《先賢事略》。

踏莎行　雪晴縱步

踏雪橋邊，訪梅溪曲。春風初破梢頭玉。村村茅屋晚炊煙，更尋村酒穿茅屋。　兔月初眉，瑶峰眩目。揞笻振屐鳴空谷。夜深不謂故人來，聲聲誤道風敲竹。

酹江月　吴山懷古

登臨遐眺，歎當年、一夜朔風狼藉。石塔鎮南人共怒，怒氣上轟霹靂。廢苑荒涼，粉墻頹圮，萬事空陳跡。闕庭何在，鐘聲敲斷岑寂。　聞道十里西湖，荷花香裏，歌舞成悲戚。湖上有山山有恨，應恨舊京乖隔。秦老和戎，賈生罔上，後世見之方策。興亡回首，暮煙衰草凝碧。

江神子　水涸泊舟巖岸

停橈叢瀨畫橋邊。水涓涓。鷺翩翩。午熱追涼，穿竹徑强留連。無奈日斜欲暝，吹短笛，噤新蟬。　家山只在水窮源。隔雲天。恨縈牽。願得甘霖，三日趲歸船。惟有紫陽溪上月，隨著我，伴愁眠。

長相思　秋夜

海蟾升。砌蛩鳴。别院俄聞裂帛聲。憑軒與細聽。　竹風生。桂香清。問道小山來未曾。還應尋舊盟。

蝶戀花　送春

蝶懶鶯慵芳草歇。緑暗紅稀，柳絮飄晴雪。有意送春還惜别。杜鵑争奈催歸切。　繡閣無人簾半揭。暗憶邊城，十載音書絶。惟有東風無異説。年年來趁梅花月。以上文淵閣《四庫全書》本程敏政編《新安文獻志》卷六十

校：本詞，《御選歷代詩餘》卷四十所録異文較多，重録于此：「芳草天涯猶未歇。暗緑稀紅，柳絮纔飄雪。有意送春還惜别。杜鵑争奈催歸切。　繡閣無人簾半揭。苦憶邊城，十載音書絶。惟有東風無異説。年年來趁梅花月。」

宋禧 存詞一首

宋禧，初名宋玄禧（宋玄僖），字無逸，號庸庵。余姚（今屬浙江）人。至正十年中鄉試，補授繁昌教諭。不久戰亂四起，便棄職還鄉。明洪武二年，召修《元史》，宋禧撰寫《外國傳》自高麗以下諸國。書成，返回鄉里。與桂彦良一同被聘，主持福建考試。宋禧詩文受楊維楨影響頗深，楊維楨《西湖竹枝集》介紹宋禧：「少穎悟而好學，父欲奪其志於市井胥吏之事，輒哭而辭。母哀之，資其負笈不遠千里從明師，迄明經史古文之學，詩，其餘緒也。」與戴良、丁鶴年等遺民詩人交往較密切。有文集三十卷、詩集十卷行世，罕見傳本。清乾隆間修《四庫全書》，從《永樂大典》中輯出宋禧詩文若干篇，與十卷本詩集合編爲《庸庵集》十四卷，其中詩十卷（卷十有詞一首），文四卷。生平見楊維楨《西湖竹枝集》、黄宗羲《姚江逸詩》卷三、《明史》卷二八五（作宋僖）。

鷓鴣天　鵝湖寺道中

一榻清風殿影凉，涓涓流水響回廊。千章雲木鈎輈叫，十里溪風穲稏香。　衝急雨，趁斜陽。山園細路轉微茫。倦途却被行人笑，只爲林泉有底忙。文淵閣《四庫全書》輯本《庸庵集》卷十

何景福 存詞一首

何景福，字介夫，號鐵牛子，晚號鐵牛翁。淳安（今屬浙江）人。宋大理寺卿何夢桂族孫。以任重致遠自期，所遇非時，累辟不赴。元末戰亂，曾避地武林，大亂始定，還歸鄉里，詩酒自娱。有《鐵牛翁詩》，已散失。僅存《鐵牛翁遺稿》一卷，附何夢桂《潛齋集》以行。生平見《兩浙名賢録》卷四十四、《元詩選》三集。

虞美人 別魯道源

三年奔走荒山道。喜説苕溪好。苕溪秋水漫悠悠。載將離恨上杭州。　干戈未已身如寄。安樂知何處。青溪溪上釣魚磯。縱使無魚，還有蟹螯肥。朱彝尊、汪森《詞綜》卷三十三

吴　瓘　存詞三首

吴瓘，字瑩之。嘉興（今屬浙江）人。居家武塘，好古博雅，多藏法書名畫。承父庸爲晋陵縣尉。後隱居不復仕，所居名竹莊，晚號竹莊老人，人稱竹莊翁。生平見清沈季友《檇李詩繫》卷四。

柳梢青

墻角孤根，株身纖小，嬌羞無力。蟹眼微紅，粉容未露，不禁春色。待東君汨没芳姿，漸迤邐、檀心半坼。緩步回廊，黄昏淡月，那時相得。

至正戊子孟冬，竹莊梅已蓓蕾，因賦《柳梢青》詞。而明遠適來索予作，故寫梅就書之。竹莊人。吴瓘瑩之。《鐵網珊瑚》卷十一

漁父

波平如砥小舟輕。托得綸竿寄此身。忘世戀，樂平生。不識公侯有姓名。

漁父

野色山光水接天。雲煙縹緲思長川。收此景，老梅仙。萬頃湘江筆底傳。以上《大觀録》卷十七

按：《漁父》詞二首後署「至正己酉秋瞥之」。

葉蘭 存詞一首

葉蘭，字楚庭，號寓庵，又號醉漁。鄱陽（今屬江西）人。元至正年間，曾任太常奉禮。明洪武年間，以薦召，赴京師途中溺水去世。清人史簡編輯《鄱陽五家集》，有葉蘭《寓庵集》二卷（編爲卷九、卷十）。生平見《新元史》卷二三三。

青玉案 壽矢德賢

長庚夜現碧雲島，喜初度，今朝早。屆壽把南山細禱。功名休問，榮華莫顧，眼底兒孫寶。長生不數如瓜棗，看黄花晚節香愈好。白日高堂無事惱。説清閒話，唱太平曲，且把金樽倒。清史簡《鄱陽五家集》卷十（葉蘭《寓庵集》卷二）

李　㞯　存詞一首

據清人方履籛《金石萃編補正》卷四，至正五年（一三四五）上巳，河東憲僉偰玉立「春日游晉祠」，偰玉立與隨行者「天來李㞯」、「燕南張執中」分别寫作詩詞以紀其行。爲此，「天來李㞯」作《木蘭花慢》詞一首。

木蘭花慢　春日游晉祠

憶蘭亭佳致，從憲長，謄追尋。問開花高山，晉祠流水，誰是知音。雖無鳳笙龍管，勸行杯、時有不絃琴。馬首家家明月，眼前處處禪林。　一觴一詠暢懷襟。塵世任浮沉。甚莫論興亡，休争人我，且樂歡心。韶華豈能常在，又斜陽、西下暮雲深。好袖東風歸去，春宵一刻千金。清光緒二十年石印本（《續修四庫全書》本）清方履籛《金石萃編補正》卷四

按：題目爲編者據偰玉立《春日游晉祠序》所加。

張肯　存詞二十八首

張肯，字繼孟，號夢菴。祖籍浚儀（河南開封），定居吴中。從宋濂學，入明隱居不仕。《明詞彙刊》有《夢庵詞》一卷。生平見《姑蘇志》卷五十四、《宋元學案補遺》卷八十二。

風入松　壽何幼澄

去年今日慶長生，跨鶴上瑶京。今年此日長生宴。畫堂開、十二雲屏。酒暖金杯錯落，風晴玉珮東丁。　亭亭玉樹長瓊英，香霧拂簾。旌蟠桃花底春如海，正雙頭、結子初成。願我也登百歲，年年來締芳盟。

漁家傲　賦野航

身似野航無定止，常年漂泊誰能繫。桃葉江連桃葉渡，回首處，殘陽幾點青山暮。　昨夜鷗波涼似水，和煙艤在蘆花尾。一縷閒情□夢底，風又起，不知流下前灘去。

買陂塘　賦東郊草堂

愛草堂、帶村連郭，門前緑水千頃。秋波冷浸遥山晚，青鏡浄涵眉影。沙浦迥。怪隔水漁歌，鷗夢都警醒。時來小艇，向柳外花邊，載詩載酒，獨盡漫遊興。　謾重省，且得身閒心静。樂事自甘瓢飲。好懷誰道中年減，佳趣更多吟詠。□轉徑，門正對朝陽，不怕梅花冷。流年暮景。肯容我爲鄰。相依卜築、共爾兩家隱。

水龍吟　爲嘉定弓二令賦野趣軒

自從簉羽鵷行，幾年負却林泉趣。夢魂不到，渚荷香裏。汀鷗盟處。心想煙霞，身居民社，莫言歸計。幸明良際會，□□□□，好爲展，風雲志。頻倩東風傳語，謝猿鶴、舊時儔侣。尋幽不復，采蘋南磵，問梅東墅，從此安排，召棠佳政，哦松新句。想朝回花底。賦情猶在，丹山碧水。

清平樂　題陶學士驛亭圖

郵亭静悄，此際風光好。燭暗香銷又驚曉，叙得懽情多少。今朝人在筵前，江南一曲□傳。懊惱昨宵燈下，琵琶莫撥珠絃。

河傳　題會真記後

初見嬌面，捧香羅，意遲遲，情更多。臨行那更轉秋波，奈何相君縈翠蛾。月轉西廂花弄影。人迹静，珮解霞綃冷。膩香紅，正情濃，悤悤夢驚蕭寺鐘。

虞美人　題采菱圖

采菱時□菱湖口，菱角愁纖手。采菱艇子小如梭，只怕蘋風，吹浪晚來多。傷心惜昔分秦鏡，羞覩菱花影。鴛鴦湖上正雙棲，莫唱一聲水調，恐驚飛。

千秋歲　題壽星圖

霞迎佳瑞，晴色分新霽。花影澹，香風細。星輝南極表，鶴唳祥煙裏。春正好，蟠桃又結雙雙蘂。　仙子來朝處，微步鳴環珮。錫佳宴，同良會。滿斟長壽酒，共飲拚沉醉。天地久，朱顏不老千秋歲。

水龍吟　東城八詠　詠東城

十年不到東城，人家又比當時少。自從兵後，葑田荒盡，郊墟如掃。戰壘西邊，驛亭南畔，路遥人悄。悵城邊尚有，半枯楊柳，雖顛頓、猶環繞。　回首愁雲縹緲。景淒涼、豈堪登眺。吟邊眼底，一回傷感，一回意老。粉堞斜陽，女垣落月，空留殘照。歎依然江郭，人歸何處，鶴歸華表。

清平樂　詠葑田

孤村雖小，幾簇人家繞。菰葉纖纖波渺渺，摘得菰根多少。

按：本詞僅存上半闋。

浪淘沙　詠莎灘

雨過碧雲秋，月占灘頭。滄浪翻處濕纖柔。誰展翠茵平似翦，宿鷺眠鷗。　沙尾遠凝眸，雨慘煙愁，萋萋不共水東流。幾度漁人來傍宿，緑映孤舟。

聲聲慢　詠柳汀

誰栽楊柳，接蔭分行。都繞遥汀緑暗。柔枝枝頭時囀，啼鶯長條。萬絲裊娜蘸漣漪，常是青青，堪憐處，有漁舟頻纜，不送人行。　最愛東風三月，映緑波摇曳，金縷輕盈。回首殘飛，花亂撲漁罾新。彎黛眉愁斂，怕水痕、收處翠凋零，濃陰裏，共閑鷗時覓舊盟。

醉落魄　詠苔徑

翠鈿狼藉，緑圓點點濃如積。芳痕漲雨凝寒碧。一片濃蔭，休掃坐來石。　徑深不放殘陽入。茸茸似染春紅色。芳塵浄洗無纖迹。吟客來時，只恐印行屐。

過秦樓　詠紅蕖港

嫋嫋芙蕖，平鋪斷港。路入錦雲處。香浮緑水，浪卷晴舟，在翠紅鄉處。湘妃餘酣未醒，擁蓋藏羞。含嬌欲語。想凌波塵遠，摇鳴珮，風飄豔綺。　望中宛似若耶溪。隔花只欠小艇。采蓮女，最憐芳意。佳藕難尋腹斷，寸絲千縷。葉老房空嗟此際，一點春心更苦。且休歌水調，恐驚起，文鴛雙侶。案：《欽定詞譜》卷三十五亦載此詞，調作《選冠子》，在上多一「宛」字。「鄉處」，作「香裏」。「腹」，作「腸」。「空」，作「漫」。

朝中措　詠緑莎灣

一灣春水泛浮萍，黛色與溪平。鋪鏡翠鈿點點，隨波緑罽盈盈。　魚跳乍散，風回還聚，浪卷尤輕。堪笑也無根蒂，半生似我飄零。

如夢令　詠石徑

庭掩塵蹤静悄，雨長苔痕繚繞，行處不妨花，容我醉眠偏好。休掃，休掃。待積花花多少。

臨江仙　詠菊籬

晚圃安排秋後景，疏疏插竹編籬。籬邊種菊兩三枝，金錢買秋色，粉靨逞芳婆。　記折小枝簪白髮，霏霏香霧沾衣。陶家風致有誰知。衆芳摇落後，對此頗相宜。

木蘭花　贈韓士原

封侯應不願，惟但願識荆州羡。志氣顒昂，襟懷灑落，文采風流長。才不求世用，幽棲閭里共沉浮。華髮慵臨秦鏡，青雲笑舞吴鉤。　香籢佳句有誰酬。擊節對清謳。每開宴留賓，錦鱗細膾，緑蟻新篘。愛冰清玉潤，映幾枝丹桂，暗香稠。同處桑榆故里，暮年共樂優游。

玉漏遲　和饒介之

宿酲纔半醒，又縈殘夢，困迷清曉。瘦也因春，減却帶腰圍小。最苦勞心一點，愁□有，許多纏繞。纔褪了吟情，不到謝家春草。　欲買園苑栽花。奈花未含英，人嗟先老。鐘鼎山林，總似華胥一覺。前度英雄何在，吴與越，盡皆爲沼。應自笑回首，故人偏少。

浪淘沙　詠壽星圖

金姥煉芳顔，名占仙班。今朝南極降人間。翠葆參差香霧軟，璚珮珊珊。　霞彩映琅玕，舞鳳回鸞。玉壺壽酒似春寬。最喜蟠桃初結子，顆顆垂丹。

如夢令　詠齅花仕女

臉印枕痕紅透，髻嚲雲鬟緑皺。睡起不勝情，閒把花枝頻齅。知否，知否，人與花枝俱瘦。

千秋歲　壽韓伯承

星輝天際，南極飛仙馭。駕鸞鳳，鳴環珮。纖歌雲繞扇，妙舞風飄袂。初度也，紅光燦爛流華渚。芳信傳青羽，催赴瑶池會。慶遐壽。拚沉醉，共誇人不老。穩倩春留住。知幾許，願同一曲千秋歲。

洞仙歌　壽任二令

金風玉露，華誕新秋後。最喜祥光炫晴晝。曉簾深、香霏瑞靄紛紛，人戲綵、正在高堂深處。年年誇此日，全勝芳春，比似芳春更宜酒。清興每哦松，美政能才，咸羨世，希有又堪。憐枝上、蟠桃願歲歲，□□□、來看花開子就。

聯芳詞

霜入千林，衆芳俱歇。青陽肇令梅先著花，與梅共芳，惟水仙耳。韶華九十，二花開端。水仙雖微，見梅之清，深加敬愛，遂度夾鐘宮一曲以美之，曲曰《暗香疏影》。梅亦愛水仙之秀，答以黃鐘商之曲，曲曰《瑞鶴仙》。東君樂其二花之交懽，不能自默，亦度無射羽一曲，以嘉賞焉，曲曰《聲聲慢》。夫梅與水仙，皆以色事東君者，乃能咸無妒忌，而愛敬讚美若此，可謂賢矣。既嘉其賢，不可不録其曲，援筆遂録一過。録之者，畫眉京兆之裔，人稱之「夢庵」云。

冰肌瑩潔，更暗香零亂，淡籠晴雪。清瘦輕盈，悄悄嫩寒猶自怯。一枕羅浮夢醒，閒縱步，風摇璚玦。向記得，此際相逢，臨水半痕月。　妖艷不同桃李，凌寒又不與，衆芳同歇。古驛人遥，東閣吟殘，忍與何郎輕别。粉痕輕點宮妝巧，怕葉底、青圓時節。問誰人，黄鶴樓頭，玉笛莫教吹徹。

右暗香疏影

盈盈羅襪，移芳步、凌波緩踏明月。清漪照影，玉容凝素。鬢横金鳳，裙拖翠纈。緲緲澄江半涉。晚風生寒料峭，消瘦想愁怯。　我儕爲兄，山樊爲弟，也同奇絶。餘芬賸馥，尚薰透、霞綃重疊。春心未展，閒情在、兩彎眉葉。便蜂黄褪了，風韻媚粉頰。

右瑞鶴仙

雪晴山塢，月冷江皋，歲寒解后相逢。攜手歸來輕盈。一樣春容。行行閒鳴環珮，暗香霏、縹緲東風。弄花手，與安排、金屋共貯芳穠。　雅淡暗通心素，笑桃根桃葉，冶豔妖紅。試問韶華，尊前若個情濃。于是喬家姊妹，可人處，清致皆同。春正好，淡眉山愁減幾重。

右聲聲慢

齊天樂　題燕龍圖楚江秋曉卷

曉風吹醒蓬窗夢，驚心斷魂潮尾。深鬢蕭蕭，秋煙黯黯，殘月漸看西墜。披衣乍起，對萬頃蒼茫，半空飛露。曙色纔分，巫山隱隱掃晴翠。　行舟此際競發。歎還吴適楚，盡趨名利。投老襟懷，

思鄉情緒，慵賦天涯羈旅。鷗汀雁渚，記仿佛當年，暗經行處。今日披圖，舊遊如夢裏。以上《明詞彙刊》本《夢菴詞》

按：《齊天樂》，是《明詞彙刊》本《夢菴詞》最后一首，詞前有注：「補遺一首。」無詞題。詞題據《詞綜補遺》卷二十補。

蝶戀花

昨日得卿黃菊賦，細剪金英，題作多情句。冷落西風吹不去，袖中猶有餘香度。 玉砌雕闌，木葉鳴疏雨。江總白頭心更苦，素琴猶寫幽蘭譜。《宸垣識略》卷十六

按：《宸垣識略》卷十六記載，「遼主得其臣所獻《黃菊賦》，題其後云」，「元張肯繼孟隱括其辭，寄《蝶戀花》云（詞略）……繼孟手書於卷」。據出處，原詞缺一句。

俞俊

存詞一首

俞俊，字子俊，號雲東。祖籍嘉興，占籍華亭（上海市）。俞庸之子。早年從顧瑛游，負氣傲物，歷鎮江路蒙古字學正，麗水巡檢。調平江路判官。張士誠占據吴中，俞俊以賄賂署華亭縣尹，爲政酷苛，邑民銜恨。秦王伯顔當政，他作一首〔清平樂〕，手稿在友人葉起之處，葉向當局告發，説是指斥君王，欲置其死地，俞俊竟得以幸免。生平見《松風餘韻》卷四、《檇李詩繫》卷四、陶宗儀《南村輟耕録》卷二十八《醋鉢兒》節。

清平樂

君恩如草。秋至還枯槁。落落殘星猶弄曉。豪傑消磨盡了。放開湖海襟懷。休教鷗鷺驚猜。我是江南倦客，等閒容易安排。陶宗儀《南村輟耕録》卷二十八《醋鉢兒》

袁介 存詞一首

袁介，字可潛。其先蜀人，占籍松江華亭（今屬上海）。袁凱（「袁白燕」）之父。至正年間，任松江府掾史。所作《踏災行》（又名《踏車行》或《檢田吏》）。《元詩選癸集》庚集上，《元詩紀事》卷二十三，均録存其詩。生平見《南村輟耕録》卷二十三、二十八。

如夢令

今夜盛排筵宴。准擬尋芳一遍。春去幾多時，問甚紅深紅淺。不見。不見。還你一方白絹。陶宗儀《南村輟耕録》卷二十八《如夢令》

何繼高 存詞一首

何繼高，字左昌。至正八年進士。曾任嵩明知州。

採桑子

醉歸那忍旋分手，竹屋燈明，石鼎茶聲。坐久聽來酒力輕。　粉箋染就芙蓉滑，小句初成。轉自凄清。寒逼春衫欲二更。朱彝尊、汪森《詞綜》卷三十三

何可視 存詞二首

何可視，字思明。嘉興（今屬江蘇）人。元末戰亂頻仍，隱居不仕。別號爛柯樵者。

蝶戀花 送春

金井啼鴉深院曉。颶盡東風，柳絮吹難了。燕子多情相識早。杏梁依舊雙雙到。一縷沉煙簾幕悄。滿眼飛花，祇攪人懷抱。十二玉樓春樹杪，天涯不斷青青草。

玉樓春

鄰雞喔喔晨窗白。簷樹深沉初辨色。鴛鴦瓦上露溶溶，翡翠簾邊風瑟瑟。小樓一半屏山隔。不滅銀缸通照夕。還鄉好夢却忘愁，夢破那堪仍在客。以上朱彝尊、汪森《詞綜》卷三十三

兀顏思忠　存詞一首

兀顏思忠(一二九七—?)，字子中。女真族。至正元年出任南臺御史，歷任總管。至正五年，任河南憲副。曾在尉氏縣作《水調歌頭》，並刊刻上石。至正十二年，收復寶慶路。官至淮西憲副。生平見《至正金陵新志》卷六、《元詩選癸集》辛集上。

水調歌頭

至正乙酉冬十二月既望，余偕憲掾劉耀卿、王敬忠、江朝彦分憲至邑，偶得子敬弟家信，及友人李仁仲見寄招隱《水調歌頭》，倚歌奉和，用寫所懷，以紀歲月云。魯人兀顏思忠子中父書。

白雲渺何許，目斷楚江天。省風大河南北，跋涉幾山川。手線征衫塵暗，雁足帛書天闊，恨入短長篇。青鏡曉慵看，華髮早盈顛。　嘆流光，真逝水，自堪憐。明年屈指半百，勳業媿前賢。霄漢驂鸞無夢，桑梓歸耕有計，醉且付高眠。寄謝鹿門老，待我共談玄。明天一閣藏曾嘉誥修《尉氏縣志》卷五《詞翰類》

白雲山翁 存詞一首

姓名、字里均不詳。至正十年，任河南憲僉，據明天一閣藏曾嘉誥修《尉氏縣志》卷五，曾以《水調歌頭》詞與兀顔思忠前篇唱和。

水調歌頭

至正庚寅春，二月既望，備員河南憲僉白雲山翁按治郡分司，偕憲掾田文焕、李元亨、劉漢臣分司至邑，奉和前憲副兀顔子中《水調歌頭》韻。

憶分司時節，秋雨正連天。官路滿篙流水，舟楫渡前川。陌上漫漫泥潦，陟遠馬瘏人倦，堪賦去來篇。雪冷梅花萼，春早緑楊顛。　問東君，春幾許，爲君憐。浮生恍如蝶夢，栩栩羡高賢。客裏漸磨歲月，兩眼青山圖畫，松翠看雲眠。安得王喬術，飛舄頗通玄。明天一閣藏曾嘉誥修《尉氏縣志》卷五

校：「舟楫渡前川」，〔雍正〕《河南通志》卷七十四《藝文》作「舟楫駛如川」。

田文煥

存詞一首

田文煥，字里不詳。至正五年，河南憲副兀顔思忠，曾在尉氏縣作《水調歌頭》。至正十年，白雲山翁（名不詳）任河南憲僉，與田文煥在尉氏縣以《水調歌頭》與兀顔思忠前詞唱和，並于至正十年仲春吉日，刊刻上石。

水調歌頭　文煥亦賡

清秋開憲府，忽到仲春天。叨侍繡衣持節，延歷越山川。偏覽荒城形勢，疇昔英雄，都付短長篇。攬鏡傷華髮，不覺雪盈顛。　宦情疏，覊思苦，正堪憐。仰慕高風千古，屈指數前賢。自笑老淹刀筆，終日勞形案牘，安得枕書眠。塵緣何日了，靜聽老莊玄。明天一閣藏曾嘉誥修《尉氏縣志》卷五

釋妙聲　存詞二首

妙聲（一三〇八—？），字九皋。吴縣（江蘇蘇州）人。景德寺僧，元至正間移常熟慧日寺。洪武初，主平江北禪寺。洪武三年，與釋萬金同被徵召之京師。卒于洪武十六年以後。工詩文，有《東皋録》七卷，前三卷爲詩，後四卷爲文。後人傳鈔合併爲三卷（上卷詩、中下卷文）。生平見《吴中人物志》卷十二、《姑蘇志》卷五十八、〔嘉靖〕《常熟縣志》卷九。

菩薩蠻　題劉阮圖

白雲滿地迷行路，溪流百折無由渡。水上見胡麻，有人雙浣紗。　仙家知已近，失喜驚相問。洞口碧桃開，郎君何處來。

按：詞牌，《東皋録》各本均作《仙家近》。

憶秦娥　爲沈東林題畫

山中樂，白雲瑶草黄金藥。黄金藥，流霞片片，共君斟酌。　東林道士清如鶴，高情逸興將誰託。將誰託，陶潛松菊，謝鯤丘壑。以上文淵閣本《四庫全書》《東皋録》卷上

按：詞牌，《東皋録》各本均作《山中樂》。

葉森　存詞一首

葉森，字景修，號芸齋。錢塘（今屬浙江）人。家住西湖，古文歌詩，咸有法則。登趙孟頫之門。著有《瓦釜鳴集》，未見傳本。生平見《兩浙名賢録》卷四十六、《元詩選癸集》己集下、《元詩紀事》卷十四。

蝶戀花　西湖感舊

小院閑春愁幾許。目斷行雲，醉憶曾遊處。寂寞而今芳草路。年年緑遍清明雨。　花影重簾斜日暮。酒冷香温，幽恨無人顧。一陣東風吹柳絮。又隨燕子西泠去。清傅王露撰《西湖志》卷四十《藝文·詞》

邢叔亨 存詞五首

邢叔亨，霍邑（山西霍縣）人。至正年間，曾任蒲縣縣尹，爲弘揚地方歷史文化，至正二十一年春，會聚同僚特爲東神山廟柱石刻賦《木蘭花慢》詞五首。

木蘭花慢 東神山廟柱石刻五首

時至正辛丑春三月二十有八日，會同寅蒲邑監燕京馬哈馬拉、鎮陽楊從道、尹晋霍邑邢叔亨、簿鄉寧張時敏仙、尉襄陵陳德新、儒學諭忻州王秉鈞，共祀岳廟。叔亨先書《木蘭花慢》數篇，音韻鏗鏘，意象豪宕，判軍政之得失，滔滔縷縷，若大河之出崑崙，恒星之麗碧虚，水鏡之析埃漠，令人心懷洒然，愈吮而味加，廼可見生平蓄藴之有餘也。（下缺十餘字）

一上蒲東岳，山頭陡起神宫。有松柏參天，杏桃張錦，遍地春風。年年今朝此日，王孫仕女驟驕驄。十載妖兵亂國，一時豪傑潛蹤。　我爲狂客氣盈胸。起坐聽晨鍾。喜夜雨如酥，曉晴似拭，香火揚空。眼下太平可幸，官軍分散息兵戎。劍戟變爲農器，四民樂業無窮。

木蘭花慢

蒲縣泰山古廟，崇强似梵王宫。去踏翠沾靴，採薇滿擔，一袖香風。朝中大官佐政，輕衣蓋體坐肥驄。讒諂面諛時尚，賢人遁跡無蹤。　一生報國盟心胸。耳聽景陽鐘。正芍藥翻堦，荷錢落水，柳絮飛空。紀律軍中大事，運籌誰是舊元戎。我本堯都賤士，窗前經史研窮。

木蘭花慢

一上蒲城岳廟，陡覺人在天宫。見松子花開，鶯兒訴怨，想古休風。一片華華草草，歎健兒遊子並聯驄。不是眼前荆棘，怎能免跡狐踪。　劍華如水月填胸。濃睡不聞鐘。看東苑薔薇，西州芍藥，南雁書空。休笑書生已醉，黄金印掛笑元戎。下筆鬼神尤懼，眼前景況何窮。

木蘭花慢

東岳天齊聖帝，創建起一行宫。聽松韻翻濤，分序奏管，簷鐸摇風。對面好山迎目，戀清標佳致懶乘驄。此夜歸來無月，明朝去認行蹤。　一般清興洗心胸。禁夜搗銅鐘。有犬吠山邨，泉流西澗，鶴翅摩空。幾處總兵節制，太平何術教軍戎。天下典章狼籍，多門政出誰窮。

木蘭花慢

人説泰山神廟，金碧炫似皇宫。對仁聖天齊，每年三月，雲雨雷風。獨笑疏狂學士，醉歸去得興倒騎驄。有客訪予不遇，書門屐齒留蹤。　氣吞北海志盤胸。憐老背龍鍾。説即日時光，人民困竭，囤乏囊空。滿地旌旗無數，樓頭鼓角仗兵戎。若識往來興廢，六爻細細推窮。以上臺灣成文出版社影印本乾隆十八年《蒲縣志》卷一《地理·古蹟》

凌雲翰　存詞二十八首

凌雲翰（一三二三—一三八八），字彦翀，號柘軒。錢塘（浙江杭州）人。早游程文之門，至正十九年中江浙行省鄉試，以道梗阻，未能赴都。除平江路學正（紹興路蘭亭書院山長），不赴。教授姑蘇，以忘年之交待瞿佑。入明，洪武十四年以荐授四川成都教授，坐貢舉乏人，謫南荒，卒于流放地。所作詩文雜著藏于家，結爲《柘軒集》四卷。所作《蘇武慢·鳴鶴餘音》，流傳頗廣泛。清光緒十三年刻《西泠詞粹》有《柘軒詞》一卷。生平見夏節撰《柘軒集行述》（《四庫全書》本《柘軒集》卷首）、瞿佑《歸田詩話》卷下《鐘馗圖》、《明詩綜》卷十五、《静志居詩話》卷五、《列朝詩集小傳》乙集、《明詩紀事》甲籤二十八卷。

蘇武慢　鳴鶴餘音

世傳全真馮尊師《蘇武慢》廿篇，前十篇道遺世之情，後十篇論學仙之事。道園先生謂費無隱獨善歌之，則能知者亦罕矣。及觀先生所作，非惟足以追配尊師，而使世之汩没塵埃流連光景者聞之，而有遺世獨立羽化登仙之想，則是篇於世，其可少乎。著雍閹茂之歲，燈夕後三日，偶閲道園遺稿，欲盡和之，甫成一篇，輒爲韻拘，筆弗得騁。於是行思坐惟，或得一句一韻，索紙書之。越三日又成四篇，尚少大半，意殊悶悶。廿三日城南醉歸，擁爐孤詠，連得四篇半，與未已而夜寒手龜，不能足也。明日更成二篇半，並無俗念一篇，凡十又三篇，覽者幸爲正焉。

雲縷虹竿，月鉤星餌，海上金鼇曾釣。蓬島連根，崑崙無外，不比人間嵩少。返本還原，成功滿行，坐待紫皇飛詔。笑令威、千歲來歸，知換幾番華表。　誰曾伴、阿母重遊，蟠桃再結，目斷西飛青鳥。林屋無扃，洞天不老，鐵笛一聲雲杪。皎皎靈臺，熒熒明鏡，塵土等閒昏了。看火輪、飛出扶桑，萬户千門皆曉。

蘇武慢

智不如愚，辯何如訥，大巧又何如拙。螳黠蟬癡，鶴長鳧短，總是一番消歇。逝者如斯，撓之不濁，止水本來明澈。君試看、雲散天開，現出自家秋月。　誰種得、白雲黄芽，交梨火棗，不怕北風吹裂。頭上簪花，手中拍板，稽首金銀宫闕。見説麻姑，高騎鵬背，載酒過門相謁。便呼童、拗折松枝，掃取一庭殘雪。

蘇武慢

玉砌雕闌，朱門紫陌，争似道人茅宇。樽有新醪，盤無兼味，自傍小溪垂縷。富貴何淫，貧賤亦樂，此外更無他語。有時將、明月爲家，或共白雲爲侣。　還俯視、六合之間，茫茫何物，不入靈臺丹府。綠水青山，野花啼鳥，已把此心留住。夢熟黄粱，塵飛滄海，轉首便爲千古。問雪堂、歸去何時，江上一犁春雨。

蘇武慢

芳草纖纖，遊絲冉冉，可愛地晴江碧。世事浮雲，人生大夢，歧路謾悲南北。漉酒春朝，步蟾秋夜，却憶舊時巾舄。問故園、何日歸歟，松菊已非疇昔。誰似我、十畝柔桑，千頭佳橘，飽有緑陰朱實。溉釜烹魚，飯疏飲水，勝咀絳霞瓊液。鳥倦知還，水流不競，喬木且容休息。喜閒來、事事從容，睡覺半牕晴日。

蘇武慢

破帽多情，布帆無恙，興盡便尋溪轉。明月來時，浮雲飛盡，千古翠屏宜晚。桂棹蘭槳，荷衣芰製，偏稱藥爐經卷。看輕鷗、點破長煙，一望水連天遠。嘗記得、雪滿山陰，舟回剡曲，何必過門相見。浩氣難消，哀情誰會，萬里碧空横劍。一道虹橋，半天龍駕，尚憶幔亭開燕。要長生、須出人間，未卜道緣深淺。

蘇武慢

身在雲間，目窮天際，一帶遠山如格。隱隱迢迢，霏霏拂拂，蔓草寒煙秋色。數著殘棋，一聲長嘯，誰識洞庭仙客。對良宵、明月清風，意味少人知得。君記取、黄鶴樓前，紫荆臺上，神有青蛇三尺。土木形容，水雲情性，標韻自然孤特。碧海蒼梧，白蘋紅蓼，都是舊時行跡。細尋思、離亂傷神，莫厭此生歡劇。

蘇武慢

霧駕雲軿，雨巾風帽，一劍凌風飛過。下視茫茫，遥觀歷歷，不復更知天大。日月居諸，春秋代謝，幾見授衣流火。記岳陽、三度曾游，未必世人知我。　遊戲處、柳樹爲徒，榴皮作字，聊説行藏如左。列豹重關，封狐千里，不滿楚人哀些。瓦礫黄金，蓬萊別館，歸去有誰知那。不須分、天上人間，南北東西皆可。

蘇武慢

驢背馱詩，鴟夷盛酒，曉踏蘇堤殘雪。露闕雲門，璇階玉宇，照耀日華光潔。見説孤山，猶存老樹，清興一時超越。畫船歸、更有漁舟，此景頓成奇絶。　還四顧、表裏通明，高低一色，塵土不容毫髮。却憶韓郎，花開頃刻，誰得染根仙訣。雪後園林，天開圖畫，眼界迥然俱別。待黄昏、約取林逋，湖上朗吟香月。

蘇武慢

醉裏閑吟，興來獨往，山静悄無人語。兩岸桃花，一溪春水，似憶仙源無路。花上鶯啼，雲間犬吠，偶到洞仙琳宇。便相留、閒話長生，嗟我委形非故。　圖畫裏、昔日天台，當年劉阮，此説荒唐無取。避世秦人，放舟漁子，却恐偶然相與。嶺日將沉，林風忽動，吹落半簾紅雨。待少焉、月出東方，拄個瘦藤歸去。

蘇武慢

有酒無殽，柰良夜何，客有鱸魚相惠。如此山川，幾何日月，三國竟成何事。目斷風帆，江空歲晚，覓句謾思無已。怕多情、笑我華顛，甚矣吾衰久矣。　客知夫、水與月乎，盈虧如彼，逝者有如斯水。舟放中流，聽其所止，夜久江流聲細。鶴爲予來，客辭予去，予亦就眠蓬底。忽羽衣、過我林皋，驚覺一番殘醉。

蘇武慢

仙客難逢，白雲誰掃，知是採芝何處。皓鶴歸來，金雞啼罷，夢斷閬風玄圃。松下高歌，橘中殘著，饑後自餐龍脯。待偷桃、曼倩重來，爲問木公金母。　君不見、洞裏桃花，花間啼鳥，又是一番春暮。弱水三千，巫山十二，指點虛無歸路。君抱琴來，我邀君飲，我醉欲眠君去。向人間、遊遍朱門，静看只如蓬户。

蘇武慢

君實園中，堯夫窩内，獨樂正同安樂。維水泱泱，予懷渺渺，西望每思伊洛。草色隨車，花香襲屨，風景至今猶昨。被杜鵑、啼破天津，便覺市朝蕭索。　誰復見、萬古龍門，三春桃浪，衝岸紫鱗争躍。月到風來，水流山在，安得二賢同酌。心上經綸，鑒中治亂，歎息九原難作。笑紅塵、逐利争名，總是蠅頭蝸角。

等閒屈指，算今來古往，誰爲英傑。耳目聰明天賦予，怎肯虛生虛滅。去燕來鴻，飛烏走兔，世事何時歇。風波境界，大川不用頻涉。　踏遍萬户千門，五湖四海，一樣中秋月。正面相看君記取，全體本來無缺。空裏非空，夢中真夢，莫對癡人說。便須騎鶴，夜深朝禮金闕。

木蘭花慢　賦白蓮和宇舜臣韻

悵波翻太液，誰留住，蕊珠仙。向水殿雲廊，玉容花貌，幾度爭鮮。人間延秋無計，掩霓裳、猶憶舞便娟。晝裏傾城傾國，望中非霧非煙。　鴈飛不到九重天。水調謾流傳。柰花老房空，菂存心苦，藕斷絲連。西風環珮輕解，有冰絃、誰復記華年。留得錦囊遺墨，魂消古汴宫前。

滿江紅　詠梨花鳥圖

誰寫瓊英，空驚訝、年華虛度。依約似、清明池館，粉容遮路。蝴蝶又來叢裏鬧，鵲鴉還占枝頭語。向東闌、惆悵幾回看，愁如許。　疑有月，光摇樹。疑是雪，香生處。自洗粧人去，凄涼非故。白髮宫娃歌吹遠，青旗酒舍詩吟苦。記黄昏、燈暗掩重門，聽春雨。

校：「燈暗掩重門」，《四庫全書》本原作「燈掩重門」，據《西泠詞粹》本《柘軒詞》補「暗」。

蝶戀花　杏莊爲莫景行題

一色杏林三百樹。茅屋無多，更在花深住。旋壓小槽留客醉。舉杯忽聽黄鸝語。　醉眼看花花亦舞。風落殘紅，飛過鄰墻去。恰似牧童遥指處。清明時節紛紛雨。

蝶戀花

過雨春波浮鴨緑。草閣三間，人住清溪曲。舊種小桃多似竹。亂紅遮斷松邊屋。　有客抱琴穿翠麓。隔水呼舟，應是憐幽獨。歷歷武陵如在目。幾時同借仙源宿。

風入松　和貝廷琚助教韻

誰教齒豁更頭童。從唤作衰翁。惜花已自因花瘦，況飄零、萬點隨風。須信人生如夢，休言世事皆空。　紫騮嘶過畫橋東。猶記軟塵紅。重來緑遍西湖路，消魂是、杜宇聲中。經眼倚粧飛燕，傷心照影驚鴻。

獅兒詞　賦梅和仇山村韻

蹇驢破帽，知是幾度尋春，山南山北。惆悵亭荒仙遠，苔枝空緑。村醪正熟。爲花醉、何妨留宿。春光似怕人冷落，先回空谷。　瀟灑生意自足。有高標、不厭矮籬低屋。與雪相期，側耳隔牕蟲撲。晚晴縱步，又還信、一枝筇竹。莫嫌獨。自在畫闌東曲。

瑶華慢　賦雪

喜深驚密，試問滕神，有多少寒力。如圓似瑩，總疑是、滿眼隋珠和璧。五更書幌，早已覺、寒光穿隙。料禽影波上漸稀，徑裏悄無行跡。　有人獨倚危樓，望千里江山，高下同色。坡仙飲處，甚頹然、不減醉翁賓客。等閒評論，等柳絮、梨花非白。畫堂深弦管方調，一任低垂簾額。

商角調定風波　賦崔鶯鶯傳

把麗情、分付良工，傳奇謾爲重省。開户迎風，拂花動月，寫盡西廂景。笑書生，最僥倖。剛道師婚勝琴聘。況静。問姓名非是，近時三影。　空思遮境。畫鹽梅、不濟調羹鼎。翻殘金舊日，諸宫調本，纔入時人聽。減容光，懶窺鏡。鳳枕鴛衾與誰。重贈。李紳歌意，續微之詠。

鳳凰臺上憶吹簫　賦鳳仙花

菊婢標名，鳳仙題品，紛紛隨處成叢。甚玉釵渾小，寶髻微鬆。依舊花分五彩，毗陵畫、總付良工。誰爲伴，雞冠染紫，鴈陣來紅。　玲瓏。英英秀質，多想是花神，翦彩鋪茸。却易分高下，難辨雌雄。疑把守宫同搗，端可愛、深染春葱。開還謝，從風亂飄，好上梧桐。

沁園春　嘲昆季析居

樹上淩霄，堂前紫荆，秋來尚芳。柰牝雞晨語，鵂鶹憔悴，妖狐晝嘯，鴻鴈分張。仁智匪周，憂喜非舜，一旦天倫忍遂忘。如何好，望松楸感泣，桑梓悲傷。　古今禍起專房。總一國猶然況一鄉。家有婦人，豈無長舌，世無男子，誰有剛腸。樹大枝分，瓜熟蒂落，此語應非是義方。聊書此，要□懲鑒誡，不在文章。

校：「□」，原無，據詞律補。

木蘭花慢 壽姪云逵時七月十四日也

問初秋明月，更一夕，十分圓。喜鴻鴈行中，居然生子，眉目娟娟。只今年踰弱冠，遇生朝、剛要賦詩篇。莫學汝家癡叔，蹉跎已傍中年。　博山風裊水沉煙。絳蠟照華筵。有檀板歌詞，金樽勸酒，銀甲彈弦。階庭舊時玉樹，正朱顏、緑鬢似神仙。丹桂不妨似竇，紫荆還見如田。

風入松 壽郭仲和

傳家應自郭汾陽。餘裔在錢塘。傍人莫笑儒酸在，親曾接、鴛鷺班行。贏得身心穩住，鬅鬙却□蒼蒼。　中和相隱舊書堂。絃誦樂時康。梅花枝上春猶小，朋簪盍、次弟稱觴。莫問商瞿年紀，也須載弄之璋。

校：「□」，原無，據詞律補。

一剪梅 壽俞子中紫芝

蒼顔白髮稱烏紗。瘦似黄花。清似梅花。牕吟山月樂無涯。知是儒家。知是仙家。　紫芝服食勝胡麻。不愛繁華。却愛年華。詞成筆底是龍蛇。壽酒流霞。壽氣成霞。

浪淘沙 賦元夕遇雨次俞紫芝韻

雨打上元燈。無處邀朋。何如牕下且瞢騰。謾憶牙旗穿夜市，鐵馬春冰。　歌舞有人曾。倦與争能。越羅裁服换吴綾。盡道先生歸隱也，烏帽烏藤。以上文淵閣《四庫全書》本《柘軒集》卷五

漁家傲

壽楊復初

采芝步入南山道。道深宛似蓬萊島。聞説村居詩思好。還被惱。蒼苔滿地無人掃。　載酒亭前松合抱。客來便許同傾倒。玉兔已將靈藥擣。秋意早。月華長似人難老。北京圖書館藏明刊本(《續修四庫全書》)明楊慎《辭品》卷六

林弼 存詞三首

林弼（一三二五—一三八一），原名林唐臣，更名林弼，字元凱，别號梅雪道人。龍溪（今屬福建）人。通《毛詩》，擅長書法。至正八年進士，釋褐爲郡幕僚，後任漳州路知事。入明，洪武二年以儒士徵召入京，修禮樂等書，書成，授吏部主事。出使安南期間，以拒收私下饋贈著名。洪武十二年，任登州知府，在任重學興文，病卒于任所。著有《梅雪文稿》、《使安南集》等，後統編爲《林登州遺集》二十三卷，卷七存詞三首。生平見張燮《林登州傳》、王廉《林公墓表》（均見《林登州遺集》附録）。

萬年歡 贈别陳都事

問訊東君，又何事一歲。一番歸去。杜宇聲中撩亂，落花飛絮。漫向江頭凝竚，想無計、可能留住。江亭上，況有離人，不禁千種愁緒。　還思澤國風塵。更誰能草檄，名重藩府。舊業都荒，茅屋稻田瓜圃。説與風流謝傅，且休把、雲山自許。應迴首，人在丹霞，滿庭榕葉鶯語。

木蘭花慢 送孔子遠少府歸東甌

羨千年泗水，流聖澤，尚淙淙。遠西引河源，東連岱岳，南下甌江。如君一門簪紱，更風流、文彩世無雙。柳外藏書樓閣，竹間放鶴軒窗。　弓刀暫爾擁旌幢。清譽藹南邦。喜烟净妖狼，灘飛瑞鵲，月静驚厖。歸去吴鈎錦帶，想高堂春酒正盈缸。菽水清歡未極，風雲壯志休降。

木蘭花

爲允元學録壽。時戊戌中秋，南城溪樓即席，分得微字。

秋江水上花外岸，柳邊磯喜滿眼晴。光溪雲摇曳山日，熹微無限庾樓清。興一瓢春酒，今夜莫相違。幸對月明風細，況逢蓴美鱸肥。　寸心此際念庭闈，稱壽舞斑衣。笑薄宦孤蹤，塞鴻海燕，北去南歸。萬頃澄江如練，詠新詩，却憶謝玄暉。但願諸公長健，共看千里清輝。以上清康熙四十五年刻本《林登州遺集》卷七

楊基　存詞七十一首

楊基（一三二六——一三七八以後），字孟載，别號眉菴（一作眉庵）。南北宋之際家族南遷，占籍嘉定（今屬上海市）。九歲背誦六經，及長，著《論鑒》十餘萬言。元至正間，入張士誠幕府，名列「北郭十子」。入明，洪武初，任山西按察使，後以故削去職務，負譴輸作，卒于工所。以詩文知名江南，兼工書畫。早年在席間曾賦《鐵笛》詩，受到楊維楨賞識。所作編成《眉菴集》十二卷，《四庫全書》編入《眉菴集》，卷十二存詞七十一首。《明詞彙刊》有楊基《眉菴詞》一卷。其詞以復古自許，言稱：「寓居無聊，未免感時撫事，援填古詞，用撥新悶云。」（《賀新郎·句曲閒居春暮》詞序）元明之際，與高啓、張羽、徐賁，並稱「吴中四傑」。生平見《國朝獻徵録》卷九十七、《吴中人物志》卷七、《明史》卷二八五。

清平樂　江寧春館寫懷

春冰銷後，緑水粼粼皺。減却風流添却瘦，多在黄昏時候。　匆匆商女琵琶，蕭蕭白髮烏紗。金谷園中芳草，玄都觀裏桃花。

清平樂

自從别後，眉也尋常皺。瘦得腰肢無可瘦，又是魂銷時候。　當時纖手琵琶，東風小雨窗紗。今夜相思何處，月明滿樹梨花。

清平樂

梅酸杏小，人與春俱老。一架荼蘼開遍了，能得歡娱多少。　陰陰緑樹青苔，都無半點塵埃。寄語此中猿鶴，先生早晚歸來。

清平樂

狂歌醉舞，俯仰成今古。白髪蕭蕭纔幾縷，聽遍江南春雨。　歸來茆屋三間，桃花流水潺潺。莫向牕前種竹，先生要看西山。

多麗　春思

問鶯花，底事蕭索。是東風、釀成細雨，晚來吹滿樓閣。辟寒金、再簪寶髻，鎮帷屏、重護香幄。杏惜生紅，桃緘淺碧，向人顣頞未開。一萼念、惟有澹黄楊柳，摇曳珠箔。凭闌久、春鴻去盡，錦字誰託。　奈夢裏、清歌妙舞，覺來偏更情惡。聽高樓、數聲羌笛，管多少、殘萼梅花驚落。鴛帶慵寬，鳳鞋嬾繡，新晴誰與共行樂。料應在、楚雲湘水，深處望黄鶴。不似柳花長，任憑漂泊。

校：「鎮帷屏」，《四庫全書》本作「鎮惟屏」。

沁園春 春水

巴蜀雪消，湘漢冰融，净無片埃。看風吹皺緑，晴涵杜若，雨添香膩，暖浸莓苔。江漲魚鱗，溪沈燕尾，嬴得沙鷗宿鷺猜。花陰下，見行人待渡，芳意徘徊。湖邊十二樓臺，映多少珠簾影倒開。愛緑醅可染，蒲萄新釀。麴塵低蘸，楊柳初栽。修禊人歸，浣紗女去，猶有餘香拂岸來。多情處，汎桃花無數，流出天台。

清平樂 折柳

欺烟困雨，拂拂愁千縷。曾把腰肢羞舞女，嬴得輕盈如許。猶寒未暖時光，將昏漸曉池塘。記取春來楊柳，風流正在輕黄。

浣溪沙 四春圖四景美人各賦一闋

雲母玲瓏七寶屏。玻璃瀲灩百花棚。笙簫羅綺一層層。信手摘將金荔擲，教人扶下綵車行。六街明月萬家燈。右元夕

浣溪沙

鸞股先尋鬬草釵。鳳頭新繡踏青鞋。衣裳宮樣不須裁。雕玉疊成鸚鵡架，泥金鐫就牡丹牌。明朝相約看花來。右花朝

浣溪沙

軟翠冠兒簇海棠。砑羅衫子繡丁香。閒來水上踏春陽。　風暖有人能作伴，日長無事可思量。水流花落任忽忙。右上巳

浣溪沙

暖雨香雲百五天。玉纖銀甲十三絃。笑移羅幙上寒船。　照水再簪珠絡索，背人重貼翠團圓。安排花裏蹴秋千。右寒食

菩薩蠻　梨花夜月

水晶簾外娟娟月，梨花枝上層層雪。花月兩模糊，隔簾看欲無。　月華今夜黑，全見梨花白。花也笑姮娥，讓他春色多。

踏莎行　瓶中四花瓶插梨杏桃李各一枝

小小含風，盈盈帶露，折來同向銀瓶貯。朱唇偏耐雪霜寒，冰肌不受胭脂污。　瘦燕休矜，肥環莫妬，東君一樣憐蠻素。若教淺澹笑深濃，大家都被嬋娟誤

蝶戀花　春閨怨

浄洗胭脂輕掃黛。鬭草亭邊，自掐梨花戴。一段心情空自愛，風流那得常時在。　屈指春光歸已快，不捲珠簾，又恐東風怪。花影低將新月礙，小闌干外深深拜。

蝶戀花

新製羅衣珠絡縫。消瘦肌膚，欲試猶嫌重。莫信鵲聲相侮弄，燈花幾度成春夢。　風雨又將花斷送，滿地胭脂，補盡蒼苔空。獨自移將萱草種，金釵挽得花枝動。

千秋歲　春恨

柳花飛盡，魚鳥無音信。盃減量，愁添鬢。梅酸心未老，藕斷絲猶嫩。歡笑地，轉頭都做江淹恨。　香冷灰銷印，燈暗煤生暈。空自解，誰偢問。夜長春夢短，人遠天涯近。庭院晚，一簾風雨寒成陣。

如夢令　嘲春四詠

昨夜雪晴風小，羅幙嫩寒猶峭。天氣近花朝，江上燕兒來了。催曉，催曉，隔樹數聲啼鳥。右春曉

如夢令

瞥眼韶華如織，粉退紅嫣忽忽。堪詫是東君，忙去都忘相識。可惜，可惜，芳草漫連天碧。右春暮

如夢令

點綴落梅穠李，埋没蒼苔芳芷。樓上倚闌人，立在玉屏風裏。風起，風起，都做一江春水。右春雪

如夢令

銀渚拂波輕度，羅幄送寒低護。催得百花開，又與百花相妬。無數，無數，吹過畫闌西去。右春風

點絳脣　紅白桃花

淺碧深紅是誰家，分染桃花片。兩枝争艷，青粉墻頭見。　深處娉婷，淺更多嬌倩，昭陽殿，玉環飛燕，各自東風面。

點絳脣　柳鶯燕三詠

裊裊婷婷，爲誰僝僽腰如把。小桃相亞，低拂簷前瓦。　深處鶯藏，不怕金丸打。章臺下，幾株如畫，繫著青驄馬。

點絳脣

何處飛來，柳梢一點黄金小。哢晴催曉，喉舌如簧巧。　春夢須臾，正繞江南道。空相惱，被他驚覺，綠遍池塘草。

點絳脣

王謝堂前，舊時簾幙深如許。自從歸去，花落春無主。　綠水橋邊，茅屋人家雨。花深處，有人相妬，掌上輕盈舞。

憶秦娥　詠絮

東風惡，一江春水楊花落。楊花落，惹人衫袖，綴人簾幙。　纔飛却墜能纖弱，倏來還去無拘著。無拘著，山遥水遠，任伊飄泊。

踏莎行　暮春見花

白晝沾苔，紅輕惹絮，落花堆積無層數。當時開折賴東風，飄零還是東風妒。　宿雨初晴，低烟欲暮，綿綿芳草迢迢路。緑陰深處聽啼鶯，鶯聲更在深深處。

踏莎行

淺碧凝鬟，輕紅染瓣，東風著意吹初綻。不須抵死恨開遲，遲開却得遲遲看。　醉眼微醒，羈魂欲斷，斜陽流水東西岸。只知人有萬千愁，花枝更有愁千萬。

賀新郎　句曲閒居春暮

自離西江省幕，謫句曲，已徂春矣。寓居無聊，未免感時撫事，爰填古詞，用撥新悶云。

風晴樹陰薄，正簾櫳，楊花飛盡，楝花吹落。一徑青苔無人到，翠葆時翻露籜。聽樹頂長鳴孤鶴，半沼香萍風約住。見新荷、影裏雙魚躍。多少恨，頓忘却。　疎狂莫笑今非昨，想當時、狂歌醉舞，轉頭都錯。内苑櫻桃纖纖手，勸薦金盤杏酪，夢不到南薰池閣。世事多因忙裏悮，算人生只有閒中樂。且對酒，任漂泊。

浪淘沙　試衣

風暖試輕羅，簾外娑娑。落花重疊滿柔莎。細數輕羅衫上淚，更比花多。　無語却臨波，低斂雙蛾。玉容春色兩消磨，多少相思無限恨，一葉新荷。

錦堂春　暮春

芍藥闌邊按樂，荼蘼屏下圍棋。春光正在多情處，腸斷欲歸時。　踈雨一池荷葉，緑陰千樹黄鸝。那些清景無人解，只許自家知。

點絳唇　送春

柳上梅邊，那時庭院初相遇。杜鵑啼處，驀地抛人去。　春也多情，故繞江邊樹。風兼雨，落花飛絮，併得難停住。

南鄉子　詠鷗

春水緑迢迢，長與鳧鷖點翠苗。一向逐波浮不定，飄飄。又趂東風下晚潮。　閒倚木蘭橈，相近相親不用招。今夜月明何處覓，遥遥。兩岸蘆花雪未銷。

青玉案　江上閒居寫懷

王孫芳草生無數，漸緑遍，長干路。春色匆匆愁裏度，幾番風雨，霎時晴霽，又是遥山暮。　青鞋不怕春泥汙，紅藥重教曲闌護。細數落花成獨步，自緣山野，不堪廊廟，不是文章悮。

青玉案

曉牕啼鳥驚春睡，侣報道，春光至。側側餘寒侵繡被，梅花飛也，杏花開也，燕子歸來未。　水光山色如人意，長恨春陰杳無際。今日新晴俱可喜，山光明媚，水光溶漾，只有人憔悴。

青玉案

鶯聲留我看山久，臨去也，重回首。雖是春光隨處有，暖風輕霧，澹烟踈雨，都在江邊柳。自知不是經綸手，無意封侯印如斗，行樂何須金谷友，只消尋箇，典衣伴侶，同醉金陵酒。

青玉案

曉來一陣輕寒過，水面薄，冰吹破。竹外錦鳩啼一箇，添黄入柳，點紅歸杏，都是東風做。鬢絲遊颺烏巾墮，醉裏漁歌自賡和。但得潮頭風不大，數群鷗鳥，半篙烟雨，著我船中卧。

青玉案

雪消天氣東風猛，簾半捲，猶嫌冷。怪問春來長不醒，一春都是，酒徒花伴，醉了重相請。而今白髮羞垂領，静裏時將舊游省。記得孤山堤上景，一灣流水，半痕新月，畫出梅花影。

青玉案

五更風雨花如霰，問春在，誰庭院。報到春光浮水面，一雙鸂鶒，數莖芹藻，無數桃花片。武陵溪上東風怨，空趁漁郎再尋便。拋棄已同秋後燕，那知別後，飄飄蕩蕩，這裏重相見。

青玉案

平湖過雨青如鑑，柳下賣，花船纜。雌蝶雄蜂飛繞擔，杏花終是，輕紅嫩白，不比梨花淡。一春能幾花前探，天氣無憑故相賺。晴不多時陰亦暫，一回風雨，一回烟霧，何處堪登覽。

如夢令　答屠仲權見寄

牕外月斜鷄叫，門外馬嘶車鬧。多少夢中人，盡被春風吹覺。休笑，休笑，白髮也曾年少。

如夢令

茅屋小牕寒驟，人影梅花同瘦。風緊雪初晴，月上一更前後。廝逗，廝逗，白髮青衫如舊。

夏初臨　首夏書事

瘦緑添肥，病紅催老，園林昨夜春歸。天氣清和，輕羅試著單衣。雨餘門掩斜暉。看翻翻，乳燕交飛。荷錢猶小，芭蕉漸長，新竹成圍。何郎粉澹，荀令香銷，紫鸞夢遠，青鳥書稀。新愁舊恨，在他紅藥闌西。猶記當時。水晶簾、一架荼蘼。有誰知。千山杜鵑，無數鶯啼。

浣溪沙　初夏閒居

幾卷斜封出舊窠，藕絲柔梗上新荷。衣裳輕薄試單羅。烟澹澹中青草合，雨絲絲裏緑陰多。園林佳趣是清和。

浣溪沙

漸老情懷怕别離，可堪人去又春歸。斜陽流水意遲遲。春縱不歸終不住，人重相見更相期。此時端的斷腸時。

浣溪沙

小院回廊曲更深，一重楊柳一重陰。夜長人静漏沈沈。　雪白梨花千瓣玉，雨黄梅子萬丸金。清和天氣夏初臨。

蝶戀花　卜居

人間何處宜閒住。除却桃源，便向瀟湘去。楊柳桃花千萬樹，不須更覓深深處。　白鷺輕鷗爲伴侣，女嫁漁郎，男娶漁翁女。已辦緑蓑眠細雨，料應天意還相許。

望湘人　詠塵

愛輕隨馬足，深輾繡輪，落花飛絮相和。紫陌春晴，東華風暖。拂拂嫩紅掀簸。羅襪微生，素衣曾染，閒愁無那。看補巢、燕子銜將，細雨香泥重做。　誰向花前行過。見金蓮踪跡，尚留些箇。無處覓佳音，贏得兩眉低護鎖。茂弘何事，猶携紈扇。却恐西風相污。且歸去、緑樹陰中，浄掃青苔高卧。

燭影摇紅　詠簾

花影重重，亂紋匝地無人捲。有誰惆悵立黄昏，疎映宫妝淺。只有楊花得見。解怱怱、尋方覓便。多情長在，暮雨回廊，夜香庭院。　曾記揚州，紅樓十里東風軟。腰肢半露玉娉婷，猶恨蓬山遠。閒悶如今怎遣。奈草色、青青似剪。且教高揭，放數點春，□一雙新燕。

醉花陰　題隔屏仕女

雲母屏風金縷扇，薄映春風面。縱是不分明，猶勝腰肢，背後怱怱見。　鏡裏花枝簾底燕，無處尋方便。莫道不留情，秋水芙蓉，獨自思量遍。

摸魚兒　感秋

問黄花爲誰開晚，青青猶繞西圃。秋光賴有芙蓉好，那更薄霜輕霧。江遠處，但只見、寒烟衰草山無數。凭闌不語，恨一點飛鴻，數聲柔櫓，都不帶愁去。　當時夢，空憶邯鄲故步。山陽笛裏曾賦，黄金散盡英雄老，莫倚善題鸚鵡。君看取，□且信，提携如意樽前舞。浮名浪許。要插柳當門，種桃臨水，歸老舊游路。

念奴嬌　壬子重陽感舊

今年重九，被閒愁、孤負一番時節。菊蕊青青香未吐，知我無心攀折。紫蟹凝霜，金橙噴霧，舊事憑誰説。故山何處，莫山無限紅葉。　遥想響屧廊西，涵空閣上，水與雲相接。回首十年成一夢，却倚西風傷别。料得明年，人雖强健，雙鬢都成雪。且須沽酒，與君低問明月。

水調歌頭　詠雪禁體

嘗愛歐陽及蘇公禁體雪詩，而自古雪詞無禁體者。十月晦，余歸龍江，風雪連日，因賦《水調歌頭》一曲，仍不用鹽梅玉潔皓白飛舞字。

風色夜來緊，寒氣十分嚴。起看江上樓閣，無處不鈎簾。短短釣簑漁艇，小小竹籬茅舍，斜挂一青簾。醉眼傲今古，不飲笑陶潛。　正蔌蔌，俄揚揚，復纖纖。　楚山埋没，何在高處露雙尖。　人道黨家風味，不比陶家清致，我欲兩相兼。　舉盞慶豐瑞，來歲不須占。

齊天樂　客中壽婉素

華鯨聲遠鶯聲早，怱怱瑞烟籠曉。　蛾緑添眉，蜂黄點額，樓上妝梳初了。　羅輕佩小，向晴日簾櫳，暖雲池沼。　細爇名香，滿斟春酒拜翁媪。　繁華流水東去，又梁園密雪，長干芳草。　楊柳東風，梨花澹月，幾度夢魂牽繞。　佳辰漸好，願此别歸來，會多離少。　笑引兒孫，故鄉稱二老。

喜遷鶯　旅中感舊

烟光明滅，正細雨釀寒，羅衣猶怯。　泥沁香融，波添緑膩，幹淡柳金梨雪。　借問遠山何事，低學修眉雙結。　料也是，爲朝朝暮暮，傷人離别。　情切。　且莫問，燕子未來，來也成虛設。　蘇小愁多，秋娘老去，難把繡簾高揭。　回想舊時春夢，多少轉員周折。　但只願，盡今生都是，稱心時節。

西江月　月夜過采石

采石磯頭明月，蛾眉亭上秋山。　古今來往幾人閒，贏得新愁無限。　不用朱唇低唱，何須纖手輕彈。　一觴一咏到更闌，驚起數行鴻雁。

如夢令　江船聽雨

蓬上雨聲初罷，船尾緑簑齊挂。　添却幾重泉，都向松梢飛下。　如畫，如畫，山與白雲齊亞。

千秋歲引　江邊落梅

斷角殘鐘，孤城小驛。雪裏匆匆、見顔色。纔看緑毛花底鳳。又聽黄鶴樓中笛。綺窗寒，繡帷晚，時相憶。　開處漏他春消息。飄處恨他春拋擲。猶自多情點衣白。當時一枝曾折寄，而今數朶須憐惜。小橋邊，短籬外，重尋覓。

念奴嬌　夜泊大姑廟下風雨無眠賦以感懷

一天風雨，奈無情、悮我匆匆行色。龍女祠前三日住，可是東君留客。夢裏家山，燈前兒女，幾處烟波隔。數莖愁鬢，看來今又添白。　遥想小小宫桃，盈盈墻杏，都被輕寒勒。只有春江如得意，添却蒲萄三尺。鶯燕休愁，鳧鷖莫笑，行止非人力。明朝西去，布帆高掛晴碧。

謁金門　臨湘雪夜

東風劣，吹下一天春雪。單薄被兒寒又怯，自温温不熱。　依舊起來周折，梅影淡横斜月。清則是清清更絶，欠他相對説。

西江月　巴陵雪夜

銀燭偏欺瘦影，爐熏不退輕寒。蘭舟聽雪楚江干，篷外春蟲撩亂。　添上鬢邊白髮，驚回夢裏青鸞。尋常猶恨夜漫漫，今夜更長一半。

念奴嬌 岳陽春暮

楚江天暖，滿山桃李被東風吹忒。怨白愁紅千萬點，都向溪邊流出。前度劉郎，去年崔護，相見頭全白。杜鵑啼處，要歸誰便歸得。惆悵南浦南邊，東湖東畔，芳草茸茸碧。寒食清明都過了，回首無多春色。茂苑鶯聲，鷗波烟雨，同是江南客。五湖春渺，聽君船上吹笛。

洞仙歌 衡陽道中

斜紅皺白，映水花千樹。獨自沈吟對雨。恨黄鸝，特地飛向枝頭。千百囀，説盡愁人意緒。倚篷凝望眼，楚天湘水，一點君山在何處。料得綺窗前，人也銷魂，歸期遠，玉纖頻數。便寫却、銀牋向衡陽，倩著箇，春鴻帶將回去。

訴衷情 秋雨湘中作

中年人已怕逢秋，情景不相投。尋常耳邊風雨，都聽作許多愁。千古事，幾時休，枉追求。數行□雁，一派瀟湘，獨自登樓。

雙雙燕 湖南舟中見新燕

去年别處，記黄葉秋聲，晚凉庭院，忽忽欲去，再入繡幃留戀。回首東風又軟。漸細雨、梨花開遍。那知各自飄零，向這裏人家重見。柳外。湘波似練。竹籬茅舍，何如玉階金殿。呢喃聲裏，如訴落紅千片。一樣山遥水遠，料應也、多愁多怨。相期月戸雲窗，依舊舞裙歌扇。

校：「玉階金殿」，《四庫全書》本作「玉樓金殿」。

虞美人　湘中書所見

巴陵樹裏湘陰路，幾箇人家住。門前緑水繞圍遭，閒種一株楊柳一株桃。　青梅紫筍黄鷄酒，又剪畦邊韭。楚聲歌罷亂簪花，盡是不知音律老叟。

菩薩蠻　花邊夜宿

瀟湘門外春江水，小紅樓子臨江起。樓下是誰家，一株含笑花。　蘭舟休遠去，只就花邊住。花影上牙檣，夢魂今夜香。

小重山　祁陽道中聞蛙

纍纍湘雲帶晚霞。東風吹絮落晴沙。夢魂今夜繞天涯。春暮也，芳草亂鳴蛙。　獨自莫咨嗟。青烟飛颺處，有人家。且分新火試新茶。深竹裏，無數木香花。

二郎神　旅中春曉

野棠風急，又過了、一番花信。想芍藥猶香，荼蘼將謝，春色忽忽欲盡。自疊牋題芳字寫，不就閒愁閒悶，能幾度尋思。鏡中添了，許多愁鬢。　休恨。清明已過，清和相近。漸藕葉初圓，櫻桃紅小，新竹娟娟緑嫩。疎雨池塘，緑陰亭館，别是一般風韻。記珍簟，湘簾葛巾紈扇，晚凉時分。

阮郎歸　山西途中送友回鄉

携手河梁惜袂分，秋雁不成群。同來不得同歸去，目斷太行雲。　望故里，暢羈魂，近楊柳閶門。

惟留白髮老河汾，無才可報君。

惜餘春慢

初到山西，纔中秋已寒甚，擁敝裘矣。緬思故鄉，正當賞桂，問月之期，杳莫可得。然諸友亦多散没，惟止仲在焉。用填詞一闋寄之。則鄉情旅況，覽示何如。

隴頭水澀，秋蟬過塞，雁鳴寒威陟。至恁早，覺袖手嬾將開。這氣候，偏與中原異，峭砭肌骨，洌脆髭鬚，江南老實難當禦。覽高山，何葉不零，那百草歸何處。　記故鄉，秋暑方消，金粟飄香，黃花委地。漫携壺，共上著翠微吟盼。白雲紅樹時去，世更無幾。南遷北往，番成夢裏。到明朝，贏得邊雪，霏顛空令撫髀。

長相思　憶故園

山悠悠，水悠悠，水遠山長無盡頭。俺怎不生愁。　憶歸休，合歸休，春到江波漾白鷗。好弄一扁舟。以上《明詞彙刊》本《眉庵詞》

校：「俺怎不生愁」，《四庫全書》本作「僚怎不生愁」。

羅大琦

存詞一首

羅大琦（一三二八——一三六〇），字國用，益陽（今屬湖南）人。至正中，仕爲萬户。至正二十年，鎮雲南，救援未至，食盡，力戰不支，手殺十餘賊，自刎而亡。祀忠義祠。生平事蹟見《沅湘耆舊集》卷十二，《沅湘耆舊集前編》卷三十九。

漁家樂　絶命詞

萬古一輪清皎月。照明白許多豪傑。獨讓古人真不屑。雙眼血。寒江冷水都成熱。　釣石豈因濤怒裂。紅爐難滅心中鐵。不畏他千回百折。頭可截。肝腸留得朝天闕。大琦，字國用。益陽人。至正間以萬户鎮雲南，討貴州白盧寇，救援不至，力戰不支，手殺十餘賊自刎。滇人建祠祀之。有絶命詞一首。相傳萬户被圍數日，食盡，度不得出，乃作。此詞繫於衣帶間，明日赴戰死之。其裔孫安，官明貴州參政，兩過其處，重修祠宇。清道光二十四年鄧氏小九華山樓刻本《沅湘耆舊集前編》卷三十九

王行　存詞十八首

王行(一三三一——一三九五),字止仲,號澹如居士,又號半軒、楮園。吴縣(江蘇蘇州)人。學通經史,爲富商沈萬三主家塾。名列「北郭十子」之中。明洪武初,延爲儒學教師,謝去,隱居石湖。其子役于京師,王行往視,館于涼國公藍玉府邸。受藍玉案牽連,王行父子具坐死。著有《半軒集》十二卷,卷十一爲詞。生平見《吴中人物志》卷九、《明史》卷二八五。

清風八詠樓　贈送朱彦祥

沈隱侯守東陽,建八詠樓。其地又有雙溪之勝,故曰:明月雙溪水,清風八詠樓。朱公子彦祥家本吴,喜遊歷,時寓東陽,一住餘十載。今年六月,還訪親舊,秋復南轅。約來春攜其德曜驥子,歸復故宇。臨岐無以寓情,因尋林鐘商曲,有名《清風八詠樓》者,南宋詞林所製也。調既適時,譜又合東陽故事,填一闋以餞云。

遠興引遊踪,遍踏天涯芳草。偏愛雙溪好。有隱侯舊跡,層樓雲表,碧霞丹嶂看縹緲。憑欄吟嘯偶佳遇,留擣玄霜,歲星旋,又週了。　歸期誰道無據,幾回首,興懷故林猿鳥。今日相看,暫得翠尊同倒。南翔仍訴幽抱。擬待春空杳,與鵷雛鴻侶,共還池島。

水調歌頭　和季琳端陽值雨

葵陽閟晴彩，榴火濕朱光。不知今日何日，烟靄漲蒲塘。已過清明時節，未近重陽氣候，對景自斟量。應是家家雨，梅子要催黃。　向朝來、尋舊事，問江鄉。共言當此，佳序那肯負年芳。雖阻繡茵鬬草，不廢翠蕤剪艾，更結綵絲長。昌歜縷香玉，情味付霞觴。

秋水晴霞　寫意

客裏光陰，那更是、厭厭春雨。有如許、霑帷濕幔，灑窗飄户。十日曉寒添故絮，一天暮色淒平楚。待新晴、何處倚吟肩，東樓柱。　芳草際，烟橫渚。修竹外，花連塢。便重整酒壺茶具，詩豪琴譜。狂似次公從更醉，豪如謝掾休誇舞。有情懷、只好共漁樵，爲賓主。

按：《宋金元人詞》本《半軒詞》詞牌云「秋水晴霞（即《滿江紅》）」。

蝶戀花　寫懷

塵路風花暖空晴，絮遊絲謄，有縈牽處。客懷幸自不禁，愁啼鵑又恁催歸去。　細草春沙垂楊古渡，忘機可得，如鷗鷺平湖。却也慰人心，片帆不礙烟中樹。

校：詞牌，原作「水龍吟」，據詞律改。

一江春水　顧氏隱居

黃花翠竹臨溪處，正是幽人住。不嫌拄杖破蒼苔，便道有時烟雨也須來。　隔簾塵土紛紛起，久厭襄陽市。若能招我作西隣，從此一溪流水兩家分。

一江春水　鄒氏隱居

白雲紅樹秋山下，一片江南畫。門前流水帶晴沙，更是繞籬寒菊正開花。　如何眼底逢佳處，偏許幽人住。也須來此置茅茨，莫待有人相寄草堂資。

校：詞題，《宋金元人詞》本《半軒詞》作《鄭氏隱居》。

沁園春　春霽

昨夜園林，纔聽雨。鈎簾滿眼晴色。濃靄旋消，淡風微颺，軟絮柔絲輕織。乍翻暖翼，傍簷新燕低無力，遍徙倚池上，畫闌雲影亂澄碧。　謾道逝水飛塵，相將九十韶光。誰解分，得況千金，清宵一刻，花香月色兩相宜。客裏倦懷時自適，幾許吟嘯，才情更付遊人。醉邊芳草，舊時南陌。

校：詞牌，《明詞彙刊》本《半軒詞》作「□□□」。原詞律與《沁園春》不一致。

如夢令　惜春

一日尋芳一度，一樹繁花一步。回首又何時，流水亂紅無數。春暮，春暮，幽草綠陰庭户。

江月令　春館書事

向煖漸生慵思，尋春似減情忺。酒懷詩興揔懨懨，只有看山不厭。　薄晚正須憑檻，新晴鎮自鈎簾。幾多濃翠曉來添，話與白雲休占。

浣溪沙　答平遠翁送金桃

一夜東風落絳葩。幾番醲露染丹砂。熟來風味似仙家。　摘處芳香沾玉笋，破時顔色勝金芽。小兒三採不須誇。

聯芳詞

青陽肇令，淑氣載新，萬卉未芳，梅先應候。繼梅而艷，惟杏能之。梅杏聯芳，春物滋麗韶華。九十二卉開端，杏雖晚生，見梅之清，深知加敬，故度夷則商一曲，以美之，曲曰《品字令》。梅亦愛杏之麗，因答以夾鐘商之曲，曰《迎春樂》。春見二卉交歡，不能自默，亦度林鐘羽一曲，以嘉賞焉，曲曰《解語花》。夫梅杏皆色以事春者，乃能不妬忌，而相敬愛。贊美如此，可謂賢矣。既賢之，其詞不可不録，故録之。録之者，緱嶺仙人之裔，不知其名，人稱之楮園叟云。

品字令

飛瓊環珮，在縹緲、香雲影裏。冰絲瑩蹙霞綃帔，瑶階玉砌，雪月看初霽。　不奈妖妍相嫵媚，任天然風致。綽約仙姿真絶世，衆芳無地，先得春風意。

迎春樂

裁霞剪雪芳枝艷。正微醉、潮丹臉。露華濃、洗浄殘烟染，更不用閑妝點。　碎錦穠、香空復念臨。曉鏡碧。波微灩無。那似嬌嬈算，只有春能占。

解語花

寒消雪點，暖弄烟絲。又去年時候。蕙芽初透。輕澌盡，蹙蹙翠波風皺。淺黄暈柳，微隱映，瓊芳孤秀。最愛他、纖指輕輕，折暗香盈袖。艷質固應低首。却休慙穠麗，不似清瘦。也還知否。可人處，飛燕玉環都有。羅浮夢後，更莫問，前村沽酒。但好教、膩白嬌紅，鎮年年如舊。

如夢令　雪景便面

滿眼落花飛絮，回首瓊林玉樹。驢背是何人，得了灞橋詩句。歸去，歸去，春在醉鄉深處。

青山相送迎　訪王光福之常烟水居

烟蒼蒼，水茫茫，閑訪幽人烟水鄉。扁舟孤興長。　蒲含霜，柳含霜，蒲柳蕭蕭青又黄。水雲鷗鷺藏。以上明刻本《半軒集》卷十一

行香子　和衍上人見寄二首

踪跡祇園。談笑神仙。到尊前、人愛逃禪。波瀾舌底，風月吟邊。似辯中安，書中素，醉中顛。　忘情世慮，泉石因緣，兩芒鞋、幾度朝天。歸來此日，重話他年。共夜窗燈。春苑樹，晚湖船。

行香子

時世推移。造化難齊。幾多般、簸弄成虧。鼠肝蟲臂，臭腐神奇。却又何論，侏儒飽，歲星

饑。胸中磊磈，眼底妍媸，便將都、付與希夷。從前解事，今已無知。但睡時茶。醒後酒，興來詩。

踏莎行　詵上人留宿

是日，俞明府、鶴瓢道人同訪。

高樹顛風，疎篁嘯雨，青山遶屋雲來去。出林殘磬諷經餘，撲簾輕霧燒香處。閑客相過，仙踪偶駐，山僧更解留人住。夜窗燈火茗甌寬，笑談不盡雞聲曙。以上明刻本《半軒集》卷十二《方外雜著》

殷奎 存詞三首

殷奎（一三三一——一三七六），字孝章，一字孝伯，號强齋。崑山（江蘇太倉）人。早年從楊維楨受《春秋》，至正中，與顧瑛玉山草堂之會。洪武初，除咸陽儒學教諭。因念母致疾卒，年僅四十六歲。門人私謚文懿先生。著有《道學統繫圖》、《家祭儀》、《陝西圖經》、《關中名勝集》、《崑山志》、《咸陽志》等。詩文别集《强齋集》十卷（卷十是附録），今存。清徐崧、張大純《百城煙水》（清康熙刻本）卷八，在江蘇太倉的景點「春水船」之下，注明是「殷奎先生讀書處」，並録出其詞一首。生平見《崑山人物志》卷二、《吴中人物志》卷六、《國朝獻徵録》卷九十四。

憶江南 三首

江南憶，何處憶當先。先憶吾家春水船。有酒有花重慶日，無風無雨太平年。朝夕侍賓筵。春水船，乃先生家樓居名，在婁東武陵橋下。

江南憶，其次憶何人。正憶高堂七十親。膝下舞筵圍雅子，花前茶會洽比鄰。長奉笑顔春。

江南憶，何事次當三。弟妹妻孥共笑談。舉酒涼秋持紫蟹，張燈春夜擘黄柑。能不憶江南。以上《强齋集》卷七

韓奕 存詞二十九首

韓奕（一三三四—一四〇六），字公望，號蒙菴（一作蒙齋）。祖籍安陽，吴縣（江蘇蘇州）人。讀書通諸經，患目疾長達二十年，自分材無可用，便辭謝人事，居家不出。足跡未嘗一入官府。常以一童相隨，藜杖出游，出則累月。其父精醫理，韓奕與其弟俱傳其術。入明，隱于醫，郡守以禮致之，辭謝不往。與時人王賓、王履齋，並稱吴中「三高士」。卒年七十三歲。有《韓山人詩集》、續集（均不分卷），今存。續集最後，爲詞二十八首。另著《易牙遺意》。生平見姚廣孝撰《韓山人詩集序》（《韓山人詩集》卷首）、梁用行《壽藏記》（《韓山人詩集》附集）、《吴中人物志》卷九。

女冠子 元夕

又元宵近。冷風寒雨成陣。春泥巷陌，悄無車馬，數碗殘燈，依稀相映。夜深光已暝。是處敗垣頹砌，熒熒青燐。但隆隆鼓，瓃瓃漏，打破一城荒静。　古來此地繁華盛。歌舞歡相競。何事如今，恁地都無些剩。空傳下幾句，舊腔新令。故老風流盡。漫唱西樓月轉，也無人聽。自剔殘紅炧，半窗梅影，伴人愁鬢。

賀新郎　送别

煙雨楓橋路。算年來、幾番送别，故人千里。君亦當初緣底事，不念平生儔侣。容易把、幽歡間阻。歲晚却思來訪舊，舊處亭館，廢垣荒圃。寒日照，殘桑梓。　同遊似我今餘幾。且留連、小窗清夜，挑燈疑語。身外事多何必問，□□□□□□。況鬢影、相看如許。秋草蕭蕭連茂苑，正堪愁、杜牧詩中意。誰畫在，行裝裏。

校：在「何必問」之后，據詞律增六字空格。

清平樂

房深户密。不放朝寒入。睡起就床梳洗畢。背坐半窗紅日。　衣香易冷頻燒。琴弦政緊慵調。望斷山中信，幾多春到梅梢。

百字令　次韻答毗陵蔣公冕見寄

問余何事，未中年、已覺心情歡少。對青鏡、頻傷往事，白髮鬢邊生早。水上題紅，花間拾翠，到如今休了。年年春色，應笑閉門人老。　故人咫尺江雲，幾回吟眺，目斷扁舟小。荒後人家依舊好。空記夢中曾到。一曲高歌，知君别後，也恁多愁抱。甚時乘興，山陰去訪安道。

柳梢青　梁溪道中

柳暗花明。江村□路，微雨才晴。一個扁舟，僅容漁叟，到處閒情。　往來鳧渚鷗汀。新朋間、舊人争送迎。麥飯榆羹，故園寒食，悮却歸程。

校：「江村」後，據詞律增一字空格。

鵲橋仙　和放翁韻

三江秋水，五湖春雨。只在釣船中住。滔滔波浪與天浮，釣時認得魚多處。　杏壇有樹。桃源有路。罷釣有時閒去。雖年八十尚垂綸，□不是、姓姜漁父。

校：詞牌，原作「漁父詞」，據《全金元詞》改。在「垂綸」之後，依律增一字空格。

按：此詞爲和陸游《鵲橋仙》（一竿風月）詞。

河傳　送俞彦行

天際舟去水和煙。路遥遥知幾千。廣州又在海西邊。堪憐。行人方少年。　回首吴臺連楚館。雲樹遠。眼與腸俱斷。念歸期。是何時。休遲。鶯花容易稀。

水龍吟　次韻題湧金飛雪畫扇

暮寒收盡紅塵，四山一色俄驚曉。樓臺宫闕，冰壺影裏，瑩然清悄。獨有遊人，畫船青蓋，笙歌猶繞。遍園林，松竹光輝□□，人住處，皆仙島。　羅扇畫來輕小。乍時人、見多驚倒。誰留古本，到今付與，良工塗掃。夏日攜時，且揮且玩，暑都消了。更詞人親筆題題，這風景，古猶少。

校：「光輝」之後，據詞律增二字空格。

酹江月　爲沈畫師題寫山樓

軟紅塵裏，愛君家、縹緲半空樓倚。曲檻外，江南江北，兩岸好山無際。日湧浮金，煙凝積翠，朝夕映窗几。拋書卧看，丘壑在人胸次。　興來把筆臨池，濃塗淡抹，咫尺論千里。内一段精神聚處，□甚詩人能擬。却笑米顛，結菴京口，也便寫圖誇美。生綃半幅，漫賦新詞同寄。

校：「甚詩人」之前，據詞律增一字空格。

柳梢青

過了清明。江□郭外，雲淡煙輕。幾家臺沼，萍無自緑、殘柳還青。　何人樓上吹笙。彷佛梨園舊聲。喚起閒愁，暗思往事，老來忘情。

清平樂

曉雲狼藉。淡淡煙中日。柳絮欲飛無氣力。滿院緑陰清寂。　熏篝香戀殘煤。畫羅衣試新裁。春尚有些寒在，銀屏到晚慵開。

四字令

荼蘼送香。枇杷映黄。園池偷换春光。正人閑晝長。　鳩鳴在桑。鶯啼近窗。行人遠去他鄉。正離愁斷腸。

好事近

落花數點懸蛛網。風蹙紋如浪。看來也是惜春光，留住殘紅不肯放。　柳煙槐雨連門巷。要做緑陰模樣。緑陰終不似花時，這夏景曲兒休唱。

踏莎行　秋夕宿方山寺

秋水平湖，夕陽低樹。扁舟還覓來時路。到城料得幾多程，停橈爲欲尋僧去。　杳杳松蘿，泠泠鐘鼓。上方更在雲深處。髪絲禪榻話今宵，從師要了無生句。

高陽臺　七夕

織錦停機，服箱休駕，兩情此夕交歡。碧漢無雲，銀波萬頃茫然。憑誰爲問泛仙槎去，問佳期、何事經年。柰玉蟾易老不多光景留連。　老逢佳節歡懷少，漫隨他兒女，瓜果開筵。今古無情，算來最是青天。不曾見與何人巧□，只知間阻因緣。信而今悲歡離合，遍滿人間。

齊天樂　壽内

白頭尚舉齊眉樂，相敬未忘賓禮。細數流年，平頭六十，恰好一周甲子。吾生貧賤，汝不厭糟糠，不嫌縲緤。喜而今，已將婚嫁了兒女。　雙雙共伊老矣。又何須更問，有無家計。翠艾成人，紅榴結子，隱映薰風庭宇。年年到此。願身健心安，共傾香醑。好添幾個，好孫兒戲舞。

校：「喜而今」下，據律當闕一字。

花犯　題步障亭

海棠開，問誰家亭館，依然舊標致。彩雲深處。有半濕青紅，畫闌雕砌。繁英密蕊重重樹。望中迷數里。似蜀錦、張成步障，石家徒僭侈。　夜深把銀燭高燒，有時更折向、銅瓶斜貯。微風度，朱唇似，迎人笑語。坡老、當年一見，何事在、天涯僧舍底。争似此、安排華屋，長相從富貴。

糖多令　湖中

買得個扁舟。乘閑到處游。載將圖册與衾裯。不問人家僧舍裏，堪住處，便夷猶。　雨歇淡煙浮。黄鸝鳴麥秋。石湖西畔碧悠悠。倘遇桃花源裏客，隨着去，莫歸休。

菩薩蠻　山寺夏日

重重樹杪高高閣。懸泉千尺簷前落。度夏愛僧居。一來慵下梯。　睡餘無氣力。坐數遥峰碧。閑詠不成詩。斜陽在澗西。

卜算子　九日

白髮對黄花，又一番重九。相會年年少舊人，獨酌杯中酒。　世意短恒多，此語君知否。莫問明年健似今，且折茱萸壽。

瑞龍吟　錢塘懷古

佳麗地。寂寞濤響空城，草深荒壘。龍飛鳳舞山形，宛然不復，當時王氣。　西湖外。缺岸斷橋泠落，幾灣煙水。畫船總有笙歌，向甚處，有垂楊可繫。　遍野離離禾黍，月觀風亭，有無遺址。惟有兩峰南北，在夕陽裏。因思當日，翠輦嘗南渡。二百年、生民同樂，是中歌舞。一自重華去。算幾渡曾經消瘦。不似如今最。遼鶴倘重歸，到東門市。怎知城郭，也應非故。

按：詞牌，原作「睡龍吟」，據詞律改。

卜算子　雨中

急霰打窗紗，政是愁時候。無柰愁多著酒消，反被愁消酒。　又滅又明燈，還短還長漏。爲問梅花有甚愁，也似愁人瘦。

謁金門　早秋

秋已到。秋到今年何早。秋未到時愁動了。到秋愁不少。　愁尚疏濃難掃。愁下腸空易繞。要得没愁惟睡好。愁還將睡覺。

點絳唇　初冬

午夢初回，半窗影轉斜陽樹。起看梅蕊。向暖曾開未。　一霎清寒，捲地西風起。無人至。把門兒閉。自了閑文字。

浪淘沙　重午

細雨折紅榴。花滿枝頭。客邊相對思悠悠。欲换金泥題帖子，無復風流。　蓬鬢老堪羞。節去難留。一尊重午與誰酬。歌罷楚辭新月上，曲影如鈎。

水龍吟　海萍許氏舟名

軟紅塵裏忙人，有誰能識滄洲趣。飄然一葉，也無根蔕，御風千里。禪客蘆莖，仙翁蓮瓣，笑他方外。任浮家不繫，行蹤無定，算前身，豈飛絮。　不著風花浪蕊，護蓬窗、青簾休起。卧游容與，筆床茶灶，安如屋裏。待約靈槎，銀河秋夕，訪牛尋女。且先載我月明中，洗腳唱歌歸去。

千葉芝 壽内

爐煙拂拂。生願長同室。還度新腔調舊瑟。四十三年今日。　當初黄卷相逢。後來紅線相從。此去白首相守，榴花無限春風。

按：此詞詞調爲《清平樂》，毛滂有《清平樂》（千葉芝）詞，蓋因之得名。

生查子 夏日

虚牖落桐花，疏箔通荷氣。獨自繞閒庭，不住來還去。　履滑舊苔滋，衣潤殘香膩。没一個人來，細説心中事。以上中國國家圖書館藏清鈔本《韓山人詩續集·詞》

沁園春 題鶯鶯像

伊昔蒲東，惱人春色，猶煩畫工。想娉婷嬌態，楚宫煙柳，嬋娟媚質，灞岸霜蓉一作容，誤。二八芳姿，一枝穠豔，鎖不住深閨錦繡中。西廂外，等閑蜂蝶，穿透簾櫳。　張郎俊雅誰同。獨占巫山神女峰。記一時歡會，花濃寺静，千年舊恨，葉落山空。薄俗流傳，新聲描寫，展轉翻成鄭衛風。高唐夢，水流花謝，寂寞遺踪李詩：「一枝穠豔露凝香。」　中國科學院圖書館藏《鐫古岑香批點草堂詩餘新集》卷五

高啓　存詞三十三首

高啓（一三三六—一三七四），字季迪，號槎軒。長洲（江蘇蘇州）人。早年博學工詩，家住郡城北，與王行、楊基等十人，以「北郭十友」知名。張士誠據吴中，文人多爲其謀士。高啓獨依外家，居吴淞江之青丘，自號「青丘子」。入明，與修《元史》，薦任户部侍郎，自陳年少，難擔當此職，歸家授書自給。知府魏觀改建府治，高啓爲魏觀改建府治所作上梁文，洪武帝見到上梁文，將對張士誠的怨恨轉嫁高啓，腰斬于市朝。年僅三十九歲。著有《高太史大全集》十八卷，存詩二千多首。與楊基、張羽、徐賁，並稱「吴中四傑」。明正統年間周忱刊行高啓文集《鳧藻集》、詞集《扣舷集》。《扣舷集》存詞三十二首。生平見朱彝尊《曝書亭集》卷六十二《高啓傳》、《吴中人物志》卷七、《明史》卷二八五。

念奴嬌　自述

策勳萬里，笑書生、骨相有誰曾許。壯志平生還自負，羞比紛紛兒女。酒發雄談，劍增奇氣，詩吐驚人語。風雲無便，未容黄鵠輕舉。　何事匹馬塵埃，東西南北，十載猶羈旅。只恐陳登容易笑，負却故園雞黍。笛裏關山，樽前日月，回首空凝佇。吾今未老，不須清淚如雨。

疏簾淡月　秋柳

殘結恨結，是弱舞初闌，困眠纔歇。緑少黄多，錯認早春時節。西風也送誰離别。斷長條、似人攀折。謾思曾見，燕邊分翠，馬頭吹雪。　君莫問、隋宫漢闕。總寒煙細雨，曉風殘月。不帶流鶯，却帶斷蟬悲咽。老來腸緒應愁絶，江南横管吹切。莫欺憔悴，明年依舊，萬陰成列。

石州慢　春思

落了辛夷，風雨頓催，庭院瀟灑。春來長恁，樂章懶按，酒籌慵把。辭鶯謝燕，十年夢斷青樓，情隨柳絮猶縈惹。難覓舊知音，把琴心重寫。　妖冶。憶曾携手，鬭草闌邊，買花簾下。看鹿盧低轉，秋千高打。如今何處，總有團扇輕衫，與誰更走章臺馬。回首暮山青，又離愁來也。

眉嫵　夫差女瓊姬墓

悵紅蘭採罷，白苧歌殘，魂斷舊宫路。長夜泉臺冷，再誰把、雲屏月帳遮護。鈿車不度，正館娃、荆棘多露。想還有、舊日吹簫侣，共來往煙霧。　城郭江山如故。自國亡家破，今幾朝暮。水邊花下，黄昏後、誰逢環珮微步。恨多莫訴，任玉釵、雙燕埋土。待相約吴娃，寒食到此澆墓。

水龍吟　畫紅竹

淇園丹鳳飛來，幾時留得參差翼。簫聲吹斷，彩雲忽墮，碧雲猶隔。想是湘靈，淚彈多處，血痕都積。看蕭疎瘦影，隔簾欲動，應似落花狼藉。　莫道清高也俗。再相逢，子猷還惜。此君未老，歲寒猶有，少年顔色。誰把珊瑚，和煙换去，琅玕千尺，細看來不是天工，却是那、春風筆。

天仙子　懷舊

憶共當年遊冶伴，愛聽秦娥青玉案。瑣窗春曉酒初醒，鶯也喚、人也喚，不問誰家花惜看。　舊事那知回首換，畫舫空閒楊柳岸。相思日暮隔梁園，山一半、水一半，望眼別腸齊欲斷。

一剪梅　閒居

竹門茅屋槿籬笆。道似田家，又似山家。敞披鶴袖岸烏紗。看過黄花，待看梅花。　晚時飲酒早時茶。風也由他，雨也由他。從來不會治生涯。誰與些些，天與些些。

玉漏遲

夕陽無限好，憑闌却怨，昏鴉歸早。一片寒煙，鎖定幾家臺沼。料想青山笑我，自亂後遊驄不到。憔悴了，將軍故柳，王孫芳草。　寂寞楚舞吴歌，歎轉眼前歡，水空雲杳。試問天涯，故人近來應老。只爲微知世故，比別箇，倍添煩惱。須信道，人生稱心時少。

多麗　弔七姬

倩嫦娥，呼天試問如何。向人間、生成尤物，等閒又把消磨。揉群花、亂飄塵土，毁聯璧、碎擲煙波。謾説無雙，傾城曾數，八人少箇六人多。一般樣、細腰裊裊，高髻峨峨。　奈干戈，筵上豔曲，忽翻做帳中歌。忍教受、項纏素帛，渾忘記、臂結紅羅。翠被都閒，玉鈿盡落，魂遊應去馬嵬坡。誰能發、香裍解看，怕肉尚温和。堪腸斷、空樓月落，廢院春過。

按：據詞律，本詞上闋缺二句。不同版本《扣舷集》均缺失。

謁金門　渡江

風怗怗，江與暮天相接。欲鬭白鷗飛得捷，兩童搖兩楫。　試解袷羅香褶，秋似緑荷先怯。收拾詩愁都在篋，比山多幾疊。

倦尋芳　曉雞

喚回好夢，呼起閒愁，何處咿喔。叫得霜飛，早似戍樓梅角。征鐸車前都已動，朝衣燈下應初着。最怱怱，念帳中驚聽，送郎行却。　問何事、不能緘口，催得人間，許多離索。我厭功名，怕候曉關開鑰。但戀五更衾枕煖，不知千里程途惡。且高眠，任窗月，被他啼落。

太常引　丁校理邀觀妓失期不赴

幾時相約畫樓中，同賞小枝紅。尊酒太匆匆。剛少個，風流醉翁。　歌聲已遠，夢魂初斷，無分見春風。不見尚愁濃。若見後，愁添萬重。

賀新郎　喜徐卿遠訪

人事浮雲變。爲如何、忽然而別，偶然而見。今古這些離合夢，多少酒愁詩怨。君共我、任隨蓬轉。當見望窮天際眼，却今宵、看熟燈前面。談笑處，兩忘倦。　淮鄉楚澤知遊徧。問江南、歸時誰有，故家庭院。拂了征衫舊塵土，再整賞笻吟卷。隨處裏，山留水戀。作個東坡來往友，算平生、富貴非吾願。舉此酒，祝長健。

昭君怨　催梅

試問南枝何故。未肯將春全露。意欲吐些香，且商量。　雖是花中最早，更放早開尤好。火急報花知，要題詩。

沁園春　寄内兄周思誼

憶昔初逢，意氣相期，一何壯哉。擬獻三千牘，叫開漢闕。躡一雙蹻，走上燕臺。我勸君酬，君歌我舞，天地疎狂兩秀才。驚回首，謾十年風月，四海塵埃。　摩挲舊劍生苔。歎同掩、衡門盡草萊。視黄金百鎰，已隨手去。素絲幾縷，欲上頭來。莫厭棲棲，但存耿耿，得失區區何足哀。心惟願，長對尊中酒滿，樹上花開。

木蘭花慢　過城東廢第

正春來夢好，春忽去，怎留將。早月墜箏樓，塵生戟户，草滿毬場。美人盡爲黄壤。恨温柔，難把作家鄉。桃李一番狼藉，燕鶯幾許淒涼。　虚言地久天長，回首已斜陽。算只爲當年，多些歡樂，少個思量。不見門前繫馬，有棲鴉、獨占垂楊。試問朝來過客，誰人肯爲悲傷。

清平樂　夜坐

新詩吟罷，兀坐寒窗下。寂寞家中如客舍，風雨江南今夜。　侍兒勸我深杯，好懷恰待舒開。叵奈燈前過鴈，一聲又送秋來。

憶秦娥 感歎

功名驟，時人笑我真迂繆。真迂繆，不能進取，幾年落後。　一場翻覆難收救，布衣惟我還如舊。還如舊，思量前事，是天成就。

酹江月 遣愁

問愁何似，似掃除不斷，無根狂絮。應是羈懷難着盡，散入江雲江樹。夜雨心頭，秋風鬢腳，總是相尋處。重門雖掩，幾曾障得他住。　難學盧女情腸，江淹庾信，空賦淒涼句。偏要相欺閒裏客，端的此情難恕。見月還悲，逢花也惱，對酒方無慮。他來休怕，但教能遣他去。

沁園春 鴈

木落時來，花發時歸，一年又年。記南樓望信，夕陽簾外。西窗驚夢，夜雨燈前。寫月書斜，戰霜陣整，横破瀟湘萬里天。風吹斷，見兩三低去，似落箏絃。　相呼共宿寒煙，想只在、蘆花淺水邊。恨嗚嗚戍角，忽催飛起；悠悠漁火，長照愁眠。隴塞間關，江湖冷落，莫戀遺糧猶在田。須高舉，教弋人空慕，雲海茫然。

行香子 芙蓉

如此紅妝，不見春光。向菊前、蓮後纔芳。雁來時節，寒沁羅裳。正一番風，一番雨，一番霜。　蘭舟不採，寂寞横塘。强相依、暮柳成行。湘江路遠，吴苑池荒。恨月濛濛，人杳杳，水茫茫。

滿江紅　客館對雪

古硯生冰，衾潑水，酒醒寒切。窗竹裏，似風非雨，蕭颼騷屑。攲枕夜聽孤館静，開門曉看千山潔。問人間何處是乾坤，無分别。　茅店外，青旗折。畫閣上，朱簾揭。憶少年疏狂，偏在探梅時節。深帳酒巵歌宛轉，小爐茶碗詩清絶。歎如今，歲晚客天涯，人離别。

如夢令　寒夜

蕙火紅銷金鼎。鴉樹不驚風静。多事月明來，照出小窗孤影。宵永，宵永，鐵做梅花愁冷。

酹江月　送金吾石將軍赴鄧州守

虎頭猿臂，問立功何處，風塵邊障。身帶寶刀歸宿衛，人識金吾名將。鐃吹聲中，旌旗影裏，慎識翠輿行仗。周廬直罷，建章幾度雞唱。　君恩特念勳勞，鳳銜新誥，忽墮丹霄上。官在卧龍人隱處，看繞郡白雲青嶂。莫射雙鵰，好乘五馬，試問野人無恙。梅花江路，送行何用惆悵。

卜算子　京師早起

窗燈漸漸昏，樓鼓頻頻打。不是寒宵不肯明，想是鄰雞啞。　冰生半井泉，霜散千家瓦。强起披衣逐早朝，門外聞珂馬。

卜算子　有懷

帶得片情來，留下多愁去。不繫羅裙帶上詩，知向誰家住。　離程渺渺山，别意重重樹。須信江東日暮雲，自古相思處。

江神子　江上偶見

芙蓉裙衩最宜秋。柳邊頭，自撑舟。一道眼波，斜共晚波流。驀地逢人回首笑，不識恨，却知羞。夕陽猶在水西樓。慢歸休，欲相留。教唱彎彎，月子照湖州。不怕鴛鴦驚起了，怕江上，有人愁。

天仙子　秋夜客中

炙了青燈初掩帳。四壁蛩鳴催旅況。瀟瀟索索雨兒來，梧葉上，柳葉上，兩處秋聲愁一樣。此夜江雲迷疊嶂。好夢欲歸難倚仗。已涼未冷惱人天，眠一餉，坐一餉，白髮明朝應幾丈。

清平樂　春晚

看花過了，剩得春多少。新緑滿園庭院悄，鳥啄櫻桃紅小。夢隨蝴蝶東家，覺來空掩琵琶。不見侍兒纖手，自籠紗帽煎茶。

摸魚兒　自適

近年稍諳時事，傍人休笑頭縮。賭棋幾局輸贏注，正似世情翻覆。思算熟。向前去、不如退後無羞辱。三般檢束。莫恃微才，莫誇高論，莫趁閒追逐。雖都道，富貴人之所欲。天曾付幾多福。倘來入手還須做，底用看人眉目。聊自足。見放着、有田可種有書堪讀。村醪且漉。這後段行藏，從天發付，何須問龜卜。

水調歌頭　謝惠酒

晝夢驚起，雞叫鬬喈喈。是誰扣我門户，道是麯生來。今日江頭風雨，生怕詩人岑寂，特地到寒齋。一見即傾倒，笑口爲頻開。洗愁空，催句就，挽春回。不憂蓆帽衝冷，便欲去尋梅。却笑盧仝何苦，偶得酪奴相過，也擬上蓬萊。此味正不淺，看我玉山頹。

鷓鴣天　秋懷

鼓動江城一鴈秋，夕陽山色滿長洲。十年舊事都成夢，半篋新詩總是愁。書咄咄，歎休休。文君笑典鷫鸘裘。不如俠少渾無賴，醉殺東家燕子樓。以上明正統九年刻本《四部叢刊初編》《扣舷集》

木蘭花慢

笑匆匆夢短，人間事、幾黄粱。早月墜箏樓，塵生戟户，草滿毬場。美人盡爲黄土，甚温柔、難把作仙鄉。桃李一番狼藉，燕鶯幾許淒涼。虚言地久與天長，滄海變耕桑。記花月當年，儘多歡樂，却少思量。門前久無繫馬，但棲鴉、臨晚占垂楊。試問今來過客，有誰感嘆斜陽。《渚山堂詞話》

華悰韡 存詞二首

華悰韡（一三四一—一三九七），字公愷，别號貞固處士。無錫（今屬江蘇）人。華幼武子。元季東南兵亂，奉親往來蘇松。所作詩文編成一帙，題名《慮得集》，其中存《人月圓》詞二首。洪武三十年去世。

人月圓　學賦人月圓春季即事二首

年過半百兼多病，晨起强披衣。小窗孤坐，流鶯巧囀，乳燕交飛。　最憐光景，攛梭過了，緑暗紅稀。連朝無奈，狂風驟雨，斷送春歸。

人月圓

年年花落鶯方到，猶解送殘春。想應風雨，棲遲何地，送我良辰。　幸然知止，尋幽托跡，穩處藏身。終朝窗外，間關對語，似伴閒人。以上明嘉靖十一年華從智刻本《慮得集》附録下

林鴻 存詞三十一首

林鴻，字子羽。福清（福建福州）人。詩文知名閩中。明初，以人才徵至南京，作詩應製，稱旨。官至精膳司員外郎，年未四十，自免歸。閩中以「十才子」並稱，林鴻爲其首。有《鳴盛集》四卷，《四庫全書》本存詞十三首。《明詞彙刊》中的《鳴盛詞》，存詞共三十一首。生平見《明史》卷二八六、《國朝獻徵録》卷三十五。

蘇武慢

大塊初分，胚胎既孕，萬物自然生露。馬出於河，龜浮自洛，從此人文森布。羲畫亡言，姬爻有象，斯理亘乎今古。問其中槖籥，樞機太極，乃群生之母。　細看來、納納乾坤，漫漫宇宙，好類闔扉，啓户六子相磨，五行互竭兩曜，不停烏兔道。在目前，理非身外。欲晤幾人能晤，待先生勘破，先天披髮，騎麟歸去。

蘇武慢

性水流湍，情田不耨，堪嘆世人猖獗。土鼓風殘，結繩政遠，吾道渺如一髮。箕帚誶言，耰鋤德色，厖俗凜乎將輟。樹桔槔喚起機心，却笑灌畦之拙。　孰不知、孝本柴愚，學傳參魯，天道本無言說。克讓克仁，飾非飾知方寸，要君分別。達則經綸，窮乎蓬累。到此始稱豪傑，有幾人俯仰，無慙浩氣，直干雲闕。

蘇武慢

擾擾勞生，飄飄過客，天地古今逆旅。滄海塵飛，南山石爛，烏兔幾時能住。野馬光陰，浮漚宇宙，何異草頭微露。有幾人了了惺惺，識破死生之故。　看古來、事業功名，榮華富貴，畢竟在於何處。奔走無休，機關未定華屋，幾成墳墓。醉裏乾坤，閒中歲月，此是穩行平路。倩誰人喚起，莊周斗酒，與談玄素。

蘇武慢

家本儒流，身穿逢掖，出入義途仁里。洞鑒機心，冥搜海岳，博得一貧如洗。作賦南宮，吟詩北苑，萬句不如杯水。問先生何苦如斯，祇是好之不已。　最愛是、竹寺秋眠，花樓夜飲，醉倒不知天地。禮法之徒，是非評論看得，不如螻蟻。勘破興亡，超乎流俗，莫怪不營生理。吐胸中萬斛，珠璣有幾箇，富人能比。

蘇武慢

斂跡南宮，乞骸北闕，長嘯掛冠歸去。昔日詩朋，舊時酒伴，不棄又還相顧。緑水林塘，青山別墅，儘有清遊佳趣。算從前枉縛微名，一夢迨今纔寤。　閒來時、古寺分茶，隣家看竹，任我清狂如故。牧犢賡歌，共話著箇野人，巾屨理亂。休聞起居，自若一枕，水雲山雨。問先生此外，何如目送，逝波東注。

蘇武慢

北隴耕雲，南溪釣月，此是野人生計。山鳥能歌，紅花解語，無限乾坤生意。荷鍤歸來，擔簦閒眺，風景又還光霽。算人生奔走如狂，萬事不如沈醉。　細看來、聚蟻功名，戰蝸事業，畢竟又成何濟。有分林塘，無心鐘鼎，誓與漁樵深契。石上酒醒，竹間茶熟，別是水雲風味。順吾生素直，而行造化，任他兒戲。

蘇武慢

養就嬰兒，孕成姹女，一派華池清沼。朝飲秦樓，暮遊炎海，倒著雨巾風帽。銕笛一聲，瑶琴三弄，隱隱月高星小。笑梁園物換人非，蛺蝶又飛烟草。　想從前、廣漠歸來，崆峒讌罷，人世幾經昏曉。瑶草長春，玄珠不夜，前後紫鸞飛繞。生死如休，榮枯似夢，欲了幾人能了。指白雲深處，吾廬無數，野花啼鳥。

蘇武慢

萬古憑高，一聲長嘯，勘破古人公案。讓本陶唐，征於湯武，不過授賢治亂。姬運東衰，胡氛北漲，赤子可嗟塗炭。喜桓文烈烈轟轟，傾厦賴乎支幹。　爭奈何、戰國紛紛，嬴秦擾擾，元氣等閒飄散。謙讓未遑，詩書安事，吾道厄於炎漢。陋矣河汾，賢哉濂洛，再整殘編斷簡。倘若非奎璧，光輝長夜，幾時能旦。

滿庭芳　錢塘舟中述懷

小雨催寒，輕烟弄晚，空江一望模糊。片帆東去，誰念旅懷孤。寒雁連翔欲下，還驚起、相叫相呼。棲泊處，擁篷欹枕，清夢繞菰蒲。　還思行樂處，有高陽酒侶，洛浦嬌姝。空贏得半生，酒困詩癯，不道年來憔悴。但顧影、冷笑微吁。縹江上，天公還肯，容我釣鱸魚。

念奴嬌　咏雁

登臨送目，正木落、蘅皋水寒湘渚。碧海青天，三萬里、望斷驚弦弱羽。字寫璇空，陣横紫塞，夢入黄蘆雨。錦箋一劄，謾留别後愁語。　空江水碧沙明，閒情誰與共，晚江鷗鷺。二十五絃，彈古恨、逐伴又還飛去。仙掌月明，長門燈暗，多少悲凉處。千秋哀怨，秪今猶遶箏柱。

玉漏遲　記紅橋故人春遊

驚鴉翻暗葉，桐花墜露，曲房新曉。蠟炬香籠，準備惜花起早。翠沼凝脂冰活，呵素手、襯妝初了。香徑小。水溶溶波暖，正宜臨眺。　誰信造物無私，偏付與容華，稱顰宜笑。更放花朝，日日霽多陰少。不惜千金費盡，但惜取、數峰殘照。歸騎杳、縱醉宜眠芳草。

青玉案　釣臺遇雪

桐江倚櫂蒹葭，暝怪倦，枕朝寒。勁拂曙掀篷銀萬。頃犯星人，去清風名，在尚想羊裘冷。　簪纓悮我山林興，幸唤醒槐安塵夢境。烟浪迢迢歸路永，汲江燃竹，買魚沽酒，沈醉休教醒。

臨江仙　秋登平遠臺

身是金門簪筆吏，天教未老歸來。秋風扶醉上層臺。百年清夢醒，萬里壯懷開。　看取古人何事業，一抔黄土蒼苔。閒身差健且銜杯。夕陽漁笛送寒色，雁書催。

摸魚兒　書情

記紅橋、少年遊冶，多少雨情雲緒，金鞍幾度歸來晚，香靨笑迎朱户。斷腸處，是半醉，微醒鐙暗夜深語。問情幾許，情應似□□，吴蠶吐繭，撩亂萬千緒。　離別處，澹月乳鴉啼曙。淚痕啼紅袖污。海懷遐想何年了，空寄錦囊佳句。春欲去，恨不得，長繩繫日留春住。相思最苦。莫道不消魂，衷腸鐵石，涕淚□如雨。

大江東去　留別虹橋故人

鍾情太甚，人笑我、到老也無休歇。月露煙雲，多是恨、況與玉人離別。軟語叮嚀，柔情婉孌，鎔盡肝腸鐵。歧亭把酒，水流花謝時節。　應念翠袖籠香，玉壺温酒夜，夜銀瓶月。蓄喜含嗔，多少態，海岳誓盟都設。此去何之，碧雲春樹合，晚峰千疊。圖將羈思，歸來細與伊説。

大江東去　留別冶城遊好

無情白髮，更能消、人世幾回離別。短帽輕衫，風雨裏、何況落花時節。載酒紅橋，藏鬮紫陌，多少閒風月。年來情緒，不應如此淒切。　應念故舊飄零，劍歌中夜起，唾壺敲缺。苦竹黄茅，山店遠，落日鷓鴣聲咽。此別經年，故山凝望久，海天空闊，春江是酒，爲予滌蕩愁結。

水調歌頭　送鄭孟宣之海南

去日何太速，來者未云央。眼前知己，算來惟我與君狂。淮海歸來未久，又領素琴孤劍，萬里向炎荒。落日川上別，海氣浩茫茫。　擊唾壺，歌楚調，激清商。出門一笑，雲飆直欲拂扶桑。兩地東甌南越，一片中天明月夜。夜夢飛揚□□。吾老矣，白髮永相望。

水調歌頭　送諸生黄聲伯歸西鏞

尊酒送離客，西去鳳凰橋。一襟秋思，寒蟬落葉共瀟瀟。我本南宫傲吏，暫向天門落雨，未分老漁樵。浩氣塞宇宙，白髮指雲霄。　歎吾生，空落魄，未蕭條。登山臨水，也應還我晋風標。人道别離最苦，我道别離亦好，世事等蓬飄。扁舟今夜夢，明月送歸潮。

水調歌頭　將之劍上留别知己

天地一逆旅，造化本兒嬉。老夫勘破，任真委運復奚疑。達則經綸宇宙，窮則謳歌草澤，何喜又何悲。但願有美酒，與子共斟之。　樂徜徉，游汗漫，醉淋漓。百年一瞬，出門長歎又臨歧。此去化龍潭上，落日悲歌吊古，意氣少人知。爲語高陽侶，待我早秋時。

水調歌頭　清江鎮阻風過姑蘇

折盡壩頭柳，掛席送歸鴻。任他一江，愁水千里有情風。滿眼碧雲仁�，□□輕陰閣雨，山抹畫眉濃。後夜在何處，酒醒闔閭鐘。　沈腰緩，潘鬢短，苦西東。輞川笑我，歸去鷗鳥不相容。錯怨天公□語，無奈人生如夢，俯仰古今同。但願身差健，休放玉尊空。

八聲甘州　懷冶城遊好

算人生離合似參辰，恰又似浮萍。看百年逆旅，一時過客，幾度歧亭。何事眼前知己，惟我最飄零。天門驚折翼，一夢纔醒。記取冶城人物，是煙霞儔侶，海岳英靈。每長吟大嚼，逸氣貫青冥。歎祖筵，讌歌聲斷，向青銅、短鬢易星星。紅橋上、有人倚望，清淚盈盈。

江城子　金華雙谿夜雨

一聲柔櫓破汀煙。雁飛前，鷺棲邊。沽酒樓西，燈火對愁眠。惟有雙谿谿上月，還又似，舊時圓。驚篷斷梗度年年。醉離筵，寫吟箋。説著陽關，清淚更潸然。明日雲飄滄海去，延白首，望青天。

小重山　憶鄭孟宣

冠蓋相傾四十年，童顔都改盡，雪盈顛。殘魂零落此生前。能幾度，賦離筵。雲浪漲鯨川，雁書知到否，日南邊。雙垂涕淚望南天。丹心苦，惟有月同懸。

望海潮　懷舊

東城閒步，西園縱飲，十年一夢繁華。翠幄藏春，金鞍坐月，仙裾曳雪飄霞。半醉岸烏紗。有綽約娉婷，笑女歌娃，柳軃花柔，蒙茸芳草襯鈿車。重尋舊事堪嗟。謾魂飛故國，目斷天涯。佩解紉蘭，臂銷玉幄，鳳笙龍管誰家。蓬鬢點霜花。向荒涼水國，門掩蒹葭。獨擁霜衾，茫茫歸夢繞雲沙。

蝶戀花　紅橋憶別

記得紅橋西畔路，郎馬來時，繫在垂楊樹。漠漠梨雲和夢度，錦屏翠幄留春住。

按：本詞僅存上半闋。

踏莎行　括蒼山行

栗里人家，桃源野館，羊腸曲曲谿流斷。白雲盡卷鳥巢孤，紅照半殘楓葉暖。　臘促歸心，寒迷望眼，怪禽啼破疏鐘晚。欲將魂夢到鄉關，月白霜清和夢短。

念奴嬌　括蒼旅中冬至感懷

荒村子月，正暖律、潛回葭灰飛雪。最喜群陰，都剥盡、午夜一陽初拙。嶺海行人，星橋野館，悵悵辜佳節。赤城紫禁，此時深閉瑶闕。　遥想翠閣當年，玉鑪紅焰獸。炭融香屑，素手呵妝，梳洗懶、繡褥爲誰鋪設。瀹雪煎茶，折梅浸酒，此興真奇絶。歸心撩亂，夢回吟擁衿鐵。

沁園春　感興

死生存亡，生能順正，死又何妨。自大塊初分，胚胎始孕，生來二五，已備吾軀。敦厚詩葩，精微易藴，學貫天人要勉諸。行樂處，但吟哦風月，俯仰鳶魚。　浩然氣與天俱，算眉底閒愁一點無。□萬疊雲山，三江煙浪，半醒半醉，擊缶嗚嗚。達則經綸窮乎蓬累，幾度黄金散酒徒。從今去，任精魂歸變，石爛河枯。

玲瓏四犯　次杉關懷古

峭壁荒煙，摧垣衰柳，傷心一片遺壘。英雄成草蔓，俛仰今何似。江山宛然畫裏，但縱横，暮禽寒水。西指匡廬，南窺滄海，長歗倚天際。　無人會，凭高意。黯魂消故國，雙垂清淚。蕭蕭殘月下，疊鼓連雲起。仲宣老去鄉情切，歎牢落、風塵如寄。更多少，閒愁問、春來燕子。

醉蓬萊　舟次東山下憶西湖舊遊

記澄湖拖練，畫舫參差，鬧花時節。油壁鳴隄，有障縈屏列。燕草香融，鵶頭金淺，似渭城煙雪。急管斜陽，徽娘蒨倩，帶圍閒却。　蘇小閒情，緑楊如織，闌檻東邊，好山千疊。料得如今，也翠銷紅歇。何限繁華，春來都付，與數聲啼鴂。謾愴羈魂，扁舟買醉，謝公明月。

賀新郎　詠燕

試問春無語，記年時，海角天涯，爲誰來去。南浦垂楊吹作陣，空鎖畫樓煙雨。漸暖靄、呼群尋侶。仨蹴飛花來落水，更多情、慣學風前絮。長伴我，舞金縷。　烏衣巷陌皆塵土，絓斜陽，平蕪漠漠，舊巢何處。露井螢階消息早，入背伯勞西度。算悄似、飄零羈旅。曾寄相思□雲外，悵佳期枉被秋娘誤。歸路闊，杳難據。以上《明詞彙刊》本《鳴盛詞》

郲經 存詞一首

郲經，字仲誼，一作仲義，號觀夢道人、西清居士、龜谿漁者。西夏人，以隴右爲籍貫。上世居海陵（江蘇泰州）。元至正間舉鄉貢進士，任平江路儒學録。至正二十四年曾爲夏文彦《青樓集》作序。元明之際寓居杭州。明洪武二年，與邵亨貞同往江陰，洪武四年充江浙考試官，洪武十一年至京師，就養於其子。詩文書法均有時名，善琴操，能隱語。有《玩齋稿》、《觀夢集》等，均不傳。清錢熙彦《元詩選補遺》編録郲經詩二十七首（包括一首聯句）。除詩文，還有詞曲傳世。據元曲文獻著録，作雜劇三種，《西湖三塔記》與《胭脂女子鬼推門》未見流傳，《死葬鴛鴦塚》今存佚曲。《全元散曲》存其小令一支。生平見徐一夔《始豐稿》卷八《送朱仲誼就養序》、《録鬼簿續編》，孫楷第《元曲家考略》有專論。

齊天樂 題錢舜舉紅白蓮花圖

填《齊天樂》譜，賦吴興錢舜舉所畫紅白荷華，録呈詞社諸名勝指教。維揚朱誼上。

水精宫裏秋如畫。荷華粲然紅白。儷隊齊分，宫粧閒列，疑是内家秦虢。盈盈脉脉，甚同瞰菱波，鬬呈雲頷。不道湖軒，王孫一見重憐惜。　丹鉛等閒染就。雙葩堪玩處，香露凝色。肯比嘉蓮，並頭猶是，兒女雨魂風魄。語應解得，忘便學當年，牡丹傾國。回首苕溪，數峰天外碧。洪武丙辰八月六日，錢塘東城寫。《秘殿珠林石渠寶笈合編》六册三二〇五頁

陳亢宗　存詞二首

陳亢宗，崑山（今屬江蘇）人。元末明初，參加當地文人徐達左在其園林耕漁軒的詩酒唱和會集。在徐達左編輯的《金蘭集》中存有所作詩詞。

菩薩蠻

承委令孫見訪，寵之以佳詞，侑之以肴酒烹雞。開尊朗歌麗句，宫律相宣，齒頰雋永。恨不對芳儀，以共此況耳。可勤歸，姑摭餘意，蓋亦瓦缶而雷鳴也。企正幸幸。

西山暮雨湘簾捲，蕭蕭白紵新涼淺。碧樹下層陰，秋光變自今。　山中無去住，誰識高閒趣。久客欲生根，何如溪上雲。

菩薩蠻

高人曉寄陽春雪，清音字字諧金石。三歎有遺餘，相從欲秣駒。　興深池草夢，才已膺時用。共約瀉離憂，參禪訪比丘。清乾隆刻本徐達左《金蘭集·續集》

魏觀 存詞三首

魏觀，字杞山。蒲圻（湖北武昌）人。元至正年間，隱居蒲山避亂。朱元璋下武昌，聘爲平江儒學正。洪武初，興建大本堂，命魏觀侍太子説書，授諸王經歷，遷國子監祭酒，出知蘇州府。擢四川行省參政，父老請留任，命還職。後以讒被誅。事後洪武帝尋悔之，命致祭歸葬。有《蒲山漁唱》與《蒲山集》。《蒲山漁唱》存詞三首。生平見《明史》卷一四〇、《吴中人物志》卷三。

水調歌頭

求賢未得，歲晚愁深，因懷郭原道，漫成一曲。

賢達渺何許，我欲往求之。雲山煙樹深處，迢遞費驅馳。樵徑未逢种放，茆屋又無孫復，碌碌顧徒爲。一見郭原道，適足慰心期。送登舟，還握手，話離思。天寒歲晚，何事千里獨歸遲。夢想蓬萊三島，音攬簫韶九奏。鸞鳳自來儀。四海望經濟，舍爾復其誰。

水調歌頭

己亥秋七月三日，謫來都昌。泊舟驛亭，登眺有感，因成《水調歌頭》一曲，録呈胡君茂處士一笑。

湯式　存詞一首

湯式，字舜民，號菊莊。象山（今屬浙江）人。至正間，補本縣吏。後落魄江湖間。明成祖在燕邸，待之頗厚。是元明之際著名散曲家，有《筆花集》，並著雜劇二種（《瑞仙亭》《嬌紅記》），均未流傳至今。散曲今存《全元散曲》。明楊瑞輯《揚州瓊華集》卷三「瓊華詞」有湯舜民詞《酹江月》（《念奴嬌》）一首。生平見《全元散曲》。

酹江月

天然靈種，徧塵寰、不許一枝分植。瀛海沉沉群玉宴，迥出八仙標格。珠幄留雲，縞衣蒙雪，淺露宮黄額。無雙亭下，未容凡卉同立。　正是射虎歸來，朱闌獨倚，曾作揚州客。素質自羞時態改，何必鉛華傾國。舞影鸞孤，繞心蝶倦，占斷春消息。月明十里，望中還記曾識。南京圖書館藏成化二十三年刻本（《四庫全書存目叢書》本）明楊瑞輯《揚州瓊華集》卷三「瓊華詞」

熊夢祥　存詞十三首

熊夢祥，字自得，號松雲道人。南昌進賢(今屬江西)人。博讀群書，旁通音律。能作數體書，乘興畫山水，尤清古。以茂才舉教官，任白鹿書院山長，授大都路儒學教授、崇文監丞，以老疾歸，詩酒放浪淮浙間。明初，卜居婁江上，扁所居曰得月樓。年八十六尚在世，歲時風紀松雲撰。卒年九十餘歲。著有《釋樂書》，并著《析津志》。在《析津志》的《歲紀》節，有十三首詞，自署「《富春樂》歲時風紀松雲撰。」所謂「富春樂」，應即《漁家傲》詞的别署。生平見楊維楨《西湖竹枝集》、《草堂雅集》(十八卷本)卷八、《元詩選》三集《松雲道人集》、清曾燠《江西詩徵》卷三十三。

富春樂　歲時風紀　正月

正月皇宫元夕節，瑶鐙炯炯珠垂結。七寶漏鐙旋曲折。龍香爇，律吹大蔟龍顔悦。　綜理王綱多傳説，鹽梅鼎鼐勞調燮。鐙月交輝雲翳絶。尊休徹，天街是處笙歌咽。

校：詞牌下原注：「松雲撰。」

富春樂　二月

二月天都初八日，京西鎮國迎牌出。鼓樂鏗鍧儕鬌簨。金身佛，善男信女期元吉。　白傘帝師尊帝釋，皇城望日遊宮室。聖主後妃宸覽畢。勞宣力，金銀緞匹君恩錫。

富春樂　三月

三月京師寒食早，苑墻柳色摇宮草。太室薦新皇祖考。培街道，元勳銜命歌天保。紫燕遊絲穿翠葆，桃花和飰清明到。追遠松楸和淚掃。鶯花曉，人心莫逐東風老。

富春樂　四月

四月吾皇天壽旦，丹墀華蓋朝儀粲。警蹕三聲嚴外辯。聽呼贊，千官虎拜咸歡忭。禮畢相君擎玉盞，雲和致語昌宮宴。十六天魔呈舞旋。大明殿，齊稱萬壽祈請晏。

富春樂　五月

五月天都慶端午，艾葉天師符帶虎。玉扇刻絲金線縷。懷荆楚，珠鈿綵索呈宮籞。進上涼糕並角黍，宮娥綵索纏鸚鵡。玉屑蒲香浮緑醑。葵榴吐，鑾輿歲歲先清暑。

富春樂　六月

六月京師日逢六，五更汲水勞童僕。豆麵油鹽香馥馥。經三伏，晨昏鼎鼐調和足。垂舌獅龐伸復縮，榴花噴火蒲翻緑。雨過籍田苗秀育。皇家福，更期四海俱豐熟。

富春樂　六月

六月灤京天使速，恭迎御酒乾羊肉。原廟宗禋分太祝。包茅縮，伯五十年調玉燭。史館宸儀天日煜，油然臣子羹墻肅。釋樂祼將從國俗。天威矚，不暇皇祖貽多福。

富春樂 七月

七月皇朝祠巧夕，化生庭院羅金璧。綵線金針心咫尺。堪憐惜，星前月下遥相憶。鈿盒蛛絲覘順逆，觚稜螢度凉生腋。天巧不如人巧懌。年光擲，長生殿裏空塵蹟。

富春樂 八月

八月雨京秋恰半，金閨勝賞冰輪碾。玉琯南宫音乍轉。霓裳燕，穆清一曲雲中按。寶釧生凉侵玉腕，瑶觴九醖瓜新薦。月色人心同繾綣。深宫晚，一聲促織瑶階畔。

富春樂 九月

九月登高簪紫菊，金蓮紅葉迷秋目。萬乘時還勞萬福。麾幢矗，雲和樂奏歸朝曲。三后鑾輿車碌碌，寶駝象轎香雲簇。玉斧内儀催雅卜。天威肅，籞人早已攏銀燭。

校：「寶駝象轎」，北京古籍出版社《析津志輯佚》（一九八三年九月版）作「寶馳象轎」。下文在三宫出行「天朝之盛」，提及「牛馬驢騾駝象」，暫據以改。

富春樂 十月

十月天都掃黄葉，酒漿出城相雜遝。爇送寒衣單共袷。愁盈頰，追思淚雨灰飛蝶。太室迎寒應祭祫，黄鐘中管應鍾協。鬯祼神來誠敬浹。音容魌，常儀太尉應當攝。

富春樂　十一月

冬月京中號朔吹，南郊駕幸迎長至。繡線早添鸞鳳翅。争相試，辟寒犀進宫娥憙。　龍裹中官多寵貴，銀貂青鼠裘新製。白馬寶鞍銜玉轡。藏閻戲，鴛衾十酒人貪睡。

富春樂　十二月

臘月皇都飛朦雪，銅槃凍折寒威冽。八日朱砂香粥啜。宫娥説，氊幃窣下休教揭。　鼎饌豪家兒女悦。豐充羊醴勞烹切。九九梅花填未徹。嚴宫闕，宰臣準備朝元節。以上《析津志輯佚·歲紀》

黎貞 存詞六首

黎貞，字彦晦，自號陶生。新會人。生性坦蕩不羈，詩酒自放。洪武初，署本邑儒學訓導，以事被誣，遣戍遼陽十八年。其間從游者甚衆。還鄉，卒。清光緒元年重刊《重刻秫坡先生文集》八卷，其中卷四，存詞六首。生平見《國朝獻徵録》卷一一五。

醉太平 八月十八日遍遊鳳凰城

鶯花砌錦城，龍虎壯瑶京。文明禮樂播新聲，賽周成治平英雄。氣壓邊疆。靖賢良策。奏人材盛陰陽，順氣鬼神寧。與陶唐並稱。

折桂令 寄東海

老頑老頑，酒詩蕭條，别後相思。高興迢迢，隻影煢煢，孤燈寂寂。兩鬢蕭蕭不平。恨何時是了，這離愁對景難消。地遠天遥，何日歸來快活了。暮暮朝朝。

風入松 閨詞

孤鳳鸞隻，怎生熬鰥守。困蓬蒿，薄情鶯燕偏相惱。傷懷處漫倚庭。皐比翼雙飛。何日同翻，碧海波濤。

臨江仙　朱二尹朝覲

緑映園林三月暮，江南處處啼鶯。文章幕宰上瑶京。袴襦歌載道，琴鶴送行旌。　大庾嶺頭回首處，寒梅應放瓊英。兒童竹馬笑相迎，風雲重際會，雨露到岡城。

清江引　至清溪走筆和劉河泊

清溪柳莊官舍小，不許閑人到。心懷雪月清筆掃。雲煙落，這風流，想君多占了。

清江引

草堂簾捲花月小，歸夢常時到。黄金柳色新紅雨。飛花落，這山莊，幾時歸去了。以上清光緒元年重刊《重刻秫坡先生文集》卷四

徐績 存詞五首

徐績，字伯凝，號雪谿漁者。無錫（今屬江蘇）人。洪武初，以耆徵考書經，中首選。四任大郡，以清介著稱。致仕卒，已九十七歲高齡。生平見《毘陵人品記》卷六。《詩淵》收入「雪谿」詞五首，署作者爲「本雪谿」。暫歸元明之際人雪谿漁者徐績。

齊天樂

恨春何似休來好，來時怎拚歸去。柳下聽鶯，花間看蝶，薄倖怱怱風雨。挽春不住。奈杜宇聲聲，惱人懷緒。春有情也，應知斷腸若□。　秦淮煙浪萬里。幾回江上望，亂山無數。金谷園林，烏衣巷陌，未信尋春無路。憑誰説與。把淺碧輕紅，爲伊留取。天假良緣，便教重會遇。《詩淵》一册五四八頁

望海潮

地接衡陽，天垂軫宿，長沙自古王都。岳麓縈鬟，洞庭澄練，往來輻湊舟車。樓閣瞰街衢。藹花香柳影，景物堪娱。屈賈才華，朱張道學播芳譽。　天朝混一寰區。羨分封茅土，光啓弘模。百雉崢嶸，千門壯麗，駢闐鳳輦鸞輿。虎士擁彫弧。霓旌連瑣闥，擊鼓吹竽。仁澤霑濡千里，億載

拱皇風。《詩淵》三册一九三一頁

秦樓月

江聲悄。江頭一帶樓兒小。樓兒小。輕裝暫解，半簾殘照。　岸花汀草知多少。凝眸望斷煙波杳。煙波杳。綵舟撩亂，暮潮還到。《詩淵》五册三一八二頁

燭影摇紅

露井風簾，桂香庭院秋期近。昔年此際慶垂弧，曾侍草堂宴。皓齒銀箏象板。倚清酣、潘郎豪俊。海田世代，駒隙韶華，冰霜容鬢。　洛社風流，香山圖畫還堪羨。名繮利鎖謾紛紜，贏得閑身健。瀟灑綸巾羽扇。付吟情、山屏冰練。篠墻苔徑，幾點黄花，數聲新雁。《詩淵》六册四五九七頁

按：詞作者，《詩淵》署「宋本雪谿」。

虞美人

昨宵涼雨炎光盡。那更秋期近。吟髭白却壯心濃。猶記當年歡笑。畫屏中。　茅亭水竹渾瀟灑。厭見車和馬。人生閑處足優游。庋用東鄰西舍。許多愁。《詩淵》六册四五九七頁

周巽 存詞十二首

周巽，字巽亨，號巽泉。吉安（今屬江西）人。曾從征道州、賀州部族，授永明縣主簿。受知于劉詵、虞集。入明，洪武九年丙辰作《擬古樂府》一五四首。有詩集《性情集》，原本已佚，清乾隆年間修《四庫全書》，自《永樂大典》中輯出周巽詩，重編成《性情集》六卷，卷六存詞十二首。《四庫全書總目》説：周巽「詩格不高，頗乏沈鬱頓挫之致，然其抒懷寫景，亦頗近自然，要自不失雅則。集以《性情》爲名，其所尚蓋可知也。」生平見《四庫全書總目》卷一六八《性情集》提要、清錢熙彦《元詩選補遺》、清曾燠《江西詩徵》卷三十三。

漁歌子 漁父歌四首

春水孤篷發櫂謳。彩虹爲綫月爲鈎。桃花浪，杜若洲。此處垂鈎釣玉虬。

漁歌子

篛笠簑衣亂碧波。巨鱗潑刺躍金梭。銜蘋藻，翻芰荷。不上鈎來可奈何。

漁歌子

西風一葉下晴川。换酒將魚不用錢。蘆渚畔，蓼洲邊。暮醉醒來月滿船。

漁歌子

寒江獨釣去還來。機静應無鷗鳥猜。冰柱折，雪梅開。坐擁羊裘月未回。

漁歌子 樵父歌四首

春山漠漠斷煙横。陰壑丁丁伐木聲。啼鳥静，落花輕。看棋松下暮雲生。

漁歌子

白雲相逐度前峰。蘿壁猿啼翠幾重。清晝寂，緑陰濃。斧聲驚動鸛巢松。

漁歌子

滿身松露陟崔嵬。行逐巖前麋鹿來。楓葉落，菊花開。日斜人唱采薪回。

漁歌子

負薪行唱路迢迢。幾朵梅花擔上挑。風正緊，雪初飄。曲中猶自憶前朝。

江南弄

春意動。池塘初解凍。花間啼鳥驚人夢。綺户微開曙色明。沈香火暖曉寒輕。夭桃半吐傳芳訊，新鶯百囀感中情。感中情。憐淑景。思君望斷青鸞影。

江南弄

炎光熾。枕簟涼如水。芰荷覆沼雙鴛戲。香飄水閣藕花開。簾上金鉤燕子回。霄露清塵臨上苑，朝雲行雨過陽臺。過陽臺。别神女。思君心如蓮菂苦。

江南弄

秋聲起。庭院收殘暑。凉蟬抱葉鳴疎雨。玉簫吹徹人倚樓。銀漢迢迢度女牛。梧桐落翠露華冷，絡緯啼寒月影流。月影流。愁無限。思君不見南飛雁。

江南弄

寒威薄。繡帷人未覺。啄蕊争枝喧凍雀。錦箋呵筆寫迴文。玉筯長垂不見君。北去馬蹄銜塞雪，南來雁字隔衡雲。隔衡雲。消息斷。思君但把梅花玩。以上文淵閣《四庫全書》輯本《性情集》卷六

黄澄 存詞二首

黄澄，字子常。元時與曲家喬吉唱和。洪武初在世。《明詞綜》卷一，編在高明同時，存其詞一首。

賣花聲

人過天街，曉色擔頭紅紫。滿筠筐、浮花浪蕊。畫簾睡醒，正眼横秋水。聽新腔、一回催起。吟紅叫白，報得蜂兒知未。隔東西、餘音軟美。迎門争買，早斜簪雲髻。助春嬌、粉香簾底。朱彝尊、王昶《明詞綜》卷一

綺羅香 鬥草

綃帕藏春，羅裙點露，相約鶯花叢裏。翠袖拈芳，香沁筍芽纖指。偷摘遍、緑逕煙霏。悄攀下、畫闌紅紫。掃花階、褥展芙蓉，瑶台十二降仙子。芳園清晝乍永，亭上吟吟笑語，妒穠誇麗。奪取籌多，赢得玉璫瑜珥。凝素靨、香粉添嬌，映黛眉、淡黄生喜。綰胸帶、空繫宜男，情郎歸也未。楊慎《辭品》卷六

李濂　存詞二首

李濂，生平字里不詳。明人徐縉芳編輯《宋忠武岳鄂王精忠類編》八卷，卷八有「元李濂」詞二首。

水調歌頭

立馬古名鎮，指點鄂王營。宋家陵闕何在，鴉噪晚林空。當日兩招討，獨帥孤軍轉戰，血濺鐵衣紅。誓死報天子，旗字織精忠。　嗤權奸，飛鳥在，自藏弓。金牌詔退虎旅，撫劍泣英雄。肯念二龍沙漠，絶愛六橋煙靄，歌舞且江東。誰雪靖康恥，千載恨無窮。

水調歌頭

十二金牌問，何事詔公還。鄂想當年秉鈞，元宰廟謨全。錯中土黔黎，留節越兩河豪傑，歸戎幕遺。背嵬五百勇，如貔金兵却。　天運改，功名薄，人事舛。封疆削誓黃龍，痛飲幾曾如。約甲馬散歸魚，鳥陣丹青斷送，麒麟閣嗟朱仙。舊壘翳蓬蒿，斜陽落。以上上海圖書館藏明萬曆四十二年刻本（《四庫全書存目叢書》本）《宋忠武岳鄂王精忠類編》卷八

陸輔之 存詞一首

陸輔之，字行直。姑蘇（江蘇蘇州）人。曾任翰林院典籍。

清平樂

楚天雲斷，人隔瀟湘岸。往事悠悠江水漫。怕聽樓前新雁。　深閨舊夢還成。夢中獨記憐卿。依約相思碎語，夜涼桐葉聲聲。陶樑《詞綜補遺》卷十九

范冉 存詞一首

范冉，新安（安徽徽州）人。生平不詳。詞見《新安文獻志》卷六十。

蘇武慢 遣懷

萬里征途，一鞭行色，覽盡江山佳致。梁苑風光，灞橋雪景，總是壯遊之地。旅食京華，觀光上國，浩有凌雲豪氣。正翱翔附鳳，攀龍誰料，中原蠭起。猶自、馬驟西秦，帆飛東海，應遂五湖歸計。江上觀潮，天邊望日，驚見吴山蒼翠。雲飛已返，鳥倦知還，斷送平生愁緒。喜歸來誰是，相知風月，滿天無際。汪蓉峰與人書云：耕隱翁寫懷《蘇武慢》最佳。看其雄豪之氣，勃勃不可遏，如怒蛟出水，濤勢泙湃。自是肺腑中流出，故喜道之。《新安文獻志》卷六十

唐和 存詞一首

唐和，新安（安徽徽州）人。生平不詳。詞見《新安文獻志》卷六十。

浣溪沙 良友夜至

西塞山明碧似苔，圻湖浪捲雪成堆。茅山静日共徘徊。　獨上戍樓窮望眼，白煙收處片帆開，月明知是故人來。《新安文獻志》卷六十

佘修　存詞一首

佘修，新安（安徽徽州）人。生平不詳。詞見《新安文獻志》卷六十。

風入松　賀洪克毅中鄉試

尊翁善政著甘棠。令子又穿楊。萬里青雲聊試步，嶄頭角，蚤已軒昂。家學淵源有自，明時麟鳳非常。　蟾宫折得桂花香。一舉姓名揚。捷音預報雙親喜，功名願、此日初償。聞道杏園春好，行看取狀元郎。《新安文獻志》卷六十

蘇景元 存詞二首

蘇景元，新安（安徽徽州）人。生平不詳。詞見《新安文獻志》卷六十。

醉蓬萊 自述

嘆儒生何事，酷愛吟詩，有甚滋味。殘燈破硯，兀兀窮年歲。掃地焚香，擁衾閉户，總是平生志。擊壤之謠，南風之詠，恬然心醉。　想著古來，幾多豪貴，欒范之家，後爲皂隸。花落花開，自有東君記。霸橋雪中，西堂夢裏，千載誇風致。筆補乾坤，囊封星斗，倦來且睡。

木蘭花

族弟嘉定州學正炫，改任霸州。歌此爲别。炫自號畜艾云。

魯泮諸生眉山舊，派清時已授儒官。再傳家從笑一氈寒，治身却有三年艾。　盃瀉春濃帆風快，牽情不作離人態。吾皇思致棟梁材，願君長守蘇湖誡。以上《新安文獻志》卷六十

王燧　存詞一首

王燧，吴人。朱彝尊、汪森《詞綜》卷三十三，作元人，存其詞《臺城路》一首。

臺城路　題楚江秋曉

黄陵廟下瀟湘浦，依稀少年羈旅。夢澤風生，渚宫花落，收盡峽雲巫雨。長天帶水，正日出三竿，客船猶艤。回望蒼蒼，秋光都在白蘋渚。　流年暗驚易度。向畫中空見，舊遊如許。鼓瑟人遥，紉蘭事往，誰折芳馨寄與。銷魂凝竚。待收拾閑情，寫成新句。心與鴻飛，江煙浪裏。朱彝尊、汪森《詞綜》卷三十三

龐彥修 存詞一首

龐彥修，字里不詳。明人李日華《味水軒日記》卷七，有「元人行書小詞一首」，書法「甚精彩」，「有龐氏彥修印章」。

風入松

尋春春在鳳城東，羅帕玉花驄。美人半彈垂鞭袖，游塵遠、目斷雲空。淺碧湖波雪𪩘，淡黃宮柳煙濃。　相如多病賦難工，宿酒況頻中。歸來按得新聲譜，頻誰解、唱與東風。報道先生歸也，杏花明日應紅。民國十二年劉氏刻嘉業堂叢書本（《續修四庫全書》本）明李日華《味水軒日記》卷七

按：原未注明詞牌，暫代擬。

張月潭 存詞一首

張月潭，江都（江蘇揚州）人。《揚州瓊華集》卷三《瓊華詞》，録存張月潭詞一首。

失調名 瓊華詞

百紫千紅萬翠，惟有瓊花，獨占揚州貴。似當年，唐昌觀中玉蘂。尚記得，月裏仙人來賞，醉中不覺遺瓊珮。風度天香，猶勝一枝丹桂。曾向無雙亭下，半酣獨倚，似夢覺時，援筆留題。回首瑶臺十二，猶想飛瓊標致。南京圖書館藏明成化二十三年刻本明楊瑞輯《揚州瓊華集》卷三

王舜耕

存詞一首

王舜耕，里貫不詳。《揚州瓊華集》卷三《瓊華詞》，録存王舜耕詞一首。

玉樓春　瓊華詞

無雙亭上春來早，玉蘂瓊枝開遍了。洗清花朵露纔晴，遠送天香風透曉。　闌干儘日笙歌繞。載酒愛花人不少。六街夜市醉扶歸，二十四橋星月皎。南京圖書館藏明成化二十三年刻本明楊瑞輯《揚州瓊華集》卷三

王哲

存詞一首

王哲，滇南人。《揚州瓊華集》卷三《瓊華詞》，録存王哲詞一首。

風入松　瓊華詞

此花天下料應無，一株獨在江都。根蟠后土餘千載，東風暖，花蕊齊敷。九朵圓，攢香玉，中心巧綴真珠。　溶溶曉露漫沾濡。玉液漱雲腴。遊人載酒頻來賞，留題處，多是名儒。自有花神管領，不同凡卉榮枯。南京圖書館藏明成化二十三年刻本明楊瑞輯《揚州瓊華集》卷三

丘汝乘 存詞一首

丘汝乘，江都（江蘇揚州）人。《揚州瓊華集》卷三《瓊華詞》，録存丘汝乘詞一首。

風入松 和王哲瓊華詞

人間玉樹古來無，何年移下仙都。揚州土暖春來早，一天雨，生意先敷。巧琢花，成玉瓣，香含半吐瓊珠。　先天玉液久涵濡。容貌自清腴。笙歌雖近豪華客，聽吟詠，尤愛文儒。自是靈鍾后土，天根萬古難枯。南京圖書館藏明成化二十三年刻本明楊瑞輯《揚州瓊華集》卷三

陳廷瑞 存詞一首

陳廷瑞，里貫不詳。《揚州瓊華集》卷三《瓊華詞》，録存陳廷瑞詞一首。

壺中天 瓊華詞

無雙亭上，問花神何日，謫來人世。倚貫瑶臺高十二，天賦一般清致。香透瓊肌，花盈玉貌。敉淡偏嬌媚。春風容與，信然天下無對。 芳名久擅揚州，王孫公子，宴賞争懽會。儘日笙歌，聒得人人醉。十里朱簾，萬家燈火，夜市纔歸去。年年如此，太平共樂千歲。南京圖書館藏明成化二十三年刻本明楊瑞輯《揚州瓊華集》卷三

釋大偉

存詞一首

大偉，字里不詳。《永樂大典》殘帙存其詞一首。

沁園春 寄紫泉

渥洼水邊，一脈紫泉，產兹英雄。似漢時文體，班揚地步。晋人書法，羲獻家風。揮麈高談，岸巾長嘯，寰海知名馬治中。人都道，更展其逸足，冀北群空。　一朝林下從容。便傾蓋相忘達與窮。看珠璣萬斛。異光照眼，虹霓千丈，豪氣蟠胸。廊廟真才，蓬瀛仙品，天上文星世罕逢。從今日，且同宣教化，竟至三公。《永樂大典》卷一四三八一引僧大偉詞

陳參政　存詞一首

陳參政，名不詳。《志雅堂雜鈔》存陳參政詞一首。

木蘭花慢　送陳石泉自北歸

歸人猶未老，喜依舊，著南冠。正雪暗滹沱，雲迷芒碭，夢落邯鄲。鄉心日行萬里，幸此身、生入玉門關。多少秦煙隴霧，西湖洗浄征衫。　燕山。從不見吴山。回首一歸難。慨故都離黍，故家喬木，那忍重看。鈞天。紫城何處，問瑶池、八駿幾時還。誰在天津橋上，杜鵑聲裏闌干。《學海類編》本（《四庫全書存目叢書》本）周密《志雅堂雜鈔》卷七

傅按察　存詞一首

傅按察，生平不詳。據《南村輟耕録》卷十五《錢塘懷古詞》節，爲錢塘懷古，嘗作《鴨頭緑》詞，一時傳誦。

鴨頭緑　錢塘懷古

静中看。記昔日湖山隱隱，宛若虎踞龍蟠。下樊襄、指揮湘漢，鞭雲騎、圍繞江干。勢不成三，時當混一，過唐之數不爲難。陳橋驛、孤兒寡婦，久假當還。　掛征帆、龍舟催發，紫宸初卷朝班。禁庭空、土花暈碧，輦路悄、訶喝聲乾。縱餘得西湖風景，花柳亦凋殘。去國三千，游仙一夢，依然天淡夕陽閒。昨宵也、一輪明月，還照臨安。《南村輟耕録》卷十五《錢塘懷古詞》

馬需庵

存詞十二首

馬需庵，生平不詳。别號（或表字）清泉。《永樂大典》殘帙有「元馬需庵」《清泉集》詩詞五十餘首。明人葉盛《菉竹堂書目》有《馬需庵集》三册。

臨江仙　題王克明喜神

一幅鵝溪霜雪練，虎頭寫出丰姿。路人遥指莫相疑。翛然眉宇浄，心與海鷗期。　安得玉堂揮翰手，爲君重賦新詩。紫雲歌罷醉芳卮。月明歸路穩，猶記送君時。《永樂大典》卷二九五二引馬需庵《清泉集》

滿江紅　寄人

雙鬢星星，更能消、幾番離别。人北去、直教孤負，清明時節。何處池塘春草夢，誰家院落梨花月。便子規、枝上勸人歸，空啼血。　思往事，雲千疊。休倚仗，心如鐵。嘆風埃襤褸，浩歌長鋏。和氣已從天上日，暮寒洗盡山陰雪。待我公、飛步到三台，須調燮。

水龍吟　贈人二首

翩翩詩筆清新，百年誰識青雲士。銀鉤瘦硬，通神白繭，烏絲名世。璞玉渾金難定價，終歸良器。

秋風一曲，聲合太古，筭唯有、知音會。天地青蠅擾擾，祇依舊、歲寒蒼翠。似當時、劉晏點鞭，馬上錢流滿地。未展經綸，米鹽細，故此心如水。待鋒車趣召，玉堂揮翰，草金鑾制。

水龍吟

元龍豪氣消磨，鬢毛衰颯成何事。九衢烏帽黄塵，幾負花前沉醉。落落情懷，悠悠歲月，欲歸無地。三年太學，朝還夕去，笑坐客、青氈弊。一綫微官束縛，似秋菊落英無味。暮涼風景，片帆煙雨，長河千里。今日南來，倚樓王粲，不堪憔悴。問荆州早晚，定垂青顧，寫平生滯。以上《永樂大典》卷三〇〇六引馬清泉需庵集

西江月　調張季良文會館

未要花枝照眼，且教尊酒扶頭。人生佳處好遲留。放我論文會友。贏得清時無事，算來白甚閒愁。百年日月水東流。少壯幾時迴首。

清平樂　同樂館

紅爐畫閣。有酒須同樂。千古獨醒終是錯。休笑劉伶畢卓。小槽酒滴珍珠。請君任意零沽。試飲三盃春露，出門定要人扶。以上《永樂大典》卷一一三一三引需庵馬先生集

太常引　寄保下郝遂初

人生能得幾相逢。漫中夜，憶元龍。白髮調兒童。問百巧、誰教百窮。幾時攜手，浮香亭上，一醉發春紅。天地醉鄉中。放長袖、婆娑晚風。

望海潮　寄保下胡仲明

流年如電，歸心似水，求田問舍悠悠。蟻穴蜂衙，燕巢鳩計，元龍久厭拘囚。回首羡沙鷗。待清風北渚，明月南樓。奈世事多艱，此身天地一虚舟。　青衫白髮堪羞。豈儒冠誤我，命壓人頭。太學三年，京華十口，算來依舊淹留。別後幾經秋。想音容漸老，文采風流。安得浮香亭上，羯鼓醉梁州。

按：詞牌，《永樂大典》卷一四三八二原作《望江潮》。

水調歌頭　寄洪大參

關山渺無際，何處認三韓。遼陽煙樹千里，回首路漫漫。暫屈元龍湖海，坐鎮東方雅俗，心與野雲閑。姓字九天上，早晚召君還。　記當時，題好句，醉中看。一難兄弟俱在，門外駐金鞍。一別流年似水，暗想浮生如夢，贏得鬢毛班。何日一尊酒，相對謝東山。

江城子　寄王元輔

百年浮世幾人閑。説求官，近長安。不道長安，行路古來難。白璧明珠天地裏，人不識，暗中看。　自憐東野一生寒。兩眉攢。鎖蒼山。須信丹梯，千丈杳難攀。何日舉盃凌浩蕩，同一醉，盡清懽。

江城子　寄張世傑

年華都逐水流東。再相逢，一衰翁。不道而今，豪氣減元龍。白髮青衫人老矣，才又向，舞雩風。片飄煙雨淡溟蒙。渺孤鴻。太匆匆。誰似髯參，依舊醉顔紅。明日九重仙詔下，還又見，紫泥封。

驀山溪 寄完州諸公

流水易换，客夢迷煙草。回首望高城，記西山、重重翠掃。横塘秋水，雲錦萬荷蓮，思往日，對薰風，沉醉花前倒。而今青鏡，白髮催人老。後會一尊同，放元龍、座中吟嘯。虚名誤我，依舊廣文寒，歸來好。酒闌望斷西州道。以上《永樂大典》卷一四三八二引馬需庵詩

按：詞牌，原作「驀溪山」，據詞譜改。

趙叔英 存詞八首

趙叔英，號松亭。生平字里均不詳。《詩淵》與《永樂大典》之外，元詩文獻未見其人其詩。《詩淵》與《永樂大典》録有趙叔英《松亭詩集》詩四十多首，此外還有八闋詞。據所作詩詞，趙叔英是下層官吏，長期任職山右河東等地，六年間曾「久滯龍沙」（《寄諸鄉友》）。並寫有七言絶句詠物詩，與舊題謝宗可《詠物詩》（七言律詩）賦詠題目重出。

按：《詩淵》一六八八頁有趙叔英《謁中鎮霍嶽廟》、四一四〇頁有《阜山道院碑銘》，《元詩選癸集》丁集均作「趙轂」詩。

太常引

地靈祠古殿神龕。藹春色、静煙嵐。禽鳥亂歌談。人好在、幽亭宴酣。樹林蒽蒨，溪聲清越，風景似江南。擬此結茆庵。且莫把、功名妄貪。《詩淵》三册一六八七頁

滿江紅

憶昔河東，罹土劫、霍峰崩裂。悵□□、飛塵千里，百城隳缺。意者人心多敗壞，哀哉天譴生妖孽。訝靈祠，依藹翠微中，神機泄。亭下水，聲清越。橋畔柳，陰重疊。暢登臨懷古，廢興追

閲。瞻彼呼韓遺裔霸，笑他司馬家兒劣。看醉中、乘興壁間書，題年月。《詩淵》三册一六八七頁

校：「□□」，據詞律補。

玉漏遲　遊明應祠

岳峰南下靠。崇岡一脉，飛泉奔趵。波駭轟雷，雪奮玉淵泓灝。翠竹清林蒨蔚，高迴出、峥嶸祠廟。歌吹鬧。割牲釃酒，雨暘祈禱。　藹藹沃野風煙，潤二邑農桑，萬家温飽。聲教從容，但願士民中道。放我溪山遊歷，選勝處、壺觴吟笑。婚聘了。擬卜此間歸老。《詩淵》三册一六八八頁

玉漏遲　適晋祠

靈源東去接。長汾沃野，萬家奇寶。棋布町畦，煙靄麥麻桑棗。廟宇森嚴壯麗，人報本、簫笳祠禱。光景好。有澄潭老樹，泳魚鳴鳥。　聖化蕩蕩如天，鄙麟史桓文，霸功卑小。民物忻榮，時雨一犁豐飽。新沐山光潑黛，正快我、登臨吟眺。農事了。和氣頓添多少。《詩淵》三册一六八八頁

校：「泳魚」，原作「泳泳魚」，據詞律改。

沁園春

半世蹉跎，弱冠孤窮，中年困難。願勤勞畎畝，晨昏色養，家寒迫我，竟廁朝班。二紀奔忙，三城試錦，去後人思賴少安。歸來好，喜無愆致仕，倦鳥知還。　村居休道貧單。墾二頃磽田紫翠間。看白雲遷變，丹霞朝暮，黄花紅葉，緑水青山。木酒雞豚，菊茶薇蕨，菊可延齡酒駐顔。西成了，享人間真樂，物外清閑。《詩淵》五册三一四八頁

南鄉子　登建康層樓

書劍楚南遊。獨上金陵百尺樓。風景不殊鄉思惡，堪愁。滿目江山異故州。　壯志古難酬。閑道將軍老不侯。識破浮生還自笑，何憂。萬里乾坤一釣舟。《詩淵》五册三五六〇頁

滿江紅

壯歲窮途，書劍裹、十年流落。笑奔趨、紛競總成乖錯。定遠終能封爵土，太中未得參臺閣。想人生，亨否有時兮，徒狂作。　功與利，風波惡。富與貴，浮雲薄。若要無憂無患，但存謙約。才劣豈堪鍾鼎事，身微自喜簞瓢樂。問良田、何處可耕乎，須伊洛。《詩淵》六册四一〇二頁

太常引　壽舅氏米僉院

歷揚臺閣要仍清。羨驄馬、肅公卿。藻鑑允銓衡。想足快，當年宦情。　玉京春好，故園冬暖，親舊已歡迎。歸去養修齡。願永固、無窮令名。《詩淵》六册四五三五頁

史從賁 存詞一首

史從賁，生平待考。〔萬曆〕《臨潼縣志》卷三，有元人《題温泉》的《水調歌頭》。其中包括史從賁詞《水調歌頭》。

水調歌頭 題温泉詞

華清記全盛，繡嶺倚崇墉。郁葱龍虎佳氣，都在五雲中。曉日珠簾畫棟，暮雨桐闌桂檻，複道引長虹。春醉紫微閣，夜宴廣寒宫。 玉肌香，春水暖，浴芙蓉。海棠睡起無力，漿椀荔枝紅。打徹梨園羯鼓，唤起漁陽烽火，一炬總成空。今日都新構，死草起華風。〔萬曆〕《臨潼縣志》卷三

校：「浴芙蓉」，原作「浴芙芙」，據文意改。

陵濟國

存詞一首

陵濟國，歷陽（今屬山東）人。生平待考。明人崔子璲，在永樂年間將有關宋丞相崔與之（清獻）的詩文，編成《宋丞相崔清獻公全録》十卷，卷十收録了「元詩」，包括「唐律」、「古律」與「樂府」，「樂府」僅一首，即歷陽人陵濟國的《木蘭花慢》詞。

木蘭花慢　詠宋丞相崔清獻

艤羊城晚櫂，仰千載，一人彊。甚霜簡能嚴，白麻莫起，風節堂堂。開張。武侯膽略，是丁年曾作國金湯。黯黯秦雲帶恨，依依淮月吹涼。　故鄉歸去老汾陽，汗竹識行藏。到如今凜凜，忠精義氣，牛斗争光。可常得，知身復，正塵飛滄海粤天長。蒲澗舊盟休問，菊坡秋圃還香。明嘉靖十三年刻本（《四庫全書存目叢書》本）《宋丞相崔清獻公全録》卷十

校：「一人彊」，底本原作「一人疆」，據文意改。

羅慶 存詞一首

羅慶，字里不詳。清董天工《武夷山志》卷二十四，有元人羅慶《水調歌頭》詞《同友人尋武夷之勝》。

水調歌頭 同友人尋武夷之勝

雨晴山潑翠，溪浄水拖藍。閒來共陪杖屨，邂逅已成三。齒齒清泉白石，步步碧桃翠竹，在處輒幽探。行到釣臺下，怪樹蔭空潭。　踏芳洲，尋別館，履巉巖。壺天日月不老，雲氣滿東南。沽得一樽濁酒，喚取山花溪鳥，聽我醉中談。異日再過此，端爲解征驂。清乾隆刻本（《續修四庫全書》本）清董天工《武夷山志》卷二十四

按：明衷仲孺《武夷山志》卷十五署作「宋羅慶」。

章凱

存詞一首

章凱，字里不詳。清董天工《武夷山志》卷二十四，有元人章凱《沁園春》詞《武夷書懷》。

沁園春　武夷書懷

過了秋風，梅花漸開，山人好歸。問近來何事，半成迂闊，半添疎懶，半帶憨癡。學劍不成，學書無味，却要尋仙訪武夷。這些事，莫粗忒煞，恐是難爲。　分明説與人知。老谷子胸中事儘奇。有真爐真鼎，龍盤虎繞，真離真坎，兔走烏飛。待辨數椽，山中穩坐，却向無中生個兒。休輕笑，看他華表，鶴有來時。清董天工《武夷山志》卷二十四

校：底本「烏飛待」三字、「他華表鶴」四字皆漫漶，據明衷仲孺《武夷山志》卷十五補。

鄭巘

存詞一首

鄭巘，一作鄭巘。字里不詳。清董天工《武夷山志》卷二十四有元人鄭巘《金縷衣·秋半入武夷山》，《詩淵》一册五十七頁亦存其詞，作者署「元山南曾孫鄭巘」，詞題是《賓雲遺曲》。文字略有不同。

金縷衣 秋半入武夷山

秋半虹橋路。是曾孫、幾塵夙幸，人生一世，釋曰一劫，道曰一塵。此生奇遇。天上人間同宴集，仙樂風飄處處。遍紛郁、非煙非霧。光近玉皇顔咫尺，共歡呼、鼇抃霞觴舉。高會散，碧雲暮。至今瑞鶴猶能舞。幾千年、同亭祠下，賽神簫鼓。再拜乞靈三奠酒，小駐霓旌容與。半隱約、如傳好語。爲送維魚來入夢，向龍潭、時灑紛紛雨。齊和曲，踏歌去。聽賓雲遺曲。清董天工《武夷山志》卷二十四

校：詞的結句，《詩淵》一册五十七頁是「齊和曲，踏歌去」。「聽賓雲遺曲」則在詞牌之前，文字是「賓雲遺曲金縷衣」。清王復禮《武夷山九曲志》卷十四結句則作「聽賓雲舊譜」。

陳思繹

存詞一首

陳思繹，生平不詳。

西江月　重過泌湖

三十年前此地，畫船隨處追遊。馬嘶芳草柳絲柔。多少風流載酒。今日重過香徑，湖山總是離愁。故人寂寞但荒邱。情到不堪回首。宣統二年刻本《（光緒）諸暨縣志》卷五十三

周　登　存詞十首

周登，字月船。里貫不詳。《金精風月》卷下「詞類」，有周登月船《法駕導引》曲十首。

法駕導引　紀遊

用赤城韓夫人所製水府蔡真君《法駕導引》調，演城十曲。

金精路，金精路，片石界仙凡。木鶴懸崖窺古殿，玉龍穿石護寒潭。風蔓緑鬖鬖。

仙樂引，仙樂引，珮玉響丁東。翠縷霞裳輕苒苒，飛昇壇上霧濛濛。鞭馭碧霄中。

仙去也，仙去也，回首謝人間。不皷有歌悲下土，寶幢無意戀空山。一去幾時還。

崖石老，崖石老，撩亂髮青青。不學人間頭易白，春風豈是太多情。靈草自長生。

天漠漠，天漠漠，午夜禮元君。縹緲步虛風颺去，石爐香傳碧氤氲。閑却一壇雲。

宫殿冷，宫殿冷，崖瀑雪霏霏。鞭起蛟龍行雨去，唤將鸞鶴帶雲歸。微潤紫霞衣。

雲深處，雲深處，深處是仙家。幻石爲桃應有種，依雲生樹又開花。何必飯胡麻。

仙家好，仙家好，雲影鎖重重。十二峰頭明月冷，玉牀金帳繡芙蓉。黄竹老秋風。

雲飛練，雲飛練，芳瓣墮金蓮。曾道阿姑來試浴，浄泓猶自碧鮮鮮。往事至今傳。

丹青古，丹青古，冷落一爐香。未必番君曾到此，古今還有兩襄王。塵世事茫茫。以上《金精風月》卷下

〔詞類〕

校：詞牌，原作「法駕道隱」，據陳與義《無住詞》改。

趙玉庵 存詞一首

趙玉庵，字里不詳。《金精風月》卷下「詞類」，有趙玉庵《聲聲慢》一首。

聲聲慢

金精石老，玉洞天深，消除幾緉山屐。曾笑癡兒謾指，仙桃相覓。當時鑿開蘚暈，閱千年未應雲隔，飛雨過，趁松風，十里生我涼翮。　最是君家占斷，篔谷邃，隱抱翠嵐濃滴。底處藏雲，想見星輝東壁。客來訪猿問鶴，許磨崖，真記行迹。寧欠箇，武夷仙吹起鐵笛。《金精風月》卷下「詞類」

曾牧庵　存詞一首

曾牧庵，字里不詳。《金精風月》卷下「詞類」，趙玉庵作《聲聲慢》，曾牧庵次其韻。

聲聲慢

涼飈散暑，潺雨鎖煙，山靈似趲遊屐。情思瀟瀟千里，水雲堪覓。山川自今自古，笄人生總成乖隔，乘興好，笑渠儂，喝道驚殘飛翮。　莫問金蓮墜片，仙夢遠，看他鶴懸泉滴。側徑縈紆，別有瀑流天壁。輕舟倩誰蕩槳，斷崖邊，已無塵迹。歸騎杳，聽林花深藹暮笛。《金精風月》卷下「詞類」

丘菊巖 存詞一首

丘菊巖，字里不詳。據《金精風月》卷下「詞類」，丘菊巖作《洞仙歌》詠金精山。

洞仙歌

穿青繚翠，有雲縅霧裹。誰擘飛泉迸崖破。見冰花、舞雪冷噀瑤枰。閑凝想，雲外雙桃婀娜。自番君夢斷，峰上蓮花，無主紅香暗飛墮。謾銅鍾不韻，木鶴慵飛。人世迥，誰更幽尋。如我那、寶殿蒼蒼碧苔深，但時見青猿，來窺崖果。《金精風月》卷下「詞類」

李濟 存詞一首

李濟，字巨川，號竹所。湯溪（浙江金華）人。歷任龍游主簿，調永嘉。升撫州録事參軍，改端溪縣尹。曾與蘇天弌唱和于金精山。《金精風月》卷下「詞類」，有「李竹所」作《桂枝香》，應是李濟竹所詞。生平見〔嘉靖〕《衢州府志》卷三、〔萬曆〕《金華府志》卷十八、《元詩選癸集》癸集上。

桂枝香

蒼崖老樹。俯城郭千年，鶴歸能語。花霧迷春難覓，翠軿遊處。何人邂逅成凝絶，珮霞飛，謾勞凝竚。殷勤留得，良田萬井，刈雲耕雨。　誰解折、岩花寄與。青鸞縹緲，欲來還去。谷口泉香見説，舊家曾住。夕陽流水雲千疊。渺芙蓉、城在何許。風梳霧沐，年年瑶草，舞青青縷。《金精風月》卷下「詞類」

張景雲　存詞一首

張景雲，字天祥，中慶（今雲南昆明）人。至正中授臨安府經歷。

減字木蘭花　謝人貽茉莉一株植之盆中

華髮如雪。十二樓寒深見月。翠袖香籠。細雨疏簾滿院風。　高情親許。一掬香泥分種與。今日花前。恰好飛瓊下九天。

此詞及趙副使一詞鈔自鶴慶王廉家舊雜録中。上海書店《叢書集成續編》影印《雲南叢書·滇詞叢録》卷上

孫茂芝　存詞一首

孫茂芝，生平不詳。

蝶戀花　三月晦日遊東郊松林

落盡棠梨春已暮。芳草多情，才過蒙松雨。柳絮顛狂飛不住。鞦韆正在濃陰處。　廟口神絃初罷舞。畫扇輕衫，隨意城東步。笑逐鈿車歸去路。酒香一行青松樹。《古今圖書集成·職方典》第三十三卷

萬侶 存詞一首

萬侶，生平不詳。

踏莎行 題景星觀

洞接桃源，橋横柳渡。蘇仙舊日經行處。翩翩騎鶴幾時還，空餘怪石參天樹。 獨倚亭欄，誰論心素。亂山堆疊青無數。試從西北望長安，斷雲争逐飛鴻去。《古今圖書集成·職方典》一二九四卷

徵引書目

丘處機《棲霞長春子丘神仙磻溪集》　金刻本（《續修四庫全書》本）、明正統《道藏》本（文物出版社等影印）

丘處機《磻溪詞》　《彊村叢書》本（廣陵書社二〇〇五年版）

尹志平《葆光集》　明正統《道藏》本（文物出版社等影印）

楊弘道《小亨集》　文淵閣《四庫全書》本

元好問《遺山樂府》　臺灣『國家圖書館』藏高麗舊刊本、朝鮮中宗時期晋州刊本（《域外漢籍珍本文庫》本）、《彊村叢書》本（廣陵書社二〇〇五年版）

元好問《元遺山先生新樂府》　中國人民大學藏康熙華希閔劍光閣刻本（《中國人民大學圖書館藏古籍珍本叢刊》本）

元好問《遺山先生新樂府》　《宛委別藏》本（江蘇古籍出版社一九八八年版）、國家圖書館藏瞿鏞校並跋本、《石蓮庵匯刻九金人集》本（《華北稀見叢書文獻》本）、《殷禮在斯》本（臺灣新文豐出版社《叢書集成續編》本）

李庭《寓庵集》　《藕香零拾》本（《元人文集珍本叢刊》本）

許衡《魯齋遺書》　文淵閣《四庫全書》本

劉秉忠《藏春集》　國家圖書館藏明弘治刻本（《北京圖書館古籍珍本叢刊》本）、文淵閣《四庫全書》本

劉秉忠《藏春詩集》　臺北圖書館藏舊鈔本

耶律鑄《雙溪醉隱集》　文淵閣《四庫全書》本

白樸《天籟集》　國家圖書館藏康熙楊友敬刻本、文淵閣《四庫全書》本

王惲《秋澗先生大全文集》　明弘治刊本（《四部叢刊》本）、明刊修補本（《元人文集珍本叢刊》本）

王惲《秋澗集》　文淵閣《四庫全書》本

胡祗遹《紫山大全集》　文淵閣《四庫全書》本

方逢辰《蛟峰先生文集》　明刊活字本（《北京圖書館古籍珍本叢刊》本）

魏初《青崖集》　文淵閣《四庫全書》本

姚燧《牧庵集》　武英殿聚珍版（《四部叢刊》本）

張弘範《淮陽集》　文淵閣《四庫全書》本

汪元量《湖山類稿》　文淵閣《四庫全書》本

汪元量《水雲集》　文淵閣《四庫全書》本

趙文《青山集》　文淵閣《四庫全書》本

何希之《何希之先生鷄肋集》　清康熙五十八年刻本(《四庫全書存目叢書》本)
劉壎《水雲村詞餘》　《彊村叢書》本(廣陵書社二〇〇五年版)
黄公紹《在軒詞》　《彊村叢書》本(廣陵書社二〇〇五年版)
蕭𣂏《勤齋集》　文淵閣《四庫全書》本
劉敏中《中庵先生劉文簡公文集》　《原國立北平圖書館甲庫善本叢書》本
劉敏中《中庵文集》　文淵閣《四庫全書》本
張伯淳《養蒙先生文集》　國家圖書館藏清鈔本
張伯淳《養蒙文集》　文淵閣《四庫全書》本
張之翰《西巖集》　文淵閣《四庫全書》本
趙必𤩪《秋曉先生覆瓿集》　粤十三家集本(臺灣新文豐出版社《叢書集成續編》本)
趙必𤩪《覆瓿集》　文淵閣《四庫全書》本
胡一桂《雙湖先生文集》　清康熙四十二年刻本(《續修四庫全書》本)
仇遠《無弦琴譜》　國家圖書館藏道光九年孫爾凖刻本(《續修四庫全書》本)、《彊村叢書》本(廣陵書社二〇〇五年版)
劉因《静修先生文集》　元刊小字本(《四部叢刊》本)
劉因《静修集》　文淵閣《四庫全書》本

劉因《樵庵樂府》《彊村叢書》本(廣陵書社二〇〇五年版)
程鉅夫《程雪樓先生文集》　民國影刊明洪武刊本
程鉅夫《雪樓集》　文淵閣《四庫全書》本
吴澄《臨川吴文正公集》　國家圖書館藏明成化二十年方中陳輝刻本
吴澄《吴文正集》　文淵閣《四庫全書》本
王奕《玉斗山人集》　文淵閣《四庫全書》本、《枕碧樓叢書》本(臺灣新文豐出版社《叢書集成續編》本)
胡炳文《雲峰胡先生文集》　明弘治二年藍章刻本(《北京圖書館古籍珍本叢刊》本)
陸文圭《墻東類稿》　《常州先哲遺書》本、《元人文集珍本叢刊》本、文淵閣《四庫全書》本
韓信同《韓氏遺書》　國家圖書館藏清鈔本(《原國立北平圖書館甲庫善本叢書》本)
陳櫟《陳定宇先生文集》　清康熙三十五年刻本(《元人文集珍本叢刊》本)、文淵閣《四庫全書》本
陳櫟《定宇詩餘》　《彊村叢書》本(廣陵書社二〇〇五年版)
趙孟頫《松雪齋集》　元刊本(《四部叢刊》本)、明萬曆刻本、《四庫全書薈要》本
同恕《榘菴集》　文淵閣《四庫全書》本
曹伯啓《漢泉曹文貞公詩集》　至元四年曹復亨刻本(中華再造善本、《北京圖書館古籍珍本叢刊》本)

劉將孫《養吾齋集》 文淵閣《四庫全書》本
蒲道源《順齋先生閑居叢稿》 元至正十年刻本（中華再造善本）、國家圖書館藏明鈔本
王旭《蘭軒集》 文淵閣《四庫全書》本
陳深《寧極齋稿》 文淵閣《四庫全書》本
袁易《靜春詞》 天津圖書館藏《百家詞》本（天津古籍出版社、江蘇廣陵古籍刻印社一九八九年影印寫本）
張埜《古山樂府》 《彊村叢書》本（廣陵書社二〇〇五年版）、《十名家詞集》本
釋明本《春花集》 《中國古籍珍本叢刊》本
董壽民《元懶翁詩集》 清克念堂活字印本（《續修四庫全書》本）
劉詵《桂隱詩集》 文淵閣《四庫全書》本
朱晞顏《瓢泉吟稿》 文淵閣《四庫全書》本
王沂《伊濱詩集》 文淵閣《四庫全書》本
安熙《安默菴先生文集》 《畿輔叢書》本、《元人文集珍本叢刊》本
許謙《白雲集》 《金華叢書》本
虞集《道園樂府》 《彊村叢書》本（廣陵書社二〇〇五年版）
朱思本《貞一齋稿》 《宛委別藏》本（江蘇古籍出版社一九八八年版）

王結《王文忠集》　文淵閣《四庫全書》本
釋善住《谷響集》　文淵閣《四庫全書》本
馬祖常《馬石田文集》　國家圖書館藏至元五年刊本（《古逸叢書三編》本）、《元人文集珍本叢刊》本
薩都剌《雁門集》　黄丕烈舊藏鈔本（八卷）、明鈔本、臺灣學生書局《歷代畫家詩文集》本、薩龍光編注本（十四卷）（《續修四庫全書》本）
周權《此山先生集》　國家圖書館藏《元四家集》本
吴鎮《梅道人遺墨》　《嘯園叢書》本、莊申《元季四畫家詩校輯》本
張可久《張小山樂府》　國家圖書館藏明鈔本
張可久《新刊張小山北曲聯樂府》　南京圖書館藏清勞平甫校本（《續修四庫全書》本）
喬吉《文湖州集詞》　《散曲叢刊》本
洪希文《續軒渠集》　文淵閣《四庫全書》本、國家圖書館藏《洪氏晦木齋叢書》本
歐陽玄《圭齋集》　明成化刊本（《四部叢刊》本）
歐陽玄《圭齋文集》　文淵閣《四庫全書》本
張雨《貞居詞》　《知不足齋叢書》本、《彊村叢書》本（廣陵書社二〇〇五年版）
李孝光《五峰李先生集》　山東圖書館藏明鈔本

李孝光《五峰詞》　國家圖書館藏《宋元四家詞存》本
許有壬《至正集》《元人文集珍本叢刊》本、文淵閣《四庫全書》本
許有壬《圭塘小稿》　文淵閣《四庫全書》本
[朝]李齊賢《益齋先生文集》　《域外漢集珍本文庫》本
張翥《蜕巖詞》　國家圖書館藏清康熙金侃鈔本、清初鈔本、北京大學圖書館藏清鈔本、《知不足齋叢書》本
趙雍《趙待制詞》《彊村叢書》本（廣陵書社二〇〇五年版）
吴景奎《藥房樵唱》《續金華叢書》本、文淵閣《四庫全書》本
宋褧《燕石集》　國家圖書館藏清鈔本、文淵閣《四庫全書》本
宋褧《燕石近體樂府》《彊村叢書》本（廣陵書社二〇〇五年版）
楊維楨《鐵雅先生復古詩集》　常熟瞿氏藏明成化本（《四部叢刊》本）
謝應芳《龜巢稿》　舊鈔本（《四部叢刊》本）、文淵閣《四庫全書》本
謝應芳《龜巢詞》　國家圖書館藏繆荃孫藝風堂鈔本、《宋金元人詞》本（《續修四庫全書》本）
謝應芳《龜巢詞補遺》　《宋金元人詞》本（《續修四庫全書》本）
[朝]李穀《稼亭先生文集》　《域外漢集珍本文庫》本
史伯璿《青華集》　上海圖書館藏清嘉慶鈔本

倪瓚《倪雲林先生詩集》秀水沈氏藏明天順本(《四部叢刊》本)
倪瓚《清閟閣全集》　文淵閣《四庫全書》本
張以寧《翠屏集》　國家圖書館藏明成化十六年張淮刻本
梁寅《新喻梁石門先生集》　清乾隆十五年刊本(《北京圖書館古籍珍本叢刊》本)
梁寅《石門詞》《明詞彙刊》本(上海古籍出版社二〇一二年版)
王毅《木訥齋文集》　清乾隆二十八年重刊本(《續修四庫全書》本)
舒頔《貞素齋文集》《貞素齋家藏集》　國家圖書館藏清道光二十九年舒正儀校刊本
袁士元《書林外集》　國家圖書館藏明正統刊本(《四庫全書存目叢書》本)、《涵芬樓秘笈》本
袁士元《書林詞》《彊村叢書》本(廣陵書社二〇〇五年版)
陳謨《海桑集》文淵閣《四庫全書》本
周聞孫《鰲溪周先生文集》　國家圖書館藏清嘉慶十一年重刻本
華幼武《黄楊集》　明祁氏澹生堂鈔本(《原國立北平圖書館甲庫善本叢書》本)
劉三吾《坦齋劉先生文集》　國家圖書館藏明萬曆六年刻本
劉三吾《坦齋先生詞》《明詞彙刊》本(上海古籍出版社二〇一二年版)
邵亨貞《蟻術詞選》《宛委别藏》本(江蘇古籍出版社一九八八年版)
顧瑛《玉山璞稿》　中華書局二〇〇八年點校本

王禮《麟原文集》 國家圖書館藏清鈔本
貝瓊《清江詩集》 文淵閣《四庫全書》本
劉夏《劉尚賓文續集》 明永樂劉拙刻、成化劉衢增修本（《續修四庫全書》本）
陶安《陶學士先生文集》 明弘治十三年項經刻遞修本（《北京圖書館古籍珍本叢刊》本）
陶安《陶學士詞》 《明詞彙刊》本（上海古籍出版社二〇一二年版）
郭鈺《静思集》 國家圖書館藏清康熙五十三年覆明嘉靖本、文淵閣《四庫全書》本
吴會《吴書山先生遺集》 清乾隆三十四年刻本（《續修四庫全書》本）
陶宗儀《南村詩集》 《元人十種詩》本（中國書店一九九〇年影印海王邨古籍叢刊本）
黄樞《後圃黄先生存集》 明嘉靖二十九年古林山房刻本（《北京圖書館古籍珍本叢刊》本）
釋宗泐《全室外集》 文淵閣《四庫全書》本
楊琢《心遠先生存稿》 國家圖書館藏明鈔本（《北京圖書館古籍珍本叢刊》本）
趙汸《趙徵君東山先生存稿》 國家圖書館藏清康熙二十年趙吉士刻本
劉炳《劉彦昺集》 文淵閣《四庫全書》本
沈禧《竹窗詞》 國家圖書館藏董氏誦芬室《南詞十三種》鈔本
董紀《西郊笑端集》 文淵閣《四庫全書》本
宋禧《庸菴集》 文淵閣《四庫全書》本

張肯《夢菴詞》　《明詞彙刊》本（上海古籍出版社二〇一二年版）
釋妙聲《東臯録》　文淵閣《四庫全書》本
凌雲翰《柘軒集》　文淵閣《四庫全書》本
凌雲翰《柘軒詞》　《西泠詞粹》本
林弼《林登州遺集》　清康熙四十五年刻本（《北京圖書館古籍珍本叢刊》本）
楊基《眉菴集》　文淵閣《四庫全書》本
楊基《眉菴詞》　《明詞彙刊》本（上海古籍出版社二〇一二年版）
王行《半軒集》　國家圖書館藏明刻本、文淵閣《四庫全書》本
王行《半軒詞》　《明詞彙刊》本（上海古籍出版社二〇一二年版）、《宋金元人詞》本
殷奎《强齋集》　文淵閣《四庫全書》本
韓奕《韓山人詩續集》　清鈔本（《四庫全書存目叢書》本
高啓《扣舷集》　明正統九年刻本（《四部叢刊》本）
黄悰韡《慮得集》　明嘉靖十一年華從智刻本（《續修四庫全書》本）
林鴻《鳴盛集》　文淵閣《四庫全書》本
林鴻《鳴盛詞》　《明詞彙刊》本（上海古籍出版社二〇一二年版）
魏觀《蒲山漁唱》　《明詞彙刊》本（上海古籍出版社二〇一二年版）

黎貞《重刻秫坡先生文集》　清光緒重刊本（《四庫全書存目叢書》本）
周巽《性情集》　文淵閣《四庫全書》本
孟宗寶編《洞霄詩集》《宛委別藏》本（江蘇古籍出版社一九八八年版）
彭致中輯《鳴鶴餘音》　明鈔清黄丕烈鈔補本（《續修四庫全書》本）、《函海》本
周南瑞編《天下同文集》　文淵閣《四庫全書》本
許有壬等撰《圭塘欸乃集》　文淵閣《四庫全書》本、《藝海珠塵》本（《叢書集成初編》本）
唐元等撰《唐氏三先生集》　明正德十二年張芹刻本（《北京圖書館古籍珍本叢刊》本）
倪瓚等撰《江南春詞》《明詞彙刊》本（上海古籍出版社二〇一二年版）
顧瑛編《玉山名勝集》　國家圖書館藏朱存理校補明鈔本、明鈔本黄廷鑑校并跋、明萬曆刊本、清鈔本、文淵閣《四庫全書》本
顧瑛編《玉山紀游》　明萬曆刻本
釋來復編《澹遊集》　國家圖書館藏清鈔本（《續修四庫全書》本）
蘇天弌輯《金精風月》　明嘉靖葉天與刊本（《域外漢籍珍本文庫》本）
徐達左編《金蘭集》　清錢氏萃古齋鈔本（《四庫全書存目叢書》本）
俞允文編《崑山雜詠》　國家圖書館藏明隆慶四年孟曾刻本（《四庫全書存目叢書》本）

劉仔肩編《雅頌正音》　文淵閣《四庫全書》本
劉昌編《中州名賢文表》明成化刻本(《北京圖書館古籍珍本叢刊》本)、文淵閣《四庫全書》本
李伯璵、馮原編《文翰類選大成》　北京大學圖書館藏明成化刻弘治嘉靖遞修本(《四庫全書存目叢書》本)
楊瑞輯《揚州瓊華集》　明成化二十三年刻本(《四庫全書存目叢書》本)
程敏政編《新安文獻志》　文淵閣《四庫全書》本
董斯張等輯《吴興藝文補》　明崇禎六年刻本(《四庫全書存目叢書》本)
張萬選輯《太平三書》　清順治五年刻本(《四庫全書存目叢書》本)
史簡編《鄱陽五家集》　文淵閣《四庫全書》本

周密編《絶妙好詞》　文淵閣《四庫全書》本
趙聞禮編《陽春白雪》　國家圖書館藏《粤雅堂叢書》本、《宛委别藏》本(江蘇古籍出版社一九八八年版)
鳳林書院輯刊《名儒草堂詩餘》《續修四庫全書》本、《叢書集成初編》本
楊朝英編《朝野新聲太平樂府》　烏程蔣氏密韻樓藏元刊本(《四部叢刊》本)
陳耀文編《花草粹編》　國家圖書館藏陶風樓本(民國二十二年國學圖書館影印)

郭勛輯《雍熙樂府》　民國上海商務印書館影印明嘉靖四十五年刻本（《續修四庫全書》本）
錢允治輯《鐫古香岑批點草堂詩餘新集》　中國科學院圖書館藏明末刻本
朱彝尊、汪森輯《詞綜》　清康熙三十年裘抒樓刊本（中華書局影印）、文淵閣《四庫全書》本
朱彝尊、王昶輯《明詞綜》　清嘉慶七年王氏三泖魚莊刻本（《續修四庫全書》本）
陶樑編《詞綜補遺》　清道光十四年陶氏紅豆樹館刻本（《續修四庫全書》本）
沈辰垣等編纂《御選歷代詩餘》　文淵閣《四庫全書》本、杭州古籍書店影印民國蟫隱廬印本
陳焯編《宋元詩會》文淵閣《四庫全書》本
王鵬運輯《四印齋所刻詞》　上海古籍出版社一九八九年版
趙藩輯《滇詞叢録》　《雲南叢書》本（上海書店《叢書集成續編》本）
唐圭璋編《全金元詞》　中華書局一九七九年版
唐圭璋編《全宋詞》　中華書局一九九九年版

俞焯撰《詩詞餘話》　《説郛》本
都穆撰《南濠詩話》　《知不足齋叢書》本（《四庫全書存目叢書》本）
丁紹儀撰《聽秋聲館詞話》　清同治八年刻本（《續修四庫全書》本）
沈雄撰《古今詞話》　清康熙澄暉堂刻本（《續修四庫全書》本）

楊慎撰《辭品》　明刻本（《續修四庫全書》本）
陳霆撰《渚山堂詞話》　臺灣新文豐出版社《叢書集成續編》本、文淵閣《四庫全書》本
王弈清等撰《歷代詞話》　《詞話叢編》本
劉應李輯《新編事文類聚翰墨大全》　中國科學院圖書館藏明初覆大德本
解縉等纂《永樂大典》　中華書局一九八六年版
解縉等纂《永樂大典十七卷：海外新發現》　上海辭書出版社二〇〇三年版
解縉等纂《永樂大典·卷二二七二——二二七四》　國家圖書館出版社二〇一四年版
佚名編《詩淵》　書目文獻出版社一九八四年版
陳夢雷纂《古今圖書集成》　中華書局、巴蜀書社一九八五年版
檮櫟道人編《金蓮正宗記》　明正統《道藏》本（文物出版社等影印）
崔與之撰《宋丞相崔清獻公全録》　明嘉靖十三年刻本（《四庫全書存目叢書》本）
李志常撰《長春真人西游記》　明正統《道藏》本（文物出版社等影印）、《宛委別藏》本（江蘇古籍出版社一九八八年版）
夏庭芝撰《青樓集》　《古今説海》本

徐東撰《編類運使復齋郭公敏行録》　元至順刻本(《續修四庫全書》本)、《宛委别藏》本(江蘇古籍出版社一九八八年版)
徐縉芳輯《宋忠武岳鄂王精忠類編》　明萬曆四十二年刻本(《四庫全書存目叢書》本)
鄧顯鶴撰《沅湘耆舊集前編》　清道光二十四年鄧氏小九華山樓刻本
熊夢祥撰《析津志輯佚》　北京古籍出版社一九八三年版
駱天驤編《類編長安志》　清鈔本(《續修四庫全書》本)
[嘉靖]《尉氏縣志》　《天一閣藏明代方志選刊》本
[嘉靖]《沙縣志》　《稀見地方志叢刊》本(中國書店一九九二年版)
[萬曆]《臨潼縣志》　國家圖書館藏萬曆刻本
[越]黎崱《安南誌略》　中華書局一九九五年版
[雍正]《河南通志》　文淵閣《四庫全書》本
[乾隆]《歷城縣志》　清乾隆三十六年刻本(《續修四庫全書》本)
[乾隆]《蒲縣志》　乾隆十八年刊本(臺灣成文出版社影印)
[光緒]《湖南通志》　商務印書館一九三四年影印清光緒十一年刻本(《續修四庫全書》本)
[光緒]《開化縣志》　《中國地方志集成》本(上海書店一九九三年版)

[光緒]《嶧縣志》《中國地方志集成》本(鳳凰出版社二〇〇四年版)
[光緒]《諸暨縣志》《中國地方志集成》本(上海書店一九九三年版)
釋廣賓撰《西天目祖山志》《中國佛寺志叢刊》本
田汝成撰《西湖遊覽志餘》文淵閣《四庫全書》本
衷仲孺撰《武夷山志》明崇禎十六年刻本(《四庫全書存目叢書》本)
董天工撰《武夷山志》清乾隆刻本(《續修四庫全書》本)
毛德琦撰《廬山志》清康熙五十九年順德堂刻本(《四庫全書存目叢書》本)
傅王露撰《西湖志》清雍正兩浙鹽驛道刻本(《四庫全書存目叢書》本)
吴長元輯《宸垣識略》清乾隆五十三年池北草堂刻本(《續修四庫全書》本)
畢沅、阮元編《山左金石志》清嘉慶二年阮氏小琅嬛仙館刻本(《續修四庫全書》本)
胡聘之編《山右石刻叢編》清光緒二十七年刻本(《續修四庫全書》本)
方履籛撰《金石萃編補正》清光緒二十年石印本(《續修四庫全書》本)
北京圖書館金石組編《北京圖書館藏中國歷代石刻拓本彙編》中州古籍出版社一九八九年版
趙琦美撰《趙氏鐵網珊瑚》文淵閣《四庫全書》本
汪砢玉撰《珊瑚網法書題跋》《珊瑚網名畫題跋》《適園叢書》本

朱存理撰《珊瑚木難》　《適園叢書》本
郁逢慶撰《郁氏續書畫題跋記》　文淵閣《四庫全書》本
張丑撰《清河書畫舫》　文淵閣《四庫全書》本
孫鳳撰《孫氏書畫鈔》　民國十四年上海商務印書館涵芬樓秘笈影印鈔本（《續修四庫全書》本）
卞永譽撰《式古堂書畫彙考》　文淵閣《四庫全書》本
裴景福撰《壯陶閣書畫録》　學苑出版社二〇〇六年版
吴榮光撰《辛丑銷夏記》　清道光刻本（《續修四庫全書》本）
吴升撰《大觀録》　民國九年武進李氏聖譯廔鉛印本（《續修四庫全書》本）
張照等編《秘殿珠林石渠寶笈合編》　上海書店一九八八年版
張珩撰《木雁齋書畫鑒賞筆記》　文物出版社二〇一四年版
徐邦達著、故宫博物院編《徐邦達集》　紫禁城出版社二〇〇六年版
王連起主編《故宫博物院藏文物珍品大系》　上海科學技術出版社二〇一〇年版
劉正成主編《中國書法全集》　榮寶齋出版社二〇〇二年版
周密撰《志雅堂雜鈔》　《學海類編》本、《四庫全書存目叢書》本
鮮于樞撰《困學齋雜録》　文淵閣《四庫全書》本

盛如梓撰《庶齋老學叢談》《筆記小説大觀》本
陶宗儀撰《南村輟耕録》中華書局一九五九年版
葉子奇撰《草木子》 中華書局一九五九年版
李日華撰《味水軒日記》民國十二年劉氏刻《嘉業堂叢書》本（《續修四庫全書》本）
蔣一葵輯《堯山堂外紀》明萬曆刻本（《四庫全書存目叢書》本）

人名索引

X

Y

Z

詞牌索引

按,《全元詞》中署"失調名"詞,置於本索引最後。

水調歌韻

水龍吟

月下笛

六畫

七畫

八畫

九畫

十畫

浪淘沙

悟南柯

宴山亭

宴清都

十一畫

採桑子

探芳信

探春慢

埽花遊

掃花游

黄鶴洞中仙

菩薩蠻

梅花引

梅梢月

梅邊

雪獅兒

眼兒媚

過秦樓

側犯

釵頭鳳

魚游春水

減(减)字木蘭花

減字木蘭花慢

商角調定風波

望月婆羅門引

望仙樓

十三畫

臨江仙(僊)

霜天曉角

霜角

霜葉飛

點絳唇

二十一畫

二十二畫

二十三畫

二十八畫

* * * * * *